Kerstin Merkel

Inzani – Die Macht des Bandes

Bibliografische Information der Deutschen Nationalbibliothek
Die Deutsche Nationalbibliothek verzeichnet diese Publikation in der Deutschen Nationalbibliografie; detaillierte bibliografische Daten sind im Internet abrufbar über http://dnb.ddb.de

www.niemeyer-buch.de

Umschlaggestaltung: C. Riethmüller
Der Umschlag verwendet ein Motiv von 123RF.com
Druck und Bindung: Nørhaven, Viborg
Printed in Denmark
ISBN 978-3-8271-9593-7

KERSTIN MERKEL

INZANI

DIE MACHT DES BANDES

CW Niemeyer

Die Geschehnisse in diesem Fantasyroman sind reine Fiktion. Sämtliche Handlungen und Charaktere sind frei erfunden.

Über die Autorin:

Kerstin Merkel, 1970 in Frankfurt am Main geboren, studierte nach dem Abitur Germanistik und Kunstpädagogik. Nach ihrem Abschluss zog es sie in den Buchhandel und seit über zehn Jahren arbeitet sie in der Frankfurter Innenstadtfiliale der Buchhandlung Hugendubel. Gerne möchte sie jeden einladen, sie dort einmal zu besuchen, denn der Buchhandel hat sich sehr verändert und ist spannender denn je.

Kerstin Merkel lebt mit ihrem Sohn in einem kleinen Ort in der Nähe von Frankfurt. Sie sieht sich regelmäßig auf der ganzen Welt unter Wasser um, egal, bei welchen Temperaturen. Und egal, ob in Seen, Flüssen oder Meeren.

„INZANI– Die Macht des Bandes" ist ihr erster Roman (aber ihr geistern durchaus noch weitere Geschichten im Kopf herum ...).

Für Katharina,
die nicht zu Ende lesen konnte.

Erstes Buch

Die Reise im Schnee

Kapitel 1

Die Landschaft vor ihnen war unter Schnee begraben. Auch der Himmel war weiß von schweren Wolken, die im kalten Wind darauf warteten, ihre kristallene Last weiter und immer weiter auf die Erde herabfallen zu lassen. Sie hatten die Sonne seit Tagen nicht gesehen, und in der Ferne ließ sich kaum der Horizont ausmachen. Es war, als ob sich die Welt im Weiß mit dem Himmel verwob.

Kian hatte mehr und mehr das Gefühl, keine Einschätzung über die Weite und Dimension der endlosen Hügel mehr abgeben zu können, über die sie nun seit Tagen geritten waren. Tagsüber sah man kaum ein Tier, man hörte keine Vögel, als sei das Leben im Schnee eingefroren, aber er sah die Spuren vieler Lebewesen, darunter auch einige, die er nicht kannte. Es verwunderte ihn daher nicht, dass die Dunkelheit voll von Stimmen war. Seine nächtliche Jagd war immer erfolgreich, und so litten sie zumindest keinen Hunger. Jedoch erschien ihm die sternenlose Dunkelheit stumpf und seltsam fremd, sodass er es kaum wagte, außer Sichtweite ihres Feuers zu jagen.

Der Befehl des Königs lautete, die eine Heilerin in die Hauptstadt zu eskortieren, die es vermochte, die Männer zu heilen, die sich seit einigen Wochen von allem abgeschottet in den Krankenzimmern seines Hofes befanden. Niemand wusste, wer diese Männer waren oder welcher Art ihre Krankheit war. Kian hatte als der erste Heermeister des Königs dafür zu sorgen, dass die Heilerin unversehrt vor dem König erschien, um die ihr zugesehene Arbeit zu verrichten. So hatte er die Befehlsgewalt über alle Truppen für die Zeit seiner Abwesenheit an seinen Freund Gorin, den zweiten Heermeister, erteilt, hatte seinen innersten Kreis zusammengerufen und sich mit diesen vier Soldaten auf die Reise begeben.

Alle vier waren verwirrt darüber gewesen, was an dieser Mission so wichtig sein konnte, dass der König seinen ersten Heermeister mitsamt seiner Elitegarde ausschicken musste, um diese Heilerin zu eskortieren. Aber nur der alte Roan hatte es gewagt, laut zu vermuten, er wolle Kian auf diese Weise aus dem Weg haben, wenn die Fürsten beim nächsten Zweimond zusammentreffen würden, um endlich ihre Streitigkeiten zu schlichten. Kians Anwesenheit bedeutete vielleicht zu viel militärische Präsenz, eine Drohung, denn schließlich wollte niemand daran erinnert werden, dass seine Armee den Frieden mit Gewalt erzwingen konnte und würde.

„Vermutungen!", hatte Kian seinen Freund zum Schweigen gebracht. „Es steht keinem von uns zu, die Entscheidungen des Königs zu hinterfragen, Roan!"

Und so waren sie ausgezogen, um diesen Auftrag zu erfüllen.

Alienne, so nannten sie die Heilerin. Die Fremde. Gerüchte um ihre heilerischen Fähigkeiten waren auch zu Kian vorgedrungen, und er konnte sich nur fragen, ob es überhaupt möglich war, dass die Nachrichten über ihre Heilerfolge der Wahrheit entsprachen. All das klang in seinen Ohren zu sehr nach Zauberei. Niemand vermochte mit der bloßen Berührung einer Hand zu heilen. Niemand konnte die Ursache einer Krankheit durch eine flüchtige Berührung erfühlen. Niemand. Zumindest nicht die Heiler, die ihm bekannt waren, und seine Truppen verfügten über die besten Heiler ihrer Zunft. Nicht dass ihre Fähigkeiten ihm jemals zuteil geworden wären, dachte er bitter.

Diese Heilerin hielt sich ausgerechnet im abgelegensten Winkel der Kian bekannten Welt auf, beinahe vierzig Tagesreisen von der Hauptstadt entfernt, weit im Norden des Landes. Einer Welt, die zu drei viertel des Jahres von Schnee bedeckt war.

Sie war eine Jidari-Schwester. Teil einer Gemeinschaft von Frauen, die sich vollkommen dem heilenden Wirken verschrieben hatten. Kian war in seinem ganzen Leben nur einer dieser Schwestern begegnet, und sie hatte ihm große Angst eingejagt. Er war damals ein Kind gewesen, aber die völlige Reglosigkeit ihres Gesichtes, versteckt unter der Kapuze ihres braunen Umhanges, war ihm lange nicht mehr aus dem Kopf gegangen. Man sagte, die Jidari könnten in einen Menschen hinein sehen, obwohl sie Augenkontakte verweigerten, und als Kind war Kian nur zu überzeugt gewesen, dass diese Frau genau das bei ihm getan hatte.

Das Jidari-Kloster lag nach Kians Berechnungen nur noch einen halben Tagesritt von ihnen entfernt, wahrscheinlich sogar näher, und noch immer konnte er nichts als das helle übergangslose Weiß von Himmel und Erde vor sich erkennen. Als er seinen Blick über ihre kleine Reisegesellschaft schweifen ließ, fand er in allen Gesichtern dieselbe Gespanntheit, die er auch an sich selbst wahrnahm, als hätte sich seine Stimmung stumm auf die anderen übertragen. Sie alle blickten mit zusammengekniffenen Augen umher, als gäbe es in diesem Weiß etwas zu entdecken, das sich versteckte. Kian schüttelte den Kopf. Das Jidari-Kloster musste riesig sein. Gärten, Gehöfte, Stallungen, die Bethalle ... Sie suchten schließlich nicht nach einer Nähnadel!

Plötzlich zog Ana hinter Kian scharf die Luft ein und zeigte mit ihrem Finger auf eine Stelle vor ihnen in der Senke. „Heermeister, seht!“

Auch Kian hatte die Bewegungen bemerkt, dunkle Flecken, die sich ruckartig aufeinander zu und wieder voneinander weg bewegten. Menschen! Er nickte Ana zu und ließ seine Stute vorangaloppieren. Merkwürdig, dachte er beim Näherkommen, es schien, als ob der Schnee sämtliche Geräusche verschluckte, denn erst, als er fast die Gesichter der hier kämpfenden Männer erkennen konnte, vernahm er auch ihre Schreie.

In der Mitte des Kampfgeschehens stand ein Junge, verhüllt in einem braunen Umhang. Er wurde von drei anderen Männern angegriffen und führte sein Schwert sonderbar ungelenk, als sei er es nicht gewohnt, eine Waffe überhaupt zu halten, und doch gelang es ihm durch überraschende Manöver, die Angriffe der drei anderen wieder und wieder zumindest abzublocken. Niemand hatte ihn je den Schwertkampf gelehrt, das sah man deutlich, aber Kian bewunderte für den Bruchteil einer Sekunde seine geschmeidigen Bewegungen und seine nahezu unmenschliche Reaktionsschnelligkeit. Ihm war, als beobachtete er hier ein Wesen, das in seinen defensiven Instinkten mehr einem Tier glich als einem Menschen. Trotzdem würde der Knabe seinen Angreifern ohne ihre Hilfe nicht mehr lange standhalten.

Kian ritt direkt in die Mitte des Kampfplatzes, musste dabei einem toten Pferd ausweichen und zog sein eigenes Schwert, obwohl er zunächst nicht vorhatte, es zu gebrauchen. Er stieß mit dem Griff einen der Angreifer bewusstlos, packte dann den Knaben um den Brustkorb und zog ihn vor sich auf seine Stute. Er wehrte sich verzweifelt, aber Kian hielt ihn fest an sich gepresst, als er unter dem Gewand des Jungen etwas spürte, das ihn trotz der heiklen Situation überraschte. Das war kein Junge! Er drückte den kapuzenverhüllten Kopf vor sich unsanft nach unten, sodass er Raum gewann sein Schwert zu führen, und zischte dem Mädchen zu, es solle sich nicht bewegen.

„Runter und nicht bewegen!", zischte die tiefe Stimme des fremden Kriegers ihr zu, und er drückte gewaltsam ihren Kopf in die Mähne seines Pferdes. Alia keuchte, hielt sich krampfhaft am Sattelknauf fest und hörte das Schwert des Kriegers über sich sirren. Er vollführte schnelle, gewandte Haken mit seinem Pferd, und die Schreie der Männer bekamen bald einen angstvollen Klang.

Sie waren so schnell gekommen! Im einen Moment hatte sich Alia in den Schnee gekniet, um behutsam die Wurzeln des Eisenfarns mit ihrem Schwert aus der gefrorenen Erde zu befreien, und im nächsten fand sie sich inmitten eines Angriffs. Die Banditen hatten in Sekundenbruchteilen ihr Pferd getötet und sich dann lachend und spottend an sie gewandt.

„Hey, Junge, lass das Schwert am Boden und gib uns deine Reisebeutel, dann lassen wir dich vielleicht am Leben!", hatte einer der Banditen gerufen, während die anderen grölten vor Lachen.

Alia hatte sich langsam aufgerichtet, den Kopf gesenkt, den Blick ihrer Augen geschärft auf die periphere Sicht, den Blick aus den Augenwinkeln, den die Jidari benutzten, um sich selbst zu bewahren. Und beim ersten Anzeichen von Bewegung hatte sie trotzig ihr Schwert erhoben. Sie würde nicht kampflos aus dieser Welt gehen! Danach prasselten Hiebe nur so auf sie herab, aber sie hatte nie den

Kopf erhoben, hatte sich nie den Banditen offenbart, die nun in immer schnellerer Folge angriffen.

Sie hätte niemals überlebt, wenn dieser fremde Krieger sie nicht aus dem Kampf emporgerissen hätte, begriff sie demütig. Stärker jedoch war das Gefühl der Erniedrigung, ob der Art, wie er sie hier auf seinem Pferd festhielt. Tränen der Wut, Angst und Erleichterung verschleierten ihre Augen und ein leises Knurren trat aus ihrer Kehle, instinktiver Ausdruck des ihr so sehr verhassten Wesens, das sie war. Ein Knurren, zu leise, um es aus den Kampfgeräuschen herauszuhören, und dennoch laut genug, um das Pferd zu beunruhigen, das der Krieger so sicher führte. Ein Schauer erschütterte das Tier.

Alia löste eine ihrer Hände aus ihrer starren Haltung um den Sattelknauf, berührte damit sanft sein Fell, als der Krieger das Pferd herumriss. Sie griff strauchelnd erneut nach dem Knauf, wäre beinahe herabgerutscht und konnte sich nur mit Mühe in ihrer schrecklichen Lage halten, aber der eine Moment der Berührung hatte genügt, um sie in ihren Grundfesten zu verwirren. Dieser eine Moment hatte ihr ein Wesen gezeigt, halb Mensch, halb Ross, und die Bewegungen des Schwertes über ihr verschwammen in ihrem Blick.

„Bei den Monden, Heermeister, ist er verletzt? Der Junge ist ohnmächtig!“, rief Roan besorgt aus, als der letzte der Banditen gefallen war. Er ritt dicht heran und beugte sich über den erschlafften Körper vor seinem Herren.

Kian steckte sein Schwert in die Scheide und richtete das Mädchen behutsam auf. Ihr Kopf fiel gegen seine Brust und er umfasste mit starkem Griff ihren Oberkörper, damit sie an ihn gelehnt ruhen konnte, bis sie hoffentlich bald wieder zur Besinnung kam.

„Das ist kein Junge!“, teilte Ana ihren Gefährten beim Anblick des Gesichtes der Geretteten überrascht mit.

„Ist das eine Jidari?“, fragte Mino, der Jüngste unter ihnen. Er ritt interessiert näher und fügte dann überrascht hinzu: „Sie ist schön!“

„Bei den Monden, was sind wir? Wilde? So weicht doch ein Stück zurück! Wenn sie jetzt erwacht und eure drei Gesichter so nah vor sich sieht, wird sie sich zu Tode erschrecken", schritt Evan nun teilnahmsvoll ein und alle folgten seiner Empfehlung.

Kian überprüfte, ob er das Mädchen sicher, jedoch nicht zu fest hielt, und nickte den anderen auffordernd zu. „Mino, Ihr nehmt die Reisebeutel der Jidari. Ana, seht, was diese Banditen bei sich haben, vielleicht gelingt es uns, etwas davon seinen rechtmäßigen Besitzern zurückzugeben." Er ließ seine Stute in langsamem Schritt gehen. „Dort muss das Kloster sein!", bemerkte er ruhig und ritt voran.

Er berührte sanft die Flanke seiner Stute und flüsterte einige beruhigende Worte in der Alten Sprache. Eben noch hatte er gespürt, wie sie zusammengezuckt war, als sei der leibhaftige Tod hinter ihr her, und das inmitten eines Kampfes, der nie hatte geführt werden müssen, der bereits bei ihrem Eintreffen entschieden war, wenn er die Überlegenheit seiner Soldaten betrachtete. Sinnloses Blutvergießen ... Aber so seltsam hatte sie sich nie gebärdet. Sie war ihm immer die verlässliche Trägerin seines Gewichtes, treu tat sie das, was er nicht konnte, und war dabei stets die Ruhe selbst, noch in der gefährlichsten Kampfhandlung. Und doch war ein Schreckensschauer über sie gegangen, der es Kian für einen Moment unmöglich gemacht hatte, sie zu lenken. Nun, was immer es gewesen sein mochte, es war vorbei. Die Stute schnaubte leise und ging ruhig hinaus in das endlose Weiß.

„Bequet mifrin bequet sinoka, schsch ..." Gemurmelte Worte pochten an Alias Bewusstsein und sie wusste im selben Moment um deren Bedeutung. *„Sei ruhig, meine Freundin, sei ruhig, alles ist gut."* Das hatte die tiefe Stimme hinter ihr gemurmelt und dabei so sanft und vertrauensvoll geklungen. Alia kannte die Alte Sprache, sie hatte jedoch nie gehört, dass jemand sie laut gesprochen hatte. Niemand tat das.

Der fremde Krieger, erinnerte sie sich nun. Sie stöhnte und richtete sich ruckartig auf, eine Hand sofort prüfend an ihrer Kapuze und ihrem Tuch, den Blick gesenkt. „Wer seid Ihr?", fragte sie mit vor Angst zitternder Stimme. Bei den Monden, sie hatte an ihm gelehnt!

„Habt keine Angst“, erwiderte die tiefe Stimme hinter ihr ruhig. Alia konnte kaum den Impuls zurückhalten, sich nach ihm umzudrehen, um ihn anzusehen.

„Wie geht es Euch?“, fuhr die Stimme fragend fort, aber Alia antwortete nicht und Panik befiel sie, weil sie nicht wusste, ob ihre Habe sicher war. All die wertvollen Wurzeln und Blüten, die sie in der letzten Nacht zusammengetragen hatte. Einer so friedlichen Nacht unter wenigen Sternen, allein außerhalb der Gefangenschaft der Klostermauern.

„Wo sind meine Reisebeutel?“, fragte sie misstrauisch.

„Einer meiner Soldaten bewahrt sie für Euch“, kam die ruhige Antwort, und Alia seufzte erleichtert auf. Dieser Krieger musste sehr groß sein, denn seine Stimme schien über ihren Kopf hinweg zu gleiten. Und trotzdem vibrierte sie in ihrem Brustkorb, tief und warm.

„Wer seid Ihr?“, fragte sie noch einmal und ihre eigene Stimme klang stärker dieses Mal.

„Wir sind Soldaten des Königs auf dem Weg zum Jidari-Konvent.“

Soldaten des Königs? Wann hatte die Schwesternschaft zuletzt von den Geschicken des Königs gehört? Alia konnte sich nicht erinnern, jemals irgendetwas aus der anderen Welt gehört zu haben, außer dem, was die Kranken ihr erzählt hatten, während langer Nächte des Wachens mit ihnen im Hospital. Sie wusste nichts über den König, die Politik seines Hofes, das Leben und die Gebräuche der anderen Welt. Der Welt außerhalb des Klosters und des Dorfes, das in seiner Nähe lag.

„Es liegt dort vorne hinter dem Hügel“, antwortete sie und zeigte etwas weiter nach links. Der Krieger lenkte sein Pferd in die von ihr angegebene Richtung und schien sich dann nach seinen Soldaten umzusehen. Wie viele waren es? Alia hatte keinen von ihnen wirklich gesehen, nur ihre schwarze Kleidung aus schwerem, abgestoßenem Leder.

War dieser Soldat ein Gelehrter? Beherrschten viele Menschen der anderen Welt die Alte Sprache? Diese Gedanken weckten Neugier und Wünsche. Alia war sich nur zu bewusst, dass ihr dieses Begehren nicht zustand, und sie zwang sich zurück in die Demut.

„Ich danke Euch für mein Leben", sagte sie leise und hörte den Krieger hinter sich wortlos nicken. Er schwieg. Eine ruhige, stille Präsenz war dieser Mann hinter ihr, und er erfüllte sie noch immer mit Angst.

Das Kloster war umgeben von einer hohen, verwitterten Steinmauer, und ebenso erschienen auch die Gebäude. Steine, gebrochen aus der Umgebung und aufgeschichtet vor Hunderten von Jahresläufen, um der Kälte zu trotzen. Kian fühlte für einen Moment die karge Trostlosigkeit auf sich lasten. Was waren das nur für Frauen, die sich hier verbargen?

Sie hatten kaum die Tore passiert, da rutschte die junge Jidari vor ihm vom Pferd, ließ sich ihre Beutel reichen und verschwand eilig über den Klosterhof. Ohne ein Wort des Abschieds, ohne sich umzuwenden ...

Kian erinnerte sich, gelesen zu haben, dass der Kodex der Jidari-Schwesternschaft ihnen verbot, eine eigenständige Persönlichkeit zu zeigen. Sie waren Dienerinnen der Heilkunst, nichts weiter. Ohne Status in der Gesellschaft, ohne persönliches Eigentum ... Er sah dem Mädchen nach, das er eben noch gehalten hatte, dessen Kopf er gewaltsam vor sich hinabgedrückt hatte und deren Stimme so unendlich von Angst erfüllt gewesen war, während er mit ihr gesprochen hatte. Er sah, wie sie zwischen den Gebäuden verschwand, und nichts blieb von ihr zurück als das Echo ihrer Anwesenheit in seinen Armen.

Sie wurden von drei Schwestern empfangen, alle in brauen Umhängen. Die Köpfe gesenkt und ohne ein Wort des Grußes fragte eine von ihnen tonlos: „Wer seid Ihr, Krieger?"

Kian deutete eine Verbeugung auf seinem Pferd an. Er zumindest wollte die Konventionen einer Begrüßung nicht vollständig brechen. „Heermeister Kian Dogul! Meine Soldaten und ich sind dem Befehl unseres Königs gefolgt und gekommen, um die Heilerin Alienne in die Hauptstadt zu eskortieren. Eure Oberin hat uns ihre Erlaubnis gesandt!" Und damit zog er das Pergament aus seiner Satteltasche, das ihm der König ausgehändigt hatte.

Die zweite Jidari nahm es ihm wortlos aus der Hand und verschwand im Inneren des Gebäudes, vor dem sie standen. Danach herrschte Schweigen. Die beiden Übrigen verweilten reglos neben der Pforte und warteten.

Kian wandte sich kurz nach seinen Leuten um und erhaschte Roans fragenden Blick. Sein ganzes Gesicht schien in Falten zu liegen. Kian nickte ihm zu und wandte sich dann wieder der Eingangspforte zu, durch die jetzt die dritte Jidari wieder herausschritt.

„Ihr könnt eintreten, unsere Mutter erwartet Euch", sprach sie. Keine Modulation ihrer Stimme, keine Regung.

Einen Moment starrte Kian auf die braunen Kapuzen herab, dann machte er sich an den Abstieg. „Ana, Roan, ihr begleitet mich!"

Alia fühlte nach ihrem Kopftuch und zog die Kapuze darüber noch einmal zurecht. Sie hatte die Blätter des Eisenfarnes zum Trocknen aufgehängt, war gerade mit dem Abkochen der Wurzeln fertig geworden und wollte den Sud noch einmal durch ein Tuch pressen, als Schwester Turia neben sie getreten war und ihr mitgeteilt hatte, die Mutter Oberin erwarte sie in der Halle. Alia hatte beinahe gefragt, warum sie sie sprechen wollte, verbot sich jedoch noch rechtzeitig den Mund und folgte nun ihrer Mitschwester durch die Gänge.

„Mutter Oberin, die Heilerin Alienne, auf Euren Wunsch!"

Die periphere Sicht zeigte Alia, dass Mutter Rania nickte und sich ihr zuwandte. Konnte sie ihrerseits erkennen, wie nervös Alia war? Wie sie in ihren Umhangtaschen lose Fäden in ihren Fingern knetete?

„Setz dich, Kind, ich habe dir etwas mitzuteilen!", befahl sie nun und wies ihr einen Platz am Tisch zu. Alia zog sich erst den Stuhl heran, als die Oberin bereits Platz genommen hatte.

„Innerhalb unserer Mauern hält sich eine Garde des Königs auf. Er selbst hat diese Soldaten zu uns gesandt, die eben noch mit mir diese Halle geteilt haben und die du vielleicht bereits bemerkt hast!" Die Stimme der Oberin klang scharf, als sei sie inzwischen detailliert davon in Kenntnis gesetzt, dass Alia die Soldaten bereits getroffen hatte.

Alia zuckte zusammen. „Sie haben mein Leben bewahrt, als ich von Wegelagerern ..."

Aber die Oberin unterbrach sie. „Dann warst du es, von der ihr Heermeister berichtet hat!“, beendete sie dieses Thema und fuhr ohne Überleitung fort. „Diese Soldaten sind hier, um dich in die Hauptstadt und an den Palast des Königs zu begleiten. Er verlangt nach deiner Heilkraft!“

Alia hätte fast den Blick erhoben, um Oberin Rania anzustarren, um zu sehen, dass sie keine Scherze mit ihr trieb. Stattdessen schüttelte sie verwirrt den Kopf. „Das ist doch gewiss ein Missverständnis ...“, murmelte sie.

„Alienne!“, rief die Mutter Oberin sie zur Besinnung. „In der Obhut des Königs befinden sich Menschen mit einer rätselhaften Krankheit und er verlangt nach dir. Und ... wer sonst könnte die Natur einer rätselhaften Krankheit treffsicherer untersuchen als du?“, ergänzte sie, und Alia fragte sich, wie viel vom Spott in der Stimme der Oberin sie sich einbildete.

Oberin Rania hatte ihre Gabe immer angezweifelt und es war ihr Befehl, der Alia verbot, über sie auch nur ein einziges Wort zu verlieren. Als ob es jemals Alias Wunsch gewesen wäre, über ihre Absonderlichkeit sprechen zu wollen!

In der anderen Welt jedoch waren mit der Zeit mehr und mehr Gerüchte laut geworden, die von der Existenz einer Heilerin mit der Gabe der sehenden Berührung sprachen. Das hatte Alia in den letzten Jahren oft sogar von Kranken gehört, die von weit her gekommen waren, um im Kloster Hilfe zu erbitten.

„Wie dem auch sei, du verlässt im Morgengrauen die Klostermauern. Geh nun und mach dich reisefertig!“, beendete Mutter Rania das Gespräch, stand auf und verließ ohne ein weiteres Wort die Halle.

Alia saß reglos am Tisch und starrte in ihren Schoß. Sie wurde fortgeschickt, sie durfte gehen und vielleicht nie wiederkehren. Diese Aussicht verwirrte und ängstigte sie, wenn sie ehrlich zu sich war, aber sie versetzte sie in Gedanken in eine Welt der Freiheit, in der alles möglich war, eine Welt, von der sie geträumt hatte, seit sie denken konnte.

Diese Stimmung verließ sie nicht, bis es nahezu Zeit für ihren Aufbruch war. Beim Abendessen hatten die Schwestern geflüstert, die Soldaten hätten vor den Mauern ihr Lager aufgeschlagen, nachdem sie die Gastfreundschaft der Schwestern ausgeschlagen hatten. Alia hätte gerne ihre Neugier gestillt und noch mehr erfragt, aber sie hatte geschwiegen, wie es der Kodex verlangte. Sie würde zweifellos genug Gelegenheit habe, diese Soldaten zu erleben.

Alia schnürte den letzten ihrer Reisebeutel und ließ dann den Blick über ihr Gepäck gleiten. Der Schlafsack aus Isolleder, das nur die Jidari gerbten und das die Wärme des Körpers bewahrte sowie gleichzeitig die Kälte abhielt, sodass man im Schlaf nie den Kältetod fürchten musste.

Das Fell des Gipfelbären lag zusammengefaltet auf ihrem Tisch. Sie hatte ihn selbst erlegt auf einer ihrer nächtlichen Wanderungen und seitdem hatte sein Fell ihr gute Dienste während ihrer Nächte im Freien geleistet. Nächte, die sie so sehr ersehnt hatte. Ihr Versuch, bei jeder sich bietenden Gelegenheit der Enge der Schwesternschaft zu entfliehen und sich selbst in Freiheit zu erleben. Sie war geschaffen für ein Leben unter freiem Himmel, das hatte sie immer gespürt.

Alia lächelte versonnen. Sie hatten damals nach ihrer Rückkehr ins Kloster das Fleisch des Bären für das Nachtmahl bereitet. Es wurde unter allen Patienten und Schwestern geteilt, und für Alia hatte es nur wenig mehr als einen kleinen Brocken gegeben, aber sie hatte noch immer dessen wundervollen, nussigen Geschmack auf der Zunge. Sie liebte Fleischmahlzeiten so sehr, aber die Jidari bevorzugten Nahrung aus Erdfrüchten, Kohl, Wurzeln, Getreide und allem, was die schneelose Zeit bot. Beerenobst und die Früchte der Bäume, die im Garten des Klosters wuchsen.

Im Kopf ging sie noch einmal die Heilmittel durch, die sie im Vorratsraum ausgewählt hatte, während Schwester Turia ihr argwöhnisch zugeschaut und immer wieder Ratschläge gegeben hatte, die Alia nicht benötigte. Vielleicht hätte sie noch ein weiteres Fläschchen reines Öl einpacken sollen, aber das konnte sie ebenso gut während ihrer Reise aus der Rinde des Garanbaumes gewinnen, falls es nötig war. Nein, sie hatte alles, was sie brauchte.

Kleidung. Sie besaß ohnehin nur ein weiteres Gewand und ein paar wollene Beinkleider, die sie in einen Reisebeutel gestopft hatte. Auch ihr einziges weiteres Tuch war darin. Ein Tuch aus dunkelgrünem Stoff, das Jasos Mutter für sie gewebt hatte. Ein weiteres Tuch, um ihre Andersartigkeit zu verbergen. Die Farbe sei so schön zu ihren dunkelroten Haaren, hatte Jasos Mutter ihr erklärt, auch wenn niemand diese je zu sehen bekam.

Alia hatte sich nach der Abendmahlzeit davongeschlichen, um sich von ihr zu verabschieden. Von ihr, die ihr in schweren Zeiten oft wie eine Mutter gewesen war. *„Für dich kann alles nur besser werden, Kind, egal, wohin es dich verschlägt"*, hatte sie ihr zugelächelt und Tränen waren über ihre Wangen gelaufen. Alia hatte ihren Körper gestrafft und die Wahrheit in diesen Worten gefühlt.

Der Abschied von Jaso war nahezu völlig in Schweigen verlaufen. Letzte Nacht war er ein letztes Mal in ihr Zimmer geschlichen und sie hatten die Kissen geteilt, ruhig jeden Winkel ihrer Körper berührt und nie dabei die Augen geschlossen. *„Werde glücklich!"*, hatte er geflüstert und sie umarmt, als wolle er sich in ihr einnisten, um mit ihr kommen zu können.

Er hatte immer die tieferen Gefühle empfunden, und doch hatte es eine Zeit gegeben, in der sie beide davon geträumt hatten, eine Familie zu gründen und im Dorf ein Haus neben dem seiner Mutter zu bauen, aber Alia hatte immer gewusst, dass dieser Traum für sie nie Wahrheit werden konnte. Sie war zu anders, ihre Fremdheit zu groß, und doch war es genau diese Fremdheit, die Jaso so sehr akzeptierte, liebte und in sich aufnahm, als bereichere sie sein Leben mehr als alles andere, das er tat.

Alia traten nun Tränen in die Augen und sie blickte sich ein letztes Mal in ihrer Kammer um. Hier hatte sie gelebt, hier war sie aufgewachsen, nachdem eine sterbende Frau sie auf der Stufe zur Bethalle abgelegt hatte. Sie hatte den Kodex der Jidari gelernt, ihren Glauben an die Allmutter geteilt, ihr Wissen um Krankheit und Heilung aufgesaugt und die alten Schriften in ihrer Bibliothek studiert. Sie hatte ihr Leben gegeben, um ein Teil der Schwesternschaft sein zu können. Nie vor ihr hatten die Jidari ein Kind aufgezogen, aber ihre Andersartigkeit hatte ihnen klar gemacht, dass sie in der anderen Welt wahrscheinlich keine Überlebenschance haben würde, und so behielten sie sie in einem Akt des Mitgefühls. Einem Akt der Gnade, nicht der Liebe.

In den letzten Jahren erst war Alia zu einem greifbareren Mitglied der Schwesternschaft geworden, als sie sich zunächst als talentierte Anatomin und dann als veritable Heilerin empfohlen hatte. Schon früh hatte sich gezeigt, dass sie großes heilerisches Geschick besaß und noch dazu bald über das notwendige Wissen verfügte, das es ihr erlaubte, neue Methoden zu ersinnen und unbegangene Wege der Medikation zu gehen. Aber ein vollwertiges Mitglied der Jidari-Gemeinschaft war sie nie geworden. Sie arbeitete mit den Schwestern im Hospital, teilte ihr Leben, aber sie war nie eine von ihnen. Ihre Arbeit wurde hoch geschätzt und so konnte sie sich ihre kleinen Fluchten in die Nacht erlauben, aber sie wurde nicht geachtet. Keine der Schwestern richtete ein Wort an sie, wenn es nicht anders ging.

Alia wusste, dass ihre Gabe der Grundstein ihrer Heilerfolge war, aber alles, das sie sich darüber hinaus selbst gelehrt hatte, das Wissen der Kräuterschwester, das sie verinnerlicht hatte, ihre ruhige Hand beim Anbringen von Schnitten im kranken Gewebe und das Studium der alten Schriften, das alles machte ihre Fähigkeiten als Heilerin wirklich aus. Es war nicht nur das Wissen, das ihr die Berührung eines Menschen mitteilte, nicht nur dieses absonderliche Können des fremden Wesens, das sie war. Nein, es war ihr eigener Verdienst, ihre konsequent betriebene Ausbildung, die es ihr ermöglichte, diese Gabe nach ihrem Belieben zu nutzen.

Wieder hatte sie das Bild vor Augen, das sie in der kurzen Stunde des Schlafes der letzten Nacht wieder und wieder geweckt hatte. Das Bild dieses Zwitterwesens. Mann und Ross in einer Person! Alia hatte nie erlebt, dass ihre Gabe ihr Trugbilder zeigte. Nie hatte sie einer Berührung ihrer Hand misstrauen müssen. Ein Teil ihres Verstandes versuchte sich dieses Bild mit der Todesangst zu erklären, die sie während des Kampfes gespürt hatte. Ein anderer, jedoch viel kleinerer Teil beharrte darauf, dass ihre Gabe zuverlässig war, wie nichts anderes in ihrem Leben. Diese Ungewissheit war ihr fremd, aber so oder so, es war einerlei, sie musste gehen. Es war der Befehl der Schwesternschaft und sie hatte sich zu beugen, egal in welche Hände sie sich nun begeben würde.

Alia richtete sich auf, zog ihren Umhang an, schulterte ihren Bogen mit den Pfeilen, ihr Schwert und Gepäck, streifte die Handschuhe über und verließ ihre Kammer. Sie hatte alles, was sie brauchte. Sie war bereit, auch wenn Angst ihr das Atmen schwer machte.

Kapitel 2

Sie hatten ihr Lager noch vor den ersten Sonnenstrahlen abgebrochen und sich, nachdem sie schweigend das Morgenritual absolviert hatten, auf den Weg zum Tor des Klosters begeben. Hier, so war es die Anordnung der Oberin gewesen, sollten sie die Heilerin treffen, um mit ihr fortzureiten.

Die Oberin hatte darauf beharrt, dass er und seine Soldaten nicht noch einmal den Grund des Klosters betraten. Sie wolle keine Unruhe unter den Schwestern, hatte sie betont, aber Kian war sich sehr klar darüber geworden, dass die Oberin die Wünsche des Königs zwar akzeptierte, jedoch keine Veranlassung sah, seine Soldaten mehr als irgend nötig zu beherbergen. Fern ab der Hauptstadt stand die Schwesternschaft außerhalb des Machteinflusses der Gesellschaft und ihres Königs. Er und seine Soldaten waren an diesem Ort nicht erwünscht.

So standen sie nun in der frühesten Morgenstunde vor den geschlossenen Toren und erwarteten das Eintreffen der Heilerin. Sie alle starrten den Weg zum Klosterhof entlang, aber nichts regte sich dort. Als die Minuten verstrichen, begann Mino eines seiner fröhlichen Lieder zu summen, und Roan stimmte leise mit ein.

„So stehen wir nun hier, ein Lied auf den Lippen und harren der Erfüllung unseres Auftrages. Sind wir Bittsteller, dass man uns hier warten lässt?“, kommentierte Evan mit ironischem Unterton.

Kian beobachtete das belustigte Grinsen, das Ana nun auf den Lippen trug, als sich die Klostermauer entlang eine Gestalt zu Pferd näherte. Außerhalb der Mauer. Er sah der Heilerin entgegen, die mit gesenktem Kopf auf sie zu trabte, und es überraschte ihn sehr, anhand ihrer Gestalt das Mädchen von gestern wiederzuerkennen. Er hatte eine ältere Frau erwartet, nach dem zu urteilen, wie sehr ihre Heilerfolge in der Hauptstadt und den Fürstentümern gerühmt wurden. Ihr Pferd, ein fuchsfarbener Hengst, tänzelte nervös. Es war jung, zu jung, um verlässlich zu sein, und es erfüllte Kian mit einigem Unbehagen, seinen wertvollen Reisegast auf einem derart leicht zu irritierenden Pferd zu wissen.

„Guten Morgen, Heilerin!“, rief er ihr entgegen. Er beobachtete ihr Nicken und die Mühelosigkeit, mit der sie das unruhige Pferd vor ihnen stoppte, und verzichtete deshalb darauf, ein Wort über das Tier zu verlieren. Sie schien zu wissen, was sie tat.

Roan konnte sich jedoch nicht zügeln. „Ein sehr wildes Pferd habt Ihr da, Heilerin!“, kommentierte er kritisch.

„Mein Pferd ist tot. Man hat mir dieses zugewiesen“, erwiderte die Heilerin knapp, aber Kian war es, als hörte er trotzdem so etwas wie Trauer aus ihren Worten, und er sah wieder das tote Pferd auf dem Kampfplatz vor sich.

„Seid Ihr bereit?“, fragte er.

Sein Blick verweilte einen Moment auf dem Bogen, der um ihre Schulter hing. Eine kleinere Waffe als die seine, aber dennoch von gelungener handwerklicher Ausführung. Dann wandte er seine Augen auf die Stelle, an der er in der Dunkelheit ihr Gesicht vermutete. Wieder nickte die Heilerin nur auf seine Frage, während Kian den Befehl zum Aufbruch gab und voranritt. Die ersten Zeichen des Morgengrauens zeigten sich am Himmel vor ihnen, und er ließ seine Stute mit langen Schritten ihren eigenen Weg bestimmen.

Als Ana nun begann, alle anderen und sich selbst vorzustellen, starrte Kian stur in die weiße Welt, in die auch die erste Helligkeit keine Farben zu bringen vermochte. Es wäre seine Aufgabe gewesen, der Heilerin seine Leute vorzustellen! Das Soldatenleben und seine Isolation hatten ihn so stumpf werden lassen, dass er sich in letzter Zeit immer wieder dabei ertappte, wie er zwischenmenschliche Konventionen zunehmend vergaß. Höflichkeit, Freundlichkeit, Zuvorkommenheit ... würden das eines Tages nur noch Worte für ihn sein, deren Bedeutung er vergessen hatte?

Als Ana ihn vorstellte, drehte er sich nicht um, sondern verharrte in seiner Starre. Er wollte nicht, dass jemand jetzt sein Gesicht ansah. Gefühle zu zeigen gehörte nicht zu den Aufgaben des ersten Heermeisters des Königs.

„Das ist Heermeister Dogul, der erste Heermeister des Königs!“ So hatte die Soldatin den fremden Krieger vorgestellt, und die periphere Sicht hatte Alia gezeigt, dass er sich nicht zu ihnen umgewandt hatte bei diesen Worten. Ein groß gewachsener Mann, schlank, mit breiten Schultern, starken Armen und langem schwarzen Haar auf einer ebenso schwarzen Stute. Das Gesicht dieses Mannes hatte ihr die periphere Sicht nicht enthüllt, dafür war es zuvor noch zu dunkel gewesen.

Er trug ein Schwert an seiner Seite und über seine Schulter war ein Bogen gelehnt, der Alia fast blendete, so edel war das Holz, aus dem er gefertigt war. Dunkel und von verschlungener schwarzer Maserung, unzählige Male abgeschliffen und poliert, sodass die Oberfläche glänzte wie eine Art sehr feines Fell. Auch die Pfeile im Köcher auf seinem Rücken waren aus diesem Holz. Was war das für ein Gehölz? Alia wusste es nicht zu bestimmen.

„Er führt uns und sorgt für unsere Mahlzeiten“, fuhr die Soldatin fort.

In ihrer Stimme konnte Alia große Achtung und Ehrfurcht erkennen. Ein Jäger also, deswegen der Bogen! Sie sah wieder nach dem Krieger und bemerkte die stille Autorität, die er ausstrahlte, auch wenn er schwieg.

Alia saugte die Worte der Soldatin förmlich in sich auf. Sie hatte seit gestern so oft versucht, sich die Soldaten, die sie gerettet hatten, ins Gedächtnis zu rufen, aber musste sich letztlich eingestehen, dass sie keine Erinnerung wachrufen konnte. Auch als sie ins Kloster geflüchtet war, hatte sie es nicht gewagt, sie anzublicken, auch nicht auf die verstohlene Art aus ihren Augenwinkeln. Und so holte sie nun alles nach und versuchte, so viel sie konnte vom Aussehen und der Gestalt ihrer Mitreisenden zu ergründen. Sie waren zu fünft. Alle in schwarzen, ledernen Beinkleidern, Stiefeln und Mänteln, mit Schwertern an ihren Seiten und dem aufrechten Sitz stolzer Reiter.

Roan, der Älteste unter ihnen, war als erster Offizier der gesamten Truppen die rechte Hand des Heermeisters und der Koch ihrer

Reisegemeinschaft. Bei der Bemerkung, er sei der Koch, wandte er sich nach ihnen um und zwinkerte Alia neckend zu. Ein freundliches, vom Wetter gegerbtes Gesicht, das von Falten durchzogen war wie die Landkarte eines Gebirges.

Mino, der Jüngste, mochte etwa so alt sein wie Alia, also etwas über zwanzig Jahresläufe zählen. Er hatte die blonden Haare und leuchtend hellen Augen der Menschen aus dem Osten. Alia hatte immer gerne Leute aus dieser Region behandelt. Sie hatten ein freundliches Gemüt, das sie selbst dann bewahrten, wenn die Zeiten hart wurden. Selbst noch im Tod. Er sei ein begnadeter Reiter und Späher der ersten Garde, die direkt dem ersten Heermeister unterstellt war.

Evan, ein verschlossen wirkender Mann von wuchtigem Körperbau, etwa dreißig Jahresläufe alt, war Schmied gewesen, bevor er sich für den Dienst in der Armee entschied. Heute war er der Waffenmeister der Truppen. Er könne alles herstellen, vom Küchenmesser bis zur kompliziertesten Schneide eines Kriegsschwertes, bekräftigte die Soldatin, und Evan blickte ihr bei diesen Worten mit einem tiefen Lächeln in die Augen.

Die Soldatin selbst hieß Ana und sie war die erste Offizierin der ersten Garde, dabei beließ sie es, aber Alia erahnte, welches Kampfgeschick sich hinter dieser groß gewachsenen, schlanken Frau mit den endlos langen braunen Haaren verbergen mochte.

Alia hatte während der Erklärung der Soldatin geschwiegen, aber ihre Augen waren voller Neugier zwischen den Soldaten hin und her geschlichen. Die Kapuze verhüllte ihr Gesicht und beschattete ihre Augen, sodass niemand ihr Verlangen erahnen konnte, diese Menschen in ihrem Wesen zu erkennen, damit sie ihre Angst endlich zu bändigen vermochte.

Der Tag ging dahin. Die Soldaten ritten ruhig nebeneinander her und plauderten miteinander, wechselten die Formation nach dem Lauf der Unterhaltung, zogen sich gegenseitig auf, sprachen über die Pläne für die Reise. Wo sollten sie ihre Wasservorräte aufstocken, wenn sie erst das schneebedeckte Land hinter sich ließen? Wo konnten sie auf welche anderen Truppen ihrer Armee treffen, um vielleicht einige Nächte mit Freunden verbringen zu können?

Alltägliches, Wichtiges und Unwichtiges ... Alia entspannte sich mehr und mehr.

Zunächst hatte sie jedem Wort gespannt gelauscht, dann jedoch begriffen, dass nicht alles von Interesse war, was die Soldaten austauschten, und sie hatte die Stimmen ausgeblendet. Sie versuchte von Zeit zu Zeit immer wieder, ihr Pferd in verschiedene Schrittmuster zu lenken, damit sie sich besser kennenlernen konnten. Sie wollte seine Reaktion sehen und das Tier sollte im Gegenzug bemerken, dass Alia nichts Schlechtes von ihm wollte. Alia hatte bald sogar das Gefühl, das Pferd warte bereits gespannt auf die nächste Aufgabe.

Aber der wunderbarste Gedanke blitzte noch nicht gleich in ihrem Verstand auf: Sie war im Freien und das nicht nur für eine kurze, stark begrenzte Zeit, sondern für die nächsten Wochen, vielleicht sogar Mondläufe. Ihr Herz schlug stark, und es schwindelte sie fast, als sie begriff, wie nah sie der Freiheit gekommen war, die sie immer ersehnt hatte, auch wenn sie den Anordnungen eines Königs folgte, der ihr nichts bedeutete. Auch wenn sie der Befehlsgewalt dieses Heermeisters unterlag, der sich nicht am Gespräch seiner Soldaten beteiligte, so konnte sie doch frei atmen.

Nur zwei Mal während ihres gesamten Tagesrittes hatte sie selbst die Stimme erhoben. Einmal, als der Heermeister sich nach ihr umgewandt hatte, um zu fragen, ob sie eine Rast brauche, was sie mit einem kurzen „*Nein*" beantwortete und dabei nicht wagte, sein Gesicht in ihre periphere Sicht treten zu lassen. Und ein zweites Mal, als es um die Frage ging, ob es wirklich eine gute Entscheidung gewesen war, das Diebesgut der getöteten Banditen der Oberin der Jidari zu übergeben.

„Ist die Schwesternschaft nicht zu isoliert, um es gerecht zurückverteilen zu können?", wurde Alia direkt von Evan angesprochen.

Sie zuckte erschrocken zusammen, musste ihr Pferd zügeln, das ihre Unruhe gespürt hatte, und gab zurück, die Jidari verfügten über ein Netzwerk von Kontakten in alle Richtungen der anderen Welt.

„Die andere Welt?", fragte Ana nach.

„Die Welt außerhalb der Schwesternschaft", antwortete Alia und blickte beschämt auf ihre Hände. Bei den Monden, diese Soldaten mussten sie für einfältig halten.

Kians Leute hatten sich auf ihrer langen Reise zum Kloster oft den Kopf darüber zerbrochen, wie sie diese Frau, die nicht an das tagelange Reiten, das Leben und Ruhen im Freien gewöhnt war, in die Hauptstadt überführen sollten. Auch ihn selbst hatte dieser Gedanke beschäftigt. Sicher, es gab Frauen, Soldatinnen, die ein Leben wie dieses schätzten und denen der Luxus eines Zeltes schon überirdisch erschien, aber diese Frauen waren gewiss nicht in der Mehrzahl, wenn er sich die Gesellschaft außerhalb der Armee vor Augen führte.

Diese Heilerin jedoch ritt mit stoischer Ruhe zwischen seinen Leuten, wollte keine Rast und hörte während des gesamten Tagesrittes nicht auf, mit ihrem Pferd Spiele zu spielen. Kian hatte den sich verändernden Hufschlag ihres Pferdes immer wieder gehört und konnte sich sogar ausmalen, was sie dem Pferd vorgegeben hatte. Nur eine außergewöhnlich gute Reiterin konnte diese kleinen Aufgaben ersinnen. Kian war erleichtert zu bemerken, wie unkompliziert die Jidari-Heilerin sich ihm bis jetzt darstellte, auch wenn sie nichts von sich preisgab, schwieg und für sich blieb. Es war mehr, als er erwartet hatte.

Als die Abenddämmerung nicht mehr weit war, begann er nach einem Rastplatz für die Nacht Ausschau zu halten. Zu ihrer Rechten wurde das Land felsiger, und bald hatte er eine kleine Ebene etwas oberhalb von ihnen ausgemacht, die einerseits gut zu erreichen und andererseits einfach zu verteidigen war, da sie sich nur nach einer Seite hin aus dem Felsen öffnete. Er wandte sich um, suchte Roans Blick und zeigte ihm die Stelle. Roan nickte lediglich, und sie ritten bergan.

Oben angekommen beobachtete Kian für eine Weile die alltäglichen Verrichtungen seiner Leute. Die Pferde wurden abgesattelt, getränkt und gefüttert. Mino stellte auch für Kians Stute etwas bereit. Evan entfachte ein Feuer und die Schlafplätze wurden eingerichtet.

Die Heilerin schien irritiert, sie wirkte verloren, als erwartete sie irgendetwas, das nicht kam, und kopierte dann zögernd die Tätigkeiten der anderen. Bei all ihren Handlungen hielt sie den Kopf gesenkt, und er konnte nie auch nur den Hauch ihres Gesichtes unter der Kapuze erkennen. Schließlich stand sie mit einem Fell und einem ledernen Schlafsack unter dem Arm neben ihrem Pferd, offensichtlich nicht in der Lage herauszufinden, was die unauffälligste Art zu handeln war. Denn das war es, was sie wollte, wurde Kian klar: nicht auffallen, keine Aufmerksamkeit auf sich lenken.

Nun, sie hatte *seine* Aufmerksamkeit in diesem Moment, und er ließ seinen Hinweis absichtlich fast wie eine Anordnung klingen. „Sucht Euch einen Schlafplatz nahe dem Feuer!", kam er ihr zu Hilfe, und wieder reagierte sie lediglich mit einem Nicken und ging hinüber zur Feuerstelle. Hatte es diese oberste Jidari für nötig befunden, der Heilerin zu erklären, warum überhaupt sie aus ihrer vertrauten Umgebung gerissen wurde und Soldaten sie in die ferne Hauptstadt eskortierten?

Kian sah sie noch einen Moment länger an, aber Roan begann jetzt geschäftig mit seinen Töpfen zu hantieren und grinste Kian herausfordernd zu. „Ich hätte Lust auf einen feinen Haseneintopf, Heermeister! Was sagt ihr?"

Kian lächelte, lockerte seine Felle vom Sattel und reichte sie Evan. „Ich werde sehen, was ich tun kann", gab er zurück, zügelte die Stute und ritt den Abhang hinab.

Er hatte eine kleine Bewaldung entdeckt, bevor sie in die Felsen geritten waren, und hier wollte er sein Jagdglück versuchen. Je näher er den Bäumen kam, desto langsamer ritt er. Immer wieder flüsterte er seiner Stute in der Alten Sprache zu, sie solle ruhig sein. Dann nahm er seinen Bogen von der Schulter, legte einen Pfeil ein, spannte leicht und begab sich unter die Baumkronen. Eine Hand führte den Bogen vor sich, mit der anderen hielt er die Zügel, stoppte, lauschte und wartete.

Er könnte für immer so verweilen. Die erwartungsvolle Gespanntheit seines Körpers und Verstandes versetzte ihn in eine so tiefe Ruhe, wie er sie sonst nur in den geistigen Übungen fand, in die er sich versenkte, wenn es die Zeit zuließ. Er hatte versucht, sich in ihnen während langer Wegstrecken auf seinem Pferd zu üben, aber seine geistige Abwesenheit schien die Stute zutiefst zu beunruhigen und so hatte er diesen Versuch schließlich abgebrochen. Er wusste nicht, was seine Stute dabei in Unruhe versetzte, aber er hörte dennoch auf. Sie war sein wichtigstes Gut.

Neben ihm knackte das Unterholz und er drehte sich langsam in Richtung des Geräusches. Er kniff die Augen zusammen, um im schwindenden Licht des Tages etwas erkennen zu können. Die Baumwipfel waren sehr dicht und so reichte das Licht kaum bis auf den Grund, aber er sah dennoch eine rasche Bewegung. Ein Reh! Und im selben Moment dieses Gedankens in seinem Kopf hatte er den Bogen zur Gänze gespannt und den Pfeil entlassen. Er hörte, wie er sein Ziel traf, das Reh zu Boden ging und dann Stille eintrat.

Mit Genugtuung legte er sich den Bogen über die Schulter, ritt auf das Reh zu und betrachtete es. Ein guter Schuss, er hatte das Tier sofort getötet, so wie es sein sollte. Kian legte sich weit über die Flanke der Stute nach unten und zog das Reh an seinem Pfeil hoch über seinen Sattelknauf. Er entfernte mit seinem Messer den Pfeil, wischte ihn ab und verbrachte ihn zurück in den Köcher. Nochmals versicherte er sich, dass das Reh stabil vor ihm lag, und begab sich dann zurück zum Lager.

Die Jagd war zu schnell gegangen, aber er würde bald wieder hier sein, allein in der Nacht, und dieser Gedanke trieb ihn an.

„Hier, nehmt einen guten Schluck Tee!“, forderte Roan sie auf und hielt ihr einen Holzbecher mit dampfendem Inhalt entgegen.

„Danke“, erwiderte Alia, nahm ihm nickend das heiße Getränk aus der Hand und setzte sich damit erneut auf ihr Fell.

Roan verteilte Becher an alle Soldaten und diese ließen sich nun einer nach dem anderen um das Feuer nieder.

„Was schälst du da, Roan?“, fragte Mino skeptisch.

Ein paar wunderschöne, große, fast rote Kartoffeln wanden sich in Roans Händen. Alia kannte solche nur von den Reisenden, die im Hospital ihre Krankheiten kurieren lassen wollten. Hier wuchsen nur deren kleineren, fast gelben Schwestern.

„Nach was sieht es denn aus, Junge?", fragte Roan grinsend zurück. „Hier, schäl mit!", rief er und warf Mino eine der Früchte entgegen. Dieser grummelte vor sich hin, zückte jedoch sein Messer und begann mit der ihm zugewiesenen Arbeit.

Während die Vorbereitungen für das Essen ihren Lauf nahmen, saßen die Soldaten entspannt um das Feuer und tranken den heißen Tee. Alia schmeckte getrocknete Früchte und einen Hauch Süßkraut darin. Sie trank in winzigen Portionen, um länger an diesem Genuss zu haben, stellte dann jedoch fest, dass die anderen sich einfach eigenständig wieder und wieder aus dem dampfenden Teekessel bedienten. Sie wurden dazu sogar freundlich von Roan aufgefordert! Alia betrachtete staunend dieses Schauspiel. Das hatte es innerhalb der Schwesternschaft nie gegeben. Jede hatte ihren Anteil an der kargen Mahlzeit zugeteilt bekommen und mehr gab es nicht.

Als Ana nun mit einem neu gefüllten Becher neben ihr Platz nahm, nickte sie ihr zu. „Nur zu, nehmt Euch Tee, solange er heiß ist!"

Alia erhob sich zurückhaltend, um sich ebenfalls nachzuschenken, als sie ein fernes Hufgetrappel vernahm. Schnell kehrte sie zu ihrem Fell zurück und ließ unter ihrer Kapuze hervor den Blick über die Soldaten schweifen. Sie tranken, redeten ausgelassen und neckend über die Kochkünste Roans, aber keiner von ihnen merkte auf. Alia konnte bereits am Hufschlag erkennen, dass es sich um die Stute des Heermeisters handelte, und noch immer vernahmen die anderen nichts. Besseres Gehör, bessere Sicht, vor allem bei Nacht, ein weiteres Erbe der unbekannten Art, der sie entstammte.

Endlich sah auch die übrige Gesellschaft auf, und Ana begann zu lachen. „Das ist kein Hase, Heermeister!"

Alia wagte zum ersten Mal, ihre periphere Sicht auf das Gesicht des stillen, fremden Kriegers zu richten und sie zeigte ihr sein Lächeln, den belustigten Blick seiner Augen und sein an Ana gewandtes Schulterzucken, während er ein Reh neben Roan in den Schnee sinken ließ. Er war viel jünger als Alia vermutet hatte, wahrscheinlich kaum so alt wie Evan. Sie sah ein sehr markant geschnittenes Gesicht mit tiefblauen Augen, die in starkem Kontrast zu seinem schwarzen Haar standen. Jemand, der so einnehmend zu lächeln vermochte, sollte ihr wahrlich nicht so viel Angst einflößen, dachte sie.

„Welch ein Festschmaus!“, rief Roan aus. „Wenn du jedoch lieber einen Hasen essen möchtest, Ana, stell dir einfach vor, es sei einer!“, zog er freundlich die Soldatin auf.

Er begann zügig das Tier zu zerlegen, zog das Fell nicht ab, sondern löste es lediglich vom Fleisch, um große Stücke davon herauszuschneiden, die er sogleich in einen Topf mit heißem Öl und Zwiebeln beförderte. Läufe, Rücken- und Hinterpartie nahm er weg, den Rest des Kadavers händigte er dem Heermeister wieder aus. Sie tauschten ein ruhiges Nicken, der Heermeister wendete sein Pferd und ritt davon.

Alia erwartete, dass er lediglich den Kadaver in einiger Entfernung ablegen würde, damit sie nachts nicht den unerwarteten Besuch wilder Tiere zu fürchten brauchten, die das Aas witterten. Sie erwartete, er würde wiederkehren, um mit allen zusammen das Nachtmahl einzunehmen, aber ihr Gehör verriet ihr etwas anderes. Er ritt fort, weit hinaus in die Nacht. Ein seltsames Verhalten! Eines jedoch, über das Alia nicht mehr lange grübelte, denn bald hielt sie einen Holzteller mit geschmortem Reh und Kartoffeln in der Hand. Eine große Portion, und so viel mehr Fleisch als sie jemals bei einer Mahlzeit, die ihr zugeteilt war, gesehen hatte. Das war unermesslicher Luxus!

„Das ist für mich?“, fragte sie leise an niemand bestimmten gewandt und erntete ein freundliches Lachen der Soldaten, während ihre Wangen heiß wurden vor Scham über ihre unbedachten Worte. Dennoch schloss sie vor Dankbarkeit die Augen, während sie Bissen um Bissen kaute, schmeckte und genoss. Sie schluckte den letzten Bissen mit einem Seufzer, den Ana wohl auch vernommen hatte, denn sie lachte wieder. „Gebt mir Euren Teller, ich hole uns Nachschub!“

Erneut bekam Alia einen großen Brocken Fleisch mit köstlichen Kartoffeln und hoffte, diese Reise möge nie enden.

Kian hatte die erste Hälfte der Nacht in Nähe der Bewaldung verbracht. Stunde um Stunde hatte er mit gespanntem Bogen mit der

Stute gelauert und dabei seinem Dasein in der mit zahlreichen Tierstimmen erfüllten Dunkelheit nachgespürt. Er war auf ausdrücklichem Befehl des Königs hier, musste er sich mehr und mehr klar machen, denn im Grunde fühlte er sich zunehmend wie auf einer Ferienreise. Hier musste er nicht die Verantwortung über Leben und Tod von annähernd zweitausend Soldaten tragen, er musste keine Strategien entwerfen, die Fürsten in Schach zu halten, er musste nicht nächtelang Gefangene verhören, nicht die Schreie der Verwundeten ertragen und ... Er musste kein Krieger sein. Er musste nicht kämpfen. Er musste nicht töten. Und er sah niemanden sterben.

Er war es so müde und gleichzeitig fühlte er sich schuldig. Was war er für ein Heermeister, der solche Gedanken mit sich herumtrug? Wie konnte er je wieder seinen Truppen gegenübertreten, wenn weglaufen alles war, was er manchmal wollte? Er war es seinen Soldaten schuldig, in jeder Sekunde seines Daseins um ihr Wohl besorgt zu sein, und nicht eine nächtliche Jagd zu genießen, bei der er sich daran erfreute, dass er weit weg war von ihnen.

Er wusste nicht, ob er sich je wieder im Spiegel gegenübertreten konnte, aber hier und jetzt, in der Mitte der Nacht, fühlte er sich frei.

Eigentlich war er an diesen Ort zurückgekehrt, um vielleicht doch noch ein paar Hasen zu schießen, aber stattdessen wies ihm der Zufall eine Schar Rebhühner zu. Diese hingen nun an seinem Sattel, als er seine Stute den Berghang hinaufführte und die Ebene erreichte. Das Feuer war ein wenig heruntergebrannt. Er konnte die schlafenden Gestalten seiner Soldaten erkennen, auch die Heilerin schien friedlich zu ruhen, nur Roan war wach. Er hatte die erste Nachtwache übernommen und wandte sich nun in seine Richtung.

Ein breites Lächeln erfüllte Roans Gesicht. „Na, da habe ich doch etwas zu tun in der letzten Stunde meiner Wache!“, flüsterte er und band die Rebhühner los.

Kian lächelte ebenfalls und nahm daraufhin mit einem „*Danke*“ einen Teller mit Essen von Roan entgegen.

„Sei froh, dass noch etwas übrig ist. Ein Kopf mehr an der Tafel und schon wird das Essen knapp."

„Du übertreibst doch, mein Freund! Was kann diese zarte Person schon zu sich genommen haben?", entgegnete er mit zusammengekniffenen Augen.

„Du glaubst nicht, was dieses magere Mädchen verdrücken kann. Drei Portionen!" Roan lachte leise.

Kian wunderte sich und zuckte dann die Achseln. „Sie ist an ein karges Leben gewöhnt."

Roan nickte nachdenklich. „Wahrscheinlich. Aber es ist nicht gerade so, als würde ich hier erlesene Köstlichkeiten auf den Tisch bringen."

„Nein, aber du bringst ihr unsere Gastfreundschaft entgegen, und das ist etwas, das die Heilerin unter den Jidari vermutlich nicht erlebt hat. Erinnere dich, wie wir behandelt wurden!"

Roan sah Kian kopfschüttelnd an. „Du vergisst, dass sie eine von ihnen ist, und wir nur Soldaten eines Königs, der keine Rolle in ihrem Leben spielt. Wir wissen nichts darüber, wie sie sich untereinander verhalten!"

„Die Jidari lassen auch untereinander keine persönlichen Bindungen zu. Das ist ihr Kodex", antwortete Kian bestimmt.

„Hast du darüber gelesen?"

„Ja, ich habe die Jidari-Schwesternschaft in den alten Schriften studiert, bevor wir aufbrachen. Ich wollte ihnen nicht in Unwissen entgegentreten."

Roan blickte Kian einen Moment nachdenklich an, dann zuckte er die Achseln. „Nun, jedenfalls müssen wir uns morgen etwas einfallen lassen, wie wir irgendetwas Ähnliches wie Gemüse in dieser Schneelandschaft auftreiben. Die Vorräte gehen zur Neige!" Er nahm Kian den Teller ab, als dieser seine Mahlzeit beendet hatte.

„Wer wacht nach dir?"

„Evan. Mino übernimmt die letzte Wache. Ana und du seid an der Reihe zu schlafen!"

„Nein, sage Evan, er soll mich wecken anstatt Mino, ich ..."

„Kian! Geh schlafen! Ruh dich aus!", unterbrach ihn Roan.

Kian hörte die Autorität des Älteren aus seinen Worten. Er wusste, Roan duldete keine Widerrede. Er konnte sich also lediglich fügen und deutete eine spielerische Verbeugung an.

„Kian, nicht, wenn dich die anderen sehen!“, lachte Roan leise und ließ den Blick unruhig über die Schlafenden wandern.

„Sehen, wie ich mich vor dir verneige? Lass das meine Sorge sein, mein Freund. Gute Nacht!“

„Möge der Schlaf dich ebenso gut gelaunt erhalten, wie du jetzt vor mir stehst, mein Heermeister!“, flüsterte Roan zurück, zwinkerte und verneigte sich ebenfalls.

Kian, lachte leise. Er führte die Stute zu seinen Fellen, die Evan in die Nähe eines nicht ganz hüfthohen Felsens gelegt hatte. Es erfüllte ihn auch nach so langer Zeit in der Gegenwart seiner persönlichen Garde mit Dankbarkeit, dass jeder von ihnen schweigend seinen so besonderen Bedürfnissen entgegenkam. Sie halfen ihm, ohne jemals ein Wort darüber zu verlieren, und das war ein weiterer Teil der Freiheit, die ihm dieser Auftrag brachte: Er war unter Menschen, die ihn akzeptierten und ihn nie danach beurteilten, was er war.

Alia war bereits beim Eintreffen des fremden Kriegers erwacht. Sie hielt die Augen zunächst weiter geschlossen, öffnete sie jedoch, als sie hörte, dass Roan ihn in der persönlichen Anrede mit *du* ansprach. Sie wunderte sich sehr, dass er sich eine solche Vertrautheit gegenüber seines Heermeisters herausnehmen durfte. Vor allem, weil er immerfort zu ihm aufsehen musste, da dieser nicht von seinem Pferd stieg. Roan sprach ihn sogar mit seinem Vornamen an. *Kian*.

Der einzige Mensch, dem Alia jemals so nah gewesen war, um ihn auf diese Art anzusprechen, war Jaso gewesen. Mit ihm war sie als Kind gemeinsam herumgestreunt, wann immer es ihr möglich war, dem Kloster zu entkommen. Als sie alt genug dafür waren, hatten sie die Kissen geteilt. Jaso war ihre einzige Möglichkeit gewesen, sich als Kind zu erleben und später als eine Frau.

Alia erlaubte sich, unter dem Schutz ihrer Kapuze ihre Augen direkt auf die Sprechenden zu richten. Das war etwas, das sie ebenfalls nur in Jasos Gegenwart absichtlich getan hatte, so lange sie sich erinnern konnte. Die periphere Sicht musste ihr zur zweiten Natur werden, denn Abweichungen von diesem Teil des Kodexes wurden schwer bestraft. Es war das Einzige, das mit körperlichen Schmerzen geahndet wurde, und wahrlich, sie hatte viele Schläge durch die Oberin erhalten.

Der Heermeister schien entspannt, seine Züge wirkten weniger rau, seine Augen ruhten auf Roans Gesicht und die beiden scherzten sogar miteinander. Sie sah seine Verbeugung vor dem älteren, ihm untergebenen Soldaten und die leise Furcht Roans, sie könnten beobachtet werden, denn natürlich war dies ein schändliches Verhalten innerhalb der Hierarchie der Soldaten. Aber Alia lächelte. Der furchteinflößende Krieger war ein Mann mit Humor. Einem Humor, der sich über den Stand seines Gegenübers hinwegsetzen konnte.

Sie hatten darüber gesprochen, wie viel Alia gegessen hatte. Schande! Es hatte ihr einen Stich versetzt, den Heermeister von ihrem kargen Leben und der Gastfreundschaft sprechen zu hören, die sie tatsächlich nie erlebt hatte. Er schien vieles über die Schwesternschaft zu wissen, das er für sich behielt. Es machte Alia traurig und gleichzeitig erwärmte sich ihr Herz ein wenig für diesen Krieger, dem Mitgefühl kein Fremdwort zu sein schien.

Vielleicht brauchte sie sich vor ihm tatsächlich nicht zu fürchten. Er erteilte ihr keine Befehle, im Gegenteil, er half ihr, die Richtung zu finden, wie vorhin bei der Auswahl ihres Schlafplatzes. Auch die anderen befahlen ihr nicht, sondern ermutigten sie, zu tun, was sie tun wollte. Wollte sie mehr Tee? Mehr Essen? Näher an das Feuer heranrücken? Sie war keine Gefangene! Ein kleines Wunder ... Und sie nahm sich fest vor, sich morgen auf ihre Art dafür zu bedanken. Sie würde einige Erdfrüchte finden und damit Roans Vorräte aufstocken.

Mit diesen ermutigenden Gedanken wäre sie beinahe wieder eingeschlafen, als sie hörte, wie der Heermeister sein Pferd in Richtung seines Schlafplatzes lenkte. Alia bewegte langsam ihren Kopf, um ihn weiterhin ansehen zu können. Sie war sehr vorsichtig, wollte sich nicht verraten und dann sah sie, was ihr hätte längst auffallen müssen, wenn sie sich getraut hätte, ihn auch nur einmal genauer anzusehen. Jetzt sah sie die beiden Gehstöcke, die an seinem Gepäck befestigt waren. Sie sah, dass seine Beine mit straffen Ledergurten an seinem Sattel festgebunden waren.

Er ritt nah an einen Felsen heran, vor dem seine Schlaffelle ausgebreitet lagen, dann beugte er sich hinunter, löste die Lederriemen um Ober- und Unterschenkel und befreite seinen Stiefel mit den Händen aus dem Steigbügel. Danach beugte er sich auf die andere Seite und wiederholte seine Handlungen an seinem anderen Bein. Nachdem er wieder aufrecht saß, lehnte er sich weit über den Hals seines Pferdes, griff unter den Oberschenkel seines einen Beines und zog es hinter sich über den Rücken des Pferdes. Das Bein wirkte seltsam steif, als würde es von irgendetwas gehalten. Er umfasste den Sattelknauf und rutschte langsam vom Pferd auf die Seite, auf der sich der Fels befand. Seine Füße berührten den Boden, aber er ließ kaum eine Belastung zu, so schien es Alia, sondern hielt sich weiter mit einer Hand und immenser Kraft am Sattel fest. Mit der anderen Hand tastete er nach dem Felsen und verlagerte sein Gewicht bald dorthin.

Alia hatte genug gesehen und sie schloss die Augen. Der stille, fremde Krieger hatte gelähmte Beine. Sie hatte oft Menschen behandelt, deren Glieder von Lähmungen betroffen waren. Manche waren so geboren, andere hatten Verletzungen erlitten, die zur Folge hatten, dass sie Teile ihres Körpers nicht mehr kontrollieren konnten. Meistens konnte Alia nicht viel tun, um zu helfen, aber sie hatte oft gesehen, wie diese Menschen lernten, mit ihrer eingeschränkten Beweglichkeit zu leben.

Sie wusste zu viel um die Beschaffenheit des menschlichen Körpers, um jetzt in Erstaunen zu geraten. Normalerweise registrierte sie solche Dinge automatisch als Erstes, wenn sie anderen Menschen begegnete. Sie war eine Heilerin und davon war ihr Blick auf andere geprägt. Nicht jedoch bei diesem Krieger, den sie nie gewagt hatte anzusehen, bis die Nacht sie schützte.

Jedoch schloss sie nicht deswegen die Augen. Nein, sie schloss sie, um dem Flüstern besser lauschen zu können. Der stille Krieger flüsterte seinem Pferd wieder Worte in der Alten Sprache zu. Alia verstand, dass er die Stute beruhigte, erklärte, was er tat, sie aufforderte, ihm zu helfen ... Alltägliches. Aber es war nicht der Inhalt seiner Worte, der sie interessierte. Es war der Klang seiner Stimme, die die Worte formten. Der Klang der Alten Sprache, die für sie nie einen Klang gehabt hatte, weil niemand sie sprach. Sie sah die uralten Schriftzeichen vor sich, während sie die Worte hörte, Schriftzeichen, die niemand mehr benutzte. Der Heermeister wurde ihr in dieser Nacht zur Stimme dieser vergessenen Sprache, die sie immer geliebt hatte, und diese Stimme verzauberte sie bis in ihre Träume.

Alia erwachte beim ersten Zeichen des Morgengrauens, aber es war nicht das Licht, das sie geweckt hatte, sondern die leisen Schritte der Soldaten. Sie erhoben sich langsam von ihren Fellen, verrichteten morgendliche Alltäglichkeiten und griffen dann einer nach dem anderen zu ihren Schwertern. Keiner sagte ein Wort.

Sie sah die Gestalt des Heermeisters drüben bei dem Felsen, der an seine Bettstadt grenzte, halb lehnte er daran, halb saß er, das Schwert mit beiden Händen senkrecht vor sich erhoben und den Blick auf seine Hände gerichtet. Das ähnelte sehr der Versenkung, wie sie die Jidari praktizierten, nur benutzten diese keine Waffen. Waren die Truppen des Königs religiös gesinnt? Alia wusste es nicht.

Sie wagte es nicht, sich zu bewegen, denn nun fanden sich alle vier Soldaten ein, verteilt auf der kleinen Ebene und doch alle mit dem Blick in dieselbe Richtung wie ihr Heermeister. Nach Süden! Alle erhoben ihre Schwerter auf dieselbe Art wie er und versanken in stiller Kontemplation.

Dann, wie auf ein stummes Kommando hin, ließen sie alle das Schwert sinken, bis die Spitze nach vorne zeigte, und schlossen die Augen. Alle begannen die gleiche Abfolge von Bewegungen. Keiner machte einen Schritt, nur die Schwerter schnitten in die Luft. Jeder auf die gleiche elegante Art, zeichneten sie mit ihren Schwertern Linien in die Kälte. Dann führte die rechte Hand das Schwert in einem großen Bogen über die Schulter und übergab es an die linke. Die Hände trafen sich erneut am Griff und wieder durchstießen die Spitzen ein unsichtbares Gegenüber mit der unbeschreiblichen Präzision ihres Gleichklanges.

Alia wagte kaum zu atmen. Nachdem sie die Gleichzeitigkeit der Bewegungen der Soldaten bestaunt hatte, deren unbedingten Willen zur Uniformität, die unfassbare Schönheit ihrer Bewegungen, die ihr fast wie ein Tanz erschienen, wandte sie ihren Blick direkt an den Heermeister. Eine große Ruhe ging von ihm aus, während er das Schwert führte und doch war er es, der sie mit seiner stolzen Präzision am meisten erschreckte. Dies war kein friedlicher Tanz, der den Morgen begrüßte, es war ein stilisierter Kampf, und jeder dieser Soldaten hier war bereit Leben zu nehmen oder das eigene zu geben.

Verstört wandte sie den Blick ab, als sie den Heermeister mit ruhiger, fester Stimme sprechen hörte: *„Anu dai wilris andor seis schal be protedet."*

Nach diesen Worten öffneten alle die Augen, ließen die Schwerter lässig sinken und begannen mit morgendlichen Begrüßungen, dem erneuten Necken Roans, falls es kein vernünftiges Morgenmahl geben sollte. Mino schenkte allen vom Tee ein, der bereits herrlich duftete, und brachte den ersten Becher hinüber zu seinem Heermeister.

Alia richtete ihr Tuch und die Kapuze ihres Umhanges und setzte sich auf. „*Guten Morgen, Heilerin*"-Rufe wurden laut und im nächsten Moment hatte auch sie einen Becher Tee in der Hand, aber ihre periphere Sicht richtete sich noch immer auf den Heermeister. Er hielt seinen Teebecher an die Lippen, trank jedoch nicht, sondern hatte den Blick direkt auf sie gerichtet. Er sah sie besorgt und fragend an, als ahnte er, wie sein Ritual auf sie gewirkt haben musste.

„Ein neuer Tag wird beginnen und mögen unsere Blicke beschützt sein", hatte er in der Alten Sprache gesprochen. Alia konnte sich nicht ausmalen, was das zu bedeuten hatte, und sie wandte ihren Blick ab.

Kapitel 3

Dieser Tagesritt verlief ebenso ereignislos wie der vorangegangene. Sie begegneten keinem einzigen anderen Menschen, und Kian war froh zu bemerken, dass seine Soldaten die Anwesenheit der Heilerin gleichermaßen gelassen hinnahmen wie er selbst. Sie ahnten nun alle, dass die Heilerin offensichtlich nicht angesprochen werden wollte, also taten sie es nicht. Sie ließen sie in Ruhe, und er empfand, genauso wie die anderen, dass es das war, was sie wünschte. Aber letzten Endes konnten sie nur spekulieren, was die Heilerin betraf, denn sie zeigte nichts von sich selbst.

Heute Morgen nach dem Ritual hatte sie erschrocken gewirkt, wie ein kleines Tier auf ihrem herrlichen Bärenfell. Es hatte auch gewirkt, als starrte sie ihn an ... aber er spekulierte wieder nur. Er hatte sie angesehen, die Stelle fixiert, an der sich vermutlich ihr Gesicht befand, und sich danach ein Stück Rebhuhn schmecken lassen. Mehr zu tun, lag nicht in seiner Macht.

Kian hörte auch heute wieder den wechselnden Hufschlag ihres Pferdes und musste lächeln, als sie das Pferd offenbar mit ihrer Vorgabe so sehr verwirrt hatte, dass es wie angewurzelt stehen blieb. Er unterdrückte den Impuls, sich amüsiert nach ihr umzusehen, denn dort gab es ja nichts zu sehen. Auch heute hatte sie keine Rast erwünscht, und gegen Abend erreichten sie eine geräumige Höhle, in der sie bereits auf dem Hinweg komfortabel gerastet hatten.

„Das war der beste Rastplatz, den wir hatten, Heermeister!“, rief Mino aus und nahm seinem Pferd das Zaumzeug ab.

Kian nickte ihm zu und beobachtete dann, wie die Heilerin heute schnell ihr Pferd fertig machte, ihm Essen gab, es tränkte und dann ihr Schwert nahm, um lautlos zurück in die offene Schneefläche zu gehen. Er sah ihr nach, unschlüssig, ihr in einigem Abstand zu folgen, schließlich stand sie unter seinem persönlichen Schutz. Er blieb jedoch bei den anderen. Wer sollte hier auch schon aus dem Nichts auftauchen, um die Heilerin zu gefährden? Die Landschaft vor ihnen war so flach, man hätte einen Angreifer schon Stunden vor seinem Eintreffen bemerkt. Und die Art, in der sie zielstrebig ausschritt, ihre Waffe zu ihrer Rechten, vermittelte ihm den Eindruck, dass sie sehr genau wusste, was sie tat.

„Wohin geht sie?", fragte Roan ruhig, stellte sich neben Kians Stute und begann sanft ihre Nüstern zu streicheln.

Kian sah zu seinem Freund hinab und schüttelte stumm den Kopf.

„Sie ist seltsam, diese Frau", murmelte Roan mit Blick auf die ferne Heilerin und sah Kian dann herausfordernd an. „Heute Haseneintopf, Heermeister Dogul?"

„Möglicherweise! Das letzte Mal, als wir hier rasteten, hatten wir dieses Glück, richtig?"

„Richtig!", erinnerte Roan sich offensichtlich zufrieden und gab der Stute einen Klaps auf ihr Hinterteil, als Zeichen, dass sie sich auf den Weg machen sollten.

Kian erhob die Hand zum Abschied und beschloss, jetzt doch kurz zu der Heilerin aufzuschließen, denn er hatte in diesem Moment gesehen, wie sie sich in den Schnee kniete und ihr Schwert in die Erde bohrte. Er ritt sehr langsam auf sie zu und beobachtete, wie sie etwas aus der Erde nahm und es in ihrer Umhangtasche verschwinden ließ. Sie arbeitete sehr schnell, sah sich dann um, ging einige Schritte weiter und begann erneut zu graben. Sie musste ihn gesehen haben, reagierte jedoch nicht. Als er bei ihr ankam, erstarrte sie in ihren Bewegungen. Bei den Monden, sie hatte Angst vor ihm!

„Heilerin Alienne!", grüßte er sie möglichst freundlich.

„Heermeister!", erwiderte sie leise den Gruß, und Kian konnte kaum fassen, dass er von ihr eine Antwort gehört hatte.

„Nach was grabt Ihr?", fragte er deshalb weiter. Er wollte ihr so gerne die Furcht vor ihm nehmen und ein Weg dorthin erschien ihm zu sein, sich für das zu interessieren, was sie tat.

Die Heilerin erhob sich, nahm eine Knolle aus ihrer Umhangtasche und hielt sie ihm entgegen. Kian nahm sie, roch ihren erdigen Duft und rieb sie dann in den Händen hin und her. Sie suchte etwas zu essen für sie alle, als hätte sie das nächtliche Gespräch zwischen ihm und Roan mitgehört. Hatte sie das? Er verzog das Gesicht bei dem Gedanken, was er Roan über die Jidari gesagt hatte.

„Wurzelgemüse!", bemerkte er, verwirrt, weil er gestern Nacht nicht bemerkt hatte, dass sie lauschte. Und was hatte sie dann gesehen?

Sie kauerte sich wieder in den Schnee. „Es ist die Hauptwurzel der Genastaude, gekocht ist sie sehr schmackhaft", erklärte sie nun zurückhaltend, während sie ihre Arbeit fortsetzte.

„Woher wusstet Ihr, wo Ihr graben musstet, um sie zu finden?"

„Es ist Teil meiner Arbeit, Pflanzen zu kennen", antwortete sie und hielt bald wieder eine der Knollen in den Händen.

Kian betrachtete ihre zierliche Silhouette vor dem Abendhimmel und hatte plötzlich das Bedürfnis, weiter mit ihr zu sprechen. Doch seine Gegenwart schien nur erneute Furcht vor ihm in ihr zu wecken. „Hat diese Wurzel Heilwirkung?"

„Ihr Saft zieht die Hitze aus verbrannter Haut", antwortete die Heilerin leise, fast unhörbar.

Einen Moment hielt Kian inne. Er sah, wie sie den Kopf nach ihm wandte, und sah doch nichts weiter als ihre braune Kapuze. Er suchte nach Worten des Abschieds, nickte dann jedoch lediglich und ritt in östlicher Richtung davon. Dort gab es eine Art von heckenartigem Gesträuch, der Ort, an dem er auch beim letzten Mal sein Jagdglück gefunden hatte.

Alia starrte dem Krieger mit direktem Blick hinterher. Er hatte sie angesprochen! Bei den Monden, er schien sich tatsächlich für ihr Tun zu interessieren, aber seine Gegenwart, diese hoch aufragende, imposante Statur zu Pferde hatte sie derart eingeschüchtert, dass sie nur zu flüstern vermochte. Sie musste ihm vorkommen, wie die feige, unwürdige Maus vor dem klugen, majestätischen Löwen ... Sie hatte diese Kindergeschichte immer gehasst, wenn die Kräuterschwester sie erzählte, während sie Alia zu Bett brachte. Ihr war bereits als kleines Mädchen klar geworden, dass sie nie der Löwe sein würde, sondern immer nur die ohnmächtige Maus.

Und trotzdem hatte sie in dem Gespräch mit ihm den Kodex gebrochen. Die Jidari waren stets peinlich genau darauf bedacht, ihr Heilwissen niemandem zu verraten, und das war ein Teil der Verhaltensregeln, die Alia immer hinterfragt hatte. Könnte es der Welt nicht besser ergehen, wenn viel mehr Menschen die Heilkraft der Pflanzen kannten und sie an ihren Nächsten anwendeten? Sie hüteten schließlich keine Zauberkunst, sondern benutzten Pflanzen, die ringsherum wuchsen, und behandelten sie mit natürlichen Mitteln wie Ölen, Talg oder gewöhnlichem Wasser, um ihre Wirkweise zu verstärken.

Alia hatte, seit sie erwachsen war, wiederholt den Kodex gebrochen, jedoch nie offen oder gar Fremden gegenüber. Für das Liegen bei einem Mann hielt der Kodex keine Regel bereit, und das war das größte Fehlverhalten, das sie sich zur Last legen musste, falls es überhaupt eines war. Sie war nicht so dumm gewesen, jemals danach zu fragen ... aber sie hatte es heimlich getan, wie so vieles andere auch, und Heimlichkeiten unter den Schwestern waren definitiv gegen den Kodex.

Eben im Gespräch mit dem fremden Krieger jedoch hatte sie die Heilwirkung der Genawurzel offenbart, ohne weiter darüber nachzudenken. Sie fühlte sich weit entfernt von der Schwesternschaft und entgegen der Worte des Heermeisters in der letzten Nacht war sie eben doch keine von ihnen. Sie hatten sie nie eingelassen in den Kreis der Schwestern.

Mit dieser alten Wut im Bauch grub sie noch weitere zehn Wurzeln aus, raffte sie in ihrem Umhang und machte sich auf den Rückweg zur Höhle. Dort angekommen ging sie direkt auf Roan zu, der am Feuer bereits einige Zwiebeln schälte, kniete nieder und ließ die Wurzeln vor ihm auf den Boden rollen. Roan weitete die Augen, nahm eine der Knollen und betrachtete sie von allen Seiten.

„Kennt Ihr diese Knollen? Wisst Ihr, wie man sie zubereitet?“, fragte Alia zurückhaltend.

„Nein!“

„Ihr müsst sie schälen und mit ein wenig Süßkraut zerkochen, dann schmecken sie ähnlich wie wilde Möhren“, erklärte sie nun.

„Heilerin, Ihr seid ein Geschenk des Himmels! Woher wusstet Ihr, dass uns das Gemüse knapp …" Roan brach ab, als dämmerte ihm in diesem Moment, woher sie ihr Wissen bezogen hatte.

Alia schwieg und Scham erfüllte sie. Sie konnte nichts antworten und erwartete Roans Zurechtweisung. Dieser jedoch räusperte sich nur.

„Nun, hoffen wir, dass diese Knollen uns allen einen ruhigen, tiefen Schlaf bescheren, wenn wir satt und wohl unter unsere Felle kriechen, Heilerin", entgegnete er süffisant und hielt ihr dann ein Messer entgegen. „Ich habe gehört, man schläft besser, wenn man abends kleine Arbeiten im Haushalt durchführt!"

Alia nahm dankerfüllt das Messer, holte die restlichen Wurzeln aus ihren Taschen und ein Lächeln huschte über ihr Gesicht. Roan war ein furchtbar netter Mann, und sie schälte gerne Genawurzeln mit ihm, wenn er sie so behandelte.

Später kehrte der Heermeister mit vier großen Kaninchen am Sattel zurück und verschwand dann wieder in die Nacht. Die Stimmung war ausgelassen wie am Abend zuvor. Roan füllte Alias Teller offenbar mit Absicht mit einer Portion, die einem Riesen Genüge getan hätte, und grinste sie dabei verschmitzt an. Auch ihre zweite Portion war derart bemessen, und die anderen wunderten sich auch heute wieder laut. Alia schwieg und als es Zeit wurde, warf sie einen kurzen Blick in Richtung der Felle des Heermeisters, die Evan wieder in der Nähe eines großen Steines ausgebreitet hatte, und schlief selig ein.

Kian hatte lange in die Dunkelheit gestarrt, bevor er sich sicher war. Auf der Ebene vor ihm bewegten sich Reiter und sie kamen näher, folgten vielleicht dem Schein ihres Feuers. Er ritt solange es ging im Schutz der riesigen Hecken, dann jedoch endete das Gesträuch und er würde über das freie Schneefeld reiten müssen, für jeden sichtbar auch aus weiter Ferne. Es half nichts, er musste seine Leute warnen. Die Fremden waren noch lange nicht in Schussweite, Kian würde sicher in die Höhle gelangen, aber die Reiter würden wissen, dass sie entdeckt waren und dass jemand die Leute am Feuer vor ihnen gewarnt hatte.

Er bat seine Stute zu rennen wie der Wind, sammelte sich kurz und preschte dann über den Schnee. Die Stute fiel in einen langgestreckten Galopp, und Kian stemmte sich nach vorne gegen seine Beingurte, um seinen Unterleib vom Sattel zu heben und ihr damit mehr Freiheit beim Laufen zu geben. Sie war schnell. Sie war kein junges Tier mehr, aber die Energie schien ihr nie auszugehen, dachte er voller Zuneigung. Er drehte sich wieder und wieder nach den Reitern um und es schien, als hätten sie ihr Tempo nun ebenso gesteigert. Wer waren sie?

An der Höhle angekommen traf er auf Mino, der bereits herausgetreten war und ebenfalls besorgt die fremden Reiter betrachtete. Einen Moment sahen sie gemeinsam hinaus auf die Ebene, dann nickte Kian seinem Soldaten zu.

„Roan, Ana, Evan, wacht auf, wir bekommen Besuch!", erhob Kian seine Stimme und ritt ein kurzes Stück in die Höhle hinein. Seine Soldaten waren sofort auf den Beinen, Schwerter an ihren Seiten. „Evan, Roan, Mino, sattelt eure Pferde! Ana, Ihr bleibt bei der Heilerin!"

Kian sah Ana eindringlich an, drehte seine Stute dann wieder herum und ritt in den Höhleneingang. Mit einem Auge betrachtete er die fremden Reiter, mit dem anderen seine Soldaten, die ihre Pferde gesattelt hatten und bereits aufsaßen. Er wollte nicht, dass die Heilerin sich noch mehr ängstigen musste. Er beobachtete, wie sie erschrocken aufsprang, eine Hand an ihrer Kapuze, und dann in den Höhleneingang trat, um sofort wieder zurückzuweichen. Sie blickte um sich, als suche sie jemanden im Gewirr der Pferde, und im nächsten Moment begriff Kian, dass sie sich nach ihm umgesehen hatte. Geschmeidig sprang sie über einen Stein, der sie von ihm trennte.

„Es sind fünf Männer, sie sind gekleidet wie Ihr, Heermeister Dogul!", rief sie ihm zu und blickte dann wieder hinaus in den Schnee.

Wie konnte sie das wissen? Die Fremden waren kaum mehr als sich bewegende schwarze Flecken am Horizont!

„Seid Ihr mit Nachtsicht begabt?", fragte er irritiert.

Die Heilerin drehte ihm den Kopf erneut zu, erhob ihn sogar etwas und für einen Moment konnte er die untere Partie ihres Gesichtes sehen. Er sah ihren vollen Mund, der vor Angst zu beben schien.

„Glaubt mir! Bitte!", bat sie ihn eindringlich.

Kian sah sie erstaunt an, nickte dann und gab seinen Männern den Befehl zum Aufbruch, nicht ohne Ana mit einer Bewegung seines Kopfes klarzumachen, sie solle in körperlicher Nähe zur Heilerin bleiben. Er sah ihr Nicken und die Art, wie sie sich groß und beschützend neben der Heilerin aufstellte. Ana hatte verstanden.

„Habt keine Sorge!", sagte Ana zum wiederholten Male, reichte ihr von dem Tee, der von der Abendmahlzeit übrig geblieben war und den sie wieder erwärmt hatte. Dann stellte sie sich dicht neben sie.

Alia starrte noch immer in die Dunkelheit, starrte auf die Gruppe der Fremden, die nun bald in der Ferne mit den Soldaten zusammentreffen würde. Der Tee weckte sie aus ihrer Starre und sie versuchte angestrengt, einen klaren Gedanken zu fassen. Gut, es würde zum Kampf kommen. Vielleicht wurde jemand verletzt. *Alia, denk nach, du bist die Heilerin!*, befahl sie sich in Gedanken. Sie ging zurück in die Höhle, hing einen von Roans großen Töpfen über das Feuer und begann ihn mit Schnee zu füllen.

„Was tut Ihr?", fragte Ana besorgt, als befürchte sie, Alia hätte nun den Verstand verloren.

„Wasser kochen! Vielleicht wird es Verletzungen geben!", antwortete sie und fand Ana bald neben sich beim Schneeholen.

Jedes Mal, wenn sie heraustraten um Schnee zu sammeln, sahen sie beide auf die Ebene hinaus und nun kam es dort tatsächlich zur Konfrontation. Alia konnte die Parteien nicht voneinander unterscheiden. Sie alle waren dunkel gekleidet, und deswegen entschied sie, nicht mehr hinzusehen. Irgendwann würden Reiter in Richtung der Höhle kommen und dann war immer noch Zeit genug zu sehen, wer es sein würde.

Sie ging zu ihren Reisebeuteln und nahm die Ledertasche mit ihren Instrumenten sowie den Kräuterbeutel heraus. Beides legte sie auf ihrem Fell bereit und stellte sich dann wieder neben Ana, die unbewegt in die Ferne starrte. Der Kampf dauerte an.

„Geschieht das zum ersten Mal?“, fragte Alia, um die Stille zu durchbrechen.

„Nein. Einmal nachts auf unserer Reise zum Kloster und ein zweites Mal, als wir Euch trafen, Heilerin. Eigentlich leben so weit im Norden zu wenig Menschen. Man sollte meinen, da käme es seltener zu Kämpfen!“ Ana lächelte, wandte sich dann jedoch wieder ab, um den Kampf zu beobachten.

„Und dort, wo Ihr zu Hause seid?“

Eine sehr naive Frage, Alia wusste das bereits im selben Moment, in dem die Worte heraus waren. Ana sah sie einen Moment ruhig an, das verriet ihr die periphere Sicht. Sie sah sie an, wie ein Kind, dem man erklären musste, dass die Welt nicht nur freundlich ist.

„Mein Zuhause ist die erste Garde des ersten Heermeisters. Es ist kein bestimmter Ort, sondern die Orte, an die es uns verschlägt unter seinem Befehl. Und, ja ... es wird dort viel gekämpft. Wir befinden uns in einer Auseinandersetzung mit zahlreichen Fürsten, die dem König nicht mehr loyal zur Seite stehen. Es könnte zu einem Krieg kommen“, führte Ana ruhig aus.

Alia hielt kurz die Luft an, weil sie nun Reiter von ihren Pferden fallen sah. Ana wandte ihr erschrocken das Gesicht zu, aber Alia schüttelte nur den Kopf. Jetzt war es an ihr, die Soldatin zu beruhigen. Im nächsten Moment machte eine Gruppe von Reitern kehrt und ritt auf die Höhle zu. Sie waren zu dritt und einer führte ein reiterloses Pferd ...

Ana konnte die Anzahl der Reiter noch nicht sehen, das wusste Alia, aber als die Soldatin sich jetzt von ihr wegdrehte und nach ihrem Schwert greifen wollte, hielt Alia sie an ihrem Mantel zurück. Sie berührte sie nicht, nur das Leder ihres schweren Mantels. Berührungen suchte Alia bei jedem zu vermeiden, der nicht um Heilung zu ihr kam. Gemeinsam starrten sie auf die sich nähernden Reiter und einen Moment später ließ Alia beruhigt ihre Hand sinken.

„Es ist der Heermeister!“

„Den Monden sei Dank!“, seufzte Ana erleichtert auf, dann jedoch sah sie Alia forschend an und fragte verwirrt: „Wie könnt Ihr das erkennen?“

Alia reagierte nicht, sondern versuchte angestrengt zu sehen, welcher der Soldaten fehlte. Auch die Soldatin wandte sich wieder der Schneefläche zu. „Es sind nur drei!", rief Ana dann aus.

In diesem Moment sah Alia klarer. Der Heermeister hielt Mino im Arm und preschte voran, dahinter folgte Roan, der sich schwer vorbeugte, und den Schluss bildete Evan mit Minos Pferd.

„Mino und Roan sind verletzt!", teilte sie Ana mit.

Einen Moment sahen die Frauen stumm die Reiter in der Dunkelheit an, dann holte Alia Tücher aus ihrem Beutel, nahm ihre Heilmittel vom Fell und legte alles auf einem Stein nah dem Feuer bereit. Sie zog eines der Felle dorthin, wo der Schein der Flammen am hellsten war, und wartete dann auf das Eintreffen der Soldaten.

Kian lenkte sein Pferd direkt in die Höhle, er presste noch immer ein Tuch auf Minos Wunde am Hals, aber er konnte spüren, dass es vom Blut bereits vollkommen durchtränkt war, auch wenn Mino jetzt kurz das Bewusstsein wiedererlangte und ihn mit vor Schmerz verzerrtem Gesicht ansah.

Kian war, als käme auch er selbst gerade erst wieder zu sich. Er fühlte seine Arme kaum noch, so krampfhaft musste er Mino festgehalten haben, während sie über die Ebene galoppiert waren. Er hatte von diesem Ritt lediglich visuelle Eindrücke gespeichert und das unbestimmte Gefühl, er sei ... gerannt? Er kannte diese Benommenheit, sie trat immer nach besonders wichtigen und gefährlichen Situationen ein, als sei sein Geist danach nur schwer in der Lage, sich auf die Realität zu konzentrieren. Jetzt war keine Zeit, den Verstand zu verlieren!

Evan war an seiner Seite, eine Platzwunde an der Schläfe, von der aus das Blut über seine Wange rann, aber er nahm ihm Mino behutsam ab. *„Legt ihn dort ans Feuer"*, hörte er den Befehl einer Frauenstimme und jetzt, da er seine Glieder recken konnte, wurde auch seine Sicht wieder klarer. Es war die Heilerin, die nun jeden Einzelnen von ihnen genau ansah.

„Roan, setzt Euch, Ihr bekommt gleich etwas gegen die Schmerzen!", wies die Heilerin an, und Roan befolgte den Befehl offensichtlich dankbar.

„Evan, auch Ihr solltet Euch setzen! Presst das hier auf Eure Wunde und versucht die Blutung zu stillen!“ Sie händigte seinem Waffenmeister ein sauberes Tuch aus und hielt dann Kian ein ebensolches entgegen.

„Heermeister, steigt vom Pferd, setzt Euch, zieht Euren Stiefel aus und tut es Evan nach!“, wies sie ihn an.

Er nahm ihr das Tuch ab, was jedoch nicht gerade dazu beitrug, dass sein Verstand sich klärte. „Was meint Ihr?“, fragte er irritiert.

Die Heilerin hatte sich abwenden wollen, hielt jedoch mitten in ihrer Bewegung inne. „Ihr seid am Bein verletzt, Heermeister Dogul“, sagte sie ruhig und zeigte auf seinen linken Unterschenkel.

Kian sah an sich hinab. Die Bänderung seiner Hose war zerschnitten, Blut rann in das wollene Beinkleid darunter und in seinen Stiefel. Er konnte sein Bein so weit unten nicht spüren, keines seiner Beine, und die Art und Weise, wie die Heilerin ihn eben auf den Ort seiner Verletzung hingewiesen hatte, ließ ihn ahnen, dass sie darum wusste. Woher?

Kian suchte einen passenden Stein, stieg langsam von seiner Stute und setzte sich. Er lockerte seine Beinschiene, ohne sie zu entblößen, streifte seinen Stiefel ab, schob seine Beinkleider empor und presste das Tuch gegen die Wunde, wie ihm geheißen. Es war kein tiefer Schnitt, nur ein Kratzer, der eine Narbe mehr auf seinem Körper hinterlassen würde. Evan setzte sich neben ihn und gemeinsam sahen sie zu, wie die Heilerin Mino behandelte und Ana Anweisungen gab, wie sie helfen konnte.

Sie wirkte auf Kian plötzlich wie eine vollkommen andere Person. Nichts war mehr übrig von der verschreckt vor ihm kauernden Frau, mit der er sich vor gerade erst ein paar wenigen Stunden unterhalten hatte. Jetzt bewegte sie sich sicher zwischen ihnen, gab Anweisungen mit einer festen, ruhigen Stimme und arbeitete zügig, offenbar ohne über ihre weiteren Schritte nachdenken zu müssen. Sie arbeitete. Das hier war ihr Beruf. Darin lag ihre Sicherheit.

„Ana, bitte kocht das mit zwei Bechern Wasser!“ Sie schüttete die Samen in die Hand der Soldatin. „Einen bekommt Roan, den anderen bringt Ihr hierher!“

Die Soldatin nickte und ging zum Feuer. Alia wandte sich an Mino.

„Gleich bekommt Ihr etwas gegen die Schmerzen! Könnt Ihr sprechen?“, fragte Alia den Soldaten, weil sie sah, dass seine Verletzung nah an der Quelle seiner Stimme lag.

„Als der Heermeister mich gehalten hat, waren keine Schmerzen da ...“, sprach Mino und schien nicht wieder das Bewusstsein zu verlieren.

Alia wandte ihm beschattet von ihrer Kapuze direkt das Gesicht zu, weil sie genau sehen wollte, ob er phantasierte, aber er schien vollkommen klar. Was bedeutete das? Fühlte er sich in den Armen seines Heermeisters so sicher, dass er keine Schmerzen fühlte? Hatte er all seine Hoffnung an die Person seines Heermeisters gebunden? An einen Heermeister, der selbst auch nicht in allen seiner Körperteile Schmerzen fühlen konnte.

Mino würde sterben, wenn sie nicht bald anfangen konnte, ihn zu behandeln. Sie fühlte sein Band nur noch sehr schwach, aber es hatte sich noch nicht entschlossen, zu versiegen. Sie musste jetzt beginnen, bevor der Blutverlust noch größer wurde, einerlei, wann der schmerzlindernde Trank fertig war. Alia nahm etwas von dem Eisenfarn, den sie gesammelt hatte, als sie die Soldaten zum ersten Mal traf, und presste die Blätter auf die Wunde. Vorher warnte sie Mino vor den Schmerzen und sah dann, wie diese ihm das Bewusstsein nahmen. Das Gift im Saft des Eisenfarnes würde den Blutfluss für einige Zeit stoppen. So würde sie Zeit haben, um die Wunde genauer zu betrachten.

Sie hatte bereits gefühlt, dass die Wege für Luft und Nahrung nicht verletzt waren und zu seinem großen Glück auch nicht der große Blutweg, der in unmittelbarer Nähe seiner Wunde verlief. Eine Verletzung dieser Ader hätte ihn binnen Minuten ausbluten lassen. Jetzt entfernte sie die Blätter und sah eine Verletzung an einer dünnen Ader, die das Blut zum Herz zurückbringen sollte. Schnell sichtete sie die entsprechenden Kräuter und mischte sie mit einem Tropfen Wasser zu einer Paste, die die Verletzung des Blutweges verstopfen würde. Diese Paste strich sie in die Wunde und beließ sie dort.

Ana kam mit dem Schmerztrunk, und Alia schickte sie erneut fort, um ihr heißes Wasser zu bringen. Die Soldatin war schnell wieder an ihrer Seite und gemeinsam beobachteten sie, wie die Kräuterpaste in Minos Wunde zunehmend blasser wurde. Alia wartete den richtigen Zeitpunkt ab und wusch sie dann vorsichtig aus. Sie flößte Mino von dem Samentrank ein und begann anschließend die Wunde zu nähen. Ana sah ihr interessiert dabei zu, und Alia neigte anerkennend den Kopf in ihre Richtung, als sie endete. Sie hatte schon große Männer weglaufen sehen beim Anblick dieser Arbeit.

Alia trug noch ein wenig Öl auf, in dem ein Kraut eingelegt war, das Entzündungen verhinderte, und verband dann Minos Wunde. Noch einmal fühlte sie nach seinem Band. Es war nicht schwächer geworden und es wollte noch immer nicht schwinden, stellte sie beruhigt fest, denn es bedeutete, dass ihre Behandlung ihn nicht unnötig aufgerieben hatte.

„Ana, bitte versucht ihm noch den Rest des Trankes einzuflößen", bat sie und wandte sich dann Roan zu, der bei seinem Heermeister und Evan saß. Evans Wunde blutete nicht mehr und er hatte sie bereits selbst mit etwas Wasser gereinigt. Eine Platzwunde an der Stirn, nichts weiter, aber er trug eine Grabesmine voller Sorge. Was war mit diesen Soldaten geschehen? Sie alle waren am Leben. War das nicht ein großes Glück?

„Habt Ihr ausgetrunken, Roan?"

Alia schüttelte ihre Fragen ab und legte ihre Hand auf Roans verletzte Schulter. Der Armknochen war aus dem Gelenk gesprungen. Sie konnte das schnell in Ordnung bringen, aber dazu musste Roan stark unter dem Einfluss des Trankes stehen, sonst wären die Schmerzen kaum auszuhalten.

„Ja, Heilerin! Was ist das für ein Wundertrank? Ich spüre kaum noch Schmerzen!", antwortete Roan und seine Sprache war bereits etwas verlangsamt.

Gut, dachte Alia, sie konnte beginnen.

„Kein Wundertrank, Roan! Nur die gekochten Samen einer wunderschönen kleinen Blume, die in den Bergen hinter dem Kloster der Schwesternschaft wächst."

Kian lächelte in sich hinein, als er begriff, was die Heilerin mit seinem alten Freund Roan hier neben ihm tat. Sie lullte ihn ein mit der Geschichte der Blumen, aus deren Samen der schmerzlindernde Trank gemacht war. Währenddessen umschlich sie ihn wie eine Katze und nahm seinen Arm hoch, höher ... Der alte Halunke, Roan, hing an ihren Lippen und bemerkte nichts von all dem.

„*... wenn die Blüten verblüht sind, dann schwillt die Samenkapsel immer mehr an. Es ist ein wunderbarer Anblick, in den Bergen zu wandern und all die Kapseln im Wind schwingen zu sehen wie Lampions ...*"

Kian sah, wie sie ihren und Roans Ellenbogen ineinander verschränkte und dann mit ihrer anderen Hand Roans Arm umlegte und festhielt.

„*... beim ersten Wintersturm öffnen sich die Kapseln, entlassen ihre Samen und diese werden in alle Himmelsrichtungen geweht als Saat einer nächsten Generation ...*"

An ihrer Stimme bemerkte Kian jetzt, dass diese Geschichte nicht nur erfunden war, um Roan abzulenken. Nein, die Heilerin erzählte von Dingen, die sie selbst erlebt hatte, die sie als schön empfand, und Kian konnte sich plötzlich vorstellen, wie sie in den Bergen wanderte, um die Samenkapseln zu ernten. Auf einmal war in ihrer Stimme eine große Sehnsucht, die er nicht zu ergründen vermochte.

„*... aber das Schönste, Roan, sind die Blüten selber. Gelb, rosa, orange und rot, manchmal sogar alle Farben auf einmal in einer Blüte. Sie hat ganz feine Blätter, fast wie Schmetterlingsflügel, so zerbrechlich. So fein, man hört den Wind durch sie durchstreichen, weil sie schwingen, wie die Seiten einer Violine ...*"

Und mit diesen Worten legte sich die Heilerin nach hinten, zog an Roans Arm und stieß im selben Moment ihren Fuß in seine Achselhöhle. Wie hatte sie so schnell unbemerkt ihren Fellstiefel abgestreift? Einen Moment verweilte sie in dieser Position, als spüre sie etwas nach, dann drehte sie den Arm eine Nuance nach rechts herum. Kian hörte das Gelenk einrasten und sah, wie Evan bei diesem Geräusch blass wurde und nuschelnd fortlief, er wolle sehen, ob er Ana helfen könne.

Kian fing den zusammensackenden Körper Roans auf, der für einen Moment ohnmächtig geworden war. Er erwachte mit klarerem Blick als zuvor, als hätten die Schmerzen seinen umnebelten Kopf wieder aufgeklart, und begann vorsichtig seine Schulter zu bewegen.

„Ich werde nachher noch etwas entspannendes Öl hineinreiben. So lange haltet die Schulter bitte still, Roan!"

„Ich danke Euch", stammelte Roan, richtete sich auf und ging dann unsicher murmelnd in Richtung Feuer. „Ich brauche einen Schluck Wasser!"

Kian blickte seinem Freund nach und war noch immer erfüllt von den Bildern, deren Zeuge er eben geworden war. Die schönen, sehnsüchtigen Worte der Heilerin, ihre geschmeidigen, fließenden Bewegungen und die Brutalität, die sie ausgeübt hatte, um den ausgerenkten Arm wieder in Position zu bringen. Das alles ließ ihn nachdenklich zurück. War es überhaupt möglich, diese Frau zu kennen?

Jetzt zog sie ihren Stiefel wieder an, kniete sich vor sein Bein, und Kian wusste im ersten Moment nicht, warum sie das tat. Sicher, seine Verletzung, erinnerte er sich jetzt. Sie wollte ihn doch nicht etwa behandeln? Er spürte plötzlich, wie alle Augen im Raum sich auf ihn und die Heilerin richteten, denn das hatte niemand von ihnen je erlebt.

„Nehmt das Tuch weg!", wies sie ihn an.

Kian tat, wie ihm geheißen, aber als die Heilerin die Finger ausstreckte, um die Wunde zu berühren, holte er instinktiv aus, um ihre Hand wegzuschlagen. Die Heilerin zuckte augenblicklich zusammen und wich in unfassbarer Schnelligkeit erschrocken zurück. Er führte seine Bewegung nicht aus und fuhr sie stattdessen an, sie solle das lassen. Was glaubte sie, tat sie da? Er hatte rüder geklungen, als beabsichtigt, und es tat ihm schon im selben Moment leid, aber er wollte nicht berührt werden. Nicht von ihr. Einer Frau, von der man sagte, sie könne durch ihre Berührung das Band eines Menschen spüren. Das Band, das ihm die ganze Welt absprach.

Er wollte sich gerade bei der Heilerin für sein Verhalten entschuldigen, als diese zu sprechen begann. „In Eurer Wunde steckt ein Metallsplitter, Heermeister Dogul! Wenn Ihr nicht wollt, dass ich Euch behandle, zieht ihn jetzt selber heraus und ich sehe zu, oder ich gebe Euch eine Kräuterpaste, die beschleunigt, dass er herauseitert!“

Ihre Stimme war klar, und Kians Gewissen schwer. Es erniedrigte ihn, dass sie ihm noch immer helfen wollte, obwohl er sie beinahe geschlagen hatte. Bei den Monden, er hatte sie wirklich beinahe geschlagen!

„Ich mache es selber!“, antwortete er knapp, sah die Heilerin fortgehen und mit einem Tiegel sowie einer kleinen, metallenen Zange zurückkehren.

„Benutzt dieses Instrument. Der Splitter befindet sich dort!“ Und sie zeigte ihm die Stelle, ohne ihn zu berühren. „Hinterher tragt diese Paste auf und danach morgens und abends in den nächsten drei Tagen.“

Sie wartete still, bis er den Splitter herausgezogen hatte, nickte dann, drehte sich um und ging zurück zu Mino, der gerade wieder zu Bewusstsein kam.

Kapitel 4

Der nächste Tag brachte neuen Schnee. Es hatte bereits in der Nacht angefangen, und dicke Flocken tanzten vor der Helligkeit des Morgengrauens. Alia hatte die Nacht in Minos Nähe verbracht, ihm noch einmal einen schmerzlindernden Trank bereitet und wieder und wieder sein Band gefühlt. Sie hatte kaum geschlafen, jedoch nicht nur, weil der Soldat ihre Aufmerksamkeit brauchte, sondern auch, weil ihr die Bilder der Nacht nicht aus dem Kopf gehen wollten. Sie hatten sie mit Fragen zurückgelassen, auf die sie keine Antworten finden konnte.

Sie hatte gesehen, wie der Heermeister in die Höhle zurückgekehrt war, Mino vor sich fest im Arm und mit der anderen Hand ein Tuch auf seine Wunde pressend. Sie hatte gesehen, wie er über die Ebene galoppiert war, ein fantastischer Reiter. Aber wie war es ihm überhaupt möglich, seine Stute zu lenken, wenn die Zügel lose neben dem Pferd baumelten und er gar nicht in der Lage war, ihr durch Druck seiner Beine die Richtung vorzugeben? Noch dazu erschien er wie in Trance, als ob sein Geist gerade aus einer tiefen Kontemplation zurückkehrte. Alia hatte nicht weiter hinsehen mögen, und sie war froh gewesen, Aufgaben erfüllen zu müssen. Dieser Krieger war rätselhaft in so vielen Bereichen seines Wesens.

Warum ließ er keine Berührung zu? Nicht, dass sie ihre Berührung jemals jemandem aufgezwungen hätte, dafür empfand sie zu viel Scham für ihre Gabe. Sie suchte stets um Erlaubnis, sie benutzen zu dürfen, auch wenn es nur das stille Einvernehmen zwischen Patient und Heilerin war. Sie wollte keine persönliche Grenze überschreiten. Sie am allerwenigsten. Aber der Heermeister hätte ihr in seiner Wut sogar Gewalt angetan, wenn sie nicht so schnell zurückgewichen wäre. Er war bereit gewesen, sie zu schlagen.

Warum hatten des Heermeisters Soldaten sie derart fassungslos angestarrt, als sie ihren Anführer behandelt hatte? Durfte man einen Heermeister nicht wie ihresgleichen behandeln? War das eine Art Ehrenkodex, dass der Heermeister seine Verletzungen nicht sehen lassen durfte, nicht zeigen durfte, dass er eine Heilerin benötigte? Alia verstand das alles nicht, aber da niemand ein Wort darüber verlor, schwieg auch sie. Es war nicht an ihr, Fragen zu stellen.

In der zweiten Hälfte der Nacht fühlte Alia Minos Band allmählich stärker werden. Er hatte so immens viel Blut verloren, und doch schien sein junger Körper sich schnell zu erholen. Jetzt schlug er die Augen auf und beteuerte auf ihre Frage hin, er hätte kaum noch Schmerzen, aber Hunger.

Die Soldaten hatten ihr seltsam furchterregendes Ritual ohne ihn durchgeführt. Roan hatte es einarmig absolviert und dabei ausgesehen, als würde er einem Wirbelsturm trotzen. Auch die anderen schienen angespannt zu sein. Irgendetwas war während des Kampfes in der letzten Nacht geschehen, das sie alle mit Sorge belastete.

Der Heermeister war unmittelbar nach dem Ritual fortgeritten, um zu jagen. Alia hatte noch einmal, wie in der Nacht zuvor, mit etwas Öl Roans Muskeln massiert. Er schien noch etwas steif, aber seine Schulter war beweglicher geworden, und er begann sofort mit den Vorbereitungen für die Morgenmahlzeit.

Alia atmete auf. Sie würde essen und sich dann mit ihrem Fell einen ruhigen Winkel suchen, um den verpassten Schlaf der letzten Nacht nachzuholen. Heute würden sie gewiss nicht weiterziehen ... Aber sie irrte!

Der Heermeister kehrte mit drei Wintergänsen ins Lager zurück, die Roan über dem Feuer briet, und sie alle aßen in gedrückter Stimmung. Und dann, ohne ein Kommando, ohne eine Nachfrage, erhoben sich alle, machten ihre Pferde fertig, Roan und Mino bekamen die nötige Hilfe, und sie saßen auf.

Alia hatte ihren Protest bereits auf der Zunge. Mino war nicht stark genug, um zu reiten, Roan sollte seine Schulter schonen ... Aber was ihren Aufbruch betraf, strahlten alle dieselbe Normalität aus, dieselbe Zuversicht, dass ihre Reise fortgeführt werden würde, und nicht einem von ihnen kam überhaupt der Gedanke, man könne einen Tag hier rasten. Also packte auch Alia ihre Habe, sattelte ihr Pferd und bestieg es in dem Wissen, dass sie unweigerlich darauf einschlafen würde.

Kian schärfte seinen Blick und tatsächlich, dort drüben am Rand des Waldes stand ein Rudel Wild. Er wollte diese Gelegenheit nicht verstreichen lassen und drehte sich herum, um Roan zu sagen, dass er gerade ihre Abendmahlzeit entdeckt hatte. Sein Blick fiel jedoch zunächst auf Mino, der stark zitterte, sein Mantel von Schnee bedeckt. Er nickte Kian zerknirscht lächelnd zu, und Kian warf ihm einen Blick zu, der ihm versichern sollte, die Strapazen des Tages seien bald vorüber.

Dann sah er die Heilerin, und sofort wärmte ihr Anblick sein Herz mit Mitgefühl. Sie war eingeschlafen und ruhte mit der Wange auf der Mähne ihres Pferdes. Sie musste schon eine ganze Weile in dieser Position verbracht haben, denn sie war mit einer gleichmäßigen Schicht Schnee bedeckt. Natürlich, sie hatte vermutlich in der letzten Nacht kaum Schlaf gefunden. Warum hatte sie nicht nach einer Rast verlangt? Nein, das hätte sie nie getan, sie bat um nichts, was sie selbst betraf. Ihre eigene Person war unwichtig, so schrieb es der Kodex der Jidari vor. Kian hätte daran denken müssen und von sich aus eine Rast anordnen sollen. *Stumpf!*, hallte es in seinen Gedanken wider. Jetzt schlief die Heilerin fest und ein wenig sah sie aus, als hätten die Schneeflocken sie in eine weiße Decke gehüllt.

„Bereitet das Lager für die Nacht in diesem Wald, Evan!“, ordnete er an.

Evan nickte ihm zu und vermochte kaum, Kian in die Augen zu sehen, da die Erinnerungen an den Kampf ihn noch immer zu verfolgen schienen.

„Ich habe dort drüben Wild gesehen. Ich finde euch später!“, informierte er die anderen und ritt davon.

Auch Kian belasteten die Vorkommnisse der letzten Nacht. Wer waren die Männer, die er gestern getötet hatte? Sie waren ausgebildete Kämpfer gewesen, zumindest drei von ihnen. Wenn die nördlichen Fürsten sich auch noch gegen den König stellten, dann verschoben sich die Machtverhältnisse empfindlich. Kian wusste, seine Mission, die Heilerin zu eskortieren, musste schnellstmöglich zu Ende gebracht werden. Er wollte Klarheit über die Absichten der Fürstenhäuser. Die Zusammenkunft war in der nächsten Woche, der Zweimondzeit, und Kian brauchte schnellstmöglich Kontakt zu seinen Truppen.

Eine andere Sache lastete jedoch schwerer auf ihm. Schwerer, da sie nicht sein berufliches Geschick betraf, sondern seine Persönlichkeit. Wie konnte er bloß so weit gehen, jemanden schlagen zu wollen, nur weil er selbst Angst hatte vor dem Wissen um seinen Körper? Feige war das! Er war kein gewalttätiger Mann, dachte er und lachte dann bitter auf. Ein absurder Gedanke für einen Krieger wie ihn, der gerade erst alleine fünf Männer getötet hatte, und doch war es die Wahrheit. Wenn ihn die Umstände nicht gezwungen hätten, wäre es ihm niemals in den Sinn gekommen, diese Laufbahn einzuschlagen ...

Kian vertrieb diese Gedanken, sein inneres Lamentieren über die Ungerechtigkeiten in seinem Leben. Er wollte nicht auf diese Weise denken, denn er hatte so vieles erreicht, das er für unmöglich gehalten hatte. Er durfte jemand sein, er hatte eine Aufgabe und es gab Menschen, die ihn mit Respekt und Achtung behandelten. Und das war mehr, als er jemals zu erwarten hatte.

Seine zwischenmenschlichen Kompetenzen schienen zu schwinden, ja, aber er musste sich einfach mehr darin üben, versicherte er sich. Er hatte Freundschaft gefunden in Roan und Gorin, er war eng verbunden mit seinem Onkel Ren, der die heilige Bruderschaft anführte, und mit dessen Mündel Eret, der in der Garde des Königs diente. Diese Menschen hielten sein Inneres am Leben, versicherten ihm durch ihr Verhalten, dass er ein Mensch war, dessen Gedanken zu hören eine Freude war.

Mit Wehmut dachte er an seine Mutter und seine Schwester Niara. Sie waren stets in seinem Herzen, auch wenn er kaum Gelegenheit hatte, sie zu sehen. Kian spekulierte auf eine Möglichkeit auf ihrem Rückweg in die Hauptstadt, aber es hing von zu vielem ab, das er nicht beeinflussen konnte, und er zog es deswegen vor, nicht darauf zu hoffen.

Wenigstens ihre Briefe würde er bei seiner Rückkehr finden. Sie tauschten immerfort Briefe. Er trug einige stets bei sich, die anderen bewahrte er in der Truhe mit seinem persönlichen Besitz auf, die er in der Wohnstube seines kleinen Hauses wusste. Sein kleines Haus mit den Rosen- und Lavendelsträuchern und den ihm so wohlgesonnenen Menschen darin. Menschen, die Freude daran fanden, für ihn zu arbeiten und ihm eine Heimat zu schaffen. Ja, er hatte diesen kleinen Ort und er fühlte sich tatsächlich an wie ein Zuhause, wenn er sich auch kaum dort aufhielt, aber manchmal, wenn er die Briefe seiner Mutter in den Händen hielt, konnte er kaum atmen, weil die Trauer ihn erstickte. Diese Briefe waren seine Familie, ihre geschriebenen Worte ihre Stimmen, und ihre Sätze die einzig mögliche Art, ihn im Arm zu halten.

Und auf eine andere Art hielt ihn auch Miri in dieser Welt. Die Armee bezahlte Kurtisanen und sie waren immer fester Bestandteil der Truppen gewesen. Eine sinnvolle Tradition, das hatte Kian immer empfunden. Miri war eine von ihnen und sie scheute sich nicht, sich zu ihm zu legen. Einmal hatte sie ihm erzählt, sie hätte sich als ganz kleines Mädchen in ihn verliebt, als sie ihn bei einer Parade gesehen hatte, die sie in der Hauptstadt mit ihrem Vater besuchte. Sie sei dann, als sie alt genug dafür war, nur aus dem einzigen Grund in den Dienst der Armee getreten, um ihm nah sein zu können. *„Du lügst doch!“*, hatte Kian in großer Verwunderung gesagt, und sie hatte nur gelacht. Bei Miri wusste man nie genau, woran man war, aber ein Teil von Kian wollte daran glauben, dass sie die Wahrheit gesagt hatte.

Kian war in großem Bogen um den Wald herumgeritten und näherte sich nun von hinten dem Wild, das er entdeckt hatte. Ein herrlicher Hirsch stand in der Mitte der Gruppe und schien zu lauschen. Der Wind blies in Kians Gesicht, und er wusste, der Schnee dämpfte die Hufgeräusche seiner Stute. Er sprach mit ihr, während er einen Pfeil einlegte. Sollten sie noch näher heranreiten? Nein, entschied Kian, die Distanz war perfekt. Er zielte, entließ den Pfeil und sah ihn sein Ziel erreichen. Das Herz des Hirsches.

Alia erwachte zum Klang der Stimmen der Soldaten und griff instinktiv nach ihrem Tuch und der Kapuze darüber. In solchen Momenten war sie stets der Panik nah, alle Schichten ihres Schutzes könnten verrutscht sein und offenbaren, was sie war. Sie richtete sich auf und klopfte den Schnee von ihrer Kleidung. Bei den Monden, wie lange hatte sie geschlafen? Ihr Pferd hatte offensichtlich entschieden, einfach den anderen Tieren zu folgen und es schritt ruhig hinter ihnen her. Es hatte sich an seine Reisegenossen gewöhnt und seine Nervosität war einer gespannten Ruhe gewichen.

„Wie war es möglich, dass ihr alle verletzt wurdet?", fragte Ana gerade und ihr Ton klang scharf.

„Drei der fünf Männer waren mit Sicherheit ausgebildete Kämpfer, Ana, und sie wollten um alles in der Welt durchbrechen, um zu unserem Lager zu gelangen!"

„Als führten wir Reichtümer mit uns!", schnaubte Roan. „Was haben die gedacht, was wir hier durch den Schnee schleppen?"

„Das erste, was sie versuchten, war, uns alle außer Gefecht zu setzen. Sie schlitzten Mino auf, rammten meinen Kopf und der dritte hebelte brutal Roans Schwert aus, noch bevor einer von uns auch nur den Kampf aufgenommen hatte. Das waren trainierte Leute!"

„Trotzdem! Wer von euch hat den Heermeister gedeckt?", fragte Ana nun wütend.

„Das war ich!", räumte Evan mit bitterem Unterton ein.

Einen Moment war es still unter den Soldaten, und Ana tauschte mit Evan einen langen Blick, der Alia vorkam, als führten sie stumm ein intensives Streitgespräch.

Sie ritten jetzt in einen Wald hinein, und für einen Moment lauschte Alia ruhig den zahlreichen Vogelstimmen. Dieses Gespräch war nicht für sie bestimmt und ihr wurde klar, dass es jetzt auch nur aus einem einzigen Grund geführt wurde: Der Heermeister war nicht unter ihnen.

„Wer trainiert so weit im Norden Kämpfer?", fragte Ana dann nachdenklich.

„Keine Ahnung! Welcher der Fürsten lebt am weitesten nördlich?", wollte Evan wissen.

„Es ist Fürst Markham und er ist loyal gegenüber dem Königshaus", erwiderte Roan. „Das dachte ich jedenfalls."

Mino hatte sich an dem Gespräch bislang nicht beteiligt. Er wirkte, als durchlebte er seine eigenen Erinnerungen an den gestrigen Kampf, und dann sah er von einem zum anderen. „Wenn der Heermeister nicht gewesen wäre, lägen wir in diesem Moment alle tot im Schnee. Bei den Monden, ich habe nie jemanden gesehen, der so schnell den Bogen spannt, wie er!"

Minos Stimme vibrierte fast vor Ehrfurcht und er zog, vor Kälte stark zitternd, seinen Mantel enger um die Schultern. Er wirkte sehr blass, aber durchaus wohl, stellte Alia beruhigt fest. Sie brauchte nicht sein Band zu fühlen, um zu wissen, dass er in ein paar Tagen wieder vollkommen gesund sein würde. Sie musste nur noch seine Bandagen wechseln und die Wunde vor Entzündungen bewahren.

Evan lachte auf Minos Worte hin verbittert auf. „Mino, wie viele Männer hast du letzte Nacht getötet? Oder Roan? Oder ich? Unser Heermeister hat nur gehandelt, um unsere Leben zu bewahren. Danke den Monden dafür, dass er der beste Bogenschütze des Landes ist, und schweige demütig darüber, Junge, denn wir alle hier haben in der letzten Nacht versagt!"

Stille legte sich über die Soldaten, jeder in seinen eigenen Gedanken versunken.

Es war bereits später Nachmittag und dieser Wald war ein guter Platz für ihr Lager. Alia hoffte, die Pläne der Soldaten überschnitten sich darin mit ihren. Sie ließ automatisch ihre Blicke über die Pflanzenwelt schweifen, die sich ringsum in die Kälte reckte. Sie entdeckte nichts, das ihre Heilmittel sinnvoll ergänzen würde, dafür jedoch zahlreiche Bäume mit essbaren Samenhülsen. Sie würde später lediglich unter dem Schnee danach suchen müssen. Dort hinten wuchsen sogar einige Sträucher mit Schneebeeren.

„Wenn wir zu den Truppen stoßen, wird es sehr viel zu diskutieren geben, sollte Markham nun auch den Pakt durchtrennt haben!", setzte Roan der Diskussion noch einmal einen Punkt hinzu.

„Lagert die siebte Garde noch immer an der Schneegrenze, Roan?"

„Vermutlich, wenn es nun auch so weit im Norden Ärger gibt, und ich weiß auch schon, warum du fragst, Mino", antwortete der alte Soldat mit einem Augenzwinkern.

Mino grinste breit, aber niemand ging auf Roans Necken weiter ein. Evan schien noch immer zermürbt, hob jedoch lässig seine Hand, um auf einen Platz weiter links zu zeigen. Ein Paar umgestürzte Bäume bildeten dort einen fast halbrunden Wall.

„Ein guter Lagerplatz!", kommentierte Evan seine Geste, und Zustimmung machte sich breit.

In diesem Moment hörte Alia den Hufschlag eines Pferdes, das immer weiter auf sie zu durch das Unterholz brach, und ein schweres, schleppendes Geräusch, das sie nicht zuordnen konnte. Sie begann ihr Pferd zu versorgen, während die anderen bald auch die Geräusche vernahmen, und der Heermeister zwischen den Bäumen erschien. Seine Beinkleider sowie sein Mantel waren mit Schnee bedeckt und sein Gesicht glühte vom Eifer anstrengender Arbeit. Er zog mit Stricken, die an seinem Sattel verknotet waren, einen kapitalen Hirsch hinter sich her.

„Ich darf verkünden, wir haben heute Abend Hirschbraten auf der Karte!", kommentierte Roan und lächelte seinen Heermeister anerkennend an.

Alia warf einen Blick in die Runde und huschte dann unbemerkt im allgemeinen Trubel um das Wild in den Wald, um ihr Nachtmahl durch einige Früchte bereichern zu können. Aber vor allem wollte sie vor dem Anblick des Mannes flüchten, der in der gestrigen Nacht fünf Männer im Alleingang getötet und sie danach fast geschlagen hatte. Sie konnte etwas Edles daran erkennen, einen solchen Beruf auszuüben, und ein Mann, der wieder und wieder Pfeile auf Gegner abschoss, die im Begriff waren, seine Soldaten auszulöschen, war sicher ein edler Kämpfer, aber sie selbst fürchtete sich mehr denn je vor diesem fremden Krieger.

Sie hatte gesehen, dass es auch eine andere Seite dieses Mannes gab. Eine fürsorgliche, humorvolle und einfühlsame Seite, aber das alles verwirrte sie nur umso mehr. Denn da waren auch die Rätsel, die er ihr aufgab. Vor allem das Bild, das sich ihrer Berührung gezeigt hatte, von dem Wesen, das gleichzeitig Mann und Pferd war.

Und der wilde Blick, den er trug, als er vom Kampf zurückkehrte, als sei er nicht er selbst.

Kian betrachtete, wie Roan den Hirsch zerlegte, und führte seine Stute näher an das Feuer, das Evan entzündet hatte. Die Wärme war eine Wohltat, und der Schnee auf seiner Kleidung begann augenblicklich zu schmelzen. Er ließ den Blick in die Runde schweifen und bemerkte die Ruhelosigkeit seiner Soldaten, aber er konnte die Heilerin nicht entdecken.

„Wo ist die Heilerin?“, fragte er ungehalten.

Alle sahen sich in diesem Augenblick um, aber niemand vor ihm schien die Abwesenheit ihres Reisegastes bemerkt zu haben.

Roan zuckte die Achseln. „Sie wird in den Wald gegangen sein, um unsere Mahlzeit zu ergänzen, Heermeister“, antwortete er ruhig.

„Wisst Ihr das bestimmt?“, fuhr er seinen Freund an und sah, wie Roan sich ihm langsam und mit fragendem Gesichtsausdruck ganz zuwandte.

„Nein, aber es ist das, was sie gestern auch getan hat!“, gab dieser, offensichtlich verwirrt durch Kians Wut, zurück.

Kian atmete durch und sah dann, wie Evan sich erhob und sich breitbeinig vor seine Stute stellte. In Evans Blick lag die wildeste Entschlossenheit.

„Wenn Ihr wütend sein wollt, Heermeister Dogul, dann seid es auf uns alle, die wir Euch im gestrigen Kampf so schmählich im Stich gelassen haben!“, rief er aus, neigte vor Kian den Kopf und kreuzte die Arme mit nach oben geöffneten Händen vor seiner Brust.

Roan und Mino waren auf der Stelle an seiner Seite und taten es ihm nach. Sie zeigten Kian die Geste der Demut. Das hatte er nicht gewollt. Er hasste diese Geste, weil er selbst sie vor jedem Kampf vor einem seiner Soldaten ausführen musste. Die Wut schien ihn zu übermannen, aber er kämpfte sie nieder und forderte seine Männer dann mit erzwungen ruhiger Stimme auf, die Köpfe zu erheben.

„Uns alle zusammen trifft die Schuld für den Verlauf des gestrigen Kampfes. Wir alle haben diese Männer unterschätzt, und unser aller Hochmut hat sich gegen uns gekehrt. Überzeugt zu sein von unserer Überlegenheit, das war unsere unverzeihliche Schwäche, und wir haben mit unserem Blut dafür bezahlt. Und damit lasst es gut sein!"

Kian sprach eindringlich und hielt dann den Blick eines jeden der drei Männer für Sekunden mit seinem. Zuversicht war es, die er geben wollte. Dann atmete er durch. „Ich vermute, die Politik unseres Königs hat uns hier im tiefen Norden eingeholt, und das sollten wir im Auge behalten, nicht unsere Schwäche am gestrigen Abend. Es gibt Wichtigeres zu überdenken, und ich hoffe, wir können am Anfang der übernächsten Woche zu einer unserer Truppen stoßen, um eine klarere Sicht auf die Absichten der Fürstenhäuser zu erlangen. Ihr alle wisst, dass es zum Krieg kommen kann!"

Seine Leute nickten, Ana war ebenfalls zu den Männern getreten und hatte wieder diesen Blick der stolzen Kriegerin in den Augen, der Kian schon immer fasziniert hatte. Er nickte einmal und wendete dann sein Pferd.

„Ich suche die Heilerin!", rief er über seine Schulter hinweg.

Es sollte nicht schwierig sein, ihre Spuren im Schnee zu finden, und das war es tatsächlich nicht. Kian musste nicht weit reiten, bis er ihre schmale Gestalt unter einem Baum im Schnee knien sah. Sie hatte den Schnee zur Seite geschoben und sammelte Früchte. Genauso wie Roan es vorausgesagt hatte. Was hatte Kian denn erwartet? Dass sie geflüchtet war? Wie albern kam er sich jetzt vor! Diese Frau würde sich niemals gegen den Befehl eines Königs stellen ... und auch nicht gegen seinen. Er könnte ihr befehlen, sie solle jederzeit in Sichtweite bleiben, aber er würde es niemals tun. Zu präsent waren ihm ihre Worte über das Wandern in den Bergen. Sie beide teilten dieselbe Sehnsucht nach Einsamkeit in der Natur. Wenn er auch ihre Beweggründe nicht kannte, so würde er sie doch niemals zwingen zu bleiben. Er würde sie nie zu einer Gefangenen machen.

Er spürte sehr stark, wie gerne er mit ihr gesprochen hätte. Er hätte sich gerne endlich bei ihr entschuldigt, für das, was in der letzten Nacht zwischen ihnen vorgefallen war, aber er fand nicht die Worte. Sie hatten keine gemeinsame Ebene, auf der ein solches Gespräch möglich war. Die Heilerin Alienne, sie war eine Fremde.

Alia hatte jedes Wort, das zwischen den Soldaten und ihrem Heermeister gefallen war, verstanden. Sie wollte schnell weiter fortgehen, aber die Esskastanien, die sie hier gefunden hatte, waren zu verlockend, um sie liegen zu lassen, und im sichtbaren Umkreis gab es keinen weiteren Kastanienbaum. Also hatte sie hier gekniet und der Abbitte gelauscht, die Evan an seinen Heermeister für ihre Versäumnisse geleistet hatte.

Die Stimme des Heermeisters klang wütend und sanft zugleich, als sei er geübt darin, seine Gefühle zu kontrollieren, ja, sie sogar zu unterdrücken. Bei den Monden, wie sehr musste ihn ihr Verhalten der letzten Nacht erbost haben, dass er diese Kontrolle vollkommen verloren hatte? Und nun übernahm er selbst seinen Teil an der Verantwortung für den Kampf, der beinahe all ihre Leben gekostet hatte. In diesem Moment erschien er ihr menschlicher als jemals zuvor.

Alia hatte bisher nicht begriffen, wie groß die Verantwortung war, die dieser Mann trug. Erst jetzt, als sie auch ihn von der Politik des Königs sprechen hörte, und der Gefahr, die diese Fürsten für den Frieden im Land darstellten, begann sie zu ahnen, wie viel auf seinen Schultern lastete.

Sie hörte seine Stute hinter sich. Sie hörte, wie er verweilte und ihr dabei zusah, wie sie Kastanien in ihren Mantel sammelte. Sie wünschte sich plötzlich, er würde das Wort an sie richten, aber er tat es nicht und ritt dann fort. Alia wusste, sie würde ihn heute Abend nicht wiedersehen. Er war ein Mann, der die Einsamkeit schätzte. Ein Wandernder in der Nacht, so wie sie auch.

In den nächsten Tagen fand sie in eine Art Routine. Es schneite in einem fort, doch ihre Reise wurde dadurch nicht weiter behindert, da sie sich ohnehin nicht in Eile vorwärtsbewegten. Die Stimmung der Soldaten fand zu ihrer alten Ausgelassenheit zurück, und Alia bemerkte wieder und wieder, dass sie sie in ihre humorvollen Sticheleien mit einbezogen. Nach der Nacht der Verletzungen wurde sie mehr beachtet, vielleicht sogar geachtet.

Sie hatte Minos Wunde überwacht, sie neu bandagiert und in den nächsten Tagen würde sie die Fäden ihrer Naht herausnehmen. Die Wunde war gut verheilt und frei von Entzündungen geblieben.

Drei Tage nach dem Kampf hatte der Heermeister ihr mit einem „*Danke*“ den Tiegel mit der Kräuterpaste zurückgegeben. Er hatte ihn nie geöffnet, es fehlte nichts, der Inhalt sah noch genauso aus, wie er es getan hatte, als Alia die Paste vor Wochen im Kloster abgefüllt hatte. Seitdem hatte er nie mehr das Wort an sie gerichtet.

Er ließ sie jedoch auf anderen Wegen wissen, dass er an ihrem Leben unter seinen Soldaten teilnahm. In der peripheren Sicht nahm Alia wahr, dass er ihr mit seinen Blicken folgte, manchmal besorgt, manchmal anerkennend. Sie bemerkte oft, dass er ihr Bärenfell bewundernd ansah, und ertappte ihn einmal, wie er seine Finger über das Leder ihres Schlafsackes streichen ließ, als wolle er das feine Material fühlen.

Sie fuhr fort, Früchte für ihre Mahlzeiten zu sammeln, meistens Wurzelgemüse und Knollen, die sie auch im winterharten Boden finden konnte. Nur in der Nacht nach dem Kampf hatten sie Schneebeeren zu ihrem Fleisch essen können. Eine Delikatesse! Aber Alia wurde der Eigenschaften ihrer Mahlzeiten nie müde, Schneebeeren, oder nicht. Sie beinhalteten doch immer eine so riesige Menge an Fleisch, wie sie es nie erlebt hatte. Die kargen Mahlzeiten aus ihrer Zeit im Kloster waren nie vergessen, aber sie erlebte zum ersten Mal in ihrem Leben, wie ihr magerer Körper sich straffte. Vielleicht bildete sie sich das alles lediglich ein, aber sie aß mit solch innerer Dankbarkeit, dass sogar ihre Mitreisenden darauf aufmerksam wurden. Sie wurden es nicht müde, Alia damit aufzuziehen, welche Mengen sie verspeiste, und auch, wenn sie es sich versagte, darauf sichtbar zu reagieren, so lächelte sie doch darüber. Es erfüllte sie mit Freude.

Einmal, während einiger Momente des Schweigens auf ihrer Reise, bemerkte Alia, dass Evans Pferd hinkte. Es war ein großer Schimmelwallach und er schien nicht ganz zufrieden mit einem seiner Hinterbeine, belastete es daher nur in schonender Haltung.

Am Abend sprach sie Evan darauf an und er sagte ihr, er hätte schon nach dem Pferd gesehen, jedoch nichts entdecken können. Eine Nacht der Ruhe würde dem Wallach bestimmt guttun und morgen sei alles vergessen. Alia bat Evan, sich sein Pferd noch einmal ansehen zu dürfen. Er nickte, und Alia berührte den Wallach zunächst am Kopf, dann ging sie an ihm entlang zu seinem Schweif. Etwas schien das riesige Pferd zu stören, und Alia spürte bald, wo die Störung lag. Sie bat Evan den Kopf des Pferdes zu halten und kniete sich dann neben seinen linken hinteren Huf. Von dichtem Fell verdeckt steckte dort ein großer Dorn im Gelenk, den sie schnell mit ihrer Zange herausziehen konnte.

Evan hatte sie verblüfft angesehen und gefragt, woher sie gewusst hatte, wo dieser Dorn saß, aber Alia war es untersagt, darüber zu sprechen, und sie selbst würde sich eher die Zunge herausreißen, als das zu tun, zumal der Heermeister ihr Vorgehen interessiert beobachtet hatte. Vor ihm ihre Gabe zu offenbaren, hieße, ihm zu bestätigen, dass er allen Grund hatte, vor ihrer Berührung zurückzuschrecken. Es hieße, ihn freizusprechen von seinem Zorn auf sie und der Aggressivität, die er beinahe an ihr ausgelebt hatte. Es war nicht richtig gewesen, sie schlagen zu wollen. Auch wenn Alia sich in der Stille ihres Herzens darüber im Klaren war, dass sie ihn unwissentlich provoziert hatte, so wollte sie sich doch keine Teilschuld einräumen.

Sie legte dem Wallach einen Kräuterwickel um die verletzte Stelle, der die Heilung vorantreiben würde, und morgen sollte die Wunde ihm keine Probleme mehr bereiten. Während der Abendmahlzeit stichelten die Soldaten Alia weniger wegen ihres Appetits, dafür umso mehr wegen ihrer Fähigkeit, nicht nur Menschen, sondern auch Pferde zu heilen, und auch das ließ Alia lächeln.

Kapitel 5

Kian sah seinen Soldaten zu, wie sie sich einer nach dem anderen am Feuer einfanden. Ana überarbeitete ihren Sattel mit Lederfett, und Evan überprüfte ihre Essbestecke, schliff die Messer neu und polierte dann alles. Die Heilerin hatte in ihrer Nähe gekniet und offensichtlich Kartoffeln im Boden gefunden, die sie mit ihrem Schwert ausgrub, so wie sie es immer tat. Kian entging nicht, dass Evan dies immer wieder mit Widerwillen beäugte, und bei ihrer Rückkehr hatte er beim Anblick ihres Schwertes mitleidig das Gesicht verzogen.

„Ihr habt ein gutes Schwert, Heilerin!", hatte er gesagt. „Darf ich es sehen?"

Die Heilerin nickte lediglich und händigte es ihm aus. Sie wartete still darauf, dass er es zurückgab, aber er hielt es gegen den Himmel, drehte es vor seinen Augen und fuhr dann mit den Fingern über das Metall, als könne er auf diese Weise etwas daraus lesen. Dann befühlte er die Klinge und stöhnte leicht auf.

„Das ist ein feines, solide gefertigtes Schwert, Heilerin. Eine Waffe, auf die man sich getrost verlassen kann. Aber es ist stumpf wie Baumrinde. Ich könnte es für Euch schärfen!", schlug er vor.

Kian sah Evans Augen an, wie er mit Blicken versuchte, in die Heilerin einzudringen, um es ihm zu erlauben. Er konnte ein stumpfes Schwert in seiner Nähe nicht ertragen. Es kam einem Affront gegen seine Person gleich. Kian lächelte amüsiert in sich hinein und tat alles, damit Evan seine Reaktion nicht sehen konnte. Er wollte ihn nicht kränken.

Die Heilerin beeilte sich jedoch, den Kopf zu schütteln und sagte dann freundlich: „Danke, aber das ist nicht nötig, Evan!"

„Doch ist es, es tut mir weh, wenn eine solch gute Waffe ..."

Hinter ihnen lachte Ana auf, schubste Evan mit der Schulter und stichelte: „Du und deine Gefühle für Waffen! Glaubst du nicht, die Heilerin hat genau das Schwert, das sie braucht?“

„Aber es ist in solch schlechtem Zustand!“, seufzte Evan.

Kian lächelte jetzt offen, er wusste, wie sehr sein Waffenmeister förmlich litt, beim Anblick ihres derart vernachlässigten Schwertes.

„Sein Zustand genügt mir“, fügte die Heilerin an.

Hörte Kian da etwa Belustigung in ihrer Stimme? Konnte sie ebenfalls sehen, wie Evan sich innerlich wand, weil sie ihm ihr Schwert nicht zur Erneuerung überließ? Kian war sich fast sicher, dass es so war, aber er konnte wie immer nur mutmaßen.

„Aber Ihr grabt damit, Heilerin! Wenn Ihr graben wollt, warum führt Ihr dann keinen Spaten mit Euch?“, fragte Evan nun gequält, aber die Heilerin ließ sich Zeit mit ihrer Antwort.

„Nun, stellt Euch vor, ich hätte an dem Tag, als wir uns zum ersten Mal trafen, einen Spaten vor diesen Banditen erhoben. Hätte meine Verteidigung dann nicht etwas albern ausgesehen?

Ihre Stimme klang so von Grund auf schelmisch, und Evans Gesicht war derart düpiert aufgrund ihrer Antwort, dass Kian laut loslachte.

Es traf Alia wie eine Welle, die sich in ihrer Brust brach und ihren ganzen Körper überflutete. Es vibrierte in all ihren Knochen, in ihrem Herzen und es brachte ihr ein Gefühl von großer Freude. Es war das Lachen des Heermeisters, und seine Soldaten stimmten aus vollem Halse mit ein. In diesem Moment sah sie dem Krieger direkt ins Gesicht. Sie sah sein Lachen, genauso wie sie es spürte, aber was sie spürte, ging weit über das Sichtbare hinaus. Spaß, Verständnis, Sympathie für sie selbst und ein Gefühl der Nähe, das Alia nicht verstand.

Sie sah sich, wieder die periphere Sicht benutzend, verstohlen um, forschend, ob noch jemand außer ihr die Schwingungen bemerkt hatte, die sie so stark getroffen hatten, in sie eingedrungen waren und jetzt langsam verebbten, aber die Soldaten lachten einfach mit ihrem Heermeister und keiner von ihnen sah aus, als sei ihnen etwas Außergewöhnliches passiert.

„Evan, lasst! Ich glaube auch, die Heilerin hat exakt das Schwert, das sie möchte!“, ließ der Heermeister sein Lachen ausklingen.

Alle tauschten amüsierte Blicke, Roan zwinkerte Evan verschmitzt zu, dieser reichte Alia ihr Schwert zurück und sie nahmen ihre alltäglichen Handlungen wieder auf. Nur Alia stand wie angewurzelt und versuchte irgendwie zu verstehen, was sie eben erlebt hatte. Sie wusste, was sie erlebt hatte, aber etwas in ihr sträubte sich, die Wahrheit darin zu erkennen.

Der Heermeister wendete sein Pferd und ritt davon. Alia hatte nicht gewagt, ihn noch einmal so anzusehen, wie in dem Moment, als er so unbeschwert gelacht hatte, aber jetzt sah sie ihm nach. Das Gefühl der Freude, dass sie eben noch empfunden hatte, entzog sich ihr und verschwand mit ihm. Es war seine Freude gewesen.

Es war, als hätte sie ihn berührt. Es war, als hätte sie sein Band gespürt, wie bei einer Berührung. Aber er hatte gute fünf Körperlängen von ihr entfernt gestanden. Wie war das möglich? Wenn Alia irgendetwas mit Bestimmtheit wusste, dann war es die Tatsache, dass das Band sich innerhalb des Körpers befand. Es konnte nicht mit den Gefühlen, die es transportierte, ausgesandt werden, herausgeschleudert wie ein Feuerwerk, das auf sie niederging ... Das war nicht möglich. Es war nicht möglich, dass es Menschen gab, die ihr Band mit anderen teilen konnten, es benutzen, um Gefühle zu übermitteln. Oder etwa doch?

Wusste der Heermeister, was er eben getan hatte? Konnte er wissen, wie stark sein Band war, so stark, dass sie es spürte, ohne ihn zu berühren? Wussten seine Soldaten davon? Alia sah sich wieder um und hörte Ana sagen, wie schön des Heermeisters Lachen sei, es sei wirklich ansteckend, nur schade, dass er so selten Grund dazu hatte!

Alia war der Grund für sein Lachen gewesen, und das ließ sie aufgeregt und ein wenig stolz zurück. Sie hatte sich einen Scherz erlaubt, wahrscheinlich den ersten in ihrem Leben und jetzt hätte sie am liebsten selbst gelacht in ihrer Verwirrung.

Kian hätte schwören können, dass die Heilerin ihn eben direkt angesehen hatte. Er hätte schwören können, ihre Blicke hätten sich getroffen, wenn die Kapuze ihres Umhanges nicht ihr Gesicht verdeckt hätte. War es so außergewöhnlich, dass er lachte? Durfte er nicht über sie lachen? Er trieb die Stute in den Abend hinaus und hatte plötzlich das starke Bedürfnis, den eiskalten Wind stärker und immer stärker in seinem Gesicht zu spüren.

Es gab in seinem ganzen Leben nur wenige Momente einer solch starken Freude, die einfach überquollen in ein Lachen aus seinem tiefsten Herzen. Dieser Moment eben war so selten ... und so kostbar. Er konnte nichts Unschickliches daran erkennen, bis auf die Tatsache, dass jemand wie er sich unter normalen Umständen ein solches Verhalten nicht erlauben durfte. Aber dies waren keine normalen Umstände. Er war unter seinen Leuten und diese scherten sich nicht darum, was er war, sondern nahmen es hin. Das bedeutete ihm viel, mehr, als er jemals auszudrücken vermochte. Unter diesen Soldaten durfte er sich erlauben, mehr der Mensch zu sein, der er war. Er durfte sich ein Lachen erlauben.

Bald bremste er die Stute. So konnten sie nicht jagen, sie vertrieben ja sämtliche Tiere! Und in dem Maß, wie er seinen Ritt verlangsamte, wurde ihm klar, dass er auch mit seinen Gedanken weniger schnell vorpreschen sollte. Er hatte das Gesicht der Heilerin doch gar nicht gesehen, nicht ihre Augen, ihren Ausdruck. Er konnte nicht wissen, wie sie ihn angesehen hatte. Es musste nicht zwangsläufig Missbilligung gewesen sein, die sie bewogen hatte, sich ihm direkt zuzuwenden, auch wenn es das war, was er erwartete, stets und von allen.

Beinahe wäre er in eine Gruppe Wildschweine hineingeritten, die jetzt panisch vor ihm und seinem Pferd wegliefen. Sie hatten jedoch auf einer langen Strecke keine Möglichkeit sich zu verstecken, und so ließ Kian die Zügel los, griff hinter sich in den Köcher nach zwei Pfeilen, spannte seinen Bogen, schoss, spannte wieder und beide Pfeile erreichten ihr Ziel in den Nacken zweier Tiere.

Das war mit Abstand seine schnellste Jagd der ganzen Reise gewesen und so ließ er sich Zeit, mit den Seilen im Schnee zu hantieren, die Pfeile zu säubern und sich von seiner Stute aufhelfen zu lassen. Als er neben ihr stand und sich an ihrer Mähne festhielt, wanderte sein Blick zur Quelle des ungewohnten Lichtes, dass die

Landschaft um ihn einhüllte. Die Wolken waren zum ersten Mal seit Wochen aufgerissen und gaben den Blick auf die ersten Sterne frei. Beide Monde standen gleichzeitig am beinahe schon nächtlichen Himmel. Die diesjährige Zweimondzeit hatte begonnen und das bedeutete, dass das Treffen der Fürsten am Hof des Königs binnen dreier Tagesläufe stattfinden würde. Das Treffen, das alles verändern konnte.

Kian vergrub das Gesicht am Hals seiner Stute und atmete lange aus. Die Fürsten entschieden über die Zukunft, über Leben oder Tod so vieler Menschen und er stand hier, noch immer im nördlichsten Winkel des Landes. Der König hatte ihn fortgeschickt, obwohl dies die wichtigste Zeit seines Amtes als erster Heermeister war. Er sollte nicht hier sein, sondern im Falle einer Konfrontation mit den Fürsten seine Truppen befehligen.

Roan hatte seine Theorien darüber, dass der König seinen ersten Heermeister aus dem Weg haben wollte, aber sie deckten sich nicht mit denen Kians. Er selbst wusste am besten, wie sehr es dem König zuwider war, dass die Truppen ihn zum ersten Heermeister gemacht hatten. Der König würde ihn wahrscheinlich am liebsten tot sehen, aber Kian wusste, das waren nicht die Beweggründe, die ihn dazu gebracht hatten, ihn fortzuschicken.

Kian mochte zwar momentan daran verzweifeln, dass er nicht bei seinen Truppen war, aber er kam nicht umhin, glauben zu müssen, dass er sich hier im Schnee mit seinen Leuten auf einer Mission allererster Priorität befand. Als ihn der König ausgesandt hatte, die Heilerin in die Hauptstadt zu bringen, hatte Kian in der Rede des Königs eine Dringlichkeit gespürt, die er bei diesem Mann nie erlebt hatte.

König Abran war für gewöhnlich ein Mann des Spotts, er verhöhnte seine Gegner, fühlte sich stets unendlich überlegen und seine Befehle an Kian waren oft absichtliche Erniedrigungen. Seine Charaktereigenschaften waren ganz gewiss nicht dafür geschaffen, den Frieden mit den Fürsten auf lange Sicht zu sichern. Kian war überzeugt davon, dass sie sich längst im Kriegszustand befänden, wenn seine Tante, Königin Nari, nicht ihr ganzes diplomatisches Geschick aufgewandt hätte, um immer wieder alle Fürsten in die

Gespräche einzubeziehen. Ihr verdankte das Land den Frieden, der gerade auf dem Spiel stand. Ihr, und ihrer Fähigkeit hinter dem Rücken ihres Mannes sanft und umsichtig die richtigen Fäden zu ziehen.

Am Abend, als der König Kian zu sich rief, war die Königin nicht anwesend und seltsamerweise auch kein anderer Würdenträger. Kian fand sich von Angesicht zu Angesicht alleine seinem König gegenüber, kniend, wie immer. Dem König schien es immens zu gefallen, Kian knien zu sehen und ihn damit still zu verhöhnen. Ihn daran zu erinnern, dass er ohne Hilfe nur schwerlich in der Lage war, sich aus eigener Kraft wieder in eine stehende Position zu bringen. Als wollte er Kian damit verdeutlichen, was er war.

Kian hatte an diesem Abend nicht viele Informationen erhalten. Sicher, es ging um die Männer in des Königs Krankenzimmern. Er hatte nicht erfahren, wer diese Männer waren, was zu ihrer Erkrankung geführt hatte, oder woher sie kamen, aber der König hatte mehrfach wiederholt, er brauche diese Heilerin. Er brauche sie, nur sie konnte helfen, nur sie konnte wissen ...

Und dann hatte der König etwas gesagt, das ihm nie über die Lippen gekommen wäre, wenn er sich nicht in einer absoluten Notlage befunden hätte. In diesem Moment, der so undenkbar, unvorstellbar und unfassbar war, hatte Kian gewusst, wie wichtig ihre Reise hierher in den Norden war. Wichtiger als ein etwaiger Krieg mit den Fürsten, denn die eigentliche Gefahr für das Land kam aus einer anderen Richtung, und sie war tödlicher als das Gerangel der Fürsten.

In dieser Nacht hatte der König Kian gelobt! Dabei verabscheute er Kian, behandelte ihn wie einen tollwütigen Hund und wurde es nicht müde, ihn vor aller Augen zu demütigen, wann immer sich ihm die Gelegenheit bot. Aber in dieser Nacht sprach er von ihm abgewandt: *„Ihr seid der beste Kämpfer des Landes. Ihr müsst es sein, der diese Heilerin eskortiert. Nur Ihr könnt ihre Sicherheit bewahren.“*

Kian hatte wegsehen müssen bei diesen Worten. Einen Moment hatte er gedacht, der König hätte sich an irgendetwas berauscht, dann, der König mache sich einen schlechten Scherz mit ihm, und am Ende hatte er den Blick des Königs auf ihn einstechen sehen. Seine Worte waren todernste Absicht gewesen, und um dies zu untermalen, hatte er Kian hinausgeworfen mit den Worten: „*Ein Wort über unser Gespräch kommt über Eure Lippen, und ich lasse Euch töten! Und jetzt geht mir aus den Augen!*"

Kians Beine gaben trotz der Schienen langsam nach. Er hatte zu lange gestanden und so zog er sich auf sein Pferd und machte sich auf den Weg zurück ins Lager. Die Sicherheit der Heilerin Alienne war Kians Aufgabe, und sie musste so viel mehr bedeuten, als Kian ermessen konnte.

Er lächelte noch einmal über den Witz, den sie sich mit Evan erlaubt hatte. Diese rätselhafte Frau mit dem wundervollen Fell eines Gipfelbären. Wo, bei den Monden, hatte sie ein solches Fell her? Das Fell eines so seltenen Tieres gab es nicht zu kaufen, nirgends.

Es wurde Abend, und Alia blickte zum Himmel empor, der seit gestern Nacht ohne Wolken war. Während des gesamten Tagesrittes hatte die Sonne auf sie herabgeschienen und auch wenn die Wintersonne sie nicht wärmte, so erschien doch das verschneite Land um sie herum wie verwandelt. Plötzlich gab es wieder Farben. Das Blau des Himmels schien das Weiß der Landschaft zu verstärken und in den Hecken wilder Rosen am Wegesrand glühten rot die Hagebutten. Das Fell der schwarzen Stute des Heermeisters vor ihr schien fast bläulich zu schimmern im Sonnenlicht.

Jetzt traten die ersten Sterne hervor und man konnte bereits die Silhouetten der beiden Monde erkennen. Bei ihrem Anblick fühlte Alia unweigerlich ihre Gedanken zurück ins Kloster gleiten. Die Zweimondzeit war für die Jidari immer eine Zeit der tiefen Versenkung in den Kodex und den Glauben an die Allmutter gewesen. Eine Zeit der Einsamkeit. Alia hatte seit ihrer Kindheit hauptsächlich darum gebetet, sie möge bald vorüber sein. Einen Wochenlauf lang zeigten sich beide Monde am Himmel, nur einmal im Jahr, aber diese sieben Tagesläufe fühlten sich für Alia stets an wie die endlose Ewigkeit.

Es war die Zeit der Prüfungen durch die Oberste gewesen. Alia wurde beäugt, befragt und begutachtet und nicht nur sie allein.

Alle Schwestern wurden zu langen Einzelgesprächen gerufen. Die Wahrhaftigkeit ihres Glaubens und ihrer Mission wurde inspiziert und dazwischen lagen lange Stunden des Betens und der Läuterung. Während der Zeit der zwei Monde wurde streng gefastet, sie wurde schlaflos begangen und nur zur Abendmahlzeit wurden Brot und Wasser ausgegeben.

Im letzten Jahr hatte Alia am fünften Tag darum gebeten, einen der Kranken im Hospital in den Tod begleiten zu dürfen. Eigentlich waren die Nächte der Zweimondzeit dem gemeinsamen Beten und Meditieren in der Kapelle vorbehalten. Das Hospital wurde von nur einer Schwester betreut. Alia hatte für diese Nacht eigentlich keinen Dienst dort zu tun, aber der Mann hatte sie inständig darum ersucht, sie solle in seiner letzten Stunde bei ihm sein.

Ihrer Bitte wurde stattgegeben, jedoch wurde ihr die Abendmahlzeit verwehrt. Sie solle sich in ihre Mission versenken, für den Kranken und ihr Leben beten, damit die Allmutter durch ihre Überzeugung genährt würde. Als der Mann seinen letzten Atemzug tat, schloss Alia ihm die Augen, flüsterte die angemessenen Worte und wollte sich erheben, um den Leichnam zu balsamieren, wie es der Brauch der Jidari verlangte. Dabei war ihr schwindelig geworden, und sie war in eine tiefe Ohnmacht gesunken, aus der sie erst am nächsten Morgen wieder erwachte.

Die Oberin hatte sie endlose Stunden gescholten, weil sie ihr Werk an dem Toten nicht vollendet hatte. Sie hatte sie knien lassen, bis die letzte Kraft aus ihr wich, und dann hatte sie die Zweimondgebete mit ihr gesprochen, wieder und immer wieder. Alia war wiederholt schwarz vor Augen geworden, aber sie klammerte sich an den letzten Rest ihres wachen Bewusstseins und ertrug die Qualen.

Ihr Körper hatte sich erholt, aber die Worte der Oberin Rania hatten sich in sie hineingebrannt, wie glühende Eisen: *„Du bist ein Nichts im Angesicht der Allmutter! Die letzte Weihe wird dir auf immer verwehrt!“* Alia war nie ein vollwertiges Mitglied der Schwesternschaft geworden und sie würde es niemals sein, denn sie war es nicht wert, die Weihe zu empfangen. Tränen traten in ihre Augen, aber sie hielt tapfer die periphere Sicht auf die Landschaft um sie herumgerichtet. Sie hatte nie gewusst, wie schön die Monde am Himmel waren und wie ihr Licht alle Umrisse schärfte, sodass sie klarer sehen konnte, weiter als je zuvor, bis hinein in ihre unklare Zukunft fern des Klosters.

Sie war im Grunde kein spiritueller Mensch. Sie hatte nie bis ins Letzte den Glauben geteilt, die Allmutter sei Schöpferin allen Lebens. Sie wusste zu viel um die Abläufe in der Natur, als dass sie glauben konnte, all dies käme aus einer einzigen schöpferischen Hand. Und war es nicht um so vieles größer und wunderbarer, daran zu glauben, die Natur erschaffe sich jeden Tag neu aus sich selbst heraus?

Sie hatte nie gebetet, seit sie das Kloster verlassen hatte, aber in dieser Nacht stahl sie sich nach dem Essen davon, kniete im Schnee unter den Monden und bat die Allmutter darum, sie freizugeben. Sie bat um eine Zukunft außerhalb des Klosters und des Kodexes.

Kian ritt auf das Lager zu, einige Tauben an seinem Sattel, und hielt plötzlich inne. Die Heilerin kniete nicht unweit einer Dornenhecke mit gefalteten Händen im Schnee. Er sah im hellen Schein der Monde, dass sich ihr Mund bewegte. Sie betete, aber in ihrem Anblick lag kein Friede. Kian sah ihre zierliche Gestalt erbeben, und es fuhr ihm wie ein Stich ins Herz, sie so zu sehen, so klein und verletzlich.

Er erinnerte sich wieder an die souveräne Frau, die sie in der Nacht ihres Kampfes gewesen war, und diese beiden Bilder wollten sich nicht zu einem fügen. Er kam sich augenblicklich vor wie ein Eindringling, und obwohl er gerne die Hand nach ihr ausgestreckt hätte, konnte er ihr doch keine Hilfe sein, und so führte er die Stute in einem weiten Bogen um die Heilerin herum Richtung Lager.

Er war froh, dort Roan zu entdecken, der die erste Wache hatte. Kian händigte ihm schweigend seine Jagdbeute aus und wandte sich dann noch einmal nach der Heilerin um. Er hätte sie gerne weiter im Blick behalten, aber zu was sollte das führen? Er konnte nichts für sie tun.

„Kian, setz dich zu mir, mein Freund! Warum siehst du so elend aus?"

Jemand hatte seine Felle unmittelbar neben die Roans gelegt, da es dort einen umgestürzten Baumstamm gab, der ihm hilfreich sein würde. Also begann er die Gurte zu öffnen und stieg langsam von seinem Pferd. Die immer gleichen Handgriffe, jahrelange Gewohnheit. Er hielt inne, bevor er sich hinabgleiten ließ, und sah erneut nach seinem Reisegast. Sie erschien ihm jetzt stiller.

„Elend?", wiederholte er, wandte seinen Blick in Roans Gesicht und die Wärme seiner Freundschaft durchflutete ihn. Kian schüttelte lächelnd den Kopf, sehr langsam, nein, es war kein Elend in diesem Moment zwischen zwei Freunden an einem nächtlichen Feuer. „Es ist die Heilerin!", fügte er dann an und es klang in seinen Ohren wie ein Seufzen.

„Ich habe vorhin nach ihr gesehen. Sie betet!" Roan klang verwundert.

„Warum überrascht dich das? Sie ist eine Nonne!"

„Es überrascht mich, weil ich zum ersten Mal sehe, dass sie das tut!"

„Wirklich?", fragte Kian.

Er war sich plötzlich bewusst, wie wenig Zeit er mit ihr verbracht hatte, seit die Reise begann, und nicht nur mit ihr, mit all seinen Soldaten. Sobald der Tagesritt getan war, verschwand er stets in die Einsamkeit des Jagens und entzog ihnen damit seinen Anblick, auch dies eine uralte Gewohnheit.

Roan nickte, schien nachdenklich. „Was, glaubst du, ist mit ihr?"

„Das kann niemand wissen, Roan. Ich nicht, du nicht, niemand!"

Roan senkte den Kopf und begann dann die Tauben zu rupfen. Kian schwieg einen Moment, ließ sich an seiner Stute herabsinken und verlagerte schnell sein Gewicht auf den Baumstamm. Roan reichte ihn einen Trog mit Hafer, und Kian hielt ihn seiner Stute entgegen. Sie nahm die Witterung auf und steckte bald mit dem Maul im Trog. Er streichelte ihren Kopf und stellte den Trog dann auf der anderen Seite des Baumstammes ab. Sein Pferd folgte seinen Bewegungen und fraß dann zufrieden weiter.

Kian rückte auf seine Schlaffelle und sah einen Moment in die Flammen. „Ich wünschte, ich wüsste es", sagte er dann ins Feuer.

Roan sah ihn lange an und fuhr dann mit seiner Arbeit fort.

„Wie lange hast du Alma nicht gesehen, Roan?“, fragte Kian dann und atmete durch.

„Beinahe fünf Mondläufe.“

„Ich vermisse ihre Cremespeisen!“, sagte Kian nach einer langen Stille mit einem tiefen Lächeln und sah Roan dabei in die Augen.

Dieser grinste zurück und zuckte die Achseln. „Ich vermisse alles an ihr!“, ließ er Kian wissen, dann schubste er ihn neckend an der Schulter. „Schlaf jetzt, Kian! Du hast die letzte Wache. Ana weckt dich.“

Kian nickte und sah sich noch einmal um, aber er konnte die Heilerin aus seiner sitzenden Position nicht sehen. Er zog sich die Stiefel aus und fühlte dann unter seinen Beinkleidern nach den Schienen, die er trug. Er lockerte die Riemen, die sie fest um seine Knie hielten, und tastete nach seinen Kniekehlen. Roan warf einen wissenden Blick auf ihn und wandte sich dann wieder der Taube zu, die er gerade bearbeitete.

Die Haut auf der Unterseite seiner Beine war geschwollen, dort wo die Schienen befestigt waren, die Druckstellen hatten wieder genässt und waren verkrustet. Kian legte sich hin und beschloss, seinen Wunden für heute Nacht Zeit zu geben. Nicht, um zu heilen, das taten sie nie.

Als Alia zum Feuer des Lagers zurückkehrte, sah Ana sie lange fragend an. „Da seid Ihr ja, Heilerin! Ich dachte schon, ich müsste nach Euch sehen. Sehen, ob es Euch gut geht“, flüsterte sie dann und lächelte.

Alia nickte nur. Die schwarze Stute des Heermeisters stand vor ihr, blähte die Nüstern und schien ihren Geruch in sich aufzunehmen. Alia streckte automatisch ihre Hand in ihre Richtung und streichelte ihr über den Kopf. Als ihr klar wurde, was sie da gerade gedankenlos tat, durchfuhr es sie wie ein Blitz. Das letzte Mal, als sie dieses Tier berührt hatte, hatte ihre Gabe ihr dieses Schreckensbild vermittelt. Dieses Bild eines Mischwesens.

Alia zwang ihren Atem zurück in die Ruhe, denn in diesem Moment sah sie nichts dergleichen in ihrer Berührung. Es gab keinen Grund für ihre Panik. Die Gabe zeigte ihr ein starkes, kluges Pferd mit einem Band so kraftvoll ... Aber was war das? Das Band des Pferdes führte keine Verbindung zwischen seinem Gehirn und den Augen. Ohne diese Verbindung war die Stute nicht in der Lage zu sehen.

Du bist blind, wunderschönes Pferd!, dachte Alia verwundert und sah das Tier lange an. Ihre Hand strich zart über das schwarze Fell. Man merkte der Stute nicht an, dass sie nicht sehen konnte, aber Alia hatte sie eigentlich niemals ohne ihren Reiter erlebt, der sie über die Zügel stets kunstvoll lenkte. Nur einmal nicht, erinnerte sie sich jetzt. In der Nacht des Kampfes hatte er Mino festgehalten und sein Pferd mit lose hängenden Zügeln vorangaloppieren lassen. Alia hatte sich schon einmal gewundert, wie der Krieger sein Pferd ohne Führung zurück in die Höhle geleitet hatte. Jetzt, da sie wusste, dass dieses Pferd zudem blind war, erschien es ihr unmöglich.

Sie betrachtete die Stute lange. *Wie hast du das gemacht?*, fragte sie in Gedanken, als könnte ihre Gabe ihr die Antwort der Stute auf diese Frage zukommen lassen. Alia schüttelte schließlich den Kopf darüber, wie töricht sie war, klopfte noch einmal sanft den Hals des Pferdes und ging hinüber zu ihrem Fell. Sie zog die Stiefel aus, schlüpfte in ihren Schlafsack und genoss die Wärme des Feuers. Sie war schrecklich durchgefroren vom stundenlangen Knien im Schnee.

„Schlaft wohl, Ana“, flüsterte sie dann.

„Ihr auch, Heilerin“, kam Anas ruhige Antwort.

Alia zog die Kapuze über ihr Gesicht und schloss die Augen, in denen noch immer die Tränen brannten, die sie vergossen hatte. Sie hatte um ihr Leben getrauert. Das Leben eines fremden Wesens, von dem niemand wusste, woher es kam. Niemand hatte ihr sagen können, ob es noch mehr von ihrer Art gab, und wenn ja, wo diese Art beheimatet sein könnte. Aber Alia hatte sich in den letzten Jahren immer wieder gefragt, ob sie nicht vielleicht einfach eine Missgeburt war. Nur eine missgestaltete menschliche Kreatur und kein Abkömmling einer in ihrer Welt unbekannten Art.

Die Jidari hatten aus ihrem Vornamen *Alia* mit der Zeit *Alienne* werden lassen. Es war ein Wort aus der Alten Sprache und es bedeutete *Die Fremde*. Und das war sie. Es war einerlei, ob sie jemals herausfand, von wo sie gekommen war, sie würde doch immer eine Fremde bleiben unter den Menschen.

Wieder spürte sie Tränen aufsteigen, sie öffnete die Augen und hob die Kapuze einen Spalt breit an. Ihr Blick suchte die schlafende Gestalt des Heermeisters und fand sie neben Roan, der leise schnarchte. Sie konnte das Gesicht des Kriegers im Feuerschein kaum erkennen, aber er wirkte auf sie in diesem Licht sehr friedlich und, wenn das überhaupt möglich war, noch jünger. Er und sein Pferd, ein untrennbares Gespann zweier Wesen mit körperlichen Einschränkungen, die sich ergänzten. Eine Einheit, dachte Alia beunruhigt und erinnerte sich wieder an ihr schreckliches Trugbild. Irgendetwas war daran, das sie nicht begriff, aber sie wollte nicht länger darüber nachdenken. Sie wollte nur noch in den Schlaf finden.

Zweites Buch

Inzani

Kapitel 6

Es war der dritte Tag des Zweimondes. Heute Nacht würden die Monde in größtmöglicher Nähe nebeneinander am Nachthimmel stehen. Es war die Nacht, in der in der Hauptstadt die Entscheidung über Krieg oder Frieden fallen würde. Während ihres Tagesrittes behandelten Kians Soldaten verständlicherweise nur dieses eine Thema. Sie diskutierten hin und her, jonglierten die Namen derer, die den Pakt mit dem König bereits offen gebrochen hatten, derer, die mit den Abtrünnigen sympathisieren, und derer, die loyal gegenüber dem Königshaus bleiben würden.

Wenn man die reinen Zahlen der Gegner und Verbündeten des Königs verglich, so wäre das Königshaus und damit der Friede im Land nicht in Gefahr, aber zu viele Fürsten hatten sich unentschieden gezeigt. Kians Späher, allen voran Mino, hatten von königlichen Soldaten berichtet, die übergelaufen waren, um für den einen oder anderen Fürsten in den Kampf zu ziehen. Die Fürstenhäuser, die Autonomie wollten, erstellten nun offen eigene Truppen. Wenn die Männer von neulich Nacht Kämpfer im Dienste eines der nördlichen Fürstenhäuser gewesen waren, dann war nichts mehr sicher. Alles erschien möglich.

Kian hatte sich an den Spekulationen seiner Leute nicht beteiligt. Er wollte nicht mutmaßen und würde ohnehin den Tatsachen ins nackte Gesicht blicken müssen, wenn sie erst Anschluss an die Truppen im Norden fanden. Er gab jedoch bereitwillig Auskunft über territoriale Belange. Welche Landstriche würden die verschiedenen Fürsten beanspruchen? Welche konnten leicht annektiert oder erkämpft werden?

Er beantwortete die dringlichsten Fragen und hielt keine Informationen zurück. Diese Leute waren seine persönliche Elitegarde, vor ihnen gab es keine Geheimnisse. Kian sah sich jedoch an einem heiklen Punkt der Diskussion nach der Heilerin um. Ihre Themen waren nicht für fremde Ohren bestimmt, und er war ein vorsichtiger Mensch, auch wenn ihm nichts lächerlicher erschien, als die Vorstellung, die Heilerin könne eine feindliche Spionin sein.

Er warf einen für alle deutlichen Blick auf ihren Reisegast und machte der Diskussion ein Ende, indem er resümierte, so kämen sie nicht weiter.

„Heute Abend im Lager werden wir gemeinsam die Karten zu Hilfe nehmen, vielleicht sehen wir dann klarer, was die Verteilung der Ländereien angeht!“, endete er.

Kian sah in den Augen aller, dass sie verstanden hatten, was ihren Heermeister dazu bewogen hatte, ihr Gespräch an dieser Stelle zu beenden.

„So wird es geschehen!“, bekräftigte Roan nickend.

Kian wandte sich noch einmal der Heilerin zu. Diese wirkte vollkommen unbeteiligt und ließ ihre Blicke über die Landschaft schweifen. Nichts erinnerte mehr an den Anblick, den sie ihm gestern geboten hatte, registrierte er mit einer gewissen Erleichterung.

Jetzt erst bemerkte er, dass die Schneedecke nicht mehr überall durchgängig war. Hier und da zeigten sich Stellen braunen Grases oder gefrorenen Schlamms. Die Frostgrenze hatten sie noch lange nicht erreicht, aber hier schien es zumindest einen Tag der Schneeschmelze gegeben zu haben, an dem die Sonne an Kraft gewonnen hatte. Die Zweimondzeit war immer der erste Bote des Frühlings gewesen, erinnerte sich Kian nun. Warum hatte er daran nicht mehr gedacht? Eine Zeit, in der die Natur eine schleichende Wandlung einläutete. Die Natur scherte sich nicht um die große Politik, die ihnen allen so wichtig erschien. Wer war er, dass er kein Auge mehr für die Schönheit des natürlichen Lebens hatte?

Alia hatte sich während des ganzen Tages bemüht, nicht allzu sehr auf das Gespräch der Soldaten zu achten, aber zum ersten Mal hatte sie erlebt, dass auch ihr Heermeister sich an einer Unterhaltung seiner Leute beteiligte. Er war ein kluger Mann, hatte immer wieder

Unklarheiten ausgeräumt und sie souverän durch das Thema geleitet, das sie alle so sehr beschäftigte.

Diese Diskussion war nicht für ihre Mitwisserschaft bestimmt, und sie gab sich die größte Mühe, unbeteiligt zu wirken, als sie bemerkte, dass der Heermeister sich nach ihr umsah und dem Gespräch ein Ende bereitete. Sie wusste, dass er keinen Zeugen bei ihrer Unterhaltung wollte, und er hätte es ihr nicht so deutlich zu zeigen brauchen. Aber auch wenn Alia ihre eigenen Gedanken schweifen ließ, ihre Blicke auf die kahlen Stellen inmitten der Schneedecke richtete und versuchte, nicht mitzuhören, sie hätte doch am Ende dieses Tages die Hauptpunkte der politischen Lage des Landes rekapitulieren können.

Gegen Abend machten sie sich daran, einen geeigneten Lagerplatz zu finden, als Alia in ihrer peripheren Sicht eine Pflanze wahrnahm, die sich leicht im Wind bewegte. In diesem Moment waren die Geschehnisse dieses Tages für sie plötzlich in weiter Ferne. Das konnte doch gar nicht sein, so weit im Norden! Sie sah die Pflanze direkt an, und sie hatte sich nicht geirrt, das war tatsächlich das Kraut der Mondenkerze. Und heute Nacht würden die Monde sich fast berühren. Es war die Nacht der Nächte für die Blüte dieser Pflanze, und Alia würde dabei sein, sie vielleicht mit eigenen Augen sehen, sie ernten ... Hatte sie das geeignete Gefäß? Hatte sie genügend Öl, um sie einzulegen?

Sie hatten ihren Weg noch eine Weile fortgesetzt, bis sie schließlich eine windgeschützte Stelle zum Lagern fanden, die jedoch nicht allzu weit von dem Ort entfernt lag, an dem Alia die Mondenkerze gesehen hatte. Ein Fußmarsch von etwa einer halben Stunde, schätzte sie.

Während sie einen Eintopf mit Kartoffeln und Fasan, den der Heermeister erjagt hatte, aßen, sichtete Alia ihre Heilmittel und stellte zufrieden fest, dass sie alles Nötige bei sich hatte. Sie füllte etwas Öl in eine Phiole, reinigte ihr Messer mit Alkohol und wickelte es in ein sauberes Tuch. Sie verzichtete zum ersten Mal seit Beginn ihrer Reise auf eine zweite Portion, verstaute ihre Utensilien in ihren Umhangtaschen und ging hinaus in die Nacht.

Alia hatte nie erlebt, dass der Heermeister gemeinsam mit ihnen die Nachtmahlzeit einnahm. An diesem Abend hatte er es getan.

Er war mit verschlossener Miene von seinem Pferd gestiegen, die Augen gesenkt und jeden Blick vermeidend, der andere Augen hätte treffen können, während seine Soldaten ihm gar keine gesonderte Beachtung schenkten. Es war seltsam anzusehen, wie sehr er sich seiner körperlichen Einschränkung bewusst zu sein schien. Alia verstand sein Verhalten nicht. Gelähmte Beine zu haben war für ihn schließlich etwas Alltägliches, etwas, mit dem er gut zurechtkam, soweit sie das beurteilen konnte.

Der Heermeister setzte sich, eine Landkarte ausbreitend, auf seine Felle und schließlich hatten alle Soldaten um ihn herum Platz genommen. Sie waren sichtlich erfreut von seiner Präsenz am Feuer und aßen gemeinsam, über die Karte gebeugt, konzentriert auf ihr Thema und die Bewegungen, die er ihnen anhand der Karte zeigte. Strategie, Politik ... Sie waren zu abgelenkt, um auf Alia zu achten, die dankbar ihren Fußmarsch antrat.

„Die Heilerin ist nicht da!", sagte Ana in die Runde, nachdem sie sich gähnend von der Landkarte weggedreht hatte und einen Blick über ihr Lager hatte schweifen lassen.

„Sie ist vor etwa einer Stunde fortgegangen", erwiderte Kian und blickte in die Richtung, in der er seinen Gast hatte verschwinden sehen. Wahrscheinlich hatte sie sich entfernt, um erneut zu beten. Kian hatte sich im Laufe des Tages daran erinnert, dass er gelesen hatte, die Woche der zwei Monde sei im Leben der Jidari eine Zeit der spirituellen Rituale. Er wollte der Heilerin weder Fragen darüber stellen, noch sie davon abhalten, ihren Glauben zu üben. Also ließ er sie wortlos ziehen.

„Ich sehe nach ihr!", fügte Ana hinzu und begann bereits sich aufzurichten.

Kian schüttelte den Kopf. „Nein, Ana, ich werde gehen! Ihr seid heute an der Reihe zu schlafen."

„Und Ihr etwa nicht?", fragte Ana lächelnd und ihre Stimme hatte einen süffisanten Unterton.

Kian lächelte zurück und zuckte die Schultern. Er nickte noch einmal in die Runde seiner Soldaten, zum Zeichen, es sei genug für heute. Sie sollten nun aufhören, die Karten wieder und wieder zu studieren und stattdessen etwas Ruhe im Schlaf suchen. Die Soldaten erhoben sich einer nach dem anderen und begannen, letzte Worte wechselnd, sich zu ihren Fellen zurückzuziehen. Mino hatte die erste Wache, Evan und Roan folgten ihm nach.

Kian rief seine Stute zu sich und ließ sich von ihr aufhelfen, dann zog er sich auf ihren Rücken, legte die Gurte an und ritt davon. Kurz vorher fing er einen Blick auf, den er nicht verstand. Es waren Anas Augen, denen er begegnet war, und darin las er nichts anderes als Stolz. Kopfschüttelnd ritt er in die Nacht und entdeckte bald die Spuren der Heilerin.

Sie war weit gegangen. Die Stelle, an der Kian sie fand, musste zu Fuß mindestens eine halbe Stunde von ihrem Lagerplatz entfernt sein, vielleicht sogar mehr. Er war nicht sehr gut darin, Fußmärsche abzuschätzen. Wieder fand er sie kniend, aber sie schien nicht zu beten. Sie hatte die Hände unter ihre Armbeugen geschoben, um sie vor der Kälte zu schützen, und sah wieder und wieder hinauf zu den Monden. Was tat sie da? Sie kniete vor einer Pflanze, oder etwa nicht? Kian legte die Stirn in Falten und kniff die Augen zusammen. Was sollte er jetzt tun? Sie ansprechen? Er wurde jedoch von seinen Gedanken erlöst, als die Heilerin in seine Richtung sah.

„Heermeister, kommt her!", forderte sie ihn auf.

Kian zögerte, denn sie klang trotz ihrer leisen Stimme nahezu aufgeregt, und das waren weit mehr Gefühle, als sie ihm jemals gezeigt hatte. Er ritt von hinten nah an sie heran und starrte auf ihren Rücken. „Ihr macht es mir nicht leicht, Eure Sicherheit zu ...", begann er, wurde jedoch von ihr unterbrochen.

Sie wandte sich langsam zu ihm um und zeigte ihm gerade so viel von ihrem Gesicht, dass er den Finger sehen konnte, den sie an ihre Lippen gelegt hatte.

„Kommt her!", wiederholte sie und berührte kurz mit ihrer Hand den Platz neben sich im Schnee. „Gleich ist es so weit!"

Was meinte sie? Kian begann abzusteigen, obwohl er in diesem Moment befürchtete, er würde Teil eines verborgenen Jidari-Zeremoniells, und zudem nicht wollte, dass sein Körper sie befremdete. Die Heilerin wirkte jedoch auf eine ihm nicht verständliche Art begeistert und der Zauber ihrer Stimmung machte ihn schlicht neugierig. Er ließ sich gesenkten Blickes in den Schnee hinabsinken und rückte dann näher zu ihr. Sie schien ihn gar nicht mehr wahrzunehmen, sah erneut auf zu den Monden und für einen winzigen Moment konnte Kian ihr Gesicht sehen. Er erschrak, denn er hätte niemals erwartet, die Heilerin so selbstvergessen zu erleben, dass sie den Kodex ignorierte, der es ihr verbot, ihr Antlitz zu zeigen.

Kian wandte sich schnell ab, einerseits, weil er ihr mit seinem Blick nicht unangenehm sein wollte, andererseits jedoch, weil er feststellen musste, dass die Heilerin eine sehr schöne Frau war. Bei den Monden, was hatte er erwartet? Dass ihr Gesicht verhärmt und knochig sein würde? Auch hatte er bereits Mino sagen hören, sie sei schön, an dem Tag, an dem sie sie vor den Banditen bewahrt hatten. Sie war jung, wahrscheinlich nur wenig jünger als er, und ihr Aussehen war das einer gerade entfalteten Blüte. Oder war es nur das Mondlicht, das sich an sie schmiegte?

„Worauf warten wir, Heilerin?“, fragte er nach einigen Momenten der Stille.

Sie rückte näher an die Pflanze vor ihr: „Seht!“

Und Kian sah. Er sah, wie sich die drei Blütendolden der Pflanze in diesem Moment öffneten. Gleichzeitig, wie einem geheimen Signal folgend. Sie entließen kleine weiße Blüten, die aus sich heraus zu schimmern schienen wie die Monde. Sie leuchteten. Die Heilerin neben ihm wurde ganz still, und Kian genoss die Besonderheit dieses Momentes so sehr. Nun blickte auch er zu den Monden herauf, deren Licht sich hier vor ihm im Schnee zu solch großer Schönheit verwandelte, und für eine lange Zeit legte sich das Schweigen der Sterne über sie.

Einige Zeit später wandte sich die Heilerin nach ihm um, als erinnerte sie sich gerade eben erst wieder an seine Gegenwart, oder wollte sich vergewissern, dass er noch da war. Sie blieb ihm zugewandt, den Kopf geneigt.

„Das ist wunderschön!“, flüsterte Kian und wunderte sich vage darüber, warum er das tat.

Die Heilerin nickte nur, wandte sich dann erneut den Blüten zu und wieder versanken sie in die Stille. Kian hörte den Ruf einer Eule über ihnen hallen und hatte plötzlich das Bedürfnis, ebenso wie der Vogel ihr Schweigen zu brechen. Er wollte ihre Stimme hören, als wollte er bestätigt wissen, dass dieser Augenblick nicht der Einsamkeit gehörte.

„Wie heißt diese Pflanze?", fragte er deshalb ruhig.

„Die Alte Sprache nennt sie *munkand*, die Mondenkerze. Sie blüht nur in dieser einen Nacht im Jahr, wenn die Monde sich am nächsten sind!", erklärte die Heilerin und ihre Stimme klang nahezu feierlich.

„Sie leuchtet!", erwiderte Kian und seine eigene Stimme erschien ihm nur ein Hauch zu sein.

„Nicht direkt. In den Blütenblättern befinden sich winzige Kristalle, die das Mondlicht zurückwerfen. Wie ein Spiegel, der Euch Euer Bild zeigt, zeigt uns die *munkand* das Bild des Mondlichtes", erklärte die Heilerin, streifte einen Handschuh ab und berührte die prächtigen Blüten mit einer schmetterlingszarten Geste.

Auch Kian beugte sich vor und ließ das Licht der Blüten auf seinen Fingern spielen.

Alia beobachtete, wie das Mondlicht auf den Händen des Heermeisters schimmerte. Er bewegte langsam die Finger und ließ das Licht über seine Haut tanzen, als spiele er damit. Sie wagte nicht, sein Gesicht in ihre periphere Sicht treten zu lassen, denn er wirkte so sehr gefangen in der Schönheit dieses Momentes, und sie wollte ihn darin nicht stören.

Sie begann zu zittern, ihr war schrecklich kalt geworden. Sie hatte es in ihrer Aufregung über die Blüte der Mondenkerze nicht bemerkt, jetzt jedoch wurde ihr die Kälte in ihren Gliedern sehr bewusst.

„Ihr friert, Heilerin! Wir sollten zum Lager zurückkehren!", sagte der Heermeister neben ihr und ließ seine Hände sinken. Seine Stimme klang sanft.

Alia nickte mit gesenktem Kopf. Sie hatte es zu spät bemerkt, aber sie hatte diesem Mann vorhin ihr Antlitz entblößt. Wie hatte sie sich so sehr vergessen können? Der Heermeister hatte augenblicklich taktvoll weggeblickt, und dafür dankte Alia ihm im Stillen. Was hatte er gesehen? Zumindest war an ihrem Gesicht nichts

Außergewöhnliches, abgesehen von der seltsamen Farbe ihrer Augen, und um die zu erkennen, war es jetzt zu dunkel.

„Habt Ihr genug gesehen, Heermeister? Denn ich werde diese Blüten ernten, bevor wir gehen", ließ sie ihn wissen.

„Nun, dann fahrt fort!", antwortete der Heermeister, rief sein Pferd zu sich, zog sich an ihm empor und fragte dann: „Wie wirkt diese Pflanze?"

Alia lächelte dankbar darüber, wie interessiert er klang, und erklärte: „Sie ist sehr wertvoll. Ihr Gift ist das stärkste Schmerzmittel, das wir kennen, und es hält den Patienten dennoch bei Verstand."

Währenddessen schnitt sie eine Blüte nach der anderen ab und verbrachte sie in das Öl, das sie mitgebracht hatte. Sie schloss die Phiole und hielt sie gegen das Mondlicht, um noch einmal ihren Inhalt zu bestaunen, dann richtete sie ihre vor Kälte steifen Glieder auf und verstaute alles in ihren Umhangtaschen. Sie wandte sich um und hielt inne, überrascht von der plötzlichen Nähe des Heermeisters, der um so vieles größer war als sie. Er stand unmittelbar vor ihr, und sie wich einen Schritt zurück.

„Danke, dass Ihr diesen Moment mit mir geteilt habt, Heilerin!", sagte er ruhig.

Alia spürte die Ernsthaftigkeit seiner Worte und konnte nur nicken, denn ihre Stimme wäre in diesem Moment zu brüchig für eine Antwort. Sie hatte es genossen, nicht allein zu sein, als die Blüten sich geöffnet hatten. Es hatte gut getan, diese Schönheit zu teilen. Sie mit ihm zu teilen, der ihr noch immer so rätselhaft erschien. Aber er hatte denselben Zauber gespürt, dieselbe Begeisterung wie sie, das hatte er ihr deutlich gezeigt. Und sich gemeinsam in der Schönheit eines Naturspektakels zu verlieren, brachte sie einander näher.

Er zog sich kraftvoll auf sein Pferd. Alia wollte sich abwenden, aber es gelang ihr nicht, ihren Blick von ihm zu nehmen. Ihren direkten Blick. Er war groß, seine blauen Augen glitzerten im Licht der Monde und er war sehr stark. Sie konnte die Muskeln unter seinem Ledermantel mehr als erahnen. Sie hätte niemals erwartet, ihn als Mann für attraktiv zu halten, und es verwirrte sie, dass sie genau das in diesem Moment so sehr tat.

„Ihr könnt mit mir reiten!“, bot er ihr nun an.

Alia schüttelte schnell den Kopf. Zu groß war ihre Angst vor dem Bild, das ihr eine unbedachte Berührung zeigen konnte.

„Ich gehe zu Fuß und wärme meine Glieder“, redete sie sich heraus.

„Nun, dann begleite ich Euch.“

„Das ist nicht nötig, Heermeister!“, beeilte Alia sich zu sagen.

Er schwieg einen Moment, und sie sah in der peripheren Sicht, dass er den Horizont entlangblickte, als wähle er überlegt seine nächsten Worte.

„Ich fürchte, das ist es doch ...!“, begann er. „Hört mich an, Heilerin! Der König dieses Landes hat mich ausgesandt, damit ich Euch unter meinen persönlichen Schutz stelle. Es fällt mir schwer, Eure Sicherheit zu gewährleisten, wenn Ihr es vorzieht, alleine umherzulaufen. Deshalb möchte ich Euch um einen Gefallen bitten!“

Alia schreckte zusammen. Wer war sie, dass sie dieser mächtige Krieger um einen Gefallen bat? Sie war nichts im Vergleich zu ihm, zu seiner Stellung, seiner Mission. Sie war nichts.

„Einen Gefallen?“, stammelte sie.

„Ja! Ich bitte Euch darum, dass ihr beim nächsten Mal, wenn Ihr die Sehnsucht nach Freiheit verspürt, oder eine seltene ... wunderschöne Pflanze ansehen wollt, Eure Absichten im Lager kundtut, damit ich Euch nicht suchen muss!“

Alia sah diesen Mann kurz direkt an. Wollte er sich einen Scherz mit ihr erlauben?

„*Warum befehlt Ihr es mir nicht?*“, fragte sie zutiefst verwundert und sah, wie sich der Heermeister abrupt ihr zuwandte.

„Warum befehlt Ihr es mir nicht?“, hatte die Heilerin gefragt und dabei vollkommen verständnislos geklungen. Als ob sie nicht glauben konnte, dass er sie um etwas bat. Als ob ein Befehl genau das war, was sie von ihm erwartete. Hatte Kian ihr je zu verstehen gegeben, dass dies in seiner Macht stand? Oder je seine Absicht gewesen war? Er wandte sich ihr zu und wünschte innigst, er könnte ihr Gesicht sehen, darin lesen, warum sie ihm diese Frage stellte. Er wollte die Angst sehen, die darin mitgeschwungen hatte. Bei den Monden, die Heilerin sah noch immer das Monster in ihm, das sie hatte schlagen wollen.

„Ich kann Euch nichts befehlen, Heilerin. Ihr seid mein Gast, nicht meine Gefangene!“, erklärte er und versuchte, seine Stimme überzeugend und sanft zugleich klingen zu lassen.

Kian sah, wie die Heilerin bei seinen Worten fast erstarrte. *Und er mochte ihr nicht befehlen,* fügte er für sich selbst hinzu. Einer Frau, die es so sehr vorzog, für sich zu bleiben und unbehelligt ihren Beruf auszuüben. Einer Frau, die genügsam sein karges Leben teilte und sich im Anblick der Natur verlieren konnte. Einer solchen Frau mochte er nicht befehlen.

„Ich werde Euch diesen Gefallen tun“, antwortete die Heilerin einen Moment später und klang gefasst.

Er nickte und sah für eine gute Weile in die Nacht. Seine Stute lief mit entspannt hängendem Kopf voran, und Kian ließ seine Gedanken schweifen. Hatte sie nun begriffen, dass er ihre Freiheit niemals einschränken würde? Vielleicht sollte er es ihr auf andere Weise noch einmal zu verstehen geben?

„Wisst Ihr, Heilerin, unsere Reise wird nicht immer so beschwerlich sein. Ab nächster Woche werden wir regelmäßig zu verschiedenen Truppeneinheiten stoßen. Ihr werdet die Möglichkeit haben, in Zelten zu schlafen, in Herbergen zu übernachten, ein Bad zu nehmen, schmackhafteres Essen zu kosten …“

„Ich bin zufrieden!“, kam es nun so abrupt von der Heilerin, dass Kian sie augenblicklich ansah, verwundert über die Heftigkeit in ihrer Stimme.

Zeigt mir Euer Gesicht, bat er im Stillen und fühlte Mitgefühl für sie in sich aufwallen. Sie war ehrlich mit ihm, es gab etwas an diesem Leben, das sie zu schätzen wusste … aber Kian konnte nicht sicher sein, und das frustrierte ihn mehr als je zuvor.

„Und wäre es nicht so, Ihr würdet nicht für Euch bitten“, erwiderte er, selbst erstaunt über die Resignation in seiner Stimme.

Die Heilerin reagierte auf seine Worte mit der leisesten Wendung ihres Kopfes in seine Richtung.

„Mir wäre es eine Genugtuung, Euch in angenehmeren Umständen zu wissen, und ich kann Euch versichern, die Umstände werden sich verbessern!“, sprach er in die Nacht hinaus.

Eine Weile folgten sie schweigend ihrem Weg, und Kian sammelte seine Gedanken für das, was er ihr noch zu sagen hatte.

„Wenn wir in stärker besiedelte Gegenden kommen, werden die Gefahren zunehmen, vor denen ich Euch zu beschützen habe. Unser Land steuert vielleicht auf eine Zeit großer Auseinandersetzungen hin. Meine zweite Bitte an Euch ist es, mir dann in meinem Urteil zu vertrauen, wenn ich Euch sage, Ihr solltet nicht allein in der Nacht sein. Ich werde Euch jedoch begleiten, wann immer Ihr es wünscht“, erklärte Kian und die Heilerin blieb erneut stumm.

„Ich brauche Eure Einwilligung in diesem Punkt, Heilerin Alienne!“, bekräftigte er noch einmal.

„Die habt Ihr, Heermeister Dogul“, sprach sie leise.

Kian nickte und wusste, er konnte auch in ihrer Stimme nicht das Geringste lesen, das ihm dabei geholfen hätte, ihre Gefühle zu verstehen. Vor so kurzer Zeit noch war sie so sehr sie selbst gewesen. Sie hatte mit ihm ihr Wissen geteilt und ihn an diesem wunderschönen Augenblick teilhaben lassen, in dem sich die Blüten der Mondenkerze geöffnet hatten. Sie hatte ihn fühlen lassen, was sie fühlte, und er hatte einen Blick auf ihr Gesicht werfen dürfen. Das konnte reichen, um sie besser einschätzen zu können, oder etwa nicht?

„Wie konntet Ihr diese *munkand* finden, um mir ihre Blüte zeigen zu können?“, fragte er, weil er sie gerne an diesen Moment erinnern mochte, aber er lachte sogleich auf. „Ich weiß, jetzt sagt Ihr mir wieder, es sei Teil Eurer Arbeit, Pflanzen zu kennen!“

„So ist es, Heermeister!“, gab sie zurück und auch in ihrer Stimme klang etwas Amüsiertes.

Kian lächelte. Dieser Ton in ihrer Stimme reichte ihm aus, um klüger aus ihr zu werden. Und vielleicht konnte er sich sogar etwas sicherer darüber sein, dass er ihr in Zukunft weniger furchteinflößend erscheinen würde. Warum war ihm das plötzlich so wichtig? Er hatte sein ganzes Leben lang versucht zu ignorieren, was andere von ihm dachten.

Alia sah in die helle Nacht hinaus und lächelte noch immer. Sie konnte nicht fassen, dass diesem Heermeister ihr Wohlergehen und ihre Freiheit in irgendeiner Weise wichtig sein konnten. Er behandelte sie wie einen ebenbürtigen Menschen, und sie selbst wusste am besten, dass sie das nicht war. Eine Ausgestoßene war sie, eine Fremde. *„Ihr seid mein Gast!“*, hatte er gesagt, und Alia wünschte so sehr, sie wäre diese Worte wert.

Sie bewegten sich eine Weile schweigend durch den Schnee, der Alia nicht mehr so tief erschien wie noch vor Tagen. Sie beobachtete den Heermeister in der peripheren Sicht und nahm an ihm eine Gelassenheit wahr, die sie selten bei ihm gesehen hatte. Die Geschehnisse dieser Nacht hatten auch ihn ruhig gemacht. Er wandte sich ihr von Zeit zu Zeit zu, schien sogar zu lächeln.

„Wisst Ihr, warum der König Euch an seinen Hof ruft, Heilerin?“, fragte er dann und seine Stimme war erfüllt von etwas, das Alia nur als Bedauern deuten konnte.

„Er verlangt nach meiner Heilkraft“, wiederholte sie nun die Worte ihrer Mutter Oberin.

Der Heermeister nickte kurz. „Ich wünschte, ich könnte Euch mehr Informationen geben, aber ich kann es nicht.“ Wieder hörte sie sein Bedauern.

Alia hatte fast das Gefühl, sie müsse ihm versichern, dass er sich keine Gedanken um sie zu machen brauchte. Sie war es gewohnt hinzunehmen, was von ihr verlangt wurde, aber sie schwieg.

„Fürchtet Ihr Euch?“, fragte er nun leise.

Bei den Monden, er war besorgt!

„Warum fragt Ihr das?“, gab sie unsicher zurück.

„Weil Ihr auf dem Weg in die Ungewissheit Eurer Zukunft seid!“, stellte er einfach nur fest.

Er konnte nicht wissen, dass die Gewissheit ihrer Vergangenheit um so vieles erschreckender gewesen war, als alles, was sie erwarten konnte.

„Es steht mir nicht zu, darüber zu sprechen!“, antwortete sie verwirrt und beschleunigte ihren Schritt.

„Es steht Euch nicht zu, über Euch zu sprechen", nickte er nun. „Ich vergaß! Euer Kodex erlaubt keine Äußerung von Gefühlen. Verzeiht mir bitte, ich wollte euch nicht bedrängen!"

Alia nickte. Sie war dankbar über seine Worte und noch dankbarer für sein Verständnis, aber warum hörte sie so viel Resignation in seiner Stimme? Hätte es ihm etwas bedeutet, ihre Gefühle zu erfahren? Sie atmete tief ein und konnte in der Ferne bereits deutlich das Feuer ihres Schlaflagers erkennen.

Der Heermeister wies bald in diese Richtung. „Wir sind fast da! Ich werde noch einmal mein Jagdglück versuchen. Kommt Ihr allein zurecht?"

„Natürlich!"

Er nickte, verharrte dann, als wolle er ihr noch etwas sagen, aber die Worte schienen nicht zu ihm zu kommen.

Alia wollte ihn nicht so gehen lassen. „Ich danke Euch für diese Nacht, Heermeister!", sagte sie dann und ihre Stimme klang sehr leise.

Er lächelte plötzlich vollkommen offen. „Ich habe Euch zu danken, Heilerin!", antwortete er sanft.

Alia wäre in diesem Moment gerne seinen Augen mit ihren begegnet, aber sie starrte lediglich lächelnd in Richtung des Feuers. Mit einem „*Schlaft wohl!*" wendete er seine Stute, ritt in die Nacht, und Alia blieb nur, ihm dorthin nachzusehen.

Kapitel 7

Mino war vorausgeritten, um den Kontakt mit der siebten Garde herzustellen, falls sie ihr Lager nicht abgebrochen hatten. Kians Körper war gespannt, sein Blick glitt scharf über die Landschaft vor ihm, von der der Schnee noch nicht völlig gewichen war. Heute schien ihm der erste Tag, an dem die Sonne ihn tatsächlich wärmte, aber er konnte keine Freude daran empfinden. Was erwartete sie, nun, da sie dem besiedelten Land näher kamen? Näherten sie sich einem Land, das sich bereits im Kriegszustand befand?

Alle Soldaten seiner Garde hatten Mino zum Abschied berührt. Schulterklopfen, Rempeln und Händeschütteln hatte es zwischen ihnen gegeben, als würden sie alle einen Teil von sich selbst mit Mino aussenden. Kian hatte ihm klare Befehle gegeben und ihn angewiesen, sich auf keinen Fall in irgendeine etwaige Kampfhandlung einzumischen. Er sollte lediglich die Lage ausspähen und sofort zu ihnen zurückkehren, um Bericht zu erstatten.

Kian wusste, er konnte sich hundertprozentig auf Mino verlassen. Er war der beste Späher, den er jemals erlebt hatte, weil sein wacher Verstand und aufmerksamer Blick stets die richtigen Interpretationen hervorbrachten. Auch wenn er jung und temperamentvoll war, niemand konnte derart ruhig eine Situation anhand der Details so treffend einschätzen wie Mino, und es gab keinen Grund für Kians Anspannung. Mino würde sicher sein. Trotzdem war Kian wachsam und mit ihm seine Soldaten, die ihre Gespräche seit ihrem Aufbruch aus dem Nachtlager nahezu vollständig eingestellt hatten.

Die Heilerin übte fast ununterbrochen mit ihrem Pferd, bemerkte Kian an den Schrittfolgen, die er hinter sich hörte, und das beruhigte ihn auf eine seltsame Art. Als er sich jedoch einmal zu ihr umgewandte, sah er an ihrer Körperhaltung, dass auch sie ihre Blicke konzentriert über die Landschaft vor ihnen schweifen ließ. Ihre Spiele mit ihrem Reittier schienen eine willkommene Ablenkung zu sein, aber mit ihrem Verstand nahm sie am Leben seiner Soldaten teil, das sie nun seit bereits zwei Wochenläufen teilte.

Seit der Nacht der Blüte der Mondenkerze hatte Kian nie mehr das Gefühl gehabt, sie ängstigte sich vor ihm. Sie hatte stillschweigend gewisse Aufgaben im Lager übernommen, war dem Sammeln von Erdfrüchten nachgegangen und seit der Schnee sich mehr und mehr zurückzog, hatte sie immer öfter Pflanzen von ihren Streifzügen mitgebracht. Sie trocknete sie am Feuer, kochte sie ab, verbrannte manche und schien ihre Heilmittel zu ergänzen.

Einmal hatte sie ein Kian völlig unbekanntes Kraut mitgebracht, aus dem sie für sie alle einen wunderbar süßen Tee zubereitet hatte, und es war ihm sehr behaglich dabei geworden zu sehen, wie seine Soldaten sie deswegen lobten und sie in all den Tagen wieder und wieder in ihren Kreis aufnahmen, obwohl sie schweigsam war wie zuvor.

In einer Nacht, Kian war selbst nicht zugegen, hatte sie eigenhändig einen riesigen Vogel geschossen, von dem sie sagte, er sei eine Delikatesse. Kian hätte viel darum gegeben zu sehen, wie sie mit ihrer Jagdbeute vor seinen Soldaten gestanden hatte, aber er kannte diese Geschichte nur durch Anas Erzählung. Sie alle hatten diesen Vogel nie zuvor gesehen. Grüne und blaue Federn bedeckten seinen muskulösen Körper und sein Schnabel wirkte, als sollte man sich ihm keine fünf Meter nähern, hatte Ana ihm berichtet.

Kian schoss immer nur die Tiere, die ihm bekannt waren, die anderen ließ er ziehen, aber dieser Vogel war ihm tatsächlich nie begegnet, begriff er nach dessen Beschreibung. Roan hatte ihn argwöhnisch zubereitet, aber schon beim ersten Bissen waren jegliche Vorbehalte ausgeräumt, denn er war wirklich köstlich. Kian war erst spät in der Nacht ins Lager zurückgekehrt, und Ana hatte ihm den spärlichen Rest ihrer Mahlzeit gereicht. Viel war nicht übrig geblieben, und als er davon kostete, war ihm sofort klar geworden, warum. Er hatte selten etwas derart Schmackhaftes gegessen. Einen Flussstrauß hatte die Heilerin das Tier genannt.

Kian beschloss, sie in den nächsten Tagen einmal aufzufordern, mit ihm gemeinsam auf die Jagd zu gehen. Er konnte von ihr lernen, denn sie war offensichtlich besser vertraut mit der Tierwelt als er, aber es war nicht nur das. Er genoss es, zu sehen, dass es einen Menschen gab, der sich, ebenso wie er, lieber in der Einsamkeit der Natur bewegte, anstatt unter Menschen.

Kian kniff die Augen zusammen, als er einen Reiter über die nächste Erhebung galoppieren sah. Der Reiter hatte eine Hand an seine Brust erhoben, die Faust geballt, ihr Zeichen des Grußes. Es war tatsächlich Mino, der da stürmisch auf sie zuritt, und je näher er kam, desto besser konnte man sein breites Grinsen erkennen.

„Den Monden sei Dank!", stieß Ana hervor, und alle lachten über Minos überschwänglichen Gesichtsausdruck.

Mino stoppte vor Kian, nickte noch immer grinsend und erstattete dann seinen Bericht, der alle erleichtert aufatmen ließ. Die siebte Garde lagerte noch immer an gewohnter Stelle, und Hauptmann Turon schickte seine Grüße. Die Fürsten hätten zwar keine Einigung erreicht, aber es war bislang nicht zu einer offenen Auseinandersetzung gekommen. Sie alle würden sehnsüchtig im Heerlager erwartet, um Neuigkeiten auszutauschen.

Von nun an besserte sich die allgemeine Stimmung immens, und sie alle schienen es kaum erwarten zu können, endlich wieder die Gesellschaft anderer Soldaten genießen zu dürfen. Kian sah wehmütig auf die letzten Wochen der Einsamkeit zurück. Diese Zeit der Ruhe war vorbei und ihn erwartete das Leben, dass er unter Menschen führte, die niemals akzeptierten würden, was er war. Und dieses Leben würde ihn bereits heute Abend einholen, denn er hatte den festen Plan gefasst, der Heilerin eine Nacht im Luxus einer Herberge zu ermöglichen. Sein Inneres krampfte sich allein bei der Vorstellung in Bitterkeit zusammen.

Beim Einreiten ins Lager, einer Art Zeltstadt, senkte Alia tief ihren Kopf. Es schüchterte sie ein, so viele Soldaten in Uniform zu sehen, so viele Waffen ... Zunächst traute sie sich kaum, die periphere Sicht schweifen zu lassen, dann jedoch bemerkte sie Soldaten, die sich im Schwertkampf übten. Interessiert hob sie leicht das Kinn und bemerkte an sich wieder die alte Sehnsucht danach, es selbst zu erlernen.

Sie ritten voran, und die Soldaten bildeten eine Gasse für den Heermeister und seine Garde. Rechts und links sah Alia Hände zum Gruß an Oberkörper schnellen, die Fäuste geballt. Einige Köpfe beugten sich, andere wandten sich zueinander und flüsterten. „*Das ist Heermeister Dogul!*“, wisperte es von allen Seiten, und der Heermeister selbst ritt, sich sehr gerade haltend, hindurch, bis sie ein großes Zelt erreichten, vor dem ein hoher Soldat sie bereits erwartete.

„Erster Heermeister, Ihr seid also zurück aus dem Norden!“, begrüßte dieser seinen Anführer und warf dann den anderen Soldaten ihrer Reisegruppe Blicke zu.

Der Heermeister nickte lediglich. „Hauptmann Turon!“

„Es gibt Neuigkeiten aus den Fürstenhäusern!“, begann dieser nun und erkundigte sich nicht weiter nach ihrer Reise, sondern begann sofort über die Landespolitik zu sprechen.

Er zählte mindestens vierzig Jahresläufe, hatte eine große Narbe quer über die rechte Seite seines Gesichtes, und Alia wandte eingeschüchtert den Blick ab. Sie beobachtete einen kleinen Jungen, der nicht unweit von ihnen einige Übungen mit seinem Schwert vollführte und immer wieder ehrfürchtig den Heermeister anblickte. Auch er schien ihn entdeckt zu haben, denn er schüttelte sachte seinen Kopf und zog dann sein eigenes Schwert. Er zeigte dem Jungen eine Bewegung und forderte ihn dann stumm auf, sie zu wiederholen.

Hauptmann Turon unterbrach seine Rede nicht, beobachtete jedoch sichtlich pikiert, was da vor seinen Augen geschah. Der Heermeister gab ihm eine knappe Antwort auf etwas, das Alia nicht verstanden hatte, wandte sich jedoch gleich darauf wieder an den Jungen. Dieser wiederholte die Geste des Heermeisters mit seinem Schwert. Er tat es mit vor Stolz glühendem Gesicht, in das sich Verlegenheit mischte, als er dann in die Runde grinste. Der Heermeister nickte ihm anerkennend zu, bevor er sich wieder dem Hauptmann zuwandte, und der Junge tauchte in der Menge unter.

Alia lächelte. Dieser Mann nahm sich inmitten eines Gespräches mit einem seiner wahrscheinlich ranghöchsten Soldaten die Zeit, ein Kind im Schwertkampf zu unterweisen. Er war für sie in den letzten Tagen nie mehr erschreckend gewesen, jedoch auch niemals so menschlich wie in diesem Moment. Aber hatte er sich eben nicht zutiefst unhöflich verhalten? War das etwas, das er sich erlauben durfte?

Der Heermeister stieg vom Pferd, und Alia sah ihn zum ersten Mal seine Gehstöcke benutzen, um dem Hauptmann in das große Zelt zu folgen. Sie sah mit einem Blick, dass er lediglich in der Lage war, seine Beine aus der Hüfte heraus anzuheben und vorwärtszusetzen, die Beine an sich konnte er nicht bewegen. Auch schienen sie ihn kaum zu tragen, denn er stützte sich mit großer Kraft auf seine Stöcke und ließ seine Arme das meiste seines Körpergewichtes übernehmen. Seine Art zu gehen erschien Alia sehr mühevoll und doch bewegte er sich mit dem gleichen aufrechten Stolz, als würde er reiten. Roan, Mino und Evan begleiteten ihn, und sie blieb mit Ana im Kreis der Soldaten zurück.

Einer schritt nun auf sie zu, schien Ana zu kennen, begrüßte sie freudig, fragte nach dem Verlauf ihrer Reise, und Ana stellte Alia vor. Der Soldat streckte ihr die Hand entgegen, aber Alia verwehrte ihm die Berührung und nickte lediglich. Irritiert wandte er sich an Ana und forderte sie auf, ihm zu folgen, er würde ihr die Gästezelte zeigen, die dem Heermeister und seiner Garde zugewiesen waren.

„Der Heermeister und die Heilerin werden die Nacht in einer Herberge unweit von hier verbringen. Wir brauchen daher nur vier Unterkünfte!“, stellte Ana klar.

Alia sah den kritischen Blick, den die Soldatin ihr bei diesen Worten zuwarf, und verstand diese Reaktion nicht im Mindesten. Sie hatte nichts davon gewusst, dass sie in einer Herberge übernachten würde. Sie brauchte keine Nacht in einer Herberge zu verbringen und wenn sie es tun würde, dann nur auf ausdrücklichen Wunsch des Heermeisters. Womit hatte sie diesen Blick Anas verdient?

Den ganzen restlichen Tag verbrachte Alia damit, dem Heiler der siebten Garde zur Hand zu gehen. Sie hatte nicht gewusst, was von ihr erwartet würde, und so hatte sie nach dem Krankenzelt gefragt. Hier konnte sie zumindest ihre Zeit mit etwas Sinnvollem füllen. Sie wechselte Bandagen und nähte zwei Schnittwunden.

Der zuständige Heiler war ein fähiger Mann, wenn auch etwas wenig innovativ in der Zusammenstellung seiner Heilmittel. Seine Arzneien hielten sich zumeist an einen einzigen Wirkstoff, und Alia gab ihm Hinweise, wie er mit anderen Pflanzen diesen Wirkstoff unterstützen konnte, um die Wirkung zu verstärken. Alia säuberte gerade eine Kopfwunde, als sie von einem Soldaten gerufen wurde, sie solle sich bereit machen, der Heermeister erwarte sie am Zelt des Hauptmannes, um sie in die Herberge zu begleiten.

Sie ging zu ihrem Pferd, das noch immer ihr Gepäck trug, und führte es dann gesenkten Kopfes durch die Zeltstadt. Auf dem Platz in der Mitte wurden schon Vorbereitungen für die Nachtmahlzeit getroffen. Ein Feuer war entfacht worden und große Töpfe wurden darübergehängt. Die Soldaten wirkten entspannt, hier und da fanden Würfelspiele statt, viele saßen jedoch einfach nur zusammen und redeten. Sie entdeckte Ana und Mino Tee trinkend und lachend im Gespräch mit drei fremden Soldatinnen. Wie viele Frauen mochten wohl ihren Dienst innerhalb der königlichen Truppen leisten? Sie würde das Ana einmal fragen, nahm sie sich vor.

Kian hatte nicht eine Sekunde dieses Tages im Lager über etwas anderes gesprochen, als über die Politik des Landes. Er hatte mit Turon, dessen erstem Offizier und Roan über den Karten gegrübelt und sich genauestens über die Geschehnisse während des Treffens der Fürsten unterrichten lassen. Die Fürsten hatten sich zerstritten, der König war nicht in der Lage gewesen, den Streit zu schlichten, aber es war nicht zu der befürchteten offenen Auseinandersetzung gekommen. Man hatte sich in unklaren Verhältnissen getrennt. Kian gewann mehr und mehr den Eindruck, die Fürsten schindeten Zeit. Zeit für was? Ihre eigenen Truppen aufgestellt zu haben, um dann mit militärischer Macht übereinander herzufallen, den König in die Knie zu zwingen und die Territorien neu aufzuteilen?

Wieder einmal wurde Kian bewusst, wie sehr Turon genau der richtige Mann war, dieses nördlichste Lager zu führen. Er brauchte diese Sonderstellung für sein Selbstbewusstsein und ging daher voll in seiner Aufgabe auf.

Turon konnte bestätigen, das Fürst Markham an der Rekrutierung einer eigenen Miliz arbeitete. Er hatte die Männer selbst gesehen, die Markham an seinen Hof geholt hatte, und es schien genau die Art Männer zu sein, die Kian und seine Garde überfallen hatten. Rücksichtslose Kämpfer, die keine Gelegenheit ausließen, sich selbst zu bereichern. Markham wolle jedoch nach eigener Aussage lediglich in der Lage sein, sich und sein Territorium verteidigen zu können, wenn es zur Auseinandersetzung kam, und Turon schenkte ihm darin Glauben. Der nördlichste Fürst war kein Aggressor und hatte sich nicht vom König losgesagt.

Kian zog die Gurte an seinen Beinen fest, als er die Heilerin erblickte, wie sie, ihr Pferd führend, auf ihn zukam. Ihre ganze Haltung sprach von einer Anspannung, die er lange nicht mehr an ihr gesehen hatte. Sie wirkte wieder ebenso verloren wie zu Beginn ihrer Reise, und Kian hatte plötzlich das Gefühl, er tat doch das Richtige, indem er sie von den Soldaten fort und in die Herberge brachte. Dort konnte sie für sich sein, alleine, und sich einige Annehmlichkeiten zukommen lassen.

Sie nickte ihm verkrampft zu und bestieg neben ihm ihr Pferd.

„Bereit?“, fragte er sie knapp und auf ihr erneutes Nicken hin führte er seine Stute hinaus aus dem Heerlager.

Roan hatte ihn gebeten, die Heilerin selbst begleiten zu dürfen, aber Kian hatte seine Bitte abgelehnt. Er war für die Heilerin verantwortlich, und er wusste, wie sehr Roan es genießen würde, wieder unter anderen Soldaten zu sein, vielleicht etwas aus seinem Heimatdorf zu hören oder Freunde zu treffen. Er war ein geselliger Mann, und Kian wollte seinem Freund nach so langer Zeit der Einsamkeit nicht den Spaß nehmen. Ihm nicht und auch keinem anderen Mitglied seines innersten Kreises. Er wusste, Ana hatte Freundinnen in der siebten Garde und Mino war sehr interessiert an einer von ihnen. Und schließlich würde diese Nacht in einem Zelt seit langem die erste sein, die Ana mit Evan teilen konnte. Dass er selbst kein Mitglied dieser Gesellschaft sein durfte, bedeutete nicht, dass er nicht mit seinen Gefühlen daran teilnahm. Nein, er musste die Heilerin begleiten und die Worte des Königs hallten in seinem Kopf wider. Er würde die Sicherheit der Heilerin gewährleisten, egal, was es für ihn bedeutete.

Sie ritten schweigend in den Abend hinaus, und Kian wandte sich schließlich der Heilerin zu, weil er sich die Ruhe eines Gespräches mit ihr erhoffte. Der Tag in der Gegenwart Turons hatte ihn aufgerieben, weil der Hauptmann zu egozentriert und von sich selbst eingenommen war, um ein angenehmer Gesprächspartner sein zu können. Kian hatte Sehnsucht danach, sich mit einem Menschen zu verständigen, dem es nicht darum ging, sich permanent selbst darstellen zu müssen. Und bei dem er im Gegenzug nicht dauernd genötigt war, ihn diplomatisch und doch autoritär in die Schranken zu weisen. Ein Tanz auf rohen Eiern war ihm dieser Tag gewesen.

„Wie habt Ihr Euren Tag im Lager verbracht, Heilerin?“, begann er.

„Ich habe im Krankenzelt ausgeholfen“, kam ihre leise Antwort.

Geholfen? Kian konnte wetten, sie sei in der Lage, in jedem Krankenzelt der Truppe nicht nur auszuhelfen, sondern jeden der dort tätigen Heiler zu unterweisen.

„Ihr wisst, Ihr müsst das nicht tun, Heilerin. Ihr müsst nicht immerfort arbeiten. Niemand verlangt das von Euch!“

„Es ist besser zu arbeiten, als nicht zu wissen, was man tun soll“, war ihre Antwort und Kian wunderte sich über ihre plötzliche Ehrlichkeit.

„Nun, dann hoffe ich, es war interessant für Euch, einen Heiler zu erleben, der nicht den Jidari angehört!“

„Es war interessant“, nickte sie nun.

Es schien Kian, dass sie ihren Blick nicht von dem Land vor ihnen nehmen konnte. Sie sah ihn gar nicht.

„War der Unterschied sehr groß?“

„Ja!“

„Steht es Euch zu, mir zu erklären, was Ihr meint?“, fragte er vorsichtig. Er wollte ihr nicht zu nahe treten, aber als die Heilerin nun innehielt, war Kian sich nicht sicher, überhaupt auf eine Antwort auf seine Frage hoffen zu können. Schließlich jedoch wandte sie sich ihm zu.

„Die Jidari scheinen größeres Wissen um die Heilwirkstoffe von Pflanzen zu haben als der Heiler der siebten Garde, aber sein freundschaftlicher Umgang mit den Kranken war sehr angenehm."

Kian nickte nur. Sollte er das als Kritik an den Jidari auffassen? Dass sie zwar über immenses Wissen verfügten, jedoch die Psychologie ihres Berufes verfehlten? Er kam allerdings nicht mehr dazu, diese Fragen zu stellen, denn sie hatten die Herberge erreicht. Ein großes Steinhaus umgeben von Beerenhecken und weitläufigen Stallungen. Es wirkte einladend, fast gemütlich.

„Seht, wir sind da!", wandte er sich an die Heilerin und sah, wie sich bereits die Eingangstür öffnete.

Eine Frau um die sechzig Jahresläufe trat heraus, lächelte ihre neu ankommenden Gäste an und runzelte dann bei Kians Anblick die Stirn. Sie hatte ihn erkannt, wandte sich jedoch freundlich an die Heilerin, ging ihr entgegen und nahm ihr Pferd an der Trense.

„Wie schön, heute noch einen so erfreulichen Gast begrüßen zu dürfen, Schwester! Steigt ab und tretet ein in unseren bescheidenen Gasthof! Ich schicke gleich meinen Jungen nach Eurem Gepäck!", rief die Wirtin emsig aus.

Kian löste die Gurte an seinen Beinen, sah die Heilerin vom Pferd steigen und die ausgestreckte Hand der Wirtin ignorieren. Stattdessen vergrub sie ihre Hände in den Taschen ihres Umhangs und wandte sich mit der Gastwirtin um in Richtung Eingangstür. Während er selbst abstieg und seine Gehstöcke nahm, wagte er schon zu hoffen, er könne einfach unbehelligt mit seiner Stute in den Stallungen verschwinden, aber die Wirtin wandte sich barsch nach ihm um.

„Ihr, Inzani Heermeister, seid in meinem Haus nicht erwünscht!", sagte sie mit lauter, abfälliger Stimme.

Kian wollte gerade den Kopf senken, als er bemerkte, dass die Heilerin ihn ansah. Direkt und mit einer einzigen Frage in ihrem schönen Gesicht. Er wollte ihr so vieles in seinem Blick zu verstehen geben, aber er war in diesem Moment zu erschrocken über das Entsetzen in ihren Augen.

„Auf was wartet Ihr, verschwindet aus meinem Eingangsbereich, Inzani!“, rief die Gastwirtin nun erbost.

Sie war im Begriff, die Heilerin mit sich ins Innere des Hauses zu ziehen, diese bewegte sich jedoch keinen Schritt und sah Kian noch immer auf dieselbe erschütterte Weise an. Er nickte ihr zu, wies mit seinem Kinn in Richtung Tür und versuchte sie dadurch irgend zum Hineingehen zu ermuntern. Weil die Heilerin sich noch immer nicht bewegte, wandte er den Blick der Gastwirtin zu und fragte mit kalter Stimme, ob es ihm erlaubt sei, die Nacht in den Stallungen bei seinem Pferd zu verbringen.

„Es ist mir einerlei, was Ihr tut, Inzani. Nur geht mir aus den Augen!“

Kian nickte, sah nun jedoch, dass die Heilerin sich der Wirtin zugewandt hatte und etwas zu ihr sagte, das er nicht verstehen konnte. Sie argumentierten, die Heilerin mit gesenktem Kopf, die Wirtin mit der beschwichtigenden Mine einer Schlangenbeschwörerin. Er wandte sich ab, ging in Richtung der Stallungen und seine Stute folgte ihm mit der Stirn an seiner Schulter, wie sie es immer tat.

Er wollte die Heilerin nicht länger ansehen. Er konnte ihr entsetztes Gesicht nicht ertragen mit diesen verwirrend grünen Augen, die durch ihre helle Haut umso mehr hervorstachen. Er war sich sicher, solche Augen noch nie in seinem ganzen Leben gesehen zu haben. Es konnte doch gar nicht sein, dass sie die Inzani-Gesetze nicht kannte! Bei den Monden, wie sollte das möglich sein? *Geht hinein*, beschwor er sie in seinem Inneren, *geht hinein, tut mir den Gefallen!*

Kapitel 8

„Wisst Ihr nicht, wen Ihr vor Euch habt? Er ist der erste Heermeister des Königs!“, stieß Alia hervor und wandte sich von ihrer Kapuze verhüllt der Gastwirtin zu, nicht ohne in der peripheren Sicht zu beobachten, wie der Heermeister sich abwandte, um fortzugehen.

„Ich weiß sehr wohl, wer er ist, Schwester! Aber das spielt keine Rolle. Kein Inzani setzt auch nur einen Fuß in mein Haus. So ist das Gesetz!“, gab diese zurück und ihre Stimme klang, als wollte sie dieser unschönen und ärgerlichen Episode nun endgültig ein Ende machen.

Es gab ein Gesetz, das es erlaubte, den Heermeister zu erniedrigen? Alia schüttelte den Kopf und hob an: „Aber ...“

Die Wirtin unterbrach sie und lächelte nun honigsüß. „Nichts, aber! Nun kommt, ich zeige Euch Euer Zimmer und wir wollen sehen, ob sich nicht ein heißes Bad für Euch einfüllen lässt. Ein Becher Zimttee wird Euch guttun und eine warme Abendmahlzeit, dann wird es Euch gleich behaglicher!“

Alia sah den Heermeister in den Stallungen verschwinden. Sein Kopf war nicht gesenkt, seine starken Schultern gestrafft. Wie konnte er einfach über das hinwegsehen, was ihm soeben widerfahren war? Alia verstand gar nichts mehr! Einen Moment verharrte sie noch und sah auf die Stelle, an der er eben noch gestanden und sich hatte beschimpfen lassen.

„Kommt!“, forderte sie die Wirtin noch einmal auf und ihre Stimme klang ungeduldig.

Alia zögerte noch einen Augenblick. Es sei ihm eine Genugtuung, sie in angenehmeren Umständen zu wissen, hatte er ihr in der Zweimondnacht gesagt. Er hatte gewollt, dass sie die Annehmlichkeiten einer Herberge genoss. Wie konnte er nur glauben, dass sie diese Annehmlichkeit unter solchen Umständen auch nur ansatzweise würdigen konnte? Wenn es ihm selbst nicht erlaubt war, sie mit ihr zu teilen! Wenn er dafür den Hohn und die Schmach in Kauf nehmen musste, deren Zeugin sie soeben geworden war! Wie konnte er sich für sie in eine solche Situation bringen?

Alia wandte sich erschüttert und wütend nach der Wirtin um und folgte ihr die Treppen hinauf. Alles was sie wollte, war von hier zu fliehen, hinaus in die Hügel, um alleine zu sein. Aber dieser stolze Krieger wollte, dass sie die Nacht hier verbrachte. Er sollte bekommen, was er wollte.

Die Wirtin öffnete eine Tür und erhob einladend den Arm. „Das ist Euer Zimmer. Ich hoffe, alles ist nach Euren Vorstellungen. Mein Junge bringt gleich Euer Gepäck und ich schicke Euch mein Mädchen, damit sie nach Eurer Kleidung sieht und ein Bad für Euch bereitet. Unterdessen entspannt und fühlt Euch wie zu Hause!“

Die Wirtin nickte noch einmal, wartete auf eine Reaktion, aber Alia stand einfach da und starrte in dem Zimmer umher.

„Ich lasse Euch allein!“, kündigte die Gastwirtin nun an und schloss die Tür hinter sich.

Fühlt Euch wie zu Hause! Dieses Zimmer war viermal so groß wie ihre Kammer im Kloster! Ein Bett, das zwei Menschen zur Nacht genügt hätte, weiche Teppiche auf dem Holzboden, große Fenster, die das letzte Tageslicht einließen ... Alia stand und starrte. Sie zuckte zusammen, als es klopfte und ein Junge mit ihren Habseligkeiten eintrat.

„Soll ich Eure Sachen auf den Tisch legen?“, fragte er schüchtern, legte ihr Reisegepäck auf ihr Nicken hin ab und verließ dann schnell den Raum.

Im selben Moment trat ein Mädchen ein, kaum jünger als Alia selbst. Sie reichte ihr einen Becher mit Tee, der herrlich nach Zimt duftete, und fragte, ob sie ein heißes Bad wolle. Wieder nickte Alia nur und das Mädchen verschwand, um wenig später mit dampfenden Kesseln wieder zurückzukehren. Es öffnete die Tür zu einem Nebenraum und begann die Wanne zu füllen.

Eine Wanne! Alia traute sich kaum, einen weiteren Blick darauf zu werfen. Sie hatte nie in einer Wanne gelegen! Im Kloster gab es lediglich einen Holzbottich, in den man sich hineinbücken konnte, um sich zu säubern, und in den wenigen warmen Tagen hatte sie bei jeder sich bietenden Gelegenheit in einem kleinen Teich in den Bergen gebadet. Nachts unter den Sternen ...

„Soll ich Euch behilflich sein, Schwester?“, fragte das Mädchen zurückhaltend.

Bei den Monden, Alia schüttelte schnell den Kopf. Dieses Mädchen wollte doch nicht bei ihr bleiben, während sie badete?

„Dann gebt mir Eure Kleidung, damit ich sie ein wenig frisch machen kann!“

Auch das kam nicht in Frage, sie würde sich nicht vor einer Fremden entkleiden. Wieder schüttelte Alia den Kopf, aber sie bemerkte, dass das Mädchen verwirrt war, weil sie offensichtlich nichts zu tun hatte.

„Nun, dann komme ich in einer Stunde wieder und bringe Euch etwas zu essen?“

Alia nickte, und wieder blitzte die Unsicherheit in den Zügen des Mädchens auf.

„Was wünscht Ihr zu essen?“, fragte es leise.

„Was habt Ihr?“, fragte Alia zurück, weil sie wusste, sie sollte etwas sagen, um es dem Mädchen erträglicher zu machen, mit ihr in einem Raum zu sein.

„Es gibt einen Gemüseeintopf, einen Auflauf mit Teigwaren und Wildschweinbraten mit Kartoffeln!“, verkündete das Mädchen nun zufrieden.

Alia wollte gerade den Braten nennen, als ihr ein Gedanke kam. Der Heermeister würde hier mit Sicherheit nicht bewirtet werden. Sie würde ihm von ihrem Essen bringen und hätte gleichzeitig eine Ausrede, einen Moment bei ihm zu verweilen. Sie wollte mit ihm reden. Sie wollte wissen, was das alles zu bedeuten hatte.

Unsicher wandte sie sich dem Mädchen etwas mehr zu und begann: „Nun, ich habe lange nicht gegessen! Könntet Ihr von dem Auflauf *und* dem Braten bringen?“

„Natürlich", erwiderte das Mädchen und schien nun vollkommen verwirrt.

„Große Portionen! Ich bin wirklich sehr hungrig."

Den letzten Satz hatte Alia lediglich gemurmelt. Sie log! Sie brach den Kodex! Wieder und wieder, und sie fühlte sich nicht einmal schuldig!

„Natürlich", wiederholte das Mädchen und verließ den Raum nach der Frage, ob sie wirklich nicht noch mehr für Alia tun konnte, was diese verneinte.

Allein im Zimmer war Alia lange nicht in der Lage, sich zu bewegen. Sie nahm jedes Detail des großen Raumes wahr. Die Landschaftsgemälde an den Wänden, die liebevoll angerichtete Schale mit Obst, den kleinen mit einem Steinmosaik belegten Tisch, die gepolsterten Sessel und ein Schränkchen mit einem Spiegel darauf. Sie strich sanft über die Haarbürste, die davor lag. So vieles, das sie nie gehabt hatte, und doch konnte sie keine Freude daran empfinden.

Immer wieder sah sie sein Gesicht vor sich, das Gesicht des Heermeisters. Alia hatte sich ihm vollkommen zugewandt, sie hatte ihm ihr Antlitz offenbart, und nicht nur für einen unüberlegten Moment, sondern für die gesamte Dauer ihres stummen Gespräches. Sie hatte sich keine andere Möglichkeit denken können, als ihm ihre Erschütterung in ihrem Gesicht zu zeigen, und er hatte mit einem Ausdruck geantwortet, in dem sich kein Protest gezeigt hatte, keine Wut, er hatte sogar versucht, sie zu ermutigen. Er hatte gelächelt!

Alia hatte mehr als einmal erlebt, wie seine Gefühle seinen Verstand überrollt hatten. Sie wusste, wie emotional dieser Mann war und wie groß seine Fähigkeit, seine Gefühle zurückzukämpfen. Die einzige Erklärung für seine Reaktion auf die Beleidigungen der Gastwirtin war, dass er gewusst hatte, wie man ihn hier behandeln würde. Er hatte es gewusst und Alia dennoch hierher gebracht! Sie war zutiefst beschämt, sie fühlte sich schuldig ... und sie würde jetzt sofort baden, um so bald wie möglich zu ihm gehen zu können.

Jetzt erst bemerkte sie, wie die Wärme des Raumes sie umschloss und sich in ihren Gliedern ausbreitete. Das Zimmer hatte einen eigenen kleinen Steinkamin, und Alia konnte sich nicht erinnern, wann sie sich das letzte Mal so wohlig gefühlt hatte. Sie lauschte auf das Knacken des Feuerholzes, stellte sich neben die vom heißen Wasser dampfende Wanne und legte schnell ihre Kleider ab. Zuletzt entfernte sie das Tuch von ihrem Kopf.

Sie wagte nicht, sich in dem Badezimmer umzusehen, aus Angst, ihr Blick könnte einem Spiegel begegnen. Sie wollte das fremde Wesen, das sie war, nicht sehen. Sie wollte sich jetzt nicht mit ihrer Andersartigkeit konfrontieren, denn wenn sie es tat, konnte das Opfer, das der Heermeister ihr hierfür erbracht hatte, nur umso wertloser sein.

Ein Hauch von Lavendelduft umhüllte Alia, als sie in das Wasser tauchte. Sie kannte Lavendel nur als Duft und als getrocknete Blüte. Sie hatte ihn nie wachsen sehen. Gut, dachte sie, er würde sie ruhiger machen. So ruhig wie es eben ging.

Kian lehnte über der Karte der Fürstentümer, versuchte angestrengt in seiner Phantasie die Grenzen mal hier- mal dorthin zu verschieben und streichelte dabei immer wieder seine Stute. Sie schien unruhig. *„Bequet mifrin, tisnei weslie insei, no hantin tunei!“*, flüsterte er ihr immer wieder erklärend zu und schließlich schnaubte sie kurz auf. Kian wurde erst spät gewahr, dass ihre Reaktion nichts mit seinen Worten zu tun hatte, sondern mit der stillen Präsenz der Heilerin in der Tür ihrer Stallnische.

„Erlaubt Ihr mir einzutreten?“, fragte sie.

Sie hielt zwei Teller in der Hand und ihre Stimme klang ängstlich. Kian sah sie überrascht an und nickte dann lediglich. Auf eine seltsame Weise fehlten ihm plötzlich die Worte. Er war beschämt darüber, sie in eine solch unangenehme Situation gebracht zu haben. Bei den Monden, wenn er nur gewusst hätte, dass sie keine Kenntnis über das Inzani-Gesetz besaß ... Er hatte ihr so vieles zu erklären und jetzt kam kein einziger Ton über seine Lippen.

Die Heilerin trat ein, setzte sich auf einen Heuballen ihm gegenüber und stellte die Teller zwischen sie. Sie hielt wieder den Kopf gesenkt, ohne ihr Gesicht zu zeigen, und Kian beobachtete jede ihrer unruhigen Bewegungen.

„Das wäre nicht nötig gewesen, Heilerin!", sagte er dann und wies auf seine Mahlzeit aus Brot, Käse und Wurst, die er sich aus dem Heerlager mitgenommen hatte.

Sie nickte stumm, nahm sich einen Teller mit Braten und begann zu essen. Eine Weile schwiegen sie, und Kian war sich nur zu bewusst, wie sehr dieser Moment der Trauer zu gehören schien.

„Bitte erklärt mir, wovon diese Wirtin vorhin gesprochen hat, Heermeister", forderte sie dann und ihre Stimme klang unendlich leise, fast so, als hätte sie die vergangenen Minuten dafür nutzen müssen, diese Worte hervorzubringen.

„Sie hat mich als Inzani bezeichnet", antwortete Kian und sah auf ihre Hand, die das Messer hielt. Sie zitterte.

„Wie ist es möglich, dass sie Euch so behandeln kann? Ihr seid der erste Heermeister des Königs!"

„Es ist einerlei, wer ich bin. In der Gesellschaft zählt nur, was ich bin. Ein Inzani!"

„Was bedeutet das?"

Sie wusste es tatsächlich nicht, wurde Kian nun endgültig klar, und er sammelte alle Geduld, die er in sich finden konnte, um es ihr zu erklären. Er verwendete seine ruhige Stimme, dabei würde er es vorziehen, es allen entgegenzuschreien, wie sehr er dieses Wort hasste.

„Es leitet sich von dem alten Wort *inzan* ab und es bedeutet ..."

„Verrückt. Ich weiß. Aber Ihr seid nicht verrückt!"

Bei diesen Worten erhob sie ihren Blick. Kian bewegte sich nicht, er starrte einfach nur in das Grün ihrer Augen und verlor sich darin. Für so viele Momente nahm er nur ihr Gesicht in sich auf, verlagerte dann sein Gewicht ein Stück nach hinten und beobachtete, wie sich das Licht im Spiegel ihrer Augen veränderte. Sie nahm ihren Blick nicht von ihm, senkte nicht wieder den Kopf, sondern sah ihn die ganze Zeit über verwundert an. Sie beobachtete mit fragender Miene die Art und Weise, in der er sie ansah. Fragend, weil sie nicht verstand, was mit der Gastwirtin vorgefallen war, aber sicher auch, weil sie nicht wusste, warum er sie auf diese Art ansah.

„Eure Augen sind ungewöhnlich, Heilerin!" Dann kam er wieder zu sich und räusperte sich verwirrt. „Entschuldigt! Ich wollte Euch nicht zu nahe treten! Was sagtet Ihr ...?"

Die Heilerin senkte schnell den Kopf. „Ihr seid nicht verrückt!", wiederholte sie, offenbar ebenso verwirrt wie er es war.

Nein, vermutlich war er das nicht, obwohl er nun immer mehr Grund hatte, an seinem Geisteszustand zu zweifeln, je öfter er benommen aus einem Kampf hervorging. Er sah sie einen Moment länger an, ihre abwartende, reglose Haltung, und begann dann zu erklären.

„Die alte Bedeutung des Wortes *inzan* meinte wahrscheinlich nicht die geistige Verrücktheit, sondern vielmehr, dass ein Teil des Körpers verrückt ist, nicht am richtigen Ort, nicht in Ordnung, vielleicht sogar fehlt!"

„Ich verstehe nicht", antwortete die Heilerin nun resigniert.

Kian wusste, er musste es ihr von Anfang an erklären, auch wenn es ihm zuwider war, die Details vor ihr ausbreiten zu müssen.

„Es gibt ein Gesetz, das vorschreibt, wie mit denen zu verfahren ist, die körperliche oder geistige Einschränkungen haben. Diese sind Inzani. Sie haben keine Rechte, keinen gesellschaftlichen Stand und sind per Definition nicht als Menschen zu behandeln, weil ihnen das fehlt, was sie menschlich macht. Die Alte Sprache nennt es *ribon!*"

Kian sah die Heilerin bei diesen Worten nicht an, aber er bemerkte, dass sie sich ihm wieder mit ihrem Blick zugewandt hatte.

„Das Band?"

„Warum kennt Ihr die Alte Sprache?", fragte er und sah sie wieder an.

Sie schüttelte langsam den Kopf, sah seine Stute an und wiederholte fassungslos: „Dieses Gesetz spricht Euch das Band ab?"

Er nickte lediglich und nahm nun doch den Teller mit dem herrlichen Auflauf.

„Heermeister Dogul, Ihr habt gelähmte Beine, aber das sagt doch nichts über Eure Menschlichkeit aus! Ich verstehe das nicht!"

Kian zuckte zusammen, weil sie es einfach ausgesprochen hatte. Er hatte gelähmte Beine, natürlich, aber niemand sprach jemals in seiner Gegenwart auf diese Weise deutlich darüber. Die Soldaten nannten es seine Schwäche, seine Familie und Freunde sprachen von seiner körperlichen Einschränkung und als was man es hinter seinem Rücken bezeichnete, wollte er lieber gar nicht wissen. Aber es ausgesprochen, so wie es war, hatte nie jemand. Es war beruhigend, stellte Kian fest, und er wünschte, sie könnte diese Worte noch einmal wiederholen.

„Ich habe Euch nicht gekränkt?", fragte die Heilerin dann und sie ließ es fast wie eine Feststellung klingen, weil er sicherlich zu lange geschwiegen hatte, mit dem Blick noch immer starr auf seiner Stute.

Kian lächelte, suchte ihre Augen mit seinen und schüttelte langsam den Kopf. „Nein! Nicht im Geringsten!", versicherte er ihr.

Die Heilerin senkte erneut das Kinn, sodass Kian wieder nur ihre Kapuze sehen konnte. Nun, da er jedoch wusste, was sich darunter verbarg, hörte für ihn endlich das Spekulieren um ihre Gefühle auf. Sie sprach nicht über sich, aber ihre Augen sprachen ohne Worte so deutlich zu ihm, dass er kaum wagte wegzusehen.

„Ich kenne die Alte Sprache, aber Ihr seid der einzige Mensch, den ich sie jemals habe sprechen hören", sagte sie dann in die Stille.

„Ich weiß, es ist seltsam, dass ich das tue."

„Tut das außer Euch niemand?"

„Nein! Mir war immer, als sähe ich sie nicht nur als geschriebene Zeichen, sondern hörte sie in mir. Die alten Kampfrituale erfordern eigentlich, sie laut zu sprechen, obwohl das nie jemand tat. Irgendwann tat ich es!"

„Rituale wie das, das Ihr jeden Morgen ausführt?"

Kian nickte, froh darüber, dass sich ihr Gespräch in eine andere Richtung bewegt hatte. Sie aßen nun beide. Die Heilerin hatte ihr Fleisch schnell verspeist, und Kian glaubte, zu sehen, wie sie die Wurst auf seinem Reisebeutel anstarrte.

„Ihr seid eine fleischfressende Pflanze, Heilerin!", lachte er leise und schob seine Wurst in ihre Richtung.

Kian sah, wie ein Lächeln ihre Mundwinkel umspielte und sie ein Stück davon abschnitt. Sie bezauberte ihn, gleichgültig, welche Stimmung ihr Gespräch in ihm geweckt hatte.

„Werdet Ihr überall so behandelt wie hier?", fragte sie dann, und er konnte die Trauer fast greifen, die er in ihrer Stimme hörte.

„Nun, ich werde nicht überall angeschrien, falls Ihr das meint. Die meisten Menschen ignorieren die Inzani!"

Die Heilerin atmete durch. „Ich weiß, es steht mir nicht zu, Eure Gesetze zu beurteilen, aber dieses verstehe ich noch immer nicht", sagte sie müde.

„Das Inzani-Gesetz rührt aus dem Alten Krieg. Es hat fast zwei Jahrhunderte überdauert", erklärte Kian.

„Aber wie kann der König Euch, einen vom Gesetz Geächteten, zu seinem ersten Heermeister machen?"

Kian lachte bitter auf. „Das war nicht der König, Heilerin! Die Armee wählt ihren ersten Heermeister aus ihren eigenen Reihen. Auch das ist ein Brauch, der aus dem Alten Krieg herrührt. Die Armee beansprucht größte Autonomie, um ihre Ideale zu wahren. Politische Herrschaft darf bei der Wahl ihres Anführers keine Rolle spielen."

Die Heilerin nickte, nahm den letzten Bissen Wurst und sah ihn danach aufmerksam an. Wieder verlor sich Kian in der Farbe ihrer Augen.

„Wenn Ihr das nächste Mal wünscht, dass ich in einer Herberge nächtige, dann möchte ich von einem Eurer Soldaten begleitet werden!"

„Das ist nicht möglich, Heilerin! Ich habe es Euch schon einmal erklärt, ich bin es, der für Eure Sicherheit zu sorgen hat. Ihr steht unter meinem persönlichen Schutz!"

Wieder nickte die Heilerin. „Dann werde ich keine Herberge mehr betreten!"

„Heilerin ..."

„Ich werde Euch nicht noch einmal in eine solche Situation bringen, Heermeister!"

In ihren Augen glühte die Entschlossenheit einer Kämpferin, fuhr es Kian durch den Kopf. Es verwirrte ihn, von ihr solches Mitgefühl zu erhalten, und gleichzeitig hatte er nie erwartet, einen derart starken Widerstand von ihr zu spüren.

„Und Ihr wollt auf den Luxus eines geheizten Raumes, eines heißen Bades, eines weichen Bettes und guten Essens einfach verzichten?", fragte Kian erstaunt.

Für mich?, setzte er im Stillen hinzu und sah, wie sie wieder den Kopf senkte und stur nickte. Er verstand sie nicht. War sie denn keine Frau mit Bedürfnissen für sich selbst? Sie mochte zwar an diesem Tag permanent ihren Kodex in seiner Gegenwart brechen, aber sie blieb doch eine Jidari. Wie töricht er war, seine Gedanken derart von einer Nonne gefangen nehmen zu lassen. Ihrem verstörenden Wesen, so verletzlich, so klug und so störrisch wie ein Esel.

„Wenn Ihr es so wünscht!", lenkte er schließlich verärgert ein und beendete sein Essen.

Ein gespanntes Schweigen trat zwischen sie. Kian stellte seinen Teller auf ihren und streichelte gedankenverloren die Nase seiner Stute, die ihn freundschaftlich berührt hatte. Sie schien ruhiger zu sein, seit die Heilerin hier war. Kian war es nicht, und er war es nicht gewohnt in einem Gespräch klein beizugeben.

„Was wissen die Menschen in Eurer Welt über das Band?", fragte die Heilerin unvermittelt in die Stille hinein.

Kian sah erstaunt auf. Ausgerechnet sie stellte diese seltsame Frage? Sie, von der man behauptete, sie könne das Band durch die bloße Berührung eines Menschen spüren.

„Sicher nicht so viel wie Ihr!", antwortete er schlicht, er wollte dieses Thema nicht.

„Das Band macht uns zu fühlenden Wesen", erklärte sie ruhig. „Ist es das, was man in Eurer Welt weiß?"

„In etwa, aber warum erklärt *Ihr* mir nicht das Band, Heilerin? Ihr seid diejenige, die es spüren kann, sagt man!", fuhr er sie hart an. Er hatte seine Wut nicht länger kontrollieren können und fühlte sich in die Nacht zurückversetzt, in der er schon die Hand gegen sie erhoben hatte.

„Es ist mir untersagt, darüber zu sprechen", erwiderte die Heilerin eingeschüchtert.

Der Klang ihrer Stimme brachte Kian wieder zur Vernunft. Er musste die Heilerin nicht für etwas bestrafen, das nicht in ihrer Macht stand. Er war ein Inzani, einerlei wie sehr es ihn anwiderte, und wenn das Gesetz sagte, er hätte kein Band, dann sollte das alle Zweifel ausräumen. Es gab keinen Grund für Kian, Angst davor zu haben, das Gesetz könnte die Wahrheit über ihn sagen. Und selbst wenn es die Unwahrheit sagte, was änderte das? Nichts! Er musste die Heilerin nicht quälen, nur weil sie die Antwort auf seine ewigen Fragen haben könnte, und er diese Antwort nicht hören wollte.

Kian fuhr sich mit den Händen über das Gesicht. „Es tut mir leid, Heilerin! Ich wollte Euch nicht angreifen, ich ... Dieses Thema behagt mir nur nicht, es ...“ Kian brach ab und sah plötzlich wieder in ihre Augen.

Sie schien in seinen nach etwas zu suchen. „Durfte ich Eure Wunde deshalb nicht berühren?“, fragte sie so leise, dass Kian sie kaum verstand.

Er zuckte leicht die Achseln und sah auf seine Hände. „Ich will es einfach nicht wissen!“

Sie sprachen gleichzeitig über nichts und alles, wurde Kian bewusst, aber er war sich sicher, sie hatte verstanden. Verstanden, um was es in seinem Leben ging. Sie nickte langsam, ihr Gesicht erneut vor ihm verborgen.

Wie anders war es mit ihr in dieser Nacht. Wie sehr hatte sie sich ihm geöffnet! Kian atmete verwundert durch, denn auch er hatte ihr mehr von sich offenbart, als er es jemals einem Fremden gegenüber getan hatte. Es bestand vielleicht doch noch Hoffnung für seine Persönlichkeit. Wenn es ihm möglich war, das Vertrauen einer so in sich zurückgezogenen Frau zu wecken, dann konnte er doch nicht so stumpf sein, wie er es sich selbst zuschrieb. Aber warum hatte sie ihn gewählt, um ihr Vertrauen zu schenken?

„Heilerin!“, begann er und wartete ab, bis sie ihm in die Augen sah. „Sollte ich jemals etwas über mein Band wissen wollen, werdet Ihr mir dabei helfen?“

Sie sah ihn an und das leiseste Lächeln huschte über ihr Gesicht. „Ja! Ich danke Euch, Heermeister Dogul!“

Mit diesen Worten stand sie auf, nahm beide Teller und sah ihn dann wieder an.

„Ich danke *Euch*!“, erwiderte Kian, überrascht von der Sanftheit in ihrer Stimme.

Sie nickte lediglich und wollte sich schon von ihm wegdrehen.

„Heilerin!“, rief er sie lächelnd zurück. „Bitte versprecht mir, dass Ihr heute Nacht keinen Gedanken mehr an die Gastwirtin verschwendet, sondern einfach nur Euren Aufenthalt in dieser Herberge genießt! Könnt Ihr das?“

Sie hielt inne, sah ihn nicht mehr an und sagte ruhig: „Nein! Aber ich werde versuchen, Eurer Bitte nachzukommen. Schlaft wohl!“

Sie streichelte zum Abschied kurz seine Stute und verließ dann die enge Nische. *„Schlaft wohl, Heilerin Alienne!“*, flüsterte Kian ihr nach und starrte lange auf die Tür, durch die sie verschwunden war. Als sie ihm eben ihr Versprechen gab, hatte sie da nicht letztlich zugegeben, dass die Gerüchte über ihr Können stimmten? Bei den Monden, wodurch hatte er bloß ihr Vertrauen so sehr verdient?

Zurück in ihrem Zimmer war Alia nicht bereit ins Bett zu gehen. Das Gespräch mit dem Heermeister hatte sie aufgewühlt und sie fühlte sich ruhelos. Sie nahm nun doch die wunderschöne Haarbürste zur Hand, setzte sich auf einen der gepolsterten Sessel und streifte die Kapuze ab. Sie strich sich das Tuch vom Kopf und begann mit langsamen Bewegungen ihre Haare zu kämmen.

Ihre Locken waren auch nach der Wäsche noch wirr und sie musste einige Knoten zunächst mit den Händen lösen. Immer wieder streiften ihre Finger dabei zufällig ihre Ohren. Ihre katzengleichen, spitzen Ohren, die sie niemals zeigte und die jedem sofort deutlich machen würden, wie anders sie war. Sie atmete tief ein. Es war eine Wohltat, ihre Bewegungen frei spüren zu können und sie nicht unter dem Tuch eingeklemmt zu wissen.

Sie verstand noch immer nicht die Logik des Gesetzes, das der Heermeister ihr erklärt hatte und das seine gesamte Existenz zum gesellschaftlichen Außenseitertum verdammte. Die Lähmung seiner Beine sollte ihn als Mensch disqualifizieren? Sie sollte die Legitimation dafür sein, mit ihm umgehen zu dürfen wie mit einem Hund, nach dem man trat? Und nicht nur mit ihm, sondern mit allen, deren Körper oder Geist in irgendeiner Form andersartig war?

Alia hatte so viele Fragen, und die Antworten waren deprimierend und von einem Gesetz determiniert, das in ihren Augen nicht den geringsten Sinn ergab. Was wussten denn die Menschen der anderen Welt über das Band? Es konnte nicht viel sein, wenn dieses Wissen ein Gesetz legitimieren sollte, dass jemandem wie dem Heermeister die Menschlichkeit absprach. Ihm, dessen Band Alia gespürt hatte, ohne jemals Hand an ihn zu legen.

Alia konnte diese Geschichte um das Band kaum fassen, denn egal, was die Menschen der anderen Welt darüber wussten oder nicht wussten, egal, ob die sogenannten Inzani das Band nun besaßen oder nicht, das alles war pures Unrecht. Nichts durfte es rechtfertigen, einen Menschen so zu behandeln, wie es die Gastwirtin mit dem Heermeister getan hatte. Niemand durfte einen anderen Menschen derart erniedrigen, niemand. Und der Heermeister glaubte dem Irrsinn dieses Gesetzes! Er glaubte, er besäße kein Band.

Alia hatte ihn absichtlich wütend gemacht, ihn provoziert, sodass er seine Gefühle nicht mehr beherrschen konnte. Sie tat es, weil sie es hatte wissen müssen. Sie hatte aus seinem eigenen Mund hören müssen, dass er an das Fehlen seines Bandes glaubte. Sie war bereit gewesen, diesen Mann von seinen Zweifeln zu befreien, auch wenn es bedeutet hätte, ihm ihre Gabe zu offenbaren. Sie hätte ihm gesagt, was sie über sein Band wusste, wenn er auch nur den geringsten Wunsch danach geäußert hätte. Aber er hatte sehr deutlich gemacht, dass er nichts darüber hören wollte. Ob aus Angst oder sonst einem anderen Gefühl heraus, es war einerlei, Alia musste seinem Wunsch entsprechen. Sie konnte ihm nicht sagen, dass er das stärkste Band besaß, das sie jemals erlebt hatte. Aber sie würde es tun, sobald er ihr signalisierte, dass er es wünschte. Dieses Versprechen war einfach zu geben.

Warum nur hatte sie sich ihm so lang offenbart? Zunächst wollte sie einfach nur ihre Worte damit unterstreichen, dass sie ihm ihr Antlitz zeigte. Dann jedoch hatte sie seinen Blick in ihre Augen beobachtet und war mehr und mehr unfähig gewesen, sich von ihm abzuwenden. Sie sah sein Erstaunen und diesen Ausdruck seines Gesichtes, der ihr beschrieb, er sähe in ihren Augen etwas seltsam Wertvolles. Sie hatte plötzlich so viel Frieden in seinem Blick gefunden. Frieden in dem Gefühl, jemand sein zu dürfen. Jemand eigenes, abseits des Diktates der Jidari und ihres Kodexes. Abseits von ihrer Fremdheit. Sie konnte nicht mehr wegsehen, denn sie wollte so sehr, es sei die Wahrheit.

Er hatte mit ihren Augen gespielt. Er hatte sich die Zeit genommen, sich zurückzulehnen, einen anderen Blickwinkel, einen anderen Lichteinfall auszuprobieren, und er war Alia dabei vorgekommen wie jemand, der einen funkelnden Edelstein betrachtet. Für einen Moment konnte sie sich in der Vorstellung wiederfinden, sie sei dieser Edelstein.

Alia schlang die Arme um sich und schloss für Sekunden die Augen, bevor sie in die Realität zurückfand. Eine Realität, die Heermeister Dogul zu einem Aussätzigen machte. Eine Realität, in der auch sie niemals weniger anders sein konnte.

Es machte sie traurig, nun begreifen zu müssen, dass dem Heermeister ihre Freiheit auch deswegen am Herzen lag, weil er selbst Unfreiheit kannte. Sie waren sich so viel ähnlicher, als Alia jemals geahnt hatte. Sie beide lebten in Isolation. Sie beide tendierten dazu, in die selbst gewählte Einsamkeit und Stille der Natur zu fliehen. Etwas an jedem von ihnen war derart außerhalb der Norm, dass es ein gleichberechtigtes Leben unter Menschen verhinderte.

Der große Unterschied war jedoch, dass Alia ihre Fremdheit verbergen konnte. Sie konnte ihre Bewegungen in einem menschlichen Rahmen halten, wenn sie sich innerhalb von Räumen befand, denn nur im Freien fiel es ihr schwer, sich zurückzunehmen. Sie konnte ihre Ohren, ihren Körper verhüllen und unter dem Jidari-Umhang ein unbehelligtes Leben führen.

Ein Luxus, der dem Heermeister nicht gegeben war. Solange er auf seiner Stute saß, mochte niemand bemerken, dass die Art, wie er sie ritt, nicht die übliche war. Niemandem musste zwangsläufig auffallen, dass er sie allein mit den Zügeln führte. Sobald er jedoch sein Pferd verließ, gab es für ihn keine Möglichkeit mehr, zu kaschieren, dass er nicht in der Lage war, einen einzigen Schritt zu tun ohne sich auf seine Gehstöcke stützen zu müssen. Die Andersartigkeit des Heermeisters war immer eine öffentliche und zudem eine per Gesetz geächtete.

Sie legte die Bürste zur Seite, band sich das Tuch wieder in die Haare und über ihre Ohren, konnte sich jedoch noch immer nicht entschließen, in dieses wundervolle Bett zu steigen. Sie kam sich klein und wertlos vor inmitten des Luxus in diesem Zimmer. Noch immer fühlte sie die Schuld, da sie den Heermeister in den Stallungen wusste. Sie würde niemals hier schlafen können! Langsam fuhr sie mit den Fingerspitzen über die weichen Laken und die üppigen Daunenkissen, wie bei einem Abschied. Dann packte sie ihren Kräuterbeutel aus und begann zu arbeiten.

Kapitel 9

Die Sonne war kaum aufgegangen, als Kian die Heilerin wortlos hatte die Stallungen betreten hören. Sie hatte gewissenhaft ihr Pferd gesattelt und ihr Gepäck befestigt. Als sie endete, hatte sie ihm zugenickt, ohne ihr Gesicht zu enthüllen, und war mit ihrem Hengst nach draußen verschwunden. Kian konnte nur zusehen, ihr so schnell wie möglich zu folgen.

Er hatte seine Stute fertig gemacht, war aufgestiegen und hatte die Münzen für die Hauswirtin einfach vor der Eingangstür abgelegt. Alle im Haus schienen noch zu schlafen, und Kian wagte nicht zu fragen, warum die Heilerin nicht noch ein gutes Frühstück zu sich genommen hatte. Er wusste, warum, und an ihrer erschöpften Haltung konnte er erahnen, dass sie zudem nicht viel geschlafen hatte. Sie war also seiner Bitte nicht nachgekommen, hatte es vielleicht nicht gekonnt, und Kian fühlte die Verantwortung für sie in diesem Moment schwer auf sich lasten.

Sie hatte ihn beobachtet und sich dann schnell von ihm weggedreht, um ihr Pferd voranzutreiben. Kian konnte ihr erneut nur folgen. Er hatte in der letzten Nacht bemerkt, wie sie den Jidari-Kodex in seiner Gegenwart immer und immer wieder brach. Nun, was immer dieser Kodex ihr bedeutete, heute Morgen schien sie ihn strikt zu befolgen. Die eigensinnige Person, die er letzte Nacht in ihr erlebt hatte, war verschwunden, und Kian schwor sich nun selbst, er würde sie nie wieder dazu drängen, in einer Herberge zu nächtigen. Nicht, wenn es bedeutete, dass er sie heute noch würde auf ihrem Pferd schlafen sehen, denn was es für ihn bedeutete, konnte er nur zu gut voraussehen.

Kein „*Guten Morgen*", keine Fragen über ihr Wohlbefinden, nur Schweigen war ihr Ritt. Wie mochte die Heilerin ihn nun sehen, nachdem sie wusste, wie in aller Welt mit ihm verfahren wurde? Eine große Welle der Scham überkam ihn, und er kämpfte dieses Gefühl mit aller Gewalt zurück. Er hatte wahrlich größere Probleme, als die Meinung dieser Heilerin zu seiner Person, dachte er verärgert. Doch auch dieser Ärger hielt nicht an. Die letzte Nacht hatte seine Beziehung zu ihr verändert. Sie hatte ihn verändert, hatte er doch zum ersten Mal in seinem Leben über die Frage nach seinem Band gesprochen.

Kian atmete durch. Die kühle Luft tat ihm gut und er bemerkte, dass sein Atem nicht mehr weiß aus seinem Mund trat. „Wir haben beinahe die Frostgrenze überschritten!“, sagte er in die Stille des frühen Morgens.

„Was bedeutet das?“, fragte die Heilerin, ohne sich an ihn zu wenden.

„Es bedeutet, dass ab jetzt nur noch die Mitte der Nacht Frost bringen kann und das auch nur noch für etwa eine Woche. Je weiter wir nach Süden reiten, desto wärmer wird es sein. Die Hauptstadt kennt keinen Frost!“

Nun wandte die Heilerin sich ihm unter ihrer Kapuze zu und entließ scheinbar überrascht ihren Atem. Hatte sie nicht gewusst, dass es in anderen Teilen des Landes nie schneite? Er lachte leise auf, denn der Gedanke, ihr dies alles zeigen zu dürfen, gefiel ihm plötzlich.

„Ihr werdet dort nicht viel Verwendung für Euer herrliches Bärenfell haben. Es ist von einem Gipfelbären, habe ich recht?“

„Ihr habt recht“, vernahm Kian nun zum zweiten Mal an diesem Morgen ihre Stimme.

„Woher habt Ihr es?“, fragte er nun, um endlich seine Neugier zu stillen.

„Ich habe es ihm abgenommen, nachdem ich ihn erlegt hatte.“

„Erlegt?“, fragte er erstaunt. „Wie?“

„Mit einem Pfeil!“, antwortete sie bestimmt.

„*Ein* Pfeil?“

Kian sah sie nicken und starrte auf ihre Kapuze, die alles war, was er heute von ihr zu sehen bekam. Dann wanderte sein Blick auf ihren Bogen, der hinten an ihrem Sattel befestigt war. Er hatte bereits gesehen, dass sie, obwohl gänzlich untrainiert, durchaus geschickt mit einem Schwert umgehen konnte, aber offensichtlich unterschätzte er sie dennoch. Sie war eine wehrhafte Frau. Sie hatte einen Gipfelbären mit nur einem Schuss getötet, unglaublich! Wenn dieser Schuss nicht gesessen hätte, hätte der wütende Bär sicher nicht viel von ihr übriggelassen. Ein solches Tier bot einem Jäger keine zweite Chance.

Er hätte gerne die ganze Geschichte von ihr gehört, aber sie war niemand, mit dem er Jagderlebnisse austauschen konnte, und seine Gedanken schweiften in Richtung des Hauptmannes, dem er gleich wieder begegnen würde. Er würde ihm letzte Instruktionen geben und den Befehl, sich auf keinen Fall in die Belange der nördlichen Fürsten einzumischen. Wenn er es tun musste, dann nur auf diplomatische, beschwichtigende Weise. Das würde Turon nicht gefallen. Er wollte die Hauptrolle in den Friedensgesprächen, er würde nicht freiwillig zurückstehen, das wusste Kian und umso deutlicher würde er seine Befehle formulieren müssen.

Nun, zumindest hätte die Heilerin genügend Zeit, um ein Frühstück und einige Tassen Tee zu sich zu nehmen, bevor sie aufbrachen.

Bei ihrem Eintreffen im Heerlager verschwand der Heermeister sofort im Zelt des Hauptmannes, jedoch nicht ohne seine persönliche Garde hinzuzurufen. Sie alle hatten ihm still den Respekt eines Grußes gezeugt, jeder auf seine Weise mit fragenden, mitfühlenden oder, in Evans Fall, verärgerten Blicken um sich werfend, die schließlich Alia getroffen hatten. Sie hatte schnell den Kopf gesenkt und sich abgewandt. Sie ertrug diese Blicke nicht, sie fühlte sich ohnehin noch immer schuldig.

Alia vertrieb sich die Zeit erneut damit, dem Heiler der siebten Garde über die Schultern zu sehen. Dieser braute ihr einen wundervollen Minztee, forderte sie auf, sich am Feuer mit Haferbrei zu versorgen und reicherte diesen dann mit einem Löffel Honig an, eine Köstlichkeit. Sie versuchte sich dafür erkenntlich zu zeigen, indem sie in seinem Beisein für einen Soldaten mit einer Augenentzündung eine Tinktur zusammenfügte und sie in das geschwollene Auge eintropfte. Gerade wollte sie ihm die Pipette übergeben, damit er weitermachen konnte, als ein Soldat leise in das Krankenzelt huschte.

„Schnell, kommt schnell heraus! Der erste Heermeister wird das Ritual mit unseren Soldaten durchführen. Das müsst Ihr sehen. Solch eine Ehre! Kommt schnell!“, trieb er den Heiler an und damit auch Alia.

„Geht nur, geht nur!“, forderte der Heiler sie daraufhin auf und machte selbst nicht den Eindruck, das Zelt verlassen zu wollen. „Ich behandele den Mann weiter.“

Alia nickte, bedankte sich zurückhaltend für das wundervolle Frühstück und trat dann in das helle Licht hinaus. Sie ging in Richtung des großen Platzes und der Atem stockte ihr für weit länger, als sie jemals für möglich gehalten hatte. Alle Soldaten standen dort in ihren schwarzen Mänteln nach Süden gewandt und ihre Schwerter vor sich erhoben. Wie viele mochten das sein? Hundertfünfzig Köpfe bestimmt. Hundertfünfzig Klingen, die im Morgenlicht glitzerten.

Vor ihnen, hoch oben auf seinem Pferd, stand der Heermeister. Er hatte den Oberkörper leicht zur Seite gewandt, um mit seinen Bewegungen nicht zu nah an seine Stute heranzukommen. Die Stute selbst stand still und sehr aufrecht mit erhobenem Kopf und trug diesen Mann, der Alia nie zuvor stolzer erschienen war.

Er begann die Abfolge der Bewegungen seines Schwertes, aber dieses Mal tat er es nicht stumm. Er sprach zu jeder Bewegung etwas in der Alten Sprache, und Alia konnte hören, dass es Anweisungen waren. Anweisungen, wie das Ritual durchzuführen war, welche Hand nun von welcher das Schwert übernehmen sollte und warum. Das Ritual, das Alia bislang nur in seiner Stille erlebt hatte, sprach plötzlich zu ihr mit der Stimme des Heermeisters und ihr wurde fast schwindelig, weil sie seine Stimme nicht nur mit ihren Ohren hörte, sondern sie in ihrem ganzen Körper vibrieren spürte. Es war sein Band!

Wie beim ersten Mal, als sie das Band des Heermeisters gespürt hatte, wohnte diesem Moment eine unglaubliche Faszination für sie inne. Die Soldaten, Männer wie Frauen, sie bewegten sich wie ein Körper, obwohl Alia sehen konnte, dass diese Soldaten so weit im Norden nicht gewohnt waren, das Ritual regelmäßig zu üben. Sie waren wie eingefasst in das Band des Heermeisters und das ermöglichte diese enorme Uniformität der Bewegungen.

Nichts Erschreckendes lag für sie an diesem Morgen mehr in dem Ritual. Ausgesprochen in der Alten Sprache machte plötzlich jede der stilisierten Kampfbewegungen einen Sinn. Als ob die Anordnung der Bewegungen eine Geschichte erzählte, die sie vorher nicht begriffen hatte. „*Anu dai wilris andor seis schal be protedet*", beendete der Heermeister das Ritual mit den Worten, die er jedes Mal sprach. Alia keuchte fast hörbar auf, als er sein Schwert sinken ließ und damit sein Band abriss. Er wandte seine Stute und sah nun still in die Gesichter der Soldaten. Er ließ sich Zeit dabei, und aller Augen lagen auf ihm. Dann nickte er und begann:

„Ich danke jedem einzelnen von Euch dafür, dass wir das Ritual gemeinsam durchführen konnten. Lasst uns in Zukunft daran denken, dass wir es als eine Einheit getan haben, lasst uns an unsere gemeinsame Stärke denken, denn sie ist es, die zählt, sie ist es, die uns zu Kämpfern macht für unser gemeinsames Ziel. Gerade in einer Zeit der Unsicherheit, wie der unseren, sollten wir uns darauf besinnen, wer wir sind. Eine Einheit aus Vielen und alle für den Frieden in unserem Land."

Der Heermeister erhob sein Schwert hoch über seinen Kopf und die Soldaten taten es ihm gleich. Einige verneigten sich vor ihm, klatschten Beifall und andere jubelten. Nicht einer war unter ihnen, der nicht den Zauber dieses Momentes gespürt hatte. Nicht einer unter ihnen, der ihm nicht voller Achtung und Respekt begegnete. Und das alles unterschied sich so vollkommen von der Szene, die Alia gestern mit ihm erlebt hatte. Was führte dieser Mann nur für ein gespaltenes Leben? Wie war es ihm bloß möglich, über all diese Widersprüchlichkeit nicht seinen Verstand zu verlieren?

In keinem Moment hatte der Heermeister ausgesehen wie der mächtige Krieger, den Alia gespürt hatte. Dieses mächtige Band verlieh ihm so viel Einfluss auf seine Soldaten, aber er schien sich selbst nicht im Geringsten darüber bewusst zu sein. Und wenn er es wäre? Wenn er diese Macht gezielt einsetzen könnte, was dann? Er wäre der mächtigste, manipulativste Anführer, den die Welt je gesehen hätte. Oh, solch ein Mensch könnte alles erreichen! Wie leicht könnte ein in seinen Idealen schwacher Mann diese Kraft missbrauchen! Für diese Art von Macht brauchte es einen Mann, dessen Überzeugungen vollkommen rein und ehrenhaft waren. War der Heermeister solch ein Mann? Er, der seine Emotionen stets so vehement kontrollieren musste, um nicht in die Gewalttätigkeit abzugleiten ...

Alia starrte ihn an, der nun Augenkontakt mit seiner Garde suchte, damit sie aufbrechen konnten. Sein Gesicht, seine Körperhaltung drückten nichts als Stolz aus, aber in seinen Augen lag eine unendlich große Bescheidenheit. Er hatte soeben hundertfünfzig Soldaten in einem uralten Ritual zusammengeführt, er hatte in seiner Rede ihre Gemeinsamkeit erneut beschworen, und das in einer Beherrschtheit, einer Hingabe an die gemeinsamen Ziele ... Es fiel schwer, darin eine Gefahr des Machtmissbrauches erkennen zu wollen. Diese Bescheidenheit, die Alia in seinen Augen las, war es schließlich, die sie ruhig werden ließ, und als sein Blick nun dem ihren begegnete, senkte sie in stiller Bewunderung den Kopf. Sie hoffte inständig, sich ihm nicht erneut offenbart zu haben, denn wenn sie es getan hatte, fehlte ihr jegliche Erinnerung daran.

Der Ritt dieses Tages war geprägt durch die Erzählungen seiner Leute, und Kian bemerkte, wie gut es ihm tat, dass sie einfach plauderten. Er ließ ihre Stimmen um sich herum perlen und wusste, niemand erwartete von ihm einen Redeanteil.

Das Ritual mit der siebten Garde durchzuführen hatte ihn ruhiger werden lassen. Er hatte sich in den letzten Wochen oft schuldig gefühlt, weil er seine Freiheit so sehr genossen hatte, seinen reduzierten Verantwortungsbereich, den Luxus der Gesellschaft seines ihm so freundschaftlich gesonnenen innersten Kreises und vor allem das weitgehende Fehlen von Kampf und Tod. Jetzt, nach dem Ritual, war es, als hätte er nicht nur die Soldaten in die Gemeinschaft neu eingeschworen, sondern ebenso sich selbst. Es erleichterte ihn, dass er, egal wie sehr er in manchen Momenten zweifelte, noch immer in der Lage war, zu fühlen, wo sein Platz war. Und dieser war genau hier, als erster Heermeister an der Spitze von zweitausend Soldaten.

Kian hörte Klatsch und Tratsch aus der Hauptstadt und aus den Reihen der Truppen, Neuigkeiten aus Roans Heimatdorf, alles Dinge, über die er sich für seine Soldaten freuen konnte. Und wahrlich, das tat er! Aber eine Neuigkeit ließ ihn lächeln, wie schon seit Langem nicht mehr. Sie füllte sein Herz mit so großem Glück, dass er am liebsten losgaloppiert wäre, um mit dem Wind um die Wette zu reiten.

Roan war derjenige gewesen, der es ihm gesagt hatte, und jeder einzelne seiner Garde hatte ihn angegrinst, ihm gratuliert und seine Freude geteilt. Sogar die Heilerin hatte ihm ihr Lächeln gezeigt, wenn sie auch den Rest ihres Gesichtes verborgen hielt.

Seine Schwester erwartete ein Kind. Seine kleine Schwester, Niara!

Kian wusste, das bedeutete Niara alles. Sie wollte keine Stellung bei Hofe, sie scherte sich nicht um die Thronfolge und hoffte noch immer inständig darauf, ihre Tante, die Königin, würde nach all den Fehlgeburten, die sie erlitten hatte, zu guter Letzt doch noch ein Kind austragen, um den Kelch an ihr vorbeigehen zu lassen. Alles, was Niara wollte und immer gewollt hatte, war mit ihrem Mann einen Hof zu führen, Tiere zu haben, eine Herberge zu unterhalten, aber vor allem Pferde zu züchten und fernab von der Hauptstadt unbehelligt ein ruhiges Leben mit ihrer Familie zu führen. All diese Träume hatte sie sich erfüllt, und Kian dachte mit Freude an die herrlichen Pferde, die auf ihrem Hof aufwuchsen. Das Kind, das sie nun erwartete, würde ihre Idee von einem guten Leben nun zu ihrem größten Glück vervollständigen.

Sie hatte sich schon als Mädchen in den Mann verliebt, dessen Frau sie jetzt war. Ihre Wahl war die ihres Herzens, nicht die diplomatische und machtbesessene Wahl, die ihr Vater für sie getroffen hatte. Sie hatte immer nur Ben geliebt, für sie war er der einzige Mann, der existierte. Nur ihm wollte sie angehören. Und sie hatte sich stur gegen ihren Vater gestellt mit der Drohung, sie würde für alle Zeiten ledig bleiben, wenn sie nicht Bens Frau werden könnte. Einem Aufschrei gleich war es durch das ganze Land gegangen, denn das bedeutete das Ende der Königsblutlinie, wenn Königin Nari nicht doch noch einen Thronfolger zur Welt brächte.

Kian war zu dieser Zeit weit weg im Osten gewesen und trotzdem hatte er gespannt verfolgt, ob es seiner Schwester gelingen würde, gegen ihren Vater zu bestehen. Ihre Briefe erreichten ihn mit großer Verspätung und sie waren zunächst sehr niederschmetternd. Als dann jedoch schließlich die Nachricht von ihrer Hochzeit kam, brachte diese Kian unendlich viel Freude. Natürlich spielte darin auch die Genugtuung, die er gegenüber seinem Vater und dessen Machenschaften empfand, eine Rolle, aber vor allem war er glücklich für Niara. Und obwohl er weit fort von ihr war, obwohl er wusste, er hätte dem Trauungszeremoniell ohnehin nicht als Familienmitglied beiwohnen dürfen, er hätte nicht mal eine Möglichkeit gehabt, sie in die Arme schließen zu können, so war der Tag ihrer Hochzeit doch einer der glücklichsten seines Lebens. Bedeutete er doch, dass zumindest ein Kind ihrer Familie das haben würde, was es sich erträumt hatte, und es war das Kind, das er am meisten liebte.

Kian hatte Niaras Mann Ben nur wenige Male getroffen, aber er hatte genug gesehen, um zu wissen, dass er seine Schwester glücklich machen konnte. Auch er bevorzugte ein einfaches Leben, er war auf eine kluge und angenehme Art sehr humorvoll und das war es, was er Niaras Sturkopf entgegenzusetzen hatte. Kian hatte oft im Stillen über sie beide gelacht, weil ihre Wortgefechte stets eine amüsante Art des Einander-Stichelns waren und jedes Wort im Grunde eine Liebeserklärung.

Er schätzte Ben nicht zuletzt deswegen, weil er einer der wenigen Menschen war, die das Inzani-Gesetz ignorierten. Einen anderen Mann hätte seine Schwester nie in Erwägung gezogen. Sie trug die Trauer in jeder Sekunde mit sich, wie ein schweres Gepäckstück. Trauer darüber, dass ihr die Möglichkeit genommen war, ein Leben zu führen, in dem ihr Bruder ein selbstverständlicher Teil sein durfte, und sie wollte in dem kleinen Kreis der ihr liebsten Menschen niemanden, der ihren Bruder ausgrenzte. Für sie war Kian unantastbar, und diese Stärke liebte er an ihr, so wie es auch ihr Mann tat.

Oh, sie beide waren für ihren Vater zum Albtraum geworden, dachte Kian bitter. Kinder eines Fürsten, der ehrgeizig so viel mit ihnen zu erreichen suchte und doch leer ausging. Eine Tochter, die zunächst verweigerte, an die Universität zu gehen, obwohl sie klug war und das Zeug dazu hatte. Eine Tochter, die stattdessen von den Landwirten in allen Fürstentümern zu lernen suchte. Eine, die die eingefädelte Vermählung mit einem der mächtigsten Fürstenhäuser des Landes verweigerte, um ihre große Liebe zu heiraten. Einen Mann, der nicht mal Fürstenblut führte, sondern lediglich aus einer angesehenen Kaufmannsfamilie stammte.

Und Kian? Der Sohn, der durch einen ach so bedauerlichen Unfall zum Inzani wurde und damit rechtmäßig kein Teil der Gesellschaft mehr war. Sein Vater hatte ihn fallen lassen und weggeworfen, wie ein Stück Abfall.

Kian war an diesen Gedanken gewöhnt und doch verletzte er ihn immer wieder neu. Er starrte vor sich auf das Land, das nun hügeliger wurde. Morgen würden sie das Albursgebirge erreichen, den weitaus angenehmsten und meistenteils sichersten Teil ihrer Reise. Reiche Jagdgründe, überschaubares Territorium und zahlreiche Höhlen, die sie vor Regen schützen würden. Danach folgte Feindesland. Fürstentümer, die sich bereits offen gegen den König gestellt hatten.

Er atmete tief durch. Er wollte kein verbitterter Mann sein, nein, er wollte sein Leben mit dem leben, was er hatte, einerlei, ob es ihm Schmerz brachte, es brachte ihm auch Glück. Das Glück Onkel werden zu dürfen, das Glück eine Schwester zu haben, die zu ihm stand, das Glück, eine Aufgabe zu haben in so vielem ...

Hinter ihm vernahm er das Gelächter Evans, der Ana damit aufgezogen hatte, dass sie roch wie eine Stinkwurz. So wie sie alle es taten, dachte Kian lächelnd. Nun, auch dem konnten sie im Gebirge Abhilfe schaffen. Es gab dort zahlreiche Wasserfälle, die an ihrem Fuß Becken unterschiedlicher Größen geschaffen hatten und die wundervoll klares Wasser führten. Manchmal sogar warmes Wasser aus einer der heißen Quellen auf den Gipfeln der Berge. Dort würden sie alle endlich baden und den Dreck und Gestank ihrer Reise gründlich abwaschen, so wie es die Heilerin bereits gestern getan hatte.

Kian drehte sich um, lächelte seine lachenden Soldaten an und ließ seinen Blick dann auf der Heilerin ruhen. Er fand sie schlafend auf ihrem Pferd vor, wie er es sich schon am Morgen gedacht hatte, aber dieses Mal war er nicht besorgt um sie. Und obgleich er wusste, er hatte ihr das angetan, so kam er doch nicht umhin, in sich hineinzugrinsen. Frauen von großer Sturheit schienen in seinem Leben keine Seltenheit zu sein und er konnte auf eine seltsame Art Ruhe in ihrer Rätselhaftigkeit finden.

Die Soldaten hatten ihren Heermeister mit der begeisterten Aufforderung auf die Jagd geschickt, er solle etwas Prächtiges von dort mitbringen, denn sie hatten schließlich etwas zu feiern. Ein neues Leben wollten sie feiern. Alia hatte im Gesicht dieses Mannes nie größeres Glück gesehen. In dem Moment, als Roan ihm mitteilte, seine Schwester erwarte ein Kind, hatte Alia fast mit Tränen der Freude in seinen Augen gerechnet, aber er hatte nur gelächelt. Ein Lächeln, das sein ganzes Gesicht umfasste und das ihr auch sein Band sanft zuwehte.

Was war das? Hatte sich ihre Gabe nun so vollends auf ihn ausgerichtet, dass sie jedes seiner starken Gefühle spüren konnte? Es verwirrte sie zutiefst, denn sie hatte in den letzten Tagen selbst gespürt, ihn etwas besser kennengelernt zu haben, aber seine Gefühle mit ihm zu teilen war etwas vollkommen anderes. Und sie konnte sich seinem Band nicht verweigern, wie sie die Berührungen anderer verweigerte. Sie konnte sein Band nicht zurückweisen, auch wenn sie es noch so sehr gewollt hätte.

Hatte ihre Gabe sich etwa verändert? Hatte ihre neu gewonnene Freiheit und die Entfernung zum Diktat der Jidari etwas in ihr freigesetzt, das ihre Gabe verstärkte? Oder war es der Heermeister, der seinerseits eine Gabe hatte, die jedoch nur sie in der Lage war zu spüren? Der einzige Weg dies herauszufinden, erschien ihr die Berührung eines anderen Menschen zu sein. Nur so konnte sie überprüfen, ob ihre Gabe noch immer dieselbe Beschaffenheit hatte, die sie ihr ganzes Leben gekannt hatte, und sie atmete fast erleichtert auf, als Evan sich beim Schärfen von Anas Schwert in die Hand schnitt.

„Darf ich nachsehen?", bot sie ihm unumwunden an.

Evan nickte und entfernte das Tuch, das er sofort auf den Schnitt gepresst hatte. Alia nahm sanft seine Finger zur Seite und berührte mit der anderen Hand die Wunde. Erleichterung machte sich in ihrem Herzen breit, denn was die Gabe ihr zeigte, war so vertraut, so sehr sie selbst wie in allen Zeiten vorher.

„Es ist kein tiefer Schnitt", beschwichtigte sie Evan und war sich nicht sicher, ob ihre beruhigende Stimme nicht ebenso ihr selbst galt. „Presst dieses Tuch noch einen Moment darauf, ich reibe etwas Heilpaste hinein, wenn die Blutung gestillt ist!"

„Danke, Heilerin!", nickte Evan freundlich, hielt jedoch nicht lange still, sondern schärfte bald schon wieder weiter an der Klinge, die er zuvor bearbeitet hatte.

Alia versorgte seine Wunde und sank dann auf ihrem Fell auf die Knie. Sie war noch immer schrecklich müde und noch mehr fraßen die Ereignisse dieses Tages an ihr. Sie wollte allein sein, unbedingt. Sie konnte heute Abend nicht länger die Gegenwart des Heermeisters ertragen. Die Macht seines Bandes, das wiederholt in sie eingedrungen war, ermüdete und beunruhigte sie mehr und mehr, und doch hatte sie keine Kraft sich noch einen Zentimeter zu bewegen.

Ana setzte sich zu ihr und reichte ihr einen Becher von Roans wunderbarem Tee.

„Danke!", sagte Alia lediglich, aber schon der erste Schluck Tee auf ihrer Zunge weckte sie aus ihrer Starre.

„Ihr seht müde aus, Heilerin", bemerkte Ana, trank einen Schluck Tee und sah dann in das Feuer.

Alia atmete ein, wollte etwas sagen, nickte dann jedoch lediglich. Sie wusste nicht, was sie Ana erklären sollte. Dass sie nicht geschlafen hatte, weil sie nicht ertragen konnte, dass der Heermeister behandelt worden war wie ein Tier? Dass sie sich schuldig fühlte? Dass sie dieses Inzani-Gesetz niemals verstehen würde? All das war zu viel ...

„Ich wollte Euch um einen Gefallen bitten!", begann Ana nun, griff hinter ihrem Rücken nach ihrem wunderschönen Zopf und hielt Alia die Spitze entgegen. „Würdet Ihr meine Haare schneiden,

Heilerin? Es wäre eine Erleichterung für mich, wenn Ihr es tätet, denn, unter uns gesagt, ich vertraue den Männern darin nicht."

Alia lächelte und wandte sich schnell an die Soldatin: „Das tue ich gerne, Ana!"

Und mit einem *„Wartet, ich hole meine Schere!"*, sprang sie auf, lief zu ihrem Pferd und nahm ihm nun endlich ihre Reisebeutel ab. Sie kehrte zu Ana zurück, die bereits begonnen hatte ihren Zopf zu lösen.

„Habt Ihr einen Kamm, Heilerin?"

„Leider nicht."

Bei dieser Antwort sah Ana sie für einen Moment prüfend an, als überlegte sie, wie wohl die Beschaffenheit von Alias Haaren sein würde, die sie nie gesehen hatte. Alia nahm auch die periphere Sicht vom Blick der Soldatin. Niemand konnte wissen, dass ihre Haare lang waren, dunkelrot und mit Locken von überquellender Wildheit. Es machte sie plötzlich traurig, dass sie sich selbst nicht zeigen durfte. Zumindest die Teile ihres Körpers, die vorzeigbar waren, und ihre Haare waren es ganz sicher.

„Wartet, Roan hat einen kleinen Kamm für seinen Bart, der muss uns genügen!", fiel Ana nun ein und sie ging hinüber zu dem alten Soldaten, der ihr nach einer kleinen Diskussion den Kamm aushändigte. Sie kehrte zu Alia zurück, reichte ihr den einfachen Holzkamm und hockte sich vor sie. Alia begann vorsichtig den Zopf der Soldatin vollständig mit den Fingern zu entwirren, bevor sie ihre Haare in einzelne Partien kämmte, sehr darum bemüht, Ana nicht direkt zu berühren.

„Es gibt viele Frauen unter den Soldaten", stellte sie ruhig fest.

„Ja, die Truppen zählen etwa zweitausend Soldaten und etwa vierhundert davon sind Frauen. Wundert Euch das?"

„Ein wenig! Was mag Frauen dazu bewegen, diesen Beruf zu ergreifen?"

„Eure Frage ist leicht zu beantworten, Heilerin. Es gibt keinen anderen Beruf, in dem eine Frau einen so guten Verdienst erzielen kann!"

„Seid Ihr deshalb Soldatin geworden?"

„Nein, nicht deshalb." Ana schüttelte langsam den Kopf.

„Entschuldigt, ich wollte Euch nicht zu nahe treten!“, erwiderte Alia schnell und kämmte nun Anas Haare von den Wurzeln hinunter zu den Spitzen.

„Ihr tretet mir nicht zu nahe, Heilerin“, beschwichtigte diese nun. „Ich wählte diesen Beruf, weil ich schon als Mädchen immer wieder von einem Inzani-Soldaten hörte, der es fertiggebracht hatte, fast fünfzig Soldaten aus einem aussichtslosen Kampf herauszuführen, nachdem die meisten, unter anderem sein Hauptmann, bereits gefallen waren. Er hat nicht einen der übrig gebliebenen Soldaten verloren und sie aus dem Schlachtfeld hinaus in die Sicherheit gekämpft. Diesem Mann wollte ich dienen!“

Alia schwieg und ihre Betroffenheit wich einer Gewissheit. Dieser Soldat war Heermeister Dogul gewesen.

„Mein Bruder ist ein Inzani. Er ist ohne Gehör geboren. Mir ist das als Kind gar nicht aufgefallen. Unsere Zeichensprache schien einfach eine Fremdsprache für andere zu sein. Bis ich bemerkte, wie er von anderen behandelt wurde, und auch meine Eltern, weil sie ihn bei sich behielten. Weil sie in Liebe an unserer Familie festhielten, einerlei von welcher Beschaffenheit ihre Mitglieder waren!“

Ana schwieg einen Augenblick, dann sprach sie sehr bestimmt weiter: „Heilerin, ich spucke auf das Inzani-Gesetz und das tut jeder von uns hier. Es ist das größte Unrecht, das unser Land kennt, und unter Heermeister Dogul zu kämpfen ist mir die größte Ehre. Es ist meine Art des Protestes gegen dieses verfluchte Gesetz, das so viel Unglück über alle Menschen bringt, die es betrifft!“

Sie schwiegen zusammen und Anas Worte schienen in ihnen nachzuhallen. Alia war fast erleichtert, dass sie nicht die Einzige in dieser ihr so fremden Welt war, der das Inzani-Gesetz als der Irrsinn erschien, der es war, und sie fühlte ihre Sympathie für Ana in sich nun umso mehr wachsen.

„Wie viel soll ich abschneiden?“, fragte sie dann in die Stille.

Ana drehte sich zu ihr, und Alia hob den Kopf. Sie traf Anas Augen mit ihren. Sie zeigte Ana ihr Antlitz. Sie konnte sich keinen passenderen Moment denken, dies zu tun, würde ihr Gesicht doch so viel mehr zeigen, als sie jetzt mit Worten auszudrücken vermochte. Ana sah sie eine Weile still an, lächelte dann mit einem Nicken. Sie hatte verstanden.

Jetzt kehrte der Heermeister mit einem Berglöwen in ihr Lager zurück, und Alia sah in der peripheren Sicht, dass er diesen Moment zwischen ihr und seiner Soldatin bemerkt hatte, denn auch er lächelte und wandte sich dann dem allgemeinen Jubel über seine Jagdbeute zu.

„Etwa zwei Hand breit!“, sagte Ana nun und drehte sich auf Alias Nicken wieder herum, um ebenfalls die Jagd ihres Heermeisters zu loben.

Kapitel 10

Kian hielt den Pfeil bereit zum Abschuss, die Bergziegenherde direkt vor sich, als ein großer Schatten über ihn hinwegstrich. Sofort stoben die Ziegen laut meckernd auseinander, und Kian wandte seinen Oberkörper mit noch immer gespanntem Bogen dem Wesen über sich zu. Ein Bergalk kreiste vor dem hellen Einzelmond gefährlich nah an Kians Versteck, ein riesiger Vogel mit einer Flügelspanne von mindestens zwei Körperlängen. Er schien verärgert, wahrscheinlich darüber, dass ihm seine Beute entwischt war, und stieß erneut auf eine flüchtende Ziege herab, verfehlte sie jedoch weit. Kian wusste nicht, ob diese Vögel genießbar waren, und ließ ihn deshalb ziehen.

Es war bereits nahe der Mitternacht. Kian atmete durch, verstaute seinen Bogen und entspannte seine Glieder. Es war gut für heute, und die vier Kaninchen an seinem Sattel sollten ohnehin für ihr Frühstück reichen. Er entschied, zum Lager zurückzukehren, konnte sich jedoch nicht recht entschließen und wieder bemerkte er, wie er fast schon reflexartig versuchte, der Heilerin aus dem Weg zu gehen. Er hatte sie vor etwa zwei Stunden aus der Höhle ihres Nachtlagers treten sehen und war nicht sicher, ob sie dort bereits wieder angelangt war und schlief.

Seit sie die siebte Garde verlassen hatten, hatte die Heilerin ganz offensichtlich seine Gesellschaft gemieden. Zudem hatte er bemerkt, wie sie sich ihm gegenüber strikt an ihren Kodex hielt, während sie seinen Soldaten um einiges freier entgegentrat, als sie es je getan hatte. Vor zwei Nächten hatte sie sich sogar Ana offenbart, und die beiden Frauen hatten sich lange in die Augen geblickt, während die Heilerin ein gutes Stück von Anas herrlichem Haar geschnitten hatte. Seitdem schien es eine neuartige Nähe zwischen ihnen zu geben, die Kian mit einer ruhigen Freude zur Kenntnis nahm.

Aber warum hielt sie sich von ihm fern? Damals, im Stall der Herberge, war sie ihm so offen begegnet und auch er hatte sich ihr gegenüber geöffnet, wie niemals zuvor in der Gegenwart eines anderen Menschen. Ja, er hatte sie vor den Kopf gestoßen, als er insistierte, sie sei diejenige, die etwas über das Band zu berichten hätte. Ihm war klarer als zuvor, dass es ihr tatsächlich nicht erlaubt war, ihre Heilgeheimnisse mit wem auch immer zu teilen, aber sie hatten dieses Gespräch doch schließlich zu einem Ende geführt, das Kian noch immer so tief berührte. Er hatte ihr Versprechen, auch wenn er es nie einlösen würde!

Warum also mied sie ihn nun? Das alles weckte in Kian die uralte Bitterkeit seines Inzani-Daseins, und er konnte sich selbst noch tausendmal versichern, dass die Heilerin keine Vorbehalte gegenüber seines Körpers hatte, es gelang ihm trotzdem nicht, diese Gefühle abzuschütteln.

Resigniert wendete er schließlich die Stute, wollte sie bereits vorantreiben, um das Buschwerk zu verlassen, als er nahezu in die Heilerin hineinritt. Sie rief erschrocken auf, und auch Kian setzte der Herzschlag einen Moment aus.

„Entschuldigt, Heilerin! Ich konnte nicht ahnen, dass Ihr hier seid!“, beteuerte er sofort und zügelte die Stute, die ebenso erschrocken war wie er.

„Bei den Monden, Ihr seid ein stiller Jäger! Ich begreife kaum, dass ich Euch nicht gehört habe. *Ich* muss mich entschuldigen!“, kam es augenblicklich von ihr zurück.

Kian spürte ihre Verwunderung darüber, ihn nicht gehört zu haben, sehr deutlich. Er vermutete schon eine ganze Weile, dass ihre Sinne sehr scharf waren. Nun stand sie hier vor ihm, blickte angestrengt in den Himmel, und Kian bemerkte an ihr wieder diese merkwürdige Sturheit, die er immer mehr an ihr mochte.

„Was tut Ihr hier?“, fragte er sie amüsiert.

„Habt Ihr den Bergalk gesehen?“

Kian nickte. „Ein riesiges Tier. Er hat die Bergziegen in die Flucht geschlagen, auf die ich angelegt hatte.“

„Er hat ein Nest hier", nickte die Heilerin nun. „Die Ziegen haben ihn gestört. Diese Vögel brüten am Boden."

„Das wusste ich nicht, Heilerin!" Dann grinste Kian. „Dann war er demnach eine Sie!"

„Eine sehr wütende Sie!", pflichtete die Heilerin bei.

Kian lächelte auf sie herab. Es tat ihm gut, wieder dieses Schelmische in ihrer Stimme hören zu dürfen. „Wolltet Ihr sie auf unseren Speiseplan setzen?"

„Nein, nur zusehen, wie sie ihre Küken versorgt. Ich habe ihr Nest entdeckt, als wir hier eintrafen!" Diese Information kam nur widerwillig über ihre Lippen, so schien es.

„Warum habt Ihr nichts gesagt, Heilerin? Ich hätte mir einen anderen Jagdplatz gesucht!", fragte Kian nun ein wenig bestürzt, denn er hatte ihr auf gar keinen Fall dabei in die Quere kommen wollen, wenn sie etwas schlicht zu ihrem Vergnügen tat. Aber ihre Antwort verletzte ihn.

„Ich bin nicht befugt, Euch Anweisungen zu geben", informierte sie ihn zurückgenommen und all ihre Offenheit war dahin.

Kian verärgerten ihre Worte sehr. Was musste er nur tun, um dieser Frau klarzumachen, dass er keine ranghöhere Person war, sondern lediglich jemand, der aus beruflichem Anlass für ihre Sicherheit zu sorgen hatte? Dort, wo er herkam, stünde die Heilerin gesellschaftlich ohnehin endlos weit über ihm. Also, was sollte das alles immer und immer wieder? Kian schien die Gestalt ihrer Gespräche stets ein sich Nähern und Voneinander-Wegstoßen zu sein. Als ob sie beide immerfort an den Vorbehalten festhalten würden, die sie gegeneinander gefasst hatten, und wahrlich nicht zum ersten Mal spürte er ihre Angst.

„Es hätte keine Anweisung sein müssen, Heilerin! Ein Hinweis hätte genügt!", antwortete Kian und erschrak selber darüber, wie kalt seine Stimme klang. Er sah die Heilerin den Kopf senken.

„Glaubt Ihr, wir haben die Vogelmutter zu sehr gestört, als dass Ihr Eure Beobachtung fortsetzen könnt?", fragte er sie dann, um seine vorangegangene Unterkühltheit abzuschwächen, aber die Heilerin reagierte darauf lediglich mit einem Nicken.

„Ich reite ins Lager zurück. Begleitet Ihr mich?"

Die Heilerin nickte erneut, und sie machten sich still auf den Weg durch die Nacht. Kian lauschte nach den Geräuschen seiner Umgebung, eine Gewohnheit, die ihm unter anderen Umständen große innere Ruhe brachte, aber in diesem Moment nahm er nur wahr, dass er die Heilerin nicht hören konnte. Wenn er von ihr wegsah, konnte er ihre Gegenwart nicht erfassen. Er sah sie erstaunt an. Warum war ihm das nie aufgefallen? Warum hatte er nie registriert, dass sie sich derart lautlos bewegte? Fast wie ein Tier in Gefahr oder wie ein Raubtier, das sich an seine Beute schleicht. Plötzlich hatte er wieder ihre erste Begegnung vor Augen und ihre schnellen, geschmeidigen Bewegungen. Auch damals hatte er an ein Tier denken müssen.

„Ihr habt davon gesprochen, dass unsere Reise nicht immer so gefahrlos bleiben wird, Heermeister", riss ihn ihre Stimme aus seinen Gedanken.

„Ja, das habe ich!"

„Wann wird das sein?"

„In etwa fünf Tagen betreten wir sogenanntes Feindesland. Das Trang-Fürstentum gehört offiziell nicht länger zum Königreich. Wir werden dann für einige Tage im Schutz der Dunkelheit reisen und uns tagsüber verbergen, was hier im Gebirge sehr leicht ist. Danach treffen wir auf die dritte Garde!", erklärte er und hielt bewusst weitere Informationen zurück.

Er sah sie lediglich nicken und es war gut, dass sie keine weiteren Fragen hatte. Sie musste nicht wissen, dass Fürst Trang eine eigene Armee von geschätzt hundert Soldaten beschäftigte, als eine Drohung an die Truppen des Königs, sein Territorium zu wahren. Gleichzeitig nahm er weiter an den Gesprächen der Fürsten teil. Es war ein sehr schmaler Pfad, den er damit beschritt, und Kian hatte vor ihrem Aufbruch in den Norden im Grunde täglich damit gerechnet, einen Angriffsbefehl zu erhalten. Vielleicht war dieser Befehl längst ergangen. Turon hatte versichert, das Bergland sei ohne Kampfaktivitäten geblieben, aber das konnte sich in der unklaren Situation, in der sie sich befanden, binnen Stunden geändert haben.

Kian konnte sich auf den Pakt berufen, der es einer nichtmilitärischen Mission erlaubte zu passieren, aber konnte dies überhaupt eine nichtmilitärische Mission sein? War nicht alles, das er tat, automatisch militärischer Natur? Zudem war nicht klar, ob der Pakt überhaupt noch in Kraft war. Nun, er musste warten, bis sie Kontakt zur dritten Garde hatten, um diese Fragen klären zu können. Zu dumm nur, dass sie ohne diese Klarheit durch Trangs Territorium reisen mussten.

Kian fühlte den starken Wunsch, der Heilerin zumindest die Angst nehmen zu können. „Seid nicht besorgt, Heilerin", sagte er deshalb ruhig.

„Seid Ihr es?"

Kian war überrascht von ihrer Frage und zudem von der Weichheit, die plötzlich in ihrer Stimme lag, und er lächelte auf sie herab. „Nein!", antwortete er ehrlich.

Die Heilerin warf ihm einen kurzen, direkten Blick zu und in der Dunkelheit erschien ihm ihr Gesicht unscharf, aber er fühlte große Erleichterung darin, es sehen zu dürfen für diesen Moment. Es war, als ob sie mit eigenen Augen in seinem Gesicht nach der Wahrhaftigkeit seiner Worte suchen würde. Sie schien zu finden, was sie suchte, nickte kurz, senkte dann erneut den Kopf und in einem angenehmen Schweigen legten sie den verbleibenden Weg ins Nachtlager zurück. Sie brauchte nicht zu ahnen, dass Kian kaum Angst um seine eigene Person kannte, dafür hatte er zu lange Zeit damit verbracht, sein Dasein beenden zu wollen.

Der Heermeister hatte ihr versichert, er sei nicht beunruhigt über den weiteren Verlauf ihrer Reise, und Alia konnte ihm nur Glauben schenken, denn sie würde wissen, wenn er log. Das wurde ihr im Moment seiner Worte überwältigend klar bewusst.

Wenn es etwas gab, das starke Gefühle in ihm auslöste, dann würde sie es spüren. Es gab für ihn keine Möglichkeit mehr, sich vor ihr zu verbergen, und er wusste es nicht mal. Das alles war derart absurd, dass Alia kaum noch die Kraft fand, darüber nachzudenken. Sie fragte nicht mehr nach dem *Wie* und *Warum* ihrer rätselhaften Verbindung zu ihm. Sie verdrängte die Schuldgefühle, die sich in ihr auftürmten, weil sie ohne Erlaubnis das Vertrauen des Heermeisters in ihren Händen hielt, das er ihr nie selbst geschenkt hätte.

Die letzten Tage waren die angenehmsten ihrer ganzen bisherigen Reise gewesen. Die Kälte war einem feuchten, jedoch angenehmen Klima gewichen. Sie bewegten sich durch endlose Täler, die umrahmt waren von zerklüfteten Felsen, auf deren Gipfeln noch immer Schnee lag. Hier und da öffneten sich die Täler weit und boten Platz für Dörfer, deren Bewohner schweigsame, jedoch freundliche Menschen zu sein schienen, wenn die Soldaten auch keinen Kontakt zu ihnen pflegten. Roan kaufte auf einem Markt einige Lebensmittel, aber außerhalb dessen gab es keine Kommunikation mit dem Bergvolk.

Alia konnte nur mutmaßen, warum die Soldaten die Gesellschaft der Menschen hier mieden. Ana hatte ihr erklärt, dass sie weitestgehend inkognito durch das Gebirge ziehen wollten, da sie sich nah dem Feindesland befanden. Das erschien Alia sehr umsichtig, aber sie bemerkte auch, wie Menschen, die den Heermeister erkannten, auf ihn reagierten, und sie verstand, dass die Soldaten alles tun würden, um ihn zu bewahren, auch wenn er sich stoisch zeigte.

Einmal war sie mit einer Hand voll köstlicher Rüben von einem ihrer Streifzüge zurückgekehrt und spürte das Gespräch der Soldaten in dem Moment abrupt verstummen, in dem sie das Lager betrat. Sie hatte jedoch schon von Weitem gehört, was die Natur dieses Gespräches gewesen war. Der Heermeister hatte vorgeschlagen, sie alle könnten eine Nacht in einer Herberge verbringen. Es war Empörung, die ihm von allen Seiten entgegenschlug, und Evan hatte herausfordernd gefragt, ob das sein Befehl war, denn wenn nicht, so kenne er ihre Antwort! Der Heermeister war noch immer besorgt um Alias Komfort, so viel hatte sie verstanden, aber nach Evans Worten hatte er geschwiegen.

Als sie das Lager betrat, tat Alia so, als hätte sie nichts bemerkt, aber sie war verärgert. Sie würde keinen Zentimeter von ihrer Aussage im Stall der letzten Herberge weichen. Sie würde keine Herberge mehr betreten, wenn der Heermeister dabei war. Hatte er das nicht begriffen?

Die Vegetation war jeden Tag üppiger geworden. Von Weitem hatte sie sogar eine Wiese mit leuchtend weißen *alia*-Blüten gesehen. Die Pflanze, deren Namen sie trug und deren Trank glückliche

Gefühle wecken konnte. Der Anblick machte sie traurig. Alia war ein viel zu guter Name für ein Wesen, wie sie es war. Wer hatte ihn ihr gegeben? Die Frau, die sie ins Jidari-Kloster gebracht hatte und deren Identität ihr nie offenbart worden war?

Alia sah jedoch zum ersten Mal in ihrem Leben Pflanzen, die sie bislang nur aus Büchern oder als fertige Heilmittel gekannt hatte. Sie verbrachte lange Stunden wie in einem Rausch damit, diese Pflanzen zu ernten und sie zu verarbeiten. Wenn sie geeignete Kräuter fand, tat es ihr gut, Tee für die Soldaten zu bereiten, konnte sie doch auf diese Weise ihren Teil zu ihrer Reise beitragen.

Eines Abends bat Roan, sie begleiten zu dürfen. Er wolle mehr über das Auffinden von essbaren Gemüsepflanzen erfahren, erklärte er ihr freundlich, und so hatten sie bis fast in die Dunkelheit hinein über Blattformen, Wurzeln und Früchte gesprochen. Alia fand in ihm einen aufmerksamen Zuhörer und gelehrigen Schüler. Roan stellte sich schließlich auf, nachdem Alia ihm die Kohlpflanze erklärt hatte, vor der sie knieten, und rief aus, wie herrlich es sei, dass er nun dank Alias Hilfe ihr karges Mahl in etwas Extravaganteres verzaubern konnte. Alia versicherte ihm inständig, seine Mahlzeiten wären nicht im Mindesten karg. Sie selbst fände großen Gefallen an ihnen.

„Ich weiß, Heilerin! Ihr liebt meine Speisen und Ihr esst stets große Portionen, aber jeder andere hier wartet sehnsüchtig auf die reichen Tafeln bei unserer Rückkehr, glaubt mir!"

Alia lächelte. Sie konnte sich keine reichere Mahlzeit vorstellen, aber das musste Roan nicht wissen. Sie fühlte sich ohnehin stets unwissend und hatte nicht die geringste Ahnung, was sie erwartete, wenn es um die Hauptstadt ging.

Dann hatte es eine Rast an einem warmen Wasserfall gegeben. Zunächst waren die Männer hinter den Felsen im klaren Wasser verschwunden, dann forderte Ana Alia auf, es wäre nun Zeit für sie beide ein Bad zu nehmen, aber Alia hatte sich schüchtern verweigert. Es war ihr unmöglich, sich vor Ana zu entkleiden, und sie atmete auf, als diese sich bei ihr entschuldigte und beteuerte, sie würde von Zeit zu Zeit vergessen, dass Alia eine Jidari war. Alia konnte nur nicken. Besser für eine prüde Nonne gehalten zu werden, als ihr fremdes Wesen zu offenbaren. Was würde Ana von ihr denken, wenn sie wüsste ... Alia mochte es sich nicht einmal vorstellen.

Sie wusch endlich ihr Kleid, legte ihr zweites Gewand zurecht und badete im Schutz und der Einsamkeit der mondlosen Nacht. Sie war jedoch nicht die Einzige, die die Dunkelheit nutzte. Der Heermeister verfuhr ebenso, nur einige Stunden nach ihr. Auch er verbarg seinen Körper, und das machte Alia traurig, denn sie hatte ihn in den vergangenen Tagen einige Male ohne Mantel gesehen. Sie hatte gesehen, wie sich sein kraftvoller Körper unter seinem gewebten Hemd bewegte, und das hatte ihr fast den Atem geraubt. Dieser Mann, der, genau wie sie, meinte sich verstecken zu müssen, war von unglaublichem Bau.

Die Tage vergingen in gelassener Stimmung, nur auf den heutigen Tag hatte sich die ausgesprochene Last gelegt, denn es würde der letzte Tag sein, den sie reisend verbrachten. Heute Abend würden sie nach ihrer Mahlzeit weiterziehen und erst kurz vor Sonnenaufgang ein Lager für den Tag suchen. Das feindliche Fürstentum lag nun direkt vor ihnen.

Alia durchforschte die Gesichter der Soldaten um sie herum. Sie sah Zweifel und die Gespanntheit ihrer Nerven, jedoch keine Furcht, also versuchte auch sie, ihre Angst zurückzudrängen. Der Heermeister führte ihre Gruppe mit der für ihn üblichen freundlichen Autorität, und als sie einen Platz für ihr Feuer fanden, beobachtete er konzentriert die Handlungen seiner Soldaten. Alia erwartete, er würde sich bald abwenden, um auf die Jagd zu gehen, doch stattdessen näherte er sich ihr.

„Heilerin Alienne, würdet Ihr mir die Ehre erweisen und mich auf meiner Jagd begleiten?"

Alia erstarrte. Wieder verhielt er sich ihr gegenüber so, als sei es ihre freie Wahl, sein Gesuch anzunehmen oder abzulehnen, ganz nach ihrem Wunsch. Sie war ein solches Gebaren nicht gewohnt. Sie wusste nicht, wie sie sich verhalten sollte. Wollte sie mit ihm jagen? Sie nickte schließlich, bestieg wortlos ihr Pferd und schulterte Bogen und Köcher. Sie würde sich zumindest nicht vor ihm blamieren, dafür kannte sie sich zu gut aus mit dieser Art der Jagd.

Sie ritten still in den Abend. Alia hatte eine Gruppe Murons gesehen, bevor sie ihr Lager aufgeschlagen hatten. Die Tiere hatten sich etwas oberhalb der Baumgrenze aufgehalten, aber das konnte sie dem Heermeister nicht mitteilen, ohne ihm erneut einen Hinweis auf ihre bessere Sicht zu geben. Deshalb schwieg sie weiter, bis sie die Tiere nun weiter unten und in ihrer Nähe wahrnehmen konnte. Sie wandte sich an den Heermeister und wies mit ihrem ausgestreckten Arm in Richtung der Gruppe.

„Murons!“, flüsterte sie.

Kian nickte und starrte angestrengt in die Richtung, die die Heilerin ihm wies. Wieso nur hatte er den Eindruck, sie hätte die Tiere längst vor ihm erblickt und sie bereits die ganze Zeit beobachtet? Sie verfügte über eine bessere Sicht als jeder andere, den er jemals erlebt hatte, und selbst Mino konnte sich nicht mit ihr messen. Dies konnte ein Vorteil sein in den bevorstehenden Nächten ihrer Reise, jedoch wollte Kian die Heilerin nicht gern mit Aufgaben betrauen, die die seinen waren.

„Sind diese Tiere essbar?“, fragte er leise.

„Ihr Fleisch ähnelt dem von Schafen!“, nickte die Heilerin, und Kian sah, wie ihr Körper sich spannte.

Sie beide schienen im selben Moment die Windverhältnisse zu überprüfen und ihre Bögen bereit zu machen, was Kian grinsen ließ. Die Heilerin schien ebenfalls darüber zu lächeln, aber sie führte ihr Pferd konzentriert in Richtung ihrer Beute. Stille Jäger waren sie, beide!

Als sie in Schussweite waren, blieb Kian eine Nuance hinter der Heilerin zurück. Er wollte ihr den Vortritt des ersten Schusses lassen, wie es ihm der Anstand eines Jägers gegenüber seinem Gast gebot. Die Heilerin legte ruhig einen Pfeil ein und spannte. Sie suchte sich offensichtlich das Tier, das am weitesten von der Gruppe entfernt stand, um ihm die Chance auf seinen eigenen Schuss zu lassen, ohne dass die Herde zu sehr in Panik geriet, weil eines der Tiere in ihrer Mitte getroffen wurde. Kian beeindruckte diese Art der gemeinsamen Jagd sehr, die sie hier zu inszenieren schien.

Ihr Pfeil traf das Tier direkt ins Herz. Eine unglaubliche Bogenschützin war sie, und Kian hätte keine Wette abschließen wollen, wer von ihnen beiden kunstfertiger mit dem Bogen umgehen konnte. Einen Augenblick später ließ auch er seinen Pfeil an ihr vorbeisirren und sah ihn sein Ziel ebenso treffsicher finden. Einen Moment hielten sie beide inne und sahen der fliehenden Herde nach. Seltsame kleine Geschöpfe waren das, nur etwa kniehoch, ähnlich den Bergböcken, die es hier gab, jedoch von gedrungenerer Gestalt, ohne Gehörn und fast bar jeden Fells.

„Eine gute Jagd, Heilerin! Ihr seid eine vortreffliche Bogenschützin!", lobte Kian und vernahm selbst die Bewunderung in seiner Stimme.

Die Heilerin ließ ihn ihre Reaktion nicht sehen. Stattdessen flüsterte sie ein *„Danke, Heermeister!"*, ritt auf ihre Beute zu, sprang vom Pferd und entfernte ihren Pfeil aus der Brust des Murons. Danach wollte sie dies mit seiner Beute wiederholen, er jedoch unterbrach ihr Vorhaben schlicht mit den Worten: „Nein, lasst!"

Er ritt heran, beugte sich weit über die Flanke seines Pferdes, fasste den Pfeil und zog daran das Tier vor sich auf den Sattel. Die ganze Zeit spürte er den Blick der Heilerin interessiert auf sich ruhen.

„Euer Pfeil ist aus einem sehr starken Holz, dass Ihr das tun könnt, ohne ihn zu zerbrechen!", bemerkte sie nun und stand völlig still vor ihm.

Kian schüttelte den Kopf. „Es ist das Holz des Palisander-Baumes. Der Bogenmacher hat es auf irgendeine Weise mit einem speziellen Harz getränkt und verstärkt, aber er wollte sein Geheimnis nicht mit mir teilen. Nun weiß ich also nichts über meine Waffe, und mir bleibt nur, mich daran zu erfreuen, wie wunderbar sie funktioniert!", sprach er lächelnd und ritt dann weiter zur Beute der Heilerin. „Kommt!"

Wieder beugte er sich weit hinunter und wies sie an, ihm eines der Beine des Murons zu reichen. Die Heilerin befolgte seine Aufforderung, sprang dann in unfassbarer Geschwindigkeit auf ihr Pferd, um ihm das Muron abzunehmen, woraufhin Kian sie ungläubig mit zusammengekniffenen Augen ansah.

„Glaubt Ihr, der Name dieser Tiere kommt von dem alten Wort *moron*?“, fragte sie nun und legte das Tier vor sich zurecht.

Kian lachte auf. „Nun, mir kamen diese Tiere nie bemerkenswert klug vor, und das ist es doch, was dieses alte Wort bedeutet! Was meint Ihr?“

Die Heilerin zuckte die Achseln, und Kian konnte das amüsierte Lächeln unter ihrer Kapuze erkennen. Sie machten kehrt, um ins Lager zurückzukehren, und Kian wusste, das war der Moment, in dem er ihr seine Instruktion für die nächtlichen Reisen geben sollte, aber er brachte es kaum übers Herz, ihre Stimmung damit zu vergiften. Trotzdem atmete er durch. Es musste jetzt sein.

„Heilerin, in den frühen Morgenstunden erreichen wir das Territorium von Fürst Trang. Von dem Augenblick unseres heutigen Aufbruches an und während der gesamten Passage durch dieses Fürstentum, muss ich Euch bitten, permanent an meiner Seite zu reiten, damit ich Eure Sicherheit gewährleisten kann!“, begann er und warf ihr dann einen flehenden Blick zu. „Und bitte fragt mich nicht wieder, warum ich es Euch nicht einfach befehle!“

Der Kopf der Heilerin fuhr erschrocken zu ihm um, und ein Schweigen breitete sich zwischen ihnen aus, das Kian nicht einzuordnen wusste.

„Entschuldigt!“, sagte er schließlich und hörte selbst die Müdigkeit in seiner Stimme, weil sie sich immer und immer wieder um dasselbe Thema bewegen mussten.

„Ich werde an Eurer Seite reiten, Heermeister Dogul!“, versicherte sie ihm daraufhin und klang dabei selbst ebenso erschöpft.

Kian nickte und trieb dann die Stute schneller in Richtung ihres Lagers. Er wollte sie aus seiner Gegenwart entlassen, denn das schien es ihm zu sein, was die Heilerin bei allem Respekt vor ihm am dringlichsten wollte.

Drittes Buch

Kampf

Kapitel 11

Hatte Alia bei ihrer ersten Begegnung mit diesen Soldaten auch versäumt, sie kämpfen zu sehen, heute sah sie es. Es war nur kurz vor Aufgang der Sonne, als Mino plötzlich die Hand erhob und die Reisegruppe innehalten ließ. Auch Alia hatte die sich bewegenden Schatten in der Senke vor ihnen bemerkt und sie wandte sich schnell dem Heermeister zu, der direkt zu ihrer Linken ritt. Er jedoch hatte längst begonnen zu handeln, und von da an ging alles sehr schnell.

Evan wurde mit Mino an die Spitze der Gruppe beordert, Ana nahm einen Platz an Alias rechter Seite ein, und was dann geschah, ließ Alia das Atmen für einen Moment vergessen. Der Heermeister rief Roan an seine linke Seite, kreuzte mit geöffneten und nach oben gewandten Händen seine Arme vor der Brust und senkte tief seinen Kopf vor dem alten Soldaten. Die Augen aller lagen für einen Moment auf dieser Szene und niemand schien nun mehr zu atmen. Schließlich nickte Roan, legte seinem Heermeister die Hand auf die Schulter und drückte sie freundschaftlich, während ein unverkennbar trauriger Zug sein Gesicht verdunkelte. Der Heermeister sah ihm für einen Sekundenbruchteil in die Augen, dann gab er den Befehl zum Aufbruch.

Alia hatte keine Zeit sich zu fragen, was das alles bedeutet hatte, denn der Angriff erfolgte nahezu unmittelbar. Männer rannten auf sie zu, andere waren zu Pferde und ließen ihre Schwerter klirren. Es gab kein Gejohle, auch sonst keinen Laut außer diesem Klirren der Waffen. Zum ersten Mal sah Alia Ana mit einem Schwert in der Hand, und sie bewegte es so kunstvoll, dass Alia nur Bewunderung für sie fühlen konnte.

Auch sie selbst hatte ihr Schwert gezückt. Sie wusste, sie würde es nicht benutzen, aber sie wollte zumindest nicht ohne Verteidigung dastehen, sollte es zu einem direkten Angriff auf sie kommen, was nicht wahrscheinlich war, denn auch die anderen kämpften mit vollendeten Bewegungen.

Aber als Alias Blick nun auf den Heermeister fiel, nahm sie zu vieles auf einmal wahr. Sie sah seine stolze Gestalt, sie sah ihn einen Mann töten und sie spürte sein Band, das sich von ihm ausbreitete und sich um sie herumschmiegte wie ein Schutz. Und plötzlich wurde sie sich bewusst, dass sie keine Angst hatte. Sie waren direkt in einen Angriff hineingeritten, und Alia hatte sich nicht im Geringsten gefürchtet! Das war nicht normal ... Es war der Heermeister, der in diesem Moment keine Angst spürte. Es war sein Band, das sie mit seinen Gefühlen umfing. Und für einen Moment sah sie seine Augen in ihre Richtung blitzen. Er trug denselben abwesenden Ausdruck, wie in der Nacht der Verletzungen in der Höhle.

Alia erschauerte und in diesem Augenblick strauchelte ihr Pferd, ging nieder, und sie musste zur Seite springen, um nicht unter ihm begraben zu werden. Zum Glück hielt sie noch immer ihr Schwert, denn ein Hieb ging auf sie herab, den sie nur mit ihrer Schnelligkeit abwehren konnte, und ein tiefes Knurren trat aus ihrer Kehle, bevor sie es unterdrücken konnte. Dann ein zweiter Schlag, unter dem sie sich hinwegduckte, um wieder in die Nähe des Heermeisters gelangen zu können. Sie sah den Angreifer ein drittes Mal ausholen, aber der Schlag blieb aus, und als Alia aufsah, steckte ein Pfeil in der Brust des Mannes. Der Pfeil des Heermeisters.

Sie drehte sich langsam um, plötzlich gewahr, dass die Kampfgeräusche verstummt waren, und sah dem Heermeister direkt ins Gesicht. Sie traf seinen staunenden Blick. Sein bereits wieder klarer Verstand und das leiseste Lächeln begrüßten sie und für den Bruchteil einer Sekunde fühlte sie sich wieder ebenso beschützt wie noch Minuten zuvor, als sie sein Band spüren konnte. Jetzt sah er sie einfach nur an, er sah sie, und Alia senkte verwirrt den Blick vor ihm. Hatte er den tierischen Laut vernommen, den sie nicht hatte zurückhalten können?

Ana hielt Alia die Zügel ihres Pferdes entgegen, was sie dazu veranlasste, schnell nach dem Band des jungen Hengstes zu fühlen. Wie konnte es dazu kommen, dass er so sehr stolperte? Sie hoffte sehr, er wäre nicht verletzt, aber sein Band zeigte ihr eine Wunde am rechten Vorderlauf. Sie bückte sich vor das Pferd und sah einen langen Schnitt, der stark blutete. Sanft berührte sie seine Nüstern, erhob sich und sah in die Augen der Soldaten.

„Ist jemand verletzt?", fragte sie und verbarg sich erst jetzt wieder unter ihrer Kapuze.

Die Soldaten schüttelten die Köpfe und starrten sie mit einer Mischung aus Fassungslosigkeit und Bedauern an. Nur der Heermeister wandte seinen Blick ab und beugte sich zum Bein ihres Pferdes hinunter, um die Verletzung mit eigenen Augen sehen zu können.

„Ich verbinde mein Pferd, dann können wir weiter!", sagte Alia rasch und begann mit ihrer Arbeit. Sie konnte die Blicke der Soldaten nicht mehr ertragen, denn sie sprachen ihr zu deutlich von dem, was sie in ihr gesehen hatten. Ein Wesen, das, in die Enge getrieben, knurrte wie ein Tier und sich zu schnell bewegte, um ganz Mensch zu sein. Das war sie.

Ein Druckverband mit einer blutgerinnenden Paste aus Eisenfarnsaft musste fürs Erste bei der Versorgung ihres Pferdes genügen, obwohl Alia gesehen hatte, dass der Schnitt genäht werden musste. Sie arbeitete schnell, dann verstaute sie ihre Heilmittel und stieg auf. Noch immer sahen alle sie an, und erst jetzt wurde Alia gewahr, dass sie sich inmitten von toten Körpern befanden. Ein Würgereiz durchflutete sie, aber sie ritt tapfer an die Seite des Heermeisters. Sein Blick, enthüllte ihr die periphere Sicht, lag besorgt auf ihr, aber er gab ruhig den Befehl zum Aufbruch.

„Wir werden bald einen Lagerplatz suchen, Heilerin, dann könnt Ihr Euer Pferd richtig versorgen!", versicherte er ihr mit seiner tiefen sanften Stimme.

Alia fasste sich an die Wange und bemerkte jetzt erst den Schmerz. Sie blutete und noch etwas spürte sie nun, ihre Tränen. Diese Menschen, die sie nun schon seit Wochenläufen begleiteten, für die sie fast freundschaftliche Gefühle entwickelt hatte, sie waren tödliche Krieger, jeder von ihnen. Mit mörderischer Präzision gingen sie auf ihre Feinde zu und töteten ...

Und an ihrer Spitze stand der Heermeister, der kunstfertigste Kämpfer von allen, ein Mann, der in unbeschreiblicher Schönheit das Schwert führte und vor Alias Augen ein Blutbad angerichtet hatte, dessen Bilder sie wahrscheinlich nie wieder loslassen würden. Ein Mann, der Gefühle in ihr weckte, so verwirrend, dass sie nie hoffen konnte, sie zu verstehen. Sie spürte wieder Galle in ihrem Mund und diesmal lehnte sie sich von ihm weg und übergab sich.

Sie hatten einen guten Lagerplatz unter einem Überhang gefunden, vor dem einige große Felsen lagen, und der ihnen auf diese Weise weitestgehend Sichtschutz bot. Kian beobachtete besorgt die Heilerin, die zielstrebig, jedoch noch immer zitternd ihr Pferd versorgte. Sie hatte Evan und Roan zur Hilfe gerufen, um ihren Hengst zu halten, und Kian sah, wie sie sich sichtbar zur Ruhe zwingen musste, um die Wunde des Pferdes nähen zu können.

Sie tat ihm leid, alles, was heute früh geschehen war, tat ihm leid. Alles was er gewollt hatte, war sie zu schützen. Vor den Angreifern, vor Gewalt und auch vor sich selbst, denn sie hatte in ihm lange genug das Monster gesehen. Er hatte sie so sehr vor diesem Anblick bewahren wollen, und doch hatte er ihr nur ein Tuch reichen können, nachdem sie sich übergeben hatte, sonst blieb ihm nichts zu tun. Er und seine Leute zeigten sich heute der Heilerin in allem, was sie waren. Krieger, deren Aufgabe es war, angreifende Feinde zu töten.

Aber auch die Heilerin hatte ihnen eine Seite von sich offenbart, die Kian immer deutlicher bemerkt hatte, je länger er sie kannte, über die er jedoch nie zuvor zu solcher Gewissheit gelangt war. Sie war auf eine ihm nicht begreifliche Art anders. Sie bewegte sich schneller, als es ein Mensch vermochte, und das tiefe Geräusch, das aus ihrer Kehle gedrungen war, war ebenso wenig menschlicher Natur. Er empfand eine seltsame Faszination für ihre Schnelligkeit, vielleicht weil er selbst sich so sehr gefesselt fühlte in fast allen seinen Bewegungen, aber neben der Bewunderung stand deutlich sein Befremden.

Er war froh darüber gewesen, dass sie alle die Heilerin mit Worten verschonten, bis sie ihren Lagerplatz bezogen hatten. Nun jedoch brach eine leise Diskussion darüber aus, wie dieser Angriff zu werten war und ob das überhaupt Trangs Männer gewesen waren. Einige hatten derart zerlumpt ausgesehen, dass man sich fragen musste, ob sie überhaupt zu seiner Miliz gehören konnten. Zudem war der Kampf zu einfach gewesen. Wenn Kian auch keine Erinnerung an die Details des Kampfes hatte, so wusste doch auch er, dass er zu schnell zu Ende gewesen war in Anbetracht der Tatsache, dass ihnen an die zehn Männer aufgelauert hatten.

Warum erinnerte er sich nicht? Die Klarheit war erst in dem Moment zu ihm zurückgekommen, als er die Heilerin in ihrer unfassbaren Geschwindigkeit die Schläge ihres Angreifers parieren sah, und er seinen Bogen spannte, um den Mann zur Strecke zu bringen. Alles vorher schien in seinem Gedächtnis zu verschwimmen. Er erinnerte sich an die starke Präsenz der Heilerin neben ihm und die seiner Stute, aber was er getan oder nicht getan hatte, war ihm unklar, so als hätte er sich und seine Taten einem starken Instinkt überlassen.

Nun, er hatte getötet, das war nicht zu übersehen gewesen. Kian wandte sich von der Heilerin und ihrer Nadel ab und fuhr mit beiden Händen über sein Gesicht. War all dieses Töten seinem Verstand nun schon derart einerlei, dass er sich ihm entwand? Wie konnte er quasi ohne Bewusstsein ein verlässlicher Anführer dieser Gruppe sein? Wer sagte ihm, dass er in diesem Zustand in der Lage war, die richtigen Entscheidungen zu treffen? Ein Teil von ihm spürte die Angst, verrückt zu werden, sehr deutlich, ein anderer jedoch war noch immer erschöpft von der unglaublichen Konzentration, in die er sich bei diesem Kampf versenkt hatte. Er war in höchstem Maße fokussiert während des Kampfgeschehens, auch wenn ihm offensichtlich entging, auf was sein Verstand sich so sehr bezogen hatte.

„Wenn das Trangs Männer waren, dann gleicht dieser Angriff einer Kriegserklärung!“, brachte sich nun auch Roan in die Diskussion ein und ließ den Vorderlauf des Pferdes der Heilerin auf die Erde hinab.

Kian sah, wie sie Roan zunickte und dieser noch einmal das Bein ihres Pferdes streichelte. Dann ging sein Freund in Richtung des Feuers und begann, für sie alle Tee aufzubrühen und die Vorbereitungen für ein Frühstück zu treffen.

Evan schüttelte nachdenklich den Kopf. „Das waren Wegelagerer! Habt Ihr ihre Kleidung gesehen? Das waren keine Soldaten!"

Kian wollte diese Diskussion nicht führen. „Wenn es nicht Trangs Männer waren, dann wird er mit Sicherheit von diesem Vorfall erfahren, denn wir haben unsere Spuren deutlich hinterlassen. Er kann sich nicht über unsere Identität im Klaren sein, und so werden wir unentdeckt passieren, bis wir die dritte Garde erreichen. Dort werden wir hoffentlich weitere Informationen erhalten. Lasst uns nicht weiter spekulieren!"

Seine Leute nickten. Es gab keinen Grund, die Heilerin noch mehr zu verängstigen, als es ohnehin schon der Fall war. Sie breitete gerade ihr Bärenfell aus und schwankte dabei fast unmerklich. Was für eine Frau!

Sie hatte sich verteidigt, wie ein in die Enge getriebenes Tier. Sehr effizient, und dennoch gefährlich für ihr Leben, denn sie verließ sich rein auf ihre Geschwindigkeit. Sie musste irgend die Grundbegriffe des Schwertkampfes erlernen, bevor sie durch sein Versagen noch einmal derart in Gefahr geriet, aber er hatte nicht ahnen können, dass ihr Pferd so schnell in die Knie gehen konnte. Und sie hatte die Verletzung ihres Pferdes so zielstrebig entdeckt, als hätte das Tier ihr die schmerzende Stelle selbst verraten.

Er sah sie vor sich, wie sie sich sofort an sie alle gewandt hatte, um zu erfahren, ob einer von ihnen verletzt war, und wäre es so gewesen, sie hätte sie alle ruhig versorgt, dessen war Kian sich sicher ... Und dann hätte sie dem Ekel vor ihren Taten trotzdem freien Lauf gelassen.

Sie sank auf die Knie, und Roan reichte ihr den ersten Becher Tee. Danach sah Kian sie langsam eine Schale Haferbrei löffeln, bevor sie in ihren Schlafsack kroch und offenbar sofort in den Schlaf glitt. Wieder überkam ihn dieses starke Mitgefühl für sie.

„Heermeister!", sprach Ana ihn an.

„Ja, Ana?", antwortete er ruhig und wandte ihr den Blick zu.

„Geht schlafen, Heermeister! Evan übernimmt die erste Wache. Ich werde Euch zur dritten wecken!"

Kian nickte seiner Soldatin zu. „Ihr habt heute einen guten Kampf gezeigt!", lobte er sie dann lächelnd.

Sie senkte den Blick. „Ich danke Euch, aber ich freue mich nicht darüber, denn der heutige Kampf hat die Heilerin davon überzeugt, dass wir rohe Kreaturen sind und nichts weiter. Es tut mir unendlich leid!"

„Mir auch, Ana!", entgegnete er ehrlich und führte seine Stute dann zu seinem Schlafplatz.

Alia erwachte blinzelnd und war zunächst orientierungslos, denn die Sonne stand noch immer weit über dem Horizont. Dann jedoch kam die Erinnerung wieder, und sie sah erneut die Bilder des Kampfes vor sich. Langsam versicherte sie sich, dass ihre Ohren vollständig bedeckt waren, und richtete sich dann auf. Sie wollte nicht mehr an den Kampf denken.

Ruhig glitt ihr Blick über die schlafenden Soldaten und blieb dann an der Gestalt des Heermeisters hängen, der aufrecht an einem Felsen lehnte oder darauf saß, sie konnte es nicht entscheiden. Er hatte einige Umschläge und Papiere neben sich liegen. Einen der Briefe hielt er in seiner Hand und sein Gesicht wirkte fast verletzlich, während er las.

Alia erhob sich vorsichtig und ging dann hinüber zu ihrem Pferd, das ganz in der Nähe des Heermeisters mit dem Kopf tief in seinem Hafertrog steckte. Gut, es aß, demnach hatte es sich etwas erholt. Sie legte die Hand an seine Flanke und spürte sein Band stark und stetig in seinem Körper. Der Heermeister hatte ihre Bewegungen verfolgt und sah sie nun fragend an. Sie nickte ihm zu und näherte sich dann seinem Platz.

„Es geht ihm gut", flüsterte sie und hörte den Heermeister tief atmen.

„Gut!", entgegnete er lächelnd und steckte den Brief zurück in sein Kuvert.

„Ich wollte Euch nicht vom Lesen abhalten", bemerkte Alia nun erschrocken flüsternd.

„Ihr haltet mich nicht ab! Es ist besser, diese Briefe nicht wieder und wieder zu lesen", entgegnete er ebenso leise.

Alia hörte die Trauer in seiner Stimme und ihr kam zum ersten Mal der Gedanke, er könnte eine Frau haben. Diese Briefe könnten von ihr sein ...

„Es sind die Briefe meiner Mutter. Ich habe sie sehr lange nicht gesehen", erklärte er nun ruhig, als hätte er ihre Gedanken erraten.

Alia nickte unter ihrer Kapuze und wagte nicht, ihn in die periphere Sicht treten zu lassen, denn seine Einsamkeit war fast greifbar für sie. War das wieder sein Band?, fragte sie sich und verneinte diese Frage still. Seine jetzigen Gefühle schienen ihr lediglich in den Ohren zu klingen. Womöglich zeigten sie sich ihr nicht deutlicher, weil er gewohnt war, sie zurückzuhalten?

„In etwa einer Woche führt uns diese Reise durch das Fürstentum meines Vaters. Vielleicht ergibt sich mir dann eine Gelegenheit sie zu besuchen!"

Er war der Sohn eines Fürsten? Alia fühlte sich plötzlich umso mehr beschämt durch sein ständiges Insistieren, sie sei sein Gast, sie hätte eine freie Wahl, sie ...

„Wenn es mir möglich ist, meine Soldaten für einen Nachmittag zu verlassen, würdet Ihr mich denn in mein Elternhaus begleiten, Heilerin? Ich kann das nur tun, wenn ich Euch nicht aus den Augen lassen muss."

Seine Stimme klang bittend, und jetzt konnte Alia seine Sehnsucht auch spüren. Bei den Monden, er war so unendlich verletzt in seinem Inneren. Trauer, Sehnsucht und Einsamkeit, das schienen die Zutaten zu sein, aus denen dieser Mann geformt war. Alia erwischte sich dabei, wie sie mit ihm fühlte, und dann hatte sie erneut die Bilder des heutigen Morgens vor Augen. Er war ein Mörder, und die Gefühle eines Mörders zu verstehen, sollte ihr eigentlich unmöglich sein! Und doch tat sie es.

„Natürlich, Heermeister."

„Ich danke Euch!", antwortete er hörbar erleichtert.

Einen Moment stand Alia einfach neben ihm und lauschte den Atemgeräuschen der schlafenden Soldaten.

„Ich wollte Euch etwas zeigen, Heilerin!", begann er dann erneut, griff nach seinem Schwert und zog es aus der Scheide. „Jedoch nur, wenn Ihr wünscht, etwas über den Schwertkampf zu wissen!"

Alias Herz schlug schneller. Natürlich wünschte sie das, sie hatte es ihr ganzes Leben gewollt. Sie nickte schnell und befürchtete, ihre Aufregung nicht vor ihm verbergen zu können.

„Hört mich an! Ihr seid in der Lage, Euch immens schnell zu bewegen. Damit habt Ihr eine gute Chance, Euer Leben zu bewahren. Eines Tages jedoch, wer weiß, trefft Ihr auf einen Gegner, der ebenso schnell ist, wie Ihr es seid, deswegen solltet Ihr Euch nicht allein auf eure Geschwindigkeit verlassen. Wenn Ihr in einem solchen Moment die Grundbegriffe des Schwertkampfes beherrschtet, hättet Ihr eine ungleich bessere Möglichkeit, Euch zu schützen. Stimmt Ihr mir zu?“

„Ja“, hauchte Alia lediglich und wollte einfach nur, dass er weitersprach, obwohl ihr seine Worte über das Tempo ihrer Bewegungen in höchstem Maße unangenehm waren..

„Ich habe Euch zugesehen. Ihr erhebt Euer Schwert hoch über Euren Kopf, um Schläge von oben abzuwehren!“ Der Heermeister ahmte ihre eigene Bewegung nach, das sah Alia sofort.

„Was aber, wenn in diesem Moment der Angriff in das umgewandelt wird?“ Er ließ das Schwert in Richtung ihres Kopfes sinken, drehte es dann blitzschnell um und führte es angedeutet in Richtung ihrer Rippen. „Könnt Ihr mir folgen?“

Alia erschrak für einen Moment, zwang sich jedoch stillzustehen und nickte dann. Sie hatte verstanden.

„In einem solchen Moment hätte Euer Schwert einen zu langen Weg, um den Schlag des Angreifers abzuwehren!“ Der Heermeister nickte in Richtung ihres Pferdes. „Nehmt Euer Schwert und stellt Euch vor mich, Heilerin!“

Alia befolgte seine Aufforderung.

„Jetzt haltet Euer Schwert in der Position, die wir zu Beginn unseres Rituals einnehmen!“

Alia erhob die Klinge mit in seine Richtung gestreckten Armen.

Der Heermeister lächelte sie ruhig an. „Lasst Eure Hände etwa in Taillenhöhe sinken und winkelt die Arme etwas an. Diese Position soll keine Kraft kosten, sondern dabei helfen Ruhe zu finden.“

Alia tat wie ihr geheißen und versuchte in dieser Stellung tatsächlich so etwas wie Komfort zu finden, was ihr offensichtlich gelang, denn der Heermeister nickte anerkennend.

„Nun greift mich an!“, forderte er sie dann flüsternd auf.

Alia zuckte zusammen und erhob ihren Kopf, sodass sie direkt in seine Augen sah. Er sollte sehen, wie erschrocken sie über seine Aufforderung war, aber er runzelte nur die Brauen.

„Nicht wirklich, Heilerin! Ich möchte Euch nur ein paar Bewegungen der Abwehr verdeutlichen", lenkte er schnell ein.

„Ich werde nie jemanden angreifen", sagte sie fast tonlos.

„Das weiß ich! Aber ich kann nicht Euch angreifen, um Euch einen Weg der Verteidigung zu zeigen ..."

In diesem Moment hörte Alia ein leises Kichern hinter sich. Es war Ana, die sie offensichtlich schon eine Weile beobachtete und sich jetzt träge erhob.

„Ich hoffe, ich kann dabei helfen, Euer Dilemma aufzulösen, Heermeister", flüsterte sie und trat an ihn heran.

„Das könnt Ihr, Ana!", nickte er lächelnd, händigte Ana sein Schwert aus und wandte sich dann wieder an Alia. „Wendet Euch mit dem Rücken zu mir, Heilerin! Ich werde Eure Bewegungen führen, wenn Ihr es zulasst."

Alia blickte wieder zu Boden, nickte und wiederholte dann immer wieder in ihrem Geiste, sie würde ihn nicht berühren, sie würde ihn nicht ...

„Werdet Ihr ... Wenn ich Euch berühre, werdet Ihr mein ...?", flüsterte der Heermeister nun seinerseits stammelnd nah an ihrem Ohr, weil er offensichtlich nicht wollte, dass Ana seine Worte hörte, und Alia spürte sein Zögern unangenehm deutlich. Sie drehte sich kurz zu ihm und schüttelte leicht den Kopf unter ihrer Kapuze. Sie wollte sein Gesicht in diesem Moment nicht sehen, aus Angst, sie sähe ihre Abartigkeit darin.

Und so berührte er sie! Er berührte zart ihre Hände und legte seine darüber, während er ihr Schwert für sie führte, um Anas angedeutete Angriffe abzuwehren. Alia spürte ihn hoch aufragend hinter sich. Ihr Kopf endete auf der Höhe seiner Schultern, und dabei stand er nicht mal aufrecht. Er übte kaum Kraft auf sie aus, sondern schob ihre Hände und Arme lediglich in die richtige Position, fast zärtlich. Dabei machte er immer wieder Bemerkungen, sie solle ihre Schultern straffen, sie unten lassen, ihren Oberkörper leicht drehen ... Dinge, auf die sie achten sollte, um im Gleichgewicht zu bleiben.

Alia hatte es nicht gewagt, Ana ihr Antlitz zu offenbaren, denn sie spürte ihre Wangen glühen vor Aufregung und etwas anderem, das von der körperlichen Nähe des Heermeisters herrührte. Sie hörte die Ruhe in seiner Stimme und lächelte mit Blick auf ihr Schwert. Sie fühlte sich geehrt durch seine Berührung und seine Bereitschaft, sie etwas von seiner Kunst zu lehren, auch wenn diese Kunst tödlich sein konnte. Er betonte immer wieder, die Natur des Schwertkampfes richte sich nach der Intension des Kämpfers und dieser sei in seinem Willen frei.

Alia hatte niemals zuvor so deutlich wahrgenommen, dass er ein Mann von solch hohen Idealen war, und ihre Angst, er könne die Macht, die ihm seine Fähigkeiten verliehen, missbrauchen, schwand dahin. Sie wollte keine Partei ergreifen, aber in ihr reifte trotz allem mehr und mehr das Gefühl, er kämpfte auf der richtigen Seite, auch wenn er mordete ...

„Ich werde nie wieder zulassen, dass Ihr die Dinge, die ich Euch eben gelehrt habe, in meiner Gegenwart benutzen müsst, das verspreche ich Euch!", endete er seine Unterweisung und nahm seine Hände von ihren.

„Es war nicht Eure Schuld, dass mein Pferd verletzt wurde", entgegnete Alia leise und wandte sich dann in Richtung ihres Schlafplatzes.

Kapitel 12

Kian wollte keine Zeit verlieren, aber Hauptmann Lin, der Anführer der dritten Garde, hatte ihn wiederholt aufgefordert, die Nacht in ihren Zelten zu verbringen und ein gutes Mahl mit ihnen einzunehmen. Er selbst sehnte sich nicht nach Gesellschaft, natürlich nicht, aber seine Soldaten hatten geradezu leuchtende Augen bekommen bei diesem Angebot. Am Ende willigte Kian ein und nickte Ana zu, die für Sekunden dankbar ihre Augen vor ihm senkte.

Ihre nächtlichen Etappen waren ohne weitere Zwischenfälle geblieben. Zum Glück heilte die Verletzung des Pferdes der Heilerin gut, und sie wurden dadurch nicht in ihrer Reisegeschwindigkeit beeinträchtigt. Wieder und wieder hatte Kian Mino vorausgesandt, nur um ihn dann wieder einzuholen und sein entspanntes Gesicht zu sehen. Schließlich hatten sie dann alle begonnen, sich darüber zu wundern, dass sie so gar keine Menschenseele mehr getroffen hatten in den weiten Tälern von Trangs Territorium. Dies erschien ebenso rätselhaft wie das Auftauchen der Männer während ihrer ersten Nacht.

Hauptmann Lins Bericht jedoch brachte Kian mehr Klarheit, als er brauchte. Fürst Trangs eigene Miliz hatte gegen ihn aufbegehrt, weil sie buchstäblich nichts zu tun hatte. Der Fürst hatte ihnen Kopfgeld auf jeden getöteten Soldaten des Königs versprochen, aber die königlichen Truppen blieben aus, da sie keinen Marschbefehl erhalten hatten in Kians Abwesenheit. Ihres zusätzlichen Soldes beraubt, desertierten nun mehr und mehr Männer aus Trangs Armee, um raubend und brandschatzend durch die Täler zu streichen.

Das waren die Männer, die gegen Kian und seine Soldaten so unehrenhaft gefallen waren. Sie stellten mittlerweile eine Gefahr für jeden Menschen im Fürstentum dar, da sie brutal gegen Siedler, Bauern und Kaufleute vorgingen, nur um ihre eigenen Börsen zu füllen. Dabei schreckten sie offensichtlich vor nichts zurück.

Die Menschen auf Trangs Ländereien wurden massiv von diesen ehemaligen Soldaten terrorisiert und versteckten sich soweit es ging in ihren Häusern. Einige hatten Zuflucht in Höhlensystemen gesucht. Kian wies Lin an, sofort damit zu beginnen, Lebensmittel und Kleidung aus den Truppenbeständen zu diesen Menschen zu bringen, denn es fehlte ihnen bereits am Notwendigsten. Er setzte ein Schreiben auf, das umgehend an die Versorgungstruppen weitergeleitet wurde und das die Anweisung enthielt, doppelte Rationen an die dritte Garde zu liefern.

Nachdem Kian den ganzen Tag über Strategien, das Land zu befrieden, gesprochen hatte, zog er sich in das Zelt zurück, das ihm bereitgestellt wurde, und begann eine Nachricht an König Abran zu verfassen, die er noch heute mit einem Kurier in die Hauptstadt schicken wollte. Er erstattete Bericht über den Zustand in Trangs Fürstentum und wies deutlicher, als er es je getan hatte, darauf hin, wie wichtig Friedensgespräche mit diesem Fürsten sein konnten, da es die berechtigte Hoffnung gab, ihn erneut für das Königreich zu gewinnen, nun, da er selbst sein Territorium in derart schlechte Verhältnisse gebracht hatte. Denn auch die Menschen hier hatten nun ihrerseits offenen Widerstand gegen Fürst Trang erklärt, wenn er seine Meute nicht zurück in den Gehorsam zwang. Das Fürstentum stand kurz vor einem Bürgerkrieg.

Außerdem bat Kian den König zu überdenken, ob ein militärischer Einsatz der dritten Garde zum Schutz der Bevölkerung Trangs nicht in Erwägung zu ziehen wäre. Es erschien ihm als oberstes Gebot, die Bevölkerung vor weiterem Terror zu schützen. Zum Schluss seines Schreibens berichtete er über seinen Auftrag, die Heilerin zu eskortieren, und schloss mit der Annahme, sie könnten die Hauptstadt in gut zwei Wochen erreichen.

Er ließ die Feder fallen und lehnte sich in seinem Stuhl zurück. Die Kommunikation mit seinem König war ihm stets Anlass zur Erschöpfung. So vieles war ihm untersagt, deutlich zu formulieren, immer musste er um jede Nuance seines Tonfalles bangen und jede direkte Aussage konnte ihm jederzeit zur Last gelegt werden. Der König schien stets auf eine Gelegenheit zu warten, Kian zurechtweisen zu können, ihn zu demütigen und zu verhöhnen. Das alles war zutiefst ermüdend.

Aber er hatte einen zweiten Brief zu schreiben, der Sehnsucht in ihm weckte, Trauer und ebenso große Freude. Er hatte die Zustimmung der Heilerin und nun musste sich lediglich ein geringes Maß an freier Zeit auftun, dann wäre es ihm möglich, seine Mutter zu sehen. Er hielt seinen Brief sehr vage, versprach ihr nichts, sondern erwähnte nur die Möglichkeit eines Besuches in etwa sechs Tagen. Er würde ihr eine Nachricht zukommen lassen, wenn er mit Bestimmtheit wusste, ob es möglich sein würde. Er wollte seine Mutter nicht enttäuschen, denn er wusste, es würde sie ebenso verletzen wie ihn selbst, wenn es ihm verwehrt sein würde, sie zu sehen.

Danach saß er eine Weile einfach still da und dachte über seine Reise mit der Heilerin nach. Dieser Auftrag war im Rückblick das Angenehmste gewesen, das er seit Jahren erlebt hatte. Er hatte ihn im tiefsten Innern bereichert. Freiheit zu spüren, alleine und nur er selbst sein zu dürfen im Kreis seiner engsten Soldaten hatte ihm neue Kraft gegeben. Er hatte sogar das Gefühl, er fände den Mut, sich diesem tranceähnlichen Zustand zu stellen, der ihn nun immer öfter überkam, wenn er in Kampfhandlungen verwickelt wurde.

In der Vergangenheit hatte er diese Art des Weggetretenseins lediglich in aussichtslosen Momenten eines Kampfes gespürt. In letzter Zeit jedoch immer häufiger, und Kian wurde sich täglich bewusster darüber, dass dies keine Form des Wahnsinns sein konnte, denn dieser Zustand machte ihn zu einem noch effizienteren Krieger, verlor er doch auf diese Weise nicht einen einzigen Soldaten, nicht einen einzigen Kampf und blieb selbst stets weitestgehend unverletzt.

Diese konzentrierte Trance ähnelte seinem Bewusstseinszustand während der geistigen Übungen, die er immer wieder durchführte. Es war, als zwinge er seinen Geist auf ein einziges Ziel hin, ohne seine eigenen Gefühle in den Vordergrund treten zu lassen. Er spürte keine Angst, keine Zweifel, sondern fokussierte sich vollends auf seine Aufgaben.

Natürlich trat im Anschluss diese tiefe Verwirrung ein, eine Desorientiertheit, die es ihm nur langsam wieder erlaubte, das Hier und Jetzt der Realität zu begreifen, aber diese Gefühle vergingen. Kian spürte, er hatte eine Aufgabe darin, sich weiter mit diesen Übungen zu befassen, denn es schien ihm mehr und mehr ein wichtiger Teil seiner Persönlichkeit zu sein.

Hatte diese Reise ihn bereichert, so lag dies jedoch ebenso deutlich an der Person der Heilerin selbst. Ihre Gegenwart, die Möglichkeit, ihr nah sein zu dürfen, erfüllte ihn jeden Tag mehr mit Freude. Ihr scharfer Verstand faszinierte ihn. Ihr Wissen um ihren Beruf und die Alte Sprache war beeindruckend, und auch wenn sie ihm immer öfter gänzlich fremdartig erschien, kam er nicht umhin sich einzugestehen, dass ihm auch ihre Schönheit etwas bedeutete.

In manchen Momenten hatte er ihr sogar zärtliche Gefühle entgegengebracht. Nachdem sie gemeinsam die Blüte der Mondenkerze betrachtet hatten, hatte sie sich umgewandt und stand plötzlich so nah vor ihm, dass er den Wunsch verspürt hatte, ihre Hand zu ergreifen, während er sich bedankte. Und auch als sie sich nach dem Kampf übergeben hatte, hatte ihn sein starkes Verlangen, sie in seine Arme zu nehmen und ihr die schrecklichen Bilder aus dem Kopf zu löschen, nahezu übermannt. Er hatte sie wissen lassen wollen, dass er sie immer schützen würde, immer. Er war abartig, oder etwa nicht? Er, der verantwortlich für den Tod so vieler war, wollte sie trösten und ihr das Grauen vor seiner Person nehmen?

Er hatte versucht, ihr nicht nur die defensiven Bewegungen des Schwertes zu zeigen, sondern so viel wie möglich von der Philosophie des Kampfes mit dieser Waffe zu verdeutlichen, weil sie ihn nicht als Mörder sehen sollte. Er wollte für sie nicht der brutale Krieger sein, den sie in ihm gesehen hatte, denn dass sie ihm wiederholt die Gelegenheit eingeräumt hatte, ihr den gefühlvolleren Teil seiner selbst zeigen zu dürfen, erfüllte ihn mit Dankbarkeit. Er war ein Mann abseits seiner Aufgaben, und dieser Mann war kein Mörder.

Ja, und was für ein Mann er war! Er hatte es nicht einmal fertig gebracht, ihr in einem vollständigen Satz die eine Frage zu stellen, die in dieser Situation wie ein Brandzeichen in seinem Gehirn aufflammte. Er hatte nicht das Selbstbewusstsein gehabt, die Worte zu finden, um sie zu fragen, ob sie durch seine Berührung sein Band würde spüren können. Er hatte gestammelt, einem feigen Bittsteller gleich. Kian atmete tief. Er wusste, er konnte nie ein Mann für sie sein, einerlei was er sich hier und jetzt erträumte.

Er war nichts als ein Inzani in seiner Welt, und den Inzani war es offiziell nicht erlaubt, körperliche Beziehungen einzugehen oder gar eine Frau zu wählen. Das, was er mit Miri teilte, war nichts als eine geschäftliche Übereinkunft, und auch wenn es sich manches Mal anders anfühlte, so brachte er ihr doch keine tieferen Gefühle entgegen. Er hatte nie eine Frau geliebt, hatte nie einen Gedanken daran verschwendet, denn es erschien ihm stets ohne Sinn. Das, was er für die Heilerin empfand, blitzte in manchen Momenten ungefragt auf, wie das Sonnenlicht, das durch die Wolken eines trüben Himmels bricht.

Die Heilerin war eine Jidari. Der Kodex verbot ihr den Kontakt zu anderen Menschen, auch wenn Kian sich nicht daran erinnerte, in den alten Schriften über den Jidari-Orden gelesen zu haben, dass dieser Kodex intime Zusammenkünfte zweier Menschen verbot. Im Gegenteil, dies schien die einzige Form von Kontakt zwischen zwei Menschen zu sein, der schweigend gebilligt wurde. Er wusste von seinem Onkel, dass die Bruderschaft in Keuschheit lebte, die Jidari taten das offenbar nicht. Aber was waren das für Gedanken? Er durfte sich solchen Gedanken nicht hingeben. Sie waren sinnlos und entbehrten jeder Grundlage, denn er konnte nicht sehen, dass die Heilerin jemals irgendein Interesse an ihm ... Krachend schlug seine Faust auf der Tischplatte auf. Er war ein Narr!

In diesem Moment trat Roan ins Zelt ein. Er trug zwei Schalen mit duftendem Essen in einer und Becher in der anderen Hand. Bei Kians Anblick erstarrte er. „Bei den Monden, Kian, warum schlägst du den Tisch?“

Kian wandte den Kopf ab. Er schämte sich vor seinem Freund und zuckte lediglich die Achseln.

„Ich dachte, wir essen zusammen, aber wenn du lieber in Einsamkeit die Möblierung zertrümmern willst, verlasse ich dich wieder!“, fuhr Roan fort und jetzt zeigte sich ein amüsiertes Lächeln auf seinen Lippen.

„Nein, das will ich nicht, und es ehrt mich, dass du meine Gesellschaft suchst", lenkte Kian nun ein und lächelte Roan kurz an, denn seine Anwesenheit war ihm in diesem Moment ehrlich eine Wohltat.

„Sind diese Schreiben fertig?", fragte Roan und stellte die beiden Mahlzeiten mit den Getränken auf dem Tisch ab.

Kian nickte und sah noch einmal auf den Brief an seine Mutter. Es wäre einfach zu wunderbar, sie sehen zu dürfen.

„Ich übergebe sie einem Boten und wenn ich zurück bin, dann hast du dich hoffentlich so weit beruhigt, dass ich in dir den geistreichen Gesprächspartner finde, der du bist!", erklärte Roan süffisant grinsend, griff nach den Papieren und verließ das Zelt.

Alia atmete erleichtert auf, als sie nun ins Freie trat. Bei ihrer Ankunft im Heerlager hatte sie zunächst die Fäden aus der Verletzung ihres Pferdes genommen. Es erfüllte sie noch immer mit großer Erleichterung, dass der Hengst sich so schnell erholt hatte und die Erinnerung an den Kampf auch für sie selbst mehr und mehr verblassten.

Danach hatte sie auch hier wieder Zuflucht in den Krankenzelten gesucht und sich dort bei der Arbeit mit dem Heiler nützlich gemacht. Dieser Heiler war jedoch kein freundlicher Mann gewesen, und er hatte sie den ganzen Tag über argwöhnisch beobachtet. So hatte sie still vor sich hin gearbeitet, war sich vorgekommen wie ein Eindringling und hatte zudem nichts gegessen. Als die Glocke zur Abendmahlzeit schlug, hatte sie sich vor dem Heiler verneigt und darum gebeten, gehen zu dürfen.

„Natürlich, geht, geht!", hatte er ausgerufen, und in Alias Ohren hatte das geklungen, als wollte er eigentlich ausdrücken, wie froh er war, dass sie endlich verschwand und aufhörte, ihre Nase in seine Angelegenheiten zu stecken.

Alia war empört, müde und fühlte sich mehr denn je fehl am Platze, aber sie zwang ihre Gefühle zurück und verließ stumm das Krankenzelt, um sich nach einer warmen Mahlzeit umzusehen. Sie entdeckte am Feuer mehrere Männer, die in verschiedenen Töpfen rührten. Bei den Monden, hier gab es unterschiedliche Speisen zur Wahl!

Sie senkte tief den Kopf und strich an den Töpfen entlang, deren Inhalte mit der direkten Sicht untersuchend. Bald fiel ihre Wahl auf einen wohlduftenden Schmortopf mit Hirschfleisch und diesen wunderbaren, roten Kartoffeln, die es hier gab. Sie bat den Soldaten, der bei diesem Gericht stand, um eine Schale mit einer großen Portion und nun suchte sie nur noch einen Sitzplatz, um sich diesem Genuss hingeben zu können. Sie war daher mehr als erfreut, als sie Ana sah, die allein und ebenfalls mit einer Schale in der Hand auf einem Baumstamm nah dem Feuer saß.

„Darf ich mich zu Euch setzen, Ana?", fragte Alia leise und sah in der peripheren Sicht, dass Ana an ihr vorbeigestarrt hatte und erst jetzt aus ihren Gedanken zurückzukehren schien.

„Natürlich, Heilerin, setzt Euch! Verzeiht, ich war abgelenkt, sonst hätte ich Euch selbst zu mir gebeten!", entschuldigte sie sich und sah noch einmal kurz in die Richtung, die ihr Blick vorher bereits genommen hatte.

Alia setzte sich und begann zu essen. „Bedrückt Euch etwas?", fragte sie vorsichtig, da sie Anas Gesichtsausdruck nicht deuten konnte.

Ana atmete tief durch. „Seht Ihr Roan dort weggehen?"

Alia sah in die Richtung, die Ana ihr wies, und nickte.

„Er geht ins Zelt des Heermeisters, um mit ihm die Abendmahlzeit einzunehmen!", kommentierte Ana mit scharfer Stimme.

Alia wandte ihren direkten Blick an sie, ohne ihr Gesicht zu zeigen, und schüttelte leicht den Kopf. „Ich verstehe nicht, was Ihr meint!"

„Es macht mich mehr und mehr krank, dass der Heermeister sich ununterbrochen verhält, wie es das Inzani-Gesetz von ihm verlangt. Er hält sich von Menschen fern, um sie nicht mit seinem Anblick zu belästigen. Er sorgt stets dafür, dass niemand sieht, wie er sich bewegt. Er versucht unsichtbar zu sein, damit niemand an seinem Anblick Anstoß nehmen kann ..." Ana brach seufzend ab.

„Mir scheint, er tut gut daran, bestimmten Situationen aus dem Weg zu gehen", fügte Alia leise hinzu und sah die Soldatin neben sich aufblicken.

„Ihr meint Euren Aufenthalt in der Herberge. Hat man den Heermeister dort schlecht behandelt?", fragte Ana leise, und Alia nickte lediglich.

„Nun, Ihr mögt Recht haben, was Fremde betrifft, aber seht Euch doch um! Glaubt Ihr, hier gibt es einen einzigen Soldaten, für den es nicht die höchste Ehre wäre, mit unserem Heermeister eine Mahlzeit zu teilen? Glaubt Ihr, hier sieht ihn irgendjemand mit Abscheu an, weil ihn seine Beine nicht tragen? Das wissen alle hier! Vor drei Jahren haben wir ihn zu unserem ersten Heermeister gewählt, und es gab nicht eine Gegenstimme, Heilerin, nicht eine! Das ist nie vorher passiert! Diese Männer und Frauen hier wissen ganz genau, wer und was unser Heermeister ist, und sie alle verehren und bewundern ihn! Er braucht sich nicht zu verstecken ... aber er tut es ja sogar vor uns, seinem innersten Kreis ... Ach, Heilerin, verzeiht, ich sollte Euch mit meinem Unwillen verschonen!"

Alia schüttelte den Kopf und sah Ana kurz in die Augen. Sie spürte sehr stark, dass Ana diese Gedanken schon seit Langem belasteten, und sie wollte sie nicht unterbrechen. „Nein, Ana, sprecht weiter!"

„Ihr habt gesehen, wie er die Geste der Demut vor Roan ausgeführt hat, vor dem Kampf an Trangs Grenze!"

„Die Geste der Demut?", frage Alia nun leise nach und sah Ana den Kopf neigen mit den vor ihrer Brust verschränkten Armen, so wie es der Heermeister in dieser schrecklichen Nacht getan hatte. Alia nickte nur und wartete auf Anas Erklärung.

„Er bittet damit einen von uns vor jedem Kampf, ihn zu decken, für den Fall, dass er vom Pferd stürzt!"

Alia erschauderte. „Ist das schon einmal vorgekommen?"

Ana nickte. „Roan hat es erlebt. Unsere Feinde kennen natürlich die Schwäche des Heermeisters, Heilerin, und es ist in jedem Kampf ihr höchstes Ziel, ihn zu verletzen. Ein einziges Mal ist es einem Angreifer gelungen, die Riemen zu durchtrennen, die Heermeister Doguls Beine am Sattel halten, und ein zweiter Krieger hat ihn vom Pferd gestoßen!"

„Was ist passiert?"

Ana lächelte. „Roan lacht nur darüber, wenn er davon erzählt. Es war seine Aufgabe, den Heermeister zu decken, und er hat versagt, dennoch erfüllt ihn diese Geschichte noch immer mit der besten Laune. Er sagt, der Heermeister braucht niemanden, um seine Schwäche zu decken. Er kämpft noch am Boden liegend besser als jeder andere von uns. Versteht Ihr? Er besteht darauf, diese erniedrigende Geste auszuführen, dabei braucht er zum einen wahrscheinlich nicht einmal unsere Hilfe. Zum anderen wäre es vollkommen ausreichend, einen von uns schlicht an seine Seite zu bitten. Wir alle sind beschämt von seiner Art um Hilfe zu ersuchen, weil wir wissen, dass wir uns in einem Kampf zu hundert Prozent auf ihn verlassen können. Er hat es nicht nötig, ein Bittsteller zu sein, und dennoch ..."

Alia betrachtete die Soldaten, die nun alle um das Feuer herum Platz genommen hatten, sich essend unterhielten, lachten und sogar das ein oder andere Lied anstimmten. Sie selbst war sich jeder Zeit darüber bewusst, kein Teil einer solchen Gesellschaft sein zu können, auch wenn sie es hier und jetzt still genießen konnte, unter diesen Menschen zu sitzen und eine Mahlzeit mit ihnen zu teilen. Sie ahnte, wie der Heermeister sich fühlen musste, denn sie kannte dieses Gefühl der Isolation. Und sie hatte in der Herberge ein Bild davon bekommen, welch immense Wirkung das Inzani-Gesetz auf ihn ausübte.

„Das Inzani-Gesetz scheint sehr stark zu sein in Eurer Welt. Ich kann verstehen, dass es dem Heermeister nicht möglich ist, sich ihm entgegenzustellen", fügte sie leise hinzu.

„Er mag nicht in der Lage sein, sich ihm entgegenzustellen. Niemand ist das! Aber hier hat es keine Wirksamkeit, Heilerin! Und dass er das nicht spüren kann, macht mich traurig!", erwiderte Ana und sah in die Flammen. „Früher war es Sitte, dass ein Soldat, der im Kampf schwer verletzt wurde, sich das Leben nahm oder darum bat, getötet zu werden, damit er nicht sein Leben als Inzani führen musste. Das ist nie mehr vorgekommen, seitdem er der erste Heermeister ist! Versteht Ihr?"

Alia konnte nur nicken. Aber vielleicht gab es im Denken des Heermeisters gar nicht die Möglichkeit, dass er hier am Feuer willkommen wäre? Vielleicht war er zu sehr gefangen in der Gewohnheit, sich zu verbergen? Und vielleicht sah er sich selbst nicht als wertvoll genug an, um zu begreifen, dass seine Gegenwart ein Grund zur Freude sein konnte?

Alia zumindest hatte diese Freude in manchen Momenten spüren können. In der Nacht der Blüte der *munkand*, während ihrer gemeinsamen Jagd, und nicht zuletzt, als er sie berührt hatte, um ihr Schwert zu führen. „Ana?", begann sie, in ihren Erinnerungen versunken.

„Ja, Heilerin!"

„Würdet Ihr mich noch weiter im Schwertkampf unterweisen?"

Ana grinste. „Natürlich, es wäre mir eine große Freude! Ich sehe Euch gerne dabei zu, wie Ihr Euch bewegt. Ihr seid von begnadeter Anmut, wisst Ihr das?"

Alia stieg die Hitze ins Gesicht und sie wandte sich schnell ab. Die Soldatin hatte ihr ein Kompliment gemacht, und sie wusste wahrhaftig nicht, wie sie darauf reagieren sollte. Es war das Fremde an ihr, das Ana gelobt hatte. Die Art sich zu bewegen, die ihre tierische Seite hervorbrachte, schneller, fließender ...

Zum Glück setzte sich Evan in diesem Moment zu ihnen und begann ein Gespräch mit Ana, dem Alia in ihrer Verwirrung kaum folgen konnte. Sie konnte das Verhalten des Heermeisters zutiefst verstehen, wusste sie doch selbst kaum, wie sie mit der Freundschaft umgehen sollte, die Ana ihr zeigte. Auch sie zog sich in die alte Rolle zurück, die sie ihr ganzes Leben erlernt hatte, und diese Rolle war das Verschwinden in die Unsichtbarkeit.

Kapitel 13

Sie reisten wieder bei Tage, und Kian spürte, wie die Umgebung ihm mehr und mehr bekannt vorkam. Dies war das Fürstentum Side, das direkt an das seines Vaters grenzte. In der zweiten Hälfte des gestrigen Tages war ein mächtiger Sturm aufgezogen und hatte Unmengen von Regen vor sich hergepeitscht. Sie hatten in einem Wald gerastet, aber die Baumkronen hatten dennoch genug Regen hindurchgelassen, um sie völlig zu durchnässen. Es war nicht möglich gewesen, das Feuer die ganze Nacht hindurch am Leben zu erhalten, und nach dem Morgenritual waren sie in ihrer klammen Kleidung durch eine versumpfte Landschaft zum Lager der neunten Garde aufgebrochen.

Fürst Side hatte sich offen gegen den König gestellt und der Grund dafür schien Kian fast aberwitzig, wenn er sich diese Landschaft heute ansah. Es hatte eine außergewöhnlich lange Dürreperiode gegeben, die Ernte war mager ausgefallen, aber der König hatte kein Einsehen gehabt und die Abgaben an die Krone in der üblichen Höhe verlangt. Side hatte vehement für seine verarmende Bevölkerung gesprochen und schließlich, da er nichts erreicht hatte, offen Opposition bezogen. Sollte der König doch seine Truppen schicken, es gab nicht mehr zu verlieren, als ohnehin bereits geschehen. Side hatte bislang keine eigenen Soldaten rekrutiert. Seine Haltung war der stille Protest gegen die Politik eines Königs, der sich nicht um die Belange dieses Landstriches kümmerte.

Dieser Status bestätigte sich auch zum heutigen Zeitpunkt, soweit Kian durch den Hauptmann der neunten Garde informiert war, dem sie einen kurzen Besuch abgestattet hatten. Seine Soldaten und die Heilerin hatten die Gelegenheit genutzt, sich am Feuer aufzuwärmen und die Feuchtigkeit aus ihren Kleidern zu vertreiben. Kian hatte seinem Hauptmann erneut Anweisung gegeben, keinem Angriffsbefehl des Königs Folge zu leisten. Dies war ein Moment der politischen Autonomität der Armee und in diesem Fall war es Kians Pflicht als der erste Heermeister, dem König die Befehlsgewalt zu verweigern. Es waren die Menschen, die von den Truppen beschützt werden mussten, nicht die politische Macht ihres Königs.

Kian hatte vom Zustand der Fürstentümer im Norden berichtet und hatte gemeinsam mit dem Hauptmann rekapituliert, wie desolat sich nun mehr und mehr Landstriche zeigten. Das Königreich glich einem Pulverfass!

Es bestand noch immer die Möglichkeit, dass der König seine eigenen Truppen, die etwa dreihundertfünfzig Mann stark waren, gegen Side marschieren ließ, aber dies käme einer offenen Kriegserklärung gleich. König Abran konnte niemals hoffen, gegen Kians Armee bestehen zu können, denn auch in einem solchen Fall wäre es Kians Pflicht, gegen den König zu handeln. Und er würde es tun, ohne einen Moment zu zögern. Auch wenn Kian hoffte, der König sei nicht so verrückt, sich mit einem Marschbefehl gegen Side wissentlich gegen Kians Truppen zu stellen, so konnte er doch nicht umhin, zu denken, dies könnte ihnen allen die Freiheit bringen, die sie benötigten, um den Frieden auf lange Sicht wiederzuerlangen.

Dieser König tat seinem Land wiederholt schlechten Dienst, und Kian vermied es, darüber nachzudenken, wie seine Tante, Königin Nari, es fertigbrachte, diesem Mann eine gute Frau zu sein. Nari war die ältere Schwester seiner Mutter. Klugheit und Umsicht zeichneten diese beiden Frauen in großem Maße aus, aber beide lebten in Ehen, die für sie aus machtpolitischen Zwecken geschmiedet wurden. Dies war seit jeher das Schicksal der Frauen, die der Blutlinie des Alten Königs entstammten. Die Ehe mit ihnen verlieh ihren Männern große Macht. Sie selbst mussten sich unterordnen. Nur seiner Schwester war es gelungen, sich diesem Schicksal entgegenzustellen, und das erfüllte Kian mit großem Stolz.

Mino hatte auf seinem Spähritt einen geschützten Lagerplatz unter einem Felsüberhang gefunden und bald knisterte ein Feuer wärmend in ihrer Mitte. Kian ritt nah heran und war sich sicher, die

Feuchtigkeit fast dampfend von sich aufsteigen zu sehen. Es war eine Wohltat, sich warm und trocken zu fühlen, nachdem er im Heerlager keine Gelegenheit für eine Pause am Feuer gefunden hatte. Er hatte sie allerdings auch nicht gesucht.

Roan füllte soeben Becher mit dampfendem Tee, als sich die Heilerin neben Kian zeigte. Sie streichelte zärtlich die Stirn seiner Stute, riss dann jedoch plötzlich ihre Hand fort und ließ sie in ihrem Umhang verschwinden. Kian sah sie fragend an, erkannte jedoch nicht das Geringste von ihrem Gesicht. Er fragte sich jedoch zum ersten Mal, ob sie spüren konnte, dass sein Pferd blind war. Warum hatte er sich diese Frage nie gestellt? Die Heilerin hatte ihnen allen oft genug gezeigt, dass sie ihr Wissen um die Diagnose von Krankheiten oder Verletzungen auch auf ihre Tiere anwendete, und wenn sie tatsächlich in der Lage war, diese Dinge durch ihre bloße Berührung zu erfassen, dann wusste sie, dass er, der Inzani-Heermeister, ein Inzani-Pferd führte.

Kian wärmte sich die Finger an einem Becher Tee, den Roan ihm reichte, und betrachtete die Heilerin mit gemischten Gefühlen. Es beruhigte ihn jedoch, dass sie sich wenig aus der Nässe zu machen schien, und während ihres Rittes hatte sie die überfluteten Landstriche mit zusammengekniffenen Augen betrachtet, als erwartete sie, hier etwas sehr Außergewöhnliches zu entdecken. Nun, vielleicht hatte sie das!

„Was jagt Ihr uns heute, Heermeister?“, fragte Roan und überreichte auch der Heilerin einen Becher, den sie mit einem „*Danke*“ entgegennahm.

Kian lachte kurz auf. „Nun, vielleicht sollte ich heute besser eine Angel mitnehmen, Roan, was meint Ihr?“

Roan lachte ebenfalls und fuhr fort, den Tee herumzureichen. Kian wandte sich erneut der Heilerin zu, die ihren Blick noch immer auf sein Pferd richtete.

„Heute möchte ich Euch bitten, *mich* zu begleiten“, sagte sie sehr leise und doch mit fester Stimme.

„Wollt Ihr das?“, fragte Kian verblüfft, bevor er seinen Worten Einhalt gebieten konnte.

Die Heilerin räusperte sich verlegen und nickte.

„Nun, ich hoffe, Ihr zeigt mir eine wunderschöne Pflanze!", neckte er sie, weil ihn ihre Verlegenheit rührte.

„Schön, ja, und etwas sonderbar!", entgegnete sie verschwörerisch, und Kian lachte.

„Nun, dann steigt auf Euer Pferd, und lasst uns diese sonderbare Pflanze besuchen!"

Er sah die Heilerin zu ihrem Hengst gehen, ihren Bogen schultern und aufsitzen, all das mit dieser Anmut ihrer Bewegungen, die Kian mit niemand anderem zu vergleichen wusste. Warum war ihm das zu Beginn ihrer Reise nie aufgefallen? Aber diese Frage stellte sich eigentlich nicht, denn er wusste, warum. Die Heilerin hatte sich vorher nie auf diese Art bewegt. Sie war eingeschüchtert, ängstlich und gehemmt zwischen ihnen umhergeschlichen, hatte jedoch dieses Verhalten mit der Zeit mehr und mehr abgelegt. Sie schien sich wohlzufühlen unter ihnen, und dieser Gedanke wärmte Kians Gewissen wie das Feuer seine Kleidung.

„Was zeigt Ihr mir, Heilerin?", fragte der Heermeister, nachdem sie eine Weile still nebeneinander her getrabt waren.

„Es ist eine Sumpflilie. Sie wächst dort drüben bei den Bäumen, weil sie Schatten liebt", erklärte Alia und wies mit ihrem Finger auf eine Baumgruppe, die noch ein gutes Stück Weg vor ihnen lag.

„Aber dort scheint das Wasser fast knietief zu sein", erwiderte er zweifelnd.

Alia lächelte vor sich hin. „Nun, sie liebt auch ein gutes Bad. Das Wasser schützt sie vor Fressfeinden, die wissen, wie wohlschmeckend sie ist."

„Wohlschmeckend? Dann werden wir unsere Mahlzeit damit verfeinern, und Ihr seid gar nicht auf ihre Heilwirkung aus!"

Der Heermeister betrachtete sie lächelnd, und Alias Herz schlug ungewollt schneller, auch wenn sie sich nur einen Blick aus der peripheren Sicht auf ihn erlaubte. „Man sagt, ihr Sud helfe bei Erkältungen, aber wir kennen heilsamere Pflanzen als diese. Ihre Wurzel jedoch ist von angenehmer Schärfe, und einerlei, was wir heute jagen werden, es wird eine Freude sein durch ihre Würze!"

„Welche sind heilsamere Pflanzen bei Erkältungen?", fragte er nun interessiert nach, und es erfüllte Alia jedes Mal aufs Neue mit Freude, wenn er dieses Interesse zeigte, denn es erschien ihr echt.

„Salbei bei Halsschmerzen, Thymian gegen Husten, Eukalyptus, um die Nase zum Laufen zu bringen und um Kopfschmerzen zu lindern", erklärte sie ruhig und bemerkte, wie der Blick des Heermeisters in die Ferne schweifte.

„All dies wächst in dem Garten, der mein Haus umgibt!", sprach er fast zu sich selbst, dann jedoch wandte er sich mit einem erneuten Lächeln an Alia. „Ich wusste nicht, dass ich dort eine derart gut aufgestellte Apotheke habe!"

„Was wächst noch in Eurem Garten?", fragte Alia scheu, weil sie neugierig war und dieses Gefühl nicht zulassen durfte.

„Rosen in den verschiedensten Farben und Lavendel!"

„Lavendel?", rutschte es Alia heraus und sie fühlte sofort die Röte in ihr Gesicht steigen, da sie niemals die Absicht hatte, sich derart emotional zu verhalten. Vermutlich verwirrte sie noch immer der eine unbedachte Moment, in dem sie eben die Stute des Heermeisters berührt hatte, während ihr Reiter in ihrem Sattel saß. Auch wenn ihre Gabe ihr lediglich das Pferd gezeigt hatte, so saß ihr der Schreck doch tief im Leib.

Der Heermeister grinste sie jedoch an. „Ist Lavendel von unschätzbarem Wert, und ich wusste nie etwas davon?", fragte er neckend.

„Nein! Ich habe nur noch nie eine Lavendelpflanze gesehen und sie ist ..."

„Wunderschön!", beendete der Heermeister freundlich ihren Satz.

Alia nickte und stoppte ihren Hengst. Sie waren nun in Sichtweite der Sumpflilien, auch für die mindere Sicht des Heermeisters. „Haltet Euer Pferd an, Heermeister Dogul, und seht auf die Wasserfläche unter den Bäumen!", wies sie ihn an.

Er tat wie ihm geheißen, und Alia konnte sehen, wie sich die Pflanzen zaghaft aus dem Wasser aufrichteten und ihre Blätter dem Licht entgegenrollten.

„Seht Ihr? Die Sumpflilien haben die Erschütterung des Bodens durch unsere Pferde gespürt und sich unter Wasser eingerollt. Nun, da es wieder still um sie ist, zeigen sie sich langsam wieder im Licht! Wartet noch einen Moment, dann können wir auch ihre Blüten sehen!“, erklärte Alia und nahm den Blick nicht von den sich entfaltenden Blättern. Dieses Schauspiel hatte sie immer fasziniert. Sie könnte Stunden damit verbringen, diese Pflanze zu beobachten.

„Das ist unglaublich!“, flüsterte der Heermeister neben ihr, als sich die ersten Blüten auf dem Wasser zeigten, und seine Stimme schien nur ein zarter Hauch im Wind. „Wie üppig diese Blüten sind!“

Alia nickte lächelnd und sah ihn kurz mit der direkten Sicht an. Er konnte die ganze Welt und sich selbst ausblenden, um die Schönheit einer Pflanze zu genießen, und Alia wurde bewusst, dass sie ihn im Grunde allein deshalb mit an diesen Ort hatte nehmen wollen. Sie hatte ihn noch einmal in dieser Schönheit der puren Bewunderung erleben wollen, diesen Mann, der so mächtig, so brutal und stolz war.

Sie musste den Blick abwenden, denn sein Gesicht erschien ihr in diesem Moment auf eine Weise attraktiv, die sie nicht zulassen konnte. Seine langen schwarzen Haare, die der Wind bewegte. Die hohen Wangenknochen und die Muskeln, die darunter sichtbar spielten, vor allem, wenn er sich konzentrierte. Sein Mund, den ein so klares Lächeln umfing, und nicht zuletzt seine blauen Augen, die im Sonnenlicht strahlten wie der Himmel selbst.

„Ihr macht mir eine große Freude, Heilerin Alienne! Ich kann Euch nicht genug danken!“, wandte er sich dann an sie.

Alia nickte nur, denn zum ersten Mal stimmte es sie traurig, dass er ihren wirklichen Namen nicht kannte. „Wenn Ihr hierbleibt und Euch weiter still verhaltet, werde ich hinübergehen, um einige Wurzeln zu ernten!“, entgegnete sie und stieg auf sein Nicken hin langsam vom Pferd.

Kian griff behutsam nach den Zügeln des Hengstes der Heilerin, in der Hoffnung, ihn dadurch ruhig halten zu können, aber diese sonderbaren Pflanzen begannen augenblicklich ihre gelben Blüten einzurollen. Die Heilerin wandte sich mit einem amüsierten Lächeln zu ihm um, und er konnte nahezu ihre Augen unter ihrer Kapuze erkennen. Kian antwortete mit einem entschuldigenden Schulterzucken, sehr darauf bedacht, sich nicht zu schnell zu bewegen.

Daraufhin sah er die Heilerin vorsichtig von ihm fortgehen. Lautlos, wie es ihre Art war, setzte sie ihre Schritte sanft auf den Boden, und Kian bemerkte, dass die Pflanzen sich offensichtlich nicht an ihren Bewegungen störten, so fließend und langsam wurden sie ausgeführt. An der Wasserfläche angekommen, streifte sie ihre Stiefel ab, raffte ihren Umhang und das Gewand, das sie trug, und schob beides unter ihren Gürtel. Zuletzt zog sie ihre Beinkleider über ihre Knie und entblößte zwei schlanke und dennoch muskulös wirkende Waden, deren Anblick Kian lächeln ließen. Sie war stark, ihre filigranen Knöchel boten ihr sicheren Halt, und es war ihm eine Wohltat, einen Blick auf andere Beine werfen zu dürfen als die seinen, zumal, wenn sie von solch perfektem Bau waren.

Die Heilerin watete geduckt in das Wasser, und Kian bemerkte fasziniert, dass sie dieses durch ihre Schritte kaum bewegte. Die Sumpflilien schienen ebenso gespannt in ihrem Rückzug innezuhalten, wie er selbst verharrte und kaum wagte zu atmen. Bei den Monden, ihre präzisen Bewegungen waren ein überwältigender Anblick. Er hatte niemals zuvor so sehr bemerkt, wie wenig menschlich das Erscheinungsbild der Heilerin sein konnte und zugleich von welcher Schönheit. Das Befremden, das er noch vor wenigen Wochen ihr gegenüber empfunden hatte, trat nun deutlich zurück und wich seiner Bewunderung für sie.

Sie war bald in Griffnähe der ersten Pflanzen und hielt minutenlang still. Unbeweglich wartete sie darauf, dass die Blüten sich vollständig entrollen würden, um sich dem Licht entgegenzustrecken. Diese Momente schienen Kian wie das Versprechen einer zeitlosen Unendlichkeit, und er wusste, niemand anderer konnte sich dieser Pflanze auf eine solche Distanz nähern, ohne sie zu verscheuchen. Dazu bedurfte es eines Wesens mit der ausgeprägten stillen Anmut der Heilerin. Er war verzaubert von diesem Anblick, konnte den Blick nicht abwenden ...

Plötzlich schienen alle Pflanzen, wie auf ein geheimes Kommando hin, vom Wasser geschluckt zu werden. Mit leisem Plätschern versanken sie, Pfeilen gleich, blitzschnell eingerollt unter der Oberfläche, und im selben Moment, in dem die Heilerin den Kopf hob, sah auch Kian in Richtung der Bäume. Sofort griff er nach seinem Bogen und legte einen Pfeil ein, denn dort duckte sich eine Sonnenkatze zu Boden. Offensichtlich hatten sie die Bewegungen der Pflanzen, der Heilerin und auch des Mannes zu Pferde in ihrem Umfeld erschreckt, aber warum floh sie nicht?

Diese Wildkatzen waren die scheuesten Tiere, die Kian kannte. Er selbst hatte nur einen winzigen Hauch eines Blickes jemals auf eine dieser Art werfen dürfen, und das auch nur, weil er sie beim Fressen gestört hatte und sie sich sichtbar ungern von ihrer Beute trennen wollte. Scheu und gefährlich waren sie, lautlose Jäger von der Größe eines Schafes und von außerordentlicher Schönheit. Die Sonne ließ Strähnen ihres kurzen dunklen Fells in ihrem Licht golden schimmern, wie die Wasseroberfläche. Eine perfekte Tarnung in ihrer bevorzugten Umgebung der Sümpfe mit ihren ausgedehnten Tümpeln und Weihern.

Die Sonnenkatze floh nicht, im Gegenteil, sie bewegte sich nach diesem Augenblick der Irritation geduckt weiter voran, ihre Ohren aufgestellt und mit starrem Blick auf die Heilerin, die sich in ihrer ebenso gebückten Körperhaltung kaum von ihr unterschied. Kian atmete tief ein, den Bogen gespannt auf sein Ziel gerichtet und doch bewegungslos fasziniert von der Annäherung dieser beiden Wesen vor sich.

Mit vorsichtigen Schritten, eng an den Boden gedrückt, schlich die Katze auf die Heilerin zu und ihre Ohren bewegten sich wachsam mal hier- mal dorthin. Wie nah wollte Kian sie heranlassen? Er konnte nicht riskieren, dass es zu einem Angriff kam, und wusste doch, die Sonnenkatze hatte sich längst auf eine Distanz genähert, die tödlich für die Heilerin sein würde.

Jedoch sprachen die Bewegungen der Katze nicht von Angriff. Sie war neugierig, sie wollte sehen, welche Art von Wesen sich hier vor ihr in ihrem Territorium befand, und sie hatte offensichtlich beschlossen, die Heilerin wie eine Artgenossin zu behandeln, die einen näheren Blick verdiente. Wie war das möglich?

Unmittelbar vor der Heilerin hielt die Katze inne. Sie legte die Ohren an, streckte vorsichtig ihren Kopf in Berührungsreichweite der Frau vor ihr und begann tief zu schnurren. Kian sah die Heilerin bewegungslos lächeln, ihre Kapuze war nach hinten gerutscht, zeigte ihr Profil, zeigte ihm ihren sanften Blick in die Augen der Katze, und sie erhob zaghaft die Hand, um die Sonnenkatze zu berühren ...

Dann geschah zu vieles auf einmal. Kian hatte nur noch einen Gedanken: *Nein!* Seine Panik in diesem Gedanken erfüllte ihn vollständig und noch bevor er ihn laut aussprach, zuckte die Hand der Heilerin zurück, sie verlor das Gleichgewicht und griff, sich abstützend, hinter sich ins Wasser. Die Katze duckte sich noch tiefer, sah sekundenlang in seine Augen, richtete sich dann auf und verschwand erschrocken zwischen den Bäumen.

„Nicht anfassen!", rief er nun, aber alles, was er damit erreichen wollte, war bereits geschehen und er war sich bewusst, dass das eigentlich gar nicht möglich war.

Das Band des Heermeisters schlug ihr ein einziges Wort entgegen: *Nein!* Alia taumelte rückwärts und griff mit ihrer linken Hand hinter sich ins Wasser. Bei den Monden, sein Band war derart körperlich, dass er damit sein Gegenüber buchstäblich zurückstoßen konnte! Und nicht nur sie selbst, auch diese große goldene Katze hatte es gespürt, denn auch sie war erschrocken zusammengezuckt und hatte ihn unmittelbar vor ihrer Flucht mit zusammengekniffenen Augen fixiert wie ein Beutetier.

Alia zog schnell ihre Kapuze zurück über ihr Gesicht. Es war absurd, alles was eben geschehen war, war vollkommen absurd! Der Heermeister war in der Lage, mit seinem Band alles Lebendige in seiner Umgebung körperlich zu beeinflussen! Das war Zauberei, es war Magie, und Alia wusste, es gab einen speziellen Begriff für Dinge dieser Art, der ihr in diesem Moment nicht einfallen wollte.

Und sie selbst wurde von einer riesigen Wildkatze wie ihresgleichen behandelt und es erfüllte sie mit unendlicher Scham, dass sie sich so sehr in diesem wunderschönen Augenblick verloren hatte. Sie hatte zugelassen, dass der Heermeister sah, wie ähnlich sie sich in so vielem waren, die Katze und sie, das fremde Katzenwesen ... Tränen füllten ihre Augen und sie wäre am liebsten ebenso geflohen wie die Wildkatze.

Mehr als eben gerade konnte sie sich nicht entblößen! Mehr als eben konnte sie niemals zeigen, wie anders sie war! Jetzt konnte sie ebenso gut ihre Kapuze ablegen und beginnen, dauerhaft ihr Gesicht zu zeigen. Der Kodex der Jidari konnte von ihr nicht noch brutaler gebrochen werden als in den letzten Augenblicken, und was bedeutete er ihr im Grunde überhaupt noch?

„Seid Ihr in Ordnung, Heilerin?“, fragte der Heermeister sie beunruhigt und ritt bis an die Wassergrenze an sie heran, die Zügel ihres Pferdes in der Hand.

Alia nickte. Sie konnte jetzt nicht sprechen, er hätte die Tränen in ihrer Stimme vernommen. Für einen langen Moment war sie außerstande, sich zu bewegen. Sie wollte, dass er fort ritt. Sie wollte alleine sein und sich in Einsamkeit ihrer Scham hingeben, ihrer Trauer um ihr Leben, das sie nie hatte. Sie hatte zu lange in Käfigen gelebt, um jetzt eine Frau sein zu können, die aufhörte zu weinen und auf ihr Pferd stieg, um mit dem Heermeister auf die Jagd zu gehen. Mit ihm, der ihr ein so besonderer Mann geworden war in all seiner Klugheit, seinem Humor und auch seinen Ängsten. Er hatte sie alles sehen lassen, was seine Person ausmachte. Und nun, was hatte sie ihm gezeigt? Nichts als ein gezähmtes wildes Tier ...

„Kommt heraus aus dem Wasser, Heilerin, sonst müssen wir auf dem nächsten Markt zu viel Gold in Salbei, Thymian und Eukalyptus investieren und können uns keine Sumpflilienwurzeln zum Würzen unserer Mahlzeiten mehr leisten!“, sprach der Heermeister sanft.

Erst jetzt bemerkte Alia, dass er sie die ganze Zeit betrachtet hatte, und in seinem Blick lag kein Befremden, keine Missgunst, sondern ein Lächeln voller Sorge. Er versuchte sie aufzumuntern!

Alia atmete tief durch. „Die Sumpflilienwurzeln liegen mir zu Füßen, wir müssen lediglich noch etwas Zeit investieren, wenn Ihr erlaubt!“, erwiderte sie und ging damit sogar leise auf seinen Spaß ein. Es tat ihr so gut, dass er in dieser Situation mit ihr scherzte.

Er lachte kurz auf, erhob die Hände und nickte einmal. „Gut, das erspart uns weitere Ausgaben. Ich ziehe mich zurück!“ Und damit ritt er ein gutes Stück von ihr weg, ihr Pferd noch immer am Zügel mit sich führend.

Alia sah ihm kurz nach. Warum versuchte er sie aufzumuntern? Warum lag es ihm am Herzen, dass sie sich besser fühlte? Warum erschreckte ihn ihre Andersartigkeit nicht? Alia richtete sich auf, duckte sich mit gestreckten Händen und wartete bewegungslos darauf, dass die Sumpflilien sich erneut zeigen würden.

Und hatte sie in seinem Gesicht nicht auch den Hauch einer Verwirrung gesehen? Dieses Mal war ihm die Macht seines Bandes bewusst geworden, auch wenn er unmöglich wissen konnte, dass es sein Band gewesen war, das die Situation eben verändert hatte, denn er glaubte fest daran, dass ihm genau dieses Band fehlte. Er war ebenso ein Gefangener wie sie. Gefangen in dem Bewusstsein der eigenen Fremdheit.

Kian beobachtete, wie die Heilerin erneut zur Ruhe fand und blitzschnell nach zwei der Sumpflilien griff, in dem Moment als sie sich vollständig geöffnet hatten. Es war herrlich, ihr zuzusehen, und als sie aus dem Wasser hinaus auf ihn zukam, hielt sie die Pflanzen wie eine Jagdbeute in den Händen.

Es hatte Kian erleichtert, dass sie kein Wort über sein sonderbares Verhalten geäußert hatte, beziehungsweise das Fehlen eines Verhaltens, das trotzdem zum Ziel geführt hatte. Was genau er getan hatte, war ihm ein Rätsel, und er zog es vor sich einzureden, er hätte sich in der Spannung der Situation lediglich eingebildet, dass sein gesprochenes Wort erst nach ihrer Reaktion erfolgt war. Nein, er musste zuerst gerufen haben!

Aber ihre Tränen waren keine Einbildung gewesen. Er selbst konnte sie nicht dermaßen erschreckt haben, oder etwa doch? Ihm war es, als ob sie um etwas vollkommen anderes weinte, etwas, in dem er nichts verloren hatte. Er wollte ihr nicht zu nahe treten. Er konnte gut verstehen, dass es Gefühle gab, die nur einem selbst gehörten, um sich damit zu quälen. Was quälte die Heilerin? Doch nicht das Wissen um ihre Andersartigkeit? Eine Andersartigkeit, die sie in nichts einschränkte, die kein Gesetz bestrafen konnte ... Kian wurde sehr stark bewusst, dass er zu sehr in seiner eigenen Welt dachte.

Er hatte nicht die leiseste Ahnung davon, wie es für sie gewesen sein musste, in einem Jidari-Kloster zu leben. Starre Regeln, Einschränkung jeglicher Freiheit und der eigenen Persönlichkeit, hin zur Uniformität ... So, wie Kian sie kennengelernt hatte, konnte dies alles nur die Höchststrafe für sie gewesen sein. Sie mochte die Eigenarten ihres Wesens die meiste Zeit verstecken können, aber ihre Liebe zur Freiheit, ihr stures Wesen und ihre Wehrhaftigkeit verbergen zu müssen ... er konnte nur erahnen, wie sehr sie gelitten haben mochte.

Und jetzt blieb ihm nur, einige aufmunternde Worte zu sprechen, sie vielleicht sogar ein wenig zu amüsieren, und dass ihm das gelungen war, hatte er an ihrer Reaktion bemerkt.

Die Heilerin verstaute die Wurzeln in ihren Umhangtaschen, zog ihre Stiefel an, bestieg ihr Pferd und fragte dann ohne sich ihm zuzuwenden: „Wäre ich verletzt worden, wenn ich die Wildkatze berührt hätte?"

„Ja! Das war eine Sonnenkatze und ihr Fell führt eine Säure, die sich schmerzhaft in die Haut frisst, sagt man!"

Die Heilerin nickte. „Danke, dass Ihr sie nicht getötet habt. Sie war wunderschön!"

Kian betrachtete sie daraufhin lediglich von der Seite. Er konnte nichts von ihrem Gesicht erkennen und wollte es doch so sehr. Er wollte sehen, ob ihre Verzweiflung verflogen war. Ebenso wollte er sehen, was sie nun über ihn dachte. Und wieder einmal fragte er sich im Stillen, was ihm daran so wichtig war.

„Lasst uns dort hinten bei den Hecken Deckung suchen und warten, was die Natur uns als Abendmahlzeit beschert, Heilerin! Es wird bereits dunkel!"

Sie bezogen ihren Posten und beobachteten bald eine Schar Gänse, die sich auf dem Wasser niederließ. In der ihr eigenen Geschwindigkeit erlegte die Heilerin zwei von ihnen, während Kians zweiter Pfeil sein Ziel im flüchtenden Geflatter verfehlte. Er lächelte ihr anerkennend zu, weil er bemerkte, dass sie ihn direkt ansah, auch wenn er ihre Augen in der zunehmenden Dunkelheit nicht erkennen konnte. Es lag so viel Ruhe darin, mit ihr zu jagen. Ihre Gegenwart war eine Wohltat wie schon so oft, und Kian genoss jeden Moment mit ihr in der Freiheit dieser von Wasser bedeckten Natur.

Kapitel 14

„Nein, Heermeister Dogul, wir reiten jetzt gleich zu Eurem Elternhaus und nicht zuerst ins Lager!“, widersprach Roan vehement der Anweisung seines Anführers, als sie an der Wegbiegung angehalten hatten.

Alia blickte in die nickenden Gesichter aller Soldaten und das Gefühl einer tiefen Freude breitete sich in ihrer Brust aus. Sie alle wollten an diesem Tage nur eines für ihren Heermeister. Sie wollten, dass er die Gelegenheit bekam, seine Familie zu sehen, auch wenn es bedeutete, sich offen gegen eine seiner Anordnungen zu stellen. Alia konnte sich ebenfalls das Lächeln nicht verkneifen.

Der Heermeister war seltsam angespannt gewesen, seitdem sie die Grenze zum Fürstentum seines Vaters passiert hatten. Im Heerlager der vierten Garde hatte er vor zwei Tagen die gesamte Nacht im Gespräch mit seinem Hauptmann verbracht. Nur Roan war ihm nicht von der Seite gewichen, und vom Feuer aus hatte Alia mit Mino beobachtet, wie immer wieder Boten mit Briefen in die verschiedenen Himmelsrichtungen ausgesandt wurden.

Im Westen des Landes war es zu wiederholten Angriffen gegen die Truppen der Armee gekommen, und auch wenn Alia nicht begriff, um welches Fürstentum es sich dabei handelte, so wurde sie doch gewahr, dass sich damit offensichtlich die gesamte Situation des Landes veränderte, denn ein weiterer Fürst hatte sich offen gegen den König gewandt. Während ihrer Tagesetappen wurde deshalb vieles diskutiert, auch wenn das bedeutete, dass Alia Zeugin der Gespräche der Soldaten wurde. Es schien niemanden mehr zu stören, und das erfüllte sie mit Glück.

„Wir alle diskutieren tagtäglich über den Verlauf der Kämpfe im Westen. Es ist Zeit, endlich Gewissheit zu erlangen, und die bekommen wir im Lager der sechsten Garde!", entgegnete der Heermeister und sandte kühle Blicke über die Gesichter seiner Soldaten.

„Nun, dann lasst uns alleine ins Lager reiten, Gewissheit erlangen und für den Fall, dass Eure Anwesenheit von unerlässlicher Wichtigkeit sein sollte ... Wir wissen, wo wir Euch finden!", erklärte Evan nun und wechselte einen Blick mit Ana.

Der Heermeister atmete ein, hob an, etwas zu entgegnen, aber Roan griff nach seiner Schulter, drückte sie und sagte: „Heermeister Dogul, es ist uns eine Ehre, Euch an diesem Punkt des Weges zu verlassen, und das ist mein voller Ernst!"

Jetzt senkte sich ein betretenes Schweigen über die Soldaten, und der Heermeister hielt lange den Blick seines Freundes. Es lagen zu viele Gefühle in diesem Blick, als dass Alia ihn hätte deuten können, schließlich jedoch wandte er sich an sie.

„Wollt Ihr mich noch immer begleiten, Heilerin Alienne?", fragte er und seine Stimme klang nichts als freundlich. Er ließ sich seine Gefühle nicht anmerken.

„Das will ich gerne, Heermeister Dogul!", antwortete Alia ehrlich und sah auf Anas Gesicht ein offenes Lächeln erstrahlen, das sie nicht oft an ihr gesehen hatte.

Die Soldaten nickten sich schweigend zu und ritten dann davon. Der Heermeister blickte ihnen einen Moment nach und wandte sich daraufhin an Alia. Sie sah ihm direkt in die Augen, hob sogar noch den Kopf weiter an, damit er ihr Gesicht sehen konnte. Er sollte sehen, dass sie glücklich für ihn war. Sie wusste, es bedeutete ihm viel, heute bei seiner Familie sein zu können, und sie würde ihn bis ans Ende der Welt begleiten, wenn es erforderlich war.

Der Heermeister lächelte, trieb dann seine Stute an und nickte ihr zu. Er hatte niemals zu den anderen von ihrem Erlebnis mit der Sonnenkatze gesprochen, und dafür fühlte Alia noch immer tiefe Dankbarkeit. Und es gab noch mehr, für das sie ihm danken musste. Er hatte ihr während der letzten Tage immer wieder in Worten gezeigt, wie sehr er ihre Bewegungen und ihre Schnelligkeit akzeptierte, ja, sogar ihren Anblick schätzte. Wenn Ana sie im Schwertkampf trainierte, oder während ihrer letzten gemeinsamen Jagd ... Wiederholt hatte er ihre Bewegungen zum Thema gemacht, wenn niemand anderes zugegen war, auch wenn es nur in einem Nebensatz geschah. Alia fühlte sich seltsam aufgehoben in der Tatsache, es von ihm offen ausgesprochen zu wissen. Sie selbst würde niemals Worte dafür haben.

Sie ritt in Stille neben ihm her, bis sie vor den sanften Hügeln ein Haus erkennen konnte. Nein, kein Haus, ein Anwesen, umgeben von Stallungen, kleineren Häusern und einem üppigen Garten, der sich offenbar in jede Richtung zu einer Parkanlage ausbreitete. Augenblicklich wurde es stumm in ihr. Ehrfürchtig starrte sie auf das große Gebäude inmitten dieser Pracht, das ein Schloss sein musste, auch wenn sie nie zuvor eines gesehen hatte. Alle Gebäude waren aus dem dunklen Stein, den ihr bereits die Felsen der Landschaft gezeigt hatten, aber Fenster, Zinnen, Dächer und Geländer waren weiß und verliehen damit dem gesamten Anblick etwas derart Edles und Feines, dass Alia nur noch flach zu atmen wagte.

„Das ist es, Heilerin! Das Haus, in dem ich als Kind gelebt habe!", sprach der Heermeister in die Stille, und sie konnte sehen, dass auch ihm das Atmen schwerfiel.

„Euer Zuhause!", ergänzte Alia.

Der Heermeister schüttelte den Kopf und sah sie an. „Nein, das ist es schon seit Langem nicht mehr! Mein Zuhause ist das kleine Haus, das ich nah dem Palast in der Hauptstadt habe, Heilerin!"

Seine Stimme klang traurig, und Alia biss sich auf die Lippen für die unbedachten Worte, die sie gesprochen hatte. Sie wusste nichts über ihn, wurde ihr bewusst. Sie wusste nichts von all dem, was ihn so sehr bedrückte, immerzu.

„Kommt!", forderte er sie auf, und sie ritten gemeinsam durch das Tor über einen weitläufigen, mit kleinen Steinen gepflasterten Platz bis zum Eingang des großen Hauses.

Alia sah ihn flüchtig am Haus emporblicken, bevor er begann, von seiner Stute zu steigen. Er stützte sich auf seine Stöcke, als die Eingangstür aufflog, und eine Frau mittleren Alters hinaustrat. Sie war von einer edlen Schönheit, die Alia nur bewundern konnte. Groß gewachsen, ihre grauen Haare im Nacken zu einem Knoten gebunden, strahlte sie eine nahezu feierliche Würde aus.

„Kian!“, flüsterte sie nur, ging auf den Heermeister zu und nahm ihn in den Arm.

Alia hörte sein Band nahezu klingen, und sein Schwingen wisperte leise das eine Wort: *Mutter!* Er küsste sie, ließ sich von ihr umfangen, verlagerte dann sein Gewicht auf nur einen seiner Stöcke und legte seinen freien Arm um die schlanke Gestalt seiner Mutter. Er strauchelte leicht und schließlich flüsterte er mit einem Lächeln in seiner Stimme Worte in ihr Ohr, die nicht für Alia bestimmt waren, die ihr scharfes Gehör jedoch trotzdem auffing. *„Bitte lass uns irgendwo hin gehen, wo auch ich dich richtig in den Arm nehmen kann!“* Des Heermeisters Mutter küsste ihn noch einmal und ging dann, sich Tränen der Freude fortwischend, vor ihm ins Haus.

Im Eingangsbereich führten drei Stufen hinauf zur Tür und zum ersten Mal sah Alia, dass es Situationen im Leben des Heermeisters gab, in denen er sich mit seinem Körper abmühen musste, um zum Ziel zu gelangen. Sie schloss zu ihm auf, um ihm gegebenenfalls Hilfe anbieten zu können, aber er brauchte sie nicht. Treppen zu steigen nahm für ihn lediglich eine gewisse Zeit in Anspruch, es entkräftete ihn nicht. Hinter Alia wurden ihre Pferde in die Stallungen geführt, und als sie den Kopf wieder nach vorn wandte, traf sie den Blick des Heermeisters.

Er lächelte entschuldigend. „Nehmt es meiner Mutter bitte nicht übel, dass sie Euch nicht begrüßt hat, Heilerin!“

Alia lächelte ebenfalls. „Nein! Ich bin sicher, sie wird es nachholen“, flüsterte sie und erstarrte beim Anblick des Innenraumes, den sie nun gemeinsam betraten. Die Wände waren über und über mit Stoffen ausgekleidet, in die Muster mit silbernen Fäden gewebt waren.

„Kommt mit herüber, hier befindet sich das Esszimmer!“, leitete sie der Heermeister an und blickte ihr etwas besorgt in die Augen, weil sie wahrscheinlich den Mund nicht mehr schließen konnte vor Ehrfurcht.

Das Esszimmer zierten ganz ähnliche Stoffe, jedoch schienen sie nicht so wertvoll durchwirkt. Gepolsterte Stühle umringten einen großen Eichentisch, die Fensternischen beinhalteten ebensolches

Eichenholz und an eines dieser Fensterbretter lehnte sich nun der Heermeister und stellte seine Gehstöcke beiseite. Eine prunkvolle Anrichte schloss den Raum nach hinten hin ab und darin funkelten Gläser und feinstes, weißes Geschirr. Alia senkte den Kopf und ging näher zur rechten Wand hin, denn in der Mitte dieses riesigen Raumes zu stehen, machte sie fast schwindelig.

Die Mutter des Heermeisters betrat nun nach ihnen den Raum, ein Tablett mit Kuchen und einer Kanne in den Händen, das sie schnell auf dem Tisch abstellte, dann wandte sie sich wieder ihrem Sohn zu, um sich von ihm in die Arme schließen zu lassen. Diese Umarmung verlief in vollkommener Stille, als gäbe es nur diese beiden Menschen in diesem Raum und die Liebe, die sie füreinander empfanden.

Alia hatte nie gesehen, dass sich zwei Menschen so nah sein konnten. Die Jidari ließen Beziehungen jeglicher Art untereinander nicht zu, weil sie die Konzentration auf die Allmutter störten, so sagte es der Kodex. Die Allmutter sollte mit allen Emotionen, die einer Einzelnen zur Verfügung standen, gepriesen werden. In diesem Augenblick jedoch begriff Alia, dass Nähe, Liebe und das Geborgensein im Arm eines anderen unschätzbar wertvoll waren. Es war eine Lüge, die Allmutter in Einsamkeit finden zu können, wenn man in der Liebe zu einem anderen Menschen so viel Kraft erlangen konnte. Sie hatte dies alles nie erlebt, und sie konnte auch die Ehrfurcht nicht abschütteln, die Scham ihres niederen Standes gegenüber dieser Pracht, aber sie nahm Teil an der Schönheit dieses Augenblickes.

„Mutter, das ist die Heilerin Alienne aus dem Jidari-Konvent im Norden. Sie reist mit mir und meinem innersten Kreis in die Hauptstadt!", erinnerte der Heermeister dann an die dritte Person im Raum, hielt noch immer die Hand seiner Mutter, aber sah Alia direkt in die Augen.

Seine Mutter wandte sich nun an sie, strich sich fahrig über die Haare und atmete durch. „Heilerin, entschuldigt bitte meine Unhöflichkeit, aber ich habe meinen Sohn seit drei Jahren nicht gesehen ... Ich habe vergessen, Euch zu begrüßen, verzeiht!" Und mit diesen Worten ging sie mit ausgestreckter Hand auf Alia zu.

Kian hatte mehrfach beobachtet, wie die Heilerin in solchen Situationen ihre Hände in den Taschen ihres Umhanges verschwinden ließ, um niemanden berühren zu müssen, und dass sie das immerfort tat, hatte Kian wieder und wieder ruhig gemacht. Sie zwang niemandem ihre Berührung auf und war sich stets der körperlichen Präsenz anderer gewahr, denn sie achtete diese in höchstem Maße.

Was sie jedoch jetzt tat, nahm ihm den Atem. Sie griff mit beiden Händen nach ihrer Kapuze, legte sie nach hinten und entblößte damit nicht nur ihr Gesicht, sondern auch das prachtvollste Haar, das Kian jemals gesehen hatte. Es war von tiefem, dunklem Rot, lang, und die Wildheit ihrer Locken wurde durch ein Band zurückgehalten, das sie mehrfach um ihren Kopf geschlungen hatte. Dann sank sie vor seiner Mutter in einen tiefen Knicks. Mehr Ehre konnte sie nicht erbieten, das wusste Kian, und es erfüllte ihn mit Stolz und Dankbarkeit, dass sie damit auch ihn und diese ganze Situation zu ehren schien.

Warum hatte er niemals daran gedacht, ihre Haare könnten lang sein? Er hatte zeitweilig sogar versucht, sich vorzustellen, sie könnte ihren Kopf kahl rasiert tragen. Er war ein Narr, denn die Heilerin war eine Schönheit in so vielem.

„Bitte, Heilerin, richtet Euch wieder auf!", rief seine Mutter sofort aus. „Ich nehme es nicht sehr ernst mit der Etikette. Es freut mich so sehr, dass wir Euch als Gast hier begrüßen dürfen!"

Die Heilerin hielt den Kopf weiter gesenkt und blickte seine Mutter nicht direkt an. „Ich danke Euch, dass ich hier sein darf, Fürstin Dogul!", antwortete sie zurückhaltend.

Kian wusste, wie dies alles auf sie wirken musste. Er wusste um das Leben, das sie geführt hatte, bevor er sie getroffen hatte, und alles in und an diesem Haus musste sie zutiefst einschüchtern. Er kam jedoch nicht dazu, seine Gedanken fortzuführen, denn die Tür zum Esszimmer wurde aufgerissen, und ehe Kian etwas sagen konnte, flog ihm seine Schwester um den Hals. Er hatte das Gefühl, er müsse ersticken vor Glück.

„Ich habe deine wunderschöne Stute draußen gesehen! Ich kann kaum glauben, dass du wirklich hier bist!", sagte sie nahe an seinem Ohr und schmiegte sich eng an ihn.

„Niara, liebe Niara, was hast du vor? Du willst doch sicher nicht meine kleine Nichte zwischen uns zerquetschen!“, rief er aus und legte beide Hände auf den bereits deutlich gerundeten Körper seiner Schwester.

„Ach, Kian!“, flüsterte sie, küsste sein Gesicht wieder und wieder und sah ihn dann schelmisch an. „Was macht dich so sicher, dass hier drin ein Mädchen wächst?“ Niara legte nun ihre Hände auf seine, und er lächelte sie für einen Moment einfach nur an.

„Wer weiß, vielleicht überrasche ich die ganze Welt und die Thronfolge damit, dass ich einem Jungen das Leben schenke! Wenn er nur so wird wie du, Kian, mein wundervoller Bruder!“ Und erneut küsste sie sein Gesicht.

Er strich ihr zärtlich eine Strähne ihres braunen Haares zur Seite. Sie sah wohl aus und sie war noch immer die Alte, seine stürmische, kleine Schwester. Er fing den stolzen Blick seiner Mutter auf, deren Augen sich erneut mit Tränen füllten.

„Sieh ihn dir an, Mutter, diesen schönen Mann! Sieh nur, du hast all deine Schönheit an ihn gegeben, deinen Sohn!“, wandte sich nun auch Niara an ihre Mutter und legte Kian ihren Arm um die Taille.

Jetzt trat ihre Mutter zu ihnen und berührte sie an den Schultern. „Ihr beide seid das Schönste, das ich in meinem Leben hervor gebracht habe, und nichts kann mir das nehmen!“, sprach sie stolz.

Alia betrachtete nicht nur diese Szene, sie fühlte sie, weil der Heermeister sein Band in den Raum sandte mit all dem Glück, das er empfand. Sie lächelte diese drei Menschen an und wünschte sich, nur einmal in ihrem Leben so sehr geliebt zu werden, sich einmal so sehr zugehörig fühlen zu dürfen. Sie konnte in diesem Moment keine Trauer über ihr einsames Dasein empfinden, aber die Gedanken flogen durch ihren Kopf, wie ein Schwarm zielloser Vögel.

Draußen hörte sie nun Hufgetrappel und die Geräusche von Wagenrädern, und in dem Moment, in dem auch die anderen im Raum dies vernahmen, veränderte sich alles. Das Gesicht des Heermeisters wurde zu einer steinernen Maske und sein Band brach ab.

Alia hatte oft gesehen, wie er seine Emotionen zurückgehalten hatte, aber nun schien er sie regelrecht niederzukämpfen. Auch die beiden Frauen an seiner Seite erstarrten.

„Du hast gesagt, er käme nicht vor dem Abend zurück, Mutter!", rief die Schwester des Heermeisters mit von Tränen erstickter Stimme aus.

„Kian, es tut mir so leid!", flüsterte die Fürstin und umarmte ihren Sohn erneut. „Ich wusste nichts davon, dass er ..."

Der Heermeister blickte mit steinerner Miene hinaus, aber als er den Kopf erneut seiner Mutter zuwandte, erschien das traurigste Lächeln auf seinem Gesicht, das Alia jemals gesehen hatte. „Mutter, lass es gut sein! Wir hatten diese wertvolle Zeit zusammen. Wir haben sie, um uns daran zu erinnern! Es war wunderschön, hier zu sein mit dir!" Und er umarmte seine Mutter, die schluchzend nickte.

Dann wandte er sich an seine Schwester: „Niara, ich will, dass du weißt, wie glücklich ich für dich bin. Dieses Kind ist ein so großes Geschenk für mich und du bist es auch, kleine Schwester!" Er strich ihr sanft über die Wange und blickte dabei tief in ihre Augen.

Was tat er da? Es schien ja nahezu, als verabschiede er sich, so als müsste alles, was er sagen wollte, in diesem Augenblick gesagt werden. Trauer wehte Alia jetzt auch mit seinem Band entgegen, obwohl sein Gesicht gefasst und liebevoll wirkte. Unendliche Trauer!

„Heilerin Alienne!", wandte er sich nun an sie. „Ich muss von hier fort, und Ihr könnt mich gerne begleiten, wenn Ihr es wünscht, aber Ihr würdet mir große Freude bereiten, wenn Ihr hier bliebet und die Gastfreundschaft meiner Mutter und Schwester genießen würdet an meiner Stelle. Ich werde jemanden schicken, der Euch zum Heerlager begleitet, wann immer es Euer Wunsch ist. Ihr könnt frei wählen, nur tut es schnell!"

Der Heermeister sah in ihre Augen, er musste die Verwirrung darin sehen, denn sie verstand nicht, was hier vor sich ging.

„Ja, Heilerin, bleibt bei uns, erzählt von Eurer Reise und nehmt ein gutes Mahl mit uns ein!", bat nun auch die Mutter des Heermeisters und ihre Stimme klang fast flehend in Alias Ohren.

Alia jedoch ließ den Heermeister für einige Momente länger nicht aus ihrem Blick. Er wollte, dass sie blieb. Es war eine Bitte, auch wenn er es nicht als solche formuliert hatte. Sie nickte, wandte sich dann an die Fürstin und sprach unverhältnismäßig gefasst: „Ich bleibe gerne, wenn es Eure Gastfreundschaft erlaubt, Fürstin Dogul!"

Alia sah den Heermeister erleichtert aufatmen, und in diesem Moment öffnete sich die Tür. Ein Mann um die sechzig Jahresläufe trat ein und sein Aussehen ließ keinen Zweifel daran, dass er Fürst Dogul war, der Vater des Heermeisters. Er war groß, wie sein Sohn, jedoch von massigerer Gestalt, seine Augen waren dunkel und seine Haare, die einmal schwarz gewesen sein mussten, waren von grauen Strähnen durchzogen. Ein Mann, der in allem ausstrahlte, dass er es gewohnt war, Macht auszuüben.

Augenblicklich wich die Fürstin mit gesenktem Blick von der Seite ihres Sohnes und auch die Schwester des Heermeisters entfernte sich einen Schritt von ihm, gab jedoch ihren Körperkontakt zu ihm nicht auf, sondern hielt weiter seine Hand.

„Ich höre, wir haben einen hohen Gast in unserem Hause! Seid gegrüßt, Heilerin Alienne!", rief der Mann mit tief grollender Stimme aus und wollte ihre Hand ergreifen, die Alia jedoch in ihre Umhangtasche gleiten ließ.

„Fürst Dogul!", grüßte sie ihn knapp und senkte den Kopf.

Der Fürst musste sichtbar seine Ungehaltenheit über ihre Reaktion auf seine Begrüßung überspielen, aber Alia sah in der peripheren Sicht den ebenfalls gesenkten Blick des Heermeisters und sein stolzes Lächeln.

„Nun, ich hoffe, meine Frau und meine Tochter haben Euch bereits gebührend begrüßt!" Damit wandte er sich an die Fürstin: „Warum ist die Teetafel nicht bereit? Warum bewirtest du unseren Gast nicht?", polterte er. Seine Stimme klang nicht unfreundlich und ließ dennoch keinen Zweifel an seiner Missbilligung.

In diesem Moment wurde Alia vieles klar. Sie sah, wie dieser Mann seinen Sohn ignorierte. Er verhielt sich ganz so, als befände sich dieser nicht mit ihm in diesem Raum. *„Die meisten Menschen ignorieren die Inzani!"*, hatte ihr der Heermeister in der Herberge erklärt, aber er hatte ihr nicht offenbart, dass es gewöhnlich auch die Familienmitglieder der Inzani taten. Jetzt konnte sie sehen, wie ungewöhnlich alles gewesen war, dem sie vorher hatte beiwohnen dürfen. Welches Glück es für den Heermeister war, dass die Frauen in seiner Familie sich über das Inzani-Gesetz hinwegsetzten, um ihm ihre Liebe zu zeigen. Alia verstand in diesem Moment so vieles, das sie nicht über den Heermeister gewusst hatte.

„Nun, Heilerin, wie war Eure Reise? Ich hoffe, Ihr hattet die Annehmlichkeiten, die Euch zustehen. Es ist sicher kein Vergnügen, den Norden in dieser Jahreszeit zu durchqueren und noch dazu mit einer Horde Krieger. Die Soldaten sind ein rohes Volk! Sie sind Euch wohl kaum eine geistreiche Gesellschaft gewesen, vor allem ihr Heermeister. Kein angenehmer Anblick ..."

Bei den Monden, er beleidigte seinen Sohn auch noch in seinem Beisein! Alia spürte den Abscheu, der sich bei den Worten des Fürsten in ihr aufbaute, aber das, was sie unmittelbar darauf fühlte, ließ sie fast triumphieren. Es war das Band des Heermeisters. Er hatte sich aufgerichtet und es mit seiner ganzen Wut, ja, seinem Hass gegen seinen Vater gerichtet, sodass dieser sich leicht taumelnd an die Brust griff.

Alia sah den Heermeister zur Tür gehen und einen Augenblick lang bedauerte sie, dass ihm die Lähmung seiner Beine einen rauschenden Abgang versagte, aber ihr Stolz auf das, was er getan hatte, verflog nicht. Es lag kein Befremden mehr darin. Sie wusste, er konnte sein Band auf diese Art benutzen, und sie hätte sich keinen besseren Moment für ihn vorstellen können, es zu tun.

Fürst Dogul musste sich scheinbar einen Moment sammeln, wusste er doch nicht, was ihm da eben widerfahren war. „Was sagte ich gerade? Ja, der Inzani-Heermeister, keine angenehme Gesellschaft ..."

Alia sah den Heermeister mit seinem Ellenbogen die Tür öffnen und sie wusste, wenn es einen Moment gab, in dem sie ihm ihre Zuneigung zeigen konnte, dann war er jetzt gekommen. Sie hatte für so vieles zu danken, sie wollte ihm so vieles zeigen. Ihre Loyalität, ihr Vertrauen, ihren Stolz auf ihn und ihre Bewunderung. Dies waren die Worte, die sie dafür fand und sie sah nicht den Fürsten an, während sie sie sprach, sondern seinen Sohn: „Ihr könntet nicht mehr im Irrtum sein, Fürst Dogul! Die Soldaten des innersten Kreises des Heermeisters sind außergewöhnlich kultivierte Menschen. Sie haben mir meine Reise sehr angenehm gemacht. Ich habe Freundschaft gefunden und das ist um so vieles mehr, als ich zu hoffen gewagt hatte. Vor allem ihr Anführer, Heermeister Dogul, ist ein Mensch von unendlicher Güte. Er trägt große Verantwortung und führt seine Truppen mit edlem Stolz und hohen Idealen. Mir ist er der wertvollste Mensch, dem ich je begegnet bin, und es ist mir eine Ehre mit ihm zu reisen!"

Der Heermeister verharrte bei diesen Worten in der geöffneten Tür, dann drehte er sich langsam zu ihr um und sah sie mit einem Lächeln an, das sein ganzes Gesicht einnahm. Seine Lippen formten ein einziges Wort: *„Danke!"* Er senkte kurz den Kopf vor ihr, drehte sich erneut um und verließ den Raum.

Kian musste seine gesamte Konzentration zusammenraffen, um sich an diesem Tag noch mit den militärpolitischen Themen befassen zu können, die es zu klären galt. Zu gegenwärtig waren ihm die Trauer seiner Mutter und Schwester und die Erniedrigung durch seinen Vater. Bei den Monden, er hatte sich geschworen, er würde nie wieder seinen Weg mit dem seines Vaters kreuzen. Seine uralte Wut, der uralte Hass, das alles war aus ihm hervorgebrochen, als sei er ein Wilder, und er war geflohen wie ein unwürdiges Tier.

Die Situation im Westen zumindest hatte sich offensichtlich wieder entspannt. Nach den Angriffen der Kämpfer Grohs hatte Kian den Befehl zum Rückschlag an seine zehnte Garde erteilt, und ihr war es in nur einer einzigen Schlacht gelungen, die Miliz in die Flucht zu schlagen. Die Männer Grohs hatten aufgrund der Übermacht der zehnten Garde um Waffenstillstand gebeten und die meisten waren daraufhin entweder aus der Miliz geschieden oder desertiert.

So hatte Kians Kampfbefehl wenigstens seine Aufgabe erfüllt, auch wenn er ihn lediglich mit schriftlicher Zustimmung Gorins, seines zweiten Heermeisters, jedoch ohne die Anordnung des Königs gegeben hatte, und dafür würde er büßen müssen, sobald sie die Hauptstadt erreichten. Es hatte Verletzte unter seinen Soldaten gegeben, aber keiner von ihnen war gefallen, und Fürst Groh war wieder bereit, an Friedensgesprächen teilzunehmen. Das war es, was Kian vorzuweisen hatte.

Hier und heute wurde nun auch der Beschluss gefasst, die dritte Garde gegen die marodierende Truppe Fürst Trangs zu schicken. Kian setzte den Marschbefehl an Hauptmann Lin eigenhändig auf und wies ihn an, die Kampfhandlungen möglichst defensiv zu halten. Die humanitäre Hilfe hatte weiterhin erste Priorität. Der Befehl sollte in dem Moment ergehen, in dem man die Zustimmung Gorins per Boten erhielt.

Kian ahnte, dass er damit auch Fürst Trang wieder an den Tisch der Friedensgespräche bringen mochte. Sollte der König ihn doch abstrafen, wie es ihm gefiel, die Bevölkerung aller abtrünnigen Fürstentümer war wichtiger als seine eigene Person, und mit einem guten Gewissen ließ sich die Erniedrigung durch den König besser ertragen.

Mino war es, der ein vollkommen neues Thema auf den Tisch brachte. Er hatte mit den Spähern jeder Garde, die sie auf ihrem Weg besucht hatten, Gespräche geführt und immer wieder dasselbe erfahren. Nun sei es für ihn an der Zeit, seine Informationen weiterzugeben, denn es konnte kein Zufall sein, wenn alle seiner Zunft dieselben Beobachtungen machten.

„Niemand kann sich einen Reim darauf machen, aber des Königs eigene Truppen sind seit Monaten in Alarmbereitschaft. Keiner der anderen Späher wusste genau, auf welches Ziel der König sie zu schicken gedenkt. Verschiedene Fürstentümer sind in der Diskussion, aber keines hat sich bislang herauskristallisiert. Tatsache bleibt jedoch, der König verfolgt die Mobilmachung seiner Truppen!“

„Von wie vielen Soldaten reden wir hier? Etwa dreihundert, oder?“, fragte Seth, der Hauptmann der sechsten Garde.

„Dreihundertfünfzig!“, nickte Kian nachdenklich. „Mino, Ihr habt großen Einblick in die Spekulationen der Soldaten eurer Zunft! Was wird genau unter Euch gemutmaßt?“

Mino senkte den Kopf und spielte nervös mit den Fingern an seinem Becher. „Nun, es klingt absurd, das wissen wir alle!“

„Nun rück schon raus, Mino!“, polterte Roan.

Mino ließ seinen Blick von einem zum anderen wandern und sagte dann in gefasstem Ton: „Der König schickt seine Soldaten nach Süden!“

„Nach Süden? Aber Fürst Roda führt sein Land in Abgeschiedenheit. Er hält sich aus der Politik des Königs heraus. Er hat nicht mal an den Zweimondgesprächen teilgenommen. Nein, von ihm geht sicher keine Gefahr aus. Und wer lebt denn sonst noch dort? Da ist nur Wüste!“, rief Seth aus.

„Ich sagte euch, es klingt absurd, aber das ist es, was die Späher unter sich reden!“ Mino zuckte die Achseln und ein Schweigen legte sich über die Männer.

Schließlich lächelte Kian Mino an. „Mir scheint, Ihr habt einen Spezialauftrag, sobald wir die Hauptstadt erreichen, Späher der ersten Garde!“

„Zu Befehl, mein Heermeister!“, gab Mino mit einem wissenden Lächeln zurück.

Kian hob gerade an, etwas über den Zustand des Fürstentums Side zu berichten, als ein Soldat das Zelt betrat und die Heilerin Alienne meldete. Kian nickte und dann sah er sie eintreten, ihr Gesicht verhüllt und schüchtern in ihren Bewegungen, die so anders sein konnten. Sie war bestürzt von allem, was sie in seinem Elternhaus erlebt hatte, das konnte Kian nur zu deutlich wahrnehmen.

„Kann ich Euch einen Moment sprechen, Heermeister Dogul?“, fragte sie scheu.

Kian nickte, dann sah er seine Soldaten an. „Ich würde gerne mit der Heilerin unter vier Augen reden!“

Augenblicklich erhoben sich alle und verließen das Zelt. In der jetzigen Leere des Raumes kam sich Kian plötzlich albern vor, wie er hier über den Karten auf dem Tisch saß. Es war eine Gewohnheit. Er setzte sich stets auf Tische. Es fiel ihm leichter von ihnen aus aufzustehen als von einem Stuhl.

„Haben Ana und Evan Euch gut hierher gebracht?“

„Natürlich, aber es wäre nicht nötig gewesen, den Weg auch noch von weiteren Soldaten sichern zu lassen.“

„Ich hatte Euch gebeten, mir in meinem Urteil in solchen Fragen zu vertrauen!“, erinnerte er sie freundlich.

„Natürlich“, gab sie sogleich scheu zu.

„Setzt Euch doch, Heilerin!“, bot er an und sah sie daraufhin den Kopf schütteln.

„Ich bin gekommen, um Euch einen Brief Eurer Mutter zu bringen!“, sagte sie und überreichte ihm einen Umschlag.

Kian nahm ihn, legte ihn in seinen Schoß und blickte dann wieder auf. Die Heilerin sah ihn an, ihre grünen Augen ruhten auf seinem Gesicht, als erwarte sie still, darin seine Gefühle lesen zu können. Einen Moment hielt er in Stille ihren Blick.

„Es tut mir leid, was im Haus meiner Mutter passiert ist!“, sprach er es dann aus und sah, wie sie ruhig den Kopf schüttelte.

„Nein, Heermeister, mir tut es leid für *Euch*!“

Kian nickte nur und konnte sie nicht weiter ansehen.

„Euer Vater ist bald nach Eurem Weggehen ebenfalls gegangen!“

„Euretwegen?“, fragte Kian besorgt.

„Nun“, begann sie zögernd. „Er wollte etwas über die Zustände in den Fürstentümern erfahren, und ich sagte ihm, dass ich unwissend sei und der, der ihm diese Auskünfte hätte erteilen können, soeben den Raum verlassen hätte!“

„Das habt Ihr gesagt?“ Kian musste über sie lächeln und es berührte ihn, auch ihr Lächeln zu sehen.

„Ich habe Eurer Mutter und Eurer Schwester von unserer Reise erzählt und von Euch!“

„Ich hoffe, Ihr habt die Kampfszenen ausgelassen!“

„Ich habe versucht, ihnen die Sorge um Euch zu nehmen, indem ich Euch als besonnenen und überaus fähigen Kämpfer beschrieb. Ich hoffe, Ihr erlaubt, dass ich so über Euch sprach?“

„Natürlich!“, bestätigte er sofort und sah sie nicken.

„Wichtiger war ihnen jedoch, dass Ihr Freunde unter Euren Soldaten habt, dass sie Euch hoch achten und keiner unter ihnen in Euch lediglich einen Inzani sieht!“

Kian fühlte sein Gesicht erstarren bei diesen Worten.

„Entschuldigt, ich wollte Eure Trauer nicht noch weiter vergrößern. Es steht mir nicht zu, so zu Euch zu sprechen.“

„Sagt das nicht, Heilerin!“, lenkte er sofort ein. „Natürlich ist es das, was sie über mein Leben erfahren möchten. Es ist das, worüber ich selbst stets in meinen Briefen schweige. Es macht mich nur betroffen, dass Ihr es so offen aussprecht!“

Die Heilerin nickte und sah ihm dann wieder in die Augen. „Eure Schwester hat um meine Berührung gebeten, damit ich das Geschlecht ihres Kindes erfahre! Sie wollte dieses Wissen nicht für sich, sondern bat mich, es *Euch* mitzuteilen, falls Ihr es wünscht!“

„Wie kam meine Schwester darauf, dass Ihr diese Fähigkeit habt?“

„Gerüchte!“, sagte die Heilerin sehr leise und vergrub ihre Hände in den Taschen ihres Umhanges.

Kian sah nicht zum ersten Mal, wie unwohl sich die Heilerin fühlte, sobald dieses Thema zur Sprache kam. Es wirkte auf ihn nahezu so, als schäme sie sich ihrer Fähigkeit, so als gereichte sie ihr persönlich niemals zur Ehre, wie es im ganzen Land der Fall war, und wahrscheinlich war sie sich nicht einmal bewusst darüber, wie die Welt von ihr sprach.

„Ihr braucht nichts zu sagen, Heilerin! Meine Schwester trägt ein Mädchen!“

„Was macht Euch so sicher?“

„Die Königsblutlinie bringt nur Mädchen hervor!“

„Die Königsblutlinie?“

„Ja, die Familie meiner Mutter entstammt der Blutlinie des Alten Königs!“

„Aber auch Ihr seid ein Kind Eurer Mutter und Ihr seid ein Mann!“

„Ein Versehen!“, lächelte Kian vor sich hin. Er spürte den Blick der Heilerin erneut auf sich ruhen und sammelte Kraft darin für seine nächsten Worte. „Ich möchte Euch noch einmal für das danken, was Ihr vor meinem Vater für mich getan habt!“

Wieder nickte sie nur, jedoch diesmal mit Blick in seine Augen. Kian würde niemals wirklich ausdrücken können, wie viel ihm ihre Worte bedeutet hatten und ihre Gegenwart in diesem Moment. „Wisst Ihr, in ein paar Tagen wird die Trauer gegangen sein, und was übrig bleibt, ist mein Glück, meine Mutter und Schwester gesehen und sie gehalten zu haben!“

„Ihr seid sehr stark!“, erwiderte die Heilerin sanft.

Kian sah sie überrascht an. „Nun, ich bin ein wertvoller Mensch, schon vergessen?“

„Ich weiß, aber ich sollte mir kein Urteil erlauben. Ich kenne nicht sehr viele Menschen, wisst Ihr!“, gab sie seinen kleinen Spaß zurück, und das ließ Kian das Herz nahezu überlaufen vor Zuneigung zu ihr.

Für einen Moment noch hielten ihrer beider Blicke einander in einem Lächeln fest, dann drehte sich die Heilerin mit einem *„Schlaft wohl!“* von ihm weg, hielt jedoch noch einmal inne und wandte sich erneut an ihn.

„Heute Abend würde ich *Euch* gerne um etwas bitten, Heermeister Dogul!“

Kian nickte ihr auffordernd zu und genoss es sehr, dass sie so viel von ihrem Jidari-Habitus abgelegte, wenn er mit ihr war, denn dass sie um etwas für sich bat, hätte er noch vor wenigen Wochen für unmöglich gehalten.

„Es würde all Euren Soldaten die größte Freude bereiten, wenn Ihr sie mit der Ehre auszeichnet, mit ihnen gemeinsam eine Abendmahlzeit am Feuer einzunehmen. Könnt Ihr das für mich tun?“

Kian runzelte die Stirn und sah sie lange fragend an. „Ich weiß es nicht, Heilerin!“, antwortete er schließlich und es war die Wahrheit.

Sie nickte, wünschte ihm noch einmal eine gute Nacht und verließ dann das Zelt. Sie ließ Kian nachdenklich zurück, aber in tiefer Freude über ihr Gespräch, und dies alles trug nicht zu seiner Konzentrationsfähigkeit bei, nun, da seine Soldaten wieder eintraten und ohne Umschweife wieder zu ihrem ursprünglichen Thema zurückkamen.

Kapitel 15

Sie befanden sich unweit des Lagers der ersten Garde, der persönlichen Garde des Heermeisters und damit dem militärischen Hauptquartier. Der Heermeister und seine Soldaten hatten zu Alias großer Freude beschlossen, noch eine letzte Nacht im Freien zu verbringen, bevor sie zu den Truppen aufschlossen. Von dort aus wäre es dann lediglich ein Ritt von wenigen Stunden bis in die Hauptstadt. Alia ließ ihren Blick über die Reisegesellschaft gleiten, die sie so sehr zu schätzen gelernt hatte. In zwei Tagen war ihre Reise zu Ende, ihr Ziel erreicht ... Das Ende ihrer Zeit in der Freiheit.

„Nun steigt schon ab, Heilerin! Oder wollt Ihr uns heute kein Gemüse finden? An unserem letzten Abend draußen!", neckte sie Roan und sah sie etwas besorgt an.

„Natürlich, Roan, entschuldigt!"

Der Heermeister war bereits fortgeritten, um auf die Jagd zu gehen. Er hatte Alia nicht aufgefordert, mit ihm zu kommen, und sie konnte verstehen, dass auch für ihn heute eine besondere Zeit zu Ende ging, hatte sie doch bereits erlebt, wie sein Alltag aussah. Sie konnte nachempfinden, was es für ihn bedeutete, diesen Abend, diese Nacht alleine in der Freiheit der offenen Landschaft verbringen zu können, und auch sie würde diese Nacht nutzen, um sich darin zurückzuziehen.

Alia versorgte ihr Pferd, legte ihr Fell zurecht und ging dann in den Abend hinaus. Es hatte bereits merklich abgekühlt, und sie atmete seltsam wehmütig auf. Sie erwartete die Wärme des Mittags schon seit einigen Tagen mit großem Erstaunen. Sie hatte nie in solchen Temperaturen gelebt, und ihre Kleidung war einfach nicht für dieses Klima gemacht, aber sie ahnte, dass es ihr gefallen könnte, auch wenn sie die kühlen Abende nach wie vor genoss.

Sie sah sich in alle Richtungen um und bemerkte den Heermeister am Rand eines Waldes. Nussbäume wuchsen dort und Beeren, jedoch kam es nicht in Frage, ihn dort zu stören. Er konnte sie nicht sehen, für seine Augen war sie zu weit entfernt. Alia kniete neben einem Findling nieder, an dessen Seiten wilde Möhren wuchsen, und begann ihr Schwert in den Boden zu graben. Sie war jedoch abgelenkt und ihr Blick glitt erneut zur Gestalt des Heermeisters.

Sie hatten nicht viel miteinander gesprochen, seit dem Tag in seinem Elternhaus, aber das war auch nicht nötig gewesen. Sie hatten an jenem Abend im Kommandozelt eine Art von Nähe erlangt, die in Offenheit und Vertrauen fortbestand auch ohne Worte.

Sie hatte viel über ihn und das nachgedacht, was sie an seiner Seite während dieser Reise erlebt hatte. Sie bewunderte ihn dafür, dass es ihm gelungen war, sein Selbstbewusstsein und seinen Stolz in einer Welt zu bewahren, die ihm fortwährend durch Missachtung Gewalt antat. Er hatte sich in sein Schicksal gefügt, auch wenn er es nicht in Demut tat. Seine Bescheidenheit jedoch, schien ihr, war ihm dabei stets eine große Hilfe.

Sie hatte so vieles für ihn empfunden, aber die Angst, die sie so oft in seiner Gegenwart verspürt hatte, war fort. Sie verstand nun seine Wut und seine Neigung zur Gewalt, die er so gut kontrollierte. Sie vertraute ihm darin, und das nicht zuletzt, da sie ihn wahrscheinlich besser kannte, als irgendjemand sonst. Sie fühlte sein Band und hatte tiefen Einblick darin gewonnen, wie er es benutzte, auch wenn er nichts davon ahnte. Alia nahm es an, so wie es sich ihr zeigte, als Ausdruck seiner tiefsten Empfindungen und seines Willens Teil einer Gruppe zu sein, denn nur damit ließ sich erklären, welche Wirkung es auf seine Soldaten hatte, jedes Mal, wenn er das Ritual mit ihnen durchführte.

Das alles konnte sie klar vor sich in ihren Gedanken ausbreiten, jedoch nie das, was ihre persönlichen Gefühle für ihn anging, denn die waren in höchstem Maße verwirrend. Sie hatte seine Offenheit mehr und mehr auf eine Art erwidert, die ihr die Regeln ihrer Erziehung im Grunde streng verboten. Der Kodex der Jidari bedeutete ihr nichts mehr, aber sie konnte nicht aus ihren erlernten Mustern ausbrechen, ohne sich schuldig zu fühlen. Ja, der Heermeister war ein schöner Mann, sein groß gewachsener, starker Körper zog sie an und wenn er sie mit seinem forschenden, jedoch nie fordernden Blick ansah, dann wünschte sie sich, sie sei in seinen Augen ebenso wertvoll, wie er es für sie war. Eine Närrin, das war sie!

Ihre Gedanken füllten sich mit Erinnerungen, und sie dachte an die Nähe zurück, die sie mit Jaso während so vieler Jahre geteilt hatte. Sie hatte mit ihm zum ersten Mal in ihrem Leben Zärtlichkeit erlebt und es hatte ihr immer Ruhe gespendet, dass er ihre fremdartige Gestalt so sehr angenommen hatte, ja, sie vielleicht sogar deshalb geliebt hatte. Sie war immer erfüllt von Dankbarkeit ihm gegenüber, aber sie hatte ihn nie geliebt. Er war ihre Insel gewesen, der einzige Ort, an dem sie so sein konnte, wie sie war, aber sie hatte es immer für unmöglich gehalten, dass sie jemals mit einem anderen Mann Ähnliches erleben würde. Denn nichts anderes war es. Unmöglich!

Sie hatte nicht bemerkt, wie der Haufen Möhren an ihrer Seite gewachsen war. Bei den Monden, das reichte bereits für ein ganzes Heer von Soldaten! Sie machte sich noch immer nichts aus Gemüsemahlzeiten, aber sie hatte die verschiedenen Sorten als Beilagen neu zu schätzen gelernt. Und auch wenn ihre Reise anstrengend gewesen war, ihr Körper hatte sich aufgrund des Fleischreichtums ihrer Nahrung gerundet. Ihre Knochen schienen nicht mehr unmittelbar unter ihrer Haut hervorzutreten und das war gut, denn sie fühlte sich stärker, gesünder und robuster als jemals zuvor.

Das alles jedoch brachte ihr keinen Vorteil in dem, was sie erwartete. Sie würde einem König dienen, den sie nicht kannte und der ihr nie etwas bedeutet hatte. Sie würde ihre Arbeit verrichten an jedem einzelnen Tag und wäre erneut gefangen, jedoch in einer weitaus mächtigeren Hand, als es die Jidari jemals sein konnten. Sie würde sich fügen, sie würde ihre eigenen Belange wieder zurückstellen und still dulden, was auf sie zukommen mochte, aber es würde um so vieles schwieriger werden, denn heute wusste sie um ein anderes Leben. Heute wusste sie, wie sich Freiheit anfühlte.

Kian hatte sich für die Heilerin gewünscht, dass sie ihre letzte Nacht unter freiem Himmel ganz nach ihren Vorstellungen nutzen konnte, so, wie auch er es tun wollte. Er hatte Mino angewiesen, die Umgebung ihres Lagerplatzes zu überprüfen, und er war erst fortgeritten, um zu jagen, als er Mino entspannt zu ihnen zurückkommen sah. Er wollte die Heilerin nicht in ihren letzten Stunden der Freiheit stören, wollte sie nicht mit seiner erzwungenen Gegenwart belasten. Ihm bedeutete diese letzte Nacht sehr viel, und er wusste, dass es für sie genauso war.

Als er jedoch mit einem Steppenbock zurück ins Lager kam, sah er Mino erneut aufsitzen. Er händigte Roan seine Beute aus und sah Mino fragend an.

„Es muss nichts bedeuten, Heermeister, aber dort im Osten brennt ein Feuer! Ich sehe nach, wer es ist!“, antwortete dieser und trieb sein Pferd an.

In diesem Moment trat auch die Heilerin hinter Roan aus der Dunkelheit, den Arm voll Möhren, und sah Mino besorgt nach.

„Keine Sorge, Heilerin, nur ein Kontrollritt!“, versuchte Kian sie zu beruhigen, aber er ahnte schon, dass sich seine Pläne für diese Nacht zerschlagen würden.

Mino kam zurück mit dem Bericht, es handele sich um Reisende, die östlich von ihnen lagerten. Sie alle seien bewaffnet, und er könne die Art ihrer Reise nicht ermitteln. Kian würde die Heilerin nicht allein in die Nacht gehen lassen können und das verursachte ihm nahezu Schmerzen. Er wollte so gerne, dass diese Nacht trotz allem eine besondere für die Heilerin sein konnte, und wünschte sich sehr, er könne ihr dabei helfen. Nun, vielleicht konnte er das tatsächlich! Es gab einen Ort, nicht weit von hier, den er ohnehin heute Nacht besucht hätte. Dorthin würde er sie mitnehmen, wenn sie ihn begleiten wollte.

Er ritt noch einmal fort, um jedoch bald mit einem fetten Rebhuhn wiederzukehren, in dem Moment, als die anderen gerade ihr Essen beendet hatten. Roan reichte ihm einen Teller, den er auf dem Rücken seines Pferdes leerte, und ritt dann näher an die Heilerin heran.

„Heilerin Alienne, heute Nacht würde ich *Euch* gerne etwas zeigen, wenn Ihr es mir erlaubt!“, sprach er sie an.

Sie sah augenblicklich zu ihm auf und ihre Augen schienen im Licht des Feuers zu funkeln. Kian musste das Bedürfnis niederkämpfen, ihr Kinn anzuheben, um dieses Funkeln besser betrachten zu können. Er sah sie nicken und fragte dann, ob sie mit ihm reiten wolle. Er rechnete damit, dass sie dies wieder ablehnen würde, aber sie nickte erneut, und das überraschte ihn sehr.

Evan formte ihr mit seinen Händen eine Baumleiter, die sie jedoch überhaupt nicht zu benötigen schien, und sie saß vor Kian auf, der seine Stute sanft antrieb und sie hinaus in die Nacht führte. Zunächst verschränkte die Heilerin ihre Arme vor der Brust, dann jedoch streckte sie sie zu beiden Seiten des Halses seines Pferdes aus und es erschien ihm fast, als kostete es sie Überwindung, seine Stute zu berühren.

„Ich frage Euch nicht, was Ihr da tut", kommentierte er verwirrt ihre Handlungen.

Jetzt legte sie ihre Hände auf das Fell der Stute, entspannte sich und antwortete: „Ich danke Euch, dass Ihr nicht fragt!"

Sie war ihm oft genug noch immer ein Rätsel, aber auf eine seltsame Art war er mit dieser Seite ihrer Person mittlerweile so vertraut, dass es ihn nicht mehr störte, sich Fragen über sie stellen zu müssen, auf die er keine Antworten erhalten würde.

„Ihr wisst, dass meine Stute blind ist!", stellte er dann einfach fest und sah die Heilerin nicken.

„Aber die meiste Zeit trägt sie einen sehr fähigen Reiter. Ihr gebt ihr Eure Augen", antwortete sie leise.

„Und sie mir ihre Beine!", fügte Kian hinzu und ärgerte sich bereits im selben Moment darüber, so offen gesprochen zu haben.

Die Heilerin jedoch fuhr einfach fort, ohne ihm das Gefühl zu geben, er hätte etwas Ungehöriges getan, fast so, als könne sie an seiner Unfähigkeit zu gehen nichts Abnormes entdecken. „Wohin reiten wir, Heermeister?"

„Seht Ihr dort drüben die großen Findlinge?", fragte er, zeigte an ihr vorbei nach vorne und sah sie nicken. „Das ist unser Ziel!"

Plötzlich war Kian nervös und fragte sich, ob dieser Ort der Heilerin etwas bedeuten konnte. Er selbst war, so oft er die Gelegenheit dazu hatte, hierhergekommen. Er hatte stets den Zauber der Vergangenheit gespürt, den diese Felsen in ihm zu wecken vermochten, und er hoffte inständig, das Mondlicht würde ausreichen, um etwas zu sehen.

Alia genoss das Schweigen, das ihren Worten folgte, und betrachtete die dunkle Landschaft in dieser sternenklaren Nacht. Diese weite Steppe erschien ihr noch immer fremd. Sie war es gewohnt, Berge um sich zu haben oder zumindest Felsen. Hier gab es nur diese Findlinge. Manche klein wie Sitzgelegenheiten, andere, wie die, auf die sie zuritten, haushoch.

Der Einzelmond stand voll über ihnen und tauchte das Land in einen bläulichen Glanz. Immer wieder fühlte sie nach dem Band der Stute des Heermeisters und versicherte sich, dass sie auch dieses Mal lediglich das Pferd spüren konnte und nicht den Albtraum ihrer ersten Begegnung. Es beruhigte sie zunehmend, auch wenn sie sich immer mehr ihrer körperlichen Nähe zu dem Mann hinter ihr gewahr wurde.

Sie näherten sich bald den riesigen Findlingen, und zunächst verwunderte Alia die merkwürdige Äderung dieses Gesteins. Je näher sie kamen, verdichteten sich jedoch diese Adern und offenbarten ihre tatsächliche Natur. Es waren in den Stein gehauene Schriftzeichen und der vordere Stein war über und über damit bedeckt. Alia wusste, sie sollte nicht zu diesem frühen Zeitpunkt ihre Verwunderung über das äußern, was sie sah, denn der Heermeister konnte unmöglich bereits klare Sicht darauf haben, aber sie konnte sich nicht zurückhalten. Sie sprang von seinem Pferd und ging, auf Langsamkeit bedacht, auf die Felsen zu.

Es waren Schriftzeichen der Alten Sprache, und Alia genoss es, mit jedem Schritt mehr von ihnen erfassen zu können, bis sie schließlich unmittelbar vor ihnen stand. Ehrfürchtig streckte sie ihre Hand aus und berührte den Stein mit den Fingerspitzen. Sie fuhr einige Schriftzeichen nach und drehte sich dann zum Heermeister herum, der ebenfalls nah herangeritten war. Sein Anblick vor dem vom mondbeschienenen Nachthimmel verschlug ihr die Sprache und es erleichterte sie, dass er sie in diesem Moment nicht ansah, sondern konzentriert die Inschriften betrachtete. Erst nach einigen Augenblicken wandte er seinen Blick in ihr Gesicht und lächelte.

„Das ist wunderschön, Heermeister! Wisst Ihr, wer die Menschen waren, die sich diese Nachrichten hinterlassen haben?"

„Ja! Es waren Menschen, die sich während des Alten Krieges auf der Flucht Richtung Norden befanden. Sie haben hier Hinweise auf ihren Verbleib an verlorene Angehörige hinterlassen, in der Hoffnung, diese dadurch irgend wiedersehen zu können."

Alia wandte sich erneut dem Stein zu und las so viele Nachrichten wie möglich. Eine ungeheure Verzweiflung lag in ihnen. Diese Menschen beschrieben ihr eine Welt, in der alles zerstört war.

„Es ist beeindruckend, heute Nachrichten aus der Zeit vor zweihundert Jahresläufen lesen zu können!", fügte der Heermeister schließlich gedankenverloren hinzu und berührte nun ebenfalls den Stein mit seinen Fingern.

Alia nickte. „Und traurig! Diese Menschen waren ohne Hoffnung. Voll von Angst und Trauer um die, die sie verloren hatten."

„Der Alte Krieg hat viele Opfer gefordert! Viele der Überlebenden müssen grausam verletzt worden sein, auch wenn man nichts über diese Verletzungen aus den Schriften erfährt, die ich einsehen konnte. Es ist auch möglich, dass es sich um eine unbekannte Krankheit handelte. Eine riesige Fluchtwelle setzte ein und sie richtete sich gen Norden."

„Die ersten Jidari waren Frauen, die mit ihren kranken Männern aus dem Süden geflohen waren. Das muss etwa in derselben Zeit geschehen sein!", erinnerte Alia sich nun und hatte bald nahezu alle Inschriften gelesen.

„Das gesamte Land war in Bewegung! Sprachen vermischten sich. Im Laufe der Zeit geriet die Alte Sprache in Vergessenheit, denn sie war die Sprache des Südens. Die Flüchtlinge, Frauen, Kinder und alte Menschen zumeist, legten große Strecken zurück. Die Männer waren entweder im Krieg gefallen oder litten an diesen rätselhaften Verletzungen. Der Alte König selbst war verschollen, die Armee zerschlagen. Es hat Jahrzehnte gedauert, bis sich das Herrschaftssystem neu konsolidiert hatte."

„Ihr habt großes Wissen über die Vergangenheit, Heermeister!“, sagte Alia nun und sah ihn wieder an.

„Ich habe viel Zeit gehabt, zu lesen“, erwiderte er plötzlich geistesabwesend und lächelte dann. „Es freut mich, dass Euch dieser Ort berührt!“

„Das tut er, wenn ich auch nicht alles verstehe, was hier geschrieben steht.“

„Was versteht Ihr nicht?“

„Hier zum Beispiel wird vor einem *glisterin enem* gewarnt“ Alia berührte die Schriftzeichen und spürte, wie der Heermeister sich über ihre Schulter zu ihr herunterbeugte.

„Der weiße Feind! Nun, ich hatte immer den Eindruck, damit sei der Schnee gemeint. Die Leute aus dem Süden kannten keinen Frost!“

Alia schüttelte leicht den Kopf. „*Glister* ist nicht das Wort für *weiß*“, sagte sie nachdenklich.

Der Heermeister sah ihr in die Augen, zuckte dann die Schultern und sprach: „Hell, gleißend, weiß ... Macht das einen Unterschied?“

„Vermutlich nicht“, lenkte Alia ein, wandte sich wieder den Zeichen zu und ihr Blick blieb an etwas hängen, das ihr bekannt vorkam. „Hier, seht, Heermeister! Das ist ein Teil Eures morgendlichen Rituals!“

„*Or seis schal be protedet!*“, las er mit seiner tiefen Stimme vor. „Nun, das ist etwas, das auch ich nie wirklich begriffen habe. Hier gibt es viele Inschriften, die davon sprechen, den Blick abzuwenden, nicht hinzusehen, die Augen zu schützen ... Wovor? Und in unserem Kampfritual scheint es tatsächlich das Wichtigste zu sein, jemandem zu wünschen, dass sein Blick beschützt sein möge!“

„Ist Euer Ritual auch aus dieser Zeit?“

„Ja, aus der Zeit, als sich die Armee neu formte. Die Grundsätze, die damals festgelegt wurden, sind noch heute wirksam. Autonomie von politischer Herrschaft mit dem erklärten Ziel, der Bevölkerung zu dienen im Kampf um Frieden!“

Alia wandte sich ihm erneut zu und erschrak, da er ihr auf einmal so nah war. Diesmal jedoch wich sie nicht zurück, wie noch vor wenigen Wochen. Erneut klang ihr die Alte Sprache mit seiner

Stimme in den Ohren. Er war beeindruckend, und es war ihr eine Ehre, seine Zuhörerin sein zu dürfen.

„Würdet Ihr mir noch mehr der Inschriften vorlesen, Heermeister?“

„Warum wollt Ihr das?“, fragte er sie verwundert.

Alia sah in seine Augen, sah sein fragendes Lächeln und schüttelte leicht den Kopf. „Vergesst, was ich gesagt habe!“

Sie nahm ihre Worte leicht verwirrt zurück und senkte den Blick. Überrascht erlebte sie dann jedoch, dass der Heermeister tatsächlich erneut die Stimme erhob. Er begann zu lesen, warf ihr immer wieder ein Lächeln zu, und es war, als spräche die Vergangenheit zu ihr mit seiner Stimme.

„Habt Ihr alles gesehen, Heilerin Alienne?“, fragte Kian nach einer langen Weile des gemeinsamen Lesens, denn es musste bereits Zeit für seine Wache im Lager sein, und er wollte Evan nicht warten lassen.

„Ja, aber ich könnte es wieder und wieder tun!“, antwortete sie seufzend und sah ihn wieder an.

„Nun, vielleicht kommen wir eines Tages noch einmal her“, sprach er leichthin, auch wenn er nicht wusste, ob sich ihre Wege in Zukunft noch kreuzen würden.

„Werde ich Euch wiedersehen, nachdem wir die Hauptstadt erreicht haben?“, fragte die Heilerin und er konnte den Klang ihrer Stimme nicht deuten.

„Ich wünsche es mir!“, antwortete er ehrlich. „Und wenn auch Ihr es wünscht, werden wir einen Weg finden, Heilerin!“

Kian sah sie in Eile ihren Blick senken. Einen Moment lang stand sie vollkommen reglos vor ihm und fragte: „Wo werde ich dann sein?“

Bei den Monden, sie war so sehr in Sorge! Warum nur hatte sie ihm nicht schon längst alle Fragen gestellt, die sie hatte? Warum behielt sie ihre Ängste für sich? Plötzlich kam er sich schäbig vor. Sie hatte ihm so vieles gegeben, und er war nicht einmal so einfühlsam, dass er ihre Angst vor der für sie vollkommen ungewissen Zukunft erahnt hatte. Er konnte sie ihr nicht nehmen, aber er war in der Lage, ihr einiges vom Leben bei Hofe zu beschreiben, und damit begann er nun.

„Ihr werdet im Palast des Königs leben. Die Männer, die Ihr behandeln sollt, befinden sich in seinen privaten Krankensälen, und ich gehe davon aus, dass Ihr irgendwo in ihrer Nähe einquartiert werdet. Meine Tante wird Euch sicher geeignete Räumlichkeiten zuweisen, sie ist sehr umsichtig und wird sich freundlich um Euch kümmern, Heilerin. Ihr seid ein lang erwarteter, geschätzter Gast am Hof des Königs!"

„Eure Tante?", fragte sie verwirrt und sah ihn wieder an.

„Königin Nari! Sie ist die ältere Schwester meiner Mutter."

Und augenblicklich senkte die Heilerin wieder den Blick.

„Was habt Ihr?", gab Kian nun seiner Verwunderung über ihr Verhalten Ausdruck.

Sie schüttelte schnell den Kopf, wandte sich dann um und kletterte behände auf einen etwa hüfthohen Stein. Erneut waren ihre Bewegungen für Kian von dieser fremden Schönheit. Als sie sich ihm jedoch wieder zuwandte und in seine Augen sah, war ihr Blick voller Ehrfurcht.

Das war etwas, das Kian nicht ertragen konnte, und er rang seine Gefühle nieder. Ja, er war von hoher Geburt, aber das, was sein Leben bestimmte, war das, was er geworden war. Ein Inzani! Ein Nichts! Er ritt näher an den Stein heran, ließ sie aufsteigen und trieb dann sanft sein Pferd an. Er hätte gerne zu ihr davon gesprochen, ihr endgültig klargemacht, dass sie aufhören sollte, in ihm etwas zu sehen, das er nicht sein konnte, aber das war ohne Belang, denn sie hatte noch immer nicht verstanden.

Nun, sobald sie die Hauptstadt erreichten, würde sie es mit eigenen Augen sehen! Sie würde ihn vor seinem König kriechen sehen!

Kapitel 16

Alia saß neben Roan am Feuer und versuchte Freude für sich aus seinem Anblick zu ziehen. So sah ein glücklicher Mensch aus! Er hatte ihr erzählt, dass er, sobald sie im Palast Bericht über ihre Reise erstattet hatten, in sein Dorf aufbrechen würde, um endlich seine Frau wiedersehen zu können. Und nun saß er hier am Feuer, die Beine von sich gestreckt, mit einem Becher Tee und genoss das Leben innerhalb des Lagers der ersten Garde.

Bei ihrem Eintreffen vor etwa einer Stunde hatte Alia in Einsamkeit zugesehen, wie sie alle mit Wärme und Freude von den Soldaten empfangen wurden. Ana und Evan hatten zum ersten Mal, seit sie sie kannte, offen gezeigt, dass sie ein Paar waren, denn das war etwas, das man offensichtlich im eigenen Heerlager tun konnte. Mino war der Einzige gewesen, der sich verabschiedet hatte, denn er wollte die Nacht bei seiner Familie in der Stadt verbringen und morgen wieder zu ihnen stoßen.

Als Alia jedoch sah, wie der Heermeister hier empfangen wurde, erfüllte sich ihr Herz doch noch mit stiller Freude. Ein riesenhafter Mann war aus dem Hauptzelt getreten, nur wenig älter als der Heermeister selbst, jedoch mit bereits schütterem Haar und dem massigen Körper eines Bären. Es war Gorin, der zweite Heermeister, wie Alia später erfuhr, und sobald Heermeister Dogul von seiner Stute gestiegen war, hatte Gorin ihn in eine starke Umarmung geschlossen.

„Kian, mein Freund, es tut gut, dich zu sehen. Komm herein! Was hast du nur getan, mein Heermeister? Der König tobt!“, lachte Gorin dann.

„Ich erinnere dich daran, dass ich bei allem deine volle Unterstützung hatte!“, erwiderte der Heermeister ebenfalls grinsend und sie verschwanden im Zelt.

Alia hatte ihm nachgesehen und das war ihr wie ein Abschied. Niemand achtete mehr auf sie, und es schien ihr wie ein Vorgeschmack auf ihre Zukunft. Sie würde wieder nur mit sich selbst sein, arbeiten ... Tränen waren ihr in die Augen getreten, denn all das würde schwerer für sie sein als je zuvor, hätte sie doch noch nicht mal einen Ort für ihre kleinen Fluchten.

Sie hatte ihren Kummer heruntergeschluckt, ihr Pferd versorgt, ihre Reisebeutel in ein Zelt gebracht und war ihre Heilmittel durchgegangen. Sie wollte nicht morgen ihren Patienten begegnen, ohne genauen Überblick über ihre Vorräte zu haben, aber ihre Gedanken schweiften immer wieder ab. Sie dachte an die gestrige Nacht und an die Nähe, die sie zum Heermeister empfunden hatte, während sie über die Inschriften sprachen. So als seien sie ebenbürtige Gesprächspartner, was sie nicht waren, ja, niemals sein konnten.

Der Heermeister, Sohn eines Fürsten, Neffe der Königin. Bei den Monden, er war von derart hoher Geburt, dass Alia sich nur noch in sich zurückziehen konnte, um alle Gedanken an ihn zu begraben. Er gehörte in eine andere Welt. Sie hatte einen kurzen Blick darauf werfen können, als sie das Haus seiner Familie sah. All der Reichtum, all die edle Schönheit ... und woher kam sie? Sie wusste es ja nicht einmal zu sagen. Er hatte sie auf den Platz verwiesen, der ihr zustand, eine Dienerin, die des Königs Willkür ausgesetzt sein würde.

Alles was sie jetzt tun konnte, war, so gut es eben ging, ihre Würde zu bewahren und sich zu fügen. Heute wollte sie damit beginnen, indem sie die Abendmahlzeit am Feuer zu Ende einnahm, um sich gleich darauf in ihr Zelt zurückzuziehen. Es hatte keinen Sinn, noch weitere Zeit mit den ihr so lieb gewordenen Menschen zu verbringen. Ab morgen gehörten sie nicht mehr zu ihrem Leben.

„Heilerin, seht!", flüsterte Roan plötzlich neben ihr und seine Augen wurden groß.

Auch Alia wandte sich nun in die Richtung, in die Roan starrte, und sie konnte kaum fassen, was sie dort sah. Der Heermeister kam aus dem Zelt, Gorin an seiner Seite und Ana hinter sich, die ein derart stolzes Lächeln zeigte, dass Alia nur mit ihr lächeln konnte.

Der Heermeister ging, sich sehr aufrecht haltend, auf sie zu, vermied jedoch ihren Blick zu treffen.

„Gorin, ich möchte dir die Heilerin Alienne vorstellen!", sagte er dann zu seinem Freund, als sie vor Alia standen, und erst jetzt blickte er in ihre Augen.

Er fühlte sich nicht wohl bei dem, was er tat, das sah Alia auf einen Blick, aber sie konnte nicht anders, als ihm ihre volle Anerkennung in ihrem Gesicht zu zeigen.

„Es ist schön, Euch kennenzulernen, Heilerin! Wie ich höre, wart Ihr ein ungemein angenehmer Reisegast. Seid willkommen an unserem Feuer", sagte der zweite Heermeister mit ruhiger Stimme.

Alia nickte ihm zu, woraufhin er sich leicht vor ihr verneigte und davon absah, ihr die Hand reichen zu wollen. Dann kündigte er an, etwas zu essen für sie alle holen zu wollen, und forderte Ana auf, ihm dabei zu helfen. Alias Blick glitt zurück in die Augen des Heermeisters. Er sah sie ernst an und setzte sich dann auf Roans Aufforderung neben sie, was sehr langsam ging, aber Alia blickte, die periphere Sicht benutzend, in die Gesichter vieler Soldaten, und es war genau, wie Ana gesagt hatte. Sie alle sahen die Gegenwart ihres Heermeisters hier an ihrem Feuer als ein besonderes Geschenk.

Als er nun neben ihr saß, wandte er ihr sein schönes Gesicht mit einem Lächeln zu und flüsterte: „Seid Ihr nun zufrieden, Heilerin?"

„Nicht nur ich, Heermeister! Seht Euch um", antwortete sie.

Sie betrachtete still, wie er es tatsächlich tat. Er traf die Blicke seiner Soldaten, erwiderte ihr Lächeln, nickte einzelnen zu und wandte sich dann wieder an Alia. Er war ein mächtiger Mann, viele hier blickten mit Ehrfurcht auf ihn, und in seinen Augen konnte Alia den Stolz erkennen, den er beim Anblick seiner Soldaten empfand, aber was ihr Herz nahezu zum Bersten brachte, war erneut die Bescheidenheit, die darin lag.

„Seht Ihr?", fragte sie leise.

Er nickte einmal und sah zu Roan auf, der seinen Becher noch einmal füllen wollte und fragte, ob er ihnen etwas mitbringen könne, was sie bejahten. Dann hielt der Heermeister sanft ihren Blick.

„Aber ich kam nicht hierher, um meine Soldaten zu sehen. Ich kam, weil ich Euch etwas zu sagen habe, und ich befürchte, es wird sich keine andere Gelegenheit mehr bieten, alleine mit Euch zu sprechen!“

Alia legte den Kopf ein wenig zur Seite und sah ihn fragend an. Sie würde es schwer ertragen, wenn er noch einmal etwas Persönliches zu ihr sagte, denn sie wollte nur eines, in Eile von ihm Abschied nehmen. Es hatte keinen Sinn, sich ihm so nah zu fühlen.

„Heermeister ...!“, begann sie und wand sich innerlich.

Er schüttelte sanft den Kopf und unterbrach sie: „Ich möchte Euch nicht beschämen, Heilerin. Ich möchte Euch nicht unangenehm sein!“ Er brach ab und senkte den Kopf. „Und ich finde nicht die richtigen Worte, um Euch zu sagen, was ich zu sagen habe. Verzeiht mir!“

Alia hatte niemals erlebt, dass er so sehr um Worte kämpfen musste. Er war ihr in seiner Rede immer klar und gewandt vorgekommen, und in diesem Moment seiner Unsicherheit löste sich ihre Anspannung. „Was möchtet Ihr sagen?“

Er atmete tief ein und fixierte erneut ihre Augen. „Ich bin sehr dankbar für diese Reise an Eurer Seite! Und ich verspreche, weiter über Euch zu wachen. Die Entfernung zwischen uns wird größer sein, aber seid gewiss: Ihr werdet nicht allein sein!“, sagte er und betonte dabei jedes einzelne Wort.

Alia starrte einen Moment in seine Augen und atmete dann ein, um etwas zu entgegnen, aber er erhob einfach seine Hand, um ihr Einhalt zu gebieten. Als wolle er ihr sagen, sie solle diesen Moment so lassen, wie er war. Dann lächelte er sie an, und Alia konnte sich kaum an ihm sattsehen, denn es war Zärtlichkeit, die in seinem Lächeln zu ihr sprach. Sein Band floss ihr warm entgegen und ließ auch sie lächeln.

Kian setzte sich auf sein Feldbett und begann, die Verschnürung seiner Beinkleider zu lösen. Er hatte alle Kerzen gelöscht, sich entkleidet und hielt nun inne, um in die Dunkelheit zu starren.

Es war ihm ein so großes Bedürfnis gewesen, der Heilerin zu verstehen zu geben, dass er auch in Zukunft in Gedanken und, wenn es ihm möglich war, auch darüber hinaus bei ihr sein würde. Er würde weiter über ihr Geschick wachen. Sie musste nicht wissen, wie er das zu tun gedachte. Es war ihm nicht erlaubt, sie im Palast zu besuchen, denn er durfte sich lediglich auf direkte Aufforderung des Königs oder der Königin dort sehen lassen, aber er würde in Briefkontakt mit seiner Tante stehen können. Vielleicht konnte er die Heilerin einmal in sein Haus einladen, wenn sich die Gelegenheit ergab, was wenig wahrscheinlich war. Nun, irgendwie würde er einen Weg finden, wie er es ihr bei den Inschriften versprochen hatte.

Sie tat ihm unendlich leid, und er wusste nur zu genau, dass sie sich im Palast nicht wohlfühlen würde, aber hierin hatte er keine Möglichkeiten. Ihre Zukunft würde er nicht beeinflussen können. Abran würde sie in seinem goldenen Käfig einschließen, und Kian blieb nur die Hoffnung auf ihre immensen beruflichen Fähigkeiten. Vielleicht gelang es ihr, die Männer zu heilen, und sie würde ins Kloster zurückkehren können. Nur hatte Kian den Eindruck, dass auch das keine gute Option für sie sein konnte. Sie war eine Heimatlose, aber sie war stark, und er hatte Vertrauen in sie.

Er hatte so große Angst gehabt, sich vor ihr lächerlich zu machen mit seiner Beteuerung, aber in ihrem Gesicht hatte er gesehen, dass sie verstanden hatte, wie seine Worte gemeint waren. Sie hatten noch lange mit Gorin, Ana, Evan und Roan zusammengesessen, gegessen, gescherzt und diskutiert, und auch wenn die Heilerin sich nicht aktiv am Gespräch beteiligt hatte, so hatte sie es zumindest sichtlich genossen. Wiederholt hatte sie ihnen allen ihr Antlitz zugewandt, und darin konnte Kian mehr Frieden erkennen, als in den letzten Tagen ihrer Reise.

Irgendwann im Laufe des Abends hatte er die Gestalt Miris am Feuer bemerkt. Sie hatte, ihren Blick fest auf die Heilerin gerichtet, bei den Teetöpfen gestanden und einfach nur beobachtet, wie sie alle gemeinsam dort saßen, sich unterhielten und aßen. Dann jedoch hatte sie ihre Augen direkt an Kian gewandt. Sie hatte ihn lange angesehen, wissend, traurig und allein, dann hatte sie ihm zugenickt, ihn kurz angelächelt, und Kian hatte nicht begriffen, warum sich ihr letzter Blick anfühlte wie ein Abschied. Er begriff es noch immer nicht, aber irgendetwas hatte sie in ihm gesehen, das sie weggehen ließ.

Er begann sich seiner Beinkleider zu entledigen und starrte auf seine Beine. Sie schienen ihm so oft kein Teil seines Körpers zu sein, denn wenn er sie nicht sah, hatte er nicht den geringsten Anhaltspunkt für ihre Existenz. Er rekapitulierte seine Aufgaben für den nächsten Morgen. Er würde das Ritual mit seinen Soldaten durchführen, frühstücken und sich kurz mit Gorin verständigen. Das alles würde er zu Pferde tun können, danach würde er vor dem König knien müssen, und mit den Beinschienen war ihm das nicht möglich. Er konnte sie ebenso gut bereits jetzt ablegen, und so begann er, die Riemen zu lösen. Die Druckstellen an der Rückseite seiner Knie schienen ihm wunder denn je, und er strich sanft darüber. Sie würden nun vierundzwanzig Stunden der Ruhe erhalten.

Wie er jedoch ohne die Schienen den Weg vom Palasteingang zum Thronsaal bewältigen wollte, war ihm wie stets ein Rätsel. Nun, er hatte es bislang geschafft, nicht zu stürzen, er würde es auch morgen schaffen, und wenn er Glück hatte, würde es ihm auch gelingen, aus eigener Kraft vom Boden aufzustehen, ohne um Hilfe bitten zu müssen. Den Triumph, seinen Heermeister als hilflosen Inzani zu erleben, wollte Kian dem König niemals gönnen, aber er hatte es in der Vergangenheit doch meistens zulassen müssen, erinnerte er sich bitter, zog seine Beine auf das Bett und legte sich unter seiner Decke zurecht.

Das alles würde die Heilerin mit ansehen müssen. Seine ganze Schmach! Und die Demütigungen des Königs würden morgen mit größter Sicherheit noch brutaler ausfallen, als zu jedem anderen Zeitpunkt, denn Kian hatte sich ihm widersetzt, und das würde der König ihn büßen lassen.

Er schloss die Augen und bemerkte, wie die Wut ihn nahezu augenblicklich entließ. Dieser Abend mit seinen Soldaten und der Heilerin am Feuer bedeutete ihm viel. Er hatte sich wahrhaftig gefühlt, als sei er ein Teil ihrer Gesellschaft. Auch dafür musste er der Heilerin danken und es erfüllte ihn mit Wärme, dass er so hoch in ihrer Schuld stand. Er würde in ihrer Nähe bleiben, auch wenn er dabei unsichtbar bleiben musste. Er würde sie morgen nicht endgültig verlassen.

Alia erwachte zum ersten Strahl der Sonne und augenblicklich fiel sie alles, was dieser Tag für sie bringen würde, mit voller Wucht an. Auch wenn die Erinnerung an den gestrigen Abend ihre Angst vor dem Heute verringern mochte, so fühlte sie sich doch beklommen.

Sie erhob sich, ließ sich Zeit, sich mit etwas Wasser und Seife – Utensilien, die in jedem Zelt der Heerlager bereitgestellt wurden – zu waschen und ihre Haare mit den Fingern zu entwirren. Sie fühlte nach ihrem Kleid, das sie nach ihrer Ankunft gestern gewaschen hatte, und tatsächlich, hier waren die Nächte so warm, dass es bereits getrocknet war. Sie hatte das zweite Kleid angezogen, das sie besaß, und nun wechselte sie in das Saubere. Ihre Kleidung war durch die Reise noch ein wenig mehr verschlissen, als sie es ohnehin gewesen war, stellte sie beschämt fest. Nun, sie würde ihren Umhang als Versteck benutzen, mehr bekäme niemand zu sehen und mehr würde auch niemand von ihr erwarten, einer Jidari.

Als sie aus ihrem Zelt trat, sammelten sich die Soldaten bereits schweigend zum Ritual. Sie sah den Heermeister an ihre Spitze reiten und sich nach Süden wenden. Alia hoffte sehr, er würde das Ritual diesmal wieder sprechen und nicht nur stumm ausführen, aber er tat es nicht. Diese Soldaten waren seine persönliche Garde, selbstverständlich absolvierten sie das Ritual in meisterhafter Ausführung, ohne dass es eines Wortes seinerseits bedurfte, und auch sein Band blieb stumm.

Danach traf sie auf dem großen Platz auf Ana und Evan. Sie frühstückten nahezu schweigend zusammen, jeder für sich selbst verschlungen in Gedanken. Die beiden Soldaten erschienen Alia seltsam bedrückt, aber sie fand nicht die Energie, sie zu fragen, was mit ihnen sei, denn schließlich war auch ihre eigene Stimmung belastet und sie wollte darüber am allerwenigsten Auskunft geben.

Alia packte ihre Reisebeutel, nahm ihre Waffen, machte ihr Pferd fertig und führte es zum Kommandozelt, vor dem der Heermeister bereits wartete. Seine große, schwarze Gestalt auf seiner ebenso schwarzen Stute erschien ihr so vertraut, und sie sah erneut seinen

Gesichtsausdruck vor sich, mit dem er ihr versichert hatte, sie würde nicht allein sein. Er konnte niemals ahnen, was diese Sätze ihr bedeuteten.

In diesem Moment sah er sie nicht an, sprach noch mit Heermeister Gorin, aber als Ana, Evan und Roan zu ihnen stießen, ließ er den Blick von einem zum anderen wandern und traf dann ihren. Nach einem Moment des Forschens in ihrem Gesicht nickte er und gab den Befehl zum Aufbruch. Etwas schien auch auf ihm zu lasten, aber Alia war zu sehr mit ihren eigenen Gefühlen beschäftigt, um seine deuten zu können.

Ihr Ritt in die Hauptstadt verlief in Stille. Niemand sprach auch nur ein Wort, und auch das konnte Alias Ängste nur beflügeln. Sie hatte kein offenes Auge für die grüne Steppe um sie herum, keine der Pflanzen konnte ihre Aufmerksamkeit erregen und auch nicht die Straßen und Häuser, denen sie sich bald näherten. Es war erneut sehr warm geworden, und sie ritt mit gesenktem Kopf, den Blick auf die Mähne ihres Hengstes gerichtet, ohne tatsächlich etwas wahrzunehmen.

Die Straßen der Stadt waren voller Leben. Geschäfte, Märkte ... all das gab es hier, und nur einmal erhob Alia den Blick, als sie ein großes Gebäude bemerkte, das seiner Inschrift zufolge eine Badeanstalt war. Für jeden zugänglich, und sie sah Menschen mit ihren Handtüchern hinein- und hinauseilen. Manche trugen sogar ihre Wäsche dorthin. Welch unvorstellbarer Luxus!

Sie erreichten schließlich das Palasttor, an dem Mino sie bereits erwartete. Auch er sprach kein Wort, senkte kurz den Blick vor seinem Heermeister und nickte den anderen zu. Es war seltsam, auf seinem Gesicht kein Lächeln zu sehen, war er doch sonst von unerschütterlich guter Laune. Er reihte sich in ihre Gruppe ein, und sie ritten über einen riesigen gepflasterten Platz auf den Palast zu.

Alia benutzte die periphere Sicht, um dieses Gebäude in sich aufzunehmen, und sogar in dieser Eingeschränktheit wirkte es überwältigend. Mit Ornamenten verzierte Säulen umrahmten den mittleren Teil und nach rechts und links setzte es sich in immenser Länge fort. Es schien aus dem gelblichen Stein der Findlinge gemauert zu sein, aber überall fügten sich weitere Ornamente und

Skulpturen ein, die wie die Säulen aus einem glitzernden, weißen Stein gefertigt waren, den Alia noch nie zuvor gesehen hatte. Vor dem Palast befand sich eine weite, flach gewundene Treppe, die aus demselben Material gehauen war. All das musste funkeln wie Edelstein, wenn die Sonne es direkt beschien ... Sie musste sich abwenden.

Der Heermeister, Evan und Roan ritten nach links um die Treppe herum, um die Auffahrt zur Palasttür zu benutzen. Alia wollte ihnen bereits folgen, aber Ana hielt sie zurück.

„Nicht, Heilerin, wir benutzen die Treppe!", sprach sie Alia an und stieg von ihrem Pferd.

Auch Mino stieg ab, also tat Alia es ihm gleich. In diesem Moment erschienen Männer in schlichten Uniformen, um ihre Pferde entgegenzunehmen. Sie taten dies stumm und keiner von ihnen wechselte einen Blick mit den Soldaten. Mino erschien zu Alias linken, Ana zu ihrer rechten Seite und sie begannen die Treppe emporzusteigen. Eine Treppe, die der Heermeister nur schwerlich hinaufgehen konnte.

Viertes Buch

Am Hofe des Königs

Kapitel 17

Einen Moment warteten sie vor der verschlossenen Tür, die jedoch dann weit aufschwang. Zu beiden Seiten standen nun Wachen, Speere in der Hand und Metallhelme auf ihren Köpfen, und Kian beobachtete ihre Märsche und Wechsel wie stets mit einem innerlichen Grinsen. Diese albernen Wachmänner mit ihren Spielzeugwaffen. Sie waren Teil der maskierten Fassade der Palastetikette. Keiner von ihnen war ein trainierter Kämpfer, sie waren nicht einmal Soldaten! Zwei von ihnen wandten sich nach innen und gingen gemessenen Schrittes fort, vermutlich um ihr Eintreffen zu melden. Drei andere drehten sich nun synchron um und setzten sich ebenfalls in Bewegung nach innen.

Kian tat sein Bestes, diesen Wachmännern zu folgen, aber er fiel mit jedem Schritt weiter hinter ihnen zurück. Roan zu seiner Linken, Evan zur Rechten versuchte er sich krampfhaft darauf zu konzentrieren, seine Schritte so zu setzen, dass er nicht strauchelte, aber seine Knie gaben wiederholt nach und er fing sich lediglich mit der Kraft seiner Arme ab. Einmal erschien es ihm, als hätte Roan bereits den Griff um seinen Arm parat, aber er ließ seine Hand wieder sinken, weil Kians Bewegungen offensichtlich auf ihn wieder stabil wirkten. Das ehrte Roan, aber er irrte sich. Kian war jeden einzelnen Schritt ihres Gangs zum Thronsaal näher am Stürzen als am aufrechten Gang.

Endlich näherten sie sich der verschlossenen Doppeltür zum Thronsaal und blieben vor ihr stehen. Kian wandte sich der Heilerin zu, die scheinbar staunend an der mit Gold verzierten Tür empor sah und erst einen Moment später gewahr wurde, dass er sie ansah. Sie traf seinen Blick und er hoffte inständig, sie könne sein Wohlwollen darin erkennen. Er wollte sein Versprechen des gestrigen Abends mit aller Macht hier und jetzt erneuern, aber ehe die Heilerin reagieren konnte, öffnete sich die Tür.

Seine Tante sah wohl aus, das verriet ihm sein erster Blick, aber ihre Ähnlichkeit mit seiner Mutter versetzte Kian wie üblich einen Stich der Sehnsucht. Sie trug die Haare, ebenso wie seine Mutter, im Nacken geknotet und raue Zeiten hatten auch ihr Gesicht vorzeitig altern lassen, was jedoch ihrer beider Schönheit nicht zum Nachteil gereichte. Sie tauschten bei seinem Eintreten ein kurzes Lächeln, das jedoch im Gesicht der Königin schnell dem Bedauern wich und einem letzten Blick, der ihm offensichtlich Stärke geben sollte. Sie schien zu wissen, was Kian hier von ihrem Mann zu erwarten hatte, denn natürlich war sie über alles unterrichtet, auch wenn vermutlich nicht der König selbst ihre Quelle war. Sie hatte ihre Informanten, und Kian nahm nicht zum ersten Mal an, dass Mino einer von ihnen war.

König Abran stand mit verschränkten Armen vor dem Thron und seine Körperhaltung ähnelte der eines Stiers, der kampflustig mit den Hufen scharrte. Ein großer, schwerer Mann war er. Seine Haare waren straff aus dem Gesicht gebunden, einem Gesicht, das in seiner Grobheit nicht den geringsten Reiz zu verströmen hatte. Macht, Lust an Grausamkeit und Ironie lagen darin, jedoch keine Stärke, keine innere Größe.

Er durchbohrte Kian mit seinem Blick und schien die Heilerin neben ihm gar nicht wahrzunehmen. Nun, sie waren nicht ihretwegen vor ihn beordert worden. *Sie* hätte er ebenso gut allein in Empfang nehmen können. An diesem Ort und zu diesem Zeitpunkt drehte sich alles um Kian, und der König wollte ein Publikum für die Abstrafung seines Inzani-Heermeisters.

Kian atmete durch und kniete nieder, langsam und die gesamte Kraft seiner Arme nutzend. Er sah die Heilerin zu sich treten, den Blick tiefer gesenkt, als er jemals für möglich gehalten hatte. Sie schien höchst verängstigt, jetzt, wo Ana und Mino hinter ihr zurückblieben.

„Kniet neben mir nieder, Heilerin“, flüsterte Kian.

Ihr Blick flog in seine Augen. Sie sollte auch jetzt sein Lächeln sehen, dieses Lächeln musste genügen, um Ruhe zu spenden, ihr ebenso wie sich selbst. Sie sank neben ihm zusammen, und sie beide legten im selben Moment ihre Oberkörper nach vorne. Er legte die Stirn auf den Steinboden, und sie tat es ihm nach.

„Sieh an, Inzani-Heermeister, Ihr wagt es tatsächlich noch, mir unter die Augen zu treten, ohne augenblicklich um Vergebung zu winseln?", setzte der König nun an, und er hatte noch längst nicht geendet, daran ließ er nicht den geringsten Zweifel: „Ihr wagt es, hier einzutreten, ohne das geringste Zeichen der Reue in Eurem Gesicht!"

„Ich fühle keine Reue, die Heilerin Alienne aus dem Norden hierher eskortiert zu ...", begann Kian nun, aber er wurde von Abran niedergeschrien.

„Schweigt! Elender Inzani!"

Kian sah Königin Nari zusammenzucken, und auch die Heilerin neben ihm schien erschrocken zu sein, aber in diesem Moment wurde ihm etwas klar. Es erschien plötzlich deutlich in seinen Gedanken, als hätte er nun endlich einen Vorhang davor beiseitegezogen, um es ganz genau betrachten zu können: Es bedeutete ihm nichts, dass der König ihn beschimpfte! Er konnte ihn nicht verletzen, egal welche Schimpfworte er für ihn ersann. Kian hatte militärische Handlungen zu verantworten, die er mit bestem Gewissen vertreten konnte, und er war stolz auf seine Truppen, da sie ihm dies am heutigen Tag ermöglichten. Der König bedeutete ihm nichts, rein gar nichts, und wenn er mit seiner Tirade fertig war, würde Kian ins Heerlager zurückreiten, um mit Gorin und allen anderen erneut am Frieden in diesem Lande zu arbeiten. Das war seine Aufgabe.

Und was konnte der König ihm letztlich antun? Er konnte ihn nicht foltern, ihn nicht öffentlich strafen, solange Kian die Loyalität der Truppen auf seiner Seite hatte, denn er genoss die Immunität seiner autarken Armee. Ja, der König konnte ihn demütigen und ihn ignorieren, wie er es stets tat, indem er seine Befehle nicht direkt an Kian erteilte, sondern an seine Offiziere. Er konnte seine Besoldung streichen, was Kian im Grunde einerlei war, denn er hatte für sich persönlich nahezu keine Ausgaben, und für das Wenige, das er benötigte, würden seine Ersparnisse auf ewig ausreichen.

Jedoch befanden sich Menschen in diesem Raum, die ihm sehr wohl etwas bedeuteten. Seine Soldaten, die Königin und vor allem die Heilerin. Für sie fühlte er Mitleid. Er hätte sie alle so gerne vor dem hier bewahrt, dachte er traurig und in seiner Erinnerung hörte er die Heilerin sagen, er sei ein wertvoller Mensch und es sei ihr eine Ehre, mit ihm zu reisen. Nun, heute hatte sie die Ehre, ihn in einer seiner dunkelsten Stunden zu erleben, nur dass dies ihm keine dunkle Stunde war, dachte er und seine Brust füllte sich mit der Ruhe seines Stolzes.

„Nun, Inzani, wie kann es sein, dass Ihr einen Angriffsbefehl auf Fürst Groh erlasst und damit die Mission gefährdet, die Euch aufgetragen wurde, einen Auftrag von viel größerer Wichtigkeit, nämlich diese Heilerin hierherzuführen?"

Das konnte nicht sein Ernst sein, dachte Kian erbost und zwang seine Stimme in die Gelassenheit: „Ich habe meine Mission nie gefährdet, König Abran! Die Sicherheit der Heilerin Alienne war mir stets das aller ..."

„Ich habe Euch nicht das Wort erteilt, Inzani!", schrie der König erneut.

„Nun, dann stellt mir keine Fragen", entgegnete Kian ruhig.

„Ihr wagt es, meine Rede in Frage zu stellen? Ihr habt keinen Funken Respekt in Euch! Aber was erwarte ich auch von einem wie Euch, einem Inzani?"

„Abran!", unterbrach ihn nun die Königin.

Der König drehte sich jedoch lediglich mit wütendem Blick in ihre Richtung und ereiferte sich weiter: „Und was in aller Welt soll der Befehl bedeuten, doppelte Rationen in den Norden schicken zu lassen?"

„Eine humanitäre Hilfsaktion, König Abran, die Bevölkerung Trangs hungert!", erklärte Kian nun gefasst.

„Aber das geht Euch nichts an, Inzani! Der Hunger dieser Menschen ist nichts, das die Armeekasse zu finanzieren hat ..."

„Es ist unsere Aufgabe die Bevölkerung zu schützen!"

„Ihr wagt es, mich zu unterbrechen, Ihr Wurm? Wenn Fürst Trang seine Leute in den Hunger führt, ist das allein seine Angelegenheit. Ich werde den Geldfluss stoppen lassen!"

„Das könnt Ihr tun, denn ich bin gewiss, dass sich dieses Problem bereits in diesem Moment geklärt hat!“

Zum ersten Mal geriet der König aus dem Tritt. „Ihr haltet erneut Informationen zurück? Mir gegenüber? Eurem König?“

„Ich kam hierher, um Bericht zu erstatten. Ihr seid es, der das verhindert. Die dritte Garde hat die Querulanten aus Trangs Fürstentum vertrieben. Der Fürst ist bereit, an den Verhandlungstisch zurückzukehren!“

Die Heilerin neben ihm schien den Atem anzuhalten. Damit hatte er den König nun in aller Offenheit provoziert! Kian sah sein Gesicht, das für einen Moment fast verblüfft wirkte, dann jedoch verfiel er in eine weit heftigere Wut als zuvor.

„Ein zweiter Angriff? Ohne mein Wissen? Ihr seid skrupellos, Inzani! Ihr stürzt das Land in einen Krieg, Ihr gewissenloses Tier! Das ist genau der Grund, warum das Inzani-Gesetz weiterhin das wichtigste unserer Rechtsprechung ist, um Unwürdigen wie Euch keinen Einfluss zu geben. Wo kommt das Land hin, wenn einer, wie Ihr es seid, sich einbildet, Krieg spielen zu dürfen, einer ohne das Gewissen des Bandes ...“

„Abran, es reicht!“, rief die Königin nun wütend aus.

„Du rührst dich nicht von der Stelle, Nari, sonst wirst du es büßen ...“

Kian konnte seine Wut nicht mehr zügeln. Der König hatte gerade alles, was er tat, alles, was er war, in Frage gestellt, und Kian ertrug es nicht, wenn er nun auch noch seine Tante angriff, nur weil sie seine Partei ergriffen hatte. Das war er nicht wert. Er wollte das nicht still erdulden und hatte bereits die passenden Worte auf den Lippen gehabt, aber was jetzt geschah, ließ ihn aufblicken. Der König taumelte rückwärts und musste sich auf der Armlehne des Thrones abstützen, um nicht zu fallen.

Hatte Kian das bewirkt? Ihm war, als starrte er erneut in die Augen der Sonnenkatze und sah die Heilerin straucheln. Ebenso war es auch jetzt gewesen. Seine Gefühle waren angeschwollen und hatten sich entladen. Aber das war doch gar nicht möglich! Und doch hatte er auch in der Gegenwart seines Vaters Ähnliches beobachtet. Was war er? Ein wildes Tier?

Sein Blick glitt in die Augen seiner Tante, die ihren Mann verblüfft anstarrte. Sie sah den König an, nicht Kian. Roan neben ihm blickte ebenso erstaunt auf den König, auch er schien das eben Geschehene nicht mit ihm in Verbindung zu bringen, aber als Kian sich nun der Heilerin zuwandte, traf er ihren direkten Blick und ihre grünen Augen lagen in seinen. Er sah sie noch einen Moment länger an, sah ihr Erstaunen. Sie schien zu bemerken, was soeben passiert war! Konnte das sein?

„Abran, was ist dir?", fragte die Königin nun besorgt und ihre Stimme ließ Kian wieder in die Realität eintauchen.

Sie trat einen Schritt auf ihren Mann zu, dieser jedoch erhob lediglich die Hand, um sie zurückzuhalten. „Nichts! Es geht schon wieder!", brummte er irritiert und richtete sich wieder auf.

Die Königin wandte sich nun an ihre Gäste, denn nichts anderes sollten sie im Grunde sein, dachte Kian bitter. „Heilerin Alienne, Heermeister Dogul, bitte erhebt euch ..."

„Der Heermeister kniet, so lange es mir gefällt!", brauste der König nun wieder auf.

„Nein, Abran, er hat wichtige Informationen zu teilen, und dir sollte es erste Priorität sein, diese von ihm zu erfahren! Nun nimm doch Vernunft an!"

Seine Tante war eine starke Frau, und sie nutzte den Moment der Schwäche ihres Mannes aus, um selbst das Ruder in die Hand zu nehmen, aber König Abran schien sich nun wieder gefasst zu haben und forderte Roan auf, Bericht über ihre Eskorte zu erstatten. Roan warf einen Blick auf Kian, unwillig selbst das Wort zu ergreifen, aber Kian nickte ihm zu. Es war der Befehl des Königs.

„Eure Majestät schicktet den Heermeister und seinen inneren Kreis aus, um im höchsten Norden die Heilerin Alienne aus dem Jidari-Konvent abzuholen und sie wohlbehalten in Euren Palast zu begleiten. Diesen, Euren Befehl haben wir in diesem Moment erfolgreich ausgeführt. Die Heilerin war uns stets ein höchst angenehmer Reisegast. Wir alle haben nicht nur von ihrem Wissen profitiert, sondern auch von ihrer vortrefflichen Persönlichkeit! Wir wurden auf unserer Reise vier Mal in Kampfhandlungen verwickelt. Zwei Mal durch Wegelagerer, zwei weitere Male durch die

Milizen der Fürsten Markham und Trang. Heermeister Dogul hat uns jedoch durch alle Kämpfe sicher geführt und von dem zuletzt genannten Fürsten geht zu diesem Zeitpunkt durch die umsichtige Intervention Heermeister Doguls keine Gefahr mehr aus!"

Hier endete Roan seinen Bericht, und Kian lächelte über die warmen Worte, die er für die Heilerin gefunden hatte, und die so sehr der Wahrheit entsprachen, aber durch seine Erwähnung der Befehle Kians stieß er den König erneut vor den Kopf.

„Die Aktionen dieses Heermeisters zu bewerten, steht Euch in keiner Sekunde zu, erster Offizier! Ihr vergesst, wer Ihr seid!", empörte er sich erneut, fixierte sie alle dann mit einem scharfen Blick und winkte ab. Er hatte sich an seinem Schauspiel gelabt und schien nun die Lust daran zu verlieren, aber da war noch etwas anderes. Der König verhielt sich plötzlich, als sei ihm eben erst in den Sinn gekommen, dass er die Informationen über die Tätigkeiten seiner Armee brauchte ... So als hätte er eigentlich Wichtigeres zu tun und war nun in aller Eile bereit, dieser Episode ein Ende zu bereiten.

„Ihr könnt Euch erheben, alle! Soldaten, folgt mir ins Beratungszimmer. Heilerin, mit Euch befasse ich mich später!"

Kian erhob den Kopf und sah den König in Richtung des Nebenraumes gehen. Er würde sich doch nicht entgehen lassen, wie Kian, bei dem Versuch sich zu erheben, scheiterte? Natürlich nicht! Der König lehnte sich in den Türbogen und auf seinem Gesicht erschien das hämische und bösartige Grinsen, das er so oft zur Schau trug.

Kian griff hinter sich nach seinen Stöcken. Seine Tante ging lächelnd auf ihn und die Heilerin zu, die sich in diesem Moment erhob. Kian selbst kämpfte mit seinem Gleichgewicht, aber noch bevor er sichtbar aufgeben musste, sah er den starken Arm Roans und den seiner Tante, die ihm Hilfe anboten. Dieses Mal beschämte diese Hilfe ihn nicht, denn er sah, während er sie annahm, weiterhin in die Augen der Heilerin und konnte ihren Blick ein letztes Mal teilen. Von nun an war sie auf sich gestellt, und irgendetwas in Kians Herz konnte dies nicht akzeptieren.

Kapitel 18

Alia folgte der Zofe der Königin aus dem Thronsaal heraus und war erneut nicht in der Lage, ihre Umgebung in sich aufzunehmen. Zu intensiv waren die Bilder, die sie soeben gesehen hatte, vor allem der letzte Blick des Heermeisters, sein Lächeln, das seine blauen Augen umfasste. Sie hatten sich bereits gestern Abend verabschiedet, und doch hatte er sie angesehen, als gäbe es noch Worte, die er mit ihr zu teilen suchte, als täte es ihm leid, sie gehen lassen zu müssen. Aber so war es ihr bestimmt, und niemand konnte etwas daran ändern.

Sie begrub die Gedanken an den Heermeister tief in ihrem Herzen und ebenso die Erinnerung an die Stärke seines Bandes, das sie im Thronsaal plötzlich mit so großer Ruhe durchdrungen hatte. Sie hatte die Augen geschlossen und gefühlt, wie sich sein Band um sie zu legen schien. Und nicht nur um sie, es schloss seine Soldaten und die Königin mit ein. Bei den Monden, er war stark! In einem Moment wie diesem hatte er die Kraft gehabt, die beschützen zu wollen, die ihm etwas bedeuteten, und er hatte es mit einem Selbstbewusstsein getan, das Alia noch immer in Ehrfurcht erstarren ließ.

Der Heermeister hatte mit ihr Pflanzen bestaunt, ihr Inschriften in der Alten Sprache vorgelesen und nebenbei in Unkenntnis des Königs Angriffe auf feindliche Fürstentümer befehligt! Davon hatte Alia nichts gewusst und ihre Verblüffung war mit jeder Anschuldigung des Königs gewachsen. Welche großen Entscheidungen mochte dieser Mann noch getroffen haben, während er ihr den Eindruck vermittelt hatte, er sei nur ihretwegen auf dieser Reise?

Sein Machteinfluss kannte scheinbar keine Grenzen, die Politik seiner Truppen wurde durch ihn fortgeführt, egal in welchem Teil des Landes er sich befand oder welcher Natur seine Mission war, und Alia konnte nur erneut feststellen, wie groß die Verantwortung war, die auf ihm lastete und die er in jeder Sekunde seines Lebens annahm. Jetzt war ihr auch klar, warum der Heermeister und seine Soldaten heute Morgen diese Grabesmienen zur Schau getragen hatten. Sie hatten gewusst, dass der Heermeister hier vor allen Augen zur Verantwortung gezogen werden würde.

Er hatte all das mit Stolz ertragen. Seine Stirn auf dem Boden, hatte er still die Worte seines Königs an sich abprallen lassen, und Alia hatte sich plötzlich an seine Hand erinnert, auf der er das Licht der Mondenkerze hatte spielen lassen ... Und im Augenblick seiner tiefsten Erniedrigung war sein Band mit immenser Wucht auf der Brust des Königs eingeschlagen ...

All das wollte sie bewahren, all seine Gegensätzlichkeit, aber nie mehr wirklich an sich herantreten lassen. Es war sinnlos. Er konnte kein Teil ihres Lebens sein. Sie wischte sich unbemerkt eine Träne aus den Augen und stieg hinter der Zofe eine weite Treppe in die erste Etage des Palastes hinauf.

Die Königin hatte sie herzlich begrüßt, nachdem die Soldaten den Raum verlassen hatten. Sie waren dem Heermeister gefolgt und jeder von ihnen hatte zum Abschied einen letzten Blick mit ihr getauscht, den Alia ihrerseits mit direktem Blick erwidert hatte. Noch immer hatte sie Roans Worte im Ohr, als er über ihre vortreffliche Persönlichkeit gesprochen hatte. Sie konnte selbst nichts über ihre Persönlichkeit sagen, hatte nie ein Gefühl für sie entwickelt, aber dass jemand ihr überhaupt eine solche zusprach, erfüllte sie mit Glück, denn es zeigte ihr, dass sie sich bereits von den Jidari unterschied.

Die Königin hatte sehr große Ähnlichkeit mit ihrer Schwester, aber ihr Verhalten, ihre Kleidung und die Art ihrer Sprache waren um einiges edler und zurückgenommener. Alia hatte eingeschüchtert auf ihre Fragen hin geschwiegen, und lediglich genickt oder den Kopf geschüttelt, wenn es ihr angemessen erschien. Dann ließ die Königin ihre Zofe rufen, die sie in ihre Räumlichkeiten begleiten sollte.

Alia folgte ihr nun einen scheinbar endlosen Gang entlang und danach war es, als betraten sie einen anderen Gebäudekomplex. Erneut folgte eine weit gefächerte Treppe und wieder ein Gang, dann blieb die Dienerin stehen.

„Dort vorne beginnt der Krankentrakt, und diese Räumlichkeiten hat die Königin für Euch herrichten lassen!“ Sie stieß die Flügeltüren weit auf. „Ich hoffe, sie entsprechen Euren Erwartungen, Heilerin Alienne!“

Erwartungen? Alia war verstört. Wie könnte sie irgend Ansprüche an ihr Quartier stellen? Sie schwieg und betrat nach der Zofe das Zimmer, woraufhin sie auch das Atmen nahezu einstellte. Das war kein Zimmer, es war ein Eingangsbereich und von dort aus gingen ein Wohnraum, ein Schlafzimmer und ein Bad ab. Sie flüchtete in den Kodex, zeigte der Dienerin lediglich ein Nicken und hoffte, diese würde zufrieden damit sein und sie allein lassen.

„Gut, Euer Reisegepäck wurde bereits hergebracht, wie ich sehe!“, kommentierte die Zofe nun und sah sie neugierig an.

Alia blickte auf ihre Habe auf dem Tisch. Waffen, ihr Fell, ihr Schlafsack und ihre Beutel mit den Heilmitteln und den wenigen Kleidern, das war alles, was sie besaß. Ein kleines Leben hatte sie gelebt! Viele Momente standen sie sich gegenüber, Alia beschämt und die Dienerin offensichtlich nach Worten suchend.

„Ich lasse Euch allein, dann könnt Ihr ausruhen. Die Königin hat Kleidung für Euch bereitlegen lassen. Wählt, was Euch zusagt und legt den Rest wieder auf Euer Bett. Ich schicke jemanden, der es abholt. Wenn Ihr etwas braucht, so klingelt nach einem Zimmermädchen. Es wird dann alles Weitere in die Wege leiten!“, sagte die Zofe der Königin schließlich und wollte sich bereits abwenden.

„Wann werde ich meine Patienten sehen?“, fragte Alia jedoch.

„Dafür ist morgen noch genug Zeit, Heilerin. Ruht Euch doch erst einmal aus. Ihr habt eine beschwerliche Reise hinter Euch! Der König wird Euch sicher heute noch zu sich befehligen, dann erfahrt Ihr alles Notwendige!“

Alia nickte und beobachtete, wie die Zofe sich entfernte und die Tür hinter sich schloss. Schnell trat sie zu ihren Habseligkeiten, nahm sie in den Arm und ging damit in den Schlafraum. Die Weite des Wohnzimmers, seine Möblierung aus edlem dunklen Holz, die bunten Teppiche, die Wandbehänge, das alles machte sie nervös und sie hatte bemerkt, dass der kleinere Raum mit dem Bett etwas schlichter gehalten war. Hier würde sie vielleicht etwas Ruhe finden.

Auch der Schlafraum war mit Möbeln aus diesem dunklen Holz ausgestattet. Ein riesiger Schrank, ein kleiner Tisch mit einem Stuhl und ein Bett, dessen Wäsche mit weißem Leinen bezogen war. Auf dem Bett lagen die Kleidungsstücke, von denen die Zofe gesprochen hatte, und Alia wagte nicht, sie zu berühren.

Sie legte ihr Gepäck auf den kleinen Tisch, verstaute ihre Waffen in dem Schrank und schließlich legte sie auch das Bärenfell und ihren Schlafsack hinzu. Ansonsten war der Schrank leer. Von plötzlicher Trauer überflutet schloss sie die Türen und wandte sich erneut den Kleidungsstücken auf den Laken zu. Es war nichts darunter, das sie tragen konnte. Zu fein der Stoff, zu schön die Farben ... Das war nicht sie. Sie würde ein Dienstmädchen fragen, wo sie ihre eigene Kleidung reinigen konnte. Ein Stück nach dem anderen. So hätte sie stets etwas auf der Haut, das sauber war.

Alia verließ den Schlafraum und betrat das Bad. Eine große Steinwanne und ebensolche Becken befanden sich darin. Krüge, Kannen, Tiegel und verschiedene Seifen standen auf Simsen bereit, die direkt aus den Wänden heraus gearbeitet waren, und ein in Gold gefasster Spiegel nahm nahezu eine ganze Wand ein. Alia musste sich abwenden bei dem Gedanken, was sie darin sehen würde.

Am Nachmittag kam ein Dienstmädchen mit einer warmen Mahlzeit und nahm verwirrt die Kleidungsstücke auf dem Bett mit sich fort. Auf Alias Frage hin, wo sie ihre Kleidung waschen konnte, musste das Mädchen sich sichtbar ein Lächeln verkneifen.

„Lasst, Heilerin, ich nehme Eure Sachen mit ins Waschhaus. Morgen früh bringe ich sie Euch zurück!“

Alia nickte.

„Wolltet Ihr kein Bad nehmen, Heilerin?“

Alia verstand nicht. Niemand hatte ihr heißes Wasser gebracht!

„Oh, ich verstehe, Ihr wisst nicht, dass Ihr hier direkten Wasserzulauf habt. Kommt, ich zeige es Euch!“ Und damit verschwand sie im Baderaum.

Alia folgte ihr verwundert.

„Hier, seht!“, sprach das Mädchen und entriegelte eine Rinne, auf der augenblicklich das Wasser zu fließen begann und sich in die Wanne ergoss.

„Dies ist warmes Wasser. Es kommt aus einem beheizten Kessel im Keller dieses Gebäudeteils. Dort drüben aus der anderen Rinne fließt kaltes Wasser. Wenn Ihr es in der Wanne oder den Becken auffangen wollt, benutzt diese Kappen und stülpt sie über den Abfluss. Wenn Ihr geendet habt, nehmt die Kappe herunter und lasst das unsaubere Wasser abfließen!“, erklärte ihr das Mädchen.

Alia war derart erstaunt über das eben Gehörte, dass sie das Dienstmädchen kurz anstarrte. Welch unermesslicher Luxus!

Das Mädchen nickte ihr zu, versicherte ihr, wie zuvor die Zofe, sie solle lediglich klingeln, wenn sie etwas brauche, und verließ dann den Raum. Noch einmal ging Alia in das Bad, entriegelte den Schließmechanismus und sah kurz dem Wasser zu, wie es in die Wanne lief. Unglaublich!

Sie setzte sich mit ihrem Essen an das Fenster des Schlafraumes und stellte enttäuscht fest, dass es sich um Teigwaren mit einer Soße aus Öl, Nüssen und Koriander handelte. Sehr schmackhaft war es, und Alia wusste, sie hatte etwas dieser Art noch nie in ihrem Leben gegessen, aber dennoch enthielt es kein Fleisch. Auch der Blick aus dem Fenster enttäuschte sie, denn sie sah keine Natur, keinen Garten, sondern einen gepflasterten Platz, auf dem Stühle und Bänke aus Eisen standen, auf dem sich jedoch kein Mensch bewegte.

Sie starrte lange hinaus und ihre Gedanken wanderten wieder zum Heermeister. Er konnte kaum gehen, natürlich, aber das, was Alia heute gesehen hatte, hatte nichts mit dem zu tun, wie er sich gewöhnlich bewegte. Sie hatte mit zusammengekniffenen Augen versucht, aus des Heermeisters Gangbild herauszulesen, was in aller Welt ihm fehlte. Seine Beine hatten ihn weit weniger als sonst getragen, und wenn er nicht sein ganzes Gewicht auf seine Gehstöcke verteilt hätte, wäre dieses Gehen überhaupt nicht möglich gewesen. Es war ihr schwer gefallen, den objektiven Blick ihres Berufes auf ihn anzuwenden, bemerkte sie nun. Sein Kopf war erhoben, die Schultern gestrafft gewesen, so wie immer, und doch war er kaum in der Lage gewesen Schritte zu machen. Trug er sonst irgendetwas unter seinen Beinkleidern, das seine Beine stabilisierte? Wenn ja, warum hatte er es heute nicht getan?

Die Macht seines Bandes erschien ihr noch immer von Grund auf unverständlich. Sie hatte das Band der Menschen bei ihren Berührungen stets mit den Wegen dessen verknüpft, das die Jidari die *nervi* nannten. Das Gehirn war deren Zentrum, sie flossen dann in den großen Kanal der Säule, um sich von dort aus in jeden einzelnen Körperteil zu verzweigen. Der menschliche Wille, die Gefühle des Körpers und des Herzens wurden durch sie transportiert.

Zum ersten Mal fragte sie sich, was sie fühlen würde, wenn sie den Heermeister berührte. Sein Band schien nicht an seinen Körper gekoppelt, nicht an die *nervi*. Würde sie ein andersartiges Wesen in ihm fühlen? Oder war er lediglich ein Mensch mit einer ebenso rätselhaften Gabe, wie sie sie hatte? Sie würde es nie erfahren, dachte sie traurig und drängte diese Gefühle ebenso zurück wie ihre Neugier.

Am Abend wurde sie vor den König gerufen, und die Zofe der Königin begleitete sie in das Nebenzimmer des Thronsaales, da Alia jegliche Erinnerung an ihren Weg von dort in ihr Quartier verloren zu haben schien. Das Zusammentreffen mit diesem König löste in ihr jedoch nicht die Nervosität aus, die sie erwartet hatte. Es stand ihr nicht zu, sich ein Urteil über ihn zu erlauben, aber alles was sie am Morgen von ihm gesehen hatte, war Grausamkeit, Spaß an der Qual und Wut. Er brauchte ein Opfer und das konnte ebenso gut Alia sein, aber sie hatte auch gesehen, um wie vieles der Heermeister in seiner Persönlichkeit und seinen Taten diesem König überlegen war. Er war nicht furchtsam in die Auseinandersetzung mit dem Oberhaupt seines Landes gegangen, er hatte gelächelt, und seinem Beispiel wollte Alia folgen.

Die Jidari unterlagen ohnehin nicht der Autorität dieses Königs, und für jeden Menschen, dem sie hier begegnete, war Alia eine Jidari. Sie würde den Kodex befolgen, sich bewahren, und würde dadurch geschützt sein, das zumindest versuchte sie sich deutlich zu machen.

„Heilerin Alienne!“, grüßte der König und kam auf sie zu.

Alia kniete erneut vor ihm nieder. Sie wusste nicht, was von ihr erwartet wurde, und so verblieb sie in dieser Position, bis er sie zu etwas anderem auffordern würde, aber er tat es nicht. Er schien sie mit seinem stechenden Blick zu begutachten. Er ging um sie herum, als ob er ein wildes Tier in Schach halten wollte, und ergriff dann erneut das Wort: „Ich ließ Euch hierher holen, damit Ihr achtzehn Männer behandelt, die in einem meiner Krankensäle weilen! Eure Heilerfolge werden hoch gelobt, im ganzen Land spricht man von Euch wie von einer Wundertäterin und ich erwarte von Euch nichts anderes, als dass Ihr diesem Ruf gerecht werdet, Heilerin!“

Sollte das eine Drohung sein? Alia war verwirrt. Sollte sie nicht zunächst einmal die Gelegenheit bekommen, diese Männer zu sehen, bevor er ihr drohte?

„Ist es mir erlaubt, eine Frage zu stellen?“

„Nur zu, Heilerin, fühlt Euch wie mein Gast!“

Dieser König gab sich wenig Mühe, sich an gesellschaftliche Konventionen zu halten, und wenn er es tat, klang es wie das genaue Gegenteil seiner Worte. Alia musste ihre erneute Verwirrtheit herunterschlucken, bevor sie fragte: „Welcher Art ist die Krankheit der Männer in Eurem Krankensaal?“

„Wozu sollte ich Euch brauchen, wenn ich das wüsste?“, entgegnete der König barsch. „Ich lasse Euch morgen früh zu ihnen bringen, und Ihr werdet mir erstmals morgen Abend und danach einmal wöchentlich über Eure Erfolge Bericht erstatten!“

Alia nickte.

„Ihr könnt Euch erheben!“, forderte er sie dann auf und verließ den Raum noch bevor sie, um Langsamkeit bemüht, auf den Füßen stand.

Was für ein unangenehmer Mensch, und doch hatte Alia eine merkwürdige Gehetztheit an ihm wahrgenommen, wie schon am Morgen, als er plötzlich vom Heermeister abgelassen hatte, um seine Soldaten und ihn in dieses Zimmer zu rufen. Er erschien ihr, als wäre er sich auf irgendeine Weise bewusst, dass ihm die Zeit davonlief. Davonlief auf welches Ziel zu?

Alia kehrte allein zu ihren Räumlichkeiten zurück, fand sie sogar auf Anhieb, nur um dort im Wohnraum die Königin zu erblicken. Augenblicklich sank sie erneut auf ihre Knie, aber die Königin lächelte sie nur an und schüttelte den Kopf.

„Ich sehe nicht gerne Menschen vor mir knien, Heilerin Alienne, bitte erhebt Euch!", sagte sie ruhig und wartete, bis Alia vor ihr stand. „Ich hatte Gelegenheit mit Heermeister Dogul ein paar Worte zu wechseln, bevor er fortging! Er war voll des Lobes über Euch, und er bat mich, Euch seine Abschiedsgrüße zu übermitteln!"

Alia blickte nicht auf, sie sog die Worte der Königin in sich ein und wusste doch nicht, wie sie damit umgehen sollte.

„Ich weiß, alles hier erscheint Euch ungewohnt!", begann die Königin dann erneut. „Aber ich hoffe, Ihr werdet bald etwas Gefallen daran finden, Euch hier aufzuhalten. Morgen könnt Ihr mit Eurer Arbeit beginnen. Ihr dürft Euch innerhalb der Palastmauern frei bewegen, den Garten benutzen, was immer Ihr wollt! Wenn Ihr jedoch plant, die Stadt zu besichtigen, so lasst es mich wissen, dann finde ich eine passende Begleitung für Euch!"

Begleitung? So frei sie sich bewegen konnte, musste sie es dennoch in Begleitung tun? Alia sank das Herz. Diese Königin war freundlich, aber auch sie konnte nicht kaschieren, dass Alia hier eine Gefangene war, die nur aufgrund ihrer Fähigkeiten überhaupt im Palast geduldet wurde.

„Ich möchte Euch außerdem darum bitten, mich zu unterrichten, falls es Euch an irgendetwas mangelt. Ich versichere Euch, ich werde alles in meiner Macht Stehende für Euch tun!", sprach die Königin dann mit einer unvergleichlichen Wärme in ihrer Stimme. „Und nun schlaft wohl, Heilerin Alienne!"

Sie nickte Alia zu und verließ mit einem Lächeln den Raum. Alia stieg die Röte in die Wangen. Diese Königin hatte soeben ihr gegenüber eine Bitte formuliert! Das war nun endgültig mehr, als ihr Verstand fassen konnte, sie legte die Arme um ihren Körper und ließ erneut stille Tränen über ihre Wangen laufen. Dieser ganze lange Tag war zu viel gewesen ...

Später brachte ihr das Dienstmädchen, das sie bereits kannte, ein Tablett mit Speisen. Reichhaltige Portionen, und jedes der verschiedenen Gerichte enthielt einen großen Fleischanteil. Einen Moment starrte sie das Essen an und lächelte vor sich hin. Er kannte sie gut, dieser Heermeister!

Alia öffnete auf ein Klopfen hin die Tür ihrer Räumlichkeiten. Die Sonne war bereits aufgegangen, und sie kaute am ersten Bissen ihres Frühstückes, das aus einem herrlich weichen Brot und verschiedenen Scheiben Wurst bestand. Schnell schluckte sie, senkte den Kopf und sah aus der peripheren Sicht eine kleine Frau vor sich, die die Tracht einer Dienerin trug, jedoch eine weiße Schürze angelegt hatte. Sie war alt, zählte mindestens sechzig Jahresläufe, ihre grauen Haare lagen in einem dünnen Zopf über ihren Rücken und ihre Augen waren klar und blass, jedoch von aufmerksamer Intensität. Sie schien sie interessiert zu betrachten, etwa so, wie man ein rätselhaftes Wetterphänomen analysieren würde.

Schließlich räusperte sie sich. „Guten Morgen, Heilerin Alienne, ich hoffe, Euer Schlaf war erholsam und die Strapazen Eurer Reise sind vergessen. Ich bin Pflegerin Tana und mir wurde aufgetragen, Euch zu Euren Patienten zu führen, wenn Ihr mich begleiten wollt!"

Alia nickte und warf einen raschen, sehnsüchtigen Blick auf ihr ungegessenes Frühstück.

„Oh, ich sehe, Ihr habt noch nicht gegessen, entschuldigt! Ich komme später noch einmal", beteuerte die Pflegerin und wandte sich bereits ab.

„Nein, ich komme mit Euch", lenkte Alia ruhig ein, nahm ihre Arzneibeutel vom Tisch im Schlafraum und folgte ihr dann nach.

Sie hatte gestern Nacht noch etwas Wasser in die Wanne laufen lassen und sich mit einer der Seifen, die süß nach Honig duftete, darin nieder gelassen. Dabei hatte sie peinlich darauf geachtet, dem großen Spiegel ihren Rücken zuzuwenden. Sie hatte keine Kerze entzündet und ihr Bad in der Dunkelheit vollzogen, und doch hatte ihr die periphere Sicht kurz ihre Gestalt in diesem Spiegel enthüllt. Beschämt von diesem Bild hatte sie ihr Bad beendet und dann lange nachdenklich vor dem Kaminfeuer gesessen und ihre Haare getrocknet.

Sie war keine vortreffliche Persönlichkeit, nur ein verschrecktes, fremdes Wesen in einer unpassenden Umgebung. So als zwänge man die Maus ihres so sehr verhassten Märchens, in den schimmernden Käfigen mit den edlen Löwen zu leben, ohne Unterschlupf. Daraufhin hatte sie die Tür zum Wohnraum geschlossen. Sie brauchte keinen zweiten Raum für sich und die von Mauern umgebene Weite machte sie nur unruhig. Sie beschränkte sich auf den schlichteren Schlafraum und das unvorstellbar luxuriöse Bad. Und auch das erschien ihr noch zu viel!

Sie gingen nun einen langen Gang entlang, der vollkommen schmucklos war und dessen Fenster auf den mit Stein gepflasterten Platz zeigten, den Alia auch von ihrem Quartier aus sehen konnte. Dann öffnete sich der Gang zu einer großen Halle, von der aus geschlossene Türen in drei Richtungen zeigten. Die Pflegerin öffnete die erste dieser Türen weit, blieb darin stehen und forderte Alia auf, vor ihr einzutreten.

Alia nickte, ging an ihr vorüber und benutzte die direkte Sicht auf den quadratischen, fensterlosen Raum, der sich ihr jetzt zeigte. Etwa zwanzig Betten befanden sich darin, und Alia kniff für einen Moment die Augen zusammen. Der Raum wurde lediglich durch Kerzen beleuchtet, und selbst sie hatte Mühe, in diesem Dämmerlicht etwas zu erkennen, aber tatsächlich, nichts rührte sich in diesen Betten, keine Bewegung zeigte sich ihren scharfen Augen und sie wäre nahezu dem Impuls gefolgt, sich mit fragendem Blick an die Pflegerin zu wenden, als ihr klar wurde, dass sich unter den üppigen Decken Menschen befanden, Männer.

Sie alle lagen reglos auf dem Rücken und es hätte ein Bild des Friedens sein können, wenn nicht ausnahmslos alle mit geöffneten Augen an die Decke gestarrt hätten. Alia ging näher an einen dieser Männer heran und erschauerte. Nein, er blickte nicht zur Decke, er blickte überhaupt nirgends hin. Alia ließ ihren Blick schweifen. All diese Männer starrten ins Nichts, ihre Augen waren leer. Keiner reagierte auf ihr Eintreten, niemand sprach ein Wort und auch sonst kam kein Geräusch über ihre Lippen. Alia war an viele Geräusche bei ihrer Arbeit gewöhnt. Sie kannte das Weinen, Stöhnen, Wimmern und die Schreie von Kranken, aber diese hier waren stumm.

Pflegerin Tana trat an ihre Seite und sah sie fragend an, das zeigte ihr die periphere Sicht, aber sie ging nicht darauf ein. Zu groß war ihr das Rätsel, das diese Kranken ihr aufgaben. Sie nahm eine der Kerzen, führte sie vor dem Gesicht des Mannes, der ihr am nächsten lag, hin und her und beobachtete, wie die Pupillen seiner Augen auf das Licht reagierten. Seine Augen zeigten die übliche gesunde Reaktion, aber nicht so der Mann, der nicht einmal zu bemerken schien, dass sie eine Flamme vor ihm bewegte.

Alia fühlte sich an das Krankheitsbild der *dementia* erinnert, das alte Menschen manchmal zeigten. Es bedeutete den Verlust der Persönlichkeit, Vernunft und des Willens. Aber nie hatte sie bei diesen betagten Kranken erlebt, dass selbst die instinktiven Reaktionen fehlten. Jeder von ihnen hätte Furcht vor der Flamme gezeigt, sich vielleicht sogar dagegen gewehrt, aber nicht dieser Mann.

Alia wusste, sie musste diesen Mann berühren. Sie musste sie alle berühren, um sich ein diagnostisches Bild machen zu können, aber sie scheute davor zurück, es in Gegenwart dieser Pflegerin zu tun. Was wusste sie von ihr? Aber viel nagender als das Bild, das sie von Alia gewinnen könnte, war ihre eigene Scham darüber, ihre Gabe vor der Pflegerin zu offenbaren.

„Hört mich an, Heilerin!", begann die Pflegerin dann und wartete, bis Alia sich zu ihr gewandt hatte. „Ich betreue nunmehr seit nahezu vier Mondläufen diese Männer und niemals hat sich auch nur einer von ihnen mehr bewegt als in diesem Moment. Ich schlage vor, ich lasse Euch allein mit ihnen, dann könnt Ihr sie gründlich untersuchen. Ich kehre in einer Stunde zu Euch zurück. Klingt das vernünftig in Euren Ohren?"

Alia nickte. „Ich danke Euch!", entschlüpfte es ihrem Mund und sie strafte sich im Stillen dafür.

Die Pflegerin blickte sie einen Moment verwirrt an, dann nickte sie, verließ den Raum und ließ Alia allein zurück. Einige Augenblicke lang sah sie den Mann vor sich einfach nur an. Sein Atem ging rhythmisch und war ohne Nebengeräusche. Seine Haut schien von flächigen Verbrennungen genesen zu sein, wie sie die Einstrahlung der Sonne hervorrufen konnte. Sein Körper schien ausgemergelt, als bekäme er zu wenig Nahrung, und seine Muskeln waren erschlafft von der langen Bewegungslosigkeit.

Alia legte ihm die Hand auf die Stirn, um nach seiner Temperatur zu fühlen, aber das Bild, das ihr die Gabe zeigte, ließ sie zusammenzucken. Tot! Er war tot! Alia wich zurück und presste die Hand, die eben noch diesen Mann berührt hatte, an ihre Brust. Dieser Mann atmete und doch hatte ihr die Gabe das Bild eines Toten gezeigt. Wie war das möglich?

Plötzlich war ihr dieser Ort unheimlich und sie wünschte sich sehr, Pflegerin Tana hätte sie nicht alleine zurückgelassen. Aber hatte sie nicht auch gesagt, diese Männer würden sich nie bewegen? Alia hatte nichts zu befürchten, zumindest nicht körperlich. An ihrer Seele jedoch hatte das Bild des lebenden Toten längst Schaden angerichtet.

Es widerstrebte jeder Form der Logik, nach der der menschliche Körper funktionierte, und deshalb musste sie sich irren, beschloss Alia und wagte sich erneut an die Seite des Mannes. Diesmal senkte sie ihre Hand widerstrebend auf seinen Oberarm. Sie musste sich zwingen, sie nicht augenblicklich erneut fortzuziehen, dann jedoch schloss sie die Augen und ließ die Bilder wirken, die die Gabe ihr präsentierte. Sie forschte in ihnen, analysierte sie, ging Fragen nach, die sich ihr stellten, ganz so, wie sie es immer getan hatte.

Die Pflegerin kehrte mit einem Tablett in den Krankensaal zurück, auf dem sich eine Kanne mit gesüßtem Tee sowie Becher und etwas Gebäck befanden. Sie stellte alles auf einen Tisch in der Mitte des Raumes, schenkte ihnen ein und forderte Alia auf, sich zu setzen.

„Ihr habt Euer Frühstück meinetwegen ausfallen lassen, da erschien es mir nur recht, wenn ich für Ersatz sorge!“, kommentierte sie mit einem freundlichen Lächeln.

Alia nickte. Die Pflegerin wartete, bis sie den ersten Schluck getrunken hatte, und trank dann erst selbst. Sie betrachtete Alia noch immer mit großem Interesse und schien darauf zu harren, dass sie ihr die Lösung für das Rätsel der Krankheit dieser Männer anbieten würde.

„Habt Ihr allein die Arbeit an diesen Männern getan?", fragte Alia daraufhin.

„Ja!", erwiderte sie. „Ich habe sie gesäubert und gefüttert."

„Das ist viel Arbeit für eine einzelne Frau!", wandte Alia ein.

„Jetzt nicht mehr so viel. Ich habe vorher auch ihre Wunden versorgt. Die sind jedoch verheilt."

„Sie haben neue Wunden vom Liegen im Bett!"

„Ich behandele sie mit Kamille!"

Alia nickte. „Habt Ihr versucht, sie zu bewegen?"

„Ja, sie folgen jeder einfachen Anleitung, die man ihnen zukommen lässt! Wenn man ihnen die Hand mit dem Löffel führt, essen sie. Stellt man jedoch eine Mahlzeit vor sie, gibt ihnen den Löffel in die Hand und geht dann weg, so sitzen sie einfach da und halten den Löffel."

Alia nickte und nahm die Pflegerin in die direkte Sicht, ohne jedoch ihren Kopf zu heben. Sie hatte sehr viel geleistet, denn die Männer waren sauber und der Raum roch nicht nach Fäkalien, aber sie war keine Heilerin.

„Hat Euch ein Heiler bei Eurer Arbeit unterstützt?"

„Nein."

„Warum nicht?"

„Der König hält diese Männer geheim. Er bezahlt mich für mein Schweigen!"

Alia sah die Frau irritiert an und versuchte dann erneut, sich auf die Fragen zu konzentrieren, die sie hatte: „Woher stammen die Verbrennungen der Haut ihrer Hände und Gesichter und die Schürfwunden an Händen und Knien?"

„Ich weiß es nicht. Es ist mir nicht erlaubt, Fragen zu stellen, Heilerin Alienne!"

Alia schluckte den Tee, den sie im Mund gehabt hatte, und hielt in ihren Bewegungen inne. War es *ihr* erlaubt, Fragen zu stellen, wenn sie heute Abend dem König gegenübertrat? Sie musste es tun, denn diese äußerlichen Wunden waren ihr einziger Anhaltspunkt dafür, was diesen Männern zugestoßen sein könnte. Sie mochten keine äußerlichen Spuren von Gewalt darstellen, aber gaben vielleicht Hinweise auf die Urheberschaft der inneren Verletzungen, die den Männern mit großer Gewissheit gewaltsam zugefügt worden waren! Anders waren solche Verletzungen nicht zu erklären.

„Was fehlt diesen Männern?“, fragte die Pflegerin nun.

„Teile ihrer Gehirne!“, antwortete Alia und sah dann die völlige Fassungslosigkeit im Antlitz der Pflegerin.

„So, als hätte man sie entfernt?“, fragte sie atemlos.

„Nein, eher als seien sie verkümmert, wie eine Pflanze, die ohne Wasser verdorrt!“

„Wie ist das möglich?“

„Ich habe keine Erklärung! Ich habe so etwas noch nie gesehen!“, gab Alia zu.

Alia half der Pflegerin bei ihrer Arbeit mit den Kranken. Sie wusch, säuberte, fütterte, sprach ... Sie tat alles, um nur nicht innehalten zu müssen, denn wenn sie es täte, würde sie verzweifeln, das spürte sie überdeutlich.

Sie ließ sich von Tana den Heilmittelschrank zeigen und ging die Bestände durch, wobei sie wieder und wieder in Staunen versank, denn sein Inhalt setzte sich nahezu aus allem zusammen, was Alia kannte. Hier gab es von jeder irgendwie beschriebenen Heilpflanze einen kleinen Vorrat, so als hätte jemand ohne Sachverstand befohlen, die Agenda eines Lehrbuches der Heilmittel herzunehmen und alle dort beschriebenen Pflanzen hierher zu bringen. Alia betrachtete verstört die getrockneten Früchte der Paradiespflaume, die ein starkes Aphrodisiakum waren. Wem sollten diese hier hilfreich sein?

Sie fügte eine Paste zusammen, mit der sie die Druckstellen der Männer behandeln konnten. Ansonsten gab es nichts zu tun, das ihr Wissen als Heilerin gefordert hätte, und sie hatte mehr und mehr Hochachtung vor Pflegerin Tana, da sie all die anfallenden Arbeiten bislang alleine zu Wege gebracht hatte.

Am frühen Abend schickte sie die Pflegerin nach Hause und wies sie an, morgen erst zu späterer Stunde zu erscheinen. Die Pflegerin dankte es ihr mit einem Nicken, bei dem sich ihre hellen Augen mit Tränen füllten, und wandte sich dann schnell ab. Alia mochte sie bereits. Die Pflegerin war eine einfache, bescheidene

Frau, und sie hoffte sehr, der König würde sich ihr Schweigen tatsächlich etwas kosten lassen.

Alleine im Krankensaal überkam sie jedoch die Ausweglosigkeit dieser Situation in vollem Maße. Achtzehn Männer mit denselben Schäden an ihrem Gehirn. Alia wusste, sie konnte nichts tun. Sie wusste, es gab für diese Männer keine Heilung. Die *nervi* des Gehirns konnte niemand neu wachsen lassen. Einmal zerstört, waren sie, ihres Wissens nach, für alle Zeiten unbrauchbar. Sie würde vor diesen König treten und bereits nach einem einzigen Tag zugeben müssen, dass ihr Heilwissen nicht ausreichte, um diesen Männern zu helfen, ja, dass es nicht die geringste Chance gab, dass irgendjemand ihnen helfen konnte.

Und doch gab es etwas, das Alia an dieser Arbeit hielt. Sie hatte bei ihrer ersten Berührung einer dieser Männer seinen Tod festgestellt, weil ihm das Band fehlte. Allen achtzehn Männern fehlte das Band und sie alle wiesen dieselben Schäden an ihren Gehirnen auf. Waren diese beschädigten Hirnareale der Ursprung des Bandes? Konnte es sein, dass Alia aus diesen Verletzungen etwas über die generelle Natur des Bandes zu lernen vermochte? Etwas, das ihr vielleicht sogar eine Möglichkeit zeigen konnte, das Band neu zu stimulieren?

Sie musste unbedingt Zugang zu einer Bibliothek bekommen, um einige Dinge nachlesen zu können. Mochten die Chancen auch noch so gering sein, sie würde noch nicht aufgeben! Und sie würde dem König an diesem Abend nicht voreilig ihr Scheitern offenbaren, dafür war es zu früh.

Aber da war noch eine Sache, die sie tun wollte, bevor sie dem König gegenübertrat. Sie wollte sich einer letzten Erinnerung stellen, auch wenn es ihr wehtat. Sie griff nach ihren Beuteln und holte behutsam die Phiole heraus, in die sie die drei Blüten der *munkand* eingelegt hatte. Sachte schwenkte sie das Gefäß vor ihren Augen und die von den Monden beschienene Hand des Heermeisters trat erneut in ihre Erinnerung. Sie würde den Saft der Blüten gewinnen, sich einige Tränen erlauben und dann für immer ihr Denken vor diesen Bildern verschließen. Als sie jedoch mit dieser Arbeit begann, brachte sie es nicht fertig, alle Blüten zu zerstören. Sie konnte es einfach nicht und beließ eine von ihnen in ihrem Öl. Sie würde nicht verderben, ebenso wenig, wie es ihre Erinnerungen taten.

Kapitel 19

Mein lieber Kian,

ich hoffe, die Kämpfe, in die Du mit Deinen Truppen im Westen verwickelt bist, verlaufen auch weiterhin siegreich und dieser Brief trifft Dich bei bester Gesundheit an. Ein Späher hat mir berichtet, dass Ihr alle vermutlich bereits in der nächsten Woche zurückkehren werdet, und das hat mein Herz leicht werden lassen. Deshalb darf ich es mir jetzt auch erlauben, Dich mit den Belangen des Hofes zu belästigen, die Du so sehr verabscheust.

Dein Onkel tobt, weil Du seinen Angriffsbefehl auf Fürst Ileu ignoriertest und nun stattdessen Hilfe bei seinem Kampf gegen das Lor-Fürstentum leistest. Er gebärdet sich wie ein Wilder, aber sei deswegen nicht beunruhigt, Kian. Irgendwann wird auch er begreifen, dass wir das Eisenerz aus Ileu dringend brauchen, und Du diese Ressourcen lediglich vor dem Zugriff Lors schützt. Ich versichere Dir meine volle Loyalität, aber deswegen griff ich nicht zur Feder.

Du hast mich bei unserem letzten Treffen intensiv gebeten, ein Auge auf die Heilerin Alienne zu haben, und ich komme dieser Bitte nur zu gerne nach. Leider kann ich Dir wenig Erfreuliches berichten. Diese Frau arbeitet Tag und Nacht! Da es mir nicht erlaubt ist, die Krankensäle zu betreten, habe ich kaum Gelegenheit, mit ihr zu sprechen.

Meine Zofe berichtet mir zwar regelmäßig über ihr Wohlergehen, aber was ich von ihr höre, beunruhigt mich im Grunde noch mehr. Sie benutzt nur ein Zimmer in ihrem Quartier, Kian, als sei ihr dieser ganze Ort zu viel.

Einmal bat sie von sich aus um Audienz und fragte nach der Erlaubnis, die alten Schriften im nicht zugänglichen Teil der Palastbibliothek einsehen zu dürfen, was ich ihr nicht gewähren konnte, da es, wie Du weißt, nicht in meiner Macht steht. Der König hat ihr Gesuch strikt abgelehnt. Daraufhin hat sie die Jidari-Enklave in der Vorstadt besucht und ist von dort, wenn das überhaupt möglich war, noch elender zurück gekehrt, als sie es jemals zuvor war.

Ich muss Dir sagen, ich bin in Sorge um die Heilerin und ich hoffe inständig, Dich zu meinem Geburtstag in meinen Gemächern begrüßen zu dürfen, damit Du Dir selbst ein Urteil bilden kannst.

Achte auf Dich! Deine Tante Nari.

Kian ließ den Brief der Königin auf seine Knie sinken. Ihr Geburtstag war in sechs Tagen, und es war nur zu wahrscheinlich, dass er es nicht rechtzeitig schaffen würde, in die Hauptstadt zurückzukehren. Er befand sich vier schnelle Tagesritte von der Hauptstadt entfernt im Westen des Landes, und auch wenn die Kampfhandlungen abgeschlossen waren, so war er doch Teil der Friedensverhandlungen der Fürsten Ileu und Lor.

Er hatte immer gewusst, dass es schwer sein würde, sein Versprechen gegenüber der Heilerin zu halten, aber dass er schon bei der ersten Gelegenheit an seine Grenzen stieß, entmutigte ihn sehr. Für einen Moment hatte er das Gesicht der Heilerin wieder vor seinem inneren Auge, ihr schönes Gesicht mit den grünen Augen, die nie auf ihn herabsahen. Er ertrug es nicht, dass sie litt, aber es lag in diesem Augenblick vermutlich nicht in seiner Macht, etwas daran zu ändern.

In den drei Mondläufen, die vergangen waren, seit ihre Eskorte der Heilerin geendet hatte, war Kian sehr deutlich bewusst geworden, dass er nicht der Einzige war, der sie mit Wehmut in seinen Gedanken trug. Alle Soldaten seines inneren Kreises hatten von Zeit zu Zeit die Gelegenheit gesucht, mit Kian ihre Gedanken über sie zu teilen. Keiner von ihnen tat es direkt, sondern sie alle fanden Alltägliches, um ihre Gefühle über das Fehlen ihrer Gegenwart zu rechtfertigen.

So hatte Mino sich vor Wochen an der Handinnenfläche verletzt und fluchte unentwegt über den Heiler der ersten Garde, weil er mit seinen Pasten nicht in der Lage war, diesen Schnitt zum Heilen zu bringen. Er könne ebenso gut Butter in seine Hand reiben, der Effekt wäre derselbe, empörte er sich. Dann hatte er Kian die Überreste des Schwerthiebes an seinem Hals gezeigt und ausgerufen: *„Seht, das ist Heilkunst! Die Heilerin hat Nadel und Faden hier entlanggeführt und seht, Heermeister, es ist ja nicht mal eine richtige Narbe davon übrig geblieben! Es kann doch nicht so schwierig sein, diese verfluchte Hand zu heilen!“*

Auch Ana war nach einem ihrer Kampftrainings an ihn herangetreten und hatte sich beschwert, ihre Trainingsgegner seien allesamt zu langsam für ihren Geschmack. Sie sei mittlerweile die Abwehr der Heilerin gewöhnt und damit könne sich keiner messen. *„Wisst Ihr, Heermeister!“*, hatte sie ihren Gedanken freien Lauf gelassen. *„Ich wünschte, Heilerin Alienne könnte sich dazu entschließen, auch die Angriffskunst zu erlernen. Was für eine vortreffliche Gegnerin würde sie abgeben!“* Kian hatte daraufhin amüsiert gelacht und kommentiert, das sei etwas, dass Ana vermutlich nie erleben würde.

Hoffentlich würden sie alle das nie erleben, dachte er mit großer Wärme in seinem Herzen. Selbstverständlich wollte er nicht, dass die Heilerin von ihren friedvollen Idealen abwich, aber was ihn hauptsächlich zu diesem Gedanken bewog, war die Vorstellung, er könnte sie tatsächlich kämpfen sehen. Sie, die so wundervoll in all ihren Bewegungen war, ausgerechnet sie wäre eine tödliche Waffe für jeden ihrer Gegner, und das weckte in Kian die Bewunderung für ihre Anmut und ihre Lebensideale neu.

Sogar Evan, der gewöhnlich mit seinen Gefühlen hinter dem Berg hielt, hatte wiederholt an die Heilerin erinnert. Es war für ihn so etwas wie ein geflügeltes Wort geworden, die Soldaten, die ihre Waffen schlecht pflegten, zu beschimpfen, indem er vorschlug, sie könnten ihre Schwerter ja als Spaten benutzen, falls sie nicht vorhatten, sie in besserem Zustand zu halten.

Und schließlich hatte Roan Kian auf einem Kontrollritt aufmerksam beobachtet, als er einen Tümpel mit Sumpflilien betrachtet hatte.

„Was lächelst du so eigentümlich in die Landschaft, Heermeister?“, hatte er Kian irritiert gefragt.

Kian hatte ihm die Eigenarten dieser Pflanzen erklärt, und sie waren sogar vom Weg abgeritten, weil Roan dieses Schauspiel mit eigenen Augen sehen wollte. Danach hatte er Kian lange angesehen.

„Sie fehlt mir auch!“, hatte er gemurmelt und dann zügig sein Pferd zurück auf den Weg geführt.

Roan und er waren gute Freunde, aber diese Gefühle mit seinem ersten Offizier zu teilen, schien ihm dennoch unangemessen. Er sollte diese Gefühle gar nicht haben, dachte Kian bitter, und er hoffte inständig, sie vor seiner Tante während ihres Gespräches verborgen zu haben. Er hatte bei ihr um das Wohl der Heilerin gebeten, aber er tat es nicht nur für sie, sondern ebenso für sich selbst. Es fiel ihm leichter, sie gehen zu lassen mit dem Wissen, seine Tante hätte ein wachsames Auge auf sie, wenn es ihm versagt war.

Miri war nach der Nacht am Feuer der ersten Garde verschwunden. Kian hatte darauf gewartet, dass sie ihn in seinem Zelt aufsuchen würde, unaufgefordert und nach ihrem eigenen Wunsch, wie sie es immer getan hatte, aber sie war nicht erschienen. Es war Kian versagt, Nachforschungen über sie anzustellen, und so hatte er lediglich die Augen nach ihr offen gehalten, sie jedoch nie mehr gesehen. In einem sentimentalen Moment war er sich plötzlich sicher gewesen, Miri hätte in der besagten Nacht von seinem Gesicht die Gefühle ablesen können, die er sich selbst nicht zugestehen wollte. Seine Gefühle für die Heilerin. Aber das konnte doch unmöglich der Grund für ihr Verschwinden sein, er musste sich irren.

Das Intermezzo mit seinem König war nicht ohne Folgen geblieben, wenn es auch keine schwerwiegenden waren, sondern lediglich ärgerliche Schikanen. König Abran hatte seinen Sold für den laufenden Monat gestrichen, wie Kian bereits vermutet hatte. Und er hatte den Zufahrtsweg zu Kians Haus, der über das Palastgelände führte, schließen lassen mit der Begründung, er unterstütze keinen Inzani und wolle sich statt des Weges neue Rabatten anpflanzen lassen.

Diesen Umstand hatte er aus einem Brief seiner Haushälterin Edda erfahren. Sie und ihr Mann mussten nun einen weiten Umweg für ihre Besorgungen in Kauf nehmen, da sie die Straße benutzen mussten, die außen um den Palast und seinen immensen Park herumführte. Kian hatte in seinem Antwortbrief lediglich in einem Nebensatz erwähnt, sie und Logan, sein Knecht, könnten gewiss eine einfachere Anstellung finden. Woraufhin sich Edda in ihrem nächsten Brief empörte, er sei nun wohl dem völligen Wahnsinn anheimgefallen! Wolle er zwei alternde Leute ihres Heimes berauben? Für ihn zu arbeiten, sei ihnen die größte Ehre und sein Zuhause sei auch ihr Zuhause! Kian lächelte noch immer über diesen Brief.

Die Geschicke der Fürsten im Westen waren wenig erfreulich. Kaum hatte Groh eingelenkt und war an den Verhandlungstisch zurückgekehrt, hatte Fürst Lor das Ileu-Fürstentum angegriffen, angeblich, weil Ileu sich weigerte, Eisenerz an Lor auszuliefern. Tatsache war jedoch, dass Ileus Lieferungen immer wieder auf Lors Territorium überfallen worden waren und das Erz geraubt wurde. Offenbar hatten die Banditen ihren Befehl direkt von Lor erhalten, der sich auf diesem Wege den wichtigen Rohstoff beschaffte, ohne dafür zu zahlen, woraufhin Fürst Ileu die Lieferungen einstellte.

Zunächst hatte Kian die zehnte Garde lediglich angewiesen, die Eisenerzlieferungen zu begleiten, um ihre Sicherheit zu gewährleisten. Da die Angriffe jedoch nicht abrissen, sondern, im Gegenteil, immer gewaltsamer verliefen und einige Zivilisten dabei verletzt wurden, konnte niemand mehr die Augen davor verschließen, dass die Antwort darauf eine militärische Offensive sein musste.

In diesem Moment erhielt die zehnte Garde einen Angriffsbefehl des Königs. Dieser jedoch richtete sich überraschenderweise gegen Fürst Ileu und offenbarte somit die politische Blindheit ihres Landesoberhauptes auf eindrückliche Weise. Kian ordnete an, den Befehl zu ignorieren, und brach noch in derselben Stunde mit Gorin und einem Teil der ersten Garde an den Hof Fürst Ileus auf. Dort trafen sie auf den Hauptmann der zehnten Garde, um weitere Schritte zu erörtern.

Zwei Angriffe erfolgten auf Fürst Lor und seine Miliz, beide führte Kian selbst an. Er ließ sie schnell aufeinander folgen, um die

Soldaten Lors in größtem Maße schwächen zu können. Dabei erhielten sie die Unterstützung der Männer, die unter Ileus Banner kämpften, und Kian musste feststellen, dass Fürst Ileu seine Soldaten sorgfältig ausgewählt hatte. Sie waren gut trainiert und in höchstem Maße loyal gegenüber dem Fürsten, ebenso gegenüber Kians Armee und, und das musste verwundern, auch ihm selbst gegenüber.

Fürst Ileu war ein weiser Mann, der seinem Sohn nicht die Schmach eines zerstörten Fürstentums hinterlassen wollte. Beide waren von hohen Idealen der Menschlichkeit und Integrität gegenüber ihrem Volk. Die meisten Menschen, die hier lebten, verdienten ihr Geld mit der schweren Arbeit in den Erzminen, und Fürst Ileu war es ein großes Anliegen, den Reichtum, den dieses Rohstoffvorkommen dem Fürstentum brachte, mit den Minenarbeitern zu teilen. Schwere Arbeit sollte gut entlohnt werden und man traf den jungen Fürsten, wie zuvor auch seinen Vater, oft dabei an, wie er selbst in den Minen mitarbeitete. So blieb die Fürstenfamilie stets auf Augenhöhe mit den Belangen ihrer wichtigsten Ressource, den Arbeitern, die das Eisenerz förderten.

Sie bewiesen große Weitsicht in ihren politischen Entscheidungen, und sie hatten sich offen gegen das Inzani-Gesetz gestellt. Kian hörte mit einiger Überraschung, dass sie dieses Gesetz auf ihrem Territorium nicht länger praktizierten. Als Fürst Ileu davon berichtete, sah er Kian direkt und offen an, scheinbar um zu erfahren, was er darüber dachte. Kian jedoch dachte gar nichts. Er wäre am liebsten unsichtbar geworden. Das ganze Thema war ihm unangenehm und das Letzte, was er wünschte, war hier am Tisch des Fürsten darüber zu sprechen.

Die Fürstenfamilie und die gesamte Bevölkerung bemühten sich darum, Inzani-Kindern eine Ausbildung zu ermöglichen und Arbeit für die erwachsenen Inzani zu finden. Für jeden einzelnen, unter Berücksichtigung ihrer Einschränkungen und Fähigkeiten. Ein Fürstentum, in dem jeder Teil der Bevölkerung geachtet wurde, sei ein zufriedenes Fürstentum, bekräftigte der junge Fürst.

Kian hatte nicht länger zuhören können und sich bald mit der Ausrede zurückgezogen, er wolle sich vor dem morgigen zweiten

Angriff noch im Heerlager der zehnten Garde mit dem Hauptmann verständigen. In Wirklichkeit war er in die Nacht hinausgeritten, hatte die Stute wild vorangetrieben und sich dann schwer atmend dem Sternenhimmel zugewandt.

Er hatte schreien mögen, die Trauer seines gesamten Lebens in Ungerechtigkeit herausschreien mögen, aber anstelle der Schreie kamen Tränen. Bittere, hasserfüllte Tränen, aber auch Tränen reinster Trauer um sich selbst, in denen er sich nicht bemitleidete, sondern einfach nur zuließ zu spüren, wie sehr er verletzt worden war während all der Jahre. Das alles erschien ihm so sinnlos, so willkürlich, und vermutlich konnte er in diesem Moment zum ersten Mal wirklich begreifen, dass er ein Opfer war und nichts als ein Opfer.

„Es tut mir leid für Euch!“, hatte die Heilerin ihm einmal gesagt. Das war kein Mitleid gewesen, sondern ähnelte so sehr dem, was er selbst jetzt empfand. Es war das Bedauern eines Lebens, in das ihn ein sinnentleertes Gesetz gedrängt hatte, und die Existenz oder das Fehlen seines Bandes spielten dabei nicht die geringste Rolle, auch für ihn selbst nicht mehr.

Während des zweiten Kampfes geschah es, dass Kian mitten in seinem seltsamen Zustand der Trance innehalten konnte, um zu sehen, welche Wirkung sein Handeln auf die Soldaten hatte, die mit ihm kämpften. Und bei den Monden, es hatte eine Wirkung!

Die Soldaten, die er gedanklich in jeder Sekunde an seiner Seite spürte, sie alle bewegten sich mit derselben Präzision des Willens zum Sieg, wie er selbst es tat. Er hatte oft, auch in anderen, weit weniger gefährlichen Situationen, den Gedanken gehabt, wie merkwürdig es war, dass er an anderen denselben Ausdruck erkennen konnte, wie er ihn bei sich selbst vermutete. Während dieses Kampfes jedoch war kein Platz für seine Zweifel und ein Moment der Klarheit trat ein, in dem er das Unmögliche begriff: Er übertrug einen Teil seiner selbst auf die Soldaten.

Noch in der Nacht danach jedoch musste er sich die Frage stellen, wie es um den Zustand seiner geistigen Gesundheit tatsächlich stand. Er war schließlich kein Magier und er neigte auch nicht zum Größenwahn. Das alles musste völlig erklärlicher Natur sein. War es nicht Aufgabe seiner Soldaten, die Ideale der Armee zu leben und sie im Kampf mit allen zu teilen? War es nicht seine Aufgabe, die Soldaten darin anzuleiten und ihre, ihm darin zu folgen? Das und nur das war es, was er an den Soldaten wahrgenommen hatte, und nichts anderes! Er schlief mit diesen Gedanken erschöpft ein und der neue Tag brachte neue Aufgaben, sodass er keine Gelegenheit hatte, sich weiter in Theorien dieser Art zu versenken.

Nach diesem Kampf kapitulierte Lor, und Fürst Ileu war bereit, sich mit ihm auf dem neutralen Boden des Heerlagers der zehnten Garde zu treffen. Ileu bat Kian ausdrücklich, nicht nur an diesen Treffen teilzunehmen, sondern vielmehr zudem als sein Mittelsmann zu fungieren. Er schätze seine ruhige Art der Argumentation sehr, bekräftigte er, und so sah sich Kian zum ersten Mal in seinem Leben als eine Art Schiedsmann. Er leitete während zweier Tage die Verhandlungen an, strukturierte die Argumentationen der beiden Fürsten und führte sie in Richtung eines Konsenses, den beide Parteien annehmen konnten.

„Ihr seid ein kluger, junger Mann, Heermeister Dogul!“, sprach Fürst Ileu ihn an, als Fürst Lor mit seinem Gefolge das Lager verlassen hatte. „Warum habt Ihr Euch nicht längst den Rechtswissenschaften zugewandt?“

Kian blickte ihn irritiert an. Diese Frage konnte er nicht ernst meinen!

„Versteht mich nicht falsch, Ihr seid ein mächtiger Krieger, Ihr führt Eure Truppen mit größter Weisheit und Fürsorge, aber mir scheint, Ihr könntet auch anderen Ortes wichtige Arbeit leisten!“, erklärte sich der Fürst.

Kian senkte den Blick und ließ ihn dann aus dem Zelteingang hinaus in die Ferne gleiten. „Es gibt keinen anderen Ort für mich, Fürst Ileu“, sagte er ruhig. „Aber ich danke Euch für Eure freundlichen Worte!“

Fürst Ileu lachte grollend auf. „Ich bin kein freundlicher Mann, Heermeister Dogul, nur ein ehrlicher Narr. Entschuldigt!“

Diese Worte lockten ein Lächeln in Kians Gesicht. „Es gibt nichts, für das Ihr Euch entschuldigen müsstet, Fürst Ileu."

Dieser nickte: „Nun, Ihr könnt stolz auf Eure Arbeit hier sein, Heermeister. Ihr habt viel für mein Fürstentum getan, und es wäre mir und meiner Familie eine große Ehre, wenn wir Euch und Eure Männer morgen Abend als unsere Gäste empfangen dürften!"

Morgen Abend! Kian hielt inne, stand langsam von dem Tisch auf, auf dem er saß, und lächelte den Fürsten erneut an. „Ich werde Eure Einladung mit dem größten Vergnügen an meine Leute weitergeben, und ich bedauere es sehr, aber Ihr werdet auf meine Anwesenheit verzichten müssen. Die Königin feiert in drei Tagen ihren Geburtstag, und ich möchte zumindest versuchen, zu diesem Zeitpunkt in der Hauptstadt zu sein. Ich hoffe, Ihr könnt mein Fehlen an Eurer Tafel entschuldigen!"

„Nun, wenn es zu Ehren des Geburtstages der Königin geschieht, so werde ich ein Auge zudrücken!", entgegnete Ileu süffisant. „Drei Tage? Da wird es wohl das Beste sein, Ihr brecht sofort auf, Heermeister! Ich hoffe, unser nächstes Treffen findet unter erfreulicheren Umständen statt. Seid gewiss, Ihr werdet an unserem Hof stets ein höchst willkommener Gast sein!"

„Ich danke Euch, Fürst Ileu!"

Der Fürst verneigte sich vor Kian und verließ das Zelt. Er war ein wundervoller Mensch, dieser Fürst, und Kian war stolz darauf, ihn und sein Land unterstützt zu haben. Einen Moment noch hielt er inne, dann verließ er ebenfalls das Zelt. Er hatte einen Besuch zu machen, und er konnte nicht länger warten. Er würde ohnehin Tag und Nacht reiten müssen, wenn er es irgend bewerkstelligen wollte, rechtzeitig am Abend des dritten Tages von heute an bei Hofe zu erscheinen. Er würde mit all seiner Kraft und der seiner Stute versuchen, die Heilerin zu sehen.

Kapitel 20

„Bei den Monden, Kian, so leg doch deine Waffen ab, bevor du an meiner Tafel erscheinst!“, rief die Königin aus, und Alia stockte der Atem.

Da stand er direkt vor ihr im selben Raum und löste einen Tumult unter den Gästen aus. Groß und dunkel ragte er im Türrahmen auf, den Mantel geöffnet, Bogen und Schwert an seiner Seite. Selbst in der peripheren Sicht tat Alia sein Anblick nahezu weh. Wie hatte sie sich nur einreden können, ihre Gefühle für ihn würden verblassen, wenn sich ihre Wege nicht mehr kreuzten?

Die Königin ließ keinen Zweifel daran, dass sie verärgert war, aber ihre Freude über das Erscheinen des Heermeisters nahm bald überhand. Ein Diener nahm ihm seine Waffen ab, und er wurde von der Königin in eine herzliche Umarmung geschlossen. Sein Blick wanderte durch den Raum, blieb mit einem Lächeln in Alias Richtung stehen, das jedoch augenblicklich verschwand, als er die beiden anderen Gäste an der Tafel bemerkte.

„Herzlichen Glückwunsch zu deinem Geburtstag, Tante Nari! Und vergib mir, ich bin gerade erst eingetroffen!“, entschuldigte er sich mit leiser Stimme und sah seine Tante dann kurz lächelnd an.

„Du siehst aus, als hätte dich ein Rudel Wölfe den ganzen Weg aus dem Westen hierher gehetzt!“, lachte nun der greise Mönch, der Alia als das Oberhaupt der heiligen Bruderschaft vorgestellt worden, als sie selbst diesen Raum betreten hatte. „Lass dich umarmen, siegreicher Krieger!“

Und auch von ihm wurde der Heermeister herzlich in die Arme geschlossen. Alia erlaubte sich einen kurzen Blick in sein Gesicht und wahrhaftig, er sah aus, als hätte er tagelang nicht geschlafen. Ansonsten jedoch wirkte er stark und wohl ... und stolz wie immer.

Sie wandte den Blick wieder ab. Es erfüllte sie mit all der Trauer und Einsamkeit der letzten Wochen, ihn zu sehen.

Der Heermeister nahm zur Rechten der Königin Platz. Er wurde durch sie bald in den Mittelpunkt der Gespräche gerückt, da er gute Neuigkeiten aus dem Westen zu bringen vermochte, aber er lehnte es höflich und nahezu unmerklich ab, einen größeren Redebeitrag zu leisten. Stattdessen brachte er den Mönch zum Reden, der, wie Alia jetzt erfuhr, sein Onkel war. Und erneut verstummte etwas in ihrem Inneren, da seine Verwandtschaft von so hohem Rang war. Aber es war nicht nur das. Dieser Mönch schüchterte sie auf extreme Art und Weise ein, denn er strahlte in seinem ganzen Sein aus, dass er mit anderen Realitäten in Kontakt war, besser konnte sie es vor sich nicht beschreiben.

Der Heermeister war sehr geschickt darin, sich selbst in den Hintergrund zu rücken. Dabei glitt sein Blick immer wieder in Alias Richtung, forschend, als versuche er zu ergründen, welcher Verfassung sie war. Und auch sein Band strömte ihr zu, schien an ihr Bewusstsein zu klopfen und um Antworten zu bitten. Andererseits vermied er streng, den Blick auf die anderen beiden Gäste der Königin zu richten, die, wie Alia wusste, das Fürstenpaar Garon waren. Sie herrschten über das Territorium südlich der Hauptstadt und blickten ihrerseits starr am Antlitz des Heermeisters vorbei.

Alias Herz wurde schwer, weil sie erneut dieses ihr noch immer rätselhafte Inzani-Gesetz in all seiner Hässlichkeit wirken sah. Das Essen war kaum beendet, da erhob sich das Fürstenpaar, bedankte sich für die wunderbare Mahlzeit und verließ dann den Raum. Die Königin verhielt sich als mustergültige Gastgeberin und ließ sich nicht anmerken, dass das Fortgehen ihrer Gäste in irgendeiner Weise unangebracht sein könnte. Währenddessen saß der Heermeister mit gesenktem Blick, jedoch aufrecht am Tisch und als das Fürstenpaar gegangen war, legte sich eine unangenehme Stille über die zurückbleibende Gesellschaft.

„Kian, hör auf, dieses Gesicht zu machen!“, sprach die Königin dann und legte eine Hand an die Wange des Heermeisters. „Dich hatte ich eingeladen, du bist mein Gast! Garons Gesellschaft an diesem Abend haben wir deinem Onkel zu verdanken, der in irgendeiner Mission ganz plötzlich heute Nachmittag aufbrechen musste und das Fürstenpaar hier sich selbst überließ. Und es ist mein voller Ernst, wenn ich das nun sage, es ist in höchstem Maße unhöflich, sich direkt nach dem Essen von seiner Königin zu verabschieden!"

„Das Gesetz erlaubt es, so zu handeln!", wandte der Heermeister ein, und Alia sah in der peripheren Sicht, wie sehr er dieser Verhaltensweisen müde war.

„Nun erinnere mich auch noch daran, dass dieses infame Gesetz über meinem Rang steht. Ich weiß das, aber ich darf dennoch ausdrücken, wie sehr es mich anekelt!"

„Hört, hört, klare Worte, meine Königin!", brachte sich nun der Mönch ein. „Ich schlage vor, wir lassen dieses Thema ruhen, und Kian berichtet endlich von seinen Erlebnissen im Westen!"

Und so geschah es. Der Heermeister umriss in wenigen Sätzen die Auseinandersetzung zwischen zwei der Fürstentümer, die im Westen angesiedelt waren, und bald befand sich die kleine Gesellschaft in einer angeregten Diskussion.

Alia steuerte nichts dazu bei. Sie hörte dem Heermeister zu, jedoch nicht dem, was er zu sagen hatte, sondern seiner tiefen, warmen Stimme, die ihr für eine kurze Weile so wohl tat, nach all der Sinnlosigkeit, die sie erlebt hatte. Dann jedoch trat ihre Einsamkeit mit voller Macht zutage und sie spürte einen Teil ihres Selbst erstarren. Den Teil, der ihm so nah gewesen war während einer kurzen Weile ihrer Reise.

Sie erhob nie ihren Kopf, zeigte nie ihr Antlitz und bat nach einer angemessenen Zeitspanne darum, gehen zu dürfen. Sie war müde, und die freundliche Berührung seines Bandes sowie die Erinnerungen, die er ihr brachte, waren ihr in diesem Moment nichts als schmerzhaft. Es gab hier keinen Platz für sie.

„Wie schade, dass Ihr bereits gehen wollt, Heilerin Alienne!", beteuerte die Königin ehrlich betroffen, und auch der Heermeister sah sie nahezu erschrocken an.

Alia nickte lediglich und versuchte seinen Blick aus ihrem Gedächtnis zu löschen. Als sie die Tür öffnete, hörte sie ihn jedoch flüstern, Worte, die nur für ihn selbst bestimmt waren: *„Schlaft wohl, Heilerin!"*

Kian sah der Heilerin nach und etwas in ihm schien sich mit hartem Griff um sein Herz zu legen. Sie war nicht seinem Blick begegnet. Etwas, das er schon fast als eine Gewohnheit angesehen hatte, war damit plötzlich verschwunden. Er hatte lange nicht erlebt, dass sie den Jidari-Kodex derart strikt befolgte. Sie hatte nicht ein Wort an ihn gerichtet, wirkte verschlossen und orientierungslos, wie bei ihrer ersten Begegnung zu Beginn ihrer Reise ... und sie war mager geworden.

„Was ist mit euch beiden los?“, fragte sein Onkel Ren darauf in die entstandene Stille hinein.

„Es ist diese Heilerin, sie erfüllt uns mit Sorge!“, erklärte seine Tante dann nach einem weiteren Moment des Schweigens knapp.

„Wann ist ihr Auftrag hier im Palast erfüllt, Tante Nari?“, erhob Kian dann die Stimme.

„Ich weiß es nicht! Abran hält diese Dinge strengstens vor mir geheim. Als ich ihn fragte, wie lange wir die Heilerin noch als unseren Gast ansehen dürfen, sprach er lediglich von einer noch unbestimmten Zeit.“

Kian atmete tief durch.

„Ich habe Abran vorgeschlagen, sie in der Jidari-Enklave wohnen zu lassen, unter ihresgleichen ...“

„Nein!“, erwiderte Kian strikt. „Das ist kein Ort für sie!“

Seine Tante nickte und sie ließen das Thema auf sich beruhen. Schließlich räusperte sich sein Onkel und bat um ein Glas des unbeschreiblichen Mets aus des Königs Vorräten. Er schien seine Familienmitglieder aufmerksam zu beobachten.

„Nun, meine Lieben, es ist nicht an mir, mein Wissen mit der Welt zu teilen, und sicher haltet ihr mich für einen wunderlichen Greis, der zu lange Zeit im stillen Zwiegespräch mit seinem Schöpfer verbracht hat, wenn ich zu euch davon spreche, aber lasst mich eines sagen. Diese Jidari ist ein uns allen fremdartiges Wesen, aber sie ist von einer Stärke, die ich bislang nur an einem einzigen anderen Menschen wahrgenommen habe. Dieser Mensch bist du, Kian, und ich käme nie auf den Gedanken, mich um dich zu sorgen! Und nun lasst uns über andere Dinge sprechen!“

Kian blickte seinen Onkel verblüfft an. Er sprach gewöhnlich niemals über seine Wahrnehmung dieser anderen Art, auch wenn alle wussten, dass die Mönche der Bruderschaft in der Tat über andere Arten der Wahrnehmung verfügten. Sein Onkel gab sich in Gesellschaft stets weltlich, er genoss dieses Leben außerhalb der Kontemplation, und Kian hatte ihn oft dafür bewundert, dass er es zu Wege brachte, diese beiden Lebensbereiche gleichberechtigt zu würdigen.

Kian kannte das Leben innerhalb der Bruderschaft. Sein Onkel hatte ihn wiederholt eingeladen, um sich mit ihm in die geistigen Übungen zu vertiefen. Er hatte ihn ermuntert, ihn angeleitet und ihn die Stärke spüren lassen, die ihm daraus erwuchs. Aber Kian hatte nie erlebt, dass Ren die Bereiche seines Lebens derart mischte, wie eben in seiner Rede, und etwas in den Worten seines Onkels ließ ihn ruhiger atmen.

Kian hatte nicht die geringste Ahnung, was Ren meinte, wenn er von der Stärke sprach, die er bei ihm spürte, aber es erleichterte ihn, diese Worte zu hören, gerade weil er sich während der letzten Mondläufe zunehmend um seinen Verstand gesorgt hatte. Er hätte über dieses Thema gerne einmal mit Ren gesprochen, aber es schien in Kians Leben nie genug Zeit zu geben. Was hatte er in der Heilerin gesehen, das ihn zu seinen Worten über ihre Stärke bewogen hatte?

Sie alle fanden in ein entspanntes Gespräch über die Politik des Landes zurück, in dem Kian darauf einging, wie fehlgeleitet der Angriffsbefehl des Königs gewesen war. Seine Tante hatte daraufhin durchblicken lassen, dass es ihren Kontaktmännern leider nicht gelungen war, den Boten mit dem besagten Befehl aufzuhalten. Sie entschuldigte sich für den Aufruhr, den all dies verursacht hatte, aber Kian nahm ihr die Sorge, indem er erklärte, ohne diesen Befehl wären er und seine Soldaten wohl kaum in dieser Eile nach Ileu aufgebrochen und das hatte sich im Nachhinein als Segen erwiesen.

Was für ein Leben sie führte, dachte Kian später auf dem Weg zu seinem Haus, dem langen Weg rund um den Palastbezirk herum. Sie war die Königin eines Landes, das ohne ihre Interventionen womöglich nicht mehr als solches existieren würde, und doch stand sie an der Seite eines Mannes, der durch seinen mangelnden Durchblick nur Unfrieden säte. Kian fragte sich nicht zum ersten Mal, ob Abran nicht einfach nur dumm war. Dumm und zu egozentriert, um diese Dummheit wettmachen zu können. Aber auch an diesem Abend fand er keine befriedigende Antwort auf diese Frage. Es war mehr an diesem König, als er erfassen konnte, und er war schlicht zu müde, um weiter darüber nachzudenken.

„Heermeister, welche Freude, dass Ihr da seid!“, rief Edda aus, als Kian zur Tür hereinkam. „Logan, komm schnell und sieh, wer nach Hause zurückkehrt!“

Eddas Mann trat nun neben seine Frau und beide lächelten Kian derart herzlich an, dass die Erlebnisse des Abends etwas verblassen mochten.

„Wie schön, Euch wohlauf zu sehen, Heermeister! Wir hörten von Euren Kämpfen im Westen und waren schon in Sorge ... Aber sieh, Edda, ich habe dir doch gesagt, unser Herr ist wohlauf!“

Kian lächelte und lenkte ein: „Ihr braucht Euch nicht um mich zu sorgen. Wie ist es Euch ergangen?“

„Das hat alles Zeit, Heermeister Dogul! Jetzt macht es Euch erst einmal gemütlich. Ich brühe eine Kanne Minztee. Und Logan kann vielleicht etwas von seinen eingelegten Oliven erübrigen ...“

„Nein, lasst, Logan, ich bin bereits gemästet! Ich habe mit der Königin getafelt.“

„Oh, ich hoffe, sie ist wohlauf und bei guter Laune, jetzt wo der König Soldat spielt“, entgegnete Logan kryptisch.

„Soldat?“

„Ja! Er bewegt seine Truppen. Ich sehe ihn allmorgendlich, wenn ich unsere Milch hole!“

Kian sah Logan einen Moment an. Er musste morgen unbedingt Mino kontaktieren, um zu hören, was die Späher über des Königs Treiben herausgefunden hatten. Dann jedoch scheuchte Edda ihn ins Wohnzimmer und versprach, augenblicklich mit dem Tee zurück zu sein.

Wenn er sich nun auf seinem Sofa niederließ, würde er es im Leben nicht mehr schaffen, sich wieder zu erheben, so müde, wie er war. Also nahm er wie üblich mit dem Tisch vorlieb, legte seine Waffen ab und sah sich ruhig in seinen vier Wänden um. Das *Haus des ersten Heermeisters*, so wurde es seit jeher genannt, nur hatte Jahrzehnte lang niemand darin gewohnt. Die Heermeister vor ihm hatten eigene Häuser, Familien und eine Stellung innerhalb der Gesellschaft. Er hatte dies nicht, und als ihn die Truppen zu ihrem Oberhaupt machten, hatte seine Tante ihn gedrängt, sich hier ein Heim einzurichten.

Das Haus war in sehr schlechtem Zustand gewesen, das Dach undicht und die Fenster blind, aber Kian hatte es sofort gemocht. Er hatte genug Geld, um es in Stand setzen zu lassen, und als deutlich wurde, dass niemand sonst in irgendeiner Form Interesse an dem Haus mit seinem kleinen Garten zeigte, hatte er es schließlich gekauft.

Seine Tante hatte Edda und Logan gefunden, die bereit waren, für einen Inzani zu arbeiten. Sie waren eingezogen und hatten das Haus bald komplett möbliert. Hier gab es keinen Luxus, aber Kian schätzte die ruhige Gemütlichkeit, die Edda und Logan darin verbreitet hatten. Sie waren es auch, die Sara mitgebracht hatten, ein junges Mädchen, das aufgrund seines Hinkens niemand anderer einstellen wollte, und die von Beginn an ihr Zimmermädchen war.

Er hörte Logan draußen mit der Stute sprechen und das ließ ihn lächeln. So fühlte es sich an, zu Hause zu sein, dachte Kian zufrieden. Er war jemand, der lange kein Zuhause gekannt hatte. Er hatte niemals zu hoffen gewagt, jemals etwas dieser Art zu besitzen, und so bedeutete ihm dieser Ort unendlich viel.

Er wusste, dass die Menschen es mittlerweile nur noch das *Inzani-Haus* nannten. Er wusste, dass Edda und Logan in der Stadt häufig gemieden oder angefeindet wurden, da sie für ihn arbeiteten. Er wusste das alles, und er litt darunter mehr, als er jemals zeigen würde. Sie verloren nie ein Wort darüber, und wenn Kian auch nur andeutete, sie beide könnten eine angenehmere Stellung finden, so wollten sie davon nichts hören. Dieses Haus war, wie Edda es in ihrem letzten Brief ausgedrückt hatte, auch ihre Heimat. Kian nahm das mit großer Dankbarkeit hin, der er jedoch in Eddas Gegenwart keinen Ausdruck verleihen durfte, da sie sich jedes Mal wortreich darüber erboste, sein Benehmen stünde einem ersten Heermeister nicht gut zu Gesichte und er solle bedenken, wer er sei.

„Das ist kein Ort für sie!“, hatte Kian über die Heilerin gesagt und damit die Jidari-Enklave in der Stadt gemeint, aber ebenso war ihm bei diesen Worten bewusst geworden, dass es überhaupt keinen Ort für sie gab. Sie hatte womöglich nie in ihrem Leben Ähnliches empfunden, wie er es für dieses Haus tat. In diesem Moment formte sich eine Idee in seinen Gedanken, die auf eine Art ungeheuerlich war und auf eine andere Art so etwas wie eine Lösung ihrer Heimatlosigkeit darstellen konnte. Er könnte ihr sein Haus anbieten! Er könnte sie bitten, sein Gast zu sein! So könnte sie einen Teil ihrer Freiheit zurückgewinnen. Sie wäre für sich, könnte sich von Edda und Logan umsorgen lassen, und er musste ihr seine Gegenwart nur in den seltenen Fällen aufdrängen, in denen er nicht bei den Truppen weilte, was so gut wie nie vorkam.

Kian war nicht im Geringsten in der Position, ihr diesen Vorschlag selbst unterbreiten zu können. Außerdem bedurfte es der Erlaubnis des Königs und die würde er niemals erhalten. Er würde Nari um diesen Gefallen bitten müssen. Bei den Monden, konnte seine Tante ihm überhaupt darin zustimmen, dass sein Vorschlag eine Verbesserung für die Situation der Heilerin darstellen konnte? Aber irgendetwas in ihm versicherte sich mehr und mehr, dass dies im Grunde die einzige Möglichkeit war.

„Was würdet Ihr sagen, Edda, wenn wir einen Gast im Hause hätten?“, fragte er seine Haushälterin unsicher, als sie mit dem dampfenden Tee in die Stube zurückkehrte.

„Das wäre wunderbar, denn unser Hausherr ist viel zu selten unser Gast! Lasst uns morgen darüber sprechen!“, erwiderte sie nicht im Geringsten verunsichert, zwinkerte ihm zu und wünschte ihm eine gute Nacht.

Alia strich sich das Tuch hinter ihre Ohren und spürte deren Bewegungen in der von einer Kerze beschienenen Dunkelheit. Sollte jemand klopfen, konnte sie das Tuch schnell wieder in Position bringen, aber wer sollte jetzt noch klopfen? Sie saß auf ihrem Bett, das Journal, das sie über die achtzehn Patienten führte, auf ihrem Schoß, und starrte in die Nacht vor ihrem Fenster. Sie hatte den Patienten Nummern zugewiesen. Die Männer waren namenlose Ziffern, ohne Identität, und sie hatte nichts über sie zu schreiben. Sie konnte sich immer nur wiederholen, die Sinnlosigkeit dieser täglichen Arbeit auch nachts noch in Worten wiederholen.

Ihr Besuch im frei zugänglichen Teil der Palastbibliothek war vergebens gewesen. Die anatomischen Schriften, die dort vorlagen, waren zutiefst enttäuschend, so als seien sie dafür gemacht, Kinder zu unterrichten. Alia wusste, die Bibliothek beinhaltete auch Schriften in der Alten Sprache, aber die zu benutzen, war ihr nicht gestattet worden.

Ihr zweiter Versuch, an etwas Wissen teilzuhaben, war ebenso gescheitert. In der Jidari-Enklave hatte sie zwar Zugang zu den Schriften erhalten, sie beinhalteten jedoch keine Theorien über das Band. Sehr wohl hatte sie hier dennoch einige Hinweise erhalten, mit welchen Mitteln Heiler aller Jahrhunderte das Gehirn und die *nervi* von Patienten zu stimulieren versucht hatten. Diese Methoden hatten sich jedoch nach und nach als wertlos erwiesen.

Alia war sich zudem nie zuvor derart klar darüber geworden, dass sie kein freier Mensch war. Sie hatte entschieden, die Jidari-Enklave aufzusuchen, und damit endete ihr freier Wille. Die Königin stellte ihre Zofe bereit, um Alia zu begleiten, aber sie musste sich danach richten, wann diese Zofe zwischen ihren Tätigkeiten Zeit dafür fand. Alia hatte sich auf einen kurzen Ritt mit ihrem Hengst gefreut, den sie seit Wochen lediglich auf der Koppel besucht hatte, aber die Zofe war des Reitens nicht mächtig, und sie gingen zu Fuß. Alia wollte zügig die Enklave erreichen, fand sich dann jedoch in zahlreichen Geschäften wieder, die sie von sich aus niemals betreten hätte, wenn die Zofe nicht ihre Besorgungen hätte erledigen müssen.

Schließlich endete dann auch das letzte Fünkchen von Alias persönlicher Freiheit beim Betreten der Enklave. Sie war hier nicht willkommen. Alle hier wussten natürlich, dass sie die letzte Weihe nie erhalten hatte und deshalb nie ein Mitglied der Jidari-Gemeinschaft geworden war. Mutter Salvia ließ sie zwar die Schriften studieren, zwang sie jedoch, zuvor eine Operation am Arm eines Patienten durchzuführen.

Alia sah das als klare Aussage. Ihr wurde ein Gefallen gewährt, aber sie hatte dafür zu arbeiten, und als es zum Abendgebet läutete, wurde sie wortlos vor die Tür begleitet. Nicht dass Alia den Wunsch verspürt hätte, an den Gebeten teilzunehmen, nein, den hatte sie gewiss nicht, aber es wurde ihr noch nicht einmal angeboten. Zudem hatte sie lediglich eine knappe Stunde in die Schriften blicken dürfen, da die Operation, die sie vorgenommen hatte, die gesamte übrige Zeit in Anspruch genommen hatte.

Alia war zutiefst traurig in den Palast zurückgekehrt und hatte dann Stunden damit verbracht, ziellos im Park umherzulaufen. Es gab dort ein ganzes Feld mit Lavendelpflanzen und sie hatte ihre Hände über die Blüten streichen lassen, während sie langsam daran vorüberging. Ihr Duft erfüllte die Luft, und inmitten dieser wunderschönen Pflanzen konnte sie sich zumindest ansatzweise als ein Mensch empfinden und nicht als der Schmutz, als der sie behandelt worden war.

Sie dachte an die Abschiedsworte zurück, die sie mit Jasos Mutter getauscht hatte. *„Für dich kann alles nur besser werden!“*, hatte sie gesagt, und Alia hatte sich der Hoffnung hingegeben, diese Worte könnten Wahrheit werden. Was war jedoch hier aus ihr geworden?

Und nicht einmal dieser Park konnte vorgeben, eine Natur zu sein, in der sie sich frei von Zwängen fühlen konnte, denn hohe Mauern umgaben ihn zu allen Seiten. Sie hatte kurz zu dem kleinen Steinhaus hinübergesehen, das dahinter lag. Nun, zumindest an dieser Stelle öffnete sich ein Weg in eine andere Welt.

Die Operation, die sie in der Enklave durchgeführt hatte, erinnerte sie schmerzlich daran, dass es ihr Beruf war, diese Dinge zu tun. Dinge, die nur eine Heilerin vermochte. Aber war sie denn noch eine? Sie wusch, badete, fütterte tagein, tagaus ... Das waren die Tätigkeiten einer Pflegerin, nicht ihr Beruf, und sie fühlte sich in größtem Maße degradiert. Zumindest hierin wollte sie Abhilfe schaffen, und so stürzte sie sich in die Arbeit an ihren Notizen, mischte Tränke, wirksamere Pasten für die wunden Stellen der Männer und entwickelte einige Ideen, ihre Gehirne irgend zu stimulieren. Aber auch diese Aktivitäten zeigten mehr und mehr ihre Sinnlosigkeit.

Tana und sie hatten mit einigen halluzinogenen Pflanzenwirkstoffen experimentiert, aber selbst in hoher Dosierung ließ sich keine Veränderung an ihren Patienten beobachten. Auch Alias Berührung zeigte ihr nicht den geringsten Effekt auf die Gehirnaktivitäten der Männer. Danach begannen sie, den Kranken vermehrt fetten Fisch als Mittagsmahl zu verabreichen. Fischöle waren seit jeher bekannt für ihre positive Wirkung auf die Verflechtungen der *nervi*, aber auch das schien bislang keinerlei Wirkung zu zeigen.

Heute Nachmittag hatte sich Alia entschlossen, den König endgültig davon zu unterrichten, dass es keinen Sinn hatte, diese Männer weiterhin zu behandeln. Man musste für ihr körperliches Wohl sorgen, aber sonst gab es nichts zu tun, als ihren Zustand so zu akzeptieren, wie er sich zu diesem Zeitpunkt darstellte, und ihre vermutlich geringe Lebenserwartung zu beklagen.

Sie wurde innerlich ganz starr bei der Vorstellung, diesem Mann erneut gegenübertreten zu müssen. Sie erstattete ihm nun seit Wochen an den Abenden des Sabbats Bericht, hatte jedoch nicht auch nur einmal das Gefühl gehabt, er höre ihr zu. Auf eine Art erleichterte sie das, denn so musste sie sich keine große Mühe dabei geben, zu kaschieren, dass sie Dinge verschwieg. Die Dinge, über die zu sprechen sie sich nicht gestattete, weniger weil es der Kodex verlangte, sondern mehr und mehr aus dem Interesse heraus sich selbst zu schützen.

Lediglich wenn sie erwähnte, dass der Zustand der Männer ausweglos war, merkte der König auf und fuhr sie wütend an, sie solle sich eben mehr Mühe geben. Leider hatte das alles jedoch nicht das Geringste damit zu tun, ob Alia sich Mühe gab oder nicht. Bei den Monden, der König würde toben, wenn sie ihm ihren finalen Bericht erstattete.

Sie war noch immer kein Stück weiter gekommen bei der Frage, wer eigentlich diese Männer waren und was sie derart verstümmelt haben konnte. Welche Kraft war an ihnen am Werk gewesen? In manchen Momenten spürte Alia eine seltsame Faszination, ja, nahezu Bewunderung für das, was in der Lage war, in derartiger Präzision das Band aus einem Menschen zu entfernen, was auch immer es war.

Sie hätte nahezu laut aufgelacht, als ihre Gedanken zum Heermeister wanderten. Dieser Mann, der davon überzeugt war, kein Band zu besitzen. Er sollte ihre Patienten sehen, dann wüsste er, wie es aussah, kein Band zu haben. Im Grunde sollte die ganze Welt sich diese Männer ansehen und dann endlich dieses grässliche Gesetz in dem Dreck begraben, in den es gehörte.

Alia erinnerte sich an all die Trauer des Heermeisters, all die Wut und seine große Einsamkeit. Sie hatte all diese Gefühle mit ihm gespürt, und dennoch bewahrte er sich so viele liebenswürdige Eigenschaften. Alia bewunderte ihn auf eine Weise, die über dieses eine Gefühl weit hinausging, und sie wünschte innig, sie hätte ihn nie wiedergesehen, denn dann hätten ihre Erinnerungen an ihre Reise in Freiheit versiegen können. Nun strahlten sie mit unendlicher Trauer in ihren Gedanken als ein Ideal, das sie niemals erreichen konnte.

Kapitel 21

Am frühen Morgen hatte Kian Logan mit einer Nachricht für seine Tante in den Palast ausgesandt. Er ersuchte darin um ein persönliches Gespräch mit ihr und schon im selben Moment, da er Logan hatte fortgehen sehen, war ihm bewusst geworden, wie wirr die Idee vermutlich war, die er der Königin nahelegen wollte. Nun, jetzt war es zu spät!

Logan war mit der Antwort zurückgekehrt, die Königin erwarte ihn umgehend in ihren Gemächern, und Kian hatte erleichtert aufgeatmet, so blieb ihm zumindest keine Zeit mehr, sich das Gemüt zu zerfleischen. Als er jedoch den Palast betreten hatte, nagte der Zweifel dennoch beträchtlich an ihm. Was hatte er sich bloß gedacht? Und den ganzen langen Weg die Treppe hinauf war sein Herz mit jedem unsicheren Schritt tiefer gesunken. Er war ein Narr!

Er hatte seine Tante zurückhaltend begrüßt, und war sich zu spät darüber bewusst geworden, dass er in Gedanken versunken ihre Aufforderung, er möge sich zu ihr setzen, ignoriert hatte. Stattdessen hatte er sich an das Fensterbrett gelehnt und einen Moment zu lange in den Palastgarten hinausgesehen, was seine Tante zu der Bemerkung veranlasst hatte, er wirke, als sei er nicht ganz bei sich. Nun, wahrscheinlich war er das auch nicht! Ihre Worte hatten dennoch ein Lächeln in sein Gesicht gebracht, und er hatte ihr in die Augen gesehen, die so sehr den Augen seiner Mutter glichen. Er war derart dumm, hatte er sich innerlich noch immer gescholten, aber nun saß er hier vor seiner Königin. Er konnte jetzt nicht einfach wieder aufstehen und gehen, also hatte er seine Sorge um die Heilerin beschrieben.

Er sei bestürzt gewesen, in welchem Zustand sie sich ihm gestern Abend gezeigt hatte. Das Leben hier im Palast sei offensichtlich nichts als eine Qual für sie. Er hätte sie auf ihrer Reise zumindest soweit kennenlernen dürfen, um zu wissen, dass sie dieses Leben in einem Maße einschränkte, das sie nur unglücklich machen konnte. Seine Tante hatte lediglich wissend genickt und ihn aufgefordert, endlich auszusprechen, weswegen er hier sei.

„Ich möchte dir einen Vorschlag unterbreiten und ich bitte dich inständig darum, mich sofort hinauszuwerfen, wenn dieser dir auf irgendeine Art ungeheuerlich erscheint. Tust du das für mich, meine Königin?", hatte er sie verzagt lächelnd gefragt, und sie hatte tadelnd entgegnet, er möge sie selbst seine Ungeheuerlichkeit beurteilen lassen und sie nicht auf diese Art vorwarnen wie ein Schulmädchen!

Kian hatte tief durchgeatmet, den Blick aus dem Fenster gerichtet und es ausgesprochen: „Sie könnte als Gast in meinem Haus leben!"

Er hatte es nicht gewagt seine Tante anzusehen, sondern weiter in den Garten hinausgeblickt und hinzugefügt: „Ich selbst halte mich ohnehin fast nie dort auf, und Edda wäre überglücklich, wenn sie jemanden hätte, den sie umsorgen kann!"

Zu Kians vollkommener Überraschung hatte er seine Tante nicken sehen. Das sei eine wunderbare Idee, hatte sie ihm beigepflichtet, und Kian hatte sie ungläubig angestarrt.

„Was wird dein Mann davon halten?", hatte er dann in den Raum gestellt.

Die Königin hatte lediglich kurz ihre schmalen Schultern erhoben und entgegnet, das solle er ihre Sorge sein lassen. Danach schien sie nachdenklich zu schweigen.

„Die Leute werden reden, Kian!", hatte sie dann leise hinzugefügt.

„Sie reden ohnehin über mich!"

„Ja, aber wirst du es ertragen, dass sie deinetwegen schlecht über die Heilerin sprechen?"

Könnte er das ertragen? Ertragen, dass die Heilerin an seiner Seite dieselbe Ablehnung erfahren würde wie er selbst? Nein, er konnte es nicht, aber hatte sie denn überhaupt noch mehr zu verlieren?

„Wenn sie in meinem Haus glücklicher ist, ja!“, hatte er fest geantwortet und leise hinzugefügt, er wisse, er könne ihr keine gute Gesellschaft sein, aber es sei unwahrscheinlich, dass sie ihn oft zu Gesicht bekäme. Jetzt war es die Königin gewesen, deren Blick in die Ferne schweifte.

Kian hatte ihre Trauer um ihn nicht mit ansehen können. Seit dem Besuch in seinem Elternhaus schmerzte es ihn mehr als je zuvor, die trauern zu sehen, die ihn liebten. Der letzte Brief seiner Mutter war so sehr von dieser Trauer erfüllt gewesen, er fühlte sie wie eine Last, die er kaum mehr imstande war zu tragen, und so sprach er zügig weiter: „Du musst ihr diesen Vorschlag in meinem Namen unterbreiten, Tante Nari. Ich werde noch heute die Stadt verlassen und ins Heerlager zurückkehren!“

Seine Tante hatte genickt, war an ihn herangetreten und hatte sanft seine Wange geküsst. Sie hatte ihm das Versprechen abgenommen, der Heilerin selbst ebenfalls einen Brief dieses Inhaltes zu senden, denn er müsse es sein, der diesen Vorschlag machte. Dieses Versprechen hatte Kian gern gegeben und war in sein Haus zurückgekehrt.

Er nahm sein Frühstück mit Edda in der Küche ein, etwas, das sie hasste, weil sie stets darauf bestand, seine gesellschaftliche Stellung zu achten. Kian hatte ihr wiederholt erklärt, dass diese Stellung nicht existierte, aber sie wollte davon nichts wissen. An Tagen wie diesen jedoch, an denen klar war, dass Kian nicht lange bleiben würde, ließ sie es sich gefallen, weil sie auf diese Art zeitsparender über wichtige Dinge des Haushaltes sprechen konnten.

Edda setzte sich nie zu ihm, bestand jedoch vehement darauf, dass er selbst einen Stuhl benutzte. Sie blieb am Herd stehen, briet seine Eier, röstete sein Brot und bewirtete ihn und Logan auf ihre unnachahmliche, herzliche Art. Kian genoss diese Zeit mit ihr sehr, und er dachte erneut an die Heilerin. Vielleicht konnte auch sie so etwas wie ein Heim hier erleben, mit Edda als ihren aufmerksamen guten Geist?

Er sprach zu Edda und Logan von der Heilerin. Er erzählte von ihrer Reise, schilderte, was für eine eindrucksvolle, aber auch sonderbare Frau sie war, was sie zu tun vermochte und wie sehr sie momentan unter ihrer Situation litt. Er hätte heute Morgen das Einverständnis der Königin eingeholt, die Heilerin in ihr Haus einladen zu dürfen. Edda nickte bei all seinen Worten verständig und fragte dann lediglich, wann sie diese Heilerin begrüßen dürften, sie hätte schließlich noch einiges mit dem Gästezimmer im ersten Stock zu tun, denn das sollte bei ihrem Eintreffen fertig sein.

Kian lachte, Edda solle zunächst einmal die Einwilligung der Heilerin abwarten, bevor sie das Haus renovierte, aber er war glücklich über die Worte seiner Haushälterin und die volle Zustimmung ihres Mannes. Er versprach, ihnen Nachricht zu geben, sobald er die Antwort der Heilerin erhielt, und machte sich dann zügig auf ins Heerlager. Er hatte einiges mit Mino zu besprechen.

Alia verrichtete an Tanas Seite die alltäglichen Arbeiten an ihren Patienten und wurde immer nervöser, je näher der Abend rückte. Sie hatte um Audienz beim König gebeten und seine Zustimmung für den späten Abend erhalten. Kurz danach hatte die Zofe der Königin melden lassen, dass Alia im Anschluss an ihr Gespräch mit dem König in die Gemächer der Königin kommen sollte, und mit diesen einschüchternden Menschen in Kontakt treten zu müssen, ließ Alia bereits lange vor der Zeit kalte Hände bekommen.

Einen Augenblick standen Tana und sie nach getaner Arbeit zwischen den Männern und ließen ihre Blicke schweifen.

„Können sie auf diese Weise überleben, Heilerin Alienne? Wenn wir sie hier liegen lassen und ihnen lediglich Essen verabreichen und sie säubern, werden sie dann überleben?"

Alia schüttelte langsam den Kopf.

„Möchte der König sie am Leben halten?"

„Um jeden Preis! Er glaubt an eine Heilung!"

„Und ohne Heilung?"

Alia blickte Tana nun direkt in die Augen. Sie wusste, was die Pflegerin damit andeuten wollte. Diese Männer waren Inzani, und das Gesetz untersagte im Grunde, sie weiter zu behandeln. Hier jedoch war der König das Gesetz, und die Dinge würden geschehen, wie er es anordnete. Allerdings würde Alia heute Abend vermutlich sehr genau von ihm hören, wie er sich die Zukunft dieser Männer vorstellte.

„Wenn sie leben sollen, Tana, dann werden wir beginnen sie mehr zu bewegen. Wir müssen ihnen etwas Würde zurückgeben. Das war doch ohnehin unsere Absicht, gebt Ihr mir recht?“

„Unbedingt, Heilerin Alienne! Wann werden wir beginnen?“

Alia zuckte die Achseln und wandte sich dann ab. „Ich spreche heute Abend mit dem König über das Scheitern meiner Behandlung. Danach sehen wir weiter!“, antwortete sie knapp.

Sie wollte nicht daran denken, dass ihre Arbeit hier noch länger andauern könnte. Sie würde dem König ihr Resümee unterbreiten und rechnete damit, dass er sie daraufhin wütend hinauswerfen würde. Sie hatte keinen Ort, an den sie gehen konnte, sollte es dazu kommen, aber das war ihr einerlei, denn ein Gedanke erfüllte ihren gesamten Körper: Sie wäre frei, frei, frei ...

Aber dieses winzige Flämmchen der Hoffnung wurde von der kalten Wut des Königs in nur einer einzigen Sekunde erstickt. Nachdem Alia sich vor ihn gekniet und ihr Scheitern zugegeben hatte, gab es für sie keinen Zweifel mehr daran, dass dieser König verblendet war von etwas, das sie nicht verstand.

„Wollt Ihr damit sagen, Eure Fähigkeiten, die im ganzen Land gepriesen werden, reichen nicht aus, um meine Männer zu heilen?“, donnerte er ihr entgegen.

Seine Männer? Alia richtete die periphere Sicht auf ihn. Waren diese Männer etwa in seinem Auftrag unterwegs gewesen? Wohin hatte er sie gesandt? Alia sah seinen kalten Blick, der sich starr auf sie richtete.

„Es ist die Wahrheit, König Abran! Ich vermag nicht, sie zu heilen. Ich vermag es nicht einmal, eine Besserung bei ihnen zu erreichen.“

„Sie werden nicht sterben!“, schrie der König. „Ich brauche sie!“

„Ich kann sie am Leben erhalten, aber sie werden nie mehr zu Bewusstsein kommen!“

„Das lasse ich nicht gelten, Heilerin!“

„Wie meint Ihr das?“, fragte Alia, weil sie tatsächlich nicht verstanden hatte.

„Ich lasse Euch aus dem Norden holen, damit Ihr mir sagt, Ihr könntet nicht helfen? Das lasse ich nicht gelten! Ihr werdet zurück an Eure Arbeit gehen und wenn es bis an das Ende Eures Lebens dauert, diese Männer zu heilen!", schrie der König mit wirrem Blick.

Alia erstarrte. Gefangen! Eine Sklavin im Dienste dieses Mannes war sie, für immer, und es gab keinen Ausweg, keinen ...

„Ihr geht mir augenblicklich aus den Augen, elende Jidari, und ab morgen sehe ich Euch wieder bei der Arbeit, für die ich Euch hierher gebracht habe. Diese Männer werden leben, hört Ihr mich, sie werden am Leben bleiben ... und nun fort mit Euch!"

Alia nickte erschrocken, erhob sich zitternd und verließ dann in Eile den Raum. Sie wollte keine Sekunde länger den Zorn dieses Mannes spüren. Sie begann die große Treppe emporzueilen, doch bereits nach einigen Stufen verlor sie die Gewalt über ihre Gefühle und blieb stehen. Ihr Blick wanderte hinauf in die Kuppel, die diesen Teil des Palastes krönte, und sie hatte zum ersten Mal seit unendlich langer Zeit Worte an die Allmutter in ihrem Kopf. Tränen liefen still über ihre Wangen, und sie bewegte stumm ihre Lippen mit der Bitte, diese Situation möge enden. Sie möge enden ...

Es dauerte geraume Zeit, bis sie sich in der Lage fühlte, die Räumlichkeiten der Königin zu betreten. Die Zofe der Königin öffnete auf ihr Klopfen hin, ließ sie ein, und begleitete Alia dann in den Wohnraum. Alia richtete ihren Blick starr auf den Boden vor ihren Füßen. Dieser Albtraum musste ein Ende haben! Wenn nun auch noch die Königin Kritik an ihr üben sollte ... Alia wusste nicht, ob sie in einem solchen Fall ihre Gefühle würde beherrschen können ...

„Bei den Monden, Heilerin Alienne, was ist Euch?", rief die Königin erschrocken aus, erhob sich vom Tisch und eilte an Alias Seite.

Hatte Alia geschwankt? Hatte sie heute überhaupt schon eine Mahlzeit zu sich genommen? fragte sie sich nun. Sie wusste es nicht mehr.

„Setzt Euch, Heilerin!", redete die Königin auf sie ein, berührte ihre Schulter und schob sie in einen Sessel. „Wartet einen Augenblick! Ich sorge dafür, dass Ihr eine Mahlzeit bekommt!"

Sie verschwand kurz aus dem Raum, wechselte einige Worte mit ihrer Zofe, erschien dann erneut und setzte sich vor Alia auf einen zweiten Sessel, den sie noch näher an sie heranrückte. „Hat mein Mann Euch beleidigt?", fragte sie dann erschüttert.

Alia wandte ihr überrascht einen Blick zu, den ihre Kapuze kaum zu verbergen vermochte, antwortete jedoch nicht.

Die Königin schüttelte traurig den Kopf. „Ihr seid unglücklich, Heilerin. Ich kann nicht ertragen, wie sehr ich Euch leiden sehe! Mein Neffe hegt so große freundschaftliche Gefühle für Euch, und ich kann lediglich zusehen, wie mein Mann Euch schikaniert ..."

Jetzt erhob Alia den Kopf und sah die Königin direkt an. Sie quälte sich? Die Königin quälte sich wegen ihr, weil sie litt, weil sie das Opfer ihres Mannes war? Und diese Gefühle waren echt, das konnte Alia an den Tränen sehen, die der Königin nun in die Augen traten. Diese wischte sie jedoch augenblicklich fort und nickte im nächsten Moment gefasst.

„Entschuldigt, Heilerin!"

„Ihr solltet Euch nicht für Tränen entschuldigen, Königin Nari!", erwiderte Alia verwundert und es war mehr ein Flüstern als gesprochene Worte.

Die Königin nickte noch einmal. „Ich ließ Euch zu mir bitten, weil ich Euch einen Vorschlag zu unterbreiten habe. Es ist die Idee meines Neffen. Er kann sie Euch leider nicht persönlich vorstellen, da er sich bereits wieder auf dem Weg zu den Truppen befindet!"

Jetzt trat die Zofe mit einem Tablett ein, auf dem sich silberne Teebecher befanden und eine große Auswahl eingelegten Gemüses sowie Brot und Wurst.

„Aber bedient euch zunächst einmal an diesem Essen, Heilerin!", fügte die Königin ein und betrachtete zufrieden, wie Alia in kürzester Zeit eine große Menge Nahrung zu sich nahm.

Kian hatte in aller Eile den Brief an die Heilerin verfasst, bevor er Mino treffen wollte. Er hätte dafür gerne mehr Zeit gehabt, seine Worte vielleicht besser gewählt, aber auf diese Weise konnte er zumindest nicht Stunden damit zubringen, seine Formulierungen immer und immer wieder in seinen Gedanken hin und her zu wenden. Das hatte er während seines Rittes hierher bereits zur Genüge getan.

Er dachte kurz mit einem Lächeln an das Gästezimmer im ersten Stock seines Hauses. Im Grunde befand sich die obere Etage direkt unter dem Dach und alle Zimmer dort hatten Fenster, die den direkten Blick in den Himmel zuließen. Er hätte gerne selbst dort oben sein Zimmer eingerichtet, aber die Treppe, die dort hinaufführte, war steil, schmal und ihre Stufen unterschiedlich hoch. Er hatte einige Schwierigkeiten diese Treppe zu bewältigen, deswegen war er nur selten im ersten Stock gewesen und hatte Edda und Logan das gesamte Geschoss überlassen. Es erfüllte ihn noch immer mit Freude, wie sehr die beiden ihre Räumlichkeiten dort unter dem Dach genossen, weil sie den Himmel sehen konnten. Es sei, wie unter den Sternen zu schlafen, hatte Edda mehr als einmal gesagt, und das würde auch die Heilerin tun können.

Er betrachtete kurz seine hastige Handschrift und strich sich die Haare aus dem Gesicht. Er hätte diesen Brief wie ein normaler Mensch an einem Tisch sitzend schreiben sollen und nicht darauf. Wie konnte jemand wie er überhaupt auf die Idee verfallen, ein solches Angebot zu machen? Wie konnte er auf eine positive Antwort der Heilerin hoffen, wenn die ganze Welt lieber Dreck essen würde, als sein Haus zu betreten? Schließlich unterschrieb er den Brief und übergab ihn einem Boten. Er wollte nicht darüber nachdenken, welche Grenzen er mit diesem Schreiben im Einzelnen überschritten hatte, und erinnerte sich vehement selbst daran, dass er hierfür die Zustimmung der Königin hatte, als im nächsten Moment bereits Mino in sein Zelt trat.

„Heermeister Dogul!“

„Mino, es tut gut, Euch zu sehen! Was macht Eure Hand?“

Minos Gesicht verzog sich sofort verärgert. „Fragt nicht!“, knurrte er nahezu.

Das brachte Kian zum Lächeln, er wies auf einen Stuhl, nahm dann einen Becher Gewürztee vom Tablett neben sich und stellte ihn vor seinem ersten Späher ab. „Ich hörte, der König übt sich mittlerweile selbst im Kampf!“, begann er dann das Gespräch.

Mino lächelte. „Nun, das vielleicht nicht gerade, aber er lässt die Truppen Marschbefehle üben.“

„Marschbefehle?“

„Er lässt seine Soldaten allmorgendlich antreten und sie marschieren auf seinen Befehl."

Kian runzelte die Stirn. „Rechts um, links um, stillgestanden ... diese Art von Befehlen?"

Mino konnte sich das Lächeln kaum verkneifen. „Genau diese, Heermeister!"

Es stand Kian nicht zu, das Gebaren seines Königs zu kommentieren, aber in diesem Fall konnte er seine Verwunderung kaum zurückhalten. Diese Art von Marschbefehlen fand man in den ältesten Schriften der Armeegeschichte. Man hatte Soldaten anderer Jahrhunderte damit Gehorsam und Uniformität gelehrt. Die Grundsätze der Armee, wie sie vor zweihundert Jahresläufen neu niedergelegt wurden, verurteilten jedoch diese Art der Nötigung. Welchem Zweck sollte das alles auch dienen, wenn nicht lediglich der Sinnlosigkeit?

Mino konnte sein Lachen nun noch weniger zurückhalten und so begann er schnell mit seinem Bericht. „Ich hatte inoffiziellen Kontakt mit Hauptmann Eret! Ihr kennt ihn, Heermeister?"

Kian lächelte bei Minos Beschreibung eines inoffiziellen Kontaktes, sprach er doch über nichts anderes als Spionage. „Ja, er war ein Mündel der Bruderschaft. Ich habe ihn ausgebildet."

Er hatte Eret nicht nur ausgebildet, er war mit ihm befreundet. Eret war als Flüchtlingskind aus dem Süden zur Bruderschaft gekommen, und Kians Onkel Ren hatte versucht, ihn in die geistige Mission aufzunehmen. Eret jedoch schien kein großes Talent dafür mitzubringen und äußerte bereits früh in seinem Leben, er wolle lieber als Soldat dem Land dienen. Er setzte alles daran, von Kian persönlich unterwiesen zu werden. Kian war nur wenig älter als er, aber Eret hatte ihm eine rätselhafte Bewunderung entgegengebracht, die er erst viel später verstanden hatte.

Sie verband mittlerweile eine tiefe Freundschaft, die nicht zuletzt dadurch entstanden war, dass Eret schließlich sein Geheimnis mit ihm geteilt hatte, das unter keinen Umständen bekannt werden durfte. Es wäre Erets persönlicher Ruin, denn er war ein Inzani, ebenso wie Kian, jedoch war ihm die Möglichkeit gegeben, seine körperliche Einschränkung vor allen zu verbergen. Deshalb wollte er von Kian ausgebildet werden, deswegen bewunderte er ihn so sehr, weil er der einzige Inzani war, der ein öffentliches Amt bekleidete. Kian hielt Erets Bewunderung noch immer für unangebracht, hatte er selbst doch nie eine freie Wahl gehabt, aber es erfüllte ihn mit großem Stolz, dass Eret ihm in so vielen Dingen so sehr vertraute.

Mino nickte. „Hauptmann Eret berichtete mir, der König ließe permanent Teile der Truppen nach Süden abkommandieren, um dort Feindbewegungen zu beobachten. Er tausche diese Truppenverbände monatlich aus, um eine lückenlose Observation zu gewährleisten. Hauptmann Eret jedoch beteuerte, es gäbe dort gar keine Feindbewegungen!“

„Wenn es sie gäbe, hätten wir längst Meldung von der zweiten Garde, Mino!“

„Natürlich! Und wer sollte sich dort auch feindlich bewegen, Heermeister? Die Fürsten Garon und Par sind dem König treu ergeben und Fürst Roda am Wüstengrenzland verhält sich seit jeher neutral. Wäre dies nicht der Fall, so hätten wir auch davon längst gehört!“

Mino trank seinen Tee, während Kian angestrengt in die Flamme der Feuerschale neben sich starrte. Was war im Süden, das den König so sehr ängstigte? Und er war verängstigt, das hatte Kian an jenem Abend vor so vielen Mondläufen, an dem er ihn in den Norden nach der Heilerin ausschickte, nur zu deutlich gesehen. Der König wusste von einer Bedrohung, die weit gefährlicher war als das Gerangel der Fürsten, mit dem sich Kian tagtäglich befasste. Sollte diese im Süden liegen? Von welcher Stelle sollte dort Gefahr drohen?

„Hinter Rodas Fürstentum erstreckt sich nur Wüste!“, sinnierte er leise, tauschte dann einen ratlosen Blick mit Mino und kam mit ihm überein, dass es in diesem Augenblick keine Veranlassung gab, selbst Truppen in den Süden auszusenden, wollte man doch nicht, dass der König von ihrem Wissen erfuhr.

„Sobald Ihr einen Spähtrupp wünscht, Heermeister Dogul, stelle ich die Männer zusammen!“, versicherte Mino ihm und verließ dann bald Kians Zelt.

Kapitel 22

Alia saß in der Dunkelheit ihres Schlafraumes und hielt noch immer den Brief in der Hand, den sie beim Eintreffen in ihrem Quartier vorgefunden hatte. Das Licht des Mondes, das von draußen in das Zimmer drang, reichte ihr aus, um ihn immer und immer wieder zu lesen. Es war ein Brief des Heermeisters, und Alia kannte bereits jedes Wort darin. Sie hätte diesen Brief aus ihren Gedanken heraus sprechen können.

Verehrte Heilerin Alienne,

es hat mich sehr betroffen gemacht, Euch derart unwohl an der Tafel der Königin wiederzusehen. Es liegt nicht in meiner Hand, Euer Geschick bedeutend zu verändern, aber ich möchte das Versprechen halten, das ich Euch gab, indem ich Euch zumindest einen Ort anbiete, an dem Ihr in der Lage wäret, Euer Leben ein wenig mehr nach Eurer Art zu leben. Dieser Ort ist mein Haus.

Es steht jenseits des Lavendelfeldes, das an die südliche Seite der Parkanlage des Palastes grenzt. Es ist klein und hat keinerlei Luxus zu bieten, aber es ist behaglich. Ich habe Euch einmal von seinem Garten erzählt, erinnert Ihr Euch? Es gibt in ihm keine wunderlichen Pflanzen, aber ich glaube, er könnte Euch gefallen. Vielleicht geht Ihr einmal dorthin und seht selbst!

Das Ehepaar, das dort für mich arbeitet, ist bereits von der Möglichkeit Eures Besuches unterrichtet, und seid gewiss, Ihr seid unter ihnen höchst willkommen. Sie freuen sich sehr darauf, Euch als Gast im Hause begrüßen zu dürfen.

Ich selbst habe leider nur selten Gelegenheit, mich dort aufzuhalten. Ihr kennt das Leben, das ich führe, Heilerin Alienne, und deshalb seid beruhigt. Ihr werdet mich kaum zu Gesicht bekommen und könnt in meinem Haus vielleicht einen Hauch von Freiheit spüren. Es ist mein Heim, und es würde mich mit großem Stolz erfüllen, wenn auch Ihr es ein wenig als dies sehen könntet.

Ihr braucht keine großen Worte darüber verlieren, Heilerin Alienne. Schickt mir lediglich eine Nachricht mit einem „Ja“ *oder* „Nein“.

Hochachtungsvoll, Kian Dogul.

Alia hatte die Freundlichkeit in diesen Worten zunächst gar nicht begriffen. Die Königin hatte ihr diesen Vorschlag in ihren Gemächern unterbreitet, und sie war zu überrascht gewesen, zu eingeschüchtert, um darauf zu reagieren. Die Königin hatte ihr lediglich das Versprechen abgerungen, darüber nachzudenken. Danach war sie in ihr Quartier gehastet, nur um hier diesen Brief des Heermeisters vorzufinden, der ihr denselben Vorschlag machte.

Sie hatte sich leer gefühlt. Die Worte des Königs dröhnten noch immer in ihren Ohren. Er hatte sie eine elende Jidari genannt, nicht wissend, dass Alia selbst das nicht war. Nicht wissend, dass sie etwas noch Geringeres war als das. Sie konnte sich unmöglich noch wertloser erscheinen als an diesem Abend, und des Heermeisters Brief schien sie zu verhöhnen, sie zu demütigen in einem Maße, das sie zerstören konnte.

Nun jedoch hatte sie Stunde um Stunde auf diesem ihr noch immer fremden, weichen Bett gesessen und in die Nacht hinaus gestarrt. Es war, als hätte sich ihr Verstand langsam seinen Weg durch ihre verstörten Gefühle gebahnt und ließ sie die Worte des Heermeisters nun in einem anderen Licht sehen. Sie spürte sein Mitgefühl darin, seine Sorge um sie, und waren dies nicht Gefühle, die ihr durch sein Band längst bekannt waren? Wusste sie selbst nicht am besten, dass diese Gefühle wahrhaftig waren?

Er hatte sie an sein Versprechen erinnert, an dem er festhielt, obwohl Alia es vehement zu vergessen suchte, weil es ihr so sinnlos erschienen war nach allem, was sie im Palast erlebt hatte. Er erinnerte sie an die Gespräche, die sie während ihrer Reise geführt hatten. Eines davon über sein Haus mit dem Garten, in dem eine kleine Apotheke zu wachsen schien. Er ließ ihre Erinnerungen an die gemeinsamen Besuche wunderlicher Pflanzen in ihr aufleben, und all die Gefühle, die sie dort für ihn gehegt hatte, stürmten erneut auf sie ein. Und schließlich hatte er den Brief mit seinem Vornamen und nicht mit seinem Titel unterzeichnet, als wolle er sagen ...

Alia schüttelte langsam für sich den Kopf. Sie wollte nicht mutmaßen, was alles er ihr hatte sagen wollen. Was jedoch blieb, war seine Einladung, und die hatte er aus nur einem einzigen Grunde ausgesprochen: Ihm lag etwas an ihrem Geschick. Und auch das hatte sie doch längst gewusst. Sein Band hatte es ihr am Feuer des Lagers der ersten Garde deutlicher beschrieben, als es seine Worte vermocht hätten.

Dieser Brief enthielt alle Seiten des Heermeisters, die sie so sehr zu schätzen gelernt hatte. Selbst seine Bescheidenheit lag darin. Aber auch diese furchtbare Unterwürfigkeit eines Inzani, indem er ihr versicherte, sie solle beruhigt sein, sie würde ihn nicht oft zu Gesicht bekommen. Aber sie wollte ihn sehen, wollte nicht an ihm vorbeisehen, wie so viele es taten. Er war für sie nicht nur zum Symbol des freien Lebens geworden, das sie an seiner Seite und der seiner Soldaten hatte kennenlernen dürfen, sondern sie sah in ihm schon so lange auch den Mann, der er war. Sie hatte es einmal vor ihm ausgesprochen und sie würde es jederzeit und für alle Ohren wieder tun. Er war der wertvollste Mensch, den sie kannte.

Alia war sich in dieser Nacht und mit seinen Worten im Kopf über eines sehr klar geworden. Sie selbst war lediglich ein Spielball der Willkür des Königs. Ihre Person war nicht von geringstem Wert, aber wenn es für sie die Möglichkeit gab, auch nur eine einzige persönliche Entscheidung selbst zu treffen, dann wollte sie sie wahrnehmen. Und so sprach sie es nun aus. „Ja“, flüsterte sie in die Stille des Palastes und mit diesem *„Ja“* schlief sie schließlich ein, den Brief des Heermeisters noch immer in ihrer Hand haltend.

Roan kehrte am frühen Mittag mit Ana, Evan und einigen Soldaten der ersten Garde vom Hof Fürst Ileus zurück. Wie besprochen hatten Gorin und die übrigen Soldaten noch einmal in der Nähe des Hofes Lager bezogen, um noch einige Zeit länger die Handlungen Fürst Lors im Auge zu behalten. Der knappe Bericht, den Gorin ihm zusandte, bestätigte Kian erneut den bisherigen Erfolg des Friedensabkommens, und das beruhigte ihn immens, hatte er doch selbst entscheidenden Anteil am Fortbestand dieses Abkommens.

Kian bedeutete Roan, er solle ihn am Abend in seinem Zelt aufsuchen. Er musste Roan von den Geschehnissen bei Hofe unterrichten, zunächst jedoch wollte er die neuen Kadetten im Schwertkampf zu Pferde unterweisen. Er genoss es stets, eine Art Lehrer sein zu dürfen, aber heute lenkte es ihn zudem davon ab, dass er bislang keine Antwort von der Heilerin erhalten hatte, und half ihm dabei, den letzten Rest seines Selbstbewusstseins zusammenzuhalten.

Die Feuer waren entzündet und im Lager roch es bereits wunderbar nach geschmortem Gemüse, als Kian die Kadetten entließ und sich im selben Moment ein Bote an seiner Seite zeigte, um ihm einen Brief zu überreichen. Kian musste sich beherrschen, um ihm das Schreiben nicht augenblicklich aus der Hand zu reißen. Er nahm es an sich, steckte es in seine Manteltasche und kehrte zu seinem Zelt zurück, vor dem Roan bereits auf ihn wartete.

Es hatte am Hofe Ileus ein rauschendes Fest zu ihren Ehren gegeben, erzählte Roan, als sie sich in Kians Zelt niedergelassen hatten. Der Fürst hatte sich nach Roans Auskunft in seiner Gastfreundschaft selbst übertroffen. Er ließ Kian noch einmal die besten Grüße und seinen aufrichtigsten Dank übermitteln.

Kian seinerseits berichtete Roan davon, was ihm Mino über die Aktionen König Abrans mitgeteilt hatte, und ließ seinen Freund damit ebenso staunend und rätselnd zurück wie sich selbst. Roan ging so weit, zu äußern, er könne sich nicht vorstellen, dass der König überhaupt in der Lage war, auch nur eine einzige Situation innerhalb der Fürstentümer wahrhaftig einschätzen zu können, hatte er doch in letzter Zeit mehrfach sein Unwissen deutlich untermalt.

„Wir sollten ihn in Ruhe die Fürsten im Süden überwachen lassen, dann kommt er uns bei den wirklichen Problemen vielleicht nicht mehr in die Quere“, resümierte Roan augenzwinkernd. „Lassen wir ihm seinen Spaß!“

„Roan, ich bezweifele, dass er zu seinem Vergnügen den Süden observiert. Irgendetwas ist dort!“

„Was ist dort?“

„Ich weiß es nicht“, lenkte Kian ein und fühlte nach dem Kuvert in seiner Manteltasche. Er sollte es endlich öffnen!

„Nun, wenn nicht einmal du es weißt, mein Heermeister! Ich nehme an, du schickst niemanden, um nachzusehen?!“

„Nicht zu diesem Zeitpunkt“, beendete Kian dieses Thema.

Roan sah ihm daraufhin forschend in die Augen. „Fürst Groh verlangt nach dir! Hast du davon bereits Kenntnis?“

„Nach mir?“

„Ja! Die ganze Welt westlich von hier spricht davon, wie umsichtig du den Frieden zwischen Lor und Ileu ausgehandelt hast. Die Bevölkerung nennt die Zeit nach den Kampfhandlungen bereits *Doguls Frieden*. Der junge Fürst Ileu hat mir davon berichtet, bevor wir aufbrachen“, sprach Roan und sah ihn mit offenem Stolz an.

Kian schüttelte ungläubig den Kopf, konnte jedoch im Gesicht seines Freundes nicht das geringste Anzeichen dafür erkennen, dass er übertrieb. „Was hat Groh damit zu tun?“, fragte er dann, verunsichert darüber, wie er auf Roans Worte reagieren sollte.

„Er möchte, dass du auch in seiner Sache verhandelst!“

„Roan, wir haben noch vor wenigen Wochen gegen seine Miliz Krieg geführt, und nun soll ausgerechnet ich seine Belange mit dem König verhandeln? Wie stellt er sich das vor, der Narr?“

„Er möchte dich treffen, mit dir verhandeln und dann euren Konsens an den König weiterleiten. Das zumindest hat er Fürst Ileu mitteilen lassen und um seine Meinung darüber gebeten!“

„Was hat Ileu geantwortet?“, fragte Kian noch immer irritiert.

Roan lachte. „Jetzt sieh mich doch nicht so an, Kian! Ileu hat Groh natürlich in den schillerndsten Farben von deinen Fähigkeiten am Verhandlungstisch berichtet. Er heißt es gut, wenn auch andere Fürstentümer von deiner Klugheit profitieren können, und es sollte mich nicht wundern, wenn du bald eine Einladung an Grohs Hof in deinen Händen hieltest!"

Kian hatte noch immer mit einem gänzlich anderen Schreiben zu hadern und so antwortete er lapidar: „Nun, dann warten wir es ab!"

Roan nickte und erkundigte sich dann nach dem Geburtstag der Königin. Kian erzählte, dass er es gerade zur rechten Zeit geschafft hatte, an der Tafel seiner Tante zu erscheinen. Roan schüttelte den Kopf und bemerkte, er sei ein Pferdeschinder und er könne froh sein, ein derart robustes Pferd zu besitzen, wie seine Stute es war. Kian hatte ihn angelächelt, und Roan hatte daraufhin eingelenkt und gesagt, er wisse, wie froh Kian darüber war. Und das war die Wahrheit, denn Kian konnte nicht ausdrücken, was sein Pferd ihm bedeutete.

„Hast du die Heilerin gesehen?", fragte Roan dann in die Stille hinein, die danach entstanden war.

Kian nickte und wandte seinen Blick ab. „Sie leidet unter ihrem Leben im Palast!", erwiderte er lediglich.

„Was gedenkst du zu tun?"

„Ich? Wie kommst du darauf, dass es in meiner Macht stünde, etwas dagegen zu unternehmen?", brauste Kian auf, und er spürte das Schreiben nahezu körperlich, als brenne es ein Loch in seinen Mantel.

Roan kniff die Augen zusammen. „Wie ich dich kenne, hast du bereits etwas getan!"

Kian zuckte die Schultern und atmete lange aus. Er konnte Roan nicht mehr ansehen.

„War es eine große Dummheit, mein Freund?"

Für einen Moment konnte Kian nicht reagieren, dann nahm er den Brief der Heilerin aus seiner Tasche und legte ihn neben sich auf den Tisch, ohne ihn anzusehen. „Ich weiß es nicht, Roan. Ich habe ihr durch die Königin den Vorschlag unterbreiten lassen, als Gast in meinem Hause zu leben. Das ist ihr Antwortschreiben!"

Roan zog scharf die Luft ein, und Kian spürte die Wut in sich aufwallen. Er wusste, was er getan hatte, er wusste um die Ungeheuerlichkeit seiner Handlung, er wusste, es stand ihm in keinem Moment zu, die Heilerin mit einem derartigen Angebot zu belästigen. Er wusste das alles, und er brauchte Roan nicht, um es ihm zu verdeutlichen.

„Was, Roan? Ist diese Idee so abwegig? Bin ich derart minderwertig, dass ...“, begann Kian nun zu argumentieren, aber Roan unterbrach ihn mit unerbittlicher Stimme.

„Schweig, Kian! Bei den Monden, bezeichne dich noch einmal in meiner Gegenwart als minderwertig, und ich quittiere nicht nur den Dienst, sondern auch unsere Freundschaft!“

Kian schwieg betroffen, und auch Roan brauchte sichtbar einen Moment, um sich wieder zu fassen. Nach einer langen Weile der Stille jedoch berührte er Kians Schulter.

„Du hast diesen Brief nicht gelesen“, stellte er ruhig fest.

Kian schüttelte den Kopf. „Mach du ihn auf!“

Roan wartete bis ihre Blicke sich trafen, und Kian nickte ihm noch einmal bekräftigend zu. Er nahm das Schreiben zur Hand, öffnete das Kuvert mit seinem Messer und entfaltete dann den Brief darin. Er las ihn nicht, sondern blickte Kian lange an, schüttelte dann den Kopf und reichte ihm den Brief.

„Du musst ihn lesen, Kian! Und danach kommst du hinaus ans Feuer und isst mit uns!“

Mit diesen Worten erhob er sich und trat aus dem Zelt, ohne eine Reaktion Kians abzuwarten. „Zu Befehl!“, flüsterte Kian, sah seinem Freund nach, atmete dann durch und begann zu lesen.

Sehr geehrter Heermeister Dogul,

ich kann nicht ausdrücken, wie dankbar ich bin, dass Ihr mir diese Entscheidung freistellt. Meine Antwort ist „Ja“!

In der Hoffnung, Euch bald persönlich danken zu können, grüße ich Euch hochachtungsvoll.

Fünftes Buch

Überleben

Kapitel 23

„Ihr kommt aus dem Elend eines Klosters am Ende der Welt an meinen Hof, aber all der Luxus, den ich Euch hier bot, reicht Euch nicht aus! Nein, Ihr zieht es vor, in das Haus eines Inzani zu ziehen! Ihr habt meine Gastfreundschaft missbraucht, Jidari! Die ganze Stadt lacht über Euch! Und jetzt kommt Ihr her mit dieser Forderung! Ihr seid nicht bei Sinnen!"

Die Wut des Königs wusch über Alia hinweg und jetzt vor ihm zu knien wie an jedem Sabbat, war ihr das Unangenehmste der gesamten Woche. Allerdings hatte sie während der letzten Woche wieder und wieder den Hauch der Freundlichkeit gespürt, und das ließ sie ihre Demütigung weit besser ertragen als in der Vergangenheit.

„König Abran, die Kranken müssen bewegt werden. Sie müssen ins Freie, um frische Luft zu atmen. Ihr wart es, der deutlich gemacht hat, dass sie am Leben bleiben sollen. Daran werde ich arbeiten, und um nichts anderes geht es hier!", erläuterte sie noch einmal und presste die Stirn auf den kalten Boden.

Zum ersten Mal erlebte sie den König schweigend. Sie sah seine Missbilligung in der peripheren Sicht, sah die Abneigung, die er ihr entgegenbrachte und wartete mit dem Rest ihrer Geduld auf seine Entscheidung.

„Eine Nonne, die mit einem Inzani lebt! Ihr macht Euch strafbar, wisst Ihr das?", begann der König nun erneut mit kalter Stimme.

Alia zuckte zusammen und zwang ihre Gefühle nur mühsam nieder. Sie konnte nichts als Abscheu und verletzten Stolz aus diesen Worten heraushören. Ihm ging es nicht um das Gesetz, er war ein skrupelloser Mann, der die Gesetze stets zu seinem eigenen Vorteil auslegte. Er konnte sie unter jedem Vorwand bestrafen und er würde es tun.

„Der Heermeister hatte die Erlaubnis der Königin ...“, begann sie nun leise, wurde jedoch sogleich unterbrochen.

„Die Königin!“, lachte er auf. „Ihr macht mich krank, Heilerin! Und diese ganze Familie macht mich krank! Was ist denn nun mit der Königsblutlinie, auf die sie alle so stolz sind? Sie bringt nur Frauen hervor, Frauen, die keine Erben tragen ... und dieser lächerliche Dogul war so stolz auf seinen Sohn, ha! Und dann? Sein ganzer Stolz stürzt in den Bergen in die Tiefe und überlebt es auch noch! Nicht mal die Gnade des Todes ist Fürst Dogul zuteil geworden, nein, er muss mit der Schande dieses Inzani-Sohnes leben! Und das geschieht ihm recht, sage ich!“

Alia schwieg. Sie hatte nicht gewusst, was dem Heermeister zugestoßen war. Sie hatte auch nie darüber nachgedacht, aber es jetzt aus dem Munde dieses Mannes zu erfahren, der so sehr von Neid zerfressen zu sein schien, war ihr nahezu unerträglich. Jemand wie er sollte keinerlei Recht haben, ein Urteil über den Heermeister auszusprechen, der ihm in allen menschlichen Belangen so unendlich überlegen war.

Plötzlich hatte Alia wieder das Gesicht Fürst Doguls vor Augen, seinen kalten Blick, als sie gewagt hatte, in seiner Gegenwart über seinen Sohn zu sprechen. Der König sprach nichts als die Wahrheit! Der Heermeister war seinem Vater eine Schande! Sie hatte deutlich in seinem Gesicht gelesen, dass er seinen Sohn lieber tot sähe! Ihr Herz wurde eng und sie hatte Mühe zu atmen.

„Wie dem auch sei!“, setzte der König nun seine Rede fort. „Die Königin billigt Euren Aufenthaltsort. Ihr müsst damit leben, dass Ihr Euch damit ins gesellschaftliche Abseits stellt! Solange Ihr Eure Arbeit tut, soll es mir einerlei sein, wie ekelerregend Eure Beziehung zu diesem Inzani im Detail ist!“

Was wollte er damit andeuten? Doch nicht etwa, dass sie eine körperliche Beziehung zu Heermeister Dogul unterhielt? Bei den Monden, wie konnte er nur? Wie könnte sie... Alia schluckte hart. Sie konnte sich diesen Gedanken nicht einmal erlauben. Ihre Verwirrtheit ließ sie die weitere Rede des Königs versäumen und sie begriff seine Worte erst wieder, als er erneut über die Patienten sprach.

„Meine Männer dürfen von niemandem gesehen werden, hört Ihr mich! Niemand darf Kenntnis über sie erlangen, niemand!“

Alia nickte. „Dann lasst sie mich in den Hof vor dem Krankentrakt führen! Er ist von hohen Mauern umgeben!“

König Abran wandte sich von ihr ab. „Für was soll das gut sein? Warum sollte ich einer unwürdigen Frau wie Euch, und nichts anderes seid Ihr, Jidari-Heilerin, diese Erlaubnis erteilen?“

„Weil Ihr wollt, dass diese Männer leben!“, wandte Alia leise ein und beobachtete dann, wie der König ohne eine weitere Reaktion zur Tür ging.

„Ihr ekelt mich an! Tut, was Ihr tun müsst!“, raunte er ihr zu und verließ den Raum.

Alia erhob sich langsam und sah sich zum ersten Mal wirklich in diesem Thronsaal um. Die ganze Pracht der golddurchwirkten Teppiche, die mit Silber beschlagenen schweren Holzmöbel, die von Meisterhand geschnitzten Verzierungen, das alles erschien ihr in diesem Moment nur Staffage. Ein Bühnenbild für das Wirken eines Königs, der von persönlichen Gefühlen des Machthungers, Neids und der Missgunst entstellt war. Er war ein Mann, der nicht in der Lage war, Verantwortung für irgendetwas oder irgendjemanden zu tragen, dafür nahm er sich andere. Seine Frau, die ihm im Hintergrund Entscheidungen abnahm, und Alia, um etwas an diesen Kranken wieder gutzumachen, das er höchstwahrscheinlich selbst zu verantworten hatte.

Aber gab diese Tatsache ihr nicht auch Freiheiten? Der König hatte eindrücklich untermalt, wie unerhört ihr Verhalten gewesen war, die Einladung des Heermeisters anzunehmen und damit auch seine Gastfreundschaft. Wahrscheinlich war sie dadurch tatsächlich eine Geächtete in der Gesellschaft bei Hofe geworden, nicht, dass sie etwas davon bemerkte, sie traf ja nie auf andere Menschen. Tatsache blieb jedoch, dass der König es hinnahm. Er beschimpfte und demütigte sie, aber er nahm es hin! Weil er sie brauchte! Alia steckte ihre Hände in die Taschen ihres Umhanges, ließ noch einmal den Blick schweifen und verließ dann mit dieser merkwürdigen Erkenntnis den Raum, um noch einmal in das Krankenzimmer zurückzukehren.

Morgen würde sie mit Tana und den Patienten ins Freie treten. Eine leise Art der Genugtuung durchfuhr sie bei diesem Gedanken, der ihr so gar nicht zustand. Die Kranken hatten in den letzten Wochen mehr und mehr dieser wundgelegenen Stellen gezeigt, einerlei wie sehr Alia und die Pflegerin sich bemüht hatten, sie in verschiedene Liegepositionen zu bringen. Alia wusste, es gab nur einen Weg heraus aus dieser Spirale. Die Kranken mussten ihre Betten verlassen.

Während der vergangenen Woche hatten sie dann versucht, die Körper der Kranken zu trainieren. Sie hatten ihre Gelenke durchbewegt und sie danach einzeln zu kleinen Gängen im Krankenzimmer begleitet. Die Männer waren durch die lange Zeit der Bewegungslosigkeit geschwächt, ihre Glieder waren steif und sie gerieten schnell außer Atem, aber sie gingen reaktionslos umher, solange sie geführt wurden.

Am gestrigen Morgen war Tana dann mit der Idee zur Arbeit erschienen, sie könnten ein Seil zur Hilfe nehmen, an welchem die Männer sich festhalten konnten, und auf diese Weise alle Patienten gleichzeitig umherführen. Alia hatte den Monden gedankt, dass ihr in Tana eine derart praktisch denkende Helferin zur Seite stand. Sollte sich Tanas Idee als praktikabel erweisen, konnte der Spaziergang in die frische Morgenluft tatsächlich gelingen.

Als Alia nun in das Krankenzimmer trat, schliefen die Männer ohne Ausnahme. Sie huschte schnell hinein, nahm ihre Heilmittelbeutel und verließ den Raum dann ebenso geräuschlos, wie sie ihn betreten hatte. Sie wollte in ihrem Zimmer ihre Vorräte genau sichten, so wie sie es an diesem Tag bereits mit denen im Vorratsschrank des Krankentraktes getan hatte. Es fehlte an entzündungshemmenden Wirkstoffen, die sie ergänzen musste, auch wenn die lange Zeit des Liegens ab morgen vielleicht Vergangenheit für die Kranken sein würde.

Draußen atmete sie tief durch. Die Nacht war bereits hereingebrochen, aber die Luft war lau, und erneut wurde ihr bewusst, wie ungeeignet ihre Kleidung für diese Witterung war und wie sehr sie dennoch begonnen hatte, diese Wärme zu lieben.

Sie ging in Richtung des Lavendelfeldes und hatte plötzlich wieder die Bilder ihrer Reise mit dem Heermeister und seinen Soldaten im Kopf. Sie dachte an die Zeit im Gebirge, in der sie nahezu alle Pflanzen gesammelt hatte, die sie während ihrer Behandlung der Kranken nun aufgebraucht hatte. Eine große Sehnsucht erfasste sie bei diesen Erinnerungen und sie fühlte wie so oft mit Trauer der Freiheit nach, die sie damals genossen hatte. Eine Trauer, die sie nun besser zulassen konnte, wusste sie doch, dass es einen Ort für sie gab, an den sie abends beruhigt zurückkehren konnte.

Alia wünschte sich plötzlich, sie hätte den Grund der Lähmung der Beine des Heermeisters nicht durch den König erfahren. Nicht mit diesem hämischen Unterton in seiner Stimme. Der Heermeister trug so schwer an seinem Schicksal, dachte sie, aber dieser Gedanke schien ihr in diesem Moment gar nicht richtig zu sein. Er selbst trug an seiner körperlichen Einschränkung nicht schwer, im Gegenteil, er hatte Wege gefunden, sich Dinge zu ermöglichen, sie sich zu vereinfachen und sie seinen Bedürfnissen anzupassen. Er schien seinen Körper gut zu kennen, ja, ihn zu akzeptieren, und er ließ nicht zu, dass er ihn mehr als nötig einschränkte.

Es waren stets die anderen, die damit nicht zurechtkamen und auf das Inzani-Gesetz pochten, als gäbe es ihnen das Recht, ihn zu verurteilen, ihn zu ignorieren, zu beschimpfen und zu demütigen. Alia konnte diesen Teil der anderen Welt noch immer nicht begreifen. Waren Menschen mit körperlichen Einschränkungen eine so große Belastung der Gesellschaft? Störten sie die gesellschaftliche Ordnung so empfindlich, dass man sie ausgrenzen musste? War es einfacher, die Augen davor zu verschließen, dass es Menschen gab, die sich anders bewegten, anders aussahen oder sich anders verhielten, als sich ihnen zuzuwenden? Einfacher als ihre Andersartigkeit schlicht zu registrieren, um dann an ihrer Seite zu leben, wie mit jedem anderen auch?

Das zumindest hatte es innerhalb der Jidari-Gemeinschaft und ihrer Berufung nie gegeben. Die Schwesternschaft behandelte alle gleich, die um Hilfe baten, gleichgültig welcher Gestalt sie waren, welchem Stand sie angehörten oder ob man von ihnen eine Bezahlung erwarten konnte. Das war auch der Grund dafür, dass

Alia diesem Inzani-Gesetz noch immer so fassungslos gegenüber stand. Sie hatte andere Ideale gelernt und auch wenn sie selbst Ausgrenzung erfahren hatte, so hatte sie diese Ideale in ihrem Blick auf andere Menschen doch immer befolgt. Sie war der tiefen Überzeugung, dass jeder Mensch ein Recht darauf hatte, geachtet zu werden, auch wenn sie eben dieses selten zu spüren bekommen hatte.

Sie achtete sich ja nicht einmal selbst: Es bereitete ihr noch immer die größten Probleme, Aufmerksamkeit und Freundlichkeit überhaupt anzunehmen. Es verunsicherte sie, beschämte sie ... Und nun durfte sie in das kleine Haus des Heermeisters zurückkehren. In das Zimmer mit dem Dachfenster, das ihr den Blick in den Himmel erlaubte, auf die Sterne der Nacht und die Farbenpacht des Sonnenaufgangs. Wie konnte sie jemals ausdrücken, wie viel ihr das alles in dieser Zeit bedeutete? Einer Zeit, die im Grunde von ihr verlangte, sich selbst vollkommen aufzugeben.

Kian betrat wütend sein Zelt, setzte sich auf den Tisch und hätte am liebsten einen der Becher gepackt, die hier bereit standen, und ihn quer durch den Raum geworfen. Stattdessen ballte er die Fäuste und hieb auf seine Oberschenkel ein, was ihm keine Befriedigung schenkte, denn er spürte nicht den geringsten Schmerz.

Fürst Groh war ein impertinenter, größenwahnsinniger Irrer. Bei den Monden, auf was hatte sich Kian nur eingelassen, als er zustimmte, ihn bei seinen Verhandlungen mit dem König anzuleiten? Er stellte die irrwitzigsten Forderungen und glaubte auch noch daran, ein Recht auf deren Erfüllung zu haben.

Er beanspruchte einen Teil des Fürstentums Lor, weil es ihm, seiner Auskunft nach, seit jeher gehört hatte und Lor es vor Jahren einfach annektiert hatte, was, nebenbei erwähnt, nicht der Wahrheit entsprach. Er verlangte weiterhin, die Preise für das unreinere Eisenerz, das er selbst in seinen Minen fördern ließ, zu erhöhen. Es ging ihm nicht in den Kopf, warum Ileu durch den Verkauf von Erz vor Reichtum strotzte, während sein eigenes Fürstentum in Armut dahinvegetierte, was ebenso wenig der Wahrheit entsprach. Groh schröpfte seine Bevölkerung so gut es ging, sodass die Menschen in Armut lebten, er selbst jedoch der großspurigen Lebensweise eines Königs frönen konnte.

Das Erz, das er so teuer verkaufen wollte, hatte längst nicht die Qualität des Materials, das in Ileu gewonnen wurde, und es war einfach Irrsinn, dafür einen höheren Preis verlangen zu wollen, als er auf dem Markt zu diesem Zeitpunkt zu erzielen war. Kian hatte sich von Evan genauestens erklären lassen, worin die Mängel des Erzes aus Groh bestanden, und diese lagen derart deutlich auf der Hand, dass selbst Kian, der keinen Sachverstand in Fragen der Metallqualität besaß, sofort begriff, wie absurd Grohs Forderungen waren.

Kian konnte mit diesem Fürsten nicht verhandeln. Er hatte bereits all seine Geduld, sein Sprachgeschick und die Schärfe seines Verstandes aufgewandt... Er war am Ende seiner Fähigkeiten! Was ihm allerdings tatsächlich am meisten im Wege stand, war, dass er nicht mehr in der Lage war, seine Wut über Fürst Groh zu unterdrücken. Er wollte ihn nur noch am Kragen packen, ihn schütteln und ihm ins Gesicht schreien, er solle endlich zur Vernunft kommen. Er hatte versagt! Versagt darin, seine persönlichen Gefühle der Abneigung für diesen Mann außen vor zu lassen. Sie hatten in Verhandlungsgesprächen nichts verloren!

Er atmete tief durch und schloss die Augen. „*Du bist ein wütender Mann, Kian, und das kann dir niemand verdenken, aber der Weg zu deiner inneren Freiheit führt durch deine Wut hindurch!*“ Kian hatte lange nicht mehr an die Worte seines Onkels gedacht, aber nun schien es ihm nahezu, als hörte er Rens Stimme in seinem Kopf. Seine Stimme, die ihm die Möglichkeit offenbarte, durch eine geistige Übung die richtigen Gedanken zu finden, um neu zu beginnen. Aber auch um zu der Ruhe zu finden, die er so bitter nötig hatte, wollte er heute noch eine Strategie für seine weiteren Gespräche mit diesem Fürsten entwerfen.

„*Deine Wut ist ein Licht! Sieh es dir genau an, führe es in deinem Körper umher, lass es aufleuchten und dunkler werden. Führe es an einen Ort in deinem Kopf und lass es dort verlöschen!*“ Kian legte die Hände nach oben geöffnet auf seine Knie und begann. Er ließ seine Gedanken dieses Mal weit hinter sich. Auch sich selbst verlor er auf seinem Weg mit dem Licht durch seinen Körper und als er es in seinem Kopf konzentrierte, war es bereits nichts mehr als ein leises Flackern. Es erlosch nahezu unmerklich.

Er hatte sich lange nicht mehr in die Übungen vertieft. Ren hatte ihn lediglich die Grundzüge des Versinkens im Selbst gelehrt, aber diese waren Kian so klar geworden, als schaute er durch ein Glas, das die Dinge größer erscheinen ließ, als sie waren.

Er griff nach seinem Notizbuch und wollte versuchen, in schriftlicher Form noch etwas mehr Klarheit in den Gefühlsknoten, der sich in der Gegenwart Fürst Grohs in ihm gebildet hatte, zu bringen, aber als er die Kladde aufschlug, fiel ihm der letzte Brief Eddas in die Hände. Ein Lächeln bildete sich in seinen Mundwinkeln, und er erinnerte sich erneut an den freundlichen Unmut, den sie darin über den Gast in ihrem Haus geäußert hatte.

Die Heilerin sei ein ebenso abwesender Hausbewohner, wie er selbst es war. Diese Frau kenne nur Arbeit. Sie weigere sich, im Esszimmer zu speisen, denn Edda solle sich die Mühe nicht machen müssen, den Tisch für sie einzudecken. Stattdessen zog sie es vor, ihre Speisen mit in ihr Zimmer zu nehmen. Sie äße lediglich Fleisch, und das sei doch unmöglich eine gesunde Ernährung. Sara hätte ihr vorgeschlagen, neue Kleidung für sie zu nähen, aber die Heilerin hatte abgelehnt. Bei den Monden, dabei besaß sie lediglich zwei Gewänder und diese waren aus viel zu dichtem Material für die hiesigen Temperaturen ...

Diese Litanei hatte sich über zwei Seiten fortgesetzt und bei jedem Punkt, den Edda aufgeführt hatte, war es Kian warm ums Herz geworden. Das war die Heilerin! Wenn er den Brief richtig interpretierte, hatte sie sogar wieder ein wenig mehr zu ihrem offeneren Selbst zurückgefunden, denn Edda beschrieb eine Szene, bei der Kian schließlich laut aufgelacht hatte. Logan hatte sich offensichtlich mit der Heugabel am Bein verletzt, und die Heilerin hatte ihn mit den Worten *„Nun, wenn Ihr in einem Mondlauf noch immer hinken wollt, dann wartet allein auf Heilung!“* gezwungen, er solle sie die Wunde nähen lassen. Kian konnte fast das schelmische Lächeln auf ihrem Gesicht vor sich sehen und es beruhigte ihn zu erfahren, dass seine Einladung offenbar zu etwas Gutem geführt hatte.

Wann würde er mit eigenen Augen sehen können, dass es der Heilerin gut ging? Er atmete tief, öffnete die Kladde erneut und begann mit seinen Notizen. Er würde diesen Fürsten hinter sich bringen, danach wollte er die Truppen im Osten besuchen. Sie alle wunderten sich, dass die östlichen Fürsten, obwohl sie sich offen gegen den König ausgesprochen hatten, einen derart sturen Frieden bewahrten.

Alle drei Fürstentümer waren bis an die Zähne bewaffnet und unterhielten Milizen mit geübten Kämpfern, soweit es Minos Leute berichteten. Kian konnte jedoch nicht begreifen, gegen wen sie diese militärische Macht zu führen gedachten. Die Truppen seiner Armee waren sicher, ihnen drohte von Seiten der Fürsten offensichtlich keine Gefahr. Sie pflegten engen Kontakt mit der Bevölkerung und diese unterstützte einhellig die Aktionen ihrer Landesoberhäupter. Es war, als wartete der Osten auf einen Überfall aus des Königs eigenen Reihen. Nun, dieser hatte sich jedoch einer ganz anderen Himmelsrichtung zugewandt!

Kian zwang seine Gedanken zurück zu seinem morgigen Treffen mit Fürst Groh. Es würde das Letzte sein, so viel hatte Kian sich geschworen. Aber es sollte nicht dazu kommen!

Roan trat in diesem Moment, ohne sich anzukündigen, in sein Zelt. „Kian, Fürst Groh ist tot! Ein Attentat! Du musst sofort kommen!", keuchte er außer Atem, und sie nickten sich betroffen zu.

Kapitel 24

Alia verabschiedete sich an der Palasttür von der Zofe der Königin und begann dann ruhig ihren Weg zum Haus des Heermeisters. Es war ihr eine so große Wohltat gewesen, die Palastmauern für diesen einen Abend zu verlassen und die Arbeit einer Heilerin tun zu dürfen. Tana hatte sie gebeten, einen Blick auf ihre Enkeltochter zu werfen, die seit Tagen hoch fieberte, ohne dass Tana selbst ergründen konnte, was dem Kind fehlte. Zudem hatte das Mädchen über starke Bauchschmerzen geklagt.

Alia hatte bei der Königin um Erlaubnis ersucht, Tana aus diesem Anlass in ihr Haus begleiten zu dürfen, und diese hatte ihr, wie schon zu anderer Gelegenheit, ihre Zofe zur Seite gestellt. Tana lebte mit ihrer Familie in einem schlichten Haus am Stadtrand. Es war nicht groß, jedoch auch in keinem Fall beengt und es beherbergte eine große Schar Enkelkinder, die Alia im ersten Moment mit immenser Scheu begegnet waren.

Sie jedoch hatte, nachdem sie das kranke Mädchen untersucht und festgestellt hatte, dass ihr Fieber lediglich von einer Entzündung der Atemwege herrührte, jedes der Kinder eingebunden, ihr bei ihrer Arbeit zu helfen. Am Ende war sie umringt von Kindern, die unter ihrer Anleitung Kräuter brühten, Wickel anlegten, Fiebersaft verabreichten und Suppe einflößten. Dem Mädchen hatte es an Flüssigkeit gefehlt, sodass es zu einer schmerzhaften Verstopfung gekommen war, gegen die Alia mit einem Krautsaft anging, der dann auch von einem ihrer kleinen Brüder angereicht wurde.

Alia hatte diesen Abend so sehr genossen. Tana hatte ihr überschwänglich gedankt, und ihr Sohn hatte Alia zum Abschied eine riesenhafte, geräucherte Wurst überreicht. Es hatte gut getan, die

Tätigkeiten einer Heilerin auszuüben, die sie bereits so lange vermisste.

Die Männer im Krankentrakt verbrachten nun nur noch die Nächte in ihren Betten, die übrige Zeit saßen sie im Hof. Ihre wunden Körperstellen waren verheilt. Alia und Tana unternahmen mit ihnen Gänge, ließen sie draußen speisen und führten sie in regelmäßigen Abständen auf den Abort. Mehr konnten sie nicht tun. Insgeheim hatte sich Alia der leisen Hoffnung hingegeben, die Gehirnaktivitäten der Männer würden sich durch die Veränderung ihrer Lebensumstände in irgendeiner Weise auffrischen lassen, die neuen Eindrücke würden vielleicht irgendetwas in ihnen bewirken, aber sie hatte umsonst gehofft.

Tana schien bei all dem mit sich zufrieden. Sie hatte mehr als einmal geäußert, dass diese Arbeit im Grunde zu ihrer vollsten Zufriedenheit verlief, hatte sie doch durch sie ein gutes Auskommen und konnte so ihre Familie weit besser unterstützen, als es in der Vergangenheit möglich gewesen war. Aber auch vor ihr konnte Alia nicht mehr verbergen, dass sie selbst in keiner Weise erfüllt war. Und auch, wenn sie Tana gegenüber nie ein Wort darüber verloren hatte, so bemerkte die Pflegerin natürlich ihre Unzufriedenheit.

Sie ging an dem Lavendelfeld entlang und atmete den starken Duft der Blüten in der vergehenden Hitze. Es war bereits fast dunkel und sie sah das Haus des Heermeisters hell erleuchtet vor sich liegen. Über zwei Mondläufe lebte sie nun bereits hier und sie fühlte sich jedes Mal ganz leicht, wenn sie die Schwelle überschritt. Gewöhnlich wechselte sie einige Worte mit Edda und ihrem Mann, die ihr stets wohlgesonnen waren, ließ sich ihre Nachtmahlzeit geben und begab sich dann in ihr kleines Zimmer unter dem Himmel.

Manches Mal war sie in dem kleinen Rosengarten spazieren gegangen, der das Haus umgab und den Logan so behutsam pflegte. Er war ein kenntnisreicher Gärtner, und die Rosen blühten unter seiner Pflege immerfort in den verschiedensten Farben. Alia ging darin umher und erinnerte sich an ihren Ritt zu den Sumpflilien, während dem der Heermeister ihr zum ersten Mal von diesem Garten berichtet hatte. Sie sah seinen verträumten Gesichtsausdruck noch immer vor sich. Oft saß sie in der kleinen Nische im hinteren Teil, den man von außen nicht einsehen konnte, nahm den Rosenduft in sich auf, der sich mit dem des Lavendels mischte, und fühlte eine innere Ruhe, die sie lange nicht verspürt hatte. Die Palastmauern lagen hinter ihr, und das unerträgliche Gefühl des Gefangenseins war verebbt.

Eines Tages hatte Logan sie gefragt, ob sie nicht ihren Hengst aus den Stallungen des Königs hierher bringen wollte. Er hatte ihr versichert, die Arbeit mit Pferden bereite ihm große Freude, die Koppel stünde ohnehin hoch im Gras und könne einen Fressgast gut vertragen, wenn schon die Stute des Heermeisters gar zu selten hier verweilte. Alia hatte sich über sein Angebot sehr gefreut, sich aber bislang nicht dazu entschließen können, weil sie ihm nicht noch zusätzliche Arbeit aufbürden wollte.

Aber sie hatte eine Art neuen Lebens begonnen. Sie hielt sich innerhalb des Hauses nicht mehr an den Kodex, wandte Edda und Logan immer öfter ihren direkten Blick zu und legte beim Eintreten ihren Umhang ab, nachdem Edda ihr mehrfach auf ihre freundlich ungehaltene Art erklärt hatte, hier bräuchte sich niemand zu verstecken. Natürlich fiel ihr das alles schwer, natürlich machte es sie noch immer verlegen, wenn die beiden sie derart offen in ihre Freundlichkeit einhüllten, und sie war noch immer scheu, aber sie hatte über die Wochen eine Art neuen Selbstbewusstseins an sich entdecken dürfen. All das verdankte sie ihm, dem Mann, der ihre Gedanken bevölkerte wie ein freundlicher Gast.

„Heilerin, seid Ihr das?", rief Edda ihr aus der Küche entgegen, als sie die Tür öffnete.

Edda trat ihr stürmisch entgegen und holte bereits Luft, um etwas zu sagen, hielt dann jedoch lächelnd inne, als sie die geräucherte Wurst in ihren Händen entdeckte. „Hat sich der König nun entschlossen unseren Haushalt mit Lebensmitteln zu unterstützen?", fragte sie mit einem ironischen Augenzwinkern.

Alia lachte leise. „Nein, dies ist der Dank für eine Behandlung, die ich heute Abend durchgeführt habe", erklärte sie, überreichte Edda die Räucherwurst und schlüpfte aus ihrem Umhang.

„Danke, Heilerin! Aber nun tretet schnell ein und seht, wer hier ist!“, fügte sie aufgeregt hinzu und schob Alia in Richtung der Tür zum Esszimmer.

Augenblicklich hatte sie den Impuls, sich den Umhang wieder anzuziehen und nach ihrer Kapuze zu greifen, aber das Kleidungsstück hing bereits hinter ihr an der Garderobe und so fühlte sie lediglich nach dem Tuch, das ihre Ohren bedeckte. Bereits ihr erster Blick in das Zimmer traf den des Heermeisters und sie versteckte das Lächeln, das sich plötzlich auf ihrem Gesicht ausbreitete, indem sie den Kopf senkte.

„Da ist sie endlich, Heermeister Dogul! Ich werde sogleich für eine gute Abendmahlzeit sorgen. Es gibt geschmortes Rind, Eure Lieblingsspeise!“

In der peripheren Sicht nahm Alia wahr, dass der Heermeister den Blick für einige Augenblicke länger nicht von ihr löste, und sein Lächeln durchflutete sie mit unergründlicher Wärme, dann jedoch wandte er sich an seine Haushälterin.

„Danke, Edda! Ich kann es kaum erwarten, Eure Kochkünste genießen zu dürfen!“, antwortete er mit seiner tiefen, freundlichen Stimme.

Edda nickte, verschwand dann in der Küche und man hörte sie summend mit den Töpfen hantieren. Auch das brachte den Heermeister zum Lächeln und sein Blick lag wieder ruhig auf Alia.

Für einige Momente kämpfte sie mit sich, dann jedoch erhob sie ihren Kopf und sah ihn direkt an. Sie hatte ihn nie ohne die schwere Lederbekleidung gesehen, die seine Uniform war, jetzt jedoch trug er Beinkleider aus erdfarbenem Wildleder sowie ein weites naturfarbenes Hemd, dessen Ärmel bis zu den Ellenbogen aufgekrempelt waren. Sein offensichtlich von einem Bad noch feuchtes Haar lag auf seinen Schultern und er betrachtete sie mit scheinbar unendlicher Ruhe. Er war ein Bild von einem Mann.

„Setzt Euch doch, Heilerin Alienne!“, forderte er sie auf.

Alia nickte und ließ sich auf einem Stuhl ihm gegenüber nieder. Sie versuchte angestrengt, sich auf die Worte zu konzentrieren, die sie sich in der letzten Zeit für ihn zurechtgelegt hatte. Worte des

Dankes, der Freundschaft, Worte, die jetzt nicht über ihre Lippen kamen, denn ihr schien der Atem zu fehlen.

„Wollt Ihr etwas trinken?", begann er nun, griff nach seinen Gehstöcken und erhob sich langsam, jedoch mit immenser Kraft vom Stuhl.

Alia nickte lediglich abwesend auf seine Frage und suchte noch immer nach Worten, als ihr klar wurde, was der Heermeister gerade im Begriff war zu tun. Er hatte sich erhoben, sich auf die Anrichte gestützt und nahm einen Becher heraus. Bei den Monden, er wollte sie bewirten! Er wollte sie bedienen! Alia senkte augenblicklich beschämt den Kopf, sprang auf und eilte an seine Seite.

„Nein, lasst, Heermeister, ich kann das tun!", rief sie aus und wollte bereits nach dem Becher in seiner Hand greifen, als sie seinen starren Blick traf.

„Was?", fragte er mit kalter Stimme, seine Augen waren zu Schlitzen verengt und er wirkte in diesem Moment so verletzt, als hätte sie ihn zutiefst beleidigt. „Ist es Euch so unangenehm zu sehen, wie ich mich bewege? Könnt Ihr nicht einmal ertragen, wenn ich in Eurer Gegenwart zwei Schritte mache?"

Seine Stimme klang hart und sie war Alia wie eine Ohrfeige. Sie hatte ihn nie zuvor derart dünnhäutig erlebt und sie fragte sich, was in aller Welt er in den vergangenen Wochen erlebt haben mochte, dass er ihr nun so verletzlich gegenübertrat. Vermutlich hatte er vor seiner Rückkehr in sein Haus erneut vor dem König gekniet und seine Demütigungen ertragen!

„Hört auf!", flüsterte sie und hielt seinen Blick. „Bei den zwei Monden, hört auf so zu reden, Heermeister! Ist es das, was Ihr von mir erwartet? Weil Ihr es von jedem erwartet? Immerzu? Ihr irrt Euch!"

Er drückte ihr den Becher in die Hand, wandte sich von ihr ab und setzte sich wieder.

Alia stand wie angewurzelt und wartete, bis er sie wieder ansah, was er nicht tat. „Wie könnt Ihr das von mir denken?", fragte sie dann in die Stille und kehrte ebenfalls zu ihrem Stuhl zurück.

Erst jetzt bemerkte sie die Kohlezeichnung, die vor dem Heermeister auf dem Tisch lag. Sie war noch nicht ganz fertig, aber Alia konnte bereits sehen, was sie darstellte. Sie schluckte ihre Betroffenheit hinunter, starrte auf seine Zeichnung, die so schön war und meisterhaft ausgeführt. Er war ein Künstler! Dieser Heermeister, der im Ausdruck seiner eigenen Gefühle oft so wütend war, ja brutal, er war in der Lage etwas derart Schönes zu erschaffen ... Die Zeichnung einer wunderschönen, zerbrechlichen Pflanze. Noch immer konnte sie sich nicht bewegen, denn es war eine *alia*-Blüte, die er gezeichnet hatte. Er konnte unmöglich wissen, dass das die Pflanze war, nach der sie benannt war.

„Sie ist wunderschön!“, flüsterte sie und sah ihm in die Augen.

Kian sah erst jetzt wieder auf sein Zeichenmaterial. Die gesamte Zeit vorher hatte er die Heilerin angestarrt und sich gefragt, warum er eben seine Gefühle so wenig hatte unter Kontrolle bringen können. Sie war ihm derart beschämt zur Hilfe geeilt, was hätte er denn sonst von ihr denken sollen, als dass sie seinen Anblick nicht ertrug? Aber er hatte darauf mit der ungeminderten Wut seiner Verletzung reagiert und das schien ihm jetzt vollkommen unangemessen. Tief in seinem Inneren wusste er doch, dass die Heilerin ihm nie mit derartigen Gedanken begegnete, oder etwa nicht? Sie hatte ihm stets gezeigt, wie wenig sie seine körperliche Einschränkung irritierte.

Und diese Frau war von einer derartigen Schönheit! Hatte er das vergessen? Es war ihm fast ein Schock, ihr Antlitz zu sehen und zu spüren, was dieser Anblick in ihm auslöste. Er hatte sie nie ohne ihren Umhang gesehen. Ihr Haar hüllte sanft ihre schmalen Schultern ein und legte sich dann um ihre Taille. Die sonderbare Fremdheit, die ihrer Gestalt anhaftete, war ihm in diesem Moment fast eine Wohltat. Sie war etwas, das er sich nur schlecht in Erinnerung rufen konnte, wenn er die Heilerin nicht vor sich sah, war sie doch mit nichts zu vergleichen und so wenig fassbar. Ihre grünen Augen waren den seinen noch nie so sicher begegnet, wie in diesen wenigen Minuten ihres Wiedersehens, und doch hatte er diese Verbindung zwischen ihnen bereits zerstört. Wenn es überhaupt eine solche Verbindung gab und er sie sich nicht lediglich einbildete. Aber was waren das für Gedanken?

Kian räusperte sich, sah von seiner Zeichnung auf und betrachtete ihren Blick auf das Papier vor ihm, der so angefüllt war mit Gefühlen, die er nicht verstand. „Nun, Ihr habt meinen Blick auf die Pflanzenwelt geschärft, Heilerin! Diese Blumen wachsen an manchen Stellen im Westen unseres Landes in großen Mengen. Ihr Anblick hat mich seither nicht mehr losgelassen", erklärte er nun und sah die Heilerin nicken.

„Es ist eine *alia*! Der Saft dieser Blüte weckt glückliche Gefühle", erwiderte sie nun gefasst und sah ihm in die Augen.

„Es tut mir Leid, Heilerin! Ich hätte Euch nicht derart angreifen dürfen!", sagte er nach einem Moment, in dem er nur den tiefen Blick ihrer Augen wahrnahm. Er griff nach der Teekanne, schenkte ihr ein, und wieder zeigte sich die Scham in ihrem Gesicht. Kian verstand sie nicht, diese Frau war für ihn einfach nicht zu durchschauen.

„Ihr müsst Euch nicht bei mir entschuldigen", sagte sie leise und senkte den Blick vor ihm.

„Oh doch, Heilerin, das muss ich! Ihr seid mein Gast! Und auch wenn ich nicht in der Lage bin zu verstehen, was in Euch vorgeht, wenn ich Euch einen Teebecher reiche, so ist es doch am allerwenigsten meine Aufgabe, Euch zu beschimpfen!", lenkte Kian ein und wartete verzagt, dass sich ihre Blicke wieder treffen mochten, was nicht geschah. „Warum darf ich Euch keinen Becher reichen?"

Er beobachtete, wie sie den Kopf noch tiefer senkte, bis ihr Gesicht nahezu verschwand, als wolle sie ihre Gegenwart vor ihm auslöschen, und er fand sich bereits damit ab, dass er auf diese Frage keine Antwort erhalten würde. Umso mehr überraschte es ihn, als sie nun doch ihre Stimme erhob, leise, wie ein Vogel, der sich hineinstiehlt.

„Ihr seid der erste Heermeister des Königs, Sohn eines Fürsten, Neffe der Königin. Ich bin ein Nichts. Es steht mir nicht zu, mich von Euch bewirten zu lassen!"

Kian spürte die Wut erneut in sich hochkochen. Hatte sie es denn noch immer nicht begriffen? Hatte sie noch immer nicht genug gesehen, um zu wissen, dass *er* die Unperson war und nicht sie? Nun, er würde es ihr hier und jetzt noch einmal erklären, aber zunächst musste er ruhiger werden.

Er trank einen Schluck seines Tees und war dann sehr erleichtert, als Edda mit ihren Tellern eintrat. Sie verbreitete wie immer ihre freundliche Geschäftigkeit im ganzen Raum, plauderte über das Essen, das sie zubereitet hatte, berichtete, dass Logan soeben aus dem Stall gekommen war und Kians Stute dort friedlich ausruhte ... Ein warmer Strom der Zuneigung erfasste ihn und das Gefühl, zu Hause zu sein. Davon wollte er zu der Heilerin sprechen.

Als Edda das Zimmer verlassen hatte, fand er noch immer nicht sofort die richtigen Worte, und so begannen sie ihre Mahlzeit in Schweigen. Dann jedoch legte er seine Gabel beiseite und sah die Heilerin einen Moment an. Sie hatte nichts von ihrem Appetit verloren und er stellte fest, dass sie nicht mehr ganz so mager wirkte wie noch vor Wochen.

„Hört mich bitte an, Heilerin! Ihr habt selbst oft genug gesehen, wie es um meinen gesellschaftlichen Rang steht. Er existiert nicht! Es ist mir nicht erlaubt, den Fürstentitel zu führen, mit dem ich geboren wurde. Das Inzani-Gesetz erlaubt mir keinerlei gesellschaftliche Stellung. Es erlaubt mir genau genommen nicht einmal, mit Euch zu sprechen ... oder mit Edda. Meiner Familie bin ich eine Schande und es ist ihnen verboten, mit mir Kontakt zu pflegen. Und was meinen militärischen Rang angeht, so wisst Ihr, dass ich ihn lediglich ob des Wohlwollens meiner Soldaten bekleiden darf!"

„Ihr seid den Frauen Eurer Familie keine Schande! Wie könnt Ihr das sagen?"

Kian sah, wie die Heilerin jetzt den Kopf hob, und stellte erleichtert fest, dass sich ihr Blick erneut mit seinem traf. „Vielleicht habt Ihr recht, und doch ist mir der Kontakt zu ihnen versagt. Dieses Haus ist der einzige Ort für mich, an dem all das keine Rolle spielt. Innerhalb dieser Wände leben und arbeiten Menschen, denen ich gleichberechtigt begegnen darf. Das erfüllt mich mit großem Glück, denn ich bin es müde, immerzu kämpfen zu müssen, ich ..."

„Worum kämpft Ihr?", unterbrach sie ihn.

Kian lächelte ruhig in ihre Augen. „Darum, mir den letzten Rest meines Selbstbewusstseins zu bewahren, Heilerin! Dies ist mein Ort, an dem ich nicht kämpfen muss! Und Ihr müsst das auch nicht!"

Er sah die Heilerin betroffen nicken. Auch er selbst nickte und begann erneut zu essen. Eddas Rinderbraten war tatsächlich das Beste, was es landauf, landab zu finden gab. Er war nie dahinter gekommen, mit welchen Gewürzen sie das Fleisch marinierte, und sie weigerte sich, es ihm zu verraten. Er hielt noch einmal inne, um Worte zu finden. Er wollte an dieser Stelle auch für Edda sprechen.

„Ihr seid mein Gast, und darüber bin ich sehr froh! Es erfüllt mich mit großem Stolz, Euch diesen Ort anbieten zu dürfen, und ich hoffe, Ihr könnt hier etwas von dem finden, was Euch fehlte, aber ich habe eine Bitte, Heilerin. Ihr solltet es zulassen, dass man Euch hier wie einen Gast behandelt! Lasst Edda Eure Lieblingsspeisen wissen, lasst Sara Euch neue Gewänder anfertigen und lasst Logan für Euer Pferd sorgen. Wir haben hier nicht oft Gäste und so gewährt den Menschen, die hier für mich arbeiten, bitte den Spaß, Euch zu umsorgen, denn seid gewiss, das alles wird Euch mit Freude gegeben. Glaubt Ihr, Ihr könnt das für mich tun?"

Die Heilerin war bei seinen Worten zusammengezuckt und fragte nun schüchtern, ob man sich über sie beklagt hätte.

Kian schüttelte langsam den Kopf und sah sie ruhig an. „Nun, Ihr habt Edda bereits kennengelernt. Sie benennt geradeheraus die Dinge, die ihr nicht passen, aber sie tut es stets mit einem Lächeln! Seid unbesorgt!"

Kian sah sie nicken und traf dann ihren scheuen Blick. Sie kannte keine Freundlichkeit. Sie war beschämt durch seine Aufmerksamkeit, und er begriff wahrscheinlich zum ersten Mal, dass das alles nicht das Geringste mit ihm zu tun hatte. Nicht damit, dass er ein Inzani war, und nicht damit, dass er es nicht wert wäre, sie um etwas zu bitten. Er wünschte, sie könnte darüber sprechen, was ihr eigenes Selbstwertgefühl so sehr verletzte.

„Bitte tut es, Heilerin! Es wäre auch mir eine Freude!", bekräftigte er noch einmal.

Alia musste den Blick von ihm abwenden, weil sie Tränen in sich aufsteigen fühlte. Sie konnte nicht fassen, wie freundlich dieser Mann sie behandelte, und dass ihm tatsächlich daran lag, dass sie sich in seinem Haus wohlfühlte. Seinem Ort, an dem er nicht um sein Selbstbewusstsein kämpfen musste. *„Und Ihr müsst das auch nicht!"*, hatte er ihr gesagt. Alle Worte der Welt reichten nicht aus, ihm zu erklären, wie viel ihr diese Worte bedeuteten, aber irgendwie musste sie es an diesem Abend noch zuwege bringen, ihm zu danken.

Sie aß den letzten Bissen ihres Bratens und sah noch einmal die Zeichnung der *alia*-Blüte an, die er angefertigt hatte. Sein Blick folgte ihrem und verweilte dann ebenso auf dem Bild.

„Wann verabreicht Ihr einen Saft, der glückliche Gefühle weckt, Heilerin?"

Alia hob den Kopf. Sie sah in sein Gesicht und in seine blauen Augen, die sie jetzt mit so großem Interesse musterten. „Der Saft der *alia* ist sehr kostbar! Man gewinnt ihn aus Blüten, die ihren letzten Tag blühen, bevor sie welken, und es ist sehr schwierig diesen Augenblick vorauszusagen. Erntet man sie zu früh, ist der Saft ohne Wirkung", erklärte sie ruhig.

„Dann hebt Ihr ihn für sehr kostbare Momente auf?"

Alia nickte. „Für Momente unerträglichen Schmerzes und des Todes! Der Saft deckt die Schmerzen zu und beruhigt die Verzweiflung mit der Vision von Glück. Manche Menschen überleben auf diese Weise schwerste Verletzungen. Es gibt Menschen, die beruhigt und gelassen in den Tod gehen. Andere jedoch sind voller Angst, Zweifel oder Wut, weil ihre Zeit noch nicht gekommen zu sein scheint. Für diese ist der Saft eine Hilfe, dieses Leben ohne Qual verlassen zu können!"

„Habt Ihr vielen Sterbenden diese Vision des Glückes gegeben?", fragte der Heermeister.

Er schien so sehr mit ihr zu fühlen, sie konnte es in seiner Stimme hören, und das gab ihr die Kraft, ihm die Wahrheit zu sagen über die Momente, die sie im Krankensaal des Jidari-Klosters mit Sterbenden erlebt hatte.

„Im Kloster hat man von mir verlangt, die Betten der Kranken, die zum Tode verurteilt waren, mit Kreidekreuzen zu kennzeichnen, damit der Saft der *alia* nicht an sie verschwendet würde."

„Aber Ihr habt es nicht getan, Heilerin!“, gab der Heermeister zurück.

Alia war glücklich über die große Sicherheit, mit der er das über ihr Handeln zu wissen schien, und auch darüber, dass er nicht nachfragte, wie um alles in der Welt es ihr möglich war, den Zeitpunkt des Todes eines Menschen zu kennen.

„Ich habe die gekennzeichnet, deren Gehirn bereits gegangen war und damit jede Möglichkeit Schmerzen, Angst oder ein anderes Gefühl zu empfinden. Die anderen haben den Saft bekommen!“

Der Heermeister sah sie einen Moment betroffen an. „Es war unmenschlich, von Euch zu verlangen, dass Ihr Eure Fähigkeiten auf diese Weise nutzt!“

Seine Worte erstaunten Alia und sie sah ihn intensiv an. Er war sich über ihre Fähigkeiten, wie er es nannte, offensichtlich im Klaren! Er fragte erneut nicht danach, sondern nahm seine Beobachtungen als Indizien sowie alles, das Alia ihm angedeutet hatte. Es schien ihn nicht mehr zu verunsichern, und Alia erlebte zum ersten Mal in ihrem Leben, dass es ihr keine Angst machte, wenn jemand derart viel über ihre Gabe zu wissen schien.

„Ich habe die Schwesternschaft betrogen, und man hat mich dafür bestraft!“, antwortete sie dann knapp.

Es war die Wahrheit, und er würde wissen, warum ihr Betrug auffliegen musste. Er würde wissen, dass ihre Gabe nicht irrte. Sie sah das große Mitgefühl, das diese Worte in ihm geweckt hatten, und sie redete schnell weiter, weil sie nicht hören wollte, wie er sagte, es täte ihm leid. „Ich möchte Euch dafür danken, dass ich in Eurem Haus leben darf! Ich danke Euch so sehr!“, sprach sie es dann einfach aus.

Der Heermeister lächelte sie an. „Ich nehme Euren Dank gerne an, Heilerin, aber Ihr sollt wissen, dass ich es bin, der *Euch* danken muss. Ihr ehrt mich mit Eurer Anwesenheit in einem Maße, das ich kaum auszudrücken vermag!“

Für einen Moment sahen sie sich fest in die Augen, dann erschien ein Lächeln auf seinem Gesicht, das auf Alia nahezu ansteckend wirkte.

„Auch wenn ich Euch nicht mit Tee bewirten darf!", setzte er hinzu und wartete tatsächlich Alias Lächeln ab, bevor er selbst über seinen Scherz lachte.

„Ihr solltet Euch nicht dazu herablassen, für irgendjemanden ein Diener zu sein!"

Dieser Satz schien ihn zu überraschen. „Nun, ich diene der Bevölkerung dieses Landes und meinen Soldaten!", erwiderte er fest.

„Und Ihr tut es mit Stolz, aber das habe ich nicht gemeint, ich ..."

Der Heermeister erhob ruhig seine Hand, und sie verstummte augenblicklich, weil sein Band sich zart an sie zu wenden schien. „Ich weiß, ich beschäme Euch jetzt erneut, aber es würde mir nichts ausmachen Euch zu dienen, Heilerin, im Gegenteil!"

Alia senkte den Kopf. „Warum sagt Ihr so etwas zu mir?", flüsterte sie fast.

„Weil es die Wahrheit ist, und ich wünschte, ich könnte Euch davon überzeugen, dass Ihr es wert seid geachtet zu werden! Ihr seid kein Nichts, Heilerin!", sprach er eindringlich.

Er senkte nun ebenfalls seinen Kopf und suchte von unten ihren Blick einzufangen, was ihm auch gelang. Alias Augen hatten sich mit Tränen gefüllt. Sie sah ihn für sehr lange Zeit einfach nur an, spürte seine Wärme in seinem Band und fand Ruhe darin, dass auch er nicht wegsah. Als sie sich erhob, um schlafen zu gehen, reichte er ihr stumm seine Zeichnung. Sie wollte protestieren, sie nicht annehmen, aber er lächelte lediglich und flüsterte: „Tut mir den Gefallen!"

„Beobachtet seinen ersten Späher! Niemand darf Eure Identität erfahren, hört Ihr, niemand!"

„Das ist einfach zu bewerkstelligen!"

„Greift ihn unbedingt in einem Moment an, in dem er allein ist! Seine Krieger sind mächtig. Wenn einer von ihnen zugegen ist, bedeutet das Euren Tod, und Ihr habt nur eine Chance, sonst tötet er Euch!"

„Wollt Ihr, dass ich ihn töte?"

„Er muss nicht auf der Stelle tot sein! Es reicht, ihn so schwer zu verletzen, dass er daran eingeht wie ein Tier. Kein Heiler wird ihn behandeln!“

„Ist das alles?“

„Ja, schafft ihn einfach aus dem Weg, diesen elenden Inzani!“

Kapitel 25

„Es ist mir nicht gelungen Kontakt zu Hauptmann Eret herzustellen, Heermeister! Er scheint sich mit einem Teil der königlichen Truppen im Süden aufzuhalten!“, beteuerte Mino und sah von einem zum anderen.

Ihre Runde war klein am heutigen Abend. Ana und Evan sondierten noch immer die Lage in Grohs Fürstentum, das nach seinem Tod ohne Regierung war, da er keine Nachkommen hatte. Kian hatte an Ileus Hof um Hilfe für die Bevölkerung Grohs vorgesprochen. Er bat um materielle Hilfe, aber auch politischen Beistand, denn unter den Menschen, die so lange unter Groh gelitten hatten, wurden mehr und mehr Stimmen laut, man möge die Fürstenfamilie entmachten und stattdessen eine Regierung aus den eigenen Reihen frei wählen. Zudem schien jedoch der Attentäter, der für den Tod des Fürsten verantwortlich war, einer der verarmten Kaufleute zu sein. Ein Einzeltäter zwar, doch das trug natürlich nicht wesentlich zum Vertrauen in eine einige Bevölkerung bei.

Trotzdem brannte vor allem der junge Fürst Ileu für die Idee der freien Wahlen. Er war ein Freigeist, aber Kian hatte sehr deutlich gemacht, dass der König eine gewählte Regierung niemals anerkennen würde. Sollte es zu freien Wahlen kommen, dann hätten sie Krieg im Lande. Krieg mit den Truppen des Königs. Kians Armee wäre gezwungen, sich offen gegen den König zu stellen, um die Interessen der Bevölkerung zu verteidigen, und ein solches Szenario mochte sich niemand ausmalen.

Evan hatte die Erzminen Grohs genauestens inspiziert und vermutlich einen Weg gefunden, das hier gewonnene Metall doch noch an Wert anzureichern, indem er die Minenarbeiter ein Verfahren lehrte, Verunreinigungen auszuschmelzen. Dies könne, so berichtete er in seinem letzten Brief, zur Entstehung eines regelrechten Industriezweiges führen, der die finanzielle Sicherheit der Bevölkerung Grohs bedeuten konnte. Evan war umsichtig genug, nicht zu große Hoffnungen in den Arbeitern zu wecken, und gleichzeitig Realist genug, ihre Chancen sehen zu können.

Kian war in diesem Moment beruhigt, sowohl durch die Entwicklungen im Westen als auch was die Lage im Osten des Landes anging. Was ihn allerdings beunruhigte, waren die Forderungen, die nun aus allen Teilen des Königreiches auf ihn einstürmten, er solle für diesen oder jenen Fürsten verhandeln. Selbst Fürst Side, der im Grunde bereits jegliche Hoffnung auf die Einsicht des Königs hatte fahren lassen, kontaktierte ihn nun, um an den Verhandlungstisch zurückkehren zu können.

Einerseits ehrte ihn dieses Ansinnen, andererseits hatte er permanent das Gefühl, seine Kompetenzen zu überschreiten. Manches stand in seiner Macht, und Verhandlungen zwischen Fürstenhäusern war er stets bereit zu unterstützen. Ging es jedoch um Belange, die er dem König unterbreiten sollte, so lehnte er von vornherein ab, denn dafür war er mit größter Sicherheit der falsche Mann.

Sein letztes Intermezzo mit dem König hatte ihn eines sehr deutlich gelehrt: Zwischen Kian und ihm gab es nicht die geringste Möglichkeit eines objektiven Gespräches. Kian hatte versucht, ihm die politische Situation sämtlicher Fürstentümer darzulegen, um dann über die Möglichkeit zu diskutieren, wie man allen Fürstenhäusern gerecht werden könne, um einen langfristigen Frieden zu sichern. Er hatte in zahlreichen Gesprächen mit den verschiedensten Parteien begonnen, Strategien zu erdenken, Pläne wurden geschmiedet, und viele seiner Gesprächspartner, waren es nun seine Hauptmänner oder die Fürsten selber, versicherten, so nah seien sie einer Einigung nie gewesen. Er war mit Stolz in das Gespräch mit seinem König gegangen und hatte es zerrüttet verlassen.

Der König interessierte sich nicht für die Politik der Fürsten, er war blind für die Gefahr, die von ihnen für sein Land ausgehen konnte. Er hatte nicht den Wunsch, überhaupt über die Fürstenhäuser zu sprechen, nein, sein Interesse galt allein seinem ersten

Heermeister, der sich, so König Abran, wie man überall vernehmen konnte, einbildete, ein großer Friedensstifter zu sein.

Der König hatte ihn mit allem gedemütigt, was er aufbieten konnte, und das war Kian nichts Neues, aber er hatte zum ersten Mal wirklich gespürt, dass Abran ihn hasste. Nicht nur weil er ein Inzani war, sich illoyal verhielt oder Dinge über seinen Kopf hinweg entschied, nein, er hasste ihn, weil er der Königsblutlinie entstammte. Natürlich, er hatte dieser mächtigen Abstammung Schande gebracht, aber viel mehr schien der König seine Existenz an sich zu hassen. Die Existenz eines männlichen Nachkommens des Alten Königs an sich. Als ob er Schuld trug am Verderben des gesamten Königreiches.

Kian hatte ohnmächtig diesen Ausführungen des Königs gelauscht und konnte sich noch immer keinen Reim darauf machen. Warum sollte seine Abstammung innerhalb der politischen Lage des Landes von irgendeiner Bedeutung sein? Sah der König denn nicht, wie fragil die politische Stabilität dieses Landes war? Und wer war Kian schon, dass ausgerechnet seine Herkunft eine so große Rolle spielen sollte? Der König schien ihm zerfressen von persönlichen Gefühlen des Machthungers, ja, des Neides auf jeden und alles, das seinen eigenen Status in Frage stellte. Aber Kian konnte doch unmöglich Objekt dieser Gefühle sein! Inzani, der er war! Und was bei den Monden befand sich im Süden, das den König so sehr beschäftigte, ja offensichtlich nahezu seine gesamte Konzentration erforderte?

Kian rieb sich die Stirn. „Vielleicht ist es an der Zeit, nun doch einen Spähtrupp in den Süden zu senden. Wir sollten wissen, was des Königs Truppen dort eigentlich vorhaben!“, warf er in die Runde.

Gorin grunzte. „Glaubst du nicht, es gibt Wichtigeres zu tun?“, fragte er wenig überzeugt.

Mino nickte ihm beipflichtend zu. „Ich habe keine Lust, gute Männer auszusenden, nur damit sie beobachten, wie der König Gespenster jagt!“

Roan schüttelte den Kopf. „Nun lasst uns einmal genau überlegen, was der König im Süden vorhaben könnte!“

„Was meinst du?“, hakte Gorin nach.

„Nun, könnte es zum Beispiel möglich sein, dass er die südlichen Fürsten vereint, um mit ihren und seinen Truppen für einen Krieg gegen die anderen Fürstenhäuser des Landes aufzurüsten?“, führte Roan aus.

Mino schüttelte entschieden den Kopf. „Die südlichen Fürsten unterhalten keine Soldaten! Und so weit haben die Späher ihre Fühler bereits ausgestreckt, um zu wissen, dass der König mit den Fürsten dort nicht einmal Gespräche geführt hat. Sie beobachten das militärische Treiben seiner Truppen auf ihrem Territorium mit demselben Argwohn wie wir!“

„Fällt dir etwas anderes ein, Mino?“, fragte Roan nun gereizt.

„Nein, außer dass da etwas sein muss, von dem wir keine Kenntnis haben!“

„Sehr scharfsinnig, erster Späher!“, scherzte Gorin nun.

Kian aber nickte langsam. „Im Süden lauert eine Gefahr, und der König scheint sehr wohl von ihr Kenntnis zu haben, davon bin ich nach meinem letzten Gespräch mit ihm überzeugt. Die Frage ist nur, ob diese Gefahr die Armee betreffen muss.“

„Du meinst, wir sollten abwarten, jedoch nicht mehr allzu lange“, resümierte Gorin.

Kian lächelte. „Genau das!“

Ihre Runde löste sich bald auf, und Kian nahm mit Gorin und Roan am Feuer Platz, um die Abendmahlzeit mit ihnen einzunehmen. Er tat das nun immer öfter. Nicht nur, weil er selbst mehr und mehr lernte, Gefallen daran zu finden, unter seinen Leuten zu essen, sondern auch mit den Erinnerungen und Gedanken an die Heilerin. Er hatte das seltsame Gefühl, er ehrte ihre Existenz in seinem Leben, wenn er die Dinge tat, zu denen sie ihn ermutigt hatte.

Ihr abendliches Gespräch in seinem Haus hatte ihm unbeschreibliches Glück geschenkt. Das lag vor allem daran, dass er selbst sich frei gefühlt hatte, ihr von Dingen zu erzählen, die er sich gewöhnlich versagte. Er hatte seine Schwierigkeiten geschildert, sein Selbstwertgefühl zu wahren und damit vor allem begonnen seine Grenzen zu weiten, die er sich im Zusammenhang mit seinen Gefühlen für sie auferlegt hatte. Er war noch immer zutiefst dankbar, dass er für diese Gefühle ihr gegenüber Worte hatte finden dürfen, und waren sie auch noch so eingeschränkt, denn er wünschte so sehr, keine Geheimnisse mehr vor ihr haben zu müssen.

Sie hatte verstanden. Sie hatte zugelassen, dass er ihre Tränen sah, und das ließ ihn fühlen, dass sie ihm vertraute und seine Worte ihr etwas bedeuten konnten. Obwohl das alles bereits einen Mondlauf her war, so dachte er doch in jeder freien Sekunde an das Glück, das sie ihm gewährt hatte. Er wünschte und hoffte inständig, auch sie hätte dem Inhalt seiner Worte etwas entnehmen können, das ihr Freude bereitete und ihr Selbstbewusstsein stärkte, so wie sie seines gestärkt hatte.

Aber noch etwas anderes konnte heute sein Herz mit Freude erfüllen. Er hatte Nachrichten von seiner Mutter und seiner Schwester erhalten, die ihn von der Geburt seiner Nichte in Kenntnis setzten. Niara schrieb in ihrem Brief, sie und Ben hätten in der ersten Nacht nach der Entbindung erschöpft, überglücklich und enorm verblüfft das Gesicht ihrer Tochter betrachtet und versucht, eine Ähnlichkeit mit Ben festzustellen.

Man sagt seit jeher, ein Neugeborenes sähe seinem Vater ähnlich, damit es ihm leichter fiele, es als Teil seiner selbst anzuerkennen. Aber unsere Tochter sieht nur einem Menschen auf dieser Welt ähnlich, Kian, nämlich dir! Ben witzelt seitdem darüber, wie stark sich die Königsblutlinie in unserem Hause zeigt, obwohl wir immer versucht haben, sie zu ignorieren. Ich jedoch bin überglücklich, denn mir zeigt sich in ihr nicht unsere verdammte Abstammung. Sie erinnert mich an dich, wann immer ich sie ansehe! Wir haben sie Kiana genannt, und ich hoffe, du kommst bald hierher und siehst selbst.

Außerdem hatte sie berichtet, der König hätte zehn Pferde aus ihrer Zucht kaufen wollen. Sie wunderte sich darüber, denn er selbst verfügte über einen weit größeren Zuchtbetrieb, als sie und Ben es taten. Und auch Kian verwunderte diese Nachricht, obwohl er wusste, Niaras Zucht war von weitaus höherer Qualität als die des Hofes. Vielleicht wollte der König seine Zucht verbessern, indem er sie mit der seiner Schwester kreuzte? Es war ihm in diesem Moment einerlei!

Mochte auch die Welt in dieser Zeit im Zerfall begriffen sein, es erfüllte Kian mit so viel Hoffnung, diesen Beginn einer neuen Generation in seiner Familie erleben zu dürfen. Er hatte seine Schwester für ihre Unabhängigkeit kämpfen sehen, er hatte erlebt, wie sie sich über die Erwartungen ihres Vaters hinweggesetzt hatte, und er wusste, sie würde ihre Tochter in all ihren Idealen erziehen. Mit ihr als Mutter konnte seine Nichte ein freierer Mensch werden, als er und Niara es jemals waren.

Er würde heute Abend noch zu den Findlingen reiten. Er wollte ein stilles Fest daraus machen, die Inschriften lesen, es vielleicht sogar laut tun, wie es die Heilerin von ihm erbeten hatte. Er wollte die Liebe spüren, die er für die Frauen seiner Familie empfand, das neue Leben auf dieser Welt begrüßen, und er sehnte sich danach, der Heilerin zumindest in seinen Gedanken nahe zu sein, denn auf etwas anderes konnte er nicht hoffen.

Alia sah von der Paste auf, die sie angerührt hatte, und blickte nach oben in den Himmel. Es war spät geworden, die Sterne standen bereits über ihr und die Mitternacht war lang verstrichen, aber sie hatte ihre Arbeit getan. Es war nicht leicht, aus den wenig gehaltreichen Kräutern aus der Apotheke der Stadt wirksame Heilmittel herzustellen, aber sie hatte hier keine andere Möglichkeit. Es war ausgeschlossen, dass sie selbst ausritt, um Kräuter zu ernten, also musste sie sich mit dem begnügen, was es zu kaufen gab. Das allerdings war lediglich getrocknetes Material, etwas Frisches fand sich leider nicht.

Alia hatte Logan gebeten, sich einige Pflanzen aus dem kleinen Garten, den er um das Haus herum so emsig pflegte, nehmen zu dürfen. Salbei, Thymian, Basilikum und noch einiges mehr wuchs hier. Es waren nicht die Wildformen, die sie kannte, und sie waren in ihrer Wirksamkeit schwächer als alles, was in der Natur wuchs, aber sie waren frisch und ließen sich weit vielfältiger verarbeiten als getrocknete Pflanzen.

Sie hatte geplant, dem König ihre Probleme zu schildern, an gehaltvolle Heilmittel zu gelangen, aber er hatte sie mehrmals versetzt. Sie hatte vor dem Thronsaal gewartet, aber er war nicht erschienen. Gestern hatte die Königin sie gebeten, auf ein Gespräch in ihren Gemächern zu erscheinen, in welchem sie ihr erklärte, ihr sei zu Ohren gekommen, dass Alia in den vergangenen Wochen vergeblich auf eine Unterredung mit dem König gewartet habe. Sie hätte sich gewünscht, Alia wäre umgehend zu ihr gekommen, dann hätte sie ihr längst berichten können, dass der König nicht am Hofe weilte und es vermutlich auch in naher Zukunft nicht tun würde. In der Zwischenzeit solle sie ihre Arbeit wie gewohnt tun, die Königin werde veranlassen, dass er bei seiner Rückkehr ausdrücklich seine nächste Unterredung mit ihr ankündigen werde.

Alia war sich plötzlich sehr gewiss darüber geworden, dass die Königin offensichtlich nicht wusste, wo sich ihr Mann zurzeit aufhielt. Aber vielleicht war das der normale Gang einer Ehe, und Alia verstand einfach zu wenig von diesen Dingen. Die Königin konnte jedoch nicht vor ihr verbergen, dass ihr das Verhalten ihres Mannes auch in diesem Fall in höchstem Maße missfiel. Wie war es möglich, dass eine Frau von so großer Güte an der Seite eines solch grauenvollen Mannes stand?

Die Königin war ihr mehr und mehr eine rätselhafte Frau. Sie wirkte nach außen hin stets auf eine Weise gefasst, die Alia nur bewundern konnte, aber in Gesprächen unter vier Augen zeigte sie eine Impulsivität und Emotionalität, die höchst irritierend war. Sie offenbarte Alia immer auch einen Teil der Frau, die sie abseits ihres Ranges war, und damit konnte Alia nur schwer zurechtkommen, fand sie doch selbst nie das Selbstbewusstsein, sich ebenso offen zu zeigen.

Sie hatte der Königin gedankt. Diese hatte sie betrachtet und nach einer Weile bemerkt, sie sehe wohl aus und der Aufenthalt im Haus ihres Neffen tue ihr augenscheinlich gut, woraufhin Alia lediglich antworten konnte, dass sein Angebot sie jeden Tag aufs Neue ehrte. Die Königin bekundete ihre Freude daran und führte dann aus, wie schade es sei, dass der Heermeister in dieser Zeit so selten zugegen sei. Aber aus ihren Worten spräche lediglich ihr Eigennutz!

„Hat er Euch erzählt, dass er mittlerweile eine tragende Rolle in den Friedensgesprächen der Fürsten innehat?", hatte sie gefragt und

als Alia verneinte, führte sie aus, er verfüge über enormes politisches und juristisches Geschick, und die Fürsten verlangten vehement nach seinen Fähigkeiten, als könne er sie zur Einigung führen. Er täte in dieser Zeit mehr für das Land, als irgendjemand sonst und endlich einmal würde er für das geachtet, was er zu tun im Stande war. Die Stimme der Königin war voller Stolz gewesen und doch schwang darin eine so alte Trauer.

Alia kannte die Natur der Arbeit des Heermeisters, sie hatte all ihren Schrecken erlebt und es zerriss sie innerlich, sie sich in allen Einzelheiten zu vergegenwärtigen. Seine Pflichten als erster Heermeister waren nie Thema ihrer Gespräche gewesen. Umso rätselhafter war es ihr, warum die Königin scheinbar davon ausging, er könnte die Dinge, die er tat, mit ihr teilen. Dass er derzeit jedoch offensichtlich mehr Freiheit in Sachen der Politik des Landes genoss, erfüllte sie mit Freude. Vielleicht würde die Welt nun etwas mehr begreifen, dass eine Lähmung der Beine umso unbedeutender war, wenn der Mensch, der damit lebte, es nicht war.

Lediglich über die Kampfkunst hatten sie gesprochen, und Alia dachte mit Wärme an den Nachmittag zurück, an dem er ihr das Schwert geführt hatte, obwohl sie zuvor den Tod so vieler Männer miterlebt hatte. Sie begriff plötzlich mit Erstaunen, dass eigentlich nahezu all ihre Gespräche mit dem Heermeister sehr persönlicher Natur gewesen waren, und dieser Umstand schien sich zu verstärken, je länger sie sich kannten ... und bei den Monden, sie vermisste es, ein Schwert zu führen.

Sie atmete tief ein und verstaute ihre getane Arbeit in ihrem Beutel. Sie entdeckte darin die geschwungene Flasche mit dem Saft der *alia*-Blüte und strich sanft über die Zeichnung des Heermeisters, die sie in einem Anflug von Wehmut mit Wachs darauf befestigt hatte. Schließlich nahm sie ihren leeren Teller und den Becher und schlich damit die Treppe hinunter. Logan und Edda schliefen bereits, und sie wollte lediglich das Geschirr in der Küche abstellen und dann selbst in ihr Bett gehen, als sie ein Geräusch an der Tür hörte. Ein Krachen, dann ein Stöhnen ... Alia erstarrte ängstlich am Fuße der Treppe. In diesem Moment schwang die Tür auf und der Heermeister strauchelte hinein.

Wenn sie die Fähigkeit gehabt hätte, noch mehr zu erstarren, sie hätte es getan, denn der Heermeister sah furchterregend aus. Sein Haar war offen und hing ihm ins Gesicht. Er hatte sich wieder gefangen, stand nun breitbeinig, stützte sich hart auf seine Stöcke und sein Mantel war zerfetzt. Sein Gesicht war vollkommen leer, sein Blick verwirrt und er hatte augenscheinlich Mühe, seine Augen auf sie zu richten, obwohl sie direkt vor ihm stand. Es gelang ihm schließlich, seinen Blick für einen Moment auf sie zu fokussieren, aber er schien sofort wieder zu flackern. Sein Hemd war blutdurchtränkt.

„Ihr seid verletzt!", rief Alia aus und wollte zu ihm treten, aber sie zwang sich, stehen zu bleiben, denn er hatte ihr nie erlaubt, ihn zu berühren, außerdem trug sie noch immer das Geschirr in ihrer Hand.

Seine Augen kamen nun doch in ihren zur Ruhe. „Ich war bei den Inschriften ... Jemand hat ein Schwert in meine Seite geführt ...", stammelte er, dann schwankte er leicht auf sie zu und flüsterte mit schmerzverzerrtem Gesicht: „Helft mir!"

Diese beiden Worte legten einen eisigen Griff um Alias Herz. „Bei den Inschriften?", flüsterte sie schockiert. „Warum seid Ihr dann nicht zum Lager der ersten Garde geritten? Warum kommt Ihr den langen Weg hierher? Ihr seid schwer verletzt, Heermeister!"

In diesem Moment ging ein wirres Lächeln über sein Gesicht, er schwankte wieder, schloss kurz die Augen, und sie wusste, er war der Ohnmacht nah, aber er fing sich wieder und sah sie fest an: „Niemand würde mich dort behandeln! Ich musste zu Euch kommen, Ihr seid meine einzige Chance ..."

Alia sah seinen Blick wieder von ihr abgleiten. Sie kannte diesen Blick. Es war dieselbe leere Verwirrtheit, die sie an ihm beobachtet hatte, wenn er in Kampfhandlungen verwickelt wurde, aber nun war nicht die Zeit, Gedanken darüber zu verlieren, und sie rief sich zur Besinnung. Er bat um ihre Hilfe! Er hatte sein Leben riskiert, um hierher zu kommen.

„Logan, Edda, kommt schnell, der Heermeister ...", rief sie, aber die beiden rannten bereits Schreckensrufe ausstoßend die Treppe hinunter. Logan war augenblicklich an des Heermeisters Seite, legte seinen Arm um seine Schulter und fuhr erschrocken zusammen, als der Heermeister vor Schmerz aufstöhnte und kurz zusammensackte.

„Danke!“, stieß der Heermeister dann heiser hervor.

Endlich begann auch Alias Verstand zu arbeiten. Edda schlug erschüttert die Hand vor ihren Mund, während Logan Alia ansah, als erwarte er Anweisungen von ihr.

„Logan, bringt den Heermeister in sein Zimmer, legt ihn hin und helft ihm, die Wunde freizulegen. Edda, bitte setzt Wasser auf, wenn es gekocht hat, bringt bitte den Topf und einige Tücher in das Zimmer des Heermeisters. Ich hole meine ...“, aber weiter sprach sie nicht, denn Logan war bereits an ihr vorbei, er trug den Heermeister nun nahezu, und Edda hatte ihr das Geschirr aus der Hand gerissen und war mit gehetztem Blick in der Küche verschwunden.

Alia rannte in ihr Zimmer, sammelte ihre Heilmittel ein, nahm den Beutel mit ihren Instrumenten und eilte dann erneut nach unten. Sie hatte nie das Zimmer des Heermeisters betreten und es verschlug ihr fast den Atem, seine schlichte Kammer zu sehen. Ein Schrank, ein Bett, ein kleiner Tisch, alles aus dem dunklen Nussholz, in dem das gesamte Haus gehalten war, aber die Wände waren über und über voll mit Zeichnungen.

Seine Zeichnungen! Landschaften, die Gesichter seiner Mutter und Schwester, seine Schwester als Kind, seine Schwester zu Pferde, Roan am Feuer, Ana mit einem Schwert, Ana und Evan Hand in Hand, Mino mit dem Blick in die Ferne, Gorin beim Schreiben, die Königin mit einem Strauß Blumen, Edda am Herd, Logan bei der Gartenarbeit ...

Alia traten Tränen in die Augen. Das war er! Das war der Heermeister, ein Künstler, der die Menschen, die ihn achteten, und all seine Liebe und Trauer in diese Zeichnungen legte, um sich mit ihnen zu umgeben. Es machte sie traurig zu wissen, dass es ihm verboten war, diese Gefühle in der Realität zu leben.

Sie rief sich umgehend zur Vernunft und sah nun, dass Logan dem Heermeister beim Entkleiden half. Sein Oberkörper war entblößt und von der rechten Seite seines Brustkorbes war wegen des

Blutes kaum etwas zu erkennen. Er saß auf seinem Bett, presste sein ohnehin durchtränktes Hemd auf die Wunde und hatte die Augen geschlossen. Er schien ruhig. Logan streifte seine Stiefel ab, hob seine Beine auf das Bett, und Alia sah den Heermeister nicht mal das Gesicht verziehen. Wie war das möglich? Eine solche Verletzung musste bei jeder auch noch so geringen Bewegung unendlich schmerzen!

Edda eilte herein und stellte den Topf mit dem Wasser auf das Tischchen neben dem Heermeister. Sie verschwand wieder und kehrte dann mit einigen Leinentüchern wieder, die sie ebenso bereitlegte. Alia sah, wie Logan dem Heermeister dabei half, sich hinzulegen und erneut zeigte er keinen Schmerz.

Dann sahen sowohl Logan als auch Edda sie an. Sie waren besorgt, sie ertrugen das Leiden des Heermeisters nicht, und Alia wusste, sie beide konnten ihr keine Hilfe sein. Zudem musste sie den Heermeister berühren und dafür bedurfte es eines Gespräches mit ihm, von dem sie nicht wusste, ob er es vor Edda und Logan führen mochte, und ebenso wenig wusste sie, ob sie selbst es wollte.

„Ich danke Euch! Ihr könnt gehen, ich werde sofort rufen, wenn ich Eure Hilfe brauche!“, sprach sie deshalb.

Logan verließ nickend den Raum. „Ich versorge die Stute des Heermeisters!“

„Ich koche noch mehr Wasser und stelle es in der Küche bereit, Heilerin!“, fügte Edda hinzu.

„Ich danke Euch, Edda!“

Die Haushälterin nickte und verließ dann mit einem letzten sorgenvollen Blick auf den Heermeister ebenfalls das Zimmer.

„Heermeister Dogul, könnt Ihr die Augen öffnen?“

Die Stimme der Heilerin pochte an sein Bewusstsein. Kian wollte den Ort, an den er sich mit ihm zurückgezogen hatte, nicht verlassen, denn dann kämen die Schmerzen zurück und sie brannten wie Feuer in seiner gesamten rechten Seite.

„Heermeister Dogul, Ihr müsst mit mir sprechen!“, bat sie nun leise und er verließ die Versenkung nur langsam tastend und widerstrebend.

Er öffnete die Augen und traf ihren Blick. Sie hatte sich über ihn gebeugt. Sie war ihm so nah. Beinahe hätte er gelächelt. Ihre grünen Augen ruhten voller Sorge in seinen. Das war nicht die gefasste Heilerin, die er kennengelernt hatte.

„Seht mich nicht so besorgt an, Heilerin, sonst glaube ich noch, dass ich tatsächlich schwer verletzt bin", sagte er und wunderte sich, wie schwach seine Stimme klang.

„Ihr *seid* schwer verletzt, Heermeister!", gab sie zurück.

„Ihr werdet mir helfen ..." Er bemerkte zu spät, dass er seinen Satz nicht beendet und wahrscheinlich ihre darauf folgenden Worte nicht gehört hatte, denn ihre Stimme klang plötzlich eindringlicher.

„Hört Ihr mich, Heermeister, ich werde Euch berühren müssen, wenn ich Euch helfen soll. Ich werde das ohne Eure Erlaubnis nicht tun!"

Kian griff nach seinem Verstand und zwang sich dazu, die Übung zu verlassen. Sofort überkam ihn die Glut des Schmerzes, aber er kämpfte darum, ihn zu ertragen. Sie war so unendlich freundlich und sie wusste so vieles über ihn ...

„Ich erlaube Euch, mich zu berühren!"

„Ich werde spüren ...", begann sie.

Kian legte seine linke Hand auf ihren Arm, die Bewegung war die reinste Qual, aber er wollte sie unterbrechen, er wollte, dass sie ihn anhörte. „Heilerin, bitte seid nicht besorgt! Es ist mir nicht mehr wichtig, etwas vor Euch zu verbergen. Nicht einmal vor mir selbst ..."

Er sah die Heilerin nicken ... Diese wunderschöne Frau ... Das Tuch, das sie stets um ihren Kopf wand, hatte eine andere Farbe ... Sie hatte ein neues Gewand ... Dann verschwamm ihr Bild wieder ... Aber er hatte ihr noch mehr zu sagen, er musste ihr noch etwas anderes mitteilen. „Ihr braucht mir kein Schmerzmittel zu geben!" Seine Stimme war rau.

„Natürlich muss ich das!" Sie sah ihn an, als wolle sie sich davon überzeugen, dass er noch ganz bei sich war.

„Tut es nicht! Ich führe eine geistige Übung durch! Ich werde keinen Schmerz fühlen!"

„Heermeister, das lasse ich nicht zu, Ihr seid zu schwach ..."

Erneut wollte Kian nach ihrem Arm greifen, bemerkte jetzt jedoch, dass er seine Hand nie von ihr gelöst hatte. Er lächelte über sich selbst und strich dann sanft ihren schlanken Arm empor ... Schmerzen ...

„Ich mache das bereits die ganze Zeit! Ihr braucht mir nichts geben ... Aber hört bitte nicht auf, mit mir zu sprechen ... ich brauche Eure Stimme, um meinen Verstand hier zu halten ..."

„Ihr habt auf dem ganzen Weg von den Findlingen hierher eine geistige Versenkung geübt?", fragte sie ungläubig ... Vielleicht war er wahnsinnig?

„Ja! Auf dem Weg von dort hat mich meine Stute in der Realität gehalten. Ich musste sie nach Hause führen ..." Kian wurde schwarz vor Augen, die Heilerin musste ihn gehen lassen, sonst würde er noch in diesem Augenblick aufgeben vor Schmerz.

Er hörte sie von Ferne sagen, sie werde ihn nicht betäuben. „Aber Ihr dürft Euch auf keinen Fall bewegen!"

Kian brachte gerade noch die Kraft auf, zu nicken.

„Über was soll ich zu Euch sprechen?"

Und bevor er sein Bewusstsein sicher verwahrte, flüsterte er: „Erzählt mir, was Ihr tut, erzählt mir ... warum meine Beine tot sind ..."

Er war nicht bei Sinnen, so zu ihr zu sprechen, aber das war einerlei ...

Alia sah ihn die Augen schließen und plötzlich waren ihre Tränen wieder da. Sie wollte nicht, dass er leiden musste, dass er Schmerzen hatte, verletzt war, nie! Und sie fühlte nur noch eines, den Wunsch, er solle leben und der wundervolle, kluge Mann sein können, der er war, voller Kraft, voller Stolz ...

Sie atmete tief durch und drängte ihre Gefühle zurück. Sie nahm sein mit Blut verschmutztes Hemd von seiner Brust und legte die Finger auf die Wunde, um ihre Größe und Tiefe spüren zu können. Sie tat es ohne auch nur einen einzigen Gedanken an sein Band, denn sie wusste doch so sicher von seiner Existenz ... aber sie erstarrte in ihrer Berührung. Sie spürte kein Band!

In diesem Moment erschienen augenblicklich die Männer, die sie nun schon so lange pflegte, vor ihrem inneren Auge. Ihr Schrecken, als sie zum ersten Mal gespürt hatte, dass sie das Band nicht hatten, war plötzlich mit einer derartigen Übermacht gegenwärtig, dass sie um Luft ringen musste. Lebendige Tote! Aber der Heermeister war nicht wie sie, das konnte einfach nicht sein!

Alia versuchte ruhiger zu atmen. Sie legte die andere Hand an seine Schläfe, und was sie dort fühlte, verstörte sie womöglich noch mehr, denn dort konnte sie es spüren. Die Gabe zeigte ihr sein Band, das sich aus seinem Körper zurückgezogen hatte. Das war es, was seine geistige Übung zu tun vermochte. Er nahm sein Band, führte es an einen sicheren Ort in seinem Gehirn, und dieser Ort war identisch mit dem, der bei ihren Patienten im Palast so vollkommen zerstört war. Das war die Gabe des Heermeisters. Er hatte vollständige Kontrolle über den Verlauf seines Bandes, aber er schien es nicht einmal zu wissen. Er wusste, dass seine geistige Übung wirksam war, denn sie nahm ihm tatsächlich den Schmerz, aber er ahnte nicht, was er damit eigentlich tat.

Er hatte sie gebeten, zu ihm zu sprechen, während er sich versenkte, aber ihm jetzt von seinen Fähigkeiten zu erzählen, erschien ihr unmöglich. *„Es ist mir nicht mehr wichtig, etwas vor Euch zu verbergen. Nicht einmal vor mir selbst!“*, hatte er noch vor wenigen Minuten zu ihr gesagt, und Alia hatte sein Vertrauen mit so viel Glück entgegengenommen, aber für ein Gespräch über dieses Thema brauchte es seinen wachen und ungeschwächten Verstand.

Alia vergewisserte sich schnell, dass sein Band gefestigt und sicher war. Sein Atem ging ruhig, als würde er schlafen. Er würde leben! Erleichtert räusperte sie sich, begann mit ihrer Arbeit und beschrieb ihm, was sie tat:

„Der Schwerthieb hat eine Eurer Rippen getroffen, deshalb konnte er nicht zu Eurem Atemorgan durchdringen. Das ist ein großes Glück. Leider ist Eure Rippe dabei gebrochen, sie ist gesplittert. Ich versuche, die Splitter zu entfernen.“

Alia wusch seinen Körper, sie wusch die Wunde aus, die zu ihrer Beruhigung nun weniger blutete, da der Heermeister sich nicht mehr bewegte. Sie hatte noch ein letztes Eisenfarnblatt, das sie an dem Tag geerntet hatte, als sie den Heermeister zum ersten Mal traf, und mit diesem brachte sie die Blutung vollkommen zum Stillstand.

Wie fremd war er ihr damals erschienen und wie beängstigend, Gefühle, die sie schon so lange nicht mehr für ihn gehegt hatte. Und sie konnte die Gefühle, die sie jetzt für ihn empfand, kaum noch mit dem Bild vereinbaren, das sie damals von ihm hatte. Er machte es niemandem leicht, ihn kennenzulernen, er hielt sich immer abseits und verschloss sich vor den Menschen. Es war sein Schutz, seine Art sein Selbstbewusstsein zu wahren, niemand sollte sein Selbst sehen, denn so war er weniger verletzlich, aber *sie* hatte er durch seine Mauern hindurch gelassen.

„Ich nähe einen der großen Blutwege, die das Schwert nahezu durchtrennt hat, danach werde ich die Splitter besser finden können."

Sie nahm ihre Pinzette, schloss die Augen und ließ sich von der Gabe führen. Wäre es ihr eines Tages möglich, ihm diese Gabe verständlich zu machen? Sie wusste keine Antwort auf die Frage, warum sie die Dinge konnte, die die Gabe ihr ermöglichte, denn dafür bräuchte sie eine Antwort darauf, was eigentlich sie war. Mit unfassbarer Trauer begriff sie, dass sie dem Heermeister ihre Fähigkeiten nur oberflächlich erklären durfte. Sie würde ihm nie zeigen können, was sie war. Er würde nie ihre spitzen, beweglichen Ohren sehen, nicht ihren Rücken ... Bei den Monden, sie wagte es nicht einmal zu denken.

„Die Splitter sind entfernt. Ich werde versuchen, Eure Rippe so zu richten, dass sie erneut zusammenwachsen kann."

Diese Arbeit erschien ihr zu brutal, um sie in ihren Worten zu umschreiben, denn sie würde sich auf ihn lehnen müssen, um mit einem Ruck die Knochenenden in ihre ursprüngliche Position zu bringen. Sie dachte mit Unbehagen daran, dass der Heermeister nicht sediert war, denn die Schmerzen, die sie jetzt auslösen würde, waren unbeschreiblich. Aber dieser Mann zuckte nicht einmal. Alia fand nicht eine einzige Regung an ihm.

Sie musste ihn irgendwann in das Jetzt zurückholen, dachte sie nun. Wenn sie ihre Arbeit beendet hatte, würde sie ihn bitten müssen, sein Bewusstsein freizulassen, denn nur so konnte sie überprüfen, was sein Band ihr über die Wirksamkeit ihrer Behandlung berichten konnte. Und nur so konnte sie ihm etwas über die Lähmung seiner Beine sagen.

„Ich füge eine Paste in Eure Wunde ein, die zumindest das Gewebe in ihr und um sie herum gefühllos machen wird. Dann könnt Ihr später ohne Schmerzen schlafen."

Sie vergewisserte sich, dass der Knochen in der richtigen Position war, und begann dann, die Wunde zu nähen. Sie setzte ihre Stiche eng, benutzte nur einen Faden, sodass er leicht zu entfernen wäre, wenn die Heilung eingetreten war. Sie rechnete nicht damit, dies selbst zu tun, denn der Heermeister würde sicher nicht länger als unbedingt nötig von seinen Truppen fernbleiben wollen. Er sollte in der Lage sein, den Faden selbst herauszuziehen, da er nicht auf die Hilfe eines Heilers hoffen konnte. Mit Wut dachte sie daran, dass ein Heiler, der Heilung verwehrte, in ihren Augen nicht nur kein Heiler, sondern auch kein Mensch war.

„Eure Wunde ist genäht, Heermeister Dogul. Ihr könnt jetzt zurückkommen, dann könnt Ihr mir dabei helfen, Euch zu verbinden."

Alia sah in sein Gesicht, in dem noch immer keine Regung stattfand. Sie ließ ihren Blick über seinen freien Oberkörper wandern, über jeden einzelnen Muskel und nahm seine Schönheit in sich auf. Ihr war nie so deutlich aufgefallen, dass seine Haut von einer solch bronzenen Farbe war, so viel dunkler als die ihre. Deshalb strahlte das Blau seiner Augen so sehr aus seinem Gesicht hervor. Sie berührte sanft seinen Oberarm und flüsterte in einem Moment der Nachdenklichkeit seinen Namen. Seinen Vornamen, denn dieser Augenblick schien so sehr ihr selbst zu gehören.

„*Kian*", flüsterte es in der Nähe seines Bewusstseins. Er wartete auf die Schmerzen, aber sie kamen nicht. Stattdessen strich etwas sanft seinen Arm empor, unbeschreiblich sanft ... Wie lange hatte ihn niemand mehr auf eine solche Art berührt? Er ließ die Augen geschlossen, aber ein Lächeln entstand auf seinem Gesicht.

„Habt Ihr meinen Namen genannt, Heilerin?", flüsterte er.

Er entließ seine Körperempfindungen nun noch weiter und stellte beruhigt fest, dass der Schmerz tatsächlich fort war. Hatte sie ihm nicht gesagt, sie hätte ein Betäubungsmittel in seine Wunde eingebracht? Er erinnerte sich dunkel. Was hatte sie noch gesprochen? Hatte sie seine Beine erwähnt? Bei den Monden, er hatte sie aufgefordert, darüber zu sprechen ... Aber die alte Scham kehrte nicht zurück bei diesem Gedanken, nicht in ihrer Gegenwart! Hatte sie ihn wirklich bei seinem Vornamen genannt? Hatte er sie tatsächlich eben danach gefragt? Er musste nicht bei sich gewesen sein, diese Frage zu stellen, dachte er verärgert und öffnete die Augen, um das Schweigen zu sehen, das sie jetzt aufrechterhielt. Sein Blick fokussierte sich langsam auf ihr Gesicht.

„Es tut mir leid, Heermeister, ich ..."

„Schsch...", flüsterte er mühsam. „Nicht, Heilerin! Mein Name klang sehr schön aus Eurem Mund. Ich danke Euch!"

Er sah, wie sich ihre Wangen röteten, aber sie sprach schnell weiter: „Wie geht es Euch?"

„Ich lebe noch und das verdanke ich Euch!"

„Ihr habt sehr viel Blut verloren. Ihr werdet Euch noch eine Weile schwach fühlen!"

„Das ist nicht wichtig!", entgegnete er, hob den Kopf leicht an und sah auf seine Brust hinab.

„Ich habe eine einfache Naht gemacht, Heermeister! So werdet Ihr nicht auf fremde Hilfe angewiesen sein, wenn Ihr den Faden nach einer Woche herausnehmen könnt. Seht Ihr dieses lose Ende hier? Ihr könnt den Faden mit einer Bewegung herausziehen!"

Kian sah sie einen Moment an. Sie wusste sehr genau, wie sein Leben verlief. Sie wusste, niemand würde ihm helfen. „Ich danke Euch!", sagte er noch einmal, ließ den Kopf nach hinten sinken und spürte dem dumpfen Pochen nach, das sich dort eingenistet hatte.

Die Heilerin legte eine Hand an seine verletzte Seite. Sie sah über ihn hinweg und schien sehr konzentriert. Sie übte ihre Fähigkeiten aus, wurde es Kian nun deutlich bewusst. Sie spürte in ihn hinein, und dieser Moment hätte gespenstisch sein können, wenn er ihr nicht so sehr vertraut hätte.

„Wenn ich Euch danach frage, was Ihr jetzt spürt, werdet Ihr es mir sagen?“, fragte er und der Atem schien ihm während seiner Worte auszugehen.

„Ich werde es Euch sagen“, antwortete sie leise und doch mit fester Stimme, sah ihn dabei jedoch besorgt an, als fürchtete sie, zu weit zu gehen.

Kian atmete mühsam durch und dann stellte er die eine Frage, die sein ganzes Leben bestimmt hatte. Er konnte selbst kaum glauben, dass er es tat, und woher er den Mut dafür nahm, aber er wollte es wissen und er wollte die Antwort von nur einem einzigen Menschen auf dieser Welt hören, von ihr, der Frau, die heute Nacht sein Leben gerettet hatte: „Habe ich das Band?“

Kian sah die Heilerin mit einem sicheren Lächeln nicken und kämpfte nur mühsam seine Tränen nieder.

„Natürlich habt Ihr das Band, Heermeister Dogul!“, sagte sie nun und sah ihm dabei tief in die Augen, so als versuche sie herauszufinden, ob er imstande war, noch mehr zu hören.

Kian wusste ihren Blick nicht recht zu deuten. „Ist es ... ich meine, erscheint es Euch ...“

„Heermeister, bitte hört auf zu zweifeln. Euer Band ist sehr stark! Ich spüre, dass Euch diese Wunde schon in einer Woche nicht mehr oft stören wird. Ich spüre, dass Ihr Euer Leben wieder so führen werdet, wie Ihr es wünscht. Eure Verletzung wird heilen!“

Kian schloss die Augen. Die Tränen wollten nicht fortgehen und er wollte diesen Moment für sich.

„Wollt Ihr wissen, warum Ihr Eure Beine nicht spürt?“, fragte die Heilerin nun vorsichtig.

Kian nickte lediglich in die Dunkelheit hinter seinen Lidern und spürte, wie die Heilerin an seiner Taille vorbei unter ihn griff und eine Stelle etwas oberhalb seines Gesäßes berührte.

„An dieser Stelle ist ein Knochen der Säule in Eurem Rücken gebrochen und hat sich verschoben. Dadurch ist der Weg von Eurem Gehirn zu Euren Beinen abgeklemmt!“

„Ich bin sehr tief gestürzt!“, fügte Kian ein.

„Ich weiß, Heermeister“, sagte sie sehr leise und sprach dann weiter, als wolle sie ihre Worte überdecken: „Das Band folgt diesem Weg, aber die Verletzung Eurer Säule lässt es etwa hier enden!" Nun berührte sie eine Stelle im oberen Bereich seines Oberschenkels, die er kaum noch spüren konnte.

Woher konnte sie von seinem Unfall wissen? Er selbst hatte ihn gewiss nicht erwähnt und er war sich sicher, dass auch seine Soldaten niemals darüber sprachen. Woher also?

„Das Band endet dort?", stellte er jetzt jedoch die Frage, die ihm am meisten am Herzen lag. „Dann ist es wahr, und die Inzani haben kein Band!"

„Nein, es ist nicht wahr! In Eurem Fall hat eine Verletzung das Band an dieser Stelle zerstört, aber andere Menschen, die Ihr Inzani nennt, haben vollkommen andere körperliche Einschränkungen, die nicht das Geringste mit ihrem Band zu tun haben!"

Kian schlug die Augen auf und lächelte. „Ihr seid wütend!", kommentierte er und es war ihm eine Wohltat, sie so aufgebracht zu erleben, sagte es ihm doch erneut, dass auch sie die Ungerechtigkeit des Inzani-Gesetzes sehen konnte.

„Ja! Und Ihr habt großes Glück!"

„Großes Glück, dass mich meine Beine zumindest ein wenig tragen!", erwiderte er und sah sie den Kopf schütteln.

„Nein, großes Glück, dass Ihr überlebt habt!"

Er runzelte die Stirn. „Wie meint Ihr das?"

„Ein Heiler nimmt bei einer solchen Verletzung einen Schnitt vor, um die Flüssigkeit, die sich dort staut, zu entfernen und die Knochen der Säule zu richten, damit der Weg möglicherweise wieder frei wird. Bei Euch hat niemand diesen Schnitt gemacht!"

„Nein, denn jeder mit einer solchen Verletzung hofft auf den Tod anstelle eines Lebens als Inzani", erwiderte Kian müde und betrachtete die Heilerin, deren Anblick ihm schon so lange so viel bedeutete.

„Habt Ihr auf den Tod gehofft?", fragte sie leise.

„Seit einigen Jahren nicht mehr", antwortete er ehrlich und sah sie nicken.

Einen Moment schwiegen sie gemeinsam, dann jedoch begann sie zurückhaltend: „Ihr habt noch andere Verletzungen, Heermeister!"

„Andere Verletzungen?"

„Ja, hier!" Diesmal berührte sie ihn nicht, sondern zeigte lediglich von der Seite auf seine Kniekehlen.

Natürlich, denn ihre Berührung hätte er nicht wahrnehmen können, das wusste sie, und Kian lief nahezu das Herz über bei diesem Gedanken. Er hatte nie zu hoffen gewagt, dass es einmal einen Menschen in seinem Leben geben würde, der so viel über seinen Körper wissen würde und ihm dennoch begegnete, als sei er kein Inzani.

Kian nickte und sah an ihr vorbei. „Ich trage Schienen an den Beinen, damit sie beim Gehen stabiler sind. Evan hat sie für mich erdacht und geschmiedet!"

„Ihr trugt sie nicht, als wir im Palast ankamen, deswegen war Euer Gang derart unsicher!", bemerkte sie und schien nun erst tatsächlich sein Straucheln zu begreifen.

Er wandte sich ihr wieder zu und nickte kurz. „Wenn sie straff gebunden sind, halten sie meine Beine gerade. Ich lockere sie, wenn ich reite, aber es ist mir mit ihnen nicht möglich, vor dem König zu knien!", erklärte er und beobachtete ihre Reaktion, die lediglich ein wissendes Nicken war.

Das alles irritierte sie wirklich nicht, wurde es ihm nun bewusst und die Erleichterung darüber ließ ihn lächeln. „Die Haltebänderung scheuert leider, und diese Stellen sind immer wund!", fügte er hinzu.

„Nehmt diese Schienen ab, Heermeister! Ich helfe Euch! Ich reibe eine Heilpaste hinein. Ihr müsst ohnehin zwei Tage liegen, das sollte reichen, diese Wunden zu schließen!"

Kian war sich nicht sicher, ob er ihre Hilfe ertragen konnte, aber sie tat gar nicht viel. Sie ließ ihn alles langsam allein tun, soweit er es zuwege brachte, geschwächt, wie er war, und griff nur ein, wenn er selbst aufgeben musste. Sie beschämte ihn nicht, und dieses Gefühl war vollkommen neu für ihn.

Er hatte sich nie seiner Beinschienen vor den Augen eines anderen Menschen entledigt. Nicht einmal vor Miri, die er stets gebeten hatte, ihn einen Moment allein zu lassen, bevor sie zu ihm unter die Decken gekrochen war. Aber mit der Heilerin schien ihm plötzlich alles einfach, und die Scham über seinen Körper blieb erneut aus.

Sie behandelte seine Kniekehlen mit einer Heilpaste, die sie auch auf ihre frische Naht auftrug, legte einen Verband um seinen Oberkörper an und half ihm dann sich wieder nach hinten zu legen. „Schlaft jetzt, Heermeister!"

Er sah sie einen Moment voller Wärme an und spürte die tiefe Müdigkeit, die ihn bereits nahezu übermannte. „Ich wünschte, Ihr würdet öfter meinen Vornamen benutzen. Könnt Ihr das?"

Sie schwieg verlegen.

„Ich bitte Euch darum! Aber ich weiß nicht mehr, wie ich Euch nennen soll, Heilerin. Ich kann Euch nicht Alienne nennen, denn Ihr seid mir keine Fremde mehr!"

„So nennen mich die Jidari, aber es ist nicht mein richtiger Name!"

„Wie ist Euer richtiger Name?", fragte Kian und sah sie zum ersten Mal in dieser Nacht den Kopf senken.

„Alia", antwortete sie leise.

Kian lächelte, als ihm die Augen zufielen: „Das passt zu Euch! Ihr gebt Glück ..."

Kapitel 26

Alia betrachtete den Heermeister und ließ wieder und wieder ihren Blick über seine Zeichnungen schweifen. Sie hatte den Rest der Nacht an seiner Seite gewacht, atmete nun durch und hörte den Vögeln bei ihrem morgendlichen Gesang zu.

Wie war es nur möglich gewesen, dass er so schwer verletzt wurde? Und warum war es ausgerechnet bei den Findlingen zu einem Kampf gekommen? Es schien ja nahezu, als sei er dort allein gewesen. Er musste überrascht worden sein, denn Alia hatte ihn kämpfen sehen, ihn und seine Soldaten. Es war nicht leicht an ihn heranzukommen, um ihn derart zu verwunden!

Plötzlich erinnerte sie sich wieder an seine Stimme, die zu ihr bei den Findlingen in der Alten Sprache gesprochen hatte. Sie hatte, obwohl die Zeit knapp gewesen war, in der Jidari-Enklave selbst versucht, die Worte der alten Schriften laut zu lesen. Sie wusste genau, wie sie gesprochen werden sollten, aber ihr Klang erschien ihr dennoch falsch, denn es war nicht er, der sie sprach. Seine Stimme war ihr der Klang der Alten Sprache geworden, und das war es gewesen, das sie zu ihm hingezogen hatte, noch bevor sie ihn wirklich kannte.

Sie packte langsam ihre Heilbeutel und spürte ein letztes Mal nach seinem Band. Es war jetzt bereits stärker als in der Nacht, und dennoch bemerkte sie, dass es durch die geistige Übung, in die er sich so lang versetzt hatte, auf eine Art ermüdet wirkte, die sie noch nie zuvor bei einem Menschen erlebt hatte. Seine Fähigkeit schien einen Preis zu haben, der ihn zwar nicht dem Tod näher brachte, aber er konnte sie nicht unendlich ausweiten.

Seine Gabe war dennoch erstaunlich. Sie ähnelte so oft einer Waffe, konnte sie doch die Menschen in seiner Umgebung auf verschiedene Weise beeinflussen, und in der letzten Nacht hatte sie ihn vor dem Tod bewahrt, darin bestand kein Zweifel. Alia war sich sicher, dass ein derart großer Blutverlust jeden anderen Mann getötet hätte, aber der Heermeister lebte, weil er in der Lage gewesen war, sein Band durch seinen Willen zu schützen. Eine mächtige Gabe und doch eine, die ihn schwächte und verwirrt zurückließ.

Sie erhob sich leise. Der Heermeister würde vermutlich noch einige Stunden schlafen, und sie musste sich schnellstmöglich zu den Männern im Krankentrakt begeben. Tana würde sie bereits vermissen. Alia hatte Edda vor einiger Zeit schon in der Küche gehört. Sie wollte schnell noch zu ihr gehen, ihr von der letzten Nacht berichten, ihr die Sorge um den Heermeister nehmen und ein paar Instruktionen geben, wie sie ihn in Alias Abwesenheit behandeln solle. In diesem Moment jedoch öffnete er seine Augen, die sich sofort in ihre senkten.

Er strich sich mit einer Hand über die Stirn und verzog leicht das Gesicht. Sicher, er würde wieder Schmerzen haben, denn das Mittel, das sie in seiner Wunde verteilt hatte, hatte längst seine Wirkung verloren.

„Habt *Ihr* große Schmerzen?“, fragte Alia, setzte sich erneut neben ihn und beobachtete seinen Blick.

Er lächelte müde. „Nein, aber die Bewegung eben war nicht gut“, sprach er leise.

„Nun, dann bewegt Euch nicht!“

„Zu Befehl!“, flüsterte er und schloss erneut die Augen.

Alia bemerkte den spielerischen Unterton in seiner Stimme und lächelte. Seine Worte beschämten sie nicht. „Ich gehe zu den Patienten im Palast, Heermeister, aber ich verspreche, früh wieder hier zu sein, um nach Euch zu sehen! Ihr solltet noch etwas schlafen!“

Er nickte, blinzelte dann und sah sie noch einmal lächelnd an. „Ich werde nicht weglaufen!“, gab er zurück.

Alia wusste sehr genau, dass er mit seiner gebrochenen Rippe überhaupt nicht in der Lage war zu laufen, denn dafür benötigte er die Kraft seiner Arme. Trotzdem lachte sie leise, erleichtert, dass es ihm bereits wieder so gut zu gehen schien, dass er scherzte. Als er ihr Lachen hörte, ging erneut ein Lächeln über sein Gesicht, dann jedoch schien er zurück in den Schlaf zu finden.

Sie erhob sich, verließ den Raum und konnte nicht fassen, wie viel Nähe sie zwischen sich in der letzten Nacht zugelassen hatten. Sie hatte seine Geheimnisse geteilt. Sie hatte ihn seines Bandes versichern können, was ihm vermutlich mehr bedeutet hatte, als er es sie sehen ließ, und Alia hatte nur staunend neben ihm sitzen und seinen Worten über sie lauschen können. Sie sei ihm keine Fremde mehr und dann dieses Unfassbare ... *„Ihr gebt Glück!“*, hatte er gesagt, bevor ihm die Augen zugefallen waren. Auch wenn er diese Worte im Zustand größter Schwäche hervor gebracht hatte, so waren sie doch gesagt, und es konnte für Alia unmöglich ein schöneres Kompliment geben als das ...

Nie zuvor hatte sie ihrer Gabe in Gegenwart eines anderen Menschen Worte verliehen. Die Jidari-Schwestern hatten es ihr strengstens untersagt, und sie selbst hatte es sich mit noch größerer Strenge verboten. Sie hatte sich immer dafür geschämt. Sie hatte in ihrer Gabe immer den Ausdruck ihrer Fremdartigkeit gesehen, aber letzte Nacht war das alles nicht wichtig gewesen. Sie wollte, dass er wusste, was ihre Gabe war. Sie wollte ein einziges Mal in ihrem Leben teilen, was sie über den Körper der Menschen herauszufinden imstande war. Sie wollte es mit ihm teilen und es war das Wissen über seinen Körper, das sie teilen wollte, denn es konnte ihn freier machen. Und sie ebenso.

Kian erwachte langsam aus einem bleiernen Schlaf und spürte, dass jemand seine Hand hielt. Die Hand der Heilerin hatte er während der letzten Nacht sehr oft gespürt und ihre Berührungen hatten sich so zart angefühlt, fast so, als seien sie in Zärtlichkeit gegeben. Jetzt jedoch spürte er eine große Kraft. Das konnte unmöglich die Heilerin sein. Er öffnete die Augen und sah stattdessen in Roans Gesicht. Bei den Monden, sein Freund sah schrecklich aus. Er war von nahezu grauer Gesichtsfarbe und seine Augen ruhten von Sorge gehetzt auf ihm.

„Kian!“, flüsterte er und seine Augen füllten sich augenblicklich mit Tränen, die nicht die ersten zu sein schienen, die er heute vergossen hatte.

„Roan, so beruhige dich doch! Lass bitte deine Tränen versiegen!“, stammelte Kian bestürzt, drückte Roans Hand und sah seinen Freund nicken.

„Ich bin ein sentimentaler alter Bock! Entschuldige!“, räusperte dieser sich, ließ einige Momente verstreichen und sah ihn dann fest an. „Die Heilerin hat dir das Leben gerettet, sagt Edda!“

Kian nickte lediglich und war sich plötzlich der Wahrheit in diesen Worten sehr bewusst. Sie hatte ihn gerettet, und auf mehr als eine Art. Er verdankte ihr sein Leben und das Wissen darüber, was ihn von anderen unterschied. Sie hatte ihm Worte dafür gegeben und diese standen nun hell seinem früheren stummen Zweifel entgegen. Dieses Wissen war eine unsagbare Wohltat und jeder Schmerz, den er jetzt empfand, wurde dadurch aufgewogen.

„Woher weißt du, dass ich verletzt wurde?“, dämmerte Kian nun plötzlich die sonderbare Anwesenheit Roans.

„Heermeister, du kannst nicht ernsthaft glauben, dass du auf des Königs Territorium ungesehen blutüberströmt durch die Steppe reiten kannst, als seien sämtliche bösen Mächte persönlich hinter dir her!“, polterte Roan jetzt, und Kian spürte sehr deutlich, dass sein Freund damit seine Betroffenheit überspielen wollte. „Unterschätzt du die Fähigkeiten deiner eigenen Späher so sehr?“

Kian schüttelte lediglich den Kopf. Bei den Monden, sein Kopf schmerzte stärker als seine verletzte Seite, bemerkte er jetzt. Er hatte keinerlei Erinnerung an seinen Ritt in der letzten Nacht und es war ihm nicht einmal in den Sinn gekommen, dass ihn jemand gesehen haben könnte.

„Was ist geschehen, Kian?“, fragte Roan dann leise und legte voller Sorge seine Stirn in Falten.

Kian versuchte sich ein wenig aufzusetzen. Sofort schien der Schmerz in seinem Kopf zu explodieren, und er schloss für einen Moment die Augen. „Nachdem wir zusammengegessen hatten, bin ich hinaus zu den beschriebenen Findlingen geritten.“

„Allein?“, fuhr Roan ihn an.

„Natürlich allein, Roan! Du weißt, dass ich das tue, sobald sich die Gelegenheit bietet!", wies er Roan in die Schranken.

War es ihm nicht erlaubt, etwas allein zu seinem Vergnügen zu tun? Roan mochte älter sein als er, aber er musste sich nicht wie der Vater gebärden, den Kian nicht hatte. Er war kein Kind mehr, und Roans Verhalten verärgerte ihn, auch wenn er wusste, wie besorgt sein Freund um ihn war. Er wusste auch, wie berechtigt Roans Sorge war, jetzt, wo er von einem Schwert zerstochen in seinem Haus lag. Bei all den Kämpfen, die sie zusammen erlebt hatten – und es waren so viele gewesen, dass er sie nicht zählen konnte –, dies war nie geschehen. Kian war nie verletzt worden.

„Entschuldige, Kian, meine Nerven liegen blank, ich weiß das!", lenkte Roan augenblicklich ein und drückte noch einmal Kians Hand. „Du siehst furchtbar aus, mein Freund, und ich kann nur schwer ertragen zu wissen, dass du dein Leben in der letzten Nacht beinahe verloren hättest. Und niemand von uns war bei dir, um dich zu schützen!"

„Roan!" Kian sah seinen Freund eindringlich an. „Du bist nicht für mich verantwortlich! Und gestern Nacht habe ich allein versagt und niemand sonst. Ich war so versunken in diese Inschriften, dass ich den Angreifer zu spät bemerkte. Ich hatte keine Zeit mehr, seinen Schwerthieb abzuwehren!"

„Wie tief hat er dich verletzt?"

„Ich konnte mein eigenes Schwert ziehen und dabei habe ich ihm lediglich meine Seite dargeboten. Er konnte seinen Angriff nicht zu Ende führen!"

„Hast du ihn getötet?"

Kian nickte und sah auch Roans kurzes Nicken, so als hätte sein Freund nichts anderes von ihm erwartet, als dass er diesen Mann getötet hatte. Roan konnte nicht wissen, wie knapp er dieser Situation entkommen war, und er strafte sich in Gedanken dafür, dass er einen Angreifer derart nah an sich hatte herankommen lassen. Er war abgelenkt gewesen, und das durfte ihm nicht noch einmal passieren.

„Mino hat seine Männer in Alarmbereitschaft versetzt. Ich schicke ihn umgehend zu den Findlingen. Wir brauchen Gewissheit über den Tod und die Identität dieses Mannes!"

Es war gut, Roan wieder auf diese Weise sprechen zu hören. Sein erster Offizier war ein Mann der Tat, das war seine Stärke und nicht weinend hier an seinem Bett zu sitzen.

„Hast du eine Vorstellung davon, wer er gewesen sein könnte?“

„Nein, ich habe ihn nicht einmal gesehen. Vielleicht erinnere ich mich auch nicht richtig. Als ich mein Blut sah, hatte ich nur ein Ziel ...“

„Hierher zu kommen!“, beendete Roan seinen Satz.

Kian nickte und wandte sich ab. „Ich konnte nirgendwo anders hin!“

„Ich weiß das und es macht mich wütend! Es macht mich wütend, hörst du! Bei den Monden, der Weg hierher ist weit, Kian, und die Vorstellung, du hättest es vielleicht nicht geschafft ...“

„Hör auf, Roan! Ich lebe!“, unterbrach er ihn, denn er konnte die Verzweiflung in Roans Stimme kaum ertragen.

Einen Moment schwiegen sie zusammen, dann atmete Roan laut durch, betrachtete Kian von oben bis unten und nickte. „Erinnere mich daran, dass ich der Heilerin bei unserer nächsten Reise unseren gesamten Fleischvorrat zu essen gebe, und wir anderen werden uns mit ihrem Gemüse begnügen.“

„Ich erinnere dich!“, lachte Kian. „Und ich werde weitere Tiere erlegen, allein für sie!“

Roan nickte grinsend, wurde jedoch schnell wieder ernst. „Das war ein Attentat, Kian.“

„Ich weiß.“

Alia schlüpfte ins Haus und zog schnell ihren Umhang aus. Ihr Tag war im selben Einerlei wie jeder andere vergangen und sie hatte Tana gebeten, die Männer allein zu Bett zu bringen. Sie hatte jedoch kein Wort über die Verletzung des Heermeisters verloren, sondern lediglich gesagt, sie hätte noch etwas zu tun. Sie wusste nicht, ob der derzeitige Zustand des Heermeisters nicht vielleicht ein militärisches Geheimnis darstellte. Tana jedenfalls hatte sie gut gelaunt fortgeschickt und ihr dabei berichtet, dass es ihrer Enkeltochter bereits wieder so gut ging, dass sie sie gestern Abend dabei erwischt hatte, wie sie Kekse aus der Kammer für ihre Spielkameraden klauen wollte.

Jetzt kam Edda ihr entgegen, und Alia bemerkte sofort, dass die Anspannung aus ihrem Gesicht gewichen war. Der Heermeister schien demnach auf dem Wege der Besserung, aber nichts anderes hatte Alia erwartet.

„Ihr seid eine Wundertäterin!", seufzte Edda nun und strahlte sie an.

„Nein, Edda!", schüttelte sie lächelnd den Kopf.

„Natürlich seid Ihr das! Der Heermeister hat bis zum späten Nachmittag geschlafen und seither drei Teller mit Brühe gegessen. Ich gab ihm auch zu trinken, wie Ihr es angeordnet hattet. Wenn er nicht noch Schmerzen hätte, so würde ich denken, er sei bereits wieder vollkommen genesen. Das ist allein Euer Werk, Heilerin!", bekräftigte Edda noch einmal und schob sie dann in Richtung des Zimmers ihres Herren. „Aber nun hinein mit Euch und seht selbst! Ich bringe dann später die Abendmahlzeit!"

„Danke, Edda!" Alia sah die Haushälterin nicken und wollte sich bereits von ihr abwenden, dann jedoch hielt sie inne und sagte: „Wenn ich eine Wundertäterin bin, so seid Ihr eine gute Fee!"

Edda winkte lachend ab, verschwand in der Küche, und Alia klopfte noch immer vor sich hin lächelnd an die Tür des Heermeisters. Diese wurde ihr von innen geöffnet und Logan trat ihr entgegen.

„Herein mit Euch, Heilerin! Meine Botschaft ist überbracht!", verkündete er aufgeräumt und ging an ihr vorbei aus dem Zimmer heraus.

Sie runzelte die Stirn und betrachtete den Heermeister, der an ein Kissen gestützt in seinem Bett saß und ihr mit seinen blauen Augen entgegensah. Er hatte sich ein Hemd übergezogen, bemerkte sie mit einer merkwürdigen Erleichterung, und trat näher.

„Botschaft?", fragte sie, da sie Logans Worte in keinen Zusammenhang bringen konnte.

Er nickte, und Alia bemerkte, dass seine Gesichtszüge noch immer müde wirkten, ansonsten erschien er ihr jedoch um einiges wohler als noch heute Morgen.

„Roan war am Nachmittag hier, und er ließ mir vorhin noch etwas durch einen Boten übermitteln."

Alia nickte lediglich. Sie wollte die Wunde des Heermeisters untersuchen und neu verbinden, aber plötzlich erschien es ihr sehr intim, ihn zu berühren, und das hatte nicht das Geringste mit ihrer Gabe zu tun.

„Setzt Euch!", bot ihr der Heermeister nun an.

Alia tat wie ihr geheißen, stellte ihren Heilbeutel ab und darauf entstand eine Stille, die sie nur damit füllten, sich in die Augen zu sehen.

„Wie fühlt Ihr Euch?", fragte Alia in das Schweigen.

Der Heermeister bewegte leicht den Kopf, als hätte er nicht vor, ihr auf diese Frage zu antworten. „Ich finde nicht die Worte, Euch zu danken!", sprach er dann sanft.

„Ihr braucht mir nicht dafür zu danken, dass ich meinen Beruf ausgeübt habe, Heermeister Dogul!"

„Das habe ich auch nicht gemeint", erwiderte er lächelnd. „Aber jetzt wo Ihr mich erinnert, muss ich Euch auch *dafür* danken. Das hätte kein anderer getan!"

„Und das ist eine Schande!", erzürnte sie sich nun. „Und jetzt sagt mir nicht, so sei das Gesetz! Dieses Gesetz kümmert mich nicht, denn es ist falsch!"

Kian hörte ihre Worte. Er hatte sie nie so wütend gesehen, nein, er erinnerte sich nicht einmal, sie überhaupt jemals derart emotional erlebt zu haben. Sie hatte sich sehr verändert. Was war es, das sie jetzt zum zweiten Mal so persönlich auf das Inzani-Gesetz reagieren ließ? Bei den Monden, sie konnte ihn ja kaum noch ansehen in ihrem Zorn.

„Und jetzt lasst mich bitte nach Eurer Wunde sehen, sonst rede ich mich noch mehr in Rage!", setzte sie hinzu.

Kian konnte nicht anders, als über sie zu lächeln. Er hasste dieses Thema und doch brachte sie ihn nun dazu, darüber zu lächeln. Es war fast, als könne ihm das Inzani-Gesetz nichts mehr anhaben, nun da er wusste, dass er sich in nichts anderem von den Menschen unterschied, als dass eine Verletzung seines Rückens seine Beine gelähmt hatte.

Er öffnete sein Hemd und streifte es langsam über seine Schultern, weil der Schmerz noch immer heftig in ihm brannte. „Ich wollte Euch dafür danken, dass Ihr Euer Wissen mit mir geteilt habt. Das bedeutet mir mehr, als ich ausdrücken kann!“

Sie hatte bereits begonnen, den Verband um seine Brust zu lösen, hielt nun jedoch inne und er sah ihren ruhigen Blick. Sie war ihm sehr nah, und er musste sich zurückhalten, ihr nicht ihre Haare über die Schultern zurückzustreichen, die ihn am Bauch kitzelten. Diese unbändigen dunkelroten Locken.

„Wie konntet Ihr nur glauben, dass Euch das Band fehlt?“, fragte sie, und es tat Kian so gut zu sehen, dass sie selbst offenbar nie einen Zweifel daran gehabt hatte, dass er ein vollständiger Mensch war.

Er zuckte leicht die Schultern, was er besser gelassen hätte, denn der Schmerz schnitt ihm nahezu die Luft ab. „Ich musste glauben, was man mir seit meinem vierzehnten Jahr ununterbrochen sagte! Es war die Erklärung für alles, was mir entzogen wurde. Wenn ich es nicht geglaubt hätte, wie hätte ich dann meinen Verstand bewahren können?“

„Wie bewahrt Ihr ihn jetzt, da Ihr wisst, dass das Gesetz sich auf eine Lüge beruft?“, fragte sie, legte das lose Ende des Verbandes in ihren Schoß und setzte sich auf.

„Es ist nicht mehr wichtig. Ich begreife seit einer Weile, dass ich ein wertvoller Mensch bin. Zumindest hat das jemand einmal über mich gesagt“, entgegnete Kian und lächelte sie einfach nur an.

Auch auf ihrem Gesicht erschien ein Lächeln und sie begann erneut, ihm den Verband abzunehmen. „Mir ist auch, als hätte ich das schon einmal gehört“, sagte sie leise, sah ihn jedoch nicht dabei an, sondern berührte seine verletzte Seite.

Er sah ihr dabei zu, wie sie einen Tiegel aus ihrem Beutel nahm und etwas von seinem Inhalt zart auf der Naht verstrich, die sie in der letzten Nacht gemacht hatte, um seine Wunde zu schließen. Sie ließ ihre Finger noch einen Moment länger darauf verweilen und sah dann erneut in seine Augen.

„Ist es wirklich nicht mehr wichtig?“, fragte sie mit großer Ruhe.

Ihr Anblick erfüllte ihn mit nichts anderem als Zuneigung, und er wollte ihr eine ehrliche Antwort auf ihre Frage geben. „Natürlich ist es das!“, gab er zu. „Wie könnte es das in einem Leben wie meinem nicht sein!“

Er hatte plötzlich das Bedürfnis ihr noch mehr zu erzählen. Er wollte, dass sie seine Geschichte begriff. „Mein Vater hat mich aus nur einem einzigen Grund der Armee übereignet. Er wollte der Schmach ein Ende bereiten, die ich ihm bin, weil ich überlebt habe. Er war sich sicher, ich würde im Kampf endlich sterben. Und die Monde sind meine Zeugen, ich habe den Tod gesucht!"

Die Heilerin sah ihn an und es war eine solche Wohltat jetzt ihren Blick zu sehen, der voll des Mitgefühls war und doch wissend um das, was er noch zu sagen hatte, nämlich, dass diese Zeiten hinter ihm lagen.

„Aber ich sah so viele Soldaten um mich herum sterben, Männer und Frauen, deren Leben ich gekannt hatte. Jedes dieser Leben war von unschätzbarem Wert, und ich begriff, wenn es mir gelänge, auch nur ein einziges Leben vor dem Tode zu bewahren, wenn ich Leben schützen konnte, vielleicht bekäme dann auch mein eigenes Leben wieder einen Wert!"

„So wie Ihr es sagt, klingt es, als wäret Ihr Euch dessen nicht sicher!", entgegnete die Heilerin und sah ihn fragend an.

Kian zuckte leicht die Achseln. Der Schmerz durchfuhr ihn wie ein Messerstich, aber er kämpfte darum, keine Reaktion zu zeigen, denn er hasste es, derart schwach zu sein. Wie konnte er sich jemals seines Wertes sicher sein? Er hatte keine Worte, um ihr etwas zu entgegnen.

„Wie könnt Ihr nur zweifeln, Heermeister?", begann sie nun und ihre Stimme klang sanft. „Ana hat mir einmal erzählt, dass nicht ein einziger schwer verletzter Soldat mehr absichtlich sein Leben fortgeworfen hat, weil ihm ein Leben als Inzani drohte, seitdem Ihr der erste Heermeister seid. Sie ehren Euch damit!"

Kian atmete durch. „Die Soldaten ehren den Wert des Lebens!"

„Eures Lebens!", flüsterte sie eindringlich, hielt seinen Blick fest und er sah die Ernsthaftigkeit ihrer Worte in ihren Augen.

Sie ehrte ihn, dachte er in großer Dankbarkeit und hoffte inständig, sie würde wissen, dass sie für ihn ein ganz besonderer Mensch war. Sie war es schon seit ihrem Gespräch in dieser Herberge im Norden, denn er hatte nie, nicht ein einziges Mal dieses Thema vor einem anderen Menschen auch nur angedeutet. Seine

Mutter und Schwester, sein Onkel, die Königin, Roan, sie alle wussten eine Menge über ihn, aber er hatte niemals zu ihnen darüber gesprochen. Das alles war wichtig, aber nicht in ihrer Gegenwart. Kian löste seinen Blick von der Heilerin und legte den Kopf zurück, weil die Schmerzen darin ihn auffraßen.

Alia nahm diese Worte, nahm sie tief hinein in ihr Herz. Er war in einem Maße beeindruckend, das sie kaum erfassen konnte, und ihr schien ihr Herz plötzlich zu eng, um all die Gefühle zu beherbergen, die sie in diesem Moment für ihn empfand. Ihre Finger lagen noch immer auf seiner verletzten Rippe, bemerkte sie jetzt irritiert, und sie nahm sie in einer ruhigen Bewegung fort, für die sie all ihre Konzentration aufbieten musste.

Sie hatte gespürt, dass seine Wunde bereits heilte und sein Band stark war, aber diese rätselhafte Schwäche war noch immer da. Sie spürte sein Band nur in ihren Berührungen, so als bewege es sich nicht mehr von ihm fort, egal wie emotional dieser Moment war. So war es auch in der letzten Nacht gewesen, sie hatte sein Band nicht ein einziges Mal außerhalb seines Körpers wahrgenommen. Jetzt legte er den Kopf an das Kissen und schloss die Augen.

„Habt Ihr Kopfschmerzen?"

„Ja!", antwortete er und schlug die Augen wieder auf.

Alia nahm ein Eukalyptusbalsam aus ihrem Beutel und reichte es ihm. „Reibt dies in Eure Schläfen ein!" Sie sah, wie er ihren Anweisungen folgte und dabei versuchte den Schmerz zu ertragen, was ihm sichtlich schwerfiel.

„Die Kräuter in diesem Balsam stammen aus Eurem Garten!", fügte sie hinzu, weil sie wusste, es würde ihn freuen. „Ich kann Euch jedoch auch etwas geben, das die Schmerzen wirksamer lindert, wenn Ihr es wünscht!"

„Nein, Heilerin, ich danke Euch! Der Schlaf wird die Schmerzen vertreiben, habe ich recht?"

„Ja, das habt Ihr!"

„Ihr solltet auch bald schlafen. Ihr habt es in der letzten Nacht versäumt, wenn ich mich recht erinnere."

Alia war seine Freundlichkeit eine Wohltat, aber sie nickte lediglich still. Sie würde sich niemals beklagen, in der Ausübung ihres Berufes keinen Schlaf gefunden zu haben.

Der Heermeister sah sie weiterhin interessiert an und stellte dann eine Frage, die sie sehr verwunderte: „Spürt Ihr Euer eigenes Band?"

Sie sah ihm überrascht in die Augen. „Ihr meint, wenn ich mich berühre?"

„Ja, spürt Ihr es dann bei Euch? Oder all die anderen Dinge, die Ihr über den Körper der Menschen wisst?"

Sie schüttelte still den Kopf und sah erneut auf seine Brust. Es hatte sie immer ruhig gemacht, dass sie sich selbst nicht spüren konnte, so war sie nicht ständig ihrer Gabe ausgesetzt, aber in diesem Moment, da er sie danach fragte, kam es ihr zum ersten Mal in ihrem Leben sonderbar vor.

„Und wenn Ihr andere berührt, wie fühlt sich das für Euch an? Darf ich das fragen?"

Alia sah wieder in sein Gesicht und schwieg. Sie sah bereits sein Bedauern über seine Frage und es erschien ihr plötzlich nicht mehr richtig, sich ihm so nah zu fühlen, seine Geschichte zu teilen und gleichzeitig das Schweigen über sich selbst aufrecht zu erhalten. Sie hatte einfach nur Angst ... Er schien keine Antwort mehr von ihr zu erwarten, das sah sie mit einem kurzen Blick in seine Augen, und das ließ sie schließlich doch noch Worte finden.

„Es ist, als würde ich mit geschlossenen Augen etwas ertasten, das ich nie gesehen habe, von dem ich aber weiß, was es ist, ohne dass es mir jemand erklären musste!"

Zu ihrer großen Erleichterung klopfte es nun an der Tür, und Edda trat mit der Abendmahlzeit ein. Ihr Blick fiel auf die nicht verbundene Wunde des Heermeisters und das ließ sie sichtlich erblassen, woraufhin Alia schnellstens eine neue Bandage anlegte. Der Heermeister ließ es sich trotzdem nicht nehmen, seine Haushälterin freundlich mit ihrer Empfindlichkeit aufzuziehen.

„Wisst Ihr, Heermeister, wenn ich dazu geboren wäre, mir frische Wunden ansehen zu wollen, so hätte ich einen anderen Beruf gewählt. Mir gefällt es sehr für Euch zu arbeiten, aber verschont mich bitte mit den Löchern, die Ihr in Eurem Körper habt. Sie verderben mir die Laune!", zeterte sie und stellte die Teller neben das Bett auf den kleinen Tisch.

Dann brachte sie eine Kanne Tee, Honig und Becher, ließ ihren Blick noch einmal beruhigt auf ihrem Herren rasten und verabschiedete sich dann mit einem *„Guten Appetit"*.

Sie begannen ihr Essen in Schweigen, und Alia schenkte Tee ein. Sie wusste, der Heermeister mochte ihn lieber gesüßt, wenn sich die Gelegenheit bot, also rührte sie einen Löffel Honig hinein. Er bedankte sich und trank den Tee so heiß es möglich war, auch etwas das er tat, wenn es die Zeit erlaubte. Sie war so viele Tage an seiner Seite gereist, sie wusste um so viele seiner Gewohnheiten.

„Lasst mich noch die wunden Stellen an Euren Beinen behandeln!"

Der Heermeister sah auf und wollte schon protestieren, aber sie hatte bereits den Tiegel geöffnet, etwas herausgenommen und griff unter seine Decke, ohne ihn zu entblößen. Sie spürte seinen Blick auf ihren Bewegungen, aber sie war schnell fertig und sah ihn wieder an. Seine Augen lagen mit einem intensiven Ausdruck in ihren und es waren zu viele Gefühle darin, um sie zu beschreiben. Sie trank hastig einen Schluck Tee und sah ihn nicht weiter an. Er war verwirrend, und sie ihm zu nah.

„Es ist Euch unangenehm über Eure Fähigkeiten zu sprechen, Heilerin, und ich entschuldige mich für meine Neugier."

„Es ist nicht Eure Schuld, dass ich es vorziehe, darüber zu schweigen", antwortete Alia, verunsichert, weil er erneut dieses Thema anschnitt.

„Aber ich verstehe nicht, warum Ihr das tut! Hat Eure Schwesternschaft es Euch so unabänderlich untersagt?"

Ihre Schwesternschaft? Alia musste ihm irgendwann sagen, dass sie keine Jidari war, aber sie brachte nicht den Mut auf, es jetzt zu tun und nickte lediglich. Sie fühlte sich plötzlich in die Enge getrieben und sah in sein Gesicht, um sich zu vergewissern, dass er diese Frage aus keinem anderen Beweggrund stellte als aus freundlichem Interesse. Ihr Blick blieb in seinem hängen und in diesem

Moment begriff sie, dass er sie einfach nur besser kennen wollte. Er interessierte sich für sie, für ihre Person und er suchte ihre Fremdartigkeit zu verstehen. Da sie sie jedoch selbst nicht verstand, was blieb ihr zu antworten?

Ihre grünen Augen strichen über sein Gesicht, als fänden sie darin etwas, das sie nur schwer begreifen konnte. Dann zog sie sich in sich selbst zurück, griff nach ihrem Teller und begann zu essen. Kian wusste, er hatte sie bedrängt, aber er hatte ehrlich geglaubt, sie würde sich ihm etwas mehr öffnen, nun, nachdem er selbst es ihr gegenüber getan hatte. Er hatte ihr sein Vertrauen gezeigt und er war sich nicht darüber bewusst gewesen, dass ihr Vertrauen eine bestimmte Grenze nicht überschreiten würde.

„Ich wünschte, ich hätte Euch diese Fragen nicht gestellt! Vergebt mir, ich werde in Zukunft Euer Schweigen achten, ich verspreche es!", bat er sie, weil er kaum ertrug, wie weit sie von ihm weg zu sein schien.

Sie blickte ihn wieder an und lächelte scheu. „Danke", flüsterte sie fast und sah dabei aus, als sei eigentlich sie es, die sich entschuldigen musste.

Kian nahm langsam seinen Teebecher und trank. Die Wärme breitete sich wohlig in ihm aus und er hatte das Gefühl, auch seinem Kopf tat die innerliche süße Hitze wohl.

„Edda hat mich nahezu mit Hühnerbrühe ertränkt!", lächelte er die Heilerin dann an.

„Das war meine Anordnung! Sie hat sie offensichtlich etwas zu ernst genommen", gab die Heilerin amüsiert zurück. „Danke, dass Ihr die Brühe trotzdem getrunken habt!"

„Ich wollte nicht, dass sie sich weiterhin Sorgen macht!"

„Ich weiß", antwortete sie lediglich und beendete ihr Essen.

Kians Teller stand noch beinahe unangetastet auf seinem Schoß. „Wollt Ihr noch meine Mahlzeit essen, Heilerin? Ich habe keinen großen Appetit!"

„Esst bitte noch ein wenig, ich nehme dann den Rest!"

Kian nickte und schob sich mit wenig Begeisterung einige Bissen in den Mund. Er hätte eine Gemüsemahlzeit vorgezogen, aber

Edda schien die Wünsche der Heilerin in Sachen ihres Speiseplanes inzwischen zu kennen, und das erfüllte Kian mit Freude.

„Meine Schwester hat eine Tochter entbunden!“, erzählte er ihr dann und sie nickte ihm wissend zu, lächelnd. Auf irgendeine Art hatte er geahnt, dass sie diese Nachricht erfreuen würde. „Habt Ihr sie damals im Haus meiner Mutter berührt?“

„Ja, und es war, wie Ihr sagtet. Sie trug ein Mädchen!“, erklärte sie und aß ruhig weiter. Nachdem sie auch seinen Teller geleert hatte, nahm sie das Geschirr und erhob sich. „Solltet Eure Schmerzen stärker werden, so ruft mich bitte! Ihr sollt ausruhen können. Schlaft wohl, Heermeister!“

Kian nickte und schon wieder bereute er diese Bewegung. „Schlaft auch wohl! Ihr wisst, wo Ihr mich findet, Heilerin!“, scherzte er, um seinen Kopfschmerz besser ignorieren zu können.

Er sah die Heilerin lächeln und folgte dann ihren Bewegungen, bis sie die Tür hinter sich ins Schloss zog. Kostete es sie Mühe, sich derart langsam zu bewegen? Er wusste um ihre Flinkheit, aber wenn man sie in geschlossenen Räumen sah, ließ nichts an ihr die eigentliche Art ihrer Fortbewegung erkennen. Es schien ihm eine permanente Kraftanstrengung zu sein, seine Natur so sehr kontrollieren zu müssen, aber die Heilerin tat alles, um ihre Fremdheit zu verbergen, und das hatte er zu akzeptieren, einerlei wie sehr er sich für sie interessierte. Er musste damit aufhören!

Er blies die Kerzen aus und rutschte unbeholfen tiefer in seine Kissen. Er hoffte auf den morgigen Tag, hoffte, er würde ihm etwas dieser Schmerzen nehmen, aber im Grunde konnte er gut damit leben, denn sein Inneres war noch immer erfüllt vom Wissen um seinen Körper.

Es war die Wahrheit gewesen, er nahm manche Dinge seines Lebens als Inzani seit einiger Zeit anders wahr, und er hatte nun, nach den Worten der Heilerin, nicht mehr die geringste Lust, der Lähmung seiner Beine mehr Bedeutung einzuräumen als unbedingt notwendig. Das bezog sich vor allem auf die Dinge seines Alltages. Er fasste hier und jetzt den Entschluss, diese Dinge in Zukunft weniger zu verbergen, und wenn er Hilfsmittel benötigte, um zu gehen, zu reiten oder sich auf Tische setzte, so war es lediglich eine Notwendigkeit, die nichts über ihn als Person auszusagen hatte.

Er wusste um die Wahrheit seiner Gedanken in dieser Nacht, aber diese Gedanken zu leben, würde ihm schwerfallen. Nun, er wollte es versuchen, und er dachte in der Dunkelheit an die Worte, die er am Hofe Fürst Ileus gehört hatte. Damals waren sie ihm unerträglich gewesen, aber heute erschienen sie ihm einfach nur wahrhaftig, und er war sogar in der Lage, ein wenig Mut für sich selbst daraus zu ziehen.

An seinem Leben würde sich nicht das Geringste verändern, aber er selbst konnte sich verändern. Er brauchte nicht länger davon ausgehen, dass er ein minderwertigerer Mensch war, auch wenn er annehmen musste, dass der Anschlag auf sein Leben ein ausdrücklicher Akt gegen ihn als Inzani gewesen war.

Roan hatte ihm in seiner Nachricht versichert, niemand wüsste von seiner Verletzung. Sie würden seinen Zustand so lange geheim halten, bis er genesen zu den Truppen zurückkehren konnte. Wer auch immer für das Attentat auf ihn verantwortlich war, er sollte von seiner Abwesenheit erfahren und sich eine Weile in seinem Erfolg aalen, um vielleicht im Freudentaumel die Deckung sinken zu lassen. So schlugen sie zwei Fliegen mit einer Klappe, denn auch Kians Verletzung hätte auf diese Weise genügend Zeit zu heilen.

Die Leiche des Attentäters hatte wenig Aufschluss geliefert und nichts über seine Identität offenbart. Mino hatte die Späher in alle Himmelsrichtungen ausgeschickt, um sich an jedem der Fürstenhöfe umzuhören.

Kian war froh, dass er nicht um seine Meinung gefragt worden war, denn er hatte keine. Er hatte nicht eine Idee, wer hinter all dem stecken mochte. Ihm schien es, dass er sich in der nahen Vergangenheit ohnehin täglich zu weit vorgewagt hatte, indem er für diesen oder jenen Fürsten verhandelt hatte, seine Meinung laut geäußert und offen Partei ergriffen hatte. Dies mochte jedem, der einen Hass auf ihn hegte, genügend Futter gegeben haben, um auf seinen Tod zu bestehen, denn einem Inzani stand ein solches Verhalten in keiner Sekunde zu. Ein Inzani hatte stumm im Hintergrund zu verweilen und nicht im Licht der Landespolitik zu agieren. Er hatte sich selbst zur Zielscheibe gemacht.

Er versuchte eine bequemere Schlafposition einzunehmen, aber jegliche Bewegung führte zur Katastrophe in seinem Kopf. Plötzlich wünschte er, die Heilerin hätte sich nicht derart früh von ihm zurückgezogen. Sie hätten noch eine Weile zusammensitzen können, um... Ja, um was zu tun? Zu plaudern? Kian schnaubte verbittert, denn plaudern war mit Sicherheit etwas, das er nie gelernt hatte. Er konnte es gar nicht, aber ebenso wenig konnte es die Heilerin.

Jetzt hatte er wieder vor Augen, auf welche Weise sie die Druckstellen an seinen Beinen behandelt hatte. Sie hatte es schnell getan, ohne die Decke anzuheben, ohne seine Beine anzusehen, weil sie ihn nicht beschämen wollte. Sie kannte so viele seiner Gefühle, und das tat ihm wahrlich gut. Wusste sie denn nicht, wie beruhigend es sein konnte, wenn ein besonderer Mensch ihre Geheimnisse kannte? Wahrscheinlich nicht, oder er war für sie eben nicht dieser besondere Mensch.

Mit diesen Gedanken sank er in einen tiefen Schlaf. In seinen Träumen saß er auf seiner Stute und die schneebedeckte Landschaft des Nordens flog an ihm vorbei ... Klopfen an der Tür, aufgeregte Stimmen, *„Heilerin, Soldaten des Königs sind hier, sie wollen, dass Ihr sofort mit ihnen kommt!“*, Logans beschwichtigende Worte im Flur, ruhige Anweisungen ... War das Eret?

Kian öffnete die Augen und versuchte sich aufzusetzen, was ihm nur schwer gelang. Es war nicht daran zu denken sich anzukleiden. Bei den Monden, was war hier los? Er lauschte, wie Edda die Heilerin verabschiedete, dann schloss sich die Tür wieder.

„Logan?“, rief er in die Stille und sein Knecht erschien in der Tür zu seinem Zimmer: „Was ist los?“

„Es waren Soldaten des Königs, Heermeister! Sie bringen die Heilerin in den Palast!“

„Mitten in der Nacht? Warum?“ Kian sah Logan aufgeregt mit den Händen fuchteln, als wolle er sagen, dass auch er sich keinen Reim darauf machen konnte. „War das Hauptmann Erets Stimme, die ich gehört habe?“

„Ja, Heermeister, er sah furchtbar aus!“

„Ist er verletzt?“

„Nein, das meinte ich nicht! Er sah aus, als hätten ihn die bösen Geister gehetzt!“

Kian nickte. Er glaubte nicht an böse Geister, aber er wusste, Edda und Logan taten es. Es war nicht leicht sich Eret auf diese Weise vorzustellen, aber es beruhigte ihn, dass er mit der Heilerin war, denn an seiner Seite war sie zumindest sicher.

„Geht wieder schlafen, Logan! Wir erfahren sicher bald, was vorgefallen ist. Macht Euch keine Sorgen um die Heilerin, sie weiß, was sie tut!“, sprach er dann ruhig und wusste, er wollte nicht nur Logan mit seinen Worten beruhigen, sondern ebenso sich selbst.

Kapitel 27

Alia senkte den Kopf tiefer, als sie es jemals in letzter Zeit getan hatte, die Kapuze weit über ihrem Gesicht. Die Soldaten sprachen nicht zu ihr, sie hatten sie umringt und eskortierten sie entlang des Lavendelfeldes in Richtung des Palastes. Alias periphere Sicht zeigte ihre in Müdigkeit erstarrten Gesichter. Sie wirkten erschöpft, gehetzt, wenn nicht sogar resigniert, aber alle schritten ihrem Ziel zu, als sei das die einzige Aufgabe, die es auf Erden zu erfüllen galt.

Alias Herz hämmerte hart gegen ihre Brust und für einen Augenblick sah sie seitlich zu den Sternen auf. Es würde noch einige Stunden dauern, bis sich der Nachthimmel mit Licht füllen würde, und sie fröstelte. Die gesamte Situation war ihr unheimlich und sie spürte Angst, die langsam in ihr emporkroch, da niemand ihr erklärt hatte, was mit ihr geschehen würde. Warum rief man sie in der Mitte der Nacht in den Palast?

Die Soldaten trugen Uniformen, nicht die Lederkleidung, die sie von des Heermeisters Truppen kannte, und Alia hatte jemanden sagen hören, sie seien Soldaten des Königs. Sie war verunsichert, hatte sie doch nicht gewusst, dass es noch andere Soldaten gab als die, die dem Heermeister dienten. Sie wollte unter keinen Umständen in die Gegenwart des Königs geraten und atmete in Stille auf, als sie ihn beim Betreten des Krankentraktes nicht entdecken konnte.

Ein zweites Krankenzimmer war geöffnet worden, Kerzen erleuchteten den Raum und weitere Soldaten waren damit beschäftigt, andere zu entkleiden und in die Betten zu legen. Alia blieb stumm in der Tür stehen. Soldaten! Neue Patienten! Bedeutete das, dass auch ihre alten Patienten Soldaten des Königs waren?

Sie ließ ihren indirekten Blick über die Gesichter der uniformierten Männer gleiten. Sie alle trugen dort unterschiedlich ausgeprägte Spuren von Verbrennungen, die mit großer Sicherheit durch Sonneneinstrahlung entstanden waren. Alia hob den Kopf, um sich ein genaueres Bild zu machen und traf den Blick eines Soldaten, der sie hierher eskortiert hatte. Es war kein direkter Blick, sondern einer aus der peripheren Sicht, den auch sie selbst praktizierte. Der Soldat nickte ihr zu und in seinem Gesicht sah sie nichts als Müdigkeit und dennoch den Versuch, ihr Mut geben zu wollen. Alia wandte den Blick sofort ab. Für einen derart persönlichen Austausch erschien ihr nun nicht gerade der passende Zeitpunkt zu sein.

Sie brauchte nur einen Moment, um zu begreifen, dass die Soldaten, die hier entkleidet und gebettet wurden, wie die Kranken waren, die sie nun seit so vielen Mondläufen pflegte. Ihr starrer Blick, das Fehlen von Bewegungen aus eigenem Antrieb ... das alles kannte sie zur Genüge. Sie brauchte keinen dieser Männer zu berühren und sie hatte keine Vorstellung davon, was eigentlich hier von ihr erwartet wurde, konnte sie doch nichts tun, nicht das Geringste. Ihre Anwesenheit hier war vollkommen unnötig, niemand wusste das besser als sie selbst, aber nun wandten sich viele der Soldaten in ihre Richtung und blickten sie erwartungsvoll an.

Alia beschloss, den Anschein zu wahren. Sie wollte sich zumindest so verhalten, als würde sie ihren Beruf ausüben, denn hier gab es vielleicht die Möglichkeit zu erfahren, was diesen Männern widerfahren war.

Sie wandte sich an den Soldaten, mit dem sie diesen kurzen Blickkontakt gehabt hatte, und fragte: „Was ist diesen Männern geschehen?"

„Ich bin nicht befugt, mit Euch darüber zu sprechen!", gab dieser zurück und sah sie nicht mehr an.

Hier wurden Militärgeheimnisse gehütet, und Alia wusste, sie würde erneut keine Auskunft erhalten. Zeigte dieser Soldat ihr etwa den Hauch eines Bedauerns darüber? Das alles ließ sie verwirrt zurück und schnell verwarf sie jeden weiteren Gedanken daran, denn es war nicht ihre Aufgabe, in diesem Moment detektivische Arbeit zu leisten.

Sie schritt auf eines der Betten zu, in dem ein Soldat lag, dessen Verbrennungen nicht ganz so ausgeprägt waren wie die der anderen. Alia griff ruhig nach seinem Handgelenk, nichts erwartend als die Leere seines Körpers zu spüren, und wurde im nächsten Augenblick hart weggestoßen.

Ein gellender Schrei entwich der Kehle dieses Mannes, ein Schrei, der Alia bis ins Mark erschütterte, und in dem Moment, da sie begriff, dass sie lose Fetzen seines Bandes gespürt hatte, sah sie in seine Augen. Seine blutunterlaufenen Augen, die sie voller Entsetzen anstarrten, als sei sie der Feind persönlich, als sei allein sie verantwortlich für seine Qualen. Sie, das fremdartige Wesen, das er anschreien musste, von sich wegtreten, schlagen musste, um sich selbst zu schützen mit dem letzten Rest seines Bewusstseins, das längst dem Wahnsinn gehörte. Er wollte sie vernichten mit dem Hass, den er bewahrt hatte, bei allem, was ihm widerfahren war.

Alia schluchzte auf, drehte sich weg und wollte rennen. Sie wollte fliehen, so schnell sie konnte, aber der Soldat, der sie eben noch ermutigend angesehen hatte, hielt sie am Arm. Sein Gesicht war verzerrt vom stummen Schrecken über diese Szene, und Alia entwand sich seinem Griff, schlug die Hände vor ihre Augen und weinte. Sie weinte hemmungslos.

Was war sie für eine Kreatur? Dieser Kranke hatte in ihr das wilde Tier erkannt, das sie immer versucht hatte, nicht zu sein. Er hatte in ihr etwas gesehen, dass fürchterlicher war, als alles, was unter den Monden lebte. Er hatte sie erkannt! Ihre Art erkannt, und sie war vollkommen entblößt, sie war nackt, sie war der Feind ...

Die Schreie drangen weiter durch den Raum. Der Soldat an ihrer Seite befahl, den um sich schlagenden Mann festzusetzen, dann ordnete er einem Teil der anderen Soldaten an wegzutreten. Sie sollten die Uniformen der Kranken mitnehmen und vernichten. Darauf wandte er sich an Alia mit Worten, die nicht zu ihr drangen, und mit dem letzten Rest ihres Willens ging sie zum Arzneischrank und mischte einen Schlaftrunk, den sie in einen Becher füllte. Mit ihm ging sie zurück zum Bett des Wahnsinnigen, drückte seinen Kiefer auseinander, verschloss seine Nase und leerte den Inhalt des Bechers in seinen Mund, während ein Soldat ihn gewaltsam auf die

Kissen drückte. Sie wandte sich ab, legte die Hände auf ihre Ohren, bis die Schreie verstummt waren, und dennoch hallten sie in ihr wider.

Sie war leer, ihre Gefühle waren zerschlagen, wie in Trance arbeitete sie bis zum Morgengrauen weiter. Sie säuberte die Männer, versorgte ihre Verbrennungen, die Kratzer und Schürfwunden an ihren Gliedern. Irgendwann erschien Tana an ihrer Seite, nachdem sie ihre alten Patienten versorgt hatte, und arbeitete mit ihr, bis auch der letzte neue Patient bandagiert und gesalbt war. Die Soldaten waren fort. Alia hatte ihr Verschwinden nicht zur Kenntnis genommen und konnte sich nicht mal erinnern, zu welcher Tageszeit sie sich verabschiedet hatten. Sie traf Tanas besorgten Blick, hatte jedoch nicht die Kraft für Erklärungen.

Sie wusste, der Wahnsinnige würde noch eine Weile schlafen, aber was dann?

Als es Abend wurde, fand sie den Mut ihn erneut zu berühren. Der Teil seines Gehirnes, der bei den anderen so vollständig eliminiert war, zeigte ihrer Gabe nahezu keine Tätigkeit, aber die losen Fasern seines Bandes schienen sich unruhig darin zu bewegen. Zudem zeigte ihr die Berührung seines Körpers eine große Schwäche seines Herzens, die jedoch viel älter war als die Verletzungen seines Bandes. Dieser Mann hatte ein Loch in einer der Klappen des Herzens und er würde vermutlich nicht mehr lange leben.

Alia wusste, was sie zu tun hatte, und mit ihrem Blick auf die Zeichnung des Heermeisters verdünnte sie den Saft der *alia* in etwas Wasser, setzte sich an das Bett des Mannes und wartete still, dass dieser beginnen würde sich zu regen. Als er die Augen blinzelnd öffnete, setzte sie den Becher an seine rissigen Lippen und ließ ihn trinken, bis er seinen Blick mit einem ruhigen Lächeln zur Decke richtete.

„Es ist spät, Heilerin! Mehr können wir nicht tun."

Alia nickte lediglich, fühlte erneut das Band des Mannes und erkannte, dass er die Nacht überstehen würde. Es gab für sie keinen Grund zu bleiben. Sie erhob sich, schwindelig von der plötzlichen Ruhe in ihrem Denken, verabschiedete sich von Tana und verließ den Palast.

Sie lief zu schnell! Sie versuchte gar nicht erst, ihre Bewegungen zu verlangsamen, wie sie es gewöhnlich tat, sondern ließ ihre Kontrolle fallen und rannte in dem ihr eigenen Tempo zum Haus des Heermeisters. Sie wollte nur noch in ihre Kammer und alle Gefühle, die sie während des Tages unterdrückt hatte, freilassen. Sie wollte weinen und stumme Schreie an die Sterne richten, das Nichts spüren, das sie war, immer gewesen war ...

Sie öffnete die Tür, hörte Edda in der Küche im Gespräch mit Logan und sah das Licht, das im Wohnraum brannte. Sie wollte niemandem begegnen, aber als sie im Begriff war, an der Tür der Wohnstube vorbeizueilen, sah sie dort den Heermeister auf dem Tisch sitzen und für einen Moment trafen sich ihre Blicke.

„Ihr seid kein Nichts!“, hatte er ihr einmal gesagt und in diesem Augenblick trat ihre Trauer mit einer solchen Macht hervor, dass es keinerlei Sinn mehr machte, sie zurückhalten zu wollen. Es war ihr nicht mehr möglich, ihre Gefühle zu verbergen, und dann spürte sie sein Band. Es umschloss sie in einer Welle aus Mitgefühl und ... Zärtlichkeit.

Kian hatte die Heilerin eintreten hören und den Blick in den Flur gerichtet. Er hatte bereits ein Lächeln auf den Lippen, das jedoch unmittelbar erstarb, als er sie nun erblickte. Sie hatte ihren Umhang nicht abgelegt, sondern war mit ihren unglaublich schnellen Bewegungen bereits nahezu an der geöffneten Tür vorbeigeeilt, als sich ihre Blicke trafen. In diesem Moment erstarrte sie und ihre Augen füllten sich mit Tränen. Sie erhob eine Hand an ihren Mund und schien sie an ihre Lippen zu pressen, als wolle sie einen Schrei unterdrücken oder ein Schluchzen. Was war nur mit ihr geschehen? Sie sah aus, als sei ihre gesamte Welt zusammengebrochen und hätte sie selbst in Scherben zurückgelassen.

Bei den Monden, er wollte aufstehen, er wollte zu ihr gehen, sie in den Arm nehmen, sie halten und sie schützen. Er wollte all ihren Kummer von ihr nehmen ... Er wollte so vieles und konnte es doch nicht mit diesem Körper, in dem er leben musste. Er hielt ihren Blick und in diesem Augenblick seiner tiefsten Gefühle kam sie zaghaft auf ihn zu, lehnte sich an ihn, als sei sie eine Art kleines Tier, das sich langsam herantastete, und er schloss seine Arme um sie. Er hielt sie und konnte nicht fassen, warum sie zu wissen schien, wie sehr er sich genau dies eben noch gewünscht hatte.

Ihr zarter Körper bebte, sie war so klein in seinen Armen, und doch nicht zerbrechlich, sondern von einer zähen Stärke, die so verletzt wirkte, dass ihm beinahe selbst die Tränen in die Augen getreten wären, so sehr fühlte er ihren Schmerz. Sie zitterte, als sei sie nichts als Laub im Spiel des Windes, und er zog sie fester an seinen Oberkörper, als könne er sie damit zusammenhalten, sie ganz machen. Der Schmerz in seiner Seite nahm ihm für einen Moment den Atem und er lehnte seinen Kopf an ihren. Sie sprachen nicht, für eine lange Zeit gab es nur ihr Weinen und ihren Körper in seinen Armen.

Irgendwann schien sie ruhiger zu werden und ihr Körper entspannte sich unter seiner Berührung. Kian sah auf sie herab, griff nach der Kapuze ihres Umhanges und streifte sie sanft über ihren Kopf zurück. Er berührte dabei ihr prächtiges Haar, das von einer so festen Struktur war, wie er es noch niemals zuvor bei jemandem gespürt hatte, nicht dass er jemals viel Gelegenheit hatte, die Haare anderer Menschen zu berühren. Sie sah nicht zu ihm auf. Augenblicklich tastete sie nach dem Tuch, das sie stets in ihrem Haar trug, und legte dann erneut die Stirn an seine Brust. Er wollte so gern ihr Gesicht sehen. Er wollte darin lesen, wollte erfahren, was in aller Welt sie so sehr verstört hatte, denn er wusste keine Worte für das, was er jetzt mit ihr erlebte.

„Das alles ist so sinnlos!", flüsterte sie. „Sie alle sind Inzani! Sie sind Inzani, nicht Ihr! Und ich kann es nicht in die Welt hinausschreien!"

„Inzani?" Kian hob mit einem Finger sanft ihr Kinn an, um sie endlich ansehen zu können. „Ich verstehe nicht, was Ihr sagen wollt!"

Wovon sprach sie? Hatte sie ihm nicht vor kurzer Zeit noch erklärt, dass es die Inzani, wie sie das Gesetz sah, gar nicht gab? Sie löste sich langsam von ihm, trat einige Schritte zurück, und er sah in ihr Antlitz, ihre Augen jedoch verweilten auf seiner Brust.

Alia hatte plötzlich seinen Körper gespürt. Sie hatte schon so lange Zeit, eine Zeit, deren Dauer sie nicht mehr bestimmen konnte, in seinen Armen gelegen, aber nun hatte sie ihn zum ersten Mal wirklich gespürt. Den Mann, der er war, seine Kraft, seine Wärme, und sie allein wusste, was diese Empfindungen in ihrem Körper ausgelöst hatten.

Sein Band war ihr niemals zuvor mächtiger erschienen. Es hatte sie mit Ruhe durchdrungen, hatte sie einer zärtlichen Berührung gleich umstrichen, sich um sie gelegt und sie eingehüllt. Sie war sich in diesem Moment so sehr bewusst geworden, wie vollkommen unmöglich diese Situation war.

Sie wollte nicht darüber nachdenken, was da eben mit ihnen geschehen war, aber sie hatte zum ersten Mal, seit sie ihn kannte, tatsächlich seine Freundlichkeit annehmen, seine Fürsorglichkeit und sein Mitgefühl für sie spüren können. Und auch seine Zärtlichkeit, obgleich sie kaum fassen konnte, wie frei er sie ihr gegeben hatte. Fast so, als hätte er diese Gefühle schon lange in sich gespürt und war nun bereit gewesen sie mit ihr zu teilen. Mit ihr, dem unwürdigsten Wesen, das die Welt kannte. Es hatte ihr nach all den Geschehnissen dieses Tages so gut getan, seine Stärke zu spüren und einen Teil davon für sich nehmen zu können, denn in seinen Augen war sie es wert. Darin konnte sein Band sie nicht belügen, auch wenn es sie zweifelnd zurückließ.

Trotzdem stellte sich nun ihre Scham ein. Was mochte der wahnsinnige Patient letzte Nacht in ihr erkannt haben? Es war einerlei, denn auch wenn es kein wirkliches Erkennen gewesen war, so war sein Verhalten doch Ausdruck seiner archaischsten Ängste gewesen, und sie war es, die diese in ihm geweckt hatte. Als hätte er instinktiv ihre Fremdheit begriffen. Sie wollte das nicht sein! Nicht dieses Wesen, das in ihm ein derart tief vergrabenes Entsetzen zu wecken vermochte.

Sie hatte an diesem Tag wiederholt die strenge Kontrolle über ihre Gefühle verloren. Dies vor dem Heermeister geschehen zu lassen, mochte ihr noch immer zutiefst unangenehm sein, aber vor den Soldaten des Königs die Fassung verloren zu haben, war ihr eine Schande. Es war ihrer Jidari-Erziehung nicht würdig, niemals.

Sie brach den Kodex mittlerweile so gewaltsam, immer öfter verlangte es sie stumm danach, offen gegen die Regeln der Jidari zu leben. Auch wenn sie keine Möglichkeit dafür sah, auch wenn ihre Situation nicht hoffnungsloser sein konnte, sie wollte ein eigenes Leben beginnen können, obgleich sie wusste, es stand ihr nicht zu.

Sie war gefangen, angekettet an diese Patienten im Krankentrakt mit den stählernen Fesseln des Königs. Gefesselt an seine Männer, Inzani, die unter seinem persönlichen Schutz standen, deren Leben sie um jeden Preis bewahren sollte, während der Mann, in dessen Armen sie gerade so viel Ruhe empfunden hatte, ein Geächteter war. Er, der so sehr litt und trotzdem so vieles geben konnte ... Sie hatte in diesem Augenblick nur einen Wunsch, den Wunsch ihm etwas zurückgeben zu können und das konnte sie!

„Der König lässt mich in seinem Krankentrakt Männer betreuen, denen das Band fehlt!“, begann sie vorsichtig. „Es ist sein bestgehütetes Geheimnis, aber ich kann darüber zu Euch nicht mehr schweigen. Ihr solltet sie sehen. Sie sind leer! Und Ihr, der Ihr Euer ganzes Leben lang an dieses Gesetz geglaubt habt, das Gesetz, das nahezu Euer Leben zerstört hätte, Ihr glaubtet, Ihr hättet kein Band! Dabei habt Ihr das stärkste Band, das ich jemals erlebt habe!“

Alia hatte langsam gesprochen, jedes Wort wohl überlegt, denn sie wollte, dass er verstand. Sie wollte, dass er wusste, und jetzt sah sie auf in sein erstauntes Gesicht. Er hatte nicht ganz begriffen, aber sie würde ihm wieder und wieder in allen Worten der Welt sagen, wie mächtig sein Band war.

„Das stärkste Band, das Ihr je erlebt habt? Wie meint Ihr das?“

„Es ist so stark, dass ich es fühlen kann, auch wenn ich Euch nicht berühre. Ich habe es immer gefühlt!“

„Das ...“ Der Heermeister suchte nach Worten. „Das ist vollkommen unmöglich!“

Alia schüttelte den Kopf. „Ich kann es spüren, jedes Mal, wenn Ihr tiefe Gefühle hegt. Ich spüre es mit Eurer Freude, in der Liebe zu Eurer Familie, mit dem Hass auf Euren Vater und den König. Ihr sendet Euer Band aus, und ich kann es fühlen!“

„Das kann nicht sein!“, flüsterte er, starrte sie an und griff sich an seine verletzte Seite.

„Es ist die Wahrheit!", gab sie leise zurück und hob den Kopf.

Die Heilerin sah ihn an und das, was er in ihrem Blick sah, war ihre bedingungslose Wahrhaftigkeit. Für einen Moment hatte er geglaubt, sie sei von Sinnen. Dann jedoch dachte er an die vielen Situationen in der nahen Vergangenheit, in denen er selbst geahnt hatte, dass er seine Umwelt mit seinen Gefühlen beeinflussen konnte. Er sah die Flucht der Sonnenkatze, seine Soldaten im Kampf, seinen Vater, der sich an die Brust fasste. Er sah den König zurücktaumeln und den wissenden Blick, mit dem ihn die Heilerin angesehen hatte. Bei den Monden, es war die Wahrheit, und sie hatte es während all der Zeit gewusst!

Wie oft hatte er sich gefragt, ob er sich das alles nur einbildete? Dabei lag die Antwort vor seinen Augen, und die Frau, die sie ihm hätte geben können, war ihm zu diesem Zeitpunkt so nah wie niemals vorher. Er hatte alle Grenzen überschritten, die er sich selbst immerzu setzte, indem er sie mit seinen Armen umfing, aber sie hatte ihn spüren lassen, dass er das Richtige getan hatte.

Er konnte nicht fassen, dass sie es war, die *ihm* in diesem Moment Sicherheit gab. Sie, die ihm gerade ihre eigene unendliche Trauer gezeigt hatte, bat erneut nicht für sich, sondern machte *ihn* zum Mittelpunkt ihres Gespräches. Und so sehr er auch wissen wollte, wie um alles in der Welt es möglich sein konnte, dass sie sein Band spürte, ohne ihn zu berühren, es war einerlei in diesem Moment ihrer Verzweiflung.

Kian sah sie erneut den Blick senken, aber er schüttelte nur langsam den Kopf und es gelang ihm, ihren Blick mit einem Lächeln wieder einzufangen. „Ihr seid so voll des Kummers und jetzt steht Ihr hier vor mir und sprecht über *mich*? Ich wünschte, Ihr wäret nicht so selbstlos! Ich wünschte, Ihr könntet Eure Sorgen mit mir teilen!"

Sie hatte neue Tränen in den Augen, die sie hastig fortstrich. „Es ist die Arbeit, die ich tagtäglich tue! Es ist sinnlos darüber zu sprechen!"

Kian sah sie ruhig an. Sein Herz war übervoll mit einem Gefühl für sie, dem er selbst sich nicht getraute einen Namen zu geben, denn wenn er es täte, müsste er es Liebe nennen. Sie sollte keine

Geheimnisse haben müssen. Sie sollte ihre Sorgen nicht alleine tragen müssen. „Sprecht mit mir, Heilerin!"

Für einige Augenblicke sahen sie sich einfach nur an.

Dann jedoch trat Edda in die Stube, eine große Auflaufform in ihrem Arm. „Heilerin, ich habe Euch gar nicht eintreten hören! Schön, dass Ihr wieder hier seid! Wir haben uns große Sorgen um Euch gemacht, nachdem Ihr letzte Nacht fortgeholt wurdet!"

Kian sah, wie die Heilerin alle Kraft sammeln musste, um sich zu Edda herumzudrehen und in ruhigem Ton zu sagen: „Eure Sorge ehrt mich, aber sie war unbegründet! Die Soldaten waren sehr freundlich zu mir!"

Er hörte die Lüge in ihren Worten, aber Edda schien zufrieden mit ihrer Antwort, unterbreitete ihnen, was sie gekocht hatte – einen Schmortopf mit Hammelfleisch und Kartoffeln –, deckte den Tisch, verließ kurz den Raum und kehrte dann mit einer Kanne Tee wieder. Seine Haushälterin war wundervoll, und er war jedes Mal dankbar dafür, sie um sich zu haben, aber dieses Mal, fürchtete er, hatte sie einen wertvollen Moment zerstört, der nicht wieder herzustellen war.

Mit einem *„Ich wünsche einen guten Appetit!"* verließ Edda den Raum, und Kian wurde sich unangenehm bewusst, wie misslich seine Situation in diesem Augenblick war. Er konnte sich noch immer kaum rühren. Wenn er still saß, waren die Schmerzen erträglich, aber er konnte sich weder zu einem Stuhl begeben noch später von ihm aufstehen. Es war schon schwierig genug, sich vorzustellen, wie er es zurück in sein Zimmer schaffen sollte. Er wollte nichts erklären müssen, das mit seiner körperlichen Einschränkung zusammenhing, das hatte er nie gewollt!

Die Heilerin nahm wortlos seinen Teller, füllte ihn mit einer guten Portion des Schmorfleisches und hielt ihn ihm entgegen. „Ihr solltet Euch nicht bewegen, Heermeister!"

Kian sah sie verblüfft an. Wusste sie eigentlich immer, wie sie auf ihn reagieren musste, damit er sich in ihrer Gegenwart wohlfühlen konnte?

„Ich danke Euch!", brachte er hervor und nahm sich sein Besteck vom Tisch.

Auch die Heilerin nahm sich etwas zu essen und schien dann nicht zu wissen, wohin sie sich damit zurückziehen sollte.

„Setzt Euch bitte! Ihr zumindest solltet die Tischsitten achten, wenn ich schon nicht dazu in der Lage bin“, fügte er mit einem Lächeln an.

Sie rückte daraufhin einen Stuhl so vor ihn, dass sie essen und ihn dabei ansehen konnte. „Schmerzt Eure Rippe noch sehr?“

„Nein, aber meine Art zu laufen lässt sie schmerzen.“

„Ihr hättet gar nicht erst aufstehen sollen!“

„Mino und Roan waren hier, und ich hatte nicht das Gefühl, sie im Bett liegend begrüßen zu können!“

„Sie hätten verstanden!“, antwortete die Heilerin bestimmt.

„Sicher, doch ich hatte Sehnsucht nach etwas mehr Würde“, antwortete er.

Er hatte seine Worte leicht klingen lassen wollen, was ihm jedoch nicht gelungen war. Die Heilerin sah ihn einen Moment an, nickte dann lediglich und begann zu essen.

„Ihr ertragt es nicht, verletzt zu sein“, sagte sie dann in die Stille.

Wie konnte sie so einfühlsam sein? Sie konnte unmöglich wissen, wie sehr er es hasste, an ein Bett gefesselt zu sein. Er hatte Monate so verbracht, und er wollte um keinen Preis zu sehr an diese Zeit erinnert werden. „Ich mag es nicht, bewegungslos zu sein! Ich hoffe, Ihr verzeiht mir, dass ich kein guter Patient bin. Ich sollte mehr Geduld haben!“

„Das solltet Ihr! Aber Ihr braucht Euch keine Gedanken um Eure Verletzung zu machen, sie heilt!“, erwiderte sie und sah ihn nicht mehr an.

Sie war ihm noch immer rätselhaft in ihrem Wissen um seinen Körper, aber er hatte sich auf eine merkwürdige Art daran gewöhnt. Er mochte, wie sie mit diesem Wissen umging, stets darauf bedacht nicht ungefragt zu viel davon preiszugeben. Sie spürte die Verantwortung, die ihre Fähigkeit von ihr verlangte, und das machte ihn ruhig.

Es erschien ihm nicht mal beunruhigend, zu ahnen, was alles sie noch von ihm wusste. Jedes seiner tiefen Gefühle, hatte sie gesagt ... Im Gegenteil, es war ihm nahezu eine Wohltat, da er so sehr wünschte, von ihr gesehen zu werden. Er wünschte es sich bereits so lange, und er war sich augenblicklich nur zu bewusst darüber, dass er sich im Grunde noch sehr viel mehr von ihr wünschte.

„Heilerin, ich verstehe, wenn Ihr Euren Kummer nicht mit mir teilen möchtet. Ich habe versprochen Euer Schweigen zu achten, aber ich muss wissen, warum Ihr letzte Nacht von Soldaten König Abrans abgeführt wurdet! Könnt Ihr mir zumindest davon berichten?"

Sie erhob ihren Kopf und ließ ihre Gabel sinken.

Sicher, er war der erste Heermeister des Königs, und wenn dieser seine Geheimnisse strikt vor der Welt hütete, so war es des Heermeisters Aufgabe, Kenntnis von seinen Machenschaften zu haben. In diesem Moment verschwand der letzte Rest der Intimität, die sie an diesem Abend geteilt hatten. Auch wenn er ihr versichert hatte, sie könne ihren Kummer mit ihm teilen, so war es ihr doch ab dem jetzigen Zeitpunkt nicht mehr möglich.

„Die Soldaten haben mich in den Krankentrakt geführt. Es gibt acht neue Patienten, die ich behandeln sollte!", erklärte sie und aß nicht weiter, da sie keinerlei Appetit mehr verspürte.

Der Heermeister jedoch schien am Verhungern zu sein, bemerkte sie mit einer beruhigenden Freude. Er war auf dem Weg der Besserung, und Alia gab ihm eine zweite Portion des Hammelfleisches, nachdem er seinen Teller geleert hatte.

„Was fehlt diesen neuen Patienten?"

„Sie sind genauso wie die anderen. Ihnen fehlt das Band!"

„Sind sie verletzt?"

„Nicht an ihrem Körper, ihre Gehirne sind es!"

Sie wusste nicht recht, ob sie dieses Wissen tatsächlich teilen sollte, waren es doch die Geheimnisse des Königs, die sie hier verbreitete. Er bezahlte Tana für ihr Schweigen, aber ihr gewährte er im Grunde einfach nur Luxus, Kost und Logis. Seit sie im Haus des Heermeisters lebte, nicht einmal mehr das, und zum ersten Mal hatte sie das Gefühl, sie sollte eine Bezahlung für ihre Arbeit einfordern. Aber sie tat ja nicht einmal ihre Arbeit ...

„Ihre Gehirne?", fragte der Heermeister verständnislos nach.

Er war der erste und einzige Mensch, dem sie jemals ihre Gabe beschrieben hatte, und sie wollte an dieser Stelle nicht damit aufhören. Soviel eigenen Willen musste sie sich zugestehen, denn sie hatte ein wenig Trost und Vertrauen darin gefunden, dass er so viel von ihr wusste und es niemals gegen sie verwandte.

„Es gibt einen Ort des Gehirnes, der die Quelle des Bandes ist. Dieser Ort ist bei den Patienten, die ich behandele, zerstört!"

„Und nur dieser Ort?"

Alia nickte lediglich.

„Wie ist das möglich?"

„Ich habe keine Erklärung dafür, und der König hält alle Informationen über diese Männer zurück. Alles, was ich weiß, ist, dass sie Soldaten sind. Sie standen unter seinem Befehl, als ihnen geschah, was auch immer ihnen ..." Aber weiter kam sie nicht in ihren Ausführungen.

„Der König bringt verletzte Soldaten aus seinen eigenen Truppen in den Palast?", unterbrach sie der Heermeister.

Alia war sofort klar, dass er mehr über diese Männer zu wissen schien, und sie schalt sich dafür, ihn nicht viel früher von ihnen in Kenntnis gesetzt zu haben, denn er hätte ihr vielleicht mit Informationen hilfreich sein können.

„Dann wisst Ihr, was diesen Männern geschehen ist?"

Er stellte seinen Teller beiseite, spannte seinen Körper, fuhr sich mit einer Hand fahrig durchs Haar und schüttelte den Kopf. „Nein, nur wo sie herkamen, bevor Ihr sie zu Gesicht bekamt, Heilerin!"

„Woher?", fragte Alia atemlos, da sie ihn selten zuvor derart alarmiert gesehen hatte.

„Aus dem Süden!"

Kapitel 28

„Sämtliche Fürstenhäuser, mit denen die Späher bislang Kontakt aufgenommen haben, stehen nicht mit dem Anschlag auf dich in Verbindung", erklärte Roan und atmete durch. „Wir müssen noch immer von einem Einzeltäter ausgehen!"

Kian nickte nur. Er war in Gedanken mit dem beschäftigt, was die Heilerin ihm am gestrigen Abend über den Ursprung des Bandes und sein Band im Besonderen erklärt hatte. Auch bedauerte er sehr, dass es zu keinem persönlichen Gespräch über die Quelle ihrer Verzweiflung mehr gekommen war. Die Heilerin hatte nach dem Essen lediglich seine Wunde versorgt, sich dann still zurückgezogen, und Kian hatte ihre Traurigkeit förmlich greifen können. Er war zugegebenermaßen wütend auf sich selbst, dass er sich von ihrer Erwähnung der Männer in den Krankensälen des Palastes so sehr hatte fortreißen lassen.

Gut, diese Männer waren Soldaten des Königs, und er hatte sie an ihren Gehirnen verstümmelt aus dem Süden zurückgebracht, aber was war diese Information wert? Doch nicht mehr als das Wohlergehen der Heilerin! Doch nicht mehr als der Kummer der Frau, die ihm selbst so sehr geholfen hatte und es noch immer tat in so vielem! Der Frau, die ihm, wenn er es sich selbst zugestand, der wichtigste Mensch seiner Welt war.

Als er heute Morgen erwacht war, hatte sie bereits das Haus verlassen. Edda hatte ihn mit offener Missbilligung am Frühstückstisch begrüßt, nicht nur weil er sich erneut auf den Esstisch gesetzt hatte, sondern auch weil sie annahm, er hätte sich gegenüber ihres Gastes in irgendeiner Weise unfreundlich verhalten. Nein, die Heilerin hätte nichts gesagt! Nein, sie sei einfach traurig und still zu ihrer Arbeit aufgebrochen! Unfreundlich? Nein, aber er hatte sich verhalten wie ein gefühlloser Klotz. Bei den Monden, er wusste gar nicht, wie man sich einer Frau gegenüber verhielt, die man ...

„Was hat die Heilerin dir noch über diese Männer gesagt, Kian?", fragte Roan jetzt, da sie mit dem Tatbestand des Attentats auf ihn nicht weiterzukommen schienen.

„Nur, dass sie Soldaten aus des Königs Truppen sind", wiederholte er unkonzentriert.

„Und diese Verletzungen ihrer Gehirne, wie erklärt sie sich die?"

„Sie hat keine Erklärung dafür."

„Es muss eine geben, sonst wären da nicht acht neue Soldaten mit genau denselben Verletzungen wie bei den ersten! Das ist doch kein Zufall, Kian!"

Er zuckte lediglich die Achseln und stellte beruhigt fest, dass er dabei nur noch den Hauch eines Schmerzes verspürte. Nein, das alles konnte kein Zufall, aber es war schwer vorstellbar, dass da im Süden etwas war, das den Soldaten ihr Band entriss, ohne andere sichtbare Verletzungen zu verursachen. Welchem Zweck sollte das dienen?

Nach einem Moment des nachdenklichen Schweigens lehnte Roan sich in seinem Stuhl vor und sah Kian vorsichtig an. „Was ist das Band eigentlich genau, mein Freund? Was wissen wir darüber?"

„Gar nichts!", entgegnete er knapp und zog die Brauen zusammen.

Roan atmete hörbar durch. „Was ich sagen will, ist Folgendes, Kian, und bitte höre mich zu Ende an! Das Einzige, was wir über das Band wissen, steht in den Inzani-Gesetzen geschrieben. Dort steht, die Inzani haben kein Band und deswegen fehlt ihnen jede Menschlichkeit. Aber wir alle kennen dich, Kian! Und glaubst du, jemand von uns sei je auf die Idee gekommen, an deiner Menschlichkeit zu zweifeln? Das Inzani-Gesetz ist nichts als eine Lüge. Eine zweihundert Jahresläufe alte Lüge!"

Kian wandte sich ab.

„Und was machen wir jetzt mit unserem Unwissen? Unsere Truppen aufgrund eines zweihundert Jahresläufe alten Irrglaubens in den Süden senden?" Roan schüttelte den Kopf und sah aus dem Fenster. „Wir haben wichtigere Dinge zu tun!"

Zweihundert Jahresläufe, die Zeit des Alten Krieges! Kian versuchte bereits seit letzter Nacht, sich in Erinnerung zu rufen, was er über diese Zeit wusste, aber alles, was auch nur irgendwie mit dem Band zusammenhing, hatte er offensichtlich verdrängt. Die vielen Mondläufe, in denen er nach seinem Unfall bewegungslos im Bett gelegen hatte, tauchten in seiner Erinnerung empor. Die Stunden, die er damit verbracht hatte, sich die Alte Sprache beizubringen, nur damit er nicht über sein Schicksal nachgrübeln musste. Die alten Schriften aus der Bibliothek seines Vaters, die er gelesen hatte, um seiner Angst zu trotzen. Und das war nur der Beginn der schrecklichsten Zeit seines Lebens gewesen... Es gelang ihm nicht, seine Erinnerungen an die Inhalte der Schriften zu ordnen, denn sie waren durchdrungen von all der Verzweiflung über seine Existenz, die er damals gefühlt hatte. Er sagte sich wieder und wieder, dass diese Zeit hinter ihm lag und er in diesem Moment eine so große Verantwortung zu tragen hatte. Er brauchte seine Erinnerungen! Das Leben von zweitausend Soldaten lag in seinen Händen, und er ergab sich in das sinnlose Lamentieren um sein verwirktes Inzani-Dasein? Er war ein Narr und, bei den Monden, er musste sich endlich zusammenreißen.

Er wandte sich wieder an Roan und nickte. „Du hast recht! Aber das Wissen, das uns die Fähigkeiten der Heilerin vermittelt, ist kein alter Irrglaube. Sie weiß, was das Band ist! Sie weiß, dass es real ist! Und deswegen glaube auch ich an eine konkrete Bedrohung, die vom Süden ausgeht!"

„Aber wie sollen wir, deiner Meinung nach, mit dem Wissen der Heilerin umgehen?"

„Zunächst einmal müssen wir es geheim halten. Nur unser engster Kreis wird darüber ins Bild gesetzt. Das bin ich ihr schuldig!", entgegnete Kian bestimmt. „Sie selbst tut alles, um ihre Fähigkeiten zu verbergen, und das müssen wir in höchstem Maße achten, Roan!"

„Darin stimme ich dir unbedingt zu, aber sollen wir auf ihre Hinweise hin die Truppen in Alarmbereitschaft versetzen?"

„Wir werden keine Truppen in den Süden senden! Zumindest nicht, bis es eine Erklärung für diese seltsamen Verletzungen der Männer in des Königs Krankensälen gibt!"

Roan nickte. „Und wie gedenkst du diese Erklärung zu bekommen?“

„Ich weiß es nicht. Ich hoffe, Eret noch heute sprechen zu können. Wenn ich richtig vermute, war er dabei, als diese Männer verletzt wurden!“

„Mino hat ihn davon in Kenntnis gesetzt, dass du dich hier aufhältst! Er kommt hierher, sobald er kann!“

Kian nickte. Er wusste, was Roan eigentlich damit sagen wollte. Eret würde eine Möglichkeit finden müssen, unbemerkt zu ihm kommen zu können, und auch Kians eigener momentaner Aufenthaltsort musste geheim bleiben, solange Mino und seine Späher weiterhin auf der Fährte des Attentäters waren.

Roan lehnte sich zurück und lachte plötzlich rau auf. „Weißt du, Kian, im Grunde ist das alles vollkommen absurd! Abran lässt in seinen Krankensälen Männer behandeln, die leere Hüllen sind, echte Inzani, ohne Hoffnung auf Besserung, während er dich, der du lediglich schlecht laufen kannst, behandelt wie einen Wurm, weil in seinen Augen du ein Inzani bist. Wenn es dich nicht so sehr betreffen würde, wäre ich geneigt laut darüber zu lachen!“

Kian starrte seinen Freund an. Er wusste, dass die Heilerin Roans Gedankengang teilte, wenn auch nicht seinen Humor. Er hatte sie mehr als einmal in ihrer Wut darüber erlebt.

„Ich entschuldige mich, sollten dich meine Worte beleidigt haben, aber, Kian, selbst dir wird die Ironie dieser Situation nicht entgangen sein!“

Alia betrat den Garten des Heermeisters und wurde vom leisen Schnauben ihres Hengstes aus ihren Grübeleien herausgerissen. Er stand seit einigen Wochen hier auf der kleinen Koppel, die an eine der Rosenhecken grenzte, und schien sich sichtlich wohlzufühlen. Sie war mittlerweile sehr froh darüber, ihn hierher geholt zu haben, und auch Logan schien die Arbeit mit ihrem Pferd zu genießen. Sie ging zu ihm hin, strich über seinen Kopf und bedauerte, wie so oft, dass ihre gemeinsame Reise zu Ende war. All ihre Hoffnung war zerschlagen, dass es jemals wieder eine Zeit auf seinem Rücken geben würde.

Entgegen ihrer Annahme hatten Tana und sie am heutigen Tag nichts von König Abran gehört. Alia hatte erwartet, er würde sich nach den neuen Patienten erkundigen, aber der Kontakt mit ihm blieb aus. In den frühen Mittagsstunden war der wahnsinnige Patient an Herzversagen gestorben. Sie hatte ihm zuvor noch einmal vom Saft der *alia* gegeben, sodass er in Frieden gehen konnte. Tana hatte ihr geholfen, seinen Leichnam zu waschen und zu salben, sie hatten ihn gekleidet und dann hatte sie die Königin in einer Nachricht über den Todesfall in Kenntnis gesetzt. Auch darauf hatte der König nicht reagiert. Nun, vielleicht befand er sich erneut gar nicht im Palast. Alia konnte das nur recht sein.

Sie verabschiedete sich von ihrem Pferd, betrat das Haus und lauschte, als sie ihren Umhang aufhängte. Sie erkannte die Stimme des Heermeisters, aber er war nicht alleine. Einen Moment verharrte sie, dann entschloss sie, sich schnellstmöglich in ihr Zimmer zurückzuziehen. Sie war bereits nahezu an der geschlossenen Tür der Wohnstube vorbei, als sie von drinnen angesprochen wurde.

„Heilerin, seid Ihr das? Tretet doch bitte einen Moment ein!", rief sie der Heermeister an.

Sie verspürte nicht den Wunsch, heute noch einer fremden Person zu begegnen, und gab sich für einen Augenblick der Vorstellung hin, es könnten Ana oder Roan sein, die den Heermeister besuchten. Sie hatte beide seit ihrer Reise nie mehr wiedergesehen und bedauerte dies zutiefst.

Stattdessen stand sie beim Öffnen der Tür einem Soldaten des Königs gegenüber. Es war der Soldat, mit dem sie einen indirekten Augenkontakt gehabt und der sie festgehalten hatte, als die Schreie des Wahnsinnigen nicht enden wollten. Augenblicklich senkte sie stumm den Kopf und schalt sich dafür, ihren Umhang abgelegt zu haben, obwohl sie gehört hatte, dass der Heermeister einen Gast hatte. Jetzt war nichts mehr daran zu ändern ...

„Heilerin, ich möchte Euch Hauptmann Eret vorstellen, Oberhaupt der privaten Truppen des Königs!", stellte der Heermeister ihn vor. „Eret, ich glaube, du kennst die Heilerin Alienne aus der Jidari-Schwesternschaft im Norden!"

Sie nahm wahr, wie der Soldat nun mit einem Lächeln und ausgestreckter Hand auf sie zuschritt, und wollte ihre Hände in ihrem Umhang verschwinden lassen, aber da war kein Umhang ...

„Heilerin!“, sprach der Heermeister sie ruhig an.

Alia sah auf und traf seinen Blick. Sein ganzes Gesicht strahlte eine Sicherheit aus, die er nun zart mit seinem Band an sie sandte.

„Ihr könnt Hauptmann Eret begrüßen! In diesem Haus muss es keine Geheimnisse geben!“ Er nickte ihr ermutigend zu.

Sie sah in seine blauen Augen und alles, was sie darin erkannte, war dieselbe auffordernde Ruhe, die auch sein Band ihr vermittelte.

„Alles, was wir jetzt erfahren, bleibt innerhalb dieser Wände!“, versicherte er ihr noch einmal.

Sie griff schüchtern nach der Hand des Soldaten, der zwischen ihr und dem Heermeister hin und her sah, als begreife er nicht vollständig, um was es in ihrem kurzen Austausch gegangen war, und Alia wand sich innerlich. Er reichte seine Hand im Vertrauen und hatte keine Kenntnis davon, was er ihr damit verraten würde. Solche Situationen hatte sie immer vermieden, und sie hätte es auch diesmal getan, wenn der Heermeister sie nicht zu dieser Berührung verlockt hätte. Wut stieg in ihr auf, auch wenn sie sich sicher war, dass er hier irgendeinen Zweck verfolgen musste, sonst hätte er sie nicht gebeten, die Hand dieses Hauptmannes zu nehmen.

Sie hatte nur flüchtig ihre Hand in die des Soldaten gelegt, deren sanften Druck gespürt und augenblicklich gewusst, dass er an einer teilweisen Blindheit trug, bei der das Auge im Bereich der Pupillen eingetrübt war, sodass er lediglich in der peripheren Sicht klar sehen konnte. Warum aber wollte der Heermeister, dass sie dieses Wissen gewann? Alia kannte diese spezielle Form der Blindheit, denn sie war unter den Menschen im Süden des Landes weit verbreitet. Dort war sie sicher keine erwähnenswerte Sache, aber in diesem Teil der Welt war Hauptmann Eret nichts anderes als ein Inzani! Warum war es wichtig, das von ihm zu wissen? Alia erhob den Blick und sah das Lächeln, das der Hauptmann ihr nun schenkte.

„Ich freue mich sehr, Euch hier in angenehmerer Umgebung wiederzusehen, Heilerin!“, begrüßte er sie warmherzig.

Auch Alia lächelte, wenn auch etwas gezwungen, denn sie konnte nicht wissen, was dieser Hauptmann dem Heermeister über ihr Betragen während der Nacht in den Krankensälen berichtet hatte.

Der Heermeister nickte ihr zu. „Setzt Euch zu uns, Heilerin!", forderte er sie auf und wies auf einen Sessel ihm gegenüber.

Alia setzte sich und tauschte einen unwilligen Blick mit ihm, auch, da er ihr erneut zu einem Becher Tee verhalf. Sie lächelte jedoch sofort darüber, weil er mit einem ironischen Zwinkern ergeben den Kopf vor ihr neigte. Das alles lag hinter ihnen. Sie wussten, wie sie sich begegnen konnten, schien er ihr damit zu sagen, aber trotzdem hatte er soeben ihr Vertrauen missbraucht.

Auch der Soldat nahm in ihrer Runde Platz und auch ihm reichte der Heermeister einen Becher. „Hauptmann Eret ist mir ein sehr guter Freund, Heilerin. Er ist in der Bruderschaft meines Onkels aufgewachsen und wurde innerhalb der Truppen zum Soldaten ausgebildet!", erklärte er nun.

„Kian, wir wollen doch bei der Wahrheit bleiben! Du hast mich ausgebildet!", berichtigte der Soldat mit einem Lächeln, das Alia seine volle Bewunderung für den Heermeister auszudrücken schien.

„Nun, du hast es vorgezogen, dem König zu dienen und nicht mir!", erwiderte der Heermeister mit einem Schulterzucken.

„Ja, und versteh mich nicht falsch! Ich war dem König gegenüber immer loyal, aber es bereitete mir eine diebische Freude, ihm in mir heimlich einen Inzani unterzujubeln!", erwiderte der Hauptmann mit einem schelmischen Lächeln.

Nun verstand Alia einiges besser. Hauptmann Eret war in der Lage, seine körperliche Einschränkung vor dem Gesetz zu verbergen. Wie viele Menschen mochten davon, außer dem Heermeister, wissen? Sie hätte sich in diesem Augenblick geehrt fühlen können, dass dieser Soldat ein derart gewichtiges Geheimnis mit ihr geteilt hatte, aber er hatte es nicht freiwillig getan. Dies war ein Geheimnis, mit dessen Kenntnis jeder Mitwisser seine Existenz zerstören konnte. Alia hätte alles darum gegeben, ihre Berührung rückgängig machen zu können, auch wenn Hauptmann Eret hier frei darüber sprach, wissend, dass nicht nur der Heermeister ihm zuhörte, sondern auch sie.

„Würdest du vor der Heilerin noch einmal widerholen, was du mir gerade erzählt hast, Eret?", fragte der Heermeister nun und sah ihn intensiv an.

„Deswegen bin ich hier! Du musstest davon erfahren, Kian! Und auch Ihr, Heilerin, sollt wissen, was mit meinen Kameraden geschehen ist, die Ihr behandelt!", begann der Soldat und richtete sich in seinem Sessel auf.

Trotzdem spürte Alia plötzlich, wie entkräftet dieser Hauptmann war, wie niedergeschlagen. Sie selbst war bis aufs Äußerste gespannt darauf, was er nun berichten würde und ob er damit einige Fragen zu klären vermochte, die sie sich während ihrer Behandlung der Männer im Palast wieder und wieder gestellt hatte, aber sie hätte ihm von Herzen gegönnt, er möge ausruhen, statt sich hier erneut mit Geschehenissen zu konfrontieren, die ihn schwer zu belasten schienen.

„Die Geschichte ist schnell erzählt!", begann er resigniert. „Wir, das heißt, der König und zwanzig weitere Soldaten, waren auf einer Mission im tiefsten Süden des Landes. Keiner von uns wusste den Grund für diese Mission, denn der König bestand auf unbedingte Geheimhaltung. Wir passierten das südlichste Fürstentum, betraten die Wüste und waren nach kürzester Zeit völlig vernichtet von der Hitze. Durst, Verbrennungen, Hunger... Ich weiß nicht, wie es uns gelang, diese Sandöde zu durchqueren ohne den Verlust von Leben. Es waren zehn Tage, in denen wir keiner anderen Menschenseele begegneten, dann erreichten wir das Gebirge!"

„Ein Gebirge? Ich dachte, die Sandwüste erstrecke sich bis zum Meer?", fragte Alia, plötzlich an ihrer Kenntnis der Geographie dieses Landes zweifelnd, verwundert nach.

„Kein wirkliches Gebirge, eher eine Ansammlung von Bergen, einer Insel im Sand gleich, schroff und zerklüftet, aus schwarzem Gestein. Mit letzter Kraft konnten wir uns dorthin retten, und es war fast berauschend zu sehen, was alles dort lebt, Heilerin. Wild in Hülle und Fülle, Quellen klarsten Wassers ..." Der Hauptmann brach ab, sammelte sich jedoch wieder und begann dann erneut:

„Diese Felsberge umgeben ein riesiges Plateau. Am zweiten Tag brach eine kleine Gruppe von uns gestärkt auf, um die Ebene zu erkunden, und wir liefen direkt in unser Verderben!“

„Ins Verderben?“, flüsterte Alia und beugte sich in ihrem Sessel vor.

„Ihr werdet mich für einen Irren halten, Heilerin. Dieser Heermeister dort tut es bereits. Aber ich schwöre, es ist die Wahrheit! An den Felswänden am südlichsten Rand erschien plötzlich ein Glimmen, das immer stärker wurde, immer heller ...“

„Ein Feuer?“, fragte Alia nach, da Hauptmann Eret stockte.

„Nein, nicht wie das Licht von Flammen, auch nicht warm wie das Licht der Sonne, nein, ein Gleißen, unerbittlich blendend, weiß und kalt, so hell, dass die Landschaft darin verschwand!“

Ihre Blicke strichen verständnislos über das Gesicht des Soldaten, und auch der Heermeister schien verwirrt von den Worten seines Freundes, obwohl er diese Geschichte nun bereits zum zweiten Mal anhörte.

Hauptmann Eret lehnte sich näher zu ihr und fixierte sie in seiner peripheren Sicht. „Man sagt, Ihr könnt die Krankheiten eines Menschen in Eurer Berührung erkennen. Nun, wenn das zutrifft, wisst Ihr bereits, dass mein Sichtfeld eingeschränkt ist, Heilerin. Ich bin teilweise blind und durch dieses Gleißen konnte ich kaum noch etwas erkennen, aber ich sah, wie die Kameraden an meiner Seite fielen. Sie fielen gemeinsam mit ihren Pferden und auch mein Pferd brach zusammen ...“ Er ließ den Kopf in die Hände sinken.

Alia fühlte mit diesem Soldaten. Er hatte das blanke Grauen erlebt und doch, dies war die seltsamste Geschichte, die sie jemals gehört hatte! Und an einem abgelegenen Ort in sich selbst spürte sie eine gewisse Erleichterung darüber, dass der Soldat offensichtlich doch von ihren Fähigkeiten gewusst und die Informationen über seinen Körper wissend gegeben hatte.

„Eret, wenn es zu viel für dich ist, so sprich nicht weiter. Ich kann der Heilerin ...“, sprang nun der Heermeister ein, legte eine Hand auf die Schulter seines Freundes, und sie konnte sein Mitgefühl nicht nur in seiner Geste sehen.

„Nein, Kian! Sie hat ein Recht darauf, es von mir zu erfahren!", unterbrach der Hauptmann und wandte sich erneut an Alia. „Wir waren zehn. Einer, der weit vor uns geritten war, starb an einer Verletzung durch einen vergifteten Pfeil. Acht liegen apathisch in den Krankenzimmern des Palastes. Ich bin der Einzige, der unverletzt überlebt hat!"

Sechstes Buch

Der Feind im Süden

Kapitel 29

Kian konnte es kaum abwarten, mit der Heilerin allein zu sein, um die Geschichte Erets mit ihr zu diskutieren, aber er war gezwungen sich in Geduld zu üben. Eret hatte die Heilerin nach Beenden seiner Erzählung gebeten, alles in ihrer Macht Stehende für seine Kameraden zu tun, und sie hatte es tatsächlich fertig gebracht, bestätigend zu nicken und ihm ein von Herzen kommendes Lächeln zu schenken. Das hatte Kian tief beeindruckt und er war ihr in diesem Moment dankbar dafür, dass sie Eret nicht zweifelnd gehen ließ, obwohl sie um die Ausweglosigkeit in dieser Situation wusste.

Danach hatte sein Freund das Haus zwar zügig verlassen, da er sich nicht zu lange unbemerkt von seinem Quartier fernhalten konnte, aber unmittelbar darauf war Edda mit der Abendmahlzeit erschienen. Sie hatte eingedeckt und dabei ihrem Unmut Luft gemacht, dass Hauptmann Eret nicht zum Essen geblieben war. Außerdem fragte sie auf ihre eigene direkte Art nach dem Befinden der Heilerin und nötigte Kian dann in eine Versicherung darüber, wie schön es war, dass die Heilerin unter seinem Dach weilte. Diese Versicherung gab er sehr gerne, aber Edda erinnerte ihn damit unmissverständlich an sein Fehlverhalten am gestrigen Abend, und er war zugegebenermaßen heilfroh, als sie endlich den Raum verließ.

Kaum hatte sie die Tür hinter sich geschlossen, griff er nach seinen Stöcken und erhob sich, erleichtert darüber, dass der Schmerz in seiner Seite erträglich war.

„Setzt Euch, Heilerin!“, bot er ihr einen Platz an und ging dann selbst zum Tisch, ohne ihren Blick zu suchen. Er hatte vor, sich zu setzen und wollte dann umgehend zum Thema kommen, aber sie stand einfach vor ihm, versperrte ihm den Weg und sah ihm starr in die Augen.

Er wusste, warum sie ihn derart aufgebracht fixierte, und nickte. „Ihr braucht es nicht aussprechen! Ihr denkt, ich hätte Euch in den Händedruck mit Hauptmann Eret gezwungen, ohne dass er wusste, wie viel er Euch damit über sich verrät!“

„Ja!“, brachte sie nun hervor und er konnte ihre Wut deutlich sehen, da sie nicht versuchte sich zu beherrschen. Er hatte ihre wunderbare Sturheit so lange nicht mehr erlebt. Es war noch immer herrlich, ihre Gefühle in ihrem schönen Gesicht lesen zu können, denn es war etwas, das sie ihm so lange verwehrt hatte.

„Ihr irrt Euch!“, atmete er nun aus. „Als ich Euer Pferd draußen hörte und kurz darauf die Eingangstür, habe ich Eret gefragt, ob es ihm Unbehagen bereiten würde, wenn Ihr sein Geheimnis erfahrt.“

„Das habt Ihr?“, fragte sie nun in einem Tonfall, der zwischen Überraschung und Unglaube lag.

„Ja! Und Eret versicherte mir, Ihr müsstet es erfahren, denn andernfalls könne er nicht erklären, warum er ein so schlechter Augenzeuge für die Begebenheiten in diesem Felsmassiv sei.“

Einen Moment sah sie ihm in die Augen, und er konnte beobachten, wie sich dieser Blick mit Wärme füllte. Seine Beine gaben nach, aber er hielt ihren Blick auch noch, als sie sich setzte und er sich auf den Tisch abstützte, um es ihr nachzutun.

„Ich danke Euch, Heermeister!“

„Ich wollte, dass Ihr es durch Eure Berührung erfahrt, um Eret die Situation zu erleichtern. Er hat genug durchgemacht! Er braucht nicht in meinem Haus Rede und Antwort über sein Sehvermögen zu stehen!“, führte er nun aus und begann den Teller der Heilerin zu füllen.

Als er ihn vor ihr abstellte, bemerkte er, dass sie ihn die ganze Zeit über beobachtet hatte, und er sah sie neugierig an. „Was?“, fragte er mit einem verwunderten Lächeln.

Sie zögerte einen Moment. „Ihr seid der freundlichste Mensch, den ich kenne“, sprach sie dann leise, nahm ihre Gabel und begann zu essen.

Kian hielt inne, seinen Teller zu füllen, und konnte seine Verblüffung nicht verbergen. Er wollte es auch nicht, denn sie sollte sehen, was ihre Worte in ihm auslösten.

„Es gibt etwas, das mir nicht in den Kopf will!", sprach sie dann und sah ihn erneut an. „Wie kann der König seine Leute erneut dieser Gefahr aussetzen? Er hat bereits das Leben von achtzehn Soldaten zerstört! Warum lässt er weitere Männer hinausreiten, um sie demselben Schicksal zu überlassen? Und offensichtlich auch noch, ohne sie von der drohenden Gefahr zu unterrichten! Er ist das Oberhaupt seiner Truppen. Sollte er nicht Verantwortung für sie tragen, Heermeister?"

Kian bewunderte, wie schnell ihr Verstand nun zu arbeiten begann. „Ihr habt vollkommen recht, das sollte er! Aber er scheint besessen von der Idee, dies alles geheim zu halten. Meine Späher wissen seit Langem von seinen Truppenbewegungen im Süden, und auch die Fürsten dort beobachten sein Treiben bereits seit vielen Mondläufen, und doch hat er seine Truppen erneut in der Nacht durch die Fürstentümer geführt. Er glaubt wirklich daran, ungesehen agieren zu können!"

„Glaubt Ihr, er war dabei, als die ersten Männer verletzt wurden?"

„Ja, das war er! Er hat damals die gesamte Befehlsgewalt auf Eret übertragen, ist mit fünfundzwanzig Männern in geheimer Mission fortgeritten und mit dreiundzwanzig heimgekehrt, wovon achtzehn sofort in seinen Krankensälen verschwanden. Eret sagte, niemand hätte sie je zu Gesicht bekommen, und auf die Frage nach ihrem Verbleib habe er immer dieselbe Antwort erhalten, sie befänden sich nach ihrer Genesung wieder auf Patrouille im Süden!"

Die Heilerin legte ihre Gabel beiseite und sah ihn aufmerksam an. „Ich bin nicht in der Position, das Handeln des Königs zu beurteilen, aber es fällt mir schwer sein Verhalten zu verstehen!"

„Darin kann ich Euch nur zustimmen, Heilerin!", antwortete Kian lediglich.

Er musste sich zurückhalten, nicht noch weitere Worte über König Abran zu verlieren, denn bei allem, was er heute erfahren hatte, war ihm eines vollkommen klar geworden. Dieser König war kein Mann, dem man Verantwortung in die Hände legen durfte, unter keinen Umständen. Er spielte mit dem Leben anderer Menschen, und das machte Kian nichts als wütend.

„Ihr habt Hauptmann Eret nicht davon unterrichtet, was seinen Kameraden fehlt“, stellte die Heilerin nun ruhig fest.

„Nein, das habe ich nicht!“

„Warum nicht?“

Kian sah ihren fragenden Blick. Das Licht der Kerzen ließ ihre grünen Augen plötzlich auf eine so eigenartige Weise schimmern, dass er sich einen Moment sammeln musste, um ihr antworten zu können.

„Zum einen, weil ich Eure Fähigkeit nicht vollends vor Eret preisgeben wollte!“, begann er und sah sie den Blick senken. „Zum anderen, und jetzt müsst Ihr mich gut anhören, Heilerin, weil Eret dem König dient. Er ist mir ein guter Freund, aber niemand kann wissen, was ihm in Zukunft widerfahren wird, niemand. Ich kann nicht sicher sein, dass dieses Wissen nicht irgendwann benutzt wird, zu welchem Zweck auch immer. Es ist besser für Eret, diese Kenntnisse gar nicht erst zu haben!“

Alia konnte kaum ausdrücken, wie sehr sie den Verstand und das Handeln des Heermeisters in diesem Augenblick bewunderte. Sie nickte lediglich, den Blick weiter auf ihrem Teller ruhend. Sie sollte ihm wieder einmal danken, dachte sie, aber diese Worte kamen ihr jetzt zu klein vor für die Gefühle, die sie ihm entgegenbrachte.

„Ein gleißendes Licht, das allen Lebewesen das Band raubt“, sprach sie nun vor sich hin, denn ihr entzog sich noch immer die Bedeutung dieser Worte.

„Allen Lebewesen?“, fragte der Heermeister nach.

Sie hob nickend den Kopf. „Den Männern und ihren Pferden!“

„Ihr habt recht!“, antwortete er daraufhin und ließ ihren Blick nicht mehr los. „Der König hat zehn Pferde aus der Zucht meiner Schwester gekauft!“

„Er stockt seine Bestände auf“, erwiderte sie nachdenklich.

„Was denkt Ihr über diese Geschichte?“

„Dass sie tatsächlich keinerlei wertvolle Information enthält!“

Er nickte. „Ich habe Eret vorsichtig danach gefragt, ob er nicht vielleicht doch noch sehr unter den Strapazen der Wüstendurchquerung gelitten habe, doch er hat das vehement verneint. Ihm sei bewusst, wie unglaublich das alles klingen müsse, aber er sei nicht verrückt und er wisse, was er gesehen habe!“

Einen Moment aßen sie schweigend. „Ihr habt erneut recht, Heilerin, diese Geschichte beinhaltet keine brauchbare Information!“, sinnierte der Heermeister dann kauend.

Alia betrachtete ihn in der peripheren Sicht und für einen Moment überwältigte sie das Aussehen dieses Mannes. Sie hatte ihn all die Zeit über zu Pferde gesehen, seine hoch aufragende Gestalt bewundert, aber auch innerhalb dieser Wände, sogar, wenn seine Beine ihn nicht tragen wollten, bemerkte sie seine kraftvoll gestraffte Haltung. Eines jedoch war ihr während der letzten Zeit mehr und mehr ins Bewusstsein gerückt, und das war die Kraft seiner Gesten und seiner Mimik, wenn er sprach. Er konnte damit so oft mehr ausdrücken, als es seine Worte es taten. Bei den Monden, sie musste diese Gedanken vertreiben.

Sie hatte Wichtigeres, mit dem sie ihren Kopf beschäftigen musste. Wenn das alles auch eine Geschichte aus der Welt der Märchen zu sein schien, und sie ihren Hunger nach Fakten nicht zu stillen vermochte, so musste sie sie dennoch ernst nehmen. Hier waren Menschen grausam verletzt worden, diese Geschichte war Realität und sie war alles, was Alia hatte.

„Als ich ein kleines Mädchen war, hat mich die Kräuterschwester zu Bett gebracht“, begann sie dennoch und ließ ihre Erinnerungen schweifen. „Ich hatte Angst, in der Dunkelheit zu schlafen, und bat sie, eine Kerze für mich brennen zu lassen. Sie hat es mir verwehrt und mir eine Geschichte erzählt, die davon handelte, dass man im Dunkeln liegen müsse, damit man das Licht früh genug erkennen kann, das nachts kommt, um das Bewusstsein der Schlafenden zu stehlen!“

„Ja, Heilerin!“, schnaubte nun der Heermeister. „So klingt Erets Erzählung! Wie ein Märchen. Eine Schauergeschichte, die man einem Kind erzählt!“

Alia sah ihn einen Augenblick weiter an, dann senkte sie den Kopf und spürte ein Lächeln über ihr Gesicht huschen. „Aber auch all das, was ich Euch über Euer Band gesagt habe, muss in Euren Ohren so klingen!“

„Nein, Heilerin!“, erwiderte er sanft und berührte über den Tisch hinweg kurz ihren Arm. „Ich bitte Euch, seht mich an!“

Alia hob sofort den Kopf. Sie hatte nur zwei Mal erlebt, dass er sie derart eindringlich angesprochen hatte. Einmal am letzten Abend ihrer Reise und dann, als er vor wenigen Nächten blutüberströmt in sein Haus gestolpert war. *„Helft mir!“*, hatte er gesagt, und nun strahlten seine blauen Augen sie an. Er war gesund. Er würde nicht mehr lange hier verweilen! Und dieser Verlust erfüllte sie bereits jetzt mit Trauer.

„Eure Worte klingen mir nicht wie ein Märchen, denn ich weiß, dass Ihr die Wahrheit sagt. Ich vertraue Euch, Heilerin! Und auch wenn ich im Augenblick nicht in der Lage bin, Eure Worte über mein Band zu verstehen, so weiß ich doch, es wird einen Zeitpunkt geben, zu dem ich Euch darum bitten kann, es mir zu erklären!“

„Und das werde ich!“, erwiderte sie leise und fühlte das Glück, das er ihr durch dieses Vertrauen schenkte.

Er nickte kurz, ein beruhigtes Lächeln in seinem Gesicht, und lehnte sich in seinem Stuhl zurück. Für einen Moment schwiegen sie, und er ließ nachdenklich seinen Blick im Raum umherschweifen. „Auch Eret hat mein Vertrauen, Heilerin! Und das bedeutet, dass ich auch seine Worte nicht als Hirngespinst abtun kann!“, sprach er fest.

Alia nickte lediglich und versuchte erneut nicht darüber nachzudenken, was geschehen sein musste, nachdem die Soldaten verletzt wurden. Der Hauptmann musste sie allein zurück zu ihrem Quartier gebracht haben. Einen Leichnam und acht Männer, die ihm nicht ohne Hilfe gefolgt waren. Er hatte sie führen müssen ...

„Was kann die Quelle dieses Gleißens gewesen sein, Heermeister? Eine Waffe?“

„Ich kenne keine solche Waffe!“

„Aber da Eret das eigentliche Licht nicht sehen konnte, was bleibt sonst als Erklärung?“

„Wir werden es nicht herausfinden! Aber was immer es ist, es ist mächtig! Es zerstört Leben ohne zu töten ... und dort sind Menschen, die erbarmungslos beginnen Pfeile abzufeuern, sobald jemand in Schussweite kommt!“ Er atmete tief durch.

„Es dürfen nicht noch weitere Soldaten dorthin geschickt werden! Es bedeutet ihren sicheren Tod!“, ergänzte Alia und ihre Wut auf den König wuchs.

Der Heermeister stellte seinen Teller zur Seite und stützte seine Ellenbogen auf den Tisch. Er war ihr in diesem Moment sehr nah und sein Blick glitt mit Wärme über ihr Gesicht. Es irritierte sie, dass sie jetzt auch sein Band spüren konnte.

„Heilerin, woher bezieht die Jidari-Schwesternschaft ihr Wissen über die Existenz des Bandes? Durch Euch?“

„Nein! Die Schwesternschaft besitzt eine große Anzahl alter Schriften, in denen das Band beschrieben ist. Meine Gabe bestätigt lediglich dieses Wissen.“

„Eure Gabe!“ Der Heermeister lächelte sie an. „Es klingt schön, wenn Ihr Eure Fähigkeit auf diese Weise bezeichnet!“

Kian sah die Heilerin erröten, und sie wandte sich hastig ihrem Essen zu. Er konnte nicht glauben, wie schnell es ihm erneut gelungen war, ihre zaghafte Offenheit zu verscheuchen. Wie so oft hatte er von sich selbst den Eindruck, die Fähigkeit verloren zu haben, in irgendeiner Weise menschlich zu kommunizieren. Dabei wünschte er nichts sehnlicher, als ausgerechnet sie davon zu überzeugen, dass er ein Mann war, der etwas zu geben hatte.

„Wie alt, glaubt Ihr, sind diese Schriften?“, fragte er schnell weiter, denn er wollte ihr Gespräch wieder auf für sie sichereren Boden lenken.

„Die ältesten stammen aus der Zeit der ersten Jidari vor etwa zweihundert Jahresläufen! Warum fragt Ihr das?“

„Nun, das ist auch die Zeit, in der in meiner Welt die ersten Schriften erschienen, die sich mit dem Band befassen. Es ist die Zeit des Alten Krieges und auch dieser fand im Süden statt.“

„Ihr meint, es gibt einen Zusammenhang mit den Geschehnissen, von denen Hauptmann Eret berichtet hat?“

Ihre Mine war zweifelnd, eine einzige Frage, und er konnte lediglich die Achseln zucken. „Vielleicht nicht. Aber es ist der einzige Anhaltspunkt, der sich mir zeigt! Was denkt Ihr?“

Die Heilerin atmete durch, nahm sich noch einmal von Eddas Speisen und sah ihn dann mit einem Blick an, den er nur traurig nennen konnte.

„Ich habe, nachdem ich die Patienten im Palast zum ersten Mal sah, die Jidari-Enklave dieser Stadt besucht, um in den alten Schriften etwas zu finden, das mir bei meiner Behandlung helfen konnte. Leider hat man mir keinen uneingeschränkten Zugang zur Bibliothek gewährt. Aber ich werde es erneut versuchen, Heermeister!"

Kian nickte und es freute ihn sehr, dass sie gewillt war, ihn bei seiner sonderbaren Suche nach Zusammenhängen zu unterstützen, aber eines wunderte ihn doch. „Warum hat man Euch den Zugang zur Bibliothek nicht gewährt, Heilerin?", fragte er nach und zog die Augenbrauen zusammen.

Mit dieser Frage war er zu weit gegangen. Das konnte er unmittelbar an ihrem Gesichtsausdruck verfolgen. Sie sah ihn an, ihre Miene versteinert, und er hatte das Gefühl, er sähe bereits Tränen in ihren Augenwinkeln. Was hatte sie nur so sehr verletzt? Worunter litt sie so sehr, dass er immer wieder Zeuge solcher Momente wurde, in denen ihre Gefühle unter der Last ihrer Vergangenheit zu erstarren drohten?

„Ich bin kein Mitglied der Schwesternschaft!", entgegnete sie dann und ihre Stimme klang, als fühlte sie sich vollkommen entblößt durch ihre Worte. „Deshalb durfte ich nur einen kurzen Blick in die Bibliothek werfen!"

Kian konnte sie nur ansehen und hoffen, in seinem Blick läge genügend Mitgefühl, um ihr zu versichern, dass er an ihrer Seite stehen würde, einerlei was alles sie noch zu offenbaren hatte. Sie war keine Jidari und doch lebte sie so sehr unter dem Joch dieser Schwesternschaft. Er hätte sie gerne berührt, aber dafür fehlte ihm der Mut. Und in diesem Moment dachte er zum ersten Mal tatsächlich daran, dass sie vielleicht genau jetzt in der Lage war, seine Gefühle in seinem Band zu spüren. Ein grotesker Gedanke, oder etwa nicht?

„Ihr müsst nicht dorthin zurückkehren, Heilerin! Das ist es nicht wert! Wir kommen auch ohne die Schriften der Schwesternschaft weiter", versicherte er ihr dann.

Sie schien sich wieder gefasst zu haben und erwiderte: „Aber wie, Heermeister? Der einzige andere Ort, an dem sich sicherlich Schriften dieser Art befinden, ist die private Bibliothek des Königs, aber auch dort habe ich keine Erlaubnis bekommen, sie benutzen zu dürfen!“

Er lächelte. „Nun, ich bekäme sie erst recht nicht!“, sagte er und hoffte, sie könne seine Ironie verstehen.

Auch sie lächelte. „Ich werde erneut in der Jidari-Enklave vorsprechen!“, sagte sie fest.

„Wartet bitte bis morgen Abend, eine Entscheidung darüber zu fällen! Ich werde meinen Onkel kontaktieren. Vielleicht erübrigt sich damit Euer Besuch der Enklave, und es gelingt, die Bibliothek der Bruderschaft einsehen zu dürfen. Würdet Ihr mich dorthin begleiten?“

„Warum wollt Ihr das?“, fragte sie, offensichtlich erneut verunsichert.

„Wisst Ihr das nicht, Heilerin?“, fragte Kian verblüfft nach, weil sie es tatsächlich nicht realisiert zu haben schien. „Ihr seid der einzige Mensch, den ich außerhalb meiner Familie kenne, der in der Lage ist, die Alte Schrift zu lesen, und ich schätze Euren scharfen Verstand! Ich brauche Eure Hilfe!“

Sie nickte verlegen, aber Kian konnte sehen, dass sie sich über seine Worte freuen konnte. Sie beendete ihre Mahlzeit mit gesenktem Kopf und begann dann das Geschirr zusammenzustellen.

„Ihr braucht das nicht tun!“, kommentierte er ruhig ihre Handlungen, aber sie ließ sich nicht beirren, sondern warf ihm lediglich einen müden Blick zu.

Sie schien das alles tatsächlich müde zu sein, so als wolle sie ihm mitteilen, er solle endlich aufhören ihr zu sagen, wie sie sich zu verhalten hatte. Als sie mit dem Geschirr den Raum verließ, konnte er nur durchatmen und hoffen, er würde an diesem Abend noch irgend Worte finden, die ihr guttun würden. Er wollte so sehr, dass sie sich in seiner Gegenwart wohlfühlte.

Sie trat mit einer Teekanne wieder ein und begann schweigend Becher aus dem Schrank zu nehmen und sie zu füllen, um sich damit ruhig erneut ihm gegenüber zu setzen.

„Warum seht Ihr mich so an?“, fragte sie dann verwirrt.

„Nichts, Heilerin! Ich möchte mich nicht wiederholen.“

Sie schien einmal tief durchzuatmen, bevor sie ihren Blick hob. „Ich tue es gerne, Heermeister Dogul! Es macht mir Freude, im Haus zu helfen und Euch zu bewirten, selbst wenn es bedeutet, kein guter Gast zu sein. Und Ihr gabt mir zu verstehen, Ihr würdet diese Dinge ebenfalls tun, wenn man Euch ließe. Ich wünschte nur, wir müssten nicht dauernd darüber sprechen!“

Er schüttelte lächelnd den Kopf, weil sie ihm damit zeigte, dass ihr altes gemeinsames Thema sich immens gewandelt hatte. „Wie kann es nur sein, dass die Jidari nicht alles getan haben, um eine so kluge und fähige Frau wie Euch an sich zu binden? Ich verstehe das nicht“, flüsterte er dann fast.

Sie sah ihn einen Moment beklommen an. „Ihr sagt es so, als sei es meine Entscheidung gewesen, die Schwesternschaft zu verlassen, aber das war es nicht!“

„Nein, aber ich dachte ...“, begann er, aber sie unterbrach ihn sofort.

„Mir wurde keine eigene Entscheidung zugebilligt! Wer weiß, vielleicht hätte ich mich sogar gegen das Leben innerhalb der Schwesternschaft entschieden, wenn es an mir gewesen wäre, aber sie haben mir die letzte Weihe verwehrt und danach ...“

„Heilerin, Ihr braucht nicht weiterzusprechen. Ich bin mir sicher, nicht das richtige Gegenüber für ein solches Gespräch zu sein!“, lenkte Kian nun ein, denn er könnte es in diesem Augenblick nicht ertragen, wenn sie sich erneut so weit von ihm entfernte, dass die Verbindung zwischen ihnen abbrach.

Jetzt lächelte sie jedoch plötzlich und sah ihm fest in die Augen. „Doch, das seid Ihr! Ihr habt mir eine Möglichkeit gegeben, das Kloster zu verlassen. An Eurer Seite habe ich zum ersten Mal in meinem Leben Freiheit gespürt und das tue ich noch immer! Ihr habt mir ein Leben gegeben!“

„Ihr mir auch, Heilerin!“ Und nun war er es, der den Kopf senkte.

Kapitel 30

Alia betrat ihre Kammer und ließ sich mit dem Rücken gegen die verschlossene Tür sinken. Der Heermeister war fort. Edda hatte ihr soeben berichtet, Eret und Mino seien am frühen Nachmittag erschienen, und er war bald darauf mit ihnen zum Lager der ersten Garde aufgebrochen.

Sie machte sich keine Sorgen um seine Verwundung. Gestern Abend noch hatte sie seine Wunde neu bandagiert. Sie heilte glatt, und es war keine Entzündung aufgetreten. Seine Rippe hatte sich ihr ebenfalls stabil gezeigt, und sogar die wunden Stellen an seinen Beinen waren nahezu verheilt. Er war bereit fortzugehen!

Das alles war auch nicht der Grund für ihre jetzigen Gefühle. Sicher, sie hätte ihm gerne noch einen Vorrat ihrer Heilpaste mitgegeben, aber diese hätte er womöglich niemals benutzt. Sie lächelte und dachte daran, wie er ihr schon einmal einen Tiegel davon zurückgegeben hatte, in dem nicht das geringste bisschen gefehlt hatte. Es schien ihr lange her. Damals war er ihr unsagbar fremd gewesen, heute jedoch kannte sie ihn anders. Viele seiner Worte hatten ihren Kopf gefüllt, sich verdichtet und ließen sie mit den verschiedensten Gefühlen zurück. Eines davon war eine tiefe Zuneigung, wenn sie auch das passendere Wort dafür kaum denken konnte.

Am gestrigen Abend hatte sie ihm so vieles offenbart und sie konnte es kaum glauben, aber es störte sie nichts daran. Nicht nur ihr Geständnis, sie sei keine Jidari, hatte sie erleichtert zurückgelassen. Auch die Offenheit, die sie über die Grenzen ihres bisherigen Lebens sprechen ließ, hatte sie den ganzen heutigen Tag mit Ruhe erfüllt. Mochte ihre Arbeit im Palast auch noch so sinnentleert sein, ihr Leben hatte sich gewandelt und das des Heermeisters ebenso, das hatte er ihr deutlich gezeigt und nicht nur seine Worte hatten ihr davon gesprochen. Sie hatte sein Band mit einer solchen Klarheit seiner Gefühle gespürt wie noch nie zuvor. Es war, als stünde es zu ihr, fühlte mit ihr, verstand sie und sehnte sich danach, sie zu halten. Es war schwer vorstellbar, aber es war der Heermeister, der sich danach sehnte, ihr all das zu geben, ihr all das zu sein.

Sie hatte sich nie als eine Frau zu sehen gelernt, die solche Gefühle in einem Mann wecken konnte, aber sie war diese Frau. Und in diesem Moment schmerzte sie der Verlust seiner Gegenwart sehr, denn auch sie sehnte sich nach ihm, sehnte sich danach, dass ihre Gespräche fortgesetzt werden würden, dass sie eine Möglichkeit hätten, einander besser kennenzulernen und ... sie sehnte sich danach, zu ihm zu gehören! Aber das war nicht möglich und ihre alte Trauer umfing sie, wie so oft in den letzten Tagen, einem kalten Umhang gleich.

Der Heermeister brachte ihr all diese Gefühle entgegen, das war die Wahrheit, aber er wusste nicht, was sie war. Er mochte ihre Fremdheit erahnen, vielleicht auch mehr, denn sie hatte sich während ihrer Reise mehr als einmal versehentlich vor ihm offenbart. Er kannte ihre Schnelligkeit, vermutlich wusste er auch von ihren schärferen Sinnen oder ahnte es zumindest. Er hatte ihre instinktiven Laute der Angst vernommen und war dabei gewesen, als eine wilde Katze ihr mit einem solchen Zutrauen begegnet war, als gehörte sie ihrer Art an. Aber er hatte nie ihre Ohren gesehen, nicht ihren Körper ...

Es gab keine Möglichkeit, ihm das zu zeigen, keine Möglichkeit, ihm wirklich nah zu sein. Alia schloss für einen Moment die Augen und drängte ihre Gefühle zurück. Es musste genügen, dass sie um seine Wünsche ihr gegenüber wusste. Das allein erfüllte sie bereits mit so immenser Freude. Sie würde ihm helfen sein Band besser zu verstehen, aber mehr konnte sie nicht mit ihm teilen!

Edda hatte ihr berichtet, der Heermeister hätte Logan gebeten, einige Dinge für sie bereitzulegen, aber sie hätte keine Kenntnis davon, um was genau es sich dabei handelte. Dann hatte sie noch etwas über ihre Hühner gesagt, aber Alia hatte die Fähigkeit verloren, sich auf ihre Worte zu konzentrieren. Jetzt erblickte sie zwei sehr alt aussehende Bücher auf ihrem Tisch. Darauf lag ein Kuvert, das ihren Namen in seiner Handschrift trug. Ihr Herz machte einen Satz, denn er hatte ihren richtigen Vornamen benutzt.

Sie nahm den Umschlag schnell an sich, entdeckte dann jedoch ein kleines in Tuch gewickeltes Päckchen auf ihrem Bett. Sie öffnete es und hielt verblüfft ein paar lederne Sandalen in der Hand. Sie wusste, Sara musste sie gefertigt haben. Sie hatte nicht oft Gelegenheit gehabt, das Dienstmädchen persönlich zu treffen, denn sie arbeitete tagsüber im Haus, wenn Alia bei ihren Patienten war. Seit einiger Zeit jedoch hinterließ sie immer wieder Gegenstände in Alias Zimmer, die sie angefertigt hatte, um ihre Garderobe aufzustocken. Offensichtlich war sie der Meinung, Alias Habseligkeiten könnten eine kleine Erneuerung vertragen.

Zunächst war all das Alia unangenehm gewesen. Nach ihrem Gespräch mit dem Heermeister jedoch und seiner Bitte, sie möge seinen Angestellten die Freude bereiten, sich wie ein Gast zu benehmen, hatte sie begonnen diese Dinge zuzulassen. Als sie dann auch noch von Edda darauf hingewiesen wurde, wie viel Spaß es Sara bereitete zu nähen, hatte sie ihren inneren Widerstand aufgegeben. Sara nähte die Kleidungsstücke für jeden hier im Haus, sogar die des Heermeisters.

Sie setzte sich mit ihrem kleinen Glück auf ihr Bett, die Sandalen neben sich, öffnete den Umschlag und entfaltete den Brief, den ihr der Heermeister hinterlassen hatte.

Heilerin Alia,

ich hoffe, Ihr erlaubt, dass ich diesen Namen benutze, um mich an Euch zu wenden. Ich bedauere sehr, mein Haus und Euch verlassen zu müssen. Wenn Ihr meine Zeilen lest, weile ich bereits im Quartier der ersten Garde.

Ich habe am heutigen Morgen meinen Onkel benachrichtigt, um ein Gespräch mit ihm ersucht und darum gebeten, mit Euch die Bibliothek der Bruderschaft benutzen zu dürfen. Er hat erfreulicher-

weise umgehend positiv geantwortet und erwartet unseren Besuch, sobald ich in die Stadt zurückkehre. Ihr seht, es gibt für Euch keinen Grund in die Bibliothek der Schwesternschaft zurückzukehren, und ich möchte nicht, dass Ihr leidet.

Unterdessen hinterlasse ich Euch meine Lektüre der letzten Nacht. Es war spät und die Buchstaben sind mir vor den Augen verschwommen. So war ich leider nicht mehr in der Lage, einen klaren Gedanken darüber zu fassen, aber ich hege die Hoffnung, Euer scharfer Verstand mag den beiden Schriften etwas entnehmen, das mir entgangen ist. Ich freue mich bereits sehr darauf, bei meiner Rückkehr Eure Gedanken darüber zu teilen.

Beide Bücher befassen sich mit der Zeit, über die wir gesprochen haben. Eines ist eine Sammlung der alten Kampfrituale. Das andere behandelt die Historie der Armee dieses Landes, wobei vermutlich lediglich die Anfänge dieser Geschichte von Interesse sind. Ihr braucht nicht alles zu lesen, Heilerin. Mir ist bewusst, dass Kampfrituale und Armeegeschichte vermutlich Themen sind, die Euch nicht mit großer Begeisterung erfüllen können. Zudem weiß ich ehrlich nicht, ob diese Texte sich eignen, Licht in Erets Bericht zu bringen, aber es ist ein Anfang.

Solltet Ihr in meiner Abwesenheit Grund haben, mit mir in Verbindung treten zu wollen, so übergebt Euer Schreiben an Logan. Er kennt meine Kontakte in der Stadt, und ein Bote wird mir Eure Nachricht übermitteln. Ich hoffe sehr darauf, bald zu Euch zurückkehren zu können. Vielleicht bekomme ich dann Eure Wut über dieses Schreiben zu spüren, aber seid gewiss, mich erfüllt jetzt schon die Vorfreude auf die eigensinnige, bewundernswerte und bezaubernd kluge Person, die Ihr seid. Nehmt mir meine Worte bitte nicht übel, denn wisst Ihr, einem Mann, dessen Leben Ihr bewahrt habt, müsst Ihr einfach zugestehen, dass er eine derart hohe Meinung von Euch hat.

Auf hoffentlich bald, Kian Dogul.

Alia las den Brief noch ein zweites Mal und auch dabei wollte ihr Lächeln nicht weichen. Sie strich langsam mit den Fingern über den Einband eines der Bücher und spürte das warme, etwas rissige Leder. Wie kam er darauf, sie könne wütend sein? Sie brannte förmlich darauf, diese Schriften zu lesen, denn wenn die Vergangenheit irgend hilfreich sein könnte, die rätselhaften und grausamen Geschehnisse im tiefen Süden dieses Landes zu deuten, dann wollte sie Tag und Nacht damit verbringen, sie zu begreifen.

Sie beschloss, noch heute Abend die Königin davon zu unterrichten, dass es ihr Wunsch war, noch einmal die Jidari-Enklave zu besuchen. Es ehrte den Heermeister, sie davon abhalten zu wollen, aber diese Nachforschungen zu betreiben, erschien ihr wichtiger zu sein als ihre persönlichen Gefühle. Sie sah keine Hindernisse für ihr Vorhaben, denn der König war noch immer nicht wieder in Erscheinung getreten, worüber sie sehr froh war. Sie konnte sich schwer vorstellen, vor ihm zu knien und kein Wort über die Ereignisse zu verlieren, die Hauptmann Eret ihnen beschrieben hatte, aber sie würde schweigen müssen. Hauptmann Eret hatte Verrat an seinem Herrn begangen, und den galt es unbedingt zu decken. Seine Geheimnisse mussten innerhalb dieser Wände bleiben, wie es der Heermeister ausgedrückt hatte, und so sollte es geschehen.

Sie war froh darüber, dass der Heermeister ihr in seinem Brief eine Möglichkeit aufgezeigt hatte, ihn zu kontaktieren, denn sie hatte sonst niemanden, mit dem sie ihre Gedanken über ihre Patienten und den Ursprung ihrer Verletzungen teilen konnte. Andererseits jedoch gab es ohnehin nicht viel zu teilen. Sie sah diese Männer jeden Tag, ihre leeren Blicke, ihre automatischen Bewegungen, und sie konnte nicht auf einen Moment der Klarheit hoffen, in dem einer von ihnen ihr erzählen konnte, was dort in der Wüste mit ihm geschehen war. Diesen Moment würde es nie geben.

Es durften nicht noch mehr Männer dort ihr Leben verlieren, nicht die Chance, jemals wieder ein Leben zu haben. Sie gab sich nicht der Illusion hin, den König in seinem wahnsinnigen Vorhaben – um was es ihm dabei auch immer gehen mochte – aufhalten zu können. Aber sie konnte helfen, Wissen zu erlangen. Sie konnte dem Heermeister ihren Verstand und ihre Kenntnisse zur Verfügung stellen, denn er bekleidete eine mächtige Position in diesem Lande. Eine ganze Armee stand an seiner Seite. Er hatte vielleicht diese Chance, er konnte dem König Einhalt gebieten.

„Wir brechen noch heute auf! Roan, Mino, ihr begleitet mich! Gorin, du sendest eine Nachricht an Ana und Evan, sie sollen so bald wie möglich im Osten zu uns stoßen. Ihre Mission im Westen ist ohnehin nahezu abgeschlossen", ordnete Kian an.

Er ließ den Blick über die Soldaten in seinem Zelt gleiten und das alles schien ihm seltsam irreal. Vor wenigen Tagen noch war er verletzt in sein Haus gekommen und seitdem hatte er nahezu ununterbrochen die Gegenwart der Heilerin genossen. Die Gespräche mit ihr, ihre Berührungen ... Er wünschte, diese Zeit hätte länger anhalten dürfen. Er wünschte, er hätte wenigstens die Wahl, Zeit mit ihr zu verbringen. Zeit, in der er versuchen könnte, ihr nah zu sein, sie vielleicht sogar für sich einzunehmen ... Nach dem gestrigen Abend, der so viel Ehrlichkeit in ihnen hervorgebracht hatte, erschien ihm das fast als eine Möglichkeit, vor allem, da sie tatsächlich nicht der Jidari-Schwesternschaft angehörte. Und selbst, wenn es diese Möglichkeit nicht gab, und er lediglich ein von Gefühlen verblendeter Narr war, so spürte er doch eine Sehnsucht nach ihr, die so weit war wie das Land, das sie zusammen durchquert hatten.

„Welchen der Fürsten wirst du aufsuchen, Kian? Alle drei stehen bereit, einen Krieg gegen den König zu beginnen. Ich glaube kaum, dass sie dich mit offenen Armen empfangen werden!", wandte Gorin nun ein und streckte seine Beine lang aus.

Für einen Moment hatte Kian Probleme, auf ihr eigentliches Thema zurückzukommen. „Nun, Ragors Territorium liegt dem unserem am nächsten. Wir müssen schnell handeln! Es bleibt uns nicht viel Auswahl, fürchte ich."

„Ausgerechnet! Ragor ist bissig wie ein Wolf!", stöhnte Roan und verhalf sich zu einem neuen Becher Tee.

„Du schätzt ihn gefährlicher ein als die Fürsten Aden und Rigg?", fragte Mino nun nach.

„Nicht gefährlicher! Nur dümmer! Er scheut nicht davor zurück, Gewalt auszuüben."

„Richtig! Er wird vermutlich der erste sein, der den Marschbefehl gibt. Auch deshalb erscheint er mir das beste Ziel für unseren ersten Kontakt“, erwiderte Kian nachdenklich und füllte ebenfalls seinen Becher neu.

Die anderen nickten und einen Moment verfielen sie in Schweigen, dann wandte sich Mino an ihn. „Die Kontakte der Späher im Osten haben nicht nur die Bereitschaft zum Erstschlag gegen König Abran hervorgebracht, sondern auch die Gewissheit, dass der Osten nichts mit dem Anschlag auf Euer Leben zu tun hatte, Heermeister! Euch persönlich droht dort keine Gefahr, die über das normale Maß hinausgeht!“

„Ich danke Euch für Eure Versicherung, Mino!“, erwiderte Kian abgelenkt.

Er konnte noch immer nicht fassen, wie sehr die Fürsten im Osten die Truppenbewegungen des Königs missinterpretiert hatten. Alle drei waren schon seit Mondläufen bereit, ihre Truppen gegen ihn zu schicken. Jetzt hatten sie durch ihre Späher in Erfahrung gebracht, dass er sich im Süden bewegte, ja, sogar Truppen dort stationiert hatte, und gingen wie selbstverständlich davon aus, dass er die südlichen Fürsten überrannt hatte. Fürsten, die ihm stets wohlgesonnen waren, wenn nicht neutral gegenüberstanden. Fürsten, die nicht gegen ihn mit eigenen Milizen aufgerüstet hatten. Leichte Beute für einen machthungrigen Mann wie Abran!

Natürlich hatte keiner ihrer Späher den wirklichen Grund für des Königs Anwesenheit im Süden herausbekommen können und so mussten sie von einer militärischen Offensive ausgehen. Zu diesem Zeitpunkt machten sie ihre Milizen startbereit für einen Erstschlag gegen des Königs Truppen, und Kians Hauptmänner der dort stationierten fünften und achten Garde konnten lediglich besorgt zuschauen. Aber dieser Erstschlag musste unter allen Umständen verhindert werden, denn er wurde mit falschen Tatsachen begründet.

Es war nicht auszudenken, was geschehen würde, sollte es Kian in dieser Situation nicht gelingen zu intervenieren, bevor es zu Ausschreitungen kam, denn er wusste wahrlich nicht, wie sich seine Armee dazu positionieren sollte. Mit dieser Diskussion hatten er und seine Soldaten die letzte Stunde verbracht und waren zu keinem Beschluss gekommen. Er musste einfach früh genug im Osten eintreffen und die Fürsten an den Verhandlungstisch bringen, bevor sie ihre Milizen marschieren ließen.

Kian nickte allen zu und gab so das Zeichen zum Aufbruch. Sie hatten kurz über die Männer in des Königs Krankentrakt gesprochen und sich einstimmig gegen eine eigene Intervention im Süden ausgesprochen. Es kam nicht in Frage, dort das Leben ihrer Soldaten zu gefährden, ohne den geringsten Hinweis darauf, wie diese Leben zu beschützen seien. Kian jedoch belastete dieses Thema jetzt mehr denn je, denn er hatte ihnen alles verschwiegen, was in den letzten Tagen seinen Kopf so sehr beschäftigt hatte. Das Gleißen ...

Er hatte nicht darüber gesprochen, dass er Kenntnis davon hatte, wohin genau der König seine Truppen führte. Er fühlte seine Schuldigkeit gegenüber Eret sehr stark, aber gleichzeitig hielt er zum ersten Mal in seinem Leben Informationen vor seinem engsten Kreis zurück, und das missfiel ihm zutiefst, auch wenn die Geschichte Erets noch so rätselhaft war.

Er versuchte ununterbrochen sein Gewissen damit zu beruhigen, dass er noch immer keinerlei Vorstellung hatte, was das Ziel des Königs eigentlich war. Was bezweckte er damit, seine Männer in dieses Gleißen zu führen? Was versuchte er dort zu finden? Kian tappte vollkommen in Dunkelheit, was die Beweggründe Abrans anging und er versprach sich innerlich, sofort darüber Mitteilung zu erstatten, wenn diese Dunkelheit sich lichtete.

Unterdessen jedoch verloren unter Abrans Befehl möglicherweise noch mehr Männer ihr Leben. Diese Schuld würde er auf sich nehmen müssen, denn ihr gegenüber stand das Leben von zweitausend Soldaten, das er bewahrte, indem er keinen von ihnen selbst in den Süden führte. Eventuell Schuld auf sich zu laden, war eine Sache, aber was war die Alternative? Wie war Abran daran zu hindern, im Süden Menschenleben fortzuwerfen? Er wollte diesen Gedanken nicht zu Ende denken, denn an dessen Ende stand in letzter Konsequenz der Krieg seiner Armee gegen den Königshof und damit gegen ihre Regierungsform an sich!

Als sie aufbrachen, trieb Kian seine Stute nachdrücklich an. Er würde versuchen im Osten zu verhandeln, dann würde er mit der Heilerin Informationen sammeln und, egal, wie dieser Versuch ausfiel, er würde danach umgehend seinen innersten Kreis zusammenrufen und beginnen darüber zu diskutieren, wie ihr König aufzuhalten war. Denn das war es, was er zu tun hatte.

Noch vor dem Abend würde er mit seinen Soldaten die Ländereien seiner Schwester passieren und es tat ihm weh, dass er nicht wenigstens für einen Moment würde Halt machen können, um sie in seine Arme zu nehmen, sie noch einmal persönlich zu beglückwünschen und sich seine kleine Nichte selbst anzusehen. Er wollte zu gerne mit eigenen Augen sehen, ob die kleine Kiana tatsächlich sein Ebenbild war oder ob Niara wie so oft übertrieb.

Nun, er musste das alles auf einen Zeitpunkt in der Zukunft verschieben. Jeder Huftritt seiner Stute erinnerte ihn an seine Pflichten als erster Heermeister dieser Armee und brachte ihn weiter fort von der Gegenwart der Heilerin. Alia! Er würde nach diesen Blumen Ausschau halten, um ihr nah sein zu können.

Die Königin hatte umgehend auf ihr Gesuch reagiert und ihr für den heutigen Tag, wie schon einmal, ihre Zofe zur Seite gestellt. Diese hatte dieses Mal sogar darauf verzichtet, Alia in ihre Besorgungen miteinzubeziehen. Sie hatte sie hierher begleitet und hatte sich dann mit ihr für einen bestimmten Zeitpunkt verabredet, um den Weg zurück zum Palast gemeinsam gehen zu können. Alia hatte so sehr gehofft, Mutter Salvia würde sie dieses Mal umgehend in die Bibliothek begleiten, aber natürlich war ihr diese Hoffnung schon beim Betreten der Enklave genommen worden.

Nun folgte sie der Oberin durch die dunklen Gänge der Enklave. Den Kodex zu befolgen, brachte ihr großes Unbehagen, aber unter ihrer Kapuze konnte zumindest niemand sehen, wie sehr sie die Zähne zusammenbiss, da sie erneut mit der größten Missachtung ihrer Person gestraft wurde. *„Folgt mir!“*, hatte Mutter Salvia lediglich gesagt. Sie hatte keine erklärenden Worte gesprochen, hatte Alia nicht um Hilfe gebeten oder sie gar begrüßt. Stattdessen wurde vorausgesetzt, dass sie demütig tat, was ihr aufgetragen wurde. In

Situationen wie diesen war es unendlich schwer ihr Selbstwertgefühl zu wahren, und sie fühlte ihre Verbindung zu Heermeister Dogul womöglich noch stärker als zu jedem anderen Zeitpunkt.

Statt also die Dinge ihres Interesses zu verfolgen, fand sie sich bei einem Patienten wieder, der tatsächlich sofort operiert werden musste, da ein Teil seines Verdauungsorgans durchlässig war. Es gab keine Zeit mehr zu verlieren, und für einen Moment fragte sie sich, ob dieser Mann sein Leben verloren hätte, wäre sie nicht zufällig hierhergekommen. Hätte eine der Schwestern die Operation selbst vorgenommen? Aber all diese Fragen führten zu nichts. Sie war hier, sie wusste, wie man diese Operation durchführte und der Grund ihres Hierseins war einerlei, denn jetzt galt es ein Leben zu bewahren.

Sie arbeitete konzentriert schweigend, ließ sich von Mutter Salvia persönlich zur Hand gehen, aber bereits im Augenblick des letzten Stiches ihrer Naht fokussierte sie ihren Verstand erneut auf das eigentliche Thema ihres Besuches. Sie hatte während der letzten zwei Nächte fieberhaft in den beiden Schriften des Heermeisters gelesen und in ihrem Gehirn war ein Gemisch aus Fakten und Motiven entstanden, das sich nur schwer aufzulösen schien. Sie wusste jedoch zumindest, nach was genau sie in den Schriften der Enklave suchen wollte, und das sollte mit ein wenig Glück nicht allzu zeitaufwendig sein.

Die Historie der Armee hatte sich als wenig hilfreich erwiesen, denn sie setzte erst zu einem Zeitpunkt ein, in dem der Alte Krieg bereits Vergangenheit war. Versprengte, überlebende Soldaten hatten sich zusammengefunden, um die zukünftigen Grundsätze der Armee zu formulieren. Das Einzige, das hierbei deutlich herausstach, war das Bekenntnis der Truppen zur absoluten Unabhängigkeit von der Befehlsgewalt des Königshauses.

Dagegen wurde die Position des ersten Heermeisters geschaffen, der frei gewählt in enger Zusammenarbeit mit dem Königshaus, aber vor allem mit seinem Stellvertreter sowie den Hauptmännern seiner Garden als Fürsprecher der Bevölkerung dienen sollte. Alia schien dies kein Zufall zu sein, sondern Ausdruck eines tiefen Misstrauens gegenüber den politischen und militärischen Fähigkeiten der Monarchie. So, als hätte die Armee in der Vergangenheit unter verheerenden Fehlentscheidungen eines Königs gelitten, denen man um keinen Preis noch einmal ausgesetzt sein wollte.

Leider gab das Buch des Heermeisters keine genauere Auskunft über die Person des Alten Königs, der das Land in diesen zerstörerischen Krieg geführt hatte. Keine Passage sprach darüber, welche Art von Mann er gewesen war und wie es unter seiner Führung zu der Katastrophe kommen konnte, die ein Krieg für das gesamte Land geworden war.

Im Geiste hatte Alia bereits einen Brief an den Heermeister aufgesetzt, in dem sie ihm die Frage nach der Person des Alten Königs stellen wollte. Sie wusste um sein immenses Wissen über die Vergangenheit, und fragte sich doch, ob es über den Alten König überhaupt mehr zu wissen gab, oder ob man alle Informationen über diesen Menschen aus der Geschichtsschreibung getilgt hatte, aus welchem Grund auch immer. Nun, der Heermeister entstammte seiner Blutlinie, vielleicht hatte die Bibliothek seiner Familie ihm mehr Aufschluss bieten können. Sie selbst erinnerte sich nicht daran, jemals in der Klosterbibliothek mehr über diesen König gelesen zu haben, als dass er im Krieg verschollen war, vermutlich getötet wurde. Das hatte ihr auch der Heermeister berichtet, während sie gemeinsam die Inschriften auf den Findlingen gelesen hatten. Vielleicht also hatte auch er keine weitere Kenntnis. Sie musste ihn fragen, und sie musste diesem Thema in den Schriften nachgehen, die die Bibliothek der Enklave bereithielt.

Ein weiteres Thema, das sich während ihrer nächtlichen Lektüre herausgebildet hatte, war mit einem Motiv verknüpft, das in den alten Kampfritualen immer wiederkehrte. *Or seis schal be protedet!* Einem Gebet gleich wurde dieser Satz wieder und wieder in den verschiedensten Varianten ausgeführt. Die Blicke mögen beschützt sein, den Blick wahren, die Augen des Bewusstseins schließen ... und nicht nur hier hatte Alia dieses Motiv gelesen, sondern auch auf den Findlingen. Zudem hatte der Heermeister es nach jedem Morgenritual laut ausgesprochen. Sie hatte keinerlei Idee, was dieses Motiv zu bedeuten hatte und wovor man sich hiermit zu schützen gedachte, auch fehlte ihr deutlich die Fantasie, es sich auszumalen.

Erst in den vergangenen Nächten war ihr gedämmert, dass sie dieses Motiv zudem aus einem völlig anderen Kontext kannte, nämlich aus dem Kodex der Jidari. In ihm wurde der direkte Blickkontakt strengstens untersagt. Die periphere Sicht sollte bis zur Perfektion geschult werden, um sich selbst nicht zu offenbaren und das eigene Bewusstsein unter allen Umständen zu wahren. Der Kodex stammte aus derselben Zeit wie die Rituale der Armee. Wenn es Alia gelänge, heute Einsicht in eine Abschrift des Kodexes zu bekommen, dann könnte sie sich ihrer Verknüpfung versichern und vielleicht etwas über die Bedeutung dieses Motives erfahren.

Noch immer konnte sie nicht wirklich daran glauben, dass es zwischen dem Alten Krieg und den aktuellen Geschehnissen im Süden tatsächlich einen Zusammenhang geben konnte, aber der Heermeister hatte in einem Punkt Recht, die Thematisierung des Bandes zog sich wie ein roter Faden durch die zweihundert Jahresläufe, die zwischen diesen Ereignissen lagen. Sicher, es war nur zu verständlich, dass er ausgerechnet auf diesem Thema beharrte, war das Band doch in seinem Leben zum alles bedeutenden Gegenstand geworden, zur Rechtfertigung des Ausschlusses seiner Person aus der Gesellschaft! Und vielleicht bedeutete das alles nichts im Zusammenhang mit diesem grauenhaften Gleißen, aber sie war hier, um Verbindungen zu knüpfen. Verbindungen zwischen der Vergangenheit und Gegenwart dieses Landes.

Alia nickte der Oberin zu und legte die Instrumente, die sie benutzt hatte, zum Säubern bereit. Der Patient erschien ihr stabil, und sie konnte sich getrost um ihre Belange kümmern. Sie ersuchte sogleich erneut um die Erlaubnis, noch etwas in der Bibliothek nachlesen zu dürfen. Die Bitte wurde ihr gewährt, und Mutter Salvia begleitete sie aus dem Krankenzimmer.

Auf einem der Pulte erblickte sie bereits beim Eintreten in den Lesesaal ein abgegriffenes Exemplar der gesammelten Gebete der Schwesternschaft. Die Oberin senkte kurz den Kopf, als Zeichen, dass sie sie nun allein lassen würde, während Alia ihre Finger über die zerbrechlichen Seiten wandern ließ. Sie erwartete nicht, viel Zeit hier verbringen zu dürfen, und während sie noch nachdachte, wie sie in diesem mit Büchern angefüllten Raum vorgehen sollte, um möglichst zügig zum Ziel zu gelangen, blieb ihr Blick an einer Textzeile hängen.

Gret allmoter, ju sent se coldlit asan ordil. So or conshius beblindet forewer. So or ribon bestolen forewer. Ju daubor strengs noto lift or seis?

Alia stockte der Atem. Genau hier vor ihren Augen lag der Zusammenhang!

Genau hier hätte sie ihn bereits seit ihrer Kindheit finden können, hätte sie jemals die Gebete für wertvoll befunden, ihr Leben zu bereichern. Ausgerechnet in den zweihundert Jahresläufen alten Gebeten sollte sie den Hinweis finden, der eine Verknüpfung zwischen dem Motiv des beschützten Blickes und dem Gleißen herstellte?

Hier sprach eine Schrift aus der Zeit nach dem Alten Krieg von einem Licht, das den Menschen ihr Band entriss. Das war nicht nur der Zusammenhang, nach dem sie gesucht hatte, es war der Beweis dafür, dass das Gleißen auch vor zweihundert Jahresläufen aufgetreten war, und gleichzeitig sprach das Gebet von einer Möglichkeit, sich in Stärke davor schützen zu können. Aber der Text eines Gebetes war kein historischer Bericht! Durfte sie überhaupt all ihren Glauben in eine Beweisführung an diese Schrift binden?

Sie besaß kein eigenes Gebetsbuch, natürlich nicht, hatte sie sich doch niemals wirklich dazu entschließen können, mehr als die gängigsten Gebete zu sprechen. Sie war keine Jidari, und der Besitz eines dieser Bücher war ihr schlicht untersagt. Nun jedoch, dachte sie fieberhaft, musste es ihr gelingen, eines mit in das Haus des Heermeisters zu nehmen, um womöglich noch mehr daraus zu lernen, das ihm helfen konnte, den König aufzuhalten. Sie wand sich innerlich, aber sie würde Mutter Salvia darum bitten müssen. Eine Bitte überhaupt zu äußern, war schon Schande genug, aber der Gegenstand dieser Bitte weckte im Grunde nichts als eine tiefe Scham in ihr.

Der Heermeister hatte nicht gewollt, dass sie hierher zurückkehrte. Er hatte verstanden, welche Qual es ihr bereitete, unter den Jidari zu sein und sei es auch nur für einige wenige Stunden. Er hatte sie davor bewahren wollen, und nun? Es war absurd, diese ganze Geschichte erschien ihr derart verrückt, sie hätte laut lachen mögen! Stattdessen sprach sie die Worte mit ihrer Stimme und sandte sie in die Welt, damit sie der Heermeister hören sollte. Für ihn sprach sie die alten Worte und nie in ihrem Leben hatte sie weniger an die Allmutter gedacht als in diesem Augenblick.

„Warum sollte ich Euch belügen, Fürst Rigg? Die Armee hat stets guten Kontakt zu Euch gepflegt. Sie hat nie auf Euer Tun eingewirkt. Ihr genießt größtmögliche Autonomie, und ich bin der Letzte, der Euch diese absprechen möchte!", argumentierte Kian und blickte in die Runde.

Nachdem sie den drei Fürsten Besuche abgestattet hatten, und Kian jedem Einzelnen in Gesprächen unter vier Augen unterbreitet hatte, welchem Irrtum sie aufsaßen, hatten sie sich zu diesem Treffen am Hofe Ragors bereit erklärt. Kian hatte ihre Fragen bereits beantwortet und ihre Zweifel so weit aus dem Weg geräumt, wie es in seiner Macht stand, aber auf vieles hatte auch er keine Antworten. So hatte er den Fürsten dieses Treffen vorgeschlagen, um noch einmal so viel Wissen über des Königs Tun im Süden als möglich mit ihnen zu teilen und von ihren Plänen in Bezug auf den Einsatz ihrer Milizen zu hören. Der befürchtete Erstschlag schien fürs Erste abgewendet, und doch war dieses Treffen erfüllt von Misstrauen gegenüber seiner Person und der Armee.

Er saß nun eingerahmt von Roan und Ana an einer riesigen Eichentafel. Die drei Fürsten selbst waren ohne Gefolge erschienen und hatten lediglich auf die Anwesenheit ihrer militärischen Berater bestanden. Im Grunde eine Geste der Offenheit, wenn diese Berater nicht eher wie Leibwächter gewirkt hätten, nachdem sie alle der Sitte gefolgt waren, keine Waffen während des Verhandlungsgespräches zu führen. Grobschlächtige Burschen waren das, und ausnahmslos alle sahen aus, als seien sie geübte Nahkämpfer. Was dachten diese Fürsten nur von ihm und seinen engsten Soldaten? Erwarteten sie, von ihnen in einen Faustkampf verwickelt zu werden? Kian hatte seine Verwunderung darüber kaum verbergen können.

„Ich muss Fürst Rigg zustimmen, Heermeister Dogul! Auch mir will es nicht in den Kopf, dass Eure Späher zwar genauestens über die Bewegungen des Königs informiert sein wollen, aber ihnen gleichzeitig nichts über das Ziel dieser Bewegungen bekannt ist! Ich denke, Ihr haltet Informationen zurück, Heermeister!"

Natürlich hielt er Informationen zurück und nicht nur vor diesen Fürsten, dachte Kian bitter. Er war ein schlechter Lügner und deshalb versuchte er erst gar nicht, die Unwahrheit zu sagen: „Ich kann Euch nicht zwingen, mir und der Armee Euer Vertrauen zu schenken! Aber bitte bedenkt, sollte die Zukunft zeigen, dass König Abran tatsächlich gegen eine Gefahr im Süden kämpft, über die uns bislang jegliche genaue Kenntnis fehlt, so befändet Ihr Euch im Falle eines Überfalls auf seine Truppen inmitten der Kampfzone. Die Armee wird Euch nicht beistehen, denn zum einen wart Ihr gewarnt und zum anderen steht fest, dass die Armee zu diesem Zeitpunkt aus Gründen der Sicherheit keine eigenen Soldaten in den Süden schicken wird."

„Soll das eine Drohung sein, Heermeister?", rief Fürst Ragor nun aufgebracht.

„Nein! Ich möchte lediglich auf ein mögliches Szenario hinweisen. Wenn Ihr also gewissenhaft entscheidet, so dürft Ihr das Risiko einer Intervention im Süden nicht eingehen. Es könnte Euren Tod und den Eurer Männer bedeuten!", erwiderte Kian fest.

Er hatte kein Interesse daran, die Dinge zu beschönigen. Er wusste um die tödliche Gefahr im Süden, und die Tatsache, dass er nicht darüber sprach, weil er die Heilerin und seinen Freund Eret schützte, würde ihn niemals davon abhalten, hier in den grauenhaftesten Farben zu schildern, was die Konsequenzen eines Militäreinsatzes im Süden sein könnten. Er blickte intensiv in die Runde und konnte erkennen, dass seine Worte tatsächlich Eindruck auf die Fürsten gemacht hatten. Er nickte jedem zu und trat dann einen letzten Versuch an, diese Männer auf seine Seite zu ziehen:

„Bevor meine Soldaten und ich Euch verlassen, damit Ihr in Ruhe über Eure Pläne beraten könnt, ehrenwerte Fürsten, lasst mich noch einen letzten Punkt ausführen! Es ist möglich, dass der König in Zukunft Druck auf alle militärischen Kräfte in diesem Land ausüben wird, um seinen Kampf im Süden zu unterstützen. Sollte er dann nicht glaubhaft von einer Gefahr für jedes Leben im gesamten Land berichten können, wird sich die Armee gegen ihn aussprechen müssen. Es wäre beruhigend, Eure Loyalität in einem solchen Fall an unserer Seite zu wissen!"

Die drei Fürsten starrten ihn an.

„Ihr bittet uns darum, die Armee gegen den König zu unterstützen?", fragte Fürst Rigg jetzt irritiert und wechselte Blicke mit den anderen Fürsten.

„Für den Fall, dass der König einen Alleingang gegen die Interessen der Bevölkerung plant, ja!", nickte Kian und ließ Rigg nicht aus den Augen.

Schweigen legte sich über den Raum, in dem Blicke getauscht wurden, und Kian die Unruhe der Soldaten an seiner Seite spürte.

„Nun, ich glaube nicht, dass wir an diesem Tage noch viel zu beraten haben!", erklärte Fürst Rigg dann.

„Nein, das ist auch mein Eindruck!", pflichtete Fürst Ragor bei und erhob sich. „Die Kunde von den erfolgreichen Friedensgesprächen, die Ihr im Westen geführt habt, ist auch zu uns vorgedrungen, Heermeister Dogul! Es freut mich, in Euch tatsächlich den umsichtigen Diplomaten kennenzulernen, als der Ihr mittlerweile in allen Teilen des Landes bezeichnet werdet. Ich glaube, ich darf an dieser Stelle für den Osten sprechen und Euch unsere volle Unterstützung zusichern. Wir danken Euch und Euren Soldaten für dieses Gespräch, Heermeister!"

„Der Dank ist auf unserer Seite!", erwiderte Kian nun seinerseits und begann ebenfalls sich zu erheben, wobei er die starren Blicke Roans und Anas wahrnahm.

Natürlich war seine Rede dazu geeignet, seine Soldaten in Unmut verfallen zu lassen, aber in diesem Moment schienen auch die Fürsten irritiert von seiner Gegenwart, und das lag daran, dass er aufgestanden war und sich ihnen erneut als Inzani zeigte. Fast war es so, als hätten sie diese Tatsache vergessen, während er gesprochen hatte, aber nun sahen sie der Realität seines Daseins ins bloße Auge.

Er atmete tief durch. Er hatte sich geschworen, seine körperliche Einschränkung nicht mehr aktiv verbergen zu wollen. Das war auch in dieser Situation gar nicht möglich, aber für einen Moment hatte er nur noch den Wunsch unsichtbar zu werden. Ihm war sehr klar gewesen, dass er sich zu einem neuen Selbstbewusstsein würde zwingen müssen, und das tat er nun auch. Er straffte seine Schultern, ging direkt auf die Fürsten zu und verabschiedete sich gebührend vom Hausherren dieses Treffens. Er suchte während dieses Abschiedes absichtlich den direkten Blick jedes Fürsten und war erstaunt, dass sie alle seinen Blick erwiderten. Mochten sie alle auch an das Inzani-Gesetz glauben, in seinem Fall machten sie offensichtlich heute eine Ausnahme.

Draußen bestiegen sie ihre Pferde, wobei Kian seine gebrochene Rippe noch immer spüren konnte. Er musste endlich den Faden der Naht entfernen, wie die Heilerin es ihm gezeigt hatte. Nun, heute Nacht würde er Zeit dafür finden. Kaum jedoch waren sie auf freiem Gelände, um sich auf den Weg zum Heerlager der achten Garde zu machen, wandte sich Ana mit großer Dringlichkeit direkt an ihn.

„Mir scheint, Evan und ich haben während unseres Aufenthaltes im Westen einiges versäumt, Heermeister!“, kommentierte sie nun die Blicke, die sie ihm zugeworfen hatte.

Kian versuchte ein Lächeln. „Nun, in den nächsten beiden Nächten werden wir genügend Zeit haben, Neuigkeiten auszutauschen.“

Roan jedoch schien den griesgrämigen Ausdruck, den er während des letzten Teiles ihres Gespräches mit den Fürsten getragen hatte, nicht aufzugeben. „Ich hoffe auf ein schmackhaftes Stück Wild für unsere Abendmahlzeit, aber noch mehr hoffe ich, der König wird niemals erfahren, was am heutigen Tag an Fürst Ragors Hof gesagt wurde!“, erklärte er mit zusammengekniffenen Augen. „Was habt Ihr bloß getan, mein Heermeister?“

Es war immer wieder irritierend für Kian, wenn sein Freund ihn in Gegenwart anderer Soldaten derart formell ansprach. „Ich habe den Fürsten unsere Unterstützung zugesagt, für den Fall, dass sie von einem Angriff auf des Königs Truppen absehen und sich nach den Vorgaben der Armee richten!“

Roan blinzelte ihn kritisch an. „Nein, Ihr habt noch einiges mehr getan, Heermeister, und das wisst Ihr auch!“

Kian nickte lediglich. Natürlich wusste er, worüber sein Freund sprach, und seine Besorgnis ehrte ihn, aber er hatte seine Worte in voller Absicht gewählt. Jeder, der ihm heute zugehört hatte, wusste, dass er nicht nur wie so oft illoyal gegenüber König Abran gewesen war, sondern ihm noch dazu offen in den Rücken gefallen war. Er hatte einen Pakt gegen das Königshaus mit den östlichen Fürsten geschlossen. Das war Verrat! Und das war etwas, das auch der erste Heermeister der Armee sich nicht in dieser Deutlichkeit erlauben durfte.

Wenn er selbst nicht derart überzeugt von seinen Worten gewesen wäre, so wären sie nie über seine Lippen gekommen, aber er musste sich der Unterstützung durch die Fürsten versichern. Er musste sie einen. Wenn es dazu kam, dass die Armee sich gegen den König stellen musste, würden sie jeden Fürsten im Lande brauchen, um gegen die Monarchie bestehen zu können. Vielleicht war das alles vollkommen übertrieben, vielleicht hatte die Schauergeschichte Erets ihn an Geister glauben lassen, aber er war nicht in der Lage, in die Zukunft zu sehen, und was auch immer diese brachte, er wollte vorbereitet sein.

Sie hatten beschlossen, Mino und Evan im Heerlager abzuholen und sich dann sofort auf den Heimweg zu begeben. Wie auf ein geheimes Zeichen hin, hatten alle Mitglieder seines innersten Kreises die Einladung Hauptmann Ranos ausgeschlagen, die Nacht im Heeresquartier zu verbringen, und Kian hatte dabei große Freude empfunden, denn seine Soldaten schienen sich ebenso auf einen Ritt und das Lagern im Freien zu freuen wie er selbst. Sie waren nicht oft in dieser Runde gereist, seit sich die Heilerin in der Stadt aufhielt. Er hätte seit Langem wieder die Möglichkeit, auf seine einsame Jagd zu gehen, und wollte gerne die Mahlzeiten am Feuer teilen. Dabei würden sie dann ausführlich Ana und Evan auf den neuesten Stand der Dinge bringen können, denn dafür hatte während der letzten beiden Tage seit ihrer Ankunft tatsächlich die Zeit gefehlt. Nun lächelte Ana ihn an und er wusste, auch sie dachte an ihre kommende Zeit unter freiem Himmel.

Als sie im Heerlager der achten Garde eintrafen, Evan und Mino zu ihnen stießen und sie gerade im Begriff waren, sich von Hauptmann Rano zu verabschieden, zeigte sich ein Bote an Kians Seite und übergab ihm einen Brief. Zunächst nickte Kian lediglich, tauschte Floskeln mit seinem Hauptmann und wendete dann seine Stute zum Fortreiten, bevor er den Umschlag näher betrachtete.

Sofort erfüllte ihn der Anblick des Schreibens mit einer Reihe von Gefühlen größter Freude, denn es war ein Brief der Heilerin. Er wartete, bis sie freies Land um sich hatten, und öffnete dann den Umschlag, ohne weiter auf seine Soldaten zu achten, die auf altbekannte Weise Roan damit neckten, er solle sich mit ihrer Abendmahlzeit ein wenig mehr Mühe geben als gewöhnlich.

Es brauchte drei Anläufe des Lesens, bis er die Worte dieses Schreibens tatsächlich begriff, so sehr wirbelten sie alles durcheinander, was er jemals geglaubt hatte zu wissen, dabei hatte die Heilerin gar nicht viel geschrieben. Es waren einige wenige Zeilen in der Alten Sprache. Sie seien einem Gebet der Jidari entnommen, welches aus der Zeit nach dem Alten Krieg stamme. *Lest selbst, Heermeister Dogul, und dann kehrt schnell in Euer Haus zurück, um mit mir darüber zu diskutieren!*, hatte sie geschrieben und dann alte Worte mit folgendem Sinn zitiert: *Große Allmutter, du schickst uns das kalte Licht als eine Prüfung. Auf dass unser Bewusstsein auf immer geblendet werde. Auf dass uns das Band auf immer entwendet werde. Zweifelst du an unserer Stärke, den Blick nicht zu erheben?*

Kian wusste plötzlich, die Zeit seines Schweigens war vorüber. Er würde noch heute Nacht seinen innersten Kreis davon in Kenntnis setzen, was im Süden geschah, denn etwas anderes würde sein Verantwortungsgefühl nicht zulassen. Es gab in dieser Geschichte zwei Menschen, die mit allen ihm zur Verfügung stehenden Mitteln zu decken waren, aber er wusste, er konnte seinen Soldaten zu hundert Prozent vertrauen.

Und in einem anderen Winkel seiner Gefühle bewunderte er die Heilerin. Sie musste in die Schwesternschaft zurückgekehrt sein, um an diese Zeilen zu gelangen, dabei hatten diese Schwestern sie gedemütigt. Wie konnte sie gleichzeitig so tief verletzt sein, und doch in einer Art und Weise stark wie kein zweiter Mensch, den Kian kannte? Sie war rätselhaft, er kannte sie noch immer nicht gut, aber er hatte im Grunde nur einen Wunsch. Er wollte mit allem, was ihm im Leben wichtig war, zu ihr gehören.

Kapitel 31

„Diese Sorte hat einen starken Wuchs, sie hat robuste Wurzeln, und das nutze ich für den Unterbau dieser zweiten Sorte mit den feinsten Blüten, die ich in die starken Triebe einsetze. Die beiden wachsen zusammen, und ich gewinne eine edle Rose mit den Eigenschaften beider Sorten, versteht Ihr?"

Alia kniete mit Logan in einem seiner Rosenbeete und lächelte ihn nickend an. Sie hatte nie daran gedacht, dass ein derartiges Einwirken in die Natur zu solch wunderbaren Ergebnissen führen konnte, hatte sie doch einen tiefen Glauben daran, dass die unberührte Natur die größte Schönheit aus sich selbst hervorbrachte. Aber die Art, wie Logan seine Rosen manipulierte, hatte einen ganz eigenen Reiz. Er vereinigte Pflanzen und schien sie dadurch tatsächlich zu vervollkommnen.

„Das ist wunderschön, Logan! Ihr seid ein Künstler!"

Logan lachte auf. „Nein, Heilerin, eher jemand, der dem großen Schöpfergeist Ehre machen möchte, indem er seinem Wirken nacheifert!"

Alia sah ihm mit Freude zu, wie er Rosenstock um Rosenstock veredelte. Seine und Eddas Art des Geisterglaubens erschien ihr noch immer seltsam, aber tatsächlich glaubten viele Menschen in dieser Welt an das Wirken dieser Geister, das hatte Tana ihr berichtet. Nicht alle wurden mit Namen bezeichnet, aber vor allem diejenigen, die für die Gestaltung des Wetters verantwortlich sein sollten, führten Namen in der Alten Sprache, die Alia viel Grund zum Schmunzeln gegeben hatten. So nannte man zum Beispiel den Windgeist *trimuwer*, was so viel wie Baumbeweger bedeutete. Und an der Spitze dieser Geisterversammlung stand der große Schöpfergeist, der sie in seiner Beschreibung sehr an die Allmutter erinnerte, an die die Jidari glaubten. Zwei Namen für dieselbe Sehnsucht, sich die Natur allen Lebens erklären zu wollen.

Nach getaner Arbeit klopften sie sich die Erde von der Kleidung, und Logan schnupperte in die Luft. „Hm, ich liebe es, wenn sie Fasan schmort!", seufzte er und nickte Alia dann zu, ihm ins Haus zu folgen, da gewiss das Essen bald bereit sei.

In diesem Moment hörte sie Huftritte in der Ferne und eine wunderbare Wärme breitete sich in ihr aus, weil sie daran die Stute des Heermeisters erkannte. Sie hinderte Logan unter dem Vorwand, er möge ihr doch bitte noch einige Zweige Salbei schneiden, daran, ins Haus zu gehen, denn sie wollte ihm die Freude der Begrüßung seines Herren ermöglichen. Natürlich sah er erst eine Weile später auf, als der Heermeister bereits in Sichtweite war, und ein Lächeln breitete sich auf seinem Gesicht aus, das den gesamten Palast hätte wärmen können. Ein sehr ähnliches Lächeln konnte man sicher nun auch auf ihrem eigenen Gesicht bewundern, dachte sie, und spürte die Hitze in ihren Wangen.

Augenblicklich sah sie jedoch auch ein Lächeln auf dem ihr mittlerweile so sehr vertrauten Gesicht des Heermeisters und konnte es gleichzeitig an ihr Bewusstsein geschmiegt spüren. Er nickte ihr zu. Er sah müde aus, als hätte es in seinem Leben keine Zeit für Schlaf gegeben, aber seine Bewegungen, mit denen er von seiner Stute stieg, waren stark und schienen ihm keine Schmerzen mehr zu bereiten. Alia würde sich der Heilung seiner Verletzung später versichern können.

Jetzt jedoch lauschte sie amüsiert den Worten zwischen ihm und seinem Knecht, der ihn schalt, er hätte bei seinem Fortreiten vor Tagen die Stalltür unverschlossen zurückgelassen, und Logan hätte die halbe Nacht damit zugebracht, die Hühner wiederzufinden, ganz zu schweigen von den Eiern, die sie in der ganzen Umgebung abgelegt hatten.

Der Heermeister blickte Logan sichtlich schuldbewusst an. „Logan, entschuldigt bitte! Das tut mir sehr leid! Ich war so vollkommen im Gedanken an meine Arbeit, dass ich Eure erschwert habe. Es tut mir wirklich leid!"

„Schon gut, Heermeister!“, grummelte Logan nun mit einem schelmischen Lächeln. „Heute lasse ich die Stalltür offen, und Ihr könnt während eines guten Abendrittes selbst Eure Hühner suchen!“

Der Heermeister lachte und seine blauen Augen strahlten auf, als seien sie Edelsteine, die in der Sonne funkelten. „So machen wir es, Logan!“ Auch er schnupperte in die Luft. „Edda macht Fasan! Lasst uns hineingehen und sehen, ob wir etwas davon bekommen können!“

Wie schon einmal konnte Kian nur schwer die Geduld aufbringen, darauf zu warten, dass er mit der Heilerin allein sein konnte. Er hatte während der vergangenen Nächte lang andauernde Gespräche mit seinen Soldaten geführt, ihnen alle Vorkommnisse im Süden geschildert und beschrieben, was die Heilerin über den Zustand ihrer Patienten berichtet hatte. Danach hatte er ihr Vorgehen umrissen, anhand von Informationen über die Zeit des Alten Krieges zu konsistenterem Wissen zu gelangen. Natürlich hatten seine Soldaten diese Verbindung nicht sofort sehen können. Das Band, das Gleißen ... sie schienen ihnen keine realen Größen zu sein, auch wenn Kian wiederholt bekräftigt hatte, dass die Fähigkeiten der Heilerin sowie die Erlebnisse Erets sehr wohl real waren. Erst, als er ihnen die Textzeile übersetzt hatte, die er in dem Brief der Heilerin vorgefunden hatte, ließen sie sich langsam darauf ein, seinen Denkweg zu teilen.

Roan und Mino, die bereits seit längerer Zeit Kenntnis von den Verletzungen der Soldaten in den Krankensälen des Palastes hatten, schienen als Erste bereit, sich auf Kians Ideen einzulassen, aber letzten Endes hatten beide nach einer intensiven Diskussion gestöhnt. Roan hatte resümiert, nun befände sich die Armee wohl in der Welt der Märchen und Sagen, und sie seien nichts weiter als Ritter, die auszogen, den Drachen zu töten! Doch zu Kians Überraschung war es Ana, die ihm widersprach, indem sie überzeugt feststellte, dass in jeder alten Geschichte eine tiefe Wahrheit lag. Diese Welt hätte es offensichtlich versäumt, aus ihrer Vergangenheit zu lernen!

Danach waren sie zu einer Debatte über Strategien den König aufzuhalten, Militärphilosophie, ihre Verantwortung für die zivile Bevölkerung und Kriegstaktiken übergegangen, die letztlich ihnen allen viel mehr lag, bedeutete sie doch, sich wieder auf gewohntem Grund zu bewegen. Diese Themen machten Kian deutlich bewusst, was sein Beruf war, und auch, was seine Aufgabe in dieser Geschichte sein musste. Er war kein Mann, der im Verborgenen alte Schriften auf ihren Wahrheitsgehalt prüfen durfte, sondern der Anführer von zweitausend Soldaten, die an seiner Seite kämpfen würden, wenn es erforderlich war. Und wenn diese Zeit kam, dann würde und wollte er mit ihnen kämpfen.

Als Edda das Essen für ihn und die Heilerin in der Stube auftrug, berichtete sie, dass es eine undichte Stelle in einer der Wasserleitungen des Hauses gab, und bat ihn darum, die Reparatur in die Wege leiten zu dürfen. Kian versicherte ihr sogleich, er werde ihr finanzielle Mittel zur Verfügung stellen, was Edda deutlich abwies, denn er stelle ihnen bereits mehr Mittel als nötig zur Verfügung. Man könne das Abdichten der Leitung ohne Weiteres von diesem Geld bezahlen. Nun argumentierte Kian, dies sei ihr Lohn, ihrer und Logans, und sie seien nicht persönlich dafür verantwortlich sein Haus instand zu setzen, woraufhin Edda aufbrauste und ihre alte Rede hervorbrachte, dies sei auch ihr Zuhause, und er solle sie die Mittel benutzen lassen, die sie dafür vorgesehen hatte. Dies sei schließlich keine Frage der Ehre! Und so fort ... Kian stöhnte innerlich und brach die Diskussion schließlich ab, indem er einlenkte und Edda ihren Willen ließ. Bei den Monden, er hatte mit der Heilerin zu sprechen!

Als sie ihnen dann endlich einen *„Guten Appetit"* wünschte und den Raum verließ, atmete er tief durch und traf den Blick der Heilerin womöglich zum ersten Mal, seit sie diesen Raum betreten hatten. Sie lächelte amüsiert.

„Ihr lasst sie nicht wirklich für die Reparatur aufkommen, Heermeister, habe ich recht?"

Kian hob den Deckel vom Schmortopf und ließ sich den Duft um die Nase wehen. „Natürlich nicht! Ich werde in den nächsten Mondläufen ihren Lohn erhöhen, um dafür aufzukommen, und

Edda wird es, wenn ich Glück habe, nicht gleich bemerken", antwortete er und betrachtete die Heilerin, die aufgestanden war, um das Essen auf ihren Tellern zu verteilen.

Ihre Haut war hell wie immer und das grüne Leuchten ihrer Augen hatte dieselbe verwirrende Wirkung auf ihn, wie damals im Stall der Herberge im Norden. Warum eigentlich nahm ihre Haut keine Färbung an, nun, da sie offensichtlich immer öfter ihr Gesicht der Sonne zeigte? Sie trug ihren Umhang nicht, hatte ihn auch im Garten nicht getragen. Er rief sich augenblicklich zur Vernunft, weil er bemerkte, wie sehr ihn ihr Anblick ablenkte, und versuchte seine Gedanken auf das Thema zu bündeln, das er mit ihr zu besprechen hatte.

„Ich habe die Bruderschaft aufgesucht, bevor ich hierherkam. Mein Onkel erwartet uns heute nach Einbruch der Dunkelheit!", berichtete er, sah dann jedoch ihre Verunsicherung. „Ihr begleitet mich doch, Heilerin?"

„Natürlich!", beteuerte sie sofort, aber etwas daran schien ihr noch immer Unbehagen zu bereiten.

„Mein Onkel ist ein freundlicher Mensch, Heilerin. Er hat Eret aufgezogen wie einen Sohn. Ihr braucht nicht beunruhigt zu sein. Er ist ein Mann des Glaubens, aber ebenso liebt er es, geistreiche Gesellschaft zu haben!", versuchte er sie zu beruhigen. „Und, Heilerin, welche Gesellschaft könnte geistreicher sein als die unsere?"

Jetzt huschte ein Lächeln über ihr Gesicht und sie begann zu essen. „Und wir verzehren uns geradezu danach, in Gesellschaft zu sein, um unseren Reichtum an Geist zeigen zu können, Heermeister!", schmunzelte sie leise und brachte Kian damit zum Lachen.

Sie war wunderbar und diese Momente so selten! Auch Kian begann nun zu essen und all die Gedanken, die er über den Süden gehabt hatte, schienen auf einmal wie weggeweht. Ausgetauscht durch die Schönheit ihrer Gegenwart.

„Habt Ihr meinen Brief erhalten, Heermeister Dogul?", fragte sie dann ernst.

„Ja! In dem Gebet, welches Ihr zitiert habt, steckt der Beweis, dass das Gleißen auch zweihundert Jahresläufe vor uns existiert hat! Das ist die Verbindung, nach der wir gesucht haben, und Ihr habt sie gefunden. Ich wünschte nur, Ihr hättet dafür nicht in die Schwesternschaft zurückkehren müssen."

Sie sah ihn einen Moment sehr aufmerksam an, dann nickte sie einmal. „Dieses Gebet ist nicht das einzige, das davon spricht, dass das Gleißen den Menschen das Band raubt. Die Jidari-Gebete sind voll von diesem Motiv!"

„Habt Ihr das gewusst?", fragte Kian interessiert nach und sah sie den Blick senken.

„Nein! Ich kenne lediglich die Gebete, die zu den spirituellen Ritualen der Jidari gehören. Der Text, den ich Euch sandte, ist Bestandteil eines Gebetsbuches, das ich nur oberflächlich studiert hatte."

Bei den Monden, sie klang fast, als entschuldigte sie sich bei ihm dafür, das Studium der Gebete vernachlässigt zu haben. Aber er kommentierte seinen Eindruck nicht, sondern sah sie lediglich sanft an und hoffte, sie verstand sein Mitgefühl auch auf diese Art.

„Wovon sprechen die Gebete noch? Von der Quelle des Gleißens?"

„Nein, das nicht, aber davon, den Blick zu schützen!"

„Wie in den Kampfritualen, die wir üben?" Jetzt war er verblüfft, denn soweit hatte er bislang nicht gedacht, obwohl das Zitat der Heilerin in ihrem Brief ebenfalls davon gesprochen hatte.

„Ja! Und Ihr richtet dabei Eure Schwerter nach Süden!"

Kian nickte lediglich, weil es ihn berührte, wie gut die Heilerin seine Soldaten und ihn beobachtet hatte, wenn sie das morgendliche Ritual ausgeführt hatten. Sie war aufmerksam, und das nahm er erneut als Zeichen ihrer Klugheit, hatte sie doch eigentlich keine Veranlassung, ihre Tätigkeiten so genau zu kennen, kein persönliches Interesse.

„Im Kodex der Jidari könnt Ihr es ebenso finden!"

Kian sah ihr fest in die Augen. „Den Blick nicht direkt auf etwas zu lenken, um das Band zu schützen?"

„Ja! Die Verweigerung des direkten Blickkontaktes der Jidari entstammt demselben Motiv!", erwiderte sie und sah ihn abwartend an.

„Das alles steht in einem Zusammenhang? Ich kann das kaum glauben!" Einen Moment flogen ihm die verschiedensten Gedanken durch den Kopf und er brauchte etwas Zeit, sich erneut zu konzentrieren.

„Habt Ihr Euch gefragt, warum Eret der einzige Überlebende dieses Massakers im Süden war? Er konnte das Gleißen nicht direkt ansehen, weil ihm die Fähigkeit dazu fehlt!"

„Ja, und er ist nicht der Einzige, der diese Blindheit der direkten Sicht trägt. Diese Form der Blindheit kommt unter den Menschen im Süden sehr häufig vor. Die Jidari nennen sie deshalb *sadernbles*!"

„Ich kann keinen Segen darin sehen, nahezu blind zu sein, Heilerin!", brachte er nun zweifelnd hervor.

„Natürlich nicht! Aber diese Krankheit gibt sich von einer Generation an die nächste weiter. Sie ist auf diese Art tatsächlich ein Segen für die Menschen im Süden, denn sie bewahrte sie davor, Opfer des Gleißens zu werden, und sie wird sie auch in Zukunft davor bewahren! Der Jidari-Name dieser Krankheit ist ebenso alt wie die Schwesternschaft selbst."

Kian starrte sie an. Diese Frau hatte so vieles herausgefunden, ungeheuerliche Fakten gesammelt und nun saß sie vor ihm und aß in Seelenruhe ihren Teller leer, um sich gleich darauf noch einmal zu bedienen.

„Das alles ist unfassbar! Ihr habt die Realität des Gleißens bewiesen und gleichzeitig den Weg beschrieben, wie man sich vor ihm schützen kann! Ihr seid ein Genie, Heilerin Alia!"

Jetzt sah sie abrupt auf, ihre Wangen färbten sich und sie schüttelte den Kopf. „Ihr selbst wart es, der Hauptmann Erets Blindheit in Zusammenhang mit seinem Überleben gebracht hat!"

„Ja, aber wenn ich nicht darauf gekommen wäre, hättet Ihr es mir erklärt!", entgegnete er lächelnd und nahm einen Bissen des Fasans. „Ich hoffe, die Bibliothek der Bruderschaft enthält noch mehr, das uns hilfreich sein kann."

„Wir müssen erfahren, wer der Alte König war und warum sein Krieg derart schreckliche Ausmaße annehmen konnte. Vielleicht können wir mit diesem Wissen die Zukunft beeinflussen!", erklärte die Heilerin überzeugt.

Ihr scharfer Verstand hatte bereits einen klaren Plan gefasst, und Kian erleichterte das auf eine Art, die er nie gespürt hatte.

„Das wird schwierig werden, Heilerin. Über die Person des Alten Königs wird nahezu nichts überliefert. Wir kennen nicht einmal seinen Namen!“, entgegnete er ratlos.

„Nun, dann muss uns die Geschichte des Krieges genügen“, schloss sie das Thema ab und aß weiter.

Kian lächelte sie an. Die Heilerin unterstützte ihn und sie nahm damit einen Teil der Last von seinen Schultern. Natürlich trug er die Verantwortung für die Truppen, und dabei konnte ihm niemand behilflich sein, denn es war Teil seines Berufes. Aber dass es jemanden gab, der mit ihm dachte und Antworten auf die Fragen fand, die ihn umtrieben, so etwas hatte er nie erlebt. Er hatte sein Leben stets so eingerichtet, dass er niemanden darin brauchte, und das tat er auch jetzt nicht, aber diese Frau war eine unendliche Wohltat für seine Person.

„Wie geht es Eurer Verletzung, Heermeister? Habt Ihr den Faden aus der Naht genommen?“, fragte sie dann und riss ihn aus seinen Gedanken.

Er wollte bereits antworten, hielt jedoch inne und sah sie ruhig an.

„Ihr erlaubt?“, fragte er und führte seine Hand zu ihrer, jedoch ohne sie zu berühren. Erst als ihr fragender Blick in ein Nicken überging, nahm er ihre Hand und legte sie sanft an seine Brust. Er wusste, diese Berührung würde ihr alle Fragen beantworten, besser, als er es je könnte, und er sah sie lächeln.

Der Heermeister hatte ihr eröffnet, dass sie zum Kloster der Bruderschaft reiten würden, das nahezu außerhalb der Stadt lag. Ihr Herz hatte förmlich einen Satz gemacht, als sie dies vernommen hatte, denn sie hatte so lange nicht die Möglichkeit gehabt, auf dem Rücken ihres Hengstes zu sitzen. Sie war sofort nach dem Essen hinausgeeilt, hatte ihn von der kleinen Koppel geholt und begonnen ihn zu satteln und aufzuzäumen. Logan hatte ihr seine Hilfe angeboten, aber sie hatte freundlich abgelehnt, denn sie fand große Freude darin, diese Tätigkeiten selbst auszuführen, nur sie und ihr Pferd.

Danach ging sie erneut ins Haus, fand den Heermeister bereits im Begriff aufzubrechen vor und nahm ihren Umhang von der Garderobe. Sie trug ihn mittlerweile lediglich auf ihren Wegen zum und vom Palast hierher und sogar vor Tana hatte sie ihn lange abgelegt. Sie und die Pflegerin waren sich während ihrer langen Zeit mit ihren Patienten sehr nah gekommen und manches Mal besprach Tana Themen mit ihr, die eigentlich dazu gemacht waren, sie mit einer Freundin zu teilen. Nun, vielleicht war es Freundschaft, die sie teilten?

Jetzt hüllte sie ihren Körper in den Umhang, zog die Kapuze über ihren Kopf und der Heermeister betrachtete sie dabei, als sei sie ihm plötzlich sonderbar.

„Ich habe Euch lange nicht mehr unter dieser Kapuze gesehen, Heilerin!"

„Heute Abend werde ich den Kodex der Jidari befolgen!", erwiderte sie fest, denn sie wollte sich im Kloster auf gar keinen Fall offenbaren und noch weniger vor dem Oberhaupt dieser Glaubensgemeinschaft.

„Ich wollte Euch nicht kritisieren. Es ist nur so, dass Eure Erscheinung ohne diesen Umhang mir mittlerweile sehr viel bedeutet!", sprach er ruhig und verlagerte sein Gewicht anders auf seine Stöcke.

Alia sah ihm erstaunt in die Augen. „Was bedeutet sie?"

„Freundschaft, Ruhe, Sicherheit, Hilfe ... Ich könnte diese Liste noch fortsetzen!", antwortete er mit einem Lächeln.

Alia war verlegen. „Nicht jetzt, Heermeister, wir haben einen Besuch zu machen!", versuchte sie ihre Gefühle zu überspielen.

Er nickte ergeben, wies dann mit seinem Kinn zur Tür als Zeichen, sie solle vorausgehen, und lächelte dann belustigt.

Alia verließ das Haus und dachte plötzlich daran, wie gut es tat, ihre Gefühle nicht mehr gänzlich vor ihm verbergen zu müssen, sondern sie einfach mit einer scherzhaften Bemerkung überspielen zu können. Er verstand das, er lachte darüber und er scherzte mit ihr. Das war ihr nur mit ihm möglich und vielleicht war auch das Freundschaft?

Und es gab noch etwas anderes, das ihr lediglich mit ihm möglich war, und das war die Geste, mit der er ihre Hand wortlos an seine verletzte Seite gelegt hatte, damit sie seine Verwundung untersuchen konnte. Auch das vor ihm zulassen zu können, war vielleicht Freundschaft! Aber ihre Gefühle gingen so weit darüber hinaus, und diese Gefühle würde sie immer vor ihm verbergen.

Seine Wunde war nahezu vollständig verheilt, und er hatte den Faden sauber herausziehen können, hatte sie beruhigt festgestellt, aber er trug wieder diese Beinschienen und die Wunden in seinen Kniekehlen hatten sich erneut geöffnet. Diese Stellen hatten keinerlei Chance vollständig zu heilen, denn er legte diese Schienen offensichtlich niemals ab, und sie wunderte sich, während sie ihre Pferde bestiegen, warum er das tat. Sie würde ihn das einmal fragen, beschloss sie.

Ihr Ritt in der Dunkelheit verlief nahezu in Schweigen, nur hier und da machte der Heermeister sie auf bestimmte Gebäude aufmerksam, die sie passierten, oder wies sie auf Begebenheiten hin, die bestimmte Orte kennzeichneten. Es war schön, mit ihm durch den kühlen Abend zu reiten und dabei nur wenigen Menschen zu begegnen, die ihnen zudem kaum Beachtung schenkten. Und es war schön, überhaupt wieder zu reiten. Alia schmerzte es fast, als sie beim Kloster angelangt waren. Nun, sie würde noch ihren Rückweg haben, um dieses Gefühl des Reisens noch einmal genießen zu können.

Zwei Mönche erschienen still an ihrer Seite, nahmen ihre Pferde entgegen und öffneten daraufhin die schwere Eingangstür des Klosters, das inmitten eines gut bepflanzten Kräutergartens lag. Sie entdeckte darin auf den ersten Blick einige Wildformen, mit denen sie nur zu gerne ihre Bestände ergänzt hätte. War es wohl möglich, den Onkel des Heermeisters diesbezüglich um Erlaubnis zu bitten? Bei den Monden, auf was für Gedanken sie kam! Sie hatte doch wirklich in diesem Moment an anderes zu denken als an Heilmittel!

Sie musste jedoch ihre Unkonzentriertheit ihrer Nervosität zuschreiben, denn als sie nun hinter dem Heermeister das Kloster betrat und seinen Onkel auf sie zueilen sah, blieb ihr nur, ihren Kopf zu senken, die Hände tief in den Taschen ihres Umhanges, und zu hoffen, dieser Abend wäre schnell beendet.

Der Abt, Onkel des Heermeisters und Ziehvater Hauptmann Erets, war nichts als beeindruckend, und sie empfand sich selbst als zutiefst belanglos in seiner Gegenwart. Sein Haar und seine Gesichtsbehaarung waren bereits ergraut, und er trug beides sehr kurz geschnitten, sodass man seine gebräunte Haut hindurchschimmern sah. Etwas ging von ihm aus, das nicht in diese Welt zu gehören schien, das hatte sie bereits am Abend des Geburtstages der Königin begriffen. Er war ein Mann mit großen Fähigkeiten, und er schien mehr zu sehen als andere Menschen. Alia hätte es nicht erklären können, aber sie spürte an ihm eine andere Form der Wahrnehmung. War es ihre Gabe, die ihn ihr derart zeigte? Sie wusste es nicht.

„Kian, es freut mich so sehr, dich hier begrüßen zu dürfen! Es ist lange her, dass du in diesen Mauern weiltest, großer Krieger!", begrüßte er den Heermeister.

Er legte freundschaftlich seine Hand an seine Seite, und Alia erstarrte, denn er berührte dabei direkt die frische Narbe, die nun des Heermeisters Brust zierte. Wie konnte er das wissen? Was spürte er jetzt? War er jemand mit einer Gabe wie der ihren? Der Heermeister zog scharf die Luft ein.

„Heiliger Schöpfer, Kian, bist du verletzt?", fragte der Mönch nun bestürzt.

Der Heermeister lächelte jedoch lediglich, wandte sich flüchtig nach Alia um und schien das Verhalten seines Onkels nicht besonders rätselhaft zu finden. Seine Zuneigung strömte ihr entgegen, und sie sah ihn direkt an. Wie schnell sie den Kodex in seiner Gegenwart vergaß!

„Ich war es, Onkel Ren! Aber die Heilerin hat mich wieder zusammengefügt! Ihr kennt euch bereits", erwiderte er und nickte ihr zu.

„Ja, und es freut mich natürlich ebenso, Euch hier begrüßen zu dürfen, Heilerin Alienne! Herzlich Willkommen in diesen kargen Mauern!"

Kian sah die Heilerin mit gesenktem Kopf nicken und war seinem Onkel dankbar, dass er nicht versucht hatte, sie mit einem Händedruck zu begrüßen. Er merkte plötzlich, dass es ihm wehtat, sie so zu sehen. Sie war ihm schon so lange nicht mehr die Frau, die sich unter einer Kapuze verbarg, und er wünschte, sie würde sich niemals mehr derart verstecken. Sie war so viel mehr als das!

„So, nun aber in den Gastraum! Ich habe uns eine Kleinigkeit zu essen gerichtet!“, polterte Ren freundlich und ging vor ihnen den Gang hinunter. „Folgt mir, bitte!“

Kian ging hinter ihm her und es überraschte ihn, dass die Heilerin seine Seite suchte. Sie schien ihre Geschwindigkeit seiner anzupassen und offensichtlich störte es sie nicht, neben ihm zu gehen und seine Schritte zu verfolgen in all ihrer Unzulänglichkeit. Sie kannte ihn, dachte er in diesem Moment mit Freude. In ihrer Gegenwart konnte er der sein, der er war; und erneut wünschte er, auch sie könne das in Bezug auf ihre Person spüren, wusste er doch, dass sie ihrerseits noch immer so vieles von ihrem Wesen vor ihm verbarg, das er nicht einmal ahnte. Er hätte ihr gerne gesagt, dass diese Dinge ihm einerlei waren und dass seine Zuneigung bestehen würde, egal, worin ihr Geheimnis bestand.

Ren führte sie in den kleinen Gastraum seiner eigenen Räumlichkeiten und bot ihnen freundlich Plätze am Tisch an. Er schenkte Tee aus, der wunderbar nach Zitrone duftete, und begann zu erklären, welche Speisen er aufgetischt hatte. Eingelegtes Gemüse, getrocknetes Obst, Brot aus der Backstube des Klosters und einige Sorten selbst hergestellter Wurst, die einer der Brüder im Holzfeuer räucherte.

Sein Onkel genoss es augenscheinlich sehr, einmal Gastgeber sein zu können, und er ließ nicht locker, bis sowohl die Heilerin als auch er sich die Teller mit all den Leckereien bestückt hatten. Dann setzte er sich mit einem *„Lasst es euch schmecken!“* und verfolgte offensichtlich mit Genugtuung, wie die Heilerin begann, die verschiedenen Sorten Wurst zu verspeisen, mit denen sie ihre Portion ausgestattet hatte. Auch Kian lächelte über sie. Seit der Abendmahlzeit waren noch nicht einmal zwei Stunden vergangen, aber ihr Hunger auf Fleisch war, wie immer, ungebremst.

Ren begann das Gespräch, indem er sich kurz erkundigte, wie die Lage im Osten des Landes sich entwickelt hatte, nachdem Kian dort interveniert hatte. Es schien ihm zu gefallen, dass Kian die Fürsten auf die Seite der Armee gebracht hatte, und an der Art, wie er ihn nun anblickte, konnte Kian sehen, dass sein Onkel sehr richtig vermutete, was genau er dort im Osten getan hatte. Ren war kein Freund des Königs, war es nie gewesen und daran hatte er Kian nie zweifeln lassen.

„So, Kian, jetzt erkläre mir bitte, was ihr in der Bibliothek der Bruderschaft zu erfahren sucht. Ich kann diese Geheimniskrämerei nicht ausstehen!"

Kian blickte abrupt von seinem Essen auf, und auch die Heilerin schien überrascht von der plötzlichen Direktheit seines Onkels, denn sie sah ihn für den Bruchteil eines Augenblickes direkt an.

„Wir suchen nach Informationen über den Alten König und den Krieg, den er führte!", antwortete Kian auf dieselbe direkte Weise.

Sein Onkel sah ihn daraufhin lange an. Er schwieg und die Stille im Raum schien die Zeit aufzuhalten. Sein Blick glitt hinüber zur Gestalt der Heilerin und auch sie betrachtete er eine Weile. Irgendwann legte er sein Besteck zur Seite, lehnte sich in seinem Stuhl zurück und schüttelte den Kopf. „Ihr könnt euch den Weg in unsere Bibliothek sparen!"

„Was meinst du damit, Onkel Ren? Beinhaltet die Bibliothek keine Schriften über den Alten Krieg?", fragte Kian verwirrt.

„Natürlich tut sie das! Aber ihr könnt eure Augen schonen und mir direkt eure Fragen stellen. Es gibt dort nichts zu lesen, das ich nicht ebenso in meinem Kopf hätte!"

Kian sah Ren fest in die Augen. „Ich weiß nicht, ob du militärische Geheimnisse mit mir teilen möchtest!"

Jetzt lachte sein Onkel kurz auf. „Kian, ich weiß, in dieser Sache geht es um allerhand Geheimnisse, die es strengstens zu bewahren gilt. Sei gewiss, sie sind bei mir besser aufgehoben als in deinem eigenen Kopf, aber wisse auch, dass ich vermutlich die meisten deiner Geheimnisse bereits kenne!"

„Wie meint Ihr das?", fragte nun die Heilerin und sah seinen Onkel erneut direkt an, was Kian auf eine seltsame Art erleichterte.

„Ich meine, Heilerin, dass ihr nicht die ersten Personen seid, die mich in dieser Sache aufsuchen!"

„Wer, Onkel Ren?", platzte Kian heraus, aber er wusste noch im selben Moment, wer es gewesen war, denn es gab nicht viele Menschen in diesem Lande, denen sein Onkel direkten Zugang zu seiner Person gewährte. „Die Königin!"

„Ja, es war die Königin! Und, Kian, falls dieser Abend zeigen wird, dass du über mehr Informationen verfügst als deine Tante, so bitte ich dich inständig, versprich mir, diese möglichst bald mit ihr zu teilen. Sie ist sehr in Sorge!"

„Ich verspreche es!", gelobte Kian und sah seinen Onkel dann fragend an. „Ich vermute, die Heilerin und ich können unseren Atem sparen, und du wirst ungefragt das Wissen mit uns teilen, das du Königin Nari gewährt hast!"

„Das werde ich, Kian, aber zunächst erzähle mir bitte von deinen Fortschritten in den geistigen Übungen! Es ist überwältigend, dich derart stark zu erleben!", entgegnete sein Onkel voller Bewunderung, und legte Kians Denken für diesen Moment lahm.

Alia starrte den Abt unverhohlen an. Er wusste es! Er konnte das Band des Heermeisters ebenso spüren wie sie. Den ganzen Abend hatte es sie nun bereits umströmt. Es sandte ihr Sicherheit, Mut und tiefe Zuneigung. Der Heermeister hatte sie durch sein Band spüren lassen, wie sehr es ihm missfiel, dass sie den Kodex in Gegenwart seines Onkels befolgte, er hatte ihr seine Belustigung über ihren Hunger auf Fleisch wissen lassen und er hatte seine Überraschung darüber mit ihr geteilt, dass sein Onkel offensichtlich bereits darüber im Bilde war, warum genau sie hier waren. Alia konnte nur im Stillen hoffen, dass dieser Mönch das Band des Heermeisters nicht in all der Klarheit lesen konnte wie sie selbst, denn dann wüsste er zudem um die Gefühle, die zwischen ihnen vorgingen, ohne dass es der Heermeister ahnte, denn dass er davon nichts ahnte, war gut so ...

Konnte dieser Mann auch ihr Band lesen? Zum ersten Mal in ihrem Leben kam ihr der Gedanke, eine andere Person könnte mehr über sie wissen als sie selbst, und das verunsicherte sie zutiefst. Was sah er in ihr?

Der Heermeister schien in seinen Grundfesten verwirrt. Auch er starrte seinen Onkel an und kniff die Augen zusammen. Sein Gesicht war eine einzige Frage. „Ich verstehe nicht!“

Jetzt erschien der Onkel des Heermeister selbst irritiert und er wandte den Blick von seinem Neffen ab, um ihn an sie zu richten. „Ihr wisst es, nicht wahr, Heilerin?“

Alia nickte langsam, sah denn hinab auf ihren Teller und hoffte, er würde nicht weitersprechen. In der peripheren Sicht beobachtete sie, wie die Blicke des Heermeisters zwischen ihr und seinem Onkel hin und her gingen. Er konnte sich offenbar keinen Reim auf dieses Gespräch machen. Dann jedoch wandte sich der Mönch schnell an ihn und lächelte.

„Kian, bitte entschuldige meine Worte! Es steht mir nicht zu, mein Wissen so offen zu zeigen, und ich wollte dich nicht so vollkommen verunsichern, wie ich es getan habe. Ich verstehe jetzt, dass es nicht dein Tun war, das deine Fähigkeiten so sehr verstärkt hat, sondern die Tatsache, dass du in der Heilerin ein starkes Gegenüber gefunden hast. Vergiss meine Worte, stelle bitte keine Fragen und lass uns über das Thema sprechen, das der Grund für deinen Besuch ist“, erklärte er nun ruhig und sah seinen Neffen eindringlich an.

Der Heermeister ließ einige Momente verstreichen, nickte dann jedoch. „Wenn du es sagst!“ Und damit ließ er das Thema tatsächlich auf sich beruhen.

Alia atmete innerlich auf, denn sie hatte nicht den Wusch, an diesem Ort über ihre eigene besondere Wahrnehmung des Heermeisters zu sprechen. Sie hatte sogar Angst davor, denn sie wollte auf keinen Fall Gegenstand dieses Gespräches mit seinem Onkel sein.

Ein starkes Gegenüber? Was bedeutete das? Es reichte aus, dass sie auf die Fragen des Heermeisters antworten musste, die er ihr vermutlich noch in dieser Nacht stellen würde. Sie wollte nicht auch noch darüber nachdenken müssen, was dieser Mönch in ihr gesehen hatte. Sie wollte ehrlich mit dem Heermeister über sein Band sprechen und sie würde es tun, aber in diesem Moment fühlte sie sich entblößt.

„Zurück zum Alten Krieg!“, begann der Abt nun ohne Überleitung. „Er entstand in einer Zeit großer politischer Unruhe, nicht unähnlich unserer jetzigen Situation. Die Armee, wie sie heute existiert, gab es nicht. Das Königshaus und die Fürsten unterhielten eigene Truppen, die sie macht- und grundhungrig aufeinanderhetzten. Des Königs Truppen waren dadurch offenbar ständig in einer Kriegssituation.“

Die Stimme des Abtes zog sie unmittelbar mit seiner Erzählung in Bann, war sie doch tief, wie die seines Neffen, und von einer Intensität, die sie das Atmen vergessen ließ. Auch der Heermeister schien sich davon fortragen zu lassen, denn er schwenkte gedankenverloren einen Rest Tee in seinem Becher und bemerkte es offensichtlich nicht einmal.

„Es scheint, als ob deshalb das, was im Süden geschah, zunächst lange unbemerkt blieb.“ Der Abt atmete kurz durch.

„Was geschah im Süden?“, fragte der Heermeister nun drängend.

„Ein Feind tauchte aus dem Nichts auf. Dieser Feind wird nirgendwo genau beschrieben, und die Schriften widersprechen sich in diesem Punkt. Manche überliefern uns seine Herkunft aus der Wüste, manche Schriften sprechen davon, dass es Wesen aus dem Meer waren, nicht menschlich. Man weiß heute demnach nichts mehr über ihn, außer, dass er große Macht hatte und mit einem Gleißen den Menschen das Bewusstsein raubte. Er bewegte sich vom Süden in Richtung der Landesmitte, und bald war die gesamte Bevölkerung auf der Flucht nach Norden.“

„Glisterin enem!“, flüsterte Alia.

„Die Findlinge! Ihr hattet recht an meiner Erklärung dieser Bezeichnung zu zweifeln, Heilerin!“, nickte der Heermeister ihr zu.

„Gleißend, weiß, kalt ... in den Schriften hat dieser Feind viele Namen. Die Truppen im Süden waren bald zerschlagen. Die Überzahl der anderen Fürsten des Landes zog es daraufhin vor, der Bedrohung im Alleingang entgegenzutreten. Sie alle fielen. Erst ganz zum Schluss einte der König die verbliebenen drei Fürstentümer und zog selbst in den Kampf. In einer verheerenden Schlacht wurde dieser klägliche Zusammenschluss seiner Truppen geschlagen und viele, nicht nur der König, verloren ihr Leben.“

„Was geschah dann mit diesem Feind?“, fragte der Heermeister weiter.

„Er verschwand!“

„Verschwand? Onkel Ren, wie kann ein Feind das Ziel haben, ein ganzes Land zu zerstören, um dann keinen Nutzen daraus zu ziehen?“, forderte er seinen Onkel heraus und erschien ungeduldig.

„Kian, das ist alles, was wir wissen! Wenn dieser Feind, menschlich oder nicht, ein Ziel hatte, so entzieht sich unserer Kenntnis, welcher Art es war. Aber nach dieser letzten Schlacht und dem Tod des Königs trat er nie mehr in Erscheinung“, antwortete der Abt ruhig. „Nie mehr, bis zum heutigen Zeitpunkt!“

Kapitel 32

Sie hatten schweigend ihre Pferde bestiegen und ritten nun, ohne Eile, gedankenversunken zurück zu seinem Haus. Kian hätte niemals gedacht, dass er König Abrans Tun auch nur einmal in seinem ganzen Leben würde gutheißen können, aber in diesem Moment tat er es. Der Alte König hatte diesem rätselhaften Feind, aus welchen Gründen auch immer, zu lange Zeit aus der Defensive zugesehen und damit die Katastrophe herbeigeführt, die der Alte Krieg wurde. Er hatte tatenlos gewartet, bis dieser Feind das halbe Land überrollt hatte. Das zumindest tat Abran nicht, und mochte sein Versuch eines Angriffes auch in allen menschlichen und militärischen Belangen vollkommen unbeholfen und falsch sein, so musste man ihm doch zugutehalten, dass er früh reagiert hatte, indem er seither diesen Feind observierte und jede seiner Bewegungen bemerken würde.

Hatte er sich bereits bewegt? Wie groß war die Wahrscheinlichkeit, diesen Feind schlagen zu können, wenn es zweihundert Jahresläufe zuvor den Truppen des ganzen Landes nicht gelungen war? Der Alte König hatte gewartet, um dann als einer der Letzten zu fallen. Aber war es nicht im Grunde einerlei, wann welcher Mann welchen Ranges fiel? Waren nicht vor zweihundert Jahresläufen trotzdem alle gefallen? Kian versuchte diese Gedanken wegzudrängen. Er konnte sich nicht erlauben, derart negativ zu denken, denn seine Aufgabe war es, eine Armee zu führen, und die Soldaten nicht nur mit leerer Hoffnung zu versorgen, sondern wenn möglich mit einem Plan, der sie alle vor diesem Feind bestehen lassen konnte.

Er sah hinüber zur Heilerin, denn er hatte bemerkt, dass sie wieder mit ihrem Pferd übte. Er wusste, dass sie das nicht nur tat, um ihr junges Pferd zu beschäftigen, sondern auch um sich selbst abzulenken. Vielleicht fiel es ihr jedoch auf diese Weise leichter, jetzt ihre eigenen Gedanken zu verfolgen, wenn sie ihren Verstand mit diesen Übungen zusätzlich forderte. Oder vielleicht hatte sie einfach Spaß an diesem Ritt.

Er lächelte in sich hinein. „Das habt Ihr während unserer Reise aus dem Norden auch ständig getan, Heilerin!"

Sie wandte sich fragend zu ihm und lächelte ebenfalls. „Das habt Ihr bemerkt?"

„Warum sollte ich nicht?"

„Ihr habt mich kaum angesehen! Wie konntet Ihr dann bemerken, was mein Pferd tut?", flüsterte sie nahezu.

„Ihr verändert die Schrittfolgen Eures Pferdes und das kann man hören, auch wenn man Euch nicht ansieht", erklärte er und wusste, dass er damit preisgegeben hatte, wie aufmerksam er ihr gegenüber immer gewesen war.

„Oh!", antwortete sie lediglich, wandte sich wieder ab, und Kian wusste, dass ihre Wangen gerötet waren, auch wenn er es in der Dunkelheit nicht sehen konnte.

„Heilerin, ich habe tausend Fragen!", gab er dann zu und ließ seiner Stute die Zügel noch länger, damit sie, wenn möglich, noch ruhiger dahinschreiten konnte. Er wollte nicht, dass dieser Ritt endete.

„Ich bezweifele, dass ich tausend Antworten habe, Heermeister, aber ich halte mein Versprechen", erwiderte sie fast sanft und warf ihm einen kurzen Blick zu.

Er lächelte über ihre Worte und sprach dann aus, was er die ganze Zeit über schon im Kopf gehabt hatte: „Was meinte mein Onkel, als er sagte, er hätte mich nie so stark erlebt?"

„Ich bin sicher, er kann Euer Band spüren, so wie ich es tue. Er nennt es nur anders!", antwortete sie und ihr Blick senkte sich langsam in seine Augen.

„Was spürt Ihr?", fragte er weiter und sah sie eindringlich an.

Sie ließ einen Moment verstreichen, dann antwortete sie zurückhaltend: „Das ist nicht leicht zu beschreiben. Euer Band strömt mir entgegen mit Euren Gefühlen. Manchmal kann ich es so deutlich lesen, als sprächet Ihr zu mir. Ich spüre es auch, wenn Ihr es anderen Menschen sendet!"

„Könnt Ihr mir ein Beispiel nennen?"

Sie nickte. „Bei unserer Ankunft im Palast habt Ihr vor dem König gekniet und seine Tiraden über Euch ergehen lassen, aber Ihr tatet es nicht in Demut. Ihr habt mir und allen anderen im Raum mit Eurem Band versichert, dass der König Euch nicht wirklich verletzen kann. Als die Königin sich einmischte, habt Ihr sie geschützt, indem Ihr Euer Band dem König entgegenschleudertet, sodass er strauchelte. Dasselbe tatet Ihr mit Eurem Vater, als er Euch ignorierte und beleidigte!"

Kian lauschte ihren Worten und konnte die Euphorie, die sie in ihm weckten, kaum zurückhalten. Alles, was sie über seine Gefühle in diesen Momenten wusste, war die Wahrheit. Er hatte all das tatsächlich empfunden. Er war nicht verrückt! Bei den Monden, es gab für all das eine reale Erklärung!

„Jetzt spüre ich Eure ungeheure Erleichterung, Heermeister! Warum? Ich hatte Angst, ich würde Euch mit meinen Worten zutiefst verstören", erklärte sie nun und beobachtete ihn offen.

„Seid beruhigt, es ist eine große Wohltat, dies von Euch zu hören! Ihr könnt nicht ahnen, wie sehr ich in der letzten Zeit an meinem Verstand gezweifelt habe! Sprecht weiter, bitte!"

Sie nickte erneut und schien nach Worten zu suchen. „Ich bin sicher, dass Ihr mit Eurem Band Euer Leben geschützt habt, als Ihr verletzt wurdet. Die geistige Übung, wie Ihr sie nennt, ist in Wahrheit Eure Fähigkeit, Euer Band aus Eurem Körper zurückzuziehen und es an einem sicheren Ort in Eurem Gehirn zu verwahren!"

„Deswegen spürte ich keine Schmerzen?"

Kian sah ihr Nicken, und sie ließ noch immer ihren Blick besorgt und forschend über sein Gesicht gleiten, als erwarte sie, er würde sich doch noch dazu entschließen, ihr keinen Glauben zu schenken. Dabei war ihm das alles so vollkommen einleuchtend, gab es doch Erklärungen für all die Dinge, die er an seiner Person bereits so lange bezweifelt hatte. Und, bei den Monden, er hatte an sich gezweifelt. Manchmal so sehr, dass er sich von allen Menschen in seiner Umgebung zurückgezogen hatte aufgrund seiner Unzulänglichkeit. Aber er war nicht minderwertig, er musste nicht an seinem Band zweifeln, nicht an seinem Verstand und nicht daran, ein verlässlicher Partner in jedem Kampf zu sein.

„Woher stammt die Verwirrung, die ich manchmal fühle, wenn ich, wie Ihr es beschreibt, mein Band aussende? Wenn ich im Kampf den Einklang mit meinen Soldaten herbeiführen will, um sie zu schützen oder mich versenke, um keine Schmerzen zu fühlen?", dachte er dann laut nach.

„Ich weiß, wovon Ihr sprecht, aber ich habe keine Erklärung dafür. Ich glaube, diese Dinge zu tun, hat einen Preis. Ihr verliert dabei Kraft."

Kian nickte. Er hatte wahrscheinlich für die nächsten Mondläufe genug Gedanken im Kopf, die es zu ordnen galt, zu begreifen und zu Ende zu denken. Dies jedoch war auch der Moment, in dem ihm definitiv klar wurde, dass die Heilerin viel mehr seiner Gefühlen kennen musste, als er aktiv zugelassen hatte. Er konnte die Botschaften, die ihr sein Band sandte, nicht beeinflussen, ja, er kannte sie nicht einmal.

„So deutlich, als sprächet Ihr zu mir", hatte sie gesagt. Jedes Mal, wenn er sich darüber gewundert hatte, warum sie derart einfühlsam mit ihm sein konnte, war es in Wirklichkeit er selbst gewesen, der ihr die richtigen Signale gegeben hatte. Jeder Moment der Nähe zu dieser zurückgezogenen Frau war erst durch ihn möglich geworden. War es dann nicht auch möglich, dass sie all seine Gefühle kannte? Alle? Auch seine Liebe zu ihr?

Er spürte seiner Verunsicherung nach und sah sie aufmerksam an, als sie an seinem Haus ankamen. Er sah sie auf die ihr eigene Art geschickt von ihrem Pferd springen und sie zeigte ihm damit seit Langem wieder, dass ihre sonst so vollkommen kontrollierten Bewegungen sich im Grunde in allem von denen anderer Menschen unterschieden. Nun, dann sollte sie auch das wissen: Er wusste um ihre Fremdartigkeit und er störte sich nicht daran, im Gegenteil, er wäre erleichtert, einfach zu erfahren, was ihre so perfekt gehüteten Geheimnisse beinhalteten. Er würde ihr auch dann noch gestehen, wie sehr er hoffte, ihr mehr als ihr Gastgeber und Freund sein zu dürfen.

Auch er begann von seiner Stute abzusteigen und für einen Moment nahmen die so lang eingeübten Bewegungen seines Körpers seine Konzentration in Anspruch. Als er jedoch erneut zu ihr hinsah, stand sie nachdenklich und sehr still vor der Stalltür, die Zügel ihres Hengstes locker in der Hand und sah hinauf zu den Sternen.

„Worüber denkt Ihr nach?", fragte er leise.

„Darüber, dass Euer Onkel sagte, ich sei Euch ein starkes Gegenüber. So als hätte ich Euch verändert!", sagte sie ebenso leise und sah ihn wieder an.

Kian sah nun seinerseits weg. Natürlich hatte sie ihn verändert! Sein ganzes Leben war ein anderes, seitdem sie darin war! Er hatte zu einem vollkommen neuen Selbstbewusstsein gefunden, weil sie ihm immer wieder gezeigt hatte, dass er ihr wertvoll war. Er konnte ihr nur unmöglich jetzt davon erzählen, denn es waren doch in jeder Sekunde der letzten Monate die Gefühle für sie, die ihn der Welt geöffnet hatten und sein Verhalten bestimmten.

„Das habt Ihr!", sagte er lediglich, nahm seine Stöcke aus den Sattelschlaufen, ging auf sie zu Richtung Stalltür und spürte die Stirn seiner Stute an seiner Schulter.

In der Stille der Nacht, die nur vom leisen Glucksen der schlafenden Hühner unterbrochen wurde, begannen sie ihre Pferde zu versorgen. Edda und Logan waren längst zu Bett gegangen, und auch Kian spürte die Müdigkeit in seinen Knochen. Wie viele Stunden hatte er in den letzten Nächten geschlafen? Er konnte sich nicht erinnern, aber es konnten nicht allzu viele gewesen sein. Sein Blick fiel wieder auf die Heilerin, deren Verstand noch immer unter Hochdruck zu arbeiten schien.

„Ihr seht noch immer nachdenklich aus, Heilerin!", merkte er lächelnd an und sie wandte sich zu ihm, ihren Sattel im Arm.

Alia sah ihn an, diesen Mann, der ihr in den letzten Minuten Gefühle der schönsten Art gesandt hatte. Er stand vor ihr, den einen Arm stark über den Hals seiner Stute gelegt und mit der anderen Hand ihre Trense abnehmend, während sie selbst, in ihre Gedanken verstrickt, versuchte, seine körperliche Schönheit zu erfassen.

„Auch wenn Ihr glaubt, ich hätte Euch verändert, so habe ich doch unmöglich Einfluss auf Euer Band, Heermeister! Ich kann es nur bezeugen!“, antwortete sie und betrachtete, wie er sich von ihr abwandte und sein Pferd weiter versorgte.

Er sah müde aus, und sie konnte wieder die Bescheidenheit in seinen Gesten sehen. Er war ein so mächtiger und einflussreicher Mann, und dennoch gab es Momente wie diesen, in denen er schweigend sein Pferd absattelte und eine Normalität ausstrahlte, die er zu kaum einer anderen Zeit auf diese Art leben konnte. Sie wusste das und dieser Gedanke wärmte ihr Inneres, aber dort draußen, außerhalb seines Einflussbereiches, lauerte ein Feind, der alles zerstören konnte, was er war.

„Jemand muss den König aufhalten! Alles was er dort im Süden tut, ist sinnlos! Er wird diesem Feind nur immer wieder neue Opfer vorwerfen!“, sagte sie in die Stille, weil ihr dieser Gedanke plötzlich die Luft zum Atmen nahm und sie konnte ihn nicht mehr ansehen.

Sie hörte erneut die Worte des Abtes. *„Nicht menschlich!“* Und wieder hatte sie das Bild des wahnsinnigen und um sich tretenden Soldaten im Krankensaal vor Augen. Seinen Blick, der ihr zuschrie, sie sei der Feind, und ihre uralten Ängste kehrten zurück mit der Frage, was genau sie eigentlich war. Mehr Tier als Mensch?

Der Heermeister wandte sich ihr wieder zu und nickte. Sie sah in der peripheren Sicht, dass er auf eine seltsame Art erleichtert wirkte, wahrscheinlich, weil ihr Gespräch nun diese Wendung genommen hatte.

„Morgen werde ich mit der Königin sprechen und danach meinen innersten Kreis über unser Treffen mit Ren informieren. Wir werden einen Weg finden!“, versicherte er ihr, aber er schien selbst nicht restlos überzeugt von seinen Worten.

„Ihr zweifelt, Heermeister!“, stellte sie betroffen fest und wandte ihm ihren Blick wieder zu.

„Ja, denn ich selbst werde vermutlich nicht derjenige sein, der den König beeinflussen kann!“, antwortete er fest.

Der König hasste ihn, und Alia spürte Wut in der Erinnerung daran, wie der König ihn immerfort behandelte. Sie sah ihn still an und nickte.

„Eines ist mir während unseres Gespräches mit meinem Onkel klar geworden", fuhr er dann fort. „Der König ist verblendet von der Idee, diesen Feind allein schlagen zu können. Zunächst war er getrieben von der Vorstellung, Ihr könntet die Männer heilen, deren Verfall er verschuldet hatte, und nun steigert er sich in die Idee hinein, ich sei persönlich für sein Scheitern verantwortlich." Seine Stimme klang nachdenklich.

„Ihr?", fragte Alia nach, denn sie hatte nicht begriffen, wovon er sprach.

Er nickte. „Er hat mir bei unserem letzten Treffen unendliche Vorhaltungen über meine Abstammung gemacht. So als sei die Königsblutlinie das personifizierte Böse!"

Alia legte ihren Sattel über eines der Bretter und spürte ihr Herz stark gegen ihre Brust hämmern. Auch zu ihr hatte der König von der Königsblutlinie gesprochen. *„Diese ganze Familie macht mich krank!"*, hatte er gesagt. *„Sie bringt nur Frauen hervor, die keine Erben tragen!"* Irgendetwas an diesem Thema schlug mit Gewalt an ihren Verstand, als gäbe es darin etwas zu begreifen, das sie bislang nicht erkannt hatte.

„König Abran kämpft gegen einen Feind, der sich zweihundert Jahresläufe lang verborgen hielt, um ausgerechnet jetzt wieder in Erscheinung zu treten. Jetzt, da dieses Land von einem Mann regiert wird, der nicht mehr als zurechnungsfähig gelten kann? Vielleicht sucht dieser Feind sich Momente der größten Schwäche?", ergänzte er ratlos.

Aber Alia verfolgte weiter ihren Gedankengang. „Ihr seid vom Blut des Alten Königs?", fragte sie stur, und der Heermeister sah sie an, als fürchtete er nun auch um ihren Verstand.

„Ja! Er war der letzte männliche Spross der Königsblutlinie. Danach wurden in diese Familie lediglich Mädchen geboren. Das wisst Ihr doch, Heilerin! Ich habe es Euch erzählt, als meine Schwester ihr Kind trug", erklärte er ihr sanft. „Worauf wollt Ihr hinaus?"

„Der Feind im Süden erschien in der Regierungszeit des Alten König und verschwand nach seinem Tod! Jetzt erscheint er wieder!", dachte sie laut nach.

„Ich verstehe nicht, Heilerin! Worin besteht der Zusammenhang zwischen der Regierungszeit des Alten Königs und dieser Zeit?“, drängte er sie nun und sah ihr fest in die Augen.

„Ihr seid der Zusammenhang, Heermeister!“, antwortete Alia und wusste selbst, wie verrückt sie ihm klingen musste.

„Was?“, fragte er verwirrt, stützte sich auf seine Stöcke und starrte sie an.

„Die Königsblutlinie führt zum ersten Mal seit dem Alten König wieder einen männlichen Nachkommen! Euch!“

Jetzt schaute der Heermeister sie lange konzentriert an, ohne eine Regung auf seinem Gesicht zu zeigen und offenbar ohne sie wirklich wahrzunehmen. Seine Gedanken schienen sich zu überschlagen, denn sein Band war verstummt. Sie musste zugeben, dass die Schlussfolgerung, die sie soeben geäußert hatte, ihr mehr und mehr als der Irrsinn erschien, den auch der Heermeister nun darin sehen musste, und doch konnte sie die Logik ihrer Gedanken nicht wegschieben.

Wenn diese Logik sie nicht betrog, so hieß das gleichzeitig, dass der König Kenntnisse über die Geheimnisse der königlichen Blutlinie besitzen musste, die selbst dem Heermeister nicht geläufig waren. Warum sonst richtete sich sein Hass auf des Heermeisters Abstammung? Mit Wut dachte sie nun an die Palastbibliothek, zu deren alten Schriften niemand Zugang hatte, außer dem König selbst, nicht einmal die Königin. Welche Schriften mochten sich dort befinden? Sie könnten der Schlüssel zum Kampf gegen diesen Feind im Süden sein, darüber war sie sich plötzlich sicher.

Der Heermeister brach ihren Blickkontakt ab, wandte sich um und verabschiedete sich mit Worten in der Alten Sprache von seinem Pferd, das daraufhin leise schnaubte. Er verließ langsam den Stall. Ins Freie tretend drehte er lächelnd den Kopf nach ihr und bat sie darum, die Tür hinter sich zu schließen.

„Wir wollen Logan nicht wieder dazu nötigen die Hühner suchen zu müssen!“, amüsierte er sich leise, wartete, bis sie zu ihm aufschloss, und sah sie dann aufmerksam an. „Heilerin, ich bewundere Euren Verstand sehr! Die Monde können es bezeugen, das tue ich! Ich kann mich der Scharfsinnigkeit Eurer Argumentation nicht entziehen. Aber letztlich ist es einerlei, warum dieser Feind sich ausgerechnet in unserer Zeit erneut zeigt!“

Alia nickte. „Die Bedrohung ist real, einerlei, was die Gründe dafür sind. Ich weiß. Ich versuche nur, zu verstehen!“

Das wunderbarste Lächeln erschien auf seinem Gesicht. „Eure Unterstützung ehrt mich so sehr, Heilerin Alia!“

Sie lächelte glücklich, denn er hatte sie erneut bei ihrem Vornamen genannt, und diesmal sah sie nicht weg. „Ihr wollt nicht an Eure Rolle in dieser Geschichte glauben, Heermeister, habe ich recht?“

„Das habt Ihr! Mir fehlt die Portion Größenwahn, um zu glauben, ausgerechnet meine Existenz sei so immens wichtig darin!“, lachte er nun leise.

Sie öffnete ihm die Haustür und trat hinter ihm ein. Seine Bescheidenheit rührte auch in diesem Moment tief an sie heran, aber gleichzeitig erfüllte sie sie mit Trauer.

„Jedoch seid Ihr gezwungen, eine Rolle darin einzunehmen!“, sprach sie es dann aus, legte ihren Umhang ab und blickte zu ihm auf.

Er nickte. „Ich werde der sein, der zweitausend Soldaten in das Angesicht dieses Feindes führt. Keine schöne Rolle!“

Ihr Herz schien nahezu überzulaufen vor Liebe zu diesem Mann. „Dann lasst uns dafür sorgen, dass es keine traurige Rolle sein wird!“

„Glaubt Ihr, sie kann anders als traurig sein?“, fragte er niedergeschlagen.

Seine ganze Müdigkeit schien jetzt aus ihm hervorzubrechen. Seine Beine gaben etwas nach und er sortierte sein Gleichgewicht neu, während er an sich herabschaute. Auch Alia sah kurz an ihm herab. Ihre Blicke trafen sich erneut, und ein Lächeln schien gleichzeitig aus ihnen beiden hervorzubrechen.

„Ich möchte daran glauben!“, antwortete sie ihm, sah ihm ernst in die Augen und wandte sich dann zur Treppe, um in ihre Kammer zu gehen. „Schlaft wohl, Heermeister!“

„Ihr auch, Heilerin! Ich danke Euch!“

Alia wandte sich nicht noch einmal um, denn sie hatte Tränen der Sorge in ihren Augen. Sie hätte ihm gerne versichert, dass sie an ihn glaubte, aber die Gegebenheiten standen doch in unendlicher Übermacht gegen ihn. Sie konnte nicht zulassen, ihn zu verlieren. Sie würde ihren Kopf anstrengen, weiter versuchen Informationen zu sammeln und sie würde einen Weg finden, diesen wunderbaren Mann in ihrer Welt zu halten.

Kian hatte Mino am Stadttor getroffen und nun ritten sie schweigend zum Heerlager der ersten Garde. Sie hatten sich kurz darüber verständigt, dass es vieles zu besprechen gab, denn auch Mino hatte offensichtlich Neuigkeiten, und waren übereingekommen, dies aufzuschieben, bis sie in der großen Runde der Soldaten saßen. Jetzt hingen sie beide ihren eigenen Gedanken nach, und Kian ließ den Blick über die flache Landschaft schweifen, die im Sommerlicht erblüht war.

Die Heilerin sollte hier sein. Sie sollte all diese Pracht mit ihm sehen und nicht unter Zwang in den Krankensälen des Königs arbeiten. Sie hatten sich heute Morgen kurz getroffen, und sie hatte sein Angebot ausgeschlagen, mit ihm noch eine gute Tasse Tee in Eddas Küche zu teilen. Sie arbeite im Palast mit einer Pflegerin zusammen und würde mit ihr und den Patienten frühstücken, hatte sie freundlich erwidert, aber in jedem ihrer Worte und in jeder ihrer Bewegungen hatte er ihren Widerwillen lesen können, in die Krankenzimmer zurückzukehren. Es war sonderbar, aber er hatte sie nie gefragt, was genau sie mit diesen Patienten tat, und er nahm sich fest vor, dies einmal nachzuholen.

Sie jedenfalls war diese Arbeit leid und sie litt.. Kian hatte sie kaum ansehen können, so sehr schwoll seine Wut auf König Abran erneut an, der die Verletzungen dieser Männer zu verantworten hatte und nun die Heilerin immer weiter an sie band, ohne dass sie etwas an ihrem Zustand ändern konnte. Kian konnte nicht wirklich ahnen, wie sehr sie ihre beruflichen Fähigkeiten während der Arbeit mit ihnen unterdrücken musste, aber er wusste mit Bestimmtheit, dass sie so viel mehr konnte, als es diese tägliche Arbeit von ihr verlangte. Sie sei sinnlos, das waren ihre Worte gewesen.

Er hatte versucht, sie etwas aufzumuntern, und versprochen am Abend in sein Haus zurückzukommen. Er wäre sehr glücklich sie dann dort anzutreffen, hatte er ihr versichert, und sie hatte sich in der Tür umgedreht und lächelnd gefragt, ob dies eine Verabredung sei. Kian hatte gelacht. „Mit dem größten Vergnügen!"

Sie hatte ihm lediglich mit einem schüchternen Lächeln zugenickt, ihre Kapuze übergestreift und war dann, wie von einer Last erdrückt, gebeugt fortgegangen. Er hatte ihren Weg durch das Lavendelfeld lange mit seinen Augen begleitet, die Schönheit ihrer Bewegungen verfolgt und sich in diesem Moment sehr gewünscht, ihre Haare zu sehen. Zu sehen, wie sie im ersten Morgenlicht glänzten und der leise Wind sie um ihre schlanke Gestalt wehte.

Seit dem gestrigen Abend waren seine Gefühle für sie, wenn das überhaupt möglich war, noch mehr gewachsen. Er ahnte, dass sie ohnehin davon wusste, und er wollte und würde zumindest etwas davon aussprechen. Es blieb ihm nicht mehr viel Zeit, das war ihm klar geworden, nachdem er heute mit der Königin gesprochen hatte, aber er würde sie nicht in Richtung Süden verlassen, ohne ihr seine Zuneigung in seinen Worten beschrieben zu haben.

König Abran war in der vorigen Nacht in den Palast zurückgekehrt und hatte sich, nach den Auskünften seiner Tante, sofort in seine Gemächer zurückgezogen. Er hätte gehetzt gewirkt und auf eine Art und Weise erschöpft, die nicht nur seinen Körper betraf. Kian nahm es als ein Zeichen, dass seine Soldaten nicht erneut an seiner Haustür erschienen waren, um die Heilerin zu rufen, so gab es wahrscheinlich zumindest keine neuen Verletzten. Aber dennoch war die Nachricht von seiner Rückkehr alarmierend.

Kian hatte restlos alles mit der Königin geteilt, was er in den letzten Tagen mit Hilfe der Heilerin über die Vergangenheit und Gegenwart ihres Landes herausgefunden hatte, jedoch nicht die Details, die sein eigenes Band betrafen. Seine Tante hatte sich schockiert gezeigt und musste sich von ihm abwenden, um ihre Tränen zu verbergen. Sie hatte ihm in Aussicht gestellt, Abran würde ihn morgen zur ersten Mittagsstunde zu sich bitten, und er sei in einer Verfassung, die nichts Gutes verheißen konnte.

„Kian, ich habe Angst um dich!", hatte sie fast geflüstert und in diesem Moment gewirkt, als wolle sie sich vor einem Raubtier verbergen.

„Tante Nari!", hatte er sie angesprochen und ihre Hand berührt. „Nein, Kian, ich meine es ernst. Auch du hattest Kontakt mit Ren und du weißt, dass Abran von dir verlangen wird, deine Soldaten in die Arme dieses Feindes zu führen! Ich kann es nicht ertragen, dass mein Mann wahnsinnig wird, aber noch weniger kann ich ertragen, dass dir etwas geschehen könnte. Wie soll ich je wieder deiner Mutter unter die Augen treten können, wenn ich das zulasse? Du warst für mich immer der Sohn, den ich nie hatte!"

Kian hatte ihr betroffen zugehört und er wusste, er konnte ihr nichts von ihrer Sorge nehmen. Dies alles hatte er während der letzten Nacht tausende von Malen durchdacht. Er hatte an die Möglichkeit gedacht, dort im Süden sein Leben zu verlieren, natürlich, denn er wäre ein Narr, sich auch nur den Hauch einer Überlebenschance einzuräumen. Die Fakten standen gegen ihn und seine Männer. Aber er hatte einen Entschluss gefasst und den würde er mit seiner Königin teilen.

„Nari!", begann er fest. „Dies ist eine Zeit großer politischer Umbrüche und es ist die Zeit, in der dieser Feind im Süden uns erneut bedroht. Dank der Heilerin und ihrer Fähigkeiten wissen wir jedoch einiges darüber, wie dieser Feind vorgeht, und das mag uns einen Vorteil im Kampf gegen ihn bringen. Wahrscheinlich werden viele ihr Leben dabei lassen, aber das ist nicht wichtig!"

„Wie kannst du das sagen, Kian?", hatte sie verstört geflüstert.

„Weil es hier nicht um uns geht, sondern um unser Land, und darum, zukünftigen Generationen ein sicheres Leben zu ermöglichen. Das ist es, wofür ich kämpfen werde und immer gekämpft habe, als dein erster Heermeister, meine Königin. Ich habe zweitausend Soldaten an meiner Seite und ich werde ihr Leben nicht wegwerfen, sondern sie mit allem, was in meiner Macht steht, schützen!"

Seine Tante hatte ihn angestarrt, dann war sie aufgestanden, hatte ihren schlanken Körper gestrafft und genickt. „Du beschämst mich mit deinem Mut, Kian! Entschuldige, ich verspreche, ich werde in diesem Moment aufhören, eine alte Heulsuse zu sein. Wenn ich irgendetwas tun kann, um zu helfen, so lass es mich wissen, erster Heermeister!"

„So gefällst du mir besser, Königin Nari!", hatte er gelächelt und dann ernst hinzugefügt, sie könne tatsächlich etwas tun. Er erzählte ihr von seinen ersten Bemühungen, die Fürsten zu einen, um sich ihrer Unterstützung im bevorstehenden Kampf zu vergewissern. Sie, die Königin dieses Landes, könne in dieser Mission sicher um einiges mehr erreichen als er.

Sie begann sofort Pläne zu machen, berichtete über ihren Kontakt mit Fürst Ileu und dass auch er bereits seine volle Loyalität gegenüber Kians Armee ausgedrückt hatte, desgleichen die Fürsten Side und Trang. Es tat Kian gut, zu sehen, wie seine Tante bereits wieder die Fäden ihrer Arbeit aufnahm und scheinbar selbst ein wenig neuen Mutes daraus ziehen konnte.

In diesem Moment ritt er also zum Lager seiner ersten Garde mit der Versicherung der Königin, seine Pläne an seiner statt mit Hochdruck weiter zu verfolgen. Er wusste, er durfte sich getrost auf sie verlassen, denn sie verfügte über weit mehr Kontakte im ganzen Land, als er zu ahnen wagte. Es war einerlei, was der König ihm morgen mitteilen würde, denn was immer er von ihm verlangen würde, er hätte Unterstützung sowohl in seiner Armee als auch unter einigen der Fürsten. Es erfüllte ihn mit Stolz und mit der Kraft des Wissens, diesen Feldzug in den Süden auf seine Art durchführen zu können. Abrans fataler Versuch der Kriegsführung gehörte der Vergangenheit an und sei er tausend Mal der König dieses Landes.

Nachdem sich seine Soldaten im Lager der ersten Garde in seinem Zelt versammelt hatten, begann Kian umgehend mit seinem Bericht über das gestrige Treffen mit seinem Onkel. Er teilte zum zweiten Mal an diesem Tag alle Informationen, die er über den Feind im Süden hatte, und danach entbrannte eine heftige Diskussion darüber, wie ihr weiteres Vorgehen auszusehen habe. Es erfüllte Kian mit Erleichterung, dass alle seine engsten Soldaten mit ihm darin übereinstimmten, dass eine Intervention der Armee im Süden nun unvermeidbar wäre.

Was ihn jedoch schließlich mit noch größeren Gefühlen für sie erfüllte, war ihr absoluter Wille, diesem Feind gegenüberzutreten, und das mit Hilfe der Heilerin persönlich. Sie hatte vielleicht einen Weg gefunden, der Zerstörung durch diesen Feind zu entgehen. Sie konnte herausfinden, was genau es bedeuten musste, den Blick vor dem Gleißen zu schützen, und wenn das der Wahrheit entsprach, so müssten sie alles von ihr lernen, was es an Informationen gab.

„Vielleicht klammern wir uns an einen Strohhalm, aber wir müssen jede erdenkliche Chance nutzen!“, resümierte Roan gefestigt.

„Ich bin ganz deiner Meinung, erster Offizier! Wenn es uns gelingt, dadurch näher an das Gleißen heranzukommen, dann haben wir es lediglich mit diesen Bogenschützen zu tun, und mit dieser Art von Kämpfern haben wir Erfahrung! Pflichtet ihr mir bei?“, fragte Gorin dann in die Runde und alle nickten.

Kian spürte, wie der Kampfgeist sie erfasste und Mut verbreitete. Er atmete innerlich auf, denn das war es, was er hatte erreichen wollen, nämlich sie nicht in aller Hoffnungslosigkeit in einen bereits verlorenen Kampf führen.

„Wir müssen den morgigen Tag abwarten und anhören, was der König verkünden wird. Erst dann werden wir die Hauptmänner informieren und die Truppen mobil machen lassen!“, plante Gorin nun bereits weiter.

Kian schüttelte nachdenklich den Kopf. „Ich weiß nicht, Gorin. Es ist nicht klug, die gesamte Truppenstärke in den Süden zu führen. Lasst uns abwarten, was der König zu sagen hat, und dann über die Zahl der Soldaten sprechen, die wir benötigen!“

Auch jetzt nickten alle und ein Moment des Schweigens trat ein. Teebecher wurden neu gefüllt, Sitzpositionen verändert und es legte sich zum ersten Mal während dieser Unterredung so etwas wie Entspannung über die Soldaten.

Mino war es, der sich nun räusperte. „Ich habe Informationen, die in großem Maße unterstützen, dass wir in jedem Fall des Königs morgige Rede abwarten müssen. Es scheint, als habe er bereits vor einem halben Mondlauf die Fürsten zu einem geheimen Treffen an den Hof gebeten!“

„Ich möchte ungern Kritik üben, aber wie konnte es passieren, dass wir davon keine Kenntnis hatten?“, fragte Kian skeptisch.

„Es gab bislang keine gesicherten Hinweise, Heermeister Dogul!“

Kian nickte, er wusste, die Späher gaben nur Informationen weiter, die weitestgehend abgesichert waren, denn anhand einer Flut von Gerüchten konnte niemand von ihnen effiziente Arbeit leisten.

„Wann soll dieses Treffen stattfinden? Und zu welchem Zweck?“, fragte er dann weiter.

„Beim nächsten Vollmond! Mein Kontakt mit Fürst Ileu hat jedoch lediglich ergeben, dass der König auch die Fürsten über seine Beweggründe im Unklaren gelassen hat.“

„Und darauf lassen sie sich ein?“, fragte Roan nun zweifelnd.

Mino nickte. „Sie alle sind alarmiert von den Truppenbewegungen des Königs im Süden. Sie fordern Klarheit!“

„Nun, der Zeitpunkt könnte nicht perfekter sein! Was sagt ihr?“, fasste Gorin nun zusammen und erntete allgemein zustimmendes Nicken.

Auch Mino nickte und sah seinen Heermeister dann intensiv an. „Noch eines, Heermeister Dogul, Ihr werdet unter keinen Umständen morgen allein vor den König treten. Bitte wählt jetzt bereits die Soldaten, die Euch begleiten werden, denn die Späher haben erwiesenen Grund zu der Annahme, dass der König selbst den Befehl für das Attentat an Euch gegeben hat!“

Eine große Unruhe breitete sich daraufhin im Zelt aus, Rufe des Abscheus gegenüber dem König wurden laut, Roans Hand legte sich stärkend auf Kians Schulter, aber Kian selbst hielt den Blick Minos, der noch einmal bekräftigend nickte. Das veränderte wahrscheinlich alles, was Kian über seine Position in diesem Feldzug geplant hatte, und auch er nickte Mino noch einmal zu.

„Ihr seid der Zusammenhang!“, hatte die Heilerin in der letzten Nacht geäußert, und dieser Satz hallte jetzt in Kians Kopf wieder wie ein Echo. Mit seinem Tod wäre der Feind zufrieden und würde von ihrem Land ablassen. Was für ein absurder Gedanke! Aber er war nicht tot, er hatte auf eine ihm noch immer rätselhafte Weise mit seinem eigenen Band seinen Tod verhindert und, bei den Monden, er hatte nicht vor, diese Welt zu verlassen. Nicht durch diesen Feind und erst recht nicht durch den verlängerten Arm des Königs. Nicht ohne einen Kampf! Er musste zurück in die Stadt. Er musste zurück in sein Haus, um noch einmal die Nähe der Heilerin zu spüren für einen Abend.

Kapitel 33

Edda hatte den Tisch für sie und den Heermeister im Esszimmer bereitet, aber er war bislang nicht erschienen. Draußen neigte sich der Tag dem Abend zu, und Alia beendete in Stille ihre Mahlzeit, erhob sich dann mit ihrem Geschirr und brachte es zu Edda in die Küche, als sie draußen die vertrauten Schritte der Stute des Heermeisters vernahm. Sofort wich die Anspannung dieses ganzen Tages einer merkwürdigen Ruhe in ihrem Herzen. Wie einfältig sie war! Sie hatte sich tatsächlich um ihn gesorgt, stellte sie über sich selbst verärgert fest. Er war der mächtigste Krieger im Lande, und sie sorgte sich um seine Sicherheit?

Edda nickte ihr herzlich zu, und Alia blickte aus dem Fenster, bis sie seine Silhouette vor dem Abendhimmel ausmachen konnte. Er ritt eilig, sein Mantel lag vor ihm über dem Sattel und der Wind wehte ihm die Haare um die Schultern. Sie öffnete die Tür, trat ihm entgegen und ließ sich von seinem Lächeln umfangen.

„Ich bin spät, Heilerin! Es tut mir leid! Ich wollte Euch nicht warten lassen!“, sagte er ruhig, begann eines seiner Beine vom Sattel abzuschnallen, hielt dann jedoch inne.

„Nun, Ihr seid hier!“, erwiderte Alia lediglich und streichelte den Kopf seiner Stute.

„Ihr habt die Abendmahlzeit versäumt, Heermeister!“, rief Edda zur Tür heraus.

„Ich habe im Heerlager gegessen, Edda! Ich werde keinen Hunger leiden!“

„Gut zu hören!“, erwiderte sie lachend, und auch der Heermeister lachte still in sich hinein, bevor sein Blick in Alias Augen zur Ruhe kam.

Diese ganze Szene kam ihr so sehr alltäglich vor ... nur konnte nichts darüber hinwegtäuschen, dass nichts in diesen Tagen der Normalität gehörte. All das war endlich, und der Heermeister womöglich bereits mit seinem nächsten Schritt auf dem Weg, einem Feind gegenüberzutreten, der in nichts den Gefahren glich, denen er sich gewöhnlich aussetzte.

„Ich wollte noch ein wenig im Garten spazieren gehen, Heermeister! Begleitet Ihr mich?", fragte sie leise.

Er zog die Augenbrauen zusammen und betrachtete sie aufmerksam. „Ich begleite Euch gerne, aber ich bin kein guter Spaziergänger, Heilerin!", erwiderte er dann mit einem sanften Lächeln.

Alia konnte sich nicht erinnern, dass er jemals derart deutlich über seine körperliche Einschränkung gesprochen hatte, und jetzt seine Worte zu hören, erfüllte sie mit Stolz. Sein ganzes Sein zeigte ihr eine Gelassenheit gegenüber diesem Thema, die er nie zuvor in dieser Art hatte leben können, und er hatte sich im Umgang mit ihr in Richtung einer Offenheit verändert, die sie nichts als ehren konnte.

„Ich weiß!", sagte Alia nur und sah zu ihm auf, der sich offensichtlich noch immer nicht entschließen konnte, von seinem Pferd zu steigen.

„Lasst uns auf meine Art spazieren gehen, Heilerin!", sagte er dann und bot ihr seine Hand an, um ihr zu sich in den Sattel zu helfen.

Sie nickte lediglich, ergriff seine Hand, und mit einem „Ich entführe die Heilerin für diesen Abend!" an Edda gewandt, zog er sie empor. Er bedeutete seiner Stute voranzugehen und band dann die Gurte an seinem Bein erneut fest. Edda rief ihnen hinterher, sie sollten einen Moment warten, und erschien dann kurz darauf mit einem Beutel, in den sie offensichtlich auf die Schnelle etwas Proviant für sie eingepackt hatte. Der Heermeister bedankte sich und führte sein Pferd auf die Straße hinaus.

„Wie ist Eure Unterredung mit der Königin verlaufen?", fragte Alia nach einer Weile der Stille und wandte sich ein wenig nach ihm um. Sie bemerkte seinen ruhigen Blick, der auf ihrem Profil verharrte. Er schien seltsam abgelenkt und hatte offenbar nicht vor, ihre Frage zu beantworten. Seine gesamte Konzentration schien ihrer Person zu gelten, aber nicht dem, was sie zu sagen hatte. Sie sah ihn daraufhin verunsichert an. „Darf ich das nicht fragen, Heermeister?"

„Ihr dürft mir alle Fragen stellen, die Euch in den Kopf kommen, Heilerin. Ich werde antworten", sprach er dann leise und lenkte seinen Blick kurz in Richtung der untergehenden Sonne.

Alia senkte den Kopf, strich gedankenverloren über den Hals seines Pferdes und hielt nur einen Augenblick inne, in dem eine alte Erinnerung sie einholte. Sie hatte noch immer keine Klarheit über das Bild gewonnen, das sich ihr bei ihrer ersten Begegnung gezeigt hatte, aber das war jetzt nicht wichtig. Sie hörte auf das, was sein Band ihr in diesem Moment zeigte. Da war in aller Klarheit zunächst seine tiefe Dankbarkeit für so vieles, das sie seiner Meinung nach für ihn getan hatte, aber alles andere war ihr undeutlich.

„Es wäre mir eine Wohltat, wenn wir einmal nicht über mich sprechen könnten!", fügte er dann hinzu.

Alia nickte verunsichert. Sie hatte keinerlei Vorstellung, was ihn dazu bewog, derart mit ihr zu sprechen. Kämpfte er seine Gefühle nieder? War ihr sein Band deshalb so undeutlich?

„Wie kommt Ihr mit Euren Patienten voran?", fragte er dann interessiert.

Voran? Sie dachte mit der Ernüchterung ihres verfehlten Berufes an die Tätigkeiten, die diesen Tag ausgefüllt hatten. Seit einigen Tagen nun hatten Tana und sie auch die neuen Patienten so weit, mit ihnen die Krankensäle verlassen zu können. Die Männer ließen sich ins Freie führen, nahmen ihre Mahlzeiten mit den anderen ein und unternahmen begleitete Gänge innerhalb des kleinen Hofes. Tana und sie verfolgten dabei, wie in all den vergangenen Wochen, täglich eine immer gleiche Routine, denn die permanente Wiederholung der Abläufe mochte sich positiv auf die Männer auswirken, aber das war lediglich eine Idee. Die letzte ihrer Art, dachte Alia nun verzagt. Mehr gab es nicht zu tun. Nicht für die Männer, und nicht für Alia.

„Sie sind immer gleich!“, antwortete sie müde und drehte eine ihrer Locken in ihren Fingern. „Manchmal wünschte ich, es gäbe einen Ort für diese Männer.“

„Einen Ort?“

Sie nickte. „Einen Ort, an dem sie ruhig ihre Tage verleben könnten, ohne einen König, der sich aus seiner Verantwortung für sie stiehlt, indem er sich der Verblendung hingibt, es könne eine Heilung für sie geben!“

„Was könnte das für ein Ort sein?“

„Ich weiß es nicht“, gab sie zu. „Sie waren Soldaten! Sie hatten ein Leben! Nun haben sie nichts mehr und sie tragen keine Schuld an ihrem Zustand! Sie brauchen Pflege, natürlich, sie brauchen Hilfe bei den kleinsten Verrichtungen, aber dafür bedarf es keiner Krankensäle und keiner Heilerin, sondern eines Ortes, an dem man ihre Würde bewahren kann!“

„Es gibt diesen Ort nicht, Heilerin. Sie sind Inzani“, antwortete er mit einer Resignation in seiner Stimme, die sie nicht gelten lassen mochte.

„Nein, Heermeister, sie sind Menschen!“, erwiderte sie fest und sah starr geradeaus.

Sie hatten die wenig belebten Straßen nahezu hinter sich gelassen und passierten nun das Stadttor, woraufhin der Heermeister seine Stute antrieb. Alia atmete den kühlen Hauch des Abends ein und konnte kaum glauben, dass sie die Sicht auf das offene Feld richten durfte. Das Kloster der Bruderschaft lag noch innerhalb der Stadtmauern, und sie hatte am gestrigen Abend nicht gewusst, dass sich gleich dahinter die Natur auszubreiten begann. Wilder Salbei, Mohn und Thymian blühten hier. Die Luft war voller Düfte und sie schloss für einen Moment die Augen.

Der Heermeister umfasste leicht ihre Taille und ließ sein Pferd in die Landschaft hinausgaloppieren. Er war ihr sehr nah. Er roch nach Leder und dieser Geruch vermischte sich mit der Frische des Blütenduftes um sie herum. Er berührte sie auf eine Art, die sie daran erinnerte, wie er ihr Schwert geführt hatte, und auch diesmal löste seine Berührung einen Aufruhr in ihrem Körper aus. Sie hoffte inständig, dieser Ritt möge nie enden, aber natürlich tat er das. Natürlich hatte der Heermeister ein Ziel und es schien die kleine Ruine eines Gehöftes zu sein, das sie bereits in der Ferne erkennen konnte.

Der Heermeister berührte kurz ihren Arm, als ob er wünschte, sie solle sich zu ihm umwenden, und kam dann noch einmal auf das Thema zurück, über das sie zuvor gesprochen hatten: „Ich bewundere Eure menschlichen Ideale sehr, Heilerin! Aber auch Euch muss mittlerweile klar geworden sein, dass es für diese Ideen einer gesellschaftlichen Wandlung bedarf, für die niemand bereit ist!"

„Ja! Und ich wiederhole es noch einmal, das ist eine Schande!", erwiderte sie fest und ließ sich dann von seinem Pferd gleiten, um den Rest des Weges zu Fuß zurückzulegen.

Er ließ die Stute mit hängenden Zügeln neben ihr her gehen, suchte ihren Blick und hielt ihn mit all seiner Zuneigung, so schien es ihr. „Woher nehmt Ihr bloß die Stärke, so sehr an Eurer Menschlichkeit festzuhalten, Heilerin?", fragte er eindringlich.

Alia sah zu ihm auf, blinzelte irritiert in das letzte Licht der untergehenden Sonne hinter ihm und ließ dann ihren Blick schweifen. Sie waren bei den zerfallenen Mauern angelangt, die von Efeu bewachsen waren und bedeckt mit den Blüten der Waldrebe in den verschiedensten Farben. Es war ein Ort des Vergessens, unwirklich und ein wenig fremd, verlassen und doch friedlich.

Der Heermeister begann langsam seinen Abstieg, stützte sich auf seine Stöcke und sah sie abwartend an. Menschlichkeit! Dieses Wort schallte in ihrem Kopf wieder, einer Glocke gleich, die man anschlägt und deren Klang lange nicht versiegt. Sie war gezwungen daran festzuhalten, denn was würde sie sein, wenn sie es nicht tat?

„Dies ist ein wunderschöner Ort, Heermeister!", flüsterte sie dann, sah sich erneut um und begann innerhalb der verfallenen Mauerreste umherzugehen.

„Ich weiß", antwortete er ruhig und beobachtete ihre Bewegungen. „Wollt Ihr meine Frage nicht beantworten?"

Alia blieb abrupt stehen und sah ihn erneut an. Nur wenige Meter trennten sie und doch schien die Entfernung zwischen ihnen riesengroß zu sein und unüberwindbar. Er stand einfach still dort, sein Gesicht so sanft und das Spiel seiner Muskeln unübersehbar auf seinen Armen.

„Ich habe keine Antwort auf Eure Frage“, erwiderte sie leise.

Er ließ ihren Blick nicht los. „Ihr habt es zugelassen, dass ich Euch kennenlernen durfte, und ich kann gar nicht ausdrücken, wie unendlich viel mir Euer Vertrauen bedeutet!“, begann er nun und trat einen Schritt auf sie zu. „Ich weiß, dass Ihr stark seid und klug und ... Aber ich sehe, wie Ihr zweifelt. Ich sehe, dass Ihr leidet! In jeder Sekunde Eures Daseins scheint Ihr so sehr zu leiden! Als hätte Euch selbst niemals jemand diese Menschlichkeit spüren lassen!“

Seine Stimme klang nahezu gequält, denn, und das wusste Alia mit Gewissheit, er wusste genau, wovon er sprach. Sie drehte sich von ihm weg, denn sie konnte seinen Blick plötzlich nicht mehr aushalten, der so tief in sie eindrang. Sie beide litten an denselben Dingen, seien ihre Gründe dafür auch noch so verschieden.

Sie hatte ihm dabei helfen können, Wissen über seinen Körper zu erlangen, das es ihm erlaubte, sich anders zu seiner Geschichte zu stellen, aber sie selbst hatte für sich nie an eine solche Möglichkeit geglaubt. Sie hatte durch ihn eine Zeit der Ruhe in seinem Haus erlebt, eine Zeit, in der sie sich hatte zugehörig fühlen können, aber sie wünschte, er hätte die Worte nie ausgesprochen, die jetzt zwischen ihnen standen, denn sie hatte nichts, das sie dazu beitragen konnte. Seine Worte würden alleine stehen.

Sie spürte die Gegenwart seines Körpers in ihrem Rücken und hörte seine Worte: „Ich ertrage es nicht mehr, Euch leiden zu sehen! Und ich kann nicht ermessen, wie sehr Ihr verletzt wurdet! Aber ich wünschte, Ihr wäret damit nicht allein!“

Sein Mitgefühl umhüllte sie nahezu und all seine Liebe. Es war, als hätte er all seine Gefühle in diesem einen Moment freigelassen. Sein Band strich an ihrer Wange entlang, legte sich auf ihre Haut und es war fast, als wollte er ihr damit versichern, dass sie sich zu ihm drehen durfte. Als wolle er nichts in dieser Welt mehr, als sie erneut anzusehen. Er wollte sie sehen...

Kian hatte diese Worte geplant. Nicht ihren genauen Wortlaut, aber deren Inhalt, denn als er mit Roan und Ana zurück in die Stadt geritten war, konnte er nur einen einzigen Gedanken fassen, nämlich, dass er vielleicht nur diesen einen Abend haben würde, ihr all das zu sagen. Er konnte sie nicht gehen lassen, nicht noch einmal, ohne ihr etwas von sich zu geben, und alles was er zu geben hatte, war seine vollkommene Versicherung darüber, dass sie in allem die wunderbarste Frau war, die für ihn existierte.

Er wusste wahrlich nicht, ob dies überhaupt möglich war, aber er hatte seine Gefühle bis zu diesem Moment zurückgedrängt, damit sein Band ihn nicht verraten sollte, damit sie nicht vor der Macht seiner Gefühle erschrecken sollte, noch bevor er die Chance hatte, etwas von ihnen in Worte zu kleiden. Und schließlich hegte er nach allem, was er heute gehört hatte, zudem Gefühle, die nicht für sie bestimmt waren.

Und nun, da er so sehr versucht hatte, sie zu locken, nun sah er, wie falsch all dies gewesen war. Der Ritt durch die Felder, dieser wunderschöne einsame Ort, sie waren ein guter Gedanke gewesen, aber die Heilerin würde ihm nie offenbaren, was sie so sehr leiden ließ, und die Resignation darüber wusch über ihn wie eine Welle, die er nicht hatte auf sich zukommen sehen.

„Ich wünschte, Ihr wäret damit nicht allein!“, sagte er, ließ den Kopf sinken, schloss für einen Moment die Augen und stellte sich vor, wie er seine Hand an ihre Wange legen, wie er ihr Gesicht zärtlich umfassen würde, um es sanft zu sich herum zu drehen, damit ihr Blick erneut den seinen treffen könnte. Er konnte das alles nicht tun, weil er die Kraft seiner Hände brauchte, um hier aufrecht hinter ihr zu stehen.

„Ihr könnt Euch meiner Menschlichkeit nicht sicher sein!“, flüsterte sie schließlich.

„Es gibt kaum etwas, dessen ich mir sicherer bin“, sagte er ruhig. War es das, was sie davon abhielt, sich so zu sehen, wie sie war? Ihre Fremdartigkeit?

„Ihr könnt es nicht, Heermeister!“, erklärte sie und wirkte kein bisschen gefasster. „Ich bewege mich zu schnell, meine Sinne sind zu scharf, ich habe eine Gabe, die es mir erlaubt das Innere eines Menschen zu spüren, und jetzt sagt mir, wie menschlich Euch das erscheint!“

Der Schmerz in ihren Worten war nahezu fassbar, und er wusste plötzlich nicht mehr, wie er diesen Moment überstehen sollte, ohne sie zu berühren. Alles in ihm schrie, weil er es nicht konnte.

„Ich frage nicht nach der Menschlichkeit Eurer Fähigkeiten! Sie sind ein so großes Geschenk, denn es sind die Fähigkeiten der Frau, die ich liebe!"

Sie drehte sich nicht zu ihm herum. Ihr Herz klopfte hoch in ihrem Hals, und ihr ganzer Körper war eingehüllt von der Zartheit seines Bandes. Wie konnte sie nun noch zweifeln? Hier unter dem einzelnen Mond umgeben von uraltem Gemäuer gab es nur sie beide, und etwas in ihr wollte rennen, wollte fliehen vor dieser Situation, in die er sie gebracht hatte. Ein anderer Teil jedoch wollte endlich damit aufhören, im Verborgenen zu leben.

„Ich bin hier, Alia!", flüsterte er und mit dem Klang ihres Namens fiel etwas von ihr ab.

Sie fasste nach ihrem Haarband und zog es nach hinten. In dem Moment, als diese Bewegung ihre Ohren entblößte, senkte sie tief den Kopf. Sie knöpfte ihr Gewand über der Brust auf, ließ es über ihre Schultern nach hinten gleiten und strich sich die Haare nach vorne. Jetzt würde er alles sehen, was sie von den Menschen unterschied.

Sie spürte bereits, wie sich die Härchen auf ihrem Rücken in der Kühle der beginnenden Nacht aufstellten. Und hatte sie auch die Möglichkeit bedacht, er würde sich nun angeekelt von ihr wegdrehen und fliehen, so erstarrte sie nun in Angst davor, er könne tatsächlich auf diese Weise reagieren. Alia sah hinauf in den Sternenhimmel. Sie hatte sich nie einsamer gefühlt als in diesem Moment, der, so schien es ihr jetzt, über ihr gesamtes Leben entschied.

Der Heermeister atmete lange aus. Er war noch da! Er stand noch immer hinter ihr wie zuvor und, bei den Monden, sie konnte ihn fühlen. Sein Band strich über ihren Rücken, umfing sie und ließ sie wissen, wie sehr er wünschte, sie sei ein Teil von ihm. Und hatte es auch eben noch in Frustration gebebt, weil er nicht in der Lage war, sie so zu berühren, wie es sein Wunsch war, so spürte sie nun dennoch seine Finger über ihren Rücken gleiten, genau zwischen ihren Schulterblättern, für nur einen Augenblick, wie ein Wimpernschlag.

Kian nahm langsam seine Hand herunter, sehr bemüht, sich nicht zu schnell zu bewegen, um sein Gleichgewicht nicht zu verlieren. Er hatte noch immer das Gefühl, die Haare an ihrem Rücken spüren zu können. Sie mochten von derselben Farbe wie ihr Haupthaar sein, ähnelten diesem jedoch nicht im Geringsten. Waren ihre langen Locken fest und schwer, so war diese Behaarung gleich einem dichten, weichen Fell, das sich zwischen ihren feinen Schulterblättern nach unten ergoss. Kian spürte seinen Körper auflodern, als er versuchte sich vorzustellen, wie dieser Haarstreifen weiter unten verlaufen würde, an ihrer Taille entlang, ihrem Gesäß... Er atmete tief durch.

Sie schloss ihr Gewand, den Blick auf ihre Füße gerichtet, und Kian blieb nur, sie atemlos anzusehen. Die Schönheit zu bestaunen, die ihrer gänzlich andersartigen Gestalt innewohnte, machte ihn plötzlich ruhig. Sein Onkel hatte es damals in den Gemächern der Königin bereits gesagt: *„Diese Jidari ist ein uns allen fremdartiges Wesen!“*, aber Kian hatte nie daran gedacht, er könne seinen Kommentar tatsächlich wörtlich meinen. Sie war von einer anderen Art! Jetzt begriff er!

Er konnte nicht mehr länger stehen, ging hinüber zu einer der Mauern, die diesen einsamen Ort einfassten, und halb lehnte, halb setzte er sich darauf ohne den Blick von der Frau zu lösen, der all seine Gefühle gehörten, jedoch mehr denn je auch sein Begehren. Er wünschte, er könnte sie endlich nicht nur flüchtig berühren, aber sie stand einfach weiter mit dem Rücken zu ihm vor den Sternen.

„Danke“, sagte sie dann leise.

„Wofür?“, erwiderte er sanft.

„Dafür, dass Ihr noch hier seid!“

„Ich bin überzeugt, es wäre an mir *Euch* zu danken!“, erwiderte er und konnte nicht ertragen, wie verloren sie klang.

In einer stillen Bewegung drehte sie sich zu ihm, fand sich an seiner Seite ein und pflückte eine Pflanze mit kleinen Blättern zu seinen Füßen. Sie setzte sich und begann sich mit ihrem Tuch zu bedecken, ohne ihn anzusehen. Kian hielt für einen Moment zärtlich ihre Hand fest und lächelte ihre Ohren an.

„Lasst mir noch etwas Zeit! Ich möchte sie gerne ansehen!", flüsterte er.

Sie ließ die Hände sinken und begann gedankenversunken die Pflanze zwischen ihren Fingern zu reiben. Ein würziger Duft breitete sich sofort davon aus, der Kian mit der Frage zurückließ, woher sie gewusst hatte, wie wundervoll diese Pflanze roch. Er lächelte jedoch lediglich über sich. Sie hatte ihm mehr als einmal erklärt, es sei ihr Beruf Pflanzen zu kennen. Sein Blick glitt erneut zu ihren Ohren, die spitz zulaufend waren, wie die einer Katze, und so zart wie die Flügel eines Schmetterlings.

Er hatte sie weinen sehen, dachte er plötzlich, damals bei den Sumpflilien. Diese Momente schienen ihm jetzt Ausdruck all dessen zu sein, was sie beide ausmachte. Damals hatte er zum ersten Mal wirklich begriffen, wie wenig menschlich ihre Bewegungen waren, aber es war auch der Moment, in dem er ihre Schönheit am stärksten empfunden hatte. Sein Befremden war der Bewunderung gewichen und diese dauerte fort bis zu diesem Moment, in dem er ihre körperliche Andersartigkeit hatte sehen dürfen.

Er hatte ihr damals die Wirkung seines Bandes entblößt, und jetzt konnte er auch darüber einfach nur lächeln.

„Die Sonnenkatze bei den Sumpflilien muss geglaubt haben, Ihr seid von ihrer Art, sonst wäre sie niemals derart nah gekommen", sagte er ruhig und beobachtete, wie sie noch immer vermied, seinen Blick zu treffen.

„Sie wusste nicht, was ich bin!"

„Sie war neugierig!", erwiderte Kian lediglich und erneut senkte sich Stille über sie, die er bald nicht mehr ertragen konnte. „Wer waren Eure Eltern? Woher kamen sie?"

„Ich weiß es nicht! Die Jidari nahmen mich auf, nachdem die Frau gestorben war, die mich zu ihnen gebracht hatte."

„Ich wusste nicht, dass die Jidari Waisen aufnehmen!"

„Das tun sie nicht. Aber es gab keinen anderen Ort für mich."

„Wie alt wart Ihr damals?"

„Ich weiß es nicht. Vielleicht ein Jahr." Sie atmete durch und sah ihn direkt an mit all der Scheu ihres Wesens, die er so lange nicht mehr an ihr wahrgenommen hatte. „Ihr könnt mir tausend Fragen stellen, aber ich habe keine Antworten!"

Nun lächelte Kian. „Nicht jetzt, Heilerin! Ich bin zu hungrig für tausend Fragen!", sagte er leichthin und ihm wollte nahezu das Herz zerspringen, weil seine Antwort auch sie zum Lächeln brachte.

„Sagtet Ihr nicht, Ihr hättet im Heerlager gegessen?"

„Habe ich das? Ich muss ein schlechter Mensch sein, dass ich meine Haushälterin so schamlos belüge!"

Sie lächelte in seine Augen und schüttelte leicht den Kopf. „Nein, Heermeister, Ihr seid ..."

„Schsch!" Er legte einen Finger an ihre Lippen. „Wir wollten nicht über mich sprechen! Schon vergessen?"

Sie lächelte, sie war scheu, sie war so sehr verletzt und doch schenkte sie ihm ihr Vertrauen. Er hatte ausdrücken dürfen, was er für sie empfand. Mehr konnte er nicht erwarten! Und er ließ seine Hand sinken.

„*Mifrin! Kamir, mifrin!*", rief er leise nach seinem Pferd, löste den kleinen Proviantbeutel vom Sattel und gab der Stute dann einen Klaps, um ihr zu bedeuten, sie könne tun, was auch immer sie tun wolle.

Sie hatten sich auf dem Boden vor der Mauer niedergelassen, teilten in Stille etwas Brot, Wurst und Käse miteinander, tranken das Wasser, das Edda ihnen eingepackt hatte, und Alia fühlte verwundert dieser Situation nach. Sie saßen hier zusammen unter den Sternen, als ob nichts geschehen wäre. Als ob nicht das Ungeheuerlichste geschehen wäre, das sie beide füreinander hatten tun können. All die Zeit, die sie gebraucht hatten, um sich kennenlernen zu können. All die Ereignisse, die sie geteilt hatten, und auch die furchtbare Bedrohung, die auf ihnen lastete. All das war in diesem Moment, in dem sie gemeinsam aßen und miteinander schweigen konnten. Und doch schien es nicht genug!

„Glaubt Ihr, Euer unglaublicher Hunger auf Fleisch rührt von der fremden Art, der Ihr angehört?"

Alia stockte, sie hatte gar nicht viel von der Wurst gegessen, und er hatte einfach von ihrer fremden Art gesprochen, als sei sie nicht im Mindesten außergewöhnlich. „Ich ..."

„... weiß es nicht! Entschuldigt!", unterbrach er sie sofort, und sie sahen sich in die Augen.

Sie räusperte sich und trotzdem versagte ihr fast die Stimme, als sie die Frage stellte, die sie im Stillen immer umgetrieben hatte: „Ihr seid weit gereist, Heermeister! Habt Ihr jemals ein anderes Wesen wie mich gesehen?"

Er sah ihr bedauernd in die Augen, schüttelte langsam den Kopf, und die Trauer nahm sie für einen Moment gefangen.

„Wie könnt Ihr das alles einfach so hinnehmen?", flüsterte sie dann, weil es ihr tatsächlich unerklärlich war, woher seine Akzeptanz rührte.

„Was hinnehmen?"

Alia machte eine Handbewegung, die ihren gesamten Körper umfasste und sah ihn nicht mehr an. „Das, was ich bin!"

Jetzt hielt er inne, suchte mit seinem Blick ihre Augen und seine Zuneigung legte sich zart auf ihr Gesicht. „Ihr seid von anderer Gestalt als andere Menschen, aber das bin ich auch, und Ihr nehmt es hin!"

„Das ist nicht dasselbe, Ihr ..."

Er erhob lächelnd seine Hand. „Nicht über mich reden, Heilerin! Und, ja, es mag nicht vergleichbar sein, aber glaubt Ihr nicht, ich hatte genug Gelegenheit, schon vor dem heutigen Abend zu bemerken, dass Ihr Euch auf eine sonderbare Art von anderen unterscheidet? Glaubt Ihr, die Form Eurer Ohren könnte irgendetwas daran verändern, wie ich für Euch empfinde?"

Alia senkte den Kopf, weil sie seine Worte kaum fassen konnte, und spürte dann seine Hand an ihrem Arm, seine Finger, die über ihre Haare strichen und ihre Locken umfassten.

„Ich wünschte, du könntest mir glauben, Alia! Und ich wünschte, ich könnte dir mehr sein als wertvoll und freundlich!"

Nun sah sie auf und berührte zaghaft seine Hand in ihrem Haar. „Das seid Ihr schon so lange", erwiderte sie leise.

Sie sah die maßlose Sanftheit, mit der er ihr Gesicht betrachtete, und dann selbst den Kopf senkte. Versteckte er Tränen? Bei den

Monden, sie selbst ging seit einiger Zeit so selbstverständlich mit seinem Band um, dass ihr tatsächlich nicht in den Sinn gekommen war, dass er seinerseits nicht den geringsten Anhaltspunkt für die Erwiderung seiner Gefühle haben konnte.

„Ich sagte niemals Ihr seid wertvoll und freundlich, Heermeister Dogul!"

„Nein?"

„Ihr seid der wertvollste und freundlichste Mensch, den ich kenne! Das waren meine Worte! Erinnert Ihr Euch?", neckte sie ihn, weil sie seine Tränen nicht ertragen konnte.

Er legte ihre Hand an seine Wange und sah erneut in ihre Augen. „Verzeih, wenn ich dich falsch zitiert habe!", ergänzte er lächelnd und küsste jeden einzelnen ihrer Finger.

Erneut wurde sie von seiner Bescheidenheit überwältigt, spürte seine sanften Küsse und betrachtete ihn glücklich auf eine Art, die sie niemals gefühlt hatte. „Ich habe auch einen Wunsch, Heermeister!"

„Ich hoffe, es ist der, nun endlich meinen Vornamen zu benutzen!", flüsterte er zwischen ihren Fingern und schloss die Augen.

Sie lachte in sich hinein und wartete erstaunt ab, bis er sie wieder ansah. Der Ausdruck seiner Augen war eine einzige Frage, und es war noch immer die Frage, ob sie seine Zärtlichkeit zulassen konnte. Sie beantwortete seine Zweifel mit einem Nicken und für die nächsten Sekunden sahen sie sich einfach nur an.

„Du bist unfassbar schön, Kian, in allem, was du tust! Und ich wünschte so sehr, du wüsstest darum!"

Er sah sie einen Moment ernst an und wiederholte dann die umfassende Handbewegung, mit der sie soeben auf ihren Körper gezeigt hatte. „Das ist, was ich bin, Alia! Du hast mich gelehrt, nie mehr daran zu zweifeln. Tief in mir drin weiß ich es. Und ich hoffe, du findest in dir auch diesen Ort, an dem du weißt."

Sie betrachtete aufgewühlt sein Gesicht, sah, wie das Mondlicht seine blauen Augen zum Leuchten brachte und er ihre Hand in seiner hielt. Sein erster Kuss war zögernd und ebenfalls einer Frage gleich. Alle, die folgten, jedoch waren wie von einer eigenen Energie getrieben. Und als sie ihre Berührungen unter dem Stoff ihrer

Kleidung ausweiteten, hatte sie plötzlich wieder seine Hand vor Augen, die mit dem Licht der Mondenkerze gespielt hatte. Ebenso mussten sie beide jetzt zusammen aussehen. Wie zwei Körper, auf deren Haut das Licht des einzelnen Mondes tanzen durfte für diese Nacht, zwischen tausend geflüsterten Fragen und Antworten.

Siebtes Buch

Das geeinte Land

Kapitel 34

Kian ritt mit Roan und Ana zum Palast und ließ seinen Blick in den Straßen der Stadt schweifen. So viel Leben, so viele Menschen, an deren Gesellschaft er nicht teilnehmen durfte, und das erschien ihm plötzlich vollkommen absurd! Zum ersten Mal in seinem Leben konnte er tatsächlich sich selbst ausblenden, seine Trauer fortschieben und den Irrsinn des Inzani-Gesetzes sehen, dessen Opfer er war und mit ihm so viele andere. Und das alles hätte ihn vermutlich mit Wut erfüllt, wenn sein Inneres nicht bereits mit dieser Vielzahl an Gefühlen ausgefüllt gewesen wäre, die ihm dieser Morgen gebracht hatte.

Sowohl Ana als auch Roan hatten ihre große Sorge über das bevorstehende Treffen mit dem König mit ihm geteilt. Nun, er war nicht in der Lage, ihnen diese Sorge zu nehmen, wusste er doch ebenso wenig wie seine Soldaten, auf was für Befehle sie sich von Seiten König Abrans gefasst machen mussten. Dennoch hatte er einen Versuch gemacht, indem er zumindest erklärte, welche Maßnahmen er noch heute Morgen in die Wege geleitet hatte, um die Einigung der Fürsten voranzutreiben und die Hauptmänner sämtlicher Garden auf den aktuellen Stand ihrer Verhandlungen zu bringen.

Er selbst war nicht beunruhigt, er hatte an diesem Morgen getan, was in seiner Macht stand, um ihre unklare Situation abzusichern. Die Pflichten seines Berufes auszufüllen, war ihm schwer gefallen, brachte er doch nur mit Mühe die nötige Konzentration auf. Die letzte Nacht sang noch immer in seinem Herzen und als er vor der Pforte des Palastes von seiner Stute stieg, wehte eine Mittagsbrise ihm den Duft der Pflanze entgegen, die Alia am Abend zwischen ihren Fingern zerrieben hatte, und die, wie er nun wusste, das Kraut des wilden Thymians war. Es war ihr Teppich gewesen während all ihrer Berührungen in der Ruine, und sein Duft haftete noch immer an seinem Körper.

Wie sollte er hier und jetzt dieses unbeschreibliche Glück der letzten Nacht ignorieren? Die Dringlichkeit, mit der sich ihre Körper zunächst trafen, und danach all die Ruhe, die sie in ihren Berührungen gefunden hatten. Alia hatte seinen ganzen Körper mit Zärtlichkeit bedeckt, nicht nur den Teil, den er selbst spüren konnte, und das hatte ihm Tränen in die Augen getrieben. Tränen des Glückes und es war, als löse sich die Trauer seines gesamten Daseins für diesen Moment in ihren Berührungen auf. Er hatte sich nie so sehr aufgehoben gefühlt, er hätte seine Liebe in die Welt hinausschreien mögen.

Stattdessen stand er nun vor dem Königspalast und erwartete die Tiraden eines Mannes, der Menschenleben zu verantworten hatte, wie kein zweiter im Lande, aber Kian rief sich zur Vernunft. Es hatte keinen Sinn über Abrans Tun nachzudenken, auch nicht darüber, warum er seinen Tod befohlen hatte, denn irgendetwas schien Kian noch immer daran zu entgehen. Eine große Ruhe durchdrang ihn und auch der Weg zum Thronsaal konnte daran nichts ändern, obwohl er diesmal tatsächlich für einen Augenblick Roans Unterstützung in Anspruch nehmen musste.

„Danke!", flüsterte er ihm zu und sah seinen Freund lächelnd nicken.

Auch Kian musste lächeln, denn was bedeutete sein Straucheln schon. Es bedeutete, dass er die Hilfsmittel nicht trug, die sonst sein Gehen stabilisierten, weiter nichts. Er schämte sich dessen nicht mehr, und abgesehen davon dachte er an die Frau, die ihm in der letzten Nacht zugesehen hatte, als er die Schienen unter dem Mond abgenommen hatte, um dann seine Knie zu küssen, seine Oberschenkel und an den Innenseiten seiner Schenkel hinauf ...

Das alles hatte ihm gezeigt, dass er nicht der erste Mann war, mit dem Alia ihren Körper teilte, und er bemerkte jetzt, dass er in der letzten Nacht nicht daran gedacht hatte, sie danach zu fragen. Seine Überraschung darüber war nur von sehr kurzer Dauer gewesen, denn ihre Erfahrung in den Dingen der Liebe war ihm eine Erleichterung, konnte er sich doch nicht auf die Art in ihr bewegen, wie es andere Männer konnten, und das war etwas, über das zu sprechen ihm zutiefst schwer fiel. Sie schien es gewusst zu haben, natürlich, denn sie bewegte sich über ihn, als sei dies der Platz, den sie sich selbst zugewiesen hatte.

Sie hatte ihm vieles gegeben, aber sein größtes Glück der vergangenen Nacht rührte von seinen Berührungen ihres Körpers. Ihre fremde Schönheit in allen Nuancen zu sehen und zu berühren mit seinen Händen, seinem Mund, ja, seinem ganzen Körper, war ihm ein so großes Fest gewesen, und er hatte sich alle Zeit der Welt gelassen, sie zu umspielen und ihre Reaktionen auf all seine Zärtlichkeit zu betrachten.

Er lächelte in sich hinein, weil er daran dachte, wie kitzelig Alia war, was so wenig zu ihrem starken Körper zu passen schien. Sie hatten gemeinsam gelacht, es hatte Momente purer Freude gegeben, und Alias Lachen zu sehen, war ein unbeschreibliches Geschenk. Sie hatte sich beim ersten Licht der Sonne auf die ihr eigene Art der Lautlosigkeit aus seinem Zimmer gestohlen, damit Edda und Logan nichts bemerkten, und er war noch immer staunend zurückgeblieben.

Er war ihr gestern Abend mit der Sehnsucht begegnet, er könne ihr seine Gefühle offenbaren, mehr als das hatte er nicht für möglich gehalten, aber heute Morgen hatte er sie mit dem Wissen verlassen, dass ihrer beider Gefühle untrennbar in eines gemündet waren. Daraus bezog er die Ruhe, die er nun empfand, denn es konnte passieren, was immer passieren mochte, diese letzte Nacht konnte ihm niemand nehmen. Und wenn er auch hinnehmen musste, dass vielleicht nichts daran von Dauer sein konnte, was immer die Zukunft auch brachte, sein jetziges Glück war unantastbar.

Die Wachmänner vor ihnen stießen die Tür zum Thronsaal auf und in diesem Moment veränderte sich alles, was Kian von dieser Situation erwartet hatte. Der König stand vor dem Thron, eingerahmt von zwei seiner eigenen Soldaten. Einer davon war Eret, und er hielt den Kopf gesenkt. Er sah Kian nicht an, seine ganze Haltung sprach von einem Unwillen, der Kian nur zu deutlich wurde, nun da er sich umsah. Er konnte die Königin nirgends entdecken, auch keinen ihrer Berater. Stattdessen war der Raum angefüllt mit weiteren Soldaten. Alle in Uniform und alle bewaffnet!

Kian sah, wie Ana zu seiner Linken nervös zu der Stelle griff, an der sich gewöhnlich ihr Schwert befand, aber natürlich war es nicht dort. Sie hatten ihre Waffen bei ihren Pferden gelassen, denn in den Räumlichkeiten des Königs durfte sich niemand bewaffnet zeigen. Und auch der König selbst durfte, abgesehen von seinen Wachen, keine offensichtliche Bewaffnung führen, so war es der Brauch. Aber die Zeit alten Brauchtums schien vorüber. Abran hatte die Gegebenheiten nach seinen Vorstellungen verändert und dies war eine klare Drohung, aber warum?

Kian hatte die Situation schnell überblickt. Sie standen zweiundzwanzig Soldaten gegenüber, die, das sah er deutlich, nur auf den Befehl des Königs warteten, um ihre Waffen zu benutzen. In einer Kampfsituation wären die Chancen für ihn und seine Leute gering, lebend diesen Raum zu verlassen. Auch wenn sie Situationen wie diese immer wieder trainierten und die Überzahl der Soldaten des Königs schlecht ausgebildete Nahkämpfer waren, hing hier zu viel vom Glück ab.

Er spürte die Augen seiner Soldaten auf sich ruhen. Sie würden auf den leisesten Wink seinerseits reagieren, das wusste er, aber er konnte in diesem Moment keinen Angriffsbefehl geben. Zum einen war ihm eine Kampfsituation wie diese verhasst wie keine andere, denn am Boden liegend, mit nichts als seinen Stöcken als Waffe, gab er kaum einen verlässlichen Kampfpartner für Ana und Roan ab. Zum anderen wollte er hören, was der König ihnen nun zu sagen hatte. Was dachte er sich dabei, hier seine Übermacht in dieser Form zu inszenieren, dieser Irre?

„Wie kommt es, dass wir heute Bekanntschaft mit Euren Soldaten machen dürfen, mein König?“, fragte er und fixierte Abran mit aller Intensität, die er in seinem Blick aufbringen konnte.

„Schweigt und kniet!“, zischte der König ihn an und trat einen Schritt auf ihn zu.

Kian sah ihm einen Moment lang fest in die Augen und spürte der Kälte in seiner Stimme nach. Dann nickte er Roan und Ana zu, und sie knieten nieder, die Stirn am Boden.

Der König starrte ihn eine Sekunde länger an, dann sah er über ihn hinweg und begann: „Mein Land befindet sich nicht länger in Euren Händen!“

Kian schaute auf. Er verstand nicht, was ihm diese Worte sagen sollten.

„Legt die Stirn zu Boden, Inzani!“, fauchte der König nun. „Ich bin über alles informiert, was Ihr hinter meinem Rücken im Osten getrieben habt. Ihr habt die Fürsten gezwungen, gegen mich zu stehen. Ihr habt sie an die Seite Eurer armseligen Armee gezwungen, gegen die Monarchie. Das ist Verrat!“

„Ich habe niemanden zu irgendetwas gezwungen ...“

„Schweigt, Verräter! Die Fürsten im Osten mögen Euch hörig sein, Inzani, aber ich bin es nicht! Meine Männer hier sind meine Zeugen, Euer Ziel ist es, die Fürsten gegen mich aufzuhetzen und sie für einen Krieg gegen mich zu rüsten. Ihr reitet umher, spielt Euch als Friedensmann auf, alle ducken sich vor Euch und dabei seid Ihr nichts als gewissenlos! Ihr seid ein Kriegstreiber, Inzani!“

Kians Wut schwoll. Dieser König machte *ihm* Vorhaltungen? Ihm? Der den Frieden im Lande zugunsten der Monarchie unzählige Male bewahrt hatte, während der König im Süden klägliche Angriffe führte, die nur dazu dienten, noch mehr seiner Soldaten ihrer Leben zu berauben. Abran war derjenige ohne Gewissen!

Der König trat erneut näher an Kian heran. „Aber damit ist es nun aus! Ich verbiete Euch, noch einmal den Kontakt zu den Fürsten zu suchen!“

Als ob das in seiner Macht stünde, dachte Kian aufgebracht.

„Ich verbiete Euch, Eure Ränke weiter zu führen! Ich werde den Befehl über die Fürstenhäuser führen, ich allein! Ich werde ihnen einbläuen, dass Ihr nichts in diesem Land zu befehlen habt, denn Ihr seid nichts als ein armseliger Wurm im Kampf, den wir in Zukunft zu führen haben! Ihr seid ein toter Mann!“

Ein toter Mann? Jetzt sah Kian auf. Dieser Verrückte sprach von einem Kampf im Süden. Hatte er noch immer nicht begriffen, dass sie alle im Angesicht dieses Feindes nichts als Würmer sein würden? Dies war der Moment, in dem er nichts mehr zurückhalten konnte. Nicht seine Wut, nicht seinen Abscheu und nicht den Willen, den König anzugreifen mit all dem Wissen, das er über ihn hatte. Aber er schwieg! Er wollte um nichts in der Welt etwas preisgeben, das Alia in Gefahr bringen konnte. Sie war es, die er schützte, und Eret.

„Kopf runter, Inzani!“, schrie Abran nun und kam noch näher auf ihn zu.

Noch einen Schritt, dachte Kian, und der König wäre ihm so nah, dass er ihn treten konnte. Instinktiv brachte er seine Hände in Position.

„Kopf runter!“, schrie er erneut. „Ihr denkt, Ihr wäret sicher in Euren Ränkespielen, Inzani? Das seid Ihr nicht! Das Gesetz verlangt von Euch Demut! Ich bin das Gesetz, und wenn Ihr nicht augenblicklich den Kopf senkt, dann übe ich es aus und lasse Euch öffentlich für das abstrafen, was Ihr in Eurem Haus mit der ...“

Nein, dachte Kian, du wirst ihren Namen nicht in den Mund nehmen! Ersticken sollst du an ihrem Namen ... und er senkte seinen starren Blick in die Augen des Königs.

Was jetzt geschah, ließ einen Aufschrei im Raum ertönen. Der König fasste sich keuchend an den Hals, er röchelte, er bekam keine Luft ...

Kian entließ ihn nicht aus seinem Blick und während er zusah, wie sich Abrans Gesicht verfärbte und er wieder und wieder krampfhaft versuchte Luft zu bekommen, begriff er, dass er selbst dies verursachte. Dieser Moment übte eine sonderbare Faszination auf ihn aus. Er würgte den König, und hatte doch nicht einmal Hand an ihn gelegt! Er starrte in sein gequältes Gesicht und eine schreckliche Gewissheit durchfuhr ihn. Er spürte, er konnte ihn töten! Er konnte den König auf diese Weise töten!

Ana und Roan hatten sich aufgerichtet und starrten den König an, der nun schwankend nach Luft rang, und das war der Moment, in dem Kians Verstand begann klarer zu werden. Das Entsetzen in den Blicken seiner Soldaten ließ ihn zu sich kommen, und er senkte augenblicklich seinen Blick. Er erinnerte sich an den Ekel, den er in Alia gesehen hatte, nachdem er getötet hatte. Was tat er denn da? Er war kein Mörder!

Der König griff krampfhaft nach Luft, hustete, und das nächste, was Kian spürte, war ein harter Tritt nach seinem Kopf.

„Was seid Ihr? Ein Teufel?", röchelte der König und schrie: „Ergreift ihn!"

Kian blickte auf, sein Blick war vom Schmerz verschleiert und er versuchte angestrengt, die Situation erneut zu erfassen. Er sah nun, wie Eret zögerte, sich ihm zu nähern und mit ihm seine Soldaten. Er sah das Mitgefühl in Erets Gesicht.

„Auf was wartet ihr? Ergreift sie und werft diesen Inzani in den Kerker!", schrie Abran weiter und in diesem Moment erst bewegte sich sein Freund.

Er wurde von ihm und einem anderen Soldaten auf die Füße gezerrt und während sie ihn mit sich zogen, hörte er Erets Stimme nah an seinem Ohr: „Verzeih mir, Kian! Und bei den Monden, wehre dich nicht!"

Natürlich, Eret wäre gezwungen, ihn anzugreifen, wenn er sich jetzt wehren würde, aber wie sollte er das? Blut sickerte aus einer Wunde an seiner Schläfe über sein Gesicht, er konnte ohne seine Stöcke nicht eine Sekunde stehen, geschweige denn kämpfen, und sie hielten ihn im festen Griff, einer eisernen Klammer gleich. Eret musste ihn für einen Übermenschen halten, wenn er glaubte, Kian hätte hier auch nur den Hauch einer Möglichkeit für einen Kampf. Nein, sei seine Wut auch noch so groß, er musste sich fügen.

Er drehte sich nach Roan um, gab ihm und Ana ein Zeichen von hier zu verschwinden und mit dem letzten Blick, den er auf die Szene im Thronsaal werfen konnte, sah er Roan nicken und den Soldaten bewusstlos schlagen, der ihn festgehalten hatte.

Alia saß an ihrem Tisch im ersten Krankenzimmer, ihr Journal über die Patienten vor sich und starrte auf die acht Ziffern, mit denen sie die neuen Männer bezeichnet hatte. Sie hätte gerne zumindest ihre Namen gekannt, auch den des Verstorbenen, wenn sie schon nichts über die Leben wusste, die sie einst geführt hatten, bevor der König sie dem Gleißen vorgeworfen hatte. Sie hatte Kian am gestrigen Abend gesagt, man müsse ihre Würde bewahren, aber, und das musste sie sich widerstrebend immer wieder eingestehen, das war unter diesen Umständen nicht möglich.

Kian! Ihr Herz schien sich beim Gedanken an ihn auszudehnen, es schien sich in Sehnsucht suchend nach ihm zu wenden, aber sie hatte ihn heute Morgen mit einem letzten Kuss verlassen und wusste nicht einmal, wohin ihn der heutige Tag führen würde. Sie hatte ihn nicht danach gefragt, denn bei allem, was sie sich in der letzten Nacht gegeben hatten, er war der erste Heermeister des Königs und an dieser Stelle musste ihr Anspruch auf ihn enden. Sie respektierte das. Sie hatte sich innerlich geschworen, keine Fragen zu stellen, wusste sie doch, dass seine Antworten für sie nicht immer leicht zu ertragen wären. Sie wollte keine Frau sein, die zu Hause saß und wartete oder sich in Sorge verzehrte, aber vor allem wollte sie tatsächlich nicht im Detail wissen, was er tat, und wessen Blut dabei vergossen wurde.

Als sie nun die Feder wieder aufnahm, um ihren Bericht fertigzustellen, krampfte sich ihr Herz dennoch zusammen. Er würde früher oder später in den Süden gehen, und was das bedeutete, wollte sie nicht zu Ende denken. Es hatte in der letzten Nacht Momente gegeben, in denen sie die Ungerechtigkeit ihres Schicksals in die Sterne hatte schreien mögen. Bei den Monden, sie waren sich doch gerade erst nahe gekommen! Sie wollte ihn richtig kennenlernen, ihn fühlen, seinen unfassbaren Körper spüren, seinen Worten lauschen, mit ihm lachen ... Sie wollte Zeit mit ihm haben. Zeit!

Die Körperlichkeit, die sie geteilt hatten, verwirrte sie noch immer zutiefst. Sie hatte geglaubt, sich darin durch ihre Beziehung zu Jaso auszukennen, aber alles, was er ihr in der letzten Nacht gegeben hatte, war damit nicht zu vergleichen. Sicher, ein Teil ihrer unermesslichen Wonne war damit zu erklären, dass sie nicht nur seinen Körper gespürt und seine Worte vernommen hatte, sondern auch sein Band sie umspielt hatte, wie Musik, die seine Berührungen untermalt hatte.

Der übrige Teil ihres Glückes war nicht zu beschreiben! Er hatte Dinge mit ihr getan, sie auf eine Art berührt, die sie niemals zuvor erlebt hatte, ja, die ihr nicht einmal vorstellbar gewesen waren. Sie hätte nahezu der Vorstellung erliegen können, er brächte ihren Körper auf eine Weise zum Vibrieren, dass sie ihn klingen hören könnte, wenn sie nur die richtige Art Gehör dafür hätte.

Liebe war der Unterschied, den ihre Zärtlichkeit mit Kian von der zu Jaso unterschied. Liebe, die Kian und sie bereits schon so lange Zeit aufeinander zuströmen ließ, wie Flüsse, die nach langer Strecke gemeinsam ins Meer mündeten. Diese Liebe war gestern Nacht in all ihren Berührungen gewesen, in all ihren Gesprächen, in jedem Blick und jeder Geste. Sie war ihre tiefe Verbindung zueinander und die Versicherung, einander anzugehören, ohne es aussprechen zu müssen.

Er hatte ihre Fremdheit nicht nur akzeptiert, sondern sie in seine Liebe aufgenommen, wie ein neues Detail, das er zunächst bestaunt hatte, um es dann jedoch in die Gesamtheit seiner Gefühle einfließen zu lassen. Sie hatte sich nie in einer solchen Form angenommen gefühlt und es machte sie nichts als glücklich.

Kians Band hatte ihr zugeflüstert, dass er ebenso empfand, dabei war ihr seine körperliche Einschränkung niemals mehr präsent gewesen, als zu Beginn der letzten Nacht. Die erste Berührung seiner Beine hatte sie daran erinnert, dass sein Band diesen Teil seines Körpers nicht erreichen konnte, und sie musste eine aktivere Rolle in ihrer körperlichen Liebe ausfüllen, als sie es jemals getan hatte, aber sie hatte mit Freude gegeben, um was sein Körper sie bat. Es hatte keinen Moment der Befremdung in ihr ausgelöst und als die Nacht voranschritt, hatte sie nicht ein einziges Mal mehr daran gedacht, denn auch sie hatte seine Besonderheit ihrer Liebe schlicht hinzugefügt.

Alia seufzte. Sie würde diesen Bericht jetzt nicht fertig stellen können, da ihr ihre Fähigkeit zur Konzentration offensichtlich abhandengekommen war. Sie steckte das Journal zurück in ihren Heilbeutel mit der Absicht, sich heute Abend erneut damit zu befassen, und wollte gerade zu Tana hinaus in den Hof gehen, als sie Schritte im Gang hörte, die sie nicht kannte. Wer konnte das sein? Es kamen nie Fremde in den Krankentrakt des Palastes, abgesehen von der einen Nacht, als ihre neuen Patienten in Begleitung der königlichen Soldaten eingetroffen waren.

Alia ging schnell auf die Tür zu, weil sie zum einen wusste, sie musste ihre Patienten vor unbefugtem Zutritt bewahren, zum anderen jedoch war sie schlicht neugierig. Sie erkannte Hauptmann Eret sofort, aber sein Gesichtsausdruck ließ ihr Herz erstarren.

„Heilerin, ich bitte Euch, auf der Stelle mit mir zu kommen!“, rief er und sein ruheloses Gesicht schrie ihr nahezu entgegen, dass etwas passiert war, etwas, das ihr Leben verändern würde.

„Ist etwas mit dem Heermeister?“, stammelte sie und konnte sich nicht mehr bewegen.

„Er wurde inhaftiert! Bei den Monden, ich selbst habe ihn in den Kerker ...! Wie konnte ich nur?“ Hauptmann Eret brach ab und fuhr gequält mit den Händen über sein Gesicht. „Bitte kommt mit! Er ist verletzt!“

Alia starrte ihn an. Ihr Kopf war leer! Ihr Körper eingefroren in Sorge! Dann jedoch sah sie den Hauptmann aufblicken und sein peripherer Blick flehte sie an, zu handeln. Augenblicklich erwachte sie aus ihrer Starre, wandte sich ab, legte ihren Umhang um und zog die Kapuze tief in ihr Gesicht. Sie würde niemandem ihre Gefühle zeigen, außer dem Mann, den sie mit allem liebte, was sie hatte, einerlei, was die Welt ihm antat. Sie griff nach ihrem Heilbeutel und verließ den Krankentrakt hinter Hauptmann Eret.

Wenn er es selbst gewesen war, der Kian eingesperrt hatte, dann musste es auf Befehl des Königs geschehen sein, und ein Teil von ihr kehrte in eine ohnmächtige Starre zurück, denn dieser König war nicht zurechnungsfähig. Er konnte in seinem verwirrten Geist unzählige kranke Entscheidungen treffen, und sie alle wären nichts als Spielbälle in seiner tödlichen Farce.

Hauptmann Eret führte sie hinab in einen Bereich des Palastes, den sie niemals gesehen hatte. In diesem Teil des Gebäudes endete der Luxus, nichts hielt sich hier mit der Illusion von Schönheit und Kostbarkeit auf. Wände mit winzigen Fenstern, die hoch über ihren Köpfen kaum Licht einließen, in sich scheinbar unendlich ausdehnenden Gängen ohne Türen in eine andere Welt. Dies war der Ort für die Verbannten.

„Ist der Heermeister schwer verletzt?“, fragte sie leise, weil sie die stille Ungewissheit nicht ertrug.

„Eine Platzwunde von einem Tritt!“

Alia spürte Tränen in sich aufsteigen, drängte ihre Trauer jedoch zurück und fragte: „Hat er euch geschickt, mich zu holen?“

„Nein! Aber jemand muss seine Wunde versorgen und Kontakte für ihn nach außen knüpfen!“, entgegnete der Hauptmann und wandte dann entschuldigend den Kopf nach ihr.

Alia nickte. Natürlich, sie war der einzige Mensch, der Kian helfen würde, aber was auch immer geschehen war, sie ahnte, es würde ihm nicht gefallen, dass sie nun eine Rolle darin übernahm.

Kapitel 35

Kian saß auf der Pritsche, die das einzige Möbelstück in dieser Zelle war, und ließ sich gegen die Wand hinter sich sinken. Er befühlte noch einmal die Verletzung an seiner Schläfe. Zumindest hinterließ sie kein Blut mehr an seinen Fingern, wenn auch sein Auge schnell begonnen hatte zuzuschwellen.

Bei den Monden, er hatte vorhin im Thronsaal vermutlich gründlich sein Leben zerstört, aber er war zu diesem Zeitpunkt nicht in der Lage, Bedauern darüber zu empfinden. Er fühlte nichts, außer einer tiefen Verstörung der Macht gegenüber, die er an König Abran ausgelebt hatte. Er konnte sich nicht erklären, wie so etwas überhaupt möglich sein konnte. Alia hatte ihm erklärt, dass er auch in der Vergangenheit bereits andere Menschen damit beeinflusst hatte, aber dass er in der Lage war, jemandem tatsächlich körperlich zu schaden ...

Er hörte Schritte und die Tür zum Vorplatz seiner Zelle wurde geöffnet, aber er starrte weiter geradeaus auf die Wand vor sich. Wenn jemand etwas von ihm wollte, so würde man ihn direkt ansprechen müssen.

„Die Zelle bleibt verschlossen, Hauptmann Eret!", empörte sich draußen eine Stimme, die vermutlich zu einem der Wachmänner gehörte.

Kian schloss die Augen. Er brannte nicht gerade darauf, mit Eret zu sprechen. Es tat ihm weh, dass sein Freund ihn hierhergezerrt hatte, wie einen Verbrecher. Aber Eret hatte lediglich den Befehl seines Herren ausgeführt, und war es nicht Teil seiner Ausbildung gewesen Gehorsam zu lernen? Kian schnaubte bitter, denn seine Ausbildung hätte Eret ebenso lehren müssen, gewissenhafter bei der Wahl seines Herren vorzugehen, um sicher zu sein, dass er am

Ende auf der richtigen Seite kämpfte. Jedoch konnte ein Schüler nur so gut sein wie sein Lehrer! Und Kian hatte vermutlich hierin seinen Teil der Schuld zu tragen. Abgesehen davon, wer war er denn, dass er die Moral Erets verurteilte? Er war es gewesen, der versucht hatte zu töten, nur weil ihm die Rede seines Gegenübers nicht gefallen hatte.

Die Debatte vor der Tür war fortgesetzt worden, ohne dass er sie weiter verfolgt hatte. Als er jetzt jedoch hörte, wie die Tür geschlossen wurde, öffnete er die Augen und sein Herz krampfte sich zusammen, denn vor dem Gitter zu seiner Zelle stand Alia und starrte ihn entsetzt an. Ihre Augen liefen mit Tränen voll und sie legte die Hände um zwei der Gitterstäbe.

„Alia, du darfst nicht hier sein!“, flüsterte er ihr scharf zu und setzte sich auf.

Er war besorgt um sie und konnte nicht ertragen, dass sie seinetwegen litt, aber mehr als alles andere wollte er, dass sie ging.

„Dein Gesicht!“, flüsterte sie.

„Das ist doch einerlei! Du bist hier nicht sicher! Versteh doch, du musst gehen!“, erhob er nun seine Stimme und sah im selben Augenblick, wie sich ihr Gesichtsausdruck veränderte.

„Nun, Kian, jetzt bin ich hier und ich werde nicht gehen, bevor ich deine Wunde versorgt habe!“, erwiderte sie fast trotzig.

Er konnte nicht anders, er musste über sie lächeln. Über diese sture Person, die er liebte. Würde er sie jemals wieder spüren dürfen? Würde sie jemals wieder zulassen, dass er sie berührte, nach allem, was er im Thronsaal getan hatte? Er fühlte sich wie ein wildes Tier, das jemand plötzlich freigelassen hatte, und die nackte Angst überkam ihn. Angst vor sich selbst und um die, denen er nah sein wollte. Er war unberechenbar, oder etwa nicht? Die Trauer schien ihn zu übermannen, und ein wenig fühlte es sich an, als hätte er Alia bereits verloren, so sehr er sich auch nach ihrer Nähe sehnte.

Instinktiv suchte er nach seinen Gehstöcken und erinnerte sich dann verbittert daran, dass er sie im Thronsaal hatte zurücklassen müssen. Bis zum Zellengitter waren es gut anderthalb Körperlängen. Einen Moment verharrte er unschlüssig, dann ließ er sich auf den Boden herabsinken und rutschte näher an Alia heran, ohne ihren Blick zu suchen.

„Sie haben dir nicht mal deine Stöcke gelassen?", flüsterte Alia nun aufgewühlt und kniete vor dem Gitter nieder.

In ihrer Stimme konnte er neue Tränen hören und er erhob seinen Blick in ihre Augen. Er wollte darin keine Trauer sehen, keine Sorge ... In diesen wundervollen grünen Augen, die mit ihm gemeinsam das Mondlicht gespiegelt hatten, während der letzten Nacht. War das wirklich erst letzte Nacht gewesen?

„Alia!", begann er. „Wenn du dich ausgerechnet in diesem Moment entschließt, mir mit Mitleid entgegenzutreten, dann fürchte ich, kann ich deine Hilfe nicht brauchen!"

„Wie kannst du jetzt scherzen?", fragte sie ihn mit einer Portion echter Empörung, die jedoch in einem traurigen Lächeln mündete.

Sie streckte ihm ihre Hand entgegen, um seine Wunde zu berühren, aber er lehnte sich von ihr weg und sah sie intensiv an. Mochte er auch eben noch seine Gefühle hinter einem Scherz verborgen haben, es würde nicht mehr lange dauern und er würde vor ihr die Fassung verlieren.

„Du musst wirklich gehen, Alia! Ich möchte nicht, dass sie meine Verbindung zu dir kennen. Ich will dich nicht gefährden!", wiederholte er noch einmal und sah ihren festen Blick.

Sie schüttelte leicht den Kopf, streckte noch einmal ihre Hand nach seinem Gesicht aus, und diesmal ließ er sie gewähren. Einen Moment verharrte sie reglos und spürte in ihre Berührung, studierte dann still ihren Heilbeutel, zog eine kleine Flasche Wasser heraus, entkorkte sie und benetzte ein Tuch. Sie sah ihn nicht mehr an, sondern begann, seine Wunde zu säubern. Er drehte ihr seine verletzte Gesichtshälfte deutlicher zu und betrachtete dann schweigend, wie sie ihre Arbeit an ihm vollzog.

„Wer hat dich getreten?", fragte sie einen Moment später leise.

„Wer sagt, dass ich getreten wurde?"

„Hauptmann Eret!"

Er atmete wiederwillig durch. „Er hätte diese Information nicht mit dir teilen sollen!"

„Kian, ich weiß auch ohne seine Information, woher eine solche Wunde stammt!", erklärte sie fest. „Wer war es?"

Er sah sie verwundert an. Es machte ihn einerseits glücklich, dass sie mittlerweile so bereitwillig mit ihm teilte, was ihre Gabe, wie sie es nannte, ihr verriet, aber andererseits hatte er jetzt nicht mehr die Möglichkeit zu schweigen. „Es war der König!", gab er widerstrebend zu und sah, wie sie erschrocken die Luft anhielt.

„Wie war das möglich? Du kannst einen solchen Tritt abwehren! Warum hast du es nicht getan?"

Sie sah ihn fragend an, und er war in diesem Augenblick mehr als verwundert darüber, woher sie so sicher zu wissen schien, wie er sich gewöhnlich in einem Nahkampf verhielt. Sie wusste so vieles über ihn, und in diesem Augenblick fasste er den Entschluss, mit ihr zu teilen, was er getan hatte. Sie war diejenige, die ihm vielleicht erklären konnte, was genau dort im Thronsaal geschehen war. Das zumindest war seine Hoffnung.

Alia hatte sein Gesicht gesäubert und, wie ihre Gabe es ihr bereits versichert hatte, konnte sie nun auch sehen, dass seine Wunde glatt aufgerissen war. Sie würde von selbst heilen, und auch der Knochen unter seiner Augenbraue war intakt, sodass sie nichts weiter tun konnte, als etwas gegen die Schwellung zu unternehmen und ihn vor einer Entzündung zu bewahren. Sie nahm die entsprechenden Heilmittel aus ihrem Beutel und wollte gerade beginnen, sein Gesicht damit zu behandeln, als sie seinen fragenden Blick sah. Sie hielt in ihrem Tun inne und forschte in seinen Augen.

„Woher weißt du so viel über mich?", fragte er dann mit einem Lächeln.

„Ana hat mir einmal erklärt, du seist auch am Boden liegend noch der beste Kämpfer, den sie kenne! Und du warst doch am Boden? Du knietest vor dem König!"

Für eine Weile sah er sie einfach weiter verwundert an, dann räusperte er sich und sagte widerwillig. „Nun, sagen wir, ich war abgelenkt!"

„Abgelenkt? Wovon?"

Jetzt sah er weg und sein Gesicht verzerrte sich in einer Qual, die sie nicht verstand. „Was hast du getan?“, flüsterte sie besorgt, als auch sein Band ihr mit Verzweiflung entgegenfloss.

„Ich weiß es nicht, Alia!“, flüsterte er, nahm ihre Hand in seine und legte die Stirn gegen das Zellengitter. „Ich habe den König gewürgt...!“

„Gewürgt? Aber du knietest vor ihm, wie...?“

„Ich tat es nicht mit meinen Händen!“

Der Schock durchfuhr sie wie ein Pfeil. Er hatte den König mit seinem Band angegriffen! Sie wusste, dass er stark war, dass sein Band es war, aber in dieser Form? So stark, dass er jemanden damit verletzen konnte? Sie ließ ihre Stirn gegen seine sinken und konnte nichts darauf erwidern.

„Ich hätte ihn töten können!“, fügte er leise hinzu und in seiner Stimme hörte sie, wie schockiert er davon war.

„Aber du hast es nicht getan!“

Er schüttelte still den Kopf. „Als mit klar wurde, was ich im Begriff war zu tun, setzte diese Verwirrung ein, die ich so oft nach einem Kampf spüre. Ich war für einen Moment desorientiert, deshalb sah ich seinen Tritt nicht kommen.“

Er senkte vor ihr den Kopf, und sie brauchte sich nicht zu fragen, was er in diesem Moment empfand, denn sein Band zeigte ihr sein pures Entsetzen.

„Was wird er nun mit dir tun?“, fragte sie und hörte die Sorge in ihrer Stimme klingen.

Er atmete durch. „Ich weiß es nicht! Und ehrlich, Alia, das ist im Augenblick meine geringste Sorge!“

„Wie kannst du so reden?“, fragte sie verständnislos und hob mit ihrer Hand sein Kinn an, um in seine Augen zu sehen.

Er ließ ihre andere Hand los und drehte sich von ihr weg. „Bei den Monden, Alia! Du hast mich töten sehen! Du weißt, dass ich meine Wut oft nicht kontrollieren kann! Und es ist meine größte Schmach, aber es gab einen Moment, in dem ich dich geschlagen hätte, wenn du mir nicht auf deine immens schnelle Art ausgewichen wärest! Ich bin ein Monster und ich ...!“ Er brach ab und legte seine Stirn in seine Hände.

„Du bist kein Monster, Kian!“, entgegnete sie mit erstickter Stimme.

„Oh, doch! Was ist, wenn ich das nächste Mal wütend auf Roan bin? Bringe ich ihn dann um?“, stieß er hervor und sah sie an, sodass sie den Schmerz in seinen Augen sehen konnte. „Ich bin jedem, der mir gegenüber tritt, eine Gefahr, Alia!“

„Das stimmt doch nicht, Kian!“, sagte sie fest und berührte seine Schulter.

„Ich kann es nicht kontrollieren! Ich ...!“

„Kian, hör auf! Das ist nicht wahr!“, insistierte sie noch einmal und diesmal schien er sie gehört zu haben.

„Was macht dich darin so sicher?“, schnaubte er und durchforschte ihr Gesicht, als sei er eigentlich auf der Suche nach etwas, dass ihn erneut zweifeln lassen konnte.

„Die Tatsache, dass der König lebt!“, entgegnete sie ehrlich, denn sie war mit allem, was sie über Kian wusste, überzeugt davon, dass sein Gewissen ihn daran hindern würde, unüberlegt zu morden, einerlei wie stark die Fähigkeiten waren, die er durch sein Band hatte.

Er drehte sich resigniert von ihr weg, aber sie war noch nicht fertig. „Du hast dein Band kontrolliert, andernfalls wäre der König unter deinem Willen gestorben. Ich weiß nicht, was er getan oder gesagt hat, aber es muss dich ungeheuer wütend gemacht haben! Nur dann ist dein Band bisher so stark, dass du es benutzen kannst wie eine Waffe!“

„Eine Waffe?“, wiederholte er gequält und sah sie erneut an. „Alia, weißt du, was du da sagst? Du bestätigst mir nur, dass ich nicht mehr zurechnungsfähig bin!“

„Du hörst auf der Stelle auf, derart zu reden, Kian!“, fuhr sie ihn an. „Du kannst dein Band kontrollieren! Du hast es heute im Thronsaal getan! Du hast es gestern Abend getan! Und du wirst es auch in jedem anderen Moment können! Du bist kein Mörder!“

Sie sah, wie er sich ihr ganz zuwandte und sie fragend ansah. Sie konnte seinen Blick kaum ertragen, war er doch voll des Zweifels.

„Und ich frage dich noch einmal! Wie kannst du dir darin so sicher sein?“

Sie berührte zart seine Wange, küsste zwischen den Gittern mehrfach sein Gesicht und flüsterte: „Ich könnte niemals einen Mörder lieben, Kian!"

Er suchte ihre Lippen mit seinen, küsste sie und fand endlich einen Hauch von Sicherheit. Er sehnte sich danach, sie in seine Arme zu schließen, zu seinem Selbst zurückzukehren und wenigstens für einen Moment seinen Schmerz zu vergessen, aber zwischen ihnen standen die Gitter seines Gefängnisses. Und er war ein Gefangener! Ein Gefangener seiner Selbstzweifel!

„Bitte glaube mir, Kian! Ich habe es schon einmal gesagt, ich kann dein Band bezeugen! Ich weiß, dass du es unterdrücken kannst!", bekräftigte sie erneut.

Ihre Worte klangen ehrlich. Sie war sich zutiefst sicher über deren Wahrheit, und er wollte nichts mehr, als ihrer Aufforderung folgen und ihr Glauben schenken. Was hatte sie über den gestrigen Abend gesagt?

„Was spürst du?", fragte er und bemerkte, dass er sich nicht auf seine Worte konzentrieren konnte.

„Wenn du es zurückhältst?", fragte sie nach, und er nickte lediglich. „Es spricht nicht zu mir. Es teilt mir die Gefühle mit, die du teilen möchtest. Alles andere ist undeutlich."

„Und das habe ich gestern Abend getan?"

Sie nickte und küsste ihn. „War das nicht deine Absicht?"

Er zögerte einen Moment. „Ich wusste nicht, ob es überhaupt Sinn macht, es zu versuchen! Ich habe meine Gefühle unterdrückt, weil ich nicht wollte, dass du sofort weißt, was ich dir zu sagen hatte. Ich wollte es dir mit Worten sagen!"

Er sah, wie ihre Wangen sich färbten und sie blickte verschämt nieder: „Nun, es hat funktioniert!", räusperte sie sich.

„Du kanntest meine Gefühle bereits?", fragte er leise, sah sie nicken und spürte ein Lächeln auf seinen Lippen. „Dennoch waren es meine Worte, die den Ausschlag gaben, dass du dich mir zeigen konntest!"

Sie betrachtete ihn aufmerksam. „Und der Moment, in dem du dein Band freiließest, um mir auch damit zu sagen, dass ich es darf!"

Für eine Weile sahen sie sich an, und Kian berührte mit den Fingern leicht ihr Haarband, unter dem sich ihre eigenartigen Ohren verbargen. Es war ihm, als bestätigten sie beide in den Blicken dieser Momente erneut, was sie letzte Nacht miteinander erlebt hatten. Es würde niemals eine Zeit geben, in der sich keiner von ihnen mehr verbergen musste, aber sie beide hatten eine Zeit begonnen, in der sie sich einander in Freiheit begegnen konnten.

„Verstehst du nun? Du hast Kontrolle über dein Band! Es ist einfach nur mächtiger, als du dachtest!"

Kian lächelte plötzlich und sein Herz füllte sich mit großer Wärme für die Frau, die hier vor ihm auf dem Boden kauerte, obwohl das alles ihn noch immer zutiefst zu erschrecken vermochte. Als er jedoch im nächsten Moment Alia ansah, war eine Veränderung in ihrem Gesicht vorgegangen. Sie war hochkonzentriert, ihr Verstand schien sich zielgenau auf einen Gedanken zuzubewegen, den sie hoffentlich mit ihm teilen würde.

„Woran denkst du?"

„An das Gleißen!", sagte sie und öffnete dann fahrig einen ihrer Tiegel, der mit einer grünlichen Heilpaste gefüllt war. „Wer oder was sich auch immer darin verbirgt! Du könntest es verletzen, ohne ihm nah sein zu müssen! Keiner dieser giftigen Pfeile müsste dich erreichen!"

Er hob die Augenbrauen und starrte sie an. Manchmal waren nicht nur ihre Bewegungen, sondern auch ihre Gedankengänge zu schnell für sein gewöhnliches, menschliches Gehirn. „Woher willst du wissen, dass mein Band auf größere Entfernung wirksam ist?"

„Als ich es das erste Mal spürte, lagen über fünf Körperlängen zwischen uns! Beim zweiten Mal etwa zehnmal so viel! Man müsste es überprüfen", antwortete sie lapidar und verteile einen Finger voll der Paste um sein geschwollenes Auge herum.

Er konnte sie noch immer nur anstarren. „Wann war das erste Mal?"

Sie ließ ihre Hand sinken und lächelte. „Als du über mich gelacht hast, nachdem ich Evan mein Schwert nicht zum Schärfen überlassen wollte!"

Auch er musste nun lächeln, weil ihn diese Erinnerung mit Freude erfüllte. Und hatte er sich nicht in diesem Moment gefragt, warum sie ihn unter ihrer Kapuze angestarrt hatte? Wie viele Mondläufe mochte das her sein?

„Hat dich das schockiert?", fragte er nach, weil er Gewissheit über dieses Ereignis haben wollte.

„Natürlich! Dass ich dein Band spüren konnte, ohne dich berührt zu haben, widersprach allem, was ich jemals glaubte, über das Band zu wissen. Es gibt außer dir niemanden mit einer solchen Gabe!"

„Ich habe eine Gabe ...?", sinnierte er und sah sie sanft an. „Eine, die nur du spüren kannst!"

„Du vergisst deinen Onkel, Kian!"

Er lachte kurz auf. „Auf eine Art zählt Ren nicht! Er ist nicht ganz von dieser Welt!" Und vielleicht war es auch Alia nicht, dachte er flüchtig, aber das war ihm einerlei.

Sie hatte die Behandlung seiner Verletzung abgeschlossen und packte den Inhalt ihrer Tasche zusammen. Sie war schon viel zu lange hier! Er musste sie fortschicken und fühlte sich jetzt bereits einsam, aber der Funken eines Planes hatte sich in ihm gebildet. Er strich über ihr Haar und als sie ihn nun erneut anblickte, ließ er seine Finger sanft über ihre Wange gleiten. Sie lehnte sich in seinen Kuss und für einen Augenblick vergaß er darin all seine Zweifel.

„Du musst jetzt gehen, Alia!"

Sie nickte bedrückt und sah ihn dann fest an. „Was kann ich tun?"

„Halte dich vom König fern und bewahre Schweigen! Ich möchte auf keinen Fall, dass du irgendetwas unternimmst, das dich in Gefahr bringen könnte, hörst du? Aber du kannst trotzdem etwas für mich tun."

„Alles, Kian!", erwiderte sie bestimmt.

Er schüttelte den Kopf. „Nein! Hast du mir nicht zugehört?"

„Nichts, was mich in Gefahr bringt, ich weiß!", berichtigte sie und er lächelte nickend.

„Ich möchte, dass du die Königin aufsuchst! Tust du das für mich?"

„Natürlich!“

„Du musst ihr erzählen, was im Thronsaal vorgefallen ist...“

„Du willst, dass ich ihr von deinem Band berichte?“, fragte sie nun leicht verstört.

„Nein, nur dass der König mich inhaftiert hat!“

Und er erzählte Alia von des Königs Vorwurf des Landesverrates, von den östlichen Fürsten und seinem eigenen Versuch, die Fürstentümer an der Seite der Armee für einen Kampf im Süden zu einen. Er hielt seinen Bericht absichtlich knapp. Er wusste, seine Tante würde den übrigen Teil der Geschichte beitragen können, und hoffte doch, sie würde nicht alle Details mit Alia teilen. Alia wusste ohnehin bereits zu viel. Sie wäre das perfekte Ziel für ein Verhör der gegnerischen Partei, aber diesen Gedanken schob er beiseite. Er konnte nicht damit leben, sie nicht in Sicherheit zu wissen, auch wenn er wusste, dass sie klug war und stark. Sie würde sich vermutlich zu schützen wissen, aber er wollte auf keinen Fall irgendein Risiko eingehen.

„Die Königin weiß, was sie zu tun hat, Alia! Sie wird alle weiteren Schritte einleiten. Versprich mir, dass du dich danach in Schweigen zurückziehen wirst! Niemand darf wissen, dass es eine Verbindung zwischen uns gibt!“

Alia sah ihn forschend an. „Was wäre dir daran so unerträglich, Kian?“

Er atmete durch und nahm ihre Hand. „Unsere Verbindung ist vor dem Gesetz strafbar! Und glaube mir, der König würde nicht zögern, das Gesetz uns gegenüber auszuüben. Zudem bist du durch deine Gefühle für mich erpressbar! Und ich bin es auch!“

Sie sah ihn erschrocken an, so als hörte sie gerade zum ersten Mal, dass ihre Beziehung vor dem Gesetz schandhaft war, aber er hatte ihren Blick falsch gedeutet, denn ihre nächsten Worte handelten von etwas völlig anderem. Etwas, das er nie erwartet hatte.

„Das darfst du nicht, Kian! Du darfst dich niemals mit deinen Gefühlen für mich erpressen lassen! Auch du darfst dich nicht in Gefahr bringen und erst recht nicht für mich! Bei den Monden, versprich mir, dass du in einer solchen Situation nur an dich selbst denken wirst und daran, dein Leben zu sichern!“

Er lächelte, küsste sie noch einmal zart und gab ihr dieses Versprechen, wissend, dass sie alles war, was er in Zukunft sichern und beschützen würde. Dass sie sich um sein Leben sorgte, ehrte ihn über alle Maßen, aber er wusste um seine Prioritäten und er würde nicht zögern, sein Leben für ihres zu geben.

„Kann ich sonst noch etwas tun?", fragte sie dann in die Stille.

„Ja, das kannst du! Bring bitte in Erfahrung, was mit meiner Stute geschehen ist. Vielleicht gelingt es dir, sie zu Roan ins erste Heerlager bringen zu lassen, wo sie sich auskennt."

„Das werde ich, Kian!"

„Erzähle Edda und Logan nichts! Die beiden brauchen nicht zu erfahren, was mit mir geschehen ist."

Alia nickte. Sie schien zu wissen, dass nun der Moment des Abschiedes gekommen war, und wollte sich bereits erheben, hielt dann jedoch inne und griff in ihren Heilbeutel.

„Behandele damit deine Kniekehlen!", wies sie ihn traurig an und hielt ihm einen Tiegel entgegen. „Und tue es auch wirklich!"

Jetzt lächelte sie und erinnerte ihn daran, dass er ihr schon einmal einen ebensolchen Tiegel ungeöffnet zurückgegeben hatte. Er nickte ruhig und sah sie noch einmal intensiv an. Er versuchte mit aller Kraft sich ihr Gesicht und ihre Gestalt einzuprägen, weil er nicht sicher sein konnte, sie wiederzusehen, und die Trauer schnürte ihm nahezu die Luft ab.

„Bitte komm nicht noch einmal her, Alia!", flüsterte er dann und sah, wie ihre Augen sich erneut mit Tränen füllten. „Schwöre es!"

„Nein, das werde ich nicht tun! Aber ich versuche deinem Wunsch zu entsprechen."

„Das ist zu wenig!"

Sie erhob sich langsam, ließ seine Hand aus ihrer gleiten und sagte, sich bereits zur Tür wendend. „Es muss dir ausreichen, Kian!"

Er lächelte ihr nach, sah, wie sie sich die Kapuze ihres Umhanges ins Gesicht zog und klopfte, damit der Wachmann ihr von außen die Tür öffnete. Und in diesem Augenblick wusste er, dass nichts, was sie tun konnte, nichts, was sie zusammen erleben konnten, jemals ausreichen würde, um seine Liebe zu ihr zu stillen.

Kapitel 36

Alia ging die dunklen Gänge entlang und diesmal begleitete sie niemand. Hauptmann Eret war offensichtlich zu seinen fragwürdigen Pflichten zurückgekehrt, und auch die Wachmänner hatten es nicht für nötig befunden, mit ihrer Anwesenheit sicherzustellen, dass sie diesen schrecklichen Ort verließ. Das alles konnte ihr nur recht sein, denn je mehr Schritte sie zwischen sich und Kians Gefängnis brachte, desto mehr verlor sie sich in Tränen.

Kian hatte sie belogen. Er hatte sie geküsst und dabei die Lüge ausgesprochen, die sein Versprechen war, sich in einer Gefahrensituation um sein Leben zu bemühen. Deutlicher, als ihr sein Band in diesem Moment von seinen Gefühlen gesprochen hatte, konnte er niemals mit seinen Worten ausdrücken, dass er ihr Leben höher schätzte als sein eigenes. Die Intensität seiner Gefühle für sie sollte sie vielleicht ehren, aber in diesem Moment empfand sie nackte Sorge und Trauer. Bei den Monden, er sollte leben! Es war seine verdammte Pflicht, für sie an seinem Leben festzuhalten, mit allem was er aufbieten konnte.

Alia schluchzte laut und von den kargen Wänden schienen die Laute ihrer Verzweiflung widerzuhallen. Sie schlugen ihr entgegen, Ohrfeigen gleich, die sie zurück in die Realität brachten. Sie durfte sich jetzt nicht in ihrem Kummer verlieren. Es gab genug, über das sie nachzudenken hatte, wollte sie Kian auch in Zukunft eine Unterstützung sein. Sie hatte während ihres Gespräches mit ihm an vieles denken müssen, das sein Band betraf, und ihr stellten sich nun Fragen, auf die sie zunächst keine Antworten hatte.

War sie wirklich lediglich eine Zeugin für das Wirken seines Bandes oder verstärkte sie es vielmehr? Sie hatte bereits nach dem Besuch in der Bruderschaft diesem Gedanken nachgehangen, denn es war vermutlich genau das, was Kians Onkel ausdrücken wollte, indem er sagte, sie sei Kian ein starkes Gegenüber. Und spürte sie selbst nicht auch, wie Kians Band an Stärke gewann? Hatte sie es zunächst nur in Momenten des Ausdruckes seiner tiefsten Gefühle bemerkt oder in der Absicht Gemeinschaft herzustellen, so war sie danach immer öfter überrascht worden, dass er damit begonnen hatte ihr seine Gefühle für ihre Person zu zeigen. Das alles war eine stetige Steigerung gewesen bis zum heutigen Zeitpunkt, in dem sie es permanent spürte, es so deutlich verstand wie seine Worte. Er schien das noch immer nicht begriffen zu haben, denn sonst hätte er gewusst, dass eine Lüge ihr gegenüber nicht sinnloser sein konnte.

Natürlich, das alles konnte schlicht damit zusammenhängen, dass Kian sich heute um so vieles mehr als in der Vergangenheit zugestand, überhaupt seine Gefühle zu zeigen. Dennoch konnte sie den Gedanken nicht abschütteln, dass ihre Fähigkeit, sein Band zu spüren, und seine, es auszusenden, unmittelbar miteinander verknüpft waren, so als sei es kein Zufall, dass es zwischen ihnen zu dieser tiefen Verbindung gekommen war. Sie nannte es Liebe, aber war es nicht viel mehr eine Verknüpfung auf einer ganz anderen Ebene?

Alia schüttelte den Kopf. All diese Ideen waren vielleicht nichts als eine Sackgasse und sie wusste nicht, wie sie Klarheit darin erlangen konnte. Vielleicht hätte sie die Möglichkeit, in einem Gespräch mit Kians Onkel etwas Helligkeit in ihr Gedankendunkel zu bringen? Er schien die Verknüpfung zwischen Kian und ihr, die womöglich etwas anderes war als die Übermacht ihrer Gefühle füreinander, wahrgenommen zu haben, aber ihr fehlte entschieden der Mut, um eine solche Unterredung zu bitten. Es gab zudem Wichtigeres zu tun, und als Nächstes wäre da ein Gespräch mit der Königin, auf das sie sich zumindest gedanklich vorbereiten musste.

Eine Frage jedoch blitzte noch immer in ihrem Kopf auf. Hatte Kian Menschen mit seinem Band körperlich beeinflusst, bevor sie in sein Leben getreten war? Jetzt, da er wusste, zu welcher Einflussnahme er in der Lage war, fielen ihm vielleicht andere Episoden aus seiner Vergangenheit ein, in denen sich die Wirksamkeit seines Bandes gezeigt hatte. Sie würde ihn danach fragen müssen, denn wenn es sich derart verhielt, dann ließe sich daraus vielleicht eine Art Muster ablesen. Ein Muster der Gefühle, die er benötigte, um sein Band zu nutzen, und dann wäre sie tatsächlich in der Lage ihm zu helfen. Sie konnte die Wirkung seines Bandes mit ihm üben, ihm helfen es zu fokussieren, um es zu der Waffe machen, die er in einem Kampf gegen das Gleißen benötigen würde. Damit wäre er der einzige Mensch, der eine reelle Chance gegen den Feind im Süden haben konnte.

Und wieder schienen ihre Tränen nicht enden zu wollen, denn Kian in dieser exponierten Stellung zu wissen, machte Alia nahezu ohnmächtig vor Sorge. Sie wusste, er würde seine Chance gegen das Gleißen nutzen, so klein sie auch sein mochte, um seinem Land zu dienen. Aber er war ein Mann, der ohnehin einen Teil seines Lebens damit verbracht hatte, aktiv den Tod zu suchen. Als er verletzt war, hatte er ihr sehr deutlich zu verstehen gegeben, dass er noch immer am Wert seines Daseins zweifelte, und heute hatte er erneut zum Ausdruck gebracht, dass er nicht an seinem Leben festhalten würde, wenn er gezwungen wäre, zwischen ihrem und seinem zu entscheiden. War ein solcher Mann, ein Mann ohne unbedingten Überlebenswillen, überhaupt stark genug, einem derart übermächtigen Feind siegreich entgegenzutreten? Wenn sein Band nicht bedingungslos ausdrückte, dass er sein eigenes Leben bewahren wollte, koste es, was es wolle? Vermutlich nicht!

Sie eilte die Treppen hinauf, die zu den Gemächern der Königin führten, wischte ihre Tränen fort und befahl sich, ihre Zweifel wegzudrängen. Sie konnte Kian keine Unterstützung sein, wenn sie nicht vollkommen überzeugt von seinen Fähigkeiten war. Sie erinnerte sich erst jetzt daran, dass sie Tana mit ihren Patienten alleine gelassen hatte, ohne sie von ihrer Abwesenheit zu unterrichten. Ihr Gewissen meldete sich deutlich, aber sie hatte jetzt keine Zeit, in den Krankentrakt zurückzukehren. Nicht bevor sie zumindest um eine Audienz mit der Königin gebeten hatte. Im Stillen hoffte sie jedoch, die Königin würde sie sofort empfangen, denn es würde ihr sehr schwer fallen, sich zu diesem Zeitpunkt in Geduld zu üben.

Sie klopfte an die schwere Eichentür, die die Räumlichkeiten der Königin vom Rest des Palastes trennte, und sah sich nahezu augenblicklich ihrer Zofe gegenüber.

„Heilerin Alienne! Was ist Euch geschehen? Ihr seid völlig außer Atem!"

Alia hatte nicht bemerkt, dass sie das letzte Stück ihres Weges gerannt war, und sie erinnerte sich nicht daran, jede einzelne Stufe der Treppen in dieses Stockwerk benutzt zu haben. Nun, vermutlich hatte sie das auch nicht!

„Ist es mir möglich, die Königin zu sprechen?", brachte sie heraus und senkte tief ihren Kopf unter der Kapuze, weil sie nicht wollte, dass die Zofe von ihrem Gesicht ablesen konnte, wie verstört sie noch immer war.

„Ich werde Euer Ansinnen vortragen! Kann ich Euch zu späterer Stunde mit einer Antwort im Krankentrakt erreichen, Heilerin?"

„Wenn Ihr erlaubt, würde ich gerne hier warten!", erwiderte Alia und spürte die Hitze in ihrem Gesicht.

„Nun, dann setzt Euch einen Moment", antwortete die Zofe sichtbar widerwillig und bat sie herein, um ihr einen Platz im Vorraum anzubieten.

Alia nickte und setzte sich wie ihr geheißen. Kaum jedoch hatte sich die Zofe in eines der Zimmer entfernt, sprang sie erneut auf und begann unruhig im Flur auf und ab zu laufen. Sie würde nicht warten können, sie musste augenblicklich mit der Königin sprechen. Bei den Monden, vielleicht stand es sogar in ihrer Macht, Kian freizusetzen, sodass er in sein Haus zurückkehren konnte ... Sie versuchte diesen Wunschtraum wegzuschieben, aber vielleicht ...

Die Zofe betrat erneut den Flur, nickte ihr zu und eröffnete: „Die Königin erwartet Euch, Heilerin Alienne!"

Alia musste sich zwingen, der Zofe in einem angemessenen Tempo zu folgen, aber sie dankte der Allmutter inständig, dass sie ihre abtrünnige Dienerin offensichtlich manchmal doch in ihrem Flehen erhörte. Als sie jedoch die Königin erblickte und in einen tiefen Knicks sank, sah sie auf ihrem Gesicht vermutlich denselben besorgten und alarmierten Blick, den sie selbst tragen mochte. Die Königin bedeutete ihr sich zu erheben, schickte ihre Zofe nach Tee und schien es kaum abwarten zu können, sie den Raum verlassen zu sehen. Bereits in dem Augenblick, in dem die Dienerin die Tür hinter sich geschlossen hatte, kam sie einige Schritte auf Alia zu, blieb dann jedoch unvermittelt stehen, als erinnerte sie sich jetzt erst daran, dass sie beide sich im Grunde fremd waren.

„Habt Ihr Nachricht von Heermeister Dogul?", fragte sie inständig.

Alia griff nach ihrer Kapuze und legte sie nach hinten ab, denn dies war kein Moment, sich selbst und ihre Gefühle zu verbergen. Natürlich tastete sie nach ihrem Haartuch, um sich zu versichern, dass ihre Ohren nicht zu sehen wären, und nun, da sie sich der Königin offenbart hatte, betrachtete diese sie mit einem Blick, der ihr nichts als staunende Sympathie entgegenbrachte.

„Der König hat ihn inhaftiert!"

„Bei den Monden ...!", entwich es der Königin.

Sie drehte sich abrupt von ihr weg, und Alia wusste, die Königin kämpfte mit Tränen, die sie ihr nicht zeigen mochte. Die Emotionalität dieser mächtigen Frau konnte sie jedoch nicht mehr verunsichern. Im Gegenteil, sie zeigte ihr, dass sie beide auf derselben Seite standen, mit dem Ziel, dem Mann zu helfen, den sie vermutlich beide in demselben Maße schätzten, wenn auch Alias Beweggründe andere sein mochten.

Königin Nari wandte sich ihr langsam wieder zu. „Entschuldigt, Heilerin!", räusperte sie sich, lächelte traurig und fügte dann hinzu: „Ihr habt mir schon einmal gesagt, ich solle mich für Tränen nicht entschuldigen."

„Das waren meine Worte", flüsterte Alia und lächelte die Königin zögernd an.

„Ihr habt keine Vorstellung, wie lange ich bereits darauf hoffe, irgendeine Nachricht über meinen Neffen zu erhalten. Ich wusste von seiner Unterredung mit meinem Mann. Ich wusste, Abran hat Ungeheuerliches mit ihm vor. Ich habe Kian gestern bereits gewarnt. Und dann hörte ich, es gab einen Tumult im Thronsaal ...

Seitdem ist es mir nicht gelungen irgendeinen Kontakt zu knüpfen, irgendeine Nachricht zu erhalten ...!"

Die Zofe kehrte zurück, und die Königin verstummte augenblicklich. Auch Alias Gedanken kamen zu einer Art Stillstand. Die Königin hatte Kian bereits gestern gewarnt? Er hatte gewusst, dass er heute einem König gegenübertreten würde, der ihm noch weniger wohlgesonnen war als ohnehin schon? Und er hatte sie während der gesamten letzten Nacht nicht spüren lassen, was ihm bevorstand? Einen größeren Beweis für die Kontrolle, die er über sein Band hatte, konnte es gar nicht geben.

Ein Tablett mit Tee wurde abgestellt und die Zofe mit einem Nicken wieder weggeschickt. „Habt Ihr den Heermeister gesehen?", fragte die Königin daraufhin.

„Ja! Ich wurde verständigt, weil ich mir eine Verletzung an seinem Kopf ansehen sollte!"

„Eine Verletzung?", fragte die Königin und die Sorge stand ihr deutlich ins Gesicht geschrieben. „Wer hat ihn verletzt?"

Alia stockte und wand sich innerlich, aber nach einem Moment sah sie die Königin bestürzt nicken.

„Es war der König!", stellte sie erstarrt fest, wartete keine Antwort ab und ging steif auf einen ihrer Sessel zu. „Setzt Euch, Heilerin!"

Alia tat wie ihr geheißen und begann Tee in zwei Tassen auszuschenken.

„Was hat der König ihm vorgeworfen?", fragte Königin Nari dann und nahm dankend den Tee entgegen, den Alia ihr reichte.

Jetzt war es an ihr zu wiederholen, was Kian ihr über den Vorfall erzählt hatte. Die Königin unterbrach sie nicht. Sie holte einige Male scharf Luft, und Alia konnte sehen, wie diese Frau bereits während ihres Berichtes begann, in ihrem Kopf weitere Schritte zu überdenken, Pläne zu machen und die Zukunft zu gestalten. Auch das war beruhigend zu sehen. Diese Königin war gewissenhaft und klug, einerlei ob in Tränen oder Gefasstheit. Wie mochte es für sie sein, wiederholt von den Taten ihres Mannes hören zu müssen, die für sie selbst nicht anders als wahnsinnig erscheinen mochten?

„Könnt Ihr dem Heermeister helfen?", fragte Alia am Ende ihres Berichtes und das Flehen in dieser Frage trieb ihr die Röte ins Gesicht.

Eine Weile betrachtete die Königin sie aufmerksam, dann erklärte sie ruhig: „Ich habe keinerlei direkten Einfluss auf den König. Er teilt nichts mit mir. Nicht seine Pläne, nicht seine Gedanken und nicht das, was sich im Süden unseres Landes abspielt. Ich kann vermutlich nicht sofort erreichen, dass mein Neffe freikommt. Die Einigung der Fürsten ist unser einziges Druckmittel!"

Unser? Alia sah sie verwundert an, aber abgesehen davon hatte sie sofort unzählige Fragen im Kopf: „Wie viele Fürsten können schon bereit sein, sich auf seine Seite zu stellen? Sie alle glauben an dieses irrwitzige Inzani-Gesetz!", erwiderte sie mutlos, aber die Königin lächelte.

„Es mögen mehr sein, als wir im Augenblick für möglich halten, Heilerin! Mir scheint, als wögen seine Taten für dieses Land zum ersten Mal in seinem Leben weit höher als sein gesellschaftlicher Stand!"

Die Königin trank einen Schluck ihres Tees und für eine Weile schwiegen sie gemeinsam. Es wäre unendlich schön, der Königin in ihren Worten Glauben schenken zu können, aber Alia zweifelte. Sie hatte mehr als einmal erlebt, wie Kian durch die Augen des Gesetzes gesehen wurde, und sie konnte nicht daran glauben, dass mächtige Männer wie diese Fürsten auch nur einen Finger krümmen würden, um ihn zu unterstützen.

„Man hat mir zugetragen, dass der König die Fürsten bereits für den nächsten Vollmond zu einem geheimen Treffen zusammengerufen hat."

„Das ist in drei Tagen!", rief Alia bestürzt aus.

„Ja, und das ist gut so, Heilerin! Der König ahnt nicht, dass einige der Fürsten bereits an der Seite der Armee stehen. Sie werden es nicht hinnehmen, dass der erste Heermeister sich in Gefangenschaft befindet!"

„Was wird dann geschehen?"

Die Königin schüttelte langsam den Kopf. „Das kann ich nicht voraussagen. Wir müssen abwarten."

Alia nickte lediglich und ahnte, die Königin würde nichts weiter von ihren Plänen mit ihr teilen. „Der Heermeister sorgt sich um sein Pferd! Könnt Ihr in Erfahrung bringen, wo es sich jetzt befindet?“

„Ich versuche es! Darf ich Euch behelligen, sobald ich Neuigkeiten habe, Heilerin Alienne?“, fragte die Königin dann in die Stille, und Alia bewunderte die Ruhe, zu der sie in so kurzer Zeit zurückgefunden hatte.

„Mein Name ist Alia, Königin Nari!“, sagte sie dann leise. „Und ich bestehe darauf, von Euch behelligt zu werden!“

Die Königin nickte und verabschiedete Alia mit einer Berührung ihres Armes. Noch immer fiel es ihr schwer, derartige Bezeugungen von Zuneigung annehmen zu können, aber sie von der Tante ihres Geliebten zu erfahren, war etwas mehr als seltsam. Zudem wurde sie das Gefühl nicht los, dass diese Königin ein wenig zu viel von ihrer Zuneigung zu ihrem Neffen zu ahnen schien. Sie war nie weiter von den Idealen ihrer Jidari-Erziehung entfernt gewesen als in diesem Moment, hatte sie doch offensichtlich der Königin Gelegenheit geboten, tief in sie hineinzusehen, um dort Gefühle zu entdecken, die Alia unter allen Umständen zu verbergen hatte.

Die Nacht auf dieser Pritsche hatte Kian ausgelaugt. Er hatte kaum geschlafen, Kälte hatte sich in ihn hineingefressen, er fühlte sich steif und hatte in Ermangelung seiner Hilfsmittel nicht gerade viele Optionen, durch Bewegung etwas mehr Leben in seinen Körper zu bringen. Nun, er nutzte zumindest die Möglichkeiten, die er hatte, und versuchte dabei angestrengt all die Gedanken der letzten Nacht, die sich um die Worte *wenn*, *dann* und *aber* drehten, zu vertreiben.

Es hatte keinen Sinn sich in Vorstellungen möglicher Szenarien zu verrennen, denn ihm fehlten ganz entschieden Informationen, um Pläne machen zu können. Ein wenig beruhigte es ihn, dass ihn nach all der Grübelei vermutlich nichts mehr überraschen konnte, hatte er doch wahrscheinlich alle Situationen, in die er geraten konnte, bereits überdacht. Er spürte jedoch Wut auf sich selbst, weil er nicht in der Lage war, seine endlosen Gedankenspiele zu beenden, und zudem trug Alias gestriger Besuch nicht gerade zu seiner inneren Ruhe bei.

Er drehte sich auf den Bauch, ließ seinen Oberkörper ein gutes Stück über die Pritsche ragen und stützte die Hände zu Boden, um ein paar Liegestütze zu machen. Er sehnte sich nach ihr. Jede Faser seines Körpers drängte ihn zu ihr. Er musste irgendeinen Weg finden, diese Sehnsucht in etwas zu verwandeln, das ihn nicht derart lähmte, sondern ihm Kraft zum Handeln geben konnte. Er dachte daran, sich in eine geistige Übung zu vertiefen, als die Tür zum Vorraum geöffnet wurde. Abrupt hielt er inne und strafte sich innerlich dafür, dass er es zulassen musste, dass jemand ihn in dieser Situation antraf. Als er jedoch aufsah, erkannte er Eret, der ihn verblüfft lächelnd betrachtete.

„Kian, ich kam hierher in tiefster Demut! Aber dich trainieren zu sehen ist wunderbar!", sagte er und hielt Kian seine Gehstöcke zwischen den Gittern hindurch entgegen. „Entschuldige, ich hatte gestern keine Gelegenheit mehr, sie dir zu bringen!"

Kian sah zu Eret auf, sah sein Bedauern über alles, was geschehen war, aber er war noch nicht bereit, in irgendeiner Form auf ihn zu reagieren. Er streckte sich nach seinen Stöcken, nahm sie ihm ab, drehte sich weg und setzte sich auf. Er stellte seine Beine nacheinander zu Boden und lehnte sich dann mit dem Rücken an die Wand.

„Kian, es tut mir leid!"

Kian nickte lediglich und wartete ab, was er noch zu sagen hatte. *„Es tut mir leid!"* schien ihm nicht im Mindesten ausreichend für den Verrat, den Eret begangen hatte, und damit meinte er nicht den Verrat, den er an ihm und ihrer Freundschaft begangen hatte, sondern den an den Idealen, die er ihn gelehrt hatte.

„Ich kann verstehen, wenn du nicht mit mir sprechen möchtest, und ich werde nicht noch einmal hierherkommen. Ich werde noch heute aus des Königs Truppen ausscheiden. Ich hatte Kontakt mit deinem ersten Späher und er versicherte mir, ich hätte einen Platz in der Armee!"

„Du willst desertieren?", fragte Kian besorgt, wandte sich Eret zu und sah ihn genau an.

„Wenn es nötig ist!"

Kian nickte lediglich und einen Moment herrschte Stille zwischen ihnen.

„Kian, ich habe so viele Fehler begangen, aber ich hoffe, es eines Tages wieder wert zu sein, dir dienen zu dürfen!"

Kian blickte in Erets Augen und wahrlich, er hatte ihn niemals ernsthafter erlebt als in diesem Moment. Er nickte noch einmal, und diesmal tat er es mit einem Lächeln. „Sind Ana und Roan sicher?"

„Natürlich! Sie sind im Lager der ersten Garde."

„Ist mein Pferd auch dort?"

„Ja, mach dir keine Sorgen. Sie alle haben begonnen Pläne zu machen, dich freizubekommen, aber, Kian, ich sehe nicht viele Möglichkeiten! Es tut mir leid!"

„Das sagtest du bereits", lächelte Kian.

„Ich halte es nicht aus, dich hier zu wissen!"

Kian sah ihn an und wandte sich dann erneut ab. Es gab nichts, was er darauf erwidern konnte, ohne Eret zu verletzen.

„Der König hat die Fürsten zusammengerufen. Das Zusammentreffen findet beim nächsten Vollmond statt. Er führt sie in den Süden!"

Kian zog scharf die Luft ein und schüttelte den Kopf. Er hatte von der geplanten Zusammenkunft der Fürsten gewusst, aber jetzt wurden ihm auch Abrans gestrige Worte im Thronsaal klarer. Er wollte die alleinige Befehlsgewalt über die Fürsten, um sie in seinen sinnlosen Kampf mit dem Feind im Süden zu führen. Nur er allein würde über sie herrschen und er musste Kian aus dem Weg schaffen, um dieses Ziel erreichen zu können. Bei den Monden, der König war ein solcher Narr! Glaubte er, er konnte über die Armee hinweg die Zukunft ihres Landes bestimmen? Glaubte er, die Armee sei ein Haufen höriger Idioten, die, ihres Anführers beraubt, nicht mehr in der Lage wären Entscheidungen zu treffen? Und glaubte er tatsächlich, sich Verbündeter sicher zu sein, um deren Belange er sich seit Jahresläufen nicht einen Dreck geschert hatte, um sie dann auf die Opferbank seines privaten Feldzuges zu führen?

„Er führt sie in den Tod!", ergänzte Kian resigniert.

„Oder in etwas, das dem sehr ähnlich ist. Kian, du hast meine Kameraden nicht gesehen! Die Heilerin mag eine Wundertäterin sein, aber auch sie kann nichts für sie tun. So sehr ihr beide auch versucht habt, mich zu beruhigen, ich weiß es!"

Und Kian wurde in diesem Moment klar, dass er Alia nie danach gefragt hatte, was sie an jenem Abend so sehr verstört hatte. Nun erst senkte Eret den Kopf, und Kian hatte plötzlich Mitleid mit ihm. Er hatte das Wissen, das Alia und er über das Gleißen gewonnen hatten, nie mit ihm geteilt. Er sah auch jetzt nicht die Möglichkeit es zu tun, obwohl er spürte, es konnte ihm helfen.

„Was wird der König von der Armee verlangen?"

„Nichts! Aber er hat Pläne mit dir. Du sollst dem Feldzug beiwohnen, als sein Gefangener. Er will dich diesem Gleißen vorwerfen, Kian!"

Kian schluckte und atmete dann lange aus. Erneut hatte er Abrans Stimme in seinen Ohren, die ihm zuschrie: *„Ihr seid ein toter Mann!"* Es würde für ihn keinen Kampf geben, wenn es nach dem König ging, sondern seine Rolle wäre die eines ehrenlosen Opfers.

An Eret gewandt antwortete er: „Das wird nicht so einfach sein. Die Armee wird sich gegen ihn stellen. Das bedeutet Krieg!"

„Ich weiß."

Sie schwiegen gemeinsam und ihre Blicke trafen sich zum ersten Mal während dieses Gespräches in Freundschaft. „Nun, es ist gut zu wissen, dass wir in diesem Kampf auf derselben Seite kämpfen werden, Eret", sagte Kian schließlich.

„Es wird mir eine Ehre sein!", erwiderte Eret, nickte ihm zu und wandte sich dann ab.

Als die Tür sich hinter ihm schloss, saß Kian lange bewegungslos gegen die Wand gelehnt. Der nächste Vollmond war in zwei Tagen. Bis dahin sollte es sowohl seinen Soldaten als auch der Königin gelungen sein, die Fürsten auf den aktuellen Stand der Dinge zu bringen. Er konnte sich nicht recht vorstellen, wie die Fürsten auf des Königs größenwahnsinnigen Plan und seine Inhaftierung reagieren würden. Nun, zumindest würden sie nicht einer Meinung sein. Kian war für die meisten noch immer die Unperson, die das

Gesetz aus ihm machte, und es gab noch immer genügend Fürstentümer, die dem König wohlgesonnen waren und vermutlich an seiner Seite stehen würden, einerlei, was er von ihnen verlangte.

Eines jedoch schien ihm deutlicher als jemals zuvor. Sie alle mussten darüber informiert werden, mit was sie sich im Süden konfrontiert sähen. Sie alle mussten wissen, dass des Königs Krieg mit dem Feind im Süden sie alle ihres Lebens berauben konnte. Sie mussten von dem Gleißen wissen und davon, was es im Stande war zu tun. Es war an der Zeit, dem gesamten Land mitzuteilen, was Alia und er über das Band herausgefunden hatten, und darüber, wie es zu schützen war. Andernfalls marschierten sie alle in den sicheren Tod.

Jeder, der irgendwie in diesen Kampf verwickelt werden würde, musste dies freiwillig tun und mit vollkommener Kenntnis darüber, auf was er sich einlassen würde, davon war Kian mittlerweile felsenfest überzeugt. Hier durfte es nicht darum gehen, blind Befehle zu befolgen, und am allerwenigsten die eines wahnsinnigen Königs.

Er selbst würde nicht derjenige sein, der diese Informationen geben konnte, saß er doch in dieser Gefängniszelle fest, ohne Hoffnung, diese innerhalb der nächsten zwei Tage verlassen zu können. Jemand anderes musste es für ihn übernehmen. Keiner seiner Soldaten würde es tun, denn das hieße, seinen Befehl der Geheimhaltung zu ignorieren, und er selbst hatte von diesem Ort aus keinerlei Möglichkeit diesen aufzuheben. Wenn er doch nur einen Moment mit Roan sprechen könnte! Aber alles Wunschdenken nutzte nichts, er musste abwarten.

So sehr er sich auch dagegen wehrte, ein Gedanke drang mehr und mehr in sein Bewusstsein, der nahezu körperliche Schmerzen in ihm auslöste. Alia wäre mit all dem Wissen, das sie durch ihre Gabe gewonnen hatte, die perfekte Person, das Land über das Gleißen in Kenntnis zu setzen. Sie hatte all die Verknüpfungen hergestellt, all die Informationen in ihrem klaren Geist zu einem schlüssigen Bild geformt und sie hatte die Fähigkeit, glaubhaft darüber zu sprechen. Alles in seinem Inneren schrie ihm entgegen, er solle sie schützen, sie aus all dem heraushalten, denn nichts auf dieser

Welt war es wert, ihr Leben zu gefährden. Er hasste es, sie in dieser Rolle zu sehen, aber es war vermutlich die Rolle, die ihr auf natürliche Weise zugewiesen war. Und hatten nicht auch seine Soldaten von einer Zusammenarbeit mit ihr gesprochen? Hatte er selbst nicht sogar Freude darüber empfunden?

Das war jedoch bevor er wusste, dass der König seinen Tod befohlen hatte, und bevor er ihm damit gedroht hatte, das Inzani-Gesetz an ihm zu vollziehen. Es mochte den wenigsten geläufig sein, aber das Gesetz sah in manchem Fall sogar die Todesstrafe vor, sollte das Vergehen eines Inzani in der Öffentlichkeit als Schandtat an der Gesellschaft beurteilt werden, und Kian bezweifelte, dass der König nicht alles daran setzen würde, ihn in dieses Licht zu setzen.

Er mochte im Moment sicher sein, weil Abran andere Pläne mit ihm hatte, aber Alia war es nicht. *Sie* konnte der König in jeder Form angreifen, die ihm gefiel, sollte sie sich durch eine Einmischung in seinen persönlichen Krieg zu seiner Zielscheibe machen. Das durfte niemals geschehen! Und Kian schwor sich, dass er Mittel und Wege finden würde, sie vor Abrans Zugriff zu bewahren.

Ein bitteres Lachen entwich seiner Kehle. Wer war er denn, solche heroischen Pläne zu entwerfen? Er war ein Gefangener! Er saß im Kerker wie ein Verbrecher, ohne jede Möglichkeit, Kontakt mit der Außenwelt herzustellen. Was nutzte es ihm jetzt, Anführer einer Armee zu sein, wenn er nicht einmal in der Lage war, die Frau zu beschützen, die er mehr als alles andere auf der Welt schätzte und der er seine Gefühle schenken wollte in jeder Sekunde, die das Leben für ihn noch bereithielt? Er steckte hier fest und, bei den Monden, er war kein geduldiger Mensch!

Kapitel 37

Zwei Tage waren vergangen, seitdem sie Kian gesehen hatte. Zwei endlose Tage des Wartens auf eine Nachricht der Königin, die nie eingetroffen war. Tage, die sie wie in Trance mit der Arbeit im Krankentrakt verbracht hatte, die ihr nichts abverlangte, als dass sie die tägliche Routine abspulte, die ihr Heilwissen in keiner Weise erforderte. Jeder hier nannte sie *Heilerin*, aber sie selbst hatte schon lange nicht mehr das Gefühl, eine zu sein.

Edda hatte sich heute Morgen an ihrem Wasserkessel verbrannt, und als Alia den Saft der Genawurzel auf ihre Hand auftrug, war sie nahezu nicht mehr in der Lage gewesen zu atmen, weil die Erinnerung an Kian sie plötzlich fortgeweht hatte, wie Samen im Sturm. „*Hat diese Wurzel Heilwirkung?*“, hatte er sie vor langer Zeit gefragt. Sie erinnerte sich, sich nicht getraut zu haben ihn anzusehen, und an ihre schamhafte Freude darüber, dass er sich überhaupt für ihr Tun interessierte.

Es war, als sei sie damals eine andere Frau gewesen. Sie hatte sich sehr verändert, und diese Veränderung hatte in so großem Maße mit Kian zu tun, der sie ermuntert und sie immer wieder ihres Selbstbewusstseins versichert hatte. In diesem Moment fühlte sie eine große Dankbarkeit ihm gegenüber, aber sie schien ins Leere zu fallen. Ja, seine Abwesenheit war wie ein Loch, in dem all ihre Gefühle in der Schwärze verschwanden.

Sie kehrte zu Kians Haus zurück und dachte an die eine Nacht, die sie zusammen gehabt hatten. Nachdem sie die Ruine verlassen hatten, waren sie nicht in der Lage gewesen, sich voneinander zu trennen, und Alia war ihm in sein Zimmer gefolgt. Er hatte sie an sich gezogen und Worte in der Alten Sprache geflüstert: „*Samteim jukan feintse stor ofte holwor intison momen, wertu lowers holdichoser intenei.*“

Sie hatte ihn angeblinzelt, seine Worte in sich nachhallen lassen und gefragt, wo er das gelesen hatte. „*Nirgendwo!*", hatte er geantwortet. „*Und was möchtest du damit sagen?*", hatte sie wissen wollen, aber er hatte nur leise gelacht, ihre Ohren mit ihrem Haar gekitzelt und entgegnet: „*Ich weiß es nicht, Alia, aber es klingt schön!*" Und das tat es. Sie wäre überglücklich, ihn wieder spüren zu dürfen und der puren Schönheit seiner Stimme zu lauschen, denn darin fand sie vermutlich wahrhaftig ihre ganze Welt.

Als sie die Tür öffnete, kam ihr bereits Edda entgegen und drückte ihr eilig einen Brief in die Hand. „Den hat eine Dienerin der Königin soeben hier abgegeben und gesagt, Ihr sollt Euch beeilen, Heilerin!"

Alia starrte den Brief an, nickte Edda zu und verließ mit dem Schreiben augenblicklich wieder das Haus. Sie ging einige Schritte mit zitternden Händen, bevor sie wagte, den Umschlag zu öffnen. Es waren die Worte der Königin, die sie darin erkannte.

Verehrte Heilerin Alia,

ich bitte Euch, umgehend meinen Neffen aufzusuchen. Es gibt einiges, über das er Kenntnis haben muss, bevor die Fürsten morgen im Palast zusammentreffen. Mir selbst ist es verwehrt, aber ich hoffe, Euch wird man durchlassen, wenn Ihr beteuert, seine Verletzung noch einmal in Augenschein nehmen zu wollen. Nachdem Ihr ihn gesprochen habt, kommt bitte unverzüglich zu mir und berichtet mir von seinen Worten.

Das Treffen der Fürsten wird, laut Hauptmann Eret, durch Soldaten des Königs überwacht werden. Der König wird die Fürsten in den Süden befehligen, um dort gegen den Feind zu kämpfen, der unser Land zu überrollen droht. Mein Neffe soll ihm als Pfand dienen, eine militärische Intervention der Armee zu verhindern, und er wird aus diesem Grund mit in den Süden überführt werden.

Des Heermeisters erster Späher hat mich davon in Kenntnis gesetzt, dass die Armee bereits seit Langem von allen Vorgängen im Süden unterrichtet ist. Eine Eliteauswahl seiner Soldaten plant, sich beim Treffen der Fürsten Gehör zu verschaffen, um den Heermeister freizubekommen. Es soll eine unbewaffnete Aktion sein, solange dies möglich ist. Demnach werden die Soldaten meines Neffen sehr wohl Waffen mit sich führen, wenn auch nicht offensichtlich. Aber ein gewaltsames Aufeinandertreffen muss in meinen Augen unter allen Umständen verhindert werden.

Bislang haben lediglich die Fürsten Garon und Par im Palast Quartier bezogen. Auch Fürst Dogul weilt bereits in der Stadt. Die anderen lagern vor den Stadtmauern. Niemand konnte mir sagen, mit welchen Fürsten exakt zu rechnen ist.

Es wird meinen Neffen freuen zu hören, dass sein Pferd im Lager der ersten Garde in Sicherheit ist. Ich bin in größter Sorge und verbleibe bis zu unserem Treffen mit Grüßen,

Königin Nari.

Alia faltete das Schreiben und steckte es in die Tasche ihres Umhanges. Sie würde Kian sehen! Es zumindest versuchen! Und sie tat es auf die Bitte der Königin hin. Das musste ihr als Entschuldigung genügen, denn sie hatte während des gesamten gestrigen und heutigen Tages mit dem Gedanken gespielt, selbst die von ihr vorgeschlagene Ausrede zu benutzen, nur um ihm für einige Momente nah sein zu können. Sie hatte es sich verwehrt, wollte sie Kian doch nicht noch mehr Sorgen bereiten, als er ohnehin bereits hatte. Sie konnte noch immer nicht sehen, wie ein Krankenbesuch bei ihm sie selbst in Gefahr bringen könnte, aber sie vertraute seinem Urteil. Und mit diesem Gedanken ging sie zügig zurück ins Haus. Sie wollte Kian etwas mitbringen, denn wenn er morgen vor die Fürsten treten musste, so sollte er zumindest die Voraussetzungen dafür haben, es ohne Mühe aufrecht tun können.

Kian aß von dem Brot, das man ihm dreimal am Tag hinstellte, und fuhr sich dann gedankenverloren über die Bartstoppeln, die sein Gesicht mittlerweile bedeckten. Er hatte sich am Morgen notdürftig mit einem Teil seines Trinkwassers gewaschen, aber genutzt hatte es wenig. Es störte ihn nicht weiter, denn es war ohnehin niemand gekommen, um ihn zu sehen. Nun, morgen fand das Treffen der Fürsten statt, und danach rechnete er fest damit, dass man ihm mehr Aufmerksamkeit schenken würde, einerlei was dort geschah. Als die Tür sich jetzt öffnete und er Alia erkannte, ihre Kapuze weit über ihrem Gesicht, fiel ihm jedoch augenblicklich das Schlucken schwer.

„Du hast also entschieden, meine Bitte, nicht wieder hierherzukommen, zu ignorieren!", sagte er ruhig und schluckte noch einmal hart.

Sie legte mit einer Hand ihre Kapuze ab und, bei den Monden, sie war wahrlich das schönste Geschöpf, das er jemals gesehen hatte. Sorge, Wut und alles andere, was er vermutlich jetzt empfinden sollte, wichen seinem Staunen und einer unbeschreiblichen Ruhe, die ihre Anwesenheit in ihm auslöste. Er lächelte.

„Ich kam auf Befehl der Königin her, Kian!", antwortete sie und betrachtete ihn besorgt.

Welchen Anblick mochte er ihr in diesem Moment bieten? Aber dieser Gedanke verschwand augenblicklich, denn er sah sie ihren Umhang öffnen, seine Beinschienen darunter hervorholen und betrachtete dann, wie sie diese still durch die Gitter schob und sie auf seiner Seite zu Boden legte.

„Ich sehe, jemand hat auch deine Stöcke gebracht."

„Ich fürchte, ich kann dich trotzdem nicht zu einem Spaziergang begleiten", schmunzelte er und sah sie mit einem Schulterzucken lächeln.

„Vielleicht wirst du sie morgen brauchen!", erwiderte sie einfach und zog dann einen Brief aus ihrer Umhangtasche. „Das ist ein Schreiben der Königin!"

Kian ließ sich zu Boden nieder, rutschte zu ihr an das Gitter und auch Alia sank vor ihm auf die Knie. „Komm erst einmal her, Alia!", flüsterte er, nahm ihr Gesicht zwischen seine Hände und begann sie zu küssen.

Es war, als sei er ein Ertrinkender und sie das rettende Wasser, und er war überglücklich zu bemerken, dass ihre Küsse ihm dieselbe Geschichte zu erzählen schienen. Wie konnte es möglich sein, jemanden derart zu vermissen? Wie konnte ihm etwas in seinem bisherigen Leben so sehr gefehlt haben, ohne dass er es jemals bemerkt hatte?

„Wie ist es dir ergangen?", fragte sie atemlos, als sie voneinander abließen und sich ansahen.

Kian überging ihre Frage, nahm ihr den Brief der Königin ab und warf einen kurzen Blick darauf. „Darf ich ihn lesen?"

„Natürlich! Deswegen kam ich her!", sagte sie verblüfft.

„Er ist an dich adressiert!"

„Und?"

Er lächelte, küsste noch einmal lange ihren Mund und spürte das Verlangen, das von ihnen zu gleichen Teilen auszugehen schien.

„Mir scheint, du kamst nicht allein wegen dieses Briefes?", neckte er sie und atmete durch, denn es war nicht leicht, sich in ihrer Gegenwart auf etwas anderes zu konzentrieren als auf das, was sein Körper sich wünschte.

„Kian, bitte! Lies einfach!", lachte sie leise, schüttelte den Kopf und fügte dann nach einer Weile hinzu: „Ich weiß nicht, wie ich jetzt lachen kann, entschuldige!"

„Es ist schön, dich lachen zu sehen", entgegnete er ehrlich.

Aber sie schüttelte noch einmal entschieden den Kopf und flüsterte traurig: „Du siehst furchtbar aus."

„Danke!", antwortete er, grinste und begann das Schreiben seiner Tante zu lesen.

Es verriet ihm kaum Neues und die Erwähnung seines Vaters ließ ihn kurz zusammenzucken. Alia begann still seine Wunde zu untersuchen und verteilte dann noch einmal die grünliche Paste um sein Auge. Ihre Berührungen waren so sanft, er spürte sie kaum, dabei wusste er, dass die gesamte Partie seines Gesichtes um dieses Auge herum heftig schmerzte, wenn er sie selbst betastete. Er hatte den Brief zügig gelesen, ließ ihn in seinen Schoß sinken und sah Alia einfach nur an. Er versuchte sie mit seinem Blick zu erfassen, alles was sie war.

„Was denkst du darüber?", fragte sie besorgt.

„Du hast meiner Tante deinen Namen genannt!", stellte er fest und diese Tatsache erwärmte sein Inneres.

Sie nickte fahrig. „Ja! Können wir bitte über diesen Brief sprechen, Kian?“

„Ich habe dazu nichts zu sagen!“, antwortete er und blickte in ihr entgeistertes Gesicht.

„Was?“

„Einen großen Teil davon weiß ich bereits. Den anderen Teil ahnte ich. Und was meine Meinung dazu betrifft, so gibt es in diesem Augenblick nahezu nichts, das mich mehr ängstigt, als sie dir gegenüber zu äußern.“ Er legte seine Hand an ihre Wange.

Sie ergriff seine Hand und nahm sie fest in ihre. „Bei den Monden, warum bist du jetzt um *mich* besorgt, Kian?“, fragte sie mit zusammengekniffenen Augen, und er ahnte, sein Band hatte ihr mehr verraten, als seine Worte es getan hatten.

Seine Sorge hatte sie für einen Moment überwältigt und sich mit all ihrer eigenen Trauer zu etwas Festem in ihrem Herzen vereinigt, das sie nur schwer ertragen konnte. Sie hatte so viel mit ihm zu besprechen, aber in diesem Augenblick fühlte sie nur die lähmende Verzweiflung der letzten Tage. Sie rief sich zur Vernunft. Hier stand so vieles mehr auf dem Spiel als ihrer beider Gefühle.

„Ich habe Fragen, Kian! Wirst du sie mir beantworten?“

Er nickte und sah sie nicht mehr an.

„Vertraust du darauf, dass deine Soldaten die Beherrschtheit aufbringen, den morgigen Tag nicht in ein Blutbad zu verwandeln?“

Augenblicklich breitete sich ein Lächeln auf seinem Gesicht aus und er zog ihre Hand an seine Lippen. „Liebe Alia, natürlich habe ich Vertrauen in sie! Von allen Dingen, die dich in Sorge versetzen könnten, machst du dir ausgerechnet Gedanken um das Vorgehen meiner Soldaten? Du kennst sie doch! Vermutlich werden Gorin, Roan, Ana und Evan diese Mission ausführen. Mino wird die Situation von außen überwachen, um gegebenenfalls schnell reagieren zu können. Sie werden sich nicht auf einen Kampf einlassen, denn er dient nicht im Mindesten der Bevölkerung unseres Landes.“

„Aber des Königs Soldaten werden bereit sein zu kämpfen!“, rief Alia noch immer beunruhigt aus.

„Vielleicht, aber du vergisst, dass sich die Fürsten dieses Landes im selben Raum befinden werden. Das ist keine Situation, die zu einem Kampf führt, Alia! Es ist eine Situation, in der gute Redner gefragt sind!“

„Wird man deinen Soldaten denn einfach so Einlass gewähren?“

„Auf Wunsch der Fürsten oder der Königin sicherlich. Sei unbesorgt!“

„Und wenn der König die Fürsten tatsächlich in den Süden befiehlt?“

„Das wäre eine Veränderung der Situation, die die Armee nicht billigen wird. Aber genau das werden meine Soldaten morgen zu verhindern suchen. Niemand möchte eine offene Auseinandersetzung mit den Truppen des Königs!“

„Dein Freund Eret wird nicht mehr lange Hauptmann sein, wenn er der Königin Informationen wie diese zukommen lässt!“

„Er ist es bereits nicht mehr! Er kam am Morgen nach meiner Inhaftierung hierher, um mir zu sagen, dass er aus des Königs Truppen ausscheidet. Vermutlich sitzt er in diesem Moment am Feuer der ersten Garde, streichelt mein Pferd und lässt sich dort sein Essen schmecken.“

Alia schwieg, denn Kians Band umhüllte sie und gab ihr die Sicherheit, die es vermochte, ihre Ängste ein wenig zu beruhigen. „Was meint die Königin, wenn sie schreibt, dein Vater sei in der Stadt?“, fragte sie dann und sein Band riss bereits ab, bevor sie ihre Frage zu Ende formuliert hatte.

„Er verbringt die Nacht vermutlich im Gästehaus der Bruderschaft, nachdem er sich mit Ren getroffen hat“, antwortete er und ließ ihre Hand los.

„Im Gästehaus der …?“

„Ren ist der ältere Bruder meines Vaters!“

Kians Stimme klang ebenso emotionslos wie alles, das sie in diesem Moment von ihm spürte. Sie hatte nicht gewusst, dass die Verwandtschaft des Abtes mit Kian nicht von Seiten seiner Mutter herrührte, sondern einfach still angenommen, es müsse so sein, denn dort waren die Menschen zu finden, die Kian ihre Zuneigung zeigten, einerlei was ein Gesetz ihnen vorschreiben mochte. Sie atmete tief durch und sah diese beiden Männer vor sich. Den Hass des Einen und die tiefe Zuneigung zu Kian, die sie in den Augen des Anderen gelesen hatte.

„Weiß dein Onkel, wie dein Vater dich behandelt?", fragte sie dann leise.

„Ja! Gewöhnlich spricht er nicht mit ihm. Ich vermute, mein Vater sucht Ren auf, um an Informationen zu kommen. Er möchte sich einen Vorteil gegenüber den anderen Fürsten verschaffen!"

„Wird er die Informationen bekommen, die wir haben?"

„Nein!"

Alia schwieg eine Weile und suchte Kians Blick, den sie jedoch nicht traf, dafür aber einen Eindruck von der Wildheit seines Gesichtes, wenn er seine Gefühle zurückdrängte. „Jetzt tust du es, Kian", flüsterte sie und er wandte sich ihr endlich zu.

„Was?"

„Du beherrschst dein Band. Es ist abgerissen, als ich deinen Vater erwähnte. Ich spüre nichts mehr von dir!"

Kian sah sie verblüfft an und lehnte seine Stirn an ihre. Sie hoffte nicht darauf, dass er etwas auf ihre Worte erwidern würde, aber er tat es schließlich doch. In seiner Stimme klang dabei eine Trauer an, um die zu verstehen sie sein Band nicht brauchte.

„Ich bringe meine Familie in eine Situation, die für alle auf die eine oder andere Art nichts als belastend ist. Die Gefühle, die das in mir auslöst, lasse ich gewöhnlich nicht zu", erklärte er, lächelte dann sanft und bemerkte: „So funktioniert es also!"

Alia nickte, küsste ihn und nahm ihre Gedanken wieder auf: „Kian, wir dürfen unser Wissen nicht länger zurückhalten! Jemand muss morgen vor allen Anwesenden erklären, was wir über das Gleißen wissen! Jeder dort muss es erfahren, um eine Entscheidung für oder gegen einen Kampf im Süden treffen zu können!"

Und in diesem Moment ließ sie die Sorge, die ihr sein Band schickte, erzittern, als fröstelte sie vor Kälte. Sie sah Kians Augen mit einem Blick, der sich fest in ihre zu drängen schien. Er legte die Stirn in Falten, griff durch die Gitterstäbe und zog sie sanft an sich heran.

Natürlich, sie würde selbst diesen Gedanken haben! Ihr Verstand war zu scharf, um ihn ungedacht zu lassen, und doch hatte er gehofft, sie würde nicht darauf kommen. Er hatte gehofft, er gewönne Zeit, um selbst in irgendeiner Form Handlungsspielraum zu bekommen. Nun zitterte sie. Er konnte sie noch nicht einmal richtig in den Arm nehmen, weil die Gitter seiner Zelle zwischen ihnen standen, und doch tat es unendlich gut, sie zu halten.

„Ich weiß!", erwiderte er flüsternd und spürte sie erstarren.

„Oh!", entwich es ihr. „Jetzt verstehe ich deine Sorge! Du glaubst, ich könnte es allen erklären!"

Und auch das hatte er vorausgesehen. „Ich glaube, du bist der einzige Mensch, der es erklären kann! Niemand wird danach noch daran zweifeln, dass dieser Feind unser aller Leben bedroht. Und auch nicht daran, dass es vermutlich einen Weg gibt, seiner zerstörenden Kraft zu entgehen, Alia! Davon bin ich überzeugt mit allem, was ich für dich empfinde!" Er küsste sie und strich über ihr wundervolles Haar. „Aber es bringt mich um, dich in dieser Position zu wissen! Und ich werde vermutlich nicht da sein können, um dich zu schützen!"

Sie sah ihn an und in ihrem Blick las er eher Schrecken als Sorge. „Du kannst aufhören, dich mit diesen Gedanken zu quälen. Ich kann nicht vor all diese mächtigen Männer treten, Kian! Ich kann nicht vor ihnen sprechen! Bei den Monden, ich habe noch nie in meinem Leben vor mehr als fünf Menschen gleichzeitig gesprochen ... Es ist unmöglich!", sagte sie dann bestimmt.

Er lächelte. Sie war derart bezaubernd in ihrer Schüchternheit, aber ihre Worte beruhigten ihn dennoch nicht. Er ahnte, was das morgige Treffen im Palast erfordern würde, und Alia war keine Frau, die vor ihren Pflichten davonlief. Er küsste sie sanft.

„Was kann ich der Königin sagen, Kian? Sie erwartet von dir Instruktionen!"

„Das bezweifele ich", erwiderte er lächelnd und dachte an Nari, die ihre Gefühle stets auf der Zungenspitze trug und dennoch kühl und überlegt ihre Fäden im Hintergrund spann. „Das Einzige, das sie tun kann, ist morgen zugegen zu sein und meinen Soldaten Einlass zu verschaffen, sollte es niemand anderer tun!"

Alia nickte still und sah auf ihre Hände hinab.

„Du musst fort!", flüsterte er in ihr Ohr und schloss die Augen, um sein Gesicht an ihrem zu spüren.

„Ich kann nicht!", flüsterte sie ebenfalls und er fühlte eine Träne an seiner Wange. „Wir sollten nicht voneinander getrennt sein! Es ist so falsch!"

Er nickte und umfing ihr Gesicht mit seinen Händen. Er hatte keine Worte, ihr Mut zu machen. Er konnte ihr nicht versichern, dass sie irgendwann zusammen sein würden, denn er glaubte im Grunde selbst nicht daran.

„Und dennoch sind diese Momente mit dir die glücklichste Zeit in meinem Leben!", gab er sanft zurück.

Sie nickte schließlich, wischte sich ihre Tränen aus dem Gesicht, sah ihn fest an und ergriff seine Hände. „Kannst du etwas für mich tun, Kian?"

Er sah sie überrascht an. „Was kann ich tun?"

„Du musst für mich darüber nachdenken, in welchen Situationen du in deiner Vergangenheit die Wirkung deines Bandes selbst bemerkt hast. Du weißt jetzt, wie es wirkt! Durchforsche diese Situationen für mich und versuche dich an die Gefühle zu erinnern, die du in ihnen hattest!"

„Wozu soll das dienen, Alia?", fragte er verblüfft, denn er konnte sich tatsächlich keinen Reim auf ihr Ansinnen machen.

„Wenn du um die Gefühle weißt, die dein Band wirksam machen, dann kannst du es benutzen! Ich werde dir dabei helfen!"

„Benutzen wie eine Waffe! Das meinst du doch?"

Sie nickte ihm fest zu, und er konnte nur den Blick von ihr abwenden. Er entzog ihr seine Hände und ließ den Kopf sinken. Dieser Gedanke quälte ihn noch immer. Das Wissen, dass er in der Lage war zu töten, sobald er für eine Sekunde die Kontrolle über seine Gefühle verlor.

„Es gibt nur ein Gefühl, das mich töten lässt, Alia, und das ist meine Wut!"

„Das glaube ich nicht, Kian!" Sie nahm seine Hand und legte sie an ihre Wange.

„Warum?"

„Weil du stärkere Gefühle in dir hast als diese Wut!"

Nun traten ihm die Tränen in die Augen. „Wenn du wüsstest, wie sehr ich daran glauben möchte!", flüsterte er und spürte ihre Küsse auf seiner Handfläche.

„Glaube es, Kian! Es ist die Wahrheit!", versicherte sie ihm leise und er nickte lediglich.

Eine Weile sahen sie sich still in die Augen, dann erhob sie sich und strich ihren Umhang glatt. „Also keine Instruktionen, Heermeister Dogul?"

„Möchtest du welche?", fragte er und lächelte zu ihr auf.

Es war ihm unbegreiflich, wie sie so stark sein konnte. Sie war ebenso verzweifelt, wie er es war, und sie zeigte es ihm deutlicher, als er es ihr zeigen konnte. Dennoch erschien sie ihm um einiges kontrollierter, als er es vermochte, obwohl er so viel Übung darin hatte, seine Gefühle möglichst für sich zu behalten.

„Unbedingt!", gab sie zurück. Jetzt lächelte sie sogar und ließ ihre Augen ironisch aufblitzen. Dieses kleine Spiel wollte er gerne mit ihr spielen.

„Nun, dann höre mich an!", hob er im gleichen Ton an, wurde dann jedoch schnell ernst. „Ich rechne damit, dich morgen unter den Fürsten zu wissen. Wenn meine Soldaten eintreffen, halte dich bitte in ihrer Nähe auf. Dasselbe gilt für die Königin! Sollte es zu einem Kampf kommen, was nicht wahrscheinlich ist, so lege dich bitte flach auf den Boden ... aber ich weiß, das würdest du nie tun! Du erhebst lieber dein Schwert, das so stumpf ist ..."

„... wie Baumrinde! Ich weiß. Aber vergiss nicht, ich bin schnell, Kian!", scherzte sie mit dem traurigsten Lächeln.

„Wie könnte ich das vergessen?"

Er berührte noch einmal kurz ihre Hand und sah ihr dann von seinen Gefühlen überwältigt nach. Ja, in ihr wohnte die Schnelligkeit ihrer fremden Art und ja, er vertraute ihr darin, dass sie ihr Leben bewahren konnte, geschehe was wolle. Aber was zum Schluss blieb, war seine Sehnsucht nach ihr.

„Entschuldigt, ich muss diese Schreiben noch auf den Weg bringen, Heilerin Alia!", nickte die Königin ihr bei ihrem Eintreten zu und entfernte sich dann aus dem Zimmer, um die Briefe vermutlich ihrer Zofe zu übergeben. Als sie zurückkehrte, sah Alia auf ihrem Gesicht eine ungeheure Erleichterung, aber ebenso die Spuren von zahlreichen durchwachten Nachtstunden. Auch ihr eigener Schlaf war von Sorge immer wieder unterbrochen worden, aber in diesem Moment war an Müdigkeit nicht zu denken, war sie doch noch immer viel zu aufgewühlt von ihrem Besuch bei Kian.

„Es ist Euch gelungen!“, bemerkte die Königin erleichtert und trat mit ausgestreckter Hand auf sie zu. „Oh, Heilerin, Ihr ahnt ...!“

Alia wich zurück und versteckte ihre Hände in ihren Umhangtaschen. Ihr ganzes Leben lang hatte sie dies getan und sie würde nie damit aufhören. Auch wenn sie selbst mehr und mehr zuließ, ihre Gabe ohne Scham zu zeigen, sie würde auch in Zukunft nicht derart in die Privatheit eines Menschen eindringen.

Die Königin jedoch blieb erschüttert stehen und ließ ihren Arm sinken. „Was habe ich getan, das Euch vor mir zurückschrecken lässt, Heilerin Alia?“ Sie sah hinunter auf ihre Hand. „Ist es, weil ich Euch berühren wollte?“

Alia senkte den Kopf und konnte nicht antworten. Was hatte sie auch zu sagen? Sie hatte ihre Gabe nur einem einzigen Menschen in ihrem Leben erklärt, und das war ihr sehr schwer gefallen, obwohl dieser Mensch ihr so nah war wie kein anderer. Wie sollte sie sie dieser Königin erklären?

„Es ist nicht Eure Berührung“, erwiderte sie fast unhörbar.

Die Königin nickte still, forderte sie dann auf, sich zu setzen, und sah sie lange an, bevor sie sich selbst niederließ. „Ihr kennt Ren, das Oberhaupt der heiligen Bruderschaft?“, fragte sie dann.

Alia nickte und erhob wieder ihren Blick.

„Ich gebe zu, ich habe ihn über Euch ausgefragt, nachdem ich feststellen musste, dass mein Neffe Euch so große Gefühle der Freundschaft entgegenbringt. Auch meine Schwester hatte mir geschrieben, wie sehr sie Euch schätzt. Und ich hatte Geschichten über Eure Heilkunst gehört, die ich nicht recht glauben konnte. Ich hoffe, Ihr vergebt mir meine Neugierde!“

„Natürlich“, erwiderte Alia leise. „Was hat er Euch berichtet?“

„Dass Ihr die Begabung habt, durch Eure Berührung in das Innere eines Menschen zu spüren!“

Also hatte der Abt sie tatsächlich in allem erfasst, was sie war. Sie zögerte, sah die Königin direkt an und antwortete dann lediglich: „Es ist wahr!“

Die Königin verharrte einen Moment verblüfft, dann jedoch lächelte sie. „Ich verstehe, dass Ihr mich nicht berühren wollt!“

„Ich vermeide es, Menschen zu berühren. Ich möchte niemandem zu nahe treten“, gab Alia leise zurück.

„Ihr seid eine verantwortungsbewusste junge Frau, Heilerin!“

Alia sah die Königin scheu an, nickte dann einmal und atmete durch. „Wollt Ihr wissen, was der Heermeister Euch mitteilen lässt?“

„Natürlich! Entschuldigt die Ablenkung! Ist er wohlauf?“

Sie nickte, fragte sich jedoch, ob es der Wahrheit entsprach. Sicher, sein Auge sah furchterregend aus, aber es heilte. Der Schock jedoch, in den ihn die neue Wirkweise seines Bandes versetzt hatte, dauerte an. Er war zutiefst verunsichert, und er hatte dort unten in seiner Zelle zu viel Zeit, in Einsamkeit zu grübeln. Alia musste sich kurz sammeln, dann gab sie die wenigen Hinweise weiter, die Kian ihr auf den Weg mitgegeben hatte.

„Mehr hatte er nicht zu sagen?“, fragte die Königin daraufhin enttäuscht.

„Ich hatte den Eindruck, er war bereits über die meisten Punkte Eures Schreibens unterrichtet!“

Die Königin nickte langsam. „Natürlich! Und er ist scharfsinnig genug, um sich die übrigen Details ausmalen zu können!“

„Könnt Ihr seinen Soldaten Einlass verschaffen?“

„Ja, aber ich glaube, sie werden ohnehin mit den Fürsten anreisen. Es gab offensichtlich heute Abend noch Gespräche zwischen der Armee und den Fürsten, bei denen sich beide Parteien auf eine gemeinsame Vorgehensweise für den morgigen Tag geeinigt haben.“

„Das beruhigt mich!“, atmete Alia erleichtert auf und erntete erneut die erstaunten Blicke der Königin, die sich dann in ihrem Sessel vorlehnte und sie intensiv ansah.

„Ich möchte, dass Ihr mich morgen zum Treffen der Fürsten begleitet, Heilerin! Würdet Ihr das für mich tun?"

„Warum könntet Ihr das wollen?", rief Alia verwirrt aus, denn diese Königin bereitete ihr am heutigen Abend ein Gefühlsbad sondergleichen.

„Weil Ihr diejenige seid, die die meisten Informationen über dieses feindliche ... was auch immer dort im Süden ist ... zu geben hat, und wir sind es allen Beteiligten schuldig, diese zu teilen!"

Alia erblasste. Sie hatte der Königin absichtlich das Gespräch mit Kian zum gleichen Thema verschwiegen! Und nun sprach sie es selbst an, so als sei auch für sie Alia die natürlichste Informationsquelle in Sachen des Gleißens. Alia nickte lediglich beklommen. Wenn Kian hier wäre, dann wäre er womöglich sehr erstaunt, dass die Königin seine Gedanken so sehr teilte und auch noch, ebenso wie er, davon ausging, Alia würde morgen vor allen Fürsten die wahnsinnige Geschichte des Gleißens verkünden. Bei den Monden, als was würden sie sie dann sehen? Sie würde zum Gespött! Die fremde Missgeburt, die in ihrem fehlgeleiteten Kopf Hirngespinste entwarf! Sie würde am liebsten einen ihrer Patienten mit zu diesem Treffen bringen und für alle Zeiten damit aufräumen, was diese Gesellschaft über das Band zu wissen glaubte und über die, die sie Inzani nannte.

„Wann soll ich mich morgen bei Euch einfinden?", fragte sie dann nicht im Mindesten gefasst.

„Ihr fügt Euch? Für mich?", fragte die Königin erstaunt.

Alia sah sie einen Moment lang traurig an. „Ich tue es!"

Sie wusste nicht, für wen sie es tun wollte, aber um das zu entscheiden, hatte sie Zeit bis morgen, wenn es denn überhaupt dazu kommen sollte, dass sie vor die Fürsten trat. Die Königin nickte lächelnd. Es war, als sähe Alia Stolz darin, und sie verabredeten einen Zeitpunkt, zu dem sie sich in diesen Gemächern einfinden sollte.

Kian lag auf der Pritsche und blickte zu dem einzigen Stern auf, den er durch das schmale Fenster nah der Zellendecke erkennen konnte. Er zitterte und zog seinen Mantel enger um seinen Körper. Er war mit Alia durch die kälteste Region dieses Landes gezogen, aber er konnte sich nicht erinnern, jemals derart gefroren zu haben. Er setzte sich noch einmal auf, weil er sich nun daran erinnerte, dass er die Unterseite seiner Knie nicht mit Alias Heilpaste bestrichen hatte, holte dies jetzt nach und legte sich erneut auf den Rücken.

Sie hatte ihn gebeten, in seiner Vergangenheit nach Situationen zu suchen, in denen er sein Band gespürt hatte. Er blendete die offensichtlichen Geschehnisse aus, die Situationen, die durch seine ohnmächtige Wut dazu geführt hatten, dass sein Band sich entladen hatte, und versuchte sich stattdessen auf Episoden zu konzentrieren, die durch andere Gefühle bestimmt waren.

Es gab die eine Begebenheit, in der er unterbunden hatte, dass Alia das Fell der Sonnenkatze berührte. Und natürlich waren da all die Kampfsituationen, in denen er sich um die Einheit seiner Soldaten bemüht hatte, und aus denen er mit dieser Desorientierung hervorgegangen war. Jedoch entging ihm hier noch immer, was sein Band darin zu tun vermochte. Er dachte an den Einklang seiner Soldaten, wenn er mit ihnen das Ritual ausführte, aber auch hier kam er ohne Alias Zeugenschaft nicht weiter.

Er versuchte immer wieder an seine geistigen Übungen zu denken und daran, anhand welcher Bilder Ren ihn gelehrt hatte sie durchzuführen. Ein Licht, das er durch seinen Körper führen sollte, um es dann willentlich auszulöschen. Sein Selbst, das er mit Energie speisen musste, die er, laut Ren, in seinem gesamten Körper finden konnte, was ihm schwer fiel, denn seine Beine entzogen sich seiner Realität bereits in dem Moment, in dem er die Augen schloss. Und schließlich die innerliche Flucht vor dem Schmerz an einen Ort, der von Sonnenlicht durchtränkt war. Ihm war mittlerweile klar geworden, dass er in all diesen Übungen stets sein Band benutzte, aber auch hier kam er nicht weiter, wenn es darum ging, Gefühle auszumachen, die ihn dazu ermächtigten.

Kian atmete durch. Er hatte bereits, als Alia ihre Bitte ausgesprochen hatte, ein einziges Bild im Kopf gehabt, das er nie mehr zugelassen hatte. Es schmerzte ihn, es fraß an ihm und er wollte es nicht aus seinen verborgenen Erinnerungen hervorholen, um es erneut spüren zu müssen. Aber es erfüllte alle Vorgaben, die Alia ihm gemacht hatte.

Er hatte einmal unbewusst sein Band benutzt und es war nicht seine Wut gewesen, die es in Kraft gesetzt hatte, sondern seine ohnmächtige Trauer in der Nacht, bevor er sein Elternhaus verlassen musste, weil sein Vater ihn der Armee übereignet hatte wie einen Sklaven. Kian schloss die Augen, drehte sich auf die Seite und schlang seine Arme um seinen Oberkörper. Er würde sich dieses eine Mal seiner Erinnerung an diese Nacht stellen und spüren, wie er damals gelitten hatte.

„Bei Morgengrauen bist du von hier verschwunden oder ich werfe dich eigenhändig hinaus, verstehst du?“, hatte sein Vater geschrien. Seine Mutter hatte einen Laut reinster Qual ausgestoßen und war dann weinend zusammengebrochen. Ihr Mann hatte sie lediglich missbilligend angesehen und dann den Raum verlassen. Kian selbst war einfach geflohen. Er ertrug die Trauer seiner Mutter nicht, hatte er doch nicht einen Funken Trost zu spenden. Bei den Monden, wie sehr hatte er sich später dafür geschämt und wieder und wieder gewünscht, sie in diesem Moment in den Arm genommen zu haben! Er war in sein Zimmer gegangen, mehrmals gestolpert, ja, sogar gefallen, aber das alles war ihm einerlei gewesen. Er hatte seine wenigen Habseligkeiten verschnürt und dann weinend darauf gewartet, der Schlaf möge ihn für einige Stunden von all dem erlösen, aber er kam nicht.

Er war ein Nichts! Alles, was er jemals tun würde, war zu wenig, um geliebt zu werden! Sein Vater wollte sein Ende, er hatte ihn in den Tod geschickt, und Kian würde alles daran setzen, seine Pläne zu verwirklichen! Er hatte nichts, für das es sich zu leben lohnte! Er war ein Verstoßener! Ein Inzani!

„Kian!“

„Niara, geh zurück in dein Bett!“

„Nein, du hast mich gerufen!“

„Ich habe dich nicht gerufen!“

„Deine Tränen haben mich gerufen!“

„Du hattest einen schlechten Traum! Deshalb weinst du!“

„Nein, das war kein Traum! Du hast mich gerufen und ich kam her, dich zu trösten!“

Und sie war in sein Bett gestiegen, hatte sich eng an ihn geschmiegt und war auf der Stelle eingeschlafen. Tatsächlich hatte er die Nähe seiner Schwester so sehr gebraucht. Er hatte sich so sehr gewünscht, diese Nacht nicht allein verbringen zu müssen, denn die Einsamkeit nahm ihm alle Kraft. Er hatte sie in seinen Armen gehalten und sie ihn, in dieser Nacht, in diesem Leben. Am nächsten Morgen hatte er seine Stute gesattelt und war fortgeritten.

Und was war diese Erinnerung jetzt? War sie mehr, als der Schrecken seiner abgrundtiefen Einsamkeit? Er hatte seine kleine Schwester mit seinem Band gerufen, den einzigen Menschen, dem es möglich gewesen war, ihm in dieser Nacht beizustehen, denn seine Mutter hatte neben seinem Vater gelegen und dieselben Qualen gelitten wie er, vielleicht auch andere, die er sich nicht vorzustellen vermochte. Wie war es, ein Kind zu verlieren durch die Hand des eigenen Mannes?

Diese Erinnerung schmerzte, aber sie hatte sich dennoch verändert. Er war nicht mehr der Junge, der er damals gewesen war. Er war ein Mann, der Mitleid mit diesem Kind hatte, denn nichts anderes war er damals gewesen. Ein Kind, das auf grausame Art in die vollkommene Ungewissheit seiner Zukunft gestoßen worden war. Heute wusste er um sein Leben, und wahrlich, er hatte vieles, auf das er stolz sein konnte. Vieles, das ihm Zufriedenheit und Glück schenkte. Und auch wenn sein Leben vielleicht nicht mehr lange währte, er hatte Liebe gefunden und er wurde wiedergeliebt. Das alles wollte er dem Jungen, der er gewesen war, zurufen, er wollte ihn in den Arm nehmen, ihn trösten und ihm versichern, dass es sich lohnte, an diesem Leben festzuhalten.

Kapitel 38

Alia folgte der Königin die Treppen hinunter und versuchte sich daran zu erinnern, dass sie langsam gehen sollte. Ihr Körper war derart gespannt, dass er in seine natürliche Bewegungsform drängte, einerlei, wie sehr sie sich zu beherrschen versuchte. Sie wollte das alles nicht! Sie wollte nicht Teil des Treffens der Fürsten sein. Sie wollte nicht zugegen sein, wenn man Rat hielt über Krieg und Frieden in diesem Lande und, bei den zwei Monden, sie wollte nicht zuhören müssen, wenn über das Leben des Mannes entschieden wurde, den sie liebte. Sie fühlte sich klein, wertlos und unwissend gegenüber all den mächtigen Männern, denen sie nun entgegentreten sollte, und sie wollte um nichts in der Welt irgendeine Rolle bei ihrer Zusammenkunft spielen!

Ihre Sorge war nicht unbemerkt geblieben und sowohl Edda als auch Tana hatten sie darauf angesprochen, warum sie derart bedrückt wirke. Sie hatte beiden die Wahrheit verschwiegen, nicht mal eine Ausrede gesucht und hatte sich dabei in einer Form einsam gefühlt, die sie lange nicht gespürt hatte. Sie sehnte sich nach Kian, aber jeder Gedanke an ihn verstärkte nur umso mehr ihre Einsamkeit.

Ihre Gedanken drehten sich im Kreis und so bemerkte sie kaum, dass die Königin stehen geblieben war und die beiden Wachen, die hier postiert waren, vor ihr niederknieten. Sie befanden sich bereits vor der geschlossenen Eingangstür des Thronsaales, und der Schock darüber versetzte Alias Sinne in Alarmbereitschaft. Von innen drang Stimmengewirr zu ihr, sie konnte sogar einzelne Sätze heraushören und alles, was sie aufschnappte, hatte mit Kian zu tun. Heermeister Dogul war offensichtlich das vorherrschende Thema im Raum hinter diesen Türen, und wieder wünschte sie, sie wäre nicht hier. Sie senkte tief den Kopf unter ihrer Kapuze, und die Königin legte freundlich eine Hand an ihren Oberarm.

„Bereit?", fragte sie mit einem besorgten Lächeln.

„Nein", brachte Alia hervor und blickte dann auf. „Lasst uns einfach hineingehen und nicht weiter darüber sprechen!"

„So soll es geschehen!", erwiderte Königin Nari und sah sie mitfühlend an.

Wie konnte sie so ruhig sein? Alia wusste um die Emotionalität dieser Königin, aber in diesem Moment wirkte sie nichts als gefasst. Sie strahlte eine so große Selbstsicherheit und Würde aus, dass niemand hinter dieser Fassade eine Frau vermuten konnte, die in all ihrem Mitgefühl so oft gegen Tränen kämpfte. Und sie war schön. Ihr bereits ergrautes Haar glänzte seidig und ihre blauen Augen wirkten wie Fenster zu einem starken Geist. Wie alt mochte sie sein? Gewiss über vierzig Jahresläufe, vielleicht fünfundvierzig.

Sie nickte Alia noch einmal zu, dann befahl sie den Wachen sich zu erheben und die Tür zu öffnen. Die Tür wurde aufgestoßen, und Alia hielt die Luft an.

„Verehrte Fürsten, die Königin!", verkündete einer der Wachmänner und augenblicklich wurde es still im Thronsaal.

Alia wagte kaum sich umzusehen, aber ein einziger Blick verriet ihr, dass der Saal, abgesehen von zahlreichen Soldaten, angefüllt war mit etwa fünfzehn Männern in edler Kleidung. Nein, es waren genau dreizehn, und Edda würde die Hand vor den Mund schlagen, dachte Alia nervös, denn diese Zahl verhieß unter den Menschen, die an die Geister glaubten, nichts Gutes. Nun, sie selbst glaubte nicht an die Bedeutung von Zahlen und versuchte, sich nicht weiter von diesem Aberglauben beeinflussen zu lassen.

Die Fürsten hatten sich der Tür zugewandt, durch die die Königin nun schritt, und sie alle ließen sich im selben Moment auf eines ihrer Knie nieder und senkten die Köpfe. Alia tat es ihnen verunsichert nach, denn das Untertauchen in der Menge schien ihr in höchstem Maße angebracht. Die Königin sollte in diesem Augenblick der einzige Mensch sein, der in diesem Raum stand. Was Alia jedoch auffallen musste, war diese andere Art des Kniens, einer Königin gemäß.

„Verehrte Fürsten, bitte, erhebt Euch! Wir sind nicht auf mein Geheiß am heutigen Tage hier!“, sprach Königin Nari nun bestimmt.

Alia sah die Fürsten aufblicken, manche lächelnd, andere in stiller Verehrung, einer jedoch drehte sich nun der Königin ganz zu.

„Meine Königin, schenkt uns bitte die Gunst, Euch zu ehren, indem wir vor Euch knien, denn Ihr seid, mit Verlaub, sehr wohl der Grund für unser Hiersein!“, und der Mann senkte erneut bewegt den Kopf und mit ihm alle anderen.

Alia sah sich in der peripheren Sicht um und spürte die Hochachtung vor Königin Nari in allen Bewegungen dieser Männer. Jedes ihrer Gesichter wandte sich ihr nun in Respekt zu und sie lächelte.

„Fürst Ileu, ich danke Euch für Eure Ehrerbietung, aber nun muss ich Euch doch bitten, Euch zu erheben, denn wir erwarten den König in jeder Sekunde, und ich stehe nicht auf seiner Gästeliste!“

Mit diesen Worten schien sich die Spannung im Raum noch zu verstärken, die Feierlichkeit der Stimmung jedoch blieb erhalten. Alia erhob sich und machte nun etwas weiter links von sich einige Gesichter aus, die sie gut kannte. Beinahe hätte sie Freude empfinden können, wäre sie nicht so gefangen in ihrer Furcht vor allem in diesem Saal, denn sie erkannte Ana und Evan, Roan und Heermeister Gorin, und sie alle lächelten in ihre Richtung. Schnell suchte sie den Blick der Königin und bedeutete ihr dann mit einer Bewegung ihres Kinns, sie würde sich zu ihnen begeben. Nahezu unmerklich nickte die Königin, die nun ihrerseits die Soldaten entdeckt hatte, und flüsterte ihr zu, sie solle gehen.

Alia bahnte sich einen Weg durch die Menge und konnte kaum fassen, wie sie nun von Kians Soldaten begrüßt wurde. Ausnahmslos alle berührten sie auf irgendeine Weise. Gorin lächelte erfreut und legte eine Hand auf ihre Schulter. Evan neigte den Kopf vor ihr, stupste sie leicht an und flüsterte, es sei lange her. Ana umarmte sie sogar kurz, fragte jedoch besorgt, was in aller Welt sie hier tue. Und Roan sah sie einen Moment an, legte dann seine Hände an ihre Arme und sagte: „Es tut gut, Euch wiederzusehen, Heilerin! Ihr habt viel für uns getan! Danke!“

Alia nickte gerührt und sah dann noch einmal mit Wärme von einem zum anderen. Sie wünschte sehr, sie hätten sich unter anderen Umständen wiedergetroffen, aber in diesem Moment war es ihr eine Wohltat, Kians Leute an ihrer Seite zu wissen, denn es machte sie weniger einsam. Und dass sie alle sich in einer solchen Situation die Zeit nahmen, sie mit einem Lächeln und freundlichen Worten in ihrer Mitte willkommen zu heißen, beruhigte sie ein wenig, zeigte es ihr doch, dass sie in gelassener Zuversicht in diese Mission gingen.

Vermutlich war dieser Gedanke dennoch ein Trugschluss, denn sie alle waren Soldaten und würden kämpfen, wenn es die Situation erforderte, darüber bestand kein Zweifel, aber sie liebte Kian im Stillen dafür, dass er sie an die Seite seiner Leute befohlen hatte, und bezog einen Posten hinter Heermeister Gorin, der sie mit seiner massigen Gestalt verdeckte. Sofort wurde sie von Ana und Evan flankiert und sie dankte ihnen mit einem Nicken.

Nun wagte sie auch, sich noch einmal genauer im Saal umzusehen und stellte erleichtert fest, dass nur etwa ein Dutzend Soldaten des Königs anwesend waren. Sie trugen keine Waffen, zumindest keine sichtbaren, und auch sie hatten sich vor der Königin verneigt.

Der nächste Moment jedoch ließ ihren Optimismus erstarren. Leise Gespräche erstarben. Die Tür zu einem Nebenraum wurde aufgestoßen und eine durchdringende Stimme verkündete: „Verehrte Fürsten, der König!"

Was nun geschah, versetzte Alia, wenn möglich, in noch größere Furcht. Der König trat ein, schritt zu seinem Thron, ohne den Blick auf die Menge zu richten, drehte sich dann in einer machtvollen Geste den Fürsten zu und ließ seinen Blick schweifen. Zu Alias Linken kniete einer der Fürsten nieder und senkte die Stirn zu Boden. Sie erkannte in ihm Fürst Garon, den sie zum Geburtstag der Königin getroffen und der Kian während des Essens so strikt ignoriert hatte. Auch ihr gegenüber kniete ein Mann, und Alia betrachtete ihn kühl. Es war Fürst Dogul, Kians Vater. Die anderen jedoch blieben stehen. Auch die Königin stand und betrachtete dieses Schauspiel mit besorgtem Blick. Kians Soldaten strafften sichtbar ihre Schultern, und Alia verharrte hinter Heermeister Gorin, denn ihr Körper folgte keinem ihrer Befehle mehr.

Zunächst schien König Abran erstaunt, dann jedoch breitete sich Wut in seinen Gesichtszügen aus. „Was soll das? Kniet nieder, Fürsten dieses Landes!“, grollte er, aber niemand rührte sich.

Stille! Die Stille dieses verweigerten Respektes, sie tönte in Alias Ohren lauter, als jeder Lärm es vermochte.

Der König blickte sich zornig um. „Ihr da! Euch hat niemand hierher gebeten! Verlasst diesen Saal!“, brüllte er nun und zeigte auf Kians Soldaten.

Alia duckte sich noch tiefer hinter Gorins Rücken und sah, dass keiner der Soldaten vor ihr sich auch nur einen Hauch bewegt hatte.

„Ich bat sie hierher!“, hörte sie nun die Stimme der Königin.

Alle Köpfe wandten sich ihr zu, und sie bahnte sich mit gestrafften Schultern und stolzem Gang einen Weg durch die Menge auf den König zu, der ihr mit zusammengekniffenen Augen entgegensah.

„Es war nicht an dir, Soldaten der Armee hierher zu bitten, Königin!“, bemerkte er kalt und in dem Moment, in dem die Königin auf ihn zutrat, wandte er sich erneut an Kians Leute: „Die Königin hat keine Befugnisse! Verlasst auf der Stelle den Raum oder ich lasse Euch abführen!“

„Das werdet Ihr nicht tun, König Abran!“, rief nun der Fürst, der vorhin die Königin angesprochen hatte. „Diese Soldaten sind auf ausdrücklichen Wunsch einer Mehrzahl der Fürsten hier!“

„Ach, Fürst Ileu, und Ihr glaubt, dass ich auf Eure Wünsche Rücksicht nehmen werde?“, fragte der König spöttisch.

„Mit Verlaub, König Abran, das werdet Ihr, denn andernfalls werden wir den Palast verlassen!“, antwortete der Fürst fest und niemand hier konnte an der Ernsthaftigkeit dieser Worte zweifeln.

Der König sah ihn einen Moment abwägend an und ließ dann seinen Blick über die Menge streifen. „Ihr wollt mich bereits verlassen? Ihr glaubt, Ihr habt die Macht, hier ein Spiel mit mir zu spielen? Seid gewiss, hier geht es um mehr als Eure Ränke! Ich rief Euch zusammen, damit wir gemeinsam einem Feind gegenübertreten, der unser Land zerstören wird!" Er blickte vielen der Fürsten direkt in die Augen.

Alia versuchte, seine Stimmung zu durchschauen, konnte jedoch nichts als Erschöpfung darin entdecken. Seine Worte hätten alle aufhorchen lassen müssen, aber er hatte nicht das Charisma, die Fürsten zu fesseln. Plötzlich schien er lediglich ein müder, alternder Mann zu sein, dann jedoch blitzte die Wut erneut in ihm auf, und er wandte sich an Heermeister Gorin: „Also! Was führt Euch in diese Hallen, Soldat?"

Gorin schnaubte verärgert auf. „Das fragt Ihr noch? Heermeister Dogul befindet sich in Eurem Kerker! Ihr werdet ihn unverzüglich freisetzen!"

Jetzt lachte der König in Bitterkeit auf. „Ha, zweiter Heermeister, was veranlasst Euch zu der Annahme, ich könnte Euch diese Bitte gewähren?"

Gorin richtete sich vor Alia zu seiner vollen Größe auf. „Ihr habt ihn mit falschen Beschuldigungen festgesetzt! Es ist unrecht! Es ist gegen die Gesetze!"

„Unrecht? Der Inzani ist ein Landesverräter und ein Kriegstreiber! Er hat wiederholt gegen die Monarchie gehandelt und er verdient es, bestraft zu werden!"

„Nun!", mischte sich Fürst Ileu erneut ein. „Dann lasst uns hier zu Gericht sitzen über Heermeister Dogul! Ich bin sicher, Eure Vorwürfe lassen sich schnell ausräumen!"

„Was? Ich werde gewiss nicht mit Euch zu Gericht sitzen! Ich bin das Gesetz, Ileu, und der Inzani bekommt seine gerechte Strafe!"

Alias Herz krampfte sich zusammen, als ihr Blick nun Kians Vater streifte. Er beobachtete stumm den Streit zwischen Fürst Ileu und dem König und verzog dabei keine Mine, als ginge ihn das alles nichts an, als ginge es nicht um seinen Sohn.

„König Abran, so kommen wir nicht weiter! Das führt doch zu nichts!", meldete sich nun ein anderer Fürst zu Wort. „Ich schlage vor, Ihr holt den ersten Heermeister her, und er soll sich zu Euren Vorwürfen äußern!"

„Side, der Inzani hat hier nichts verloren!", brauste der König nun auf. „Ich habe andere Dinge mit Euch zu besprechen! Dinge, die wichtiger sind als das wertlose Leben des Sohnes dieses Mannes dort!“

Der König zeigte mit einer wegwerfenden Geste auf Fürst Dogul, der ihn lediglich starr ansah und noch immer keine Regung zeigte.

Jetzt trat die Königin neben ihren Mann. „Abran, ich fürchte, du wirst hier nicht weitersprechen, wenn du Heermeister Dogul nicht auf der Stelle herbringen lässt! Hast du nicht zugehört? Die Mehrzahl der Fürsten wird diesen Saal verlassen, wenn ...“

„Die Mehrzahl? Wie viele können es schon sein, Königin, die sich auf die Seite eines Inzani stellen? Sie mögen vortreten!“, lachte der König nun amüsiert auf.

Alia hatte den starken Impuls, die Augen zu schließen oder sich wegzudrehen. Sie wollte nicht sehen, wie man über Kian entschied. Keiner hier wusste, was für ein gütiger, kluger und überlegter Mann er war, keiner hier ... Aber was sie nun sah, verschlug ihr den Atem, sie spürte plötzlich Anas Hand an ihrem Arm und sah aus den Augenwinkeln, wie auch sie in Verwunderung vergaß, ihren Mund zu schließen.

So viele Männer traten nun vor. Lediglich drei der Fürsten blieben an ihren Plätzen und natürlich war Kians Vater unter ihnen. Die anderen jedoch standen vor dem König mit festem Blick und aufrechten Körpern. Alia tauschte ein kurzes Lächeln mit Ana, dann traten ihr Tränen in die Augen und sie wünschte so sehr, Kian könnte jetzt hier sein. Sie wünschte, er könnte sehen, mit welcher Übermacht ihm hier Ehre gezollt wurde. Es würde ihm so viel bedeuten!

König Abran erblasste.

„Und nun lasst den ersten Heermeister hierher bringen!“, rief ein gedrungener Mann, der offensichtlich Mühe hatte, sich in Geduld zu üben.

„Fürst Trang, lasst ...!“, begann der König.

„Ihr setzt Heermeister Dogul auf der Stelle frei, oder ich gebe meinen Soldaten den Befehl, ihn zu holen!“, raunte Gorin.

Der König sah verwirrt in die Runde und setzte sich dann langsam auf seinen Thron. „Ihr seid Narren! Wir werden alle sterben und Ihr sorgt Euch um einen Inzani!“, flüsterte er nahezu, und Alia bezweifelte, dass irgendjemand außer ihr seine Worte verstanden hatte.

„Wachen, bringt Heermeister Dogul her!", befahl nun die Königin und sah sich in der Erwartung seines Widerstandes nach ihrem Mann um. Dieser nahm jedoch lediglich Blickkontakt mit seinem Hauptmann auf und schickte ihn mit einer fahrigen Geste seiner Hand aus dem Raum.

Alia blickte ihm nach, sah, wie er drei weiteren Soldaten den Befehl gab, ihm zu folgen, und dann die Tür aufstieß, um hinauszugehen. Ihr Herz machte einen Sprung, sie würde Kian sehen! Er würde hier in diesem Raum mit ihr sein, und wenn sie auch nicht hoffen konnte, dieses Zusammentreffen könnte in irgendeiner Form für ihn zu einem guten Ende führen, so klammerte sie sich doch an den Gedanken, er wäre noch heute Abend ein freier Mann.

Der König hatte sich wieder erhoben und blickte nun starr über die Menge. „Seid Ihr nun zufrieden? Dann können wir endlich über das sprechen, was sich im Süden unseres Landes abspielt! Ich habe nicht ewig Zeit!", resümierte er und betrachtete das Ausbleiben von Reaktionen der Fürsten auf seine Rede.

„Im Süden treibt ein mächtiger Feind sein Unwesen und er schreitet voran!", fuhr König Abran fort, wurde jedoch von einem der Fürsten unterbrochen.

„Mein König, ich herrsche über die südlichste Gegend unseres Landes! Wie kommt es, dass mir dieser mächtige Feind, wie Ihr ihn nennt, bislang nicht begegnet ist?", fragte er ruhig.

„Fürst Roda, hinter Eurem Territorium befindet sich die Wüste und darin erstreckt sich ein weitläufiger Gebirgskessel ..."

„Der Vulkankrater?", fragte Roda nun nach. „Was soll da sein, außer karge Felsen?"

„Karg? Diese Region strotzt vor Leben!"

„Nein, mein König! Von alters her ist dort nichts als Gestein! Selbst das Wüstenvolk meidet diese Region! Sie sagen, dort leben wilde Menschen!"

Alia war irritiert. Hatte nicht auch Hauptmann Eret von der Üppigkeit dieses Landstriches gesprochen?

„Wann wart Ihr zuletzt dort?"

„Nie, mein König!“, gab der Fürst nun zu.

„Nun, dann spielt Euch nicht als Kenner auf!“, wies der König ihn zurecht. „Dort bewegt sich dieser Feind, und er hat sich bereits Richtung Norden ausgedehnt! Wir müssen ihn jetzt angreifen und dafür müssen wir uns in Einigkeit bewegen. Ihr und Eure Milizen, mit meinen Truppen und mir als Anführer!“

„Welche Aufgaben habt Ihr dabei der Armee zugedacht?“, fragte Heermeister Gorin nun, und Alia sah die Muskeln seiner Kieferknochen arbeiten.

„Keine! Glaubt Ihr, ich wüsste nicht, wie die Armee zu mir steht? Ich kann keine weitere Illoyalität mehr dulden, hier geht es um unser aller Leben!“, schrie der König nun außer sich.

Jetzt trat Fürst Ileu einen Schritt vor. „König Abran, Ihr habt bereits bemerkt, dass auch die Mehrzahl der Fürsten Zweifel an Euren Methoden hegt, dieses Land zu führen! Was macht Euch so sicher, dass wir Euch bedingungslos folgen werden, wenn dieser Feind tatsächlich eine derart große Bedrohung darstellt? Wäre es nicht angebracht, uns zunächst einmal davon zu unterrichten, mit was wir es genau dort im Süden zu tun haben?“

„Was wollt Ihr damit sagen, Ihr zweifelt an meinen Methoden? Ich riskiere seit Mondläufen mein Leben für dieses Land!“, rief der König erbost aus.

„Dann teilt Eure Informationen mit uns!“, schritt nun ein weiterer Fürst ein.

„Zweifelt Ihr an meinen Worten, Fürst Rigg?“

„Nein! Aber wir alle hier brauchen Einzelheiten über diesen Feind! Wie sollen wir sonst gegen ihn kämpfen?“

Bestätigendes Nicken ging durch den Raum, und Alia wandte den Blick in Richtung Tür. Sie war noch immer verschlossen, und Kian noch immer auf dem Weg. Sie dachte an die unzähligen Treppenstufen, die zwischen seiner Zelle und diesem Thronsaal lagen, natürlich würde er dafür einige Zeit brauchen, aber hier war *jetzt* sein Moment gekommen, die Fürsten zu informieren.

Die Königin erhob die Hände, um die Versammlung erneut zur Ruhe zu rufen. „Hast du diese Informationen zu geben, Abran?“, fragte sie nun fordernd.

„Keiner hier braucht Einzelheiten, sage ich! Der König ruft die Fürsten zum Kampf! Das hat auszureichen!", erwiderte dieser kalt und ließ die Fürsten nicht aus den Augen.

„Also hast du keine Informationen!", stellte Königin Nari nun entgeistert fest. „Abran, wie stellst du dir das vor? Trittst hier vor unser Land mit nichts als einem Marschbefehl? Und die, die dir Informationen liefern können, hörst du nicht an!"

„Wer könnte das schon sein?", schnaubte der König bitter.

„Zum Beispiel Heermeister Dogul und die Heilerin, die du seit Mondläufen für dich arbeiten lässt!"

Alias Herz schlug nicht mehr, sie war sich sicher, dass es stehen geblieben war, als der stechende Blick des Königs auf ihr zur Ruhe kam.

„Was kann sie schon wissen? Sie ist nicht mal eine richtige Heilerin!", rief er aus und sah Alia noch immer starr an, als sei er ein Raubtier, das darauf warte, seine Beute möge sich bewegen.

Die Tür schwang auf und die Soldaten kehrten zurück. Ein Raunen ging durch die Menge, aber Alia wandte den Blick auf die Königin, die nun erneut um Ruhe bat und verkündete: „Ich weiß, dass diese Heilerin", und sie zeigte auf Alia, „über das Wissen verfügt, das wir alle benötigen, um dem Feind im Süden erfolgreich zu begegnen. Sie möge vortreten und dieses Wissen mit uns allen teilen!"

Kian sah, wie die Königin auf Alia zeigte und die Worte sprach, die er so sehr gefürchtet hatte, und in diesem Moment spürte er wahrhaftig die Sorge um sie Schmerzen gleich durch seine Brust wandern. Er sah sie an, sah, wie sie sich innerlich wand und dann den Kopf hob, um seinen Blick zu treffen. Bei den Monden, sie sah fast wild aus in ihrer Furcht. Das Grün ihrer Augen jedoch flackerte entschlossen und ihre Schultern strafften sich. Sie würde es tun!

Aber nun war er hier, und er konnte tun, wovor sie sich so sehr fürchtete. In diesem Augenblick wurde ihm bewusst, dass sie ihre Informationen wahrscheinlich nur teilen konnte, wenn sie bereit war, ihre Fähigkeiten zumindest teilweise zu offenbaren. Sie vor dem gesamten Land bekannt zu machen und damit ihre Fremdartigkeit zuzugeben, die sie mit allem, was sie war, zu verbergen suchte. Es machte ihn traurig, denn der Preis, den sie für die Verkündung der Wahrheit über das Gleißen zahlen würde, war zu hoch, und er wollte sie mit aller Kraft davor bewahren.

„Ich kann diese Informationen geben, wenn Ihr erlaubt, meine Königin!", sagte er deutlich.

Während er diese Worte gesprochen hatte, waren seine Augen flüchtig über die hier versammelten Männer geglitten. Die Fürsten, so schien es, waren vollzählig erschienen, selbst Fürst Roda, der nicht einmal an den Zweimondgesprächen teilgenommen hatte. Nun, ihn ging es am meisten an, von diesem Feind zu hören, würde dieser doch sein Territorium zuerst bedrohen. Kian sah sich kurz um, weil er wissen wollte, wer die Stelle des getöteten Fürsten Groh eingenommen hatte, konnte jedoch niemand Fremden entdecken. Erst beim zweiten Hinsehen wurde ihm klar, dass nicht nur der alte Fürst Ileu hier anwesend war, sondern mit ihm sein Sohn. Hatte er die Geschäfte am Hofe Grohs übernommen, bis die politische Zukunft des Landes deutlicher wurde? Oder hatte die Bevölkerung ihn gewählt?

Er ging einige Schritte auf die Königin zu und sah die Fürsten vor seiner Person zurückweichen. Was hatte er denn erwartet? Etwa, dass sie alle vergessen hatten, dass er ein Inzani war? Er wollte seinen Blick nur kurz über ihre Gesichter schweifen lassen, aber er verharrte nun doch auf vielen. Was war das, was er in ihnen erkannte? Es konnte nicht sein, dass sie ihm Respekt zollten, oder etwa doch? Er traf den Blick Fürst Ileus und für einen Moment lächelten sie sich an, dann jedoch klang die Stimme des Königs schrill in seinen Ohren.

„Bleibt, wo Ihr seid! Der Inzani wird in diesem Thronsaal nicht vortreten, so wahr ich der König bin!", grollte er aggressiv, und Kian senkte seinen Blick.

Der König hatte Angst, er hatte tatsächlich Angst vor ihm! Und hatte er nicht auch allen Grund dazu? Auch Kian hatte seine eigene Angst bereits gespürt, als der Wachmann ihn aufgefordert hatte, die Zelle zu verlassen. Dort unten hatte er nichts anrichten können, aber nun, im Angesicht dieses Königs, konnte er vermutlich seine Wut nicht im Zaum halten, ja, er spürte sie bereits in sich aufflackern.

„Abran, der Heermeister hat die Informationen, die wir brauchen, er ...!“, begann seine Tante nun, aber der König unterbrach sie.

„Er ist mein Gefangener! Er untersteht meiner Macht! Und er wird in diesem Saal nicht vor allen sprechen! Er hat bereits genug angerichtet, indem dieser Feind auf ihn aufmerksam wurde! Und er sollte den Monden danken, dass er noch am Leben ist!“, schrie Abran.

Kian kniff die Augen zusammen. *Er* hatte den Feind auf sich aufmerksam gemacht? War Abran nun völlig wahnsinnig?

„Dann soll doch diese Heilerin endlich zu uns sprechen!“, rief jetzt Fürst Ragor dazwischen, der ungeduldig und aufgebracht wirkte wie kein Zweiter im Raum. „Bei den Monden, wenn sie dieselben Informationen zu teilen hat wie Heermeister Dogul, dann soll sie endlich vortreten!“

Der König nickte. „Ja, tretet vor und teilt, Heilerin! Was auch immer es sei!“, sagte er spöttisch und setzte sich auf seinen Thron, den Kian schon immer als lächerlich groß empfunden hatte, für einen Mann, der so klein an Geist war.

Alle drehten ihre Köpfe. Auch Kian wandte sich an Alia und versuchte ihr seine Kraft zu senden mit aller Macht, die er in sein Band zu legen vermochte. Er wusste, er konnte ihr auf diese Art beistehen. Für einen Moment hielt sie seinen Blick, dann trat sie hinter Gorin vor und ging einige Schritte, sodass sie alle sehen konnten. Sie schien so klein unter ihrem Jidari-Umhang, und Kian wünschte, sie würde die Kapuze ablegen, damit alle sie tatsächlich sehen konnten. Alle sollten die Wahrheit über das Gleißen in ihrem Gesicht lesen können. Erneut huschte ihr Blick zu ihm, dann jedoch schien sie ihn intensiv zu mustern, fasste ihr Haarband mit einer Hand und zog mit einer fließenden Bewegung der anderen die Kapuze nach hinten. Er bewunderte sie so sehr und es raubte ihm den Atem, dass sie ihn so deutlich verstand, aber mehr noch bemerkte er, wie sehr er ihre Schönheit vermisst hatte.

Die Spannung unter den Fürsten knisterte förmlich in der Luft. Kian behielt seinen Platz in der Mitte des Raumes, um Alia näher sein zu können, und er nickte Gorin und den anderen zu, sie sollten sich zu ihr gesellen. Der König betrachtete mit Misstrauen die Bewegungen der Soldaten, aber er schien sich selbst ablenken zu wollen, indem er Alia befahl, zu beginnen.

Und sie begann! Sie beschrieb das Band, das die Gefühle und damit die Persönlichkeit jedes Menschen transportierte und das den Körper durchfloss, als ein Strom des Willens. Sie tat es in einer Schönheit, die nur sie auszudrücken vermochte, da sie diejenige war, die es spüren konnte, das musste jedem der hier Anwesenden bewusst werden. Jeder hier würde in diesem Moment wissen, dass diese Frau in der Lage war, mehr wahrzunehmen, als es jedem anderen möglich war, ohne dass Alia es deutlich ausgesprochen hatte. Sie beschrieb ihre Wahrnehmung so, als handele es sich dabei schlicht um Gegebenheiten, von denen sie Kenntnis hatte, ließ dabei aber die Quelle ihres Wissens im Dunklen. Sie gab sich niemals preis und das konnte er nur bewundern.

Sie wiederholte wieder und wieder, dass das Band ohne Ausnahme in jedem Menschen zu finden sei, und das trieb ihm nahezu die Tränen in die Augen, da sie ihn damit so sehr persönlich anzusprechen schien. Gleichzeitig pflanzte sie diesen Gedanken damit vehement in die Köpfe der Fürsten ein, auf dass er dort Wurzeln schlagen und eines Tages aufblühen sollte.

Danach beschrieb sie die Patienten, die sie in des Königs Krankensälen betreute, und führte aus, dass es sich hierbei um Soldaten des Königs handelte, die dem Feind im Süden gegenübergetreten waren und mit ihrem Band dafür bezahlt hatten. Kians Blick richtete sich nervös auf den König, der nun erzürnt schien, sie jedoch rätselhafterweise nicht unterbrach.

„Ihnen allen fehlt das Band! *Sie* sind nach dem Sprachgebrauch des Gesetzes Inzani!“, betonte sie, ließ für einen Augenblick ihre Worte wirken und blickte in die Gesichter der Fürsten.

„Wie ist das möglich?“, fragte Fürst Ileu atemlos.

Kian sah zunächst erneut den König an, der Alia noch immer wütende Blicke zuwarf, jedoch stur auf seinem Thron sitzen blieb, die Finger um die Polsterung der Armlehne verkrampft. Alia hatte soeben alle seine so extrem gehüteten Geheimnisse mit der gesamten Fürstenschaft geteilt! Warum reagierte er darauf nicht mit Taten? Jetzt war es zu spät für seine Zurückhaltung, dachte Kian.

Danach sah er sich im Raum um und erfasste mit einem Blick, dass ausnahmslos alle Anwesenden geradezu an Alias Lippen hingen, als sie nun begann, die Macht dieses Feindes zu erklären. Sogar die Soldaten des Königs und selbst sein Vater, den er soeben hinter sich entdeckt und sich dann schnell abgewandt hatte, ließen sie nicht aus ihrem Blick. Sie beschrieb das Gleißen, so wie es Eret getan hatte, ohne ihn zu erwähnen. Sie begann die Verletzungen ihrer Patienten genauer zu schildern, die sich unmittelbar auf dieses Gleißen bezogen und die mit keiner Heilkunst der Welt rückgängig zu machen waren.

Daraufhin erhob sich Gemurmel im Raum. Fassungslosigkeit, Furcht und Resignation machten sich breit, und hinter sich hörte Kian jemanden flüstern, sie seien alle jetzt bereits tote Männer. Er wollte schon mit Worten einschreiten, aber Alia hob wieder an und erklärte, es gäbe eine Möglichkeit, sich vor dem Gleißen zu schützen.

Sie erwähnte niemals den Alten Krieg, sie beschrieb mit keinem Wort die alten Schriften, die das Gleißen aus jener fernen Zeit überlieferten. Bei den Monden, sie war so klug, darüber kein Wort zu verlieren und die Fürsten nicht mit diesen zweihundert Jahre alten Geschichten zu überfrachten. Sie teilte einfach die Fakten mit ihnen und überließ es ihnen selbst, sich eine Meinung zu all dem bilden zu können.

Dann erwähnte sie die Bogenschützen, die das Gleißen begleiteten und vergiftete Pfeile auf jeden abfeuerten, der in Schussweite gelangte, sodass jedem im Raum klar sein musste, dass es nicht ausreichen würde, das Band durch die Vermeidung des direkten Blickes zu bewahren. Es lauerten dort vermutlich noch mehr Gefahren als die, von denen sie Kenntnis hatten. Die Fürsten reagierten darauf mit nachdenklichem Schweigen, und als Alia nun endete, war es Fürst Ileu, der nach einem Moment des Schweigens Worte für sie alle fand.

„Eure Ausführungen waren sehr aufschlussreich und ich kann, denke ich, für alle sprechen, wenn ich sage, dass wir hoch in Eurer Schuld stehen!"

Alias Wangen röteten sich bei diesen Worten, und Kian musste sein Lächeln verbergen. Das, was sie gerade getan hatte, übertraf alles, was er jemals in ihr gesehen hatte, um ein Vielfaches. Er konnte sich nur noch mit Verwunderung die scheue, zurückgezogene Frau in Erinnerung rufen, die sie einst gewesen war, und er war stolz auf sie und darauf, sie lieben zu dürfen.

„Hirngespinste!", rief nun jemand aus der hintersten Reihe, und Kian brauchte sich nicht umwenden, um zu wissen, wem diese Stimme gehörte. „Ich muss mir diese Schauergeschichte nicht weiter anhören! Wer kann denn bezeugen, dass diese Frau die Wahrheit sagt?"

„Ich kann es!", sagte Kian, atmete durch und wandte sich um. „Und selbst du kannst nicht glauben, wir würden an dieser Stelle die Identität unserer Informanten preisgeben, Vater!"

Zum ersten Mal, seitdem er ihn fortgeschickt hatte, sah Kian in die Augen seines Vaters und plötzlich konnte er es fühlen. Er konnte es tatsächlich fühlen, dass er kein Kind mehr war, sondern ein Mann, der eine Aufgabe erfüllte, die unendlich viel wichtiger war als alles, was sein Vater je in seinem Leben getan hatte. Dieses Selbstbewusstsein durchflutete ihn selbst dann noch, als sein Vater angewidert wegsah.

„Nun!", ergriff Königin Nari das Wort. „Jeder soll an dieser Stelle seine Meinung äußern! Ich schlage vor, dass wir uns dazu in das Beratungszimmer zurückziehen. Eine Tasse Tee wird jetzt wohl jedem eine Wohltat sein!"

Allgemeine Zustimmung machte sich breit.

Der König erhob sich langsam und warf scharfe Blicke in die Runde. „Es steht jedem frei an dieser Geschichte zu zweifeln, aber eines lasst Euch gesagt sein, wer jetzt schon feige den Schwanz einkneift, der ist am Beratungstisch nicht willkommen! Die nicht bereit sind, an meiner Seite zu kämpfen, sollen auf der Stelle den Palast verlassen!", führte er aggressiv aus und blickte dabei Kians Vater direkt in die Augen, dann wandte er sich den anderen zu und rief:

„Wachen, führt den Inzani ab!"

Seine Tante wandte sich abrupt nach ihrem Mann. „Heermeister Dogul bleibt, Abran!"

„Er geht zurück in den Kerker, wo er hingehört!", schrie dieser mit allem Hass und Abscheu gegen Kian zurück.

Die Fürsten waren bereits in den Beratungssaal aufgebrochen, jetzt jedoch blieben sie stehen und betrachteten den König kritisch.

„Wir brauchen ihn, Abran!", beschwichtigte die Königin noch einmal, wurde jedoch von ihrem Mann niedergeschrien.

„Genug, Frau!"

Kian wandte den Blick ab. Er konnte es nicht ertragen, wenn der König Nari auf diese Art behandelte, und seine Wut auf ihn wuchs. Er durfte nicht zulassen, dass sie noch stärker wurde, und er war in diesem Moment nahezu freiwillig bereit, in den Kerker zurückzukehren, wenn er nur nicht mehr die Gegenwart dieses Mannes ertragen musste. Er wollte sich nicht vorstellen, was passieren würde, wenn er noch länger ...

Er atmete lange aus und suchte Blickkontakt zu Alia, aber sie lächelte ihn einfach nur sanft an. Was wollte sie ihm damit sagen? War es doch nahezu wie eine Rückversicherung, dass seine Kontrolle funktionierte.

„Wache!", schrie der König noch einmal.

Kian spürte, wie sich seine Soldaten fast unbemerkt um ihn formierten, lediglich Ana stand weiterhin an der Seite Alias, aber er schüttelte sachte den Kopf in Gorins Richtung. Er wollte keinen Kampf und erst recht nicht mit diesem Dutzend Soldaten, das sich von Alias Rede so sehr hatte beeindrucken lassen. Diese Soldaten waren nicht der Feind, und wenn sie alles waren, was der König zur Demonstration seiner militärischen Präsenz aufzubieten hatte, dann konnten sie ihm nur leidtun.

Nun trat Fürst Rigg vor. „König Abran, wie oft müssen wir noch drohen, den Palast zu verlassen? Wir werden es tun, wenn Ihr Heermeister Dogul nicht erlaubt, unseren Gesprächen beizuwohnen! Die Königin hat recht, er muss zugegen sein, wenn wir über ein militärisches Vorgehen im Süden beraten! Niemand anderer als er und seine Armee sind in der Lage, diesen Feldzug zu planen!"

„Und nun, lasst uns beginnen!", machte Fürst Ileu dem Streit ein Ende und blickte seinem König starr in die Augen, der sich daraufhin wütend abwandte, um zu gehen.

Kian lauschte der Auseinandersetzung um seine Person mit Unbehagen, aber er war dennoch erstaunt. Er traf die Blicke so vieler Fürsten, und sie versicherten ihm darin ihren puren Respekt. Er hatte nie erwartet, so viel Unterstützung unter ihnen zu finden, und es schien tatsächlich nahezu, als sei eine Überzahl von ihnen auf seiner Seite. Das hatte die Königin erreicht, dachte er voller Dankbarkeit. Sie hatte die Union der Fürsten erreicht! Hier erfüllte sich eine Art Traum für ihn. Etwas, das er niemals für möglich gehalten hatte. Weder für sich persönlich noch für die politische Situation der Fürsten, denn es bedeutete die Einigung des Landes.

Er wandte sich noch einmal an Alia. Sie schien aufzuatmen, der Druck schien von ihren Schultern gewichen zu sein, und er wollte, dass sie ging, bevor jemand sie aufhalten konnte. Sie sah ihn besorgt an, aber er sandte ihr Gefühle seiner reinsten Bewunderung. Er sah ihren Mut, ihre Stärke und ihren Verstand wie etwas, das in diesem Raum erstrahlt war, wie das Licht der Sonne, das sich mit all seiner Wärme gegen das grauenhafte Bild des Gleißens zu stellen vermochte, und er war überzeugt, dass das jeder hier auf ähnliche Weise empfunden hatte. Er hielt ihren Blick in einem Lächeln und Worte der Alten Sprache formten sich in ihm.

„Juar amazin!", flüsterte er ihr zu, weil er wusste, sie konnte ihn hören.

Dann wandte er sich ab und folgte den Fürsten Seite an Seite mit seinen Soldaten.

Kapitel 39

Alia war in den Krankentrakt zurückgekehrt und dort den forschenden Blicken Tanas begegnet. Sie wollte um nichts in der Welt darüber reden, was sie soeben im Thronsaal getan hatte, weil sie sich im Grunde noch immer selbst nicht im Klaren darüber war, was genau es gewesen war. Sicher, der ganze Raum war bei ihrer Geschichte in Stille verstummt. Jeder Anwesende hatte ihren Ausführungen staunend gelauscht, aber was würde davon bleiben? Hatten sie verstanden?

Nicht viele im Saal wussten, wie viel ihres Wissens sie vorenthalten hatte, aus Angst und Scham, sich zu sehr zu offenbaren. Kian hatte sie während all ihrer Worte spüren lassen, für wie klug er sie hielt, bestimmte Dinge zu verschweigen. Er hatte sie nahezu überschwemmt mit all seiner Bewunderung. Ihm jedoch musste die Geschichte ohnehin logisch erscheinen, denn er kannte sie in ihrer Gesamtheit, aber Alia fragte sich wieder und wieder, seit sie den Thronsaal verlassen hatte, ob das, was sie geteilt hatte, jemals genug sein würde, um die Fürsten zu überzeugen, oder gar den König?

Nachdem sie alle den Thronsaal verlassen hatten, war die Königin noch einmal zu ihr getreten, hatte ihr fest zugenickt und gesagt: „Heilerin Alia, ich weiß, wie viel Mut es erfordert hat zu tun, was Ihr soeben getan habt! Und ich danke Euch! So sehr!"

Alia hatte lediglich genickt und dann Tränen in den Augen der Königin entdeckt, die nichts mit Trauer zu tun haben konnten.

„Ich weiß jetzt, dass Ihr es nicht für mich getan habt!", hatte sie dann geflüstert, ihr tief bewegt in die Augen gesehen und war dann den Fürsten nachgefolgt.

Alia hatte bereits befürchtet, dass die Momente, in denen Kian und sie ihre Blicke ineinander verschränkt hatten, nicht unbemerkt geblieben waren. Sie selbst scherte sich nicht darum, wer ihre Verbindung nun ahnen mochte, aber sie wusste, dass Kian besorgt sein würde, wenn er die Worte der Königin vernommen hätte.

Er hatte ihr so viel Kraft gegeben. Sein Band war ihr fast eine körperliche Präsenz gewesen, und wenn sie die Augen geschlossen hätte, so hätte sie nahezu dem Irrtum aufliegen können, es wäre möglich nach seiner Hand zu greifen, so nah fühlte sie sich ihm. Diesmal hatte sie jedoch auch die unbewusste Wirkweise seines Bandes tatsächlich begreifen können. Er beeinflusste jeden damit, sanft, immerzu, und er benötigte dafür keine bestimmte Qualität von Gefühlen. Er fokussierte es nicht, sondern sandte es in den Raum mit seiner Persönlichkeit. Er war stark, sein Band hatte den gesamten Raum erfüllt, und sie erinnerte sich deutlich daran, dass sie sich einmal gefragt hatte, wie leicht diese Stärke zu missbrauchen wäre. Aber Kian war nicht der Mann, der sie leichtfertig nutzte. Er war noch immer voll des Schreckens über das, was vor Tagen in eben diesem Thronsaal passiert war. Und doch schien es ihr kein Wunder zu sein, dass er mit so viel Respekt behandelt worden war, war es doch das, was sein Band in aller Zurückhaltung eingefordert hatte.

Und auch er selbst hatte Respekt eingefordert. Sie sah noch immer das Gesicht seines Vaters vor sich, als Kian sich mit Widerworten direkt an ihn gewandt hatte. Ja, sie hatte Abscheu darin gesehen, aber vorher hatte es einen Moment der Betroffenheit gegeben. Er hatte begriffen und konnte nicht fassen, dass sein Sohn ein derart wichtiger Teil dieser Runde war. Im Grunde hatte sich nahezu alles um ihn gedreht.

Aber was würde nun geschehen?

Alia arbeitete nachdenklich an Tanas Seite bis zum Abend. Sie war letztlich mit der Ausrede herausgerückt, sie hätte bei der Königin Fürsprache für ihre Patienten gehalten, und verabschiedete Tana dann früh, um noch einen Moment in Einsamkeit an ihrem Journal arbeiten zu können. Allein mit ihren Patienten jedoch ließ sie für eine Weile einfach nur ihren Blick über die schlafenden Gesichter schweifen.

Wäre der Irrsinn dieses Krieges im Süden jemals zu Ende, dann wollte sie diesen Männern ein Heim schaffen. Sie brauchten einen

Platz mit mehr Pflegepersonal und mehr Möglichkeiten, sie zu beschäftigen. Alia würde endlich ihre Namen in Erfahrung bringen, um danach ihren Familien Besuche bei ihnen zu ermöglichen. Familien, die zu diesem Moment sicherlich nicht das Geringste über den Verbleib ihrer Männer, Väter und Söhne wussten, dachte sie traurig, denn auch diese Männer hatten irgendwo Menschen, die sie liebten.

Sie selbst wusste nun, wie es sich anfühlte, in ständiger Sorge zu leben um den einen Menschen, den sie liebte. Selbst wenn dieser in der Lage war, ihr in jeder einzelnen Sekunde ihrer wenigen Zusammenkünfte versichern zu können, wie tief seine Gefühle für sie waren. Selbst wenn er ihr so viel zu geben hatte in den wenigen Worten, die sie wechseln durften. Selbst wenn er sie so gut kannte, dass er fast lautlos flüstern konnte, sie sei wundervoll, in dem Wissen, sie sei der einzige Mensch inmitten eines mit Menschen angefüllten Saales, der ihn zu hören vermochte. Es war nie genug.

Sie machte sich auf den Weg zu seinem Haus und ließ, wie so oft, auf dem Weg ihre Finger über die Lavendelpflanzen streichen. Jemand hatte die Blüten geerntet, und Alia wurde zum ersten Mal gewahr, dass es bereits Herbst sein musste. Sicher, die Tage und Nächte waren kühler, aber sie kannte den nahenden Winter anders. Es steckte kein Bedauern in diesem Gedanken, er war lediglich eine Feststellung, und vor die Wahl gestellt hätte sie sich immer gegen Schnee und Frost entschieden.

Im Haus angekommen begab sie sich direkt in die Küche, wo sie mit Edda und Logan zu Abend essen wollte. Sie konnte jetzt nicht alleine sein, und das muntere Geplauder der beiden gab ihr das Gefühl, die Normalität sei nur einen Wimpernschlag entfernt. Der Krieg, die Fürsten, des Königs Irrsinn und die Sorge um den Verbleib Kians konnten ihr für diese wenigen Momente nichts anhaben, denn sie spürte den Luxus, unter Freunden sein zu können.

Edda erzählte gerade, dass sie Sara gebeten hatte, neue Bettwäsche für sie alle zu nähen. Sie hatte sich bereits umgesehen und Sara dann berichtet, welche Stoffe sie in die engere Auswahl genommen hatte. Sara brauchte nur noch Bescheid zu sagen und die Mengen zu notieren, dann würde Edda gleich nächste Woche zum Kauf schreiten. Alias Herz krampfte sich zusammen, denn alles, was Edda hier so fröhlich erzählte, konnte nicht kaschieren, dass es nicht Sara sein konnte, die die Stoffe im Laden auswählte. Sie würde nirgendwo bedient werden. Und warum? Weil eines ihrer Beine kürzer gewachsen war als das andere!

In diesem Moment hörte sie Hufgetrappel auf der Straße. Drei Pferde, die in Richtung des Hauses kamen, und sie erkannte keines der Tiere. Sie bemerkte, wie sehr ihr ganzer Körper noch immer unter Spannung stand von den Erlebnissen dieses langen Tages, und musste den Impuls unterdrücken, sofort aufzuspringen, um nachzusehen. Stattdessen aß sie beherrscht weiter, den Kopf gesenkt und ihre Ohren unter ihrem Tuch aufgestellt.

Dann sahen auch Edda und Logan auf, lauschten einen Moment, und Logan erhob sich mit einem „Wer kann das zu dieser Stunde noch sein?"

Alia hörte Logan an der Tür und selbst, wenn er nicht überrascht den Namen seines Herren ausgerufen hätte, sie hätte gewusst, dass es Kian war. Und auch als er mit Logan zusammen die Küche betrat, brauchte sie sich ihm wahrlich nicht zuzuwenden, denn sein Band umfing sie einer zärtlichen Umarmung gleich. Aber sie tat es dann doch, und tatsächlich, dort stand er, lehnte sich an die Tür und fragte lächelnd, ob es noch etwas für ihn zu essen gäbe.

Edda sprang auf. „Natürlich, Heermeister! Bei den Monden, was ist Euch geschehen?"

Alia ließ sich von seinem Lächeln einfangen, vom Blau seiner Augen, von seiner Gestalt, die so sehr von Stärke sprach, obwohl er tatsächlich noch immer zum Fürchten aussah. Seine Haut schillerte um das verletzte Auge herum in allen erdenklichen Farben, obwohl die Schwellung vergangen war, wie sie beruhigt feststellte, und sein unrasiertes Gesicht ließ ihn noch dunkler erscheinen, als er es ohnehin war.

Er zuckte lediglich die Achseln und sah Edda ruhig an, die sofort weiterpolterte: „Stellt man Euch im Heerlager kein Bad mehr zur Verfügung, Heermeister? Ihr seht aus, als wäret Ihr gerade der Wildnis entflohen!" Sie warf einen Blick aus dem Fenster. „Und was suchen diese Soldaten des Königs hier? Es wirkt ja fast so, als wollten sie sich hier häuslich niederlassen!“

„Nun, Edda, hierin habt Ihr recht! Sie wurden vor diesem Haus auf Anordnung des Königs postiert!“, erklärte Kian nun sanft.

„Ich verstehe nicht, Heermeister!“, bemerkte Logan verwirrt. „Ihr seid doch kein Gefangener!“

„Zurzeit schon, Logan! Ich stehe unter Quarantäne, und diese beiden Soldaten sollen sicherstellen, dass ich keinen Kontakt zur Armee herstellen kann!“

Alia zog scharf die Luft ein, und auch Edda war zum ersten mal, seit sie sie kannte, für diesen Moment in Entsetzen verstummt. Dann scheuchte sie ihren Herren in Richtung ihres Stuhles, holte einen weiteren Teller hervor und murmelte: „Nun esst erst mal und dann erzählt Eure Geschichte von Anfang!“

Alia fragte sich zweifelnd, ob Edda jemals zuvor zugelassen hatte, dass Kian mit ihr gemeinsam in der Küche zu Abend aß.

Kian dachte darüber nach, was er Edda und Logan in der Küche gesagt hatte. Er hatte ehrlich mit ihnen sein wollen und doch war er immer wieder mit seinen Worten an Grenzen gestoßen. Er hatte offen darüber gesprochen, dass der König ihn für einen Landesverräter hielt, und hatte zugegeben, dass seine Vorwürfe nicht ganz weit hergeholt waren, hatte er sich doch der Unterstützung der Fürsten für einen Kampf im Süden versichert, wenn nötig entgegen des Königs Befehle. Logan lobte seine weise Voraussicht und nannte sein Handeln vorsichtig und überlegt. Diese Worte jedoch trafen es nicht ganz, denn selbst in seinen eigenen Augen bestand kein Zweifel daran, dass er den König vor den Augen der Fürsten hintergangen hatte, und mochte sein Handeln auch noch so sehr zu rechtfertigen sein, ein Edelmann verhielt sich anders.

Kian hatte es nicht übers Herz gebracht, ihnen diesen Feind im Süden genauer zu beschreiben. Er konnte Edda und Logan nicht damit belasten, dass die Kämpfer es hierbei vermutlich nicht mit etwas Menschlichem zu tun haben würden. An diesem Punkt hatten sich auch die Fürsten entzweit. Einige waren willens gewesen, Alia in allem Glauben zu schenken, was sie berichtet hatte, so die

Fürsten Ileu und Side. Andere meldeten Zweifel an, aber es war ihnen einerlei, was genau dieser Feind war, denn die Bedrohung bestand dennoch. Dieser Meinung waren vor allem die Fürsten aus dem Osten sowie Fürst Trang. Und eine dritte Partei, allen voran Fürst Markham und sein Vater, negierten alles und taten Alia als eine Schwindlerin ab.

Ja, sie hatten sie sogar beleidigt und beklagt, was sei schon eine Jidari, die sich entschied, gegen ihre eigene Schwesternschaft zu leben. Eine Frau mit solch niederen Idealen sollte überhaupt nicht die Möglichkeit haben, ein ganzes Land zu beeinflussen. Kian, dem es während des gesamten Beratungsgesprächs untersagt war zu sprechen, hatte seine Hände zu Fäusten geballt, er hatte seine Nägel in die Handinnenflächen gebohrt, weil er den Schmerz spüren wollte, den dies verursachte. Nur mit Hilfe dieses Schmerzes hatte er seine Wut zurückdrängen können, verhindern können, dass er sie dem Sprecher dieser Worte entgegenschleuderte. Es war sein Vater gewesen, und das hatte eine noch viel ältere Wut hinzugelockt, aber er hatte ihm fest ins Gesicht geblickt. Er würde sich nie wieder vor ihm klein machen.

Nun, es war ihm in diesem Fall gelungen, Schweigen zu bewahren und niemanden im Raum anzugreifen. Das zumindest hatte er zuwege gebracht, aber des Königs Plan des Feldzugs in den Süden hatte ihn dann doch so sehr mit Ärger erfüllt, dass er irgendwann mit kalter Stimme verkündet hatte, der König solle die Kriegsführung Leuten überlassen, die dafür ausgebildet waren. Und wahrlich, das, was Abran vorgetragen hatte, war eine Farce. Er sah sich als Anführer über seine sowie die fürstlichen Truppen. Er sprach von einhundert Mann, die sich todesmutig in die Arme des Feindes stürzen würden. Das alles erinnerte Kian an Kinder, die Krieg spielten und sämtliche Belange der Logistik und Taktik außen vor ließen.

Seine Worte hatten einen Aufruhr verursacht, der erneut durch die Königin beschwichtigt worden war. Die Überzahl der Fürsten verlangte eine Beteiligung der Armee und war überhaupt nur bereit, selbst zu marschieren, wenn Kian den Oberbefehl über den Feldzug führte. Erneut hatte er sich verwundert umgesehen und nicht begreifen können, wie loyal sich diese Fürsten ihm gegenüber verhielten. Sie waren bereit, sich über das Inzani-Gesetz hinwegzusetzen, und ehrten ihn damit in einem Maß, das er selbst kaum zu fassen wagte.

In diesem Disput hatten sich die Fürsten am Ende dieses langen Tages getrennt und ihre Gespräche auf den nächsten Morgen vertagt, nicht ohne sich allerdings mehrheitlich gegen eine erneute Inhaftierung Kians auszusprechen. Seine Tante war es, die mit dem Vorschlag aufwartete, ihn in seinem Haus unter Quarantäne zu stellen und ihn dort, wenn es denn sein musste, bewachen zu lassen. Während sie dies vorschlug, hatte sie ihm einmal kurz in die Augen gesehen und ihr Blick hatte ihm mehr gesagt, als es ihre Worte vermocht hätten. Wahrscheinlich hätte sie diese Worte auch niemals offen ausgesprochen, denn sie ließ ihn wissen, er solle nach Hause gehen, an den Ort, an dem er seine Sehnsucht stillen konnte. Vermutlich war er verblendet von dieser Sehnsucht, aber er hätte schwören können, seine Tante wusste davon, und er war sich nicht sicher nicht, ob ihm das gefiel.

Jetzt, nachdem er gebadet und endlich den Bart aus seinem Gesicht rasiert hatte, wusste er plötzlich nicht mehr, wie er es schaffen sollte, noch eine Sekunde ohne Alia zu sein. Er lächelte bei der Erinnerung an sie, die er beim Verlassen der Küche gebeten hatte, später noch einmal in sein Zimmer zu kommen, um nach seinem Auge zu sehen. Er wollte ihr vor Edda und Logan eine Ausrede verschaffen, ihn noch einmal in seinem Zimmer aufzusuchen.

„Ich könnte jetzt mit Euch kommen!“, hatte sie augenblicklich angeboten.

„Nein, Heilerin, lasst mich zunächst einmal baden und wieder einen Menschen aus mir machen!“, hatte er zurückgegeben, sich in diesem Moment das Lächeln verkniffen und versucht, ihr seine Gefühle zu senden.

Schließlich hatte sie genickt. Sie hatte noch immer unter dem gelitten, was sie im Thronsaal getan hatte, und wahrscheinlich konnte sie es kaum abwarten, von ihm zu hören, wie das Treffen weiter verlaufen war. Aber so sehr er sich auch nach ihr sehnte, er hatte diesen Moment des Durchatmens während des Bades wirklich gebraucht, denn eines wollte ihm am Verhalten des Königs nicht einleuchten.

Abran wollte mit allem, was er hatte, verhindern, dass Kian den Feldzug anführte, und beharrte deswegen auf seinen Vorwürfen gegen ihn. Die Szene, die sich vor Tagen zwischen ihnen abgespielt hatte, und bei der der König um sein Leben hatte fürchten müssen, hatte ihn mit einem tiefen Misstrauen gegenüber Kian zurückgelassen, auch wenn er wahrscheinlich nicht begriffen hatte, was überhaupt mit ihm geschehen war, und dass Kian verantwortlich dafür war. Er wollte Kian unter allen Umständen als seinen Gefangenen in den Süden bringen, aber er selbst musste es sein, der sich dem Gleißen siegreich gegenüberstellen würde. Er, der König! Das alles schien nicht im Geringsten zu seinem bisherigen Verhalten zu passen, hatte er sich doch bis heute dem Gleißen feige entzogen und stattdessen seinen Soldaten den Vortritt gelassen. Kian spürte Abrans Zorn auf sich lasten. Einen Zorn, der nichts mit seinem Handeln zu tun hatte, nichts mit seinem Inzani-Status, sondern mit seiner Person an sich! Und irgendetwas daran schien er noch immer nicht vollends zu begreifen.

Er saß auf seinem Tisch, als Alia eintrat, leise seine Zimmertür hinter sich schloss und dort verharrte. Sie sah ihn einen Moment einfach nur an, und Kian dachte daran, sie eines Tages zu zeichnen, so wie sie jetzt vor ihm stand, aufmerksam und auf ihre wilde Art schön. Sie schien zu lauschen, ging zu seinem Fenster hinüber, warf einen Blick hinaus und wandte sich dann nach ihm um.

„Diese Soldaten sind nicht sehr aufmerksam", bemerkte sie ruhig.

„Es ist schwer, dich zu bemerken, wenn du es darauf anlegst, unbemerkt zu bleiben", gab er sanft zurück und spürte dem Gefühl nach, das ihn bei ihrem Anblick durchdrang. Es war Ruhe und das Gefühl zu Hause zu sein, das sich weniger auf diesen Ort bezog, als vielmehr auf Alias Gegenwart.

„Edda und Logan sind schlafen gegangen", sagte sie nun und kam zu ihm.

Er nickte lediglich, legte die Hände an ihre Taille und sah sie an.

„Alia!“

„Ja?“

„Verlange ich zu viel, wenn ich dich bitte, deine tausend Fragen zurückzustellen? Denn ehrlich, ich wünsche mir in diesem Augenblick nichts mehr, als dich zu berühren!“

Als Antwort lehnte sie sich an seine Brust und küsste ihn, als seien sie die einzigen Menschen auf dieser Welt.

Das Mondlicht schimmerte durch ihre Haare, als Kian unter ihr aufkeuchte und sie dann fest an sich zog. Dies war der letzte Akt ihres Zusammenseins gewesen, alles vorher war in ihrer eigenen Wonne verschwommen. Sie hatte den Anschluss an die Abfolge ihrer Bewegungen verloren und fragte sich etwas erstaunt, wie sie hier auf dem Boden gelandet waren. Sie sah ihre Haut im Mondlicht nahezu weiß leuchten im Kontrast zu seiner Dunkelheit. Sie bemerkte ihre Unterschiedlichkeit nicht zum ersten Mal, aber sie erschien ihr in diesem Moment kein Ausdruck der Fremdheit zu sein, sondern wie die zwei Seiten des Mondes selbst.

Er küsste ihre Ohren, ließ seine Lippen über sie gleiten und flüsterte: „Ich bin nicht der erste Mann, mit dem du deinen Körper teilst!“

Seine Worte waren keine Frage, sondern eine Feststellung, und sie schüttelte nur leicht den Kopf.

„Hast du ihn geliebt?“, fragte er dann behutsam.

„Nein!“, erwiderte sie zunächst einfach, sah dann seinen neugierigen Blick und ließ sich neben ihn gleiten. „Er war mein Freund, seit wir Kinder waren. Wir strichen zusammen durch die Berge, brachten uns das Bogenschießen bei, das Reiten und führten ein Leben im Freien, wann immer ich aus dem Kloster entwischen konnte. Als wir älter wurden, kamen sich unsere Körper näher. Seine Zärtlichkeit war mir Trost, und ich habe lange davon geträumt, an seiner Seite der Schwesternschaft zu entfliehen!“

Sie brach ab, und Kian wandte sich ihr auf einen Ellenbogen gestützt zu. „Warum bist du nicht geflohen?“

Sie atmete tief durch. „Es war nicht an mir, diese Entscheidung zu treffen. Ich bin immer fremd, einerlei, wo ich hingehe und mit wem! Und so sehr mich das Leben der Jidari auch unterjochte, ich konnte dort meinen Beruf ausüben. Mehr wollte ich nicht."

Sie schwiegen eine Weile, und Kian sandte ihr eine Welle seines Mitgefühls, das sie nicht recht einzuordnen wusste. Es war an der Zeit, endlich ihre Fragen zu stellen, aber sie wollte ihn in seinen Gedanken nicht stören, und ein wenig spürte sie Erleichterung darüber, einmal nicht über den drohenden Krieg zu sprechen.

Er setzte sich neben ihr auf und sah auf sie herab. „Es tut gut zu wissen, dass du nicht allein warst!", sagte er eindringlich und rutschte mit dem Rücken zu seinem Bett, um sich dann aufzustützen und hochzustemmen.

Eine Weile betrachtete sie ihn, sah sein Lächeln, dann stand sie auf und setzte sich neben ihn. Sofort spürte sie seine Hand an ihrem Rücken, die den Streifen entlangfuhr, den sie noch immer vermied anzusehen. Ja, sie berührte ihn nicht einmal selber, denn dieses Fell schien ihr der definitive Ausdruck ihrer Andersartigkeit zu sein. Dass Kian sie so sehr akzeptiert hatte, war eine so große Wohltat, aber sie selbst würde niemals derart gelassen damit umgehen.

„Ich bin auch nicht deine erste Frau, Kian", sagte sie dann, um sich abzulenken.

„Nein und ja!"

„Was meinst du?", fragte sie nach und sah in seine Augen.

„Ich habe die Kissen mit einer Kurtisane geteilt, der es nichts ausmachte, einem Inzani nah zu sein innerhalb einer geschäftlichen Übereinkunft. Du bist die erste Frau, die mir aus freiem Willen nah ist!", erklärte er trocken.

„Kian!", sprach sie ihn daraufhin an und legte die Stirn in Falten. „Wenn du auf diese Art über uns sprichst, machst du es um so vieles kleiner, als es ist!"

Und jetzt breitete sich ein Lächeln auf seinem Gesicht aus, das tief in Alia einzudringen schien. „Aber der Grund dafür ist, dass es so groß ist, dass ich es niemals ausdrücken kann, auch wenn ich noch so sehr versuche, Worte dafür zu finden!" Er legte eine Hand an ihre Wange und sein Gesichtsausdruck wurde ernst. „Ich werde auch niemals ausdrücken können, wie sehr ich dich heute bewundert habe!"

Jetzt lächelte sie. „Du hast es bereits ausgedrückt!“

„Nicht mit Worten!“, wandte er lächelnd ein.

Er rutschte an das Kopfteil seines Bettes, lehnte sich dort an und hob seine Beine zu sich auf die Matratze. Für einen Moment war sie irritiert vom Spiel seiner Muskeln auf seinem Oberkörper, dann krabbelte sie zu ihm und setzte sich vor ihm auf ihre Füße. „War das, was ich gesagt habe, genug, um den König und die Fürsten zu überzeugen?“

„Nicht alle, Alia! Aber die Mehrzahl der Fürsten will deinen Sicherheitsvorgaben folgen! Das allein zählt, denn es wird die Chance vergrößern, diesen Kampf zu überleben. Und der König folgt seinem eigenen Plan.“

Sie schwieg einen Moment und fragte dann zurückhaltend: „Glaubst du, ich hätte sie alle überzeugen können, wenn ich meine Gabe erklärt hätte?“

„Ich bezweifele es, aber das tut nichts zur Sache. Ich bewundere dich dafür, dass du dich geschützt hast. Ich danke dir dafür.“

„Du dankst mir?“, fragte sie nun und lächelte ihn verständnislos an, aber er blieb ernst und nahm ihre Hand.

„Ich danke dir dafür, denn dieser ganze Krieg ist es nicht wert, dass du dafür leidest. Das ist nicht dein Krieg!“

„Ich habe mir Vorwürfe gemacht ...“, begann sie, wurde jedoch von Kian unterbrochen.

„Du brauchst dir nichts vorwerfen, Alia! Der König und die Fürsten haben kein Recht auf dich! Sie haben keinen Anspruch auf die Wahrheit über dich, verstehst du?“, sprach er und sah sie auf eine Art eindringlich an, die sie verstummen ließ, und sie nickte lediglich.

Sie kroch neben ihn, und er deckte sie beide zu. Sein Arm umfing sie und sie schloss kurz die Augen, weil sie seine Nähe genoss. Als sie ihn jedoch erneut ansah, umspielte ein Lächeln seine Mundwinkel und er schien in Gedanken versunken.

„Woran denkst du?“, wollte sie wissen.

„Daran, dass ich kaum glauben kann, dass die Fürsten mich mit so viel Respekt behandelt haben! Fast so, als sei ihnen das Inzani-Gesetz nicht mehr wichtig!“

„Sie sehen mehr in dir als einen Inzani!“, bestätigte Alia und erzählte ihm, wie der König den Fürsten die Frage gestellt hatte, wer von ihnen sich auf die Seite eines Inzani stellen wollte, und er dann diejenigen aufforderte, vorzutreten. „Alle bis auf drei sind vorgetreten, Kian!“

Er ließ den Kopf sinken. „Davon habe ich nicht mal gewagt zu träumen!“, sagte er leise.

„Nun, irgendetwas scheinst du in der Vergangenheit getan zu haben, das dir ihren Respekt gesichert hat!“, neckte sie ihn, weil sie seine alte Traurigkeit nicht ertragen konnte. „Ich kann mir nicht vorstellen, was es war. Landesverräter, der du bist!“

Er lächelte sie an. „Gefangener, der ich bin!“

„Was wirst du nun tun?“, fragte Alia dann ernst.

„Dich die ganze Nacht in den Armen halten!“, antwortete er noch immer lächelnd und küsste ihr Haar.

„Kian!“, raunte sie ihm zu und verdrehte die Augen. „Ich meine, wie wirst du nun an Informationen kommen?“

Er sah sie überrascht an. „Darüber machst du dir Sorgen? Du hast doch vorhin selbst festgestellt, dass des Königs Soldaten unaufmerksam sind! Glaubst du, meine Leute kommen an ihnen nicht vorbei?“

„Ich dachte ...“

„Alia, sei versichert, ich werde die Informationen bekommen, die ich brauche. Morgen geht das Treffen der Fürsten weiter und bis dahin wird ohnehin nichts passieren!“

Alia nickte, sah hinaus in das Mondlicht und dachte dann wieder an die Kraft seines Bandes, während der Zusammenkunft im Thronsaal. Sie sollte ihm davon erzählen, dachte sie, denn er wusste davon nichts.

„Als dein Vater mich angezweifelt hat, und du dich zu ihm umwandtest, war deine Kontrolle über dein Band vollkommen. Hast du das bemerkt?“

Er nickte lediglich und wollte offensichtlich nicht über seinen Vater sprechen, das ließ sein Band sie nun wissen.

„Glaubst du noch immer, du seist ein Monster, Kian?“, fragte sie leise.

„Ich glaube, ich werde ein Monster sein, wenn ich mein Band mit dir trainiere, um zu töten!", antwortete er traurig.

„Um ein weit mächtigeres Monster zu töten, Kian!"

Er nickte erneut, rutschte dann tiefer unter die Decke, ohne sie dabei loszulassen. „Es fällt mir schwer, ausgerechnet in einem Moment darüber nachzudenken, in dem ich dir so nah bin!"

Alia lächelte, auch sie ließ sich weiter unter die Decke gleiten und legte ihren Kopf an seine Schulter. Sie strich gedankenverloren über seine Brust, auf der sie die verblassende Narbe seiner Verletzung erkennen konnte. Sie verstand ihn, denn auch sie spürte dieses unbeschreibliche Glück, das seine Gegenwart in ihr auslöste. Auch wenn die Zukunft sie trennen würde, an dieses Glück würde sie sich immer erinnern.

„Wessen Idee war es, dich in deinem Haus bewachen zu lassen?"

„Die Idee meiner Tante! Ich bin mir sicher, sie weiß von uns."

„Ich auch! Und es tut mir leid, aber ich habe sie meine Gefühle für dich vermutlich sehen lassen."

„Ach, Alia!", lachte er nun auf. „Dir braucht gar nichts leidzutun! Ich bin mir sicher, mich trifft ebenso viel Schuld wie dich. Ich habe ihr wahrscheinlich schon meine Gefühle für dich offenbart, als ich zum ersten Mal um dein Wohl bei ihr vorsprach."

„Wann war das?"

„An dem Tag, als wir aus dem Norden hier im Palast eintrafen!"

Alia atmete tief ein, denn ihr wurde wahrscheinlich zum ersten Mal tatsächlich bewusst, dass seine Liebe zu ihr ebenso alt war, wie die ihre zu ihm.

Achtes Buch:

Abschiede

Kapitel 40

Kian dachte mit Verwunderung daran, wie er das fremde Pferd geritten hatte, das die Soldaten des Königs ihm zugewiesen hatten. Gestern Abend hatten sie darauf bestanden, es an seinen Zügeln mit sich zu führen. Heute Morgen jedoch hatte man ihm zugebilligt, das Pferd selbst zu leiten, und für einen Moment hatte er sich zutiefst verunsichert gefühlt. Er konnte dem Pferd nicht durch Druck seiner Schenkel die Richtung weisen oder ihm Befehle geben. Zudem musste er seinen Körper mit einer Hand am Sattel stabilisieren, da ihm seine Füße keinerlei Halt boten, steckten sie doch leblos in den Steigbügeln. Es blieb ihm also nur die andere Hand an den Zügeln, um es zu führen, und das war etwas, das kein Pferd mochte, das daran nicht gewohnt war.

Er bezweifelte, dass das Pferd ihn verstehen würde, und so ließ er es zunächst einfach zwischen den beiden anderen Tieren einherschreiten. Dann jedoch versuchte er aus einem Impuls heraus, mit seinem Bewusstsein nach dem des Pferdes zu greifen, und es entstand eine Verbindung zwischen ihm und dem Tier, die ihn nur faszinieren konnte, denn plötzlich schien er gar nichts mehr aktiv tun zu müssen, es folgte trotzdem seinen Vorgaben.

War das das Werk seines Bandes gewesen? Alia hatte ihm in der letzten Nacht erzählt, dass er es nun immerzu aussandte. In jedem Moment beeinflusste er alle Menschen im Raum damit, und das erschien ihm jetzt vollkommen befremdlich, saß er doch inmitten des Beratungsraumes des Palastes und um ihn herum der König sowie die Fürsten dieses Landes. Die Königin war nicht anwesend, ebenso Fürst Garon und sein Vater, die sich für den heutigen Tag hatten entschuldigen lassen. Letzteres konnte Kian nur recht sein, aber gerade jetzt fühlte er sich ohnmächtig ausgeliefert, war ihm doch immer noch nicht erlaubt, sich am Gespräch zu beteiligen. Und obwohl Gorin neben ihm weitestgehend seine Meinung vertrat, wenn er sich zu Wort meldete, so hätte er doch manches anders ausgedrückt, deutlicher hervorgehoben oder sich nicht darauf eingelassen. Er war nicht dafür gemacht, ein Zuhörer zu sein.

Gorin war heute Morgen mit Mino an seiner Seite erschienen, und Kian hatte sich zunächst keinen Reim darauf machen können, was ausgerechnet die Anwesenheit seines ersten Spähers bei diesen Verhandlungen erforderlich machte. Er vertraute seinen Soldaten darin, richtige Entscheidungen zu treffen, und tatsächlich fiel es ihm wie Schuppen von den Augen, als Mino neben ihm begann, sich Notizen zu machen. Nur waren es keine Notizen, sondern ein Code, den sie einmal gemeinsam entworfen hatten. Mino wusste, Kian wäre der einzige Mensch, der in seinem Gekritzel einen Sinn lesen konnte, und so war Kian im Laufe des Morgens über alles informiert worden, was es zu wissen galt.

Wie geplant war eine Depesche an alle zehn Garden ergangen, die sie einerseits umfassend über den Feind im Süden unterrichtete und andererseits die Soldaten, deren Wille es war, an dem Feldzug teilzunehmen, dazu aufforderte, sich freiwillig zu melden. Es waren keinerlei Befehle ergangen, und die Resonanz war überwältigend. In diesem Moment war die Armee mit rund eintausendfünfhundert Soldaten für einen Marsch in den Süden aufgestellt. Das waren weit, weit mehr als benötigt, denn nach Kians Meinung sollte die Zahl der Soldaten möglichst gering ausfallen, was er Mino umgehend wissen ließ.

Mino bestätigte noch einmal, dass zehn der dreizehn Fürstentümer geeint hinter der Armee stünden und sich nicht auf einen Oberbefehl des Königs beim bevorstehenden Kampf einlassen würden. Da Kian momentan keinerlei Möglichkeit sah, den Oberbefehl offiziell selbst einzunehmen, versicherte er Mino, sie könnten den König in seinem Glauben lassen, der Anführer der Truppen zu sein, und trotzdem ihre eigenen Entscheidungen treffen. Niemand brauchte zu wissen, dass die Fürsten ihre Anweisungen aus anderer Hand bekamen, als durch die des Königs. Kian bat Mino, dies den Fürsten zu unterbreiten und sie darum zu bitten, diesen Umstand anzuerkennen.

Er selbst wollte unter keinen Umständen in diesem Punkt gegen den König aufbegehren, auch wenn er Mino dies nicht übermittelte. Er wollte sich die Folgen nicht ausmalen, bedeuteten sie doch, nicht nur den Krieg im Süden führen zu müssen, sondern auch eine Auseinandersetzung, die das gesamte Land destabilisieren würde. Das konnte zu diesem Zeitpunkt nie und nimmer von Vorteil sein, und deswegen stellte er wissentlich seine eigene Position hinten an. Zudem hatte er noch immer das Gefühl, Abran könne mehr wissen, als er zugab, und sein Insistieren auf den Oberbefehl könnte einem Sinn folgen, der ihnen allen entging.

Die Königin war heute früh bereits zum Kloster der heiligen Bruderschaft aufgebrochen, um sich dort mit seinem Onkel Ren zu beraten, bevor die Truppen in den Süden zogen. Sie hatte Mino gebeten ihm auszurichten, dass sie willens war, den König in jede nur erdenkliche Richtung zu beeinflussen, soweit dies in ihrer Macht stand, aber Kian bezweifelte, dass dieses Ansinnen seiner Tante irgendwelche Früchte tragen würde.

Was Kian jedoch mit stiller Freude zurückließ, war die Nachricht, dass Evan aus den wenigen Informationen, die er und Alia gesammelt hatten, bereits praktischen Nutzen gezogen hatte. So hatte er begonnen, an einem Zusatz für die Aufzäumung der Pferde zu arbeiten, die den Tieren die direkte Sicht zuverlässig nehmen sollte. Mino selbst wusste nicht genau, wie es funktionierte, aber Evan hatte bereits mehr als die Hälfte ihrer Reittiere mit diesem Hilfsmittel ausgestattet und begonnen, einige Pferde damit zu trainieren.

Nun fehlte nur noch eine Lösung für die Soldaten, denn es dem Willen des Einzelnen zu überlassen, nicht direkt in das Gleißen zu sehen, kam nicht in Frage, teilte Kian Mino mit. Die Kapuzen ihrer Mäntel reichten nicht weit genug über das Gesicht, um sie auf die Weise zu benutzen, wie Alia ihren Jidari-Umhang, dachte Kian gerade, als der König begann, seine Angriffstaktik zu erläutern.

„Ich werde fünfhundert Mann in den Süden führen und sie dann in Gruppen zu zwanzig alle halbe Stunde dem Feind entgegentreten lassen. Das wird ihn zermürben und es mag einigen gelingen durchzubrechen ..."

Kian hob den Kopf zur Decke. Er konnte nicht mehr länger zuhören. Es bereitete ihm körperliche Pein, Abrans Worten zu lauschen. Er sah sich die Gesichter der Fürsten an und eigentlich starrten alle mit offenen Mündern auf den König. Es war so falsch, was er da vorhatte. Es widersprach jeder Logik der Kriegsführung, und Kian atmete durch.

„Mein König, auch auf die Gefahr hin, mich zu wiederholen, aber Ihr seid nicht der richtige Mann, diesen Kampf zu planen! Erlaubt mir nur einmal an diesem Tage zu sprechen und ..."

„Ihr schweigt, Inzani!"

Kians Wut schwoll, aber was nun geschah, ließ ihn innehalten, denn die Fürsten begannen auf den König einzuschreien, und diese Reaktion schien so wenig ihren Persönlichkeiten zu entsprechen. Sie war unter keinen Umständen angemessen, auch wenn sie es noch so leid waren, dem König zu lauschen. Kian musste zugeben, er beobachtete ihr Gebaren mit einer gewissen Genugtuung, aber er kam nicht umhin, darin exakt das zu sehen, was er selbst gerne ausagiert hätte.

„Du sendest es in jeder Sekunde in den Raum und mit ihm deine Gefühle!", hatte Alia letzte Nacht gesagt und nun wurde Kian Zeuge der Wirkung seines Bandes. Es war, als hätte er die Saat für das Verhalten der Fürsten gelegt. Er beeinflusste das Fühlen der Menschen in diesem Raum, und die Art und Weise, wie er das tat, beängstigte ihn mehr, als dass er Gewinn daraus ziehen konnte. Die Fürsten waren schließlich keine Marionetten, deren Fäden er bewegen konnte, wie es ihm gefiel, und er erstarrte vor der Macht, die er hier offensichtlich ausübte. Er konnte nicht mehr daran zweifeln, dass dies sein Tun war.

Sie wären nicht hier, um von einem in Kriegsdingen ungeschulten Mann Pläne zu hören, schließlich ging es um ihrer aller Leben. Sie hätten den ganzen Morgen bereits gute Miene zum bösen Spiel gemacht und ihn ausreden lassen, wenn es um die Versorgung ihrer Truppen ging, aber alles, was er sich vorstellte, sei nicht professionell genug, um ihr Überleben zu sichern. Kian bemerkte, dass er von diesem Thema nahezu nichts mitbekommen hatte, war er doch auf das konzentriert gewesen, was Mino und er ausgetauscht hatten.

Der Tumult legte sich schließlich, als Fürst Ileu aufstand und forderte, der zweite Heermeister Gorin möge das Wort ergreifen und die Pläne der Armee mit ihnen teilen. Zustimmung folgte, der König forderte Gorin mit einer Handbewegung auf, er möge sprechen, und alle erwarteten nun gespannt, was er zu sagen hatte.

Kian jedoch verließ an dieser Stelle der Mut, denn er wusste, Gorin würde niemals selbst einen Plan entwerfen, wenn sein erster Heermeister verfügbar wäre. Das verlangte der Armeekodex von ihm und auch ihre Freundschaft tat es in Gorins Augen. Kian hatte sich immer gegen diese strenge Hierarchie gewehrt, hatte alle wichtigen Truppenbewegungen stets im Kreis seiner Elitesoldaten besprochen, aber er hatte gewusst, dass sie letzten Endes auf seinen Befehl reagieren würden und nur auf seinen. Er hatte lange damit gehadert, diese Position auszufüllen, aber sie hatte sich auch nie so deutlich gezeigt wie in diesem Moment.

Gorin sah den König fest an. „Es steht mir nicht zu, einen Feldzug zu planen, wenn der erste Heermeister zugegen ist. Es ist seine Pflicht, seine Befehle zu erteilen, und wenn er hier nicht sprechen darf, so darf ich es erst recht nicht!“

Die Fürsten blickten Kian an, er selbst sah in die Augen des Königs und dieser brach in Gelächter aus. „Ihr seid so albern, meine Herren Soldaten! In all Eurem Ehrenkodex, Eurer Borniertheit, Ihr seid nichts als lächerlich! Und Ihr denkt, dieses Land retten zu können?“

Kian wandte sich entnervt ab, er wollte Abrans Worten nicht mehr Aufmerksamkeit schenken als nötig, und so begann er Mino seinen Entwurf eines Planes in Stichworten zu übermitteln. Dann musste es eben auf diese Weise geschehen, und die Fürsten würden in einem zweiten Schritt davon unterrichtet. Sie konnten dann morgen seine Idee als die ihre ausgeben und sie dem König unterbreiten. Er war eine Weile hochkonzentriert, als er Alias Namen vernahm.

„... die Heilerin Alienne mit in den Süden führen! Sie ist die beste Heilerin, die unser Land kennt!“, sprach Fürst Side.

Kian blickte auf und alles, was er denken konnte war *Nein!*, nicht sie, nicht die Frau, die er liebte, und alle Blicke wandten sich für einen Augenblick irritiert nach ihm um. Er war sich sicher, er hatte diese Worte nicht laut ausgesprochen, und er kämpfte darum, seine Gefühle irgendwo in seinem Inneren einzupferchen. Jetzt ließen die Fürsten mit ihren Blicken von ihm ab und ein jeder schien sich verwundert zu fragen, was ihnen gerade passiert war, als der König sprach: „Sicher, sie untersteht schließlich meinem Befehl! Und wenn sie ihrem Ruhm auch bislang keine Ehre gemacht hat, sie wird sich beugen müssen und uns in den Süden begleiten!"

„Nein!" Diesmal hatte Kian das Wort ausgesprochen, und sich zu beherrschen, brauchte in diesem Moment all seine Kraft. „Es ist nicht notwendig, diese Frau in Gefahr zu bringen! Sie ist eine Zivilistin! Die Armee beschäftigt genügend Heiler!"

Und während der König sich über seine Worte erboste, blickte Kian auf Minos Hand, die nun in aller Eile begonnen hatte, Zeichen aneinander zu fügen. Er hatte seine Gefühle bislang unter Kontrolle, aber Minos verschlüsselte Worte erfüllten ihn mit tiefer Verzweiflung, denn er wusste, er hatte recht:

Kein anderer hat ihre Fähigkeiten. Wir brauchen sie. Und sie ist die einzige, die Euch behandeln würde.

Wie konnte man den direkten Blick zuverlässig schützen? Diese Frage geisterte bereits seit Tagen in ihrem Kopf herum. Jeder, der dies nicht ein Leben lang praktiziert hatte, würde mit Sicherheit daran scheitern. Sei es aus Neugierde, aus Furcht, es war einerlei, man konnte sich nicht darauf verlassen, dass ein jeder Soldat die innere Größe besaß, nicht aufzusehen, um das Gleißen direkt zu betrachten.

Gab es eine Möglichkeit, die direkte Sicht zu blenden? Alia durchforschte den Arzneischrank und dachte angestrengt nach. Wenn sie doch nur Zugang zu einem Jidari-Lehrwerk bekommen könnte! Sie war schon nahezu bereit, noch einmal die Enklave aufzusuchen, als ihr ein Gedanke kam. Und dieser Gedanke hatte zunächst gar nichts mit ihrer Problemstellung zu tun, sondern mit einem Tagtraum, den ihr dieser Augenblick brachte. Sie sah Kian vor sich, wie er in den Stallungen der Herberge im Norden mit der Farbe ihrer Augen gespielt hatte. Er hatte sich, einen anderen Blickwinkel suchend, nach hinten gelehnt und so das Licht einer Laterne in ihren Augen auf unterschiedliche Art gespiegelt. Er war ihr damals umso vieles näher gekommen, als sie sich hatte eingestehen können, denn in seinem Blick hatte sie deutlich gelesen, dass ihr Antlitz ihm etwas bedeutete.

Spiegel! Gab es etwas, das einen Film über das Auge legen würde, der das Gleißen zurückwarf? Würde das ausreichen? Alia hielt inne. Vielleicht reichte es nicht, aber sie kannte eine Nuss, deren Öl nicht nur einen Film auftrug, sondern auch das Gewebe darunter für einen bestimmten Zeitraum lähmte. Konnte man dieses Öl derart zielgerichtet verabreichen, dass nur die periphere Sicht übrig blieb?

Nun, das wäre schnell ausprobiert, und sie nahm das Öl der *neinat* aus dem Schrank, zog eine Pipette auf und verabreichte sich mit Hilfe eines Spiegels einen einzigen Tropfen auf ihre linke Pupille. Danach ging sie nach draußen, um Tana zu helfen, die Patienten zu Bett zu legen. Für später hatte die Königin sie zu sich gebeten, um Informationen auszutauschen. Aber bereits, als sie ins Freie trat, stellte sich die Wirkung des Öls in ihrem Auge ein. Sie blickte sich blinzelnd nach allen Seiten um, schloss die Augen, öffnete sie erneut ... Es war unglaublich, denn es funktionierte!

Als sie den Patienten halfen sich hinzulegen, blieb Tanas Blick an ihrem Auge hängen und sie fragte: „Habt Ihr etwas ins Auge bekommen, Heilerin? Es ist gerötet! Soll ich nachsehen?“

Alia ließ sie gewähren, weil sie Tana nicht erneut anlügen wollte, aber als sie danach der Königin gegenübertrat, stellte diese exakt dieselbe Frage, nur dass Alia diesmal abwinkte und sagte, es sei nichts. Nur ein Experiment, das sie an sich durchführe.

Als Alia das Haus betrat, war es bereits später Abend. Er hörte sie mit Edda in der Küche sprechen und dann trat sie mit einem gut gefüllten Teller in die Stube ein. Sie sah mitgenommen und müde aus. Eines ihrer Augen war rot und etwas geschwollen, aber ihr Blick traf den seinen mit einer Sicherheit, die er nicht oft an ihr gesehen hatte.

Kian legte den Brief seiner Mutter beiseite, den er bei seiner Rückkehr aus dem Palast hier vorgefunden hatte, und sah sie voller Zuneigung an. Bei den Monden, er hatte den halben Tag damit zugebracht, sich um sie zu sorgen. Er hatte sich den Kopf über ihre Sicherheit zerbrochen und sich in Gedanken an ihre Seite gewünscht, aber nun, da er sie vor sich sah, fragte er sich, wie ihm nur so sehr entfallen konnte, dass sie keine Feder war, die der Wind wegwehen würde, wie es ihm gefiel.

„Was ist mit deinem Auge geschehen?"

Sie stellte den Teller auf den Tisch, setzte sich neben ihn, strich dabei flüchtig über seine Hand und schien sich erst jetzt tatsächlich auf ihr Auge zu besinnen. Ihr Gesicht hellte sich augenblicklich auf. „Ich habe einen Weg gefunden, die direkte Sicht zu blenden!", teilte sie ihm nüchtern mit.

Kian stockte der Atem. „Du hast was?"

„Sieht das Auge so schlimm aus?"

„Es ist rot und geschwollen! Bei den Monden, hast du etwas hineingeträufelt?"

Sie nickte. „Das Öl einer Nuss!"

Kian steckten die Ereignisse dieses Tages in den Knochen, aber jetzt lächelte er. Alles, unter dem er heute gelitten hatte, schien zurückzutreten und er sah Alia einfach an, sein Herz warm, seine Zuneigung überfließend, als sei das Gefäß in seinem Inneren, das diese Gefühle aufnehmen sollte, plötzlich zu klein.

„Du hast das Öl einer Nuss in dein Auge getropft?", fragte er ungläubig.

„Ja!"

„Funktioniert es wirklich?", fragte er noch einmal zweifelnd.

Alia nickte. „Die Wirkung hat drei Stunden angehalten und verebbt jetzt langsam."

„Du bist ein Genie!", platzte er nach einem Moment des Schweigens heraus und sah sie staunend an. „Die Soldaten werden mit geschwollenen Augen aus dem Kampf hervorgehen!"

„Aber sie werden es als sie selbst tun, Kian!"

Er nickte und ihre Anteilnahme machte ihn plötzlich traurig. Sie sollte gar nicht über solche Dinge grübeln müssen, sondern ihre

Fähigkeiten zum Wohle so vieler Patienten einsetzen. Der König zwang sie seit Mondläufen zu einer stupiden Arbeit, die nicht unbefriedigender sein konnte, und sie fand erneut die Muße, eines *seiner* Probleme zu lösen. Wieder hatte sie ihren Verstand eingesetzt, um ihm und seinen Soldaten zu helfen. Er war stolz auf sie und fühlte sich über alle Maßen geehrt durch ihr Engagement, aber sie konnte so viel mehr, als sie unter den Vorzeichen dieses Krieges zeigen durfte. Und bei den Monden, er musste es ihr sagen. Er musste ihr sagen, dass dieser Kampf auch für sie nicht in weiter Ferne stattfinden würde.

Er ließ sich vom Tisch auf den Stuhl neben ihr sinken, um ihr näher sein zu können, und berührte leicht eines ihrer Knie. Sie hatten in der gestrigen Nacht besprochen, dass sie keine Körperkontakte riskieren durften, solange die Soldaten des Königs vor der Tür patrouillierten, aber jetzt kam Kian diese Maßnahme nichtig vor, waren sie doch ohnehin gezwungen, gemeinsam in den Süden zu gehen. Er würde sich jede Berührung von ihr stehlen, die er einigermaßen verbergen konnte, und sei sie auch noch so flüchtig.

„Kian, was ist mit dir?", fragte sie, sah ihn sanft an und auch ihre eigene Sorge stand nun erneut deutlich in ihrem Gesicht.

Wieder verriet ihn sein Band. Wieder reagierte jemand auf sein Band und nicht auf seine Taten. Bei den Monden, er wollte das alles nicht. Er wollte, dass es aufhörte, verstummte... Es entsetzte ihn mehr und mehr, und er fragte sich, was für eine Art Kreatur er überhaupt war. Der Frau, die er liebte, seine Gefühle zu zeigen, war eine Sache, aber sie jedem im Raum aufzudrängen, eine ganz andere. Er konnte so nicht leben. Er brauchte unbedingte und vollkommene Kontrolle darüber, sonst würde er den Verstand verlieren.

„Evan hat bereits etwas entworfen, das auch die Pferde vor dem Gleißen schützt!", informierte er sie dann, weil er noch nicht bereit war, über das zu sprechen, was er ihr mitteilen sollte, weil er feige war, sie schützen wollte und sie so sehr liebte ...

„Das ist fantastisch, Kian!", entgegnete sie mit einer erzwungenen Begeisterung in ihrer Stimme. „Aber bitte sage mir, was dich bedrückt!"

Er ließ den Kopf sinken.

„Ist es dir lieber, wenn ich zuerst spreche?“

Er sah auf und traf ihren Blick, der vermutlich ebenso gehetzt wirkte wie der seine. Gehetzt von den Gefühlen, die dieser Tag ausgelöst hatte. Sie schien traurig, sie schien besorgt, und ihm stand die Absurdität dieser Situation nun vollkommen klar vor Augen. Jeder Mensch, der sich in seinem Wirkungskreis befand, konnte seine Gefühle empfangen, bewusst oder nicht, aber er selbst war nicht einmal in der Lage, die Gefühle der Frau zu erfassen, die ihm näher war als irgendjemand sonst auf dieser Welt. Er nickte traurig, denn er war darauf angewiesen ihre Worte zu hören, andernfalls konnte er nicht wissen, was sie fühlte. Er beobachtete, wie sie ihren noch halbvollen Teller beiseiteschob. Nun, wenn sie keinen Hunger hatte, dann musste es etwas Ernstes sein.

„Mir scheint, auch du hast Probleme damit, auszudrücken, was dich bedrückt, Alia“, sagte er, um sie zu ermuntern, aber sie sah ihn lediglich mit zusammengezogenen Brauen an.

„Ich war soeben bei der Königin“, begann sie schließlich und senkte den Kopf.

„Sie hat sich mit Onkel Ren beraten!“

„Woher weißt du davon?“

Kian lächelte und berührte noch einmal ihr Knie. „Ich habe dir gesagt, ich bekomme die Informationen, die ich brauche!“

„Das hast du“, gab Alia nun zu, aber ihr Lächeln fand ihre Augen nicht und sie atmete tief durch. „Dein Onkel hat Königin Nari noch einmal alle Informationen gegeben, die er über den Feind im Süden finden konnte, aber es ist nicht viel Neues hinzugekommen!“

Kian nickte und sah sie dann abwartend an. „Das hätte mich auch verwundert!“

„Er verfügt über andere Formen der Wahrnehmung. Ähnlich den meinen.“

„Alia, das wussten wir doch bereits ...“, fügte er nun an, weil sie schwieg, brach jedoch ab, weil er ihre Traurigkeit plötzlich fast greifen konnte.

Alia nickte lediglich und sah auf ihre Hände hinab. Sie wollte noch immer über diese speziellen Formen der Wahrnehmung schweigen. Es war ihr unangenehm, mit ihm darüber zu sprechen, das spürte er nun sehr deutlich. Bei den Monden, er hatte sich bereits so sehr daran gewöhnt, dass es mehr zu sehen gab, als er sehen konnte, aber hätte ihm jemand vor einem Jahreslauf von der Existenz solcher Fähigkeiten berichtet, er hätte laut aufgelacht und versucht herauszufinden, wie viel Met dieser Jemand getrunken hatte.

„Was hat er gesagt?", fragte er dann noch einmal und sah von unten in Alias Gesicht, um ihren Blick zu treffen.

„Er sagt, du bist derjenige, der diesen Feind schlagen kann!" Sie hob den Kopf und sah ihn genau an.

In diesem Moment sickerte die Gewissheit ein, dass Alia immer recht gehabt hatte, ihn zu drängen, sein Band zu trainieren. „Wie?"

„Mit der Stärke deiner Fähigkeiten!"

Er sah in Alias Augen, die ihn nicht losließen, und versuchte Sinn in ihre Worte zu bringen. Sie hatte noch mehr zu berichten, sie war verzweifelt, das konnte er sehen, und er ergriff unter der Tischplatte ihre Hand.

„Kian, dein Onkel sagt, dass du nicht bereit bist! Als wir ihn im Kloster besucht haben, sagt er, warst du noch nicht bereit, so stark du ihm auch erschienen warst! Er bedauert sehr, dich nicht noch einmal in den geistigen Übungen anleiten zu können, denn dafür reicht die Zeit nicht aus!"

„Ist das alles?", fragte er nun und die Stumpfheit in seiner Stimme verwunderte ihn nicht.

Alia schüttelte den Kopf. „Er sagt, nur wenn wir zusammen sind, kannst du weiter an Stärke gewinnen!"

In diesem Moment wusste er, sie würde mit ihm in den Süden gehen, einerlei, was die Fürsten verlangten. Sie würde mit ihm kommen, um ihm mit seinem Band zu helfen, damit er töten konnte, und das war zu schwer zu ertragen!

Kian ließ ihre Hand los und lehnte sich von ihr weg. Sie wusste nur zu genau, wie all diese Worte in seinen Ohren klingen mussten, und ließ mutlos den Kopf sinken. Sie hatte den Zweifel auch in Königin Naris Augen gelesen, das Unverständnis. Die Königin hatte ihr die Worte des Abtes übermittelt, im tiefen Vertrauen, dass Alia deren Bedeutung verstehen würde, wenn sie schon nicht selbst dazu in der Lage war.

„Das ist Irrsinn, Alia!", sagte Kian jetzt, und Alia senkte den Kopf noch tiefer. „Was sollen mir Rens Worte bedeuten? Das ist nichts anderes als ein Todesurteil! Das alles ist Irrsinn! Ich bin durch mein Leben gegangen in der tiefen Überzeugung, weniger wert zu sein, als der Boden, auf dem ich stehe. Und plötzlich soll ausgerechnet ich derjenige sein, der die Macht hat, diesen fremden, übermächtigen Feind zu schlagen?"

Er brach ab und Schweigen legte sich über den Raum. Auch Alia hatte zunächst mit Abwehr auf das reagiert, was der Abt ihr durch die Königin mitteilen ließ, und doch war es exakt das, was sie selbst schon so lange ahnte. Es jedoch bestätigt zu wissen, war ein Schock. Sie wollte nicht diejenige sein, die Kians Gabe erst stark gemacht hatte. Sie wollte nicht die sein, die ihn trainierte, damit er diese Gabe zu einer tödlichen Waffe formen konnte. Sie wollte, dass er der friedfertige Mann war, den sie liebte. Er war nie dieser Mann gewesen, das wusste sie doch! Aber mehr als alles andere wollte sie, dass er lebte.

Während die Königin ihr die Worte des Abtes übermittelt hatte, war ihr eines deutlich bewusst geworden. Es war nie in erster Linie darum gegangen, die Gefühle herauszufinden, die Kian brauchte, um sein Band zu aktivieren. Nicht in der Kraft dieser Gefühle lag seine Macht, sondern in der Kontrolle über sie. Sie sah ihn erneut vor sich, wie er ihr gegenüber die Hand zum Schlag erhoben hatte. Er hatte sich verändert. Er war weniger wütend, aber das lag nicht daran, dass *er* dieses Gefühl beherrschte, sondern daran, dass diese Wut *ihn* nicht mehr beherrschte. Sie war nicht mehr sein vorherrschendes Gefühl, sondern die Liebe war es, und daran hielt Alia fest, denn für diese Liebe würde er kämpfen, wenn er nicht vor die Wahl gestellt wäre, sein Leben gegen ihres abzuwägen.

„Es ist einerlei, was der Sinn hinter all dem ist", begann sie dann leise und ließ ihren Blick durch Kians Wohnstube gleiten. „Irgendwann ist all dies Vergangenheit und das, was dann zählt, ist, dass die Menschen, die wir lieben, überlebt haben!"

Einen Moment sah Kian sie behutsam an. „Und du zweifelst an deiner Menschlichkeit!", flüsterte er und schüttelte lächelnd den Kopf.

„Ich werde mit dir in den Süden kommen!", sagte sie dann fest, sah ihn nicken und spürte seine Sorge um sie, wie Nebel, der sie fest einhüllte.

„Das ist auch, was die Fürsten heute verlangt haben!", fügte er hinzu.

Sie versagte sich die Frage, warum die Fürsten sie dabei haben wollten, denn in diesem Moment spürte sie, wie unwichtig es war. Sie hörte die Soldaten vor der Tür flüstern und das leise Rascheln von Pfoten, die durch den Garten strichen. So sehr sie sich auch vor ihrer Reise in den Süden fürchtete, vor dem, was dort geschehen konnte, sie dachte mit Wehmut daran, wieder im Freien sein zu können, mit nichts als der Landschaft um sie herum. Und sie würden zusammen sein, egal was geschah. Sie sah in Kians Gesicht, aber sein Blick schien auf einen Punkt an der Wand gerichtet.

„Ich möchte Kontrolle lernen!", sagte er dann.

„Ist während des Gespräches heute etwas geschehen?", fragte sie besorgt, weil sein Band ihr seine Verwirrung zeigte.

„Nein! Es war nur ... irritierend!"

Sie nickte, sah ihn an und ließ den Blick seiner blauen Augen in sich einwirken. Sie wusste nicht, wie sie dieses Gespräch weiterführen konnten, ohne sich zu berühren und so sagte sie lächelnd, es sei Zeit zu Bett zu gehen.

„Ich warte dort auf dich!", flüsterte er müde.

Alia erhob sich, nahm ihren Teller und entgegnete leise: „Schließ nicht die Augen, sonst bemerkst du nicht, wenn ich zu dir komme!"

Kapitel 41

Am nächsten Morgen hatten sie Edda und Logan davon in Kenntnis gesetzt, dass sie beide in den Süden gehen würden und das Haus eine Weile ohne ihre Anwesenheit auskommen musste. Edda hatte genickt und davon gesprochen, diese Gelegenheit zu nutzen, um endlich einmal die Wohnstube zu weißen, aber sie hatte Tränen verborgen bei diesen Worten. Sie wusste um den Ernst der Lage, sie hatte ihn durchschaut, auch wenn Kian alles versucht hatte, die Situation in weniger grellen Farben zu schildern.

Logan hatte Alia vorgeschlagen, noch einige Heilpflanzen im Garten mit ihr zu schneiden, sie brauche lediglich zu sagen, was sie benötige. Alia hatte diesen Vorschlag von Herzen angenommen, obwohl sie Kian einmal erzählt hatte, die Pflanzen in seinem Garten hatten nicht die Heilwirkung, die man bei den Wildformen in der Natur finden konnte. Sie ermöglichte Logan einfach, an ihrem Weggehen teilzuhaben, und das trieb Kian nahezu die Tränen in die Augen.

Er litt darunter, dass sie gemeinsam in den Süden gehen mussten. Er konnte nicht ertragen, sie nicht in Sicherheit zu wissen. Aber mehr als alles andere wollte er nicht, dass sie mitansehen musste, wie er starb. Er wollte sie nicht dabei haben. Es fiel ihm schwer seine Rolle in diesem zukünftigen Kampf zu akzeptieren, während sie hinnahm, welche Aufgabe die Situation ihr gegeben hatte. Sie war stärker als er, das wusste er jetzt.

Die Verhandlungen mit dem König hatten nach drei Tagen ein Ende gefunden. Kians Planung des Feldzuges war durch die Fürsten vorgetragen worden, und der König hatte seltsam wenig Gegenwehr gezeigt, was den Fürsten bestätigte, dass sie auch in Zukunft Entscheidungen an ihm vorbei treffen konnten. Seit die

Gespräche beendet waren, kommunizierte er schriftlich mit Gorin und Roan. Logan war ihr Bote und traf sich mit einem Kontaktmann der Armee, wann immer es erforderlich war. Die Soldaten vor seiner Tür schienen kein wirkliches Interesse daran zu haben, ihn bis ins Detail zu kontrollieren. Einer hatte Logan sogar gestanden, wie sehr er hoffte, Kian würde im Süden siegen und er selbst könne dabei mithelfen, indem er ein Auge zudrückte oder auch zwei.

Kian nahm mit Entsetzen zur Kenntnis, wie desolat sich die Macht des Königs in diesen Tagen zeigte, war Abran doch nicht einmal in der Lage, die meisten Soldaten seiner eigenen Truppen von seinem Vorgehen zu überzeugen. Er spielte sich als Kriegsherr auf, düpierte die Fürsten mit seiner Respektlosigkeit und bemerkte bei all dem nicht einmal, dass ihm die Kontrolle über den Feldzug längst aus den Händen genommen worden war. Sicher, darin, dass er nichts davon bemerkte, lag die Chance, den bevorstehenden Kampf auf eine vielversprechendere Art zu gestalten. Aber was bedeutete das alles, wenn sie ohnehin in den Tod gingen? Es war einerlei, wer die Fäden zog, in diesem Kampf waren sie alle gleichermaßen bedroht, und Kian konnte nicht daran glauben, dass ihm seine Fähigkeiten einen noch so geringen Vorteil darin verschaffen konnten. Er hatte keine Kontrolle darüber und das ließ ihn ohnmächtig zurück.

Einige Fürsten stellten der Armee Kämpfer zur Verfügung, wobei Kian lediglich die dreißig Männer Ileus annehmen mochte, da er sie bereits mit eigenen Augen hatte kämpfen sehen und um ihre Stärke wusste. Das Verblüffendste jedoch war, dass alle zehn Fürsten, die sich hinter die Armee gestellt hatten, den Willen äußerten, persönlich mit in den Süden zu ziehen. Kian bezweifelte, dass sie dort gebraucht wurden, aber ihm stand es nicht zu, gegen die Fürsten zu sprechen, wenn das ihrem eigenen Wunsch entsprach. Sie ehrten das Land mit ihrem Mut und irgendwo in seinem Inneren fand *er* den Mut, sich einzugestehen, dass sie auch ihn damit ehrten.

Es sollten vierhundert Kämpfer sein, darunter Kian selbst und seine Elitegarde. Gorin sollte die Armee in seiner Abwesenheit und in einer Zukunft führen, die er zu erleben nicht hoffen konnte. Sein Freund tobte förmlich, beteuerte, er würde Kian nicht einfach so ziehen lassen, er wollte seinen Beitrag leisten und ihm beistehen, aber Kian blieb hart. Er machte zum ersten Mal ihm gegenüber von der Autorität des ersten Heermeisters Gebrauch und befahl ihm, sich seinem Befehl zu beugen. Es erfüllte ihn mit Trauer, aber das würden die letzten persönlichen Worte sein, die er mit seinem Freund wechselte, und konnten sie auch nur schriftlich erfolgen. Er wusste, Gorin würde ein guter Anführer sein. Er würde seine Arbeit fortsetzen. Die Chancen standen gut, dass er bei den nächsten Wahlen als Oberhaupt der Armee bestätigt würde, und das war genau, was Kian sich für ihn wünschte.

Es war die Zeit der Abschiede und er entschloss sich, Gorin einen Brief zu hinterlassen, um ihm noch einmal zu versichern, dass es seine Pflicht war, Kians Befehl zu folgen, weil er derjenige war, der eine Zukunft der Armee gestalten konnte, die Kian vermutlich nicht mehr erleben würde. Und das umso mehr, weil diese Zukunft vielleicht die noch immer bestehende Bedrohung durch den Feind im Süden beinhalten konnte, sollten sie alle fallen und dieser Feind fortbestehen.

Er beantwortete den Brief seiner Mutter und brachte es dennoch nicht übers Herz, ihr von der Mission zu berichten, zu der er in wenigen Tagen aufbrechen sollte. Er konnte es nicht! Und so begann er seiner Mutter und seiner Schwester Abschiedsbriefe zu schreiben. Er würde sie alle durch Logan seiner Tante zur Verwahrung geben und in einem Brief an sie darum bitten, die anderen Briefe persönlich zu übergeben, sollte er nicht wieder zurückkehren. Es war besser so, denn warum sollte er die beiden beunruhigen, um dann siegreich heimzukehren? Dass seine Chancen darauf gering waren, brauchten sie nicht zu wissen.

Diese Briefe zu schreiben war wahrscheinlich das Traurigste, das er jemals getan hatte, und er hatte nicht im Mindesten das Gefühl, die richtigen Worte zu finden für all die Liebe, die er ihnen gegenüber empfand, und seine Dankbarkeit dafür, dass sie zu ihm gehalten hatten. Wie konnte er beschreiben, was es ihm bedeutet hatte, in ihren Augen immer ein vollwertiger Mensch gewesen zu sein? Wie konnte er jemals ausdrücken, dass sie beide ihn auf unendlich viele Arten am Leben erhalten hatten?

Durch ihre Liebe hatte auch er an seinen Gefühlen festhalten können, sonst wäre er tatsächlich in der Form verroht, vor der er sich immer gefürchtet hatte. Sie beide hatten ihn zu dem Mann gemacht, der es vermochte, eine Frau wie Alia zu lieben. Sie hatten das, was er zu geben hatte, bewahrt, und sie verdienten es, zu wissen, dass er in diesen Tagen, die vielleicht die letzten seines Lebens waren, eine Frau gefunden hatte, die ihm erlaubte sich zu geben. Sie sollten von seinem Glück erfahren, das trotz der Bedrohung seines Lebens so übermäßig war und so vollkommen. Sein Glück, für das es sich zu kämpfen und zu sterben lohnte und, so absurd das auch klingen mochte, für das es sich gleichermaßen lohnte zu leben.

Alia hatte Tana noch nicht mitgeteilt, dass sie für eine Weile fort sein würde, denn zunächst wollte sie sicherstellen, dass sie Hilfe bekommen würde bei ihrer Arbeit. Es war vollkommen ausgeschlossen, dass sie diese Arbeit allein bewältigen konnte, und das Mindeste, was Alia tun konnte, war, die Königin darum zu bitten, eine oder zwei weitere Pflegerinnen einzustellen. Der König kümmerte sich nicht mehr um ihre Belange und es war nicht klar, ob er überhaupt noch immer auf eine Geheimhaltung ihrer Patienten beharrte, nachdem Alia derart öffentlich über sie gesprochen hatte.

Eines hatte sie allerdings nicht bedacht, sie hatte tatsächlich keinen Gedanken daran verschwendet, und das war eine Tatsache, auf die die Königin sie nun hinwies. „Diese Männer sind Inzani! Es wird schwierig werden, Menschen zu finden, die bereit sind ihre Pflege zu übernehmen. Aber ich verspreche, ich werde tun, was ich kann, Heilerin!“

Alia spürte ihre Wut, sie brannte nahezu Löcher in ihren Verstand. „Dieses Gesetz ist so von Grund auf falsch!“, zischte sie und wandte sich ab.

Die Königin trat hinter sie und legte eine Hand an ihren Arm. „Ich teile Eure Meinung von ganzem Herzen, glaubt mir!“

Schließlich nickte Alia, wandte sich der Königin wieder zu und sah die Wahrhaftigkeit ihrer Worte deutlich in ihrem Gesicht.

„Nun, für eine Frau allein ist die Arbeit an den Patienten zu viel! Ich möchte die Pflegerin, die während all der Mondläufe an meiner Seite gearbeitet hat, nicht verlassen, ohne ihr Hilfe zusichern zu können, Königin Nari!“

„Bei all den Sorgen, die Ihr habt, findet Ihr noch das Mitgefühl, das Ihr dieser Pflegerin entgegenbringt, Heilerin? Ich kann Euch nicht sagen, wie sehr mich das beeindruckt!“

„Ich möchte Euch nicht beeindrucken! Ich bitte Euch nur zu helfen!“, antwortete sie und wusste, wie störrisch sie in diesem Augenblick wirken musste.

„Ich werde helfen!“

Alia nickte, sah das Lächeln, das sich im Gesicht der Königin zeigte, dann jedoch augenblicklich wieder verschwand. „Unser letztes Gespräch hat mich mit mehr Unwissen zurückgelassen, als ich jemals hatte. Ich glaubte die Welt zu kennen, aber nun bezweifele ich, dass ich sie jemals mit richtigen Augen gesehen habe. Ich weiß nicht mehr, was ich glauben soll!“

Alia sah sie einfach nur an. Das alles war verstörend, ja, sogar für sie selbst und sie wusste nicht die Worte, die der Königin helfen konnten.

„Ich möchte Euch um etwas bitten, Heilerin Alia!“

„Um was?“, fragte sie leise.

„Wenn das alles Vergangenheit ist, einerlei, was passiert, werdet Ihr zu mir kommen, um es mir zu erklären?“

„Das werde ich, Königin Nari! Ich verspreche es!“, antwortete Alia und spürte, wie ihr die Tränen in die Augen traten. „Erlaubt Ihr mir auch eine Bitte?“

„Sie sei Euch bereits gewährt!“, nickte die Königin und auch sie begann zu weinen.

„Ich bitte für meine Patienten! Ich möchte ihnen einen Ort schaffen, an dem sie in Würde weiter existieren können. Sollte ich nicht aus dem Süden zurückkehren, werdet *Ihr* ihnen diesen Ort schaffen? Ihr braucht nur die Pflegerin Tana zu fragen, sie kennt meine Pläne! Versprecht Ihr mir, Euch um diese Männer zu kümmern?“

Die Königin nickte, sie flüsterte ihr Versprechen und schloss sie dann fest in ihre Arme. Alia selbst umfasste sie zunächst, ohne ihre

Hände an ihren Körper zu legen, aber die Königin nickte nur. Sie erlaubte ihr, sie zu berühren, und so standen sie für unendliche Augenblicke vor einem der großen Fenster. Zwei Frauen, die unterschiedlicher nicht sein konnten, und doch verbunden in einem Schicksal, das sie nicht selbst gewählt hatten.

„Ihr hört von mir, bevor Ihr in den Süden geht, Heilerin!", fasste sich die Königin dann.

Alia konnte ihr nur danken und sie dankte für so vieles, das diese Frau für sie getan hatte. Wenn die Königin nicht wäre, so hätte sie niemals erfahren, was es hieß, ein Zuhause zu haben, denn nichts anderes war ihr Kians Haus geworden. Diese Frau hatte sie auf so vielfältige Weise beeindruckt und sie kam nicht umhin, Kians Ähnlichkeit zu ihr zu sehen. Emotionalität gepaart mit der unglaublichen Klugheit moralischer Werte, das schien sie beide in höchstem Maße auszumachen. Und sie beide stellten ihre Persönlichkeit in den Dienst eines Landes, das von einem Mann regiert wurde, dessen eigene Persönlichkeit all das so sehr vermissen ließ.

Sie hatte, seit sie Kian kannte, nur ein einziges Mal erlebt, dass er all den Stolz und das Pflichtbewusstsein, mit denen er seine Aufgaben für dieses Land erfüllte, außen vor gelassen hatte, um sich selbst mit Verzweiflung darin zu sehen. Die Worte seines Onkels seien ein Todesurteil und das alles nichts als Irrsinn, hatte er ausgerufen. Seitdem hatte es keinen solchen Moment mehr gegeben.

Er kommunizierte mit seinen Soldaten, saß den ganzen Tag über Plänen und Karten, die Alia wenig Aufschluss gaben, und vermied es, über das zu sprechen, was er plante, aber er erwartete sie stets mit all seiner Liebe, wenn sie sich nachts in sein Bett schlich. Sie trafen sich meist in Schweigen. Andere Dinge waren in diesen Nächten wichtiger als Worte. Kian schien gefasst, aber sein Band sprach eine andere Sprache. Es erzählte ihr von Zweifel, Trauer und Schmerz um alles, was er zu verlieren hatte, denn es war so viel mehr als jemals zuvor in seinem Leben. Er brauchte Zeit, und sie wusste, er war es gewohnt, die Dinge seiner Persönlichkeit allein mit sich abzumachen, also ließ sie ihn in Ruhe, bis er von sich aus sprechen würde.

Sie selbst verbrachte diese letzten Tage im Palast zu einem guten Teil mit der Auswahl der Heilmittel, die sie benötigen würde. Es tat gut, ihren Verstand auf das zu fokussieren, was sie konkret zu erwarten hatte. Die Königin hatte zu einem Treffen mit den zwölf Heilern der Armee geladen, die sich freiwillig für den Feldzug in den Süden gemeldet hatten. Alia hatte zunächst in der hintersten Ecke des Beratungssaales gesessen, tief entschlossen, sich nur am Gespräch zu beteiligen, wenn es unbedingt nötig war und um ihr Experiment mit dem Öl der *neinat* zu schildern. Die Heiler jedoch waren in ihrer Planung längst nicht so weit gedrungen, wie sie selbst, und so sah sie sich bald als diejenige, die das Gespräch leitete.

Sie benötigten Mittel gegen Verbrennungen durch die Sonne, auch wenn sie planten den Soldaten einzuschärfen, sich mit Tüchern gegen die Strahlen zu schützen. Sie würden jeden der Soldaten mit einem kleinen Fläschchen des *neinat*-Öles ausstatten, ihnen dessen Gebrauch erklären und sie bitten, während der Reise die Wirksamkeit an sich zu testen, die von Mensch zu Mensch unterschiedlich sein mochte.

Des Weiteren sollte jeder Soldat einen Tiegel mit Eisenfarnpaste erhalten, um den Blutfluss zu stillen, wenn es zu Verletzungen durch vergiftete Pfeile kommen sollte. Dies hatte zu einer Auseinandersetzung mit den Heilern geführt, da sie bezweifelten, dass das sofortige Entfernen dieser Pfeile durch die Hände der Soldaten zu guten Ergebnissen führen konnte. Zudem kannten sie offensichtlich die Wirkung der Eisenfarnwurzeln nicht. Alia hatte allen erklärt, was diese Pflanze in den Blutwegen veranlasste, und beschrieben, dass sie der Ausbreitung des Giftes im Körper Einhalt gebieten konnte, ebenso wie das umgehende Entfernen des Pfeiles. Es war das Einzige, was sie tun konnten, solange sie keinerlei Kenntnis über das Gift an sich hatten.

Sie hatte Order, dem Hauptmann der königlichen Truppen umgehend mitzuteilen, welche Heilmittel zu ergänzen waren. Sie wusste von Kian, dass sie etwa vierhundert Menschen zu versorgen hatten, und als sie mit ihrer Aufstellung fertig war, händigte sie sie dem Hauptmann etwas verschämt aus, denn die Liste war immens. Er jedoch ließ den Blick darübergleiten, nickte lediglich und verschwand aus dem Krankentrakt. Sie sah ihm lange nach und dachte an seinen Vorgänger. Würde Eret erneut in den Süden gehen, diesmal an Kians Seite?

Sie betrachtete Tana während ihrer Arbeit, sah sie die immer gleichen Aufgaben mit stoischer Ruhe erfüllen und wusste, sie war zufrieden. Würde sie in Zukunft noch mehr Patienten wie diese versorgen? Alia vertrieb diese Gedanken auf der Stelle und begann ihre Liste der Dinge zu vervollständigen, die sie für sich selbst brauchen würde. Es war nicht viel. Sie besaß nur wenig und das meiste war für eine Reise wie die, die ihr bevor stand, unbrauchbar. Ihr Gipfelbärenfell würde sie sicherlich nicht benötigen, oder? Waren die Nächte in der Wüste warm? Würden sie überhaupt im Freien schlafen? Sie wusste zu wenig über die Rahmenbedingungen dieser Reise, um planen zu können.

„Hast du die Wüste schon einmal betreten, Kian?"

Alia drehte sich zu ihm und sah ihn aufmerksam an, nachdem sich ihre Körper in Schweigen gefunden hatten, und er sie eine lange Zeit einfach nur im Arm gehalten hatte. Er selbst war schon nahezu in den Schlaf geglitten.

„Kannst du nicht schlafen?", fragte er lächelnd.

„Nein."

„Nun", begann er und reib sich mit der Hand über die Stirn. „Ich habe einige Male das Fürstentum Roda besucht. Die zweite Garde lagert seit langer Zeit dort!"

„Sind die Fürsten im Süden dem König gegenüber loyal?"

Kian sah Alia überrascht an. Natürlich, sie wusste überhaupt nichts über die politische Lage im Süden. Woher auch? Er hatte sie nie darüber informiert.

„Du hast Fürst Garon einmal kennengelernt, Alia. Beim Geburtstag der Königin!"

„Ja, ich erinnere mich! Er war einer der wenigen, die neulich vor dem König knieten!"

Kian nickte. „Sein Territorium schließt an dieses hier an. Er war dem König gegenüber immer loyal, aber er zog es jetzt vor, ihn nicht in den Süden zu begleiten. Dahinter liegt das Fürstentum Par, das sich in der Vergangenheit immer an der Seite des Königs befand. Fürst Par jedoch hat sich entschlossen, an der Seite der Armee zu kämpfen, als er König Abrans absurde Pläne hörte. So auch Fürst Roda im Wüstengrenzland, der stets eine neutrale Position bezogen hatte."

Alia nickte und strich in Gedanken über seine Brust.

„Zu deiner eigentlichen Frage kann ich nur sagen, ich habe mich einmal heimlich nachts aus dem Heerlager gestohlen und bin in die Wüste hinausgeritten!" Er sah Alias neugierigen Blick, dachte an den Grund für seine damalige kleine Flucht und flüsterte lächelnd in ihr Ohr: „Meine Schwester hat mir einmal gesagt, dort wäre der Himmel so voll mit Sternen, man könne kaum noch die Dunkelheit erkennen!"

„Woher wusste sie davon?"

„Sie wusste es nicht! Sie sagte, wenn sie sich den Wüstenhimmel vorstelle, sähe er immer so aus, und bat mich nachzusehen!"

Alia lächelte, küsste ihn und fragte: „Und war es so?"

„Ja! Es war wunderschön!"

„Wir werden das gemeinsam sehen, Kian!", flüsterte sie nun, und nahezu hätte er Freude dabei empfinden können, dies an ihrer Seite erleben zu dürfen.

Er nickte und hatte auf einmal das Gefühl, ihre Augen nicht mehr aus seinem Blick entlassen zu wollen. Er wollte sie für den Rest seines Lebens ansehen und vielleicht kam ihm dieser Wunsch in diesem Augenblick so dringlich zu Bewusstsein, da er begriff, dass es nicht möglich sein würde. Er konnte die Sehnsucht nach ihr jetzt bereits spüren, denn sobald sie aufbrachen, würde er große Schwierigkeiten haben, in ihrer Nähe sein zu können. Irgendwann musste er ihr davon berichten, aber es war schwer, sich in diesem friedlichen Moment dazu zu entschließen.

Würde sie sich jemals daran gewöhnen, dass Kian ihr mit seinem Band Dinge zu verstehen gab, die nicht für sie bestimmt waren? Er verschwieg ihr etwas. Er tat es oft, und sie war in den letzten Nächten meistens darüber hinweggegangen, denn der Wunsch nach Ruhe, das Zusammentreffen ihrer Körper und die Sehnsucht danach, jeden einzelnen Moment genießen zu dürfen... Das waren die Dinge gewesen, die sie teilen wollten. Morgen Nacht hatten sie noch, aber am Tag darauf würden sie in den Süden aufbrechen.

Alia hatte bereits den ganzen heutigen Tag in Gedanken damit verbracht, wie sie ihm helfen konnte, sein Band zu üben. Sie selbst würde noch heute beginnen, darüber zu reden, das hatte sie sich fest vorgenommen, aber zunächst wollte sie seine Gedanken teilen, und so sprach sie es einfach aus.

„Kian, wenn du mir etwas zu sagen hast, dann tu es jetzt! Ich bitte dich darum!"

Er atmete durch. „Sagst du das, weil mein Band es dir mitgeteilt hat?"

„Ja! Du hast nichts dagegen unternommen, dass es mir etwas mitteilt!"

„Ich weiß! Ich versuche zu ignorieren, dass es zu dir spricht, ohne dass ich spreche", entgegnete er müde.

„Du wirst aufhören müssen es zu ignorieren, Kian!", antwortete sie besorgt und stützte sich auf einen Ellenbogen.

„Ich weiß! Ich brauche etwas Zeit!"

Bei den Monden, er entschuldigte sich bei ihr! Alia konnte seine Bescheidenheit in diesem Augenblick kaum ertragen, auch wenn sie so sehr ein Teil von ihm war.

„Was ich dir sagen muss, ist, dass wir uns auf unserer Reise in den Süden vermutlich nicht nah sein werden. Ich werde als Gefangener des Königs in der Gewalt seiner Soldaten reisen!"

„Aber ..."

„Schsch, Alia!", beruhigte er sie nun.

„Wie konntest du dich darauf einlassen, Kian? Wie kannst du so deine Truppen befehligen?"

„Ich habe einen Weg gefunden, sei unbesorgt! Du wirst unter meinen Soldaten sein. Roan, Mino, Ana und Evan werden in deiner nächsten Nähe bleiben. Du bist sicher!"

„Aber diese Sicherheit bedeutet mir nur wenig, wenn ich dich niemals sehe!", entgegnete sie traurig und dachte daran, dass sie wenigstens sein Band spüren könnte, während er nichts von ihr haben würde.

„Du wirst mich sehen, Alia! Wir werden nicht viele Worte und noch weniger Berührungen tauschen können, aber glaube mir, ich werde zu dir kommen, wann immer sich die Gelegenheit bietet! Ich finde einen Weg!"

„Kian ...!", begann sie zweifelnd, aber er unterbrach sie sogleich.

„Nein, Alia! Ich weiß, ich finde Gelegenheiten, dir nah zu sein! Des Königs Soldaten sind unaufmerksam, das weißt du doch! Und ich werde nur zu dir kommen, wenn die Gefahr gering ist, denn deine Sicherheit bedeutet mir alles!"

Darauf konnte sie nichts entgegnen und für die nächsten Minuten schwiegen sie. Kian spielte mit ihren Haaren, strich sie über ihre Schultern und sah sie von Zeit zu Zeit aufmerksam an, als warte er darauf, dass sie erneut anfangen würde zu sprechen.

„Zumindest gibt uns das Gelegenheit, die Wirksamkeit deines Bandes auf eine längere Distanz zu prüfen", sagte sie schließlich.

Sie hatte lange darüber nachgedacht, auf welche Art sie vorgehen wollte, ihm mit seinem Band zu helfen, und Kommunikation über eine große Entfernung hinweg war eine der Übungen gewesen, die sie ersonnen hatte.

Jetzt zog Kian sie an sich und flüsterte: „Meine praktische Heilerin! Wie kannst du nur alle Unwägbarkeiten immer sofort in deine Pläne einarbeiten?"

„Bleibt mir eine andere Wahl? Wenn ja, sag mir welche. Und ich werde mich sofort entspannt zurücklehnen!", scherzte sie.

„Ja, aber nur, um dann neue Pläne zu entwerfen!", entgegnete er lächelnd, wurde jedoch bald wieder ernst. „Wie kann ich sicher sein, dass mein Band dich erreicht?"

„Wir machen ein Zeichen aus! Ich werde meine Kapuze zurücklegen und dir mein Haartuch entblößen. Die Farbe wirst du auf weite Distanz sehen können, oder?"

„Ja, aber wie werde ich wissen, dass du verstanden hast, was ich dir mitteilen möchte?"

„Auch durch Zeichen!"

„Welche?"

„Das kommt darauf an, was du mir mitteilst!", erklärte sie und sah mit Freude, dass er ihre Neckereien genießen konnte.

„Ich kann es kaum erwarten!", entgegnete er mit einem Augenzwinkern.

Sie küssten sich lange, dann sah Alia ihn einfach nur an. „Du wirst mir nicht viel mitteilen, Kian! Denn unsere Übungen werden daraus bestehen, dein Band kontrolliert zum Schweigen zu bringen!"

„Ich weiß!"

Seine Worte drangen leise zu ihr, während das Mondlicht hinter einer Wolke hervorbrach und den Raum in ein sanftes Blau tauchte, das die Farbe seiner Augen auf eine seltsame Art umspielte. Sie hatte das so oft beobachtet und konnte sich doch nie von diesem Anblick abwenden. Es schien, als sei das Mondlicht immer ihr Zeuge gewesen, als sei es das Bühnenbild für ihre gemeinsame Geschichte.

Kian wusste, worum es bei seinem Band in Zukunft gehen musste. Er hatte ihr nie erzählt, was während der Verhandlungen mit den Fürsten geschehen war, aber es hatte ihn tief verstört. Sie spürte seinen unbedingten Willen, an der Kontrolle über seine Fähigkeiten zu arbeiten. Er begriff, ohne dass sie es ihm zu erklären brauchte, und das machte sie ruhig. Es war alles, was sie von ihm verlangen konnte, um sein Leben zu retten, und doch erschien es ihr zu wenig.

Kapitel 42

Kian ließ sich gegen das Fensterbrett im Wohnraum seiner Tante sinken und blickte sich um. Warum war ihm nie aufgefallen, dass dieser Raum der Wohnstube in seinem Elternhaus so sehr glich? Nari hatte einen derart ähnlichen Geschmack wie seine Mutter, was die Möblierung ihrer Räumlichkeiten betraf, dass es ihm fast den Atem nahm. Er sah plötzlich die Wohnstube im Haus seiner Eltern vor sich, sah Niara vor dem Kaminfeuer mit ihren seltsamen Puppen spielen, die sie selber genäht hatte und die merkwürdige Namen, wie *Kaninchenohr* oder *Wiesentau* trugen, während seine Mutter mit einem Buch im Fenster saß. Es hatte auch glückliche Zeiten in diesem Haus gegeben. Wenn sein Vater fort gewesen war, hatten sie oft Stunden in diesem Raum verbracht, und seine Mutter hatte ihnen vorgelesen oder selbst Geschichten erfunden. Warum hatte er so lange nicht mehr daran gedacht? Und die Dankbarkeit, die er jetzt für diese Erinnerung empfand, füllte seine Augen mit Tränen.

Seine Kindheit war unbeschwert gewesen, abgesehen von den Repressalien, die seine Mutter durch seinen Vater ertragen musste und gegen die sie sich nie aktiv zur Wehr gesetzt hatte. Bei den Monden, sein Großvater hatte seinen Töchtern so großes Leid zugefügt, indem er sie in so jungen Jahren in diese Ehen gezwungen und dabei keine gute Hand bei der Auswahl ihrer Ehemänner bewiesen hatte. Sein Vater, ein machthungriger Opportunist, und der König, ein größenwahnsinniger Irrer. Nari und seine Mutter waren Opfer ihrer hohen Geburt geworden, und zum ersten Mal in seinem Leben fragte er sich, was diese Abstammung für sein eigenes erwachsenes Leben bedeutet hätte, wenn der Unfall ihn nicht aus der Gesellschaft gelöscht hätte.

Seine Tante hatte ihm heute Morgen durch einen Boten mitteilen lassen, dass sie ihn zur Mittagsstunde in ihren Gemächern zu sehen wünsche. Es hatte Kian entmutigt, weil er ahnte, was dieses Treffen in ihnen auslösen mochte, aber so konnte er zumindest seine Briefe persönlich übergeben. Die Königin hatte den beiden Soldaten vor seiner Tür zu verstehen geben lassen, dass sie sich tunlichst darum bemühen sollten, ihn zur gewünschten Uhrzeit bei ihr abzuliefern. Sie würde keine Verspätung dulden und nun verspätete sie sich selbst. Ihre Zofe brachte Tee und Gebäck, reichte ihm eine Tasse und entschuldigte ihre Herrin. Er würde sicher nicht mehr lange warten müssen. Kian nickte lediglich.

Er hatte es nicht eilig. Nachdem er letzte Nacht im Gespräch Alia geholfen hatte ihr Gepäck zusammenzustellen, war es ihm heute Morgen schnell gelungen, seine Ratschläge an sie auch auf seine eigenen Habseligkeiten anzuwenden. Er hatte alles in seinem Zimmer zusammengelegt und hoffte inständig, Roan würde sein Versprechen halten können und ihm seine Stute bringen lassen. Er hatte sie lange nicht gesehen und es erfüllte ihn mit Glück, dass sie ihn auch auf dieser Reise tragen würde, die vielleicht die letzte war, die sie gemeinsam antraten ...

„Kian, es tut mir leid!“, stürmte seine Tante nun in das Zimmer, schloss die Tür hinter sich und kam dann zu ihm, um seine Wangen zu küssen. „Ich hatte noch etwas zu erledigen!“

Er war erleichtert, sie derart aufgeräumt zu sehen, denn er hatte sich innerlich schon darauf eingestellt sie in Tränen aufgelöst zu erleben, dennoch wirkte sie nachdenklich. „Was hat dich aufgehalten, Tante Nari?“, fragte er.

Sie nahm sich eine Tasse Tee und bat ihn, sich zu ihr zu setzen. Sie nahm in einem ihrer Sessel Platz, und Kian erhob sich.

„Die Heilerin bat mich darum, weitere Pflegekräfte zur Unterstützung ihrer Pflegerin einzustellen. Ich gab ihr mein Versprechen, obwohl ich selbst daran zweifelte, aber es ist mir tatsächlich gelungen dieses Versprechen zu halten!“

„Du zweifeltest, weil ihre Patienten Inzani sind“, stellte Kian trocken fest und ließ sich nieder, wobei er bemerkte, dass seine Teetasse noch immer auf dem Fensterbrett stand.

Nari sah die Richtung seines Blickes, stand auf, nahm die Tasse aus dem Fenster, um sie ihm zu überreichen und sich dann selbst wieder zu setzen. Sie tat das alles mit einer Nebensächlichkeit, die ihm, gerade wegen ihres soeben angeschnittenen Themas, unendlich gut tat.

„Sie sind Inzani, und ich habe ausdrücklich nach Pflegekräften gesucht, die willens sind, solche Patienten zu betreuen“, begann die Königin. „Ich war beunruhigt, aber ich hätte es nicht zu sein brauchen, Kian! Es gibt Leute, die ihre Arbeit mit Spaß tun, einerlei, welcher Art die Einschränkungen ihrer Patienten sind, und das Gesetz bedeutet ihnen nichts! Vielleicht sind es nicht viele, die derart denken, aber es gibt sie!“

„Wenn du so darüber sprichst, klingt es, als sähest du bereits einen gesellschaftlichen Umbruch“, entgegnete Kian ruhig und lächelte seine Tante an.

„Natürlich nicht, erster Heermeister! Es mag in Zukunft dazu kommen, aber vielleicht ist die Zukunft nicht mehr so fern, wie wir denken!“

Kian nahm einen Schluck Tee und stellte verwundert fest, wie wenig Unbehagen ihm dieses Thema jetzt bereitete. Es schien, als hätte er alle Gedanken diesbezüglich bereits gedacht, alle Emotionen bereits durchlebt, und er konnte nun eine Gelassenheit an sich beobachten, die er nie gekannt hatte. Er atmete durch und dachte daran, dass er zumindest das in seinem Leben erreicht hatte. Er lebte nicht länger nach den Regeln eines irrsinnigen Gesetzes und hatte zu dem Selbstbewusstsein gefunden, das er sich in Bezug auf seinen Körper immer gewünscht hatte. Sonderbar, dies ausgerechnet in einem Moment zu bemerken, da sein Leben so sehr bedroht war. Ausgerechnet jetzt war er bereit, dieses Leben mit all seinen Unwägbarkeiten tatsächlich bedingungslos zu leben?

Er fasste nun in die Tasche seines Mantels, holte die Briefe heraus, die er die ganze Zeit über schwer darin gespürt hatte, und sah seine Tante an. „Wenn du erlaubst, beginne ich mit meinem Anliegen. Sollte allerdings deines keinen Aufschub dulden, so sprich bitte!“

„Kian!", begann sie und senkte dann den Kopf. „Ich hatte kein Anliegen außer das, dich noch einmal zu sehen und dich in meine Arme zu schließen!"

Er nickte, sah ihre Trauer so deutlich in diesen Augen, die denen seiner Mutter so sehr glichen, und atmete noch einmal durch. „Dies sind Briefe, die ich schrieb, für den Fall, dass ich nicht aus dem Süden zurückkehre!"

Seine Tante presste eine Hand vor ihren Mund und sah ihn an, als könne sie all das nicht mehr ertragen. Sie schien sich jedoch wieder zu fangen, und er lehnte sich vor und nahm still ihre Hand von ihrem Gesicht. Er würde bis ans Ende aller Tage mit ihr auf diese Art sitzen und ihre Hand halten, wenn er nur ihre Trauer stillen könnte. Aber das war ein Wunschtraum, denn dieser Moment war Ausdruck aller Trauer, die je ein Mensch um einen anderen empfunden hatte.

„Ich lebe, Tante Nari! Sieh mich an! Ich lebe und glaube mir, ich werde alles in meiner Macht Stehende tun, damit sich daran nichts ändert!"

Nari nickte und sah ihn fest an. „Ich weiß, dass du leben willst!"

„Gut!" Er lächelte sie einen Augenblick an. „Sollte ich dennoch nicht wiederkehren, so bitte ich dich, diesen Brief, der an dich gerichtet ist, zu öffnen! Du findest darin meine Hinterlassenschaft an Edda und Logan, und ich bitte dich darum, all das in die Wege zu leiten, was ich notiert habe. Danach übergebe diese beiden Schreiben bitte persönlich an meine Mutter und meine Schwester! Es sind meine Abschiedsworte!"

Diesmal nickte seine Tante gefasst und es gelang ihm erneut sie anzulächeln, auch wenn er spürte, dass seine Kraft verebbte.

„Dieser vierte Brief ist an deinen zweiten Heermeister, Gorin, gerichtet. Er soll ihm seine Schuldgefühle nehmen, auf meinen Befehl, nicht an diesem Feldzug teilzunehmen, nicht mit Meuterei reagiert zu haben. Du wirst Gorin brauchen, um die Armee neu zu gestalten, sollte unser Angriff misslingen!"

Er sah Nari tief atmen und er drückte ihre Hand in seiner. Diesen nächsten Brief zu erklären, hatte er bis zu diesem Moment herausgeschoben und jetzt war ihm die Zeit zwischen den Fingern zerronnen.

„Dieser letzte Brief ist für ...“

„Die Heilerin Alia! Kian, ich weiß! Du brauchst mir nichts zu sagen!“ Sie ergriff seine Hand nun mit ihren beiden Händen. „Ich weiß, was sie dir bedeutet! Und es macht mich glücklich und traurig zugleich!“

„Traurig?“, fragte er leise nach.

„Ja, traurig, weil ich nie die Gelegenheit hatte, euch zusammen zu erleben. Es hätte mir so viel bedeutet, euer Glück mit eigenen Augen zu sehen!“

Jetzt traten Kian die Tränen in die Augen und all die Beherrschung, die er bisher aufgebracht hatte, ging dahin mit der Erwähnung ihres Glückes, das so endlich war.

„Bist du glücklich mit ihr, Kian?“

„Mehr als ich ausdrücken kann, meine Königin!“

Nari nickte, lächelte unter Tränen, und Kian fand nun erst die Worte, die er sich die ganze Zeit über lediglich gewagt hatte zu schreiben: „Sollte sie ohne mich heimkehren, so möchte ich, dass sie mein Haus bekommt. Es ist das Heim einiger unbeschreiblicher Menschen geworden und sie ist einer davon. Ich sage dir das jetzt, denn sie wird es vermutlich nicht annehmen wollen. Antworte ihr, dass mich in diesem Moment nichts glücklicher macht, als die Vorstellung, dass sie in meinem Haus leben wird! Tust du das?“

„Natürlich, Kian!“

Er nickte, sah dann auf ihre Hände hinab und löste seine eigene daraus. Er nahm seine Stöcke, erhob sich und ging dann erneut zum Fenster. Dieser Raum erschien ihm plötzlich zu eng für all die Gefühle, die in ihm getauscht wurden. Er spürte seine Tante hinter sich treten und eine Hand auf seine Schulter legen.

„Kian, ich weiß, du hast immer geglaubt, du hättest unbeschreibliches Leid über die Menschen gebracht, die dich lieben, aber das stimmt nicht“, sagte sie leise.

Er wandte sich nach ihr um und schüttelte still den Kopf. „Nari, nicht!“

„Es stimmt nicht!“, wiederholte sie und schloss ihn in ihre Arme. „Du trägst keine Schuld, Kian! Deine Mutter war glücklich darüber, dass du deinen Sturz überlebt hast! Aber sie hatte nie die Möglichkeit, dir dieses Glück zu zeigen, denn es wäre gewesen, als wollte sie dich verhöhnen. Sie hat unter allem gelitten, was du ertragen musstest, aber glaube mir, sie ist glücklich, dass du lebst! Wir alle sind glücklich darüber, dich zu kennen, hörst du! Und es gibt niemanden, der uns mit mehr Stolz erfüllen könnte als du!"

Kian ließ sich gegen das Fensterbrett sinken und in den Armen seiner Tante fand er schließlich den Mut, die Tränen seines Lebens zu weinen. Es war, als hätte sie ihn freigesprochen, damit er gehen konnte. Damit er stark sein konnte und ohne Zweifel an sich selbst. Und, bei den Monden, ihre Worte waren eine Befreiung!

„Wo ist der Heermeister, Edda?", fragte Alia besorgt, nachdem sie ihn bei ihrer Rückkehr aus dem Palast nirgendwo im Haus entdecken konnte.

Edda drehte sich zu ihr um und lächelte. „Er ist im Stall bei seinem Pferd, Heilerin! Und vielleicht solltet Ihr aufhören, ihn in meiner Gegenwart den Heermeister zu nennen!"

Alia senkte den Kopf. „Was wollt Ihr damit sagen?", fragte sie leise und spürte Eddas Finger, die ihr Kinn anhoben.

Sie lächelte noch immer. „Sein Vorname ist Kian, aber das wisst Ihr bereits, habe ich recht?"

Alia nickte verblüfft, und Edda fügte schelmisch hinzu: „Logan und ich mögen zwar einige Jahresläufe auf dem Buckel haben, aber wir sind nicht taub!"

Edda nahm sie kurz in die Arme. Für einen Moment lag eine so große ehrliche Freude in dieser Berührung, dann jedoch machte sie Alia mit einer Bewegung ihres Kopfes klar, sie solle hinausgehen und ihrem Herren im Stall Gesellschaft leisten, was Alia sich kein zweites Mal sagen lassen musste.

Noch immer verwirrt ging sie auf den Stall zu und hielt inne, als sie Kians Stimme hörte. Er sprach die Alte Sprache, sprach mit seinem Pferd und seine Worte waren so sanft und schön, dass ihr augenblicklich die Tränen kamen. Sie lauschte eingefroren in ihren Gefühlen und begriff erst jetzt, was seine Worte bedeuteten. Er erklärte seiner Stute, was sie zu tun hatten. Er erzählte ihr von dem Feind, der vom Süden aus ihr Land bedrohte. Er versicherte ihr, sie sei durch ihre Blindheit vor ihm geschützt, und er würde sie sicher in sein Angesicht führen. „*Uotewer hapsen isrit inse stars, mifrin! Bequet! Sinoka!*"

Alia wandte sich ab, unschlüssig zu gehen, und doch wollte sie ihm diesen Moment lassen. Diesen Moment, in dem er seinem Pferd und sich selbst versicherte, dass die Sterne ihr Schicksal kannten und sie gelassen in die Zukunft schauen konnten, denn einerlei, was geschah, es war gut. Er war stark, sein Band voller Überzeugung, und doch fand Alia nicht in diese Zuversicht, denn es war nicht gut und würde es niemals sein, so sehr sie sich auch vorgenommen hatte, sich ihrem Schicksal mit ihm gemeinsam zu fügen.

Sie fand kaum die Kraft, an den Soldaten vorbei wieder hineinzugehen, Edda beim Decken des Tisches zu helfen und dann von dem wundervollen Wildschweinbraten zu essen, den sie für sie bereitet hatte, um ihren letzten Abend zu würdigen.

Zumindest hatte der Abschied von Tana ein gutes Ende genommen. Königin Nari war heute Morgen in Begleitung zweier Frauen im Krankentrakt erschienen. Völlig perplex hatte Tana sich vor ihr auf die Knie geworfen, während Alia lediglich vor der Königin ihren Kopf aus der Ecke neigte, in der sie stand. Sie kannten sich, sie waren sich trotz aller Standesunterschiede nah, und das erfüllte sie mit Stolz. Aber noch größeren Stolz empfand sie, als Königin Nari Tanas Arm umfasste, ihr aufhalf, um dann die beiden Frauen vorzustellen, die sie mitgebracht hatte. Sie seien Pflegerinnen und wollten Tana bei ihrer Arbeit behilflich sein, während die Heilerin sich im Süden befände, führte die Königin aus und tauschte ein warmherziges Lächeln mit Alia.

Die Königin war lange bei ihnen geblieben, hatte sich die Patienten angesehen und versucht zu erfassen, welche Art der Pflege sie benötigten. Sie hatte an der äußersten Mauer des kleinen Platzes gestanden, und Alia hatte einen ihrer Blicke aufgefangen, der trauriger nicht hätte sein können. Dies war das Werk ihres Mannes. Dies konnte mit allen geschehen, die morgen von hier aufbrechen würden. Alia konnte lediglich nicken. Keine von ihnen könnte es jemals ertragen Kian so zu sehen, und sie musste sich abwenden.

Bei den Monden, sie hatte Menschen nie danach beurteilt, wie leistungsfähig oder eingeschränkt ihre Körper waren. Sie hatte den Wert jeden Lebens stets als höchstes Gut geachtet. Sie war noch immer davon überzeugt, dass ihre Patienten Menschen waren, denen man mit Respekt zu begegnen hatte, um ihre Würde zu wahren. Sicher, sie konnten nicht mehr für sich selbst entscheiden, umso wichtiger war es, sie in gute Hände zu übergeben, die zu ihrem Besten handelten. Aber was, wenn es Kian wäre? Was, wenn er sein Band verlöre und seiner Persönlichkeit beraubt ein solches Leben führen müsste? Alia schüttelte energisch für sich den Kopf. Sie maß mit zweierlei Maß und das war ihres Berufes nicht würdig.

Als Kian wenig später eintrat und sich neben sie setzte, konnte sie ihn nur ansehen und still seine Erscheinung in sich aufnehmen. Sein Haar war noch feucht von einem Bad und er wirkte friedlich, als hätte ihn sein Gespräch mit seiner Stute beruhigt.

„Edda und Logan wissen von uns, Kian!", sagte sie ruhig und strich rasch über seinen Oberarm.

Er zog erstaunt die Brauen hoch. „Tun sie das?"

Alia nickte. „Edda freut sich für uns!"

Kian legte sein Kinn auf seine aufgestützte Hand, lächelte und sah sie an. Es war so, als wolle er den ganzen Abend nichts anderes tun, aber schließlich nahm auch er sich von dem Braten und begann zu essen. Sein Band umfing sie zärtlich, aber es schien auf eine traurige Art ausgelaugt, als sei dieser Tag mit zu vielem belastet gewesen.

„Ich habe versäumt, dir von dem Pferd des Königs zu erzählen, das diese Soldaten da draußen für mich bestimmt haben, Alia!", begann er dann, offensichtlich entschlossen, sie und sich aufzumuntern, und sprach erst auf ihr Nicken hin weiter. „Ich war überzeugt, ich könnte es gar nicht reiten, weil meine Art zu reiten für jedes fremde Pferd nichts als irritierend sein muss. Dann jedoch stellte ich fest, dass ich meinen Geist auf irgendeine Art mit seinem verknüpfen konnte, und es tat genau, was ich wollte, ohne dass ich etwas tun musste. Ist das nicht sonderbar?"

Alia legte ihr Besteck nieder und starrte ihn an. Es dauerte einen Moment, bis sie begriffen hatte, was er ihr damit sagte. Er verknüpfte sein Band mit dem eines Pferdes! Sein Band, das seine Beine nicht erreichte! Ein Bild entstand vor ihrem inneren Auge und es war das Bild eines Wesens mit dem Oberkörper eines Mannes und dem Unterleib eines Pferdes. Bei den Monden, warum war sie nicht schon längst darauf gekommen, was ihr Schreckensbild ihrer ersten Begegnung eigentlich war? Warum hatte sie nicht längst begriffen, warum er seine Stute auch reiten konnte, wenn er ihre Zügel gar nicht benutzte? Er verknüpfte sein Band mit ihrem, und sie konnte mit seinen Augen sehen, so wie er mit ihren Beinen so schnell laufen konnte wie der Wind. Es war so einfach! Und in diesem Moment begann sie zu lachen. Erleichterung und dieser ganze lange Tag entluden sich in ihrem Lachen, das so gut tat.

Kian sah sie an, als hätte sie den Verstand verloren, aber schließlich grinste er. „Ich hatte keine Vorstellung davon, dass meine Geschichte über ein fremdes Pferd ein solch guter Witz ist!"

„Ist sie nicht, Kian!", gluckste Alia und bekam Schluckauf.

Er schenkte ihr Tee nach und sah sie dann einfach nur an. Langsam klang ihr Lachen aus und eine leise Scham stellte sich ein, weil sie so unmäßig reagiert hatte, weil ein Lachen nicht im Geringsten zu diesem letzten gemeinsamen Abend passen wollte und weil sie morgen in die Ungewissheit reiten würden.

„Kann ich darauf hoffen, dass du mir erklärst, was dich derart erheitert?", fragte Kian dann und sah sie neugierig an.

„Das kannst du! Aber sei gewiss, es ist sicherlich keine komische Geschichte! Entschuldige! Dieser Tag war ..."

„Zu viel?"

Alia nickte und berührte flüchtig seine Schulter.

„So war auch der meine", fügte er leise hinzu, sah sie dann auffordernd an und begann erneut zu essen. „Ich höre gespannt!"

Alia erzählte ihm, wie erniedrigt sie sich gefühlt hatte, als er sie damals auf den Rücken seiner Stute gezogen und ihren Kopf heruntergedrückt hatte. Sie war unendlich dankbar gewesen und trotzdem hatte ihr diese Situation einen widerwilligen Laut entlockt, den nur seine Stute gehört hatte. Sie nannte es absichtlich nicht ein Knurren, denn mit der tierischen Seite ihrer Existenz konnte und wollte sie noch immer nicht in dieser Deutlichkeit umgehen. Kian war damit im Reinen, bemerkte sie auch jetzt wieder, denn er nickte wissend und hörte nicht auf, sie auf diese Art mit Bewunderung anzusehen. Es tat ihr so gut, wiederholt seinen ruhigen Gesichtsausdruck zu sehen und zu wissen, dass er sie akzeptiert hatte in allem, was sie war.

„Deine Stute erschrak, und ich berührte flüchtig ihren Hals, um sie zu beruhigen. In diesem Moment zeigte mir die Gabe das Bild eines Wesens, das nicht real war. Ein Wesen halb Mann, halb Pferd!"

„Das ist unheimlich!", entgegnete er nun und legte seine Stirn in Falten.

„Das war es!"

„Hast du deswegen das Bewusstsein verloren?"

„Deswegen, und weil ich um Haaresbreite dem Tod entronnen war! Auch dieser Tag war zu ..."

„Viel" Kian nickte, berührte ihren Arm und sagte dann schuldbewusst: „Kein Wunder, dass ich dich in Angst und Schrecken versetzt habe!"

Die Erinnerungen schienen auch ihn einzuholen und sein Band zeigte ihr plötzlich seine Scham. Nun, er hatte ihr schon einmal gesagt, es sei seine größte Schmach, dass er sie damals in dieser Höhle nahezu geschlagen hatte. Aber sie spürte auch eine große Unsicherheit, als sei er zutiefst irritiert von ihren Worten. Er verstand nicht!

„Hast du dich nie gefragt, wie du dein blindes Pferd führen kannst, ohne es über die Zügel zu leiten?"

Er hob überrascht den Blick und begriff ihre Frage nicht. „Wie meinst du das?", fragte er nach, denn er erinnerte sich an keine solche Situation.

„Kian, als du mein Leben gerettet hast, hingen die Zügel lose hinab! Du führtest mit einer Hand dein Schwert, mit der anderen drücktest du meinen Kopf herunter! Wie, glaubst du, hast du deine Stute anleiten können?"

Er schüttelte unwillig den Kopf. Es musste eine andere Erklärung dafür geben, eine, die nicht sein Band einschloss, denn er war es so müde sich damit auseinanderzusetzen.

„Oder als du mit Mino in die Höhle zurückkamst! Eine Hand um seinen Körper, die andere mit einem Tuch auf seiner Wunde!", sprach Alia nun weiter.

Und hatte er damals nicht in seiner Verwirrung den Eindruck gehabt, er sei sehr schnell gelaufen? War es das, was er tat, wenn er die Auswirkungen seines Bandes an anderen sehen konnte? Verknüpfte er es mit dem Band anderer?

„Es ist eine Verbindung!", sprach er in den Raum und sah sie nicht mehr an. „Bei den Monden, habe ich auf diese Weise den König nahezu töten können?"

Er wandte sich ihr wieder zu und auch sie schien diesem Gedanken zu folgen.

„Wenn es so ist", nickte sie, „dann hast du es schon immer getan, Kian! Du hast offensichtlich lediglich deinen Einflussbereich erweitert!"

Aus ihrem Mund hörte es sich so einfach an, so, als sei es die gewöhnlichste Sache der Welt. Würde er jemals auf diese Art damit umgehen können? Er bezweifelte es. Er brauchte Zeit, um mit diesem Einflussbereich vertraut zu werden. Mehr Zeit, als er haben würde!

Es klopfte an der Tür und auf seine Aufforderung traten Edda und Logan ein. Beide lächelten, aber es war unverkennbar ein trauriges Lächeln.

„Ihr braucht Euch noch nicht zu verabschieden!", sagte er leichthin. „Wir werden morgen erst in der Mittagsstunde aufbrechen! Es wird genug Zeit geben, um *Leb wohl!* zu sagen!"

„Wir wissen das, Heermeister Dogul!", nickte Logan und sprach dann mit gesenktem Kopf: „Wir beide dachten uns jedoch, wir könnten uns nun bereits nach oben zurückziehen und Euch und die Heilerin in Privatheit zurücklassen! Das ist das beste Geschenk, das wir uns für diesen Abend vorstellen können!"

„Bitte lasst das Geschirr einfach stehen, Heermeister! Ich kümmere mich morgen darum!", schob Edda hinterher, zog dann Logan mit einem *„Gute Nacht!"* zur Tür heraus und schloss sie hinter sich.

Er sah Alia an und sie beide grinsten.

„Wie taktvoll!", lachte Alia dann leise.

„Nicht peinlich?", fragte er ebenso lachend nach.

„Nein! Es ist tatsächlich ein Geschenk!"

„Wann sollen wir es auspacken?"

Jetzt lachte Alia wirklich, und er fühlte sich plötzlich zum ersten Mal seit langer Zeit, als sei er in seinem Leben. Ohne den Tod vor Augen. Ohne Tränen. Ein Leben an Alias Seite in Normalität und mit ihrem Lachen in seinen Ohren. Es hatte ihm unendlich gut getan, es zu hören.

„Ich würde gerne noch baden!"

„Darf ich dir dabei Gesellschaft leisten?" Er sah sie die Stirn in Falten ziehen, nahm jedoch einfach seine Stöcke, erhob sich und fügte hinzu: „Ich setze Wasser auf!"

Alia folgte ihm mit ihrem Geschirr in die Küche, stellte es ab und sah ihn noch einmal zweifelnd an. Er warf einen kurzen Blick aus dem Fenster, stellte fest, dass die königlichen Soldaten nicht davor standen, und beugte sich dann zu ihr hinunter, um sie zu küssen. Sie stellte sich auf ihre Zehenspitzen und hob ihm ihr Kinn entgegen. Ihre Lippen trafen sich auf eine Weise sanft, als seien sie sich beide bewusst darüber, wie besonders dieser Moment war, den sie sich von der Beobachtung durch die Soldaten stahlen.

Er fühlte sich plötzlich kindisch. Hatte er sie nicht schon so oft geküsst und sich niemals dabei gefühlt, als stehle er sich etwas? Aber ihm wurde bewusst, dass er sie niemals zuvor derart öffentlich berührt hatte. Nie so, dass es die Wahrscheinlichkeit gegeben hätte, gesehen zu werden. Er hatte sie auch nie stehend geküsst.

Er stützte sich mit einem Arm auf die Arbeitsfläche, stellte die Stöcke beiseite, und während er den Wasserkessel füllte, wurde sein Herz eng, da er nicht hoffen konnte, dass er und Alia überhaupt jemals öffentlich zu ihrer Liebe stehen konnten, auch wenn die Königin es sich noch so sehr wünschte. Aber in diesem Moment schwor er sich, sollte er diesen tödlichen Irrsinn, dem er ab morgen fest in die Augen sehen musste, überleben, so würde er tun, was auch immer notwendig war, um diese Liebe offen leben zu können. Das Gesetz sollte darin keine Rolle spielen, das war er Alia schuldig. Sie war es so sehr wert, für sie etwas zu überwinden, mit dem er sich selbst längst abgefunden hatte. Und er war es auch, begriff er jetzt.

Er setzte den Kessel auf den Herd, der noch immer genügend Hitze führte, sah Alia an und nahm ihre Hand in seine. Derart nebeneinander stehend fiel ihm nun deutlich auf, wie viel kleiner sie war.

„Warum grinst du so?", fragte sie ihn lächelnd.

„Wir stehen nicht oft nebeneinander! In meiner Vorstellung bist du immer größer!"

„Ich war nie größer, Kian!", schüttelte sie nun den Kopf, als wolle sie ihm damit sagen, er rede Unsinn.

Er lachte leise und wusste, dass sie das sehr wohl war. Ihre Taten waren es, ihre Persönlichkeit, ihre Stärke und ihre Klugheit.

Kapitel 43

Alia bestieg ihren Hengst, befestigte ihr Schwert und ihren Bogen hinter sich am Sattel und zurrte wieder und wieder nervös ihr übriges Gepäck fest. Sie war nicht bereit. Bei den Monden, sie konnte den ersten Schritt ihres Pferdes nicht herbeiführen!

In der peripheren Sicht sah sie Edda und Logan um sie herum stehen, beide mit Tränen in den Augen, und Sara, die betroffen von einem zum anderen blickte. Roan, Ana und Evan warteten bereits auf ihren Pferden, und sie alle schienen sie mit Mitgefühl zu betrachten. Kian stand in der offenen Tür zu seinem Haus, und sie brachte es nicht fertig, ihn noch einmal anzusehen. Sie mussten aufbrechen, aber nichts schien sie in diesem Moment davon abzubringen, noch einmal ihr Gepäck zu justieren. Tränen traten in ihre Augen und sie zwang sich, innezuhalten. Sie atmete tief und versuchte die Tränen wegzublinzeln und doch gelang es ihr nicht, aufzublicken und ihren Hengst anzutreiben.

In diesem Moment spürte sie Kians Band. Es schmiegte sich an sie mit all seiner Liebe und der Sicherheit, die darin lag. Er schien ihr seine Kraft und seinen Willen zu senden, all seinen Mut und auch all seine Sorge. Sie sollte diese Reise beginnen, die alles zerstören konnte, was sie hatten, und dennoch begonnen werden musste, um den Hauch einer Chance auf eine Zukunft zu haben. Sie wusste nur zu gut, dass er recht hatte, und dass ihr ohnehin keine andere Wahl blieb.

Sie atmete noch einmal durch, hob dann den Kopf, nickte Kians Soldaten zu und trieb ihr Pferd an. Sie sah, wie alle drei Soldaten sich noch einmal Kian für einen letzten stillen Austausch zuwandten, denn er selbst würde von Soldaten des Königs abgeholt und zum Palast eskortiert werden, doch Alia blickte nicht zurück. Sie wischte sich die Tränen aus dem Gesicht und legte in einer deutlichen Geste die Kapuze ihres Umhanges nach hinten. Sie hatte verstanden, und Kian würde es wissen.

Sie hatten die letzte Nacht gemeinsam durchwacht. Er hatte sie in sein Badezimmer begleitet, ihr zugesehen, mit ihr gesprochen und letzten Endes ihr Haar gewaschen. Er hatte die Knoten darin mit einer Sanftheit gelöst, für die sie selbst nie die Geduld aufgebracht hatte, und es danach lange gebürstet. Ihr Gespräch war nie verstummt, auch nicht, als sich ihre Körper getroffen hatten, als seien sie Magneten, die sich unausweichlich anzogen und die zu trennen unbeschreibliche Kraft kostete.

Es gab eine neue Zeichnung an der Wand über seinem Bett und es war eine Zeichnung von ihr. Er hatte sie in all ihrer gezähmten Wildheit gezeichnet, den Blick stur auf den Betrachter gerichtet und dennoch mit einem fast scheuen Lächeln. Sie glaubte nicht, dass sie jemals in ihrem Leben tatsächlich so schön gewesen war, wie er sie dargestellt hatte, und das hatte sie ihm gesagt.

Er jedoch hatte sie in seine Arme geschlossen und in der Alten Sprache geflüstert, er bezweifle, dass seine Zeichnung ihrer Schönheit in irgendeiner Form gerecht würde. Er hatte sie geküsst, ihre Ohren, ihre Nase, ihre Augen und wieder und wieder gesagt, wie wunderbar sie sei. *„Anso arju!"*, hatte sie geantwortet und gewusst, dass in ihrer Welt niemand so schön war, wie er.

Sie hatten sich gegenseitig versichert, dass dies kein Abschied war, sondern viel eher ein Aufbruch in eine gemeinsame Zeit, die sich nur geringfügig von ihrer bisherigen Zweisamkeit unterscheiden würde. Sie würden sich weiterhin heimlich sehen, ihre Gefühle und Berührungen verbergen. Und war es nicht tatsächlich so, dass sie beide niemals genug Zeit füreinander zu haben schienen? Und war nicht die Trauer ohnehin ihr Gefährte gewesen in allem, was sie geteilt hatten? Sie beide schwiegen über die Zukunft, und dieses Schweigen erschien Alia jetzt, als hätten sie gar keine.

Am Morgen war Sara erschienen und hatte Kian ehrfürchtig ein in Papier gewickeltes Päckchen überreicht. Es waren zwei weiße Hemden, die sie für ihn gefertigt hatte, und für Alia hatte sie ein dunkelgrünes Gewand genäht, dessen Stoff so leicht war, dass er nahezu durchsichtig wirkte, ohne es zu sein. Auch sie wollte an diesem Abschied teilhaben, und nachdem Kian Edda gebeten hatte, für sie alle das Frühstück in der Küche zu bereiten, saß sie eingeschüchtert ihm gegenüber am Tisch und wagte kaum ihn anzusehen. Und doch hatten sie diese Mahlzeit geteilt, wie eine große Familie, die lediglich kein Verwandtschaftsverhältnis verband.

Alia dachte erneut daran, wie sie gestern von Tana Abschied genommen hatte. Es hatte ihr so viel bedeutet, in Tana eine Mitstreiterin während all der Mondläufe gehabt zu haben, die sie beide mit der Arbeit an ihren Patienten verbracht hatten. Die Tage, während denen Alia sich vorgemacht hatte, sie könne irgendeine Linderung bei ihnen erreichen oder etwas über die Beschaffenheit des Bandes aus ihrem Zustand lernen, schienen endlos lange her. Seitdem hatten sie und Tana begonnen, mehr Wert auf die Beziehung zu legen, die sie zueinander hatten. Sie waren Freundinnen geworden, und heute Morgen hatte sie sich gewünscht, auch mit Tana das Frühstück in Eddas Küche zu teilen. Sie gehörte zu den wenigen Menschen, die ihr nah waren.

Tana wusste, Alia würde heute dorthin aufbrechen, wo ihre Patienten ihrer selbst beraubt worden waren, dennoch hatte sie ihr Kraft gegeben, indem sie entschlossen gesagt hatte: „Ihr seid klug, Heilerin! Ihr findet den Weg hierher zurück!“

Das waren ihre Abschiedsworte gewesen, und Alia wollte nicht mehr weinen. Ja, es gab einen Weg zurück und sie würde alles tun, damit so viele Menschen wie möglich sie auf diesem Weg begleiteten.

Sie hatte nun freien Blick auf das Palasttor und erkannte bereits, dass sich eine unglaubliche Menge Menschen auf dem Platz vor dem Palast versammelt hatte. Soldaten, es mussten mehrere Hundert sein, hatten sich hier zusammengefunden und ebenso viele Pferde. Sie versicherte sich, dass auch Roan, Ana und Evan bereits in der Lage waren, die Menschenmenge erkennen zu können, und fragte dann irritiert: „Werden all diese Soldaten mit uns in den Süden reiten?“

Roan wandte sich ihr lächelnd zu und schüttelte den Kopf. „Nicht alle, Heilerin! Viele, die nicht ausgewählt wurden, sind gekommen, um Heermeister Dogul die Ehre des Abschiedes zu erweisen!“

„Ausgewählt?" Sie sah Roan an und griff nach hinten, um die Kapuze erneut über ihren Kopf zu legen.

„Ja! Jeder, der diesen Kampf antritt, tut es aus eigenem Willen. Es gab weit mehr Freiwillige, als diese Mission verlangt, und so blieb dem Heermeister nur, eine Auswahl zu treffen!"

Alia nickte. Sie hatte nichts davon gewusst und plötzlich musste sie lächeln, weil Kian ihr zwar immer wieder versichert hatte, er fände einen Weg, seine Soldaten zu führen, auch wenn er ein Gefangener des Königs war, sie das jedoch immer still bezweifelt hatte. Sie wusste nicht viel über die Art, wie er arbeitete, aber er hatte diesen Weg gefunden. Er würde ihn auch in Zukunft finden, und das ließ sie ruhiger atmen.

Sie ritten auf den Platz, mitten in die Menschenmenge hinein, und Alia verschwand eingeschüchtert hinter der peripheren Sicht. Sie hatte das so lange nicht getan und doch schien sie damit lediglich ihrem Instinkt des Selbstschutzes zu folgen. Sie hatte nicht gewusst, dass sie noch immer derart viel vom Wesen einer Jidari in sich trug, und fühlte sich in diesem Augenblick tief verbunden mit ihrer Vergangenheit, die sie glaubte abgeschüttelt zu haben. Es lag kein Schmerz darin, keine Trauer, sondern eine Art wissender Sicherheit darüber, wer sie am heutigen Tage war.

„Wir reiten dort hinüber zu den Soldaten der ersten Garde, Heilerin! Sie werden uns begleiten!", leitete Ana sie nun an und ihr Blick traf sie mit einem Lächeln.

Alia nickte, spürte ihr eigenes Lächeln nicht völlig gelingen und sah dann kurz auf. Sie erkannte Hauptmann Eret, der vermutlich kein Hauptmann mehr war, und erstarrte. Er würde doch sicher nicht noch einmal in den Süden gehen, nach allem, was er dort erlebt hatte, oder doch? Nun, er führte Gepäck auf seinem Pferd mit sich, und Alia dachte daran, dass er zumindest vor dem Gleißen geschützt war. Er hatte es schon einmal überlebt, aber all das Grauen, dessen Zeuge er geworden war ... Sie wusste nicht, ob sie ihn bewundern oder ihn einen Irren schimpfen sollte.

Sie mischten sich unter die Soldaten, und Roan begann ein leises Gespräch mit einigen von ihnen, während Ana an Alias Seite blieb und mit ihr schwieg. Sie blickte über die Menge, und Alia merkte auch ihr die Anspannung an, dennoch schien sie stark und ruhig. Alia versuchte, selbst Gefühle solcher Art in sich zu finden, aber sie war nicht wie Ana. Sie hatte nicht das Selbstbewusstsein einer Kriegerin, die unter der Führung ihres Heermeisters in den Kampf ritt. Sie war lediglich fehl am Platze und alles, was hier geschah, konnte ihr Leben zerstören.

Plötzlich jedoch verstummte die Menge und alle Blicke glitten in Richtung des Palastes. König Abran erschien dort und bestieg in der Auffahrt sein Pferd. Er war uniformiert, bewaffnet und wurde von mindestens zwanzig seiner Soldaten eskortiert. Er hätte das Abbild eines mächtigen Feldherrn sein können, nur störten zu viele Details dieses Bild. Es schien nicht zu stimmen. Seine Stiefel waren zu blank geputzt, seine Haare zu ordentlich frisiert und seine Uniform scheinbar nie zuvor getragen. Alia sah sich um und fragte sich, warum niemand vor ihm niederkniete. Tat man das im Freien nicht oder wurde sie erneut Zeugin einer allgemeinen Missachtung seiner Person?

In diesem Moment sah Alia kurz die Gestalt der Königin hinter ihrem Mann auftauchen. Sie war blass, hatte die Arme vor der Brust verschränkt, als wolle sie sich vor irgendetwas schützen und verschwand dann hinter einer der Türen. Es war etwas Verletztes an ihr, das Alia nicht mit der starken Frau verbinden konnte, als die sie sie kannte, jedoch blieb ihr nicht die Zeit, sie noch einmal genauer anzusehen, denn die Fürsten trafen nun auf dem Platz ein. Sie erkannte einige aus dem Thronsaal wieder, und der Eindruck, der sich in ihrem Kopf von ihnen einbrannte, war der eines unbedingten Willens. Sie wollten diesen Kampf, sie wollten Teil dessen sein, was ihr Land retten oder zerstören konnte.

Verwirrt blickte sie sich um. Das Eintreffen der Fürsten hatte ein Raunen unter den Soldaten hervorgerufen. Köpfe wurden geneigt, Nicken ausgetauscht, und dann sah sie Kian. Er war umringt von zehn Soldaten und doch schien er herauszustechen durch seine aufrechte Haltung. Sie ritten durch das Palasttor, seine Stute schritt würdevoll dahin und sie beide sahen in diesem Moment nichts als edel aus. Unter seinem Mantel trug er eines der Hemden, die Sara ihm gefertigt hatte, stellte Alia nun fest und schluckte ihre Ergriffenheit herunter. Plötzlich war es schwer vorstellbar, dass dies der Mann war, mit dem sie so sehr vertraut war, und doch erschien er ihr nicht fremd. Er war der erste Heermeister des Königs, auch wenn er unbewaffnet war und dieser ihn als einen Gefangenen betrachtete. Alia musste sich lediglich daran erinnern.

Ihr Herz klopfte, denn nun wurden auch andere auf ihn aufmerksam. Die Soldaten wandten sich ihm zu und ein jeder berührte still seine Brust mit der Faust. Schweigen legte sich über die Menge. Jetzt wandten sich auch die Fürsten und ihre Begleiter Kian zu. Sie alle führten die Faust zur Brust und auch die Soldaten um sie herum neigten ihre Köpfe und wiederholten diese Geste.

Kian selbst sah sich um, und Alia konnte in seinem Blick sehen, was dies alles in ihm auslöste. Er fixierte kurz den König, der seine Wut offensichtlich kaum noch zügeln konnte, zollten die Soldaten in diesem Moment doch nicht ihm die Ehre, sondern seinem Gefangenen, den er so sehr verabscheute. Kian sah ihn an, als wolle er ihm sagen *Sieh, wer diesen Feldzug anführt.* Es lag nichts Überhebliches in diesem Blick, sondern es schien lediglich eine Feststellung zu sein.

Seine Augen glitten erneut über die Menge und dann neigte er selbst den Kopf, zunächst vor den Fürsten, dann auch vor seinen Soldaten und führte die Faust an seine Brust, woraufhin sich die Soldaten entspannten. Einige jubelten, riefen ihm zu, andere sahen ihn einfach nur an. Konnte Kian noch mehr Ehrerbietung erfahren? Sie alle standen an seiner Seite und würden mit ihm kämpfen, das war es, was ihr Jubel und Schweigen gleichermaßen ausdrückte, und Kian sah sich erneut um. Er wirkte stolz und er war es mit Recht.

Alia atmete lange aus. Sie hatte eine ähnliche Situation schon einmal erlebt, als er mit seinen Soldaten im Norden das Ritual ausgeführt hatte, und doch war das hier völlig anders, denn Kians Band schwieg. In diesem Augenblick berührte es niemanden. Seine Kontrolle war perfekt.

Kian führte den Gruß aus und senkte den Kopf. Er war überwältigt, so viele seiner Soldaten hier versammelt zu sehen, auch die, die ihn nicht in den Süden begleiten würden. Er erkannte so viele unter ihnen und er war dankbar, dass sie gekommen waren, um Abschied zu nehmen, nicht nur von ihm, sondern auch von ihren Kameraden.

In diesem Moment fiel es ihm schwer, die Kontrolle aufrechtzuerhalten, die seine Gefühle an dem Ort seines Körpers einschlossen, den er gewählt hatte, um einen fixen Punkt für seine Vorstellungskraft zu haben. Er hatte nicht die geringste Ahnung, ob es funktionierte, und etwas in ihm verlor den Mut, denn wenn er Alia Glauben schenkte, dann waren solche Situationen, in denen ihm öffentlich Ehre erwiesen wurde, für gewöhnlich die, in denen sein Band am deutlichsten die Menschen um ihn herum beeinflusste. Manipulierte er sie nun? Seine Blicke suchten Alia und er entdeckte sie unter den Soldaten seiner ersten Garde. Er konnte ihren Gesichtsausdruck nicht erkennen, aber sie trug ihre Kapuze. War das ihr verabredetes Zeichen, oder verbarg sie sich lediglich, weil sie verunsichert war? Er konnte es nicht wissen.

Ihr Zögern vor seinem Haus hatte ihm nur zu deutlich gemacht, dass sie gar nicht mit ihm gehen sollte. Sie war nicht dafür gemacht, in einen Krieg zu ziehen. Sie verabscheute Gewalt, sie schätzte den Wert jeden Lebens und sie war verdammt nochmal der Mensch, den er in Sicherheit wissen wollte. Er hatte versucht ihr mit seinem Band nicht nur Liebe zu senden, sondern auch Kraft. Er wollte sie ermutigen und gleichzeitig wertschätzen, dass sie bereit sein würde zu gehen. Und sie ging. Sie hatte nicht zurückgesehen und ihm dennoch zu verstehen gegeben, dass sie begriffen hatte. Sie fügte sich in ihr aufgezwungenes Schicksal, und Kian hatte seine Wut aufflammen gespürt, wie schon seit Langem nicht mehr. Er hatte sein Leben nie als gerecht empfunden, hatte sich so oft untersagt, es unter diesem Gesichtspunkt zu sehen, aber Alia zu zwingen sich dem auszusetzen, was sie alle im Süden erwartete, erschien ihm jetzt wie das spitze Ende der Klinge.

Er nickte Hauptmann Lin zu, der sich zu Fürst Trang gesellt hatte, auf dessen Territorium seine dritte Garde nun schon seit Langem lagerte. Er hatte stets guten Kontakt zu Trang gepflegt, der sich vor allem dadurch verstärkt hatte, dass er selbst erfolgreich gegen

Trangs marodierende Miliz vorgegangen war. Lin führte fünfzig Soldaten seiner Truppe in diesen Kampf.

Es hatte Kian nicht viel Überlegung gekostet zu entscheiden, welche seiner Hauptmänner er benötigen würde, um diesen Feldzug zu führen. Sie alle hatten sein Vertrauen, sie alle hatten sich dafür ausgesprochen ihm zu folgen, aber nur wenige brachten die Fähigkeiten für diese Mission auf, und hier sah Kian vor allem die Fähigkeit, einer ungewöhnlichen Gruppe zu dienen. Er benötigte Anführer, die sich auf die Situation einer nahezu willkürlich zusammengewürfelten Truppe einstellen konnten, denn nichts anderes würden sie sein. Er wusste, die Befehlsgewalt während des Feldzuges war eine heikle Angelegenheit, und auch hier war es an den Hauptmännern, damit umzugehen. Er brauchte keine große Anzahl an führungserfahrenen Soldaten, wären doch die Fürsten anwesend und vor allem seine eigene persönliche Garde.

Seine Wahl war sofort auf Tavo, Lin und Seth gefallen. Lins Garde führte Kämpfer, die sich in der Vergangenheit als die stärkste Einheit der Armee gezeigt hatten. Er selbst hatte keine Familie, niemanden, dem gegenüber er außerhalb der Armee Rechenschaft schuldig war.

Ebenso verhielt es sich mit Tavo, dem Hauptmann der zweiten Garde, die weit im Süden lagerte. Er war der Inbegriff eines Edelmannes in seiner Integrität gegenüber seinen Soldaten. Sie alle würden vor Beginn ihrer Reise in die Wüste in seinem Heerlager Halt machen, um dann die letzte Etappe mit ihm und seinen fünfzig Kriegern zurückzulegen.

Seth, der Anführer der sechsten Garde, war mit allergrößter Sicherheit derjenige seiner Hauptmänner mit der größten natürlichen Autorität sowie der Fähigkeit, sich sozial an die Spitze einer Gruppe zu stellen, ohne ihre Mitglieder auch nur irgend zu beeinflussen. Wenn jedoch jemand gegen ihn handelte oder gegen die Gruppe, so war er dafür bekannt, wenig gnädig in seiner Bestrafung zu sein, ohne jemals zu weit zu gehen. Kian wusste von ihm, dass er mit einem Kaufmann aus der Hauptstadt liiert war. Beziehungen dieser Art waren nicht verboten, aber es gab zu viele, denen sie ein Dorn im Auge waren, und Seth hatte immer wieder bekräftigt, er und sein Gefährte hätten kein Interesse daran, diese Beziehung zu veröffentlichen.

Kian hatte nie weiter über die Beziehungen anderer nachgedacht. Jetzt jedoch, wo er selbst einem anderen Menschen verbunden war, öffneten sich seine Augen für die Liebe zwischen Ana und Evan. Nun, sie beide waren Krieger und wussten stets um die Bedrohung, die darin für sie lag. Sie beide hatten dieses Leben gewählt, so wie er selbst es im Grunde auch getan hatte, nachdem er sich entschieden hatte, sich nicht länger willentlich in den Tod stürzen zu wollen. Aber Alia hatte es nicht.

Er sah erneut hinüber zu seiner ersten Garde und spürte jetzt den Hauch des Bedauerns darüber, dass es ihm nicht erlaubt war, sich zu ihnen zu gesellen. Nun, er hatte seine Entscheidung getroffen und sie war ihm nicht schwer gefallen. Er würde sich dem König beugen, alles andere hätte einen weiteren Konflikt ausgelöst, der nur ein blutiges Ende hätte nehmen können, und er glaubte noch immer, wie in all der Zeit zuvor, daran, dass Abran über Wissen verfügte, das ihm nicht zugänglich war. Dieses Wissen zwang ihn in die Gefangenschaft.

War das Eret, den er nun erblickte? Er konnte ihn nicht richtig erkennen, aber er würde es früh genug erfahren.

König Abran ritt jetzt von vier seiner Soldaten begleitet in die Mitte des Platzes. „Jeder, der nicht an diesem Feldzug teilnimmt, soll nun sein Pferd besteigen und abtreten!", brüllte er in die Menge.

Er war noch immer erbost darüber, dass so viele Soldaten den Weg hierher gefunden hatten, nur um ihre Kameraden und Kian zu verabschieden. Viele saßen nun auf und bewegten ihre Pferde in Richtung des Palasttors. Erst jetzt erkannte Kian Gorin unter ihnen, der direkt auf ihn zuritt. Kian senkte den Kopf und führte erneut die Faust zu seiner Brust. Er sah Gorin lächeln und als er nah genug war, nickte er ihm zu.

„Hast du gedacht, ich lasse dich einfach so gehen, mein Heermeister?"

Kian schüttelte den Kopf und sah seinen Freund lange an.

„Ich werde dich wiedersehen, Kian!", sagte Gorin dann fest und für einen Moment legte sich Schweigen über sie.

„Wenn nicht, so weiß ich, dass du die Armee in eine Zukunft führen kannst, die nicht die meine ist!", erwiderte Kian dann.

Gorin nickte noch einmal, legte nun seine Faust an die eigene Brust und senkte den Kopf. „Ich sehe dich wieder!", wiederholte er und ritt an ihm vorüber.

Gorin glaubte an ihn, und vielleicht war endlich auch für ihn die Zeit gekommen, an sich zu glauben. Zu glauben, dass dieser Feind zu schlagen war, und doch gelang es ihm nicht, sich und seine Fähigkeiten derart hoch einzuschätzen. Hier ging es nicht darum, wie perfekt er in der Lage war ein Schwert zu führen oder mit welchem Können er Pfeile aus seinem Bogen entließ. Dieser Kampf würde auf vollkommen andere Art geführt werden. Er würde vermutlich seine Waffen nicht einmal benutzen, und dennoch hatte es ihn beruhigt, sie vorhin an Roans Sattel befestigt zu entdecken.

„Fürsten dieses Landes! Soldaten! Aufsitzen!", schallte Abrans Stimme nun über den Platz.

Kian erinnerte sich daran, dass Mino ihm einmal berichtet hatte, der König ließe seine Soldaten anhand solcher Befehle marschieren. Er senkte den Kopf, um seinen Unwillen zu verbergen. Was, um der Monde Willen, dachte Abran, was er hier tat?

„Einige meiner Männer werden vorausreiten und ein Lager am Turon-Fluss vorbereiten. Dorthin werden wir nun aufbrechen!"

Das war es? Mehr hatte er nicht zu sagen? Kian hatte Worte für einen solchen Moment, Worte, die er an all seine Mitreisenden richten konnte, aber es war ihm untersagt, sie zu äußern. Dabei war jetzt der richtige Zeitpunkt, diese derart unterschiedliche Reisegruppe zusammenzurufen und sie zum ersten Mal auf ihr gemeinsames Ziel einzuschwören. Der König jedoch wandte lediglich sein Pferd, sammelte seine fünfzig Mann starke Truppe und winkte die Soldaten, die Kian eskortierten, zu sich.

Er trieb seine Stute an und erhob wieder den Kopf. Wo war seine Tante? Er blickte um sich und sah sie an der Palasttür stehen. Sie sah erbärmlich aus, und als er ihren Blick auffing, war es, als wollte sie innerlich zerbrechen. Er versuchte ein Lächeln und erhob leicht die Hand zum Gruß, aber sie nickte ihm lediglich zu, wandte sich dann ab und verschwand. *„Du trägst keine Schuld!“*, hatte sie ihm gesagt, aber nun war es, als straften sie ihre Worte Lüge.

Erst in diesem Moment sah er Mino und seine Späher eintreffen. Er wusste, sie hatten die Abreise der Fürsten Markham und Turon überwacht, natürlich auch die seines Vaters. Diese Fürsten waren wutentbrannt aufgebrochen, nachdem der König sie Feiglinge geschimpft hatte, und derart gedemütigt erschienen sie zu allem in der Lage, um diesen Feldzug zu sabotieren. Mino jedoch sah ihn lächelnd an, nickte einmal und schloss dann zu den Soldaten der ersten Garde auf. Gut, zumindest brauchten sie sich um die Abtrünnigen keine Sorgen zu machen, und Kian fragte sich, wie wohl die Zukunft dieser drei Fürstentümer aussehen mochte, nachdem ihre Oberhäupter in den Augen der Monarchie in Ungnade gefallen waren. Aber war nicht die Zukunft ohnehin völlig offen?

Er vermied den Blickkontakt mit dem König und seinen Soldaten. Er konnte die Kontrolle seines Bandes, wenn er sie überhaupt jemals hatte, nicht länger aufrechterhalten. Es kostete ihn unendliche Kraft, und er sah sich noch einmal nach Alia um. Eret war bei ihr. Er war es tatsächlich, der Narr! Was wollte er damit beweisen? Er war hier, um an Kians Seite zu kämpfen und wettzumachen, was er ihm unter des Königs Befehl angetan hatte, aber das waren nicht die richtigen Beweggründe, um in einen solchen Kampf zu ziehen. Es waren Scham, gekränkte Ehre und verletzter Stolz, aber nicht der Wille, seinem Land zu dienen. Nun, er musste es hinnehmen. Es war Erets Entscheidung.

Er sah in Alias Augen. Sie wirkte gefasst, lächelte ihn sogar an, dann tippte sie mit ihrer Hand auf ihren verhüllten Kopf und nickte.

Kian war verblüfft. „Kannst du es spüren?“, fragte er dann leise.

Er hoffte, sie konnte ihn verstehen. Er war sich noch immer nicht ganz sicher über die Reichweite ihre geschärften Sinne und als er sie nun deutlich den Kopf schütteln sah, versetzte sie ihn in tiefes Erstaunen. Wie weit mochte er von ihr entfernt sein? Dreißig Körperlängen bestimmt! Und er hatte seine Worte so gesprochen, dass sie nur der Soldat direkt neben ihm gehört haben konnte, und dennoch hatte sie ihn verstanden. Sie war unfassbar! Sie gehörte zu ihm, und er spürte das Glück durch seinen Körper strömen, das ihm dieses Wissen schenkte.

Er klopfte den Hals seiner Stute, schloss zu des Königs Truppe auf und fühlte sich gestärkt. Es war ihm gelungen, sein Band zu kontrollieren. Alle Reaktionen, die er in anderen soeben ausgelöst hatte, waren echt und nicht Auswirkungen seiner Manipulation gewesen. Das alles ließ ihn in stiller Dankbarkeit zurück und er ließ die Stute ausschreiten in eine ungewisse Zukunft.

Kapitel 44

Alia stieg todmüde von ihrem Pferd. Der Ritt dieses Tages hatte sie durch Felder geführt, die so voll standen mit Kräutern, dass sie kaum den Blick hatte abwenden können. Die meisten waren bereits verblüht und sie bewegten sich im Wind, der ihr die verschiedensten Düfte zutrug. Das Land streckte sich in sanften Hügeln dahin und dichte Hecken von Jasmin legten ihren süßen Geruch bald wie einen Teppich darüber. Zum ersten Mal in ihrem Leben fragte sie sich, ob sich womöglich auch ihr Geruchssinn von dem anderer unterschied, denn während sie fast überwältigt immer wieder einatmete, beobachtete sie nichts dergleichen an ihren Reisegenossen.

Wiederholt hatte sie geglaubt, Kians Band zu spüren, war sich jedoch nicht sicher gewesen und so hatte sie ihm keine Antwort durch Zeichen gegeben. Er ritt weit vor ihr, und sie bezweifelte, dass er sie überhaupt sehen konnte. Das alles entmutigte sie und sie blickte unruhig umher.

Der Aufbruch vom Palast und der Anblick der Menschen, die mit ihr ritten, hatte sie mit vielen Fragen zurückgelassen, die sie sich schließlich wagte an Ana zu stellen, die seither nicht von ihrer Seite gewichen war. Wie war es möglich, dass sich in dieser kurzen Zeit so viele Soldaten der Armee in der Hauptstadt eingefunden hatten? Und wie konnten die Soldaten überhaupt diese Farce ausführen und vorgeben unter dem Oberbefehl des Königs zu marschieren?

„Heermeister Dogul führt den Oberbefehl, Heilerin! Nicht der König!", hatte Ana ihr bestätigt. „Es ist eine stillschweigende Abmachung, die während der Verhandlungen im Palast getroffen wurde!"

„Aber warum? Wozu dient dieses Versteckspiel?"

„Es verhindert einen Krieg, Heilerin!"

Alia hatte genickt. Sie verstand, dass eine offene Wendung gegen den König eine gewalttätige Auseinandersetzung provoziert hätte, aber sie konnte noch immer nicht recht sehen, warum Kian ohne Gegenwehr akzeptiert hatte ein Gefangener zu sein, und sie hatte versäumt, ihn danach zu fragen.

Ana hatte auch ihre anderen Fragen geduldig beantwortet, sie jedoch irgendwann einfach angelächelt. „Ihr habt Euch sehr verändert, Heilerin!"

Alia hatte irritiert geblinzelt. „Was lässt Euch so sprechen?"

„Ihr stellt Fragen!"

Alia hatte verschämt den Kopf gesenkt, dann jedoch den Blick wieder auf Ana gerichtet und genickt. Ana hatte nicht aufgehört zu lächeln und begonnen ihr zu erklären, wie der Heermeister mit ihnen allen kommunizieren konnte. Roan hatte Kians Pferd, bevor sie es zu ihm gebracht hatten, mit allem ausgestattet, was er zum Schreiben benötigen würde. Er hatte Kohlestifte beigelegt, um ihm bei Entdeckung zu ermöglichen, sich damit herauszureden, dies sei sein Zeichenmaterial. Er würde kodierte Nachrichten verfassen, sobald es ihm möglich war, und einer der Fürsten würde als Bote fungieren, auch um Kian Nachrichten zu überbringen. Es würde der junge Fürst Ileu sein. Er würde vorgeben, den Gefangenen besuchen zu wollen, um sich regelmäßig mit eigenen Augen von seinem Wohl zu überzeugen.

Es war ein einfacher Plan und auf ihre Frage hin, ob das funktionieren konnte, hatte Ana lediglich genickt und dabei ausgesehen, als verstünde sie Alias Besorgnis nicht. Nun, Alia hatte schon einmal begreifen müssen, dass Kians Machteinfluss scheinbar keine Grenzen zu kennen schien. Er hatte bereits auf ihrer Reise durch den Norden die Befehlsgewalt über seine Truppen fortgeführt, ohne dass es ihr offensichtlich geworden war. Damals hatte sie vieles an seiner großen Verantwortung nicht gesehen. Sie hatte seine Autorität nicht gänzlich erfasst. Heute jedoch wusste sie darum, und sie sollte wahrlich nicht an ihm zweifeln.

Sie hatten bei Einbruch der Dunkelheit den Lagerplatz erreicht. Eine Vorhut hatte Zelte für den König und die Fürsten errichtet, während die Soldaten um die zahlreichen Feuer schlafen würden.

Roan hatte ihr einen Platz für ihr Schlaflager angewiesen, das inmitten der Soldaten der ersten Garde lag. Sie hatte ihr Pferd versorgt und dann beschlossen, sich nützlich zu machen, aber sie sah sich vergeblich nach den anderen Heilern um, die vor ihr in der Nähe der Truppen des Königs geritten waren. Sie konnte in diesem Meer der Zelte auch den König selbst nicht entdecken und auch von Kian fehlte jede Spur.

Evan kam auf sie zu, zwei Becher Tee in der Hand, wovon er ihr einen aushändigte. „Ihr seht müde aus, Heilerin!"

„Ich habe lange nicht geschlafen!", antwortete sie und trank von dem Tee, der frisch nach Zitrone duftete.

Evan nickte lediglich. Er glaubte sicherlich zu wissen, dass die Aufregung vor der Reise ihr den Schlaf geraubt hatte. Was würde er sagen, wenn er wüsste, dass die Gegenwart seines Heermeisters verantwortlich dafür war? Sie atmete tief durch und folgte ihm dann zu ihren Schlafplätzen. Roan hatte bereits das Essen für sie bereitgestellt, das aus einem Eintopf bestand. Ana stieß zu ihnen, und Alia genoss diese vertraute Runde, obwohl Kians Fehlen ihr dadurch umso deutlicher wurde. Schließlich trat Mino zu ihnen, gefolgt von einem Soldaten, der sein Pferd mit sich führte. „Heilerin, es widerstrebt mir, Euch zu belästigen, aber würdet Ihr Euch kurz das Pferd meines Freundes ansehen? Es lahmt!"

„Natürlich!", nickte Alia sofort und erhob sich.

Sie lächelte den fremden Soldaten an und berührte wie beiläufig sein Pferd. Das Tier wich einige Schritte zurück, stand dann jedoch still, als erwarte es einen Leckerbissen. Es nestelte an Alias Gewand und sie bemerkte ein Flackern in seinem Band, das sie beunruhigte. Sie berührte seinen Kopf und konnte jetzt deutlich spüren, dass sich dort etwas befand, das nicht dorthin gehörte. Sie senkte traurig den Kopf und strich an seiner Flanke entlang zu seinem rechten Hinterbein, in dem sie sein Band kaum noch spüren konnte. Dieses Pferd hatte einen Tumor in seinem Gehirn und die *nervi* übertrugen kaum noch Befehle in Richtung seiner rechten Seite.

Alia sah auf und blickte den Soldaten an, versuchte herauszufinden, wie teuer ihm dieses Pferd war, aber seine Mine verriet nichts. „Euer Pferd ist sehr krank!"

„Könnt Ihr etwas tun?", fragte er gedämpft.

„Nein."

Der Soldat nickte. „Ich werde es erlösen!", sagte er trocken und führte sein Pferd hinaus ins freie Land.

Alia sah ihm nach, solange die Feuer ihn beleuchteten und darüber hinaus. Sie sah ihn einen Pfeil in seinen Bogen einlegen und wandte sich dann ab. Sie hatte keinen Hunger mehr und versuchte inständig, den Tod des Pferdes nicht als schlechtes Zeichen zu sehen. Sie glaubte nicht an solche Zeichen, und doch ließ sie dieser Abend bedrückt zurück.

Der König hatte offensichtlich beschlossen, ihn nicht zu beachten. Er hatte seit ihrer Abreise nicht einmal den Blick in seine Richtung gewandt und ihn erst recht nicht angesprochen. Man hatte ihm ein Zelt zugewiesen, zwei Soldaten davor postiert und ihn dann sich selbst überlassen. Kian konnte dies nur recht sein, gab es ihm doch Zeit für seine verdeckte Korrespondenz.

Er war ruhig. Er ließ sich auf der Pritsche nieder, die, abgesehen von eine Öllampe, das einzige Mobiliar dieses Zeltes war, und schrieb eine verschlüsselte Notiz, in der er Mino anwies, auch weiterhin die Umgebung zu observieren, da er sich noch immer nicht darüber sicher sein konnte, dass Fürst Garon das Passieren der Truppen auf seinem Territorium ohne Intervention dulden würde. Mehr gab es für ihn am Ende dieses ersten Reisetages nicht zu tun.

Der junge Fürst Ileu erschien und winkte ab, als Kian sich erheben wollte. „Bei den Monden, so bleibt doch sitzen, Heermeister Dogul! Ihr müsst mir gegenüber keine Höflichkeiten bekunden, so es Euch Mühe bereitet!"

Kian beobachtete den Fürstensohn und versuchte herauszufinden, warum er derart mit ihm sprach. „Es bereitet mir keine Mühe! Ich bin lediglich nicht sehr schnell!", antwortete er spitz.

„Das weiß ich!", entgegnete sein Gegenüber irritiert und hielt seinen Blick.

Kian atmete durch und lächelte schließlich. „Entschuldigt, Fürst Ileu!"

„Entschuldigt Euch nicht, Heermeister! Ich verstehe, dass Ihr unter dem Inzani-Gesetz gelernt habt, misstrauisch zu sein!“

„Ich hatte wenig Gelegenheit, etwas anderes zu lernen“, antwortete Kian offen und sie nickten sich noch einmal zu.

„Nun, dann zu unseren Heimlichkeiten!“, zwinkerte der Fürst nun und senkte dann die Stimme. „Euer erster Späher lässt Euch mitteilen, dass die abtrünnigen Fürsten an ihre Höfe zurückgekehrt sind. Einzig Fürst Dogul, der, wie ich richtig verstanden habe, Euer Vater ist, hat die Königin kontaktiert, um ihr seine Hilfe während der Abwesenheit des Königs anzubieten!“

„Hilfe?“, fragte Kian schnaubend, denn er konnte sich nicht vorstellen, in welchen Dingen sein Vater glaubte kompetenter zu sein als die Königin.

Fürst Ileu winkte gelassen ab. „Es ist einerlei! Die Königin hat ihn deutlich abgewiesen!“

Kian nickte lediglich. Er hatte schon vor langer Zeit aufgegeben, darüber nachzudenken, was seines Vaters Beweggründe für sein Tun waren, und er überreichte Ileu wortlos seine Nachricht.

„Kann ich noch etwas tun, Heermeister?“, fragte dieser dann nach.

Kian schüttelte langsam den Kopf. Es kam nicht in Frage, Alia eine Nachricht durch Ileu zu übermitteln. Er wollte sie nicht auf diese Weise exponieren.

„Ich danke Euch!“, sagte er mit einem Lächeln und sah, wie der junge Fürst sich spielerisch vor ihm verneigte.

„Ich wünsche Euch eine ruhige Nacht!“, entgegnete er und verließ das Zelt.

Kian blieb zurück und löschte dann das Feuer in der Lampe. Er war müde und dachte mit Wehmut an die letzte Nacht, in der er an Alias Seite keinen Schlaf gesucht hatte. Auch sie würde müde sein und an ihn denken, während sie in den Schlaf glitt. Er hatte während ihres Rittes mehrmals versucht, sie mit seinem Band zu erreichen, aber wenn er sich nach hinten gewandt hatte, um sie zwischen den Soldaten auszumachen, konnte er sie nicht entdecken. Er wusste, sie trug ein hellgrünes Tuch, um ihre Ohren zu verdecken, aber er hatte nirgends diese Farbe gesehen. Was, wenn es nicht funktionierte? Was, wenn schon diese Distanz zu weit war? Und bei den Monden, es fühlte sich so falsch an, nicht jede Sekunde dieser Reise in ihrer Nähe zu sein, aber die Dinge ließen sich nicht ändern.

Er ging noch einmal seine Pflichten für die nächsten Tage durch und wurde sich schnell darüber klar, dass die Instruktion seiner Soldaten den Kampf betreffend vermutlich erst erfolgen konnte, wenn sie sich auf Fürst Pars Territorium befanden. Sicher würden der König und die Fürsten sich für eine Nacht in dessen Hof einquartieren, während die Soldaten ein Lager im Freien aufschlugen. Diese Nacht galt es zu nutzen, um eine Versammlung einzuberufen. Die Fürsten würden informiert werden und vielleicht war es möglich, auch Ileus Kämpfer mit einzubeziehen. Nun, bis dahin waren es noch gute sechs Tagesritte. Genügend Zeit, um zu planen.

Am darauffolgenden Morgen hatte Alia Kians Band gespürt. Sie hatte seine Soldaten bei der Durchführung des Rituals beobachtet und die Last der Vergangenheit darin gespürt, denn der Feind im Süden war darin ebenso präsent, wie in jedem Augenblick ihrer Gegenwart. Nach der Morgenmahlzeit waren sie auf ihre Pferde gestiegen, hatten schweigend gewartet, bis sich der lange Tross der Reiter in Bewegung setzte, und sie hatte sein Band so deutlich gespürt, als stünde er neben ihr.

Er hatte ihr leise Besorgnis und Zweifel übermittelt, und sie hatte ihm geantwortet, indem sie in aller Eile ihre Kapuze nach hinten legte. Sie hatte versucht, ihn in der Ferne zu entdecken. Und tatsächlich, da war er. Er trug Saras weißes Hemd, keinen Mantel an diesem bewölkten Tag und hatte sich nach ihr umgewandt. Sofort hatte sie seine Freude gespürt. Es funktionierte!

Während des gesamten Tagesrittes hatte er ihr wieder und wieder seine Gefühle zukommen und sie dann verstummen lassen, als schnitte er sie ab. Es war nichts als beeindruckend gewesen, ihn so sehr in Kontrolle zu erleben, und seine Botschaften waren im Laufe des Tages immer deutlicher geworden. Einmal hatte er sie mit seinem Band so zart an Orten ihres Körpers berührt, dass ihr die Hitze ins Gesicht gestiegen war. Sie hatte sich, die periphere Sicht benutzend, verschämt umgesehen und dabei einige *alia*-Pflanzen am Wegesrand entdeckt. Sie war von ihrem Pferd gesprungen, hatte eine Blüte gepflückt, war zurück auf ihr Pferd gehastet und hatte die Blüte dann hoch in die Luft gehalten.

Roan hatte sie mit zusammengekniffenen Augen betrachtet und bemerkt, sie benehme sich sonderbar. Sie wusste, sie hatte in Kauf genommen, sich zu schnell zu bewegen, aber dann hatte sie leise gelacht und lediglich beteuert, er solle nicht besorgt sein.

„Das bin ich nicht! Und ich werde nicht fragen, warum Ihr die Dinge tut, die Ihr tut!"

Alia hatte genickt und ihn einen Moment aufmerksam angesehen. „Das tatet Ihr nie! Und dafür bin ich sehr dankbar!"

Roan hatte sie angelächelt. „Nun, es ist nicht an uns allen hier, Eure Geheimnisse mit der Welt zu teilen, Heilerin!"

„Danke!", hatte Alia noch einmal wiederholt und dann den Kopf abgewandt, weil sie Tränen in ihre Augen treten spürte.

Sie wusste, Kian hatte ihre Gabe vor seinen engsten Soldaten entblößt. Er musste es tun, um ihr Wissen über das Band zu erklären, zu erklären, warum sie die Rückschlüsse auf das Gleißen ziehen konnte, die sie gezogen hatte. Sie hatte sich bei diesem Gedanken nie unwohl gefühlt, denn sie kannte diese Soldaten. Sie wusste, dass ihre Geheimnisse bei ihnen sicher verwahrt waren, aber sie hatte nie Gelegenheit gehabt sich zu bedanken. Und sie war dankbar, denn sie alle nahmen ihre Andersartigkeit lediglich zur Kenntnis und gingen damit um, als sei ihr fremdes Wesen zwar interessant, aber nie der Rede wert.

Als sie ihr Lager für diese Nacht erreichten, kamen zwei Soldaten auf sie zu und baten um Behandlung. Sie begriff nicht ganz, warum sie sich nicht an die Heiler der Armee wandten, war jedoch froh, arbeiten zu können. Es lenkte sie ab. Einer hatte einen Splitter in seiner Hand und die Wunde hatte sich bereits deutlich entzündet. Der andere hatte sich mit seinem Gepäck das Handgelenk ausgehebelt. Alia bat beide zum Feuer, holte ihren Heilbeutel und begann mit der Arbeit.

Währenddessen gesellten sich Ana und Evan hinzu, und auch Roan kam und brachte Tee. So saßen sie zusammen, redeten, lachten und Alia behandelte die Soldaten, die wie selbstverständlich in die Runde aufgenommen wurden. Mino traf ein, den sie den ganzen Tag über nicht gesehen hatte, reichte Schalen mit Essen an, und Alia konnte kaum glauben, dass sie diese Momente genießen konnte, aber sie tat es. Es sollte nicht derart einfach sein, zu vergessen, wozu diese Reise diente. Zu vergessen, dass sie keine Reise, sondern ein Feldzug war.

Von Zeit zu Zeit spürte sie Kians Band zärtlich an ihrem Bewusstsein entlangstreichen und ein wenig war es so, als sei auch er hier. Dies waren die Momente, die er sich selbst immerzu verwehrt hatte. Die Gesellschaft seiner Soldaten an einem abendlichen Feuer hatte er immer gemieden, um sich nicht zeigen zu müssen. Sie hoffte inständig, er hätte mit diesem Verhalten in den letzten Mondläufen gebrochen, denn es war eine Schande, seine Zeit nicht unter Freunden zu verbringen, nur weil man sich zum Gehen zweier Stöcke bedienen musste. Das waren die Blüten des Irrsinns, die das Inzani-Gesetz trieb.

Sie versorgte sich und Roan mit einer zweiten Schale Essen, wobei sie Hauptmann Erets Blick traf, der sie anlächelte. Sie nickte ebenfalls mit einem Lächeln, und als sie zu ihrem Platz zurückgekehrt war, entfaltete Mino ein Schreiben und hielt es nah ans Feuer, um es entziffern zu können. Es waren übliche Schriftzeichen, aber ihre Reihenfolge ergab auf den ersten Blick keinen Sinn für sie. Nun, vermutlich waren sie auch nicht für ihre Augen bestimmt, auch wenn sie in der Lage war, sie aus dieser Entfernung zu sehen.

„Fürst Ileu ist ein guter Bote!", nickte Roan nun Mino zu.

„Ja! Er sollte seinen beruflichen Werdegang neu überdenken!", scherzte Mino dann und alle lachten leise.

„Merkwürdig, einen Fürstentitel als Berufszweig zu sehen", schmunzelte Ana, wurde dann jedoch schnell ernst. „Was schreibt der Heermeister, Mino?"

„Evan, du sollst zügiger damit fortfahren alle Pferde mit deinem Blendwerk auszustatten. Heermeister Dogul möchte die Tiere ausreichend damit trainiert wissen, wenn wir Rodas Territorium verlassen!"

Evan nickte. „Es wird schwer werden, den König und seine Truppen davon zu überzeugen, ihren Pferden diesen Schutz anzulegen!“

„Auch dazu schreibt er etwas!“, fuhr Mino fort und grinste. „Es steht uns nicht zu, den König zu zwingen, aber du sollst es versuchen!“

„Na, wunderbar!“, stöhnte Roan und verdrehte die Augen.

„Lies weiter, Mino!“, drängte Ana nun.

„Er möchte, dass wir an Fürst Pars Hof eine Zusammenkunft einberufen. Die Organisation obliegt dir, Ana! Du sollst versuchen, möglichst alle zu erreichen, auch die Kämpfer Ileus und die Soldaten des Königs! Roan, du sollst dort das taktische Vorgehen des Kampfes erläutern und Ihr, Heilerin, sollt Eure Heilmittel vorstellen und ausgeben, damit jeder Soldat das Blenden der direkten Sicht an sich üben kann!“ Mino blickte sie an. „Was bedeutet das?“

„Es geschieht mit einem Öl, das man in das Auge einbringt!“, erklärte Alia und konnte die Wärme in ihrer Brust nicht abschütteln, die sich bei dem Gefühl eingestellt hatte, Kian spräche sie hier direkt an.

Mino nickte und las dann einen Moment still weiter. „Er wünscht uns einen schönen Abend!“, endete er dann und lächelte.

Ana seufzte. „Dies ist nicht die richtige Zeit, getrennt zu sein!“, flüsterte sie dann widerwillig und erntete das Nicken aus der Runde.

„Zumal wir gerade erst begonnen hatten, unsere Abende in Heermeister Doguls Gegenwart zu verbringen!“, ergänzte Evan dann.

Roan blickte auf, schwieg jedoch, und Alias Herz öffnete sich. Stolz erfüllte sie, Stolz auf diesen Mann, der die Stärke aufgebracht hatte, über seine Situation hinauszuwachsen. Kian hatte mit seinem Verhalten gebrochen. Er hatte die Gesellschaft seiner Soldaten gesucht. Sie wusste, wie schwer ihm dies gefallen sein musste, und doch hatte er zu einer neuen Haltung gegenüber sich selbst gefunden, die es ihm erlaubte, ein Mensch zu sein, wie alle anderen auch.

Kian blickte sich in dem Zelt um, dass er an jedem Abend zugewiesen bekommen hatte. Gestern Nacht hatte er eine kleine Markierung in Form eins Dreiecks an die Zeltwand gezeichnet, aus reiner Neugier, ob es jeden Abend exakt dasselbe Zelt war. Es war dasselbe! Bei den Monden, dachten sie, sein Inzani-Status würde es verschmutzen? Es unbrauchbar machen für jeden anderen Bewohner? Und was nutzte ihm dieses Wissen nun? Er war kindisch und er wusste, diese Isolation war nicht gut für seinen Geisteszustand.

Er hatte nicht viel, um diese Tage zu füllen. Der Ritt selbst verlangte nicht seine Konzentration. Er vertiefte sich in die Betrachtung der Landschaft um sich herum, die bereits karger wurde. Eine Steppenlandschaft voller trockener Kräuter, immer mehr jedoch bevölkert mit sonderbaren dickstengeligen Gewächsen und Blüten. Er hätte gerne von Alia mehr über diese Pflanzen erfahren, aber sie ritt weit hinter ihm. Er erreichte sie zwar mit seinem Band, erhielt ihre Antwort in Zeichen, aber es konnte ihn nicht davon ablenken, dass er niemals ihre Stimme hörte, niemals in ihrer Nähe sein konnte, auch wenn sie ihn zum Lachen brachte, indem sie auf seine Intimität mit der Zurschaustellung einer *alia*-Blüte reagierte, als wolle sie sagen *Sieh, ich blühe unter deiner Berührung*. Er hatte sie nicht berührt, seit Tagen nicht, und das ließ ihn in jeder Sekunde mit seiner ungestillten Sehnsucht zurück.

In Momenten seiner größten Einsamkeit hatte er sich vorgestellt, wie es sein könnte, wenn sie nicht lediglich die Empfängerin seines Bandes wäre, sondern er selbst das ihre ebenso spüren könnte. Sie hätten tatsächlich eine Möglichkeit miteinander zu sprechen, wenn das möglich wäre, aber das war Wunschdenken.

Er erinnerte sich an den Abend, als sie ihm erklärt hatte, dass sie nicht in der Lage war ihr eigenes Band zu spüren. Er war damals verletzt und gezwungen sein Bett zu hüten, aber es war die Zeit gewesen, in der er ihr um so vieles näher gekommen war. Es war die Zeit, in der er zum ersten Mal stumm den Gedanken zugelassen hatte, er könnte auch ihr wichtig sein. Und es war die Zeit, die all seine Selbstzweifel ausgeräumt hatte, was einzig und allein Alias Verdienst gewesen war. Er wünschte so sehr, es bliebe ihm mehr Zeit, ihr etwas zurückzugeben, das ebenso wertvoll war.

Alia war überzeugt davon, jeder Mensch besäße das Band, und sie war nicht besorgt um ihres, obwohl ihr ihre eigene fremde Art stets schmerzlich präsent war. Sie zweifelte nicht! Aber sie konnte kaum damit umgehen, wenn er ihre Ohren berührte oder den Streifen an ihrem Rücken. Es bereitete ihr noch immer Unbehagen, dabei bedeutete es ihm selbst so vieles, diese Stellen ihres Körpers zu würdigen, denn sie waren ein Teil dessen, was sie ausmachte. Das war es, was er geben konnte, und er würde niemals aufhören sie in allem, was sie war, zu lieben, auch wenn sie sich selbst nie auf diese Art würde sehen können.

Er hatte in die geistigen Übungen zurückgefunden, die sein Onkel ihn gelehrt hatte, und diese hatten sich in den letzten Tagen deutlich verändert. Er führte sie mittlerweile sogar auf dem Rücken seiner Stute durch, da er nun begriffen hatte, was sie in der Vergangenheit daran beunruhigt hatte. Durch Alias Geschichte von dem Mischwesen, das ihre Gabe ihr einst gezeigt hatte, war ihm klar geworden, dass er vermutlich immer sein Band mit dem seiner Stute verbunden hatte. Die Übungen entzogen es ihr und ließen sie desorientiert zurück. Es fiel ihm plötzlich leicht, einen Teil dieses Bandes an sie zu geben und mit dem übrigen Teil zu experimentieren. Er hatte jetzt immer wieder nahezu das Gefühl, er spüre es selbst. Er spüre, wie das Band sich in ihm bewegte, nach seinem Wunsch. Das alles konnte auch seiner Fantasie entspringen, dachte er nun bitter, denn, wenn er nicht in der Lage war es Alia zu zeigen, konnte er keine Sicherheit darüber erlangen.

Er hatte den jungen Fürst Ileu nach seiner Einschätzung der Stimmung unter den Soldaten gefragt, nachdem seine eigene in nie erreichte Tiefen abgeglitten war, und dieser hatte davon gesprochen, er hätte den Eindruck, dass vor allem die Soldaten seiner ersten Garde dazu beitrugen, die Kämpfer zusammenzubringen. Als er allerdings weitersprach, konnte Kian kaum noch atmen, da er berichtete, dass auch das Wirken der Heilerin Alienne darin eine große Rolle spielte.

„Ihr Name ist Alia!", hatte er hervorgebracht und damit den jungen Fürsten irritiert.

Alle schienen zu ihr zu kommen, einerlei ob sie selbst oder ihre Pferde an Verletzungen litten. Ihre Fähigkeiten hatten sich schnell herumgesprochen, und sie empfing und behandelte einen jeden mit größter Offenheit.

„Sogar mein Vater hat sich zu ihr begeben, weil seine Hand ihn schmerzt. Sie hat ihm eine Paste gegeben und schüchtern beteuert, die Schmerzen seien eine Alterserscheinung, mit der er lernen müsste zu leben. Er aber schwärmt seither von ihrer Freundlichkeit und schwor mir schon am Tag darauf, ihre Medizin sei ein Wundermittel. Ihre Heilkunst vereint die Soldaten an den abendlichen Feuern, Heermeister Dogul!", berichtete Ileu weiter.

Kian hatte kaum sein Lächeln unterdrücken können und den Kopf abwenden müssen, um sich nicht zu verraten.

„Kennt Ihr sie gut?", fragte Fürst Ileu dann und versuchte augenscheinlich aus Kians Verhalten klug zu werden.

„Sie hat die letzten Mondläufe unter meinem Dach verbracht. Ich hatte nicht viel Gelegenheit sie zu sehen!", antwortete er lapidar.

Der junge Fürst hatte genickt. „Nun, ich hatte im Thronsaal des Königs den Eindruck gewonnen, dass sie Euch nahe steht! Verzeiht, wenn ich irrte! Ich hätte mich nicht so ausführlich über sie auslassen sollen!"

Kian schüttelte den Kopf. „Nein, Fürst Ileu, bitte lasst Euch auch in Zukunft derart ausführlich über sie aus!", erwiderte er und Fürst Ileu zog amüsiert die Braue hoch, da Kian ihn auf diese Art ins Vertrauen zog.

Kian dachte an Alia mit großem Stolz, und nicht nur an sie. Er las noch einmal Minos Nachricht und atmete ruhig. Evan hatte nun alle Pferde mit seinem Hilfsmittel ausgestattet oder zumindest die, deren Reiter dies zuließen. Der König hatte für sich und seine Soldaten entschieden und vehement abgelehnt, viele seiner Männer jedoch waren danach heimlich auf Evan zugetreten und hatten um das Hilfsmittel gebeten. Sie würden es in der Kampfsituation anlegen.

Das Zusammentreffen der Soldaten an Pars Hof war vorbereitet. Ana hatte offensichtlich gute Arbeit geleistet und es war ihr gelungen, sogar des Königs Soldaten für dieses Treffen zu gewinnen. Zeit und Ort waren bislang offen, weil man zunächst sehen musste, was die Möglichkeiten dieses Abends sein würden. Kian konnte kaum hoffen, selbst an dieser Zusammenkunft teilzunehmen, und doch wusste er genau, was er sagen würde, wenn es dazu kommen sollte. Er würde die Worte sprechen, die der König im Hof seines Palastes versäumt hatte, und, bei den Monden, er wollte Alia sprechen hören.

Neuntes Buch

Das Schrillen

Kapitel 45

Fürst Par war am Morgen persönlich vor Ana erschienen und hatte für das Treffen am Abend eine Scheune vorgeschlagen, die sich ein gutes Stück westlich von seinem Anwesen befand. Diese Örtlichkeit war weit genug von der Unterkunft des Königs entfernt, um unentdeckt bleiben zu können, und sie war groß genug, um etwa dreihundert Menschen gedrängt Platz zu bieten. Ana hatte die Information über den Tag hinweg in alle Richtungen verbreitet.

Alia hatte Kontakt zu den anderen Heilern aufgenommen, die den Transport der Heilmittel durch des Königs Truppen überwachten und darum gebeten, diejenigen Substanzen, die für die Soldaten bestimmt waren, herauszusuchen und sie für den heutigen Abend bereitzuhalten. Soweit sie es beurteilen konnte, hatten die Heiler ihrer Bitte entsprochen, obwohl sie ihr weiterhin mit Skepsis begegneten. Sie konnte in diesem Moment davon ausgehen, die Mittel am Ende des Abends denjenigen Soldaten aushändigen zu können, die sie überzeugen konnte. Sie war nervös. Sie hatte niemals zuvor vor so vielen Menschen gesprochen, aber dies alles diente einem Zweck, der größer und wichtiger war als ihre alberne Schüchternheit.

Als sie die Scheune betrat, hatten sich bereits die meisten Soldaten eingefunden. Gespräche waren im Gang, die Hitze stand einer Wand gleich im Raum und der Geruch von Heu schlug ihr entgegen, vermischt mit dem der Männer und Frauen, die sich hier versammelt hatten. Sie entdeckte Roan an der Kopfseite des langen Raumes und er winkte sie zu sich nach vorne. Augenblicklich bedeckte Alia ihren Kopf mit der Kapuze ihres Umhanges und spürte, wie sich ihr Magen gegen etwas wehrte, das sie gegessen hatte. Sie zwang sich, ruhig zu atmen, aber als sie aufblickte, wurde sie gewahr, dass nahezu niemand sie beachtete. Die meisten sahen nach vorne, denn dort hatten sich die Fürsten Ileu sowie Roda und Side aufgestellt. Wie war es ihnen möglich gewesen, sich aus der Gegenwart des Königs zu stehlen?

Alia hatte keine Zeit für Fragen und als sie sich einen Weg durch die Menge gebahnt hatte, nickte Roan ihr lächelnd zu. Sie entdeckte die Heiler der Armee in ihrer Nähe und tauschte Blicke mit ihnen, die ihr versicherten, alles sei bereit. Roan sollte beginnen zu sprechen und danach wäre sie an der Reihe, aber Roan schwieg. Er sah immer wieder vor zum Eingang, als erwartete er etwas oder jemanden, und als Alia sich umwandte, fehlte ihr jede Gelegenheit sich zu fragen, ob es vielleicht doch Kian war, nach dem er Ausschau hielt, denn dort stand er.

Flankiert von zwei Soldaten des Königs, seine Haare offen, seine Haut gebräunt, dunkler, als sie sie jemals gesehen hatte, was die Farbe seiner Augen so sehr hervorhob, dass sie nun in einem Blau strahlten, das so tief war wie Wasser unter einem wolkenlosen Himmel. Sein Gesicht war makellos, nichts erinnerte mehr an die Verletzung, die der Tritt des Königs verursacht hatte. Sein Hemd war an den Ärmeln aufgekrempelt, sodass sie jeden Muskel seiner Unterarme arbeiten sehen konnte, als er sich nun durch die Menschen hindurch in ihre Richtung bewegte. Die Soldaten bildeten eine Gasse für ihn und die meisten grüßten ihn mit den Fäusten an der Brust. Seine beiden Wachen waren nirgends mehr zu sehen, was Alia mehr als überraschte.

Sie konnte scheinbar nichts daran ändern, dass sie ihn anstarrte, und sie bemerkte, wie sein Band zielgerichtet auf ihren Körper zufloss und sie mit großer Freude umfing. Er ließ seine Blicke über die Soldaten schweifen und traf die ihren mit großem Selbstbewusstsein. Seine Präsenz füllte den Raum, aber die Wirkung seines Bandes galt nur ihr, die er bislang nicht angesehen hatte. Erst als er auf Roan zutrat, der ihn kurz an der Schulter berührte und dann den Kopf vor ihm senkte, ließ er seine Augen in ihrem Blick zur Ruhe kommen. Sie sah Glück darin und auch wenn dieser Moment nicht von langer Dauer war, er löste vieles in ihr aus. Seine Nähe, sein Anblick, das alles ließ sie spüren, dass sie lebendig war. Lebendiger als in all den letzten Tagen. Als hätte sie diese Tage schlafend und träumend verbracht und dies sei das richtige Leben.

Dann sah Kian sich um. Er suchte nach etwas, und Alia wusste, es war seine Suche nach etwas, auf dem er sitzen konnte. Er fand es in einem hüfthohen Heuballen an der Wand hinter Roan. Es erfüllte Alia mit großer Freude, wie nebensächlich er sich nun dorthin bewegte, sich anlehnte und seine Stöcke neben sich stellte. Sie sah flüchtig in die Gesichter der Soldaten. Die meisten nahmen Kians Bewegungen gar nicht zur Kenntnis, aber in den Blicken einiger anderer – und es waren vor allem die der Soldaten des Königs – konnte sie das Befremden sehen, weil er, der Inzani, sich so offen zur Schau stellte. Kian würde nie frei sein und dieses furchtbare Gesetz immer präsent.

Er hielt sich sehr aufrecht, legte die Faust an seine Brust und senkte in all seiner Bescheidenheit den Kopf, aber es war der Augenblick, in dem er sein Band von ihr aus über die Menge ausbreitete. Bei den Monden, wann hatte er diese Kontrolle erlangt? Ihre Übungen allein konnten ihn nicht derart trainiert haben, war er doch zu diesem Zeitpunkt in der Lage sein Band zu befehligen, als sei es ein spürbarer Teil seiner selbst. War es das für ihn geworden?

Jubel, Zurufe und Beifall vermischten sich im Raum, und Kian sah an ihr vorbei zu den Fürsten. Der alte Ileu trat nun kurz auf ihn zu und flüsterte mit einem schelmischen Lächeln, welche Freude es war, dass des Königs Soldaten ihn gehen ließen, und ob er sie nach seinem Eintreten niedergeschlagen hätte. Alia wusste, sie durfte nicht zeigen, dass sie ihn verstanden hatte, konnte sich jedoch ihr eigenes Lächeln nicht verkneifen. Kian grinste ebenfalls und schüttelte gelassen den Kopf.

Sie atmete durch. Während der letzten Tage in seinem Haus hatte sie immer wieder das Gefühl gehabt, er ignoriere sein Band absichtlich und wolle sich nicht damit auseinandersetzen. Aber nun hatte er es offensichtlich getan und auf eine Art und Weise, die ihr Herz höher schlagen ließ. Sie spürte plötzlich etwas, das sie sich nie erlaubt hatte, etwas, das ihr nun ungeheuerlich vorkam. Sie spürte Hoffnung! Zum ersten Mal, seit sie seine Rolle im Angesicht dieses Feindes begriffen hatte, spürte sie die Möglichkeit, dass er leben würde. Die Tränen waren plötzlich da und sie verbarg sie mit ihrem geneigten Kopf.

Kian sah über die Menge, traf erneut Blicke und wartete, bis sich die Lautstärke senkte. „Ich hoffe, der erste Offizier erteilt mir das Wort!", sprach er dann und erntete heiteres Gelächter von Seiten der Soldaten.

Roan wandte sich nach ihm um, und er sah in seinem Blick viele der Gefühle, die auch er selbst in diesem Moment spürte. Erleichterung darüber, dass es ihm gestattet war, hier zu sein, den Willen diesen Kampf vorzubereiten und schlichte Freude an ihrem Wiedersehen. Die Gefühle jedoch, die ihn nahezu zu überschwemmen schienen, teilte er mit niemandem, denn es war das Glück, das er empfand, weil Alia hier war. Er hatte versucht, es ihr in seinem Blick zu zeigen, aber Blicke, ja nicht einmal Worte konnten genügen, um all dies auszudrücken.

Sie war wundervoll, auch unter ihrem Umhang und mit ihrer seltsam weißen Haut, die auch die tagelange Sonneneinstrahlung offensichtlich nicht verändern konnte. Ihr Haar schaute unter ihrer Kapuze hervor und schimmerte im Licht der Laternen. Er wollte sie gerne berühren, aber es vor mehr als dreihundert Menschen zu tun, war unmöglich. Sie schien überwältigt, hatte den Kopf gesenkt und er glaubte, Tränen an ihren Wangen zu erkennen. Er versuchte ihr etwas von seinem Band zu senden und tatsächlich erhob sie den Kopf, als sie es empfing, und legte mit festem Blick in seine Augen langsam ihre Kapuze in den Nacken.

Er lächelte und begann:

„Bevor ich anfange, die Strategie zu erläutern, die wir in unserem bevorstehenden Kampf ausführen werden, möchte ich alle hier aufrufen, etwas zu tun! Ein jeder hier im Saal möge bitte seinen Kopf einmal umwenden und die Menschen ansehen, die in seiner Nähe stehen!"

Kian sah, wie einige Soldaten zunächst skeptisch die Stirn runzelten, während andere sofort begannen, sich umzuschauen.

„Wer sind die Menschen, denen Ihr hier in die Augen seht? Sind es Soldaten der Armee? Soldaten des Königs? Kämpfer der Miliz Fürst Ileus? Sind es die Fürsten?"

Er ließ diesen Gedanken einsinken und sah, wie viele nun begannen, einander anzulächeln, sich zunickten, und sogar Hände wurden gedrückt.

„Krieger der unterschiedlichsten Reihen seid Ihr. Gegensätze mögen sich dadurch auftun, auseinanderklaffende Interessen mögen sich zeigen, aber ich bitte Euch alle, dabei an eines zu denken. Wir alle gehen in einen Kampf, der sich mit keinem vergleichen lässt, den wir je gekämpft haben, und wir alle, die wir hier stehen, haben dabei das Wertvollste zu verlieren, das wir besitzen. Unser Leben!"

Er spürte die Augen aller in seine Richtung gleiten.

„Ich bitte Euch nun, Euch noch einmal einander zuzuwenden und Euch dabei als das zu sehen, was Ihr seid. Nicht Eure Unterschiedlichkeit, Eure Herkunft, nicht Eure Ausbildung oder Euren gesellschaftlichen Stand, sondern das, was Ihr seid. Menschen! Krieger, die Seite an Seite in diesen Kampf gehen, um einander beizustehen und zu beschützen."

Er senkte den Kopf. Es fiel ihm schwer, die folgenden Worte zu sagen.

„Wir können nicht alle beschützen. Vor diesem Feind steht ein jeder allein für sich. Niemand weiß, mit wem oder was wir dort genau konfrontiert werden. Nicht jeder wird sein Leben behalten. Das ist die Realität dieses Krieges!"

Er sah erneut auf und erfasste das wissende Nicken so vieler Soldaten, er konnte die Trauer fast berühren. Für einen Moment sah er in Alias Augen, dann jedoch versuchte er, sein Band mit Kraft in den gesamten Raum auszusenden.

„Aber eine viel stärkere Realität ist, dass wir im Auge der Gefahr, die wir miteinander teilen, zusammenwachsen können. Ihr alle könnt Euch gegenseitig Stärke geben, Mut und Kraft. Ihr seid aus den unterschiedlichsten Regionen des Landes an diesem Punkt zusammengekommen, um gemeinsam zu kämpfen und Ihr alle seid Menschen, die für dieselbe Sache einstehen. Ihr kämpft dafür, diesen Feind zu schlagen. Dafür, dass unser Land eine Zukunft in Frieden erleben kann."

Er atmete durch.

„Ich persönlich glaube, dass es unmöglich ist, eine Gruppe von Kriegern, die eng zusammensteht und kämpft, wie ein Mann, vernichtend zu schlagen. Das mag unsere größte Angst sein, aber es ist nicht möglich! Viele von Euch werden leben, und es ist unsere gemeinsame Aufgabe, dafür zu sorgen, dass es so viele wie nur irgend möglich sein werden. Also seht Euch noch ein drittes Mal um. Seht die Menschen um Euch und seht die Tapferkeit, Stärke und den Mut jedes Einzelnen, denn daraus erwächst die Kraft unserer gemeinsamen Streitmacht. Seht Euch als Überlebende!"

Rufe der Zustimmung wurden laut, und Kian hob kurz die Hand, um anzuzeigen, dass er noch nicht geendet hatte.

„Noch eine Sache, bevor wir uns in die Taktik dieses Kampfes vertiefen. Ich weiß, wir alle hier haben nur diesen Kampf vor Augen, aber lasst uns gemeinsam einen Blick darüber hinaus werfen. Auch dafür müsst ihr Euch umsehen und erfassen, wer alles sich hier im Raum befindet. Es sind alle Parteien, die in der Vergangenheit den Frieden in unserem Lande auf die eine oder andere Art beeinträchtigt haben! Sie alle gehen in diesen Kampf, um unser Land zu retten. Gemeinsam! Und was mag es für dieses Land bedeuten, dass zu diesem Zeitpunkt eine einzige geeinte Macht für dessen Zukunft kämpft?"

Er machte eine Pause und sah sich eindringlich um. „Es bedeutet Frieden!", endete er und horchte in das Schweigen hinein, das sich nun über die Menge gelegt hatte.

Alia hatte aufgehört zu atmen, als Kian das Wort *Frieden* ausgesprochen hatte, und der alte Fürst Ileu war der Erste, der nun hervortrat und langsam begann zu klatschen. Dann taten es ihm die übrigen Fürsten nach und ihnen folgten alle anderen, die diesen Raum bevölkerten und seinen Worten gelauscht hatten. Sie spürte, wie er sein Band verstummen ließ, und sah ihn an. Auch sie klatschte ihm Beifall und hoffte, er könne diesen Moment in seiner Gänze aufnehmen und fühlen, wie sehr er diese Menschen beeindruckt hatte. Die Ehre fühlen, die sie ihm jetzt zuteilwerden ließen, und den Stolz, den er ihnen gegeben hatte durch jedes einzelne seiner Worte.

Ihr kamen erneut die Tränen, und Kian sah sie kurz an, schüttelte lächelnd den Kopf und flüsterte: „Ich wollte dich nicht traurig machen!“

Sie lächelte nun ebenfalls, wischte sich die Tränen fort und erhob demonstrativ das Kinn, um zu zeigen, dass seine Worte auch bei ihr angekommen waren. Er nickte einmal, sah dann in den Raum, erhob die Hand, bat die Anwesenden zur Ruhe und begann das Vorgehen während des Kampfes zu erklären.

Alia sah keine Veranlassung seinen Ausführungen im Detail zu folgen. Sie konnte sich nicht dazu durchringen, sich mit jeder einzelnen Truppenbewegung zu befassen, aber es gab doch Einzelheiten, die sich in ihrem Kopf eingruben. Sie begriff mit Erstaunen, dass dies hier noch nicht alle Kämpfer waren, die an dem Feldzug teilnehmen würden. Ein nicht geringer Teil würde aus der zweiten Garde der Armee zu ihnen stoßen, die im Wüstengrenzland stationiert war und zu der sie binnen einer Woche aufrücken würden.

Die Späher würden in einem ersten Schritt den genauen Standort des Feindes lokalisieren. Der eigentliche Angriff auf das Gleißen würde dann aus drei Richtungen erfolgen. Alle drei Truppenverbände würden gleichzeitig angreifen und dadurch den feindlichen Bogenschützen ein zu breites Ziel bieten. Kian hatte während all seiner Ausführungen nicht bekannt gegeben, wo genau er sich selbst in diesem Kampf sah, und schließlich trat einer der Soldaten vor und stellte ihm genau diese Frage. Es war, als wolle Kian darauf gar nicht antworten, als hielte er seine Person für nicht wichtig genug, um sich herauszustellen.

„Ich werde dort sein, wo der König mich haben möchte, Hauptmann Seth!“, entgegnete er dann doch und lächelte den Soldaten an.

„Ich schlage vor, dass Eure Elitegarde dann mit Euch an diesem Ort sein wird, Heermeister Dogul!“

Kian schüttelte den Kopf. „Was diesen Kampf angeht, steht es mir nicht zu, jemanden an eine bestimmte Stelle des Angriffs zu befehligen. Ein jeder unter Euch mag sich über die Gegebenheiten dieses Kampfes Gedanken machen und dann meinem ersten Offizier bekanntgeben, in welcher Position er sich und seine Kameraden sieht. Das ist der Plan!“

Der Hauptmann nickte. „Ein guter Plan, Heermeister!“

Kian hielt seinen Blick, und Alia kam nicht umhin zu bewundern, wie er diesen Kampf vorbereitet hatte. Sie konnte verstehen, dass darin niemandem ein Platz zugewiesen würde, sondern es jedem freistand, seine Position zu wählen. Das entsprach so sehr Kians Idealen, und ein Kampf, der über Leben und Tod so vieler und das Fortbestehen oder den Untergang ihres Landes entschied, sollte wahrlich im Geiste der höchsten menschlichen Ideale geführt werden.

Während Kian seine Ausführungen beendete, wurde Alia klar, dass auch sie selbst irgendetwas tun wollte, um diesem Kampf tatsächlich ins Auge zu sehen. Sicher, sie würde die Soldaten mit ihren Schutzmaßnahmen versorgen, sie im Umgang mit ihnen anleiten und, wie mittlerweile jeden Abend, ihre Verletzungen versorgen. Auch nach dem Kampf sah sie ihren Platz bei den Verletzten, denn das war der Ort, an dem sie am meisten zu geben hatte, aber sie hatte nie wirklich an den Kampf an sich gedacht. Sie hatte Kian darin nicht sehen wollen und auch niemanden anderen. Jetzt, wo er ihr vor Augen führte, dass sie alle tatsächlich diesem Feind gegenübertreten würden, wollte auch sie sich vorbereiten.

Der Gedanke war albern und trotzdem wandte sie sich an Ana, die dicht neben ihr stand. „Würdet Ihr mich weiter im Schwertkampf unterweisen, Ana?“

Ana wandte sich ihr sofort lächelnd zu. „Natürlich! Es wäre mir eine Freude!“

Alia nickte. „Würdet Ihr mich in der Angriffskunst unterweisen?“

Jetzt legte Ana die Stirn in Falten: „Wenn Ihr es wünscht!“

„Ich wünsche es!“

„Versprecht Ihr, Eure Bewegungen auf einem üblichen Geschwindigkeitsniveau zu halten, Heilerin? Ich möchte nicht eher um mein Leben bangen als in der Wüste!“, gab sie dann grinsend zurück und schubste Alia leicht mit ihrer Schulter an.

„Ich verspreche es!“, grummelte Alia: „Wie könnte ich sonst bis in die Wüste an Eurem fantastischen Humor teilhaben, Ana?“

Sie lachten leise, und dieses Lachen wirkte in Alia fort, bis sie selbst sich an die Menge wandte. Kian hatte sie allen Anwesenden noch einmal vorgestellt. Er hatte ihnen ihren wirklichen Namen genannt, und das ließ sie mit Freude zurück, denn sie brauchte das Vertrauen dieser Menschen und niemand sollte sie Alienne nennen, die Fremde. Er hatte ebenso auf die Heiler der Armee verwiesen, die ihnen allen zur Seite stehen würden. Nicht ihnen allen, dachte Alia bitter und sie konnte nicht begreifen, warum er sich überhaupt damit aufhielt, auf die anderen Heiler hinzuweisen. Sollte er verletzt werden, würde keiner von ihnen auch nur einen Finger für ihn krümmen.

Sie umriss noch einmal die Notwendigkeit, nicht direkt in das Gleißen hineinzusehen, das sie blenden würde, erklärte die Wirkweise des Öles der *neinat*, versicherte, dass die Rötung und Schwellung der Augen, die nach dem Gebrauch auftreten würde, nichts Beunruhigendes sei, aber ein jeder es vor dem Kampf zumindest einmal an sich selbst ausprobiert haben sollte.

Danach berichtete sie von den vergifteten Pfeilen der Bogenschützen, mit denen die Kämpfer in der Wüste konfrontiert würden. Sie führte aus, dass die Chancen gut standen, schnell ein Gegenmittel zu ersinnen, welches das Gift im Körper eines jeden Getroffenen neutralisieren konnte, aber dafür müsste sie Verletzte haben, die zu ihr zurückkehren würden, um die Wirkweise des Giftes zu bestimmen. Das war jedoch nur möglich, indem jeder, der getroffen würde, selbst den Pfeil herauszog und danach die Blutung mit einer Paste aus Eisenfarn stillte, um die Ausbreitung des Giftes im Körper zu verringern. Hier traf sie auf Skepsis und Zweifel, wie bereits im Palast, als sie all dies den Heilern der Armee zum ersten Mal vorgetragen hatte. Einige Soldaten traten daraufhin umgehend vor und versorgten sich mit einem Fläschchen und Tiegel, andere blieben jedoch unentschlossen.

Kian sandte ihr wieder und wieder seine Bewunderung und zum Ende der Versammlung richtete er noch einmal das Wort an die Menge: „Wir werden in etwa einer Woche im Lager der zweiten Garde noch einmal eine solche Versammlung abhalten. Bis dahin hat jeder von euch Zeit, sich über den Kampf und die Position klar zu werden, die er oder sie darin einnehmen möchte. Genug Zeit auch, um sich mit den Schutzmaßnahmen der Heilerin zu versorgen. Wir werden nicht gesenkten Hauptes vor diesen Feind treten, sondern Schulter an Schulter und voller Stolz!"

Erneut wallte Applaus auf, Gespräche entstanden, Gruppen bildeten sich und die meisten suchten zügig den Weg hinaus in die frische Luft, um der stickigen Hitze der Scheune zu entkommen. Alia gab bis zuletzt Heilmittel aus und bemerkte dann, wie Kian hinter sie trat. Er war im Gespräch mit den Fürsten, Roan und Ana, aber er stand so nah bei ihr, dass sie glaubte, die Wärme seines Körpers spüren zu können. Als der letzte Soldat sich von ihr entfernte, schloss sie die Beutel, die die Heilmittel beinhalteten, und händigte sie einem der Heiler aus. Sie drehte sich zu Kian um, der ihr den Rücken zuwandte, und trat dann einen Schritt vor.

Alia stand an seiner Seite und auf einmal war es schwer, sich auf das Gespräch mit den Fürsten zu konzentrieren. Er sah kurz zu ihr hinab, atmete ihre plötzliche Nähe ein und lauschte dankbar den Worten Fürst Sides, der nun einwandte, sie sollten an den Hof zurückkehren und Fürst Par erlösen, der es sich zur Aufgabe gemacht hatte, den König so lange zu beschäftigen, wie die Zusammenkunft der Soldaten eben dauern mochte. Allgemeine Zustimmung machte sich breit und sie alle verließen die Scheune. Sie waren die letzten, die den Weg zu ihren Quartieren suchten. Die Fürsten bestiegen ihre Pferde, wünschten eine gute Nachtruhe und ritten in die Dunkelheit.

Alia war nicht von seiner Seite gewichen, und er konnte sie nicht einfach so gehen lassen, also atmete er durch und fixierte dann Roan mit seinem Blick. „Ich würde gerne noch einige Informationen mit der Heilerin austauschen!"

Roan nickte, und Kian wandte sich an Ana. „Ihr habt viel geleistet in den vergangenen Tagen! Ohne Euch wäre dieses Treffen nicht möglich gewesen! Ich danke Euch!"

Ana sah ihn lächelnd an. „Ich danke *Euch*, Heermeister! Das Treffen war ein Erfolg und das könnt ihr getrost Euren Worten zuschreiben!"

„Danke!“, sagte er noch einmal und nickte dann Roan zu, der ihm grinsend eine gute Nacht wünschte.

Er sah seinen Soldaten einen Moment nach, dann wandte er sich nach seinen Wachmännern um, die am Scheunentor bereits auf ihren Pferden auf ihn warteten und seine Stute an den Zügeln hielten. „Soldaten, ich danke Euch, dass Ihr heute Abend in den Hintergrund getreten seid, um mich hier sprechen zu lassen. Ich bitte Euch, es jetzt noch einmal zu tun, damit ich einige Worte mit der Heilerin wechseln kann!“

Die Soldaten des Königs sahen sich kurz an, nickten sich dann zu und einer antwortete: „Wir bleiben in Eurer Nähe!“

„Das ist Euer gutes Recht!“, gab er zurück.

Er rief nach seinem Pferd und leitete es mit seiner Stimme zu sich. Bei den Monden, er hatte es geschafft! Er würde einige Minuten mit Alia verbringen, mit ihr sprechen ... Es gab so vieles zu sagen, aber ihm wollte jetzt nichts davon einfallen, denn zum ersten Mal an diesem Abend nahm er sich die Zeit, sie anzusehen. Konnte es sein, dass sich Sehnsucht so lange aufstaute, dass sie niemals mehr verging?

Seine Beine gaben zum wiederholten Mal nach, und er zog sich auf seine Stute, um dem ein Ende zu bereiten. Dann reichte er Alia wortlos die Hand und zog sie vor sich auf den Sattel. Er beobachtete seine Wache, die sich nicht beeilte ihm nachzureiten, und war dankbar, dass sie ihm erneut seinen Freiraum zugestanden. *„Ihr seid der wichtigste Mann an diesem Abend, Heermeister Dogul, und wir respektieren das, einerlei, was der König von uns verlangt!“*, hatte einer der beiden gesprochen und ihn dann aus seinem Zelt hinausbegleitet, damit er der Zusammenkunft beiwohnen konnte.

Er legte einen Arm um Alias Brust, sie nahm seine Hand in ihre, küsste sie und jetzt verschwand alles in ihrer Berührung. Die Tage der Isolation, seine Zweifel über die lächerliche Frage des Oberbefehls über diesen Feldzug, die Fragen, die er ihr über die Wirkung seines Bandes stellen sollte ... das alles trat zurück und verblasste in der Berührung seiner Wange, die er an ihr Gesicht schmiegte. Er hatte keine Zweifel, er hatte keine Fragen, in ihrer Gegenwart war sein Inneres vollständig.

Sie wollte ihn küssen, nein, sie musste es tun, sonst würde irgendetwas in ihr zerbersten. Sie lehnte sich an ihm vorbei nach hinten, um seine Wache zu sehen, zu sehen, wie weit die beiden Soldaten von ihnen entfernt waren, aber natürlich zeigte ihre Sicht sie ihr deutlich und sie vertraute ihrer Einschätzung nicht.

„Kian, dreh dich bitte um und sage mir, wie deutlich du die Soldaten hinter uns sehen kannst", flüsterte sie und starrte noch immer an ihm vorbei. „Können sie uns sehen?"

Er drehte sich ebenfalls um und sah sie dann wieder an. „Kaum!", antwortete er.

Alia ließ sich in ihren Kuss fallen. Ihre Lippen fanden einander, und ihr Lächeln schien niemals zu enden. Sie sah bereits die Feuer des Lagers, aber sie wünschte so sehr, dieser Moment in Kians Armen hielte an, bis sie beide alt wären. Alte Menschen, die auf ein Leben an der Seite des anderen zurückblicken würden. Ihre Kehle wurde eng.

„Wir müssen reden!", sagte sie irgendwann atemlos.

Er schüttelte lächelnd seinen Kopf, sah ihr in die Augen und strich langsam über ihr Gesicht. „Ich hatte Fragen!"

Sie lächelte. „Was für Fragen?"

„Ich weiß nicht!" Er küsste sie wieder. „Wie heißt diese Pflanze mit den dicken Blättern und Blüten, die hier überall wächst?"

„Welche?", fragte sie verwundert und blickte sich um.

„Mit roten Blüten!" Auch er sah sich um, schüttelte dann lächelnd den Kopf und ließ ihn an ihre Schulter sinken. „Sie ist verschwunden!"

Alia lachte. „Sie ist nicht verschwunden! Es ist die Mittagsblume und sie schließt in der Nacht ihre Blüten."

Er hob erneut den Kopf und sah sie einen Moment liebevoll an. „Ich hoffe, du bist nicht verärgert, weil ich mich in meiner Rede so sehr habe von dir inspirieren lassen!"

Alia wusste genau, auf welche ihrer Worte er anspielte. Sie hatte ihm gesagt, dass irgendwann all dies Vergangenheit sein würde und das, was dann zählte, sei, dass die Menschen, die sie liebten, überlebt hätten. Sie konnte noch immer die Wahrheit darin spüren und lächelte. „Wie kann ich verärgert sein, wenn du meine

Worte so meisterhaft benutzt?", gab sie zurück und legte ihre Wange an seine.

„Meisterhaft?"

Alias Herz weitete sich, denn seine ureigene Art der Bescheidenheit verstellte ihm, wie so oft, den Weg, tatsächlich zu begreifen, was er heute Nacht getan hatte. Er wusste nicht, wie sehr er soeben alle Menschen in dieser Scheune beeindruckt hatte. „Kian, du warst unbeschreiblich! Deine Worte haben alle erreicht, auch die, die dich zuvor missachtet haben!"

„Ich habe die Blicke gesehen", antwortete er ruhig und umfasste ihr Gesicht, um sie erneut zu küssen.

Alia lehnte sich jedoch ein wenig von ihm weg. „Stören dich diese Blicke nicht?"

Er schüttelte lediglich den Kopf und küsste sie dennoch.

Alia schien erneut alles um sich herum zu vergessen und hielt sich an ihrem Gedanken fest. „Ich verstehe nicht, was du noch alles tun musst, damit sie dich nicht länger als Inzani sehen!", sagte sie erbost.

Er hielt inne. „Ich muss niemandem etwas beweisen!", antwortete er dann fest und sah sie dabei mit einer Sanftheit an, die nicht zu seinen Worten passen wollte.

„Du hast recht! Das musst du nicht!", gab sie nun zu. Sie hatte sich von ihrem Ärger forttragen lassen und das kam ihr nun nichts als unangemessen vor.

„Sagst du mir etwas über mein Band?"

Sie nickte schuldbewusst, denn natürlich war es das, worüber sie sprechen mussten. „Deine Kontrolle ist perfekt, Kian!", antwortete sie voller Überzeugung.

„Es erleichtert mich, dass du das sagst."

„Wie hast du das erreicht?"

„Ich habe nicht viel anderes, um meine Tage zu füllen!", erwiderte er lediglich und küsste sie erneut.

„Spürst du es nicht, Kian? Du musst es doch spüren! Du bewegst es, wie eines deiner Körperteile!"

Er atmete lächelnd durch. „Ich hoffe, du sprichst über die Körperteile oberhalb meiner Taille!", scherzte er und lachte leise.

„Kian!", seufzte sie nun und hob die Augen zum Himmel.

„Alia, ich danke dir! Und ja, ich habe von Zeit zu Zeit sogar das Gefühl, ich könnte es berühren!" Alia lehnte sich in seine Umarmung, als er flüsterte: „Ich wünschte, ich hätte mehr Zeit!"

„Du kannst aufhören, zu zweifeln!"

Sie hielten einander. Kians Stute schritt langsam dahin und doch näherten sie sich zu schnell dem Lager. Bald wäre es an der Zeit, sich zu trennen, und Alia schloss die Augen, um diesen Zeitpunkt nicht kommen sehen zu müssen. Auch Kian musste die Feuer nun sehen, denn er strich sanft über ihr Haar und berührte ihr Tuch, unter dem sich ihre Ohren an ihren Kopf gelegt hatten.

„Ich werde zu dir kommen, sobald ich kann, Alia!"

Sie löste sich aus seiner Umarmung und nickte, ihre Tränen zurückhaltend.

„Du denkst daran, dass du Eret anstatt des Öles etwas anderes in sein Fläschchen füllst, wenn er um die Schutzmittel zu dir kommt?"

„Natürlich!"

„Ich möchte nicht, dass er sich preisgibt! Er tut bereits zu viel, um zu beweisen, dass er es wert ist, Teil der Armee zu sein!"

„Er stand bei Evan. Hast du ihn gesehen?"

„Ja!"

Sie strich über Kians Gesicht, sah ihn genau an und wusste, sie hätte diesen Augenblick, um sich an ihn zu erinnern, aber ihre Sehnsucht blieb.

„Ich trage morgen ein dunkelrotes Tuch!"

„Ich werde denken, du bist die Blüte einer Mittagsblume!"

Sie lächelte. Das waren ihre Abschiedsworte, sie mussten es sein, denn mehr gab es nicht zu sagen. Sie beide wollten tapfer sein, spürte Alia jetzt, denn in diesem Augenblick steckte zu viel Traurigkeit, und sie hatten nicht die Möglichkeit, sie zu lindern. Sie ließ sich von seiner Stute gleiten. Er nickte ihr noch einmal zu, wendete dann sein Pferd und ritt den Wachleuten des Königs entgegen. Sie stand einfach in der Dunkelheit, sah ihm lange nach und ihr war, als ginge ein Teil von ihr fort, um ihm zu folgen.

Kapitel 46

Soldaten des Königs hatten ihn ohne eine Erklärung fortgeführt. Sie hatten ihn zum Fluss begleitet, waren von ihren Pferden gestiegen und dann hineingegangen, um zu baden. Bei den Monden, er war das alles so müde. Er hatte nicht die geringste Lust sich vor diesen Soldaten zu entkleiden und ihm fehlte die Kontrolle über seinen Körper, um einfach in den Fluss zu waten und es ihnen gleichzutun, weil die Strömung ihn unweigerlich von den Füßen holen würde.

Wut hatte sich in ihm aufgestaut und es war ein Gefühl, das er nur zu gut kannte, aber lange nicht gefühlt hatte. Wut, weil sein Körper ihn daran hinderte, so zu sein wie andere Männer. Wut, weil er sich nicht entblößen wollte, um der ganzen Welt zu zeigen, wie beschädigt sein Körper war. Wut darüber, dass er überhaupt auch nur einen Gedanken daran verschwenden musste, weil ein Gesetz ihn daran hinderte, sich zu verhalten wie jeder andere. Und Wut, da er wusste, dass es einen Menschen für ihn gab, in dessen Gegenwart er alles tun konnte, alles, aber sie konnte nicht bei ihm sein.

Er hatte seine Stute stur in das Wasser geführt, hatte sein Hemd ausgezogen, um Oberkörper und Haare zu waschen und sich dann am Ufer in der abendlichen Hitze trocknen lassen. Mochten die Soldaten doch denken, er sei sonderbar, ihm war es gleich. Morgen würden sie an Rodas Hof gelangen und am Tag darauf zur zweiten Garde stoßen. Dann lag die Wüste vor ihnen und mit ihr der Kampf, auf den sie mit jedem Tag weiter zugingen. Was scherte es ihn überhaupt noch, was die Soldaten des Königs von ihm dachten? Wie konnte er sich in diesem Augenblick darum sorgen und sich in Selbstzweifeln wälzen? Er hatte wahrlich andere Dinge, an denen er verzweifeln könnte.

Auf dem Weg zurück und durch das Lager hielt er nach Alia Ausschau. Sie war der einzige Mensch, den er in diesem Augenblick zu sehen wünschte, und als er sie entdeckte, stockte sein Atem. Sie stand vor Ana und beide hielten Schwerter. Alia hatte ihres erhoben und führte nun sonderbar verlangsamt einen Schlag gegen Ana aus, den diese ebenso langsam parierte. Es sah aus wie ein Tanz. Nichts erinnerte dabei an eine Kampfszene, auch wenn er nicht weiter zusehen brauchte, um zu wissen, was sie dort übten.

Ana lehrte Alia den Angriff! Ihr, die ihn immer wegen seiner Gewalttätigkeit verachtet hatte. Er wusste das und doch konnte er in ihren wunderschönen Bewegungen den absoluten Willen zum Angriff sehen. Was dachte sie sich nur, ihre Ideale so sehr zu verraten? Er konnte nicht aufhören, sie anzustarren, und er bemerkte nun erst, dass er sein Pferd gestoppt hatte und sie in Reglosigkeit verharrten. In diesem Moment traf er Alias Blick. Sicher hatte sein Band ihn verraten und wahrscheinlich hatte es ihr sein Befremden gesandt, denn sie sah ihn starr an.

Einen Moment schien es ihm, als ob alle Geräusche um sie herum verstummt waren, und er bemerkte, wie sehr er im Grunde verstand, was sie hier tat. Sie wollte nicht wehrlos in die Wüste gehen und auch wenn sie niemals tatsächlich in eine Kampfsituation geraten würde, wollte sie wissen, wie sie töten konnte. Sie wollte es können!

Kian schloss die Augen und streckte sein Band nach ihr aus. Er wollte derjenige sein, der es ihr zeigte. Er sollte an ihrer Seite sein, während sie ihre Gewaltlosigkeit opferte, um an seiner Seite kämpfen zu können und ihm ebenbürtig zu sein. Was dann geschah, konnte er jedoch unmöglich fassen. Vielleicht bildete er es sich auch lediglich ein. Tagträume dieser Art waren vermutlich leicht mit seiner inneren Anspannung und der Verwirrtheit seiner Gefühle zu erklären und doch hätte er im Nachhinein schwören können, er hatte sie berührt.

Er tastete mit seinem Band in ihren Umkreis, suchte ihren Körper und konnte sie plötzlich fühlen. Er spürte ihre schlanke Gestalt, umfasste ihr Handgelenk und begann das Schwert für sie zu führen, wie schon einmal. Wie lange mochte das her sein? Ein ganzes Leben.

Alia starrte ihn an und er schloss die Augen. Sie wollte nicht, dass er sie so sah. Sie hatte ihren Körper unter perfekter Kontrolle. Nichts verriet ihre Wildheit, sie hatte sich lange danach gesehnt, wieder ein Schwert zu führen, und genoss diese Übungen mit Ana. Sie genoss es, eine tödliche Kämpferin sein zu können. Diese Seite ihres Selbst hatte sie nie gesehen. Sie hatte die Fähigkeiten ihres Körpers immer verborgen, hatte sich in die Demut gezwungen und doch waren sie so sehr Teil ihres Seins. Alia haderte damit, aber es blieb eine Tatsache, dass ihr aus diesen Übungen ein nie gekanntes Selbstbewusstsein erwuchs.

Kians erster Blick war voll des Entsetzens, sein Band erreichte sie mit der größten Befremdung, auch er wollte sie so nicht sehen. Als er jedoch die Augen schloss, war es plötzlich, als nähme er sie in sich auf, als wollte er ihr sagen, dass er sie liebte, in allem was sie tat, auch wenn er nicht in der Lage war, sie zu verstehen. Und dann schien er nach ihrem Arm zu greifen. Bei den Monden, sein Band berührte sie auf eine Art körperlich, als sei es eine greifbare Präsenz.

Er leitete ihren Arm, der ihr Schwert führte, in eine Position, die er ihr schon einmal gezeigt hatte. Der Stand, der dem Kämpfer Ruhe geben sollte. Ana reagierte auf dieselbe Art und sah sie mit erhobenen Brauen an, doch Alia schloss die Augen. Sie wollte ihn spüren, sie wollte jede Bewegung erfassen, in die er sie führte. Sie wartete, ihr Körper war zum Bersten gespannt und dann... löste er ihre Hände vom Griff ihrer Waffe. Ihr Schwert fiel klirrend zu Boden. Sie öffnete die Augen, blickte in Anas überraschtes Gesicht und in der peripheren Sicht sah sie Kian sein Pferd antreiben und davonreiten. Er blickte nicht zurück.

Hatte er sie nicht vor so langer Zeit gelehrt, der Kampf mit dem Schwert richte sich nach dem freien Willen des Kämpfers, der es führte? Aber wo war ihr freier Wille in diesem Moment geblieben? Er hatte ihn ihr genommen, und dass dies mit seiner so perfekt kontrollierten Gewalt geschehen war, ließ sie gedemütigt zurück.

Sie hatte sich ihm in all ihrem Vertrauen gegeben, und er hatte es missbraucht und sie manipuliert. Er hatte eine Grenze überschritten und es war ihr in diesem Augenblick einerlei, aus welchen Gefühlen heraus er es getan hatte.

„Was ist mit Euch, Heilerin?"

Alia schüttelte verwirrt den Kopf. „Nichts, Ana! Lasst uns weitermachen!", entgegnete sie und hob stur ihr Schwert auf.

Ana sah sie einen Moment fragend an und nahm dann wieder ihre defensive Position ein. „Wie Ihr wünscht!"

Alia nickte nur und schlug zu.

Fürst Roda hatte gestern Abend ein Festmahl für alle Soldaten bereiten lassen. An langen Bänken hatten alle auf dem Platz vor seinem Anwesen unter riesigen, uralten Bäumen, deren Art Kian nicht kannte, gesessen und getafelt. Wein war ausgeschenkt worden, und je näher es der Mitternacht ging, umso ausgelassener war die Stimmung geworden.

Es tat gut, Gelächter zu hören, Liedern zu lauschen und dem Lärm zahlreicher Gespräche. Kian hatte es genossen, sogar selbst etwas Mut daraus bezogen und sich dennoch nicht unter die Soldaten gemischt. So, wie die Wachleute vor seinem Zelt sich ihm gegenüber derzeit verhielten, hätte er sicherlich die Möglichkeit dazu gehabt. Stattdessen hatte er sie jedoch aufgefordert an dem Fest teilzunehmen, er hätte ohnehin zu arbeiten und verspräche, nicht davonzulaufen.

Er hatte tatsächlich zu arbeiten. Er hatte den genauen Angriffsplan fertiggestellt sowie die Instruktionen der Einheiten, die sie von Rodas Hof aus mit Lebensmitteln und Wasser versorgen würden. Er hatte deren Truppenstärke festgelegt und nun war alles bereit, nur die Namen fehlten noch. Er würde sie in der Versammlung im Lager der zweiten Garde hören. Hören, wer sich für welche Position melden würde, und dann entscheiden. Seine Wache würde ihn zweifellos auch zu dieser Zusammenkunft begleiten.

Roan würde sofort beim Eintreffen im Lager der zweiten Garde allen Soldaten den Angriffsplan vorlegen, sodass sie bei ihrem abendlichen Treffen auf demselben Informationsstand sein würden, Tavos Soldaten genauso, wie alle, die ihn bereits auf dem Weg hierher begleitet hatten. Alia würde noch einmal ihre Heilmittel vorstellen, denn sie war die Einzige, die das überzeugend tun konnte. Sie war unglaublich, wenn sie ihren Beruf ausübte, hatte er wehmütig festgestellt, und danach lange Zeit in die Dunkelheit gestarrt.

Er hatte wieder begonnen, zu zeichnen. Es machte ihn ruhig, half ihm, seine Konzentration zu bündeln, auch wenn sein Motiv immer dasselbe war. Alia auf ihrem Pferd, Alia während sie zu den Soldaten sprach, Alia in seinen Armen unter dem Sternenhimmel, Alia mit ihrem Schwert ... Was hatte er nur getan? Er hatte ihr seinen Willen mit den Fähigkeiten seines Bandes aufgedrängt, die ihm nun einmal mehr vollkommen monströs erschienen, aber nichts war ihm in diesem Moment plötzlich so falsch erschienen, wie ihr Schwert in einen Angriff zu führen. Plötzlich erschien die Last zu schwer, die er trug, und er hatte sie noch zusätzlich beschwert, indem er sie gegen sich aufgebracht hatte.

Seine Nacht war nahezu ohne Schlaf vergangen und nun, auf seinem Pferd, eine Nachricht Minos in der Hand, konnte er kaum glauben, dass er sie verschwendet hatte, ohne zumindest einen Versuch gemacht zu haben, mit Alia zu sprechen. Er sandte ihr wie in all der letzten Zeit wieder und wieder seine Entschuldigung, seine Demut und seine Liebe, um mehr zu tun fehlte ihm der Mut.

Er berührte sie nicht, obgleich er sie gerne noch einmal so spüren wollte, wie in dem Moment, da er sie beim Schwertkampf beobachtet hatte. Er sah sie weit hinter sich ihre Kapuze ablegen, aber nie mehr, wie sie weitere Zeichen ersann, um sich ihm mitzuteilen, und dieser Tag verging in Trauer. Er musste sie heute Abend sehen. Er musste mit ihr sprechen, bei den Monden, er hatte ihr so vieles zu sagen.

Minos Nachricht handelte vom Verhalten des Königs, und Kian las sie in Etappen über den ganzen Tag verteilt. Er war nicht gerade neugierig, zu erfahren, was der König in diesen Tagen tat oder nicht tat. Zumindest tat er nichts, um Kians Angriffsstrategie mit eigenen Plänen zu durchkreuzen, im Gegenteil, er schien gar keine zu haben. Minos Nachricht bestätigte ihm nur, dass König Abran nicht im Geringsten vorhatte, die Kämpfer selbst in die Schlacht zu führen, geschweige denn, sie nach irgendwelchen eigenen Vorstellungen in den Kampf zu schicken. Kian konnte das nur Feigheit nennen. Auch wenn er stärker denn je an Abrans Verstand zweifelte, so hatte der König doch, seiner Vorstellung nach, eine Rolle zu erfüllen. Verantwortung zu übernehmen, erschien ein wichtiger Teil darin zu sein. Eine Verantwortung, die Abran immer mit Füßen getreten hatte.

Mino hatte ein Gespräch der Fürsten mit dem König verfolgt, in dem Abran aufgefordert wurde, Kians Standort während des Kampfes zu erläutern.

„Seinen Standort? Meine Herren Fürsten, was sorgt Ihr Euch um seinen Standort? Der Inzani reitet mit mir in vorderster Front. Ich werfe ihn dem Feind vor! Und der Kampf ist vorüber! Der Inzani ist ein toter Mann, und wir alle kehren siegreich in die Hauptstadt zurück!"

Mino schrieb, der König sei betrunken gewesen, hatte seine Worte mehr gelallt als gesprochen und sich dann vor Lachen kaum noch halten können. Es sei das erste Mal gewesen, dass die Fürsten sich wütend aus seiner Gegenwart entfernt hatten, und seither hatte keiner von ihnen mehr seine Gesellschaft gesucht. An Rodas Hof hatten sie alle an dem Fest teilgenommen, der König jedoch hatte sich in die Gemächer zurückgezogen, die für ihn bereitgestellt worden waren, und sich nicht gezeigt.

Das war er also in des Königs Augen, dachte Kian verbittert. Ein toter Mann! Er hatte das schon mehrmals gehört und es erklärte, warum der König sich während dieser Reise niemals mehr um ihn, seinen Gefangenen, geschert hatte. Er brauchte den Oberbefehl, weil er dadurch sicherstellte, dass Kian seiner Willkür unterlag. Er war überzeugt davon, dass Kians Tod den Feind zufriedenstellen und er dann von weiteren Angriffen auf die Soldaten ablassen würde.

Es war absurd! Und auch wenn er das alles bereits gewusst hatte, es waren die kranken Vorstellungen eines irren und berauschten Geistes. Kian verbrachte den Tag damit, sich einzureden, dass der König den Verstand verloren hatte und all dies zusammenfantasierte, da Kian ihm so sehr verhasst war und er einen Sündenbock oder ein Opfer brauchte, um sein verwirrtes Ego zu stärken. Vielleicht auch, um seine eigene Angst zum Schweigen zu bringen.

Die Logik dieser Gedanken war nicht von der Hand zu weisen und dennoch gab es einen Teil in ihm, der den Worten des Königs Glauben schenkte. Wenn Abran über Wissen verfügte, das ihnen allen entging, und wenn Alia recht damit hatte, dass Kians Stellung als einziger männlicher Nachkomme des Alten Königs diesen Feind in irgendeiner Form beeinflusste, so kam er nicht umhin, auch darin eine Logik zu sehen. Er verstand sie nicht, er wollte sie nicht, wollte sie fortwischen, auf sie einschlagen und nichts weiter als der verstoßene Sohn eines Fürsten und erster Heermeister der Armee sein. Alles, was er war, war bereits schwierig genug, wenn er nun auch noch der Grund für das erneute Auftreten dieses Feindes nach zweihundert Jahresläufen sein musste und der einzige Mensch, dessen Tod diesen Feind zum Verstummen bringen konnte... Wenn er das war, dann hatte der König recht, und er war bereits tot.

Als Kian in das riesige Zelt trat, das die zweite Garde für ihre Versammlungen nutzte, hatten sich die Soldaten erneut mit ihrem stummen Gruß an ihn gewandt. Hauptmann Tavo, der sich Alia bei ihrem Eintreffen persönlich vorgestellt hatte, hatte ihn umarmt, und dann war Kians Blick umgehend zu ihr geglitten. Er wirkte müde, sah sie fragend an, entschuldigend, genauso, wie sie auch sein Band während der letzten Tage gespürt hatte. Nun spürte sie nichts von ihm. Sein Band schwieg. Es hatte sie traurig gemacht. Diese ganze letzte Zeit hatte sie ausgehöhlt, weil sie von Gefühlen bestimmt gewesen war, die ihr zutiefst falsch erschienen. Sie sollten diese kurze Zeit bis zum Kampf nicht mit Zweifel aneinander verbringen.

Er lehnte sich neben sie an den Tisch, auf dem sie bereits das *neinat*-Öl und die Tiegel mit dem Eisenfarn abgestellt hatte, und seine Nähe war in diesem Moment eine solche Wohltat. Sie hatte so lange Sehnsucht nach ihm gehabt, und als er sich am gestrigen Abend nicht auf dem Fest gezeigt hatte, war diese Sehnsucht in eine

Hoffnungslosigkeit gemündet, die sie die ganze Nacht wachgehalten hatte.

Ihre Wut auf ihn war nur langsam verflogen, und sie hoffte inständig darauf, dass er ihr erklären würde, was bei den zwei Monden ihn getrieben hatte, ihr Vertrauen derart zu missbrauchen. Immer wieder hatte sie der Gedanke verfolgt, dass sie ihn womöglich zu sehr befremdet hatte, als er Zeuge ihres Schwertkampfes geworden war. Als er gesehen hatte, wie ihr fremdes, wildes Wesen einen Weg in ihr ansonsten so sehr gezähmtes Sein gefunden hatte. Die Scham war in ihr Denken zurückgekehrt, eine Scham, die sie in seiner Gegenwart fast vollkommen hatte ignorieren können.

Nun sah sie ihn den Gruß der Soldaten erwidern und spürte sein Band sanft an ihrem Körper. Es war, als spräche es von Erleichterung und der Versicherung über seine Liebe, die umfassender war, als sie jemals geglaubt hatte. Wie hatte sie nur daran zweifeln können? Und dennoch blieb für sie der Missbrauch seiner Macht an ihr bestehen.

Er begrüßte die Soldaten sowie die Fürsten, die sich im Hintergrund hielten. Sie alle waren erschienen, und Alia fragte sich, wo sich der König wohl in diesem Moment aufhielt. Interessierte es ihn nicht, was hier geplant wurde? Womöglich wusste er es bereits und billigte es schweigend, was ihm nicht ähnlich sah, war er doch ein Mann von größtem Geltungsdrang.

Kian sprach einige schlichte und doch feierliche Worte und forderte sie dann auf, den Soldaten der zweiten Garde die Schutzmittel zu erklären, was sie umgehend tat. Außerdem bat sie alle, sich ausreichen zu verhüllen, um sich vor der Sonne zu schützen. Sie traf hier auf vollkommene Zustimmung und den Willen, sich sofort mit den notwendigen Mitteln zu versorgen, was sie sehr erstaunte.

Die Heiler der Armee warfen ihr skeptische Blicke zu und schienen untereinander über sie zu tuscheln, aber sie achtete nicht weiter auf sie, sondern verteilte Tiegel und Fläschchen an alle, die nun hervortraten. Sie hatte an all den letzten Abenden die meistens kleinen Verletzungen so vieler Soldaten behandelt, und sie alle hatten ihr ungefragt ihr vollstes Vertrauen in ihre Maßnahmen versichert. Sie war noch immer verwundert darüber, warum sie zu ihr kamen und nicht ihre Heiler aufsuchten, hatte jedoch nie gewagt, einen von ihnen danach zu fragen.

Als sie endete, schob sie Kian einen Tiegel sowie ein Fläschchen mit Öl entgegen. Beides steckte er in seine Hemdtasche und sah sie einen Moment fest an, dann ergriff er erneut das Wort. „Jeder hier wurde vom genauen Angriffsplan auf den Feind in der Wüste unterrichtet und ich danke meinem ersten Offizier, dass er es nicht müde wurde, jedes Detail wieder und wieder zu erläutern. Der ersten Offizierin der ersten Garde danke ich für die unermüdliche Organisation dieses Treffens. Wer in diesem Augenblick Fragen zum Ablauf des Angriffes hat, der möge sie nun stellen!"

Sie sah Kians Profil, sah, wie er lächelnd Ana und Roan zunickte und sich dann an die Menge wandte. Die Soldaten schwiegen.

„Keine Fragen? Gut! Nun, dann beginnen wir mit der Verteilung der Positionen! Ein jeder, der für eine Gruppe spricht, möge nun vortreten, seine Kämpfer benennen und die Aufgaben ausführen, auf die sie sich geeinigt haben. Erster Späher, ich bitte Euch, die Ergebnisse aufzuzeichnen. Wir werden am heutigen Abend keinen Beschluss fassen, sondern gemeinsam darüber beraten. Morgen Abend jedoch wird ein jeder erfahren, was seine Aufgaben im Kampf sein werden. Ich versichere, dass möglichst allen Wünschen entsprochen werden wird. In diesen Kampf wird niemand gezwungen! So war es von Anfang an und so wird es bleiben!"

Zustimmendes Gemurmel wurde laut. Alia sah die Soldaten nicken und sich untereinander besprechen, dann traten nach und nach einzelne nach vorne und warteten auf ein Zeichen Kians, diese Verhandlungen zu eröffnen.

„Wenn Ihr erlaubt, würde ich gerne beginnen, Heermeister Dogul!", trat Hauptmann Tavo nun vor und als Kian nickte, wandte er sich an die Menge. „Zunächst einmal möchte ich sagen, dass die zweite Garde sehr froh ist, so viele kampfbereite Männer und Frauen hier begrüßen zu können! Es erfüllt auch uns mit Mut, diesen Kampf beginnen zu können!"

Bestätigendes Gemurmel ging durch das Zelt, aber Hauptmann Tavo erhob die Hand, um sich weiter Gehör zu verschaffen. Alia bewunderte seine ungezwungene Art. Sein Aussehen verriet, wie auch bei Mino, seine Herkunft aus dem Osten des Landes, wenn auch sein Haar bereits ergraut war.

„Meine Soldaten sehen sich im mittleren Angriffsblock, also dem frontalen Angriff, und es ist mir eine Ehre, sie dort anzuführen!“, wandte er sich nun wieder an Kian.

Kian nickte. „Wie viele Kämpfer werdet Ihr sein?“

„Die gesamte zweite Garde steht zur Verfügung, Heermeister!“

Anerkennendes Nicken machte sich breit, und Fürst Roda trat nun nach vorne. „Ich selbst führe keine Soldaten in den Kampf! Jedoch haben die Clanchefs des Wüstenvolkes mir gestern übermitteln lassen, dass sie mit etwa vierzig Kriegern an dem Kampf teilnehmen werden. Das entspricht nicht den ursprünglichen Plänen, aber die Clans haben entschieden! Sie werden reiten! Und ich selbst werde unter ihnen sein!“ Und mit diesen Worten ging er auf Alia zu, nahm sich einen Tiegel und ein Fläschchen und nickte ihr zu.

„Fürst Roda!“, begann Kian dann. „Woher stammt das plötzliche Interesse des Wüstenvolkes an unserem Kampf?“

„Sie haben den Feind bereits gesehen, Heermeister Dogul, und er befindet sich nicht mehr innerhalb des Vulkankraters, sondern an seiner Nordflanke! Sie fühlen sich ebenso bedroht wie wir alle!“

Nun erhob Mino die Stimme, der zu ihrer Linken gestanden hatte. „Ist es mir erlaubt, Kontakt zum Wüstenvolk herzustellen? Ihre Informationen wären der Mission der Späher sehr hilfreich!“

„Natürlich ist es Euch erlaubt! Ich werde sofort einen Boten schicken!“

„Ich danke Euch, Fürst Roda!“

„In welcher Angriffsrichtung sieht sich das Wüstenvolk kämpfen, Fürst Roda?“, fragte Kian dann.

„Ich werde ihnen Euren Vorschlag unterbreiten, sobald Ihr die Planung abgeschlossen habt, aber seid Euch darüber im Klaren, dass die Clans ihre eigenen Wege verfolgen!“

„Das bin ich ohnehin!“, erwiderte Kian, fuhr sich durch das Haar und setzte dann hinzu: „Ich werde keinen Vorschlag unterbreiten. Das Wüstenvolk ist frei, seinen eigenen Kampf zu kämpfen! Würdet Ihr sie jedoch von der Macht dieses Feindes unterrichten, damit sie geschützt sind?“

„Das habe ich bereits, Heermeister! Es ist alles bereit!“

„Gut!“

Als Nächster verkündete der junge Fürst Ileu, er werde mit den Kämpfern seiner Miliz von Westen her in den Angriff gehen. Seinen Vater wolle er außen vor lassen, aber dieser bekräftigte vehement, er würde mit ihnen reiten und nicht ehrlos auf die Rückkehr seines Sohnes warten. Kian wiederholte noch einmal, dass niemand gezwungen werden könne, zu kämpfen, aber genauso wenig stand es ihnen allen zu, jemanden aus dem Kampf auszuschließen, und Alia bemerkte zum ersten Mal, mit welcher milden Souveränität er in der Lage war, Verhandlungen dieser Art zu leiten. Er führte das Wort ebenso kunstvoll wie sein Schwert.

Hauptmann Seth stellte sich mit dreißig Kämpfern an Ileus Seite, und dann trat Eret vor. Sein Gesicht von der Sonne gerötet, seine Augen funkelnd von wilder Entschlossenheit und sein indirekter Blick auf Kian gerichtet.

„Mein Heermeister, ich spreche für fünfundzwanzig meiner ehemaligen Kameraden, Soldaten des Königs, die sich entschlossen haben, nicht an seiner Seite zu kämpfen, sondern an Eurer. Weist uns den Platz zu, den Ihr für richtig haltet, wir werden dort unsere Pflicht erfüllen!“

Kian hielt inne und sah seinen Freund einen Moment fest an. „Euer Angebot ehrt uns alle, Soldat Eret!“

„Nein, Heermeister Dogul, die Ehre ist auf unserer Seite!“, entgegnete Eret nun und die Soldaten, mit denen er zusammengestanden hatte, nickten und grüßten Kian mit ihren Fäusten an der Brust.

Alia realisierte nun, dass diese Soldaten, sollten sie ihre Leben in diesem Kampf verlieren, es an der Seite des wirklichen Anführers tun wollten. Sie versteckte sich hinter Kians Rücken, um ihre Tränen zu verbergen. Alle in diesem Zelt würden ihr Leben für Kian geben und für ihr Land, um nichts anderes ging es hier.

„Soldaten, ich habe Euch im Zelt an der Seite Eures einstigen Hauptmannes gesehen und ich danke Euch dafür, dass Ihr die Seite der Armee gewählt habt, um in den Kampf zu gehen!“, sprach Kian seine Wachen an, als sie ihn zu seinem Zelt eskortiert hatten.

Er war noch immer tief berührt von ihrer stillen Desertation aus den Reihen des Königs und er rechnete sich eine gute Chance aus, dass sie ihn heute Nacht gehen lassen würden. Er musste fort. Er musste zu Alia und mit ihr sprechen, sie berühren ... Seine Sehnsucht war derart übermäßig geworden, während sie den ganzen Abend an seiner Seite gestanden hatte, dass er überzeugt davon war, etwas in ihm würde verdorren, wenn er nicht umgehend zu ihr gelangte.

„Wir haben nicht die Seite der Armee gewählt, Heermeister Dogul, sondern Eure Seite! Die Seite des Mannes, der aus dem Verborgenen eine Gruppe von vierhundert Kämpfern führt! Wir alle bewundern Euch!"

Kian schüttelte den Kopf. „Ich bewerkstellige das nicht allein! Ich habe Helfer und ihnen gebührt Eure Bewunderung!"

Nun trat der andere Wachmann vor. „Nein, Heermeister! Ihr seid der Kopf, der hinter all dem steckt! Und seid gewiss, wie auch immer die Bitte lautet, die Ihr am heutigen Abend an uns habt, sie sei Euch gewährt!"

Kian schwieg verwundert.

„Ihr habt doch eine Bitte, oder?"

„Ja!", nickte er dann und sprach es direkt aus: „Ich möchte Euch bitten, für einige Stunden vor diesem leeren Zelt zu wachen, ohne dass jemand von meinem Fehlen erfährt! Ich werde bei Sonnenaufgang zurück sein!"

„So geht ohne Sorge!", erwiderte der erste Wachmann und beide begannen, sich vor dem Zelt für die Nacht niederzulassen.

Kian beobachtete sie einen Augenblick schweigend, lächelte ihnen dann zu und wendete sein Pferd. Es war bereits nah der Mitternacht. Das Lager war verstummt, abgesehen vom Schnarchen, das man aus so manchem Zelt hören konnte. Er hatte mit den Fürsten, seinen Hauptmännern und seinen Elitesoldaten im Gemeinschaftszelt zusammengesessen und über die Truppenaufstellung während des Angriffes beraten. Es hatte nicht viel zu besprechen gegeben, denn die Soldaten hatten sich offensichtlich bereits vor diesem Abend untereinander verständigt, und so ergab sich schnell ein schlüssiges Bild über die Positionen.

Seth hatte Ana in seine Gruppe gebeten, und Evan wurde Lin zur Seite gestellt, der gemeinsam mit Fürst Trang den Angriff von der östlichen Seite aus befehligen sollte. Roan und Mino hielten sich bedeckt, was ihre Pläne für den Kampf betrafen, und Kian drang nicht in sie, da er ahnte, sie beide hatten andere Aufgaben zu erfüllen, als die bereits dargelegten. Er wollte versuchen, mit ihnen Gespräche unter vier Augen herbeizuführen, sollte sich die Gelegenheit ergeben, bevor der Kampf begann.

Die Fürsten gingen ausnahmslos in den Kampf. Jeder hatte seine Position gewählt, und Kian konnte ihren absoluten Willen nur bewundern. Die meisten waren keine Kämpfer, obgleich sie sicherlich alle an Waffen ausgebildet wurden, was vermutlich Jahresläufe zurücklag. Es gehörte zur Erziehung eines jeden Fürstensohnes und auch er selbst hatte den Schwertkampf früh erlernt, ebenso den Umgang mit dem Bogen, jedoch war es nie sein Vater gewesen, der ihn unterwiesen hatte. Ihn hatte Kian nie kämpfen sehen.

Im Vergleich zu den Männern, die ihm heute Abend nichts als unbedingten Mut gezeigt hatten, nahm sein Vater sich wie ein feiger Verräter aus, und Kian hatte nie zuvor die Natur dieses Mannes, der sein Vater war, derart deutlich erkannt. Er suchte stets seinen Vorteil, aber wenn es darum ging, Entscheidungen zu treffen, die nicht populär waren, fehlte es ihm an Rückgrat. Es fehlte ihm jegliche Tapferkeit und das Ehrgefühl, um hier an seiner Seite zu kämpfen. So war es immer gewesen, er war nie an seiner Seite gewesen. Kian sah nun sehr deutlich, dass er seinen Vater hinter sich lassen musste, ihn und alles, was er ihm angetan hatte, um frei zu sein für die Zukunft, in deren Auge er sehen musste, und wahrscheinlich spürte er nun zum ersten Mal in seinem Leben tatsächlich, wie wenig ihm dieser Mann noch bedeutete.

Er ließ seine Stute langsam durch das Lager schreiten, bis zu dem Zelt, das Alia sich mit Ana teilte. Er hatte sie bei ihrer Ankunft beobachtet und bemerkt, dass es etwas abseits stand. Plötzlich war er nervös und wusste nicht, wie er auf sich aufmerksam machen sollte. Als er sich jedoch entschlossen hatte, Alia schlicht zu rufen, wurde das Zelttor bereits aufgerissen und Ana stand in der Öffnung, ihr Schwert erhoben und bereit, jeden Eindringling zu vertreiben.

„Wer da!“, rief sie bestimmt.

Kian sah erneut sehr vieles an ihr, das ihm gefiel. Sie war dafür gemacht, eine Kämpferin zu sein in ihrem Stolz, ihrem Mut und ihrem Kampfgeist. Nun jedoch kam sie seiner Stute zu nah. Sein Pferd tänzelte, und er flüsterte ihm beruhigende Worte in der Alten Sprache zu, was Ana dazu brachte, ihr Schwert zu senken.

„Heermeister, entschuldigt! Ich dachte…“, lenkte sie augenblicklich ein und senkte verlegen den Kopf.

„Nein, Ana, so macht Euch bitte keine Vorwürfe! Es tut gut, Euch derart wachsam zu erleben. Ich bin es, der einen Fehler gemacht hat!“, entschuldigte er sich und sah Alia in der Zeltöffnung erscheinen. „Ich sollte nicht heimlich in der Dunkelheit umherreiten und Euch beunruhigen. Ich wollte lediglich die Heilerin für einige Stunden entführen. Natürlich nur, wenn sie einverstanden ist!“

Anas Augen weiteten sich fragend und sie wandte sich an Alia. Diese jedoch ging einfach auf ihn zu und streckte die Hand aus, damit er ihr auf sein Pferd helfen konnte.

„Sie ist einverstanden, Heermeister Dogul!“, sagte sie entschlossen.

Er zog sie vor sich in den Sattel, nickte Ana zu und wendete sein Pferd. Bereits als sie losritten, schmiegte sie ihren Körper an seinen. Er konnte kaum fassen, was die Berührung ihres Körpers in ihm auslöste. Er umfasste ihre Taille mit einem Arm, trieb seine Stute an, und sie ritten in die sternenklare Dunkelheit.

Kapitel 47

Sie ritten in die Nacht hinaus und ein Schweigen hatte sich über sie gelegt, das Alia nicht ertragen konnte, obwohl sein Körper sie umfing und auch sein Band sie in Glück einhüllte. Sie konnten nicht schweigen über das, was sie voneinander entfernte, denn das tat es noch immer.

„Wie konntest du nur?", fragte sie dann mit ihrem Blick hinaus in das Land.

„Ich hätte das nie tun dürfen! Ich weiß das, Alia, und du wirst mich vor dir kriechen sehen, so sehr wünschte ich, es wäre nie geschehen!"

„Aber warum, Kian?", fragte sie noch einmal und wandte sich ihm zu, um in seine Augen sehen zu können.

Er sah sie nahezu flehend an, sein Blick schmerzerfüllt und sein Band schien überzulaufen mit all den Gefühlen, die er nun in sich trug. „In dem Moment, als ich dir half, dein Schwert zu führen, war es mir, als ob du all deine friedvollen Ideale aufgabst, es war, als konnte gar kein Frieden mehr möglich sein. Alle Hoffnung war fort, fort mit deinem Willen zur Gewaltlosigkeit! Ich konnte plötzlich nicht mehr atmen!"

Alia wollte etwas darauf erwidern, aber er legte ihr sanft einen Finger an die Lippen. „Ich weiß, wie falsch es war, was ich getan habe! Ich weiß, ich hätte dich niemals so sehr manipulieren dürfen, Alia! Es ekelt mich an, dass ich diese Fähigkeit überhaupt habe! Ich muss nicht verstehen, warum du den Angriff mit dem Schwert lernen willst! Ich muss nicht all deine Gedanken kennen! Und vor allem muss ich nicht alles billigen, was du tust, um zu wissen, wie sehr ich dich liebe! Ich werde das nie wieder tun, ich schwöre es! Wenn du mir nur verzeihst!"

Alia nickte stumm. Er fühlte keinen Abscheu vor ihr, und sie kam sich plötzlich dumm vor, weil dieser Gedanke ihr nun so abwegig erschien. Sie wusste doch, wie sehr er sie in allem achtete, was sie war ... Sie war unsagbar erleichtert und dennoch klang das Gefühl, dass er sie missbraucht hatte, in ihr nach. Sie verstand seine Gründe, sie nicht in einem Angriff anleiten zu wollen, und spürte plötzlich eine übergroße Sehnsucht danach ihm einfach verzeihen zu können. Sie konnte es, denn nichts erschien ihr nun unpassender, als ihre immer gleichen Gefühle über ihr eigenes fremdes Wesen mit ihm zu besprechen.

„Du brauchst nicht vor mir zu kriechen, Kian!", erwiderte sie leise und hoffte, ihr kleiner Spaß käme bei ihm an.

„Nicht? Jetzt verpasst du die Gelegenheit, zu sehen, wie gut ich darin bin!", gab er erleichtert zurück und küsste sie. Dieser Kuss mündete in einen nächsten und dieser erneut in einen weiteren.

Irgendwann hielt Kian seine Stute zurück und sah über Alias Kopf in die Ferne. Auch sie wandte sich nun wieder dem Land zu und wurde gewahr, dass sie sich auf einem Felsplateau befanden. Unter ihnen erstreckte sich eine endlose Sandfläche. Alia konnte etliche Pflanzen im Mondlicht erkennen, die sie aus Büchern kannte und von denen sie wusste, sie waren in der Lage Wasser zu speichern, um zu überleben. Kakteen, Agaven, Aloen und die seltsame, dornenrankige *noasit*-Pflanze. Es gab ihr plötzlich Mut, diese Pflanzen hier leben zu sehen. Zu sehen, wie erfolgreich sie ihrer feindlichen Umwelt trotzten.

„Das wollte ich dir zeigen!", flüsterte Kian nun nah an ihrem Ohr. „Und das!"

Sie spürte, wie seine Finger ihr Kinn anhoben, bis sie in den Himmel sah. Sterne. Mehr als sie jemals gesehen hatte.

„Du sagtest, wir würden das zusammen sehen und nun sind wir hier!", sagte er leise und in seiner Stimme lag ebenso viel Trauer, wie Staunen über diese nächtliche Pracht.

„Deine Schwester hatte recht!"

Sie spürte sein Nicken an ihrem Hinterkopf. „Wollen wir ein Stück in die Wüste reiten?"

Sie schüttelte den Kopf, ohne Worte dafür zu finden, wie klein sie sich plötzlich vorkam, wie nichtig und wie groß ihre Angst vor dem war, was in der Wüste auf sie wartete. Sie stieg von Kians Pferd, lief die wenigen Schritte bis zur Kante des Plateaus, sah in die Ferne und alles, was sie erkennen konnte, war Schönheit. Die Natur war überall schön, egal welches Gesicht sie ihr zeigte, und sie sollte sich nicht davon beeinflussen lassen, mit welchen Kreaturen sie bevölkert war, denn das änderte nichts an ihrer Vollkommenheit.

Hinter ihr stieg Kian von seinem Pferd. Sie sah sich nach ihm um, bemerkte, dass er sich an seinem Sattel auf den Boden herabgleiten ließ und zu ihr an die Kante rutschte. Sie setzte sich neben ihm, spürte, wie er sanft den Arm um sie legte, sah ihn an, fuhr mit der Hand unter sein Hemd und in dieser Berührung verschmolzen sie. Es war nahezu immer so gewesen, als ob sie sich vereinten und doch jeder den anderen wahrnahm, wie etwas Wunderschönes und Anderes. Diesmal jedoch erschien es ihr, als seien sie wie zwei Teile desselben Dinges, die sich in Ganzheit fanden.

Kian strich ihre Tränen fort. Sie hatten beide geweint, denn diese Verbindung ihrer Körper fühlte sich erneut wie ein Abschied an, auch wenn sie es nicht aussprachen. Sie beide spürten die Last der kommenden Tage und die Absolutheit, die ihre Trennung sein würde in dem Augenblick, in dem er in den Kampf ziehen würde. Er wollte nicht, dass sie litt, aber es stand nicht in seiner Macht dieses Leiden zu lindern, denn es war ebenso sein eigenes. Er nahm sie fest in seine Arme und hielt sie im Schweigen der sternenklaren Nacht, durch die nun eine Sternschnuppe strich.

„Wünsch dir etwas!“, flüsterte er in ihr Ohr, und sie lehnte sich über ihn, sodass sie ihn ansehen konnte.

„Ich glaube nicht an solche Dinge, Kian!“, erwiderte sie überrascht.

„Das tue ich auch nicht“, gab er zu und lächelte dann. „Meine Mutter hat einmal gesagt, wer ohne Wünsche ist, ist ohne Zukunft!“

Alia sah ihn einen Augenblick fest an und wandte den Blick wieder in die Sterne. Erneut schwiegen sie gemeinsam, aber die Stille wurde unterbrochen vom Ruf eines Tieres, den sie vermutlich nie zuvor gehört hatten. Nun, es musste ein kleines Tier sein, und vermutlich störten sie beide seine nächtlichen Wege, dachte er und sah im nächsten Augenblick etwas an sich vorbeihuschen. Sein Fell war von blau schimmernder Farbe gewesen, und er wandte sich verblüfft an Alia.

Sie starrte dem Wesen nach und sagte dann gedankenverloren: „Wir haben immer nur bis hierher gedacht! Nie darüber hinaus, Kian!“

Sie sah ihn wieder an, und er blickte in ihre Augen, deren grünes Schimmern durch das Mondlicht womöglich noch verstärkt wurde, aber er fand nicht die Worte, um ihr zu sagen, dass er sich jegliche Gedanken an die Zukunft verbot, weil es zu weh tat, schon allein das Wort *Zukunft* zu denken.

Alia sah ihn traurig an und legte den Kopf an seine Brust. „Lass uns zusammen an die Zukunft denken, Kian! Was wünschst du dir?“

„Über das Überleben hinaus?“, fragte er leise und spürte sie nicken. „Ich habe nie meine Nichte gesehen! Meine Schwester und ihr Mann haben sie Kiana genannt, weil sie aussieht wie ich, sagen sie! Habe ich dir das erzählt?“

Alia sah ihn kurz an, schüttelte den Kopf und flüsterte: „Ein schöner Name!“

Er strich ihr eine Strähne aus der Stirn und hörte sie dann nach seinen weiteren Wünschen fragen. Nun, er wusste sehr genau, was er sich wünschte. Er hatte diesen Gedanken seit Langem immer wieder in seinem Kopf hin und her gewendet und schließlich bemerkt, dass es ihm tatsächlich etwas bedeuten würde, alles an Alias Wesen zu begreifen.

„Du wirst davon nicht begeistert sein, Alia!“

„Nein? Was ist es?“

„Ich wünsche mir, wieder an deiner Seite zu jagen!“

„Warum sollte mich das nicht begeistern? Es wäre mir eine Freude!“

„Es ist nicht nur die Jagd. Ich möchte sehen, wie du unsere Beute verfolgst! Ich möchte wissen, wie schnell du tatsächlich laufen kannst! Ich möchte wissen, wie deine Bewegungen aussehen, wenn du dich nicht zurücknimmst!“

„Oh!“, machte Alia lediglich, setzte sich auf und schloss ihr Gewand über ihrer Brust.

„Bist du so schnell wie ein fliehendes Tier?“

„Ich werde es dir nicht zeigen!“, sagte sie dann und sah ihn mit einem verhaltenen Lächeln an, für das sie scheinbar viel Kraft aufbringen musste.

„Ich wusste, du würdest das sagen!“, erwiderte er und setzte sich ebenfalls auf.

Sie blickte erneut in den Himmel, und er sah ihr Profil an, bis sie sich ihm wieder zuwandte. „Du weißt, wie schnell du bist!“, stellte er dann leise fest.

„Kian!“, presste sie nun hervor und senkte den Kopf. „Ich weiß es! Und es ist jenseits jeden menschlichen Maßstabes! Und damit lass es gut sein!“

Er sah sie einige Zeit weiter ruhig an und schüttelte den Kopf. „Alia!“, begann er und berührte ihren Arm. „Wann kannst du endlich beginnen, zu begreifen, wie sehr ich deine Bewegungen bewundere? Wie sehr mich deine fremde Art fasziniert? Es muss dich so sehr anstrengen, deine Bewegungen immerzu zu kontrollieren, auch wenn du daran gewöhnt bist! Aber dies alles ist ein so großer Teil deiner Schönheit.“

„Und es ist nicht menschlich!“, erwiderte sie fest.

„Dieses Gespräch haben wir schon einmal geführt!“

„Aber damals hattest du nicht gesehen, wie ich ein Schwert im Angriff führe! Der nicht menschliche Teil von mir befähigt mich zu töten, Kian! Ist das die Schönheit, die du meinst?“

Kians Herz zog sich zusammen. Er würde sie nie davon überzeugen, dass seine Gefühle ihr in allem galten, was sie war. Sie hasste das fremde Wesen, das sie war, und es würde immer etwas Scheußliches für sie sein. Sie würde ihre Schönheit niemals sehen können. Und es war zu spät, sie ihr zu zeigen.

„Ich habe es gesehen! Du könntest gegen jeden Angreifer bestehen, aber das heißt nicht, dass du töten musst. Du bist in deinem Willen frei, das Schwert auf die Art zu führen, die dich ans Ziel bringt. *Dein* Ziel! Ich mag an deiner Friedfertigkeit großen Gefallen finden, aber du selbst kannst damit verfahren, wie es dir gefällt, Alia!“

„Kian, hör auf, bitte! Ich hasse es, aber es gefällt mir zu wissen, dass ich töten könnte, wenn ich mich verteidigen müsste! Zum ersten Mal in meinem Leben sehe ich in meiner Schnelligkeit einen Sinn. Und das gibt mir Kraft. Und es erschreckt mich ... So sehr!“

Kian sah sie erstaunt an, sah, wie sie sich von ihm abwandte und schwieg. Das hatte er nicht erwartet, aber es gefiel ihm, wie sie nun über sich sprach und dabei einräumte, dass sie ihrer Wildheit tatsächlich etwas abgewinnen konnte. Sie hatte sich verändert, und vielleicht war es nicht zu spät.

„Ich glaube, niemand versteht so gut wie ich, dass man Selbstbewusstsein aus seinen Fähigkeiten ziehen kann. Es erschreckt mich nicht, zu wissen, dass du dich schützen könntest! Im Gegenteil, es beruhigt mich! Und wenn es deine sonderbare Art ist, die dich dazu befähigt ... dann macht es mich glücklich!“

Alia sah ihn wieder an, nahm seine Hand und schmiegte ihre Wange daran.

Er fuhr mit der anderen Hand durch ihr Haar und flüsterte. „Du bist so unfassbar schön, Alia! Und es macht mich glücklich, dass du mich dennoch gewählt hast!“

Ihr Blick huschte in seine Augen. „Dennoch?“, fragte sie und zog die Augenbrauen zusammen.

„Deine Bewegungen sind perfekt! Die meinen sind ...“, er versuchte ohne Erfolg die passenden Worte zu finden. „Sie sind es nicht.“

Alia sah ihn daraufhin scharf an. „Du denkst noch immer innerhalb der Maßstäbe, die das Inzani-Gesetz dich gelehrt hat!“

Er jedoch schüttelte lächelnd den Kopf. „Nein, ich denke innerhalb der Maßstäbe, die mich unsere Unterschiedlichkeit gelehrt hat! Ich verstehe, dass deine Liebe keine Bedingungen an meinen Körper stellt. Aber deswegen kann ich dennoch Ruhe und Glück darin finden, mit welcher Selbstverständlichkeit du dich meinem Tempo anpasst, wenn wir nebeneinander hergehen!“

Alia sah ihn verständnislos an. „Darüber habe ich nie nachgedacht!“, sagte sie leise.

Und deswegen liebe ich dich!, dachte er und sah sie einfach nur an.

Alia verstand nicht, was genau er ihr sagen wollte, aber sie spürte es. Und hätte Kian noch weitere Worte gefunden, sie könnten ihr nicht mehr verdeutlichen, was sie ihm bedeutete. Was es ihm bedeutete, dass sie seinen Körper ebenso liebte, wie alles andere an ihm und sei er auch noch so eingeschränkt. Es war die Wahrheit, sie dachte darüber nicht nach. Die Reaktionen mancher anderer erbosten sie und es fiel ihr auf, wenn andere ihm ihre Akzeptanz zeigten, aber sie selber sah in ihm einfach den Mann, der er war, und so war es immer gewesen.

Sie spürte, dass er jedes seiner Worte über sie in tiefstem Ernst gesprochen hatte. Sie waren unterschiedlich in ihren körperlichen Voraussetzungen, mehr als zwei andere Menschen es jemals sein konnten, und doch stand diese Unterschiedlichkeit für sich. Sie hinderte sie nicht daran, zusammen zu sein. Und dass er akzeptierte, warum sie begonnen hatte, mit Ana den Schwertkampf in all seinen Ausprägungen zu üben, war mehr, als sie sich von ihm erhofft hatte. Er billigte dennoch nicht ihren Willen zur Gewalt, und auch das konnte sie verstehen, denn es machte sie beide gleich, und sie wusste, wie sehr er selbst an seiner eigenen Gewalttätigkeit zweifelte.

„Was wünschst du dir für die Zukunft?“, fragte er dann sanft und nahm ihre Hand in seine. „Mein Überleben vorausgesetzt!“, fügte er hinzu und ihre Blicke trafen sich.

Sie versuchte ihre Stimme fest klingen zu lassen, was ihr nicht restlos gelang. „Wenn wir zurückkehren, möchte ich noch einmal mit dir zu den Findlingen reiten und dir dort dabei zuhören, wie du die Inschriften liest!“

Sie sah ihn verwundert die Stirn runzeln. „Das ist dein Wunsch? Ich habe schon beim letzten Mal nicht begriffen, warum du das wolltest.“

„Es ist deine Sprache, Kian! Und es ist unsere!“

Kian lächelte sie offen an. „Nun, dein Wunsch ist leicht zu erfüllen!“

„Ich bin noch nicht fertig!“, fügte sie hinzu und sah ihn an, ihre Augen weit. „Wir haben uns immer im Mondlicht getroffen, Kian. Heimlich! Ich möchte wissen, wie dein Körper im Licht der Sonne aussieht. Ich möchte dich im Sonnenlicht berühren! Ich möchte im Tageslicht neben dir stehen und aller Welt zeigen, dass ich zu dir gehöre!“

Kian atmete lange aus. „Erwarte nicht, dass die Leute uns zujubeln, Alia!“

„Ich brauche keinen Jubel! Und du irrst, Kian, es gibt Menschen, die sich mit uns freuen würden!“

Er schwieg einen Moment und flüsterte dann: „Königin Nari war traurig, uns gehen zu lassen, ohne uns einmal zusammen erlebt zu haben!“

„Das hat sie dir gesagt?“

Er nickte lediglich, dann jedoch schien er in Gedanken zu versinken. „Als wir aufbrachen, sah sie furchtbar aus! Hast du sie an der Palasttür gesehen?“

„Ja! Hast du eine Erklärung dafür?“

„Nein!“, erwiderte er und strich gedankenverloren über ihre Wange.

Sie dachte einen Moment an die gebrochene Gestalt der Königin, als sie sich abgewandt hatte, um in den Palast zurückzukehren. Sie wusste, wie sehr die Königin an der Seite ihres Mannes litt, und Alias Gefühle galten ihr, nicht ihrem Mann, von dem nun alle behaupteten, er hätte restlos den Verstand verloren. Er hatte Kian zu seinem Gefangenen gemacht, um seinen Tod herbeizuführen, aber Kian ließ sich von ihm nicht daran hindern, aus dieser Gefangenschaft heraus als der mächtige Anführer zu agieren, der er war. Und er verfügte über eine Waffe, von der der König keinerlei Kenntnis hatte. All das ließ Abran zu einer kläglichen Nebenfigur werden.

Sie hatte ihn seit Tagen nicht gesehen. Obwohl er vor ihnen ritt, war er doch selbst für ihre Augen nicht zu erkennen, da er sich eng mit seinen treuesten Soldaten umgab. Wozu mochte das dienen?

Fürchtete er nun so sehr um die Loyalität seiner Soldaten, dass er sich vor den Abtrünnigen schützen musste? Alia wurde aus seinem Verhalten nicht klug, aber letztlich war es ihr einerlei, denn sie empfand nichts für ihn.

Schließlich besann sie sich erneut auf ihr eigentliches Thema und sprach dann in die Stille: „Fürst Ileu hat mir auf dem Fest berichtet, dass in seinem Fürstentum das Inzani-Gesetz nicht mehr ausgeübt wird! Es gibt noch andere Menschen, die denken wie er, davon bin ich überzeugt!"

Sie sah, wie Kian den Kopf abwandte und in die Weite starrte. Er atmete durch, entzog ihr seine Hand und legte ihr stattdessen seinen Arm um die Schulter, als wolle er ihr näher sein.

„Ich vermute, das Gesetz wird mir mehr als einerlei sein, sollte ich aus diesem Kampf lebend hervorgehen. Was sollte es mich dann noch kümmern?"

Sie küsste ihn. Sie konnte spüren, wie ihn der Mut verließ und wie sehr seine Hoffnungslosigkeit auf ihm lastete. „Du kannst überleben, Kian! Du hast die Kontrolle, die du brauchst, um gegen diesen Feind anzutreten, so wie sie dein Onkel beschrieben hat!", flüsterte sie und nahm sein Gesicht in ihre Hände. „Du musst nicht ohne Hoffnung sein!"

Tränen traten in seine Augen, und er schüttelte langsam den Kopf. „Ich weiß nicht einmal, was ich genau zu tun habe! Was genau diesen Feind verletzen kann! Was ich ..."

Er legte seine Stirn an ihre Schulter, und sie flüsterte nah an seinem Ohr: „Du wirst es wissen, wenn der Moment kommt!"

Sie spürte ihn nicken, aber sein Band verriet ihr, dass er sich nicht zu ihrer Zuversicht hinreißen lassen konnte. Er konnte es nicht, aber er wusste dennoch um seine Stärke, und das ließ sie ruhiger atmen. So saßen sie lange in der Stille der Nacht, und sie blickte immer wieder hinaus in die Wüste, die so friedlich wirkte. Der Mond sank langsam dem Horizont entgegen. Es war nicht mehr lang bis zum Morgengrauen.

„Hast du den König während der Reise gesehen?", fragte Alia dann.

„Gesehen, ja. Aber nie mit ihm gesprochen. Warum fragst du?"

„Er ist wahnsinnig!“, flüsterte Alia. „Die Soldaten reden über ihn!“

Er hatte dem offensichtlich nichts hinzuzufügen und hob seinen Blick noch einmal zu den Sternen.

„Wo wirst du dich während des Kampfes befinden, Kian?“, fragte sie dann, weil sie sich plötzlich daran erinnerte, ihn niemals bei den Zusammentreffen exakt darüber sprechen gehört zu haben.

Er wünschte, sie hätte es vergessen, das ließ sein Band sie unmissverständlich wissen, aber er richtete sich neben ihr auf und sagte: „Ich werde mit dem König und seinen verbleibenden loyalen Soldaten reiten!“

Irgendetwas an dieser Antwort ließ sie aufhorchen, deswegen fragte sie leise: „An welcher Position?“

„Alia, du möchtest das nicht jetzt erfahren, glaube mir! Es bleibt noch genug Zeit!“

„Kian, wo?“, fragte sie nun fast erbost, wandte sich zu ihm und starrte in seine Augen.

Er zögerte dennoch, aber antwortete dann fest: „Wir werden als Erste reiten, frontal auf das Gleißen zu!“

Alia wandte sich ab. Ein erstickter Laut entrang sich ihrer Kehle und in der peripheren Sicht sah sie Kian traurig lächeln. Er mochte es, wenn sie die Kontrolle verlor und sich ihm so zeigte, wie sie war, das ließ er sie nun so deutlich sehen. Und mehr denn je fühlte sie, dass sie ihn niemals verlieren durfte.

„Was auch immer geschieht, Alia“, sprach er nun in die Stille, seinen Blick auf die Wüste gerichtet, „diese Bogenschützen haben in mir ein leichtes Ziel. Vor ihnen kann mich mein Band nicht schützen! Und ich weiß nicht, wie nah ich dem Gleißen kommen muss, um zu tun, was immer ich tun muss. Ich werde vermutlich in Schussweite sein...“

„Wenn du getroffen wirst, ziehst du den Pfeil heraus und reibst die Eisenfarnpaste in die Wunde, so wie ich es erklärt habe, Kian! Du gewinnst dadurch mindestens eine Stunde Zeit!“

„Um dann was zu tun?“

„Zu mir zu kommen, damit ich dich behandeln kann!“

„Und wenn das unmöglich ist?“ Er sah sie durchdringend an, als seien ihre nächsten Worte alles, auf das er sein Überleben aufbauen konnte.

„Dann werde ich dich finden, hörst du? Solange du lebst, werde ich dein Band spüren! Und ich werde dich finden. Einerlei, wie weit du entfernt bist. Einerlei, wie sehr du verletzt sein wirst, ich kann dich finden! Solange du auch nur einen Hauch deines Bandes zu senden vermagst. Hörst du, Kian? Ich kann dich finden!“

Neue Tränen traten in seine Augen, aber er nickte, als wolle er sich selbst von der Wahrheit ihrer Worte überzeugen. Er begann sie zu küssen, fordernd, fast hungrig, als fände er in der Berührung ihrer Lippen die Stärke, an ihre Worte zu glauben, und Alia wollte ihm geben, nach was es ihm verlangte. Sie wollte ihm zeigen, dass sie in tiefster Überzeugung gesprochen hatte. Sie würde ihn finden, lebend.

Der Himmel zeigte bereits ein zartes Flimmern am Horizont, und die Sterne begannen zu verblassen, als er Alia zu sich in den Sattel half. Sie waren noch einmal auf die Felsen gesunken und hatten schweigend ihre Körper geteilt. Es war in Ruhe geschehen, so als hätte sie diese Nacht ohnehin zu sehr aufgewühlt und jetzt wäre es an der Zeit, Frieden in der Nähe des Anderen zu finden. Sie hatten sich Zeit gelassen und es war eine Wohltat gewesen, diese Nacht auf diese Weise zu beenden.

„Wenn ich die Augen schließe, kann ich dich mit meinem Band spüren, Alia!“, begann er dann.

„Du kannst mich spüren?“

„Deinen Körper! Es ist wunderschön, so als berührte ich dich!“

Alia sah ihn staunend an, während er den letzten Gurt an seinem Bein befestigte. Sie küssten sich noch einmal, er trieb seine Stute an und ein Gedanke tauchte plötzlich aus seinem Denken hervor, den er nie vorher zugelassen hatte. Was, wenn er tatsächlich die Macht besäße, das Gleißen zu zerstören? Wäre es dann nicht zutiefst logisch, dass er als Erster reiten musste, um die zu schützen, die nach ihm kamen? Und selbst, wenn er nichts gegen das Gleißen ausrichten konnte, und fiel, selbst dann gab es die Möglichkeit, dass die nach ihm überleben konnten.

Er würde diesen Gedanken später verfolgen, denn jetzt hatte er eine viel wichtigere Aufgabe. Er wollte Alia nicht in Verzweiflung gehen lassen. „Lass uns noch einmal an unsere Zukunft denken, Alia. Willst du das mit mir tun?", fragte er sie ruhig.

„Natürlich!", entgegnete sie und sah ihn an, ohne ihre Tränen zu verbergen.

„Wenn wir in mein Haus zurückkehren, dann lass uns alle einladen, die uns lieb und wichtig sind. Einverstanden?"

Sie nickte und ihr Gesicht verkrampfte an ihrer Trauer.

„Wir werden feiern! Und du wirst im Licht neben mir stehen!", fügte er hinzu.

Er legte noch einmal seine Hand an ihre Wange und obwohl sie nun ihre Kontrolle an weitere stumme Tränen verlor, durchdrang ihn bei diesen Worten eine Freude, die nicht im Geringsten zu diesem Augenblick zu passen schien. Sie würde an seiner Seite sein und zu ihm stehen. Bei den Monden, dachte er, wie schon einmal zuvor, er hatte wahrlich so vieles, für das es sich lohnte zu leben. Zu überleben.

Als sie ruhiger wurde, sah sie ihn mit einem zarten Lächeln an. „Edda wird vor Aufregung tagelang in der Küche stehen, wenn du tatsächlich dieses Fest feiern möchtest, Kian!"

„Nun, wir werden sehen!", erklärte er dann süffisant und ein wenig war es so, als sprächen sie in diesem Moment über etwas Reales. Eine Zukunft, die sie tatsächlich erleben konnten. Ein Versprechen, das sie einander geben und halten konnten.

Sie hatten die Zeltstadt nahezu erreicht, und der Himmel färbte sich bereits in zartem Orange. Ein letztes Mal fanden sich ihre Lippen zu einem Kuss, dann rutschte Alia vor ihm vom Sattel und lief langsam in Richtung ihres Zeltes. Sie sah nicht zurück, aber als er ihr seine Wehmut sandte, führte sie eine Handbewegung aus, als lege sie eine unsichtbare Kapuze zurück. Es war ein Abschied, auch wenn er noch so sehr versuchte, es zu ignorieren.

Kapitel 48

Am Tag darauf hatten sie die Wüste betreten, und Alia hatte am Abend begonnen, sich von ihrem Lager zu entfernen, um die seltsam kargen und doch so starken Pflanzen im Sand anzusehen. Auf eine sonderbare Weise fühlte sie sich ihnen verbunden, so als bemerke sie auch an sich selbst diese Kargheit, die ihr Überleben sicherstellte. Sie presste einige der *noasit* aus, gewann ihre Milch und füllte sie in eine Phiole. Man sagte, diese Milch könne Säure binden, sie aus Verletzungen waschen und der Haut damit eine Chance auf Heilung bieten. Nun, sie hatte nie mit ihr gearbeitet und kannte ihre Wirkweise nicht im Einzelnen, aber sie war neugierig. Sie entnahm auch das Fruchtgewebe einiger Aloen, kochte es und mischte den dickflüssigen Sud dann mit etwas Öl.

Es tat gut, sich mit dieser Arbeit zu beschäftigen und manchmal sah sie dabei diese kleinen Nagetiere, deren Fell von so tiefem Blau war. Eines davon war ihnen in ihrer letzten gemeinsamen Nacht begegnet, und sie spürte noch einmal die Hoffnung, die Kian ihr gegeben hatte. Seine Hoffnung und seine Stärke. Er wollte überleben und er glaubte an die Möglichkeit, dass sie ihn finden konnte, wie sehr er auch verletzt werden mochte. Mehr konnten sie sich nicht geben, und alles andere wussten die Sterne.

Ihre Arbeit lenkte sie davon ab, dass die Soldaten aller Truppenteile währenddessen begonnen hatten, ihre Waffen zu überarbeiten, wie auf ein stilles Kommando hin, das niemand gegeben hatte und dennoch gehört wurde. Sie sah Ana und Evan am Feuer dabei zu, wie sie ihre Pfeile spitzten. Evan empfing zahlreiche Schwerter in seinen kundigen Händen, denn scheinbar schätzten viele seine Fähigkeiten und schienen darauf zu vertrauen, dass er es vermochte, aus jeder noch so abgenutzten Waffe das Beste herauszuholen.

Schuhwerk, Sättel und Zaumzeug wurden gefettet, und Alia strich eingeschüchtert herum, bis Roan sie schließlich aufforderte, ihm ihre Sandalen auszuhändigen. Die wunderschönen Sandalen, die Sara ihr gefertigt hatte und für die sie sich nie richtig bedankt hatte, erinnerte sie sich jetzt reumütig. Während sie Roan zusah, wurde ihr jedoch sehr deutlich bewusst, dass sie alle lediglich ihre Arbeit taten. Sie selbst ergänzte ihre Heilmittel. Die Soldaten brachten ihre Waffen auf Vordermann. Sie alle bereiteten sich auf den Kampf vor, nicht mehr und nicht weniger. Und doch tat es ihr weh.

Kians Band erreichte sie immer wieder mit seinen Gefühlen und riss dann absichtlich ab. Er trainierte es noch immer, schien es nicht müde zu werden, und das beruhigte Alia. Am zweiten Tag jedoch veränderten sich seine Nachrichten. Er entließ sein Band abrupt, einem Stoß gleich, und richtete es auf eine Stelle ihres Körpers, die zunächst ihre Taille war. Es war, als stach sie jemand mit dem Finger und sie quietschte beim ersten Mal auf, als sei sie ein albernes Schulmädchen. Sie war kitzelig, und natürlich wusste Kian das. Ana und Roan neben ihr wandten augenblicklich ihre Blicke an sie, aber sie murmelte lediglich etwas von einem Insekt, das sie gerade gebissen hatte, was eine furchtbare Ausrede war, aber sie hatte sich auf nichts anderes besinnen können. Beim zweiten Mal war sie vorgewarnt, aber dennoch konnte sie ihr Kichern nicht zurückhalten.

„Ich möchte diesen Witz hören, der Euch so sehr erheitert, Heilerin! Er muss sehr gut sein!“, grinste Roan sie an.

„Nein, Roan, Ihr würdet ihn vermutlich nicht verstehen! Entschuldigt!“

„Entschuldigt Euch nicht! Mich erfreut Eure Heiterkeit!“, antwortete er und blickte dann erneut in die Wüste.

Alia trug ihren Umhang nicht mehr. Es war zu heiß und sein Stoff zu dicht gewebt. Stattdessen hatte sie ihren Kopf mit einem ihrer weiteren Haartücher bedeckt. Wenn sie nun auf Kians Band reagierte, dann tat sie es, indem sie das obere Tuch von ihrem Kopf entfernte, sodass er darunter eine andere Farbe sehen konnte. Als er begonnen hatte, sie mit seinem Kitzeln zu necken, nahm sie das Tuch ab und bewegte es dann über sich wie eine Peitsche, als wolle sie ihn für seine Frechheit bestrafen. Sie sah ihn grinsen und wahrlich, es war nahezu, als lachten sie gemeinsam über seinen Spaß. Sie fühlte sich ihm nah.

Eigentlich trug sie das zweite Tuch, um sich vor der Sonne zu schützen, auch wenn ihre Haut seltsamerweise nicht im Geringsten dazu neigte, zu verbrennen. Im Gegenteil, die Hitze tat ihr unendlich gut, und sie erfüllte sie mit einem Gefühl der Zugehörigkeit, wie so vieles in dieser Landschaft. Sie fühlte sich lebendig, so als hätte ihr Körper nur darauf gewartet, die ihm angemessene Temperatur genießen zu können, und sie erinnerte sich an ein sehr ähnliches Gefühl, als sie während ihrer Reise aus dem Norden in die Hauptstadt bemerkt hatte, wie sehr die zahlreichen Fleischmahlzeiten ihren Körper zum Vorteil veränderten.

Ihre Abende vergingen mit der Behandlung von Sonnenverbrennungen, wunden Stellen und anderen Verletzungen. Sie lauschte den Gesprächen der Soldaten am Feuer und manches Mal gesellte sich der junge Fürst Ileu zu ihnen, um Nachrichten von Kian zu überbringen. Es schien alles bereit für den Angriff, und eine Ruhe senkte sich über die Kämpfer, die Alia sehr bewunderte. Sie beneidete sie, weil sie ihrem Beruf mit dieser Hingabe nachgehen konnten, auch im Angesicht des Todes. Und hatte sie selbst im Krankensaal des Jidari-Konvents nicht auch dem Tod so vieler beigewohnt? Sie hatte ihn nie als unausweichlich akzeptiert, sondern stets mit all ihrem Können versucht ihn abzuwenden. Darin unterschied sie sich nicht von den Soldaten. Sie selbst würde mit derselben Hingabe im Angesicht des Todes handeln, sie würde vielleicht sogar zu einer ebensolchen Ruhe finden, wenn sie nicht so sehr fürchten müsste, den Mann zu verlieren, den sie liebte.

Am Morgen des sechsten Tages in der Wüste blickte Kian hinter sich und sah Mino zurückkehren. Er wusste, sein erster Späher hatte letzte Nacht die Ehre gehabt, die Clanoberhäupter des Wüstenvolkes zu treffen. Gewöhnlich mied das Wüstenvolk den Kontakt zum Königreich und seinen Repräsentanten. Sie waren ein Volk stolzer, fremder Menschen, die seit Anbeginn der Geschichtsschreibung ein Leben in Abgeschiedenheit führten. Lediglich Fürst Roda ließen sie in ihr Leben ein, während sie ansonsten streng auf ihrer Unabhängigkeit beharrten. Sie führten ihr Leben in den weiten Wüstenlandstrichen jenseits aller Fürstentümer und so standen sie nie auf der Liste möglicher Gesprächspartner, wenn es um die Belange der Monarchie ging. Kian wusste nahezu nichts über sie, aber die Tatsache, dass sie nun von sich aus Kontakt suchten, untermauerte nur den Ernst der Situation. Nun, er würde heute Abend erfahren, was Mino zu berichten hatte, und wandte seinen Blick erneut nach vorne.

Er sandte Alia seine Liebe und begann mit der geistigen Übung, die er seit Tagen durchführte. Sein Onkel würde sich vermutlich sehr über ihn wundern, denn er übte sich nicht länger in den einzelnen Übungen, in die Ren ihn eingeführt hatte, sondern hatte sie vielmehr zu einer verschmolzen. Sein Band zu stärken mit der Energie seines Körpers, es zu speisen mit seinen Gefühlen, es an einen sicheren Ort zu führen und erlöschen zu lassen, das alles erschien ihm mittlerweile wie verschiedene Facetten desselben Prozesses. Als müsse er die Komplexität seiner Fähigkeiten als Ganzes sehen und spüren, um sie trainieren zu können, aber an diesem Tag konnte er sich nicht recht darauf konzentrieren.

Er machte während des gesamten Tagesrittes mehrmals Versuche, sich zu versenken, aber es gelang ihm nur teilweise. Zwischendurch lenkte er sich mit den kleinen Neckereien ab, die er nun mit Alia teilte. Sie waren ihm ein Quell großer Freude geworden, weil er sich durch sie nahezu einbilden konnte, er kommuniziere tatsächlich mit ihr. Heute jedoch erhielt er schließlich nur noch unzusammenhängende Reaktionen von ihr. Irgendetwas war anders. Irgendetwas stimmte nicht, aber Kian konnte nicht erfassen, was es war.

Sie spürte Kians Band, einer sanften Begrüßung gleich, als sie ein hohes Sirren vernahm. Sie sah sich nach der Quelle des Geräusches um, konnte jedoch nichts entdecken, das in Betracht kam. Auch Ana, die gähnend neben ihr ritt, hatte offensichtlich nichts gehört, und so beachtete auch sie es nicht weiter. Irgendwann verschwand es ebenso plötzlich, wie es aufgetreten war. Nun, sie wusste, dass ihr Gehör besser war, als das anderer.

Das nächste Mal war es lauter geworden. Kian neckte sie erneut mit seiner Berührung, aber sie konnte sich nicht mehr darauf konzentrieren, ihm zu antworten, denn das Sirren schwoll immer mehr an. Es schrie. Und sie legte die Hände auf ihre Ohren. Es veränderte sich jedoch nichts an dessen Lautstärke.

„Was ist das?", keuchte sie Ana schmerzverzerrt zu.

Diese wandte sich verwirrt nach ihr. „Was meint Ihr?", fragte sie und sah sich dann suchend um.

Dieses Schrillen!, wollte Alia antworten, doch die Worte verschwanden in ihrem Kopf, und sie sah deutlich, dass Ana tatsächlich nicht verstand, wovon sie sprach. Ana hörte es nicht. Und ebenso keiner der anderen Reiter um sie herum. Niemand hörte dieses Schrillen, das sich fest in ihren Kopf bohrte. Sie suchte Kian mit ihrem Blick, fand ihn und legte ihr Tuch hastig ab, um wenigstens ihm den Hauch von Normalität zu zeigen, den sie für sich nicht mehr zustande brachte. In dem Moment, als sein Band verstummte, endete auch das Schrillen.

Bei den Monden, irgendetwas in ihrem Kopf reagierte plötzlich mit vehementer Abwehr auf sein Band! Wie konnte das sein? Es war unerträglich, es tat weh, es legte ihren Verstand lahm und es war in ihr! Oder etwa nicht? Sie konnte nicht mehr denken ...

Sie begann mit ihrem Hengst zu spielen, um sich abzulenken. Sie versuchte, Ruhe in seinen Bewegungen zu finden, versuchte, sich so klein wie möglich auf seinem Rücken zu machen und ersann einige neue Übungen für ihn, als es erneut begann. Es kam mit Kians Band. Es war stärker als zuvor, so viel stärker. Ihr Kopf war zu eng. Laut ... es war laut ... zu laut ... und es kam nicht aus ihr. Es war etwas Fremdes!

Kian hatte seine Stute versorgt, ohne mit ihr zu sprechen. Seine Wachmänner waren zu nah und sie sollten diese intimen Momente mit seinem Pferd nicht bezeugen müssen. Er hatte die Satteltasche geschultert, sich im Innern des Zeltes auf seine Pritsche sinken lassen und begonnen, seine Zeichnungen anzusehen.

Das war sie. Alia. Er sorgte sich um sie, denn seit der Tagesmitte hatte sie nicht mehr auf sein Band reagiert. Er hatte sich wiederholt nach ihr umgesehen, aber sie hatte die Tücher um ihren Kopf nicht mehr verändert. Er konnte ohnehin lediglich die Farbflecken erkennen, die ihre Tücher für ihn aus dieser Entfernung waren, aber er war sich sicher, dass sie ihm nicht mehr geantwortet hatte.

Fürst Ileu stand plötzlich im Zelteingang, und Kian ließ wie nebenbei eines seiner Papiere über die Zeichnungen gleiten.

„Ich hoffe, ich störe Euch nicht, Heermeister Dogul!"

„Nein, Fürst Ileu, tretet ein!", antwortete er und verzichtete darauf, sich zu erheben. „Was habt Ihr zu berichten?"

„Euer erster Späher hatte in der letzten Nacht Kontakt zu den Clanoberhäuptern des Wüstenvolkes! Sie haben ihre Informationen über den Standort des Feindes mit ihm geteilt und seine über den geplanten Angriff angehört. Sie wünschen, Euch persönlich zu treffen!"

Kian war überrascht. „Das ehrt mich sehr!", brachte er beeindruckt hervor und fügte dann hinzu: „Es wird Probleme mit der Ausführung eines Treffens geben!"

„Das hat Euer erster Späher ihnen übermittelt und sie bestehen nicht darauf! Vielleicht findet sich in der morgigen Nacht eine Gelegenheit. Mein Vater ist willens, mit Hilfe der anderen Fürsten den König abzulenken, der ohnehin kaum noch sein Zelt verlässt. Alles Weitere mag sich ergeben!"

„Nun, dann werden wir morgen Abend entscheiden! Könnt Ihr Eurem Vater bitte meinen Dank übermitteln?"

Der junge Fürst nickte und überreichte ihm ein Schreiben Minos. „So soll es geschehen!"

Ileu verneigte sich in ironischer Ergebenheit vor ihm, wie schon so oft, und Kian konnte diese Geste nur erwidern. Es war ein Spiel, das sie seit dem ersten Tag ihrer Reise wie eine Tradition in Ehren hielten. Er mochte diesen Fürstensohn. Er war ihm ein wichtiger Teil seines Alltages geworden. Nicht nur als Verbindungsglied zu seinen Soldaten, sondern auch als eine Art Freund.

Eines Tages hatte er ihm auch offenbart, dass die Bevölkerung in Grohs Fürstentum ihn tatsächlich als ihr Oberhaupt gewählt hatte. Er hatte diese Aufgabe angenommen, obwohl sein Vater wutentbrannt argumentiert hatte, was wohl nach seinem Tod geschehen würde. Dann wäre sein Sohn das Oberhaupt beider Fürstentümer, und die ganze Welt würde den Eindruck gewinnen, die Familie Ileu hätte auf diese Weise schlau das nachbarliche Fürstentum annektiert. Kian konnte sich nicht vorstellen, dass irgendjemand im Lande auf diese Idee verfallen könnte, aber wer wusste schon, was die Zukunft brachte? Neider gab es immer.

Als Fürst Ileu das Zelt verlassen hatte, wanderten Kians Blicke wieder zu seinen Zeichnungen. Er hatte wiederholt versucht, Alias Wesen darin zu erfassen, aber sie schienen ihm dennoch unvollständig. Er hatte längst begriffen, dass zu vieles in ihrem Antlitz lag, das er nicht zu greifen bekam, wenn er sie nicht vor sich sah, und mit jedem Versuch, sie zu zeichnen, wurde es ihm deutlicher. Er atmete durch und sandte ihr erneut seine Besorgnis und Sehnsucht. Dann öffnete er Minos Brief und begann zu lesen. Er vermisste Alia so sehr, er konnte dieses Gefühl nahezu berühren und in seinen Händen halten.

Das Schrillen überfiel sie, als sie im Begriff war, sich etwas zu essen am Feuer zu holen. Sie hatte während des Tagesrittes nicht mehr auf Kian reagiert, hatte es nicht mehr gekonnt, und nachdem er wiederholt versucht hatte, sie zu erreichen, hatte er schließlich aufgegeben. Die Ruhe war eine unendliche Wohltat gewesen, aber es schien, als hinterließ das Schrillen eine sonderbare Schwäche in ihr, je öfter es in sie eindringen konnte. War es während des Tages bereits unerträglich laut geworden, so war es nun, als sei es das Einzige, das ihren Kopf ausfüllte. Sie ließ ihre Schüssel fallen, sank zu Boden und kauerte sich nieder.

Es tat ihr weh, es fügte ihr unermessliche Schmerzen zu, es schrie in ihr und drohte mit noch größerer Gewalt. Bei den Monden, es schrie ihr zu, sich zu beugen, zu gehorchen ... Das waren Worte, auch wenn sie keine verstand und sie schienen direkt an sie gerichtet zu sein. Es war, als erfasse sie plötzlich eine Präsenz in diesem Schrillen, und diese Präsenz reagierte auf Kians Band. Sie wusste von ihm. Sie wusste von seiner Nähe. Die Distanz verringerte sich mit jedem Schritt ihrer Pferde ...

Sie erwarteten ihn. Sie fürchteten ihn. Sie wollten ihn vernichten.

Alia erhob sich mit letzter Kraft. Sie presste die Hände an ihre Ohren und dann rannte sie. Sie sah niemanden und nichts um sich herum. Sie kontrollierte sich nicht. Sie rannte so schnell sie konnte. Der wahnsinnige Soldat im Krankenzimmer stand plötzlich wie eine Drohung vor ihrem inneren Auge. Er hatte erkannt, was sie war, ebenso wie dieses Schrillen. Es hatte sie erkannt ... Sie musste zu Kian ... rennend, wie ein Tier ... Sie erinnerte sich nicht, in sein Zelt eingetreten zu sein, aber als sie ihn sah, seinen Blick voller Sorge und Schrecken über ihren Anblick, konnte sie lediglich schreien. Sie schrie, um das Schrillen in ihrem Kopf zu übertönen. Sie schrie, er solle aufhören!

Kian hatte gerade den Brief Minos weglegen wollen, um zu einem seiner Zeichenstifte zu greifen, als er draußen seine Wachen rufen hörte. Sie riefen jemandem zu, er solle stehen bleiben und in der nächsten Sekunde stürzte Alia in sein Zelt. Ihr Gesicht war schmerzverzerrt, sie presste ihre Hände an ihre Ohren und schrie verzweifelt. Worte, die er nicht gleich verstand, weil er zu erschrocken war. Sie sank vor ihm zu Boden und schrie auf ihn ein.

„Hör auf, Kian! Hör auf ...!“

Er versuchte sie in den Arm zu nehmen, aber sie sank nur weiter in sich zusammen, bis ihre Schreie zu einem verzweifelten Wimmern wurden.

„Dein Band ... Du musst ... Hör auf ...!“

Es fiel ihm unsagbar schwer, sie in dieser Situation ihrer Qual nicht mehr mit seinem Band zu berühren, aber er verstand, worum sie ihn bat, und führte es an eine Stelle in seinem Brustkorb. Er schloss es ein und das verlangte in diesem Moment seine gesamte Konzentration, aber Alias Klagen verstummte augenblicklich. Sie atmete noch immer schnell, tastete nach ihrem Haarband und sah nicht zu ihm auf. Jetzt schloss er sie in seine Arme. Er sah seine Wachmänner erschrocken im Zelteingang stehen und bevor er es aufhalten konnte, flüsterte er ihr die Worte der Alten Sprache ins Ohr, mit denen er gewöhnlich seine Stute beruhigte.

„*Bequet, Alia! Sinoka!*", drang Kians Stimme nun zu ihrem Bewusstsein durch und sie sank tiefer in seine Umarmung. Das Schrillen war fort. Es hatte geendet, als sie sein Band nicht mehr spüren konnte.

„Bei den Monden, Alia, was ist mit dir?", flüsterte er erschüttert.

Sie konnte nur den Kopf schütteln, klammerte sich an ihn und hörte, wie er zu jemandem sprach. Schande, er schickte seine Wachen aus dem Zelt! Sie hatten sie gesehen und nur die Monde wussten, wer noch alles.

„Was habe ich getan?", stöhnte sie nun und ihre Stimme klang schwach in ihren Ohren.

„Wovon sprichst du?", fragte er besorgt und versuchte in ihre Augen zu sehen.

Sie löste sich von ihm, wischte sich fahrig die Tränen aus dem Gesicht und konnte ihn nicht ansehen, weil die Scham in ihr brannte wie Feuer. „Ich habe die Kontrolle verloren! Ich bin gerannt! Oh, Kian, das ganze Lager hat mich gesehen! Ich ..."

Kian legte einen Finger an ihren Mund. „Schsch, Alia! Das ist doch vollkommen einerlei!"

„Ist es nicht!", antwortete sie trotzig und neue Tränen sammelten sich in ihren Augen. „Jetzt wissen alle, was ich bin!"

Kian schloss sie erneut in seine Arme und strich immer wieder sanft über ihr Haar. „Du meinst, alle wissen nun, dass du die klügste, stärkste und schönste Frau bist, die in dieser Welt existiert? Nein, Alia, das glaube ich nicht!" Er küsste sie mehrmals, küsste ihr Gesicht, ihren Hals, ihre Ohren unter dem Tuch ...

Sie atmete durch und sah ihn endlich an. „Kian, du darfst mir dein Band nicht mehr senden! Du musst es unter allen Umständen kontrollieren, zu jedem Zeitpunkt, immer ..."

„Jetzt komm doch erst einmal zu dir, Alia! Hier!" Er drückte ihr einen Becher lauwarmen Tees in die Hand und hob sie leicht an, damit sie sich neben ihn setzen konnte. „Und dann beginne noch einmal von vorne!"

Sie tat wie ihr geheißen, trank etwas von dem Tee, aber die Worte schienen nicht zu ihr kommen zu wollen.

„Entschuldige, Alia!“, begann er dann sanft. „Ich habe zu dir gesprochen, wie zu meinem Pferd!“

Das brachte sie zum Lächeln. „Es klang schön!“

Er nickte ruhig und sah sie dann einfach an. Seine Augen, dachte sie nun, waren alles, was sie in diesem Moment zu sehen wünschte, und jetzt fand sie auch die Worte, ihm zu erklären, was geschehen war.

„Seit heute Morgen habe ich jedes Mal, wenn du mir dein Band gesandt hast, etwas gehört. Zunächst war es nur ein hohes Summen. Dann wurde es mit jedem Mal lauter. Ein hoher Ton wie ein Schrillen. Nur ich konnte es hören, niemand sonst! So laut, es tat weh. Es lähmte meine Gedanken. Ich dachte, mein Kopf müsse zerspringen! Unendliche Qual ...“

„Ich habe gesehen, dass du Schmerzen hattest!“, nickte er nun, als wolle er ihr bestätigen, dass sie sich das alles nicht bloß eingebildet hatte, und nahm ihre Hand. „Hast du eine Erklärung dafür?“

„Ja, Kian! Bitte glaube mir, was ich jetzt sage! Ich bin nicht verrückt! Es ist die Wahrheit! Ich ...“

Und erneut legte er seine Finger an ihre Lippen. „Ich werde dir alles glauben, Alia! Wem sonst, wenn nicht dir?“, flüsterte er und strich über ihre Wange und an ihrem Hals hinunter.

„Es ist der Feind, Kian!“

Kian erstarrte in seiner Bewegung und sein Blick fixierte Alias Augen. *„Es ist der Feind!“*, hatte sie soeben geflüstert und es war, als ob plötzlich der Kampf begonnen hätte. Während all der letzten Wochen war dieser Feind in seinem Denken gewesen wie eine ferne Tatsache, aber nun war er in ihrer aller Leben getreten. Real und mächtig ... Er hatte diese Macht mit eigenen Augen gesehen. Er hatte Alia unter ihr leiden sehen. Er hatte in das Gesicht des Feindes geblickt, und wenn Alia die Wahrheit sprach, wovon er mit all seiner Überzeugung ausging, dann war dieser Feind nicht menschlich, sondern etwas vollkommen anderes.

„Etwas ist in diesem Schrillen! Eine Präsenz ... nicht körperlich ... ich kann es nicht beschreiben! Es ist, als hörte ich viele Stimmen, die keine Worte hervorbringen, und konnte dennoch etwas verstehen! Sie wissen, dass du hier bist! Sie haben Angst vor dir! Und sie wollen dich töten!", sprach sie nun weiter und die Tränen erstickten nahezu ihre Worte.

Er nickte mechanisch und konnte nicht aufhören, sie anzustarren.

„Du darfst dein Band nicht mehr aussenden! Du musst es kontrollieren bis zum Zeitpunkt deines Angriffes, sonst werden sie dich sofort erkennen!" Jetzt nahm sie sein Gesicht in ihre Hände und küsste ihn.

„Also ist es wahr! Ich bin ihr einziges Ziel!", flüsterte er dann und lehnte seine Stirn an ihre. „Warum?"

Sie schüttelte leicht den Kopf. „Ich weiß es nicht! Und es ist nicht wichtig, eine Antwort darauf zu haben ..."

„Nicht?" Er sah sie aufmerksam an.

„Nein!"

„Was ist wichtig?", fragte er dumpf und bemerkte nun erst seine eigenen Tränen.

„Verstehst du nicht? Sie reagieren nicht auf dich, wenn du dein Band verbirgst! Wenn du dein Band kontrollierst, können sie dich nicht finden! Sie können dich nicht ausmachen! Du bist sicher!"

Kian lehnte sich nach hinten an die Zeltwand und sah Alia an. Er hatte ihre Verzweiflung gesehen, gesehen, wie sie sich in Schmerzen gewunden hatte und völlig außer sich war! Und nun, kaum einen Wimpernschlag später, saß sie vor ihm und breitete ein Gefühl der Sicherheit in ihm aus, das er sich kaum erklären konnte. Es fiel ihm plötzlich unsagbar schwer, sein Band kontrollieren zu müssen, denn er wollte ihr so vieles darin zeigen. Wie konnte sie nur so stark sein? Wie konnte ihr Verstand bereits wieder derart klar sein, dass er die schärfsten Schlussfolgerungen aus den Gegebenheiten zog, die sie soeben noch qualvoll in die Knie gezwungen hatten?

„Ich werde es verbergen, Alia! Um deinetwillen! Ich werde nicht noch einmal zulassen, dass du so sehr leidest!", sagte er dann, sah sie nicken und zog sie in seine Arme.

Eine lange Zeit hielten sie sich fest, und Kian schloss die Augen, um jeden Teil ihres Körpers spüren zu können, ihren Atem und ihren Herzschlag zu hören und zu wissen, wie es sich anfühlte zu leben, denn in diesem Moment war sie sein ganzes Leben. Warum nur hatte er so lange auf sie warten müssen?

Schließlich küsste er sie sanft und seufzte. „Ich kann dich kaum gehen lassen!“

Zunächst schien Alia unschlüssig. Er wusste, sie war in Sorge darüber, wer alles ihre Bewegungen verfolgt hatte, wer bemerkt hatte, dass sein Zelt ihr Ziel gewesen war, und darüber, dass sie auf all diese Zuschauer wie eine Irre gewirkt haben musste. Er wollte sie nicht allein damit lassen, aber sie küsste ihn noch einmal, erhob sich dann langsam und sah starr auf den Zelteingang, durch den sie ihn verlassen musste.

„Du musst mich gehen lassen, Kian! Ich muss ein paar Erklärungen finden, sonst wird sich nie mehr irgendjemand von mir behandeln lassen!“, sagte sie dann und ließ die Schultern hängen.

Er nahm noch einmal ihre Hand und küsste sie. „Ich wette, niemand wird dich darauf ansprechen!“

„Ich erzähle es dir, wenn wir uns das nächste Mal sehen“, entgegnete sie und es gelang ihr, zu lächeln.

Erneut hinterließ ihre Stärke ihn mit Staunen. „Ich komme noch einmal zu dir, Alia! Bevor der Kampf beginnt!“, versicherte er ihr, ließ ihre Hand los und verfolgte sie mit seinen Augen, bis sie aus dem Zelt gegangen war. Noch einmal würde er sie spüren, danach war alles ungewiss ...

Alia hatte Kians Zelt verlassen, war an seinen Wachen vorbei und noch keine weiteren zehn Schritte gegangen, als sie auf Roan traf, der offensichtlich hier auf sie gewartet hatte. Er atmete tief durch und konnte seine Erleichterung über ihren Anblick kaum verbergen, wollte es vielleicht auch nicht.

„Es tut gut, Euch derart wohlauf zu sehen, Heilerin! Wir alle waren tief besorgt!“, sprach er sie an und tat dann etwas, das Alia für absolut unmöglich gehalten hätte. Er schloss sie, ohne zu zögern, in seine Arme, hielt sie für einen kurzen Moment, ließ sie dann los und bedeutete ihr, vor sich her in Richtung der Feuer zu gehen.

Sie hatte immer gewusst, dass hinter seiner grummeligen Fassade ein Mann mit tiefen Gefühlen wohnte. Einer, der diesen Gefühlen auf eine Art Ausdruck verlieh, die ihm selbst manchmal unangenehm zu sein schien, aber er tat es dennoch.

Eine Weile schwiegen sie, dann drehte sie sich zu ihm um und nahm all ihren Mut zusammen. „Roan, es gibt eine Erklärung für mein Verhalten! Wenn Ihr sie hören wollt, dann werde ich diesmal nicht schweigen!“

„Nein, Heilerin! Es reicht mir, zu sehen, dass es Euch gut geht!“, lehnte er lächelnd ab und wurde dann noch einmal ernst. „Wenn Ihr jedoch noch einmal in einen solchen Zustand geraten solltet, Heilerin, so würde ich gerne wissen, wie wir Euch helfen können!“

Alia sah ihn an und eine Wärme breitete sich in ihr aus, die sie kaum beschreiben konnte. „Das ist nicht wahrscheinlich, Roan! Aber sollte es dennoch noch einmal geschehen, Heermeister Dogul weiß, was zu tun ist!“

Roan nickte, und sie folgte ihm zum Feuer. Sie beide wurden aufs Herzlichste von Ana, Evan und Mino begrüßt. Sie alle erkundigten sich nach ihrem Befinden, aber keiner beharrte auf eine Erklärung, auch wenn sie erneut anbot, eine abzugeben. Eret brachte ihr eine Schüssel mit Schmorfleisch und setzte sich dann zu ihnen. Dann und wann fing sie besorgte Blicke des einen oder anderen auf, aber niemand brachte das Thema noch einmal auf ihr rätselhaftes Verhalten. Sie alle ließen sie wissen, wie willkommen sie in dieser Runde war, und wandten sich mit Fragen an sie, um sie zu ermuntern, sich am Gespräch zu beteiligen.

Alia blickte in ihre Gesichter und empfand in diesem Moment mehr Zugehörigkeit und Freundschaft, als ihr jemals zuvor in ihrem Leben entgegengebracht worden war. Und das, obwohl sie ihnen allen heute gezeigt hatte, was sie wirklich war. Es trieb ihr nahezu Tränen in die Augen, denn war nicht auch in dem Schrillen das Wissen gewesen, dass der Feind das Wesen, das sie war, erkannt hatte? Nicht sie als Person, sondern das, was sie war. Sie hatte keine genauen Erinnerungen, was sie darin gespürt hatte, aber dennoch machte es ihr Angst. Angst, die Wahrheit über sich selbst zu erfahren, darüber, dass sie letzten Endes eben doch nur ein gezähmtes Tier sein konnte.

Sie bemerkte erneut, wie Eret immer wieder ihre Nähe suchte. Er tat es seit Tagen, versorgte sie mit Essen, Tee und ging ihr bei ihren Behandlungen zur Hand. Sie hatte ihn nie danach gefragt, warum er sich derart ihr gegenüber verhielt, aber sie wusste es ohnehin. Eret hatte Kian und sie zusammen erlebt. Mit größter Sicherheit kannte er ihre Gefühle füreinander und wusste, wie besorgt Kian um sie war. Erets Loyalität und Freundschaft seinem Heermeister gegenüber ließ ihn derart handeln. Er schützte und umsorgte den Menschen, den sein Heermeister am höchsten schätzte. Alias Herz wurde eng, denn sie war niemals derart wertvoll gewesen, wie Eret sie zu sehen schien, vor allem, wenn sie daran dachte, dass er sich noch einmal in das Angesicht des Gleißens begeben wollte. Aber er schien ohne Zweifel zu sein, als sei er getrieben, seine Pflicht zu tun. Mehr als irgendjemand sonst.

So verging dieser Abend für sie in einem traurigen Frieden, auch weil ihre Gedanken wieder und wieder zu Kian zurückkehrten. Sie hatte ihn nicht einmal richtig berührt, so schien es ihr nun. Sie hatte diese Gelegenheit verstreichen lassen, weil sie verwirrt war und all ihre Konzentration aufbringen musste, um ihm das zu übermitteln, was sie aus dem Schrillen für ihn hatte herauslesen können, auch wenn sie über sich selbst geschwiegen hatte. Nun, zumindest das hatte sie zuwege gebracht. Und Kian würde noch einmal zu ihr kommen vor dem Kampf. Er würde zu ihr kommen, und sie würde ihn mit ihrer Liebe überschütten.

Am frühen Abend des nächsten Tages hörte sie erneut das Schrillen. Sie hatte kaum Zeit für den Gedanken, dass das doch vollkommen unmöglich war. Sie hatte nicht ein einziges Mal während des Tagesrittes Kians Band gespürt. Seine Kontrolle war perfekt. Und doch schrie es nun in ihrem Kopf. Es schlug darin um sich ... Es zwang sie in die Demut ... *Gehorche!* Ihr Bewusstsein schwand und das Letzte, was sie vernahm, war der Befehl, den Einen zu töten! Den Feind! Koste es, was es wolle! Der Feind?

Kian war der Feind.

Kapitel 49

„Wollt Ihr nicht von Eurem Pferd absteigen, Heermeister Dogul?", sprach ihn nun einer seiner Wachmänner an. „Euer Zelt ist errichtet!"

Kian ließ noch einmal seinen Blick über das Lager schweifen. Er war unruhig und konnte nicht recht erfassen, warum er es war. Heute Morgen hatte der junge Ileu ihm erneut ein Schreiben Minos zugesteckt, in dem dieser berichtete, dass, den Informationen des Wüstenvolkes nach, das Gleißen sich nun schneller in Richtung Norden zu bewegen schien. schneller auf sie zu. In diesem Moment stand fest, dass sie am morgigen Tag ihre letzte Etappe zurücklegen würden. Sie würden ein größeres Zeltlager errichten, es über Nacht von den Versorgungseinheiten ausstatten lassen, um am Tag darauf in die Schlacht zu gehen. Es war soweit. Einen ganzen Tag vorher als geplant.

Er wandte sich mit einem Nicken an seine Wache und begann, die Gurte an einem seiner Beine zu lösen, als er einen Reiter auf sich zupreschen sah. Es war Roan und bei den zwei Monden, er wirkte alarmiert und gehetzt wie noch nie in seinem Leben. Er brachte sein Pferd vor Kian zum Stehen, umfasste seinen Oberarm und beugte sich dann nah zu ihm.

„Kian, du musst mitkommen! Es ist die Heilerin!"

Einen Moment war er verwirrt, wusste er doch, dass sein Band sie unmöglich hatte erreichen können, denn er verwahrte es streng innerhalb seines Körpers.

„Hat sie Schmerzen?"

„Schlimmer als gestern! Kian, komm mit!", entgegnete Roan gequält und sah dann überrascht hinüber zu den Wachmännern, die plötzlich ebenso besorgt wirkten wie er.

Kian wandte sich ihnen zu. „Meine Herren, wollt Ihr mich bitte zu den Feuern der Soldaten begleiten?“, fragte er, aber es klang selbst in seinen Ohren wie ein Befehl.

Beide nickten, bestiegen zügig ihre Pferde und folgten ihm, aber Kian sah sie nicht mehr. Er galoppierte an Roans Seite, während Angst, Sorge und Verzweiflung an ihm fraßen. Und als er Alia in Erets Armen sah, Ana, Evan und Mino in ihrer nächsten Nähe ... Als er ihre kleine Gestalt sah, zitternd und sich vor Schmerzen krümmend, ihre Hände fest an ihre Ohren gepresst ... Als er ihre Qualen sah, führte er seinen Blick für einen Augenblick empor in diesen wolkenlosen, blanken Himmel und schrie innerlich.

Was hatten sie ihr angetan? Sie alle, die sie Alia davon überzeugt hatten, dies sei ihr Platz in diesem Krieg, der niemals der ihre gewesen war. Sie hatte sich gebeugt und sie mit ihrer Klugheit und ihrem Können unterstützt. Und wofür? Damit sie das hier ertragen musste? Damit sie das erste Opfer dieses Krieges würde?

Er ritt nah an sie heran, kaum bemerkend, dass die Soldaten eine Gasse für ihn bildeten, löste seine Beine vom Sattel und ließ sich dann neben sie zu Boden sinken. Er strich flüchtig über ihr herrlich weiches Bärenfell und löste ihren schmalen Körper behutsam aus Erets Armen. Sie wehrte sich nicht, schien ihn nicht einmal zu erkennen und krümmte sich in seiner Umarmung zusammen. Ihre Schmerzen waren ihm fast greifbar. Bei den Monden, er wollte nicht, dass sie so sehr leiden musste, und er konnte sich nicht zurückhalten, ihr Haar zu küssen. Es war ihm einerlei, wer ihn nun dabei sah. Er wollte, dass sie wieder die wunderbare, seltsame Frau sein konnte, die einen Gipfelbären mit nur einem Pfeil erlegte, nur sie und das Tier, und ihm dann sein Fell abnahm, um auf ihm zu schlafen während all ihrer Reisen.

Sie schien kurz das Bewusstsein zu verlieren und ihre Glieder wurden schlaff in seiner Umarmung. Ihr Haartuch war verrutscht, und er zog es fester über ihre Ohren, als sie sich erneut aufbäumte und die Augen aufriss. Diesmal schien sie ihn kurz zu erkennen, und er glaubte sie seinen Namen flüstern zu hören, aber unmittelbar darauf verkrampften sich ihre Glieder und sie zitterte wimmernd.

Er musste ihr helfen. Es musste etwas geben, das diese Qualen lindern konnte. Er rief sich zur Besinnung, befahl seinem Verstand zu arbeiten und ging in Gedanken alle Heilmittel durch, die sie ihm jemals beschrieben hatte. Ihre Lederbeutel! Er wusste, dass sie darin alles aufbewahrte, was sie für ihre Arbeit benötigte. Es musste etwas dabei sein, was ihr helfen konnte. Es musste einfach ...

„Die Heilerin hat mich gebeten, Euch zu holen, wenn dieser Zustand erneut auftritt! Du wüsstest, was zu tun ist!", beteuerte Roan nun, und niemand schien zu bemerken, dass er sich in der Anrede seines Heermeisters vertan hatte.

Kian nickte. „Ihre Heilbeutel! Weiß jemand von Euch, wo sie sich befinden?"

Ana nickte und erhob sich rasch. „In ihren Satteltaschen! Ich bringe sie Euch!", sagte sie und verschwand.

Er sah Alia an und strich ihr über die Wange.

„Es begann ganz plötzlich!", flüsterte Eret nun. „Zunächst schrie sie auf, sank zusammen, dann verlor sie das Bewusstsein! Ich habe sie vor mich auf mein Pferd gezogen, um zu verhindern, dass sie fällt! Sie wechselt seitdem zwischen Ohnmacht und Momenten der Klarheit, aber die Schmerzen scheinen immer gleich!"

Kian nickte ihm zu. „Danke, Eret!"

Ana kam mit den beiden Heilbeuteln zurück, die Alia niemals außer Sichtweite ließ, und während er begann sie zu durchsuchen, fragte sie erschüttert: „Was hat sie, Heermeister? Was bewirkt solche unermesslichen Qualen?"

Er durchwühlte weiter ihre Heilmittel. Es musste sich doch etwas darin finden lassen, das ihm bekannt vorkam! Aber alles, was er in die Hände nahm, war unbeschriftet. Pasten, Öle und lose Kräuter, alles ohne Bezeichnungen. Natürlich, warum auch sollte sie sich damit aufhalten? Sie, die jedes dieser Mittel kannte wie ihre eigenen Hände. Das war ihre Welt! Nicht die seine.

Er atmete durch und sah Ana einen Augenblick an. „Hat sie gestern Abend nicht darüber gesprochen?"

„Nein!", beteuerten nun alle um ihn herum, sie hätte es angeboten, aber niemand von ihnen hatte sie drängen wollen.

Er nickte, wandte sich wieder den Tiegeln und Phiolen in Alias Tasche zu und entdeckte nun endlich etwas, das er erkannte. Er hob den Glasbehälter hoch und darin wogte eine einzelne Blüte. Es war eine der *munkand,* die sie geerntet hatte, nachdem sie sie gemeinsam bewundert hatten im Schnee unter den beiden Monden vor unendlich langer Zeit.

„Es steht mir nicht zu, zu teilen, was sie nicht teilte!", sagte er dann und sah auf.

„Ist sie krank?", fragte Evan.

„Nein! Für sie hat lediglich die Schlacht bereits begonnen", murmelte Kian.

Was hatte sie ihm über die Wirkweise der *munkand* gesagt? *„Ihr Gift ist das stärkste Schmerzmittel, das wir kennen, und es hält den Patienten dennoch bei Verstand!"* Nun, das war keine Option. Er suchte fieberhaft weiter. Er wollte ihren Verstand nicht wach halten, damit dieser weiter leiden konnte! Er wollte sie nicht weiter quälen!

Nun aber griff seine Hand nach einer Flasche, deren Inhalt seidig darin floss, ähnlich flüssigem Honig, jedoch von milchiger Farbe und ihm stockte der Atem. Tränen traten in seine Augen, als er erkannte, was Alia auf diese Flasche aufgebracht hatte, um sich zu erinnern ... nicht an ihren Inhalt, den sie so gut kannte, sondern an ihn. Es war seine Zeichnung einer *alia*-Pflanze! Und auch er erinnerte sich. Ihr Saft weckte glückliche Gefühle *„in Momenten unerträglichen Schmerzes und des Todes!"*

„Das wird ihr helfen!", flüsterte er sich selbst zu, entkorkte die Flasche, führte sie zu ihren Lippen und ließ Alia einen Schluck trinken, ohne sich zuvor Gedanken über die Dosierung gemacht zu haben. Es war einerlei, wenn der Saft ihr nur half.

Danach saßen sie in Stille um Alia herum, betrachteten, wie sie sich weiterhin in Krämpfen wand, und ihr Wimmern dröhnte in Kians Ohren, als gäbe es nur noch dieses eine Geräusch auf dieser Welt. Er streichelte ihren Kopf, flüsterte ihr zu, was er getan hatte, um ihr Linderung zu verschaffen, aber sie schien ihn nicht zu hören.

Schließlich blickte er auf, betrachtete die Gesichter seiner Soldaten und sah deren Sorge, die der seinen so sehr glich. Alia hatte hier Freundschaft gefunden, dachte er dann, und Wärme breitete sich in ihm aus. Auch sie wurde von diesen Menschen nicht nur akzeptiert, sondern geschätzt, als sei sie ihresgleichen. Er hoffte, sie konnte daraus ebenso viel Freude beziehen, wie er es immer gekonnt hatte, und jetzt kamen auch die Worte, die er zu sagen hatte:

„Der Feind ist nah! Näher, als wir geglaubt haben!", begann er und traf viele Blicke. „Wir werden morgen Abend unser Basislager errichten und am Tag darauf in die Schlacht gehen! Es geschieht früher, als wir es geplant hatten, aber wir müssen darüber nicht den Mut verlieren! Wir sind vorbereitet! Und ich glaube fest daran, dass wir das Gleißen besiegen können, mit allem, was sie uns gelehrt hat!"

Er sah wieder auf Alia herab und es schien ihm, als sei sie ruhiger geworden. Vielleicht war es der Klang seiner Stimme oder doch der Saft der *alia*, er wusste es nicht. Erneut wandte er sich an seine Soldaten, die ihn erwartungsvoll beobachteten, ihn und ihre Heilerin.

„Roan, Ihr werdet morgen während des Rittes allen diese Botschaft überbringen und Befehle an die Versorgungstrupps erlassen, morgen Nacht das Lager mit allem auszustatten, was wir besprochen haben. Ana, Ihr übernehmt die Aufgaben der Heilerin und veranlasst die Heiler der Armee, ihre Krankenzelte aufstellen zu lassen und auszurüsten. Es soll so viel Platz wie möglich für die Verletzten des Kampfes zur Verfügung stehen! Mino, Ihr werdet die Clanoberhäupter des Wüstenvolkes davon unterrichten, dass ich leider heute Nacht nicht für ein Treffen zur Verfügung stehe. Übermittelt ihnen meine höchste Ehrerweisung! Ich gehe davon aus, sie am Morgen des Kampfes zu sehen! Eret, dich bitte ich, mich an diesem Morgen in meinem Zelt aufzusuchen und meine Befehle für einen Sonderauftrag zu empfangen, für den ich dich ausgewählt habe!"

Er sah sie alle nicken, und dann beugte sich Evan plötzlich über Alia. „Es wirkt!", flüsterte er erleichtert. Und als Kian nun seinen Blick auf Alia richtete, sah er sie lächeln. Ihre Augen waren geschlossen, ihr Körper ruhte entspannt in seinem Schoß und sie lächelte.

„Den Monden sei Dank!“, brachte Roan nun hervor und auch die anderen sprachen Worte der Erleichterung und Freude.

„Was passiert nun mit ihr?“, fragte Ana dann leise.

„Wir werden abwechselnd Wache über sie halten und sie mit diesem Wundertrank versorgen, wenn die Schmerzen wiederkehren!“, antwortete Roan.

Kian jedoch schüttelte den Kopf. „Ihr alle ehrt die Heilerin mit Eurer Besorgnis! Aber ich bin derjenige, der zugelassen hat, dass sie das erleidet! Und ich werde derjenige sein, der heute Nacht über sie wacht! Ich nehme sie mit in mein Zelt!“

„Vielleicht ist es besser, wenn niemand sie so sieht!“, bekräftigte Evan nun und nickte ihm zu.

„Was geschieht morgen, wenn sich ihr Zustand nicht verändert haben sollte?“, fragte Ana dann verzagt.

„Ihr Zustand wird sich nicht verändern, Ana!“, antwortete Kian und die Sanftheit in seiner Stimme schien nicht dazu zu passen, wen er hier ansprach. „Wenn es irgend möglich ist, reitet sie mit mir! Der König würdigt mich ohnehin keines Blickes, und er reitet abgeschirmt von seinen Soldaten, sodass niemand anderer ihn zu sehen bekommt! Sollte es nicht funktionieren, so werdet Ihr Euch abwechseln, sie zu halten! Und Ihr werdet Euch um ihr Pferd kümmern!“

Die Soldaten nickten und wie auf ein stummes Kommando nahm Eret ihm Alia ab, sodass er sich von seiner Stute aufhelfen lassen und aufsteigen konnte. Er führte die üblichen Handgriffe aus und nahm dann Alia entgegen, die von Eret und Roan zu ihm aufs Pferd gehoben wurde.

„Ich danke Euch allen!“, sagte er dann und traf noch einmal die Blicke dieser Menschen, die schon so lange nicht mehr bloß seine Soldaten waren. Er steckte die Flasche mit dem Saft der *alia*-Pflanze ein, suchte mit seinem Blick die beiden Wachmänner und gab ihnen das Zeichen zum Aufbruch.

Dies war eine andere Welt. Eine Welt, in der sie sich bewegen konnte, wie es ihr entsprach. Eine Welt, in der sie sich nicht verbergen musste. Sie erhob ihren Bogen und bemerkte Kian, der neben ihr ritt. Sie brach ab, ihre Beute zu fixieren und richtete ihren eingelegten Pfeil auf ihn. Ihn zu töten war der Befehl, den sie erhalten hatte. Aber alles daran schien falsch! War er nicht der Mann, den sie liebte? Sie ließ den Pfeil sinken. Dieser große, starke Mann mit den schwarzen Haaren, der tief gebräunten Haut und diesen unfassbar leuchtend blauen Augen war doch der, der ihr so vieles gegeben hatte. Er war kein Feind! Er gehörte zu ihr. Und spürte sie jetzt nicht seinen Körper an ihrem Rücken? Lag sie nicht in seinen Armen? Strich er nicht mit einer alia *Blüte über ihre Wange? Wenn dieses Schreien nur nicht so laut wäre, dann könnte sie vielleicht sogar die Worte vernehmen, die er zu sprechen schien. War er nicht in großer Gefahr? Nein, er konnte beruhigt sein, denn sie würde ihn finden, überall, denn er sprach nicht nur mit Worten zu ihr. Sie verstand ihn in ihrem Inneren. Wo waren jetzt diese Worte, die sie verstand, ohne sie zu hören?*

Kian hatte sich zu ihr auf die Pritsche gelegt und hielt sie in seinen Armen. Bisweilen murmelte sie vor sich hin. Worte, die er nicht immer verstehen konnte. Einmal hatte sie sich plötzlich aufgerichtet und nach ihrem Bogen verlangt, danach war sie in einen unruhigen Schlaf gesunken. Auch er hatte geschlafen, aber gegen Morgengrauen hatte er die Augen geöffnet und direkt in ihre gesehen. Er hatte gelächelt, weil sie ihn zu erkennen schien.

„Hab keine Angst, Kian! Ich werde dich finden“, hatte sie gesagt und dabei fast klar geklungen.

„Ich habe keine Angst!“, versicherte er ihr und zog sie näher an seinen Körper.

Er küsste sie und verbarg seine Tränen. Er log sie an, denn er hatte Angst und diese Angst galt im Augenblick nur ihr. Was, wenn dieses Schrillen ihr mehr Gewalt antat, als er sehen konnte? Sie war so verwirrt, ihr ansonsten so scharfer Verstand derart beeinträchtigt ... Was, wenn das Schrillen dauerhaften Schaden an ihrem Verstand anrichtete? Er könnte damit nicht leben!

Die ganze Nacht hatte er Szenarien durchgespielt. Er sollte Eret augenblicklich mit Alia in den Norden schicken, sie außerhalb der Reichweite des Feindes bringen lassen, damit sie sich erholen konnte. Sie hatte ihre Aufgaben erfüllt. Sie hatte den Schutz der direkten Sicht entwickelt und die Soldaten angeleitet. Durch sie würden vermutlich viele ihr Leben retten können, wenn sie durch vergiftete Pfeile verletzt würden. Sie hatte mit ihm sein Band trainiert. Was sollte sie hier noch halten? Sie konnte gehen. Er könnte sie in Sicherheit bringen lassen und dann in den Kampf gehen, um ihr Werk zu vollenden, auf welche Art auch immer.

Aber er belog nicht nur sie, sondern auch sich selbst! Die Wahrheit war, dass er sie brauchte, hier in seiner Nähe. Sie machte ihn stark. Was immer sein Onkel auch mit seinen Worten gemeint hatte, es lag eine tiefe Wahrheit darin. Etwas, das er spüren konnte, ohne die Fähigkeit zu haben, es in Worten auszudrücken. Nur in ihrer Nähe fand er die Kraft für diese Schlacht.

Alia, die ihm gesagt hatte, er sei bereit für diesen Kampf. Sie, die ihn finden konnte, wenn er verletzt würde. Sie, die einzige, die ihn behandeln würde. Er wollte leben, und seine Chancen auf das Überleben standen deutlich besser, wenn sie da sein würde. Das alles war nichts als Egoismus. Und Feigheit! Er hatte sich nie auf andere verlassen, sondern stets in Unabhängigkeit gelebt. Ausgerechnet jetzt sollte sich das ändern? Jetzt brauchte er Alia, um genügend Mut für diesen Kampf aufzubringen? Auch wenn es sie zerstören konnte?

Er war wieder in den Schlaf geglitten, den ihre Schreie beendeten. Er gab ihr erneut vom Saft der *alia*, sprach ihr Worte der Alten Sprache, streichelte und küsste sie. Er konnte sie nicht gehen lassen, denn sie mit wem auch immer zurückzulassen, war ihm noch unerträglicher als das hier. Wenn sie bei ihm war, wusste er zumindest, dass sie lebte.

Und als hätte sie seine Gedanken gelesen, sprach sie schließlich: „Mach dir keine Sorgen um mich, Kian! Es ist nur laut. Aber du wirst es zum Verstummen bringen, nicht wahr?“

„Das werde ich, Alia!“, versicherte er ihr und es war, als ob sie beide damit den Pakt geschlossen hatten, den es brauchte, ihre Nähe zu ihm zu rechtfertigen.

Er musste grinsen, als er sich nun vorstellte, wie Alia auf ihn reagieren mochte, wenn er sie würde wegbringen lassen. Es würde ihr ohne Zweifel zutiefst missfallen. Und sollten sie sich irgendwann mit unendlich viel Glück wiedertreffen, müsste er dann nicht den

Zorn sämtlicher bekannter Götter und Göttinnen in ihr erwarten? Und sie konnte wütend sein und stur und trotzig ... Sie würde ihm nicht leicht vergeben. Er liebte sie dafür.

Nun, vielleicht verlor auch er langsam den Verstand. Alles an dieser Situation zermürbte ihn und nahezu sehnte er den Tag herbei, der endlich die Entscheidung bringen würde. Er konnte nicht mehr lange im Angesicht dieser allumfassenden Bedrohung existieren. Es machte ihn kaputt, nicht handeln zu können und warten zu müssen. Aber bald schon hatte dieses Warten endlich ein Ende. Er wäre lediglich ein Werkzeug der Macht, die er im Stande war auszuüben, nichts weiter. Er würde fallen oder siegen, einerlei, danach kam das Ende oder es konnte etwas Neues beginnen, etwas anderes als ein Leben in Angst. Vielleicht ein Leben an Alias Seite, aber das wagte er nicht einmal zu denken.

Ihre Liebe hatte nun bereits so lange im Schatten dieser Bedrohung bestanden, dass er sich kaum etwas anderes vorstellen konnte. Sie hatten so oft Abschied voneinander genommen, so oft gehandelt, als wäre es das letzte Mal, dass sie etwas gemeinsam taten. Es war unmenschlich. Und hatte er auch mit Alia Pläne für die Zukunft formuliert, so fühlten sie sich am Ende seiner Gedanken doch nicht echt an. Er war überhaupt nicht mehr in der Lage zu spüren, wie sich die Zukunft anfühlte.

Sein bisheriges Leben würde mit der Schlacht enden, auf die eine oder andere Art. Der Tod würde es beenden oder sein Überleben, denn danach konnte er vermutlich nicht mehr in das Leben zurückkehren, das er geführt hatte. Es erschien ihm plötzlich absurd, jemals wieder vor dem König zu knien, jemals wieder sein körperliches Defizit zu verstecken oder überhaupt jemals wieder ein Leben im Verborgenen zu führen. Sollte er lebend aus dieser Schlacht hervorgehen, so konnte er es nur als freier Mann und er selbst wäre derjenige, der sich diese Freiheit erkämpfen würde. Er wäre frei, sie sich zu nehmen, denn was hätte er dann noch zu verlieren, außer seiner Selbstachtung und der Liebe Alias? Zwei Dinge, die zu verlieren er sich kaum vorstellen konnte.

Er war bereit. Er hatte seine Abschiede gemacht. Er hatte seine privaten Dinge geregelt. Er würde Alia halten und sie umsorgen, bis es soweit war, aber dann wollte er kämpfen. Er würde seine Soldaten nicht selbst in die Schlacht führen, aber sie alle waren gut instruiert, jeder kannte seinen Platz und seine Aufgaben und ein jeder würde für den anderen einstehen. Er hatte alles getan, was in seiner Macht stand, um diesen Kampf vorzubereiten und vertraute seinen Soldaten darin, auszuführen, was er geplant hatte. Er selbst hatte keine Möglichkeit mehr, sich weiter vorzubereiten. Er musste dem Gleißen gegenübertreten, um entscheiden zu können, was notwendig war.

Er trat spät aus seinem Zelt, nur um festzustellen, dass der König bereits aufgebrochen war, und bestieg dann seine Stute. Er nickte den Fürsten zu, die als nächstes aufbrechen würden, und der alte Fürst Ileu führte sein Pferd zu ihm, um sich nach dem Befinden der Heilerin zu erkundigen.

Kian konnte lediglich die Achseln zucken. „Es geht ihr sehr schlecht!“

„Es betrübt mich zutiefst, das zu hören!“, erwiderte der Fürst traurig, nickte ihm dann zu und berührte seine Schulter. „Morgen Nacht ist es vorbei! Was auch immer geschieht! Und wir können uns in Ruhe um die Heilerin kümmern!“

„Was auch immer geschieht, Fürst Ileu!“, nickte Kian nun ebenso und drückte die Hand des Fürsten an seinem Arm.

Es versetzt ihm einen Stich, dass er Alia nicht selbst tragen konnte, aber das alles war in diesem Augenblick so unwichtig. Seine Wachmänner brachten sie heraus und hoben sie zu ihm aufs Pferd. Er würde sie den ganzen Tag in den Armen halten und in der ganzen kommenden Nacht. Danach begann das Nichts, und morgen Nacht wäre Alia vielleicht bereits wieder in der Lage, sich selbst in Ruhe um Verletzte zu kümmern. Daran wollte er mit allem, was ihm blieb, glauben.

Kapitel 50

Schreit mir nicht zu, dass ihr die Feinde kommen spürt! Sie sind hier! Ich weiß es! Sie sind mit mir! Sie sind keine Feinde! Ihr seid der Feind! Aber ihr könnt ihn *nicht erkennen! Ihr könnt* ihn *nicht spüren! Und das ist gut so, denn er wird euer Schreien zerstören! Und euer Licht! Ihr werdet niemandem mehr nehmen ... Ihr tut mir so weh! Tötet mich nicht ...*

Eret trat in sein Zelt und erstarrte beim Anblick Alias auf seiner Pritsche. Er kam langsam auf sie zu und setzte sich neben Kian, der Alias Kopf an seine Brust presste.

„Es ist schlimmer als zuvor!", flüsterte er, und Kian konnte nur nicken.

Er hatte ihr während des letzten Tages und der letzten Nacht in immer kürzeren Intervallen den Saft der *alia*-Pflanze verabreichen müssen, um ihre Schreie zum Schweigen zu bringen, aber mittlerweile schien er seine Wirkung zu verlieren. Alia lag apathisch und mit offenen Augen zusammengekrümmt. Sie war ihm während der letzten Nacht immer weiter entglitten, hatte ihren Verstand verschlossen, und er konnte nur darauf hoffen, dass sie ihn in Sicherheit verwahrte. Sie hatte sich seit Stunden nicht bewegt.

Er selbst hatte in der letzten Nacht alle Gefühle durchlebt, die er in sich finden konnte. Unermessliche Wut, tiefe Niedergeschlagenheit, Trauer und seine unbeschreibliche Liebe. Er hatte zu ihr gesprochen, ununterbrochen geweint, sodass er einen Fluss mit seinen Tränen hätte speisen können, aber zum Morgengrauen hin waren seine Gefühle der absoluten Gewissheit gewichen, dass er hinausreiten musste, um all dem ein Ende zu bereiten. Er hatte seinen Verstand klar auf dieses Ziel gerichtet und jetzt blieb ihm nur noch, Eret seine Befehle zu erteilen.

„Eret, höre mich gut an! Die Heilerin Alia ist der wichtigste Mensch in meinem gesamten Dasein. Ich schätze ihr Leben höher als mein eigenes. Ich gebe dir den Auftrag, sie zu schützen mit allem, was du aufzubieten vermagst!“, begann er und bemerkte, wie stark seine Stimme klang, so viel stärker als er sich fühlte.

„Was kann ich tun, Kian?“

„Du wirst nicht in die Schlacht ziehen, sondern hier bei ihr bleiben!“

„Kian, ich habe eine Schuld zu begleichen, die ...“

Aber er schüttelte nur den Kopf. „Du schuldest mir nichts, Eret! Du musst nicht noch einmal ins Angesicht des Feindes treten, um mir zu beweisen, dass du ein Ehrenmann bist! Alles, worum ich dich bitte, ist die Heilerin zu schützen, wenn ich fort bin und es nicht selbst tun kann! Ich lege ihr Leben in deine Hände!“

Eret nickte stumm.

„Das ist ein Befehl, Eret!“

„Du weißt, dass ich dir dienen werde bis ans Ende aller Tage!“

Kian betrachtete seinen Freund einen Moment und begann dann mit seinen Instruktionen. „Du wirst hier bei der Heilerin bleiben, bis der Kampf entschieden ist. Sollten unsere Kämpfer geschlagen werden, besteige mit ihr ein Pferd und reite so schnell du kannst in Richtung Norden. Bringe sie in die Hauptstadt. Die Königin kennt mein Vermächtnis an sie. Die Heilerin wird zu sich kommen, je mehr Abstand ihr zum Standort des Feindes gewinnt!

„Wie kannst du das wissen?“

Kian hob abwehrend die Hand und sprach unbeirrt weiter. „Sollte es gelingen, den Feind zu vernichten, dann warte, bis sie zu Bewusstsein kommt und unterstütze sie danach bei allem, was sie tut. Sie wird vielleicht hungrig sein, Durst haben, sie wird arbeiten wollen und vielleicht benötigt sie dabei Hilfe ...“

„Willst du mir sagen, dass sie bereits seit Tagen auf die Gegenwart des Feindes reagiert, Kian?“

Er nickte und umschlang Alias Körper fester.

„Wie kann das möglich sein?“

„Ich weiß es nicht!"

„Dieser Feind ist mächtig!", bemerkte Eret jetzt und legte seine Hand an Alias Stirn.

Kian beobachtete diese Geste und konnte in diesem Moment fast Ruhe darin finden, denn er wusste Alia in Sicherheit. Eret würde an ihrer Seite wachen, bis sie zu sich kommen konnte.

„Du darfst ihr nicht mehr von dieser Medizin geben, Eret! Sie wird ihren klaren Verstand brauchen, wenn sie zu sich kommt, unter welchen Umständen es auch geschieht!"

Eret nickte, sah ihn jedoch nicht an.

„Eret, dies ist deine Mission in diesem Kampf und sie ist mir die Wichtigste, die ich zu vergeben habe!"

„Ich gehorche deinem Befehl, Kian! Ich bleibe an ihrer Seite!" Jetzt erst blickte er auf und fixierte Kian in seiner peripheren Sicht. „Ich danke dir für alles, was du für mich getan hast! Und ich beschütze die Frau, die du liebst!"

Kian nickte und konnte die Betroffenheit, die Erets Worte in ihm auslöste, nicht verbergen. „Ich danke dir! Und nun lass mich bitte noch einen Moment mit ihr alleine!"

Eret erhob sich und nickte ihm zu. „Ich treffe dich draußen! Alle haben sich bereits versammelt, Kian! Es ist soweit!", sprach er leise und verließ dann schnell das Zelt.

Er hatte Erets Tränen gesehen, aber er fand keine eigenen mehr in sich. Er nahm Alia nah an sich heran, atmete den Duft ihrer Haare ein, spürte ihren Körper, der ihm selbst jetzt nicht zerbrechlich vorkommen mochte, strich zärtlich ihr Haartuch zurück und küsste ihre Ohren. Er hatte keine Worte mehr, ihr zu sagen, wie sehr er sie liebte und wie viel sie ihm gegeben hatte in der kurzen Zeit ihres Zusammenseins. Er hatte sie in der letzten Nacht gesprochen, wieder und wieder. Nun bettete er sie neben sich auf die Pritsche, verhüllte erneut ihre Ohren, strich ein letztes Mal den Stoff darüber glatt, stellte ihre Heilbeutel bereit und erhob sich strauchelnd. Er hatte seine Beinschienen zu Anfang der Nacht abgelegt. Er musste es lediglich schaffen, aus diesem Zelt zu treten und auf seine Stute zu steigen. Er würde nirgendwo anders mehr hingehen.

Wo ist seine Wärme? Wo sind seine Worte? Seine Berührungen endeten ... Einsamkeit! Er ist gegangen! Geh nicht zu weit!

Er ritt eskortiert von seinen Wachen zum großen Platz vor dem Lager und unterrichtete sie davon, dass ihr einstiger Hauptmann nicht mit ihnen in die Schlacht gehen würde. Sie und ihre Kameraden sollten sich unter den direkten Befehl Hauptmann Lins begeben, der den Oberbefehl über den östlichen Angriffsteil trug, um an seiner Seite zu kämpfen. Er brachte nicht die Energie auf, Erklärungen abzugeben, aber die beiden Männer verlangten auch keine. Sie nickten ihm lediglich zu, sahen fest in seine Augen und dann hinüber auf den Versammlungsplatz, auf dem sich tatsächlich bereits alle eingefunden hatten.

So viele Kämpfer und sie waren nichts als beeindruckend. Sie standen neben ihren Pferden und ausnahmslos alle wandten sich ihm zu, als er auf seiner Stute den Platz betrat. Er grüßte sie kurz mit seiner Faust an der Brust, stoppte sein Pferd absichtlich etwas abseits und tauschte Blicke mit den Soldaten seiner ersten Garde. Ihr Anblick brachte ein Lächeln auf seine Lippen. *Sieh, Alia,* dachte er, *sie alle haben deine Anweisungen befolgt und stehen mit geröteten Augen vor mir!*

Er hatte nie geplant, Alia zu sagen, dass er selbst das Öl nicht benutzen würde, und dieses eine Mal dankte er den Monden dafür, dass sie mit ihrem scharfen Verstand nicht selbst darauf gekommen war, dass es ihm unmöglich war zu tun, was ihn beschützen würde. Er durfte es nicht. Es würde seine Stute zu sehr verwirren, seine dadurch eingeschränkte Sicht zu teilen. Er musste sich darauf verlassen können, dass sein Pferd ihn sicher trug, so wie auch die Stute sich auf sein Augenlicht verlassen musste. So war es immer gewesen.

Er sah um sich und verinnerlichte die Position jeder Einheit, Soldaten, Kämpfer der Miliz aus Ileu, die der Fürsten, und erblickte dabei eine Gruppe Reiter, die in große erdfarbene Tücher gehüllt waren. Ihre Pferde waren stolze Tiere von aufrechter Haltung, ähnlich dem Körperbau seiner Stute. Auch mit diesen Reitern des Wüstenvolkes verschränkte er seine Blicke. Er hatte sie niemals zuvor zu

Gesicht bekommen, aber sie waren offensichtlich gewillt, an seiner Seite gegen den Feind anzutreten, worüber er nun nichts als die größte Hochachtung empfand. Sie grüßten ihn, indem sie das Kinn in seine Richtung erhoben. Wie konnten sie wissen, wer er war?

Er suchte den König in der Menge und entdeckte ihn in der Mitte des Platzes umringt von seinen verbliebenen loyalen Soldaten. Abran starrte ihn an. Zum ersten Mal, seit sie diese Reise begonnen hatten, sah er ihm direkt ins Gesicht, und Kian erstarrte, denn sein Blick war leer. Keine Emotion ließ sich darin finden, nichts außer der Stumpfheit eines gebrochenen Mannes. Er schien sich dennoch aufzurichten und erhob die Hand, als ob er sprechen wollte. Sein Blick flackerte über die Wüste, die überall um sie herum war. Nun, Kian erwartete seine Befehle, die Befehle des Königs, denn nur er wusste, wofür sie beide heute an diesem Ort waren.

„Aufsitzen! Die Schlacht beginnt!", schrie er überlaut ohne jegliche Modulation seiner Stimme, und Kian konnte nicht aufhören ihn anzustarren. Hatte der König eben noch über die Wüste geblickt, so fanden sich seine Augen nun wieder in denen Kians.

„Inzani! Ihr reitet mit mir!", schrie er ihm auf dieselbe Weise zu und schien dann abzuwarten, drehte sich jedoch nahezu schon wieder von Kian weg, als er bemerkte, dass sein Gefangener ihm nicht folgen würde.

Flüstern wurde um Kian laut, seine Soldaten sahen ihn an und schienen ihm etwas mitteilen zu wollen. Er selbst war jedoch noch immer gefangen in dem Anblick, den der König ihnen allen hier bot. Plötzlich wirkte er auf ihn wie ein Mann, der an sich selbst zerbrochen war. An der Schuld, die er auf sich geladen hatte. An den Anforderungen, die an ihn gestellt worden waren und denen er nie gerecht wurde, und an der Freudlosigkeit, die sein Leben in Gier und Neid immer gekannt hatte. Ein Leben in Angst. Ein Leben ohne Liebe. War er auch nur einmal in seinem Leben für einen kurzen Moment in der Lage gewesen, zu erfassen, was für eine fantastische Frau er in Nari an seiner Seite hatte? Er wirkte heruntergekommen, abgemagert und bar jeden Lebenswillens. Fast so, als wolle er lediglich diesen Tag zu Ende bringen, um sich dann in

Ruhe seinem Verfall hingeben zu können. Doch zuerst musste er Kian dem Gleißen vorwerfen, nur dann würden sich seine Pläne erfüllen können, welche es auch immer waren.

„König Abran!", erhob nun Roan neben ihm die Stimme. „Erlaubt mir zu sprechen!"

Der König wandte sich ihm nicht zu, sondern nickte lediglich.

„Erlaubt den Soldaten das Kampfritual mit unserem ersten Heermeister durchzuführen!", sprach sein Freund mit ruhiger, fester Stimme, und Kian wandte sich ihm mit tiefer Bewunderung zu, denn er hatte den König nicht um Erlaubnis gebeten. Er hatte sie eingefordert.

König Abran vollzog eine Geste mit seiner Hand, als wolle er ein lästiges Insekt verscheuchen, und starrte dann erneut in die Wüste. Dies nahm Kian als ausreichendes Zeichen, handeln zu dürfen und sah sich dann unter den Soldaten um. Sie alle hielten ihre Fäuste an die Brust, sahen erwartungsvoll zu ihm auf, und das erschien Kian nun zutiefst falsch. Er führte sein Pferd nach vorne, sodass alle ihn würden sehen können, und blickte noch immer durch die Reihen. Dann erhob er die Stimme.

„Soldaten, Kämpfer, Vertreter des Wüstenvolkes, Fürsten, ich möchte, dass Ihr alle in diesem Moment auf Eure Pferde aufsitzt. Wir werden das Kampfritual teilen, das nicht alle unter Euch kennen. Es mag dennoch einem jeden als Moment des Innehaltens dienen. Besteigt Eure Pferde, denn wir werden es als Gleiche unter Gleichen tun! Im Angesicht dieses Feindes darf es keine Unterschiede geben, denn vor ihm sind wir alle eins! Wir sind die, die ihm entgegentreten, um ihn zu schlagen!"

Er betrachtete, wie sich Männer und Frauen nun auf ihre Pferde begaben, und begann das Ritual mit der Aufforderung: „Erhebt Eure Schwerter!"

Kian wandte sich nach Süden. Er selbst hatte das Ritual lange nicht mehr ausgeführt und konnte nun kaum fassen, wie er es nur so lange hatte vernachlässigen können. Es hatte für ihn nie an Bedeutung verloren, verband es sie alle doch seit Jahrhunderten so eng mit diesem Feind, und er erhob seine leeren Hände. Er brauchte keine Waffe, um das Ritual durchzuführen, und die Worte der Alten Sprache flossen klar von seinen Lippen. Er sprach sie laut, absolvierte die dazugehörigen Bewegungen in tiefer Ruhe und spürte seinem Band nach, das ruhig in seinem Körper verweilte. Er spürte seine Kraft. Die Kraft der einzigen Waffe, die er haben würde, um dem Gleißen entgegenzutreten.

„Or seis schal be protedet and anu dai wilris!“

Er beendete das Ritual diesmal, indem er den Satz herumdrehte, spürte die Wahrheit in diesen Worten und wandte sich dann erneut den Kämpfern zu. Sie ließen ihre Schwerter sinken und sahen ihn erwartungsvoll an. Er hatte keine Worte mehr, aber es gab für ihn noch eine letzte Sache zu tun. Eine letzte Sache, um die er bitten wollte, und er kreuzte die Arme vor seiner Brust, senkte den Kopf und öffnete seine Handflächen zum Himmel. Er vollzog die Geste der Demut und erbat sich damit die Hilfe all dieser Menschen vor ihm für diesen Kampf.

Was jedoch jetzt geschah, nahm ihm den Atem, denn sie alle wiederholten seine Bewegung. Er wünschte, er könne die Zeit anhalten und in diesem Moment verweilen, denn er schien sein ganzes Leben zusammenzufassen in einer Geste, die er selbst so oft mit zusammengebissenen Zähnen ausgeführt hatte und deren wahre Bedeutung ihm jetzt erst vollkommen klar wurde. Sie alle baten ihn und einander um Hilfe, Schutz und Unterstützung. Er sah ihren Stolz in der demütigen Bitte um Beistand, sah ihre Tränen des Mutes und wusste plötzlich, dass sein Leben niemals wertlos gewesen war, wenn es ihm gelungen war, eine Armee mit Kämpfern dieser Güte zu formen und zu führen.

Er ließ die Arme sinken, fasste die Zügel seiner Stute, sah ein letztes Mal in die Gesichter so vieler und wandte sich dann dem König zu. Dieser jedoch hatte sich bereits fortgedreht und führte sein Pferd in die Wüste. „An meine Seite, Inzani!“, schrie er, ohne sich ihm zuzuwenden.

Kian befolgte seinen Befehl ohne Widerstand, sah die Truppenverbände in Richtung Osten und Westen mit donnernden Hufen davonreiten und bemerkte dann, wie Roan und Mino sich vom Rest der frontalen Angriffseinheit lösten und direkt hinter ihn ritten. Er hatte nicht mehr die Zeit gehabt, mit ihnen über ihre persönlichen Pläne für den Angriff zu sprechen. Jetzt sah er sich nach ihnen um, sah die stolzen Gesichter seines ersten Offiziers und Spähers und verneigte sich vor ihnen, denn die Ehre, die sie ihm mit ihrer Nähe erboten, konnte nicht größer sein.

Dennoch trat ihm jetzt deutlich ins Bewusstsein, dass er zudem niemals mit ihnen darüber gesprochen hatte, was seine Aufgabe in dieser Schlacht sein würde. Er hatte niemals mit ihnen über sein Band gesprochen oder über die Fähigkeiten, die er durch es erlangt hatte. Sein Weg würde vermutlich direkt in das Gleißen führen und an diesen Ort durfte ihn niemand begleiten. Roan und Mino konnten ihn bis dorthin decken, aber sie durften ihm unter keinen Umständen folgen.

Er ließ sich zurückfallen, so weit es des Königs Soldaten zuließen, und wandte sich dann nach Roan mit einem Zeichen um, er möge zu ihm aufschließen, was er augenblicklich tat. Kian fixierte ihn einen Moment stumm, dann sagte er: „Roan, ich habe einen letzten Befehl an dich und Mino!“

„Ich höre, Kian!“

„Was auch immer geschieht, was auch immer ich tue, ihr werdet mir nicht folgen!“

Roan sah ihn zweifelnd an.

„Ihr werdet mich nicht begleiten, wenn ich in das Gleißen reite! Das ist ein Befehl!“

„Kian ...“

„Wiederhole es!“, sagte er und die kalte Strenge in seiner Stimme stieß ihn selbst ab.

„Wir werden dir nicht folgen, Kian!“, wiederholte Roan mit fester Stimme und nickte.

Kian konnte ihn so nicht gehen lassen, nicht, wenn dies das letzte Gespräch sein würde, das sie jemals führten, und er beugte sich zu seinem Freund hinüber, umarmte ihn fest und flüsterte in sein Ohr: „Danke für deine Freundschaft, Roan!“

Dann ließ er ihn los, blickte sich noch einmal um und schloss erneut zu seinem Platz auf. Dem Platz, den der König während all der Zeit für ihn vorgesehen hatte.

Er hatte gesehen, dass auch Tavos Soldaten der zweiten Garde sich in ihrem Rücken in Bewegung gesetzt hatten, und mitten unter ihnen hatte er die Kämpfer des Wüstenvolkes an der Seite Fürst Rodas erkannt. Das Bild dieser in höchstem Maße unterschiedlichen Einheit erfüllte Kian erneut mit so viel Stolz. Er dachte an Königin Nari, die so viel für die Einigung des Landes getan hatte, aber auch er selbst fand nun den Mut, die Früchte seiner Taten darin zu sehen. Sie alle waren bereit, und auch er wandte sich jetzt der Wüste zu, ließ kurz seinen Blick über die Sandebene gleiten, um ihn dann strikt auf die Mähne seines Pferdes zu richten.

Sie kommen! Immer näher! Der Feind kommt! Wo ist der Eine? *Erhebt eure Bögen und schießt auf sie alle! Sie alle werden fallen, denn unser Hunger ist grenzenlos! Sie werden in unser Angesicht sehen! Alle! Auch der* Eine! *Und unsere Existenz wird fortdauern! Gebt uns noch einmal von eurer Kraft und dann entlasst eure Pfeile!*

Um ihn herum schien es heller zu werden. Er sah sich zu Roan und Mino um, die mit offenen Mündern vor sich in die Weite starrten. Das Gleißen. Sie sahen es bereits. Kian heftete seinen Blick erneut auf die schwarze Mähne seiner Stute und tastete sich in seiner peripheren Sicht soweit vor, dass er den König und seine Soldaten neben und vor sich erkennen konnte. Sie starrten zur Quelle dieses unnatürlichen Lichtes, aber es geschah nichts, sie waren noch nicht nah genug.

Kian atmete durch. Er hatte den starken Drang, sich orientieren zu wollen und so viel von seiner Umgebung zu erfassen wie möglich, aber seine Mittel waren zu begrenzt. Die periphere Sicht langte nicht aus. Dieser Kampf lag ihm nicht. Er war es so sehr gewohnt, den Überblick behalten zu müssen, Kämpfer, die sich auf ihn verließen, in einer Schlacht anzuleiten, sie in neue Angriffe zu senden oder ihren Rückzug zu befehligen. Und er war es gewohnt, ihnen sein Band zu senden, wurde ihm jetzt klar. Er hatte es immer getan, um den Soldaten seine Ziele zu übermitteln, aber jetzt konnte er auch das nicht tun. Nichts, das er bisher erlebt hatte, ähnelte diesem Kampf, sodass er sich in diesem Moment stärker auf sich zurückgeworfen fühlte als jemals zuvor. Er stand für sich, und ohne seine Waffen kam er sich plötzlich nackt vor. Was hatte er sich bloß dabei gedacht, auf diese Weise vor diesem Feind zu erscheinen? Mit nichts als seinem Leben. Nichts als seinem Band, das er nicht zeigen durfte.

Seine Stute begann zu tänzeln. Sie schien seine Anspannung zu bemerken, und Kian begann ruhig ihren Hals zu streicheln. Er flüsterte ihr zu, sie könne beruhigt sein. Ihr würde nichts geschehen. Nicht mehr lange und sie wären vereint in diesem Kampf. Nur noch kurze Zeit, dann könnten sie ihr Versteckspiel beenden. Jedoch noch nicht jetzt!

Er hörte das Hufdonnern so vieler Reiter. Sie strömten in einem weiten Bogen von Osten und Westen auf das Gleißen zu und es gab kein Aufhalten mehr. Dies war der Moment, in dem er den ersten Soldaten des Königs vor sich fallen sah und mit ihm sein Pferd. Er hörte das Sirren von Pfeilen und plötzlich verschob sich die Geschwindigkeit der Geschehnisse. Es war, als ob er mit einem Mal alles gleichzeitig erfasste und die Zeit doch langsamer abzulaufen schien als gewöhnlich. Als folgte der Ablauf der Zeit seinem Herzschlag, und bei jedem Schlag brannte sich ein Bild in ihn ein, obwohl er nie seinen Blick erhob. *Ju daubmei strengs noto lift mei sei?*, schrie er stumm in die Wüste hinaus.

Und er sah zwei weitere Soldaten fallen, einer getroffen von einem schwarzen Pfeil.

Er sah Abran fassungslos auf einen Pfeil starren, der in seine Seite eingedrungen war.

Er hörte ihn aufheulen wie ein verletztes Tier und dann schrie er.

Er schrie Worte, die sich ebenso fassungslos anhörten, wie sein Blick aussah, der sich noch immer auf den Schaft des Pfeiles richtete, der ihn durchbohrt hatte. „Nein! Ihr dürft nicht schießen!" In einer wilden Geste wandte er sich Kian zu, zeigte auf ihn und schrie: „Er ist der König, hört ihr! Er ist der, den ihr wollt! Tötet ihn! Und lasst mich leben!"

Kian sah einen zweiten Pfeil in Abrans Brust einschlagen.

Er sah ihn zusammensacken, sah, wie er sich dann dem Gleißen zuwandte und bevor er und sein Pferd fielen, war es, als hörte Kian noch einmal seine Stimme, die ausrief: „Ihr versteht nicht! Er ist der König!"

Kian hatte die Stute gestoppt und sah sich noch einmal nach Roan und Mino um. Sie waren, ebenso wie er, Zeugen des Todes König Abrans geworden und nun fanden sich ihre Blicke in seinem. Sie nickten ihm ein letztes Mal zu, und er wusste, der Moment war gekommen. Es begann. Jetzt!

Schießt! Entlasst eure Pfeile! Es sind viele, aber unser Hunger ist groß! Wir werden von ihnen nehmen! Tötet!

Nein! NEIN! Ich werde nicht töten! Er *ist euch nah, näher als ihr denkt!* Er *wird sich euch zeigen und ich weiß,* er *wird leben!*

Er wandte sich dem Gleißen zu, seinen Blick gesenkt, und trieb die Stute zügig voran. Es war zu hell, er war geblendet, er sah nichts mehr, außer den Pfeil, der in seinen Oberschenkel eindrang. Einen Augenblick verharrte er und spürte dem Nichts nach, das er fühlte, obwohl er getroffen war, dann jedoch kam er zu sich, zog mit Gewalt den Pfeil aus seinem Bein und tastete nach Alias Tiegel mit der Eisenfarnpaste. Er rieb einiges davon in die Wunde, als bereits ein nächster Pfeil die Flanke seiner Stute streifte. Auch dort brachte er etwas von der Paste auf und führte die Stute dann weiter voran. Als ein Pfeil seine Schulter durchschlug, entwich sein Atem abrupt aus seiner Brust. Er riss den Pfeil heraus, keuchte vor Schmerz wild auf und rieb den Rest der Paste in die Wunde. Es war nichts mehr übrig. Der Schmerz verengte seine Sicht. Auch die Stute schien am Ende ihrer Kräfte, weil ein Pfeil ihren Hals erreicht hatte. Er zog ihn heraus, aber mehr konnte er nicht für sie tun.

Er war ein toter Mann! Bei den Monden, sie konnten das nicht überleben. Es war vollkommen unmöglich. Und er hatte noch nicht einmal begonnen, wofür er hierhergekommen war. Er sprach zu seiner Stute, sagte ihr, sie könne von seiner Kraft nehmen, bald. Er streichelte sie und schloss die Augen. Es gab nichts mehr, das es sich zu sehen lohnte, nur noch das Gleißen.

Er schloss die Augen und entließ sein Band. Er entzog es seiner Verletzung, sodass er ohne Schmerz sein konnte, und führte es seinem Pferd zu, das zunächst irritiert zurückschreckte, da es kein Bild empfing. Dann jedoch sandte er es weit vor sich, mitten hinein in das Gleißen. Er ließ es sich darin vortasten, spürte nach Widerständen, er spürte nach Leben, nach irgendetwas, das sich darin verbarg, irgendetwas, dessen Bild er seinem Pferd zukommen lassen konnte, um ihnen ein Ziel zu weisen, und fand nichts außer Leere.

Für einen aus dieser Realität versetzten Moment war ihm zum Lachen. Er war hierhergekommen, um das Gleißen zu besiegen, in dem sich niemand verbarg? In dem es nichts gab? Kein Leben und sei es auch noch so unterschiedlich von allem, was er kannte? Gegen was trat er hier an? Wo war der Feind, der ihr Land seit Jahrhunderten terrorisiert hatte? Der so vielen Männern ihr Band genommen hatte? Zweihundert Jahresläufe voller Angst vor einem Nichts?

Das Sirren der Pfeile war verstummt. Stille legte sich über die Wüste, und Kian hielt inne. Sein Band richtete sich zu Boden, und er spürte Kälte. Eine eisige Kälte, die in ihn einzudringen schien. Es gab etwas in diesem Gleißen, aber es war nicht zu begreifen. Er konnte es nicht berühren. Wie eine uralte in Kälte erstarrte Präsenz oder mehrere, vielleicht tausende in ihrem eisigen Licht. Was war das? Es war nicht menschlich, nicht körperlich ...

Die Kälte kroch ihm in seinem Band entgegen, und er versuchte ihr zu entrinnen, indem er den äußersten Rand ihrer Energie suchte. Er spürte seinen Körper nicht mehr, nicht den seines Pferdes. Er konnte nicht länger erfassen, ob sie sich überhaupt noch bewegten. All seine Sinne vereinten sich nun in seinem Band, und er führte es um die Kälte herum, als legte er eine Schlinge. Als er begann, sie langsam zuzuziehen, schien auch das letzte Geräusch um ihn herum zu verklingen. Es schien, als sei er hinausgetreten aus seinem Leben. Taub für die Nähe der anderen, denn sie mussten nun überall um ihn herum sein. Seine Soldaten. Sie kämpften für ihn und mit ihm.

Die Kälte brach sich ihren Weg in seinen Verstand, aber er hielt nicht inne, sein Band enger zu ziehen. In diesem Moment bekam er Angst. Eine Angst um sein Leben, die er nie in dieser Form gespürt hatte, und mit ihr kam die Wut. Grenzenlose Wut, und er wollte töten. Er wollte, dass dort in dem Gleißen etwas war, das er töten konnte. Es versetzte ihn nahezu in einen Rausch, seine eigene Macht zu spüren, und seine Gefühle ballten sich im Hass auf alles, das er hatte erleiden müssen bis zu diesem Moment seines Lebens, in dem er erstarrte.

Das Schrillen! Laut! Lauter als jemals zuvor! Mach, dass es verstummt! Mach, dass es aufhört! Es tötet! Mich! Schmerzen! Qual! Unendliche Qual!

Tötet ihn! Schießt!

Ein einziger Ton, der tötet! Tötet mich!

Seine Stute fiel. Die Verbindung brach ab. War das der Tod? Löste der Tod jegliche Verbindung, sodass man in Freiheit gehen konnte? Frei sein konnte? Aber er war nicht frei, er spürte die Kälte einer eisigen Umarmung, spürte, wie seine Kraft verebbte. Das war das Ende. Es war nah.

Und was war nun der Sinn in all dem? Was war der Sinn seiner Existenz, die ihm so viel Leid beschert hatte? Was war der tiefere Sinn hinter den Fähigkeiten, die er in sich hatte? Er hatte sie immer gehabt und sie doch zu spät begriffen, denn an diesem Punkt spürte er sie scheitern. Es war nicht mehr viel übrig von seiner Kraft. Er hielt die Schlinge noch immer eng, aber er ahnte bereits, dass sie sich bald schon zu lockern beginnen würde. Die Kälte fraß an seiner Wut. Er fühlte nichts mehr, aber er konnte gerade eben noch spüren, wie sie verging. Wenn in all dem kein Sinn lag, so konnte er auch seinem kläglichen Dasein keinen Sinn mehr zusprechen.

Was blieb, waren all die Momente seines Lebens, an die zu denken ihm keinen Schmerz bereitete. Das Gesicht seiner Mutter, ihre Umarmung. Das Lachen seiner Schwester und in ihren Armen ein Kind, das seine Gesichtszüge trug. *„Ihr beide seid das Schönste, das ich in meinem Leben hervorgebracht habe, und nichts kann mir das nehmen!“* Seine Tränen der Erleichterung an der Schulter seiner Tante. *„Du trägst keine Schuld!“* Das Licht der Monde in Alias Augen in dem kurzen Moment, da er ihr Gesicht zum ersten Mal sehen durfte. Die Selbstvergessenheit, die er erlebt hatte, als er erstmals der Farbe ihrer Augen gewahr wurde. Ihre gespannte Reglosigkeit vor der Sonnenkatze. Ihre Pfeile, die nie ihr Ziel verfehlten. Ihre Stimme, wenn sie die Alte Sprache benutzte. „*Juar amazin!*" „*Anso arju!*" Ihr Körper, wenn sie sich über ihm bewegte, ihn in sich aufnahm und ihre Sinne sich vereinten einer Welle gleich. So viel Schönheit. Er hatte mit ihr so viel Schönheit gefunden.

Er sah nicht mehr ihren erstarrten Körper in dem Moment, da er sie verlassen hatte. Er hörte ihre Stimme, lauschte ihrer Klugheit, auch ihren Zweifeln an sich selbst und dem, was sie war. Aber alles, was er empfinden konnte, war ihre unglaubliche Stärke. Sie war um so vieles stärker als er und diese Stärke bezog sie so sehr aus der Liebe, die sie empfand. Nicht nur zu ihm, sondern zu ihrer Arbeit, in ihrer Hingabe an ihre Patienten und in so vielem, das sie mit ihm geteilt hatte. Die Welt der Pflanzen, die sie ihm geöffnet hatte, und die Möglichkeiten der Heilung, die so vielfältig in ihr lag. Er hätte noch so vieles von ihr zu lernen. So vieles, das sie ihn lehren könnte, wenn es nur die Realität einer Zukunft für sie beide gäbe.

Dennoch, er war ein glücklicher Mann gewesen in all der Zeit mit ihr, so beschattet sie auch durch diese Bedrohung gewesen war. Sie hatte seinem Körper ein so tiefes Verständnis entgegengebracht, auf das er nie hatte hoffen können. Sie hatte zu ihm gestanden, hatte ihn unterstützt und seine Fähigkeit auf diese, ihm noch immer rätselhafte Weise verstärkt. In ihrer Gegenwart durfte er so vieles sein. Er fühlte noch immer dieses Glück, und es schien ihn nun auszufüllen, als sei er ein Gefäß, das er damit zum Überlaufen bringen konnte. Er wollte dieses Gefühl nicht verlieren. Er konnte jetzt nicht aufgeben und sein Glück dieser Kälte preisgeben. Er konnte einfach nicht, denn lag darin nicht der Sinn, den er eben noch so vehement bezweifelt hatte?

Er fühlte in sein Band und legte in diesem Augenblick all seine demütige Dankbarkeit für die Existenz der Frau in seinem Leben in es hinein. Ja, er hatte stärkere Gefühle als seine Wut, und Alia hatte es gewusst. Sie hatte es ihm gesagt und nie daran gezweifelt. Er würde sein Leben hier verlieren, aber er würde es nicht wütend tun, sondern im Angesicht seiner Liebe, seines Glückes und der Freiheit, die er darin gefunden hatte. Niemand konnte ihm diese Gefühle nehmen. Er bündelte sie und, in einer allerletzten Geste seiner Kraft, zog er die Schlinge zu, die sein Band war.

Stille.

Sie fühlte ihren Körper wieder. Die Krämpfe waren aus ihm gewichen, aber sie konnte sich nicht bewegen. Die Stille war allumfassend und sie spürte sie in sich, wie einen wärmenden Trank. Sie spürte ihren Atem, der tief in sie eindrang, um dann wehmütig aus ihr auszutreten, als sei er ein Gast, der traurig war, wieder gehen zu müssen. Sie hatte keine Worte. Es schien, als müsse ihr Verstand einen unendlich langen Weg zurücklegen, um zu begreifen, wo die Vergangenheit endete und das Jetzt begann. Der erste Gedanke, den sie festhalten konnte, war nur ein Wort, so zart, der Wind würde es fortwehen, aber sie hielt an ihm fest, denn es schien bedeutsam.

Nur ein Wort. Kian.

Zehntes Buch

Gedankenwesen

Kapitel 51

„Heilerin!“, flüsterte eine Stimme und eine Hand legte sich an ihre Schulter. „Heilerin! Könnt Ihr mich hören?“

Alia blinzelte verwirrt um sich und ihre Augen kamen in einem Gesicht zur Ruhe, das sie kannte. „Eret!“, flüsterte sie nun und wollte sich aufsetzen, wurde jedoch sanft von ihm aufgehalten.

„Bitte bleibt liegen, Heilerin!“ Er schien sehr besorgt, aber sein Gesicht sprach dennoch von einer Erleichterung, die sie nicht vollkommen verstehen konnte.

„Was ist mit mir geschehen?“, fragte sie leise.

„Erinnert Ihr Euch nicht?“

„Nein!“ Sie griff sich an die Stirn und legte dann die Hand vor ihre Augen. „Doch!“

„Vor einigen Momenten schien es, als seien die Schmerzen plötzlich aus Eurem Körper gewichen, deshalb sprach ich Euch an!“

Alia nickte langsam. Sie erinnerte sich. Sie erinnerte sich an alles. Das Schrillen hatte sie niedergedrückt, sie gewaltsam festgehalten, aber nun war es fort. Es war fort und das konnte nur bedeuten ... Ihr Herz begann zu rasen. Sie setzte sich auf, wehrte sich gegen Erets Widerstand und sprang von der Pritsche, auf der sie gelegen hatte. Sie musste ins Freie, sie musste zu den Krankenzelten, sie hatte Arbeit zu tun, aber es wurde ihr schwarz vor den Augen und vermutlich wäre sie gestürzt, wenn Eret sie nicht aufgefangen hätte.

„Nicht so hastig!“, sprach er leise und führte sie zurück zu ihrer Bettstatt. „Es tut gut, Euch wieder auf den Beinen zu sehen, aber Ihr solltet zunächst einmal zu Euch kommen, Heilerin!“

Sie konnte die Besorgnis in seiner Stimme noch immer mehr als erahnen, sackte auf der Pritsche zusammen, überprüfte mechanisch die Position ihres Haartuches und atmete dann tief durch, ohne ihn anzusehen.

„Wie lange war ich ...?“ Aber ihr fehlten die Worte, um zu beschreiben, in welchem Zustand sie gewesen war.

„Zwei Tage! Ich werde Euch etwas zu essen und trinken bringen, wenn Ihr versprecht, hier sitzen zu bleiben!“

„Ich verspreche es!“, nickte sie, und Eret verließ das Zelt.

Zwei Tage? Zwei Tage, an deren Spanne sie sich nicht erinnerte. Und doch hatte sie während all der Zeit Kians Nähe gespürt. War er bei ihr gewesen? Seine Abwesenheit war spürbar in jedem Winkel ihres geschundenen Körpers, und ihr Herz krampfte sich zusammen. Sie hatte sich nicht von ihm verabschiedet ...

Ihr Blick fiel auf ihre Heilbeutel. Sie standen am Kopfende der Pritsche, als hätte sie jemand dort für sie bereitgestellt. Jemand, der wusste, sie würde sie brauchen, wenn das Schrillen endete. Sie beugte sich zu ihnen, strich über das abgegriffene, weiche Leder und erneut wurde ihr schwarz vor den Augen.

Sie lehnte sich nach hinten gegen die Zeltwand, winkelte die Beine vor sich an und legte den Kopf zwischen ihre Knie, um dem Schwindelgefühl entgegenzuwirken, das sie nicht verlassen wollte. Sie weinte, denn bevor sich eben ihr Blick einschränkte, hatte sie noch etwas anderes unter der Pritsche erkannt. Es waren Kians Beinschienen gewesen. Er hatte sie abgelegt und sie in seinem Zelt zurückgelassen. Sie hatte ihn nie gefragt, warum er das gewöhnlich niemals tat, und ihr Brustkorb wurde eng. Diesmal hatte er offensichtlich nicht damit gerechnet, noch einmal laufen zu müssen, wohin auch immer.

Eret kam mit einer Schale Geflügelsuppe zurück, in die er offensichtlich mehr Fleisch als Gemüse geschöpft hatte, wie sie unschwer erkennen konnte, als er sie ihr wortlos überreichte. Sie konnte darüber nur dankbar sein, denn auch wenn sie um die Heilkräfte einer guten Hühnerbrühe wusste, so war sie dennoch am Verhungern. Bei den Monden, sie war so sehr geschwächt, dabei konnte sie sich in diesem Moment keine Schwäche erlauben. Die Kämpfer würden zurückkehren und ...

Eret setzte sich neben sie und hielt einen Becher Tee bereit. Es war gut, ihn bei sich zu haben. Es beruhigte sie. Aber seine Gegenwart schien eine Bedeutung zu haben, die sie nicht verstand.

„Ihr seid nicht in den Kampf geritten?“, fragte sie und begann die Suppe zu löffeln.

Eret schüttelte still den Kopf und sah sie nicht an.

„Warum?“

Jetzt erst blickte er auf und fixierte sie in seiner peripheren Sicht. „Ich befolge den Befehl des ersten Heermeisters, hier bei Euch zu bleiben und Euch zu schützen, bis ihr erwacht!“

Alia sah ihn verstört an. Kian hatte seinem Freund befohlen, über sie zu wachen, und gleichzeitig hatte er sichergestellt, dass Eret nicht noch einmal gegen das Gleißen antreten musste. Es lag so viel Liebe in dieser Tat ...

„Heilerin! Darf ich eine Frage stellen?“

Sie erhob den Kopf und nickte einmal, sodass Eret fortfahren konnte.

„Da Ihr nun erwacht seid, bedeutet das, dass der Kampf vorüber ist?“

„Ja! Es ist vorbei!“

„Bedeutet es, dass der Feind vernichtet ist?“, fragte er mit zitternder Stimme.

Alia sah seinen unsicheren Blick und ihr wurde plötzlich klar, dass sie selbst vollkommen das Gefühl dafür verloren hatte, was es bedeutete, dass das Schrillen verstummt war. Sie hatte es so sehr an die Frage nach Kians Überleben geknüpft, dass ihr der eigentliche Sinn darin entgangen war. Der Feind war geschlagen! Und sie nickte Eret zu.

„Dann haben unsere Kämpfer gesiegt?“, fragte dieser weiter und hatte Tränen der Freude in den Augen.

Sie nickte. „Ja, sie haben gesiegt!“

Und als nächstes fand sie sich in einer Umarmung wieder, für die Eret sich im Nachhinein glaubte entschuldigen zu müssen, weil er sie so sehr damit überrumpelt hatte, aber sie hatte sie dennoch genossen. Es war pure Freude gewesen, die ihn derart handeln ließ, und für einen Moment konnte sie diese Gefühle teilen.

Niemand würde mehr sein Band an diesen Feind verlieren! Die alten Schriften über das kalte Licht sprachen von nun an tatsächlich über die Vergangenheit, und das gesamte Land war in Sicherheit! Alles, wofür Kian in den Kampf gegangen war, war Realität geworden. Und er allein war derjenige, der das zuwege gebracht hatte. Er hatte alles erreicht. Er hatte den Feind vernichtet ...

Eret hatte ihr geholfen, sich zu erheben, jedoch nicht bevor er sie dazu überredet hatte, eine weitere Schale mit Suppe zu sich zu nehmen und drei Becher Tee zu trinken. Sie hatte ihren Körper nie derart schwach erlebt und auch wenn sie es nicht vor sich zugeben mochte, sie brauchte Erets Hilfe, um geradeaus gehen zu können.

Sie fühlte sich ausgehöhlt und seltsam leer, als hätte die letzte Zeit ihr etwas genommen, dessen Verlust sie jetzt körperlich spüren konnte. Die Gestalt all der wirren Befehle, die sie durch das Schrillen erhalten hatte, klang noch immer in ihr nach, auch wenn sie sich nicht mehr an genaue Inhalte erinnerte. Das Schrillen hatte sie vollkommen ausgefüllt. Ausgefüllt mit Angst. Und zuletzt hatte es eine tödliche Form angenommen, die sich jedoch nicht gegen sie gewandt hatte.

Bislang war keiner der Kämpfer aus der Schlacht zurückgekehrt. Alia war in Erets Begleitung zu den Krankenzelten gegangen und sie hatte den Heilern nicht lange zusehen müssen, um zu wissen, dass alles bereit war. Die Heiler hatten sie mit einem Nicken gegrüßt, aber niemand hatte das Wort an sie gerichtet. Eret hatte ihre Heilbeutel getragen und sie auf einem Tisch am Zelteingang abgestellt. Sie lächelte traurig. Traurig, weil sie bemerkte, dass sie nicht mehr länger stehen konnte, und mit einem Lächeln, als sie sich auf den Tisch setzte, so wie Kian es immerzu tat. Sie blickte immer wieder unruhig nach draußen, wo Eret sich postiert hatte, um ihr unverzüglich mitteilen zu können, wenn er die Soldaten kommen sah.

In diesem Moment ließ sie auch ihre Gedanken an Kian zu. Wenn er lebte, dann würde sie sein Band spüren können. Aber sie konnte es nicht! Was bedeutete der Sieg über diesen Feind, wenn er sein Leben dabei verloren hatte? Sein Sieg, den er mit seiner eigenen Stärke errungen hatte, was bedeutete er *ihr*, wenn er nicht zu ihr zurückkommen konnte? Die Verzweiflung schien sie zu überwältigen, aber sie straffte ihren Körper und zwang sich, ihren Verstand auf die Aufgaben zu richten, die sie zu erfüllen hatte. Die Kämpfer würden kommen, und sie hätte ein Gift zu bestimmen.

„Heilerin!“, sprach Eret sie an, steckte den Kopf ins Zelt und schien ihre Tränen zu sehen, ging jedoch darüber hinweg. „Ich glaube, dort hinten kommen Reiter!“

Sofort war Alia an seiner Seite, ihr war schwindelig und sie musste sich an seiner Schulter festhalten, aber tatsächlich, dort kamen Soldaten. Sie ritten langsam, und sie konnte im Licht der beginnenden Dämmerung bereits erkennen, wer es war.

„Es ist Ana mit den Kämpfern aus Ileu und dort sind auch die Fürsten!“, sprach sie es nun aus. Sie bemerkte, dass Eret sie genau ansah und senkte kurz den Kopf. Sie hatte sich verraten. Wieder einmal. Und sie wollte nicht darüber sprechen, denn in ihrer Erinnerung war noch immer das Schrillen, das sie so sehr erkannt hatte. Als eine Untergebene, als eine Kämpferin unter vielen gegen den Feind, der Kian war ...

Sie hatte keine Zeit mehr, darüber nachzudenken, denn nun sah sie, dass der alte Fürst Ileu das Pferd seines Sohnes führte und dieser kaum noch in der Lage war, sich darauf festzuhalten. Als die Gruppe am Krankenzelt eintraf, sprang Ana umgehend von ihrem Pferd und schloss Alia fest in ihre Arme.

„Den Monden sei Dank, Ihr seid auf den Beinen! Geht es Euch gut?“

„Nein“, flüsterte Alia.

Sie konnte sich nicht dazu entschließen, ihre Hände an Anas Körper zu legen, aber diese flüsterte nur: „Ihr könnt mich berühren, Heilerin! Es macht mir nichts aus, mit Euch zu teilen!“

Alia traten Tränen in die Augen. Kians Soldaten wussten alles von ihr und keiner von ihnen hatte je ein Wort darüber verloren. Mit Erleichterung spürte sie, dass Ana unverletzt war.

„Ihr seid wohlauf!“, flüsterte sie und dann erst wurde sie gewahr, dass da noch etwas anderes war. Ana trug ein Kind. Es mochte bereits über den dritten Monat hinaus sein. Alia fühlte, wie sicher es in Anas Körper wohnte und dass es ein Mädchen war. Es war stark, und Ana hatte heute für sein Leben und seine Zukunft gekämpft. Sie nickte an Alias Schulter und dieses Nicken mochte so vieles bedeuten. Sie hielten sich noch einige Momente länger, in denen sie flüsternd die Fragen stellten und beantworteten, die ihnen am meisten am Herzen lagen.

Evan sei noch nicht zurückgekommen.

Ana hatte ihren Heermeister während des ganzen Kampfes nicht gesehen.

Sie teilten diese Informationen wie Freundinnen, die sich gegenseitig Kraft gegen die Trauer gaben, und trennten sich schließlich voneinander. Ana sah Alia einen weiteren Augenblick intensiv an, so als versuche sie etwas an ihr zu entdecken, dann wandte sie sich mit einem Nicken ab, um beim Hineintragen der Verletzten zu helfen. Es waren sechs Männer mit Verletzungen durch Pfeile, aber keiner von ihnen kehrte ohne sein Band zurück.

Aus dem Zelt hörte Alia nun aufgebrachte Stimmen und sie ging langsam hinein, nicht ohne Erets sanfte Berührung zu spüren, die ihren Gang stützte und leitete. Sie wandte sich kurz dankbar nach ihm um und versuchte ein Lächeln, das ihr zu gelingen schien, denn auch er lächelte.

„Entfernt Euch augenblicklich von meinem Sohn!", rief der alte Ileu ungehalten und machte mit einer allumfassenden Handbewegung deutlich, dass er nicht wünschte, dass jemand seinen Sohn auch nur antippte. „Was, denkt Ihr, tut Ihr hier? Stürzt Euch gemeinsam auf mein Kind, nur weil er von fürstlichem Blut ist? Kommt es Euch nicht in den Sinn, Euch zu verteilen? Dort liegen fünf verletzte Kämpfer! Ihr seid keine Heiler, wenn Ihr nicht bereit seid, jeden Menschen gleichermaßen zu behandeln!"

Alia trat neben ihn. Sie saugte seine Worte auf, die so sehr ihren eigenen Gedanken entsprachen, und fragte dann den aufgebrachten Fürst, ob er erlaube, dass sie selbst nach seinem Sohn sehe.

„Natürlich, Heilerin Alia! Ich bin glücklich, Euch derart wohlauf zu sehen!", nickte er ihr mit einem warmen Lächeln zu und berührte ihren Arm. Dann jedoch wandte er sich erneut an die Heiler und setzte seine Tirade fort.

Alia vertraute ihrem Gleichgewichtssinn noch immer nicht und bat Eret, ihr einen Stuhl zu bringen. Der junge Fürst sah sie fest an. Er hatte eine Wunde in der rechten Hälfte seiner Brust, und Alia konnte deutlich sehen, dass er sie mit der Eisenfarnpaste verschlossen hatte.

„Kann ich mir Eure Wunde ansehen, Fürst Ileu?", fragte sie ruhig und sah sein Nicken.

Sie knöpfte langsam sein Hemd auf, legte die Wunde frei und berührte dann mit ihren Fingern sanft ihre Ränder. Seine Rippen waren heil. Der Pfeil hatte sich seinen Weg zwischen ihnen hindurch gesucht, war dadurch jedoch tief eingedrungen, weil er nicht auf Widerstand gestoßen war. Das große Atemorgan des Fürsten war angeritzt, und Alia wusste, sie musste diese Stelle öffnen, um einen der Blutwege zu nähen, dessen Verschluss durch die Paste nicht mehr lange halten würde. Sein Band war geschwächt, nicht besorgniserregend, aber dieses Gift entzog sich ihrem Zugriff.

„Bin ich schwer verletzt?", flüsterte er, und Alia bemerkte verwirrt, dass er sie die ganze Zeit angestarrt hatte, und nicht nur ihre Taten, sondern sie selbst.

„Ich werde eine kleine Operation vornehmen, aber Ihr solltet nicht besorgt sein, Fürst Ileu! Zunächst würde ich gerne etwas über das Gift in Eurem Körper herausfinden!", erklärte sie ihm und wandte sich von seinem Blick ab, der nicht neugierig wirkte, sondern irritiert. So als versuche er herauszufinden, wem sie ähnlich sah. Schließlich schloss er die Augen.

Alia sah sich die Haut um die Eintrittsstelle des Pfeiles genauer an. Sie schien verbrannt. Konnte das möglich sein?

„Fürst Ileu!"

„Ja, Heilerin?" Er öffnete wieder die Augen.

„Habt Ihr gesehen, wie dieser Pfeil in Euch eindrang?" Auf sein Nicken hin fragte sie: „Hat die Spitze gebrannt?"

„Nein, aber es fühlte sich so an, Heilerin!"

Alia nickte, und als sie sah, wie der junge Fürst erneut die Augen schloss, tat sie es ihm gleich, um ihre Gabe nach Hinweisen tasten zu lassen, was dieses Gift in seinem Körper getan hatte. Einen Moment war sie orientierungslos, so als sei ihr Schwindelgefühl auch hier wirksam, aber dann gelang es ihr zu fokussieren. Die Eisenfarn-Salbe hatte den Prozess, den das Gift begonnen hatte, zum Stillstand gebracht. Das war gut, denn die Wirkung hielt viel länger an und war effektiver, als sie zu hoffen gewagt hatte, aber dort, wo das Gift im Gewebe gewirkt hatte, waren tiefe Wunden entstanden. Das war kein pflanzliches Gift! Aber auch die tierischen Gifte, die sie kannte, verursachten nicht solche Brandwunden. Am ehesten konnte man es mit der Wirkweise von Säure vergleichen, wenn sie auch keine solch starke Säure kannte und Verätzungen zudem anders aussahen. Sie würde die *noasit*-Milch daran erproben, beschloss sie, dann würde sie auch Kenntnis über ihre Wirkung gewinnen, auf die sie so neugierig gewesen war.

Sie öffnete die Augen, erhob sich schwankend und war erneut dankbar, dass Eret sie stützte. Sie entnahm die Milch der *noasit* ihren Heilbeuteln, bat Eret, ihre Beutel zur Bettstatt des Fürsten zu tragen und kehrte dann zu ihrem Patienten zurück.

Sein Vater stand neben seinem Bett und sah sie fragend an. „Ihr seid schwach, Heilerin!", bemerkte der alte Fürst besorgt.

Sie schüttelte langsam den Kopf, wandte sich dann wieder seinem Sohn zu und gab einige Tropfen der flüssigen *noasit* in die Wunde. Sie wartete einen Moment, dann legte sie ihre Fingerspitzen auf die Haut des jungen Ileu und schloss erneut die Augen. Sie konnte bereits fühlen, wie das Gewebe sich entspannte und die Blutwege zögerlich begannen, wieder Lebenssaft zu führen. Es war unglaublich, wie schnell sich diese Besserung einstellte. Aber sie würden große Mengen dieser Milch brauchen.

Sie öffnete die Augen, nickte den Fürsten zu, die sie nun beide auf diese irritierte Art ansahen. Sie hatte keine Zeit darüber nachzudenken, was diese Blicke bedeuten sollten, und rief Eret an ihre Seite. „Wisst Ihr, wie eine *noasit*-Pflanze aussieht? Man nennt sie auch Wüstendorn!"

„Nein, Heilerin! Es tut mir leid!"

„Sie wächst hier überall! Ihr müsst sie kennen!"

„Ich werde hinausgehen, Stücke von jeder Pflanze im Umkreis schneiden und sie Euch zeigen!", nickte Eret und verließ das Zelt.

Er kam jedoch umgehend zurück, da in Sichtweite lediglich eine einzige Pflanze wuchs, und Alia nickte ihm zu. „Das ist sie, Eret! Bitte geht hinaus, nehmt alle mit, die verfügbar sind, und erntet große Mengen dieser Pflanzen. Kocht sie, dann presst das entstandene Mus durch Tücher aus und gewinnt so ihre Milch! Könnt Ihr das für mich tun?"

„Natürlich, Heilerin! Aber wer wird Euch unterstützen?", fragte Eret dann und wies sie damit darauf hin, dass sie noch immer kaum alleine gehen konnte.

„Das übernehme ich, wenn Ihr erlaubt!", brummte der alte Fürst Ileu nun freundlich.

Alias Wangen färbten sich. „Ihr ehrt mich sehr, Fürst Ileu! Macht Euch keine Sorgen um mich, Eret! Wenn Ihr nur schnellstmöglich diese Milch herstellt!"

Eret nickte einmal und verschwand nach draußen. Alia atmete durch. Sie setzte die Armeeheiler davon in Kenntnis, was sie herausgefunden hatte, und stellte dabei verzagt fest, dass sie keinen von ihnen mit Namen kannte. Sie hatte keinen Kontakt zu ihnen gepflegt und nun sahen sie ihrem Tun misstrauisch zu. Sie begannen jedoch, die Pfeilwunden mit der Milch auszuwaschen, und mehr wollte Alia nicht von ihnen.

Sie wandte sich wieder an ihren Patienten. „Ich werde Euch etwas betäuben, Fürst Ileu! Dann mache ich einen kleinen Schnitt, um in Eurer Wunde eine Naht einfügen zu können ..."

„Heilerin Alia, bitte tut einfach, was nötig ist. Ich vertraue Euch. So, wie es der Heermeister tut", flüsterte der junge Fürst nun und sah sie fest an.

Alias Wangen färbten sich erneut. Warum waren diese Fürsten aus Ileu derart freundlich zu ihr? Woher konnte der junge Fürst wissen, wie nah sie Kian stand? Oder war diese Tatsache derart offensichtlich, und sie hatte nie bemerkt, wie sehr? Sie nickte ihm verwirrt zu und begann dann ihre Arbeit.

Sie ging die Betäubungsmittel durch, die sie in ihren Beuteln verwahrte, und dachte darüber nach, welches sie benutzen würde, als sie gedankenlos die Flasche mit dem Saft der *alia* in ihrer Hand schwenkte. Für einen Moment sah sie Kians Zeichnung darauf an und bemerkte dann, dass ein Gutteil ihres Inhaltes fehlte. Plötzlich fiel ihr das Atmen schwer. Hatte Kian ihr davon gegeben? Hatte er sich daran erinnert, was dieser Saft zu bewirken vermochte, und sie damit betäubt, als das Schrillen ihr mit solchen Qualen das Bewusstsein genommen hatte? Sie selbst hätte vermutlich nichts anderes getan, aber der fehlende Inhalt hätte ausgereicht, die gesamte erste Garde damit in wonnigen Schlaf zu versetzen, dachte Alia, und ihr Herz wärmte sich. Sie lächelte, obwohl ihr die Tränen brennend über die Wangen liefen. Sie wischte sie fort. Sie konnte sich ihrer Trauer noch lange genug hingeben, aber zunächst musste sie sich um diesen Patienten kümmern.

Es dämmerte bereits, als endlich eine größere Gruppe von Soldaten eintraf, und wieder war nicht ein einziger unter ihnen, dem das Band fehlte. Roan wurde hereingetragen und er schien sehr schwer verletzt. Alia war sofort an seiner Seite, woraufhin der alte Ileu ihr umgehend einen Stuhl brachte. Zuvor hatte sie die Milch der *noasit* auf verschiedene Arten ausprobiert und bemerkt, dass sie am wirksamsten war, wenn man große Mengen verwendete, um das Gift regelrecht aus den Wunden auszuschwemmen. Sie hatte dieses Wissen mit den anderen Heilern geteilt, und Eret tat draußen sein Bestes, um schnellstmöglich so viel davon zu produzieren wie nötig. Sie konnte sich auf ihn verlassen.

„Roan!", sprach sie den alten Soldaten an und spürte dabei in seinen Körper hinein. „Könnt Ihr mich hören, Roan?"

Er öffnete zögernd die Augen, lächelte sie jedoch an, als er sie erkannte, und flüsterte: „Heilerin! Gut, Euch wach und ohne Schmerzen zu sehen!"

„Habt Ihr große Schmerzen?", fragte sie nun, da sie so viel zerstörtes Gewebe in ihm spüren konnte.

Roan stöhnte. „Wenn ich ja sage, gebt Ihr mir dann wieder von Eurem Wundertrank? Wie damals in der Höhle!"

„Vielleicht diesmal etwas Stärkeres! Ich muss Euch operieren, Roan!"

„Muss ich mir Sorgen machen, Heilerin?", fragte er schwach und verzog das Gesicht im Schmerz.

„Im Moment nicht!"

„Gut!", seufzte er und schloss die Augen.

Alia ließ ihre Blicke zwischen den Soldaten schweifen. Kian war nicht unter ihnen, und erneut wurde ihr Herz schwer. Auch Evan war bislang nicht zurückgekehrt. Sie entdeckte jedoch Mino, der ihr zulächelte, um dann sofort wieder aus dem Zelt zu verschwinden. Sie sah ihm kurz nach und versuchte sich erneut zu konzentrieren. Sie bat Fürst Ileu, ihr etwas gekochtes Wasser zu bringen, und beobachtete nicht zum ersten Mal, wie unkompliziert er ihr hier zur Hand ging. Er schien es gern zu tun, und Alia bereitete alles für ihren Eingriff vor.

Ein Pfeil hatte Roans Kniegelenk durchschlagen. Eine solche Fraktur der Knochen war schwierig zusammenzufügen, sollte die Beweglichkeit erhalten bleiben, und Alia wusste, sie hatte hier eine große Aufgabe zu erfüllen, wenn sie verhindern wollte, dass das Gelenk steif blieb. Außerdem hatte Roan es in der Eile des Kampfes offensichtlich nicht geschafft, genügend Eisenfarn in die Wunde zu reiben, und so war das Gift noch immer aktiv.

Fürst Ileu kam mit dem Wasser zurück, mit dem Alia den Betäubungstrank mischte, aber bevor sie ihn an Roans Lippen führte, stellte sie die einzige Frage, die sie zu stellen hatte.

„Roan!" Er öffnete müde die Augen. „Habt Ihr den Heermeister gesehen?"

Er nickte und schloss die Augen erneut. Sollte sie seine Tränen nicht sehen?

„Er ritt mitten hinein ... hinein in das Gleißen! Er hat uns befohlen, ihm nicht zu folgen! Mino und ich haben versucht, ihm die Bogenschützen vom Leib zu halten, aber er war verletzt, als ich ihn in dem Licht verschwinden sah ... Und sein Pferd war es auch!", flüsterte Roan und nahm Alias Hand.

Sie starrte ihn an, aber fand keine Tränen, obwohl alles in ihr wisperte, sie hätte ihn verloren. Sie würde nie mehr das Mondlicht auf seinem Körper spielen sehen. Nie mehr.

Der alte Soldat berührte flüchtig ihre Wange, dann schien er das Bewusstsein zu verlieren und sein Anblick brachte sie ins Jetzt zurück. Nein, sie würde jetzt nicht in Traurigkeit vergehen, dachte sie stur. Sie wusste nicht, was mit Kian geschehen war, und solange das so war, lag alles im Bereich des Möglichen. Sein Tod ebenso wie sein Überleben.

„Roan, bleibt noch einen Moment wach und trinkt das!", flüsterte Alia nun, führte den Trank zu seinen Lippen und er schluckte ihn mit einem Nicken.

Bevor er jedoch in den Betäubungsschlaf glitt, öffnete er noch einmal die Augen, lächelte sie an und flüsterte: „Eure Ohren sind wunderschön, Heilerin! Ihr solltet sie nicht mehr verstecken!" Dann verlor er das Bewusstsein.

Alia griff hastig nach ihrem Tuch, nur um festzustellen, dass es nicht im Geringsten verrutscht war. Sie starrte ihn an. Wie konnte er wissen, welcher Gestalt ihre Ohren waren? Er hatte sie ganz sicher nie gesehen! Sie blickte scheu um sich, die periphere Sicht benutzend und atmete flach. Niemand hatte Roans Worte vernommen, stellte sie erleichtert fest. Dann jedoch rief sie sich zur Vernunft. Bei den Monden, sie hatte anderes zu tun, als sich darüber zu sorgen, warum alle hier sie merkwürdig anzusehen schienen.

Sie arbeitete wie in Trance und es gelang ihr tatsächlich, alles um sich herum auszublenden, während sie Roans Knie operierte. Der alte Fürst Ileu assistierte ihr, und sie arbeiteten schweigend nebeneinander. Roans Kniescheibe glich einem Puzzle, das Alia nur schwer zusammenfügen konnte, aber schließlich gelang es ihr und sie konnte beginnen, den Schnitt zu nähen, den sie angebracht hatte. Danach fixierte sie das Bein mit einer Schiene und atmete durch.

Noch immer gab es Bereiche in Roans Bein, in denen das Gift wirksam war, stellte sie nun beunruhigt fest. Es waren Stellen, die ihre Spülung mit der Milch der *noasit* nicht hatte erreichen können. Beherzt nahm sie die Flasche zur Hand und gab Roan davon zu trinken, indem sie ihm die Nase zuhielt und seinen betäubten Gaumen zum Schlucken brachte. Sie hatte keine andere Idee und hoffte inständig, die Blutwege würden den Wirkstoff hin zu diesen vergifteten Stellen transportieren. Sie ließ einige Momente verstreichen, dann legte sie ihre Finger sanft an sein Bein. Fürst Ileu hatte sich neugierig zu ihr hinuntergebeugt, und Alia konnte nach einer Weile nur nicken. „Es wirkt!“, sagte sie ruhig.

„Ihr seid womöglich ein Genie, Heilerin Alia!“, lächelte der Fürst.

Die Erinnerung an Kian, der einmal genau dasselbe über sie gesagt hatte, versetzte ihr einen Stich, sie schüttelte lediglich still den Kopf und spürte erneut ihre Wangen heiß werden. Dann erhob sie sich, stellte fest, dass das Schwindelgefühl sie nicht mehr zu sehr beeinträchtigte und wollte sich gerade bei Fürst Ileu bedanken und ihn loben, als sie es spürte.

Augenblicklich schloss sie die Augen. Sie fühlte Tränen in ihnen, aber umso deutlicher das, was sich zärtlich an ihre Haut schmiegte. Es war Kians Band. Es war schwach, aber es schien ihr zuzuflüstern, dass er noch immer mit ihr in dieser Welt war. Sie spürte es nur einen winzigen Augenblick, dann brach es abrupt ab, aber es war ihr Beweis genug. Kian lebte.

Sie musste hinaus. Bei den zwei Monden, sie hatte ihm versprochen, dass sie ihn finden würde, und sie wollte dieses Versprechen halten, mehr als alles andere auf der Welt. Sie ließ ihren Blick über die Verletzten wandern. Die Heiler der Armee kamen mithilfe der *noasit*-Milch gut dabei zurecht, die Pfeilwunden zu behandeln, und sie konnte keine Verletzung sehen, die ihr besonderes Geschick verlangt hätte. Sie instruierte einen der Heiler, welche Schmerzmittel er Roan verabreichen sollte, wenn sie nicht rechtzeitig zurückkehren sollte. Außerdem wies sie die Heiler nun an, jedem durch einen Pfeil Verwundeten einen Schluck der *noasit*-Milch zu trinken zu geben und wandte sich dann Fürst Ileu zu.

„Ich danke Euch sehr, Fürst Ileu! Ihr habt mir sehr geholfen!“

„Es war mir eine große Ehre, Heilerin Alia!“

Alia senkte tief den Kopf vor ihm, aber der Fürst nahm ihr Kinn zwischen seine Finger, hob es an und lächelte. „Versteckt Euch nicht, Heilerin! Ihr habt hier soeben vieles vollbracht, obwohl Ihr nicht wohl seid, und wir alle heute Morgen noch Grund hatten, an Eurem Überleben zu zweifeln!“, sprach er ernst und lächelte dann breiter. „Und nun geht, Heilerin!“

„Ich …“, begann Alia, aber der Fürst schüttelte den Kopf.

„Geht und bringt ihn uns lebend zurück! Er hat über Euch gewacht, während Ihr krank wart! Nun geht, ihn zu bewahren!“

Alia sah ihn erschüttert an, dann nickte sie, griff nach ihren Heilbeuteln, verstaute einige Flaschen der *noasit*-Milch darin, die Eret begonnen hatte auf dem Tisch am Zelteingang bereitzustellen, und wollte sich schon umdrehen, als ihr ein wichtiger Gedanke in den Kopf kam. Augenblicklich schalt sie sich dafür, nicht eher daran gedacht zu haben, und sie wandte sich erneut an die Heiler und bat sie, die Arbeit mit der *noasit*-Milch auch an den verletzten Pferden durchzuführen, die mit ihren Reitern zurückkehrten. Sie sah Empörung in ihren Gesichtern, aber nur einer von ihnen kleidete sie in Worte.

„Wir behandeln keine Tiere!“

Sie starrte mit kaltem Blick in die Runde und wandte sich dann wütend ab. Sie behandelten keine Tiere, keine Inzani ... als sei das Leben nicht in allem Lebenden von gleichem Wert! Ihr fehlte die Zeit, sich jetzt mit diesen Heilern zu streiten, aber sie würde es nachholen, das schwor sie sich nun.

Sie verließ schnell das Zelt, nur um sofort mit ihren Blicken nach Ana zu suchen, und sie entdeckte sie am Feuer, wo sie neben Eret *noasit*-Pflanzen in großen Töpfen kochte.

„Heilerin, ist etwas nicht in Ordnung?“, rief Eret ihr besorgt entgegen.

„Nein, Eret!“, erwiderte sie augenblicklich und ließ dann ihren Blick schweifen, was sie umgehend beruhigte. „Ihr leistet wundervolle Arbeit!“

„Danke, Heilerin, aber während wir hier rühren, habt Ihr vermutlich vielen das Leben gerettet! Ihr seid es, die wundervolle Arbeit leistet!“

Alia hielt Erets Blick und nickte lediglich. Die Stimmung um sie herum erschien gedrückt. Nicht so, als hätte man gerade eben einen scheinbar unschlagbaren Feind vernichtet. Alle hier arbeiteten an irgendetwas mit, halfen sich gegenseitig und unterstützten die Arbeiten rund um die Ernte der *noasit*. Dies war nicht die Zeit zu feiern. Sie alle wussten nicht, was dieser Sieg tatsächlich wert war und wie groß die Zahl der Opfer sein würde.

„Eret, könntet Ihr dafür sorgen, dass einige Eurer Helfer damit beginnen, verletzten Pferden mit dieser Milch ihre Wunden auszuspülen? Sie sollen ihnen auch etwas davon in ihr Trinkwasser mischen! Jedes Pferd, das verwundet zurückkehrt, soll auf diese Weise behandelt werden!"

„Selbstverständlich, Heilerin Alia!", nickte Eret sofort.

Er rief einen Soldaten zu sich, dem sie selbst vor kurzer Zeit noch eine Wunde am Oberarm genäht hatte. Eret würde ihren Auftrag erfüllen, so wie er alle Aufträge, die dieser Feldzug bisher an ihn stellte, ausgeführt hatte. Auch den, nicht zu kämpfen. Nun, dachte Alia zufrieden, half er vielen zu überleben. Eine Welle des Schwindelgefühls fuhr erneut durch ihren Körper und sie schloss kurz die Augen.

Ana trat besorgt neben sie und legte einen Arm um ihre Taille. „Ihr seht nicht wohl aus, Heilerin! Soll ich Euch zurück ins Zelt begleiten?"

„Würdet Ihr mich auch an einen anderen Ort begleiten?", fragte Alia sie und sah ihr in die Augen.

„Ich begleite Euch bis ans Ende dieser Welt, wenn Ihr es wünscht!", seufzte sie überzeugt und auf eine seltsame Art erleichtert, dann jedoch sah sie Alia noch einmal kritisch an. „Dort drüben bekommt Ihr eine warme Abendmahlzeit! Esst, solange ich unsere Pferde hole! Tut Ihr das für mich?"

Alia nickte dankbar, und als Ana sich umdrehte und in Richtung der Gatter fortging, hörte Alia sie leise flüstern: *„Evan, halte durch! Bitte bleibe am Leben, bis ich da bin!"* Und genau dasselbe wollte Alia auch Kian zuflüstern: *„Lebe!"*

Kapitel 52

Sie ritten in die Wüste hinaus und trieben ihre Pferde mit Nachdruck an. Es war eine schwarze Neumondnacht, in der selbst Alia nicht viel zu erkennen vermochte. Die Bewegungen ihres Hengstes machten sie erneut schwindelig und das wenige Essen, das sie zu sich genommen hatte, schien sich seinen Weg wieder hinaus suchen zu wollen. Sie schluckte Galle und versuchte sich zu konzentrieren. Kians Band war unendlich schwach zu ihr gedrungen, und sie wollte es nicht versäumen, sollte es erneut seinen Weg zu ihr finden. Sie beschwor ihn innerlich, es ihr noch einmal zu senden, denn sie wusste nicht, wohin sie eigentlich reiten sollten.

„Tavos Soldaten berichteten, der Heermeister sei direkt in das Gleißen geritten, Heilerin! Wir sollten dort unsere Suche beginnen!", unterbrach Ana jedoch ihre Zweifel, und Alia sah sie dankbar an.

Eine Weile blickte sie hoch zu den Abermillionen Sternen am schwarzen Nachthimmel, dann wandte sie sich erneut an Ana. „Weiß Evan, dass Ihr ein Kind erwartet?"

„Ich wusste, Ihr würdet es spüren!" Ana lächelte sie an und es schien sie nicht zu stören, welches Wissen Alia mit ihr teilte, im Gegenteil, sie war offensichtlich froh, endlich darüber sprechen zu dürfen und sie schüttelte energisch den Kopf. „Er hätte mir niemals erlaubt in diese Schlacht zu gehen, wenn er es gewusst hätte! Er hätte nicht verstanden, warum ich kämpfen wollte!"

Alia sah sie intensiv an. *Sie* konnte verstehen, worum es Ana in diesem Kampf gegangen war, und sie nickte ihr fest zu. Auch Ana nickte. Alia sah plötzlich Tränen in ihren Augen und wandte den Blick in die Wüste. Sie wollte ihr diesen Moment nicht noch schwerer machen, denn sie ahnte, dass Tränen etwas waren, was die Soldatin nicht gerne zuließ, geschweige denn teilte. Dann jedoch kniff sie die Augen zusammen. Waren das Reiter dort am Horizont? Sie ließ einige Momente verstreichen, bis sie es ganz sicher sehen konnte, und dann zeigte sie vor sich. „Dort!"

„Seht Ihr Soldaten?", fragte Ana zweifelnd.

Alia nickte und trieb ihr Pferd hart an. Ana war dicht neben ihr, und bald hatte sie Gewissheit darüber, wer diese Reiter waren. Sie erkannte Hauptmann Lin und seine Soldaten, die Fürsten Trang und Side sowie ...

Ihr Herz machte einen Sprung. „Es ist Evan! Ana, seht!"

Ana entwich ein Aufschrei, dann rief sie: „Ich sehe nichts, aber ich weiß, Ihr könnt es!", und sie ließ ihrem Pferd freien Lauf.

Alia blieb ein Stück hinter ihr zurück, und als sie die Reiter erreichten, sah sie, wie Ana im selben Moment wie Evan vom Pferd sprang. Sie sah, wie sie aufeinander zurannten und sich auf halbem Wege in einer Umarmung fanden, die die ganze Welt in ihrem Glück mit einbezog und doch nur ihnen beiden zu gehören schien. Sie flüsterten sich Worte zu, die Alia verstand und die in ihr nachklangen, als seien sie Musik. Wie die Melodie unendlicher Freude und des Glückes, und eine unfassbare Sehnsucht überkam sie, in diese Melodie mit ihrer eigenen Stimme einzustimmen. Sie öffnete all ihre Sinne, aber Kians Band war nirgends zu spüren. Seine Abwesenheit war vollkommen, so als fehle ihr ein Teil ihrer Selbst.

Sie atmete tief durch, ritt dann zu Hauptmann Lin, der eine Verletzung am Arm zu haben schien, und fragte nach weiteren Verletzten. Auch er freute sich, sie wohlauf zu sehen, und Alia begriff dankbar, wie sehr so viele ihrer Reisegefährten an ihrem Schicksal teilgenommen hatten, während sie ohne Bewusstsein gewesen war, aber auch Lin schien sie intensiv zu betrachten.

Sie stieg schnell vom Pferd, wusch Lins Pfeilwunde aus, tat dann dasselbe mit einer Wunde in Fürst Trangs Unterschenkel sowie mit den Verletzungen aller anderen Kämpfer. Sie hinterließ eine Flasche der *noasit*-Milch mit der Bitte, jeder Verwundete möge etwas davon trinken. Es war keine komplizierte Verletzung darunter, aber sie bat trotzdem jeden, sich sofort in die Krankenzelte zu begeben, wenn sie das Lager erreichten, und blickte sich dann um. Zwei Soldaten hatten ihr Leben verloren, weil die Pfeile sie nah ihres Herzens getroffen hatten, aber auch in dieser Gruppe von Kämpfern hatte niemand mit seinem Band bezahlt.

Ana war bald wieder an ihrer Seite. „Habt Ihr Heermeister Dogul gesehen, Hauptmann Lin?", fragte sie, aber er schüttelte nur den Kopf.

„Ich werde noch einmal hinausreiten, um nach weiteren Verletzten zu suchen!", informierte Evan den Hauptmann.

„Ich begleite Euch!", erklärte Fürst Side nun.

Lin teilte ihnen weitere fünf Soldaten zu und in aller Eile verabschiedete sich die Gruppe und ritt in die Dunkelheit hinaus.

Ana bestieg ihr Pferd, nickte Alia auffordernd zu und bald galoppierten auch sie wieder nebeneinander. Alia war übel. Sie hatte die Blicke aller auf sich lasten gespürt, und sie konnte die Ungewissheit nicht mehr ertragen, die sie in ihr auslösten.

„Ana...", begann sie unsicher.

„Ich weiß, was Ihr fragen wollt, Heilerin! Ja, dort draußen sind Wesen, die Euch sehr ähnlich sind!" Sie sah Alia kurz an.

„Sie sind wie ich?", fragte sie nun mit erstickter Stimme.

„Bei den Monden, nein! Ihr gehört vielleicht zu ihrer Art, aber Ihr seid nicht wie sie! Diese Bogenschützen waren wild und nackt wie Tiere! Und sie sind feige geflohen, als das Gleißen verlosch!"

Alia war zutiefst verwirrt. „Haben alle diese Wesen gesehen?", fragte sie leise.

Ana nickte zaghaft. „Sie waren überall!"

Alia schloss für einen Moment die Augen. Woher wollte Ana so sicher wissen, dass sie nicht wild war? Dass sie kein Tier war? Der Feind hatte in ihrem Kopf zu ihnen allen gesprochen, nicht nur zu ihr. Er hatte ihnen allen befohlen, zu schießen, zu töten ... Ihnen allen. Alia war wie sie. Sie war eine von ihnen.

Er konnte sich nicht mehr bewegen. Er erinnerte sich, dass er versucht hatte, von hier fortzukriechen. Er hatte es unendlich lange versucht. Er wollte zu ihr, aber die Kraft hatte ihn verlassen. Jetzt lag er flach auf seinem Rücken und wenn er die Augen öffnete, konnte er die Sterne sehen. Eine Sternschnuppe fiel zum Horizont, und er lächelte.

Er hatte keine Wünsche mehr. Er hatte vollbracht, wofür er hierhergekommen war. Seine Aufgabe war erfüllt. Er konnte nicht begreifen, warum er noch immer zu leben schien, aber vielleicht sah man auch nach dem Tod noch Sterne? Alia würde es wissen. Sie würde wissen, ob er lebte. Er würde sie so gerne spüren. Wenn sie hier wäre, dann fiele es ihm vielleicht leichter, sich von den Sternen zu verabschieden. Vielleicht fiele es ihm auch leichter, aus dieser Welt zu gehen. Er musste sie noch einmal rufen, aber dafür musste er das Feuer des Schmerzes in seiner Schulter durchleiden. Noch ein Mal. Nur noch ein Mal.

Alia schloss die Augen, als Kians Band zu ihr drang, und ihr Herz wurde eng. Sie konnte darin förmlich spüren, wie seine Kraft verebbte. Wie sein Leben zu Ende ging. Und sie wollte ihn anschreien, er solle sein Band wieder zu sich nehmen und es verwahren. Der winzigste Augenblick, in dem sie es gespürt hatte, hatte ausgereicht, um ihr zu sagen, dass er nicht weit von ihr entfernt war. Sie hatte die Richtung erkannt, zeigte sie Ana mit einer Handbewegung und trieb ihren Hengst noch einmal scharf an. Er galoppierte wie der Wind, aber er war doch zu langsam. Er war langsamer als sie.

„Ana, ich bitte Euch, vergesst, was Ihr jetzt seht!“, raunte sie ihrer Begleiterin flehend zu, sprang mit ihren Heilbeuteln vom Pferd und ließ ihre Bewegungen frei.

Kian hatte sie so sehen wollen! Er würde sie in diesem Moment staunend und voller Bewunderung betrachten. Sie wusste das, aber sie war unendlich dankbar für die Dunkelheit des Neumondes, denn so würde Ana sie zumindest nicht lange mit ihrem Blick verfolgen können. Es war einerlei, wenn sie nur zu Kian gelangte, bevor er ... Sie konnte diesen Gedanken nicht beenden, sie wollte ihn nicht beenden, denn sie glaubte noch immer an ihn. Sie glaubte an die Stärke seines Bandes. Er hatte schon einmal eine schwere Verletzung durch die Kraft seiner Fähigkeiten überlebt und er würde es wieder können.

Sie sah ihn, lange bevor jeder Mensch es gekonnt hätte. Sie sah die Wesen, die um ihn herum kauerten. Behaarte Rücken, spitze Ohren, so wie ihre. Es war die Wahrheit, der irrsinnige Patient im

Krankentrakt des Königspalastes hatte sie gesehen und sich erinnert. Er hatte sich vermutlich an das Letzte erinnert, das sein wacher Verstand begriffen hatte. Die letzte Vision seines Grauens an diesem Ort. Und sie hörte sie sprechen. Nicht mit ihren Ohren. Sie hörte sie in ihrem Kopf. Aber sie wollte ihre Worte nicht verstehen. Alles in ihrem Kopf schrie, sie sollten ihm nichts tun, und zum ersten Mal in ihrem Leben knurrte sie, so laut sie konnte, und schrie: *Fasst ihn nicht an!* Sie benutzte nicht ihre Stimme. Sie schrie in ihrem Kopf. Die drei Wesen blickten auf, stoben auseinander, kauerten sich jedoch in nächster Nähe erneut hin und verschmolzen mit der Dunkelheit.

Alia erreichte Kian. Sie ließ sich neben ihn auf die Knie fallen, legte ihre Hand an seine Wange und sah ihn an. Einer seiner Oberschenkel war verwundet, aber die viel größere Verletzung fand sie an seiner Schulter. Das Gift fraß sich darin ungehindert fort, und sie schluckte ihre Tränen herunter. Er musste unsagbare Schmerzen haben. Sein Band war sicher, aber sie konnte es kaum noch spüren.

Ana sprang hinter ihr vom Pferd und kniete sich dann neben sie in den Sand. Alia spürte ihre Hand auf ihrer Schulter, so als wolle sie ihr Kraft geben.

„Lebt der Heermeister?", flüsterte sie nah an ihrem Ohr, und Alia nickte.

Sie beugte sich zu ihm hinunter und küsste seinen Mund. In ihrer peripheren Sicht sah sie Anas wissendes Lächeln und dachte, Ana sollte es sehen, sie sollte es wissen, alle sollten es wissen, denn sie würde nie mehr ihre Gefühle für Kian verbergen.

Sie nahm eine Flasche mit *noasit*-Milch aus ihrem Beutel und flüsterte: „Kian! Kannst du mich hören?"

Sie wartete, wartete scheinbar unendlich lange auf eine Reaktion von ihm, aber als er dann zögernd die Augen aufschlug, lächelte sie. Wenn er sein Band derart streng verwahrte, war seine Verwirrtheit im Grunde alles, was sie erwartete anzutreffen, und doch fand er nun sogar für einen Augenblick ihre Augen mit seinen. Es war, als sei alles um sie herum, alles, was geschehen war, alles, was sie erlitten hatten, plötzlich nicht mehr wichtig.

„Du bist hier!", flüsterte er.

Sie sah das Glück in seinen Augen und spürte ihr eigenes wie eine Blüte aufblühen. „Ich habe dir gesagt, ich würde dich finden, Kian! Hast du daran gezweifelt?“, antwortete sie ihm ruhig und ließ ihn von der Milch trinken.

Das Schlucken schien ihm unendlich schwer zu fallen, aber es gelang ihm dennoch.

„Ich habe an *mir* gezweifelt! Ich konnte ... dich nicht rufen ...“ Er brach ab, aber sie konnte sehen, dass er darum kämpfte, bei Bewusstsein zu bleiben. Er sah sie noch einmal an und hauchte dann: „Du hast keine Schmerzen mehr!“

„Nein! Und das hast du vollbracht! Du hast das Gleißen zum Schweigen gebracht, Kian! Du hast gesiegt!“, antwortete sie ihm und er antwortete mit seinem Lächeln.

Als sie begann seine Wunden auszuwaschen, stöhnte er mit schmerzverzerrtem Gesicht auf, bevor er in die Ohnmacht glitt. Sein Band wurde nicht stärker, dabei spürte sie, dass die *noasit* in seinem Körper bereits wirkte. Er verwahrte es noch immer in seinem Kopf und das schien ihn viel Kraft zu kosten. Zu viel. Sie nahm den Saft der *munkand*-Blüte aus ihrem Beutel. Sie würde ihn damit betäuben, sodass er sein Band freilassen konnte, aber diesmal sprach sie ihn vergebens an.

„Kian! Bleib bei mir!“, flüsterte sie schließlich, spürte, wie Ana ihren Griff um ihre Schulter verstärkte.

Alia zwang ihn zu schlucken und streichelte sein Haar, sein Gesicht, sie küsste seine Wangen, die Hand seines unverletzten Armes und wartete. Jetzt lauschte sie auch den Worten in ihrem Kopf, die sie die ganze vorige Zeit weggeschoben hatte.

Sie ist unsere Tochter. Seht, sie küsst das halbe Wesen.

Es waren Worte, deren Sprache sie nicht kannte und dennoch konnte sie sie verstehen. *Er ist nicht halb!*, dachte sie trotzig in die Dunkelheit.

Der Eine *kam als mächtiges, fremdes Wesen. Die Lichter haben es durchtrennt, und er hat sie alle dafür getötet. Er hat uns bewahrt, aber er blieb ohne Beine. Sie blieb ohne Augen. Er ist der* Eine, *aber er ist nur ein halber Gefährte für dich, Tochter! Und du hast dich ihm geschenkt?*

Alia starrte in die Dunkelheit, dann strich sie über Kians Wange und sah in sein Gesicht. *Er* war ihr Geschenk. Das größte Geschenk, das ihr im Leben zuteil geworden war. Diese Wesen sahen nur sein Band, nicht den wundervollen, stolzen Mann, der er war. Sein Band, das seine Beine nicht durchdrang und das jetzt so schwach war, aber Alia wollte nicht aufhören daran zu glauben, dass er wieder dieser Mann sein konnte, wenn seine Verletzungen geheilt waren.

Sie spürte, wie das verbrannte Gewebe in seinen Wunden sich erholte. Sein Schulterblatt war durchschlagen, aber das war kein Grund zu sterben. Sie würde einen Schnitt machen, es zusammenfügen, es richten und die Wunde dann nähen, so wie sie auch die Verletzung an seinem Bein mit einer Naht schließen würde, wenn er wieder etwas zu Kräften gekommen war. Sie durfte seinen Körper jetzt nicht noch mehr schwächen, indem sie ihn behandelte oder gar ins Lager transportierte. Sie verschloss seine Wunden noch einmal mit der Paste der Eisenfarnwurzel, aber das alles nutzte nichts. Sein Band wurde nicht stärker. Warum? Es war, als hätte er all seine Kraft an diesen Feind verloren und dennoch gesiegt. Was hatte das Gleißen ihm nur angetan?

Er stirbt!, dachte sie und wunderte sich über die Ruhe, die sie trotz dieses Gedankens empfand. Sie würde später trauern, nicht jetzt, denn noch war er bei ihr.

Wir haben ihn verletzt. Die Lichter haben uns gezwungen. Wir wussten nicht, wer er war. Der Eine. *Du musst ihm von deiner Kraft geben, dann kann er leben.*

Aber wie kann ich das tun?

Du weißt es nicht? Du tust es die ganze Zeit und weißt es nicht? Du bist unsere Tochter!

Was kann ich tun, damit er lebt?, schrie sie diesen Wesen noch einmal stumm entgegen, weil sie spürte, wie Kians Kraft verging. Mit jedem Atemzug schien er sich mehr von ihr und dieser Welt zu entfernen.

Teile mit ihm. Deine Gefühle. Deine Kraft. Deine Erinnerungen. Deine Nähe. Halte ihn hier.

Alias Tränen rannen nun in scheinbar endlosen Strömen, aber die stummen Worte dieser Wesen gaben ihr auf eine seltsame Art

Kraft. Sie hatten sie ihre Tochter genannt. Sie war niemals jemandes Tochter gewesen ...

Sie blickte sich langsam um und nahm zu viel auf einmal wahr. Kians Körper hatte eine Spur im Sand hinterlassen und sie begriff traurig, dass er es lediglich geschafft hatte etwa fünf Körperlängen weit zu kriechen, bevor er hier zusammengebrochen war. Sein Ausgangspunkt jedoch war eine Fläche inmitten des Sandes, die voll stand mit Pflanzen, die gerade ihre ersten Blätter in den Nachthimmel streckten. Mittagsblumen, *noasit*, Agaven und Kakteen aller Arten wuchsen dort, als hätte sie eine wundersame Kraft gerade eben ausgesät. Als hätte etwas ihnen die Kraft gegeben, hier zu gedeihen. Ihr Hengst graste dort zufrieden und zahlreiche Nachtfalter umflatterten ihn. Es war wunderschön.

Sie sah Ana an, nickte ihr zu und flüsterte: „Ich wache hier bei ihm!"

„Und ich wache über Euch!", antwortete Ana und lächelte. Auch ihre Wangen waren feucht von Tränen und sie zog sich ein Stück weit von ihnen zurück.

Alia legte sich neben Kians unverletzte rechte Seite in den Sand, schmiegte sich dicht an ihn, sodass er ihren Körper spüren konnte, und sie den seinen. Sie bettete ihren Kopf so, dass ihre Wangen sich berührten und sie ihren Blick in die Sterne richten konnte. Es war eine solche Wohltat, ihn spüren zu dürfen. Sie war bei ihm. Sie nahm seine Hand, schloss die Augen und begann zu flüstern. Er selbst hatte sie einmal darum gebeten, zu ihm zu sprechen, während er sich in eine geistige Übung versenkt hatte. Ihre Worte würden ihn in der Realität halten, hatte er gesagt und nichts anderes war es, was sie auch den Worten dieser Wesen entnommen hatte.

Und so flüsterte sie ihm ihre Geschichte zu. : Ihre gemeinsame Geschichte, deren Anfang von so vielen Vorbehalten und Missverständnissen geprägt war, so vielen Zweifeln. Sie begann damit, wie er ihr Leben gerettet hatte, und beschloss in diesem Augenblick, dass sie damit enden würde, seines zu bewahren. *„Du wirst leben!"*, das waren ihre geflüsterten Worte.

Alia war bei ihm. Er war nicht mehr allein. Er konnte ihren Körper an seinem spüren. Er lauschte. Ihrem Herzschlag, ihrem Atem, ihrer Stimme. Sie flüsterte Worte, aber er konnte keines davon lange genug behalten, um zu verstehen. Die Kälte war wie ein Abgrund. Er wollte hineinsehen, wollte endlich loslassen und hineinstürzen, aber da war wieder der Klang ihrer Stimme. Er lauschte. Sie war so nah. Ihre Brührungen so sanft. Ihr Kuss so zart. Die Kälte hielt ihn fest. Sie zog ihn zum Abgrund, aber er konnte Alia nicht noch einmal verlassen. Wie hatte er nur denken können, es wäre leichter zu gehen, wenn sie bei ihm wäre. Das war es nicht! Es war zu schwer. Er konnte mit ihr ebenso wenig sterben, wie er ohne sie leben konnte. Er konnte sich nicht bewegen, aber er hielt an ihr fest. An ihrem Atem, ihren Berührungen. Er lauschte.

Die Sonne sandte bereits ihre ersten Strahlen zu ihnen, als Alia die Augen öffnete. Sie hatte nicht geschlafen. Nicht einen Augenblick hatte sie den Strom ihrer Worte abreißen lassen und mehr als einmal hatte sie darüber nachgedacht, wie sehr sich ihre Geschichte im Grunde immerzu auf den gestrigen Tag zubewegt hatte, der alles entschieden hatte.

Die, die sie Tochter genannt hatten, waren schon vor Morgengrauen aufgebrochen. Sie waren in südlicher Richtung verschwunden. Alia hatte sie gehört und nach dem Verbleib von Kians Stute gefragt: *Ist sie tot?*

Sein Tier lebt. Wir bewahren es für ihn, Tochter. Komm zu uns, um es zu holen.

Das kann ich nicht!

Komm zu uns, wenn wir dich rufen. Zeit spielt keine Rolle. Wir müssen viele begraben, die gegangen sind. Aber du bist ein Teil von uns.

Sie hatte diesen Worten lange nachgespürt, und sie hatten sie mit Ruhe erfüllt, nachdem sie ihrer Verzweiflung während der Nacht freien Lauf gelassen hatte. Kian von ihren Gefühlen zu erzählen, sie selbst noch einmal zu erleben, war unendlich schwierig gewesen, denn immer hatte sie dabei seinen Körper berührt und gespürt, wie das Leben darin versiegte. Dennoch, sein Tod war noch nicht entschieden, und sie hatte es fertiggebracht, die ganze Nacht ihre Geschichte mit ihm zu teilen. Auf eine seltsame Art hatte sie das Gefühl, sie erinnerten sich gemeinsam, dieses eine Mal.

Die Trauer hatte sie nahezu erstickt. Ihre Tränen flossen einer Flut gleich, als sie Kian von der Blüte der *munkand* erzählt hatte, aber sie hielt an ihren geflüsterten Worten fest. Sie ließ sie zu einem festen Gerüst werden, das sie zusammenhielt, denn sie hatte das Gefühl, sie könnte tatsächlich zerbrechen. Als ob ihre Trauer immerfort anschwellen würde, um ihr Herz und ihren Verstand zu sprengen.

Wie konnte sie all die schönen Erinnerungen an ihn ertragen, wenn er nicht bei ihr sein würde, um weitere hinzuzufügen? Sie hatte in ihrem Leben so wenig Freude erlebt und in den Momenten ihres größten Glücks war es immer er, der an ihrer Seite gewesen war. Er war ihre schönste Erinnerung, und sie konnte den Gedanken an eine Zukunft nicht ertragen, in der er nicht mehr für sie sein konnte, als das.

Sie hatte Kian von ihrem Gespräch in der Herberge erzählt, aber alles was sie nun darin fand, waren Zweifel, weil sie ihm dort nichts über sein Band enthüllt hatte, obwohl sie längst um seine Fähigkeiten gewusst hatte. Wäre seine gestrige Schlacht anders verlaufen, wenn er früher hätte begreifen können, zu was sein Band ihn befähigte? Sie wusste es nicht.

Und da war so vieles mehr, das ihre Tränen nicht hatte enden lassen. Die Momente, in denen sie sich zum ersten Mal angesehen hatten. Ihre gemeinsame Jagd, ihre Gefühle für ihn, als er zum ersten Mal ihr Schwert geführt hatte, die Sonnenkatze bei den Sumpflilien ... all das erfüllte sie mit so großer Dankbarkeit und einer Sehnsucht, die in ihr brannte wie ein Feuer, denn er hatte ihre Andersartigkeit immer gesehen, immer, und ihr dennoch seine Liebe geschenkt. Dieses Glück zu verlieren war unvorstellbar.

Sie hatte ihm in der Nacht von all ihren Gefühlen gesprochen, nicht nur von Liebe. Ihre anfängliche Furcht vor ihm und seiner Neigung zu Wut und Gewalt. Der Schrecken, den sie erlebt hatte, als sie ihn hatte kämpfen und töten sehen. Ihre eigenen Gefühle der Minderwertigkeit seiner hohen Geburt gegenüber. Ihre Trauer um ihn, als sie mit ansehen musste, wie sein Vater ihn übergangen und beleidigt hatte. Ihre Bewunderung für seinen Stolz, als er vor dem König kniete. Ihre Liebe zu seiner Bescheidenheit, die sich immer dann am Deutlichsten zeigte, wenn ihm die größte Ehre erwiesen wurde. Und schließlich ihr Glück darüber, dass er so vieles zu geben hatte, obwohl er so oft mit Füßen getreten worden war. Sie fühlte mit ihm und sie wünschte, sie könne seinen Mut teilen. Den Mut, mit dem er sein Leben lebte, auch wenn es ihr wehtat, dass er so sehr verletzt wurde, wieder und wieder. Ein Teil von ihr konnte verstehen, wenn er jetzt aufgab zu kämpfen, um Freiheit im Tod zu finden.

Dennoch, sie wollte mit aller Macht etwas gegen seine uralte Trauer setzen und so hatte sie ihm den Mann beschrieben, der er für sie geworden war, denn sie wusste, er konnte sich nicht immer als der sehen, der er war. Er war mit Sicherheit nicht halb, und sie schon seit so langer Zeit ein Teil von ihm. Sie bat ihn darum, so viel von ihr zu nehmen, wie er brauchte, um zu leben, und sie spürte sein Band gegen Morgengrauen zaghaft stärker werden, so als müsse er etwas überwinden, das ihn nahe dem Tod hielt. Sie spürte es zitternd in seinem Körper tasten, als suche es nach dem Schmerz. Er war schon viel zu lange in dieser geistigen Übung. Er musste sein Band endlich freigeben, und sie versicherte ihm flüsternd, er brauche keine Angst haben, er fände keinen Schmerz, aber sie wusste nicht, ob er sie hören konnte.

Jetzt, im ersten Licht des beginnenden Tages, sprach sie von seiner Verletzung, die dazu geführt hatte, dass er kaum in der Lage war zu gehen. Sie konnte nur erahnen, welche Schmerzen er damals gelitten hatte. Allein gelassen, ohne Behandlung, ohne dass ihn ein Heiler und seine Familie dabei unterstützt hatten, in ein neues Leben zu finden. Er hatte immer über diese Zeit geschwiegen, und sie hatte ihn nie gedrängt.

Kian führte ein gutes Leben. Natürlich, es gab dieses infame Inzani-Gesetz, unter dem er so sehr litt, vor allem, da es ihm den Kontakt zu seiner Mutter und Schwester versagte. Solange dieses Gesetz in Kraft war, hatte er niemals die Chance auf ein gleichberechtigtes Leben unter anderen, sie wusste das. Sie wollte ihn darin nicht missachten und dennoch, für sie war seine Unfähigkeit ohne Hilfsmittel zu gehen nicht mehr als die Tatsache, dass er blaue Augen hatte oder von immenser Körpergröße war.

Sie blinzelte in die Sonne und spürte plötzlich, wie Kian seinen Kopf bewegte. Ganz zart bewegte er seine Wange an ihrer. Ihr Herz schlug plötzlich wild in ihrer Brust und sie wagte nicht, sich zu bewegen, aus Angst, seine Berührung könne enden.

„Das hört sich schön an", flüsterte er dann nah an ihrem Ohr, seine Stimme rau, brüchig und unendlich leise.

Alias Augen füllten sich augenblicklich mit Tränen. „*Du* hörst dich schön an!"

Sie wusste wahrlich nicht, wie sie jetzt ihre Gefühle ausdrücken konnte, aber da sie es nicht wusste, blieb sie einfach nah bei ihm liegen und lauschte. Er war wach. Er sprach.

„Du hast so lange geweint!", flüsterte er dann.

„Ich hatte Angst, du verlässt mich! Ich habe dir versprochen, dich zu finden, Kian, und es ist gelungen! Aber ich wusste nicht, ob du bleiben kannst! Dieses Versprechen konntest du nicht geben!"

„Ich verspreche es jetzt!", hauchte er und schloss lächelnd die Augen.

Alia spürte sein Band. Es war schwach, aber ohne dieses Flackern, das sie die ganze Nacht gespürt hatte. Sie fühlte in ihn hinein, ließ Augenblicke verstreichen, weil sie ganz sicher sein wollte. Sein Band sprach nicht zu ihr, aber sie verstand es dennoch. Er würde leben, leben, leben! Bei den zwei Monden, er gab sein Versprechen und er konnte es halten. Er würde bei ihr bleiben! Und in diesem Moment versiegten die Worte in ihr. Ihre Geschichte war noch lange nicht zu Ende erzählt. Sie würde nicht mit dem heutigen Tag enden, sondern weitergehen. Sie würde neue Erinnerungen an ihn haben in einer Zukunft, die sie beide erleben durften. Sie wollte es hinausschreien, sodass alle sie hören würden in jedem Winkel der Welt: *Er wird leben!*

Kapitel 53

Alia lag nicht mehr neben ihm. Er spürte ihren Körper nicht mehr. Er hatte sie so sehr gebraucht. Hatte ihr Flüstern gebraucht, als zeigte es ihm den Weg, um bei ihr bleiben zu können. Sie hielt seine Hand in ihrer. Sie hielt ihn hier, und eine tiefe Ruhe durchströmte ihn. Er hörte ihrer Stimme zu, in die sich eine weitere Stimme mischte. War das Ana?

„Den Monden sei Dank, er atmet noch! Wird er überleben?"

„Ja! Er ist sehr schwach, aber er hat das Schlimmste überstanden!"

Alia sprach es vor Ana aus und ihre Worte fühlten sich echt an. Er selbst hatte daran nicht glauben können, aber es jetzt zu hören, machte ihn glücklich. Er konnte sich noch immer nicht bewegen, aber die Worte, denen er hier lauschte, lockten ein Lächeln auf seine Lippen und er versuchte, die Augen zu öffnen. Die Sonne stand bereits über dem Horizont und sandte erste Boten der Hitze über das Land. Er blinzelte in die Helligkeit und hatte noch immer Schwierigkeiten, seinen Blick zu fokussieren, aber er fand dennoch Alias Augen und die Anas.

„Ana! Ihr seid hier!", brachte er mühsam hervor.

„Ja, Heermeister! Und Ihr seid es auch!"

„Ich gehe nicht fort!", flüsterte er, schloss erneut die Augen, öffnete sie jedoch sofort wieder, denn er hatte so viele Fragen zu stellen. „Gab es viele Opfer?"

„Bis zu dem Zeitpunkt, als wir Euch suchen gingen, nicht! Viele waren bereits zurückgekehrt, aber keinem fehlte das Band!", berichtete Ana.

Das Band ... Das Gleißen konnte ihnen das Band nicht nehmen ... Sein Blick schweifte ab, aber er bemühte sich, erneut Alias Augen zu fixieren, und als er sie fand, lächelte er sie mit einem Ausdruck an, in dem er hoffte, all seine Bewunderung auszudrücken.

„Das hast du vollbracht!“, flüsterte er und spürte, wie sein Bewusstsein schwand.

Ana war am Morgen schnell aufgebrochen, weil sie Hilfe brauchten, um Kian zurück ins Lager zu transportieren. Alia hatte jedoch nur kurze Zeit später bereits wieder Reiter am Horizont entdeckt. Sie hatte sich nicht vorstellen können, dass es bereits Ana war, die zurückkehrte, aber sie war es. Sie hatte Evan, Fürst Side und Lins Soldaten auf dem Weg getroffen, und sie waren sofort aufgebrochen, um ihrem Heermeister zu helfen. Sie alle waren glücklich, dass er am Leben war, und Alia hatte spüren können, dass keiner von ihnen in der letzten Nacht mehr die Hoffnung gefunden hatte, daran zu glauben. Umso größer war nun ihre Freude.

Die kurzen Momente allein in der Wüste jedoch waren Alia eine intensive Zeit gewesen. Ihre Anspannung wollte sich nur langsam lösen und all ihre Sinne waren geschärft. Sie hatte sich so neben Kian platziert, dass ihr Körper sein Gesicht beschattete.

Sie erinnerte sich an Ana, die zu irgendeinem Zeitpunkt der letzten Nacht tatsächlich in den Schlaf gefunden hatte. Sie hatte sich im Sand zusammengerollt und in diesem Moment ausgesehen wie ein Kind. Nichts hatte an die starke, kriegerische Frau erinnert, die sie war. Ana hatte an diesem Tag alles Glück dieser Welt in ihren Händen. Evan und sie hatten überlebt und sie wusste, ihr Kind würde in eine Welt geboren, die frei war und sicher. Alia hatte Kians Gesicht gestreichelt und auch für ihn und sich ein kleines Stück eines solchen Glückes gewünscht. Und jetzt durfte sie so viel mehr als es sich wünschen ...

Ihr Blick war über die karge Sandlandschaft geglitten und hatte an der Stelle verweilt, an der sie letzte Nacht die jungen Pflanzen entdeckt hatte. Tatsächlich konnte sie die zarten Pflänzchen noch immer sehen. Einige von ihnen welkten noch dahin, die meisten jedoch waren bereits vertrocknet. Als hätte man ihnen sämtliche Kraft entzogen, ihnen abrupt die Nahrung genommen, die sie hatte gedeihen lassen. Wie konnte das möglich sein? Sie hatte nie erlebt, dass sich die Natur derart seltsam verhielt, und sie ahnte, dass hier eine Kraft gewirkt hatte, die sich ihrer Kenntnis vollständig entzog. War das der Ort gewesen, an dem sich das Gleißen manifestiert hatte? Der Ort, an dem Kian es bezwungen hatte? Die Lichter?

In diesem Moment erst hatte sie auch begriffen, was die letzte Nacht für sie persönlich bedeutete. Es gab andere Wesen wie sie. Sie war keine Laune der Natur, keine Missgeburt, sondern sie war von hier gekommen. Sie war ein Kind dieser Wüste, und eine Frau hatte sie so weit wie nur irgend möglich von hier fortgetragen, denn das Jidari-Kloster lag, von hier aus betrachtet, tatsächlich am anderen Ende ihrer Welt. Warum hatte diese Frau so etwas getan? Es wirkte auf Alia wie eine Flucht, so als hätte sie sie von hier fortgebracht, um sie zu schützen. Vor was? Sie würde diese Fragen stellen, wenn die Zeit kam, denn es gab womöglich vieles zu erfahren, wenn sie dem Ruf dieser Wesen folgte, um Kians Stute zu holen ...

Das jedoch, was sie quälte, war eine unendliche Scham. Sie, das fremde Wesen, das einer Art angehörte, die das Gleißen durch die Kunst ihrer Bögen auf eine zweite Art tödlich gemacht hatte, sie sollte nun zurückkehren in das Lager, um eine Heilerin zu sein? Alle dort wussten, was sie war. Sie hatten bereits gestern gewusst, was sie selbst erst heute so schmerzlich begriff. Sie alle hatten sie prüfend angesehen, als wollten sie definitiv herausfinden, dass ihre Ähnlichkeit mit den wilden Bogenschützen tatsächlich real war und nicht ihrer Einbildung entsprang. Aber hatten sie alle ihr nicht dennoch das Vertrauen geschenkt, sich von ihr behandeln zu lassen? So wie in all der Zeit vorher? Und hatte sie nicht tatsächlich Leben retten können? Kians Worte klangen in ihr nach: *„Das hast du vollbracht!“*

Auf dem Weg ins Lager hatte sie große Mühe, sich auf dem Rücken ihres Hengstes zu halten. Die letzten Tage in Qualen und die schlaflose Nacht forderten ihren Tribut nun so heftig, dass sie sich bald über seinen Hals nach vorne beugte und es zuließ, dass ihre Augen immer wieder zufielen.

Kian ritt, von Evan gehalten, auf dessen Pferd neben ihr. Sie war ruhig. Sie wusste, die Wirkung der *munkand* hielt für gewöhnlich etwa einen Sonnenlauf an. Es blieb genügend Zeit, ihn ins Lager zu bringen, ohne dass er Schmerzen haben würde. Er war ohne Bewusstsein, aber sie griff immer wieder nach ihm und spürte sein Band, schwach, aber sicher. Sie sah, wie sich sein Brustkorb im ruhigen Rhythmus seines Atems bewegte, und das war alles, was sie sich für diesen Moment wünschte.

Er hatte Alia versprochen zu bleiben, aber es fiel ihm schwer, seinen Verstand auf irgendetwas zu richten und es tatsächlich zu begreifen. Er kannte diese Verwirrung, nur war sie jetzt um ein Vielfaches stärker, als er sie jemals erlebt hatte. Jemand hatte ihn auf ein Pferd gehoben, und er hatte Evan erkannt, konnte jedoch nicht in die Konzentration finden, ihm zu sagen, wie sehr er sich freute, ihn zu sehen.

Der Ritt war ein Wechsel aus Schlaf oder Ohnmacht, er wusste es nicht zu sagen, und dem Gefühl an die Oberfläche zu tauchen, ohne jedoch den Kopf aus dem Wasser zu heben. Nun, er würde nicht ertrinken. Er hatte keine Schmerzen und das erleichterte ihn sehr. Hatte Alia ihm nicht gesagt, sie hätte ihm von der *munkand* gegeben? Er wusste es nicht mehr, aber eines ihrer wundersamen Schmerzmittel hatte sie vermutlich an ihm angewandt. Für einen Moment spürte er wieder die Kälte, mit der das Gleißen ihn nahezu getötet hatte, aber es war eine Erinnerung, weiter nichts.

Er wurde vom Pferd gehoben und getragen. Er fand nicht die Kraft, die Augen zu öffnen, aber anhand der Stimmen begriff er, dass sie im Lager angelangt waren und man ihn in ein Krankenzelt brachte. Die Stimmen schwollen an. Ein Tumult entstand. *Bringt den Inzani in ein anderes Zelt!* Wut, Geschrei, aber für ihn befanden sich die Stimmen wie hinter einer Wand. Sie drangen nicht zu ihm durch. Und dann Stille. Er hörte nur noch eine Stimme. Sie war nicht laut, aber niemand konnte an ihr vorbeihören und das lag an den Worten, die sie sprach. Alia.

„Niemand nennt Heermeister Dogul mehr einen Inzani! Niemand, hört Ihr? Ihr wisst nicht einmal, was dieser Mann am gestrigen Tag getan hat! Er allein hat das Gleißen besiegt! Und Ihr glaubt, Ihr könntet über ihn urteilen? Das könnt Ihr nicht! Ihr seid es nicht einmal wert, Euch in seinem Schatten aufzuhalten! Ein Heiler zu sein, bedeutet, jeden gleichermaßen zu behandeln, ungeachtet seiner Her-

kunft oder seines gesellschaftlichen Standes! Heilen ist eine Kunst der Liebe und der Menschlichkeit! Wenn Ihr das nicht wisst, seid Ihr keine Heiler! Und nun verlasst dieses Zelt und tut Eure minderwertige Arbeit an einem anderen Ort!"

Kian zwang sich, die Augen zu öffnen, aber seine Sicht war zu eingeschränkt, um mehr als nur Umrisse zu erkennen. Er versuchte seinen Blick auf Alias Stimme zu konzentrieren und sie war der einzige Mensch in diesem Raum, den er für einen Moment deutlich wahrnehmen konnte. Sie sah müde aus, aber ihre Wut war wunderschön.

„Hört, hört! Ihr sprecht wahre Worte, Heilerin!", brummte Roan schwach zu ihrer Rechten, und als die Heiler sich nicht bewegten, wandte er sich ihnen mühsam zu und jetzt grollte seine Stimme durch das gesamte Zelt. „Worauf wartet Ihr? Die Heilerin hat Euch aufgefordert zu gehen! Also, geht!"

„Wir haben hier Arbeit zu tun!", rief nun einer wütend zurück.

„Warum hier? Weil sich in diesem Zelt die größte Dichte an fürstlichem Blut befindet? Wir brauchen hier keine Ignoranz und keine Vorurteile!", donnerte Roan nun und wandte sich an die etwa zehn anderen Patienten in diesem Zelt. „Oder sieht das irgendjemand anders?"

„Raus hier!", erhob nun auch der junge Ileu seine Stimme und natürlich folgten die Heiler *seinem* Befehl. Sie alle verließen das Zelt.

Alia blickte irritiert um sich. Sie hatte ihre Worte im Affekt gesprochen und es hatte sich darin etwas entladen, das sich bereits sehr lange in ihr angestaut hatte, aber dass sie hier in ihrer Rede Unterstützung fand, ehrte und verwunderte sie zutiefst.

„Nun haben wir alle dafür gesorgt, dass Ihr eine Menge Arbeit alleine leisten müsst, Heilerin Alia!", wandte Roan sich lächelnd an sie.

Alia zuckte die Achseln, aber bevor sie antworten konnte, trat der alte Fürst Ileu vor und sagte ruhig: „Sie ist nicht alleine!"

Und auch Eret trat nun zu ihr, legte eine Hand auf ihre Schulter und sah sie an. „Nein, das ist sie wahrlich nicht!", sprach er und wischte ihr eine Träne von der Wange.

Sie brauchte einen Moment, um sich zu fassen. Diese Worte rührten so tief an sie heran und sie fühlte sich dünnhäutig und bloß, denn die letzte Nacht hatte sie so sehr auf ihre eigenen Gefühle zurückgeworfen. Und auf das Wesen, das sie war. Sie nickte lediglich allen zu, senkte den Kopf und legte dann ihre Heilbeutel zurecht.

„Ich werde Heermeister Dogul operieren und es wäre mir eine große Ehre, wenn Ihr mir erneut zur Hand gehen könntet, Fürst Ileu!", sprach sie schüchtern und hob dann den Kopf. „Eret, könnt Ihr zusehen, dass hier und in den beiden anderen Krankenzelten jeder, der sich danach fühlt, eine Mahlzeit erhält und etwas zu trinken?"

„Natürlich, Heilerin!", nickte Eret sofort, stellte ihr einen Stuhl an Kians Pritsche und begann mit seinen Vorbereitungen.

Fürst Ileu stand neben ihr und lächelte lediglich, als sie sich neben Kian setzte. Sie berührte Kians Wange. Sie wollte ihn spüren, aber sie erschrak, weil seine Haut so sehr glühte. Dieses Fieber war neu, er hatte während des Rittes nicht gefiebert und nun fühlte sie ängstlich nach seinem Band, das sich ihr jedoch unverändert zeigte. Es war, als steckte es noch immer zu einem guten Teil in seiner geistiger Übung fest, obwohl er bereits spüren musste, dass seine Schmerzen betäubt waren. Offensichtlich war er im Moment nicht in der Lage, es zu kontrollieren. Was bedeutete das?

Die Wunde an seinem Bein hatte sich entzündet. Sie atmete lange aus, mischte einen entzündungshemmenden Fiebertrank und sprach Kian dann an, der langsam seine Augen öffnete.

„Kian, trink das, bitte!"

Er schluckte den Trank in kleinen Portionen und sah sie dann einfach nur ruhig an.

„Hast du Schmerzen?"

„Nein!"

„Ich werde dich operieren, Kian!"

„Du weißt, was du tust. Ich vertraue dir", antwortete er schwach und lächelte dann, bevor ihm die Augen erneut zufielen. „Danke für deine Worte!"

Und schon wieder liefen ihr die Tränen über das Gesicht. Bei den Monden, seit wann war sie derart nah am Wasser gebaut? Sie richtete ihren Rücken auf, sie musste sich zusammenreißen, sie hatte zu arbeiten! Und so begann sie mit den Vorbereitungen für ihre Operation.

Es war anders, Kian jetzt zu behandeln, so viel anders als damals in seinem Haus. Sie sprach nicht zu ihm. Sie hatte ihn mit einem starken Mittel sediert. Damals hatten sie nahezu nichts über die Bedrohung im Süden gewusst, heute lag sie hinter ihnen, aber Alia war noch immer nicht in der Lage, dies in letzter Konsequenz zu erfassen.

Sie versorgte die Wunde an Kians Bein, deren Zustand sich in unglaublicher Geschwindigkeit verschlechtert hatte. Sie musste zerstörtes Gewebe entfernen, fuhr sämtliche Mittel auf, die ihr zur Verfügung standen, um die Infektion zu stoppen, und als sie die Wunde schloss, spürte sie bereits, dass ihre Behandlung Wirkung zeigte. Auch sein Fieber war gesunken. Die Verletzung seiner Schulter war um vieles einfacher zu behandeln, obwohl sie es sein würde, die ihn noch weit länger beeinträchtigen würde. Sie konnte sein Schulterblatt glatt zusammenfügen, verteilte auch hier einiges, um eine weitere Infektion zu verhindern, vernähte eine Sehne mit dem Muskel, den sie eigentlich halten sollte, und verschloss dann die Wunde.

Bei all dem stand Fürst Ileu ihr still zur Seite, reichte Instrumente an, hielt die Wunde offen, und Alia nickte ihm immer wieder anerkennend zu. Er half ihr, Kian zu verbinden, indem er ihn nahezu zärtlich in seine Arme schloss, ihn anhob und ihr so Raum schaffte, um die Bandagen anzulegen. Schließlich betteten sie ihn zurück auf das Kissen und sahen ihn schweigend an. Alia griff zu einem Tiegel mit Heilsalbe und verteilte dann etwas davon auf Kians Kniekehlen, ohne die Decke anzuheben.

Fürst Ileu beobachtete sie irritiert, fragte dann jedoch lediglich: „Wird er leben?"

„Ja, das wird er!", antwortete sie und atmete durch.

„Wird er mit dieser Schulter wieder gehen können?"

„Fürst Ileu, macht Euch keine Sorgen! Seine Schulter wird heilen! Alles was sie dafür braucht, ist Zeit!"

Der Fürst nickte, berührte sie dann am Arm und sprach: „Ihr solltet etwas schlafen, Heilerin!"

Alia schüttelte den Kopf. „Nein, ich muss mir auch die anderen Verletzten ansehen, um zu erfahren, ob alle Verwundungen dazu neigen, sich derart schnell zu infizieren!“

„Dann begleite ich Euch!“

Sie nickten sich zu, und Fürst Ileu folgte ihr auf ihrem Weg durch alle Krankenzelte. Er half ihr bei allem, was sie zu tun hatte an diesem Tag und dem größten Teil der folgenden Nacht.

Alle Einheiten waren nun zurückgekehrt. Fürst Roda und Mino waren Gäste des Wüstenvolkes und würden zu einem anderen Zeitpunkt wieder zu ihnen stoßen. Es hatte viele Verletzte gegeben, aber nur etwa fünfzehn Tote, darunter der König und zwei der Fürsten aus dem Osten, die Alia niemals kennengelernt hatte, und trotzdem wusste sie, wer sie waren. Nur ein Soldat war Opfer des Gleißens geworden, weil er das Öl der *neinat* nicht benutzt hatte. Er hatte in das Licht gesehen, während er als einer der loyalen Wachen des Königs mit ihm in vorderster Front geritten war. Das war das Ergebnis dieses Kampfes, das Kian mit der Vernichtung des Feindes besiegelt hatte. Das war sein Sieg.

Kians Bewusstsein regte sich. Sein Hals brannte. Er hatte schrecklichen Durst, und er spürte ein Gewicht an seiner unverletzten Schulter. Er spürte seine Hand in einer anderen Hand. Langsam versuchte er den Kopf in diese Richtung zu wenden und blinzelte. Dämmerlicht glitt ihm entgegen, und er erkannte die Farbe von Alias Haaren. Ihr Tuch war verrutscht und er sah die Spitze eines ihrer Ohren.

„Alia!“, flüsterte er, spürte sie langsam erwachen und flüsterte noch einmal ihren Namen.

Sie hob den Kopf, hatte offensichtlich Mühe sich darauf zu besinnen, wo sie war, aber lächelte ihn an und prüfte, wie stets, den Sitz ihres Haartuches. Sie bemerkte, dass sie ihr Ohr entblößt hatte und sah sich kurz verstohlen um, aber bedeckte es dann sehr langsam, so als ob sie es in Resignation tat. Er sah sie daraufhin fragend an, aber bekam keine Antwort.

„Hast du Schmerzen?“, fragte sie dann leise.

„Nein! Nur Durst!“

Sie gab ihm Wasser, das er lediglich in kleinen Schlucken trinken konnte. Bei den Monden, er war schwach wie nie zuvor in seinem Leben, aber jetzt nahm er sich Zeit Alia genauer anzusehen und er lächelte erneut. „Du siehst müde aus!"

„Sicher nicht müder als du!", scherzte sie schwach und legte den Kopf zurück an seine Schulter. Er lachte ruhig, aber nun holte ihn doch der Schmerz ein und er stöhnte auf.

Alia sah ihn prüfend an, aber ihr Blick verriet ihm nichts als ihre Liebe und eine Traurigkeit, die sich wie eine Last darin zeigte. Was bedrückte sie? Sein Zustand? War er so stark verletzt?

„Ich gebe dir etwas gegen die Schmerzen, Kian. Du sollst dich ausruhen können."

Er nickte sachte und sah ihr dabei zu, wie sie etwas aus einer ihrer Flaschen mit Wasser mischte. „Ist das von der *munkand*?"

Sie nickte ruhig, und auch Kian nickte. Dieses stille Einverständnis in ihrer Erinnerung erfüllte ihn mit großem Glück, aber er spürte erneut die Schwäche, die ihn fesselte. Er hatte Fragen, aber er brachte es nicht fertig, sich darauf zu konzentrieren, sie auszusprechen.

„Alia, sag mir ... Werde ich ..."

„Deine Wunden werden heilen!", versicherte sie ihm sofort, als hätte sie seine Gedanken erraten.

Er jedoch kämpfte darum, seine nächste Frage deutlich zu formulieren. „Werde ich eingeschränkter sein?"

Alia schüttelte vage den Kopf. „Du wirst so lange nicht gehen können, bis deine Schulter begonnen hat zu heilen. Das wird Zeit brauchen. Hab Geduld mit dir, Kian!"

Er nickte, spürte die Verunsicherung in ihren Worten, aber es fehlte ihm die Kraft weiter in sie zu dringen und so betrachtete er erneut ihr Gesicht. Allein sie anzusehen gab ihm so viel Freude. Er war so nah daran gewesen, sie zu verlieren, und er wusste, es hatte einen Moment gegeben, in dem er sicher gewesen war, sie niemals wieder zu sehen. Und nun war sie hier.

„Du hast mir schon einmal von der *munkand* gegeben! Ich habe gehört, wie du darüber sprachst!" Er sah Alia nicken. „Wann war das? Letzte Nacht?"

„Ja! Es überrascht mich, dass du dich daran erinnerst!", erwiderte sie, versank dann jedoch in Gedanken und senkte den Kopf.

„Was bedrückt dich?", flüsterte er, als er ihre Traurigkeit sah.

„Warst du bei mir, als das Schrillen mich ..."

Ihre Stimme klang dünn und bloß, und er versuchte, seine umso fester klingen zu lassen. „Ja, Alia! Ich war bei dir! Die ganze Zeit!"

Sie sah ihn erneut an und plötzlich konnte er in ihrem Blick alles sehen, was sie in der letzten Zeit erlebt hatte. Auch sie hatte gelitten. Auch sie war ein Opfer dieses Kampfes geworden. Sie beide waren verletzt daraus hervorgegangen, wenn er auch ihre Verletzungen nur erahnen konnte.

„Ich habe dir den Saft der *alia* gegeben. War das richtig?"

„Es war richtig! Ich bin glücklich darüber, dass du dich erinnert hast, was dieser Saft bewirken kann!"

„*Ich* bin glücklich, dass du ihn mit meiner Zeichnung gekennzeichnet hast!"

„Das war kein Kennzeichen!"

„Was war es dann?"

„Der Wunsch, dich bei mir zu haben, als ich nicht darauf hoffen konnte, dass du es jemals sein würdest!" Sie nahm seine Hand und lehnte ihr Gesicht hinein. „Es ist so lange her!"

Er spürte Tränen auf seiner Handfläche. „Du weinst!"

Sie legte ihren Kopf an sein Kissen und flüsterte: „In der Wüste sind Wesen von meiner Art. Sie sind die Bogenschützen, die dich verletzt haben, Kian! Ich weiß nicht ..."

„Schsch, Alia! Sie haben in der Wüste ihre Pfeile abgefeuert! Aber du warst hier, um die Verletzungen zu heilen! Warum kannst du das nicht sehen? Warum kannst du das nie sehen?" Er hatte seine letzten Sätze mehr gekeucht als gesprochen und schloss die Augen, um ruhiger zu atmen. „Du bist nicht allein. Hast du das nicht gehört?"

Kapitel 54

Am Morgen war Kians Fieber zurückgekehrt, als verfügte sein Körper nicht über die geringsten Mittel, der Entzündung etwas entgegenzusetzen. Sein Band war gefestigt, schien sogar seinen Schwebezustand verlassen zu haben und strömte nun durch einen weiten Teil seines Körpers. Alia stand vor einem Rätsel. Auch bei vielen anderen Verletzten hatte sie die schnell fortschreitende Entzündung ihrer Wunden erkennen können, aber keiner von ihnen fieberte und alle sprachen gut auf ihre Heilmittel an. Sie konnte sich nicht erklären, warum Kians Körper es nicht schaffte, zumindest in einen Teil seiner Stärke zu finden. Sie hatte alles getan, was in ihrer Macht stand, um die Heilung seiner Wunden einzuleiten und sie zu unterstützen, aber es half nicht.

Nachdem sie in der Dämmerung miteinander gesprochen hatten, war er in einen tiefen Schlaf gesunken, der von einer fieberhaften Unruhe abgelöst wurde. Er phantasierte. Er sprach von einer körperlosen Kälte, fragte immer wieder nach seiner Stute, verstand jedoch nicht, als sie ihm versicherte, sein Pferd sei am Leben. Bei den Monden, warum hatte sie nicht daran gedacht, von ihr zu sprechen, als Kian bei Bewusstsein war? Sie musste sie zu ihm bringen. Wer weiß, vielleicht litt sie ebenso, wie er es tat? Sie waren gemeinsam in das Gleißen gegangen, vielleicht konnten sie einander etwas geben, das ihnen helfen konnte? Etwas, das Alia nicht zu geben vermochte, weil sie nicht erlebt hatte, was sie erlebt hatten.

Sie ging durch alle Krankenzelte, wechselte Verbände, brachte heilende Salben auf, aß in aller Eile einige Stücke Wurst und suchte dann Eret. Sie fand ihn schlafend auf einer Pritsche im hintersten Winkel des Zeltes, in dem Kian und Roan lagen, setzte sich zu ihm und flüsterte seinen Namen. Er schreckte sofort hoch, aber als er sie erkannte, begann er zu lächeln.

„Bleibt liegen, Eret! Ich wollte Euch nicht stören!"

„Wie geht es dem Heermeister?"

„Es geht ihm schlechter! Ich werde seine Stute zu ihm bringen! Ich habe ihn mit Medikamenten versorgt, Eret. Das sollte ausreichen, bis ich zurückkehre. Aber sollte sein Fieber nicht sinken, legt bitte einige kalte Wickel an!", instruierte sie ihn.

„Natürlich, Heilerin! Wohin reitet Ihr?"

„Das ist nicht wichtig! Ich weiß, wo sein Pferd ist, und ich werde es zu ihm bringen!"

„Ihr reitet allein?", fragte er, aber nickte dabei, als wüsste er die Antwort auf seine Frage bereits und sagte dann leise: „Nehmt Eure Waffe mit, Heilerin!"

Alia sah ihn den Kopf senken. Sie würde ohne Waffen gehen, natürlich, denn sie traf die Wesen, die ihr versichert hatten, sie sei ein Teil von ihnen, aber sie konnte Eret nicht davon erzählen. Nicht ihm, der ebenso wie alle anderen hier, zu wissen schien, was sie war. Die Soldaten redeten untereinander, natürlich taten sie das. Sie nickte und wollte sich bereits abwenden, als sie Erets Hand auf ihrer Schulter spürte. Er sah sie für einen Moment einfach nur an und schob sie dann sanft von sich fort. Alia lächelte still und verließ dann das Zelt.

Kian erwachte aus furchtbaren Träumen. Er erinnerte sich an nichts, außer an die Kälte, die erneut in seinen Körper eingedrungen war. War sie real gewesen? Er konnte nicht ergründen, was ihm wirklicher erscheinen sollte. Die Kälte oder das Feuer, das in ihm gelodert hatte. Er brauchte einige Zeit, um sich zu vergewissern, dass er tatsächlich wach war, und öffnete dann langsam die Augen. Alles um ihn herum schien verschwommen. Alia war nicht bei ihm. Er wandte den Kopf in verschiedene Richtungen, konnte jedoch kaum etwas erkennen.

„Kian, bist du wach?", fragte ihn nun jemand zu seiner Rechten, und er wandte sich der Stimme zu. Nur langsam tauchten Gesichtszüge in seiner verschwommenen Sicht auf, und er erkannte Roan.

„Es tut gut, *dich* zu sehen!“, flüsterte er.

„Nein, Kian, es tut gut, dich zu sehen!“ Roan lächelte, aber Kian konnte sehen, dass es ihm Mühe bereitete zu sitzen.

„Bist du schwer verletzt?“

„Mein Knie! Die Heilerin hat es wieder zusammengefügt. Sie sagt, es wird heilen!“

„Gut“, antwortete er leise und schloss erneut die Augen.

„Kian, bleib bitte noch einen Moment wach! Kannst du das?“

Er nickte und sah Roan erneut an. „Wie ist die Schlacht verlaufen?“, fragte er dann, weil er sich plötzlich erinnerte, dass er diese Frage seit Langem stellen wollte.

„Du hast den Feind besiegt!“

„Ich weiß! Aber wie ist ...“ Er brach ab, weil Roan ihn mit Tränen in den Augen anblickte.

„Mino und ich konnten dich nicht vor den Pfeilen schützen, Kian! Die Bogenschützen waren zu schnell. Sie veränderten permanent ihre Positionen. Es tut mir so leid!“

Er nickte. „Ich lebe!“

„Ja, den Monden sei Dank! Als du in das Gleißen gingst, stellten diese Wesen abrupt ihren Angriff ein und wandten sich in deine Richtung. Wir haben viele von ihnen getötet, und als das Gleißen erlosch, flohen sie in Richtung Süden. Einige Truppenteile sind ihnen gefolgt, aber auch für eine Verfolgung waren sie zu schnell!“

Kians Verstand driftete fort und er lächelte. Er hätte alles gegeben, diese Wesen zu sehen. Zu sehen, wie schnell sie sich bewegten. „Alia ist von ihrer Art!“, flüsterte er.

„Ja, sie ist von ihrer Art, aber sie ist nicht wie sie!“

Kian nickte. „Gab es viele Tote?“, fragte er dann leise.

„Nein! Der König und die Soldaten, die vor dir ritten. Die Fürsten Aden und Rigg. Insgesamt fünfzehn Tote!“

„Nur fünfzehn?“ Er lächelte. „Und Verletzte?“

„Über hundert! Und sie haben überlebt, weil deine Heilerin zügig ein Mittel gegen das Gift ersonnen hat, obwohl sie sich selbst kaum auf den Beinen halten konnte!“

„Meine Heilerin?“, wiederholte er lächelnd.

Alia hatte heute Nacht so müde ausgesehen und plötzlich tat sie ihm leid. Vermutlich hatte sie bis zur völligen Erschöpfung gearbeitet und tat es auch in diesem Moment. Diese Zeit forderte ihre Kenntnisse und sie gab sie selbstlos. So war es immer gewesen.

„Kian, bleib wach, bitte!"

Er nickte lediglich.

„Wir müssen der Königin eine Nachricht zukommen lassen! Sofort!"

Er nickte noch einmal und dachte kurz an seine Tante, die die Augen seiner Mutter hatte. „Schreib ihr, dass wir gesiegt haben! Nenne die Namen aller Toten! Auch den des Königs!"

„Soll sie das aus einem Brief erfahren?"

„Sie muss es erfahren, Roan! Sie ist unsere Königin!"

Roan nickte und sagte dann in die Stille: „Nur ein Mann hat mit seinem Band bezahlt, Kian!"

Kian traten plötzlich Tränen in die Augen, er versuchte nicht, sie zurückzuhalten, und bevor er wieder in den Schlaf sank, flüsterte er: „Alia hat den Feind besiegt, nicht ich, Roan!"

Das Vulkangebirge erhob sich in der Ferne vor ihr und einen Moment schien sie die Angst zu lähmen, die sie nun empfand. Niemand hatte sie gerufen und sie war dennoch hier. Stattdessen hatte sie ihre Gedanken auf die Wesen dort draußen gelenkt, sie gebündelt und hinausgesandt in die Wüste. Lange hatte ihr niemand geantwortet, aber nun, da das Vulkanmassiv vor ihr am Horizont Gestalt annahm, vernahm sie auch die Stimmen. Nicht in laut ausgesprochenen Worten, sondern sie fand sie in ihrem Kopf, wie in der Nacht, als sie über Kian gewacht hatte.

Sie war nicht bereit. Sie wollte nicht wissen, wer diese Wesen waren, denn sie waren ihr nichts als fremd. Und sie konnte dieser Fremdheit nicht in die Augen sehen, denn es war ihre eigene. Wenn sie nicht der tiefen Überzeugung gewesen wäre, sie könne eine Besserung in Kians Zustand mit dem erreichen, was sie hier tun wollte, so wäre sie in diesem Augenblick umgekehrt.

Ihre Blicke schweiften bald jedoch verwundert über das schwarze Gestein in der Ferne. Sie erinnerte sich jetzt, dass Eret davon gesprochen hatte, wie fruchtbar dieses Felsmassiv war, und wie gut sie hier gelebt hatten, bevor sie auf das Gleißen trafen, aber alles, was sie nun sah, war Öde. Und hatte nicht auch Fürst Roda damals im Thronsaal ausgerufen, hier sei *„nichts als Gestein"*? Diese Erinnerung kam ihr vor wie aus einem anderen Leben.

Wie konnte das sein? Und als hätte sie diese Frage laut gestellt, bekam sie eine Antwort. Es klang wie eine Stimme aus vielen.

Die Lichter machten das Land fruchtbar! Sie ließen uns ein reiches Leben führen!

Alia stoppte ihr Pferd. Sie musste sich zum Absteigen überreden und tat es dennoch. Sie sah die Wesen nicht aus dem Gestein hervortreten. Sie waren vielmehr plötzlich da und ihre Bewegungen zu schnell, um sie zu verfolgen. Sie waren zu viert. Ihre Körper waren von derselben Gestalt wie ihrer, ihre Haut hell wie die ihre, lediglich die Merkmale ihrer Geschlechter waren von Fellen bedeckt. Alle sahen sie an, und ihre grünen Augen wirkten seltsam im Licht der bereits untergehenden Sonne. Seltsamer als ihr ihre eigenen jemals erschienen waren, obwohl sie wusste, dass sie ebenso aussahen wie die dieser Wesen.

Wir haben lange in Kargheit gelebt. Viele Generationen. Die Lichter waren nur in unserer Erinnerung. Als sie wieder erstrahlten, gaben sie uns Fleisch und wir gaben ihnen von unserer Kraft.

Was heißt das?, dachte Alia verunsichert und sie wusste nicht, ob sie diese Dinge wirklich erfahren wollte.

Sie aßen von unserer Kraft.

Meint ihr mit Kraft euer Band?

Wir meinen damit das, was uns fühlen lässt. Das, womit wir ohne unsere Augen sehen. Das, was wir alle miteinander teilen in Gedanken.

Sie sprachen über das Band, kein Zweifel, und das bedeutete, dass auch sie selbst das Band hatte. Kian war es gewesen, der ihr die Frage nach der Existenz ihres eigenen Bandes einmal gestellt hatte. Sie selbst jedoch hatte immer geahnt, dass es mit ihrem Band zu tun haben musste, dass sie in der Lage war, Dinge zu begreifen, die andere nicht bemerkten. Das Innere eines anderen Menschen zu spüren, ihr Verständnis für Kians Band, das alles waren Dinge, für die sie ihr eigenes nutzte. Sie konnte sich dadurch mit diesen Wesen verständigen. Es war eine Verbindung. Und das Gleißen hatte sich davon ernährt?

Warum habt ihr euer Band nicht durch die Lichter verloren, wie die Menschen, die ihr angegriffen habt?

Niemand kann unsere Kraft nehmen!

Wenn euch niemand die Kraft nehmen kann, warum habt ihr dann zugelassen, dass die Lichter von euch aßen? Alia verstand nicht.

Die Lichter konnten uns töten. Sie schrien in unseren Köpfen, wenn die langsamen Wesen kamen. Der Eine *konnte unter ihnen sein.*

Alia erinnerte sich plötzlich. Auch sie hatte diesen Ton gehört. Dieses Schreien. Wann war das gewesen? Und wie war es möglich, dass diese Wesen zuvor unter dem Schrillen überhaupt zu irgendetwas anderem fähig gewesen waren, als sich in Qualen zu winden? Sie versuchte, ihre Frage in ihrem Kopf zu formulieren, aber das schien nicht notwendig zu sein. Ihre Gedanken wurden beantwortet, bevor sie sie in einen Satz gefasst hatte.

Du hast dich dagegen gewehrt, Tochter. Das haben wir nie getan. Viele von uns sind gegangen. Die Lichter haben uns getötet, als wir den Einen *erkannten und unsere Pfeile nicht mehr flogen.*

Uns getötet?

Teile von uns.

Hatten sie keinen Begriff davon, wer getötet worden war? Gab es für sie nur das Wir und keine Individuen?

Du bist unsere Tochter. Du bist ein Teil von uns.

Alia war verwirrt und ihre Angst vor der Fremdheit dieser Wesen, von denen sie gedacht hatte, sie seien so wie sie selbst, vergrößerte sich, wenn das überhaupt noch möglich war. Sie mochten von gleicher Gestalt sein wie sie, aber dort endete ihre Ähnlichkeit mit ihr. Sie schob diesen Gedanken beiseite, denn sie hatte ihre Frage noch nicht gestellt. Die Frage, die sie ihr ganzes Leben lang verfolgt hatte.

Warum habe ich nicht mit euch gelebt?

Ein Teil von uns hat dich geboren. Sie hat das neue Auftauchen der Lichter in unserer Generation gesehen und in unserer Erinne-

rung die Warnung gefunden. In der Dunkelheit verschwand sie mit unserem Kind. Die Lichter konnten unseren Teil nicht gehen lassen und sie nahmen viel von der Kraft. Wir haben uns nie wieder gesehen.

„Sie ist gestorben!", flüsterte Alia und hatte plötzlich Tränen in den Augen. Es war ihre Mutter gewesen, die sie von hier fortgebracht hatte.

Wirst du nun mit uns leben?

Nein! Ich möchte das Tier meines Gefährten nehmen. Ich bringe es zu ihm und ich werde mit ihm leben!

Wie schön das klang! Wie unendlich schön!

In unserer Erinnerung gab es immer die Warnung. Ein Teil von uns wird sich mit einem fremden Wesen verbinden. Sie werden sich schenken, und der Eine *wird die Lichter töten. Es war die Wahrheit.*

Eine Warnung, sagten sie, aber es schien so etwas wie eine uralte Überlieferung zu sein. Alia schob auch diesen Gedanken beiseite, denn plötzlich fühlte sie Mitleid mit diesen Wesen. Ihr Leben unter der Tyrannei des Gleißens war vorüber, aber ebenso war dies ein Leben mit ausreichend Nahrung für sie alle gewesen. Sie hatten unter ihrer Verknüpfung mit den Lichtern nicht nur gelitten, sondern auch von ihr profitiert. Alia dachte an manche Arten von Pilzen, die sich an der Rinde von Bäumen niederließen, sie mit Nährstoffen versorgten und sich gleichzeitig von ihnen ernährten. Beide Teile lebten in Unfreiheit und sicherten dadurch ihr Überleben.

Wo werdet ihr nun leben?

In den Steinen, wo wir immer lebten.

Alia nickte und in diesem Moment führte ein Mann Kians Stute zu ihr. Sie hatte ihn nicht kommen sehen, betrachtete ihn neugierig, nahm seine schnellen Bewegungen in sich auf und bemerkte, dass er sie lediglich in seine periphere Sicht treten ließ. Sie hätte ihn gerne berührt, um zu erfahren, ob er, wie Eret, die *sadernbles* trug. Vielleicht war das das ganze Geheimnis ihres Überlebens in der ewigen Verknüpfung mit dem Gleißen? Aber hätte sie selbst dann nicht auch diese Art der Blindheit haben müssen? Sie würde es nie erfahren.

Nimm dieses Tier und gehe mit unserer Erinnerung.

Ich gehe, aber ich hoffe, auch ihr erinnert euch an mich!, dachte sie, dann nahm sie Kians Stute bei den Zügeln, streichelte sie und sprach: „Kamir, mifrin, bequet, sinoka! Juar sef!"

Die Stute schnaubte, und ein Raunen ging durch Alias Kopf.

Du sprichst laut? Gedankenwesen sprechen nie laut. Du beleidigst uns!

Entschuldigt! Das wusste ich nicht! Da, wo ich lebe, verstehen mich die Menschen nicht, wenn ich in Gedanken spreche. Auch dieses Tier versteht mich nicht!

Woher willst du das wissen?

Ja, woher wollte sie das? Sie hielt einen Moment inne, nickte und wandte sich dann zum Gehen. Nach einigen Schritten füllten noch einmal Worte ihren Kopf.

Vielleicht kehrst du zurück, Tochter?

Alia bestieg ihr Pferd, drehte sich nicht um, sondern dachte in die Weite der Wüste vor sich ein einziges Wort: *Vielleicht!*

„Kian! Kannst du mich hören?" Es war Alia, die zu ihm sprach, und er lächelte. „Kian! Öffne deine Augen! Ich habe dir jemanden mitgebracht!"

Es war schwierig, die Kraft zu finden, aber er tat, um was sie ihn bat, und sah in ihre Augen. Diese wunderbaren Augen, die sich jetzt im Licht der Feuerschalen mit Tränen zu füllen schienen. War es bereits schon wieder Nacht? Er hatte den Ablauf der Zeit aus seinem Bewusstsein verloren.

„Gib mir deine Hand, Kian!"

Und er spürte, wie sie über seine Finger strich. Er hob die Hand leicht an, und Alia führte sie sachte in die Höhe, bis er etwas Feuchtes an seinen Fingern fühlte. Er hörte ein Schnauben und versuchte angestrengt, seinen Blick zu fokussieren. Sie war es! Sie lebte! Es war seine Stute und sie drückte ihre Nüstern in seine Handfläche, als müsse auch sie zunächst langsam begreifen, wer er war.

„Schsch, *sinoka!*", flüsterte er ihr zu und sah abwechselnd sie und Alia an. „Darfst du ein Pferd in ein Krankenzelt führen?"

Alia lachte leise. „Ich bin die Heilerin in diesem Zelt! Und ich glaube, niemand hatte etwas dagegen, dass ich dieses Pferd hier hereingebracht habe!“

Er sah erneut sein Pferd an und flüsterte: „Danke!“

Er wusste nicht, bei wem er sich damit bedankte. Bei Alia, die sie zu ihm gebracht hatte, oder bei seiner Stute, die ihn in das Gleißen getragen hatte. Er sah sein Pferd an, das ebenso müde wirkte, wie er es war, und er erinnerte sich wieder daran, wie ihre Verbindung plötzlich abgebrochen war. Er spürte die Stute noch einmal stürzen und wusste plötzlich, was er zu tun hatte.

Er hielt den Atem an, schloss die Augen und versuchte, nach seinem Band zu greifen. Er spürte es, aber es war verborgen, so als müsse es sich selbst schützen. Er musste es locken, es beruhigen, als hätte er eine Schuld an ihm zu begleichen. Dann jedoch nahm er es sanft an sich und führte es unendlich langsam seiner Stute zu. In dem Moment, als er die Augen erneut öffnete und ihren Körper wie seinen eigenen spüren konnte, keuchte er erleichtert auf und auch sein Pferd spitzte die Ohren. Es tänzelte leicht, und er sah Alia ihre Hand an seinen Hals legen. Sie lächelte unter Tränen und legte mit einer zarten Geste eine imaginäre Kapuze auf ihre Schultern ab.

Als Alia ihre Arbeit an den Verwundeten beendete und vor das dritte Krankenzelt trat, sah sie am Horizont bereits das erste Licht der Morgendämmerung. Ein neuer Tag begann, und sie begrüßte ihn still. Die Ruhe, die noch im Lager herrschte, schien ihr fast schon laut. Sie wusste, sie würde sich auch während des Tages fortsetzen. Die Soldaten erschienen ihr noch immer in sich gekehrt, fast wie in einer Kontemplation. Sie betrauerten die Toten, umsorgten die Verletzten und jeder, der die Krankenzelte verließ, wurde in Stille in den Kreis der Überlebenden aufgenommen.

Sie kannte die Rituale der anderen Welt nicht, nicht die der Armee. Die Toten lagen aufgebahrt in einem der Zelte. Die Heiler der Armee hatten sie gesalbt, und vermutlich würde es ein feierliches Begräbnis geben ... Was brauchte es noch, um das Grauen des Gleißens hinter sich lassen zu können?

Sie hatte immer wieder Fragen nach Kians Gesundheitszustand beantwortet, während sie die verwundeten Soldaten versorgte. Sie alle waren besorgt um ihn, und Alia ahnte, dass sie darauf warteten, dass Kian sein Bewusstsein zuverlässig wiedererlangte. Vielleicht wollten sie die Toten nicht ohne ihn begraben? Sie würde Eret bitten, es ihr zu erklären. Oder Kian, dachte sie nun glücklich, aber sie fragte sich dennoch, wann diese Männer und Frauen beginnen würden, ihren Kampf als das zu sehen, was er war. Einen Sieg.

Sie ging noch einmal hinüber zu den Pferdegattern und lockte Kians Stute zu sich, um sich erneut ihre Wunden ansehen zu können. Sie waren bereits nahezu verheilt und es zeigte sich nicht die Spur einer Infektion an ihnen. Die Gedankenwesen hatten keinerlei Nähte angebracht und dennoch waren sie verschlossen. Sie wirkten wie geleimt, aber als Alia ihre Finger an die Verletzungen legte, war sie nicht im Stande herauszufinden, wie sich die Beschaffenheit dieser Substanz gestaltete, ganz zu schweigen davon, was sie hier eigentlich berührte. Die Gedankenwesen waren offensichtlich kenntnisreiche Heiler, und Alia schalt sich, dass sie nicht nach ihren Heilmethoden gefragt hatte, als sie die Gelegenheit dazu hatte.

Sie hatte einfach nur fort gewollt. Fort von diesem kargen Ort. Fort von diesen Wesen, die sie mit Du angesprochen hatten, aber sonst nur das Wir kannten. Ihre Gleichheit hatte sie in großem Maße befremdet. Sie widersprach allem, was sie selbst für sich in den vergangenen Mondläufen erreicht hatte. Die Jidari hatten sie Uniformität gelehrt und die Abkehr von ihrer eigenen Persönlichkeit, aber gerade diese Persönlichkeit entfalten zu können und es zu dürfen, hatte ihr in all der letzten Zeit so viel Selbstbewusstsein geschenkt. Zu erkennen, dass sie Gedanken hatte, die andere gerne mit ihr teilten, dass sie jemand war, den andere gerne aufsuchten, und dass sie eine Frau sein durfte in Kians Gegenwart ... Es war Glück, das sie für sich darin gefunden hatte.

Sie wusste nun, dass sie nicht das einzige Wesen ihrer Art war, und doch unterschied sie sich auf so vielfältige Weise von ihnen. Sie war nicht wie sie. Auch wenn sie diese Wüste, ihre Hitze und Vegetation noch so sehr als einen Teil ihres Selbst erkannt hatte, sie gehörte nicht in diese Welt. Sie bemühte sich bereits ihr ganzes

Leben darum, in die Welt der Menschen passen zu können. Es war ein einsames Leben im Verborgenen gewesen, aber das sollte es nie mehr sein, dachte Alia nun und blinzelte in das erste Licht der Sonne.

Und doch hatten die Gedankenwesen ihr etwas geben können. Sie hatten ihr gesagt, dass es ihre Mutter gewesen war, die sie von hier fortgebracht hatte. Die Lichter hatten sie auf der Flucht an ihrem Band verletzt, so musste es gewesen sein. Nur so ließ sich erklären, warum sie auf den Stufen der Bethalle des Jidari-Klosters zusammengebrochen war. Und dennoch, ihre Stärke hatte ausgereicht, um sie in Sicherheit zu bringen. Weit, weit fort! So weit es ging fort von dieser Bedrohung. Sie hatte genug Eigensinn gehabt, sie vor einem Leben unter dem Joch des Gleißens zu bewahren. Alia spürte so viel Verzweiflung in dieser Tat und so viel Liebe. Sie war geliebt worden ...

Langsam ging sie zurück zu den Krankenzelten und setzte sich dann neben Kian. Ihr Blick ging schnell zu dem Mann hin, der als einziger seines Bandes beraubt aus dem Kampf zurückgekehrt war. Er schien zu schlafen. Eret hatte ihr seinen Namen genannt, und er hatte versprochen, nach ihrer Rückkehr in die Hauptstadt auch die Namen der anderen fünfundzwanzig Männer mit ihr zu teilen. Es wäre ein neuer Anfang, dachte sie nun traurig. Im Moment fühlte sie sehr deutlich, was sie war. Eine Heilerin. Aber was würde sie in der Hauptstadt sein, ohne des Königs Zwang?

Sie saß eine lange Zeit einfach da und betrachtete Kian. Seine Gesichtszüge schienen entspannt. Eine kurze Berührung hatte ihr verraten, dass das Fieber nicht zurückgekehrt war, und so konnte er zum ersten Mal seit seiner Verwundung einfach Ruhe im Schlaf finden, ohne um sein Überleben kämpfen zu müssen.

Alia ließ Tränen des Glückes über ihre Wangen laufen und sie fragte sich, wann sie jemals in Kians Nähe gewesen war, ohne handeln zu müssen? Ohne wichtige Informationen teilen zu müssen? Ohne sich Berührungen und Küsse von ihm stehlen zu müssen, weil sie sich verborgen halten mussten? Ohne Angst um sein Leben zu haben ... Jetzt saß sie einfach neben ihm, hielt seine Hand und niemals war ihr klarer geworden, warum sie sich derart ruhig fühlte. Sie hatten Zeit! Kian und sie hatten alle Zeit der Welt, um zusammen zu sein.

Es gab so vieles zu teilen, so viele Fragen zu stellen, aber sie mussten sich damit nie mehr beeilen. Sie würde gerne von ihm etwas über die Zeit erfahren, die sich ihrer Erinnerung entzog, und sie wollte ihm erzählen, was in diesem Schrillen sie so sehr verstört hatte. Sie wollte ihm von den Gedankenwesen erzählen, die von gleicher Gestalt waren wie sie und sich dennoch so sehr von ihr unterschieden. Und sie wollte von ihrer Mutter sprechen.

Sie wollte seinen Kampf mit dem Gleißen teilen, hören, was er hatte tun müssen, um es zu vernichten. Es hatte all seine Kräfte aufgezehrt, und sie wusste ehrlich nicht, ob er sie jemals vollständig zurückerlangen würde. Er hatte am letzten Abend die Verbindung mit seinem Pferd herstellen können, aber sie war ihr wie der Geist seiner eigentlichen Fähigkeiten erschienen, so schwach war sie gewesen. Sie mochte es kaum mit dem mächtigen Bild ihrer ersten Begegnung vergleichen. Auch schien es ihm im Augenblick nicht möglich, ihr etwas durch sein Band mitzuteilen. Was, wenn diese Fähigkeiten nie wiederkehrten? Er wäre ein Anderer für sie.

Sie legte ihren Kopf an seine unverletzte Schulter und schloss die Augen. Sie musste wieder beginnen regelmäßig zu schlafen und zu essen, ging es ihr durch den Kopf. Sie hatte Hunger und schlief dennoch innerhalb weniger Augenblicke ein.

Kian hatte seit dem Morgengrauen Alias Kopf an seiner Schulter gespürt, aber es nicht gewagt, sie anzusprechen, weil er ihr den wenigen Schlaf nicht nehmen wollte, den sie sich selbst zugestand. Er war wach und fühlte seinen Verstand so klar, wie zu keinem Zeitpunkt vorher, seit er ins Lager zurückgekehrt war.

Er sah eine Weile hinüber zu Roan, der noch fest zu schlafen schien, und lächelte bei dem Gedanken, dass er bald in sein Dorf zurückkehren und seine Frau wiedersehen würde. Kian hatte sie beide stets bewundert, denn es war ihnen gelungen, sich über so viele Jahre eine fast übermütige Liebe zu bewahren. Ihre Kinder waren erwachsen, und er hoffte, Roan möge sich nach diesem Feldzug etwas mehr in die Privatheit zurückziehen. Er hatte sich dieses Glück so sehr verdient.

„Heermeister Dogul, darf ich Euch stören?", flüsterte eine wohlbekannte Stimme und als er sich ihr zuwandte, sah er in Minos müdes Gesicht. Auch er konnte nicht viel Schlaf genossen haben.

„Ihr dürft stören, Mino!", lächelte er seinen ersten Späher an und bemerkte die deutlich hörbare Schwäche in seiner Stimme.

„Den Monden sei Dank, Ihr lebt! Ihr sprecht ...", flüsterte Mino nun.

„Eure Sorge ehrt mich!", erwiderte Kian aufrichtig und beobachtete, wie Alia an seiner Seite erwachte. Sie sah verwirrt um sich und als sie Mino erkannte, wollte sie sich leise zurückziehen, aber Kian schüttelte langsam den Kopf und reichte ihr mühsam seine Hand, damit sie bleiben sollte.

„Guten Morgen, Heilerin Alia, bitte bleibt! Jetzt, wo ich schon Euren Schlaf beendet habe! Ich werde nicht lange stören!"

Alia schien zu müde, um zu widersprechen, und nickte lediglich, ohne jedoch seine Hand loszulassen, was ihn auf eine sentimentale Art mit Stolz erfüllte, denn Mino hatte es natürlich bemerkt.

„Heermeister, ich kehre gerade erst mit Fürst Roda aus der Zeltstadt des Wüstenvolkes zurück. Die Clanoberhäupter schicken mich, um Euch ihre größte Ehrerbietung auszudrücken!"

„Ich nehme sie gerne an! Sind viele ihrer Reiter verletzt?"

„Es gab keine Verletzten unter ihnen!", erwiderte Mino auf eine Art, die auszudrücken schien, wie unsinnig seine Frage für ihn klang, aber auch seine weiteren Worte konnten Kians Verwirrung nicht klären. „Sie ritten nach Euch!"

„Ich verstehe nicht!", sagte er unsicher.

„Sie waren nicht in Reichweite der Bogenschützen! Und nachdem Ihr in dem Gleißen verschwandet, stellten diese ihren Beschuss nahezu augenblicklich ein!"

Kian war verwundert und noch mehr, als Alia nun leise erklärte: „Sie haben dich erkannt, Kian! Deswegen hörten sie auf zu schießen!"

„Mich erkannt?", wandte er sich nun an Alia und spürte bei dieser Bewegung einen stechenden Schmerz, den er jedoch nicht zeigen wollte.

„Ja! Sie erkannten dich als den, der ihre Verbindung mit dem Gleißen lösen würde!"

„Hattet Ihr Kontakt mit diesen ...?", begann Mino nun.

Alia senkte den Kopf. „Gestern! Sie haben das Pferd des Heermeisters geheilt! Und ich habe es hierher zurückgeholt!"

Jetzt sahen sowohl Mino als auch er Alia fragend an, aber es war Mino, der seine Sprache zuerst wiederfand. „Habt Ihr gewusst, dass sie Wesen sind wie ...?"

„Ich bin von ihrer Art! Ich weiß es seit der Nacht nach der Schlacht!" Noch immer konnte Alia den Blick nicht heben.

Kian brach es das Herz, sie derart defensiv zu sehen. „War es gut für dich, sie kennenzulernen?", flüsterte er.

Alia schüttelte den Kopf. „Sie sind mir sehr fremd! Sie haben unter dem Zwang durch das Gleißen so viele verletzt!"

„Geht weiterhin eine Gefahr von ihnen aus?", fragte Mino nun ruhig und wenn er bemerkt hatte, wie vertraut Alia und Kian hier miteinander sprachen, so ließ er es sich nicht anmerken.

„Nein! Sie haben sich dorthin zurückgezogen, wo sie immer gelebt haben!"

„In das Vulkanmassiv?"

Alia nickte und sah jetzt erst wieder auf, ohne Kians Blick zu treffen.

„Ich werde meine Leute zurückrufen! Wir sollten diesen Wesen ihren Frieden geben!", erklärte Mino nun fest.

Er sah Alia mit einer Wärme an, als wolle er eigentlich noch vieles mehr ausdrücken. Kian hoffte sehr, dass Minos Blick ihr in diesem Moment nicht entging, und er war beruhigt, als er Alias zaghaftes Lächeln in Minos Richtung sah.

Mino atmete durch und wandte sich dann wieder an ihn. „Die Soldaten haben Pläne und sie schicken mich, sie mit Euch zu teilen, Heermeister!"

Kian nickte und musste kurz die Augen schließen.

„Sie alle wollten warten, bis sich Euer Zustand stabilisiert hat! Sie wollen morgen bei Sonnenaufgang die Feuer entzünden und über den Abschied der Toten wachen. Danach möchten sie die Zeremonie des Dankes begehen!"

„Das ist wunderschön, Mino!", konnte Kian nur erwidern.

Er hatte nur ein einziges Mal zuvor einer Dankeszeremonie beigewohnt und es schien ihm eine Ewigkeit her zu sein, aber es war die Zeit seiner persönlichen Entscheidung für sein Leben gewesen. Er hatte viele aus einer aussichtslosen Schlacht herausgeführt und ihre Danksagungen hatten ihn zutiefst geehrt und mit Stolz erfüllt. Es war richtig, diese Zeremonie zu Ehren der Toten dieses Kampfes durchzuführen, denn es erschien ihm wichtiger denn je, auch in diesem Moment an ihrer Gemeinschaft festzuhalten.

„Erscheint es Euch angemessen, die Zeremonie abzuhalten?", fragte Mino unsicher.

„Mehr als angemessen, Mino!"

Mino lächelte und nickte. „Die Clanoberhäupter erbitten die Erlaubnis, an unserer Zeremonie teilnehmen zu dürfen, Heermeister Dogul!"

„Sie haben an unserer Seite gekämpft! Natürlich sollen sie dabei sein!"

„Ich werde unsere Einladung überbringen!", nickte Mino und sah ihn dann einen Augenblick an. „Die Soldaten wünschen, dass Ihr die Worte sprecht und uns durch die Wache und den Dank führt!"

Kian blickte seinen ersten Späher fest an. „Ich weiß nicht, ob ich dazu in der Lage sein werde. Und ich bin überzeugt davon, wir sollten das Zeremoniell offen gestalten, sodass jeder zu Wort kommen kann!"

Mino nickte und sah sich um. Er tauschte offensichtlich Blicke mit den Verletzten um sie herum und sprach dann zum ersten Mal so laut, dass alle im Zelt ihn hören konnten. „Jeder sollte morgen an den Ritualen teilnehmen können! Wie können wir das bewerkstelligen, Heilerin?"

„Nun", begann Alia und schien nachdenklich. „Es gibt viele, die ihr Krankenbett noch nicht verlassen können! Ich bin sicher, wir werden genügend Helfer finden, um diese Betten ins Freie zu tragen!“

Alias Worte fanden Zustimmung im ganzen Krankenzelt, das Kian nun zum ersten Mal tatsächlich wahrnehmen konnte. Er tauschte ein Lächeln mit Roan und sah, wie einige Soldaten ihn mit der Faust an ihrer Brust grüßten. Er konnte jedoch nur nicken, da sein Körper ihm noch immer weitestgehend den Dienst versagte. Es war einerlei.

Auch seine Schmerzen waren einerlei. Sie waren es nicht wert, sie zum Ausdruck zu bringen. Er beobachtete einfach nur Alia, die jeden hier so gut zu kennen schien, und freute sich für sie darüber, dass alle ihr mit so viel Freundlichkeit begegneten. Sie hatte immer Angst davor gehabt, andere könnten ihre Andersartigkeit erkennen, aber nun, da offensichtlich alle darum wussten, denn sicherlich hatte jeder hier die Bogenschützen gesehen, musste sie einfach begreifen, dass es keine Rolle spielte, was sie war. Sie war ihre Heilerin und alle hier achteten sie.

Kapitel 55

Der Himmel färbte sich bereits in verschiedenen Rottönen, als Alia dem Zug der Soldaten ins Freie folgte. Alle hatten still gemeinsam das Morgenritual durchgeführt und das war etwas, das Alia lange nicht gesehen hatte. Sie erinnerte sich an die Worte, mit denen Kian das Ritual begleitet hatte. Seine Worte und seine stolze Erscheinung, die sie damals so sehr in sich aufgenommen hatte.

Die Soldaten hatten sich schweigend getrennt. Einige waren aufgebrochen, um den Platz zu betreten, auf dem die Opfer der Schlacht bereits aufgebahrt lagen, von dichtem Gehölz umgeben, das man entzünden würde. Andere hatten dabei geholfen, die Verletzten hinauszutragen. Alle nahmen an der Zeremonie teil und niemand sprach auch nur ein einziges Wort. Die Stille war Alia erneut unangenehm und sie schien ihr schon lange nicht mehr passend, denn sollten nicht alle längst ihre Erlebnisse miteinander geteilt haben, um sie gemeinsam ertragen zu können? Sie verstand jedoch, dass dieses Schweigen zu Ehren der Toten eingehalten wurde, und beobachtete still, wie sich nun alle zusammenfanden.

Sie stand mit gebeugtem Kopf neben Kians Pritsche und traf von Zeit zu Zeit seinen Blick. Er konnte nun längere Zeit am Stück wach bleiben, schlief jedoch noch immer viel, als forderte sein Körper die Ruhe vehement ein. Er hatte ihr in der gestrigen Nacht erklärt, warum die Rituale der Armee seit jeher eine Feuerbestattung vorsahen und sie die Toten nicht in die Erde legten, wie es sonst unter den Menschen des Landes Brauch war. Niemandes Körper sollte fern der Heimat, womöglich auf Feindesland, ein Dasein in Einsamkeit fristen. Man verbrannte die Toten, um ihre Asche dem Wind zu übergeben, sodass sie in ihm einen Weg über das Land finden konnten.

Alia verstand das, aber sie fürchtete sich dennoch vor diesem Anblick. Sie war gewiss nicht empfindlich, aber diese Verbrennung widersprach so sehr ihrem persönlichen Empfinden, erschien sie ihr doch wie ein Akt großer Gewalt. Und hatten diese Toten es nicht verdient in Frieden zu ruhen?

Ihre Gedanken verflogen jedoch auf der Stelle, als sie nun vier Reiter auf dem Platz ankommen sah. Sie waren in große Tücher gehüllt, deren braune Farbe nahezu der Farbe der Landschaft glich. Ihre Augen trafen keinen direkten Blick und sie waren von einem sehr ähnlichen Blau, wie die Kians. Sie blickten sich still um, stiegen dann von ihren Pferden und reihten sich in die Gruppe der Kämpfer ein.

Die Stille erfüllte die Landschaft. Kein Vogel war zu hören, nur der Wind, der leise um sie herumstrich. Die Männer und Frauen standen sehr still, während die Brise den Stoff ihrer Kleidung und ihre Haare bewegte. Es war, als warteten sie. Warteten auf den richtigen Augenblick, mit den bereits brennenden Fackeln das Gehölz zu entflammen. Viele wandten sich nun in Kians Richtung. Er schien es zu bemerken und versuchte mit wenig Erfolg seinen Kopf zu erheben.

„Sag die Worte, Kian! Sie warten auf dich!", flüsterte Roan nun neben ihm und griff nach seiner Hand.

Und Alia sah, wie er sich mit Roans Hilfe mühsam auf den Ellenbogen seiner unverletzten Seite stützte. Er biss die Zähne zusammen und schloss für einen Moment die Augen, als er sie jedoch wieder öffnete, schien er gefasst und ließ seinen Blick durch die Reihen gleiten. Viele nickten ihm zu, Alia sah Tränen in manchen Augen, und sie begriff nun deutlicher denn je, dass er der Mittelpunkt dieser Runde von Kämpfern war. Er war ihr Heermeister, einerlei, wie sehr er verletzt war. Er war es, auf dessen Kommando sie warteten, seit jeher.

„Wir übergeben diese Körper dem Himmel! Mögen sie Freiheit finden in all seinen Richtungen!"

Die Soldaten zogen nun ihre Schwerter und verneigten sich mit ihnen in alle vier Himmelsrichtungen. Der Gleichklang ihrer Bewegungen ließ Alia erschauern und ihre Betroffenheit wuchs noch mehr, als sie Kians nächsten Worten lauschte. Sie waren nahezu ein Flüstern, bevor er sich nicht mehr in seiner mühsamen Position halten konnte.

„Geht in Frieden!“

Nun traten vier Soldaten vor, jeder mit einer Fackel in der Hand. Sie schritten feierlich von vier Seiten auf die Toten zu, sprachen gemeinsam Kians Worte nach und mit diesem *„Geht in Frieden!“* entzündeten sie das Gehölz. Sie warfen ihre Fackeln auf die toten Körper und traten dann zurück in die Runde. Alle neigten nun ihre Köpfe und verharrten, während das Tosen der Flammen vor ihnen anschwoll. Es war ein Abschied, und die Flammen sangen ihre mächtige und zerstörerische Melodie dazu.

Auch Alia hatte den Kopf gesenkt und lauschte nun Mino, der hinter ihr mit fester Stimme die Namen der Toten verlas. Er tat es langsam, ließ lange Pausen zwischen den einzelnen Namen, um jedem der hier Versammelten Gelegenheit zu geben, eigene Gedanken zu den Menschen zu fassen, deren letztem Weg sie hier beiwohnten. Die Soldaten des Königs, die Alia nie gekannt hatte. Die Fürsten und die Soldaten der Armee.

Es war auch der letzte Gang des Königs. Sie hatte es versäumt, Fragen nach den Umständen seines Todes zu stellen. Es erschien ihr nicht wichtig, aber nun wanderten ihre Gedanken erneut zu dem Bild, das Königin Nari ihnen bei ihrem Fortreiten vermittelt hatte. Sie war ihr fast zerbrochen erschienen, und Kian hatte diese Ansicht mit ihr geteilt. Wie würde sie die Nachricht vom Tod ihres Mannes aufnehmen? Auch wenn sie keine Liebe zu ihm empfand, und dessen war Alia sich sicher, so war er doch ihr Mann. Wie würde sie mit diesem Verlust leben? Sie und das ganze Land?

Die Flammen hatten nun von allen Körpern Besitz ergriffen, und als sie sah, wie der Rauch eine andere Färbung anzunehmen schien, erhob ein jeder um sie herum die rechte Hand. Es wirkte, als erhoben sie alle sie zu einem bewegungslosen Winken und die Hände blieben zum Himmel gestreckt, die Köpfe gesenkt, bis die Flammen kleiner wurden. Sie würden die Toten grüßen, bis die Flammen verloschen, und auch Alia erhob nun ihre Hand, legte sie stumm in den Wind und sah Kian an. Er hatte die Augen geschlossen, aber sein Mund bewegte sich in einem Flüstern, das nur sie verstehen konnte.

„Anu dai isrisen andor seis wilbie protedet forewer ineternit.“

Das Feuer war nahezu heruntergebrannt, und sie alle begaben sich zum Versammlungsplatz des Lagers, den die Soldaten in weiten Teilen mit Zeltstoff überdacht hatten, der sie in der Mittagshitze beschatten würde. Dem Brauch folgend bildeten sie einen großen Kreis in mehreren Reihen, sodass jeder den anderen sehen konnte, ließen sich auf dem Boden nieder und Becher mit starkem Gewürztee wurden herumgereicht.

Hier, am selben Ort, von dem aus sie in die Schlacht gezogen waren, sollte nun die Dankeszeremonie stattfinden, und sie würden ihre Erinnerungen teilen. Die Schlacht war Vergangenheit, die Toten verabschiedet, und Kian hielt Alias Hand. Jeder konnte es sehen, wurde ihm jetzt bewusst, aber das war gut so. Jeder hier konnte wissen, dass er zu ihr gehörte, er würde seine Gefühle für Alia zeigen, einerlei, was man über ihn denken mochte. Sie hatte wieder zu wenig geschlafen, dachte er nun und fragte sich lächelnd, ob die dunklen Ränder unter ihren Augen jemals wieder vergehen würden.

Noch immer wurden keine Worte getauscht. Er selbst hatte in den letzten Zügen der Nacht darüber nachgedacht, was er an diesem Morgen sagen würde, während Alia erneut an seiner Schulter eingeschlafen war. Vorher hatte sie ihn gebeten, ihr die Rituale zu erklären, denen sie beiwohnen würde, und er hatte sogar die Kraft gefunden, ihr in knappen Worten von seinem einzigen Erlebnis einer Dankeszeremonie zu erzählen. Er hatte ihr beschrieben, wie unendlich schwer ihm damals die Entscheidung gefallen war, sein Leben anzunehmen, denn es bedeutete, das Leben eines Inzani führen zu wollen mit allen Konsequenzen. Er hatte damals nicht das Gefühl gehabt, stark genug zu sein, um sein Leben aktiv zu schützen, sei es im Kampf oder gegen die Anfeindungen der Anderen, aber er hatte sich entschieden.

Alia hatte ihn lange angesehen und dann ihre Lippen in unzähligen, ruhigen Küssen über sein Gesicht bewegt. Als sie seine Lippen fanden, hatte er ihren Kuss erwidert, als sei es der erste, den sie in ihrem Leben tauschten. Er fühlte sich schwach und auf eine befremdliche Art körperlos, aber ihre Küsse sprachen still davon, dass er für sie noch immer ein Mann war.

„Ich danke dir, dass du dich für dein Leben entschieden hast, Kian! Damals und heute!“, hatte sie dann geflüstert, aber er hatte nicht recht verstanden, was sie mit dem Wort *heute* meinte.

„Nachdem du das Gleißen besiegt hattest, hast du dich erneut für dein Leben entschieden! Ich habe gesehen, wie du darum gekämpft hast! Du hast versucht zu mir zu kommen. Du hast mich gerufen. Und du bist bei mir geblieben, obwohl es leichter gewesen wäre zu gehen!“

Aber er hatte nur den Kopf geschüttelt, weil seine Kraft ihn mehr und mehr verließ, und doch wollte er diese Worte sprechen. „Du irrst dich! Es war nicht leicht zu gehen, Alia! Es hätte bedeutet, dich zu verlassen!“

Es kam ihm seltsam vor, dass Alia und er bislang nicht über die Geschehnisse in der Wüste gesprochen hatten. Sie hatten sich darüber keine Fragen gestellt, dabei wollte er wissen, was dieses Schrillen für sie bedeutet hatte. Er wollte wissen, was diese Wesen dort draußen für sie waren, von denen sie gesagt hatte, sie seien ihr so fremd. Aber sie beide schwiegen, und seine Erinnerung an das Gleißen schien sich ohnehin zu verwirren. Er konnte nicht mehr bestimmen, was die Realität und was seine Phantasie in seinem Zusammentreffen mit diesem Feind war. Alles verschwamm, außer dem Gefühl der mächtigen existenziellen Bedrohung, die für ihn darin bestanden hatte.

Auch jetzt noch gab ihr Dank ihm Kraft. Sie hatte ihre Worte für ihn gesprochen und das war es, was sie nun alle füreinander tun würden.

„Hilfst du mir, Alia?“

„Wobei?“, flüsterte sie zurück.

„Ich möchte mich aufsetzen!“

„Möchtest du ohnmächtig werden vor Schmerz?“, fragte sie scharf und zog die Brauen zusammen.

Er lächelte. „Ich werde nicht ohnmächtig!“, erwiderte er leise und stützte sich dann selbst auf seinen Ellenbogen.

Natürlich hatte sie recht! Der Schmerz in seiner Schulter war grässlich, obwohl sie ihm noch immer starke Schmerzmittel verabreichte, und natürlich war er nah daran, sein Bewusstsein zu verlieren, aber er wollte diese Menschen sehen. Er wollte zu ihnen sprechen und ihnen dabei in die Augen sehen. Dann jedoch spürte er, wie sie ihn stützte und sich hinter ihn setzte, damit er sich an ihren Körper lehnen konnte. Er lächelte sie kurz an, musste sich jedoch sehr darauf konzentrieren, den Schmerz ertragen zu können, bevor er zu sprechen begann. Erst jetzt bemerkte er, dass die Blicke der hier Versammelten bereits auf ihm lagen, und er nickte.

„Lasst uns die Regeln der Dankeszeremonie für diesen Anlass lockern! Ich möchte Euch nicht hindurchführen! Jeder von Euch soll die Gelegenheit haben, seinen persönlichen Dank auszudrücken. Wenn Ihr damit einverstanden seid, werde ich beginnen!"

Er sah die Kämpfer ruhig nicken und war sich plötzlich sehr darüber bewusst, wie schwach seine Stimme klang und welches Bild des Elends er hier abgab. Aber das trennte ihn nicht von seinen Soldaten, im Gegenteil, es verband ihn mit ihnen.

„Ihr erinnert Euch an den Abend unseres Treffens in der Scheune Fürst Pars! Dann erinnert Ihr Euch auch daran, dass ich Euch aufforderte, Euch gegenseitig anzusehen und in Eurem Gegenüber zu erkennen, dass wir alle eins sein würden im Kampf gegen das Gleißen! Ich möchte heute jeden von Euch auffordern, die Hand zu erheben, der an diesem Abend Angst um sein Leben hatte!"

Alle erhoben nun die Hand, einschließlich ihm selbst, was ihm unerträgliche Schmerzen verursachte, die er nur mühsam ignorieren konnte.

„Jeder von uns hatte Angst um sein Leben! Ihr wisst noch, wie ich Euch sagte, dass nicht jeder von uns sein Leben behalten würde? Dass wir nicht jeden beschützen könnten, der sein Leben in unsere Hände gab? Ich bitte Euch nun die Hand zu erheben, wenn Ihr an diesem Abend daran zweifeltet, dass Euer Gegenüber eine sichere Chance auf das Überleben hatte!"

Er selbst erhob nun als Erster die Hand, während alle anderen es zögerlicher taten.

„Ich sehe Euer Zögern, aber wir alle wissen, was unsere erhobenen Hände jetzt bedeuten. Wir wollen nicht zugeben, wie sehr wir alle im Grunde daran gezweifelt haben, dass diese Schlacht überhaupt siegreich verlaufen könnte. Ich möchte nun, dass jeder die Hand hebt, der sich sicher war, dass wir auch nur den Hauch einer Chance hatten, gegen das Gleißen bestehen zu können!"

Er sah die meisten Kämpfer betreten vor sich zu Boden blicken und nickte langsam. Niemand erhob seine Hand.

„Und deshalb möchte ich Euch allen danken! Ich danke Euch dafür, dass Ihr mir in diesen aussichtslosen Kampf gefolgt seid! Diesen Kampf, in dem wir uns alle bereits sterbend sahen. Ich danke Euch für Euren Mut an meiner Seite zu kämpfen, obwohl Ihr sicher wart, es wäre die letzte Tat Eures Lebens!"

Alle sahen ihn an. Stille legte sich über die Menge, jeder hier schien seine Worte nachklingen zu lassen, um die Wahrheit darin aufnehmen zu können. Eine Stille gefüllt mit der Erinnerung an die Gewissheit ihres Todes.

Der alte Fürst Ileu machte schließlich seiner eigenen Tradition alle Ehre und begann nach einiger Zeit als Erster zu klatschen. Bald taten es ihm alle nach, auch Kian, der es lediglich andeuten konnte. Sie klatschten Beifall für jeden einzelnen unter den Kämpfern und für sich selbst.

Als der Beifall langsam ausdünnte, erhob Kian jedoch die Hand, um noch einmal das Wort zu führen.

„Mein Dank gilt auch der Heilerin Alia, die mich in diesem Moment stützt und es bereits in der Vergangenheit auf so vielfältige Weise tat! Sie ist es, die alle Informationen über das Gleißen gesammelt hat, damit wir ihm nicht schutzlos begegnen mussten! Ich durfte nicht darauf hoffen, sie jemals wiederzusehen, und dass ich es jetzt darf, erfüllt mich mit unsagbarem Glück. Sie hat mein Leben nicht zum ersten Mal bewahrt, aber dieses Mal habe ich tatsächlich die Chance auf einen Neubeginn! Und dieses neue Leben verdanke ich ihr!"

Und nun wurde er Zeuge so vieler, die ihm zustimmten, obgleich seine Worte so sehr privater Natur gewesen waren. So viele, die ebenso wie er selbst ihr Leben verloren hätten, wäre sie nicht gewesen. So viele, die nun erneut klatschten, und sie taten es für

Alia. Er drehte sich mühsam nach ihr um. Die Schmerzen in seiner Schulter schienen ihm den Atem zu nehmen, aber er lächelte sie stolz an und versuchte, sie dabei zu unterstützen, seinen Oberkörper wieder abzulegen, aber er war zu schwach und so musste sie sein Gewicht allein tragen. Sie tat es mit einem kurzen Blick in seine Augen, dann jedoch sah sie die Menschen an, die ihr in diesem Moment so vieles gaben, das sie sicherlich nie für möglich gehalten hatte. Er wusste das und nahm ihren jetzigen Anblick tief in sich auf, um den Gesichtsausdruck zu bewahren, den sie nun trug.

Nachdem er seinem Dank Worte verliehen hatte, folgte Roan ihm nach. Kian sah seinen Freund an, sah, wie Roan sich mit nur mühsam verborgenen Tränen in den Augen aufsetzte und ihm dafür dankte, dass er es auf sich genommen hatte, in das Gleißen hineinzureiten und diesem Feind, allein auf sich gestellt, ins Auge zu sehen. Roan bekräftigte, dass niemand von ihnen je in der Lage sein würde zu begreifen, welche Kräfte während seines Kampfes gewirkt haben mochten, und womöglich entzögen sie sich vollkommen jeder Vorstellungskraft.

Und Kian wusste plötzlich, dass das die Wahrheit war. Er würde niemals darüber sprechen können, was er getan hatte. Niemand hier, nicht mal die Soldaten seines innersten Kreises, hatte auch nur die geringste Ahnung von den Fähigkeiten seines Bandes. Niemand, außer Alia. Nur sie beide konnten seine Erlebnisse in dem Gleißen teilen, soweit er sie überhaupt begriff und sie sich seiner Erinnerung nicht bereits entzogen. Es war eine einsame Tat gewesen und für den Rest der Welt wäre die Schlacht, die er gefochten hatte, niemals zu verstehen.

„Heermeister Dogul hätte sein Leben für uns alle und unser Land gegeben!“, schloss Roan nun. „Ich kann meinen Dank nicht im Mindesten ausdrücken. Mir fehlen die Worte, hier zu sagen, wie sehr ich seine Tat bewundere, und ich danke für die bloße Existenz dieses Mannes in unserem Leben. Ich danke ihm dafür, dass er stärker ist als wir alle. Ich danke dafür, dass seine Freundschaft mich auch in Zukunft begleiten darf. Ich danke, für sein Leben!“

Bei diesen Worten griff Kian nach Roans Hand, sah ihn lange an, schloss dann die Augen und lauschte still dem Beifall, der nun wieder anschwoll und nicht enden zu wollen schien.

Alias Herz wollte in Zuneigung vergehen, als sie ihn so sah. Er war verletzt, entkräftet von Schmerzen und dem, was er an das Gleißen verloren hatte, und doch noch immer in der Lage so vieles zu geben, ohne sich herausstellen zu müssen. Seine Bescheidenheit erschien ihr plötzlich wie die Essenz seiner Persönlichkeit, wie das Material, aus dem der Mann gemacht war, den sie liebte.

Roan hatte ausgesprochen, was wahrscheinlich alle in diesem Kreis dachten. Auch er fand schließlich noch die Worte, ihr für sein Leben zu danken, und berührte dabei kurz ihre Hand.

Nachdem sich die Menge wieder gefasst hatte, kamen viele zu Wort, die ebenso wie er Dankesworte für Kian aussprachen, aber mehr und mehr lauschte Alia auch Danksagungen an andere Kampfgefährten. Soldaten, die Kameraden von ihren stürzenden Pferden gerissen hatten, damit sie nicht unter ihnen begraben würden. Andere, bei denen das Öl der Neinat zu früh seine Wirkung verloren hatte, und die dann mit geschlossenen Augen weiterkämpfen konnten, weil ihre Kameraden ihre Pferde führten und ihnen mit Kommandos zu Seite standen. Unzählige Akte selbstloser Unterstützung wurden hier geteilt. Aber vor allem erschloss sich Alia durch diese Berichte nach und nach sowohl der eigentliche Ablauf des Kampfes gegen das Gleißen als auch die Positionen, die einzelne Truppenteile in diesem Angriff eingenommen hatten.

Als Fürst Ileu jedoch zu Wort kam, der neben der Pritsche seines Sohnes saß, hörte sie eine Geschichte ganz anderer Art. Ileu sah seinen Sohn lange an und dann dankte er ihm für sein Leben, denn der Pfeil, der in die Brust seines Sohnes eingedrungen war, war eigentlich für ihn bestimmt. In einem todesmutigen Akt hatte der junge Ileu sich vor seinen Vater geworfen und damit verhindert, dass der Pfeil ihn treffen konnte.

„Ich danke meinem Sohn für die Liebe, die sich in einer solchen Tat zeigt! Und niemand kann ermessen, wie stolz ich darauf bin!“

Die beiden sahen sich fest an, nickten einander zu und dann raunte der junge Fürst, er hätte keine andere Wahl gehabt, denn seine Mutter hätte ihn sicher des Fürstentums verwiesen, wenn er ohne ihren Mann heimgekehrt wäre. Und in diesem Moment entlud sich einiges der Spannung, die auf den Kämpfern gelastet hatte, in einem mitfühlenden Lachen. Es war gut, sie lachen zu hören, und erleichternd nach all dem Schweigen.

Sie sah auch Kian lachen, aber es endete in einem erstickten Husten. Sie berührte seine Brust, spürte seine Schwäche und fragte sich nicht zum ersten Mal, ob er jemals wieder ganz gesund werden konnte. Was wäre, wenn nicht? Sicher, seine Schulter und sein Bein würden heilen, er würde sich auf seine Stöcke gestützt wieder fortbewegen können, er würde wieder reiten, aber es würde ihn vermutlich sehr viel mehr Kraft kosten, sein Leben so zu führen, wie er es gewohnt war. Sein Körper und sein Band waren auf eine Art verletzt und müde, die sie noch immer nicht begriff. Sie hatte sein Band nach seiner Verletzung bei den Findlingen schon einmal ähnlich schwach erlebt, aber dieses Mal fühlte sie, dass es nicht mehr zu seiner alten Stärke zurückfinden würde. Sie war es nicht gewohnt, in der Ausübung ihres Berufes vor Rätseln zu stehen, die sie nicht zu lösen vermochte, und es ließ sie in tiefer Trauer zurück, dass ausgerechnet Kian diese Ausnahme bilden musste. Er, den sie um jeden Preis gesund sehen wollte.

Die Fürsten Ileu hatten gemeinsam ihren Dank an Kian ausgesprochen, und Alia musste den Kopf senken, als sie verwirrt bemerkte, dass sie selbst das Thema ihrer folgenden Worte war. Der alte Fürst Ileu sprach darüber, dass sie alle registriert hatten, wie krank Alia gewesen war, bevor sie in die Schlacht gezogen waren. Kian hätte Tag und Nacht über sie gewacht, bevor er in tiefer Sorge um sie fortging. Sie hatte das bereits gewusst, aber diese Tatsache noch einmal von einem Fremden ausgesprochen zu hören, erfüllte sie mit einer Welle großer Gefühle für Kian.

„Ihre Krankheit hat sie sehr geschwächt und viele von uns haben gesehen, wie sie sich stützen musste, um ihren Aufgaben nachzukommen, und dennoch hat sie sofort begonnen Leben zu retten!", führte Fürst Ileu nun aus.

Er berichtete, wie sie das Mittel gegen das Gift gefunden und dessen Anwendung perfektioniert hatte und erwähnte die Operationen, die er an ihrer Seite durchgeführt hatte. Er nannte sie kompliziert, dabei war nur das Zusammenfügen von Roans Knie tatsächlich kompliziert gewesen, dachte sie einen Moment verschämt und lauschte dann seinen weiteren Worten. Schließlich wandte er sich direkt an sie und sah ihr ruhig in die Augen.

„Ich möchte gerne aussprechen, was wir alle hier über Euch denken, Heilerin Alia! Natürlich hat jeder unter uns während des Kampfes gesehen, dass Ihr von derselben Art seid, wie die wilden Bogenschützen, denen wir dort draußen in der Wüste begegnet sind! Aber seid gewiss, jedem hier bedeutet das nicht das Geringste, wenn Ihr nur weiterhin unsere Heilerin seid, denn eine bessere hat unsere Welt nie gesehen!"

Alia starrte in Fürst Ileus Augen. Ein Teil von ihr war erbost, dass er diese Worte öffentlich ausgesprochen hatte, aber ein anderer Teil lauschte dem Klatschen und den zustimmenden Rufen so vieler, wenn nicht aller Kämpfer.

Kian hielt einen Moment die Luft an, denn er befürchtete bei Alias Anblick, sie würde Fürst Ileu im nächsten Augenblick beleidigen. Sie war wütend, weil er sie mit seinen Worten derart bloßgestellt hatte, aber sie blieb ruhig. Sie hörte den Beifall, der ihr galt. Wenn ihr auch bisher die Loyalität der Soldaten zu ihr entgangen sein mochte, so konnte sie ihr niemals eindrucksvoller als in diesem Moment gezeigt werden. Sie hatte den Kopf tief gesenkt und doch schien es, als könne sie genießen, was sie jetzt erlebte. Kians Brust wurde weit, denn er hatte womöglich nie erlebt, dass sie es genoss, in der Öffentlichkeit zu stehen, und das, obwohl ihre Fremdheit hier offen zur Diskussion stand.

Dieser Krieg hatte nicht nur sie verändert. Sie alle waren nicht mehr die, die sie vor dem Gleißen gewesen waren, dachte er und war im Begriff die Augen erneut zu schließen, als sich jetzt eine Stimme Gehör verschaffte, die er nie gehört hatte. Und auch die fremde Sprache, die sie sprach, war niemals an seine Ohren gedrungen. Etwas Herbes, Kehliges lag in ihr und doch schien sie einem Gesang zu gleichen.

„Das ist Na'ati. Er ist Vertreter der Clanchefs des Wüstenvolkes. Er bittet darum in dieser Runde sprechen zu dürfen. Ich werde seine Worte übersetzen", erklärte Fürst Roda ruhig und um ihn herum sah Kian die Soldaten nicken.

Der Vertreter des Wüstenvolks sprach jedoch nicht weiter, sondern wandte seinen Blick an Kian. Er erhob mühsam seinen Kopf und wurde gewahr, dass dieser Mann ihn sehr genau ansah. Er vermied den direkten Augenkontakt mit jedem anderen, nur nicht mit ihm. Er wartete auf ein Zeichen von ihm, damit er sprechen konnte, und Kian nickte ihm zu. Sein Kopf sank zurück, aber er hatte diesen Mann lange genug betrachtet, um zu sehen, dass er seinen ganzen Körper, alle seine Sinne, seine Konzentration nur auf ihn und niemanden sonst in diesem Kreis der Kämpfer richtete. Es war wie bei ihrer ersten Begegnung vor der Schlacht, er fühlte sich erkannt.

„Die Männer und Frauen des Wüstenvolkes verneigen sich in Ehrfurcht vor dem Mann, den Ihr Heermeister Dogul nennt. Für uns ist er auf immer der, der das Licht von uns genommen hat. Viele Generationen haben in Angst gelebt, es käme erneut über uns. Viele Generationen haben die Geschichte von dem Einen *erzählt. Ein ferner Sohn unseres Blutes, dessen Geburt das Licht erneut wecken würde, um es eines Tages durch die Verbindung mit einem fremden Wüstenwesen für immer zu löschen. Ein Mann mit mächtigeren Fähigkeiten als alle, die wir kennen. Das ist dieser Mann. Er hat uns die Freiheit geschenkt. Er mag um alles bitten, wir geben es mit offenen Händen, denn unser Dank ist weit wie das Land, das wir bewohnen."*

Kian erhob sich noch einmal mühsam. Er war von ihrem Blut? Und das Gleißen kehrte mit seiner Geburt zurück? Und auch Alia schien hierbei eine Rolle zu spielen ... Er hatte jedoch nicht mehr die Kraft, darüber nachzudenken, was er aus den Worten dieses Clanchefs entnommen hatte, sondern konzentrierte sich allein auf das, was er ihm sagen wollte. Es war sein Dank dafür, dass diese Reiter mit ihm gekämpft hatten, obwohl sie das Geschick des Königreiches und seiner Fürstentümer nicht berührte und es nie getan hatte.

„Ich verneige mich in Demut vor Euch, und ich erbitte keinen Lohn für diesen Kampf. Seht Euch um! Das Leben eines jeden hier in Freiheit ist unser aller Lohn für den Sieg, den wir errungen haben! Und Ihr seid ein Teil davon!" Kian ging der Atem aus und er legte entkräftet seinen Kopf zurück, aber er hatte den Mann des Wüstenvolkes nicken sehen.

„So soll es sein!", antwortete er ruhig.

Dann erhoben sich seine Reiter. Ihre Tücher flatterten im Wind um ihre hochgewachsenen Körper. Sie bestiegen ihre Pferde, ein jeder erhob das Kinn der Runde entgegen und sie ritten schweigend fort. Seltsame Menschen waren das, aber Kian spürte ihren großmütigen Dank als etwas sehr Wertvolles, das er auf ewig in seiner Erinnerung bewahren und ehren würde.

Die meisten Kämpfer hatten ihren Dank gesagt und die Stimmung war nach dem Fortreiten der Kämpfer des Wüstenvolkes entspannter geworden. Er hatte die Augen geschlossen und aufmerksam zugehört, denn viele hatten erneut an Episoden des Kampfes erinnert, ihren Waffenbrüdern gedankt, und ihm wurde nur zu bewusst, dass er im Grunde nichts über die Schlacht wusste. Er war dabei gewesen und hatte doch in Einsamkeit seine Aufgabe erfüllt. Nun jedoch hörte er von den Taten seiner Soldaten und jedes einzelne Wort erfüllte ihn mit Stolz.

Viele dankten Evan und Fürst Side für ihr Leben, denn sie waren es gewesen, die mit Hilfe von Hauptmann Lins Soldaten in der Nacht nach der Schlacht hinausgeritten waren, um dann wieder und wieder mit Verletzten ins Lager zurückzukehren. Die meisten Verletzten hatte es in der westlichen Angriffsfront gegeben, denn Hauptmann Seth hatte mit seinen Kämpfern die Verfolgung der Bogenschützen am längsten vorangetrieben. Sie hatten gehofft, Gefangene unter ihnen machen zu können, um Informationen über das Gleißen aus ihnen herauszupressen. Einmal jedoch im Vulkanmassiv angekommen, waren diese Wesen in Unsichtbarkeit mit dem Gestein verschmolzen, und Seth hatte Befehl zum Rückzug gegeben.

Ana, Evan, Mino, sie alle hatten ihre Worte des Dankes gesprochen, und vor allem Anas Dank an ihn hatte ihn sehr bewegt zurückgelassen, wenn er auch nicht recht sagen konnte, warum es so war. Sie hatte in intensiven Worten davon gesprochen, dass er ihnen allen eine Zukunft gegeben hatte, und dieses Wort hallte lange in ihm nach.

Nun jedoch war es an Alia, die richtigen Worte zu finden. Sie hatte bereits in der letzten Nacht ihren Dank an ihn ausgedrückt und jetzt dankte sie dem alten Fürst Ileu für seine tapfere Unterstützung während so vieler Operationen, die sie gemeinsam vorgenommen hatten. Danach schien ihr Blick in die Ferne zu schweifen, und Kian versuchte angestrengt, ihre Miene zu deuten, was ihm nicht gelang. Deshalb überraschte es ihn umso mehr, als sie ihren Dank nun an Eret richtete.

„Er war entschlossen, in dieser Schlacht zu kämpfen!", begann sie und sprach dann mit fester Stimme weiter. „Er ist vermutlich der mutigste Mann in diesen Reihen, denn er war dem Gleißen, als einziger unter uns, schon einmal entgegengetreten, als er den König bei seinem letzten Alleingang begleitete. Er hätte es wieder getan, aber er blieb! Er folgte dem Befehl seines Heermeisters und unterstützte meine Arbeit hier im Lager!"

Nun begann sie die Taten Erets zu schildern, und Kians Herz wurde warm, als er vernahm, wie Eret die Zurückgekehrten organisiert und mit ihrer Hilfe die Medizin hergestellt hatte, die allen Verletzten dabei geholfen hatte, das Gift aus ihren Körpern zu spülen. Danach hatte er mit großer Hingabe die verletzten Pferde behandelt und Essen und Trinken unter den Patienten in den Zelten verteilt. Alias abschließende Worte jedoch waren es, die Kian spüren ließen, wie sehr sie in manchen Augenblicken genau das auszudrücken vermochte, was auch er selbst im Kopf hatte, denn sie sah Eret lächelnd an und sprach:

„Heldentum kann man nicht nur auf dem Schlachtfeld finden, sondern auch hier mitten unter uns!"

Beifall erklang. Er sah Eret mit Tränen in den Augen nicken, nahm Alias Hand erneut in seine und auch er nickte ihr zu. Wie mochte der Moment ihres Erwachens nach dem Verstummen des Schrillens gewesen sein? Zumindest war sie nicht alleine gewesen. Es war kein Fehler gewesen, ihr Eret zur Seite zu stellen, das konnte er ihren Worten deutlich entnehmen. Sie hatte Eret gedankt, der in dieser Zeremonie bislang keine Beachtung gefunden hatte, da Kian ihn daran gehindert hatte, ihm in den Kampf zu folgen. Und dass

Alia diesen Umstand würdigte, ließ ihn mit tiefer Zuneigung zu ihr zurück.

Sie schien durchzuatmen, ließ noch einmal den Blick durch die Reihen gleiten, aber er selbst sah in diesem Augenblick nur sie. Sie, die hier und jetzt endlich zu begreifen schien, dass sie genau dort war, wo sie hingehörte, nämlich inmitten all dieser Menschen, die sie bei diesem Kampf unterstützt hatte, die sie behandelt und deren Leben sie bewahrt hatte.

Dann ließ auch er, soweit er aus seiner liegenden Position heraus dazu in der Lage war, seine Blicke schweifen. Er sah viele miteinander im Gespräch. Manche lachten, andere lagen sich in den Armen, aber die schwierigen Worte waren gesagt. Essen wurde herumgereicht, Becher neu gefüllt und die Feuer entzündet, denn der Abend brach nun bereits herein. Er hatte nicht bemerkt, wie die Zeit vergangen war. Er war schrecklich müde, aber er konnte spüren, wie die Anspannung aus seinem Körper wich, und er begriff, während er sich umsah, Alias Hand in seiner haltend, in diesem Moment war der Kampf tatsächlich vorbei.

Kapitel 56

Am fünfzehnten Tag nach der Schlacht hatten sie die Zelte des Lagers abgebrochen, um in Rodas Fürstentum zurückzukehren. Fürst Roda hatte selbst den Vorschlag gemacht, ein Lager an seinem Hof zu errichten. So hätten sie einigen Luxus, die Schwerverletzten könnten sich in der angenehmen Umgebung seiner Gästezimmer erholen und alle anderen von dort aus aufbrechen, wann immer sie wollten. Nicht alle hatten die Strecke reitend zurücklegen können, so auch Kian, und die Soldaten hatten Bahren zusammengefügt, die von Pferden gezogen werden konnten und auf denen die Verletzten sicher die Wüste passiert hatten. Es war kein pompöser Abgang gewesen. Nicht der stolze Rückzug eines siegreichen Angreifers. Es war der Beginn einer Heimkehr für sie alle.

Alia hatte mit gemischten Gefühlen zurück in die Wüste geblickt. Sie hatte gewusst, was sie hier zurückließ. Es waren die Wesen ihrer eigenen Art, aber vor allem war es der Schrecken der Bedrohung ihrer aller Leben. Die unermessliche Angst, Kian zu verlieren, aber auch ihre eigenen Qualen unter dem Schrillen. Sie hatte sich noch lange nicht in der Lage gefühlt, das alles verarbeiten zu können, und auch Kian war es nicht, aber die Wüste zu verlassen war ein erster Schritt, den sie gemeinsam taten. Sie hatte nie darüber nachgedacht, dass es Zeit brauchen würde, ihre Wunden zu heilen, weil sie im Grunde nie den Mut aufgebracht hatte, wirklich an eine gemeinsame Zukunft zu glauben. Und es waren weniger Kians Verletzungen an seinem Körper, die es zu heilen galt, sondern die an ihrem Selbst

An Rodas Hof hatte sie die Tage weiterhin damit verbracht, sich Wunden anzusehen, Bandagen zu wechseln, Glieder neu zu schienen oder, wie in Roans Fall, zu beginnen sie in die Bewegung zurückzuführen. Die meisten Patienten erholten sich schnell, lediglich der junge Fürst Ileu hatte erneut um sein Leben gekämpft, als sich sein Atemorgan hoch fiebernd entzündet hatte. Sein Vater war keine Sekunde von seiner Seite gewichen und auch Alia nicht, denn sein Zustand stand mehr als einmal auf des Messers Schneide. Nach drei Tagen jedoch hatte sich sein Band deutlich stabilisiert und es war, als ob noch einmal alle um sie herum aufgeatmet hatten. Alia selbst hatte nun ihre immense Erschöpfung gespürt. Sie hätte tagelang schlafen können, hatte es jedoch nicht getan.

Sie hatte den Soldaten, der sein Band verloren hatte, in einem von Rodas Gästezimmern untergebracht, dass zentral zwischen zahlreichen anderen lag, die mit ihren Patienten besiedelt waren. Sie hatte dabei zutiefst das Gefühl, das Richtige für ihn zu tun, denn auch wenn er selbst nicht mehr in der Lage war es zu empfinden, sie wollte ihn nicht absondern und auch die anderen sollten wissen, dass er mit ihnen war. Er war ein Überlebender, wie sie alle, einerlei wie umfassend seine Verletzung war.

Fürst Roda hatte ein großes Fest für sie alle bereitet. Es hatte eine Auswahl erlesenster Speisen und Weine gegeben. Noch einmal hatte man die Verletzten auf Pritschen ins Freie getragen und gemeinsam Erinnerungen an die Wüste geteilt. Tanz und Gesang hatten sich bis tief hinein in die Nacht gezogen. Erneut war es Alia erschienen, als sei Kian wie selbstverständlich das Zentrum in all dem und auch wenn er nicht in der Lage gewesen war, sich umherzubewegen, so hatten doch alle ihn mit Freude und Bewunderung in ihre Gespräche einbezogen. Zum ersten Mal hatte Alia ihn hier auch wieder in Gesellschaft seines vollständigen innersten Kreises erlebt, erlebt, wie er und jeder einzelne von ihnen in der Gegenwart der anderen aufzublühen schien aus dem einzigen Grunde, dass sie alle überlebt hatten.

Es war ein Abschiedsfest gewesen und am folgenden Tag hatten weite Truppenteile sich in die verschiedensten Richtungen zerstreut. Die Fürsten und Hauptmänner, sie alle hatten vor ihrer Abreise ihren Weg in Kians Zimmer gefunden. Er sprach nicht darüber, welche Worte während dieser Gespräche gewechselt wurden, und Alia fragte nicht danach. Sie wusste, vieles davon hatte mit der

Landespolitik zu tun und Kian war ein unabänderlicher Teil davon. Es hatte ihr gutgetan, ihn wieder arbeiten zu sehen.

An Rodas Hof war es ihnen möglich gewesen, ein Zimmer zu teilen. Ein Zimmer mit einem riesigen Bett, in dem leicht noch eine dritte Person Platz gefunden hätte. Sie hatte sich in all dem Luxus umgesehen und begriffen, dass sie sich niemals an solche Lebensumstände gewöhnen würde. Sie schüchterten sie noch immer ein, und sie fühlte sich nach dieser langen Zeit des Lebens im Freien fehl am Platze wie nie zuvor, aber sie hatte hier zum ersten Mal seit so langer Zeit die Möglichkeit, mit Kian alleine zu sein.

Hier hatten sie begonnen, über ihre Erlebnisse in der Wüste zu sprechen. Sie teilten sie langsam, tastend und in Etappen, so als müssten sie ihre Geschichte aus einzelnen Teilen zusammenfügen, um sie zu einer zu machen. Als konnte diese Vergangenheit nur real sein, wenn sie beide jedes Detail ihrer Chronologie begriffen, um es an die richtige Stelle setzen zu können. Ihre traumatisierte innere Welt würde nur innerhalb dieses Gerüstes für den anderen verständlich werden und nur darin wäre es möglich, überhaupt Worte zu finden für das, was ihnen widerfahren war. Und war es nicht das, was Alia auch in der nächtlichen Wüste an Kians unverletzter Seite getan hatte? Hatte nicht auch sie versucht, ihm die Realität ihrer gemeinsamen Geschichte anhand von Ausschnitten zu beschreiben, damit er begriff? Damit er daran festhalten konnte?

Es vergingen Nächte, in denen sie geflüsterte Worte tauschten, die wie ein Strom aus ihnen hervorbrachen. Aber in ebenso vielen Nächten lagen sie in Schweigen beieinander, strichen über ihre Körper, wie Suchende, die versuchten sich erneut zu finden. Alia hatte Schwierigkeiten damit, ihn zu berühren, weil ihre Gabe ihr immerzu ein Übermaß an Informationen über seinen Körper zeigte. Sie erinnerte sie während jeder Berührung daran, dass sie nicht in der Lage war, ihm zu helfen, und dies bestätigte ihr wieder und wieder nur ihr eigenes Scheitern. Alia ließ Kian nicht wissen, wie rätselhaft ihr seine Schwäche noch immer war und wie fremd ihr sein Körper darin erschien. Es wäre ungerecht, ihn damit zusätzlich zu belasten. Aber ihre Blicke trafen sich immer wieder mit einem Lächeln, mit Tränen oder einfach nur in grenzenlosem Staunen über die bloße Gegenwart des anderen.

Kian begann über seinen Kampf gegen das Gleißen zu sprechen. Alia hörte ihm traurig zu und begriff plötzlich, wie groß die Missverständnisse auf allen Seiten dieses Kampfes gewesen waren. Die Gedankenwesen waren friedliche Kreaturen, die unter einer Todesdrohung dem Zwang des Gleißens gefolgt waren, während das Gleißen seit Jahrhunderten immer nur auf die drohende Ankunft desjenigen gewartet hatte, der es vernichten konnte. Ihre Angst vor der Zerstörung ihrer Art war grenzenlos gewesen und so hatten sie jeden getötet, der auch nur in ihre Nähe kam. Diese gesamte Schlacht war ein Kampf um das eigene Überleben gewesen und zwar unter allen Beteiligten. Wie sinnlos das alles letztlich war! Eine Sinnlosigkeit, die auf uralten Überlieferungen beruhte und darauf, dass Fremdheit und Unkenntnis nackte Angst auslöste und Verständnis unmöglich machte.

Sie hatten darüber gesprochen, wie sehr die Überlieferungen der Wesen von Alias Art und die des Wüstenvolkes übereinstimmten. Beide beinhalteten die Kunde eines Menschen mit besonderen Fähigkeiten, der eines Tages das Gleißen mithilfe eines andersartigen Wesens zerstören würde. Kian und sie konnten sich selbst darin nur schwerlich wiederfinden, konnten ihre Rollen darin nicht tatsächlich begreifen und doch erfüllte sie beide das uralte Wissen dieser Völker mit Ehrfurcht.

„Warum nur hatte unsere Welt kein Wissen über das Gleißen?", hatte Alia sich irgendwann an Kian gewandt, aber er hatte sie lediglich lange angesehen und vermutet, dass es dieses Wissen gab, nur war es ihnen nie zugänglich gewesen. Sicher, die Bibliothek des Königs war vermutlich der Schlüssel zu vielem, stellten sie fest und doch waren sie es müde, die Vergangenheit zu befragen.

Jetzt erfuhr Alia auch von der Kälte, die sich in dem Gleißen verborgen hatte, und die Kians Körper nahezu vollständig durchdrungen hatte, bevor er einen Weg fand, sie zu zerstören. Und er hatte sie zerstört, nur erschien es ihr auf einmal, als hätte die Stärke seines Bandes dabei lediglich eine ausführende Rolle gespielt. Das, was das Gleißen tatsächlich getötet hatte, war in letzter Konsequenz die Intensität seiner Gefühle gewesen, denn sie war die Kraft, mit der er sein Band gespeist hatte. Und es war nicht seine Wut, die gesiegt hatte.

Sie hatte Kian zögernd von dem Bild erzählt, das sein Band ihr momentan zeigte und es in Zusammenhang mit der Tatsache gebracht, dass das Gleißen sich offenbar von den Wesen ihrer Art ernährt hatte. Von ihrem Band. Sie hatte die vage Vermutung geäußert, dass es etwas Ähnliches auch mit ihm getan haben konnte, worauf er lange geschwiegen hatte. Er schien darüber nichts hören zu wollen. Schließlich hatte er den Kopf geschüttelt und ihr zugeraunt, dass er sich niemals daran gewöhnen würde, in welch absurde Schauergeschichte sie geraten waren. Und er hatte recht, auch für sie war das alles nur schwer zu begreifen.

Ihre nächtlichen Gespräche an Rodas Hof waren vollkommen anders gewesen als alles, was sie jemals miteinander geteilt hatten, denn sie beide hatten große Mühe überhaupt auszudrücken, was geschehen war. Die Welt des Gleißens, die durch die Art, der sie angehörte, so sehr mit Alia selbst verknüpft war, diese Welt war zu fremd und zu wenig menschlich, um sie in Worten zu beschreiben. Sie war eine Welt des absoluten Grauens, und das schien auch Kian sehr stark zu empfinden. Sie hatten nach Worten gesucht, nach Umschreibungen und Metaphern, aber alles, was sie sagten, konnte nur eine Annäherung sein und niemals purer Ausdruck ihrer realen Vergangenheit, und das war es schließlich, was vermutlich für sie beide immer bleiben würde. Eine seltsame Irrealität und das Gefühl der Ungenauigkeit ihrer Erinnerungen.

Zu diesem Zeitpunkt war Kian zum ersten Mal in der Lage gewesen, sich aus eigener Kraft aufzusetzen. Er tat es mit zusammengebissenen Zähnen, versuchte den Schmerz zu verbergen, aber er tat es in Geduld. Sie hatte ihn nie derart ruhig erlebt. Es war fast so, als könne ihn sein körperlicher Zustand gar nicht entmutigen, dabei wusste sie sehr genau, wie wenig er derzeit im Stande war zu tun. Er forcierte nichts, drängte seinem Körper keine Bewegungen auf, wie damals, als er verletzt in sein Haus gekommen war, aber Alia hatte nicht restlos begriffen, warum er sich derart verhielt.

Vielleicht hatte er ein Einsehen darin gehabt, dass seine Schulter nur langsam heilen würde, aber sie hatte mehr und mehr vermutet, dass er sich tatsächlich nicht bewegen konnte und das hatte sie zutiefst beunruhigt. Seine Verletzungen heilten, aber die Stärke seines Bandes kehrte in so winzigen Schritten zurück, dass es nahezu nicht zu bemerken war. Was war der Quell seiner Ruhe, wenn er seinen Körper nur derart langsam zurückgewann? Sie verstand ihn nicht. Dieses Verhalten schien nicht im Mindesten zu ihm zu passen, und eines Nachts hatte sie ihn danach gefragt, weil sich plötzlich die Angst um ihn in ihr eingenistet hatte.

Es war die Nacht, in der Kian zum ersten Mal von der Zeit sprach, die vor so vielen Jahresläufen auf die Verletzung seiner Säule gefolgt war. Er hatte damals lange Zeit mit Schmerzen still liegend, danach zumeist lesend in seinem Bett verbracht. Er wusste, dass sein Körper Zeit brauchte, damals wie heute, und seine Vergangenheit lehrte ihn Vertrauen in die Verbesserung seines Zustandes, vollzog sie sich auch noch so langsam. Heute jedoch stand er nicht unter dem immensen Druck, wieder ein gleichwertiger Teil von etwas werden zu müssen. Ein Teil seiner Familie.

Damals war er bei dem verzweifelten Versuch gescheitert, wieder laufen zu können wie vor seinem Sturz. Er hatte wie von Sinnen in seinem Zimmer trainiert, hatte alles daran gesetzt, was er aufbieten konnte, weil er die Akzeptanz, wenn nicht die Liebe seines Vaters wieder zurückerlangen wollte und musste schließlich begreifen, dass es unmöglich war. Er würde ein Ausgestoßener bleiben, einerlei, was er seinem Körper abverlangte.

Alia hatte Tränen in den Augen gespürt bei diesen Worten, denn sie wusste, wie hart er an sich gearbeitet haben musste. Sie konnte würdigen, was er mit seinem Körper erreicht hatte, und schließlich war jede neu errungene Möglichkeit der Bewegung ein Schritt auf seinen Weg in ein selbstbestimmtes Leben. Er war eingeschränkt, natürlich, aber er hatte die Grenzen, die sein Körper ihm auferlegte, akzeptiert, wenn nicht sogar auf seine Weise geweitet.

„Ich möchte nicht, dass du weinst, Alia!“, hatte er hervorgebracht und ihre Wange mit seiner Hand umschlossen.

„Du machst mich traurig, weil du noch immer nicht den Wert in dem sehen kannst, was du erreicht hast!“, hatte sie leise erwidert.

Kian wandte seinen Blick ab. „Ich wollte kein Inzani sein! Darin bin ich gescheitert, weil mein Körper zu beschädigt ist!“

„Darin bist du gescheitert, Kian! Aber du hast einen Weg gefunden, mit deinem beschädigten Körper in Unabhängigkeit leben zu können! Das hast du erreicht!“

Er wandte sich ihr wieder zu und lächelte. „Du bist fantastisch darin, mir die Worte im Mund herumzudrehen, Heilerin Alia!“, hatte er zurückgegeben und sie lange angesehen.

„Hast du Angst um deinen Körper dieses Mal?“, hatte sie schließlich geflüstert.

„Ja!“, hatte er fest geantwortet. „Hast du?“

Sie wollte es unter keinen Umständen zugeben und hatte lediglich geflüstert: „Du wirst wieder trainieren müssen, Kian!“, und sich danach ihrer unaufrichtigen Worte geschämt.

„Das werde ich!“ Er hatte sie an sich gezogen und dann leise hinzu gefügt: „Ich habe überlebt. Alles andere ist unwichtig.“

Für Kian war die Zeit an Fürst Rodas Hof eine Zeit der Rückbesinnung auf sich selbst und seine Aufgaben gewesen. Er hatte seine Schwäche derart umfassend gespürt, jedoch immer seltener dem Bedürfnis nachgeben müssen, in tiefem Schlaf Ruhe zu finden. Auf eine seltsame Art konnte er nur schlecht in die Bewegung seines Körpers finden, aber er schob es auf seine lange Zeit der Bewegungslosigkeit, so als fehlte ihm schlicht die Übung.

Stattdessen hatte er wieder begonnen, sich in die geistigen Übungen seines Onkels zu versenken. Es half ihm von seinem inneren Schrecken Abstand zu gewinnen, aber er spürte, dass er dadurch nicht an Kraft gewann. Es war ihm schwer gefallen, in die Übungen zu finden, schwerer, als zu irgendeinem Zeitpunkt in der Vergangenheit. Seine Fähigkeiten waren in einem Maße verstümmelt, das er nur langsam zu greifen bekam. Es gelang ihm immer besser, sein Band in seinem Körper zu bewegen und sich damit vor den Schmerzen zu schützen, die ihn überkamen, wenn er sich aufsetzte, und doch hatte er niemals mehr das Gefühl erlebt, es mit Leichtigkeit tun zu können.

Alia hatte noch immer viel gearbeitet. Sie schien niemals zu schlafen und er würde es nie mehr wagen, ihre Kraft zu unterschätzen. Sie war stark und von einer Zähigkeit, die er nur während ihrer ersten Reise derart deutlich bemerkt hatte. In einer ihrer mit Gesprächen angefüllten Nächte hatte Alia ihm schließlich offenbart, dass sie sein Band nicht mehr spüren konnte. Es sprach nicht mehr zu ihr, es berührte sie nicht, ja, es drang in keiner Sekunde mehr zu ihr durch, wenn sie ihn nicht berührte. In ihrer Stimme hatte er die Trauer gehört, die das in ihr weckte, und er verstand ihren Verlust.

Auch er selbst spürte ihn, aber mehr als alles andere war er erleichtert. Erleichtert darüber, dass von diesem Zeitpunkt an jede ihrer Reaktionen auf ihn sich wirklich auf sein Handeln und seine Worte bezogen und nicht auf diese seltsame Verbindung, die sie gehabt hatten. Jetzt erst wurde ihm wirklich bewusst, wie unfassbar fremdartig das alles gewesen war, wie unbewusst und jenseits ihrer Kontrolle. Von nun an würden sie sich gleichberechtigter begegnen können und auf eine Art echter. Aber es brauchte Zeit, sich daran zu gewöhnen, und er wünschte, er müsste nie wieder darüber sprechen. Alles brauchte in diesen Tagen Zeit.

Ihre körperliche Liebe hatte sich auf Berührungen beschränkt. Für eine tatsächliche Vereinigung fehlte ihm noch immer die Kraft und, wenn er ehrlich zu sich selbst war, auch das Selbstbewusstsein. Es war, als ob er sich zunächst wieder neu in seinem Körper zurechtfinden müsse, der ihm nach seinem Zusammentreffen mit dem Gleißen einfach nur fremd erschien, obwohl er Alia begehrte, wie zuvor. Er hatte ihr davon erzählt, und sie schien es verstanden zu haben, denn sie drängte ihn nicht. Im Gegenteil, er spürte, dass sie oft zu vermeiden schien, seinen Körper mit ihren Händen zu berühren, und ihre Zärtlichkeit war flüchtig und scheu geworden. Jede Berührung, die sie teilten, schien ihm selbst jedoch neu und einzigartig, nachdem sie beide so sicher gewesen waren, den anderen für immer verloren zu haben, und er erklärte sich ihre Zurückhaltung damit, dass auch sie einfach Zeit brauchte.

Tavo hatte die zweite Garde nach Rodas Fest zurück ins Heerlager geführt und auch Lin war mit seinen Soldaten in den Norden aufgebrochen. Lediglich Seth war noch geblieben, da sich unter seinen Soldaten einige mit schweren Verletzungen befanden. Er wollte ihre vollständige Genesung abwarten und dann erst in das Fürstentum Dogul zurückkehren. Er hatte ihn, wie alle seine Hauptmänner, zum Abschied aufgesucht, um ihm noch einmal seine Hochachtung für die Gestaltung und Planung der Schlacht auszudrücken sowie seinen Dank, aber bald hatten sie sich in ein Gespräch vertieft, das Kian sehr schwer gefallen war. Seth hatte geäußert, es würde ihm trotz aller Professionalität in Zukunft sehr schwer fallen, Kians Vater zu respektieren. Er sah sich nicht länger in der Lage, während Verhandlungen objektiv zu bleiben, und ersuchte um seine Verlegung in ein anderes Fürstentum. Kian konnte und wollte an dieser Stelle keine Entscheidungen treffen. Man musste ohnehin abwarten, wie sich der Zustand der Monarchie in Zukunft darstellen würde, jetzt, wo der König tot war, aber niemand konnte Seths Vorbehalte besser verstehen als er.

Der Abschied von Mino hatte ihm vollends vor Augen geführt, dass er noch immer der erste Heermeister einer starken Armee war, einerlei wie lange er noch an dieses Bett gefesselt sein mochte. Mino hatte sich über alle anstehenden Themen von ihm instruieren lassen, hatte eine Nachricht an Gorin für ihn geschrieben und war dann mit den Fürsten und den Soldaten der ersten Garde in die Hauptstadt aufgebrochen. Sie wollten dort der Königin ihre Aufwartung machen, sie über den Kampf unterrichten und natürlich würden auch sie mit ihr die Situation nach dem Tod des Königs besprechen. Kian hatte Stimmen vernommen, die forderten, sie solle die erste alleinherrschende Königin der Geschichte sein, aber für eine solche Entscheidung war es zu früh. Zu vieles lag zu diesem Zeitpunkt noch im Unklaren.

Fürst Ragor, der das einzige überlebende Oberhaupt aus den östlichen Fürstentümern war, würde mit Nari über den Zustand des Ostens zu Rate sitzen. Fürst Aden hinterließ vier Söhne, alle im entsprechenden Alter, um sein Fürstentum in die Zukunft führen zu können. Fürst Rigg hatte in der Vergangenheit bereits vieles der Politik seines Hofes seiner Frau überlassen. Sie hatten eine unverheiratete Tochter, die, wie Kian sehr wohl wusste, an der Universität studiert hatte und eine sehr umsichtige Frau war. In seinen vagsten Vorstellungen malte er sich aus, wie die politische Welt sich verändern mochte, wenn seine Tante den Thron allein einnehmen würde. Wäre dann nicht auch der Weg für ein weibliches Oberhaupt eines Fürstentums geebnet? Aber diese Gedanken waren zu diesem Zeitpunkt nicht mal die Worte wert, die es brauchen würde, sie laut zu äußern.

Ana und Evan waren geblieben, um abzuwarten, bis Roan und er bereit wären die Reise anzutreten, um sie in die Hauptstadt zu eskortieren. So verfuhren auch die Kämpfer aus Ileu, denn ihr junger Fürst hatte sich nur langsam erholt. Nun, Kian hatte beschlossen, erst aufzubrechen, wenn er es aufrecht tun konnte. Er wollte nicht hinter einem Pferd durch die Landschaft gezogen werden, sondern auf seiner Stute reitend den Heimweg antreten. So viel Würde wollte er sich bewahren, und er spürte, dass auch Alia diesen Plan guthieß, wenn sie auch kein Wort darüber verlor. Zudem hatte Roan geäußert, er selbst könne seiner Frau nicht mit diesem Trümmerknie entgegentreten, denn er hatte ihr in einem Brief zwar sein Überleben geschildert, jedoch mit keinem Wort seine Verletzung erwähnt, da er nicht gewollt hatte, dass sie sich noch länger um ihn sorgen musste.

In einem traurigen Moment, dem ersten, in dem es ihm überhaupt körperlich möglich gewesen war, hatte Kian einen Brief an seine Tante verfasst. Er hatte es nicht herausschieben mögen und er fand tatsächlich die Worte, um Nari sein Mitgefühl für den Tod ihres Mannes zu übermitteln. Er verschwieg ihr die Verfassung, in der sich Abran ihnen zuletzt gezeigt hatte, und auch die Umstände seines Todes, denn er wusste nicht, ob seine Tante überhaupt wissen wollte, wie das Leben ihres Mannes geendet hatte. Wenn sie es wollte, dann hätten sie in Zukunft noch genug Gelegenheit, gemeinsam Kians Erinnerungen zu teilen.

In Zukunft! Bei den zwei Monden, er hatte Momente erlebt, in denen er lediglich staunend in seinem Bett gelegen und im Licht der Öllampe den Flug eines Nachtfalters durch sein Zimmer verfolgt hatte. Momente, in denen er nur einen einzigen Gedanken fassen konnte: Er hatte überlebt!

Alia und er sprachen nur zögernd über ihre Gefühle während der Tage in der Wüste, aber er hatte ihr erzählt, dass es während des Kampfes einen Moment der puren Angst für ihn gegeben hatte. Seine Angst vor dem Tod, die ihn durchdrungen hatte, wie niemals zuvor und er hatte sie nur spüren können, weil er in der Zeit mit ihr so unendliche Freude am Leben gefunden hatte. Er schilderte ihr auch die Wut, die diese gesamte Situation in ihm ausgelöst hatte.

„Aber in dem Moment, da ich akzeptierte, dass mein Leben an diesem Punkt des Weges enden würde, fühlte ich nur das Glück, das du mir geschenkt hast. Ich wäre in Ruhe und Dankbarkeit aus diesem Leben gegangen, Alia! Und das ist dein Werk!“

Sie hatte begonnen, etwas zu erwidern, aber er hatte einen Finger an ihre Lippen gelegt und lächelnd den Kopf geschüttelt. Er wollte nicht, dass sie etwas zu seinen Worten hinzufügte. Sie sollten so stehen bleiben für alle Zeiten, denn dieser Moment seines Kampfes war es gewesen, in dem sich für ihn das ganze Grauen dieses Feindes gezeigt hatte. So vieles, über das er niemals würde sprechen können, weil er niemals darauf hoffen konnte, die richtigen Worte dafür zu finden.

Endlich hatte er auch die Gelegenheit gehabt, Eret zu danken. Ihm, dessen Kampf er mit seinem Befehl verhindert hatte, und der dennoch so vieles an Alias Seite vollbracht hatte. So vieles, das sein Leiden unter seinem Verhalten der Vergangenheit nicht nur wettmachen musste, sondern ihn als den Edelmann zeigte, der er war und vermutlich immer gewesen war. Kian teilte viele Momente mit ihm, während Alia arbeitete, und aus ihren Gesprächen erfuhr er auch, wie Alia reagiert hatte, als das Schrillen endete. Es schmerzte ihn, sich erneut an den Anblick zu erinnern, den sie ihm geboten hatte, als er von ihr Abschied genommen hatte. Er hatte sich ihm auf immer ins Gedächtnis eingebrannt und verfolgte ihn bis in seine Träume. Es schmerzte auch, von ihrer Schwäche und Orientierungslosigkeit zu hören, aber ebenso sehr bewunderte er, wie sie offensichtlich in einem Akt der Anstrengung ihres Willens trotzdem begonnen hatte, zu handeln. Wusste er nicht schon so lange, wie stark sie war?

Aber Erets Ausführungen hatten ihn mit Fragen zurückgelassen, die nur sie selbst ihm beantworten konnte, und so erkundigte er sich eines Nachts nach diesem eigenartigen Schwindelgefühl, das Eret ihm nicht vollständig hatte beschreiben können. Auch Alia hatte keine wirkliche Erklärung dafür. Sie hatte lediglich den Kopf geschüttelt, ihn nicht mehr angesehen und erklärt, dass sie von den Wesen ihrer Art erfahren hatte, dass das Schrillen ihr schaden konnte, weil sie sich gegen es aufgelehnt hatte.

„Gegen was hast du dich aufgelehnt?", hatte er behutsam gefragt.

„Ich habe dagegen aufbegehrt, einen Bogen zu ergreifen und auf dich zu schießen! Das war der Befehl! Er galt allen Gedankenwesen und ich ..."

„Gedankenwesen?", hatte er leise nachgefragt und ihren Blick erneut getroffen.

„So bezeichnen sie sich selbst! Sie sprechen nicht laut, sondern kommunizieren mit ihren Gedanken. Ich glaube, die Wesen meiner Art teilen ihr Band. So, wie du deines mit mir teilen konntest. Ich verstand sie!"

Er erinnerte sich daran, dass sie ihm Nächte zuvor erzählt hatte, dass das Gleißen sich vom Band dieser Wesen ernährt hatte. Nun, vielleicht hatte es auch von ihrem genommen. Sie würden es nie erfahren.

Er hatte ihre Verwirrung gespürt, die Verwirrung darüber, in den Wesen ihrer Art keine Zugehörigkeit gefunden zu haben, sondern lediglich Befremden, auch wenn sie dort erfahren hatte, wer ihre Mutter gewesen war. Sie wusste nun, dass sie nicht die einzige ihrer Art war, aber sie würde vermutlich lange brauchen, um mit ihren Gefühlen für diese Wesen ins Reine zu kommen und zu ihm darüber sprechen zu können.

„Ich bin eine von ihnen!", fügte sie schließlich leise hinzu.

„Und du bist ein Teil von mir, Alia! Der beste!"

Sie hatte traurig über ihn gelächelt, sich enger an ihn geschmiegt, als wolle sie in ihm die Ruhe finden, nach der sie selbst so sehr suchte.

„Lass uns bald nach Hause gehen, Kian!", hatte sie geflüstert, bevor sie in den Schlaf fand und bei den Monden, wahrlich, das würden sie tun.

Elftes Buch

Der König

Kapitel 57

Alia nahm den Arm des Soldaten und führte ihn in Richtung der großen Treppe. Kian, sein innerster Kreis, Heermeister Gorin und die Fürsten Ileu wurden von der Königin erwartet. Sie sah sich nicht noch einmal nach ihnen um, weil sie wusste, wie Kians Bewegungen aussehen würden. Jede Leichtigkeit war daraus verschwunden, seit er begonnen hatte, wieder zu gehen. Jene kraftvolle Mühelosigkeit, die er jedem immerzu gezeigt hatte, der gewagt hatte sich so weit über das Inzani-Gesetz hinwegzusetzen, um ihn zu betrachten. Sein Anblick in diesen Tagen tat ihr weh, aber sie zeigte es ihm nie. Sie würde niemals vor ihm zugeben, wie sehr ihr seine Stärke fehlte und wie sehr sie das Schweigen seines Bandes mit Leere erfüllte. Sie hatte noch immer so oft nahezu Angst, ihn zu berühren, weil ihre Gabe ihr stets dasselbe Bild zeigte. Das eines Mannes, der nicht mehr er selbst war. Sie trauerte um das, was er im Kampf mit dem Gleißen verloren hatte, und es erschien ihr nicht recht, ihn damit zu belasten.

Sie hatten Rodas Gastfreundschaft verlassen, nachdem die Verletzten genesen waren, und die Heimreise langsam und in Ruhe begonnen. Kian hatte ihr während der gesamten Zeit Fragen zur Vegetation des Landstriches gestellt, hatte sie auf seinem Pferd begleitet, wenn sie Heilpflanzen erntete, und ihr ruhig zugesehen, während sie Blüten einlegte, Kräuter räucherte oder sie zum Trocknen band.

Es hatte gutgetan, ihn wieder auf seiner Stute zu sehen, auch wenn er sie nur mit Mühe eigenständig besteigen konnte. Er suchte nicht die Einsamkeit eines Ausrittes, offensichtlich brauchte er in dieser Zeit die Gegenwart anderer. Er klagte nicht, im Gegenteil, er hatte sogar bereits begonnen seinen Körper zu trainieren. Er schien von großer Ruhe durchdrungen, so als sei es ihm ein inneres Bedürfnis, diese Zeit mit all ihren Unwägbarkeiten in ihrer Ganzheit zu genießen. Und hatte er nicht allen Grund dazu?

Sie hatten ihr Zusammensein nicht mehr länger versteckt, und auch Ana und Evan hatten es nicht getan. Roan hatte mehr als einmal Gelegenheit, über die Turteltauben, wie er sie nannte, zu lächeln, aber er hatte nie ein Hehl daraus gemacht, dass ihm all das zutiefst gefiel. Alia fragte sich noch immer schmunzelnd, wann Ana und Evan Kian und allen anderen endlich offenbaren würden, dass sie in nicht ferner Zukunft Eltern sein würden. Evan wusste bereits von seinem Glück, das hatte Ana ihr anvertraut, und wenn man darauf achtete, konnte man sogar bereits erahnen, dass Ana ein Kind erwartete. Nun, sie schwiegen und so tat es auch Alia, obwohl sie mehr als einmal die Worte auf der Zunge hatte, es Kian zu verraten.

Am Nachmittag des letzten Tages waren Heermeister Gorin und Mino zu ihnen gestoßen. Sie waren ihnen entgegengeritten, weil Gorin tatsächlich nicht länger hatte warten können, Kian zu sehen. Er hatte ihn lange umarmt, und schließlich hatte Kian seinem Freund zugeflüstert, was er von einer gemeinsamen Jagd halten würde. Nur Alia hatte seine Worte vernommen, und als sie zusammen fortritten, hatte Kian sie angelächelt und ihr zugenickt, als wolle er diese Tatsache nicht ungewürdigt lassen.

Es war das erste Mal gewesen, dass Kian auf die Jagd ging seit der Wüste, und dass er es mit Gorin tat, schien so vieles zu bedeuten. Der erste Moment, in dem er wieder seinen Bogen führte, sollte in der Gegenwart seines zweiten Heermeisters stattfinden, und Alia konnte verstehen, dass Kian die Geschehnisse in der Wüste in der Ruhe einer gemeinsamen Jagd mit Gorin teilen wollte. Es entsprach so sehr seinem Wesen, es auf diese Art zu tun.

Sie hätte gerne gesehen, wie er seinen Bogen spannte. Sie hätte ihn gerne erlebt, wie er in vollkommener Stille seine Beute fixierte. Sie hätte gerne zugesehen, wie der Mann, der er vor dem Kampf gewesen war, sich wieder zeigte, aber das alles hatte Zeit. Und auch wenn ihr Herz jetzt schwer war, weil sie jeden Tag von neuem Zeugin von Kians Schwäche wurde, sie vertraute in die Zukunft und darauf, dass sein Zustand sich auch weiterhin verbessern würde.

Sie leitete ihren Patienten die Treppe hinauf in den Gang, der zu den Krankensälen führte, und blickte sich kurz nach Eret um, der sich nicht hatte ausreden lassen, sie zu begleiten. Er wollte seine früheren Kameraden sehen, in ihre leeren Gesichter blicken und Abschied nehmen, so hatte er es ausgedrückt. Es war, als ob er dadurch auch die Erinnerung an das Gleißen heraufbeschwören wollte. Sie wusste, er hatte noch immer Albträume, und vielleicht konnte er heute etwas abschließen, was ihm in der Wüste versagt geblieben war. Er schien auch niemals seine unterstützende Funktion ihr gegenüber aufgegeben zu haben, und Alia dankte es ihm im Stillen noch immer. Vermutlich würde sie niemals damit aufhören.

Ihr Herz schlug höher in Freude Tana wiederzusehen und als sie Lachen aus dem Hof vernahm, führte sie den Patienten hinaus ins Freie. Sie atmete die kühle Luft des Winters, roch einen Hauch des Lavendelfeldes darin und nahm mit Glück das Bild auf, das sich ihr nun bot. Tana saß mit den beiden neuen Pflegerinnen zwischen den bewegungslosen Männern. Sie tranken Tee, führten die Becher den Patienten zu und amüsierten sich über etwas, das Alia vielleicht hätte verstehen können, wenn sie nicht so sehr damit beschäftigt gewesen wäre zu begreifen, dass ihre eigenen Tage mit dieser Art von Leben vorüber waren. Der König war tot. Er konnte sie nicht mehr zwingen, diese Arbeit zu tun, die Tana und die beiden anderen Frauen offensichtlich so wunderbar geleistet hatten. Die Männer sahen gesund und wohl aus. Sie brauchten keine Heilerin.

Nun fand sie Tanas Blick und im gleichen Moment füllten sich ihrer beiden Augen mit Tränen, ihre Gesichter mit einem Lächeln. Tana erhob sich langsam und sie fanden sich in einer stillen Umarmung. Sie brauchten keine Worte, um zu beschreiben, welch großes und pures Glück sie beide erfüllte, nun, da sie sich in den Armen hielten, und es mochten Stunden darin vergangen sein oder auch nur ein Augenblick, bis sie sich schließlich voneinander lösten.

Alia stellte Tana ihren neuen Patienten vor. Er wurde von den beiden anderen Pflegerinnen, die sie mit ehrlicher Freude willkommen hießen, freundlich in Empfang genommen und zu den anderen geführt. Alia sah ihm hinterher und spürte dem Gedanken nach, der sich nun in ihrem Verstand formte. *Er ist der Einzige!* Es machte sein Dasein nicht einfacher. Es machte die Umstände seiner grausamen Verletzung nicht weniger traurig und dennoch ...

„Die ganze Stadt erzählt sich von Euren Heldentaten, Heilerin!", sprach Tana dann ruhig.

Alia schüttelte lächelnd den Kopf. „Ich bin sicher keine Heldin! Ich habe lediglich meine Arbeit getan. Und ich habe den Weg hierher zurück gefunden!", erwiderte sie und nahm Tanas Hand in die ihre.

„Das habt Ihr! Aber Euer Weg führt Euch weiter!", sagte Tana nun und sah sie aufmerksam an.

Alia nickte betroffen. „Aber zunächst möchte ich nach Hause kommen!"

„Nun, dann setzt Euch und nehmt eine Tasse Tee mit uns!", sprach Tana mit dem wärmsten Lächeln und wollte sie zu den anderen führen.

Alia jedoch wandte sich zu Eret um, berührte seinen Arm und sagte: „Tana, das ist Soldat Eret! Er ist mir ein teurer Freund! Vielleicht habt Ihr auch eine Tasse Tee für ihn?"

„Natürlich!", erwiderte Tana herzlich und lud ihn ein, ihre Runde zu ergänzen.

Alia jedoch nickte Eret lediglich zu und ging noch einmal hinein, um ihr Journal zu holen. Sie blickte sich lange im Krankensaal um, erinnerte sich an die Stunden, die sie verzweifelt und entmutigt an diesem Schreibtisch verbracht hatte. Sie erinnerte sich, wie sie hier unter Tränen die Blüten der *munkand* verarbeitet und damit Abschied von Kian genommen hatte, den wiederzusehen sie damals nicht hatte hoffen können. Es war der Beginn einer langen Reihe von Abschieden von ihm gewesen, aber auch diese Zeit war vorüber.

Natürlich, ihre Zukunft war ungewiss. Sie hatte bislang nicht gewagt Pläne zu machen, doch die Zeit, die vor ihr lag, schien ihr ein Versprechen auf ein neues Leben zu sein. Ein Leben mit neuen Aufgaben. Ein Leben, das sie selbst würde gestalten dürfen. Ein Leben an Kians Seite. Ein reicheres Leben, als sie es sich jemals erhofft haben durfte.

Sie nahm ihr Journal aus der Schublade, strich über den verblassten Einband, gesellte sich damit zu den anderen im Hof und während Tana ihr von der Zeit ihrer Abwesenheit berichtete, füllte Eret ihre leeren Ziffern mit Namen.

Kian ließ seine Blicke schweifen, ließ sie auf den Gesichtern seiner Freunde und dem seiner Tante verweilen und alles, was er in diesem Moment empfinden konnte, war Glück. Er bemerkte, wie Nari ihn wieder und wieder forschend und besorgt ansah, aber er begegnete ihren Augen jedes Mal aufs Neue mit seinem Lächeln. Ja, er kämpfte noch immer mit seiner Verletzung und Heilung war noch immer bloß ein Wort für die Zukunft, aber er war heimgekehrt.

Alles hier erschien ihm jedoch etwas absurd, denn natürlich hatten seine Tante und er bislang nicht die Gelegenheit für einen persönlichen Austausch gehabt. Ihr äußeres Erscheinungsbild beruhigte und überraschte ihn gleichermaßen, und er zweifelte nahezu an seiner Erinnerung an ihren Anblick während ihres Aufbruches. Nun, Alia hatte sie ebenfalls gesehen. Sie hatten sich mit Blick in die nächtliche Wüste darüber unterhalten, wie verwundet Nari auf sie gewirkt hatte. Er irrte sich nicht, aber jetzt strafte sie seinen Eindruck lügen, denn sie sah wohl aus. Mehr noch, sie strahlte eine stolze Ruhe aus, die er nie in dieser Ausprägung an ihr wahrgenommen hatte. Er hatte mit allen anderen kondoliert und förmlich ausgedrückt, wie groß der Verlust König Abrans für sie und das Land sei, aber er hatte ihr noch so vieles mehr zu sagen. Es musste warten!

Ihr Gespräch über den Hergang des Kampfes in der Wüste glitt an ihm vorüber. Er hörte sie alle voller Bewunderung ausführen, wie es ihm trotz aller Repressalien gelungen war, die Kämpfer aufeinander einzuschwören und die Schlacht zu planen, sodass sie in letzter Konsequenz ohne seine Führung siegreich stattfinden konnte. Er spürte nicht zum ersten Mal das Gefühl der Irrealität in allem, was dort geschehen war.

Ebenso jedoch hatte er Schwierigkeiten damit, zu begreifen, dass dies hier tatsächlich seine Realität sein durfte. Während ihrer

Heimreise hatte er unentwegt Alia dabei begleitet, wie sie Pflanzen sammelte und sie zu Heilmitteln verarbeitete. Es war, als ob er in dem einfachen Akt ihr zu folgen seine eigene Existenz deutlicher spüren konnte. Seine zeitliche Gegenwart. Seine Identität. Er hatte so vieles an das Gleißen verloren und es war mehr, als er zunächst begriffen hatte.

Nun wandte sich Roans Bericht den Bogenschützen zu, die das Gleißen zunächst mit ihren Pfeilen verteidigt hatten, dann jedoch in die Wüste und in das Vulkanmassiv geflohen waren. Auch die Fürsten Ileu unterstützten seine Ausführungen, und Mino ergänzte sie durch die Erwähnung, dass sie einer fremden Art angehörten. Er beschrieb die andere Gestalt dieser Wesen und endete damit, dass sie ihnen schließlich ihren Frieden gelassen hatten, da sie nicht im Mindesten kriegerischer Natur zu sein schienen. Seine Tante stellte einige interessierte Fragen, aber niemand erwähnte auch nur mit einem Wort Alias Abstammung von ihnen. Es erfüllte ihn mit tiefer Freude, dass sie alle Alias Belange so sehr schützten. Es war nicht an ihnen, Alias Geschichte zu teilen, und sollte sie jemals das Bedürfnis haben, sich der Königin zu offenbaren, so sollte es für sie die Möglichkeit geben, selbst den Zeitpunkt zu bestimmen.

Dann jedoch kam der Bericht auf Kians eigenen Kampf zu sprechen. Seine Tante sah ihn fest an und sprach dann leise: „Möge Heermeister Dogul selbst von den Tatsachen seines Sieges berichten!"

Kian nickte und suchte in ihren Augen nach Hinweisen, wie viel sie bereits wissen konnte. Wusste sie vom Moment des Todes ihres Mannes? Wusste sie um die Rätselhaftigkeit seiner letzten Worte? Er konnte hier nicht offen sprechen. Er konnte sie in dieser Runde nicht fragen, ob sie bereit war, dies alles zu hören. Dinge, die nur sie selbst angingen. Und er würde auch aus einem anderen Grund schweigen, denn seine Tante wusste so vieles mehr von seinen Fähigkeiten als seine Soldaten. Er war fest entschlossen und mehr denn je gewiss, dass er alle Details über sein Band niemals vor ihnen aussprechen würde, und so fand er sich nun um Worte ringend.

„Mein Weg musste direkt in das Gleißen führen! Ich habe meine Pflicht erfüllt und die Schlacht geschlagen, die ich gewählt habe. Wir haben gesiegt, meine Königin! Nur das ist wichtig!“

„Erster Heermeister, wäret Ihr bereit, mich noch einmal unter vier Augen zu unterrichten, wenn unser erfreuliches Wiedersehen hier sein Ende genommen hat?“

„Natürlich, Königin Nari!“ Er nickte und hielt ihren eindringlichen Blick mit all seiner übrig gebliebenen Stärke.

Tatsächlich kamen sie schneller zu einem Ende, als Kian vermutet hätte, und das lag daran, dass seine Tante höflich ablehnte, über die Landespolitik zu sprechen. Er wusste von Gorin, dass sie dieses Thema auch im Gespräch mit den zuvor heimgekehrten Fürsten absichtlich gemieden hatte. Viele hatten bereits nahegelegt, sie möge allein den Thron bekleiden und souverän über das Land herrschen, aber sie hatte stets beteuert, dies sei nicht der geeignete Zeitpunkt, über derlei Inhalte zu sprechen. Man möge abwarten, bis auch der letzte Kämpfer aus der Wüste zurückgekehrt sei. Sie hatte damit ihre Gesprächspartner in der Vergangenheit, wie auch heute mit Fragen zurückgelassen, die dringender Antworten bedurften. Nun, am heutigen Tage war die Rückkehr aller Kämpfer vollzogen. Worauf wartete sie noch?

Er wusste um die Worte, die auch er zu sagen hatte, wären sie später unter sich. Er hatte sie bereits gestern an Gorin adressiert und es war ihm schwerer gefallen, als er geglaubt hatte. Es war sein Eingeständnis, dass er zum jetzigen Zeitpunkt körperlich nicht in der Lage war, seine Funktion als erster Heermeister auszuführen. Er hatte sein Schwert bislang lediglich zur Hand genommen, um das Ritual mit Ana, Evan und Roan zu begehen, aber diese Gelegenheiten hatten ihm deutlich gezeigt, dass er augenblicklich weit davon entfernt war, ein Kämpfer sein zu können.

Gorin hatte ihn angelächelt und den Kopf geschüttelt. „Die Soldaten haben dich nicht zu ihrem Anführer gemacht, weil du ein so phantastischer Krieger bist, Kian!“

„Ich bin in diesen Tagen überhaupt kein Krieger!“

„Ich bin mir sicher, dass du dich darin sehr irrst!“

„Gorin, ich wäre eine Last für jeden Soldaten in einem Kampf. Ich kann …“

Aber Gorin hatte ihn wütend unterbrochen. „Das ist doch nicht wichtig, Kian! Dein Kopf wurde in der Wüste nicht verletzt und auch deine Persönlichkeit nicht! Das ist es, auf das sich deine Armee verlassen können muss! Du bist unser Anführer! Du bist ein Held! Wir wollen dich feiern! Du kannst dich deiner Verantwortung jetzt nicht einfach entziehen! Dein Kampfgeschick wird mit etwas Training schon bald zurückkehren. Ich will solche Worte niemals wieder von dir hören, verstehst du?“ Und damit hatte er das Gespräch beendet.

Kian jedoch zweifelte, denn Gorin hatte unrecht mit seiner Bemerkung, dass er nicht an seiner Persönlichkeit verletzt war. Er war es. Sein Band war es, und es war immer ein großer Teil seiner Persönlichkeit gewesen, auch wenn er diese Tatsache zu spät in seinem bisherigen Leben begriffen hatte. Was blieb von seinem Charisma übrig, wenn ihm sein Band nicht mehr als Unterstützung dienen konnte? Er war tief verunsichert, aber er gab schließlich Gorin das Versprechen, nichts zu überstürzen und zunächst seine weitere Genesung abzuwarten. Dennoch waren dies Gedanken, die er mit seiner Königin teilen musste.

Alia hatte Tana und die beiden anderen Pflegerinnen dabei unterstützt, die Männer zur Nachtruhe fertig zu machen, und dabei jede Gelegenheit genutzt, sie flüchtig zu berühren. Auch diese Rückversicherung hatte ihr gezeigt, dass sie alle wohlauf waren, und sie wurde ruhig bei dem Gedanken, dass sie hier tatsächlich nicht mehr gebraucht wurde.

Eret hatte sich bald verabschiedet, weil er Kian in sein Haus begleiten wollte, sobald dieser aus der Gegenwart der Königin entlassen wurde. Er hatte es nicht ausgesprochen, aber er wollte sich versichern, dass Kian Hilfe hätte, sollte er sie brauchen. Er hatte jedoch kaum den Krankentrakt verlassen, als die Zofe der Königin erschien, sie mit innigen Worten persönlich willkommen hieß und dann mitteilte, die Königin wünsche sie zu sehen, falls sie nicht zu erschöpft sei von der Reise. Alia verneinte dies und versicherte, sie freue sich sehr, Königin Nari heute noch zu treffen, sie hätte jedoch noch einen Moment zu tun. Die Zofe nickte und verließ dann die Räumlichkeiten mit der Zusicherung, sie würde der Königin ihren baldigen Besuch ankündigen.

Alia beendete ihre Runde durch die Krankenzimmer, wünschte dann Tana und den Pflegerinnen eine gute Nacht und kehrte noch einmal zu ihrem Journal zurück, um eine abschließende Notiz darin zu verfassen. Es fühlte sich richtig an, dies an diesem Tag zu tun, diese Arbeit zu beenden und sie an die fähigen Hände der Pflegerinnen zu übergeben. Sie wusste nicht, was sie am morgigen Tag tun würde. Vermutlich würde sie erneut hier erscheinen, aber weniger um zu arbeiten, sondern vielmehr, weil sie Tanas Gegenwart so lange vermisst hatte. Sie konnte sich Zeit lassen, und dieses Gefühl war eine so große Wohltat, erlebte sie doch zum ersten Mal in ihrem Leben, dass sie selbst es war, die den Ablauf ihrer Tage bestimmen konnte.

Auf dem Weg zu den Gemächern der Königin konnte sie ihre Bewegungen, in Vorfreude sie wiedersehen zu dürfen, kaum in eine menschliche Geschwindigkeit zwingen, und gleichzeitig meldete sich ihre alte Scham, da sie sich dieser Gefühle strafen musste. Sie besuchte schließlich die Königin dieses Landes und keine alte Freundin, auch wenn es sich zum größten Teil genauso anfühlen mochte.

Aber ihre Freude blieb, denn die Königin und sie fanden sich augenblicklich in einer liebevollen und glücklichen Umarmung, sobald sich die Tür hinter Alia geschlossen hatte. Eine Umarmung, in der Alia nach einem Moment mit einem erstaunten Lächeln innehielt. Königin Nari trug ein Kind. Sie bemerkte jedoch sogleich den veränderten Gesichtsausdruck der Königin, bemerkte, wie sie sich still von ihr zurückzog und mit gequältem Blick an ihr vorbeisah. In diesem Moment beschlich sie die Ahnung einer womöglich nie ausgesprochenen, uralten Trauer.

„Was ist Euch, Königin Nari? Bin ich Euch zu nahe getreten?", fragte sie verunsichert und sah die Königin intensiv an.

„Ihr könnt es mir sagen, Heilerin Alia!"

„Was kann ich Euch sagen?", fragte sie verständnislos.

„Ich habe bereits Kinder verloren! Ich kann es ertragen, wenn Ihr mir sagt, dass ich auch dieses ...“ Ihre Worte wurden von Tränen erstickt.

„Nein!“ Alia schüttelte vehement den Kopf und nahm die Hand der Königin. „Nein, Königin Nari! Ich weiß nichts davon, was Euch in der Vergangenheit geschehen ist! Aber Ihr tragt ein Kind, und ich kann spüren, dass Ihr es nicht verlieren werdet!“

Die Augen der Königin weiteten sich und sie fand Alias Blick. „Das ist doch nicht möglich, ich ... Ich habe mein vierzigstes Jahr bereits weit überschritten, ich ...“

Alia schüttelte erneut sachte den Kopf und bat dann darum, den Unterleib der Königin berühren zu dürfen. Ihre Antwort war ein zaghaftes und fast ängstliches Nicken, aber die Gabe zeigte ihr die sichere Schwangerschaft der Königin und ein starkes, gut entwickeltes und fest eingenistetes kleines Leben darin.

Es war ein Junge, und Alia lächelte bei der Erinnerung an Kians Worte, es sei ein Versehen, dass er der männliche Spross seiner Blutlinie war. Nun, hier wuchs ein weiteres Versehen heran und strafte die Blutlinie des Alten Königs Lügen. Eine Blutlinie, die ihre Wurzeln in der Wüste hatte, wie ihre eigene. Alias Verstand begann sich zu regen. Der uralte Feind war vernichtet. Konnte es sein, dass sich nun auch in Zukunft männliche Nachkommen der Königsblutlinie zeigen würden? Jetzt, wo sie nicht mehr das Auftreten dieses Feindes provozierten? Alia schloss für einen Moment die Augen. Sie wollte nicht erneut in die ferne Vergangenheit eindringen, um das Heute begreifen zu können. Sie hatte die längste Zeit damit verbracht, und es lag hinter ihr. Sie sehnte sich so sehr danach, ihre Suche endlich abschließen zu dürfen.

Als sie ihre Augen erneut öffnete, hob sie den Blick und nickte der Königin zu. „Ihr könnt ohne Sorge sein! Dieses Kind wird leben!“

Ein Schluchzen entwich der Kehle der Königin, sie legte ihre Hände an ihren Bauch und sah an sich herab.

„Möchtet Ihr noch mehr über dieses Kind wissen, Königin Nari?“, fragte Alia lächelnd.

„Nein, Heilerin! Ich weiß genug!“, wurde sie sich nun erst wieder Alias Gegenwart gewahr, nahm sie erneut in die Arme und flüsterte: „Danke! Ich danke Euch!“

Doch dieser Dank war nicht alles, was die Königin ihr über dieses Kind sagen könnte! Alia hatte die Größe des Kindes in die Zeitspanne übersetzt, die es gebraucht hatte, um heranzuwachsen, und ahnte schließlich, dass der Zeitpunkt seiner Zeugung mit dem ihres Fortgangs in die Wüste übereinstimmen musste. Und erneut sah sie die Königin an der Palasttür stehen, zerstört und in Qualen. Was hatte der König ihr angetan, als er Abschied von ihr nahm? Sie wollte nicht darüber nachdenken. Sie wollte nicht an diesen Mann denken, der so viele Leben zu verantworten und so viel Schmerz verursacht hatte, um dann als Wahnsinniger vor der Zerstörung durch das Gleißen zu stehen. Sie wollte nicht wissen, was die Königin ihr sagen konnte, und sie hoffte, niemals etwas über diese Vergangenheit zu erfahren.

„Ich habe keine Worte für den Tod Eures Mannes, Königin Nari!“, flüsterte sie scheu. „Wir haben in der Wüste Abschied von den Toten genommen und es war ein Abschied in Würde.“

„Ich weiß!“, flüsterte die Königin zurück und sagte dann noch einmal: „Ich danke Euch!“

Schließlich löste sie sich von Alia, strich ihren Rock glatt, schenkte Tee in zwei Tassen und sah sie dann zurückhaltend an. „Oh, vergebt mir, Heilerin! Wir haben so vieles zu besprechen, und ich ließ mich von Euren Worten forttragen, wie eine ... Ach, einerlei, ich habe Neuigkeiten mit Euch zu teilen, aber zunächst möchte ich mich über den Gesundheitszustand meines Neffen erkundigen!“ Die Königin setzte sich und wies Alia einen Platz ihr gegenüber an.

„Ihr habt ihn gesehen, Königin Nari! Er erholt sich nur langsam von seiner Verletzung“, erwiderte Alia leise und sah die Königin nicken.

„Ich hatte Gelegenheit, mit ihm allein zu sprechen, aber Ihr kennt ihn! Er hat nicht viel über sich preisgegeben!“ Sie nahm einen Schluck Tee und sah Alia dann besorgt an. „Wird er sich je erholen?“

Alia atmete durch. „Ich weiß es nicht!“, räumte sie dann ein und war sich in diesem Moment sehr bewusst, dass sie ihrer Angst um Kian zum ersten Mal laut und für die Ohren einer anderen Person Ausdruck verlieh.

Die Königin nickte betroffen. „Werden wir jemals wissen, was er in diesem Kampf erlitten hat, Heilerin?“

Alia schüttelte den Kopf, und für eine Weile sahen sie sich still in die Augen. Dann jedoch fasste die Königin sich. Auch Alia trank von ihrem Tee und berührte prüfend ihr Haartuch. Es gab vieles mit dieser Königin zu teilen, nur war jetzt nicht der richtige Zeitpunkt.

Das schien auch sie zu spüren, denn sie sagte mit einem ruhigen Lächeln: „Nun, Ihr gabt mir einst das Versprechen, mir einiges zu erklären. Steht dieses Versprechen noch?“

„Natürlich, Königin Nari!“

„Dann werde ich meine Fragen stellen, wenn die Zeit reif ist! Ich habe einige Schriften aus dem Arbeitszimmer des Königs entnommen und sie in das Haus meines Neffen bringen lassen“, begann sie nun und sah Alia ernst an. „Sie mögen über vieles Aufschluss geben! Und ich wünsche, dass auch Ihr sie lest, Heilerin Alia!“

„Schriften in der Alten Sprache?“

Die Königin nickte. „Ihr werdet sie doch lesen?“

„Wenn Ihr es wünscht, Königin Nari!“

Die Königin nickte bedeutsam und noch immer schien sich ihr Blick in Alia zu bohren. Sie ließ keinen Zweifel darüber, dass diese Schriften, was immer sie auch seien, von größter Wichtigkeit waren, auch wenn sie es nicht ausgesprochen hatte. Im nächsten Moment lächelte sie jedoch.

„Aber nun lasst mich von erfreulicheren Dingen sprechen! Lasst mich noch einmal mein Glück über Eure Heimkehr ausdrücken! Und das, was ich Euch zu berichten habe, mag um einiges besser zu diesem Anlass passen, als die Trauer über den Zustand meines Neffen. Lasst mich nur eines sagen: Ich habe einen Ort für Eure Patienten gefunden!“

Alia konnte kaum glauben, was sie nun hörte. Als Fürst Side aus der Wüste zurückgekehrte, war es ihm ein tiefes Bedürfnis gewesen, die verletzten Patienten in des Palastes Krankensälen zu sehen. Er wollte ihnen mit seinem Besuch die Ehre erweisen, die ihnen gebührte, denn sie waren Opfer desselben Kampfes geworden, der auch der seine gewesen war. Er hatte dem König nie loyal gegenübergestanden und sah die Schuld, die König Abran am Zustand dieser Männer trug, als eine Art Aufforderung, zu ihrem Wohl tätig zu werden. Er hatte sich bei Königin Nari danach erkundigt, was diese Patienten benötigten, um ihr Leben so angenehm wie möglich zu machen. Die Königin hatte ihm von Alias Plan erzählt, diesen Männern ein Heim zu schaffen, wo ihnen die Pflege zukommen konnte, die sie brauchten, und Fürst Side war mit den Worten abgereist, er wolle sehen, was er tun könne.

„Ich habe Nachricht von ihm, dass er ein Haus kennt, das nah seines eigenen Gutes liegt! Es steht seit einiger Zeit leer, da sich kein Erbe finden konnte, nachdem der vormalige Besitzer verstorben ist. Dieses Haus kann Fürst Side anbieten, und er schreibt, dass er sich sehr auf Euren Besuch freut, Heilerin Alia, denn Ihr sollt selbst sehen, ob es sich für Eure Zwecke eignet! Nun, was sagt Ihr?"

Alia lächelte überrascht. „Das ist großartig!" Und das war es, wenn dieser Fürst tatsächlich mit Freude auf ein Wiedersehen mit ihr blickte. Mit ihr, dem fremden Wesen, das sich ihm in der Wüste offenbart hatte.

„Er schreibt auch, dass er sich bereits mit seinen Nachbarn darüber verständigt hat, was er mit diesem Haus plant und welche Art von Bewohnern sich künftig darin aufhalten mag. Sie alle seien nicht begeistert, aber sie billigten das Engagement ihres Fürsten!"

„Ich weiß gar nicht, was ich sagen soll, Königin Nari!" Aber sie wusste es doch, denn ihre Wut auf das Inzani-Gesetz war nie vergangen.

„Dann lasst meine Worte erst einmal einsinken! Ihr müsst hier und jetzt nichts entscheiden."

„Doch! Wann kann ich Fürst Side sehen, um mit ihm Pläne zu machen?"

Alia war aufgeregt, denn plötzlich zeigte sich ihr ein Ausschnitt ihrer Zukunft. Einer beruflichen Zukunft, die sie so füllen konnte, wie es ihr Wunsch war, und der erste Schritt konnte tatsächlich die Erfüllung ihrer so lange im Stillen gehegten Pläne sein.

Die Königin jedoch betrachtete sie einen Moment und lächelte ruhig. „Ich habe mich seit Wochen auf diesen Anblick gefreut, Heilerin! Auf das Glück in Eurem Gesicht!"

Alia senkte beschämt ihr Kinn und sah die Königin dann erneut an. „Mit Eurer Erlaubnis werde ich die Familien meiner Patienten kontaktieren, um ihnen Besuche bei ihnen zu ermöglichen, wenn sie es wünschen!", fügte Alia dann ein und blickte die Königin fragend an.

„Ich würde Euch gerne bei dieser traurigen Arbeit zur Seite stehen, Heilerin! Wenn ich etwas tun kann, lasst es mich wissen!"

Alia nickte und fixierte die Königin dann fest in ihrem Blick, denn eine letzte Frage gab es noch zu klären. „Wer wird für die Behandlung der Männer aufkommen? Doch nicht Fürst Side?"

„Nein! Ich werde es tun! Ich habe die Schuld meines Mannes zu begleichen!" Und jetzt war es die Königin, die ihren Blick senkte.

Kapitel 58

Er hörte Alia in sein Haus eintreten, hörte, wie Edda sie überschwänglich begrüßte, und lauschte dann Logans stillerem Ausdruck seiner Freude über ihre Heimkehr. Er atmete tief durch und lächelte in sich hinein. Es war ihm nicht einmal gelungen, solange allein zu sein, wie es brauchte, um einen Brief seiner Schwester aus seinem Couvert zu nehmen.

Nach seiner Rückkehr ins Haus und umfangreichen Umarmungen und Beteuerungen des Glückes über seine Heimkehr hatte er lange mit Edda, Logan und Eret in der Küche gesessen. Edda schien es dieses Mal nicht zu stören, dass sie ihn und darüber hinaus noch einen Gast in ihrer Küche bewirtete, so groß war ihre Wiedersehensfreude. Sie hatte ihnen, während sie unentwegt plauderte, einen Pfannkuchen nach dem anderen aufgetischt, bis Logan und Eret lachend abwinkten, es sei genug.

Kian hatte sich zurückgelehnt und einfach genossen, was er hier erleben durfte. Er hatte wenig gegessen. Natürlich hatte er daraufhin Eddas besorgte Blicke bemerkt, aber er hatte wieder und wieder innerlich zerknirscht versucht, sie mit einem Lächeln zu übergehen. Er wusste, wie die Menschen, die ihm nahe standen, ihn in diesen Tagen ansahen. Auch Alia, die stets versuchte, ihre Blicke vor ihm zu verbergen. Ihr Mitgefühl ehrte ihn, aber er wollte es nicht und so blieb ihm lediglich immer wieder nur der Versuch, mit seinem Lächeln Zuversicht auszustrahlen. Eine Zuversicht, zu der er sich selbst kaum noch überreden konnte.

Seine Schulter bereitete ihm nur noch selten Probleme, aber seine Kraft reichte nahezu nicht aus, die gelähmte Hälfte seines Körpers umherzubewegen. Das Gleißen hatte ihm sein Körpergefühl in einem Maße genommen, das ihm täglich mehr bewusst wurde. Es war nie so gewesen, dass er seinen Körper nicht mehr hätte spüren können, so wie es bei seinen Beinen der Fall war, aber es war auch nicht nur Schwäche, die ihn noch immer fest in ihrem Griff hatte. Es war ein seltsames Gefühl, seine Bewegungen nicht mehr koordinieren zu können. Wie ein tiefes Vergessen seines Bewusstseins für seinen Körper. Er hatte bereits während ihres Rittes aus dem Süden hierher begonnen zu trainieren, indem er kurze Spaziergänge unternahm, und er würde es weiterhin tun, aber sein Zustand war etwas, mit dem er erst lernen musste zu leben. Dass er bereit war es zu lernen, vereinfachte seine Situation nicht entscheidend, denn er fragte sich mehr und mehr, ob Alia ebenso dazu bereit war, wie er.

Eret war ins Heerlager der ersten Garde aufgebrochen, nachdem er von Edda zu Pfirsichkompott, weiterem Gebäck und Tee überredet worden war. Er hatte Kian geholfen, sich von seinem Stuhl in der Küche zu erheben und dabei gemurmelt, eigentlich sei er es, der Hilfe brauche, so vollgefressen, wie er war. Kian hatte gelacht. Bei den Monden, er war zu Hause!

Edda verlor nicht einmal ein Wort darüber, dass er sich auf dem Tisch in der Stube niederließ. Auch sie war glücklich und ließ ihn generös gewähren. Das war das Ende einer langen Reise und für einen Moment hatte er sich zufrieden der Phantasie hingegeben, er könne auf sein Sofa sinken und für den Rest seines Lebens an eben dieser Stelle sitzen bleiben, mit den Kissen verschmelzen und diese Gefühle genießen ...

Sein Blick fiel auf die beiden Bücher, die in festes Papier eingeschlagen auf seinem Tisch lagen. Dies mussten die Schriften sein, von denen seine Tante nahezu sofort berichtet hatte, nachdem seine Soldaten und die Fürsten Ileu den Raum verlassen hatten. Ihr Gespräch hatte daraufhin einen sehr seltsamen Verlauf genommen. Nari hatte ihm für seinen Brief gedankt, der sie sehr bewegt hatte, und dann jedes Detail des Todes ihres Mannes geradezu aus ihm herausgepresst.

Alles jedoch, was er ihr zu berichten hatte, schien sie kaum zu überraschen. Sie trug seine Worte gefasst, so als hätte sie sich längst damit abgefunden, dass Abran ein Wahnsinniger gewesen war. Dennoch hatte Kian ihr die letzten Worte ihres Mannes verschwiegen. Sie erschienen ihm noch immer als das Rätsel, das sie bereits im Moment seines Todes gewesen waren. Auch hatte er niemals mit Roan und Mino darüber gesprochen, obwohl auch sie im Angesicht des Gleißens die Worte des Königs vernommen hatten. Es schien, als hätten sie alle schweigend diese letzten Sätze als Gipfel seiner geistigen Verwirrung hingenommen.

Danach hatte er sich, etwas scheu geworden, nach seiner Mutter und Schwester erkundigt. Nari hatte einiges über Niara und Ben zu berichten. Sie hatte sie offensichtlich besucht, während er fort war, und bestätigte, dass ihre Tochter ihm tatsächlich wie aus dem Gesicht geschnitten sei. Über seine Mutter jedoch sagte sie wenig und deutete lediglich an, dass dies eine Zeit wichtiger Entscheidungen für sie war. Er wurde nicht klug aus ihren Worten, hatte den Eindruck, sie verschweige ihm etwas und wollte noch einmal nachhaken, aber Nari war bereits bei einem neuen Thema.

Es betraf Fürst Side, der sich offensichtlich bereit erklärt hatte, Alia bei ihrem Versuch zu unterstützen, ihre Patienten angemessener unterzubringen. Kian hatte sich sehr für Alia gefreut. Er erinnerte sich an ihren Ritt zu den Ruinen, während dem sie mit ihm zum ersten Mal über dieses Thema gesprochen hatte. Danach hatten sie sich auf den Kissen des wilden Thymians zum ersten Mal geliebt und doch hatten sie nie einen Moment der puren Sorglosigkeit erlebt. Er wollte dieser Erinnerung jetzt nicht nachspüren und hatte versucht, mit seiner Tante über seine eigene Zukunft zu sprechen. Sie jedoch hatte seine Zweifel fortgewischt und bemerkt, er solle zunächst einmal richtig zu Hause ankommen. Auch ein zweiter Versuch seinerseits endete in einer lapidaren Bemerkung seiner Tante, woraufhin er sie lange herausfordernd angesehen hatte. Er verstand sie nicht!

Schließlich hatte sie seine Hand genommen und eindringlich geflüstert, er solle zunächst die alten Schriften lesen, die sie in sein Haus hatte bringen lassen, danach wolle sie mit ihm sprechen, denn nur dann könne er verstehen, warum sie derart handelte. Danach hatte sie sich erhoben und ihm mit Tränen in den Augen und unendlicher Wärme in ihrem Blick die Briefe zurückgegeben, die er ihr vor seinem Fortgehen überlassen hatte.

Kian hatte sich gefügt, natürlich. Er konnte seiner Königin nicht widersprechen, aber diese beiden Bände hier auf seinem Tisch strahlten nichts als die Bürde der Vergangenheit aus. Und er hatte lange genug unter dieser Last gelebt. Er hatte nicht die geringste Lust, sie dem Papier zu entnehmen und sich darin zu vertiefen, also hatte er zunächst die Absicht verfolgt seine Post durchzusehen.

Es lagen drei Schreiben seiner Schwester bereit, jedoch nur eines aus der Hand seiner Mutter, was ihm erneut zu denken gab. In diesem Moment kehrten auch die letzten ihrer Begleiter zu ihren Familien zurück, wurde ihm nun schmerzhaft bewusst, denn er selbst hatte nur diese Briefe ...

Edda schob Alia in die Stube hinein, und was sie hier sah, ließ sie tief durchatmen. Kian auf seinem Tisch sitzend anzutreffen, war mehr, als sie sich für diesen Abend gewünscht hatte. Sie konnte nahezu ausblenden, was hinter ihnen lag, denn sein Anblick in dieser Pose war ihr zutiefst vertraut. Er schien so sehr er selbst inmitten dieses Raumes, dass sie kaum den Blick von ihm abwenden mochte. Es erinnerte sie daran, dass er im Grunde noch immer derselbe war, einerlei, wie sehr sich sein Körper verändert haben mochte. Und er war noch immer schön mit diesem Lächeln, das seine blauen Augen aufleuchten ließ, als seien sie nur für sie bestimmt.

Schließlich blickte sie sich um. „Edda, wie schön alles hier ist mit den neu geweißten Wänden!“

Edda lächelte zufrieden. „Ja, es war längst Zeit, das einmal zu tun! Und für Logan und mich war es eine Ablenkung von der Sorge um ... Ach, unwichtig! Nun seid Ihr hier, Heilerin! Unser Haus ist wieder vollständig, und ich sorge umgehend für eine gute Abendmahlzeit und etwas Tee!“

Alia sah Edda nach. Sie verschwand in der Küche, und Alia konnte gerade eben noch sehen, wie sie sich neue Freudentränen aus dem Gesicht wischte.

„Danke, dass du sie für die neue Wandfarbe gelobt hast, Alia! Es war mir nicht aufgefallen!“, sagte Kian dann leise und legte dabei verlegen seine Stirn in Falten.

Alia zuckte lächelnd die Achseln, ging zu ihm und flüsterte in sein Ohr: „Ich bin mir sicher, sie wird dir vergeben!“

„Ich glaube, sie erwartet im Moment ohnehin nichts von mir“, flüsterte er zurück, nahm sie in den Arm und küsste eines ihrer Ohren.

„Ich habe gesehen, wie sie dich ansieht!“

„Wie ein angeschossenes Reh!“, erwiderte er, und Alia konnte das Lächeln in seiner Stimme deutlich hören, sodass auch sie lächeln musste.

„So bemitleidenswert bist du nicht!“, gab sie sanft zurück.

Kian ließ von ihrem Ohr ab, lehnte sich ein Stück zurück und sah sie fest an. „Bin ich das nicht?“

„Nicht für mich, Kian!“

Er senkte den Kopf und nahm erneut den Brief zur Hand, den er bei ihrem Eintreten neben sich abgelegt hatte. „Und dennoch sehe ich diesen Blick auch auf deinem Gesicht!“, sagte er leise.

Alia starrte ihn betroffen an und wartete darauf, dass er sie wieder ansehen würde, aber er tat es nicht. Sie fand keine Worte und jede Berührung konnte nur Ausdruck ihres Bedauerns sein. Sie war sich plötzlich sehr darüber bewusst, dass sie sich während der letzten Zeit unmerklich immer weiter voneinander entfernt hatten, und dieser Moment schien diese Tatsache nun bloßzulegen, indem Kian es ausgesprochen hatte. Sie waren heimgekehrt, sie waren zusammen, sie lebten und doch fanden sie nicht in die Nähe, die sie einst miteinander geteilt hatten. Es war, als ob sie seit dem Kampf immerzu nur seine Heilerin gewesen war und zu wenig die Frau, die er einst liebte. Der Kampf gegen das Gleißen hatte sie beide verändert, und zum ersten Mal konnte Alia sehen, dass sie sich manchmal gegenüberstanden wie Fremde.

Sie ließ den Kopf sinken und setzte sich auf einen der Stühle. „Ich möchte dich nicht noch einmal verlieren, Kian!“, flüsterte sie dann.

Sie strich mit den Fingern über das Paket, das neben ihm auf dem Tisch lag. Es mussten die Schriften sein, über die die Königin gesprochen hatte. Er hatte sie bislang nicht geöffnet, und sie sah zu ihm auf, nur um sich in seinem Blick zu finden, der so vieles auszudrücken vermochte.

„Ich bin hier!", sagte er leise und berührte ihre Hand auf den Büchern. „Ich bin nicht mehr ganz der Mann, den du liebtest. Ich weiß das, Alia! Ich weiß, dass du vieles an mir vermisst! Wir beide haben in der Wüste etwas verloren. Aber das heißt nicht, dass es unmöglich ist, gemeinsam etwas Neues zu finden!"

Sie drückte seine Hand. „Solange wir nur zusammen danach suchen!", antwortete sie ihm und sah ihn lächeln.

Er nickte einmal und strich dann selbst über das Päckchen an seiner Seite. „Hat die Königin dir von diesen Schriften berichtet?"

„Ja! Warum hast du sie noch nicht geöffnet?"

Er hätte bislang keine Gelegenheit gehabt, erwiderte er und erzählte ihr von seinem Eintreffen in diesem Haus und davon, dass Edda Eret und ihn genötigt hatte, die gesamte Speisekammer leer zu essen. Dies hätte angedauert bis kurz vor ihrer eigenen Rückkehr. Alia lauschte seinen Worten, lächelte über seine Anekdoten und die Traurigkeit, die sie beide eben noch gefangen gehalten hatte, schien sich in seiner Art des Erzählens aufzulösen, wenn da nicht die Details gewesen wären, die er ihr verschwieg, und um die sie selber so genau wusste. Kleinigkeiten wie Erets Hilfestellungen und ihr Wissen darum, dass Kian seit seiner Verletzung nur wenig Nahrung zu sich nahm ... Aber Alia wollte an den Klang seiner amüsierten Stimme glauben. Sie wollte glauben, dass er Freude an seinem Leben empfand.

„Pack du sie aus!", sagte er dann schließlich und zeigte auf die eingepackten Bücher, die sie noch immer berührte.

„Möchtest du sie nicht allein ansehen?"

„Nein! Ich fürchte, wenn ich allein mit ihnen bin, bleiben sie weiterhin ungeöffnet! Ich bin seit einiger Zeit nicht gerade wild darauf, Dinge über die Vergangenheit zu erfahren!"

Alia sah ihn schelmisch an. „Du glaubst doch nicht, dass wir darin einen neuen Feind finden, der seit Jahrhunderten schlummert und jetzt nach unserem Leben trachtet!" Es tat gut zu sehen, dass er über ihren kleinen Scherz lachen konnte.

„Nein, das glaube ich nicht, Alia", sagte er ruhig und strich sanft über ihre Wange. „Aber um ehrlich zu sein, habe ich Angst davor, darin die Dinge zu lesen, die wir hätten wissen müssen, bevor wir in die Wüste aufbrachen!"

„Ich weiß!", nickte sie. „Ich hatte denselben Gedanken!"

„Nun, dann lass uns anfangen zu lesen!", nickte er bestimmt und stützte sich auf den Stuhl neben ihr, um dort Platz zu nehmen.

„Was, wenn es ...?", setzte sie an, aber er ließ sie nicht ausreden.

„Dann klappen wir die Bücher zu und bringen sie meiner Tante zurück, Alia! Einerlei, was du gerade sagen wolltest!", fügte er hinzu, nahm ihre Hand und küsste sie.

Und so begannen sie.

Eines der Bücher war eine schmale Historie der Königsblutlinie, das andere eine Zusammenfassung der Ereignisse des Alten Krieges. Alia und er kamen schnell darin überein, dass sie sich zunächst mit dem Alten Krieg befassen wollten, aber als sie das Buch aufschlugen, trat Edda mit Tee und einem Rinderbraten ein, den zu riechen allein Kian schon ein Gefühl der Zugehörigkeit vermittelte, das er lange nicht gespürt hatte. Er bedankte sich von ganzem Herzen für das herrliche Essen und es gelang ihm sogar, mehr davon zu sich zu nehmen, als er sich zugetraut hatte. So fühlte es sich an, zu Hause zu sein! Auch Alia schien seinen veränderten Appetit bemerkt zu haben, kommentierte ihn jedoch nicht, sondern begann zu lesen, und so tat er es mit ihr.

Während sie gemeinsam lasen, berichtete sie ihm von ihrem Tag und Fürst Sides Angebot, das er bereits kannte. Er erhob kurz den Blick von den Seiten und ermutigte sie, sofort zu Sides Hof aufzubrechen, sobald die Königin Nachricht von ihm erhielt.

Sie sah ihn mit gerunzelter Stirn an und fragte dann scherzend, ob er sie so schnell loswerden wolle.

„Nein, Alia! Ich möchte nur, dass wir beide unsere Leben neu beginnen. Und dass du so bald schon Gelegenheit dazu haben wirst, macht mich glücklich!"

„Du machst mich glücklich!", hatte sie leise geantwortet, seine Hand ergriffen und so hatten sie weiter gelesen.

Es war so, wie sie erwartet hatten. Sie hätten unendlichen Gewinn aus diesem Text ziehen können, wenn sie Kenntnis von ihm gehabt hätten, bevor sie in die Wüste gingen. Die Alte Schrift war an manchen Stellen schwer zu entziffern, aber sie beschrieb das Gleißen mit einer Genauigkeit, die sie damals aus Erets Bericht nicht hatten entnehmen können. Es war für sie beide schwer zu ertragen, wie sehr diese Schrift ihnen hätte helfen können, und so sprachen sie, während sie lasen, immer wieder von anderen Dingen, die dieser Tag ihnen gebracht hatte.

Roans glückliches Gesicht, als er sich von ihm verabschiedet hatte, um in sein Dorf zurückzureiten und endlich seine Frau wiederzusehen, ließ auch Alia lächeln. Aber die Reaktion seiner Tante auf alles, was er über König Abrans Tod zu berichten hatte, schien sie sehr zu verwundern, denn ihr gegenüber hatte sie sich nicht in dieser Form gefasst gezeigt.

„Sie erwartet ein Kind, Kian!"

„Bei den Monden!", war es ihm entwichen, denn er wusste darum, welch trauriges Thema dies immer für sie gewesen war, doch seine Besorgnis wurde ihm sofort genommen, als Alia versicherte, sie werde dieses Kind austragen können.

„Das ist wunderbar!", erwiderte er glücklich, denn dieses Kind bedeutete noch viel mehr, als die Erfüllung der Wünsche seiner Tante. „Meine Schwester wird vor Freude die Sonne vom Himmel pflücken, weil sie nun von der Thronfolge befreit ist!"

Alia lächelte, dann sah sie ihn lange an und fügte hinzu: „Es ist kein Mädchen!"

Kian betrachtete sie aufmerksam. Er wusste, ihr Verstand war dem seinen wieder einmal um Längen voraus, und er brauchte, wie immer, einen Moment, um zu ihr aufzuschließen. Hier saßen sie, beschäftigten sich abermals mit dem Gleißen und erneut gab es lediglich die Möglichkeit zu interpretieren.

„Der Feind ist vernichtet! Womöglich werden in meiner Blutlinie in Zukunft ebenso viele Jungen wie Mädchen geboren. Das ist es, was du sagen willst, habe ich recht?"

Alia nickte lediglich, und auch er wandte sich unkonzentriert erneut der Schrift zu.

Sie beschrieb das Gleißen als eine uralte Existenz, die sich vom Band ihrer Gegner ernährte und es ihnen vollständig nahm. Seine

Stärke schwoll mit jedem niedergerungenen Menschen an und es war schließlich so übermächtig geworden, dass es sich in immenser Geschwindigkeit Richtung Norden bewegt hatte. Dabei hatte es ganze Landstriche in seinem kalten Licht erstrahlen lassen, sodass selbst die mondlose Nacht hell war wie der Tag. Es ließ blühende Landschaften zurück und fraß sich seinen zerstörerischen Weg durch die Bevölkerung. Eine Fluchtwelle setzte ein und es waren zumeist Frauen, die ihre Männer zurückließen, damit diese den Kampf aufnehmen konnten.

Der Alte König selbst hatte lange Zeit versucht, sein eigenes Band zu stärken. Er war aus dem politischen Geschehen verschwunden, um allein auf sich selbst gestellt in den Bergen des Nordens zu meditieren, und doch war sein Versuch vergebens gewesen. In dem Moment, da er mit den letzten überlebenden Fürsten und ihren Soldaten vor den Feind trat, war dieser bereits zu mächtig, um durch ihn geschlagen zu werden.

Alia blickte auf, und er sah, wie ihr Blick durch den Raum wanderte. „Woher wusste er, was es brauchen würde, um gegen das Gleißen antreten zu können?"

„Ich frage mich vielmehr, woher er wusste, dass nur er selbst in der Lage sein würde, das Gleißen zu schlagen", erwiderte er und strich sich die Haare aus der Stirn.

„Woher wussten wir, dass du es sein würdest?", fragte sie und sah ihn aufmerksam an.

„Wussten wir es denn mit Sicherheit, Alia? Ich habe mich immer der Hoffnung hingegeben, dass wir uns irren!"

„König Abran wusste es!", sagte sie dann fest.

Ja, dachte Kian bitter. Er wusste es, und es war eine Lüge, dass Kian geglaubt hatte, er sei nicht dafür bestimmt, in das Gleißen zu gehen. Er hatte es ebenso gewusst wie der König, aber es war einfacher gewesen, die Gewissheit nicht als solche anzunehmen, denn dann hätte er niemals den Mut aufgebracht, diese Schlacht zu kämpfen.

„Vermutlich finden wir Antworten auf diese Fragen in dem zweiten Buch, Kian!"

Er nickte lediglich und las dann Absatz um Absatz von der Armut, die über das Land hereinbrach, nachdem sich der Feind zurückgezogen hatte. Es mangelte an allem. Eine Hungersnot folgte, die unzählige Opfer forderte. Davon zu lesen war bedrückend, aber die Konsequenz zu begreifen, die diese Menschen aus der Bedrohung ihrer Leben gezogen hatten, ließ ihn erschauern. Er überflog die nächsten Passagen, und auch Alia schien nun verstanden zu haben, denn sie rückte näher zu ihm und er legte seinen Arm um ihre Schulter. Kian schmiegte sich an sie, denn mehr gab es in diesem Moment nicht für ihn.

Alias Kehle wurde eng. Hier lasen sie schwarz auf weiß von den Ursprüngen des Inzani-Gesetzes. Es war der Beweis allen Unrechtes, das dieses Gesetz jemals gewesen war und es wurde aufrechterhalten Jahreslauf um Jahreslauf, König um König ... Niemand hatte es jemals für nötig gehalten, es außer Kraft zu setzen, nachdem es die Inzani, die das Gesetz zunächst betraf, nicht mehr gab. Im Gegenteil, es war offensichtlich während der letzten Jahre noch ergänzt worden, um die, die man nicht in der Gesellschaft haben wollte, noch effektiver ausstoßen zu können.

Das Gleißen hatte unzählige Männer verletzt zurückgelassen. Nach dem Tod des Königs und dem Rückzug des Feindes traten die Folgen für die Bevölkerung in voller Wucht zutage. Sie litten Hunger, viele Frauen und Kinder starben, da es nicht genug Nahrung für alle gab. Manche hatten das Glück, ihre verletzten Männer wiederzufinden, die nicht mehr in der Lage waren, ihre Familien aus eigenem Willen zu suchen. Die meisten jedoch hatte die Flucht von ihren Männern getrennt. Diese Männer vegetierten im ganzen Land vor sich hin, und Alia brachte es nicht übers Herz, im Detail zu lesen, was alles mit ihnen geschehen war. Sie wurden zusammengetrieben wie Vieh ...

Das Inzani-Gesetz trat in Kraft. Es schien die einzige Lösung der Probleme darzustellen, zumindest für die, die es entworfen hatten. Es entledigte diese Männer jeglicher Stellung und Rechte. Sie wurden geringer eingestuft als alles andere Leben. Das Gesetz verbot, sich ihrer anzunehmen, sie zu ernähren, sie zu behandeln, es verbot jeglichen Versuch der Kommunikation und ordnete Missachtung und Ignoranz an.

„Es müssen Tausende gewesen sein!“, flüsterte sie irgendwann, weil sie plötzlich die schiere Masse begreifen konnte, für die dieses Gesetz den Tod bedeutet hatte. Sie alle waren verhungert, eingegangen wie Tiere ... und keiner von ihnen war in der Lage zu begreifen ... Männer, wie die, die sie seit Mondläufen betreute.

Kian schwieg. Er las nicht mehr, sondern hatte auch seinen anderen Arm um sie gelegt und sein Kinn in ihren Haaren vergraben.

Ihre Gedanken schweiften weiter in ihre eigene Vergangenheit und sie begriff. „Die ersten Jidari waren Frauen, die vor dem Inzani-Gesetz flohen, um ihre Männer zu bewahren, Kian! Jetzt verstehe ich so vieles! Ihren Willen zur Isolation, ihre heilende Mission ... Sie wollten ihre Werte gegen die Falschheit des Inzani-Gesetzes stellen!“

Er atmete durch. „Und sieh dir an, was aus ihren Idealen wurde, Alia! Das, was ihnen ihre Tradition ist, ist ebenso falsch und unmenschlich wie das Gesetz, vor dem sie einst flohen!“, erwiderte er müde und seine Bitterkeit flackerte in seinen Worten auf wie eine Flamme, die schon sein nächster Atemzug löschen würde.

„Es ist ihre Art, Dienst an der Gesellschaft zu leisten!“, erwiderte sie leise und versuchte sich auf dieses Gespräch zu konzentrieren, ohne die Schriftzeichen aufzunehmen, die nun vor ihren Augen das Bild ihrer eigenen Vergangenheit tanzen ließen.

„Alia, sieh mich an!“, begann er und drehte sie sanft zu sich um. „Die Jidari mögen ihren Dienst leisten, aber es bleibt nur ein Dienst! *Heilen ist eine Kunst der Liebe und Menschlichkeit!* Ich mag nicht ganz bei mir gewesen sein, als du diese Worte sprachst, aber ich weiß, wie viel mehr wert deine Arbeit ist, als die der Jidari, unter denen du so sehr gelitten hast! Sie hielten es nicht einmal für nötig, dir zu sagen, dass die Frau, die dich zu ihnen gebracht hatte, deine Mutter war. Sie ließen dich in dem Glauben, du seist eine fremde Missgeburt!“

Alia sah ihn an, sie sah seine Wut. Natürlich hatte sie selbst, ebenso wie er, diesen Gedanken gehabt, aber sie hätte diese schmerzhaften Worte niemals ausgesprochen. Auch wenn seine Wut dem Mitgefühl für sie entsprang, so taten diese Worte ihr dennoch weh.

„Die Jidari behandeln jeden, der um Heilung bittet, Kian! Jeden! Darin haben sie ihre Ideale bewahrt, von Anbeginn an!", erwiderte sie fest.

Kian wandte seinen Kopf ab. Es war nicht schwer zu erraten, was seine Gedanken in diesen Momenten waren. Er brauchte sie wahrlich nicht in Worten auszudrücken. Und so ließ Alia ihre Worte stehen. Sie wusste, nun fühlte er denselben Schmerz, den er ihr zuvor zugefügt hatte. Das war aus ihnen geworden.

Sie lasen in Schweigen weiter bis zum Ende. Die Krönung eines neuen Königs. Die Konsolidierung politischer Macht. Die Neugründung der Armee. Dinge, die seitdem fortbestanden, wie dieses grausame Gesetz. Alia hatte ihre Tasse geleert. Der Tee darin war längst kalt geworden. Edda und Logan hatten sich für die Nacht zurückgezogen, und auch sie selbst spürte nun den langen Tag. Sie sah sich nach Kian um, der durch ihren Blick erst wieder in der Realität anzukommen schien. Es tat ihr leid, was zwischen ihnen geschehen war.

„Geh schlafen, Alia", sagte er nun sanft, und sie sah das Bedauern auch in seinen Augen.

„Kommst du nicht mit?"

„Nein! Ich lese noch die andere Schrift! Wenn ich es jetzt nicht tue, bringe ich womöglich nie mehr den Mut dafür auf!"

Sie nickte lediglich. „Dann lese ich mit dir!"

„Du brauchst das nicht zu tun, Alia!", wandte er leise ein.

„Ich lasse dich damit nicht allein!", erwiderte sie fest, und so lasen sie bis zum Morgengrauen.

Kapitel 59

Kian betrat den Raum, in den die Königin ihn geladen hatte. Es war das Arbeitszimmer des Königs, und für einen Moment hielt er inne, nicht nur um sich umzusehen, sondern auch um seine Balance wiederzufinden. Er konnte noch immer nicht begreifen, dass er die endlose Treppe bis hinauf in dieses Stockwerk bewältigt hatte. Nun, sein Körper konnte nicht so hinfällig sein, wie er dachte, wenn es ihm gelungen war, hier hinaufzusteigen, aber wenn er nicht bald einen Platz fand, sich zu setzen, dann würden seine Beine und Arme ihm den Dienst versagen. Er war ein Schatten seiner selbst, und doch kam er nicht umhin zu sehen, dass dies alles noch vor wenigen Wochen unmöglich gewesen wäre.

Seine Tante stand neben einem schweren Schreibtisch aus Eichenholz, ihren Blick nach draußen aus dem Fenster gerichtet. Er sah ihre edle Gestalt und die Geste, mit der sie ihre Hände vor ihrem Bauch gefaltet hatte. Er wusste, was sie ihm zu sagen hatte. Er wusste, was es ihr verboten hatte, die Politik ihres Landes fortzuführen, solange er nicht zurückgekehrt war. Er hatte die alte Schrift über die Königsblutlinie in der letzten Nacht bis zum Ende gelesen und sie war eindeutig. Alia war nicht von seiner Seite gewichen, und das ließ ihn mit großer Dankbarkeit zurück, denn ohne ihre Gegenwart hätte er das Buch vermutlich bereits nach wenigen Seiten zugeschlagen. Seine Abstammung bedeutete ihm nichts. Sie hatte es nie getan.

Nari wandte sich nach ihm um.

„Kian, setz dich!", rief sie ihm erschüttert zu, als sie das Ausmaß seiner unbeholfen ausgeführten Bewegungen sah. „Bei den Monden, wie konnte ich nur so dumm sein, dich hier herauf zu bitten? Warum hast du nicht darauf bestanden, dass wir uns unten im Besprechungssaal treffen?"

„Tante Nari, beruhige dich! Ich bin hier, und damit lass es gut sein!"

Sie schob ihm einen Stuhl zurecht, aber er kämpfte noch immer mit seinem Gleichgewicht. „Ist es sehr unhöflich, meine Königin, wenn ich dich bitte, auf diesem Schreibtisch Platz nehmen zu dürfen?"

„Natürlich nicht, Kian!", beteuerte sie und betrachtete ihn voller Sorge.

„Nari, sieh mich nicht so an! Ich werde nicht vor deinen Augen zusammenbrechen!", erwiderte er ruhig.

Er hatte keine Energie mehr für das gezwungene Lächeln, das er seit Wochen für Momente wie diesen bereithielt. Er bewegte sich auf den Tisch zu, setzte sich und legte seinen Mantel ab, wobei er das Papier in seiner Tasche knistern hören konnte. Er seufzte bei dem Gedanken, dass es ihm noch immer nicht gelungen war, die Briefe seiner Mutter und Schwester zu lesen, und so hatte er sie kurzerhand eingesteckt. Er würde sie heute Nachmittag im Heerlager lesen.

Seine Tante sah ihn lange an. Dann schenkte sie Tee in zwei Tassen, legte etwas Gebäck hinzu und setzte sich dann neben ihn. Kian war überrascht, aber er verstand ihre Geste. Sie zeigte ihm damit, dass sie dieses Gespräch nur auf gleicher Augenhöhe führen konnten. Alles andere wäre der Situation unangemessen.

Eine Pause entstand, in der er sich schließlich im Blick aus dem Fenster verlor. Er konnte nahezu die Kühle des blauen Himmels spüren, den er dort erblickte. Er liebte den Winter, und in seiner Erinnerung sah er sich an Alias Seite durch die verschneite Landschaft des Nordens reiten. Er dachte an die Zeit lange bevor sie etwas über das Gleißen wussten, lange bevor sein Band ihre stärkste Verbindung wurde. Sein Band, das nun für sie verstummt war und dessen Verlust so viel mehr wog, als er wahrhaben wollte.

Und dann sprach seine Tante die Worte, die Alia in der letzten Nacht so ungläubig hervorgebracht hatte. „Du *bist der rechtmäßige König dieses Landes!*", hatte sie geflüstert, denn das war es, was aus dem alten Schriftstück hervorging. Es waren König Abrans letzte Worte gewesen. Er hatte alles gewusst. Dem männlichen Spross der

Königsfamilie gehörte per Geburtsrecht der Thron. Der Text gab ihnen alle Antworten, nach denen sie gesucht hatten. Und Abran hatte sie der Welt vorenthalten, um dann *was* mit ihnen zu tun? Nichts!

Der Text war uralt, älter als alle Schriften, die Kian kannte. Er beschrieb die Ursprünge der Königsblutlinie in den Wüstenregionen des Südens, die Bedeutung ihrer männlichen Nachkommenschaft und das durch sie hervorgerufene Auftreten einer feindlichen Existenz. Diese Schrift war nahezu ein Handbuch für jede zukünftige Monarchie, um ihren Sohn auf die Rückkehr des Gleißens vorzubereiten. Unterweisungen in die geistige Versenkung, Kampftraining, das Erlernen der Sprachen des Südens ... Das alles war vor Jahrhunderten verfasst worden, nur, um dann in Vergessenheit zu geraten, wie ebendiese Sprachen. Vergessen und verschwiegen. Ana hatte damals während ihrer nächtlichen Unterhaltung über den Feind im Süden so sehr recht gehabt. In jeder alten Geschichte lag eine tiefe Wahrheit, und diese Welt hatte es tatsächlich versäumt, aus ihrer Vergangenheit zu lernen.

„Ich bin nicht hierhergekommen, um diese Worte zu hören! Ich bin kein König, Tante Nari!“, erwiderte er fest.

„Du hast ein Recht auf den Thron, Kian!“

„Das bedeutet mir nichts! Ich möchte nur wissen, ob König Abran schon bei seinem Amtsantritt von diesen Texten wusste“, stellte er nun die Frage, die ihn den ganzen Morgen umgetrieben hatte.

Seine Tante drehte ihren Kopf weg „Ich weiß es nicht!“, sagte sie dann, öffnete eine der Schubladen des Schreibtisches, entnahm ihr einige handschriftliche Bögen und reichte sie ihm.

Kian brauchte nicht lange, um zu begreifen, dass es sich hierbei um den kläglichen Versuch einer Übersetzung zahlreicher Passagen des Textes handelte, den sie gestern gelesen hatten. Die Übersetzungen folgten nicht der Chronologie des Textes, aber er versuchte dennoch, anhand von Abrans Abschriften, den Ablauf der Geschehnisse in seinem Kopf zu ordnen. Abran hatte, lange bevor er ihn in den Norden sandte, begonnen, den Süden zu observieren, weil er um das Gleißen wusste. Aber er hatte offensichtlich lange geglaubt, er, der

König dieses Landes, sei derjenige, der diesen Feind schlagen konnte und musste. Er konnte demnach erst später begriffen haben, dass er Kian brauchen würde. Er brauchte ihn tot, auf die eine oder andere Weise. Alles andere ließ sich nicht mehr rekonstruieren.

„Abran war der Alten Sprache nicht mächtig!", bemerkte er dann.

„Nein, aber diese Zeilen verraten dennoch, dass er die Hauptpunkte richtig erfasst hatte. Ich weiß nicht, wann diese Zeilen entstanden! Ich weiß nicht, ob es vor deinem Sturz war, denn das ist es doch, was du wissen möchtest! Aber zu irgendeinem Zeitpunkt muss er erkannt haben, dass er den Thron nicht rechtmäßig innehatte, sondern du einen Anspruch darauf geltend machen könntest!"

Kian legte die Papiere langsam auf den Tisch. „Deswegen dieser unglaubliche Hass auf mich!", sprach er zu sich selber.

Dieser König hatte seinen Verstand darüber verloren, nichts als ein unrechtmäßiger Eindringling in die Politik dieses Landes gewesen zu sein. An der Seite einer ihm weit überlegenen Frau, die längst hinter seinem Rücken die Geschicke der Fürstentümer lenkte. In einem verzweifelten Versuch, so schien es, hatte er jedoch die Fehler des Alten Königs und dessen Krieges wettmachen wollen, indem er die Fürsten vereinte und an ihrer Spitze einen einzigen, mächtigen Feldzug plante. Aber alles war ihm aus der Hand geglitten und sein wirrer Verstand hatte seinen Plan bis zur Unkenntlichkeit entstellt. Am Schluss stand seine nackte Angst vor dem Tod. Auch er hatte nicht an die Möglichkeit geglaubt, überleben zu können, und er hatte niemals auch nur in Erwägung gezogen, dass Kian den Feind besiegen konnte.

Kian spürte, wie Nari seine Hand ergriff. „Er hat deinen Tod befohlen!", flüsterte sie erschüttert.

Er sah auf und nahm ihre Hand nun in seine beiden Hände. „Ich weiß, Tante Nari! Ich war verletzt, aber ich hatte, dank dir, das Glück, die beste Heilerin unseres Landes in meinem Haus zu beherbergen! Bitte gräme dich nicht länger!"

„Ich weiß, du willst mir Mut zusprechen. Und ich danke dir dafür! Aber Abran hat so viel Leid über so viele Menschen gebracht!" Und nun füllten sich ihre Augen mit Tränen.

„Das ist nicht wichtig, Tante Nari, denn nun stehst du an seiner Stelle! Und du wirst seine Taten mit deiner Arbeit weit aufwiegen! Das Land braucht keinen neuen König, denn es hat dich!"

Sie suchte sichtbar Worte, um ihn zu unterbrechen, aber er schüttelte lediglich lächelnd den Kopf. „Du bist unsere Königin, und diesen Weg hast du dir längst selbst geebnet! Die Fürsten verehren dich, und ich weiß, dass auch sie dich auf dem Thron sehen wollen!"

„Die Bevölkerung wird ...!"

„Das Volk liebt dich, Tante Nari! Und die Armee steht geeint hinter dir! Das tat sie immer!"

Sie sah ihn an und in ihren Augen konnte er sehen, dass seine Worte ihr tatsächlich etwas bedeuten mochten. Sie griff fahrig nach ihrer Teetasse und trank daraus, als wolle sie neue Kraft schöpfen.

„Du ahnst nicht, wie sehr ich wünschte, ich hätte diese Schriften vor Jahren bereits gekannt! Dein Leben hätte ein anderes sein können! Ich hätte dir so viele deiner Qualen ersparen können!"

Kian nickte, denn er wusste, dass es vermutlich die Wahrheit war, die sie damit aussprach. „Du musst das Leben, das ich geführt habe, nicht bedauern! Ich tue es nicht! Es hat mich zu dem Menschen gemacht, der ich bin!" Er sah sie eindringlich an.

„Und du bist nichts als beeindruckend, Kian!" Der Blick seiner Tante verlor sich in seinen Augen. „Du wärest ein würdiges Landesoberhaupt in allem, was du bist!"

Ihre Worte waren lediglich ein Flüstern und sie schloss ihn daraufhin fest in ihre Arme. Sie verharrten lange in dieser Berührung, und Kian spürte die Ernsthaftigkeit in ihren Worten, auch wenn sie nur einem Hauch geglichen hatten.

„Du ehrst mich zutiefst, Tante Nari! Ich danke dir! Aber du kennst mich. Ich bin nicht für ein Leben am Boden geschaffen. Ich brauche die Freiheit der offenen Landschaft! Ich muss in Bewegung sein! Das ist das Leben, das ich schätze, und ich werde alles dafür tun es wiederzuerlangen!"

„Jetzt klingst du endlich wieder wie mein erster Heermeister! Und wie der Held, als den dich das ganze Land feiert!", erwiderte sie mit einem Lächeln.

Auch er lächelte, denn er dachte daran, dass er sogleich nach ihrem Gespräch ins Lager der ersten Garde aufbrechen würde. Es würde eine Zeremonie geben, in der er und die Kämpfer der Schlacht geehrt werden sollten. Gorin hatte ihn dahingehend beruhigt, dass sie beschlossen hatten, das militärische Prozedere soweit es ging abzukürzen, um den feierlichen Aspekt ihrer Heimkehr in den Vordergrund zu stellen. Die Soldaten wünschten sich, dass er sie in den Ritualen anleitete, und alles Weitere sollte eine Überraschung sein. Nun, er brauchte keine Worte der Ehrung mehr, aber er sehnte sich auf nahezu melancholische Weise danach, unter seinen Soldaten zu sein, ohne einen Feldzug planen zu müssen. Er war ihr erster Heermeister, und er hoffte darauf, dies in ihrer Gegenwart erneut spüren zu können.

„Dennoch steht mein Entschluss fest! Ich werde mich nach dem Ende meiner Legislatur im kommenden Frühjahr nicht für eine Neuwahl zur Verfügung stellen!"

„Ich weiß, Kian! Und in der Zeit danach möchte ich dich als meinen Botschafter! Du hast eine ähnliche Stellung bereits in der Vergangenheit erfolgreich erfüllt. Ich möchte, dass das deine neue Profession wird!"

Kian schluckte. „Du ehrst mich erneut! Aber ich kann dir in diesem Augenblick kein Versprechen geben. Du hast gesehen, wie es um meinen Körper steht. Ich weiß nicht, ob ich jemals wieder in der Lage sein werde, mich besser zu bewegen. Das mag vielen noch deutlicher vor Augen führen, dass ich ein Inzani bin!"

„Du wagst es, dieses Wort noch in den Mund zu nehmen, nach allem, was du in den Schriften gelesen hast, Kian?", fuhr sie ihn nun an.

„So ist das Gesetz!", entgegnete er ruhig, aber ihre Wut zu sehen war großartig.

„Dieses Gesetz existiert nicht länger! Du glaubst doch nicht, dass ich den Thron besteige und eine Gesetzgebung befolge, deren Unrechtmäßigkeit nicht größer sein könnte!", erwiderte sie nun womöglich noch aufgebrachter, stand auf und lief im Raum umher, wie um sich zu beruhigen.

Schließlich wandte Kian ein, dass sie sich damit nicht nur Freunde machen würde.

Sie atmete durch, kehrte zu ihrem Platz an seiner Seite zurück und berührte leicht seinen Arm. „Du magst recht haben, Kian! Aber ich werde allen verkünden, was dieses Gesetz in einer anderen Zeit bedeutete und für wen es geschaffen wurde! Ich möchte, dass die Menschen begreifen, dass die, die sie heute Inzani nennen, zu Unrecht als solche bezeichnet werden! Du und alle anderen, die es betrifft, sollen die Chance auf ein gleichberechtigtes Leben haben!"

„Das ist ein schöner Gedanke, meine Königin", kommentierte er ruhig.

„Dein Leben könnte dadurch einfacher werden, Kian!"

„*Mein* Leben? Nein, Tante Nari, für mich ist es zu spät! Und das sage ich nicht mit Verbitterung. Mein Leben hat mich in den Kampf gegen einem übermächtigen Feind geführt und ich habe gesiegt! Ich habe überlebt! Das Gesetz kann mich nicht mehr verletzen!", sagte er mit Nachdruck.

Seine Tante sah ihn einen Moment abwägend an und dann sprach sie: „Du hättest das Recht, deinen Fürstentitel wieder zu führen, du ..."

„Was sollte mir dieser Titel bedeuten?", unterbrach er sie verständnislos.

„Nicht dir, Kian! Hör mir zu! Mit dem Ende des Inzani-Gesetzes wärest du frei, eine Frau zu wählen! Die Heilerin und du, ihr könntet eure Beziehung offen leben! Früher oder später musst du etwas tun, um euch vor Anfeindungen zu schützen. Dazu mag gehören, dass du sie mit einem Eheversprechen an deiner Seite zur Fürstin Dogul machst!"

Kian begann etwas zu entgegnen, aber die Königin hob lediglich die Hand und bat ihn darum, nichts weiter zu sagen, sondern diese Worte auf sich wirken zu lassen.

„Wirst du darüber nachdenken, Kian?", insistierte sie noch einmal.

„Ich werde darüber nachdenken, Tante Nari! Aber nicht aus den von dir genannten Gründen, denn sie erscheinen mir von Grund auf falsch! Sollten Alia und ich nicht frei sein, eine solche Entscheidung zu treffen?“

Seine Tante nickte lediglich, und er nahm seine Tasse zur Hand, ohne jedoch daraus zu trinken. Seine Gedanken schweiften ab, und ihm wurde erneut deutlich bewusst, wie zerbrechlich seine Beziehung zu Alia in diesen Tagen war. Er sah, wie seine Tante sich nun aufrichtete, die Schultern straffte und ihn betrachtete. Die schweren Worte waren gesagt, das schien ihre Körperhaltung nun auszudrücken.

„Kian, ich hielt bereits heute Morgen die Anfrage Fürst Sides in den Händen, wann er die Heilerin Alia an seinem Hof begrüßen dürfe, um ihr das Haus zu zeigen, das er für ihre Patienten ausgewählt hat. Er hatte offensichtlich Nachricht über eure gestrige Heimkehr! Glaubst du, sie kann bereits morgen bereit zur Abreise sein?“

„Ich glaube, sie ist mehr als bereit, Tante Nari. Sie brennt darauf dieses Haus zu sehen!“

Seine Tante nickte lächelnd und versicherte, sie würde Alia eine Nachricht zukommen lassen und Fürst Side noch heute ihre morgige Ankunft ankündigen. Kian würde Eret davon in Kenntnis setzen, dass er Alia begleiten und sie morgen früh in seinem Haus abholen solle. Er bat seine Tante darum, Alia auch darüber zu informieren, denn er selbst werde keine Gelegenheit haben, sie vor dem morgigen Tag zu sehen. Er wusste, Eret würde dieser Auftrag mit großer Freude erfüllen. Er hatte ein persönliches Interesse daran, seine ehemaligen Kameraden gut versorgt zu wissen. Aber auch Kians Herz füllte sich nun mit Freude, denn es war gut, sich Alia auf ihrem Hengst vorzustellen. Sich vorzustellen, wie sie mit ihm durch die Felder ritt, ihre seltsamen Spiele mit ihm verfolgte, frei und ohne Zwang mit Blick auf ihre persönlichen Ziele.

„Noch etwas, Kian!“, begann seine Tante nun und er sah sie erneut an. „Ich brauche jemanden, der die Veränderungen der Machtverhältnisse im Osten unterstützt! Ich würde Heermeister Gorin damit betrauen, aber es wäre mir lieber, dich in Fürstin Riggs Nähe zu wissen. Ich sehe, dass du sehr schwach bist, und ich wage es kaum, dich darum zu bitten. Entschuldige!“

„Du brauchst dich nicht zu entschuldigen, Tante Nari! Mein Pferd wird das Laufen für mich übernehmen. Und du weißt selbst, dass solche Verhandlungen unendliche Stunden des Sitzens auf Stühlen bedeuten. Ich werde in den Osten gehen, sobald du es mir befiehlst! Nur behandele mich nicht wie einen Kranken!“

„Ich behandele dich nicht wie einen Kranken, Kian!“, entrüstete sie sich nun. „Ich möchte lediglich wissen, ob du dir zutraust, deine Arbeit bereits wieder aufzunehmen. Es wäre nur dieser eine Auftrag!“

Kian sah sie an. Das Bedauern über seinen Zustand und die Frage danach, was er hatte erleiden müssen, standen ihr ins Gesicht geschrieben. Er selbst hatte keine Worte für all die unausgesprochenen Gefühle, die andere in dieser Zeit für ihn empfinden mochten. Er hatte nicht einmal Worte für seine eigenen. Er konnte niemandem die Sorge um ihn nehmen. Er spürte die Kälte des Feindes noch immer. Spürte, wie sie einen Teil seiner Selbst zerstört hatte. Er hatte Alia gesagt, sie sei der beste Teil von ihm, aber nachts hielt ihn die Furcht davor wach, sich eines Tages eingestehen zu müssen, dass dieser beste Teil seiner Selbst mit dem Verschwinden der Fähigkeit, sein Band auszusenden, längst gegangen war.

„Es wird helfen, wieder zu arbeiten!“, erwiderte er und nickte seiner Tante fest zu.

„Gut!“, erwiderte sie lediglich.

Eine lange Zeit sahen sie sich einfach nur an. „Ich möchte, dass dieses Gespräch in diesen vier Wänden bleibt, Tante Nari!“, sagte Kian dann schließlich.

„Warum könntest du das wollen? Soll denn niemand wissen, was deine tatsächliche Stellung in diesem Land ist? Möchtest du nicht, dass die Menschen wissen, was du in der Wüste für sie getan hast? Kian, nur du konntest das tun! Der wahre ...“

Kian hob abwehrend die Hand. Er wollte auf gar keinen Fall, dass sie es noch einmal aussprach. Er wollte es nicht hören.

„Königin Nari, ich bin der Anführer einer Armee stolzer Kämpfer! Ich habe diesen Feldzug geplant und von jedem meiner Soldaten erwartet, dass er seine Aufgaben erfüllt, so wie auch ich es tat! Meine Schlacht mag eine andere gewesen sein als die meiner Soldaten, aber sie haben ihre Pflicht mit demselben Willen und Mut getan wie ich, obwohl sie keine Hoffnung auf einen Sieg oder ihr bloßes Überleben haben konnten! Kannst du das nicht sehen, Nari? Ich bin ein Teil dieser Menschen, und das erfüllt mich mit mehr Ehre, als ich jemals empfunden habe!“

Sie legte während seiner Worte ihre Hand an seine verletzte Schulter und ihre blauen Augen verrieten ihre Gefühle nun überdeutlich. „Ich kann nicht ausdrücken, wie sehr ich dich bewundere, Kian!“

„Nun“, begann er lächelnd. „Wie ich bereits sagte: Es wäre mir lieber, du würdest darüber schweigen!“

„Wer waren die Menschen, die gestern Morgen aus des Heermeisters Haus kamen, als ich Euch abholte?“, fragte Eret in die Stille.

Sie hatten eine Weile geschwiegen, nachdem sie in die Stadt hineingeritten waren, und nun waren sie bereits nahezu bei Kians Haus angelangt. Die Königin hatte den direkten Weg dorthin, der über das Palastgelände führte, wieder öffnen lassen, und so konnte Alia sich über die Flanke ihres Pferdes beugen und ihre Hand durch die Lavendelpflanzen streichen lassen, wie sie es schon so oft getan hatte.

„Leute aus der Nachbarschaft, die um die Behandlung ihrer Tochter baten“, erwiderte sie ruhig und sah Kians Haus zwischen den Mauern liegen.

„Was fehlte ihr?“

„Ein Knochenbruch in ihrem Handgelenk!“, erklärte sie und sah Eret einen Moment an. „Viele Menschen kommen in diesen Tagen um Heilung zu mir!“

Er nickte, und die Stille kehrte zurück, die nur durch das Hufgetrappel ihrer Pferde und das Geräusch des Windes unterbrochen wurde. Es war bereits Abend, und sie waren in den Straßen nur wenigen Menschen begegnet. Eret begann nun zu erzählen, dass Heermeister Gorin ihn gebeten hatte, ihm einen genauen Bericht der Geschehnisse während des Feldzuges zu geben. Nicht nur ihn, sondern alle, die zurückgekehrt waren. Er wolle sich ein möglichst umfangreiches Bild über alles machen können, was dort geschehen war. Eret hatte ihm von Alias Arbeit berichtet und darüber, dass sie in den Heilern der Armee kaum Unterstützung gefunden habe. Alia legte die Stirn in Falten und fragte, was Heermeister Gorin dazu zu sagen hatte.

„Er hat sie entlassen!"

„Er hat die Heiler entlassen?", rief sie nun aus, denn dieses Verhalten erschien ihr zutiefst rätselhaft.

„Ja! Er ist der Meinung, dass Heiler, die nicht das Vertrauen der Soldaten genießen, nicht weiter beschäftigt werden sollten!"

„Nicht das Vertrauen der Soldaten genießen?", fragte Alia nun und war sich bewusst, dass sie bereits zum zweiten Mal lediglich Erets Sätze wiederholte, nur konnte sie sich nicht auf eigene, klügere Worte besinnen.

Er lachte. „Sagt bloß, Ihr habt nicht bemerkt, dass während der ganzen Zeit im Süden keiner der Soldaten freiwillig die Armeeheiler aufgesucht hat? Sie alle kamen zu Euch!"

Alia senkte in Verwunderung den Kopf. Ja, sie hatte es bemerkt und sich mehr als einmal darüber gewundert. Sie hatte jedoch nie daran gedacht, dass es tatsächlich alle waren, die zu ihr gekommen waren. Sie war immer davon ausgegangen, dass andere Soldaten sehr wohl die Heiler der Armee aufgesucht hatten, und sie es nur nicht registrieren konnte, da diese sich stets in der Nähe des Königs aufhielten. Sie hatte nur selten einen von ihnen zu Gesicht bekommen. Jetzt begriff sie womöglich zum ersten Mal, warum diese Heiler ihr mit so großer Missgunst begegnet waren. Sie musste ihnen schließlich vorgekommen sein wie ein Eindringling, hatte sie sie doch ihrer Aufgaben entledigt.

Sie dachte erneut mit Wut an die Überheblichkeit dieser Heiler, die sich eingebildet hatten, ein Recht darauf zu haben, auswählen zu können, wem sie halfen und wem nicht. In ihren Köpfen steckte eine Kruste aus Vorurteilen, die eine Wertigkeit hervorbrachte, die sie selbst noch immer als zutiefst verurteilenswert empfand. Nun, vielleicht hatte Heermeister Gorin recht, und diese Heiler waren tatsächlich nicht für den Dienst innerhalb einer Armee geeignet. Einer Armee mit den höchsten menschlichen Idealen. Kians Armee.

„Wenn Ihr nicht bei uns gewesen wäret, Heilerin, so sagte Heermeister Gorin, wäre Heermeister Dogul in der Wüste gestorben!", beendete Eret seinen Bericht, als sie ankamen.

Alia nickte bewegt. Sie konnte sich nicht dazu entschließen, ihm mit Worten zu antworten, denn dann hätte sie womöglich vollkommen die Fassung verloren.

Eret verabschiedete sich vor der Haustür von ihr, nicht ohne Eddas freundliches Angebot abzulehnen, hereinzukommen, um etwas zu Abend zu essen. Er grinste Alia beim Abschied heimlich zu und flüsterte, er sei noch immer satt vom letzten Mal, als er hier gespeist hatte. Alia lachte leise und wunderte sich, warum auch Eret zu wissen schien, dass sie seine nahezu stummen Worte verstehen konnte. Sie hatte aufgehört, ihre Fähigkeiten mit der Strenge zu verbergen, die sie sich in der Vergangenheit stets auferlegt hatte, und offensichtlich bemerkte sie es nun nicht einmal mehr, wenn sie sich offenbarte.

Logan nahm ihr Pferd mit in den Stall und pfiff gut gelaunt vor sich hin, während er ihm dort den Sattel abnahm. Es war ein solcher Frieden in diesem Moment, und Alias Gedanken schweiften ab zu dem Haus, das Fürst Side ihr gezeigt hatte. Es war perfekt. Ein großer Garten umfasste es, in dem Obstbäume wuchsen und einige Wildkräuter. Er war verwildert, aber unter einer pflegenden Hand würde er sich schnell in ein Refugium verwandeln lassen, in dem man mit den Patienten Gänge unternehmen konnte. Vielleicht würde man einen Platz darin anlegen mit Tischen und Bänken, um Mahlzeiten im Freien einnehmen zu können.

Das Haus selbst verfügte über ein Erdgeschoss mit weiten Räumen und einer großzügigen Küche. Hier fänden leicht dreißig Personen Platz, um den geselligen Teil ihres Lebens zu teilen. Im Obergeschoss waren die Räume kleiner und rund um einen Gang angeordnet. Schlafzimmer für jeweils zwei bis drei Verletzte könnten hier entstehen. Mehr Privatheit, mehr Gelegenheiten, sich mit den einzelnen Männern zu beschäftigen, mochten sich hier ergeben, und sie hatte im Gespräch mit Fürst Side sofort begonnen, Pläne für die Umbaumaßnahmen zu machen, die noch vorgenommen werden mussten. Die Möblierung aller Räume, die Reparaturen, die nötig waren ... es galt an so vieles zu denken, aber Fürst Side war ein praktisch veranlagter Mann und konnte viele Ideen beisteuern, die sie selbst nicht gehabt hatte. Wenn der Zeitplan sich derart verfolgen ließ, wie sie es geplant hatten, dann konnten die Männer in etwa einem Mondlauf umgesiedelt werden. Schneller als sie jemals gehofft hatte. Es war fantastisch!

Sie würde Tana und die anderen Pflegerinnen morgen aufsuchen und ihnen berichten. Sie konnte sich nicht vorstellen, dass Tana selbst daran interessiert sein konnte, ins Fürstentum Side umzuziehen, aber sie würden gemeinsam nach Pflegekräften suchen können, die die Männer begleiten würden. Auch Fürst Side hatte zugesichert, dass er nach Personal Ausschau halten würde. Es blieb genug Zeit, neue Leute einzuarbeiten und sie mit ihren Patienten vertraut zu machen.

Alles fügte sich auf so wunderbare Art, dass Alia nun mit all ihrem Glück das Haus betrat, um sofort Kian von allem zu erzählen, was sie erlebt hatte. Sie wusste, es würde ihn ebenso erfreuen wie sie, aber als sie in die Wohnstube trat, fand sie ihn nicht vor. Sie ging zurück in die Diele und sah sich nach seinem Mantel um, aber auch er hing nicht an seinem üblichen Platz.

„Sucht Ihr den Heermeister, Heilerin Alia? Er ist fort! Er hat einen Brief an Euch senden lassen! Ich habe ihn oben auf Euer Bett gelegt!"

Alia nickte lediglich. Sie folgte Edda in die Küche, und bat darum, ihr Essen mit hinauf in ihr Zimmer nehmen zu dürfen. Edda mochte das nicht gefallen, aber auf eine sentimentale Weise hatte Alia das Gefühl, sie müsse am heutigen Abend genau auf diese Art handeln. In ihrem Zimmer angelangt setzte sie sich auf ihr Bett, legte ihr Gepäck neben sich ab und betrachtete Kians Brief, der dort für sie bereitlag.

Seine Schrift hatte ihre vertraute Geschmeidigkeit wiedererlangt, und sie musste einmal hart schlucken, denn andere Dinge konnten vermutlich nie wieder so sein, wie sie einmal waren.

Sie war enttäuscht von seiner Abwesenheit. Sie war voll von Dingen, die sie ihm erzählen wollte, aber es war unmöglich. Sie sehnte sich nach ihm, sehnte sich nach den Worten, die er ihren hinzufügen würde. Sie wurde sich bewusst, dass sie tatsächlich zum ersten

Mal seit der Wüste voneinander getrennt waren, und hatte plötzlich das Gefühl, seit Mondläufen nicht mit ihm gesprochen zu haben, dabei waren es lediglich zwei Tage gewesen. Sie vermisste ihn. Nun, sie wollte seinen Brief lesen ... und sie wollte essen.

Liebste Alia,

ich hoffe, Fürst Sides Haus war so, wie du es dir erträumt hast, und dein Kopf ist bereits voller Zukunftspläne. Es tut mir leid, dass ich nicht heute davon erfahre, aber ich stelle mir vor, wie du durch Sides Fürstentum reitest und vielleicht an den Platz gelangst, an dem die Sonnenkatze dich bei der Ernte der Sumpflilien gestört hat.

Wenn dich diese Zeilen erreichen, werde ich bereits auf dem Weg in den Osten sein. Die Königin hat mich gebeten, die Umstrukturierung der Machtbereiche dort zu unterstützen, nachdem die Fürsten Aden und Rigg nicht heimgekehrt sind.

Ich weiß, dass ich vermutlich noch nicht soweit bin, im Land umherzureiten, aber ich muss es versuchen. Ich möchte arbeiten. Ich möchte mein Leben neu beginnen. Und ich spüre, dass es uns beiden helfen kann, wenn die Planung unserer beruflichen Zukunft uns für einige Zeit von unserer gemeinsamen Gegenwart ablenkt. Bitte vergib mir diese Worte, aber ich weiß, dass du ebenso empfindest.

Im Osten gibt es wahre Felder mit alia-Pflanzen. Ich werde dich bei mir haben, auch wenn sie in dieser Jahreszeit vermutlich nicht blühen.

Mit all meiner Liebe, Kian.

Alia lächelte. Kian würde sich auf seinem Ritt sehr wundern, denn er würde die *alia*-Blüten vermutlich überall sehen können. Die *alia* blühte das ganze Jahr über, aber ihre Hauptblütezeit lag in den Wintermondläufen. Sie wäre gerne bei ihm in dem Moment, in dem er dies selbst begreifen würde. Und sie hatte tatsächlich mit Eret die Stelle passiert, an der sie beide sich einander mehr offenbart hatten, als jemals zuvor, in der damals so kurzen Dauer ihrer gemeinsamen Geschichte. Die Erinnerung an die Macht seines Bandes machte sie traurig, aber vielleicht hatte er recht. Ihre Trennung mochte dazu führen, dass sie sich einander erneut nähern konnten, und sie legte all ihre Hoffnung in diesen Gedanken.

Sie bewunderte ihn dafür, dass er sich entschlossen hatte, seine Arbeit so schnell wieder aufzunehmen, obwohl er jeden Tag aufs Neue seine Schwäche spürte. Aber hatte er nicht auch darin recht? Sollte diese Schwäche bleiben, so musste er versuchen, sein Leben mit ihr zu leben. Und das, was er nun tat, war sein Leben. Sie wusste, wie sehr er alles darauf ausgelegt hatte, dieses Leben zurückzugewinnen, aber sie fürchtete sich davor, was es aus Kian machen würde, sollte er darin scheitern. Nun, er musste diesen ersten Versuch irgendwann unternehmen, und sie hoffte so sehr, es sei nicht zu früh.

Ihr Blick fiel auf ihr Gepäck, das sie seit der Reise aus dem Süden hierher nicht ausgepackt hatte. Es war während der kurzen Zeit nach ihrer Rückkehr unangetastet geblieben und sie hatte es, als sie sich für den Besuch Fürst Sides bereitmachte, einfach wieder zur Hand genommen. Nun, heute wollte sie zumindest diesen Teil ihrer Reise in die Wüste abschließen.

Sie nahm ihre Heilbeutel und stellte sie bereit, um deren Inhalt später noch einmal durchzusehen. Ihr Schwert und Bogen fanden Platz neben ihrem Bett, auf dem sie auch ihr Bärenfell ausbreitete. In der einzigen weiteren Tasche, die sie besaß, fand sich ihr Schlafsack und tief darunter entdeckte sie nun ihren Umhang. Der braune Umhang einer Jidari. Sie fuhr scheu über das abgenutzte Gewebe und Unbehagen war nur eines der vielen Gefühle, die diese Berührung in ihr auslöste. Größer noch war ihr Erstaunen darüber, dass sie dieses Kleidungsstück vergessen hatte.

Für einen Moment hatte sie den Gedanken, ihn in ihren Schrank zu legen, aber was sollte sie dort mit ihm tun? Er erinnerte sie an so viel Leid und doch hatte er ihr Schutz geboten, ihr ganzes Leben lang. Sie trug seit ihrer Rückreise einige ihrer Gewänder übereinander. Je kälter es geworden war, desto mehr von ihrer Kleidung hatte sie sich übergestreift. Dieser Umhang diente keinem Zweck mehr, nicht mal dem, sie zu wärmen, dabei war er ihr einmal so vieles gewesen. Er war Teil ihrer Vergangenheit und der Lüge über ihre Identität.

Ihre Hände hoben sich an ihr Haartuch und bedeckten die Stellen, an denen ihre Ohren sich nun spitzten. Es gab für sie keinen Grund mehr, im Verborgenen zu leben. Sie musste sich nicht mehr verstecken, aber sie wusste mit Gewissheit, dass sie diese Tücher immer tragen würde. Es war ihr zur Möglichkeit einer Abgrenzung von ihrer Art geworden. Sie hatte das tiefe Bedürfnis, ihre Individualität darin auszudrücken. Eine Individualität, die in ihrer Abstammung nie vorgesehen war.

Sie lächelte in sich hinein, denn das Selbstbewusstsein, das sie jetzt hatte, war das der Maus, die mit ihren flinken Bewegungen in der Lage war, den Löwen so sehr zu irritieren, dass er den Appetit auf sie verlor. Nun, ihrer war noch nicht gestillt und so griff sie nach dem Umhang. Sie ging erneut hinunter in die Küche, bat Edda um eine zweite Portion ihres wunderbaren Schmorgerichtes, die ihr freudig gewährt wurde, und hielt ihr dann das Kleidungsstück entgegen.

„Edda, sollte ich Sara morgen nicht sehen, würdet Ihr ihr bitte meinen Umhang geben?"

„Ist er beschädigt? Soll Sara ihn flicken?"

„Nein, Edda! Ich brauche ihn nicht mehr. Vielleicht fällt Sara etwas ein, was sie aus dem Stoff schneidern kann. Wenn nicht, so soll sie mit ihm verfahren, wie es ihr beliebt", erwiderte Alia fest. Sie sah Eddas Nicken, das so seltsam stolz und warm wirkte, und wusste nicht, wie sie darauf reagieren sollte. Edda hatte verstanden.

„Es wäre mir eine große Freude, wenn Sara mir stattdessen einen Mantel fertigen würde!", fügte Alia hinzu.

„Mir wäre es auch eine Freude, wenn sie das tun würde!", entgegnete Edda dann süffisant, aber ihr glückliches Lächeln blieb und sie wünschte ihr eine Gute Nacht.

Zurück in ihrem Zimmer aß sie langsam ihren Teller leer und ihre Gedanken wanderten erneut zu Kian. Sie bewunderte in diesem Moment auch seine Bereitschaft, sich erneut mit ihrer Schlacht im Süden und deren Auswirkungen zu konfrontieren. Sie selbst konnte es nicht, das hatte sie der gestrige Abend deutlich gelehrt.

Sie hatte mit Fürst Side und Eret die Abendmahlzeit eingenommen und wie selbstverständlich war ihr gemeinsames Gespräch bald in die Erinnerung an ihre Zeit im Süden gemündet. Während die beiden Männer immer engagierter über Kians Schlachtplan diskutiert hatten, war sie selbst mehr und mehr verstummt. Zum ersten Mal wurde ihr nun tatsächlich bewusst, dass sie nicht in der Lage war, darüber zu sprechen. Nicht mit Menschen, die das Gleißen nicht auf ähnliche Weise hatten spüren müssen wie sie selbst.

Und ebenfalls zum ersten Mal formte sich in ihr nun der Gedanke, sie würde eines Tages in die Wüste zurückkehren, um die Wesen ihrer eigenen Art noch einmal zu treffen. Sie wollte ihr uraltes Wissen teilen, denn nur darin schienen die Antworten zu liegen, nach denen sie noch immer tief in sich suchte. Sie fühlte plötzlich ihr gesamtes Sein zurückstreben nach der endlosen Sandlandschaft, der brennenden Sonne und Hitze, in der die Gedankenwesen lebten und aus der auch sie selbst gekommen war.

Kapitel 60

Es war bereits weit nach Mitternacht, als er sein Haus erreichte, aber er atmete auf. Er hatte es geschafft hier anzukommen, bevor der nächste Tag anbrach, denn es war der Tag, an dem Alia aufbrechen würde, um ihre Patienten in das Fürstentum Side umzusiedeln. Eret hatte es ihn in einem Brief wissen lassen, und er hatte darin eine Anekdote ihres klugen und sturen Wesens an die andere gefügt, um Kian zu beschreiben, mit welchem starken Willen sie all dies vollbracht hatte. Diese Zeilen zu lesen hatte ihn tief bewegt. Er war stolz auf sie. Seine Sehnsucht nach ihr war während der letzten Wochen nahezu unmäßig geworden, und er konnte sich ehrlich nicht vorstellen, wie er weitere Wochen verbringen konnte, ohne sie wenigstens kurz gesehen zu haben.

Er hatte ihr so vieles zu erzählen. Zunächst musste er sie davon in Kenntnis setzen, dass Hauptmann Seth und seine sechste Garde ihre Reisegesellschaft nach Side begleiten würden. Nicht, dass Kian eine militärische Präsenz hierbei für notwendig hielt, aber Gorin und alle anderen hatten ihm dabei zugestimmt, dass das Fürstentum seines Vaters strategisch in Zukunft zu unwichtig sein würde, um die Präsenz einer Garde der Armee darin noch länger zu rechtfertigen. Er entsprach damit dem Wunsch Seths, ihn zu versetzen, und stärkte gleichzeitig die Bedeutung des Fürstentums Side. Seinem Vater wies er den Platz zu, den dieser sich selbst gewählt hatte, einen Platz außerhalb irgendeines Einflusses auf die zukünftige Landespolitik.

Sein größter Wunsch war es jedoch, seine Freude über ihre neue, alte Königin mit Alia zu teilen. Die Kunde über die Inthronisierung Naris als alleinherrschendem Souverän hatte sich im Land wie ein Lauffeuer verbreitet, und sie fand größten Anklang in der Bevölkerung. In den Dörfern des Landes wurde Nari gefeiert wie eine Heldin, und Kian hatte auf seiner Reise durch den Osten zahlreiche solcher Feste gesehen. Sie feierten ihre Königin und den Sieg, den ihre Armee im Süden errungen hatte. Allen Ortes wurden Reden über eine blühende Zukunft des Landes und seiner Fürstentümer gehalten, es wurde gesungen und getanzt.

Kian hatte wahre Massenbewegungen in Richtung der Hauptstadt gesehen. Menschen, die für diesen Moment alles stehen und liegen ließen, um der Zeremonie der Krönung ihrer Königin beiwohnen zu können. Es schien, als wolle die gesamte Bevölkerung Teil dessen werden, was seine Tante und er in aller Privatheit beschlossen hatten.

Er selbst hatte die Krönung während seiner Arbeit im Osten versäumt, aber die Nachricht über den Fall des Inzani-Gesetzes hatte sich in rasantester Geschwindigkeit auch bis dorthin verbreitet, sodass viele Menschen, mit denen er zu tun hatte, ihn plötzlich mit anderen Blicken ansahen als zuvor. So viele schienen zu wissen, wer er war. Er war nahezu mit Reaktionen auf seine Person überschüttet worden. Er sah noch immer viel der alten Missgunst und des Abscheus, an die er gewohnt war. Beides war durch die Außerkraftsetzung des Gesetzes womöglich sogar neu entfacht worden. Einmal war er offen beschimpft worden, aber er erlebte vor allem Menschen, die aus freiem Willen an ihn herantraten, um ihm für seine Taten im Süden zu danken und ihm mitzuteilen, wie sehr sie sich für ihn freuten. Und er *sah* wahrhaftig ihre aufrichtige Freude!

Die Aufhebung des Inzani-Gesetzes sollte ein wichtiger und entscheidender Moment seines Lebens sein, er wusste das, aber er konnte nicht wirklich an all dem teilhaben, da er an Fürstin Riggs Seite die Machtfolge ihres Fürstentums zugunsten ihrer Tochter zu verhandeln hatte. Der Weg für diese Idee war, wie er bereits an Rodas Hof gewagt hatte zu hoffen, mit der Inthronisierung Naris mehr als geebnet. Die Akzeptanz eines weiblichen Oberhauptes eines Fürstentums stand kaum noch zur Diskussion. Das Abdanken der Witwe Riggs jedoch umso mehr.

Kian hatte in ihr eine verhärmte, gebrochene Frau vorgefunden. Der Tod ihres Mannes hatte ihrer Verbitterung das letzte Quäntchen verabreicht, das ihr zur Grausamkeit gefehlt hatte. Das Volk stand nicht hinter ihr, und doch hielt sie an ihrer Position fest, als hinge ihr gesamtes Leben davon ab. Im Gegenzug jedoch hatte Kian ihre Tochter als die fähige Person kennengelernt, als die sie ihm immer geschildert worden war. Es folgten endlose Verhandlungen, die erst am vorvorgestrigen Abend zu Gunsten der jungen Fürstin abgeschlossen werden konnten. Kian hatte keinen Augenblick länger dort verweilt. Er hatte sich höflich verabschiedet, seine Stute bestiegen und war hierher zurückgeritten, Tag und Nacht.

Allein, denn er hatte Ana in den Westen gesandt, um dort Evan zu treffen, der im ehemaligen Groh-Fürstentum den jungen Ileu bei der Gestaltung seiner Eisenerzförderung unterstützte. Ana erwartete ein Kind, und Kian musste sich eingestehen, dass er es längst hätte bemerken müssen, war sie doch während der letzten Mondläufe nahezu ständig an seiner Seite gewesen. Nun, er mochte vielleicht der letzte Mensch dieses Landes sein, der es entdeckt hatte, aber bei seinem Aufbruch hatte er Ana neckend angewiesen, diesem Kind in ihrem Bauch die Möglichkeit zu geben, die Stimme seines Vaters einmal wieder zu hören. Ana hatte gelacht und lediglich entgegnet, dass sein Wunsch ihr Befehl sei, aber ihre Sorge um ihn stand ihr mehr als deutlich ins Gesicht geschrieben.

Es war gut gewesen, diesen Ritt allein zu tun. Er hatte einsame Wege gesucht und war lediglich einmal auf andere Reisende gestoßen, die aus der Hauptstadt zurückkehrten. Er hatte während der kurzen Pausen, die er sich gegönnt hatte, zum ersten Mal seit seiner Verletzung wieder im Freien geschlafen. Er hatte gejagt und sich von seiner Beute ernährt, unter dem Nachthimmel am Feuer gesessen und dabei gespürt, dass dieses Leben seines war. Dies war die Art von Leben, die er bevorzugte, und er hatte Selbstbewusstsein daraus bezogen, dass es ihm noch immer möglich war.

Natürlich hatte seine Schwäche ihn bei all dem gebremst. Es schien ihm, als ob er für alles, was er tat, in diesen Tagen unendlich viel Zeit brauchte. Es hatte ihn oft entnervt, seinen Körper derart zu erleben. Es hatte einen Moment gegeben, da er darum geweint hatte, und auch seine Wut war in manchen Situationen zurückgekehrt. Und doch gab es immer ein Gefühl, das stärker war. So viel stärker als alle anderen. Er lebte.

Er hatte die Abschiedsbriefe, die er vor der Schlacht an Alia und seine Familie verfasst hatte, während seiner Reise stets bei sich getragen. Schließlich hatte er sie in einem feierlichen Akt, der nur ihm selbst galt, dem Feuer seines spärlichen nächtlichen Lagers übergeben. Er hatte sich ein letztes Mal an die verzweifelte Trauer seiner Abschiede erinnert und womöglich nun erst begriffen, dass das Ende des Inzani-Gesetzes auch bedeuten konnte, dass er nie mehr Abschied von seiner Familie würde nehmen müssen. Seine Mutter und Schwester konnten von nun an vielleicht ein erreichbarer Teil seines Lebens sein, und bei diesem Gedanken sandte er Tränen des Glückes in den Nachthimmel.

Und noch etwas hatte er während seiner Zeit im Osten getan. Etwas, das ihm mittlerweile als der wichtigste Schritt in dieses neue Leben erschien. Er hatte aufgehört, sein Band zu trainieren und es war ihm wie der Abschied von einem Gast gewesen, der viel zu lange geblieben war. Er hatte ohne Sentimentalität akzeptiert, dass er darin nie mehr der sein würde, der er einmal gewesen war. Es war ihm noch immer möglich, die geistige Verbindung zu seiner Stute herzustellen, aber der einzig andere Sinn, den seine Fähigkeiten je hatten, war erfüllt. Er brauchte das Band nicht mehr, um an irgendeines seiner Ziele zu gelangen. Im Gegenteil, seine persönlichen Ziele in dieser Zeit hatten ausdrücklich nichts mit seinen früheren Fähigkeiten zu tun, und diese Feststellung war ihm wie eine Befreiung, auch wenn er wusste, dass er damit Alias Verlust vergrößerte. Für sie tat es ihm leid, aber nicht länger für sich selbst.

Er stieß die große Tür zum Stall auf und ritt direkt hinein, um seine Stute für die Nacht unterzubringen. Die Hühner begrüßten ihn mit ihrem leisen Gurren und auch Alias Hengst ließ sein vertrautes Schnauben hören. Kian stieg langsam aus dem Sattel, denn die Tage und Nächte auf dem Rücken seines Pferdes zollten nun unerbittlich ihren Tribut.

„Kian?“, hörte er nun eine Stimme hinter sich flüstern.

Er würde Alias Stimme überall erkennen, und als er sich zu ihr umwandte, sah er sie in der Tür stehen. Ihre Haare waren offen und umspielten ungebändigt ihre schmale Silhouette. Sie war im Nachtgewand, barfuß und sie trug ihr Haarband nicht, sodass er sehen konnte, wie ihre Ohren sich aufmerksam in seine Richtung stellten. Während seiner Tage im Freien hatte er sich ihr näher gefühlt, als es in den vergangenen Mondläufen der Fall gewesen war, und bei ihrem Anblick fiel jetzt etwas von ihm ab, das er zuvor nicht als Last bemerkt hatte. Er konnte noch immer ihre Liebe zu ihm in ihren Augen sehen und darin fand er sich selbst womöglich mehr als in all seinen Taten.

„Habe ich dich geweckt?", fragte er leise und sein Lächeln war etwas, von dem sie sich kaum lösen konnte.

Sie war glücklich ihn zu sehen. Zu sehen, wie er dort stand mit seinem Arm über der Schulter seines Pferdes. Er schien ihr weniger mager als noch vor Wochen, sein dunkles Haar wild von einem langen Ritt. Er trug die abgestoßene Lederkleidung seiner Uniform. Das war er, Kian, zurückkehrend von irgendwo im Lande und mit dunklen Rändern unter seinen Augen, weil er keinen Schlaf gesucht hatte, um zu ihr zu kommen, denn das war es, was ihr sein Lächeln jetzt mitteilte.

„Dich zu sehen, ist um einiges schöner als zu schlafen! Mach dir keine Gedanken!", entgegnete sie, und ihr Lächeln schien an ihrem Gesicht zu haften, ohne dass sie etwas dagegen tun konnte.

Sie ging zu ihm, nahm ihm ruhig den Sattel ab, den er vom Rücken seines Pferdes gelöst hatte, und legte ihn fort. Als sie sich ihm erneut zuwandte, bemerkte sie, dass er nicht damit aufgehört hatte, sie anzusehen. Sie hielt in ihrer Bewegung inne, blickte zu ihm auf und sah seine Augen nahezu in einem Staunen auf ihrem Gesicht ruhen.

Im nächsten Moment hob er die Hand und strich damit sanft über ihr Haar, über eines ihrer Ohren und ließ sie dann an ihrem Hals verharren. Die Gefühle, die diese Berührung in ihr weckte, hatte sie lange nicht mehr gespürt. Sie hatte lange nicht mehr gefühlt, wie sehr ihr Körper nach dem seinen suchte. Sie hatte ihn nie mehr auf diese Weise berührt, weil sie Angst davor gehabt hatte, immer nur jene Entfremdung zu spüren, die jeden Moment ihrer Intimität zerstört hatte.

„Ich weiß, du wünschst dir das Sonnenlicht auf unseren Körpern zu sehen, Alia! Aber es scheint, als fänden wir erneut nur in der Nacht zueinander! Ist das eine große Enttäuschung für dich?“

Sie sah seinen spielerischen Gesichtsausdruck und spürte seine Finger unter ihr Haar streichen. Sie kannte seine Bescheidenheit so gut. Sie hatte sie immer geliebt, und sie wusste, das war seine Art, um Erlaubnis zu fragen. Zu fragen, ob sie ihn noch wollte. Und bei den zwei Monden, sie konnte sich nicht daran erinnern, jemals stärkere Sehnsucht nach ihm gehabt zu haben.

„Nein!“, erwiderte sie, schüttelte schnell den Kopf, schmiegte sich an ihn und ließ ihre Finger unter sein Hemd gleiten.

Ihn zu spüren gab ihr erneut Bestätigung über den Zustand seines Körpers und doch war es dieses Mal nicht so, als durchdringe seine Schwäche all ihre Gefühle für ihn. Sie spürte sein Band mit einer Ruhe in seinem Körper fließen, die sie lange nicht erlebt hatte. Er war auf seiner Reise nicht gescheitert. Etwas hatte sich für ihn verändert, und sie hoffte, er konnte es ihr beschreiben.

„Bin *ich* eine Enttäuschung für dich?“, fragte Kian dann jedoch fast lautlos.

Alia sah zu ihm auf und konnte nicht fassen, dass er seine Ängste derart offen aussprach. „Das warst du nie, Kian! Bist du dir selbst eine Enttäuschung?“

Und er schüttelte sehr langsam seinen Kopf, umfasste sie mit seinem freien Arm und legte seine Stirn an ihre. „Ich habe mein Leben zurück!“, flüsterte er dann.

Sie sah ihn an, sah die tiefe Zufriedenheit in seinen blauen Augen. „Ich wünschte, ich wäre dabei gewesen! Was auch immer du getan hast!“

Er zuckte lediglich die Schultern. „Beim nächsten Mal!“

Sie lachte leise. Sein kleiner Spaß reichte aus, um zu begreifen, dass er tatsächlich zu ihr zurückgekommen war. Für einen Augenblick konnte sie sehen, dass alles, was er sie nun spüren ließ, so sehr Ausdruck seiner selbst war. Es war Ausdruck seiner Persönlichkeit und seiner Liebe zu ihr. Das war *seine* Art, zu ihr zurückzukehren.

Dann verschwamm alles in seinen Berührungen und es war plötzlich einerlei, wie schwer ihm manche Bewegungen noch immer fielen. Sie glich sich seinem Tempo an und es war schön, die Langsamkeit in dem zu leben, was sie nun teilten. Sie liebte das, was er mit ihr tat, als ob er mit seinen Liebkosungen nicht nur ihren Körper einhüllte, sondern ebenso ihren Geist, bis sie nahezu nicht mehr zu ertragen waren, ohne sämtliche Sinne beim Blick ins Blau seiner Augen zu verlieren.

Sie lagen nebeneinander im Heu, und er hatte sie mit seinem Mantel zugedeckt. Die Nacht war kalt, aber sie hatten sich bislang nicht entschließen können, die Berührung ihrer Körper aufzugeben, um die Wärme seines Hauses zu suchen.

„Die Königin hat in einer Rede nach der Krönungszeremonie das Inzani-Gesetz gestürzt, Kian! Weißt du davon?", fragte Alia irgendwann leise.

Er nickte lediglich und konnte nicht damit aufhören, Alias Haar durch seine Finger gleiten zu lassen. Die Verbindung, die sie soeben neu miteinander geknüpft hatten, war so viel mehr als seine Erinnerungen ihm während all der Zeit zugeraunt hatten. Es war mehr als es je zuvor war. Es erschien ihm fast wie das Gegenteil ihrer bisherigen körperlichen Liebe. Sie hatten so oft Verzweiflung damit überdeckt und Angst. Sie hatten darin immer wieder Abschied voneinander genommen. Dieses Mal jedoch teilten sie Freude, als hießen sie sich endlich willkommen. Er erinnerte sich, schon einmal auf diese Art für sie empfunden zu haben, aber heute Nacht erschien es ihm tatsächlich, als sei er heimgekehrt, und das hatte auch Alia gespürt, dessen war er sich sicher.

„Du sagst gar nichts dazu! Bedeutet es dir so wenig?"

„Natürlich bedeutet es etwas! Das Ende dieses Gesetzes ist fantastisch! Für so viele eröffnet sich damit ein neues Leben! Ich weiß, ich bin nicht allein auf dieser Welt, Alia!", erwiderte er ruhig und sah sie dann eindringlich an. „Aber ich möchte kein neues Leben! Ich *habe* das Leben, das ich führen möchte, und in diesem Moment noch mehr als das!"

Sie ließ sich in einen Kuss nach dem anderen mit ihm verwickeln und lachte dann leise. „Weißt du, manchmal, wenn du dich derart stolz und edel verhältst, komme ich mir fast ein wenig schäbig vor!"

„Wertvoll, freundlich, stolz und edel!“, resümierte er grinsend und erinnerte sie damit an die frühen Tage ihres Zusammenseins, die so weit zurücklagen.

Alia lachte und stieß ihn in die Seite.

„Und du sollst schäbig sein, Alia?“, fragte er schmunzelnd.

Sie sah ihn intensiv an. „Kian! Höre meine Gedanken zur Abschaffung des Inzani-Gesetzes und dann sage mir, wie schäbig sie sind!“

„Was waren deine Gedanken?“, fragte er leise und umfing sie mit seinen Armen.

Sie blickte fest in seine Augen und flüsterte dann: „Sieh her, Fürst Dogul, nun hast du nicht mehr das geringste Recht, deinen Sohn zu verletzen! Nun stehst du als elender Feigling da, der nicht einmal den Mut aufbrachte, seinem eigenen Sohn in seiner schwersten Stunde beizustehen! Ein Feigling, der es vorzog, zu Hause zu bleiben, anstatt mit den Fürsten dieses Landes in den Süden zu ziehen, um an seiner Seite zu kämpfen!“

Dieses Thema trug nicht sehr zu seiner heiteren Stimmung bei, aber er scherzte dennoch. „Ich wusste nicht, dass du zu solcher Häme fähig bist, Heilerin Alia!“

Sie nickte lediglich, legte eine Hand an seine Brust und ihren Kopf an seine Schulter. „Ich weiß, du verabscheust es, über deinen Vater zu sprechen! Verzeih mir!“

„Es stört mich nicht mehr“, sagte er sanft und streichelte erneut ihr Haar. „Weißt du, meine Mutter muss ähnlich über meinen Vater gedacht haben, denn sie hat sich von ihm losgesagt, während wir im Süden waren!“

„Sie hat was?“

Alia richtete sich derart schnell vor ihm auf, dass er Mühe hatte, ihre Bewegung zu verfolgen. Sie schien für einen Augenblick irritiert von ihrer eigenen Reaktion, und nun lachte er laut auf.

„Sie hat ihn verlassen und ist vorerst zu meiner Schwester gezogen“, antwortete er dann noch immer glucksend.

„Deine Heiterkeit erfreut mich, Heermeister Dogul!“, imitierte sie jetzt den Tonfall, den er ihr gegenüber zuvor angeschlagen hatte.

Er ließ sein Lachen verebben, musste jedoch noch immer über sie lächeln, was sie ihrerseits dazu brachte, die Augen zu verdrehen. Dann setzte er sich auf, lehnte sich gegen den Heuballen in seinem Rücken und starrte in die Dunkelheit. Die Öllampe war erloschen, und er spürte der Sehnsucht nach, die er immer empfunden hatte, wenn er an seine Mutter dachte.

„Ich weiß, das ist eine schwierige Zeit für meine Mutter! Und ich wünschte, ich könnte sie besser unterstützen, als ich es in meinen Briefen vermag! Die Königin hat ihr angeboten, Räumlichkeiten im Palast zu beziehen, aber meine Mutter möchte ihre Entscheidung nicht überstürzen! Ich respektiere das! So etwas hat es in der Geschichte unseres Landes nie gegeben!“

„Eine Frau, die ihren Mann verlässt?“, fragte sie nun nach und rückte neben ihn.

„Eine Fürstin, die ihren Mann verlässt, Alia! Sie gibt damit ihr Leben auf, ihre gesellschaftliche Stellung, ihr Vermögen, alles ...!“

„Nun, ich vermute, es hat ihr nicht sonderlich viel daran gelegen!“

Er schwieg für einen Moment.

„Ich habe sie eingeladen, hier zu leben!“, ergänzte er dann und lächelte. „Aber ich habe erwähnt, dass es in meinem Haus sehr eng würde, sollte sie sich dazu entschließen, mein Angebot tatsächlich anzunehmen.“

Alia sah ihn sanft an. „Kennt sie dein Haus nicht?“

Natürlich hatte seine Mutter sein Haus niemals betreten, aber Kian schüttelte lediglich den Kopf, sah Alia nicht mehr an und war mit seinen Gedanken bereits an einem völlig anderen Ort. Schließlich warf er ihr einen Blick zu und fragte in die Stille: „Warst du dabei, als meine Tante diese Rede vor dem Volk hielt?“

„Ja, Kian! Sie war wunderbar!“

„Hat sie ...?“, begann er, brach dann ab und sah, wie Alia sich ihm zuwandte.

Sie sah ihn einen Moment an und wusste plötzlich sehr genau, was er fragen wollte.

„Ja! Sie hat über dich gesprochen! Sie erklärte die Ursprünge des Inzani-Gesetzes und vieles, von dem wir gelesen haben, bevor du in den Osten gingst. Sie hat danach allen gesagt, was du im Süden für uns getan hast! Dass du an der Spitze deiner Armee unser aller Zukunft in Freiheit erkämpft hast, und dann stellte sie eine einzige Frage!“

„Welche Frage?“, flüsterte Kian.

„Ist dieser Mann ein Inzani?“, antwortete sie und ihre Augen füllten sich mit Tränen. „Du hättest die Menge sehen sollen, Kian! Sie alle antworteten der Königin mit ihrem *Nein!*“

Kian schwieg, zog sie an sich, und sie konnte an seinen veränderten Atemzügen spüren, dass auch er bewegt war von dem Augenblick, den sie gerade geschildert hatte.

Schließlich brach er das Schweigen und seine Stimme klang nicht im Mindesten gefasst. „Hat sie erwähnt, mit welcher Art von Waffe ich dort gekämpft habe?“

„Natürlich nicht, Kian!“, antwortete sie rasch.

Sie spürte ihn in ihrem Haar nicken und dann schien er durchzuatmen. „Sie ehrt mich so sehr damit, dass sie die Wünsche respektiert hat, die ich in unserem Gespräch formuliert habe! Bei den Monden, es ist erleichternd, das zu hören!“

„Wie konntest du an ihr zweifeln, Kian? Sie würde nie gegen dich handeln!“

„Alia, ich weiß das! Und doch verstehe ich, wie verlockend es für sie gewesen sein muss, meine Fähigkeiten in aller Deutlichkeit zu beschreiben. Hervorzuheben, dass es einzig und allein mein Band war, das diesen Sieg in der Wüste errungen hat. Sie hätte ihren Worten über das Inzani-Gesetz dadurch größten Nachdruck verleihen können!“

„Aber sie tat es nicht!“

Er schüttelte den Kopf. „Vermutlich hat sie es nie vollständig verstanden“, erwiderte er dann zurückhaltend.

Jetzt löste Alia sich aus seiner Umarmung. „Ich habe es dir nie gesagt, aber ich gab der Königin ein Versprechen, bevor wir in den Süden aufbrachen. Das Versprechen, ihr eines Tages ihre Fragen zu beantworten!“

Er sah sie intensiv an und stellte dann mit Blick in ihre Augen fest: „Du hast dieses Versprechen gehalten!“

„Ja! Ich habe ihre Fragen mit Hilfe deines Onkels beantworten können!“

„Ren war dabei?“

Sie nickte, versank in ihren Gedanken und sah erneut seinen Onkel vor sich, der an diesem Abend in den Gemächern der Königin schließlich alles ausgesprochen hatte, was Kian und sie immer vermutet hatten. Er hatte die Verbindung beschrieben, die sie zueinander hingezogen hatte, so, wie sie sich ihm an dem Abend gezeigt hatte, als sie ihn um Informationen aufgesucht hatten. Die Königin hatte bei all dem still zugehört. Für sie mussten diese Dinge ungeheuerlich sein, aber schließlich hatte sie gesagt, sie habe immer geahnt, dass in ihrer Familie andere Realitäten wirksam waren als in anderen. Und es sei immer vor allem Kians nahezu unermessliche innere Stärke gewesen, die sie niemals vollständig hatte begreifen können. Sie nicht und auch ihre Schwester nicht.

Der Abt hatte schließlich ausgesprochen, dass Kian immerzu sein Band in Alias Richtung gesandt und von ihrem genommen hatte, um seines verstärken zu können. Er hatte ihr auch das Erscheinungsbild ihres eigenen Bandes beschrieben, und sie erinnerte sich daran, dass dies einmal die Antworten auf ihre brennendsten Fragen gewesen waren, aber diese Zeit war vorüber. Heute hatte sie lediglich das Gefühl, dieses Thema dürfe nie mehr wieder zwischen ihnen stehen und sie voneinander entfernen, so wie jetzt. Sie sah Kian, sah, wie müde auch er das alles war, und er zeigte es ihr noch deutlicher mit seiner nächsten Frage.

„Hat noch jemand anderer als die Königin bei diesem Treffen etwas Neues erfahren?“

„Nein, Kian!“ Sie blickte ihn nicht an. „Wir wussten immer, dass es zwischen uns andere Dinge gab als nur unsere Liebe!“

„*Nur* unsere Liebe? Alia, höre dich reden!“, erwiderte er und hob mit dem Zeigefinger ihr Kinn an. „All die vergangenen Wochen, jede Sekunde meines Rittes aus dem Osten habe ich mir die Frage gestellt, ob wir diese Liebe nicht längst an das Gleißen verloren haben! Aber sie ist noch hier! Sie hat überlebt, wie wir beide! Und sie ist kein *nur*! Sie ist das Wertvollste, das ich besitze!“

Alia lehnte ihre Lippen in einem tiefen Kuss an seine, denn sie wusste wahrlich nicht, wie sie seine Liebeserklärung zurückgeben konnte. Eine Weile schwiegen sie gemeinsam, aber sie bemerkte, wie er sie mehr und mehr fragend ansah.

„Was denkst du jetzt, Alia?"

Sie atmete tief ein. „Dass ich nicht weiß, wie viel ich von dir verlange, wenn ich es tatsächlich ausspreche!"

„Du weißt, was du von mir verlangen kannst!"

Sie nickte erneut. „Ich wünschte, wir müssten niemals mehr darüber sprechen, was dein Band für uns war und welche Verbindung es zwischen uns hergestellt hat!"

Und in diesem Moment breitete sich ein Lächeln auf seinem Gesicht aus, das Alia so sehr wissen ließ, dass auch er bereit war, diesen Schlussstrich zu ziehen. Was waren ihnen denn all die uralten Überlieferungen, die nie ihrer Geschichte gerecht werden konnten? Auch wenn sie sich schließlich bewahrheitet hatten, sie handelten dennoch nicht von ihnen, denn sie beide waren so viel mehr als Spielbälle eines ihnen vorherbestimmten Schicksals.

Er nahm sie fest in seine Arme und flüsterte lediglich in unendlicher Ruhe: „Du machst mich glücklicher, als ich jemals auszudrücken vermag, Alia!"

Ihr Herz klopfte plötzlich. „Kannst du wirklich darüber schweigen, Kian?"

Er sah sie erneut an, als versuche er in ihren Augen die Worte zu finden, die diesem Augenblick gerecht werden konnten.

„Vielleicht konnte ich das Gleißen tatsächlich nur besiegen, weil du bei mir warst, Alia? Vielleicht ist das der einzige Unterschied zwischen dem Heute und der Zeit des Alten Krieges? Und wenn es so ist, dann erfüllt es mich mit der tiefsten Dankbarkeit! Aber ich habe immer daran geglaubt, dass wir unsere Beziehung auf Liebe gebaut haben! Alles andere ist fort! Es ist Vergangenheit. Und dem ist für mich ohnehin nichts mehr hinzuzufügen!"

Alia wandte ihren Blick auf seine Stute, die ihren Kopf tief in einen Hafertrog gesteckt hatte und genüsslich fraß.

„Nun, wir werden in Zukunft unseren Gefühlen mehr Worte verleihen müssen", erwiderte sie und lächelte ihn ruhig an.

„Du meinst, *ich* muss es. Jetzt wo ich nicht mehr davon ausgehen kann, dass du mich ohne Worte verstehst“, stellte er fest und zog eine Augenbraue hoch.

Die Schönheit in dieser Geste nahm ihr kurz die Fähigkeit zu denken, dann nickte sie jedoch. „Ich werde es ebenso tun, Kian! Ich muss aussprechen, was mir meine Gabe zeigt. Darin kann ich nicht schweigen. Es wäre, als müsste ich mich erneut verbergen!“

Kian nickte und fragte nach einem Moment sanft: „Was zeigt sie dir über mich?“

„Dein Band ist stärker als noch vor Wochen! Aber du bist es nicht!“, antwortete sie leise.

Er atmete tief durch. „Ich weiß. Und ich verstehe deine Trauer darüber.“

Aber Trauer war das vollkommen falsche Wort für das, was sie nun für ihn empfand. Es mochte die Wahrheit sein, was sein Onkel über ihn gesagt hatte, und wahrscheinlich nahm er noch immer Stärke aus ihrem Band, aber alles, was er während seiner Reise für sich erreicht hatte, war einzig und allein *sein* Tun, und das konnte sie nur ruhig machen. Sie setzte sich auf seine Oberschenkel, nahm sein Gesicht zwischen ihre Hände und küsste ihn lange, bevor sie antwortete.

„Ich kann keine Trauer über deinen Körper empfinden, wenn du es nicht mehr tust, Kian! Etwas in dir hat sich verändert!“

„Was meinst du?“

„Sag du es mir!“, gab sie sofort zurück.

Kian atmete durch und schien sie aufmerksam zu beobachten, als sei er nicht sicher, wie sie auf seine Worte reagieren würde.

„Ich fordere nichts mehr von meinem Band! Ich habe die geistigen Übungen aufgegeben“, erklärte er nun leise. „Vielleicht enttäuscht dich das, aber ich sehe keinen Sinn mehr darin!“

„Kian, ich sage es dir noch einmal! Du enttäuschst mich nicht!“, erwiderte sie fest und lächelte dann herausfordernd. „Es sei denn, du gibst auch die wundervollen Dinge auf, die du eben mit deinem Körper für mich getan hast!“

Kian lachte leise und erwiderte glücklich über ihre Worte: „Bestimmt nicht, Alia! Diese Dinge sind ... hilfreich! Mehr, als ich beschreiben kann!"

Er küsste nochmals ihre Lippen, sah dann ruhig an ihr vorbei und schlug vor, sie sollten für eine Wiederholung sein Bett aufsuchen. Er kicherte und besah sich seine Hose, die, wie er gerade erst feststellte, voller Eigelb war.

„Ich würde gerne die Schienen ablegen, bevor ich noch mehr Eier damit zerdrücke! Außerdem sticht das Heu und ... mein Pferd hört uns zu!"

Auch Alia kicherte nun, stand auf und sah ihm dabei zu, wie er sich auf den Heuballen hob. „Die Wunden in deinen Kniekehlen sind wieder da", sprach sie dann leise.

Er zuckte lediglich die Achseln und erwiderte lächelnd: „Ich kenne eine Frau, die eine fantastische Heilpaste herstellt!"

Sie nickte ihm ruhig zu und reichte ihm seine Stöcke. Er sah sich nach einer Möglichkeit um, sich an irgendetwas hochziehen zu können, fand jedoch nichts. Er hatte nicht die geringste Ahnung, wie er von hier aus aufstehen sollte, und wollte bereits seine Stute zu Hilfe rufen, als er erneut zu ihr aufblickte.

„Ich kenne auch eine Frau, um deren Hilfe ich bitten kann!"

Er sagte diese Worte nahezu staunend und erinnerte sich, sie nur ein einziges Mal um Hilfe gebeten zu haben, verletzt und verwirrt.

„Das ist keine Neuigkeit, Kian!", erwiderte sie grinsend, und doch war es das in seinen Augen.

Die übrige Nacht durchwachten sie bis zu dem Zeitpunkt, da Alia aufbrechen musste. Sie erzählte ihm begeistert von Sides Haus, nachdem auch sie ihr Nachtgewand notdürftig von Eigelb befreit hatte, und fuhr dann traurig fort, dass die Königin ihr dabei geholfen hatte, die Familien ihrer Patienten zu kontaktieren. Alia hatte gewollt, dass ihre Nächsten vor ihrem Umzug die Möglichkeit eines Besuches haben sollten. Sie hatte sich sogar vorgestellt, dass einige von ihnen gar nicht den Weg nach Side antreten würden, da ihre Familien sie zu sich nehmen mochten. Es waren nur neun Familien erschienen. Neun von siebenundzwanzig!

Er hatte mit Alia daraufhin eine Weile gedankenversunken geschwiegen, dann jedoch von seiner Zeit im Osten gesprochen. Er hatte ihr die politischen Veränderungen geschildert und Seths Gegenwart während ihrer bevorstehenden Reise an Fürst Sides Hof angekündigt.

Schließlich fanden sich ihre Körper erneut und der Rest der Nacht verging in Schweigen und Zärtlichkeit. Es lag eine solche Ruhe darin, einfach nur zusammen zu sein, eine Ruhe, die noch lange nicht aus ihm wich, und er stellte sich lächelnd vor, sie könne ewig Bestand haben. Und ein Plan reifte während dieser Nacht in ihm heran. Er hatte Alia in der Wüste versprochen, alle Menschen, die ihnen etwas bedeuteten, einzuladen, um ein Fest mit ihnen zu feiern. Es war an der Zeit, dieses Versprechen nun endlich einzulösen.

Er wusste, Alia würde mindestens eine Woche fortbleiben, und das ließ ihm genügend Zeit, dieses Fest vorzubereiten. Er wollte sie damit überraschen und hoffte, ihr würde es ebenso viel bedeuten wie ihm. Er hatte plötzlich das Gefühl, es könnte zu gleichen Teilen der Abschluss ihrer noch immer schmerzhaften Vergangenheit und Ausdruck des Neubeginns ihrer beider Leben sein. Er freute sich darauf, dieses Fest zu gestalten und würde schon morgen das Datum mit Edda festlegen, um dann die ersten Briefe zu versenden. Es gab nur ein Datum, das dafür in Frage kam, und Kian lächelte bei diesem Gedanken glücklich in sich hinein.

Kapitel 61

Bereits als sie auf den Palastweg einbogen, konnte Alia Kians Haus erkennen, das hell erleuchtet vor der beginnenden Dämmerung stand. Heller als sie es jemals gesehen hatte, und selbst der Rosengarten schien mit Lampions geschmückt zu sein. Sie wandte sich etwas verunsichert nach Eret um, der neben ihr ritt. Und obwohl er unmöglich etwas von all dem erkennen konnte, so lächelte er doch ruhig vor sich hin, als teile er ein Wissen, das ihr selbst vollkommen entging.

„Was hat das zu bedeuten?", flüsterte sie und trieb ihr Pferd an.

Sie war aufgeregt, Kian wiederzusehen. Aus der geplanten Woche in Sides Fürstentum waren zwei geworden. Die neuen Pflegerinnen waren schnell eingearbeitet, und Alias Hauptarbeit hatte bald darin bestanden, den Menschen in der Umgebung ihre neuen Nachbarn vorzustellen. Sie hatte die Geschichte der Patienten geteilt und sie als die Kriegsopfer dargestellt, die sie schließlich waren. Sie hatte ihre Bedürfnisse erklärt und versucht Verständnis zu wecken, indem sie die Geschichte des Inzani-Gesetzes erzählt hatte. Sie hoffte, damit ein für alle Mal klargestellt zu haben, dass ihre Patienten zwar tatsächlich Inzani im alten Sprachgebrauch waren, sie aber dennoch jegliche Achtung und Wertschätzung verdienten, weil sie Menschen waren wie jeder andere.

Sie hätte noch weitere Tage mit dieser Aufklärungsarbeit verbringen können, aber schließlich hatte nicht nur Eret zur Abreise gedrängt, sondern auch Fürst Side persönlich. Er hatte ihr mehr als einmal versichert, dass er ihr oft genug zugehört hatte, um in Zukunft selbst die geeigneten Worte zu finden, sollte sich Unwillen unter seinem Volk gegenüber den Patienten breitmachen. Und schließlich hatte er sie höflich aus seinem Haus hinauskomplimentiert, jedoch nicht ohne sein Grinsen unterdrücken zu können.

Alia hatte sein Verhalten sehr überrascht, aber nachdem nun auch Eret dieses Grinsen vor sich hertrug, richtete sie ihren Blick erneut auf Kians Haus. Sie hörte Stimmen. Gespräche drangen zu ihr wie ein Murmeln und bald so deutlich, als sei sie bereits eingetreten. Bei den Monden, es mussten sich nahezu zwanzig Menschen im Haus befinden. Logan begrüßte sie an der Tür, nahm ihren Hengst in Empfang, führte auch Erets Pferd in den Stall und hatte ebenfalls ein derart schelmisches Lächeln im Gesicht, das Alia in Verwunderung durch den Hauseingang treten ließ.

Als sie sich jedoch in der Tür zu Kians Wohnstube wiederfand, gehörte ihre Aufmerksamkeit nur einer einzigen Person. Obwohl der Raum angefüllt war mit so vielen ihr teuren Menschen. Obwohl sie nun von allen Seiten mit einem Nicken oder Winken, wie im Fall der Fürsten Ileu, begrüßt wurde. Obwohl sie Erets Hand spürte, die kurz ihre Schulter drückte, bevor er selbst den Raum betrat und sich zu Mino gesellte, der lächelnd sein Glas in ihre Richtung erhob. Obwohl sich nun ihr Blick kurz mit dem Tanas verwob, so blieb die Zeit doch für einen Moment stehen. Sie hätte auf ewig in dieser Tür verbleiben können, um dem Mann, den sie liebte, dabei zuzusehen, wie er auf seinem Tisch sitzend ein schlafendes Kind in seinen Armen hielt und sie anlächelte.

Es *war* das glücklichste Lächeln, das sie jemals in seinem Gesicht gesehen hatte. Wenn sie von ihm träumte, sah sie ihn stets in der klirrenden Kälte des Nordens vor sich stehen. Seine Nähe überwältigend und seine Hände beleuchtet von der Magie des Mondlichtes in den Blüten der *munkand*. Und doch war er heute in diesem Raum so vieles mehr. Er war ein Freund, ein Bruder und Sohn inmitten dieser Menschen. Er durfte es sein, durfte Teil all dessen sein und von nichts anderem sprach nun sein Blick in ihre Augen, denn wahrlich, hier und heute hatte Kian das Leben, das er sich nicht einmal gewagt hatte zu wünschen. Es war sein Leben, aber niemals zuvor hatte sie deutlicher begriffen, dass es auch das ihre war. Ihr gemeinsames Leben. In diesem Augenblick spürte sie die Tränen ihres eigenen Glückes. Sie lehnte sich an den Türrahmen, um nicht derart exponiert zu sein, und wusste, sie würde diesen Moment in ihre Tagträume aufnehmen. Diesen Moment und Kians Lächeln.

„Heilerin, gut, dass Ihr endlich da seid!", hörte sie nun Eddas erleichterte Stimme hinter sich, wandte sich nach ihr um und sah ihre Wangen in Aufregung förmlich glühen. „Ihr müsst Vernunft in den Heermeister bringen! Es wird Zeit, dass ihn endlich jemand von diesem Tisch verscheucht! Wie, stellt er sich vor, soll ich das Essen für das Buffet auftragen? Bitte redet mit ihm, Heilerin! Auf der Stelle!" Und damit fegte Edda zurück in Richtung Küche.

Dennoch konnte Alia sich nicht sofort von der Stelle bewegen. Sie erinnerte sich daran, wie Kian immerfort das Verhalten gezeigt hatte, das von einem Inzani verlangt wurde. Und sie sah sich selbst unter dem Jidari-Umhang, jeden direkten Blick vermeidend und stumm in der Gegenwart anderer. Sie sah, was sie beide gewesen waren, und sie schwor sich, es nie zu vergessen, denn nur in diesem Wissen konnte sie die Veränderung erfassen, die sich ihr niemals deutlicher gezeigt hatte als an diesem Abend.

Schließlich stieß sie sich vom Türrahmen ab und ging langsam auf Kian zu. Er löste eine Hand von dem schlafenden Kind in seinem Arm, umfasste ihre Taille und sah sie ruhig an.

„Kian, das ist wunderschön!", flüsterte sie und ließ ihren Blick erneut durch den Raum streifen, um dann erneut den seinen zu treffen.

Er zuckte lediglich lächelnd die Achseln. „Ich halte mein Versprechen!"

Sie küsste ihn sanft und sah dann hinab auf das Kind, das sich nun wohlig regte.

„Sie sieht wirklich aus wie du!", flüsterte sie erstaunt.

„Warte, bis sie die Augen öffnet! Solch wundervolle blaue Augen hast du nie zuvor gesehen!", flüsterte er zurück, und als hätte seine Nichte seine Worte vernommen, blinzelte sie schläfrig in die Helligkeit des Raumes.

Alia lachte leise. „Doch, Kian, habe ich! Das ist exakt *deine* Augenfarbe!" Sie küsste ihn flüchtig, denn in diesem Moment trat seine Schwester zu ihnen.

„Heilerin, wie schön, dass Ihr da seid! Es schien, als hätte mein Bruder sich bis eben an unserer Tochter festhalten müssen, da er nicht mehr an Euer Eintreffen glaubte!"

Alia wandte sich erneut mit fragendem Blick an Kian. „Hast du gezweifelt?"

Er nahm kopfschüttelnd ihre Hand. „Ich war nur aufgeregt, weiter nichts!"

Alia lernte nun auch Kians Schwager, Ben, kennen, der seine Tochter in die Arme schloss und dabei seine Frau ansah, als sei sie die Einzige, die es in diesem Raum für ihn gab. Er war groß, von starkem Körperbau und hatte tiefe dunkle Augen in einem runden Gesicht. Sein Aussehen war so vollkommen andersartig, als das des weiblichen Teils seiner Familie, dass Alia nur darüber lächeln konnte, wie stark die Königsblutlinie offensichtlich ihre Merkmale durchsetzte.

Sie verglich noch einmal Kians Gesichtszüge mit denen seiner Mutter, die hinzugetreten war, um sie ebenfalls zu begrüßen, und freute sich über all die Herzlichkeit, die Kians Familie ihr nun entgegenbrachte. Sie schienen sie damit als Kians Gefährtin zu würdigen und keiner von ihnen ließ einen Zweifel daran, dass sie etwas war, das sie sich alle immer für ihn gewünscht hatten. Sie hatten ihm die Liebe einer Frau gewünscht, und dass sie diese Frau war, schien ihnen große Freude zu bereiten.

Währenddessen sah Kian sie immer wieder an und der Stolz in seinem Blick war unverkennbar. Wahrscheinlich konnte sie niemals ermessen, was ihm dieser Moment wirklich bedeutete, dachte sie, während seine Familie um sie herum war. Er war nicht länger abgeschnitten von ihrer Liebe, im Gegenteil, er durfte ihr Gastgeber sein in seinem eigenen Haus. Für einen kurzen Moment sah sie ihn in der Wüste, sah erneut, wie sehr er an sich gezweifelt hatte, und sie begriff in demütiger Dankbarkeit, wie stark diese Menschen ihn gemacht hatten. Stark genug, um gegen etwas so Übermächtiges antreten zu können, wie es das Gleißen gewesen war. Stark genug, um es zu besiegen.

Edda erschien nochmals in der Tür und sah Alia kritisch an. Diese nickte beschwichtigend und lehnte sich dann nah an Kians Ohr.

„Ich befürchte, Edda wird explodieren, solltest du nicht endlich den Tisch frei machen, damit sie die Speisen auftragen kann!“

Kian hob die Brauen, entzog ihr seine Hand und sah kurz reumütig zu seiner Haushälterin. „Mögen die Monde verhindern, dass sie explodiert!“, flüsterte er schelmisch, nahm seine Stöcke, stand auf und nickte Edda noch einmal entschuldigend zu.

Er setzte sich in sein Fenster, da er nicht lange stehen konnte, aber er bemerkte seine Schwäche nicht länger. Er sah Alia an, die sich plaudernd mit einer solchen Herzlichkeit und Anmut in diesem Raum bewegte, als empfinge sie unentwegt Gäste und als sei es ihr natürliches Wesen, sich jedem hier mit ihrer ungezwungenen Freundlichkeit zuzuwenden.

Roan trat nun zu ihr und Kian hörte, wie er ihr seine Frau, Alma, vorstellte. Kian lächelte. Er liebte diese Frau, in deren erfrischendem Wesen immer die Liebe zu Roan sichtbar war. Alter oder Schönheit schienen in ihrem Gesicht nicht die geringste Rolle zu spielen, denn ihre Offenheit war derart gewinnend, dass alle Kategorien, in denen er denken konnte, ohnehin nicht auf sie zutrafen, da sie ihr niemals gerecht werden konnten.

Sie dankte Alia aufrichtig dafür, das Knie ihres Mannes gerettet zu haben, denn auch wenn er ihr keinerlei Einzelheiten verraten hatte, so könne sie doch sehen, dass es unter weniger kundigen Händen schnell anders hätte ausgehen können. Roan lächelte bei all dem verschmitzt und legte seine Arme dann gleichzeitig um Alias und Almas Schultern. Kian konnte seine Worte nicht hören, aber beide Frauen teilten alsbald ein Lachen, das den gesamten Raum zu erhellen vermochte.

Er liebte Alias Lachen so sehr. Er sah ihre Freude an den Gesprächen, die sie hier führen durfte, sah ihre Offenheit und es mochte niemandem auffallen, dass sie keinen ihrer Gesprächspartner mit ihren Händen berührte. Sie näherte ihren Kopf, um zuzuhören, flüsterte in Tanas Ohr und ließ sich von Fürst Ileu in die Arme schließen. Sie war zutiefst bewundernswert. Ihr ganzes Verhalten war das einer Frau, die sich ihrer selbst sicher sein durfte. Sie hatte sich so sehr verändert, aber die Achtung, die sie anderen entgegenbrachte, hatte sich in ihrer Natur nie gewandelt.

Seine Mutter trat zu ihm, lehnte sich ebenfalls an das Fensterbrett und ergriff still seine Hand. Gemeinsam verfolgten sie die Gespräche, die in ihrer Nähe stattfanden. Kian sah flüchtig ihr Profil an und spürte der Ruhe und dem Glück nach, die ihrer bloßen Gegenwart inne lagen. Als sie von Naris Schwangerschaft erfuhr, hatte sie ihr Angebot angenommen, einige Räume im Palast zu beziehen, um ihr eine Unterstützung in ihren zukünftigen Aufgaben sein zu können. Die politische Arbeit eines Landesoberhauptes musste Nari allein tragen, aber nicht die Sorge um das neue Familienmitglied, das sie schon bald würden begrüßen dürfen. Seine Mutter und ihre Schwester teilten ein so ähnliches Schicksal. Sie beide hatten diese Wendung ihrer Geschichte nie geplant, aber nun standen sie als alleinstehende Frauen gemeinsam in der Mitte ihrer Leben.

Und er selbst? Kian atmete durch. Er konnte sein Glück kaum fassen, denn seine Mutter würde von nun an Teil seines Lebens sein. Das Inzani-Gesetz war gefallen und keine Begrenzung konnte seine Sehnsucht nun noch nähren. Die Zeit seiner Einsamkeit war vorüber. Sie selbst betrauerte, die Entscheidung gegen die Ehe mit seinem Vater nicht lange vorher schon getroffen zu haben, und sie tat es nicht nur um ihretwillen. Aber er wollte ihre Selbstvorwürfe nicht gelten lassen, nicht wenn sie ihn betrafen, denn einerlei, wann diese Entscheidung gefallen wäre, solange das Gesetz in Kraft war, hätte sie nichts an seinem Leben ändern können. Wichtig war nur das Jetzt und eine Zukunft, in der er mit ihr sprechen konnte, wann immer er wollte, sie in seine Arme schließen oder einfach still mit ihr in seinem Fenster sitzen ...

Er spürte der Freude nach, die er nun empfand, und lächelte bei der Erinnerung an die Pläne, die seine Tante in den letzten Tagen entworfen hatte. Er hatte Nari von der nicht abreißenden Flut von Kranken erzählte, die sich täglich vor seiner Haustür versammelten und um Alias Heilkünste baten. Er hatte amüsiert ausgeführt, dass er schon darüber nachdachte, draußen ein Schild aufzuhängen, auf dem stünde, dass die Heilerin nicht im Hause weile, dann müsse er nicht alle zehn Minuten hinausgehen, um die immer neuen Menschen nach Hause zu schicken!

Nari hatte ihn nachdenklich angesehen und dann entgegnet, die Krankensäle des Palastes stünden leer. Auch ihr Verstand schien schneller zu arbeiten als der seine, und nach einem Moment des Schweigens hatte sie vorgeschlagen, man könne diese Räume nutzen, um sie in ein Hospital für die Stadtbevölkerung zu verwandeln. Jeder könnte dort behandelt werden, ungeachtet seiner gesellschaftlichen Position oder finanziellen Möglichkeiten. Nari war plötzlich gar nicht mehr aufzuhalten gewesen, so eifrig gab sie sich nun dieser Planung hin. Alia mochte das Hospital einrichten, es selbst führen oder auch nur darin arbeiten, ganz wie es ihrem Wunsch entsprach. Man müsse die Pflegerin Tana benachrichtigen und um ihre Mitarbeit bitten.

Kian hatte sie lächelnd verlassen. Er hatte ohnehin vorgehabt, Tana für den heutigen Abend in sein Haus zu bitten. Sie hatte Alia und ihre Patienten nicht ins Fürstentum Side begleitet, sodass er sich eines Nachmittags in ihrem gemütlichen kleinen Stadthaus zum Tee wiederfand. Er hatte sie nie kennengelernt, aber umringt von einer Schar Kinder hatte auch sie sich auf der Stelle für die Pläne seiner Tante erwärmen können. Sollte Alia nicht an der Errichtung des Hospitals arbeiten wollen, so würde sie es tun. Aber, so fügte sie lachend hinzu, sie könne sich nicht vorstellen, dass die Heilerin eine solche Möglichkeit verstreichen lassen würde, ohne selbst ihren Handabdruck darauf zu hinterlassen!

Er hatte Nari für diesen Abend hierhergebeten, aber sie hatte lächelnd ausgeschlagen.

„Wer kann sich schon in Gesellschaft der Königin auf einem Fest entspannen? Nein, Kian! Ich komme ein andermal, wenn ich dich und die Heilerin in Privatheit erleben kann! Das wünsche ich mir ohnehin bereits seit langer Zeit!“, hatte sie erklärt.

Sie hatte ihn geküsst und sein Versprechen auf eine baldige intimere Einladung glücklich entgegengenommen. Mit ähnlichen Argumenten hatte auch sein Onkel Ren seine Einladung für den heutigen Abend abgelehnt, und Kian bedauerte die Abwesenheit beider in diesem Moment sehr.

Ren hatte ihn in einem Brief gebeten, einige Tage im Kloster zu verbringen, um die Geschehnisse in der Wüste mit ihm zu teilen, mit ihm zu meditieren und die geistigen Übungen gemeinsam durchzuführen, falls das Kians Wunsch entsprach. Er wusste nicht, was es helfen konnte, Rens Aufforderung nachzukommen, aber er spürte den großen Wunsch, ihn zu sehen und die Ruhe des Klosters zu spüren.

Als Kian jedoch eintrat, hatte sein Onkel erschüttert den Blick abgewandt. Bei den Monden, er hatte noch immer Rens entsetztes Gesicht vor Augen!

„Was hat man dir angetan, Kian?", hatte er geflüstert.

„Sag du es mir! Du scheinst es klarer zu sehen als ich, Onkel Ren!", hatte er betroffen entgegnet.

Darauf waren endlose Gespräche gefolgt. Jedoch war es Ren nicht gelungen, ihm seinen Zustand in Worten zu verdeutlichen. Kian hatte sich nur schwer dazu überreden lassen, noch einmal mit ihm die geistige Versenkung zu üben, aber Rens Anweisungen hatten ihn schließlich tatsächlich in ein tieferes Verständnis über die Macht des Gleißens begleitet. Er begriff widerwillig, dass er die Kälte noch immer in sich trug. In der geistigen Übung konnte er sie deutlich spüren, ja, sie sogar berühren, und es überkam ihn erneut die nackte Angst.

Ren schien in diesen Momenten nicht nur körperlich anwesend zu sein. Er war ein Besucher in seiner inneren Welt der Erinnerung. Ein Besucher, der ihm die Hand reichte, ihn führte und schließlich mit ihm zusammen das Grauen betrachtete, das er erlebt hatte. Er zeigte es ihm anhand einer klaffenden Wunde in seinem Inneren. Es war lediglich ein Symbol, aber Kian hatte das Kloster in dem Wissen um die Möglichkeit verlassen, dass diese Wunde sich irgendwann schließen mochte. Sie würde vernarben und die Narbe konnte verblassen, einerlei was sich dahinter befand.

Alia sah Sara mit einem Stapel Tellern eintreten. Ihre Blicke trafen sich mit einem Lächeln und sie entschuldigte sich schnell bei den Fürsten Ileu, um ihr entgegenzugehen.

„Heilerin, wie schön, Euch wiederzusehen!", begrüßte Sara sie mit einem scheuen Blick durch den Raum und stellte die Teller auf dem Tisch ab.

„Es ist schön, *Euch* zu sehen, Sara!"

Sara nickte flüchtig und sah sie dann erneut lächelnd an. „Ich habe Euch einen Mantel genäht! Er liegt oben auf Eurem Bett! Ich hoffe, er gefällt Euch!"

„Ganz bestimmt, Sara! Alle Dinge, die ihr mir gefertigt habt, sind schöner als alles, das ich jemals besessen habe!", erwiderte Alia bestimmt, denn diese Worte waren nichts als die reine Wahrheit.

Saras Wangen färbten sich. „Ich habe den Stoff selbst ausgewählt! Das habe ich nie vorher getan!", flüsterte sie nahezu.

„Ich weiß!"

Alias Herz schlug schneller und sie hoffte, sie könne in ihrem Lächeln gut genug ausdrücken, wie sehr sie sich für Sara freute.

Sara nickte. „Zögert bitte nicht, zu mir zu kommen, sollte ich noch etwas daran ändern müssen!"

Alia dachte plötzlich an ihren Umhang. Was mochte Sara damit getan haben?

Und als hätte Sara ihre Gedanken erraten, fügte sie nun grinsend hinzu. „Euer Umhang gibt jetzt übrigens eine sehr praktische Reisetasche ab, Heilerin!"

Alia konnte nicht anders, sie nahm Sara in ihre Arme. „Danke! Ich danke Euch!"

Diese innige Berührung wurde von einem Räuspern unterbrochen. Ein Löffel wurde an ein Glas geschlagen, die Gespräche verstummten und ein jeder wandte sich in Kians Richtung. Er hielt noch immer die Hand seiner Mutter, setzte an, um zu sprechen, brach jedoch wieder ab und sah dann stirnrunzelnd in die Gesichter seiner Gäste.

Er schien unsicher und lachte dann kurz auf. „Es ist seltsam, aber ich bin gerade sehr nervös!" Er schüttelte lächelnd den Kopf.

Ermunternde Zurufe wurden laut, aber Alia sah auch die Tränen, die nun in Roans Augen standen. Auch sie selbst fühlte mit Kian, und seine Bescheidenheit wärmte sie, wie schon unzählige Male zuvor. Sie hatte ihn so oft dabei erlebt, wie er eindrucksvoll und scheinbar ohne jegliche Nervosität vor hunderten von Soldaten gesprochen hatte. Vor weit mehr Menschen und über weit gewichtigere Themen als an diesem Abend und dennoch wand er sich nun im Angesicht der herzlichen Worte, die er sprechen sollte. Tief in ihrem Bewusstsein regte sich nun der Gedanke, dass er dabei nicht mehr auf die Unterstützung seines Bandes hoffen konnte, aber sie schob ihn fort. Er gehörte der Vergangenheit an.

„Nun, liebe Familie, Freunde, herzlich willkommen! Edda, meine wundervolle Haushälterin, hat soeben die Speisen aufgetragen, und ich weiß, sie ist ebenso stolz und glücklich, wie ich es bin, euch alle hier in diesem Haus begrüßen und bewirten zu dürfen!" Er nickte Edda liebevoll zu. „Ich danke Euch, Edda! Und euch allen danke ich dafür, dass ihr meiner Einladung gefolgt seid! Lasst es euch schmecken und bitte haltet euch gegenüber Edda nicht zurück, ihre Speisen zu loben!"

Edda fuhr die Röte ins Gesicht, sie nickte ihrem Herren fahrig zu und verließ dann den Raum unter dem Vorwand, noch mehr Servietten holen zu wollen.

Kian sah ihr nach und in seinem Blick war so viel Wärme, dass Alia ihn nur ruhig ansehen konnte. Ihn und seine Augen, die sich nun an sie wandten.

„Ich möchte auch die Heilerin Alia noch einmal vor Euch allen begrüßen! Ohne sie wären wir heute Abend nicht in dieser Runde versammelt!"

Und es war wieder einmal der alte Fürst Ileu, der begann für diese Worte Kians zu klatschen. Alle wandten sich nun ihr zu, nickten lächelnd oder fielen in Ileus Klatschen ein. Ana kam zu ihr, legte ihren Arm um ihre Taille und flüsterte, sie solle einmal lächeln und nicht mit derart offenem Mund ihren Heermeister anstarren, worauf Alia kurz auflachte, jedoch nicht ohne Anas gerundeten Bauch berührt zu haben. Sie wusste, Ana ließ diese Berührung zu und sie wollte ihr gerne zeigen, wie glücklich sie für sie war.

Kian betrachtete sie mit einem zufriedenen Lächeln. „Ich löse heute ein Versprechen ein, das ich Alia in der Wüste gab, und nichts erfüllt mich an diesem Abend mit mehr Freude, als die bloße Tatsache, dass es mir möglich ist! Ich brauche niemandem hier zu sagen, was ich für diese Frau empfinde, und ich entschuldige mich sehr für meine Unhöflichkeit, aber sie ist mir der wichtigste Gast an diesem Abend!"

„Frechheit!", rief Roan nun lachend dazwischen und alle folgten seinem Beispiel. Ebenso Kians Mutter, die sich währenddessen unter den Menschen in diesem Raum umsah, als könne sie in ihrem Glück nicht begreifen, wie nah sie alle ihrem Sohn standen.

Auch Kian lachte, wurde jedoch schnell wieder ernst. „Ich wurde gebeten, heute Abend eine Ankündigung zu machen und ich folge dieser Bitte mit der größten Freude. Ana und Evan, die hier vor uns stehen, sind schon seit langer Zeit ein Paar! Und es macht mich glücklich für sie beide, heute Abend sagen zu dürfen, dass sie nicht nur, wie man bereits sehen kann, ein Kind erwarten, sondern sich darüber hinaus entschieden haben, ihre Verbindung in einer Ehe fortzusetzen! Also, erhebt eure Gläser!"

Kian wartete ab, bis tatsächlich jeder im Raum etwas zu trinken in der Hand hielt, und sprach dann: „Auf Ana und Evan, die schwierige Zeiten mit uns geteilt haben und deren Mut wir alle nur bewundern können! Auf ihre gemeinsame Zukunft, für die sie so vieles riskiert haben! Ich darf in diesem Moment für uns alle sprechen und euch von Herzen Glück wünschen!"

Glückwünsche kamen nun von allen Seiten, und Alia wich einen Schritt zurück, damit das Paar mehr Raum hatte inmitten all dieser Menschen.

Evan küsste Ana und für einen Moment hielten sie ihre Blicke, dann jedoch wandten sie beide sich erneut an Kian.

Evan räusperte sich. „Heermeister Dogul, wir danken Euch für Eure wunderbaren Worte, aber ich möchte an dieser Stelle gerne deutlich sagen, dass Ana und ich uns über eine Sache sehr bewusst sind! Ihr seid es, dem wir unsere Zukunft verdanken! Und wir beide bitten Euch nun im Kreis dieser Menschen, unsere Eheschließung am Tag nach der Zweimondwoche öffentlich zu bezeugen! Ihr würdet uns damit die größte Ehre erweisen!"

Alia sah Kian sein Glas senken, er starrte Evan an und sie begriff, dass das, worum sie ihn hier baten, unter dem Inzani-Gesetz niemals möglich gewesen wäre. Sie sah ihn nicken und er konnte seine Betroffenheit nicht überspielen, selbst wenn er es gewollt hätte.

„Ihr ehrt *mich* mit dieser Bitte, Evan, mehr als ich ausdrücken kann! Ich danke Euch sehr!“, antwortete er schließlich bewegt und seine Stimme klang nach den Tränen, die er kaum zurückzuhalten vermochte.

Sie fiel in den Applaus ein, der nun noch einmal im Raum aufwogte, ging zu ihm und sah, wie er die Hand seiner Mutter kurz an seine Wange legte, um sie dann aus seiner zu lösen. Als Alia vor ihm stand, nahm er sie in seine Arme und grub sein Gesicht in ihre Haare. Sie hörte ihn flüstern. Seine Worte waren versteckt im Hauch seines Atems und sie alle handelten von seinem Glück, das er hoffte, irgendwann begreifen zu können.

Sie selbst fühlte das alles ebenso wie er es tat. Auch für sie war dieser Abend Ausdruck aller Freude, die sie im Stande war zu empfinden, und es hatte in Evans Worten etwas gegeben, das ihr nur noch mehr verdeutlicht hatte, wie wundervoll ihr Leben in diesem Augenblick war und wie sehr es sich von ihrer Vergangenheit unterschied. Es war seine Erwähnung der Zweimondzeit und die Tatsache, dass sie selbst nicht einmal bemerkt hatte, dass sie angebrochen war.

Das Fest zog sich bis weit in die Nacht und es war wundervoll. Kians Familie und die Fürsten Ileu waren die Letzten, die sich verabschiedeten, hatten sie doch den kürzesten Weg zur Stätte ihrer Nachtruhe. Nari hatte sie alle im Palast einquartiert und hoffte, auf diese Weise die erste Person zu sein, die vom Verlauf dieses Abends während der Morgenmahlzeit hörte. So zumindest hatte sie es Kian gegenüber ausgedrückt.

Alia und er verabschiedeten sie in seiner Wohnstube und als sie hörten, wie die Haustür sich hinter ihnen schloss, sahen sie sich einen Moment lang einfach ruhig an. Dann jedoch machte Alia sich von ihm los und ging betont langsam hinaus in den Flur. Er schüttelte lächelnd den Kopf, weil er ihr mittlerweile manchmal so deutlich anmerkte, dass sie ihre Bewegungen zurücknehmen musste, und folgte ihr dann.

Er fand sie in der offenen Tür, die Arme vor der Brust verschränkt und ihren Blick nach oben in den Himmel gewandt. Ihr Mund war leicht geöffnet, als bestaune sie etwas, und er stellte sich hinter sie, sodass er, wenn er sich leicht nach vorn lehnte, ihr Gesicht im Profil sehen konnte.

„Heute ist die Zweimondnacht!", flüsterte sie und klang nahezu ungläubig.

„Möchtest du mir jetzt etwa sagen, dass du das noch nicht bemerkt hast?", fragte er und lachte in sich hinein.

„Nenne mich einfältig, Kian, aber so ist es!", erwiderte sie und starrte noch immer hinauf zu den Monden. „Du hast dieses Fest für diese Nacht geplant, und ich habe es nicht einmal begriffen!"

„Nun!", begann er und sah Logan lächelnd mit ihren gesattelten Pferden aus dem Stall treten. „Ich habe noch mehr für diese Nacht geplant! Begleitest du mich?"

„Wohin?", fragte sie leise und drehte sich zu ihm um, ihre Augen weit.

„Deine Wünsche erfüllen!"

Kapitel 62

Sie passierten schweigend die Straßen der Stadt, aber als sich die Landschaft vor ihnen öffnete, trieben sie ihre Pferde an und galoppierten hinaus in die sternenklare Nacht. Eine Zeit lang folgten sie übermütig einer Schar Kaninchen, vollzogen ihre wilden Haken nach und ließen sie dann ziehen, als Kian lachend ausrief, es sei nicht besonders nett, diesen Tieren Angst einzujagen. Es war schön in dieser Nacht zu sein, draußen und in seiner Nähe. Es machte sie glücklich zu sehen, wie er mit Leichtigkeit seine Stute führte, und sie wusste, was ihre Gabe ihr gezeigt hätte, hätte sie sein Pferd noch vor Minuten berühren können.

Sie strich noch einmal über den Stoff ihres neuen Mantels. Sara hatte einen groben Wollstoff in einem satten, dunklen Burgunder dafür gewählt. Das Futter war angeraut, weich und warm. Er war an den richtigen Stellen geschlitzt, sodass er sie zu Pferde nicht störte, sondern, im Gegenteil, auch hier noch ihre Beine wärmend bedeckte. Sie hatte ein solches Kleidungsstück nie besessen, aber hätte sie seine Beschaffenheit selbst wählen dürfen, so hätte sie sich nichts anderes gewünscht als das hier und sie würde sich vermutlich tausend Mal bei Sara dafür bedanken.

Zufrieden ließ sie ihren Blick durch die Landschaft gleiten. An so vielen Pflanzen zeigten sich bereits die ersten neuen Triebe und sie sah sogar die Knospen einiger Frühlingsblumen aus der Erde schauen. Staunend erhob sie ihr Kinn, sah die beiden Monde nah beieinander stehen, und die Erinnerung holte sie ein.

„Ich weiß, woran du nun denkst!", kommentierte Kian ruhig ihren Anblick.

Sie wandte sich ihm lächelnd zu und nickte. Natürlich dachte sie an die Blüte der *munkand*, und dennoch konnte er nicht alles erahnen, was dieser Anblick in ihr auslöste.

„Du nicht?", fragte sie dann, weil sie auch in seinem Gesicht nicht nur die Erinnerung an die *munkand*-Blüte lesen konnte.

„Ich war letztes Jahr in dieser Nacht fest davon überzeugt, es würde zu einem Krieg zwischen den Fürstentümern und dem Königshaus kommen!", antwortete er und blickte ebenfalls hinauf zu den Monden.

„Es ist schwer zu begreifen, dass das eine Zeit war, in der wir nichts über das Gleißen wussten!", ergänzte sie leise und ließ ihre Gedanken schweifen.

Er wandte sich ihr kurz zu, senkte dann den Kopf, sodass seine Haare ihm ins Gesicht fielen, und ließ die Zügel seiner Stute ruhig durch seine Hände gleiten.

„Weißt du, ich habe das Gefühl, eine Ewigkeit unter der Last dieser Bedrohung gelebt zu haben. Gleichzeitig jedoch kommt es mir wie gestern vor, mit dir die Blüte der *munkand* angesehen zu haben! Es ist nahezu so, als verginge die Zeit in unterschiedlicher Geschwindigkeit! Ist das nicht seltsam?"

Und er hob seinen Blick lächelnd in ihre Augen. Sie sah ihn an und hatte in diesem Moment nur einen Wunsch. Den Wunsch, er solle weitersprechen und ihr ihre gemeinsame Geschichte erzählen, so wie sie es für ihn in der Wüste getan hatte. Sie hatte es unter Tränen getan, er würde dabei lächeln.

Er lachte plötzlich in sich hinein. „Habe ich dir je erzählt, dass ich bei unserer ersten Begegnung dachte, du seist ein Junge?"

Sie sah ihn herausfordernd an. „Wirst du mir mitteilen, wann du deinen Irrtum bemerkt hast?"

„Als ich dich zu mir aufs Pferd zog!", antwortete er und hob neckend eine Augenbraue.

„Oh!" Sie spürte die Hitze in ihre Wangen steigen, was ihn sehr zu amüsieren schien.

„Meine liebe Alia, du bist womöglich die stärkste Frau, die ich kenne, und dennoch ist es mir noch immer möglich, diese Röte in dein Gesicht zu bringen!"

„Kian! Wir beide kennen stärkere Frauen als mich!“, entgegnete sie und wandte sich ab, weil sie Kian unter keinen Umständen Gelegenheit geben wollte, weiter über sie zu scherzen.

„Die da wären?“, fragte er und seine Stimme war plötzlich weich und klang nicht mehr im Geringsten, als sei er zu Scherzen aufgelegt.

Sie sah ihn fest an. „Ana, deine Mutter, die Königin ...“, begann sie, aber er unterbrach sie bald.

„Du hast recht!“, sagte er und wusste, er konnte niemals all das ausdrücken, was sie in seinen Augen war. „Ich bin nur sentimental!“

Sie sah ihn einfach nur an und nahm dann seine Hand. Er strich mit seinem Daumen über ihre Finger und ließ sich forttragen vom Glanz ihrer Augen im Licht der Monde. Er hatte im Schnee vor der *munkand*-Blüte schnell seinen Kopf von ihrem Gesicht abgewandt, aber das würde er niemals mehr tun. Er würde sie immer ansehen.

Schließlich atmete sie durch. „Tana hat mir von den Plänen der Königin berichtet, die leeren Krankenzimmer des Palastes für ein Hospital zu nutzen! Ist das dein Werk?“

„Nein, ihres!“, erwiderte er lächelnd, weil sie ihre Aufregung nicht hinter ihrer Ruhe verbergen konnte. „Wirst du mit ihr daran arbeiten?“

„Wie kannst du fragen, Kian? Natürlich werde ich daran mitarbeiten! Das ist, als erfüllten sich all meine beruflichen Träume!“, erwiderte sie aufgeregt und ihre Ruhe durchdrang ihn dennoch.

„Das freut mich!“, antwortete er und drückte noch einmal ihre Hand in seiner.

Für eine Weile sahen sie sich lächelnd an, dann zuckten Alias Mundwinkel und fanden sich bald zu einem Grinsen. „Du hast Tana sehr verwirrt bei deinem Besuch!“

„Ich habe sie verwirrt? Wir haben uns lediglich unterhalten und Tee getrunken!“

Alia erhob ihre Hand. „Sicher, Kian! Und dennoch weiß auch ich, was an dir so sehr verwirrend sein kann! Tana sagte, du warst so freundlich, so zurückhaltend und höflich, du seist ein so attraktiver Mann und du hättest sie behandelt wie deinesgleichen, dabei wisse sie sehr genau, wer du bist und was du in der Wüste vollbracht hast! Schließlich spräche das ganze Land von dir!"

Er starrte Alia an und plötzlich stand auch ihrer beider Vergangenheit deutlich vor seinen Augen. Hörte es nie auf, dass Leute in ihm etwas sahen, das er nicht war?

„Sie ist sehr stolz darauf, einen so verwirrenden Menschen wie dich zu kennen!"

Kian lächelte und dachte für einen Moment darüber nach, warum ein gesellschaftlicher Rang eine so große Rolle im Verhalten der Menschen spielen musste. Es wäre um so vieles einfacher, sich schlicht als das zu begegnen, was man war, begriff er selbst doch seit Langem, dass er ein Mensch war jenseits aller Bezeichnungen, die man je für ihn gefunden hatte.

„Es mag seltsam sein, aber Tana zu besuchen, war vermutlich das Normalste, was ich jemals in meinem Leben getan habe!"

„*Normal* ist ein Wort, das du gewöhnlich nie benutzt!"

„Ich weiß, aber es beschreibt in diesem Fall exakt, was ich sagen möchte. Ich wurde eingeladen, ich ritt zu Tanas Haus, stieg ab und sie begleitete mich hinein, wo wir uns an einem Tisch mit einer Schar Kinder um uns herum unterhielten, als wären wir keine Fremden! Verstehst du, was ich meine?"

Alia nickte und nahm erneut seine Hand.

„So etwas habe ich nie getan!", flüsterte er und in ihrem Blick sah er dasselbe Glück, das auch er in diesem Augenblick empfand.

Er wandte lächelnd den Kopf zum Himmel. „Wir sollten etwas schneller reiten! Ich wäre gerne vor der Sonne an unserem Ziel!"

Alia nickte in Stille, und sie trieben ihre Pferde erneut in die Nacht hinaus.

Natürlich hatte sie Kians Ziel erraten, lange bevor sie eintrafen. Natürlich hatte sie gewusst, dass er sie zu den Findlingen führen würde. Es war ihr Wunsch gewesen, erneut hierherzukommen und ihm dabei zuzuhören, wie er die Inschriften laut las, mit seiner Stimme, die für sie immer die Stimme der Alten Sprache sein würde. Und doch war sie nun überwältigt von diesem Ort. Das Gestein der Findlinge schimmerte im Licht der beiden Monde und die gemeißelten Zeichen schienen sich dadurch umso mehr von ihrer Oberfläche abzuheben.

Wie beim ersten Mal, als er sie hierher gebracht hatte, konnte sie auch heute nicht warten, bis ihr Pferd diesen Ort erreichte, sondern ließ sich aus dem Sattel gleiten, um die letzten Schritte zu Fuß zurückzulegen. Sie tat es kontrolliert und dachte mit einigem Unbehagen daran, welchen Wunsch Kian an sie gehabt hatte, als sie beide nicht auf eine gemeinsame Zukunft hoffen durften. Sie hatte ihm gesagt, sie würde seinen Wunsch nicht erfüllen, und daran hatte sich nichts geändert, obwohl ihre Sicht auf sich selbst heute eine andere war als zu der Zeit, da sie ihre Artgenossen nicht gekannt hatte. Sie fühlte sich nicht länger wie ein seltsames, wildes Tier. Sie hatte nicht länger das Bedürfnis sich verstecken zu müssen, aber sie würde niemals eine Attraktion aus sich machen, nicht einmal für den Mann, den sie liebte. Und Ruhe durchströmte sie, weil sie wusste, er würde sie nie dazu drängen.

Sie erreichte den ersten Stein und konnte sich plötzlich nicht entschließen, ihn zu berühren. Dies war ein Ort, an dem die Vergangenheit lauter zu ihr sprach, als sie ertragen konnte. Diese zweihundert Jahre zurückliegende Vergangenheit, die in diesem Moment auch ihre eigene hätte sein können. Auch sie wäre vermutlich eines Tages hierher zurückgekehrt, um Kian nahe sein zu können, wenn er nicht überlebt hätte. Auch sie hätte ihre Verzweiflung, ihre Trauer und Einsamkeit vielleicht hier in den Stein gehauen, um mit ihren Gefühlen nicht mehr allein sein zu müssen.

Aber er lebte!

Sie drehte sich zu ihm um und sah ihn an. Sie bemerkte, mit welcher Mühe er von seinem Pferd abstieg. Sie sah seine tiefe Ruhe und lächelte über den Blick in seinen Augen, mit dem er seinen Körper sanft lockte, um diese oder jene Bewegung auszuführen. Er schien bemerkt zu haben, dass sie ihn ansah, und wandte sich ihr in dem Moment zu, als seine Füße den Boden berührten.

„Wenigstens siehst du mich nicht mehr so gequält an“, kommentierte er ruhig, was er in ihrem Gesicht las.

„Ich versuche gerade angestrengt, nicht zu weinen!“

„Meinetwegen?“, fragte er leise.

„Nein, Kian! Vor Glück! Ich habe ein solches Glück, weil ich dich bei mir behalten durfte!“, flüsterte sie.

Er blickte still in ihre Augen und seine Betroffenheit stand ihm deutlich ins Gesicht geschrieben.

„Sieh sie dir an, diese Inschriften, Kian! All die Trauer, die vom Verlust geliebter Menschen spricht! Aber du bist noch hier! Du hast gesiegt! Es ist einerlei, wie sehr dich das Gleißen verletzt haben mag! Es hat keinen Platz mehr in meinen Gefühlen für dich!“

Er sah sie einen Moment an und spürte, dass er selbst nun ebenso seine Tränen zurückkämpfen musste. Tränen der Freude über ihre Worte.

„Ich denke schon seit so langer Zeit darüber nach, wie es für dich sein muss, mir nicht helfen zu können. Du hast so viele Menschen geheilt, aber meine Verletzung kannst du nicht heilen!“, sagte er dann aufgewühlt und setzte sich auf einen der niedrigeren Findlinge.

Sie ging langsam zu ihm und es war, als ließe sie seine Worte in sich nachhallen, um selbst begreifen zu können, wie viel Wahrheit darin für sie liegen mochte. Sie setzte sich neben ihn, nahm seine Hand und sah ihn aufmerksam an.

„Du konntest alle meine anderen Verletzungen behandeln, nur diese nicht!“, bekräftigte er noch einmal.

„Du hast unrecht, Kian! Ich konnte auch die Verletzung an deiner Säule nicht heilen!“, antwortete sie dann stur.

„Jetzt sei nicht albern, Alia!“, lachte er leise. „Daran gibt es nichts zu heilen! Die Auswirkungen dieser Verletzung gehören zu meinem Leben! Und sie sind *dir* nichts anderes als die Tatsache, dass ich blaue Augen habe. Zumindest habe ich dich das einmal sagen hören!“, erwiderte er und sah sie weiterhin fragend an.

„Das habe ich gesagt!“, lächelte Alia nun. „Und ich gebe zu, dass es mir Probleme bereitet hat, deine Verwundung durch das Gleißen nicht begreifen zu können! Ich begreife sie bis heute nicht!“

„Schmerzt es dich?“, fragte er dann leise und nahm sie in den Arm.

„Nicht mehr!“ Sie küsste ihn und strich gedankenverloren unter den Ärmel seines Mantels.

„Ich habe einige Tage bei meinem Onkel im Kloster verbracht. Er hat mir zu mehr Klarheit über meinen Körper verholfen. Ich bin sicher, er könnte dasselbe auch für dich tun!"

Sie strich ihm eine Strähne aus dem Gesicht und schüttelte dann langsam den Kopf. „Ich brauche diese Klarheit nicht!"

Die Küsse, die sie nun tauschten, ließen seinen Körper in Erwartung auflodern, aber er hielt sich dennoch zurück, nahm ihre Hände in seine und fand den Blick ihrer Augen. Er hatte noch eine Aufgabe in dieser Nacht, etwas, das er sich lange vorgestellt hatte zu tun, und er wollte diesen Plan ausführen, einerlei wie sehr er sich jetzt nach ihrem Körper sehnte. Sie hatten Zeit!

Kian rief seine Stute zu sich, nahm sein Schwert vom Sattel und gab ihr dann einen Klaps auf die Flanke, zum Zeichen, sie könne ihre eigenen Wege verfolgen. Alia sah sie zu ihrem Hengst zurückkehren, wo sie umgehend begann, neben ihm zu grasen, und wandte sich wieder an Kian.

„Was tust du?", fragte sie leise.

„Ich werde das Ritual für diese Menschen ausführen als eine Ehrung!"

Sie bemerkte nun erst, dass auch der kleine Findling, auf dem sie saßen, übervoll war mit Inschriften, und sie zeichnete gedankenverloren einige mit ihren Fingern nach, ohne sie anzusehen. Sie sah das Schwert in Kians Händen und lächelte.

„Klingt es sonderbar, wenn ich dir sage, wie sehr ich mich danach sehne, mich wieder im Schwertkampf zu üben?"

„Nein, Alia! Ich weiß, dass es dich vieles gelehrt hat! Du hast es mir in der Wüste erklärt!" Er küsste mehrmals ihr Gesicht, bevor er seine Stirn an ihre legte und sie eindringlich ansah. „Doch ich werde nicht derjenige sein, der dich trainiert, Heilerin!"

Sie lächelte, auch wenn dieses Lächeln nicht nur schöne Erinnerungen ausdrücken konnte. „Wirst du nicht, Heermeister Dogul?"

Er schüttelte den Kopf, lehnte sich etwas zurück, nahm ihre Hand und sah sie schweigend an.

Sie führte seine Hand flüchtig zu ihren Lippen. „Deine Tante hat mir gesagt, dass du deine Stellung als erster Heermeister aufgeben wirst! Sie hat große Pläne mit dir!"

Er nickte langsam. „Ich möchte nicht mehr kämpfen, Alia! Ich werde diese Waffe mit mir führen, um nicht schutzlos zu sein, und ich werde mich damit verteidigen, wenn es erforderlich ist, aber ich werde kein Krieger mehr sein! Ich habe diese Position nie selbst gewählt!"

Alia nickte still und betrachtete die Ruhe seiner Bewegungen, mit denen er nun sein Schwert aufnahm und es vor ihnen aus der Scheide zog. Das Licht der Monde tanzte auf der Klinge, um sich bald an einer einzigen Stelle zu sammeln. Es war, als ließe es Kians Bewegungslosigkeit in tiefer Ruhe erstrahlen. Alia erhob sich und stellte sich ihm gegenüber, weil sie ihm Raum geben wollte. Gleichzeitig hatte sie das tiefe Bedürfnis, ihn sehen zu wollen, alles was er tat, seinen ganzen Körper, und er erhob die Waffe mit gestreckten Armen.

„Diese Menschen sollen wissen, dass der Feind vernichtet ist! Sie sind frei, in Frieden zu ruhen!", kommentierte er ruhig seine Handlungen mit Blick auf sein Schwert und schloss die Augen.

„Sprich das Ritual laut, Kian! Bitte!", flüsterte sie und sah sein Nicken.

Einen Moment hielt er inne, seine Silhouette scharf vor dem Licht der Monde, und Alia wich zurück, bis sie einen der Findlinge in ihrem Rücken spüren konnte. Als er begann sein Schwert zu führen und mit ihm die Luft zwischen ihnen zu teilen, erfüllte seine Stimme ihren Kopf mit der Schönheit der Alten Sprache.

Erst in diesem Moment ließ sie ihren Tränen freien Lauf. Sie hatte diesem Ritual unzählige Male beigewohnt. Auf ihrer Reise durch den Norden und in der Wüste, bevor und nachdem sie dem Gleißen gegenüber getreten waren. So oft hatte sie die stolzen Bewegungen seines Schwertes darin verfolgt, aber niemals hatte sie ihn selbst darin so klar gesehen, wie in dieser Nacht.

Er war nicht mehr der beängstigende Krieger, als der er ihr einst erschienen war. Er war auch nicht der mächtige Anführer seiner starken Armee, als der er anderen noch immer begegnen mochte.

Auch das, was seinen Körper fesselte, oder das Verstummen seines Bandes trat hinter der Schönheit seiner präzisen Bewegungen zurück. Hier unter den zwei Monden, an diesem Ort, an dem die Vergangenheit zu ihnen sprach wie nirgendwo sonst, hier in dieser Nacht war er einfach nur ein Mann, der sich selbst im Kampf gegeben hätte, um die zu bewahren, die er liebte. Ein Mann, der gesiegt und dafür bezahlt hatte. Ein Mann, der Abschied nahm von der Vergangenheit.

„An eternit of dais wilris anjur seis wilbie protedet forewer."

Er ließ das Schwert sinken, öffnete die Augen und sein Blick fand sich in Alias. Er bemerkte ihre Tränen, steckte sein Schwert zurück und stellte es neben sich.

„Komm her!", flüsterte er und öffnete seine Arme.

Sie folgte seiner Aufforderung zögernd, als fiele es ihr schwer, ihren Blick von ihm zu lösen.

„Ich wollte dich nicht traurig machen!", sagte er in ihr Ohr, als er sie in seine Umarmung schloss.

„Es war wunderschön! Du bist wunderschön!"

„Und das ist der Grund für deine Tränen?", fragte er ruhig nach.

Sie löste sich erneut von ihm, sah ihn an und wischte sich die Tränen aus dem Gesicht. „Nein! Es ist dieser Ort und die Ehre, die du diesen Menschen erwiesen hast! Nicht nur mit diesem Ritual, sondern mit allem, was du bist!"

„Was ich bin?", fragte er nach, weil er nicht begriff, was sie damit ausdrücken wollte.

Sie lehnte flüchtig ihren Kopf an seine Schulter und sah dann erneut in seine Augen. „Du hast den Frieden und die Freiheit aller erkämpft und niemals an die Möglichkeit gedacht, selbst frei und in Frieden leben zu können!"

„Das ist nicht wahr, Alia! Ich wusste immer, dass mein Leben nach der Schlacht ein anderes sein musste!"

„Aber dafür hast du nicht gekämpft! Du hast nicht für dich gekämpft! Nicht, um zu leben!"

Er sah Alia einige Augenblicke tief bewegt an. Sie hatte recht. Er hatte nicht daran geglaubt, überleben zu können. Und doch wollte er sich nicht so sehen, wie Alia ihn darstellte. Er wollte mit dem Ritual Abschied nehmen, mehr nicht. Und er spürte diesem Wort nach, denn es schien so vieles zu bedeuten in ihrer Geschichte und der Geschichte dieses Landes.

Sie schwiegen einen Moment, dann sah sie ihn fest an. „Wirst du mir die Inschriften vorlesen, Kian?"

Er nickte. Er würde mit ihr hier sitzen und die Schriften lesen, so lange sie wollte. So lange diese Welt existierte, wenn es ihnen nur endlich ermöglichte, diesen Abschied auch für sie selbst zu vollziehen. Und so las er für sie, bis die Sterne verblassten, und das Licht der Monde sich mit den ersten Strahlen der Sonne mischten.

Schließlich sanken sie gemeinsam zu Boden und nun konnte er auch ihren zweiten Wunsch erfüllen. Im Licht der ersten Sonne ließ er sich Zeit, jeden Winkel ihres Körpers zu berühren. Er schloss nie seine Augen und sein Lächeln verging nicht. Bei den Monden, es war das pure Glück, das er hier berührte und ansah. Sah, wie das Licht der Sonne ihre Haare glänzen ließ, ihre Haut. Und ihre grünen Augen glitten staunend über seinen Körper.

Als die Sonne sich über den Horizont erhoben hatte, kehrte auch die Leichtigkeit in ihre Stimmung zurück. Sie teilten das Brot und gebratene Hühnchen, das er vom Buffet stibitzt hatte, und lachten über Eddas gescheiterten Versuch, während des Festes in die Unsichtbarkeit ihrer Küche zu verschwinden. Ein jeder hatte sie schließlich dort aufgesucht, um ihre Speisen zu loben und mit ihr ins Gespräch zu kommen, und trotz all ihrer Abwehr hatte jeder sehen können, wie stolz Edda auf alles war, was dieser Abend ihr gebracht hatte.

Als sie sich zum Aufbruch fertig machten und er sich von seiner Stute in den Stand helfen ließ, betrachtete er Alia, die mit dem Rücken zu ihm still in die Ferne sah. Ihre Haare waren offen und bewegten sich im Windhauch.

„Was, glaubst du, ist hinter dem Horizont?", fragte sie, ohne sich zu ihm zu drehen.

„Das Meer!"

Sie nickte. „Kennst du jemanden, der jemals dort war?"

„Nein! Aber wir können nachsehen!"

Jetzt erst wandte sie sich um, kam zu ihm und sah ihn mit zusammengekniffenen Augen zweifelnd an.

„Wir beide haben in Zukunft Aufgaben zu erfüllen, Kian! Unser Leben wird angefüllt sein mit Arbeit! Wann sollen wir jemals Zeit finden für eine so weite Reise?", fragte sie dann lachend, und er umfing sie mit seinem freien Arm.

„Wer weiß, irgendwann satteln wir unsere Pferde und reiten einfach los!"

Er küsste sanft ihre Ohren, eines nach dem anderen, und sah sie dann friedlich an.

„Ich werde irgendwann in die Wüste zurückkehren, Kian! Ich möchte die Gedankenwesen besser kennenlernen!"

In ihrer Stimme konnte er hören, dass sie Frieden in diesem Gedanken fand. Er konnte gut verstehen, dass sie zurückkehren wollte, damit ihre Befremdung über die Wesen ihrer Art nicht als solche in ihrem Leben stehen bleiben musste. Und auch wenn er niemals zu sehen bekäme, wie ihre Bewegungen aussahen, wenn sie sich nicht zurücknahm, es war ihm nicht mehr wichtig.

„Siehst du? Ich werde dich begleiten, wenn du es erlaubst, und wir reiten einfach weiter! Dorthin, wo sich die Wüste ins Meer ergießt!"

Sie lächelte ihm zu, als ob dieser Gedanke auch ihre Fantasie beflügeln konnte.

„Wir sind frei zu tun, wonach uns der Sinn steht! Wer sollte uns aufhalten?", fügte er hinzu und eine große Ruhe durchdrang ihn.

Sie füllten eine lange Weile mit ihren Küssen, dann wandte Alia sich wieder dem Horizont zu, lehnte ihren Rücken an seine Brust und zog seinen Arm fest um ihren Körper. Sie nickte schließlich, und er konnte sie flüstern hören.

Drei Worte nur: *„Wir sind frei!"*

So standen sie im Licht der Sonne, und Kian lächelte blinzelnd in die Helligkeit. Wer weiß, dachte er nun ruhig, könnte man jetzt ihre Blicke verfolgen, so würde man vielleicht feststellen, dass sie sich an einem fernen Punkt irgendwo dort draußen erneut vereinten, in der Ferne verbunden. Vielleicht dort, wo ihre Welt das Blau des Himmels traf.

Im Verlag CW Niemeyer bereits erschienen ...

Im Verlag CW Niemeyer bereits erschienen ...

„Töte ihn", sagte sie, ohne den Blick abzuwenden.
Und dann schrie sie so laut sie konnte: „Töte ihn!
Ich will, dass er stirbt! Töte ihn!"

In einer kleinen Stadt am Fluss begegnen sich zwei Geheimnisse, die gegensätzlicher nicht sein könnten: Das eine handelt vom ewigen Leben, das andere vom endgültigen Tod. Selma ist sechzehn Jahre alt, als ihre Welt an einem tristen Samstagabend aus den Fugen gerät. Alles beginnt mit einem unheimlichen Traum und mit dem Fremden auf der Kaimauer, der dafür sorgt, dass sie sich selbst nicht mehr wiedererkennt. Während Viktor erbittert darum kämpft, seinen Hunger zu beherrschen, entdeckt Selma ihre eigene, dunkle und wilde Seite. Ihr Leben verwandelt sich in einen Irrgarten aus Angst, Verlockung - und tödlicher Gefahr, denn die junge Frau besitzt eine Gabe, die sie in den Mittelpunkt einer grausamen Verschwörung rückt.

Betti Anders. Wohin die Dinge gehen
480 Seiten. Paperback. ISBN 978-3-8271-9591-3
E-Book 978-3-8271-9666-8 (Pdf)
978-3-8271-9866-2 (Epub)